詩經異文彙考辨證

袁梅 著

齊魯書社

國家古籍整理出版專項經費資助項目

弁言

《詩經》之學，素稱難治。西漢大儒董仲舒所云“詩無達詁”，實爲千古學人之同感。“詩無達詁”究由何故？蓋以先秦諸家用詩、論詩多持不同觀點與功利目的：如漢代魯、齊、韓三家詩派與毛詩派之分歧；後世宋學與漢學之爭訟；其他不同學派家法師承之門户偏見等，皆可形成對詩義、題旨、文字訓詁之獨立見解。何況《詩經》傳世文本經歷二三千年之久，卷帙浩繁，輾轉傳鈔，其中異文、錯簡頗多，令後世學《詩》者難以判其是非，千載懸疑，無所適從。學《詩》必先識字。愚治《詩》有年而乏寸進者，乃未認真識字之弊也。困惑既久，遲至年逾古稀始發憤識字。愚以爲必先理清《詩經》白文，始能通曉詩義。因此，遂萌考辨《詩經》異文之動機。於是多方蒐集文獻，潛心研讀古今著述，參校得失，比勘異同，爬梳剔抉，擇善而從，久之輯成札記一册，姑以《詩經異文彙考辨證》名之。魯鈍如我，拙文多有偏頗紕謬，誠望通人方家嚴加教正，是感是幸！

老朽本性魯鈍，雖半生治《詩》，然遲至耄耋暮年始成拙稿。值此出書困難時期，幸蒙齊魯書社宮曉衛社長、陳修亮副社長及其他負責同志垂青關愛，慨允將拙稿付梓問世並認真審校，誠爲一大功德；老朽感謝之至。

袁梅

時年八十有八

凡　例

一、以宋朱熹《詩集傳》爲底本，參考唐孔穎達《毛詩正義》，直録各篇白文。

二、《詩經》流傳迄今已兩三千年，其間諸家治《詩》，以傳承不同或識斷分歧而致《詩經》文本中多有異文出現；何況簡策迭傳，手民之誤，校者之失，魯魚亥豕，難免舛訛，因此遂有衍文、奪文、訛文、倒文及錯簡現象，令人疑惑不解。拙稿試將其中疑義顯著者羅列於每篇白文之後，並於各條目下彙録衆説，擇善而從，且參以筆者愚見，力求探其本旨。間有異説紛呈，驟難董理者，則兼輯各家所考，歧義並存，以期來者詳審明辨之。

三、爲行文之便，使用繁體字，並以淺近文言表述。偶有須鈔附甲、金、籀文以溯其源流者，則作個例出之。主要參考引用書目及作者姓名列於書後，行文中書名多用簡稱。

四、須加考辨之異文類型大致如下：同音通假（震、振）；雙聲通假（瞻、章）；疊韻通假（諄、沌）；同義通假（兮、也）；形省通假（邇、爾）；聯綿字（委蛇、逶迤）；古今字（莫、暮）；篆籀關係（歗、嘯）；隸變關係（舛、夙）；正俗字（荅、荇);倒文致異(鍾鼓、鼓鍾);衍文致異(其來施施、其來施);正訛致異(昪、昇);避諱致異(例略);等等。

五、關於錯簡質疑:錯簡主要表現爲章、節、字句之衍(文字誤增)、奪(文字脱漏)、訛(文字錯誤)、倒(文字次序顛倒)。詳見《附録》。

六、全書内容順序:弁言、凡例、篇名、各篇白文、異文彙考辨證;附録(錯簡質疑、二"南"考、異文考辨條目及單字統計表);主要參考引用書目及作者;後記。

目　録

小　雅

大　雅

周頌

魯　頌

商　頌

附 録

國　風

國　風

周　南

關　雎

關關雎鳩,在河之洲。窈窕淑女,君子好逑。

參差荇菜,左右流之。窈窕淑女,寤寐求之。求之不得,寤寐思服。悠哉悠哉,輾轉反側。

參差荇菜,左右采之。窈窕淑女,琴瑟友之。參差荇菜,左右芼之。窈窕淑女,鍾鼓樂之。

〔**關關**〕　《玉篇》:"或作喧。"按:"關"應爲初文,"喧"乃後世增益之字。《説文》無"喧"字。

〔**洲**〕　《説文》:"州,水中可居曰州。……《詩》曰:'在河之州。'"按:州,古文作"𡿧"。此字見散氏盤。段玉裁《説文解字注》:"此像前後左右皆水。"江沅云:"後人不知州字爲重川……乃於水中所居義别製從水洲字。"由此可知初文本作州,洲爲後起字。應從初文。

〔**逑**〕　《説文》:"逑,斂聚也。"《經典釋文》:"逑,音求。毛云:匹也。本亦作仇,音同。鄭云:怨耦曰仇。"黄焯《經典釋文彙校》："舊鈔本作仇。盧氏《考證》引臧氏琳云：'《毛詩》多借仇怨之仇爲匹耦之逑，此亦當爾。今作逑者，恐是後人改從正字。'焯案：《説文》：'仇，讎也。''讎猶譍也。''譍，以言對也。'《爾雅》：'仇，合也。''合，對也。'是則《詩》言好仇，猶言好對，亦即嘉耦之義耳。若左氏言嘉耦曰妃，怨耦曰仇，特專就惡匹一方言之。實則好匹、惡匹，其匹則一，左氏所言，非仇之本義也。後人泥於左氏之文，遂專以仇爲仇怨之仇，且以爲逑之借字，固已。又《毛詩》用字原不一律，他篇多作仇，此篇自作逑，固非後人所改，臧説未可從也。"按：鄭《箋》作仇，《禮記·緇衣》："《詩》云：'君子好仇。'"鄭玄注："仇，匹也。"又，《爾雅·釋詁》郭注、《漢書·匡衡傳》注、《後漢書·張衡傳》注及《邊讓傳》注、《文選》何晏《景福殿賦》及曹植《七啓》注，各引《毛詩》並作"好仇"。《秦風·無衣》、《小雅·賓之初筵》、《大雅·皇矣》各《傳》並訓仇爲匹。仇字从人，與匹義近。匹，猶妃、猶偶，後世發展爲匹仇、匹儔、匹偶、妃偶、配偶等，均指夫妻雙方結成之婚姻關係。夫妻互爲配偶。《關雎》中之"逑"乃"仇"之假借，"好逑（仇）"即"佳偶"。"偶"又可假"耦"爲之。經文當以"仇"爲正字。然則高亨《文字形義學概論》云："逑是借字，其本字是雔。《説文》：'雔，雙鳥也。'鳥雌雄一對爲雔，因而夫妻一對也爲雔，含有比喻意味。"所言不襲，可備一説，待考。

〔**荇**〕　《釋文》："荇，衡猛反。本亦作莕。"《爾雅·釋草》："莕，接余。其葉苻。"郭璞注："叢生水中，葉圓……亦呼爲莕。音杏。"《説文》："莕，菨餘也。从艸，杏聲。𦼮，莕或从行，同。"《五經文字》、《類篇》各引《説文》作𦱐。段玉裁、鄭珍皆以"𦱐"爲是，"荇"乃"𦱐"之省。按：應據《爾雅》、《説文》以"莕"爲本字。

〔**左右流之**〕〔**左右芼之**〕　毛《傳》："流，求也。"《爾雅·釋詁》："流，擇也。"《釋言》："流，求也。"馬瑞辰《毛詩傳箋通釋》：

"流、求一聲之轉。……流通作摎。《後漢書·張衡傳》注:'摎,求也。'……求義同取。《廣雅·釋言》:'摎,捋也。'捋謂取之也。四章'采之',五章'芼之',義與流同。《廣雅·釋詁》:'采,取也。'又曰:'芼,取也。'《爾雅》:'芼,搴也。'搴亦取也。《傳》訓芼爲擇,蓋謂擇而取之,猶流之訓求又訓擇耳。芼者,覒之假借。《説文》:'覒,擇也。讀若苗。'《繫傳》引《詩》'左右覒之',《玉篇》引《詩》亦作覒。……又省作毛。《群經音辨》:'毛,擇也。'引《禮》'毛六牲'。詩變文以協韻,故數章不嫌同義。先儒或訓芼爲芼羹之芼,失其義矣。"陳奂《詩毛氏傳疏》:"古流、求同部。流本不訓求,而詁訓爾者,流,讀與求同,其字作流,其義爲求。此古人假借之法也。"桂馥《札樸》云:"案:《新唐書·韋陟傳》:'窮治饌羞,以鳥羽擇米。'馥謂芼从毛,擇物以羽毛,古有此訓,故毛公用之。"按:《説文》:"芼,草覆蔓。"可見"芼"本不訓"擇"。毛《傳》:"芼,擇也。"是知毛氏以"芼"爲"覒"之假借,因訓"擇"也。《韓詩》作"覒",逕用本字。《説文》"覒"字,正是"左右芼(覒)之"之"覒",亦爲馬氏持論之確據也。

〔**服**〕　《説文》:"𠬝,治也。从又,从卩。卩,事之節也。房六切。"《玉篇》:"𠬝,扶目切。改治也。"桂馥云:"經典借服字。《書·盤庚》:'若農服田力穡。'《禹貢》:'五百里甸服。'鄭注:'服,治田出穀税也。言甸者主治田,故服名甸也。'"《莊子·田子方》:"吾服女也甚忘。"郭注云:"服者,思存之謂。"毛《傳》:"服,思之也。"朱熹《詩集傳》:"服,猶懷也。"馬瑞辰云:"訓服爲思者,蓋以服爲𠬝之假借。《説文》:'𠬝,治也。'思即治字引申之義也。假服爲𠬝而訓思,猶《爾雅》假服爲𠬝而訓整也。至'思服'之思,乃句中語助,與'旨酒思柔'句法相類。《箋》訓爲思念之思,失之。胡承珙曰:'《康誥》曰"要囚,服念五六日",服念連文,服即念也,念即思也。'"馬、胡之説是矣。

〔輾〕　《釋文》:"輾,本亦作展。"《韓詩》、《魯詩》均作"展"。《釋文彙校》:"敦煌本作展。案:展,正字。輾,别字。凡雙聲疊韻連語,後人於其字之偏旁往往增改爲一,展因轉而施車,亦猶委因蛇而加虫耳,此類字固難僂指也。"《楚辭·九歎》王逸注,《後漢書·光武帝紀》注,《文選》王粲《登樓賦》注、潘岳《秋興賦》注、謝惠連《秋懷詩》注各引《詩》作"展轉",可資佐證。又《説文》:"展,轉也。"《廣雅》:"展轉,反側也。"《〈小雅·何人斯〉箋》:"反側,展轉也。"即與《廣雅》以本句互訓之例相類。應從韓、魯作"展"爲允。今傳本《毛詩》作"輾"者,確因下文"轉"字而誤增"車"旁,别作一字。或疑爲《字林》所纍增。

〔鍾鼓〕　《韓詩》作"鼓鐘"。明監本作"鐘鼓"。《説文》:"鐘,樂鐘也。""鍾,酒器也。"按:鍾,古代酒器或黍稷器,用以盛酒漿或糧米;並爲春秋時代通行於齊地之標準量器;亦爲計量單位之稱,春秋時代齊國"以升爲豆,四豆爲區(甌),四區爲釜,十釜爲鍾"。又,《左傳·昭公三年》:"釜十則鍾。"杜預注:"鍾,六斛四斗。"然《石經》所見《詩》中之"鍾"字皆指樂器,無稱酒器者。陳奂《傳疏》云:"鍾,當作鐘。今經典通作鍾。"《説文》段注:"經傳多作鍾,假借酒器字也。"按:歷代治《詩》者輙從《説文》以"鍾"與"鐘"乃判然兩器之專名,因謂《詩》中"鍾"字爲"鐘鼓"之"鐘"假借字。然細考周代金文遺存,"鍾"、"鐘"二字均可稱同一樂器。如:"己侯鍾"、"朱公牼鍾"[銘文"自乍(作)龢鐘"];又如:"王孫誥鐘"、"簷叔之仲子平鐘"[銘文:簷叔之中(仲)子自乍(作)鑄其游鍾]。同類器物頗多,不遑臚列。依據青銅器銘文實證,"鍾"爲"鐘"之或體明矣。在《詩經》中,"鍾"字出現十六次,多爲樂器之名;獨《周南·關雎》"鍾鼓樂之"爲演奏鍾鼓之樂,此"鍾"由器名轉化爲樂名。又《周頌·執競》“鍾鼓喤喤”指鍾鼓之聲。至於“鍾”字在其他文物或典籍中之不同音義則不屬此例。

葛覃

葛之覃兮，施于中谷，維葉萋萋。黄鳥于飛，集于灌木，其鳴喈喈。

葛之覃兮，施于中谷，維葉莫莫。是刈是濩，爲絺爲綌，服之無斁。

言告師氏，言告言歸。薄汙我私，薄澣我衣。害澣害否，歸寧父母。

〔覃〕　《説文》：“𦎫（𦎫），長味也。从㫗，鹹省聲。𦎫，篆文覃省。”毛《傳》：“覃，延也。”邵瑛《群經正字》：“今經典作覃。”《九經字樣》：“《説文》作𦎫，隸作覃。”《爾雅·釋言》：“覃，延也。”郭璞注：“謂蔓延相被及。”《廣雅·釋詁》：“覃，長也。”《方言》：“延，長也。”《釋文》：“覃，本亦作蕈。”又曰：“覃，本又作㝷。叔然云：古覃字同。”《五經文字》、《九經字樣》並云：“覃，本或作蕈。”按：“覃”爲正字。在本篇中謂葛藤蔓延綿長。蕈爲隸變相沿字，艸乃後人所加。又，覃與尋（㝷）俱屬侵韻，故二字相通。

〔維〕　《毛詩》作維，《韓詩》作惟。金文中多見隹、唯、維。《毛詩》爲古文，作維。維、惟、唯通用。

〔灌〕　《釋文·爾雅音義》：“樌，古亂反。字又作灌。”《廣雅》：“灌，聚也。”《夏小正》：“灌也者，聚生者也。”按：叢生之字，初衹作灌，作樌者後起字。

〔濩〕　《唐石經》作“鑊”。《説文》：“鑊，鑴也。从金，蒦聲。"《周禮·天官·亨人》:"掌共鼎鑊。"鄭玄注:"鑊,所以煮肉及魚腊之器者。"《淮南子·説山訓》:"嘗一臠肉,知一鑊之味。"高誘注:"有足曰鼎,無足曰鑊。"按:刈與鑊本爲器物之名,在此變爲動詞,刈訓取、割取;鑊訓煮、烹。《葛覃》之刈、鑊爲本字,作艾、濩者乃假借字。

〔斁〕　《説文》:"斁,解也。从攴,睪聲。《詩》云:'服之無斁。'斁,猒也。一曰終也。羊益切。"《爾雅·釋詁》:"射,猒也。"郭注引《詩》"服之無斁"。《禮記》兩引《詩》均作"射"。《釋文》:"斁,本又作懌。"按:《説文》作斁(斁),訓猒。猒,古厭字。《爾雅》作"懌",亦釋爲猒。是以射爲斁之假借。

卷耳

采采卷耳,不盈頃筐。嗟我懷人,寘彼周行。
陟彼崔嵬,我馬虺隤。我姑酌彼金罍,維以不永懷。
陟彼高岡,我馬玄黄。我姑酌彼兕觥,維以不永傷。
陟彼砠矣,我馬瘏矣,我僕痡矣,云何吁矣。

〔虺隤〕　《釋文》:"虺,《説文》作瘣。隤,《説文》作頹。"按:今本《説文》未收瘣、頹二字,蓋《釋文》所引《説文》與今本不同,或《釋文》傳鈔中有誤。《字林》、《玉篇》有"瘣"字,云:"馬病也。"《集韻·賄韻》:"瘣,瘣𤸰,風病。"《説文》有"穨"字,釋曰"秃皃"。秃亦有病義。段注:"秃者,病之狀也。此與《𨸏部》之隤迥别,今《毛詩》作'隤',誤字也。"《説文》:"隤,下隊(墜)也。"王筠《説文句讀》:"《玉篇》:'隤,壞,隊下也。'隤、壞一聲之轉,故以壞説隤,所以博其異名,隊下乃説其義也。"《集韻·灰韻》:"隤,《説文》:

‘下墜也。’或作頽。”按:“瘨”、“穨”皆訓病,經文應以“瘨穨”爲正字。

〔姑〕 毛《傳》:“姑,且也。”《説文·夊部》:“夃,秦以市買多得爲夃。……《詩》曰:‘我夃酌彼金罍。’”《玉篇》:“夃,今作沽。”引《論語》“求善價而夃諸”。是“夃”爲本字,“沽”、“姑”均屬假借。毛氏訓“姑”爲“且”,後人多從之,然有違字之本義,滋人疑竇,故應返本歸原,直用“夃”字爲是。

〔岡〕 釋玄應《一切經音義》二十五、《文選·曹植〈贈白馬王彪〉》注、《爾雅·釋詁》、《太平御覽》五十三各引《詩》“岡”作“崗”。按:“岡”,本从山,若字上再加山,係疊床架屋,不可從。

〔兕觥〕 《釋文》:“光,字又作兕。徐履反。《爾雅》云:‘光,似牛。’觵,古横反。罰爵也,以光角爲之。字又作觥。”按:“兕”,《説文》:“舄(𤉡),如野牛,青色。……象形。……凡舄之屬皆从舄。徐姊切。𠒋,古文从儿。”按:𠒋,隸變爲光,又演化爲光。觥,古本作觵,《釋文》出作觵,蓋據古本也。《説文》:“黄,地之色也。从田,从炗,炗亦聲。炗,古文光。”黄、光二字可互假。《風俗通義》:“黄者,光也。”《白虎通》:“璜之爲言光也。”詩文作“光觵”、“光觵”、“兕觥”者,乃古今字或通假字也。

〔吁〕 《説文》:“忬,憂也。从心,于聲。讀若吁。”“吁,驚也。从口,于聲。”《爾雅·釋詁》:“盱,憂也。”郭注引《詩》“云何盱矣”。《釋文·爾雅音義》:“盱,本或作忬。”《説文》:“盱,張目也。”按:毛《傳》:“吁,憂也。”是毛氏以吁爲忬之借字。又,《小雅·何人斯》“云何其盱”、《小雅·都人士》“云何盱矣”,二“盱”字無《傳》,鄭《箋》:“盱,病也。”《卷耳》毛《傳》、《何人斯》與《都人士》鄭《箋》對“吁”、“盱”之訓釋,皆以二字爲“忬”之借字。

樛　木

南有樛木,葛藟纍之。樂只君子,福履綏之。
南有樛木,葛藟荒之。樂只君子,福履將之。
南有樛木,葛藟縈之。樂只君子,福履成之。

〔樛〕　《釋文》引馬融注《韓詩》云:"樛,並作朻,音同。"《説文》:"樛,下句曰樛。从木,翏聲。吉虯切。""朻,高木也。从木,丩聲。吉虯切。"《爾雅·釋木》:"下句曰朻。"《釋文·爾雅音義》曰:"朻,居虯反。本又作樛,同。"《玉篇》:"樛,居秋切,《詩》曰:'南有樛木。'木下曲曰樛。"又云:"朻,同上。《爾雅》曰:'下句曰朻。'"《韻會》:"朻,高木下曲也。"按:樛、朻二字,上古音均爲見母、幽部,故相通。《玉篇》似疑樛、朻音義並同,既可互訓,又爲重出之異文。《韻會》則合二義爲一。然揆諸"南有樛木,葛藟纍之"以下三疊句之文義,當從《説文》"下句曰樛"及毛《傳》"木下曲曰樛",以"樛"爲本篇正字。唯下曲之木,葛藟始易攀附,且以此比興下文"樂只君子,福履綏之"之意旨。

〔縈〕　毛《傳》:"縈,旋也。"《説文》:"縈,收韏也。""韏,革中辨謂之韏。"又,"藥,艸旋皃也。"並引《詩》"葛纍藟之"。《玉篇》:"縈,旋也,收卷也。"可據以訂正《説文》"收韏"之訛。又,《釋文》出作"帶",云:"本又作縈。烏營反。旋也。《説文》作藥。"《玉篇》收"帶"字,云"覆也"。又,《説文》:"褮,鬼衣。从衣,熒省聲。讀若《詩》曰'葛藟縈之'。"王筠曰:"縈,依今《詩》爲是。"馬瑞辰云:"帶與縈皆藥之借。"按:毛《傳》訓"縈"爲"旋",《説文》釋"藥"爲"艸旋貌",或所謂分別文也。比勘諸説,當從毛氏。

螽　斯

螽斯羽，詵詵兮。宜爾子孫，振振兮。
螽斯羽，薨薨兮。宜爾子孫，繩繩兮。
螽斯羽，揖揖兮。宜爾子孫，蟄蟄兮。

〔詵詵〕　毛《傳》："詵詵，衆多也。"今本《説文》："詵詵，致言也。……《詩》曰：'螽斯羽，詵詵兮。'"未收"𨐋"字，然《釋文》云："詵詵，《説文》作𨐋，音同。"《廣雅》："𨐋，多也。"《玉篇》："𨐋，多也。或作兟。"《五經文字》："兟，色臻反。見《詩》。"莫子偲校刻唐寫殘本《説文》，"𨐋"下引《詩》作𨐋。《文選》班固《東都賦》注、左思《魏都賦》注各引毛《傳》作"莘"。按："先"、"辛"雙聲，互通。《詩》之古文疑作"兟兟"或"𨐋𨐋"，二字重文。《釋文》所云"《説文》作𨐋"，或據彼時傳本。今本《説文》"詵"下注引毛《詩》作"詵詵兮"，用假借字也，與《文選》注引毛《傳》作"莘"同例。

〔繩繩〕　《爾雅》作"憴憴"，乃"繩繩"之借字。"繩繩"爲正字，嗣續相承之意。

桃　夭

桃之夭夭，灼灼其華。之子于歸，宜其室家。
桃之夭夭，有蕡其實。之子于歸，宜其家室。
桃之夭夭，其葉蓁蓁。之子于歸，宜其家人。

〔夭夭〕　毛《傳》："興也。桃有華之盛者，夭夭，其少壯也。"《説文》："枖，木少盛貌。从木，夭聲。《詩》曰：'桃之枖枖。'"

"夭,屈也。从大,象形。"《九經字樣》引《説文》引《詩》作"枖枖"。又《説文》:"媄,巧也。一曰女子笑貌。《詩》曰:'桃之媄媄。'从女,芺聲。"《廣雅·釋訓》亦作"媄媄"。桂馥《説文解字義證》:"枖,通作夭。"按:《毛詩》作"夭",《三家詩》作"枖"、"媄",正字爲"枖"。

〔蓁蓁〕 王應麟《詩攷》引《通典·禮十九》作"其葉溱溱"。《廣雅》:"蓁蓁,茂也。"《説文》:"蓁,艸盛貌。从艸,秦聲。""溱,水名。"又《字彙》:"溱,衆也。"《小雅·無羊》:"室家溱溱。"毛《傳》:"溱溱,衆也。"本詩毛《傳》:"蓁蓁,至盛貌。"按:草木之茂盛皆爲"蓁蓁",是本詩正字。作"溱溱"者,同音通假也。

兔罝

肅肅兔罝,椓之丁丁。赳赳武夫,公侯干城。
肅肅兔罝,施于中逵。赳赳武夫,公侯好仇。
肅肅兔罝,施于中林。赳赳武夫,公侯腹心。

〔兔〕 《釋文》出作"菟",云:"又作兔。"《小雅·瓠葉》"有兔斯首",《後漢書》注引作"有菟斯首"。按:二字同音,可互假。本詩"兔"爲正字。

〔逵〕 毛《傳》:"逵,九達之道。"《韓詩》作"馗",韓説曰:"中馗,馗中,九交之道也。"《説文》:"馗,九達道也。似龜背,故謂之馗。馗,高也。从九,从首。渠追切。逵,馗或从辵,从坴。"王念孫云:"馗,从九,首聲。故與'好仇'韻。"《文選·鮑照〈蕪城賦〉》注引《韓詩》曰:"肅肅兔罝,施于中馗。"薛君曰:"中馗,馗中,九交之道也。"顔延之《皇太子釋奠會作詩》、王粲《從軍詩》注引同。

《三國志·魏武帝紀》裴松之注:“逌,古逵字。見《三蒼》。”“逌”,古讀若仇。《廣韻》:“逌,渠鳩切。”按:《韓詩》作“逌”爲本字。《毛詩》作“逵”,爲“逌”之後起字。

芣苢

采采芣苢,薄言采之。采采芣苢,薄言有之。
采采芣苢,薄言掇之。采采芣苢,薄言捋之。
采采芣苢,薄言袺之。采采芣苢,薄言襭之。

〔**芣苢**〕　《韓詩》作“芣苢”。《釋文》:“苢,本亦作苡。”《文選·劉孝標〈辯命論〉》注引《韓詩》同。《説文》:“苢,从艸,㠯聲。”㠯即已字。朱駿聲云:“賈侍中説:己意巳實也。按:賈謂薏苡實象形。隸亦作㠯、作以。”《逸周書》作“桴苡”。《彙校》:“宋本苡作苢。舊鈔本同。”《玉篇》:“㠯,今作以。”《毛詩》“苢”爲本字。

〔**襭**〕　《釋文》出作“擷”,云:“一本作襭,同。”《説文》:“襭,以衣衽扱物謂之襭。从衣,頡聲。擷,襭或从手。”按:宜從《説文》及《毛詩》以“襭”爲本字。

漢廣

南有喬木,不可休息。漢有游女,不可求思。漢之廣矣,不可泳思。江之永矣,不可方思。

翹翹錯薪,言刈其楚。之子于歸,言秣其馬。漢之廣矣,不可泳思。江之永矣,不可方思。

翹翹錯薪,言刈其蔞。之子于歸,言秣其駒。漢之廣矣，不可泳思。江之永矣，不可方思。

〔息〕　《韓詩》"息"作"思"。《詩集傳》："吴氏曰：《韓詩》作思。"《藝文類聚》八十八引《詩》同。於"南有喬木"之下，"漢有游女"之上，毛《傳》訓"思"爲"辭也"。《釋文》："休息，並如字。古本皆爾。本或作休思。此以意改耳。"《説文》："息，喘也。"《正義》："以泳思、方思之等皆不取思爲義，故爲辭也。《經》'求思'之文在'游女'之下，《傳》解'喬木'之下，先言'思，辭'，然後始言漢上，疑《經》'休息'之字作'休思'也。何則？《詩》之大體，韻在辭上，疑休、求字爲韻，二字俱作'思'，但未見如此之本，不敢輒改耳。"黄焯《釋文彙校》："案，古音息在德部，思在咍部，德即咍之入，故息、思通用。"惠棟《九經古義》云："《韓詩外傳》息作思。《樂記》云：'使其文足論而不息。'《荀子》息作諰，《説文》云：'諰，思之意。'疑古思、息通。"阮校："《正義》之説是也，此爲字之誤。惠棟《九經古義》以爲思、息通，非。"陳奂云："'休思'，各本作'休息'。《釋文》本或作'休思'，今訂正。《〈瞻卬〉傳》云：'休，息也。'思訓辭，辭當作詞。休思、求思、泳思、方思，皆詞也。《傳》爲全詩'思'字句末語助之發凡也。思，又爲句首語詞。"按："思"字在《詩經》中用例頗多，凡一百零八例。其中作助詞者四十五例。用於句首者十一例，如：《小雅・車舝》"思孌季女逝兮"、《大雅・文王》"思皇多士"、《大雅・思齊》"思齊大任"……用於句中者八例，如：《周南・關雎》"寤寐思服"、《小雅・雨無正》"鼠思泣血"、《小雅・桑扈》"旨酒思柔"……用於句末者二十六例，如：《周南・漢廣》"不可休思"、"不可求思"……以上衆例，足證"思"字可作語詞，不爲義；且又見《漢廣》中句末之"思"字凡八例，衹有修飾語氣之用而不爲韻，恰如《正義》所言“韻在辭上”。依韻部歸納：“休”、“求”爲韻（幽部）；“廣”、“泳”、“永”、“方”爲韻（陽部）；“楚”、“馬”爲韻（魚部）；“蔞”、“駒”爲韻（侯部）。再者，“休”、“息”二字可互訓，然在周代文獻中罕見“休息”一詞；且《漢廣》中八“思”字之前皆爲動詞，除“休思”、“求思”之外，其餘“泳思”、“方思”各重疊三次，句式整齊，語意條貫，音韻和諧，自然成章。準此，宜從《韓詩》“息”作“思”爲是。

〔**永**〕　毛《傳》：“永，長也。”《詩攷》、《詩地理攷》引《韓詩》並作“漾”。《文選·王粲〈登樓賦〉》李注引《韓詩》：“江之漾矣，不可方思。”薛君曰：“漾，長也。”《説文·永部》：“永，水長也。象水巠理之長永也。《詩》曰：‘江之永矣。’”又云：“羕，水長也。从永，羊聲。《詩》曰：‘江之羕矣。’”按：《説文》兩引《詩》，一作“永”，《毛詩》、《魯詩》也；一作“羕”，《韓詩》也。韓借“漾”爲“羕”，故訓長（“漾”爲水名，無長義）。“羕”，古文與“永”字並見於青銅器銘文，《齊侯鎛鐘銘》：“羕保其身……羕保用享。”《鄦子簠銘》：“羕保用之。”《陳逆簠銘》：“子子孫孫羕保用。”《史牆盤銘》：“萬年永保用。”《大克鼎銘》：“子子孫孫永寶用。”以上“羕”、“永”均在陽部，義亦相同。

汝　墳

遵彼汝墳，伐其條枚。未見君子，惄如調飢。
遵彼汝墳，伐其條肄。既見君子，不我遐棄。
魴魚赬尾，王室如燬。雖則如燬，父母孔邇。

〔**遵彼汝墳**〕　《爾雅·釋水》：“水自河出爲灉，濟爲濋……

汝爲濆。"郭注引《詩》"遵彼汝濆",云:"大水溢出,别爲小水之名。"《水經注·汝水》引《爾雅》亦曰"汝有濆"。《詩地理攷》引《韓詩》作"濆"。《後漢書·周磐傳》注引《韓詩》云:"濆,水名也。"《太平御覽》七十一引同。《釋文·爾雅音義》:"濆,《字林》作涓,衆《爾雅》本亦作涓。"《説文》:"涓,小流也。从水,肙聲。《爾雅》曰:'汝爲涓。'""濆,水厓也。从水,賁聲。《詩》曰:'敦彼淮濆。'"(段注:"'敦彼'當是'鋪敦'之誤。")可見《爾雅》古本"濆"作"涓"。"涓"从員聲,員聲近云,又近魂,皆與"濆"同部,二字可通。"濆"與"墳"亦音同字通。本詩毛《傳》:"墳,大防也。"馬瑞辰云:"李巡《爾雅》注:'濆爲厓岸,狀如墳墓,名大防也。'是知水厓之濆與大防之墳爲一,汝墳猶淮濆也。孔《疏》謂'彼濆從水,此墳從土',殊昧於通借之義。"陳奂云:"濆、墳字别而義實通。大防即在水旁,以水作濆,以防作墳,一也。"

〔**惄**〕　《釋文》:"惄,本又作愵。"毛《傳》:"惄,飢意也。"《韓詩》作"愵"。《爾雅·釋言》:"惄,飢也。"郭注:"惄然,飢意。"《説文》:"惄,飢餓也。""愵,憂貌。讀與惄同。"《方言》:"愵,憂也。"《玉篇》:"愵,思也,愁也。或作愵。"按:愵、愵實爲一字異體;惄、愵(愵)亦音同而通用。

〔**調飢**〕　《釋文》:"調,又作輖。"(按:輖,應作輈。)《蜀石經》作"輖飢"。《説文鈔》、《五音韻譜》引《詩》並作"輖飢"。《韓詩》作"朝"。《説文》"惄"字下引《詩》"惄如朝飢"。晋郭遐周詩亦作"惄焉如朝飢"。毛《傳》:"調,朝也。"按:調、輖皆周聲;朝,古籀作翰,舟聲,與周音通。《説文》:"翰,旦也。从倝,舟聲。"是知"翰(輖)飢"爲本字,作"調"、"朝"者乃同音假借字或古今字也。"飢"一作饑,非。《説文》:"飢,餓也。""饑,穀不孰爲饑。"即"饑饉"之"饑"也。

〔**王室如燬**〕　毛《傳》:“燬,火也。”《韓詩外傳》引《詩》“雖則如焜”。《説文》:“焜,火也。”又引《詩》“王室如焜”,蓋本《韓詩》。《玉篇》釋“焜”與《説文》同,且於“焜”下列“焜”、“燬”二字,注云“同上”。《爾雅·釋言》:“燬,火也。”《方言》:“煤,火也。”是知“燬”、“焜”、“焜”、“煤”皆爲“火”之同音轉化纍增字。

麟之趾

麟之趾,振振公子,于嗟麟兮。
麟之定,振振公姓,于嗟麟兮。
麟之角,振振公族,于嗟麟兮。

〔**麟之趾**〕　《釋文》出作“麟之止”,云:“止,本亦作趾,兩通。”明豐坊《詩傳》、《詩説》皆作止。李賡芸曰:“趾,止,本趾之正字。”按:甲骨文作,金文作,象簡化之人足形。止爲初文,趾爲後起字。《説文》曰:“止,下基也。象艸木出有址,故以止爲足。”非是。

〔**于嗟麟兮**〕　《太平御覽》引《詩》“吁嗟麟兮”。《韓詩》作“吁嗟”。“于”、“吁”,古今字。

〔**定**〕　《魯詩》作“顁”。毛《傳》:“定,題也。”《爾雅》:“顁,題也。”郭注:“題,額也。”朱熹《詩集傳》:“定,額也。”曾運乾曰:“定,題之假借,支、清對轉也。題,目之所在。”

〔**公姓**〕　陳奂《毛詩音》:“姓,生聲。《春秋》:‘蔡公孫姓。’本作生。”《經義述聞》:“公姓、公族,皆謂子孫也。古者謂子孫曰姓,或曰子姓,字通作生。……《廣雅》曰:‘姓,子也。’是姓爲子孫之通稱也。公族,猶公姓也。……公子、公姓、公族,皆指後嗣而言。”

召　南

鵲　巢

維鵲有巢，維鳩居之。之子于歸，百兩御之。
維鵲有巢，維鳩方之。之子于歸，百兩將之。
維鵲有巢，維鳩盈之。之子于歸，百兩成之。

〔**百兩御之**〕　鄭《箋》："御，迎也。"《釋文》："御，本亦作訝，又作迓。"《尚書·牧誓》孔穎達《正義》引《詩》作"迓"，或作"訝"。《儀禮·士昏禮》鄭注："御當爲訝。"《説文》："訝，相迎也。……迓，訝或从辵。"按：訝、迓爲本字，御爲古文假借字。

采　蘩

于以采蘩，于沼于沚。于以用之，公侯之事。
于以采蘩，于澗之中。于以用之，公侯之宫。
被之僮僮，夙夜在公。被之祁祁，薄言還歸。

〔**于以采蘩**〕　《釋文》："蘩，本亦作繁。"《齊詩》作"繁"。《唐石經》本《禮記》作"采繁"。《禮記·射義》鄭注作"采繁"。《太平御覽》引《詩》作"繁"。按：繁爲初文，蘩、蘇爲後起字。

〔**被之僮僮**〕　《禮記·射義》鄭注引《詩》作"童童"。《釋文》出作"僮"，云："本亦作童。"王念孫云："僮與童通。"

〔**夙夜在公**〕　《鄭季宣碑》"夙"作"舛"。《説文》:"𡖍,早敬也。从丮,持事。雖夕不休,早敬者也。"𡖍(𡖊),甲骨文、金文皆从夕(月),从丮,象人在月下執事。後隸變爲舛,又變爲夙。𡖍,初文。舛、夙,後起字。今夙行而𡖊廢,殊乖原本之形義。

〔**薄言還歸**〕　山井鼎《詩經考文》:古本"還"作"旋"。《文選》王粲《從軍詩》注、江淹《雜體詩》注、謝朓《晚登三山還望京邑》注,《古诗十九首》注各引《詩》作"旋"。《廣雅》、《小爾雅》並曰:"旋,還也。"按:還、旋雙聲通用。

草　蟲

喓喓草蟲,趯趯阜螽。未見君子,憂心忡忡。亦既見止,亦既覯止,我心則降。

陟彼南山,言采其蕨。未見君子,憂心惙惙。亦既見止,亦既覯止,我心則説。

陟彼南山,言采其薇。未見君子,我心傷悲。亦既見止,亦既覯止,我心則夷。

〔**喓喓草蟲**〕　《魯詩説》作"草螽"。《釋文》:"本或作虫,非也。"按:虫、䖵、蟲,三者有異,不可混淆。《説文》:"虫,一名蝮。博三寸,首大如擘指。……凡虫之屬皆从虫。許偉切。""䖵,蟲之總名也。从二虫。凡䖵之屬皆从䖵。讀若昆。古魂切。""蟲,有足謂之蟲。……从三虫。凡蟲之屬皆从蟲。直弓切。"又《禮記·月令》"蟲螟爲害",蔡邕《章句》作"螽螟"。《爾雅》:"草螽,負蠜。"是《詩》中之"草蟲"即《爾雅》所云"草螽"。蟲、螽古通。此亦郝懿行所謂"變文以韻句",阮元所謂"義同字變"之例。

〔**趯趯阜螽**〕　《爾雅》:"草螽,蠜。"郭注、邢疏各引《詩》作"趯趯草螽"。《説文》:"蠜,自蠜也。从虫,樊聲。"按:"自"爲正字,"阜"爲隸定字,"草"或"阜"均爲後起之專字。阜螽即郝懿行所謂"今驗一種青色善鳴者,登、萊人謂之聒子,濟南人謂之聒聒,並音如'乖'"。王先謙云:"郝説即今之蟈蟈也。"

〔**憂心忡忡**〕　《魯詩》作"憹憹",曰:"憂也。"《齊詩》作"冲冲"。冲爲沖之省。《説文》:"沖,涌摇也。"以此形容心憂慅動之情狀。毛《傳》:"忡忡,猶衝衝也。"《説文》:"忡,憂也。"《爾雅》:"忡忡,憂也。"《方言》:"衝、俶,動也。"《楚辭·九歌·雲中君》:"極勞心兮憹憹。"王逸注:"憹憹,憂心貌。……憹,一作忡。"明"忡"、"憹"音義皆同。

〔**亦既覯止**〕　《魯詩》作"遘"。毛《傳》:"覯,遇。"鄭《箋》:"既覯,謂已昏也。……《易》曰:'男女覯精,萬物化生。'"《爾雅·釋詁》:"遘,遇也。"郭注、邢疏皆謂"相遭遇也"。邢疏引《詩》"亦既遘止"。按:覯乃遘之同聲假借,然遘爲本字,猶媾,此詩之"遘"含"遇合"、"媾合"之義,非僅如《説文》訓"覯"爲"遇"也。

〔**我心則説**〕　毛《傳》:"説,服也。"《説苑》引《詩》"説"作"悦"。《説文》:"説,説釋也。"段注:"説釋,即悦懌。説,悦;釋,懌,皆古今字。許書無悦、懌二字也。"《玉篇·言部》:"説,懌也。"是"説"即"悦"也,然則今"喜悦"字無復作"説"者矣。

采　蘋

于以采蘋,南澗之濱。于以采藻,于彼行潦。
于以盛之,維筐及筥。于以湘之,維錡及釜。
于以奠之,宗室牖下。誰其尸之,有齊季女。

〔**南澗之濱**〕　毛《傳》:“濱,厓也。”《説文》:“瀕(),水厓,人所賓附也。……从頁,从涉。”隸省“止”下之“”,移爲左偏旁,作“瀕”,或省作“頻”,乃古今字變異之例也。

〔**于以采藻**〕　《説文》:“薻,水艸也。从艸,从水,巢聲。《詩》曰:‘于以采薻。’藻,薻或从澡。”是“薻”正字,“藻”爲或體。

〔**維筐及筥**〕　《宋石經》作“筐”、“莒”。按:筐作筐者,宋人爲避太祖諱而變其形。筥作莒者,古代从竹、从艸之字每互通,此其例。

〔**于以湘之**〕　《漢書·郊祀志》注引《韓詩》“湘”作“鬺”,云:“鬺,亨也。”毛《傳》:“湘,亨也。”《説文》:“鬺,煮也。”《玉篇》:“鬺,與鬺同。”蓋鬺、鬺爲古今字,《毛詩》作湘者,乃鬺之假借字,故訓亨。《説文》無鬺字,以《韓詩》徑用本字爲是。

〔**齊**〕　《韓詩》作“齌”。韓説曰:“齌,好也。”毛《傳》:“齊,敬也。”《玉篇》引《詩》作“齌”。《説文》:“齌,材也。”《廣韻》:“好貌。”《釋文》:“齊,本亦作齋。”《白帖》引《詩》作“齋”。按:《韓詩》用本字“齌”,《毛詩》作“齊”,爲假借字。《傳》云“敬”者,蓋由“好”引申而成義。宜從韓。

甘　棠

蔽芾甘棠,勿翦勿伐,召伯所茇。
蔽芾甘棠,勿翦勿敗,召伯所憩。
蔽芾甘棠,勿翦勿拜,召伯所説。

〔**蔽芾甘棠**〕　《韓詩外傳》引作“茀”。王氏《詩攷》引同。

汲古閣本《漢書·王吉傳》注引《詩》作“茀”。按:芾、茀、茀三字古通用。

〔**召伯所茇**〕　毛《傳》:“茇,草舍也。”《説文》:“茇,艸根也。”“废,舍也。”按:今本《説文》“舍”前疑脱“草”字。毛氏以“茇”爲“草舍”,可證“茇”乃“废”之通假。正字當作“废”。

〔**召伯所憩**〕　《釋文》:“憩,本又作揭。”《彙校》:“憩,宋本作憇。阮云:‘唐人如此作,石經其證也。’焯案:唐寫本作憇。英倫藏本又作憩。揭,宋本作愒,是也。舊钞本經文作愒。”釋玄應《一切經音義》:“憩,《説文》作愒。愒,息也。”《説文》未載“憩”字。《爾雅·釋詁》:“憩,息也。”《集韻》:“憩,本作愒,或作憇。”明《釋文》“揭”字爲“愒”之訛,《毛詩》“憩”字爲“愒”之俗體。

〔**勿翦勿拜**〕　鄭《箋》:“拜之言拔也。”《廣韻》引《詩》“勿翦勿扒”,云:“扒,拔也。本亦作拜。”王氏《詩攷》引同。《廣雅》、《玉篇》並云:“扒,擘也。”鄭玄訓“拜”爲“拔”,正以“拜”爲“扒”之通假字。此本三家義,“扒”爲正字也。

〔**説**〕　毛《傳》:“説,舍也。”《釋文》:“説,本或作税,又作脱。舍也。”《爾雅》郭注、《文選·曹植〈應詔詩〉》注引《詩》並作“税”。又,《鄘風·定之方中》“説于桑田”,《藝文類聚》、《太平御覽》並引作“税”。《釋文·禮記音義》:“税,本作脱。”可知説、税、脱古通用。

行　露

厭浥行露,豈不夙夜,謂行多露。

誰謂雀無角,何以穿我屋。誰謂女無家,何以速我獄。雖速我獄,室家不足。

誰謂鼠無牙,何以穿我墉。誰謂女無家,何以速我訟。雖速我訟,亦不女從。

〔**厭浥行露**〕　毛《傳》:“厭浥,溼意也。”魯、韓“厭”作“湆”,魯、韓说:“湆浥,溼也。”《釋文》:“浥,本又作挹。”《説文》:“湆,幽溼也。”“浥,溼也。”《廣雅》:“湆浥,溼也。”徐鍇《説文繫傳》:“今人多言浥湆也。”按:厭爲湆之假借,挹爲浥之假借,魯、韓作“湆浥”爲正字。又,“行”,毛《傳》:“道也。”按:行即行道、道路。“行露”,道上露也。“行”,《廣韻》胡郎切,陽部。

〔**穿**〕　《釋文》:“穿,本亦作穿。”《説文》無“穿”字。《類篇》:“穿、穿,或从身。”按:穿爲穿之通假字。

〔**女**〕　《韓詩外傳》引《詩》“女”作“爾”。二字一聲之轉,古通用。

羔　羊

羔羊之皮,素絲五紽。退食自公,委蛇委蛇。
羔羊之革,素絲五緎。委蛇委蛇,自公退食。
羔羊之縫,素絲五緫。委蛇委蛇,退食自公。

〔**皮、革、縫**〕　毛《傳》:“革,猶皮也。”馬瑞辰云:“按:革、鬲古同音,革當爲䩹之同音假借。《説文》:‘䩹,裘裏也。从裘,鬲聲。讀若擊。’䩹讀若擊,猶革讀若棘也。《玉篇》:‘福,裘裏也。或作䩹。’古者裘皆表其毛而爲之裏以附於革,謂之䩹。《詩》‘羔羊之皮,素絲五紽’,皮言其表也;‘羔羊之革,素絲五緎’,革言其裏也;‘羔羊之縫,素絲五緫’,合言其表與裏也。革即䩹之假借。”按:縫,或爲鞼之通假，鞼亦訓皮、革。

〔委蛇〕　毛《傳》：“委蛇，行可從迹也。”鄭《箋》：“委蛇，委曲自得之貌。”《韓詩》作“逶迤”。《説文》：“池，衺行也。”“逶，逶池，衺去之貌。”《廣雅》：“委蛇，逶衺也。”按：委蛇、逶迤，同聲通用。

〔紽、緎、總〕　《釋文》：“它，本又作他。”又云：“本或作紽。”葉石林鈔本《釋文》作佗。《彙校》：“蜀石經及注疏本皆作紽。舊鈔本作紽，英倫藏本作絁。”毛《傳》：“紽，數也。”《廣雅》：“紽，數也。”《玉篇》、《廣韻》並云：“紽，絲數也。”王引之云：“紽、緎、總，皆數也。五絲爲紽，四紽爲緎，四緎爲總。”馬瑞辰云：“佗即古他字。他者，彼之稱也，此之别也。由此及彼，則其數爲二。……《西京雜記》載鄒長倩遺公孫弘書：‘五絲爲䋮，倍䋮爲升，倍升爲緎，倍緎爲紀，倍紀爲緵。’總即緵字之轉，則緎爲二十絲之數，總爲八十絲之數也。緎，《説文》作黬。”毛《傳》：“緎，縫也。”陳奐云：“五，古文作×，當讀爲交午之午。……五佗，猶交加，言縫裘，不言縫裘之絲。……素絲者，織成之組，作裘緣邊之紕，漢人謂之偏諸。《傳》云‘素絲以英裘’，謂以素絲爲縫裘之飾，英，猶飾也。”又云：“《爾雅·釋訓》云：‘緎，羔裘之縫也。’《傳》詁緎爲縫，正本《爾雅》作訓。”王先謙云：“陳氏奐謂素絲爲裘緣邊之飾，如漢世之‘偏諸’，非也。”按：以三章文義推之，紽、緎、總，以訓“絲數”爲是。

殷其靁

殷其靁，在南山之陽。何斯違斯，莫敢或遑。振振君子，歸哉歸哉。

殷其靁，在南山之側。何斯違斯，莫敢遑息。振振君子，歸哉歸哉。

殷其靁，在南山之下。何斯違斯，莫或遑處。振振君子，歸哉歸哉。

〔殷〕　《文選·何晏〈景福殿賦〉》李善注引毛《傳》："磤，雷聲也。"《一切經音義》引《通俗文》："雷聲曰磤。"《廣雅》："磤，聲也。"《玉篇》："磤，雷聲。"又作"隱"、"隱隱"，《易林》："雷車不藏，隱隱西行。"另《韓詩》作"䨻"，臧鏞堂云："《廣韻·六脂》：'䨻，雷也。'出《韓詩》。"按："殷"爲"磤"之省借；"隱"爲"殷"(磤)之音轉通假。陳喬樅云："'殷'聲如'衣'，'䨻'音爲'夷'，故'殷'、'䨻'古得通假。"

〔靁〕　《說文》："靁，陰陽薄動靁雨，生物者也。从雨，畾象回轉形。"《釋文》："靁，亦作雷。"徐堅《初學記》一引《詩》作"雷"，蓋出自《韓詩》。按："靁"爲初文，"雷"爲後起之專字，漢代以還，多用"雷"字。

〔遑〕　《釋文》："遑，本或作偟。"二字古通。

〔莫敢遑息〕〔莫敢遑處〕　山井鼎《考文》謂古本兩句均有"或"字，作"莫敢或遑息"、"莫敢或遑處"。準此句式，首章"莫敢或遑"句末似脱一字。若增一字，則每章第四句各爲五字，句式一律，語意蟬聯，複沓迴環，更見一唱三歎之趣。又《一切經音義》引《詩》"莫或皇處"。玄應或據《韓詩》出此"皇"字。作"皇"者，假借字。或爲隸省。

摽有梅

摽有梅，其實七兮。求我庶士，迨其吉兮。

摽有梅，其實三兮。求我庶士，迨其今兮。
摽有梅，頃筐塈之。求我庶士，迨其謂之。

〔**摽有梅**〕　《魯詩》、《韓詩》"摽"作"莩"，《齊詩》作"蔈"。《孟子·梁惠王》趙岐注引《詩》"莩有梅"，云："莩，零落也。"孫奭《音義》又引丁公著云"《韓詩》也"。《漢書·食貨志》贊引《孟子》"莩"作"莩"，注引鄭德云："莩音'蔈有梅'之蔈。莩，零落也。"《藝文類聚》八十六、《白帖》九十九、《太平御覽》七百六十九及九百七十、《爾雅》邢疏各引《詩》"標有梅"。《說文》作"受"，云："物落，上下相付也。……讀若《詩》'摽有梅'。"段注以《毛詩》摽字爲受之假借。《玉篇》："莩，落也。"毛《傳》："摽，落也。"桂馥云："《增韻》云：'《詩》"摽有梅"，本作受，受變爲孚，轉寫訛耳。'凡'餓殍'、'莩落'字從'孚'者，本皆作'受'，非'孚信'之'孚'。程君瑤田曰：'……《韓詩》所謂"莩"者，即"受"字轉寫之異。《孟子》言人飢腹中空而死，如華秀不實者之受落也。'"王先謙云："參觀諸說，'摽'字確當爲'受'，魯、韓之'莩'，齊之'蔈'，皆非正字。"《釋文》："梅，木名也，《韓詩》作楳。"按：梅，古文作呆、槑、杲、某，作"楳"者，蓋隸定字。

〔**迨其今兮**〕　《蜀石經》殘碑"其"作"及"，疑爲手民之誤。此句首"迨"字猶"逮"也，其義爲"及"、"趁"，若"迨"連用"及"字，則煩複不詞矣。且首章、三章均爲"迨其……"，設二章作"迨及"，則前後參差，有違通例。

〔**頃筐塈之**〕　《玉篇》"摡"下引《詩》"傾筐摡之"。《白帖》引《詩》同。《玉篇》、《白帖》所引者，《韓詩》也。韓說曰："摡，取也。"毛《傳》云："塈，取也。"二者字異而義同。《廣雅》："摡，取也。"與韓説合。按:"既"字有"終"、"盡"義,又訓"取",加"手"旁則更益其義,訓"盡取"亦可。《説文》"塈"作"摡",云:"摡,仰涂也。"並無"取"義。馬瑞辰云:"摡亦省作既,《左氏傳》'董澤之蒲,可勝既乎',既亦取也。……《説文》乞作气,音氣,後變作乞,訓爲乞取。據《一切經音義》引《蒼頡篇》'乞謂行匄也',則乞字《蒼頡篇》已有之。气、乞寔一字,摡、既皆當爲乞之聲近假借,故得訓取。气之通作摡,猶氣之通作既也。"馬氏所辨是矣。頃、傾二字古通。

〔**迨其謂之**〕　毛《傳》:"謂之,不待備禮也。三十之男,二十之女,禮未備則不待禮,會而行之者,所以蕃育人民也。"馬瑞辰云:"此《傳》義本《周官·媒氏》'仲春令會男女',以'謂之'爲'會之'之假借。上云'謂之,不待備禮',下即云'會而行之者',正以'會而行之'釋經文'謂之'也。謂與彙同从胃聲。《周易》'拔茅茹以其彙',鄭云'勤也',以彙爲謂之假借;王云'類也',以彙爲會之假借。又《爾雅·釋木》'樸抱者謂',《釋文》引舍人本謂作彙。知彙之可假作謂,又可假作會,則知謂之可假作會。"陳奂曰:"《管子·入國篇》云:'五曰合獨。'所謂合獨者,凡國都皆有掌媒,丈夫無妻曰鰥,婦人無夫曰寡,取鰥寡而合和之,予田宅而家室之。三年,然後事之,此之謂合獨。《管子》'合獨'亦即行《周禮》'會男女'法。古者未三十男亦行娶,未二十女亦行嫁,三十、二十爲年盡,若踰時無夫家,則爲鰥寡矣。嫁娶以秋冬爲正時,冰泮而殺止。仲春之月,爲期盡。《周禮》於仲春會男女之無夫家者,以年盡之男女於期盡之月行之。此雖禮不備,而亦會而行之者也。……《有狐》序云:'古者凶荒,則殺禮而多昏,會男女之無夫家者,所以蕃育民人也。'"詳參衆議,"謂"字之旨明矣。

小　星

嘒彼小星，三五在東。肅肅宵征，夙夜在公。寔命不同。

嘒彼小星，維參與昴。肅肅宵征，抱衾與裯。寔命不猶。

〔嘒〕　毛《傳》："嘒，微貌。"《説文》："嘒，小聲也。从口，慧聲。《詩》曰：'嘒彼小星。'"《小雅・小弁》"鳴蜩嘒嘒"，毛《傳》："嘒嘒，聲也。"《釋文》："嘒嘒，蟬聲也。"《廣韻》："暳，小星。《詩・召南・小星》亦作暳。"《玉篇》："暳，衆星貌。"《正字通》："暳，小星貌。"《廣韻》、《玉篇》俱不言出自何家之詩，以《玉篇》、《廣韻》引《詩》之例比勘之，作"暳"者《韓詩》也。《説文》"嘒"下引《詩》，疑爲後人妄加。按：經文正字當作"暳"。"嘒"乃象聲之詞，與星貌、星光之義不協也。

〔寔〕　毛《傳》："寔，是也。"《爾雅》："寔，是也。"《大雅・韓奕》鄭《箋》："實當作寔。"《小雅・頍弁》鄭《箋》："實，猶是也。"明毛、鄭以《詩》凡"寔"字皆訓"是"，乃正字；《韓奕》、《頍弁》中之"實"字均爲"寔"之通假字也。古書多借"寔"作"是"，且常互訓，蓋以同聲互假故也。《韓詩》作"實"，云："有也。"應從《毛詩》。

〔昴〕　毛《傳》："昴，留也。"《釋文》："昴，音卯，徐又音茅。一名留。"《説文・日部》"昴"（㚖）下云："白虎宿星，从日，卯聲。"《彙校》："自徐音茅，俗遂轉爲卯，並刊作昴。非也。《集韻》引此詩作'㚖'，始與毛公訓'畱'合。《蜀石經》作'畱'，雖不與'㚖'通，然可以訂今本作'昴'之誤。"按：本篇"昴"當爲"㚖"（畱）之訛字。

今本《説文》從之，謬矣。

〔裯〕　《唐石經》初刻作"稠"，後改作"裯"。毛《傳》："裯，襌被也。"鄭《箋》："裯，牀帳也。"三家"裯"作"幬"，韓説曰："幬，單帳也。"《爾雅》作"幬"，邢疏引《詩》作"幬"。《釋文·爾雅音義》："幬，本或作㡓。"按："㡓"字，《説文》無收，或爲"幬"之俗體。《説文》："幬，襌帳也。"又云："襌，衣不重。"是知襌帳即單帳也。《説文》："袛，袛裯，短衣。"又云："裯，衣袂，袛裯。"鄭《箋》以"裯"爲"幬"之假借，故訓爲"牀帳也"。當從《韓詩》以"幬"爲正字。

〔猶〕　《爾雅·釋言》："猷，若也。"郭注引《詩》"寔命不猷"。《文選·潘岳〈馬汧督誄〉》注引《詩》作"猷"，《荀子·君道篇》《議兵篇》引《詩》並作"猷"。《玉篇》："猶亦與猷同。"《禮記》鄭注："猷，若也。"段玉裁云："今字分猷謀字犬在右，語助字犬在左，經典絶無此例。"按："猷"、"猶"古通用。

江有汜

江有汜，之子歸，不我以。不我以，其後也悔。
江有渚，之子歸，不我與。不我與，其後也處。
江有沱，之子歸，不我過。不我過，其嘯也歌。

〔江有汜〕　《魯詩》、《韓詩》作"江有洍"。據《易林》"江水沱汜"，可證《齊詩》同《毛詩》作"汜"。《説文》："洍，水也。从水，叵聲。《詩》曰：'江有洍。'詳里切。"又云："汜，水别復入水也。一曰：汜，窮瀆也。从水，巳聲。《詩》曰：'江有汜。'詳里切。"徐鉉曰："案：前洍字音義同，蓋或體也。"臧庸曰："吕東萊《讀詩記》引董氏曰:‘《石經》作洍。’董逌云:‘蓋古爲洍,後世譌也。’”《廣韻》:“洍,水名。《詩》云:‘江有洍。’又音似,《毛詩》作汜。”又云:“汜,水名,在河南成臯縣。”《玉篇》:“汜,水名。”毛《傳》:“決復入爲汜。”按:徐鉉、董逌之論均未安。段玉裁曰:“‘汜,水别復入水也’,引‘汜’,言轉注也;‘洍,水名’,引‘洍’,言假借也。”此説似與毛《傳》義合。《毛詩》“汜”字,魯、韓作“洍”,俱非“汜水”或“洍水”之專名。

〔**之子歸**〕　《詩經考文》:足利本詩三章均作“之子于歸”。《蜀石經》同。按:“之子于歸”乃《詩》中謂嫁女之常語,凡十二次:《桃夭》三次、《漢廣》二次、《鵲巢》三次、《燕燕》三次、《東山》一次。推知此詩句“歸”前似脱“于”字。設增“于”字,則能足成文義,且合通例。《詩經考文》、《蜀石經》或依確據始出此“之子于歸”句耳。

〔**其嘯也歌**〕　《説文·欠部》“歗”字下曰:“吟也。”又引《詩》曰:“其歗也謌。”《説文·口部》:“嘯,吹聲也。歗,籀文嘯,从欠。”《魯詩》、《齊詩》作“其歗也謌”。馬瑞辰云:“嘯、歗二字,經典通用,而其本字則音同而義别。嘯者,吹聲,悲聲也。《中谷有蓷》篇‘條其歗矣’、《白華》篇‘歗歌傷懷’,其字皆當作嘯。經作歗者,假借也。歗者,吟也,與《説文》歎字訓吟,‘謂情有所悦,吟歎而歌詠’同義,樂聲也。此詩‘其嘯也歌’,當从《説文》引作歗。《毛詩》作嘯者,亦假借也。”“謌”爲“歌”之重文。

野有死麕

野有死麕,白茅包之。有女懷春,吉士誘之。
林有樸樕,野有死鹿。白茅純束,有女如玉。

舒而脱脱兮，無感我帨兮，無使尨也吠。

〔麕〕　《釋文》出作“麏”，云：“本亦作麕，又作麇。”《漢石經》、《蜀石經》同作“麕”。《左傳·昭公元年》引《詩》作“麕”。《文選·沈約〈宿東園〉》注、《衛風·木瓜》孔穎達《正義》引《詩》並作“麕”。明豐坊《詩傳》、《詩説》俱作“麇”。《左傳·昭公五年》“求諸侯而麇至”，《〈史記·楚世家〉索隱》作“麏”。按：麇、麕、麏三字形異而實同，古者於經傳中互見並出。黄焯云：“麇正，麕籀，麏乃或體。”

〔包〕　《釋文》出作“苞”，云：“裹也。”《〈衛風·木瓜〉正義》引《詩》作“苞”。《〈禮記·曲禮〉正義》、《藝文類聚》八十一、《白帖》一百、《太平御覽》九百九十六各引《詩》同作“苞”。陳奂云：“《説文》：‘勹，裹也。’勹，本字。古假作苞，今俗作包。”王先謙云：“勹，本字。包，借字。苞，誤字。”按：“包”字雖爲“勹”之俗體、借字，然後世言“勹”者，每用“包”字。

〔樸樕〕　《爾雅·釋木》作“樕樸”。《釋文·爾雅音義》亦作“樕樸”。《太平御覽》五十七引《詩》作“樸蔌”。按：作“樕樸”者，即“樸樕”之誤倒。“蔌”爲“樕”之借字。經文當作“樸樕”。

〔純〕　鄭《箋》：“純，讀如屯。”魯、齊、韓並作“屯”。陳喬樅云：“《史記·蘇秦傳》‘錦繡千純’，《索隱》引《國策》高注：‘純音屯。屯，束也。’與鄭讀合。是古‘屯’、‘束’字多假作‘純’。……然則三家今文當作‘屯’。”馬瑞辰云：“《釋文》引沈重曰：‘純讀屯，徒尊反，聚也。’按：純、屯古通用。……純又通作芚。《〈莊子·齊物論〉釋文》：‘芚，束也。’據《説文》‘稛，絭束也’，《齊語》‘稛載而歸’，韋注‘稛，絭也’，純、屯皆稛之假借。稛之借作純與屯，猶困之通作囿也。”

〔脱脱〕　陳奂云:“《集韻·十四泰》:‘娧娧,舒遲貌,一曰喜也。’此《三家詩》義也。《玉篇》:‘娧,好貌。’‘娧娧’爲本字,‘脱脱’爲假借字。”《説文》:“娧,好也。从女,兑聲。”《方言》、《廣雅》訓同。《玉篇》:“娧,好貌。”按:“娧”字連文“娧娧”,以加强語義。且三章之“娧”、“帨”、“吠”同屬月部,韻律和諧。宜從三家以“娧”爲正字。《毛詩》作“脱”,爲假借字。

〔感〕　《太平御覽》九百四引《詩》“無撼我帨兮”,爲三家之異文。《釋文》:“感,如字。又胡坎反。動也。”陳喬樅云:“毛作感,撼之省借。……胡坎切,即撼字之音。”《爾雅·釋詁》:“感,動也。”郝懿行《義疏》:“感者,《説文》云:‘動人心也。’《詩·野有死麕》傳及《樂記》注並云:‘感,動也。’感又觸也,發也,發、觸義亦爲動。感之爲言摵也。《説文》云:‘摵,摇也。’摇、動同義。”《説文》“摵”下徐鉉云:“今别作撼。”朱駿聲《通訓定聲》:“摵,字亦作撼。”陳奂云:“感,古撼字。”按:此詩“感”字應讀作“撼”。

〔尨〕　《太平御覽》六百九十六引《詩》“尨”作“厖”。按:《説文》:“尨,犬之多毛者。”毛《傳》:“尨,狗也。”蓋古者尨、龍易亂,尨或通厖,故尨又訛爲厖。《御覽》引作“厖”,非是。

何彼襛矣

何彼襛矣,唐棣之華。曷不肅雝,王姬之車。
何彼襛矣,華如桃李。平王之孫,齊侯之子。
其釣維何,維絲伊緡。齊侯之子,平王之孫。

〔襛〕　《韓詩》“襛”作“茙”。毛《傳》:“襛,猶戎戎也。”《詩集傳》："襛，盛也。猶曰戎戎也。"《説文》："襛，衣厚貌。从衣，農聲。《詩》曰：'何彼襛矣。'""茸，艸茸茸貌。"《邶風·旄丘》"狐裘蒙戎"，《左傳》引作"狐裘蒙茸"。《韓詩》初或作"戎"，"艸"疑隸變所增。又"襛"或作"穠"。《太平御覽》一百五十二、五百四十、七百七十二、八百三十四，《白帖》三十七、九十六各引《詩》同。张參《五經文字》："襛，見《詩·風》，從禾者譌。"按：《説文》未收"茙"字，"襛"與"戎"一聲之轉，"茸"與"戎"音同字通。竊以《毛詩》之"襛"、《韓詩》之"茙"，其本字皆爲"戎"，擬狀之詞也。

〔**唐棣之華**〕　《太平御覽》一百五十二及七百七十二引《詩》作"棠棣"。胡承珙《毛詩後箋》云："'唐棣之華'，《傳》：'唐棣，栘也。'《〈小雅·常棣〉傳》云：'常棣，棣也。'此皆與今本《爾雅》同。《正義》引舍人注'唐棣，一名栘'，'常棣，一名棣'，又皆與郭注同。後之學者，印定心目，遂據以爲唐棣、常棣之分牢不可破，而所言華實形色及别名又多溷淆。王氏《經義述聞》曰：'"常棣，棣"，本或作"常棣，栘"。《〈秦風·晨風〉傳》："棣，唐棣也。"《論語·子罕篇》注："唐棣，棣也。"(今本作"唐棣，栘也"，此後人據郭本《爾雅》改之。皇侃《疏》云："唐棣，棣樹也。"《釋文》不出"栘"字之音，則舊本作"唐棣，棣也"可知。以上原爲注文——作者按。)則與郭本殊。蓋所見《爾雅》舊本作"常棣，栘。唐棣，棣也"。今案：《小雅》"常棣之華"，《藝文類聚·木部》下引三家《詩》作"夫栘之華"，則名"栘"者乃常棣，而非唐棣甚明。《〈常棣〉傳》"常棣，棣也"，當依或本作"常棣，栘也"。《〈何彼襛矣〉傳》"唐棣，栘也"及《箋》内之"栘"，俱當作"棣"，後人據郭本《爾雅》改之也。''以三家《詩》及毛《傳》、陸《疏》、《本草》考之，似作"常棣，栘。唐棣，棣"者爲長。蓋因常、唐聲近，遂致相亂耳。'承珙案：王説是也。《説文》：'栘，棠棣也。''棣，白棣也。'棠棣即常棣，常、棠形聲皆相近。《漢書·杜鄴傳》引《小雅·常棣》作《棠棣》,顔師古注亦同。……蓋許氏以'移'爲'棠棣',即《小雅》之'常棣'。《毛詩》'常棣',據《選》注有作'棠棣'者,殆即許所本歟?其又以'棣'爲'白棣'者,意當時惟'白棣'得專'棣'名,故以色别之。此即《召南》及《論語》之'唐棣'。蓋'唐棣'可單稱'棣',故《秦風》'山有苞棣'祇言'棣',而毛《傳》曰'棣,唐棣也'。'常棣'又可單稱'常',故《小雅》但言'維常之華',而毛《傳》曰'常,常棣也'。然則《召南》之'唐棣,移',當作'唐棣,棣';《小雅》之'常棣,棣',當作'常棣,移'。由于後人互易致誤,其故瞭然矣。"陳奂之説與胡氏略同,以爲皇《疏》與《玉篇》皆可訂今本毛《傳》及《爾雅》之誤,並云:"《説文》:'移,棠棣也。'……棠,當作常。"

〔**雝**〕　《蜀石經》殘碑作"雍",《文選·謝莊〈宋孝武宣貴妃誄〉》注、《初學記》十各引《詩》作"雍"。按:"雝"爲古文,"雍"乃後世隸定字體。應從"雝",始合其本義。

〔**維絲伊緍**〕　《文選·左思〈吴都賦〉》注引《詩》"維"作"惟"。《蜀石經》殘碑"緍"作"緡"。按:"維"、"惟"、"唯"在《詩》多爲語詞,同音通用。"緡"字爲"緍"之異文。《説文》有"緡"無"緍",云:"緡,釣魚繁也。"《爾雅·釋言》:"緍,綸也。"《玉篇》:"緡,絲緒釣繳也。"《正字通》:"緡,同緍。"

騶虞

彼茁者葭,壹發五豝。于嗟乎騶虞。
彼茁者蓬,壹發五豵。于嗟乎騶虞。

〔**壹發五豝**〕　《三家詩》"壹"作"一"。《蜀石經》殘碑作

"一"。《説文·豕部》"豝"字下引《詩》亦作"一發五豝"。《禮記·射義》注、《爾雅》注、《太平御覽》九百三各引《詩》同。《詩氾歷樞》作"一發五羓"。《説文》"一"下注云:"弌,古文一。"又云:"壹,專壹也。"《國語·晉語》注同。《廣雅·釋詁》:"壹,弌也。"《禮記·表記》注:"壹,讀爲一。"是"一"、"弌"、"壹"古今字也。《説文》:"豝,牝豕也。"毛《傳》:"豕牝曰豝。""羓"爲"豝"之假借。

〔**于嗟乎騶虞**〕　《文選·李陵〈與蘇武詩〉》注引《琴操》作"鄒虞"。明豐坊《詩傳》、《詩説》亦作"鄒虞"。賈誼《新書》、《禮記·射義》鄭注各引《詩》,《藝文類聚》九十九引《毛詩》作"吁嗟乎騶虞"。《文選·張衡〈東京賦〉》注引劉芳《詩義疏》云:"騶虞或作騶吾。"《山海經·海内北經》:"林氏國有珍獸,大若虎,五采畢具,尾長于身,名曰騶吾,乘之日行千里。"毛《傳》則曰:"騶虞,義獸也,白虎黑文,不食生物。"《墨子·三辯》:"周成王因先王之樂,又自作樂,命曰騶吾。"王應麟《困學紀聞·詩》引《墨子》亦作"騶吾"。今本《墨子閒詁》已據經典改爲"騶虞"。《史記·東方朔傳》又作"騶牙"。按:"于"、"吁",音義並通。"騶"、"鄒",古亦通用,《孟子》"鄒與魯鬨"之"鄒",《漢書·地理志》、《後漢書·郡國志》均作"騶";《史記》"騶衍",《古今人表》作"鄒衍"。"吾"、"牙"與"虞"字古音同部,故亦相通。當從《毛詩》"于嗟乎騶虞"。

〔**豵**〕　《釋文》出作"豵",云:"字又作猣。"《周禮·大司馬》鄭注:"一歲爲豵。"《釋文·周禮音義》出作"豵",云:"本亦作豵。"《玉篇》作"綜",云:"亦作猣。"《説文》:"豵,生六月豚。从豕,從聲。一曰一歲豵,尚叢聚也。"《小爾雅》:"豕之大者謂之豣,小者謂之豵。"《爾雅》:"豕生三,豵。"《廣雅》:"獸一歲爲豵。"按:"猣"、"豵"、"稯"、"綜",皆爲"豵"字之異體,"豵"爲正字。

邶　風

柏　舟

汎彼柏舟,亦汎其流。耿耿不寐,如有隱憂。微我無酒,以敖以遊。

我心匪鑒,不可以茹。亦有兄弟,不可以據。薄言往愬,逢彼之怒。

我心匪石,不可轉也。我心匪席,不可卷也。威儀棣棣,不可選也。

憂心悄悄,愠于羣小。覯閔既多,受侮不少。静言思之,寤辟有摽。

日居月諸,胡迭而微。心之憂矣,如匪澣衣。静言思之,不能奮飛。

〔**汎彼柏舟,亦汎其流**〕　《説文》:"汎,浮皃。"段注:"'皃',當作'也'。……《廣雅》曰:'汎汎、氾氾,浮也。'"《説文》:"泛,浮也。"段注:"《邶風》曰'汎彼柏舟,亦汎其流',上'汎'謂汎汎,浮皃也;下'汎'當作'泛',浮也。汎、泛古同音,而有區别如此。"

〔**耿耿不寐**〕　《楚辭・遠遊》:"夜耿耿而不寐兮。"王逸注:"耿,一作炯。"《楚辭・哀時命》:"夜炯炯而不寐兮,懷隱憂而歷兹。"王逸注:"言己中心愁怛,目爲炯炯而不能眠,如逢大憂,常懷戚戚。"王逸用《魯詩》。按:"耿耿",憂傷不安貌。"耿"、"炯"雙聲可互假。王氏訓“目爲炯炯而不能眠”則有失其旨矣。

〔**如有隱憂**〕　《楚辭·悲回風》王注引《詩》“如有隱憂”。《淮南子·説山訓》高注引《詩》“如有殷憂”。王逸、高誘皆用《魯詩》,是知“隱”、“殷”於《魯詩》中並出。《説文》:“慇,痛也。”《文選》陸機《歎逝賦》注、阮籍《咏懷詩》注、劉琨《勸進表》注,各引《韓詩》“如有殷憂”。李注曰:“殷,憂也。”《廣雅》:“殷,痛也。”按:隱,慇之假借。殷,慇之省借。單言曰慇、殷、隱;纍言曰慇慇、殷殷、隱隱。毛《傳》:“隱,痛也。”“慇慇”,深切之憂痛也。“慇”爲此詩正字。

〔**以敖以遊**〕　《蜀石經》殘碑“敖”作“遨”。《釋文》:“敖,本亦作遨。”《文選·曹操〈短歌行〉》注、嵇康《琴賦》注、陶淵明《雜詩》注,各引《詩》“以遨以遊”。《説文繫傳》引《詩》作“以遨以遊”。《説文》:“敖,出游也。从出、放。”“敖”爲正字,“遨”爲後世纍增字,《後漢書》始見“遨”字。

〔**鑒**〕　《釋文》出作“監”,云:“本又作鑒。甲暫反。鏡也。”《説文》無“鑒”有“監”,云:“臨下也。”《説文》:“鑑,大盆也。一曰鑑諸,可以取明水於月。”王先謙云:“‘諸’上脱‘方’字。”按:“鑑”正字。“監”爲“鑑”之省借。“鑒”爲後起字。

〔**棣棣**〕　《釋文》:“棣,本或作逮。”《左傳·襄公三十二年》引衛詩,《禮記·孔子閒居》、《漢書·韋玄成傳》、《後漢書》載朱穆《絶交論》注,各引《詩》“威儀逮逮”,與《釋文》或本同。陳奂云:“《傳》:‘棣棣,富而閑習也。’閑,當作閒。閒,古嫻字。閒下習字疑衍。《〈車鄰〉傳》:‘閒,習也。’訓閒爲習,則不必於閒下增習矣。”《字彙·辵部》:“逮,逮逮,安和貌。”方以智《通雅·釋詁·重言》:“逮逮與棣棣通。”按:“棣”、“逮”古音同在脂部,通用。“棣棣”即“逮逮”,“逮”爲正字。

〔不可選也〕　《三家詩》"選"作"算"。《詩攷》引作"不可算也"。《説文》:"算,數也。"毛《傳》:"物有其容,不可數也。"惠棟《九經古義》曰:"案《朱穆集》載《絶交論》云:'威儀棣棣,不可算也。'鄭注《論語》云:'算,數也。'與毛訓同。"《漢書·公孫劉田王楊蔡陳鄭傳》贊云:"斗筲之徒,何足選也。"顏注:"言其材器小劣,不足數也。"是以"選"作"算",故訓爲"數"也。《一切經音義》引《三蒼》曰:"算,選也。"按:算、選,同在心母,雙聲,互通。又見《猗嗟篇》。"算"爲正字,"選"乃借字。

〔覯閔既多〕　《魯詩》、《齊詩》"覯"作"遘","閔"作"愍"。《釋文》出作"遘",云:"本或作覯。"《漢書·叙傳》作"遘閔既多",注引《詩》同。《楚辭·哀時命》王注引《詩》"遘愍既多",今本《楚辭章句》作"閔",舊校云:"閔,一作愍。"班固《幽通賦》亦作"遘愍"。《文選·王粲〈七哀詩〉》注:"遘與構同。"《一切經音義》引《字詁》:"古文愍,今作閔。"《〈禮記·儒行〉釋文》亦云:"閔,本作愍。"按:覯、遘、構同聲相通。魯、齊作"遘"爲正字,毛作"覯"爲假借字。"愍"、"閔"乃古今字。

〔寤辟有摽〕　《説文》:"晤,明也。……《詩》曰:'晤辟有摽。'"許氏用魯、齊也。毛《傳》:"辟,拊心也。"《爾雅》:"辟,拊心也。"郭注:"謂椎胸也。"《〈爾雅〉釋文》:"辟,宜作擗。"《〈毛詩〉釋文》:"辟,本又作擘。"《玉篇》:"擗,拊心也。亦作辟。"《文選·馬融〈長笛賦〉》:"靐歎頹息,掐膺擗摽。"李善注:"《毛詩》曰:'寤擗有摽。'毛萇曰:'擗摽,拊心貌。'"《廣韻·昔韻》:"擗,撫心也。"又,郝懿行《爾雅義疏》:"辟,當作捭。"《説文》:"捭,兩手擊也。从手,卑聲。"按:《陳風·東門之池》"可與晤言",《列女傳》引作"可與寤言",是"晤"、"寤"古通用也。《毛詩》作"寤"者,爲"晤"之借字。《魯詩》、《齊詩》作"晤",是其本字。"擗"字,《説文》未載。

"擘"字,《説文》曰:"撝也。从手,辟聲。""撝,裂也。从手,爲聲。一曰手指也。"徐鍇《繫傳》:"一曰手指撝。"錢坫《斠詮》:"'指撝'與'麾'字同。"可知"擘"、"辟"二字本無"拊"義。至"擗"字,毛萇、《玉篇》均訓"拊",《廣韻》則以"撫"釋之。"拊"、"撫"皆有"擊"義。毛《傳》以"辟"爲"擗"之假借,故訓"拊心"。

〔**日居月諸**〕　《集韻·平聲一·魚第九》"徸"下注云:"月行也。《詩》'日居月徸'。通作諸。"《類篇·彳部》亦引《詩》"日居月徸",並云:"徸,月行也。通作諸。"毛《傳》訓"日居月諸"爲"日乎月乎",以"居"、"諸"爲語詞。按:"居"、"諸"、"乎"古音同在魚部,殆毛氏以"乎"代"居"、"諸"歟。至《集韻》、《類篇》詁"徸,通作諸",或無大謬。然以"月行"釋之,則乖離本義矣。

〔**胡迭而微**〕　"迭",韓作"臷",云:"常也。"《釋文》:"《韓詩》作臷,音同。"《正義》"今日何爲與月更迭而虧傷乎",以"更迭"爲訓。《詩集傳》:"迭,更。"馬瑞辰云:"迭、佚古通用。《方言》:'佚,代也。'《廣雅》:'迭,代也。'謂日月更迭而食爲不明。《易林·升之革》曰:'日居月諸,遇暗不明。'得其義矣。……迭從失聲,古秩與程雙聲通用。《韓詩》作臷,蓋戴字之或體。迭通作戴,猶《堯典》'平秩'《史記》作'便程',《説文》引《虞書》作'平豒';《巧言》詩'秩秩大猷',《説文》作'戴戴',又𧾷字注:'讀若《詩》"威儀秩秩"'也。迭古音近替,故《少牢饋食禮》'勿替引之',鄭注:'替,古文爲袂,或爲戴。'錢大昕以袂爲秩之譌,是也。迭音又近鐵,故《春秋》'戰於鐵',《公羊經》作秩。戴、至音亦相近,《爾雅》:'晊,大也。'《説文》:'戴,大也。'戴即晊也,故戴字又作臷耳。毛、韓字異而音義並同。説《韓詩》者訓臷爲常,失之。"馬氏之説是也。

緑　衣

緑兮衣兮，緑衣黄裏。心之憂矣，曷維其已。

緑兮衣兮，緑衣黄裳。心之憂矣，曷維其亡。

緑兮絲兮，女所治兮。我思古人，俾無訧兮。

絺兮綌兮，凄其以風。我思古人，實獲我心。

〔**緑衣**〕　《釋文》："毛如字。緑，東方之間色也。鄭改作褖。吐亂反。篇内各同。"《太平御覽》六百九十引《詩》作褖。篇内各章緑字並作褖。《毛詩》作緑，《淮南子》注引《詩》亦作緑。鄭《箋》改作"緣"，非。

〔**俾無訧兮**〕　《釋文》："訧，音尤，本或作尤。過也。"毛《傳》："訧，過也。"《載馳》"許人尤之"，毛《傳》亦訓"過也"。《文選》注引《薛君章句》："尤，非也。"按：此篇"訧"字與"尤"古通用。《説文》："訧，罪也。""尤，異也。"《玉篇》："尤，過也。"音同義通。

燕　燕

燕燕于飛，差池其羽。之子于歸，遠送于野。瞻望弗及，泣涕如雨。

燕燕于飛，頡之頏之。之子于歸，遠于將之。瞻望弗及，佇立以泣。

燕燕于飛，下上其音。之子于歸，遠送于南。瞻望弗及，實勞我心。

仲氏任只，其心塞淵。終温且惠，淑慎其身。先君之思，以勗寡人。

〔燕燕于飛〕　晉傅咸《鷰賦》作"鷰鷰于飛"。《藝文類聚》九十二、《太平御覽》九百二十二引《詩》並同。毛《傳》："燕燕，鳦也。"《爾雅》訓同。《說文》："燕，玄鳥也。籋口，布翄，枝尾。象形。""乙，燕燕。乙鳥也。齊、魯謂之乙，取其鳴自謼。象形也。凡乙之屬皆从乙。鳦，乙或从鳥。"徐鍇曰："此與甲乙之乙相類，其形舉首下曲，與甲乙字少異。"段注："舊作'呼'，今依《韻會》正。'也'字，今依《韻會》補。……燕之鳴如云'乙'。燕乙雙聲。……既得其聲而像其形，則爲乙。燕篆像其籋口、布翄、枝尾，全體之形。乙篆像其于飛之形。故二篆皆曰像形也。乙象翅開、首竦，横看之乃得。本與甲乙字異，俗人恐與甲乙亂，加鳥旁爲鳦，則贅矣。本音烏拔反，十五部。入於筆切者，非是。"《爾雅·釋鳥》："燕燕，鳦。"郭注："《詩》云'燕燕于飛'。一名玄鳥，齊人呼鳦。"郝懿行《義疏》："《左傳》疏云：'或單呼爲燕，或重名燕燕，異方語也。'按《漢書》童謡亦云'燕燕尾涎涎'。詩謡重文足句，非必異方人語。又燕燕之聲轉爲鳦鳦，曼聲言之爲鷾鴯。《莊子·山木篇》云：'鳥莫知於鷾鴯。'司馬彪注：'鷾鴯，燕也。'"王先謙云："連言'燕燕'，非一燕。燕燕，定姜自喻及婦。"按：王氏之見略嫌拘牽。詩稱"燕燕"乃重言以足句，爲古歌謡之常例，實指一物，迥非二燕也。"鷰"爲後世彙增字。

〔瞻望弗及〕　《列女傳·衛姑定姜》，《後漢書·皇后紀》注，《文選》曹植《上責躬應詔詩表》注、陸機《赴洛》注，《藝文類聚》九十二，各引《詩》並作"瞻望不及"。按："弗"、"不"古通。

〔佇〕　《釋文》出作"竚"，云："直吕反。久也。"《楚辭·九歌·大司命》王注引《詩》作"竚"。《爾雅·釋詁》："佇，久也。"《説文新附》:"佇,久立也。"《玉篇·立部》:"竚,今作佇。"《集韻·語韻》:"佇,或作竚。"按:"竚"、"佇",一字異體也。

〔**實勞我心**〕　《釋文》:"實,本亦作寔。"《爾雅·釋詁》:"寔,是也。"《正字通·宀部》:"實,通作寔。"朱駿聲《通訓定聲》:"實,叚借爲寔。""寔,叚借爲實。"按:實、寔音同,可互假。《蜀石經》殘碑"心"作"也"。馮登府云:"心、也形相涉而譌。"

〔**其心塞淵**〕　毛《傳》:"塞,瘞。淵,深也。"《釋文》:"塞,瘞。崔《集注》本作實。"《正義》:"定本'任大'之下云:塞,瘱也。俗本:塞,實也。"馬瑞辰云:"錢大昕曰:'瘞即瘱字之譌。《説文》:"瘱,静也。""静,審也。"《蒼頡篇》:"静,密也。"'然《正義》曰:'其心誠實而深遠也。'是孔本原依俗本作實。今作瘞者,非其舊也。《〈定之方中〉箋》云:'塞,充實也。'此詩無《箋》,蓋鄭君所見毛《傳》原作'塞,實'。塞者,㥶之假借。《説文》:'㥶,實也。从心,塞省聲。'引《虞書》'剛而㥶',《史記》作'剛而實'。實爲塞之本訓,或作瘞者,誤也。《玉篇》引《詩》'其心㥶淵',蓋從《三家詩》用本字。"《説文繫傳》引《詩》"淵"作"泉"。

〔**勗**〕　《禮記·坊記》、《列女傳·衛姑定姜》引《詩》並作"畜"。《禮記》鄭注:"畜,孝也。"《釋名》:"孝,好也。"按:"勗"、"畜"音近字通。

日　月

日居月諸,照臨下土。乃如之人兮,逝不古處。胡能有定,寧不我顧。

日居月諸,下土是冒。乃如之人兮,逝不相好。胡能有定,寧不我報。

日居月諸，出自東方。乃如之人兮，德音無良。胡能有定，俾也可忘。

日居月諸，東方自出。父兮母兮，畜我不卒。胡能有定，報我不述。

〔報我不述〕　毛《傳》："述，循也。"《釋文》："述，本亦作術。"《文選・劉孝標〈廣絶交論〉》注引《韓詩》"報我不術"。《爾雅・釋詁》："遹，循也。"《釋言》："遹，述也。"《釋訓》引作"不遹"，訓爲"不蹟"。《〈小雅・沔水〉傳》："不蹟，不循道也。"是"不遹"即"不述"之異文。《爾雅》孫炎注："遹，古述字。"述、術字通。又毛《傳》訓述爲循。《廣雅》云："循、率，述也。"按：遹爲正字，述、術均爲假借字。

終　風

終風且暴，顧我則笑。謔浪笑敖，中心是悼。
終風且霾，惠然肯來。莫往莫來，悠悠我思。
終風且曀，不日有曀。寤言不寐，願言則嚏。
曀曀其陰，虺虺其靁。寤言不寐，願言則懷。

〔謔浪笑敖〕　《釋文》："笑，本又作咲。俗字也。"《藝文類聚》十九，《太平御覽》三百九十一、四百六十六各引《毛詩》"謔浪笑傲"。《説文》"笑"下徐鉉案："孫愐《唐韻》引《説文》云'喜也。从竹，从犬'，而不述其義。今俗皆从犬。又案李陽冰刊定《説文》'从竹、从夭'，義云'竹得風其體夭屈，如人之笑'。未知其審。"鄭珍《説文逸字》云："《藝文類聚》引《説文》：'笑，欣喜也。'"此與

《唐韻》所引《説文》皆出唐本。咲、笑，蓋唐、五代通行之俗字也。應以"笑"爲正體。又"敖"、"傲"古通用。《小雅·桑扈》"彼交匪敖"，《左傳·成公十四年》引《詩》作"彼交匪傲"。

〔**惠然肯來**〕　《玉篇·月部》引《詩》"惠然肎來"，云："今作肯。"《爾雅》："肎，可也。"《釋文》云："肯，或作古肎字。"《説文》："可，肎也。"段注："肎之言可也，故心所願曰肎。……隸作肯。"是"肎"爲初文，"肯"乃後世隸定字也。

〔**願言則嚏**〕　鄭《箋》："嚏，讀當爲不敢嚏咳之嚏。"《釋文》："疌，本又作啑，又作疐。鄭作嚏。"馬瑞辰云："《釋文》本作疌者，從崔《集注》本也。《釋文》云'本又作啑'者，啑即嚏之俗，《廣韻》以啑爲嚏俗字是也。《釋文》云'又作疐，劫也'者，乃王肅本。……《説文》：'疐，礙不行也。从叀，引而止之也。'疐通作躓。"毛《傳》："嚏，跲也。"是毛以"嚏"爲"疐"之通假。《倉頡篇》："嚏，噴鼻也。"《説文》："嚏，悟解氣也。"《繫傳》："腦鼻中氣壅塞，噴嚏則通，故云悟解氣。"《玉篇》："嚏，丁計切。噴鼻也。《詩》曰：'願言則嚏。'"是許氏、鄭氏本三家《詩》也。細繹全詩意藴，當以"嚏"爲正字。

擊　鼓

擊鼓其鏜，踊躍用兵。土國城漕，我獨南行。
從孫子仲，平陳與宋。不我以歸，憂心有忡。
爰居爰處，爰喪其馬。于以求之，于林之下。
死生契闊，與子成説。執子之手，與子偕老。
于嗟闊兮，不我活兮。于嗟洵兮，不我信兮。

〔**擊鼓其鏜**〕　毛《傳》："鏜然，擊鼓聲也。"應劭《風俗通義》六引《詩》"擊鼓其鏜"。應氏用《魯詩》。《説文·金部》："鏜，鐘鼓之聲也。从金，堂聲。《詩》曰：'擊鼓其鏜。'"又《鼓部》："鼞，鼓聲也。从鼓，堂聲。《詩》曰：'擊鼓其鼞。'"按：作"鼞"者，齊、韓詩也。"鼞"爲"鏜"之或體。

〔**死生契闊**〕　毛《傳》："契闊，勤苦也。"《釋文》："契，本亦作挈，同。……《韓詩》云：'約束也。'"陳喬樅云："《文選·劉琨〈答盧諶詩〉》李注又引《韓詩章句》曰：'括，約束也。'韓改契闊爲約束，是以契闊爲絜括之叚借。《説文·糸部》'絜'：'麻一耑也。'段氏注云：'一耑，猶一束也。'《手部》'括'：'絜也。'又《人部》'係'：'絜束也。'又《系部》'約'：'纏束也。'《玉篇》：'絜，約束也。''約，束也。'絜括爲約束，此其義已。胡承珙曰：'死生絜括者，言死生相與約結，不相離棄也。'後漢繁欽《定情篇》：'何以致契闊，繞腕雙跳脱。'魏武帝《短歌行》曰：'越陌度阡，枉用相存。契闊談讌，心念舊恩。'此皆以契闊爲約結之義，正與《韓詩》説同。"陳説是矣。絜括爲本字，契闊爲假借。毛《傳》失之。

〔**洵**〕　毛《傳》："洵，遠也。"《釋文》："洵，呼縣反。……《韓詩》作夐，夐亦遠也。"《吕氏春秋·盡數》高誘注引《詩》作"夐"，正據《韓詩》。《廣雅》："夐，遠也。"是詩本字當作"夐"。《釋文》"洵，呼縣反"即夐字之音。錢大昕云："古讀夐如絢。"毛《傳》以"洵"爲"夐"之假借，故訓"遠"也。

凱　風

凱風自南，吹彼棘心。棘心夭夭，母氏劬勞。
凱風自南，吹彼棘薪。母氏聖善，我無令人。

爰有寒泉，在浚之下。有子七人，母氏勞苦。
睍睆黄鳥，載好其音。有子七人，莫慰母心。

〔**凱風自南**〕　《釋文·爾雅音義》"凱"作"颽"，《文選》五臣注引同。《説文繫傳》作"愷"。《吕氏春秋·有始》高注引《詩》作"凱"，與《毛詩》同，是魯作"凱"也。《文選》作"颽"者，或據《齊詩》也。朱駿聲云："愷與豈同字，後人加心耳。"蓋"豈"爲初文，"愷"、"凱"、"颽"皆後起字也。

〔**睍睆**〕　《太平御覽》九百二十三引《韓詩》作"簡簡"，王氏《詩攷》引同。馬瑞辰云："'簡簡'二字重文，以類推之，《毛詩》古本當作'睆睆黄鳥'。《禮記·檀弓》'童子曰，華而睆'，鄭《注》：'説者以睆爲刮節目。'《正義》：'説此睆爲刮削木之節目，使其睆睆然好。故《詩》"睍睆黄鳥"，《傳》云"睆睆，好貌"是也。'其引《傳》正作睆睆，引經文亦當作睆睆，今作睍睆者，後人據今本《毛詩》改也。……古字從完者多譌作見。《論語》'夫子莞爾而笑'，《釋文》莞作莧。李氏《易傳》引虞翻《易注》：'莧讀爲莧爾而笑之莧。'《列子·天瑞篇》'老韭爲莧'，《釋文》：'莧一作莞。'皆爲完與見形近易譌之證。"段玉裁、嚴可均咸謂"睍睆"應作"睆睆"。又按：閒聲、完聲之字，古音同部，故"睆睆"通"簡簡"也。

雄　雉

雄雉于飛，泄泄其羽。我之懷矣，自詒伊阻。
雄雉于飛，下上其音。展矣君子，實勞我心。
瞻彼日月，悠悠我思。道之云遠，曷云能來。
百爾君子，不知德行。不忮不求，何用不臧。

〔泄泄〕　《唐石經》、《蜀石經》作"洩洩"。又《大雅·板》"無然泄泄",《爾雅·釋訓》作"無然洩洩"。《左傳·隱公元年》"其樂也洩洩",杜注云:"洩洩,舒散也。與《詩》'泄泄'同。"按:泄、洩同在月部,古同音通用。

〔詒〕　《釋文》出作"貽",云:"本亦作詒。"《説文》:"詒,相欺詒也。一曰遺也。从言,台聲。與之切。"段注:"《釋言》、毛《傳》皆曰:'詒,遺也。'俗多假貽爲之。"《説文新附》:"貽,贈遺也。从貝,台聲。經典通用詒。與之切。"鄭珍《説文新附攷》云:"經傳中多詒、貽互見,作貽皆漢後所改。古亦省作台。"其説是。二字古通用。

〔伊〕　鄭《箋》:"伊,當作緊。緊猶是也。"唐殘本《玉篇》"緊"字下引《詩》"自詒瞖阻",云:"今或爲緊字。"按:伊、緊相通。緊、瞖同字異體。

匏有苦葉

匏有苦葉,濟有深涉。深則厲,淺則揭。
有瀰濟盈,有鷕雉鳴。濟盈不濡軌,雉鳴求其牡。
雝雝鳴鴈,旭日始旦。士如歸妻,迨冰未泮。
招招舟子,人涉卬否。人涉卬否,卬須我友。

〔匏有苦葉〕　《周禮·壺涿氏》引杜注作"苞"。按:"匏"、"苞"皆從"包",杜注以二字同音通用,故借"苞"爲"匏"。"匏"爲正字。

〔深則厲〕　《爾雅·釋水》作"濿",云:"以衣涉水爲濿。"《廣韻》亦云"以衣涉水,由帶以上爲濿"。毛《傳》云:"以衣涉水爲厲,謂由帶以上也。"《説文》"砅"下云:"履石渡水也。从水、石。《詩》曰:'深則砅。'力制切。濿,砅或从厲。"《釋文·爾雅音義》:"厲,本或作濿。"陳喬樅云:"《説文》引《詩》'深則砅',此《齊詩》之文。重作濿者,《魯詩》也。毛、韓同作厲。"陳奂云:"厲當讀爲濿。……王逸注《九歎》引《爾雅》正作濿,云:'濿,渡也。'渡水,則其字當作水旁。濿,今單作厲者,謂厲即濿之古文假借字也。"濿、砅,一字異體也。

〔**有瀰濟盈**〕　《太平御覽》五十八引《詩》"瀰"作"洣"。按:"爾",古作"尔"。

〔**軌**〕　《〈禮記·少儀〉正義》、《吕氏家塾讀詩記》、《唐石經》、《蜀石經》並作"軌"。《釋文》:"軌,舊龜美反。謂車轊頭也。依《傳》意宜音犯。……車轊頭所謂軌也。"黄焯云:"軌,盧本依段説改作軌,與宋本合,又正與牡韻,是也。惟細審陸氏意,《釋文》正文自作軌不作軌。其謂'舊龜美反,依《傳》意宜音犯'云云,蓋以舊讀爲不然。果其作軌,則不得謂'依《傳》意宜音犯'矣。《唐石經》及兩寫本皆作軌,又敦煌本亦作軌,並音范,云凡之上聲,皆可爲旁證也。黄云,《釋文》云'依《傳》意宜音犯'者,此緣元朗拘執《説文》以由輈以上必當作軌而不作軌,故逆推《傳》意以爲云爾。焯又案:注文軌,葉鈔作軌,阮氏謂軌、軌皆誤,宜依小字本、相臺本、十行本作軹,今謂阮説是也。宋本亦作軹。蓋陸意既謂舊讀作軌爲非,又謂舊解爲車轊頭亦非,車轊頭固作軹也。"王念孫云:"《傳》'由輈以上爲軌',當作'由軸以上爲濡軌'。軌者,軸之兩端。水由軸以上,則其深滅軌。徐邈等所見不誤,知軌爲軸之轊頭,故有車轊頭之訓。陸、孔所見本'軸'誤'輈','軌'上又脱'濡'字,故疑'軌'爲'軾'前之'軌'。《唐石經》因之誤改'軌'爲'軌'。"王引之云:"《詩·匏有苦葉》曰:'濟盈不濡軌。'《傳》云:'濡,漬也。由輈以上爲軌。'案:軌,車轊頭也,去地三尺有三寸,濟盈無不濡軌之理。不,蓋語詞。不濡,濡也。言濟盈則濡軌,此理之常也。"又云:"軌字自有二義:其訓爲車轍者,《中庸》'車同軌'是也。其訓爲車轊頭者,則《少儀》之'祭左右軌范'是也。軌範並言,則顯然兩物矣。《少儀》注云:'《周禮·大馭》祭兩軹祭軓,軓與軹,於事同,謂轊頭也。軓與範聲同,謂軾前也。《正義》云:'軌謂轂末。'《周禮·大馭》祭兩軹祭軓,此云祭左右軌範,兩文正同,則左右軌與兩軹是一事,故云'軓與軹,於事同',謂轊頭也。又云'轂末之軌',此經左右軌是也。其車轍亦謂之軌,則《考工記》經涂九軌是,與此字同而事異也。合《周禮》、《禮記》觀之,是車轊頭謂之軹,又謂之軌。轊頭在軓之下,車之濟盈,必濡其轊頭,不必作軓也。且以古音言之,軌,居酉反;牡,莫九反。此章瀰、鷕、盈、鳴、軌、牡,用韻甚密。若軌字作軓,則出韻矣,無是理也。此處訓詁,當用鄭轊頭之説爲確。《集傳》讀軌作九音,是也。又案:毛《傳》曰'由輈以上爲軌',輈本作軸,古輈、軸同聲,故軸誤爲輈,軌上當有濡字,寫者脱去耳。上章《傳》曰'由膝以上爲涉,厲謂由帶以上',凡言由者,皆水之所濡高下之度,此言由軸以上,亦謂水之所至也。軌者軸之兩端,水由軸以上,則其滅軌,故經曰濡軌,而《傳》釋之曰'由軸以上爲濡軌',與上'由膝以上爲涉,厲謂由帶以上'文義正同。……《釋文》曰:'軌,舊龜美反,謂車轊頭也。'蓋徐邈、阮侃、王肅、江惇、干寶、李軌諸人所見本,並作'由軸以上爲濡軌',軌爲軸之轊頭,故有'車轊頭'之訓。陸德明、孔穎達所見本,軸字始誤作輈,軌上又脱濡字,於是讀者不復知《傳》文所言爲水所濡之度,而誤以釋軌之名物。又以軌非輈上之物,而疑爲軾前之軓,《唐石經》因之遂改軌爲軓,則既失其義而又失其韻矣。……水由軸以上,則濡軸矣。經不云濡軸者,軸在軫下,爲軫所蔽,不若轊頭爲人所易見,故以易見者言之而云濡軌。……猶《少儀》'祭左右軌'而不祭軸,但祭易見者耳。"按:王氏父子所論頗爲允協,當從之。

〔**雝雝鳴鴈**〕　此爲監本之文。《蜀石經》、《文選·班彪〈北征賦〉》注引《詩》並作"雍雍鳴鴈"。《爾雅·釋詁》疏引《詩》"噰噰鳴雁"。《太平御覽》三、《楚辭補注》各引《詩》"嗈嗈鳴雁"。吴淑《事類賦》十九作"邕邕鳴雁"。《鹽鐵論·結和》引《詩》"雍雍鳴鳱"。按:"雝"爲本字。"邕"爲"雝"之省借。"雍"、"噰"、"嗈"皆爲後世演變之俗體字。"鴈"、"雁"、"鳱"同字異體。今通行者"雁"也。

〔**旭日始旦**〕　《説文》:"旭,日旦出貌。"毛《傳》:"旭日始出,謂大昕之時。"《釋文》:"旭,許玉反。……《説文》讀若好。"《文選·陸機〈演連珠〉》李注引薛君《韓詩章句》"煦日始旦",曰:"煦,暖也。"《説文》:"昫,日出昷也。"是"煦"、"昫"、"昷"義同。陳喬樅云:"《周禮》注引《司馬法》曰:'旦明鼓五通爲發昫。'是昫亦訓爲日始出。旭、昫一聲之轉,《韓詩》煦字蓋亦昫之通借。"胡承珙云:"《易》'盱豫',《釋文》:'盱,姚信作旴。云日始出。'引《詩》'旴日始旦'。今考姚所引《詩》'旴'當爲'旰',从干,不从于。《説文》、《玉篇》皆無旴字。'旰',《説文》雖訓'晚',然《日部》又云:'暤,旰也。'《玉篇》:'暤,明也,旰也。'是'旰'有'明'義,故《爾雅·釋天》注言'氣皓旰',《釋文》云:'旰,日光出也。'……'旰'从'干',讀與'軒'同,'許袁反'正其音。是徐所見本亦必作'旰日始旦',與姚氏同也。"按:"旭"爲正字,其餘均爲假借字。

〔**泮**〕　毛《傳》:"泮,散也。"馬瑞辰云:"泮即判之假借。《説文》:'判,分也。'"馬説是矣。

〔**卬**〕　毛《傳》:"卬,我也。"《説文》:"姎,女人自稱姎我也。"馬瑞辰云:"卬者,姎之假借。……《爾雅》郭注:'卬,猶姎也。'……姎借作卬，猶偃仰通作偃佒。"又監本、毛本作"卭"，嚴可均云："卭，不體。"

〔須〕　《爾雅·釋詁》邢疏引《邶風》作"卬顉我友"。按：《爾雅》："顉，待也。""須"，古"鬚"字，經典多借"鬚"（須）爲"顉"。"顉"爲此詩正字。

谷　風

習習谷風，以陰以雨。黽勉同心，不宜有怒。采葑采菲，無以下體。德音莫違，及爾同死。

行道遲遲，中心有違。不遠伊邇，薄送我畿。誰謂荼苦，其甘如薺。宴爾新昏，如兄如弟。

涇以渭濁，湜湜其沚。宴爾新昏，不我屑以。毋逝我梁，毋發我笱。我躬不閱，遑恤我後。

就其深矣，方之舟之。就其淺矣，泳之游之。何有何亡，黽勉求之。凡民有喪，匍匐救之。

不我能慉，反以我爲讎。既阻我德，賈用不售。昔育恐育鞫，及爾顛覆。既生既育，比予于毒。

我有旨蓄，亦以御冬，宴爾新昏，以我御窮。有洸有潰，既詒我肄。不念昔者，伊余來塈。

〔黽勉同心〕　《釋文》："黽，本亦作僶。"《釋文·爾雅音義》："劻，作僶，又作黽。"黽勉，《爾雅》又作蠠没。《釋文·爾雅音義》云："蠠，本或作蠠。"即蠠没。《説文》："蠠，蠭甘飴也。一曰螟子。从䖵，鼏聲。蜜，蠠或从宓。"（蜜，又借作密。）《太平御覽》五百四十引《詩》"僶勉同心"。《文選·傅亮〈爲宋公求加贈劉前軍表〉》注引《韓詩》"密勿同心",《魯詩》同。《玉篇》作"蠠没"。又,《易·繫辭》鄭注作"没没",《禮記·祭義》作"勿勿"。按:以上諸多異文,與"黽勉"均爲雙聲連語,可通用,而以《毛詩》"黽勉"廣爲沿用。

〔**葑**〕　《釋文》:"葑,孚容反。徐音豐。須也。《字書》作蘴。孚容反。《草木疏》云:'蕪菁也。'"《説文》:"葑,須從也。从艸,封聲。"段注:"毛《傳》曰:'葑,須也。'《釋草》曰:'須,葑蓯。'《説文》曰:'葑,須從也。'三家互異而皆不誤。……單呼之爲葑,纍呼之爲葑蓯。單呼之爲須,纍呼之爲須從。語言之不同也。或許所據《爾雅》與今本異矣。《坊記》注云:'葑,蔓菁也。陳宋之間謂之葑。'……玉裁按:蘴、菘皆即葑字,音讀稍異耳。"

〔**體**〕　王氏《詩攷》引《韓詩外傳》"體"作"禮"。《韓詩外傳》五云:"禮者,則天地之體。"《廣雅》:"禮,體也。"《釋名》:"禮,體也,得其事體也。"是"禮"本訓體,故二字互通。此詩"體"爲本字。

〔**不遠伊邇**〕　《吕氏春秋·孟春紀》注引《詩》"不遠伊爾"。按:"爾"爲"邇"之省借。

〔**宴爾新昏**〕　《釋文》:"宴,本又作燕。"山井鼎《考文》:古本作"燕"。《蜀石經》作"燕爾新昏"。《白虎通·嫁娶》引《詩》"燕爾新婚"。《列女傳·晋趙衰妻》引《詩》下章"讌爾新婚"。按:"燕"爲"讌"、"醼"之省借;"燕"、"讌"、"醼"俱爲"宴"之同音假借。《説文》:"宴,安也。"段注:"經典多假燕爲之。"《字彙》:"宴,喜也。"朱熹《詩集傳》:"宴,樂也。"是"宴"爲正字。又,"昏"字,《説文》云:"日冥也。从日,氐省。氐者,下也。一曰民聲。呼昆切。"《玉篇》、《廣韻》引《説文》,以昏、昬重文,古通用。然段玉裁云："字從氏聲爲會意，絶非從民聲爲形聲也。蓋隸書淆亂，乃有從民作昬者。"郭沫若《殷契粹編》考釋："殷人昏字實不從民，足證段氏之卓識而解决千載下之疑案矣。"是"昏"爲初文會意字，"婚"乃後起之形聲字。

〔**沚**〕　《説文》引《詩》"沚"作"止"。《玉篇》、《集韻》、《類篇》各引《詩》同，《白帖》七引《詩》亦同。按："沚"爲小渚，"渚"爲小洲，"洲"爲水中可居之地。《説文》"湜"下引《詩》"湜湜其止"。清朱珔《説文假借義證》："此《毛詩》舊本也。《傳》亦用止義。則以止爲沚之省借也。"

〔**不我屑以**〕　《孟子·公孫丑》趙注引《詩》"不我屑已"。按：以、已通用。

〔**毋**〕　《釋文》出作"無"，《蜀石經》同。按：無，古文。毋，今文。

〔**我躬不閲，遑恤我後**〕　《禮記·表記》引《詩》"我今不閲，皇恤我後"。《左傳·襄公二十五年》引《詩》"我躬不説，皇恤我後"。三家"躬"作"今"，"遑"作"皇"。馬瑞辰云："今對後言，三家詩當有作今者。躬與今亦雙聲字，故通用。襄二十五年《左傳》引《詩》'我躬不説'，據杜注曰：'言今我不能自容説，何暇念其後乎？'知杜預所見《左傳》經文原作'我今不説'，故以'今我'釋《詩》'我今'。今本作'我躬'者，特後人據《毛詩》改之耳。"馬説是矣。按：《傳》："閲，容也。""皇"，古文；"遑"，今文。

〔**匍匐救之**〕　《禮記·檀弓》引《詩》"扶服救之"。《釋文·禮記音義》："扶服，又作匍匐。"《漢書·谷永傳》引《詩》"扶服捄之"。《家語·論禮》引《詩》"扶伏救之"。按：匍匐、扶服、扶伏，皆爲雙聲連語，音近通用。捄乃救之借字。

〔**不我能慉**〕　《説文》引《詩》"能不我慉"。《吕氏家塾讀詩記》引董氏云:"孫毓、王肅引詩並同。"《蜀石經》作"不以我能慉"。按:"能"、"寧"古通。"能不我慉"句法與《日月》篇"寧不我顧"類似。姑從《說文》所引,作"能不我慉"。《蜀石經》"以"字誤衍。

〔**既阻我德**〕　《太平御覽》八百三十八引《韓詩》"阻"作"詐",非是。

〔**賈用不售**〕　《太平御覽》八百三十八引《韓詩》"售"作"讎"。按:"讎",古"售"字。"售"爲隸變。

〔**昔育恐育鞫**〕　《釋文》:"鞫,本亦作鞠。"《蜀石經》作"昔育恐鞠"。按:"鞫"、"鞠"二字相通,均爲"簕"之俗體。《蜀石經》"鞠"上脱"育"字。

〔**我有旨蓄**〕　《釋文》:"蓄,本亦作畜。"按:"蓄"爲本字,"畜"爲其省借。

〔**亦以御冬**〕　《吕氏春秋·仲秋紀》注引《詩》"亦以禦冬",《藝文類聚》八十二、《白帖》八十一各引《詩》並同。按:"御"、"禦",古今字。

〔**既詒我肄**〕　《釋文》:"肄,《爾雅》作勩。"《釋文·爾雅音義》:"勩,字或作勱,亦作肄。"《爾雅》:"勩,勞也。"《說文》:"勩,勞也。《詩》曰:'莫知我勩。'从力,貰聲。余制切。"又《說文》:"𦘔,習也。从聿,㣇聲。羊至切。"《爾雅》孫炎注:"勩,習事之勞也。"按:"肄"、"勩"相通,"肄"爲"勩"之借字。依毛《傳》義訓,經文正字應作"勩"。

式　微

式微式微,胡不歸。微君之故,胡爲乎中露。

式微式微，胡不歸。微君之躬，胡爲乎泥中。

〔**胡爲乎中露**〕　《列女傳·黎莊夫人》引《詩》"胡爲乎中路"。此《魯詩》也。毛《傳》："中路，衛邑也。"後世學《詩》者多從之，且依《路史·高辛紀》"帝俿有子名元，堯封之於中路"爲據，以"中路"爲地名。"路"、"露"古通用。又"泥中"，《傳》云："泥中，衛邑也。"清人又依《廣韻》"坭，地名"，認爲"泥"、"坭"、"禰"互通，引《邶風·泉水》"出宿于禰"爲證。《韓詩》、《儀禮·士虞禮》鄭注並作"泥"，遂以"露"、"泥"皆爲地名，而以二"中"字皆爲語詞。

旄　丘

旄丘之葛兮，何誕之節兮。叔兮伯兮，何多日也。
何其處也，必有與也。何其久也，必有以也。
狐裘蒙戎，匪車不東。叔兮伯兮，靡所與同。
瑣兮尾兮，流離之子。叔兮伯兮，褎如充耳。

〔**旄丘**〕　《釋文》："旄丘，前高後下曰旄丘。《字林》作堥，云：'堥，丘也。'……《山部》又有嵍字，亦云：'嵍，丘。'"《釋名》作"髦"，云："前高曰髦丘，如馬舉首垂髦也。"《玉篇》："嵍丘，或作堥。"《毛詩》作"旄丘"，三家作"堥丘"。按：旄、堥、嵍、髦，並音近而字通。"堥"爲正字。

〔**必有以也**〕　《儀禮·特牲饋食禮》注，"以"作"似"。按："以"、"似"音近字通。此處"以"爲正字。

〔**蒙戎**〕　《左傳·僖公五年》引《詩》作"尨茸"。《史記·晉世家》引《詩》作“蒙茸”。《釋文》:“蒙,如字。徐武邦反。戎,如字。徐而容反。蒙戎,亂貌。案:徐此音是依《左傳》讀作‘尨茸’字。”按:“尨茸”爲本字。“蒙戎”乃假借字。

〔**瑣兮尾兮**〕　《釋文》“瑣”出作“璅”,云:“依字作瑣,素果反。”按:《説文》:“瑣,玉聲也。从玉,肖聲。蘇果切。”“璅,石之似玉者。从玉,巢聲。子浩切。”“肖,貝聲也。从小、貝。酥果切。”段注:“肖,从小、貝,引申爲細碎之稱。”是“肖”爲正字,“瑣”、“璅”皆假借字。又,《説文》:“尾,微也。”《尚書》“鳥獸孳尾”,《史記》作“字微”。蓋“尾”訓“微”,亦通“微”也。“瑣尾”、“肖微”均可訓“小”,二字同義連言,以描狀“流離之子”少小之貌。

〔**褎**〕　《釋文》:“褎,本亦作裒。”《説文》:“褎,袂也。从衣,采聲。袖,俗褎从由。”馬瑞辰云:“戚學標《漢學諧聲》作从衣,采聲。以今本《説文》从采聲爲譌。今按戚説是也。褎从采聲,采即孚也。孚、抱一字,故《説文》又曰:‘裒,褢也。’‘褢,褎也。’褎之爲盛服,猶葆爲草盛貌。褎从采,猶葆从保,保亦从采省也。《説文》又曰:‘袂,褎也。’‘袪,衣袂也。一曰:袪,褢也。褢者,裒也。’是褎義同袪,亦有懷藏之義。藏與塞義近。充耳當从《箋》訓爲塞耳,‘褎如’即塞耳之貌。”宜從馬氏之論,以“褏”(或褎、褏)爲正字。《説文》作“裒”。《詩》作“褎”者,乃“裒”(褏)之省借也。

簡　兮

簡兮簡兮,方將萬舞。日之方中,在前上處。
碩人俁俁,公庭萬舞。有力如虎,執轡如組。
左手執籥,右手秉翟。赫如渥赭,公言錫爵。
山有榛,隰有苓。云誰之思,西方美人。彼美人兮,西方之人兮。

〔簡〕　《釋文》:“簡,字从竹。或作蕳。”明豐坊《詩傳》、石經《魯詩説》、《爾雅·釋詁》並作“柬”。馮登府云:“古從竹之字,隸多變從艸。漢石經《論語》‘蕳在帝心’、漢《桐柏廟碑》‘蕳略不敬’,《鄭固碑》‘德能蕳乎聖心’,皆以蕳爲簡也。”是“簡”爲經之正字,“蕳”乃隸變之體也。

〔俣俣〕　《韓詩》作“扈扈”,云:“美貌。”毛《傳》云:“容貌大也。”《説文》:“吴,大言也。”“俣,大也。”《禮記·檀弓》:“爾毋扈扈爾。”鄭注:“扈扈,謂大也。”按:俣、扈,古音同屬魚部,音義互通,訓大,訓美,其義一也。姑從毛。

〔籥〕　《韓詩》作“龠”,毛、魯並作“籥”。《玉篇·龠部》引《詩》“左手執龠”。《説文繫傳》亦引《詩》作“龠”。《説文》云:“龠,樂之竹管,三孔,以和衆聲也。从品、侖。侖,理也。凡龠之屬皆从龠。”“籥,書僮竹笘也。”按:“龠”爲正字,後借“籥”爲之,遂通用。

〔榛〕　毛《傳》:“榛,木名。”《釋文》:“榛,本亦作蓁。”《齊民要術》引《詩》作“蓁”。馬瑞辰云:“榛、蓁皆亲之假借。《説文》:‘亲,果實如小栗。’《廣雅》:‘亲,桌也。’亲之言辛;辛,物小之稱也。”準此,字本作“亲”,從辛,從木。《毛詩》“榛”爲通假字。“榛”、“亲”混用既久,相沿至今,人皆以“榛”(俗稱榛子)爲“果實如小栗”之“亲”,二木莫辨,以譌傳譌而不以爲非矣。

〔苓〕　毛《傳》:“苓,大苦。”《正義》“苓”作“蘦”。《爾雅·釋草》亦作“蘦”,云:“大苦。”《魯詩》作“蘦”。又《説文》:“苓,卷耳也。从艸,令聲。郎丁切。”又云:“蘦,大苦也。从艸,霝聲。郎丁切。"孫炎曰:"《本草》云:'蘦,今甘草'是也。蔓延生,葉似荷青黄,其莖赤有節,節有枝相當。或云蘦似地黄。"桂馥云:"《夢溪筆談》:'《本草》注引《爾雅》"蘦,大苦"注:"甘草也。蔓生,葉似荷,莖青赤。"此黄藥也,其味極苦,故謂之大苦,非甘草也。'馥謂《嘉祐圖經》説甘草形狀,與《爾雅》注大異,《爾雅》注與黄藥合。不当言即甘草。然則以蘦爲甘草,始於孫炎,而郭沿其誤也。本書甘草自作'苷'字。沈存中之説可定羣疑矣。"按:《毛詩》以"苓"代"蘦",《傳》云"大苦",實爲"蘦"之正解。《魯詩》作"蘦",用本字。當從。

泉　水

毖彼泉水,亦流于淇。有懷于衛,靡日不思。孌彼諸姬,聊與之謀。

出宿于泲,飲餞于禰。女子有行,遠父母兄弟。問我諸姑,遂及伯姊。

出宿于干,飲餞于言。載脂載舝,還車言邁。遄臻于衛,不瑕有害。

我思肥泉,茲之永歎。思須與漕,我心悠悠。駕言出遊,以寫我憂。

〔**毖彼泉水**〕　《説文》:"䀣,直視也。从目,必聲。讀若《詩》云'泌彼泉水'。"《詩攷》(《韓詩》條)引《説文》作泌。《玉海》引《説文》亦作泌。《説文》"泌"下云:"俠流也。"《釋文》:"毖,流貌。《韓詩》作'祕'。"陳喬樅云:"《篇海》'柲',壁吉反,《韓詩》云:'祕,刺也。'案《方言》:'柲,刺也。'祕、柲音同義通,韓訓祕爲刺，蓋以祕爲泌之借字，泌與滭同字。《采菽》'觱沸檻泉'，《説文》引作'滭沸檻泉'。《釋水》：'濫泉正出。正出，涌出也。'《公羊·昭五年傳》：'濆泉者何？直泉也。直泉者何？涌泉也。'是'正出'即'直出'之義。《説文》：'刺，直傷也。'是刺有直義。《廣雅·釋丘》云：'丘上有水曰泌。'丘水出丘上，即正出之直泉，故稱'泌丘'也。"又，毛《傳》："毖，泉水始出，毖然流也。"按："泌"爲本字，"毖"、"祕"皆假借字。

〔泲〕　《列女傳》一引"出宿于濟"四句，"泲"作"濟"。此用《魯詩》也。"泲"、"濟"字同，《禹貢》"濟"字，《漢志》皆作"泲"。《文選·顔延之〈應詔讌曲水作詩〉》注、《儀禮·士虞禮》注、《初學記》十八、《白帖》三十四、《太平御覽》四百八十九各引《毛詩》並作"濟"。段玉裁云："四瀆之泲字如此作，而《尚書》、《周禮》、《春秋》三傳、《爾雅》、《史記》、《風俗通》、《釋名》皆作'濟'。"按："泲"、"濟"一字異體也。

〔禰〕　《釋文》："禰，地名。《韓詩》作坭。"《儀禮·士虞禮》鄭注引《詩》作"泥"。《九域志》引《詩》作瀰。按："坭"、"泥"爲本字，"禰"、"瀰"乃通假字。

〔舝〕　《釋文》："舝，車軸頭金也。"《説文》："舝，車軸耑鍵也，兩穿相背。从舛，萬省聲。萬，古文偰字。"按：各本作"舝"者，均不體。蓋《説文》曰"舝，从舛"，不从士、牛也。又《文選·潘尼〈贈陸機出爲吴王郎中令〉》注引《毛詩》作"轄"。《説文》云："轄，車聲也。从車，害聲。一曰：轄，鍵也。""轄"、"舝"古通。

〔肥〕　《釋文》："肥，字或作淝。音同。"按："肥"爲本字，"淝"爲俗體。

〔漕〕　《水經注·濟水》引《詩》"思須與曹"。陳奂云："曹、漕，古今字。"按：此"漕"字以邑得名，初作"曹"，後世纍增水旁。

北　門

出自北門，憂心殷殷，終窶且貧，莫知我艱。已焉哉，天實爲之，謂之何哉。

王事適我，政事一埤益我。我入自外，室人交徧讁我。已焉哉，天實爲之，謂之何哉。

王事敦我，政事一埤遺我。我入自外，室人交徧摧我。已焉哉，天實爲之，謂之何哉。

〔**殷殷**〕　《蜀石經》作"慇慇"。《釋文》："殷，本又作慇。"按："殷"爲初文，"慇"爲後世纍增字。

〔**已焉哉**〕　《韓詩外傳》兩引《詩》俱作"亦已焉哉"，句式與《衛風·氓》末章結句同。以彼例此，本篇"已焉哉"前疑脱"亦"字。

〔**讁**〕　《孟子·離婁》趙注引《詩》"讁"作"適"。服虔《通俗文》："罰罪曰謫。"《五經文字》："謫，經典或从適，又通適。"《禮記·昏義》："適見于天。"注："適之言責也。"《商頌·殷武》："勿予禍適。"《傳》："適，過也。"《説文》："謫，罰也。从言，啻聲。"邵瑛《群經正字》："今經典作謫。"《字彙·言部》："讁，同謫。"按："謫"爲正字，"讁"爲或體，"讁"爲俗體，"適"爲假借字。

〔**摧**〕　《釋文》："摧，或作催。音同。《韓詩》作誰。"按："催"爲"摧"之或體，"誰"爲"摧"之通假。《毛詩》作"摧"爲正字。

北　風

北風其涼，雨雪其雱。惠而好我，攜手同行。其虛其邪,既亟只且。

北風其喈,雨雪其霏。惠而好我,攜手同歸。其虛其邪,既亟只且。

莫赤匪狐,莫黑匪烏。惠而好我,攜手同車。其虛其邪,既亟只且。

〔**雨雪其雱**〕　《穆天子傳》郭璞注、《廣韻·十遇》、《藝文類聚》二引《詩》俱作"雨雪其霶"。《文選·謝惠連〈雪賦〉》注、《太平御覽》十四、三十四各引《詩》並作"雨雪其滂"。又《太平御覽》三百七十引《詩》與《毛詩》同。馬瑞辰云:"《説文》以'雱'爲'旁'之籀文,云:'旁,溥也。或从滂作霶。'"《玉篇·雨部》:"雱,雪盛貌。""霶,同上。"按:"雱"、"旁"均爲本字,"霶"、"滂"、"雱"皆其異體也。原"旁"字後世多用"滂"矣。

〔**其虛其邪**〕　《釋文》:"邪,音餘。又音徐。《爾雅》作徐。"《文選·班固〈幽通賦〉》曹大家注、《説文繫傳》各引《詩》"其虛其徐"。鄭《箋》:"邪,讀如徐。"此用《魯詩》、《齊詩》也。按:"邪"、"徐"雙聲,且同在魚部、邪母,古通用。又,"虛"在魚部、曉母;"舒"在魚部、書母。二字音近義通。"虛邪"、"虛徐"即"舒徐",互通也。

〔**雨雪其霏**〕　《列女傳·楚處莊姪》引《詩》作"雨雪霏霏",此用《魯詩》、《齊詩》也。毛《傳》:"霏,甚貌。"謂雪盛貌也。《廣雅·釋訓》:"霏霏,雪也。"單詞與疊詞,其義同也。

静　女

静女其姝,俟我於城隅。愛而不見,搔首踟躕。

静女其孌，貽我彤管。彤管有煒，説懌女美。
自牧歸荑，洵美且異。匪女之爲美，美人之貽。

〔**静女其姝**〕　《説文》："姝，好也。从女，朱聲。""㚭，好也。从女，殳聲。《詩》曰：'静女其㚭。'"段注："此與姝音義皆同。《邶風·静女》文，今《毛詩》作姝。"朱駿聲云："按：當爲姝之或體。"又《説文》："袾，好佳也。从衣，朱聲。《詩》曰：'静女其袾。'"段注："好者，美也。佳者，善也。……所引《詩》則假袾爲姝也。"《廣雅》"袾"下云："好也。"殆謂衣好也。按：作"㚭"、"袾"者，蓋本《三家詩》也。"㚭"，古文。"姝"，今文。

〔**俟我於城隅**〕　《韓詩外傳》引《詩》"俟我乎城隅"。《魯詩》同。《説苑·辨物》、《文選·曹植〈贈丁翼〉》注引《詩》"於"並作"于"。《論語》"吾十有五而志于學"，《漢石經》"于"作"乎"。《禮記·王制》"類乎上帝，宜乎社，造乎禰"，《白虎通》"乎"並作"于"。《中庸》："莫見乎隱，莫顯乎微。"《孟子》："同乎流俗，合乎汙世。"並注曰："乎，於也。"是"於"、"乎"、"于"三字古通用也。今慣用"于"字。

〔**愛**〕　《方言》郭璞注引《詩》"愛"作"薆"。《華嚴經音義》引《珠叢》：'薆，蔽也。"又《玉篇》："篴，隱也，蔽也。"《廣雅》："愛，僾也。""篴，障也。"《説文》："僾，仿佛也。从人，愛聲。《詩》曰：'僾而不見。'"《〈禮記·祭義〉正義》引《詩》、《吕氏家塾讀詩記》引董氏述《石經》俱作"僾"。按：作"薆"、"篴"者《魯詩》，作"僾"者《齊詩》。"僾"爲本字。"愛"爲"僾"之省。"薆"、"篴"皆後起之異文。

〔**踟躕**〕　《韓詩外傳》引《詩》作"躊躇"。《文選》張衡《思玄賦》注、左思《招隱詩》注，各引《詩》並作"躊躇"。《説文繫傳》引

《詩》作“峙躇”。《韓詩章句》引作“躑躅”。按:“踟蹰”爲正字。“躊躇”、“峙躇”、“躑躅”皆同音通用之連語也。

〔貽〕 《釋文》:“貽,本又作詒。”《後漢書·皇后紀》注引《詩》“貽”作“詒”。《説文》:“詒,遺也。”段注:“《釋言》、《毛傳》皆曰:‘詒,遺也。’俗多假貽爲之。”卷子本《玉篇·言部》引《字書》曰:“詒,或爲貽字,在《貝部》也。”是“貽”、“詒”同音通用也。

〔説〕 《釋文》:“説,本又作悦。”鄭《箋》:“説懌,當作悦懌。”《蜀石經》作“悦懌”。“説”、“悦”,古今字。

〔洵〕 《釋文》:“洵,本亦作詢。”《爾雅》:“詢,信也。”郝懿行云:“詢者,恂之假借也。《説文》云:‘恂,信心也。’《方言》云:‘恂,信也。’《大戴禮·衛將軍文子篇》云:‘爲下國恂蒙。’盧辯注:‘恂,信也。通作洵。’《詩》‘洵有情兮’,毛《傳》:‘洵,信也。’‘洵訏且樂’,《釋文》引《韓詩》作‘恂盱’。又‘洵直且侯’,《韓詩外傳》亦引作‘恂直’。是《毛詩》從假借作洵,《韓詩》依本字作恂,又通作詢。《詩》‘洵美且異’及‘于嗟洵兮’,《釋文》並云:‘洵,本亦作詢。’”王筠曰:“《説文》:‘恂,信心也。’《詩》多借洵字。《爾雅》:‘詢,信也。’注引《方言》:‘宋、衛曰詢。’今《方言》作恂。”按:此詩正字爲“恂”。

新　臺

新臺有泚,河水瀰瀰。燕婉之求,籧篨不鮮。
新臺有洒,河水浼浼。燕婉之求,籧篨不殄。
魚網之設,鴻則離之。燕婉之求,得此戚施。

〔泚〕 《三家詩》作“玼”。《説文》:“玼,玉色鮮也。从玉,此聲。《詩》曰:‘新臺有玼。’”段注:“各本無‘新’。《詩音義》兩引皆作‘新色,鮮也’。今補。玼本新玉色,引申爲凡新色,如《詩》‘玼兮玼兮’,言衣之鮮盛;‘新臺有玼’,言臺之鮮明。”按:“泚”字,《説文》無收。三家作“玼”,正字。《毛詩》作“泚”爲同音通假字。

〔瀰瀰〕　《齊詩》“瀰”作“泮”。《説文》:“濔,滿也。”《釋文》引《説文》“水滿也”。張參《五經文字》云:“濔,見《詩·風》。”《玉篇·水部》:“濔,深也,盛也。”“泮,亦濔字。”《類篇》:“濔,或作泮。”《集韻·十四紙》瀰、濔、泮同字,訓“水盛貌”。毛《傳》:“瀰,盛貌。”《説文》無“瀰”、“泮”,有“濔”、“㳽”,“㳽”下云“大水也”。桂馥云:“‘滿也’者,《玉篇》作‘濔,深也,盛也’。”是“濔”爲本字,“瀰”爲後世纍增字,“彌”又省水旁,“泮”乃“濔”之或體。《漢書·地理志》引作“洋洋”者,蓋因“泮”、“洋”形近致訛耳。

〔燕婉〕　《魯詩》、《韓詩》作“嬿婉”。《齊詩》作“暥婉”。《説文·目部》:“暥,目相戲也。从目,晏聲。《詩》曰:‘暥婉之求。’”《文選》蘇武《古詩》注、曹植《送應氏詩》注、劉琨《答盧諶詩》注、張衡《西京賦》注,各引《詩》“嬿婉之求”。《玉篇·女部》引《詩》,《太平御覽》九百四十九引《韓詩外傳》亦同。毛《傳》:“燕,安。婉,順。”《爾雅·釋訓》:“宴宴,柔也。”郭注:“和柔。”《説文》:“宴,安也。”《後漢書·邊讓傳》“展中情之嬿婉”,李注:“嬿,安也。婉,美也。”按:“燕”、“嬿”、“暥”均爲“宴”之借字。

〔洒〕　《釋文》:“洒,七罪反。高峻也。《韓詩》作漼,音同。云:鮮貌。”《説文繫傳》“滜”下云:“《詩》‘新臺有漼’,本皆作滜字。”《説文》:“滜,新也。从水,辠聲。”《廣韻》:“滜,新水狀也。”又《白虎通》:“洗者,鮮也。”《吕氏春秋》高注:“洗,新也。”《〈儀禮〉釋文》:“洗,悉禮反。劉本作淬,七對反。”《玉篇·水部》:“漼,深貌。滜,同漼。”《説文》:“漼,深也。从水,崔聲。《詩》曰:‘有漼者淵。'七罪切。"按:"洒"、"洗"古通。"洒"、"漼"古通。"洗"、"淬"亦通。"滜"與"漼"同。"崔"、"卒"、"辠"並在十五部,則"漼"、"滜"、"澤"亦可通。故《毛詩》作"洒"、《韓詩》作"漼"者均非本字,乃"澤"之假借也。"新臺有洒(澤)"與前章"新臺有泚(玼)"義近,前者以玉色之鮮明描狀新臺,後者則以水色之清新描狀之。

〔浼浼〕　《釋文》:"浼,每罪反。《韓詩》作浘浘,音尾。云:盛貌。"《説文》:"浼,污也。从水,免聲。《詩》曰:'河水浼浼。'《孟子》曰:'汝安能浼我?'武辠切。""潣,水流浼浼貌。从水,閔聲。眉殞切。"《玉篇》:"浘浘,水流貌。"《禮記·禮器》鄭注:"亹亹,猶勉勉也。"《文選·左思〈吴都賦〉》"清流亹亹",李注引《韓詩》:"亹亹,水流進貌。"馬瑞辰云:"浼,古音讀如門,與潣音近,浼浼即潣潣之假借。……浼浼通作浘浘,猶勉勉通作亹亹,皆一聲之轉也。"其説得之矣。

〔殄〕　毛《傳》曰:"殄,絶也。"三家"殄"作"腆"。鄭《箋》:"殄,當作腆。腆,善也。"《正義》:"腆與殄,古今字之異,故《儀禮》注云'腆,古文字作殄',是也。"鄭氏遵三家並據以改毛《傳》也。

〔離〕　《太平御覽》九百四十九引《韓詩外傳》作"罹"(鮑本仍作離)。《文選·張衡〈思玄賦〉》注:"離,罹也。"《王風·兔爰》"雉離于罦",《漢書》注引作"雉罹于罦"。按:"罹"、"羅"古通,經典多作"離"。

〔戚施〕　《説文·黽部》:"鼁,䵷鼁,詹諸也。《詩》曰:'得此䵷鼁。'言其行鼁鼁。从黽,爾聲。"又"鼀"下云:"圥鼀,詹諸也。其鳴詹諸,其皮鼀鼀,其行(形)圥圥。从黽,从圥,圥亦聲。七宿切。䵷,鼀或从酋。"《説文》引《詩》"得此䵷鼁",與毛、魯、韓異,蓋據《齊詩》也。《説文》所云"詹諸",即"蟾蠩"之省,又作"蟾蜍",音義悉同。《説文》"其行圥圥",桂馥云:"行不應重出,'圥'似詹諸之形,'行'當作'形'。"《〈爾雅〉釋文》:"䵷,音秋。"馬瑞辰云:

"醜,又作鼀。《山海經》郭注云:'鼀黽似蝦蟇。'《玉篇》醜、鼀同字。秋、戚聲之轉,(《莊子》'諸大夫蹵然',本或作愀然。蹵即蹙也。是秋、戚通用。以上原爲注文——作者按。)䵶䵶猶施施也,蓋本《韓詩》,(《韓詩章句》曰:'戚施,蟾蜍,喻醜惡。'疑《韓詩》本作醜䵶,爲《説文》所本。今《太平御覽》引《韓詩》作戚施者,從《毛詩》改。以上原爲注文——作者按。)即《毛詩》'得此戚施'之異文也。……至《説文》'鼀'字注:'先鼀,詹諸也。'據《説文》鼀或从酋作醜,是鼀、醜一字,不得以'鼀醜'並稱,先、鼀亦不得分爲二字。王尚書謂:'《説文》本《爾雅》"鼀醜,蟾諸"爲義,鼀或省作去,先即去字形近之譌,"其行尭尭"即"其行去去"之譌,讀與《莊子》"其卧祛祛"同。'其説是也。"李賡芸曰:"醜,從酋聲,酋與戚雙聲,故醜可轉作倉歷切。䵶從爾聲,從爾之字如'纚',亦音式支切,故亦得與施同音。"又《廣雅》、《玉篇》、《廣韻》皆有"規䚕"字。按:"規"从"朩",或爲"戚"之省;"䚕"从"它",或爲"施"之省。是"醜䵶"、"規䚕"、"戚施"可通假,即"蟾蜍"之名也。

二子乘舟

二子乘舟,汎汎其景。願言思子,中心養養。
二子乘舟,汎汎其逝。願言思子,不瑕有害。

〔**養養**〕　毛《傳》:"養養然憂不知所定。"《魯詩》作"洋洋"。《爾雅·釋訓》:"悠悠、洋洋,思也。"邢疏:"《二子乘舟》云:'中心養養。'洋、養音義同。"王氏《詩攷》引《爾雅》作"洋洋"。《爾雅》郭注:"洋洋,憂思也。"《淮南子》高注:"養、羊雙聲通用。"此詩"洋洋"爲正字。

〔瑕〕　《小雅·隰桑》"遐不謂矣",《禮記·表記》引"遐"作"瑕"。《大雅·思齊》"烈假不瑕",《隸釋·漢唐公房碑》作"癘蠱不瑕"。按:"瑕"、"遐"古同音通用。此詩毛《傳》:"言二子之不遠害。"以"遠"訓"瑕",是以"瑕"爲"遐"之借也。《説文》無"遐"字,《爾雅》"遐"下云:"遠也。"又,馬瑞辰云:"遐之言胡也。胡、無一聲之轉,故胡寧又轉爲無寧。凡《詩》言'遐不眉壽'、'遐不黄耇'、'遐不謂矣'、'遐不作人','遐不'猶云'胡不',信之之詞也。易其詞則曰'不瑕',凡《詩》言'不瑕有害'、'不瑕有愆','不瑕'猶云'不無',疑之之詞也。"馬説不襲前人,然猶有未諦。按:"不瑕"即"不遐",亦猶云"不胡"。"胡"爲魚部、匣母,"曷"爲月部、匣母,"何"爲歌部、匣母,三字音近義通。"瑕"、"遐"均爲魚部、匣母,與"胡"、"曷"、"何"同在匣母,且均屬疑問代詞。據詩文考之,竊以句中"不瑕"宜分讀,"不"字爲否定副詞,依文義應略頓;"瑕"字爲疑問代詞,宜連下文讀作"瑕有害",猶言"胡有害"(何有害)也。

鄘　風

柏　舟

汎彼柏舟,在彼中河。髧彼兩髦,實維我儀。之死矢靡他。母也天只,不諒人只。

汎彼柏舟,在彼河側。髧彼兩髦,實維我特。之死矢靡慝。母也天只,不諒人只。

〔汎〕　《白帖》六引《詩》作"泛"。按:"汎"、"泛"一字異體。

〔髡〕　《齊詩》、《韓詩》作"紞"。《玉篇·人部》引《詩》："髡彼兩髦"，云："髡，或作优。"《釋文》："髡，本又作优。"山井鼎《考文》古本髡作优。《說文》引作"紞"。按："髡"，本字。"紞"、"优"俱通假字。

〔髦〕　《齊詩》、《韓詩》作"髳"。《説文·髟部》引《詩》作"紞彼兩髳"，又云："髳，髳或省。"字亦作髳。按："髳"爲本字，"髦"爲假借字。"髳"、"髳"皆爲"髳"之省。

〔諒〕　《釋文》出作"亮"，云："本亦作諒。"蓋本《韓詩》。又，《太平御覽》四百三十九引《詩》作"涼"。按："諒"爲正字。"亮"、"涼"均爲通假字。

〔特〕　《釋文》："《韓詩》作直，云：相當值也。"陳喬樅云："《吕覽·忠廉篇》高注：'特，猶直也。'……《小胥》'士特縣'，《新書》作'大夫直縣'。特與犆通，《禮·少儀》'不特弔'，《釋文》：'特，本作犆。'……直亦與犆同，《禮·郊特牲》'首也者直也'，注：'直或爲犆。'是也。韓訓直爲'相當值也'者，《漢書·刑法志》'不可以直秦之鋭士'，注：'直亦當也。'當有敵義，相當猶言相匹耳。《史記·封禪書》'遂因其直北'，《集解》引孟康曰：'直，值也。'又《匈奴傳》'直上谷'，《索隱》引姚氏曰：'古者例以直爲值。'是已。"又，《史記·叔孫通傳》"吾直戲耳"，《漢書》作"吾特戲耳"。毛《傳》："特，匹也。"《釋文》引《韓詩》特作直，云："相當值也。"正與毛《傳》"匹也"之義吻合。又，《魏風·伐檀》次章"河水清且直猗"與"胡瞻爾庭有縣特兮"以"直"、"特"爲韻，是二字音近義同之證，或可通用。

牆有茨

牆有茨,不可埽也。中冓之言,不可道也。所可道也,言之醜也。

牆有茨,不可襄也。中冓之言,不可詳也。所可詳也,言之長也。

牆有茨,不可束也。中冓之言,不可讀也。所可讀也,言之辱也。

〔**茨**〕　《齊詩》、《韓詩》俱作“薺”。《説文·艸部》云:“薺,蒺棃也。从艸,齊聲。《詩》曰:‘牆有薺。’”又,“茨”下云:“以茅葦蓋屋。从艸,次聲。”又,“薋”下云:“艸多貌。从艸,資聲。”《爾雅》:“茨,蒺藜。”《玉篇》:“薋,蒺藜也。”《楚辭章句》引《詩·楚茨》作薋。又,《禮·玉藻》鄭注引《詩·楚茨》作“薺”,此“薺”即“茨”之證。《别籙》云:“茨,長言之爲蒺藜。”陳奂云:“蓋疾黎合評之曰薺也,後人加艸耳。”毛《傳》及《爾雅》郭注均不以“茨”爲蓋屋之茅葦,而以“蒺藜”釋之,明《齊詩》、《韓詩》作“薺”者爲本字,而作“茨”、“薋”者皆借字,以三字均屬脂部、從母,可互假也。

〔**埽**〕　《周禮·媒氏》鄭注、《白帖》十一、《太平御覽》九百九十七引《詩》同爲“不可掃也”。《説文》:“埽,棄也。从土,从帚。”《毛詩》作“埽”,正字。作“掃”者,後起之俗體也。

〔**中冓**〕　毛《傳》:“中冓,内冓也。”《釋文》:“冓,本又作遘。古候反。《韓詩》云:‘中冓,中夜。謂淫僻之言也。’”《廣雅·釋詁》:“寓、昔、闇、暮,夜也。”《玉篇》:“寓,夜也。《詩》曰‘中寓之言’,中夜之言也。”又云:“寓,本亦作冓。”《漢書·文三王傳》載谷永疏曰:“帝王之意,不窺人閨門之私,聽聞中𡫸之言。”(谷永遵《魯詩》)晉灼曰:“《魯詩》以爲夜也。”是《韓詩》、《魯詩》皆以“冓”爲“𡫸”之借字也,然“𡫸”字《説文》所無。又,《大雅·桑柔》:“征以中垢”,《傳》:“中垢,闇冥也。”王念孫云:“行以得垢也。”胡承珙云:“垢,塵垢也。中冓之言即闇冥塵垢之言也。”此“中垢”即“中冓”,“冓”、“遘”、“𡫸”均通“垢”、“詬”、“姤”,如《易·姤卦》或作“遘”,“邂逅”或作“邂冓”,皆其例也。《傳》云:“内冓之言”即“内詬之言”,内寢闇冥詬耻之言也。至孔疏云:“冓合淫昏之事”,则以“冓”作“媾”矣。“媾”、“遘”義同,與《釋文》:“本又作中遘”義合。揆諸數端,似以《桑柔》毛《傳》“中垢,闇冥也”取義爲長。蓋“冓”爲“垢”或“詬”之借字也。

〔襄〕　《爾雅·釋言》:“襄,除也。”毛《傳》同。《説文》“襄”下云:“漢令,解衣耕謂之襄。”山井鼎《考文》云足利本、古本“襄”並作“攘”。按:“襄”爲本字,“攘”乃借字。

〔詳〕　《韓詩》作“揚”。《釋文》引韓説云:“揚猶道也。”《廣雅》云:“揚,説也。”《廣雅》又訓“讀”與“道”、“揚”同,皆爲宣揚言説之義。“詳”、“揚”音同義通,故可相假。

君子偕老

君子偕老,副笄六珈。委委佗佗,如山如河,象服是宜。子之不淑,云如之何。

玼兮玼兮,其之翟也。鬒髮如雲,不屑髢也。玉之瑱也,象之揥也,揚且之晳也。胡然而天也,胡然而帝也。

瑳兮瑳兮,其之展也。蒙彼縐絺,是紲袢也。子之清揚,揚且之顔也。展如之人兮,邦之媛也。

〔**委委佗佗**〕　《魯詩》作“禕禕它它”。顧舍人引《詩釋》云“禕禕它它”,即《魯詩》文。《太平御覽》六百九十、《事類賦》十三引《詩》,作“委委蛇蛇”。《吕氏讀詩記》引《釋文》,作“委委他他”。《一切經音義》三十九引作“逶佗”。又,《召南·羔羊》“委蛇”,《韓詩》作“逶迤”。《玉篇》云:“它,蛇也。今作佗。”又云:“蛇,同上,它或从虫。”明“委”、“逶”、“禕”及“它”、“佗”、“蛇”、“他”、“迤”古通用。

〔**玼兮玼兮**〕　《釋文》:“玼,本或作瑳。”《周禮·内司服》鄭注引《詩》“瑳兮瑳兮,其之翟也”,“瑳兮瑳兮,其之展也”。鄭注多本《韓詩》,二、三章皆作“瑳”。又,《毛詩》二章“玼兮玼兮”,《傳》曰:“玼,鲜盛貌。”而於三章“瑳兮瑳兮”則無《傳》、《箋》,疑《毛詩》二、三章皆作“玼兮玼兮”,以二字雙聲,“玼”在支部、清母,“瑳”在歌部、清母,音近義同,故可通用也。《毛詩》二章作“玼”,三章作“瑳”者,蓋手民臆改也。《説文》“瑳”下云:“玉色鲜白。”“玼”下云:“玉色鲜也。”至於《毛詩》作“玼”、《韓詩》作“瑳”,二字形雖異而義則同,無須判分是非而取捨也。

〔**翟**〕　《傳》:“褕翟、闕翟,羽飾衣也。”《考文》云:“《詩》古本翟作狄。”又,《周禮·内司服》鄭注:“褕狄、闕狄,畫羽飾。”《説文·羽部》:“翟,山雉尾長者。”《説文·衣部》:“褕,翟,羽飾衣。”《説文·犬部》:“狄,赤狄,本犬種,狄之爲言淫辟也。”按:“翟”、“狄”均徒歷切,作“狄”者,同音之借字也。宜從《毛詩》。

〔**鬒**〕　《釋文》:“鬒,黑髮也。《説文》云:‘髮稠也。’服虔注《左傳》云:‘髮美爲鬒。’”《説文·彡部》:“㐱,稠髮也。从彡,从人。《詩》曰:‘㐱髮如雲。’鬒,㐱或从髟,真聲。”郭忠恕《汗簡》云《古毛詩》作“㐱”。按:“㐱”爲本字,“鬒”爲重出之或體。

〔**髢**〕　三家作“鬄”。《周禮·追師》鄭注引《詩》“髢”作

"鬄"。徐鍇《説文繫傳》引《詩》同。《説文》"鬄"下云:"髲也。从髟,易聲。""髢"下云:"鬄,或从也聲。"又,"髲"下云:"鬄也。从髟,皮聲。"經典多用"鬄"之重文"髢"。

〔**玉之瑱也**〕　《説文·玉部》:"瑱,以玉充耳也。从玉,真聲。《詩》曰:'玉之瑱兮'。"又於重文"䩆"下云:"瑱或从耳。"《玉篇》:"䩆,他見切。《詩》云:'玉之䩆也。'䩆,充耳也。亦作瑱,本亦作瑱。"是"䩆"、"瑱"皆"瑱"之重文也。"兮"爲本字,"也"爲借字。

〔**象之揥也**〕　《釋文》:"揥,勑帝反。摘也。"又云:"摘,他狄反。本亦作擿,音同。本又作擿,又作謫,並非。""揥"字,《説文》未收。《説文》"擿"下云:"擿,拓果樹實也。从手,啻聲。一曰指近之也。"按:擿即摘。《説文》"擿"下云:"搔也。从手,適聲。一曰投也。直支切。""搔"下云:"捪(括)也。""捪"(括)下云:"絜也。从手,昏聲。古活切。"又,"髺"(髻)下云:"絜髮也。"毛《傳》:"揥,所以摘髮也。"桂馥謂"揥"即"擿"之或體。按:毛《傳》"摘髮"即"擿髮",亦即"絜髮",絜束、括束其髮也。是《傳》以"摘"爲"擿"之借字也。

〔**揚且之皙也**〕　明監本作"楊且之哲也"。《説文·白部》:"皙,人色白也。从白,析聲。"按:"楊"爲"揚"之訛字。《唐石經》、岳本皆作"晳",《清石經》亦作"晳"。"晳"爲"皙"之隸省,"皙"爲正字。

〔**胡然而天也,胡然而帝也**〕　山井鼎《考文》:"古本兩'而'字並作'如'。"毛《傳》:"尊之如天,審諦如帝。"按:"而"、"如"二字古通用,故《傳》釋作"如",以"而"爲借字也。

〔**其之展也**〕　毛《傳》:"禮有展衣者,以丹縠爲衣。"《説文》:"展,轉也。从尸,衺省聲。知衍切。"又,"衺"下云:"丹縠衣。

从衣，㠭聲。知扇切。”鄭《箋》：“后妃六服之次，展衣宜白。……‘展衣’字誤，《禮記》作‘襢衣’。”按：“展”非衣名，“㠭”爲衣名，是毛《傳》借“展”爲“㠭”也。《傳》釋作“丹縠衣”，《箋》釋作“衣宜白”，並以“展”爲譌字。《周禮·内司服》：“内司服，掌王后之六服：褘衣、揄狄、闕狄、鞠衣、展衣、緣衣、素沙。”鄭司農注云：“展衣，白衣也。《喪大記》曰世婦以襢衣，襢音聲與展相似。”後鄭云：“展衣，以禮見王及賓客之服，字當作襢。襢之言亶，亶，誠也。”下引此《詩》“瑳兮瑳兮，其之展也”文。又，賈《疏》：“《禮記》作襢，《詩》及此文作展，皆是。正文鄭必讀從襢者，襢字衣旁爲之，有衣義。”又，《禮記·玉藻》“櫛用樿櫛”，孔《疏》云：“樿，白理木也。”《廣雅》：“白馬黑脊，驙。”古字從單、亶聲者，多含白義，“襢”之取義即“白衣”也。《釋名》亦云：“襢衣：襢，坦也。坦然正白，無文采也。”準上諸说，鄭《箋》是矣。“㠭”（襢）爲正字。

〔**紲袢**〕　魯、齊、韓“紲”作“褻”。《説文·衣部》：“褻，私服。从衣，埶聲。《詩》曰：‘是褻袢也。’（徐鉉等曰：‘从熱省乃得聲。’）私列切。”《説文·衣部》“袢”下則云：“袢，無色也。从衣，半聲。一曰，《詩》曰：‘是紲袢也。’”“褻”下引《三家詩》，“袢”下則引《毛詩》。按：三家作“褻”爲正字，《毛詩》作“紲”乃借字。又，《唐石經》“紲”作“絏”。《廣韻》云：“紲，亦作絏。”张参《五經文字》云：“紲，本從世，緣廟諱偏旁而變。”又，《太平御覽》四百十九引《詩》作“紲絆”，“絆”字乃涉上文“紲”之“糸”旁致訛。

〔**邦之媛也**〕　《釋文》：“美女爲媛。《韓詩》作‘援’。援，取也。”《説文》：“媛，美女也。人所欲援也。从女，从爰。爰，引也。《詩》曰：‘邦之媛兮。’”“媛”、“援”古通用。王筠云：“《楚辭》‘嬋媛’，一本作‘撣援’，或‘媛’亦後起之專字。”又，段玉裁云，此篇“也”字，疑古皆作“兮”。按：《説文》“瑱”下引《詩》作“玉之瑱兮”，明許氏所見此篇多用“兮”字。且“邦之媛兮”上承“展如之人兮”句，語義、詞氣、音韻均條暢自然。段氏所言極是。

桑　中

爰采唐矣，沬之鄉矣。云誰之思，美孟姜矣。期我乎桑中，要我乎上宫，送我乎淇之上矣。

爰采麥矣，沬之北矣。云誰之思，美孟弋矣。期我乎桑中，要我乎上宫，送我乎淇之上矣。

爰采葑矣，沬之東矣。云誰之思，美孟庸矣。期我乎桑中，要我乎上宫，送我乎淇之上矣。

〔**送我乎淇之上矣**〕　《漢書·地理志》引《詩》“送我淇上”，誤脱三字。

鶉之奔奔

鶉之奔奔，鵲之彊彊。人之無良，我以爲兄。
鵲之彊彊，鶉之奔奔。人之無良，我以爲君。

〔**鶉**〕　明豐坊《詩傳》、《詩説》，“鶉”並作“鷻”。按：“鶉”爲“鷻”之隸省。《説文·亯部》：“亯，獻也。从高省，曰象進孰物形。《孝經》曰：‘祭則鬼亯之。’凡亯之屬皆从亯。許兩切。又普庚切。又許庚切。”《説文·亯部》“𦎫”下云：“孰也。从亯，从羊，讀若純。一曰鬻也。常倫切。”

〔**奔奔**〕　《魯詩》、《齊詩》作“賁賁”。明豐坊《詩傳》並同。

又,《禮記·表記》、《左傳·襄公二十七年》、《吕氏春秋·壹行》注,各引《詩》"鶉之賁賁"。《宋書·百官志》:"虎賁,舊作虎奔。"《禮記》"賁軍之將",《後漢書》作"奔軍之將"。《説文》:"犇(奔),走也。从夭,賁省聲。與走同義,俱从夭。博昆切。"《説文》"賁"下云:"飾也。从貝,卉聲。彼義切。"按:"奔"因"賁"得聲,故二字古通。此處"奔"爲正字。"賁"爲借字。

〔**彊彊**〕　《魯詩》、《齊詩》作"姜姜"。《禮記·表記》引《詩》作"鶺之姜姜"。《説文》:"彊,弓有力也。"又,凡有力之稱。《楚語》注:"彊,彊力也。"《廣雅·釋詁》:"姜,强也。"《説文·女部》"姜"下云:"神農居姜水,以爲姓。从女,羊聲。居良切。"按:《説文》有"彊"無"强","彊"爲初文,"强"爲後起字。"姜"與"彊"疊韻,故借作"彊"。此處"彊"爲正字明矣。

〔**人之無良**〕　《韓詩》"之"作"而"。按:二字疊韻,古通用。

〔**我以爲兄**〕　《韓詩》"我"作"何"。按:二字古可互通。

定之方中

定之方中,作于楚宫,揆之以日,作于楚室。樹之榛栗,椅桐梓漆,爰伐琴瑟。

升彼虚矣,以望楚矣。望楚與堂,景山與京,降觀于桑。卜云其吉,終然允臧。

靈雨既零,命彼倌人,星言夙駕,説于桑田。匪直也人,秉心塞淵,騋牝三千。

〔**作于楚宫**〕〔**作于楚室**〕　三家"于"作"爲"。《文選》左思《魏都賦》、王延壽《魯靈光殿賦》、謝脁《和伏武昌登孫權故城》、江淹《雜體詩》、王巾《頭陁寺碑文》注,《白帖》三十八,《太平御覽》一百七十三,《經史事類》各引《詩》,"于"並作"爲"。日本山井鼎《考文》云古本兩"于"字均作"爲"。孔《疏》云:"作爲楚丘之宫","作爲楚丘之室",是以"于"猶"爲"也。又,《儀禮·士冠禮》曰:"宜之于假。"鄭注曰:"于,猶'爲'也。"《聘禮》曰:"賄在聘于賄。"鄭注曰:"于,讀曰'爲'。"按:"于"在魚部、匣母,"爲"在歌部、匣母,古聲近義通,可互假。

〔**虚**〕　《釋文》:"虚,本或作墟。"《水經注·濟水》引《詩》作"墟"。按:"虚"爲初文,"墟"爲後起字。

〔**終然允臧**〕　明本、毛本作"終焉允臧"。《唐石經》、山井鼎《考文》云日本古本、宋本、《吕氏讀詩記》、嚴粲《詩緝》,均作"終然允臧"。又,《晉書·樂志》,《文選》左思《魏都賦》、張衡《東京賦》,《白帖》三十一,《太平御覽》七百二十五,各引《詩》並同。按:"然"、"焉"古同聲通用。《禮記·檀弓》曰:"穆公召縣子而問然。"鄭注曰:"然之言'焉'也。"《孟子·離婁》:"則眸子瞭焉"、"則眸子眊焉",《白帖》引作"瞭然"、"眊然",同例。

〔**靈雨既零**〕　陳奂云:"零,古字作霝。《爾雅》:'霝,落也。'郭注云:'見《詩》。'今《爾雅》又俗加艸頭耳。《廣韻》引《説文》云:'霝,雨霝也。'霝與落同。靈雨之靈,當亦訓爲霝。言'霝雨',又言'既霝';如'汎彼'、'亦汎'及'且曀'、'有曀'之比。'靈雨',《石鼓文》作'霝雨'。《東山》'零雨其濛',《説文》作'霝雨',皆謂霝雨也。'靈'者,假借字。"馬瑞辰云:"《爾雅·釋詁》'令,善也。'令即靈之假借。《書正義》引《釋詁》作'靈,善也。'靈,《説文》訓巫,本爲巫善事神之稱,因通謂善爲靈。此詩作靈爲正字,餘作令訓善者皆靈之假借。零者,霝之假借。《説文》:'霝,雨霝也。''零,雨霝也。'霝即落之本字。若零,則《説文》訓爲餘雨。"又,王先謙云："《箋》釋'靈'爲'善'，本之'善雨'，猶唐人言'好雨'矣。《説文》'霝'下云：'霝巫以玉事神。''靈'下云：'靈，或从巫。'引申之爲'神靈'義。《風俗通·典祀篇》：'靈者，神也。'靈雨者，以其應時，故神之也。神之即善之，不分兩義。……《釋詁》：'蘦，落也。'郭注：'見《詩》。'是《東山》'霝雨其濛'之借字，與此詩無涉。"按：陳氏謂"靈雨"乃"零雨"之意，"既零"猶"既霝"，即"零雨既霝"（落雨既落）。如此文句，則不辭矣。且與"汎彼"、"亦汎"及"且曀"、"有曀"之句式、文義並非一例。陳説失之鑿。馬氏、王氏之論是矣。"靈"爲正字。"零"爲"霝"之借字。

〔**星**〕　《釋文》："《韓詩》云：晴也。"鄭《箋》："星，雨止星見。"《説文》："姓，雨而夜除星見也。从夕，生聲。"《三蒼解詁》："暒，雨止無雲也。"《史記·天官書》"天精而見景星"，《漢書·天文志》作"天暒"。孟康注云："暒，晴明也。"《韓非子·説林下》曰："荆伐陳，吴救之，軍間三十里，雨十日，夜星。"《説苑·指武》作"夜晴"。《玉篇》："暒，雨止也，精明也，無雲也。"又，《説文》："啓，雨而晝姓也。从日，啓省聲。"姚鼐云："古晴字本作暒，暒亦作星，若星辰字自作曐。《詩》'星'，精也。精，晴明之謂也。世久以'星'字當曐辰之曐，此詩偶存古字耳。"胡承珙曰："啓字从日，故屬之晝；姓字从夕，故云夜除曐見。鄭意亦以詩之'星'字即'姓'字，'雨止星見'之'星'字當作'曐'。……《史記》'天精而見景星'，精謂精明，與《韓詩》釋星爲精義同。《漢書》直作姓，亦作暒。（見《索隱》。《一切經音義》云：古文姓、暒二形同。）或據宋本《釋文》引《韓詩》，作'星，晴也'。若經文之星爲姓，則與晴字同，不當以晴釋星，不知漢初已多用晴，少用星，故《韓詩》以今字明古字，謂星即晴字，非訓星爲晴。"按：《説文·晶部》："曐，萬物之精，上爲列星。从晶，生聲。一曰象形。从口，古口復注中，故與日同。桑經切。

曐,古文星。星,曐或省。”又,《説文·夕部》列“姓”字,謂夜姓;《説文·日部》列“啓”字,謂晝姓。《説文·晶部》列“曐”字,謂曐辰。本詩“星言夙駕”之“星”,顯係“姓”之假借,並非曐辰之“曐”。“姓”字又與“精”、“晴”、“暒”通假。漢初以後,經文已多用“晴”字,而“姓”字稀見;且借“星”作“姓”者亦絶無僅有;“曐辰”之“曐”遂省作“星”而通行,並無與“姓”、“晴”、“精”、“暒”相溷之嫌矣。然誦《詩》應辨字,仍須明斷此“星”字應讀作“姓”。

〔**説**〕　《釋文》:“説,毛始鋭反。舍也。”《太平御覽》九百五十五、《藝文類聚》八十八引《詩》並作“稅”。鄭《箋》讀“説”如字,云:“欲往爲辭。説于桑田,教民稼穡,務農急也。”鄭與毛異,或本三家爲説。按:此“説”字,依文勢似從毛爲允,“説”、“稅”音同字通,此借“説”作“稅”也。“稅”有止、息、舍諸義,故毛《傳》以“舍也”申之。《太平御覽》、《藝文類聚》作“稅”,正與毛合。

〔**騋牝**三千〕　《説文》:“騋,馬七尺爲騋,八尺爲龍。从馬,來聲。《詩》曰:‘騋牝驪牡。’”段注謂《説文》僅引《詩》之“騋牝”二字,“驪牡”應爲“驪牝”,《説文》乃以“驪牝”釋《詩》之“騋牝”。按:段説是也。郝懿行《爾雅義疏》之説略同,不贅。

蝃　蝀

蝃蝀在東,莫之敢指。女子有行,遠父母兄弟。
朝隮于西,崇朝其雨。女子有行,遠兄弟父母。
乃如之人也,懷昏姻也。大無信也,不知命也。

〔**蝃**蝀〕　《魯詩》、《齊詩》“蝃蝀”作“螮蝀”。《爾雅·釋天》作“螮蝀”。《説文·手部》:“摕,撮取也。从手,帶聲。讀若

《詩》曰：‘螮蝀在東。’都計切。”(《説文》無“蝃”字。)《吕氏春秋·季春紀》高注：“虹，螮蝀也。兖州謂之虹。《詩》曰：‘螮蝀在東，莫之敢指’是也。”《淮南子·時則訓》高注引《詩》同。《藝文類聚》二引蔡邕《月令章句》云：“虹，螮蝀也。陰陽交接之氣著於形色者也，常依陰雲而晝見於日衝，無雲不見，大陰亦不見，率以日西見於東方，故《詩》云：‘螮蝀在東’。”《易林·蠱之復》：“螮蝀充側，佞人傾惑，女謁横行，正道壅塞。”(《无妄之臨》、《震之井》同。)又，《初學記》、《太平御覽》十四各引《詩》同。按：高氏、蔡氏並用《魯詩》，《易林》乃據《齊詩》。“蝃”爲“螮”之或體。作“螮蝀”者，正字也。

〔**朝隮于西**〕　李鼎祚《周易集解》引荀爽注《需卦》引《詩》作“朝躋于西”。荀爽述《齊詩》，引“隮”作“躋”。《説文》未收“隮”字，“躋”下云：“登也。从足，齊聲。”《周禮·春官·眡祲》：“掌十煇之法，以觀妖祥，辨吉凶。……九曰隮。”先鄭注：“隮，升氣也。”毛《傳》：“隮，升。”鄭《箋》：“朝有升氣于東方，終其朝則雨，氣應自然。”又，《秦風·蒹葭》“道阻且躋”，《釋文》：“躋，本又作隮。”《曹風·候人》“南山朝隮”，《太平御覽》八引作“躋”。《書》“告予顛隮”，《史記》作“躋”。《説文·足部》“躋”下引同(《説文》無“隮”字)，是“隮”乃“躋”之或體也。“躋”爲正字，凡經典“隮”字俱當作“躋”。

〔**崇朝**〕　毛《傳》：“崇，終也。”蓋“崇”即“終”之同部假借，二字同在冬部，故借崇作終。

〔**乃如之人也**〕　《魯詩》、《韓詩》“也”作“兮”。《韓詩外傳》、《列女傳·陳女夏姬》、《説苑·辨物》各引《詩》“乃如之人兮”。又，《邶風·日月》“乃如之人兮”、《鄘風·君子偕老》“展如之人兮”之句末語辭用例與此詩相類。“也”、“兮”古通用，此處似以“兮”爲本字。

〔**昏**姻〕　《韓詩外傳》、《列女傳·陳女夏姬》、《説苑·辨物》各引《詩》作“婚姻”。日本古本並同。《説文》:“昏,日冥也。从日,氐省。氐者,下也。一曰民聲。呼昆切。”按:古代禮制,於昏時娶婦,故以“昏”(㫙)稱“婚禮”、“婚姻”。“㫙”爲“昏”之或體。“昏”,正字;“婚”,後起字。《儀禮·士昏禮》、《禮記·昏義》俱作“㫙”。“昏”爲本字。

相　鼠

相鼠有皮,人而無儀。人而無儀,不死何爲。

相鼠有齒,人而無止。人而無止,不死何俟。

相鼠有體,人而無禮。人而無禮,胡不遄死。

〔**無**〕　《魯詩》作“亡”。《漢書·五行志》劉向引《詩》曰:“人而亡儀,不死何爲。”《説文·亾部》:“𣞤,亡也。从亡,無聲。武扶切。𠑹,奇字无,通於元者。王育説:天屈西北爲无。”吴大澂《古籀補》:“古‘無’字不从‘亾’。”“𣞤”字,後隸變爲“無”。“無”、“亾”(亡)一聲之轉,故經典或以“亾”代“有無”之“無”。

〔**何**爲〕　《魯詩》“何”作“胡”。《太平御覽》四百五十七引《白虎通》載保傅語:“夫妻一體,榮辱共之。《詩》云:‘相鼠有皮,人而無儀。人而無儀,不死胡爲。’”是《魯詩》文。

〔**何**俟〕　《魯詩》“何”作“胡”。《列女傳·趙悼倡后》引《詩》作“不死胡俟”,亦《魯詩》文。

〔**胡**不遄死〕　三家“胡”作“何”。《史記·商君傳》引此章四句,“胡”作“何”,蓋三家文。“何”屬歌部、匣母;“胡”屬魚部、匣母。二字一聲之轉，同義互訓，可互通。陳奂云："胡、何，《傳》爲全《詩》通訓。"

干　旄

孑孑干旄，在浚之郊。素絲紕之，良馬四之。彼姝者子，何以畀之。

孑孑干旟，在浚之都。素絲組之，良馬五之。彼姝者子，何以予之。

孑孑干旌，在浚之城。素絲祝之，良馬六之。彼姝者子，何以告之。

〔**干旄、干旟、干旌**〕　三家诗"干"作"竿"。《左傳·定公九年》作"竿旄"。《釋天》"注旄首曰旌"，郭注："載旄於竿頭，如今之幢，亦有旒。"《釋天》"錯革鳥曰旟"，郭注："此謂合剥鳥皮毛，置之竿頭，即《禮記》所載鴻及鳴鳶。"按："干"爲初文，"竿"爲後起纍增字。

〔**予**〕　《魯詩》作"與"。山井鼎《考文》云日本古本作"何以與之"。王充《論衡·率性》引《詩》同。《説文》："予，推予也。象相予之形。凡予之屬皆从予。"《説文》："与，賜予也。一勺爲与，此与與同。"按："予"、"与"（與）並同，可通假。《毛詩》作"予"爲本字。

〔**祝**〕　《傳》："祝，織也。"《箋》："祝，當作屬。屬，著也。"《白虎通》："祝者，屬也。"《釋名》："祝，屬也。"《管子·小匡》注："屬，綴連也。"按："祝"、"屬"、"著"同音，字亦通用，故借"祝"作"屬"。《傳》以"織"釋"祝"者，是由"織"與"綴連"、"附著"義同故也。"屬"爲本字。

載 馳

載馳載驅,歸唁衛侯。驅馬悠悠,言至於漕。大夫跋涉,我心則憂。

既不我嘉,不能旋反。視爾不臧,我思不遠。既不我嘉,不能旋濟。視爾不臧,我思不閟。

陟彼阿丘,言采其蝱。女子善懷,亦各有行。許人尤之,衆穉且狂。

我行其野,芃芃其麥。控于大邦,誰因誰極。大夫君子,無我有尤。百爾所思,不如我所之。

〔**驅**〕 《釋文》:"駈,字亦作驅。"《荀子》楊倞注:"凡言區者,與邱同義。"顔師古《匡謬正俗》:"古邱區同聲。"按:"驅"爲本字,"駈"(駆)爲隸變字。

〔**言至於漕**〕 《列女傳·許穆夫人》引《詩》"言至于曹"。"漕邑",《左傳》作"曹"。《釋文》云:"曹,《詩》作漕。曹、漕字通。"

〔**跋涉**〕 《齊詩》作"軷涉"。齊説曰:道祭也。《儀禮·聘禮》鄭注引作"軷涉",蓋本《齊詩》。《周禮·大馭》注:"行山曰軷。"段玉裁云:"山行之神主曰軷,因之山行曰軷。凡言跋涉者,皆字之同音假借。"毛《傳》:"草行曰跋,水行曰涉。"《釋文》:"草行爲跋,水行爲涉。《韓詩》云:'不由蹊遂而涉曰跋涉。'"《説文》:"跋,蹎跋也。从足,犮聲。"《淮南子·脩務訓》:"南榮疇跋涉山川,冒蒙荆棘。"高注:"不從蹊遂曰跋涉,故觸犯荆棘。"同篇又曰:"申包胥跋涉谷行。"高注同前。其義蓋本《魯詩》,且合韓説。又,《莊子·馬蹄》"出無蹊隧",《釋文》引李注:"蹊,徑也。"隧與遂同。《荀子·大略篇》"溺者不問遂",楊注:"遂,謂徑隧,水中可涉之徑也。"馬瑞辰謂"跋涉蓋行走急遽之義",並以韓説爲允。王先謙亦云:"'跋涉'二字連貫讀之,用之此詩,韓義優矣。"按:"跋"爲正字,《齊詩》作"軷"爲借字。

〔**視爾不臧**〕　《韓詩外傳》引《詩》"爾"作"我",非。

〔**陟彼阿丘**〕　《太平御覽》五十六引《毛詩》"涉彼中阿",與《毛詩》異。以《毛詩》爲是。

〔**言采其蝱**〕　《魯詩》"蝱"作"莔"。《淮南子·氾論訓》高注:"虻,讀如《詩》云'言采其莔'之莔也。"《説文·䖵部》:"蝱,齧人飛蟲。从䖵,亡聲。武庚切。"《説文·艸部》:"莔,貝母也。从艸,明省聲。武庚切。"《説文繫傳》云:"《本草》:貝母一名莔,根形如聚貝子,安五藏,治目眩、項直不得反顧。故許穆公夫人思歸衛不得而作詩曰'言采其莔'也。"《太平御覽》五十六、九百九十二各引《毛詩》"言采其虻"。《易林·解之大畜》:"采虻山頭,終安不傾。"按:"莔"屬"艸部","蝱"屬"䖵部",前者爲一種野生植物,後者爲一種飛蟲,《詩》"言采其蝱"已確指其所采者乃是植物,對飛蟲不可言采。是知《毛詩》作"蝱",乃"莔"之借字;《御覽》、《易林》作"虻",又爲"蝱"之省("䖵"省作"虫");《魯詩》作"莔",爲正字。

〔**尤**〕　《釋文》:"尤,本亦作訧。"毛《傳》:"尤,過也。"韓説曰:"尤,非也。"《説文·乙部》:"尤,異也。从乙,又聲。"又,《説文·言部》:"訧,罪也。从言,尤聲。《周書》曰:'報以庶訧。'"孔廣居云:"尤,古肬字。从又、乙,象贅肬,又亦聲。借爲異也,過也。既爲借義所專,故别作肬。"朱芳圃《殷周文字釋叢》:"蓋尤爲初文,从又、一。又,手也;一,指贅肬。字之結構與'寸'相同。"《玉篇·

乙部》："尤，過也。"《小雅·四月》"莫知其尤"，鄭《箋》："尤，過也。"《玉篇·乙部》又云："尤，責也；怨也。"《論語·憲問》："不怨天，不尤人。"邢昺疏："尤，非也。"《文選·司馬遷〈報任少卿書〉》："顧自以爲身殘處穢，動而見尤，欲益反損，是以獨鬱悒而與誰語。"李善注："言舉動必爲人所尤過也。"按：《傳》、《箋》以"過"釋"尤"本字，韓説以"非"釋之，亦"尤"之又義也，不必以"尤"爲"訧"之省借也。

〔**穉**〕　《釋文》："穉，本又作稚。"《説文》："穉，幼禾也。"按："穉"，初文。"稚"，後起字。

衛　風

淇　奥

瞻彼淇奥，緑竹猗猗。有匪君子，如切如磋，如琢如磨。瑟兮僩兮，赫兮咺兮。有匪君子，終不可諼兮。

瞻彼淇奥，緑竹青青。有匪君子，充耳琇瑩，會弁如星。瑟兮僩兮，赫兮咺兮。有匪君子，終不可諼兮。

瞻彼淇奥，緑竹如簀。有匪君子，如金如錫，如圭如璧。寬兮綽兮，猗重較兮。善戲謔兮，不爲虐兮。

〔**奥**〕　《魯詩》作"隩"、《齊詩》作"澳"，又作"隩"。《左傳·昭公二年》、《禮記·大學》引《詩》並作"澳"。《釋文·禮記音義》："澳，本亦作奥。""奥，本又作隩。"《水經注·淇水》，《文選》左思《〈三都賦〉序》及《魏都賦》劉注、班固《西都賦》李注，《太平御覽》六十四、三百六十五、三百九十五、八百六、八百十四、九百六十二各引《詩》作“澳”。《爾雅·釋邱》:“隩,隈也。”疏引《衛風·淇奥》作“隩”。《釋文·毛詩音義》:“奥,隈也。”《毛詩正義》引《爾雅》孫炎注:“隈,水曲中也。”又云:“厓内爲隩。”李巡曰:“厓内近水爲隩。”《説文·自部》:“隩,水隈厓也。”“隈”下云:“水曲隩也。”“隩”下云:“隈厓也。其内曰澳,其外曰隈。”又,《説文·宀部》“奧”下云:“奧,宛也,室之西南隅,从宀,𢍎聲,烏到切。”(徐鉉等曰:𢍎非聲,未詳。)按:“奥”(奧)字,《説文》與“宛”互訓,並釋曰“室之西南隅”者,以其宛曲幽深故也。後又引申爲凡“深”之稱,《玉篇·宀部》:“奥,謂室中隱奥之處。”《淮南子·時則訓》:“(季夏之月)涼風始至,蟋蟀居奥。”“奥”,未必“西南隅”也。又,《文選·張協〈七命〉》:“絶景乎大荒之遐阻,吞響乎幽山之窮奥。”李善注:“奥,隱處也。”明“奥”字本無“水隈厓”、“水曲隩”之義,《傳》謂“奥,隈也”,蓋以“奥”爲“澳”、“隩”之借字也。

〔**綠竹**猗猗〕　《唐石經》作“綠薄”。《魯詩》“綠”作“菉”。《韓詩》“竹”作“薄”。《釋文》云:“《韓詩》竹作薄,音徒沃反,云:薄,扁筑也。《石經》同。”(臧琳謂《石經》爲《魯詩》。)又,段氏曰:“《石經》者,漢一字《石經魯詩》也。”陳喬樅則云:“洪适《隸釋》載《石經魯詩》殘碑文,言其間有齊、韓字,蓋取三家異同之説,猶《公羊傳》所云顔氏,《論語碑》所云盍、毛、包、周之比也。陸云‘《石經》同’者,謂《石經》所載韓異文‘薄’字,與世所行《韓詩》字同,非謂《魯詩》同韓作‘薄’也。臧説失之。”《説文》:“筑,萹筑也。”又云:“薄,水萹筑也。”《爾雅·釋草》:“竹,萹蓄。”《釋文》:“竹,本或作筑。”毛《傳》:“綠,王芻也。竹,萹竹也。”酈道元《水經注·淇水》:“肥泉,《博物志》謂之澳水,《詩》云:‘瞻彼淇澳,菉竹猗猗。’漢武帝塞決河,斬淇園之竹木以爲用。寇恂爲河内,伐竹淇川,治矢百餘萬以輸軍資。今通望淇川,無復此物,惟王芻、編草,不異毛輿。"任昉《述異記》云:"衛有淇園,出竹,在淇水之上。"戴凱之《竹譜》云:"簸竹根深耐寒,茂被淇苑,淇園衛地,殷紂竹箭園也。"《藝文類聚》二十八引班彪《游居賦》:"瞻淇奥之園林,美緑竹之猗猗。"陳喬樅云:"班固《竹扇賦》'青青之竹形兆直',即用《詩》'緑竹青青'語,班習《齊詩》,此蓋齊義。"《淮南子》:"貫淇衛之箭。"《漢書》:"下淇園之竹以爲楗。"《詩集傳》:"淇上多竹,漢世猶然,所謂淇園之竹是也。"按:《詩經》中,"竹"字出現五次,"竹竿"出現一次。《衛風·淇奥》:"緑竹猗猗"、"緑竹青青"、"緑竹如簀";《秦風·小戎》:"竹閉緄縢";《小雅·斯干》:"如竹苞矣";《衛風·竹竿》:"籊籊竹竿"。皆謂禾本科常緑植物"竹"及其木質長杆。我國有二百五十餘種"竹",主要分布于長江流域及華南、西南等地,然其他諸多地區亦有分布。尤其於《詩經》創作年代,分布或更爲廣泛,"淇上多竹,漢世猶然",乃有本之論。至酈氏所處北魏之世,"通望淇川,無復此物",亦爲目驗之實。時歷若干世代,因地形地貌、大氣環境、江河湖海、土壤結構等多方變化,導致某地域植被狀況及各類生態亦隨之變化,本屬常理。姑就我國歷史時期之寒温變化而論,於《詩經》創作年代(約公元前十一世紀至公元前六世紀)適值第二次温暖時期。依據歷史文獻及考古發掘資料,我國歷代氣候變化可分四次温暖時期與四次寒冷時期。第二次温暖時期(公元前七七〇年至公元初),即春秋時期至西漢末年。《國風》創作年代較晚於《雅》、《頌》,約在西周後期至東周前期(春秋初期至中期),正處此温暖時期。按歷史資料記載:魯國冬季無冰,其時竹、梅等植物分布界限偏北,至魯國之境。洎乎第二次寒冷時期(公元初至六世紀),即西漢末期至唐代初期。酈道元生年不詳,終年爲公元五二七年,北魏范陽涿鹿人。其時正值第二次寒冷時期,據歷史資料記載:淮河曾結冰,表明氣温下降。酈氏謂淇川已不見竹,實與大氣環境變化相關。然不可因北魏時淇川無"竹"而遽謂《詩》中"緑竹"非"竹"。且"竹"之爲物,本性耐寒,經冬猶緑。處温暖時期,固然遍布南北各地;即值寒冷時期,中原海拔較低地區或仍有竹之分布,姑不細論。試就詩旨略加探討:毛《傳》云:"《淇奥》,美武公之德也。"又云:"瞻彼淇奥,緑竹猗猗。興也。奥,隈也。緑,王芻也。竹,萹竹也。猗猗,美盛貌。武公質美德盛,有康叔之餘烈。"按:此篇首二句爲比興手法,以"緑竹猗猗"(竹之美盛)比興"有匪君子"之美質盛德。蓋以緑竹堅勁有節,中虚外直,且不擇水土,山阿水隈,隨地而生。古往今来,世人盛贊其獨具君子之風。文人高士多以竹爲師爲友,效法其高風勁節。古人又以竹爲吉祥象徵,如"竹報平安"、"竹苞松茂"等習語,皆有寓意存焉。本詩以之起興,洵有深義也。但又有費解者:考"緑竹"本指"青緑之竹",毛《傳》將其分指二物:王芻、萹竹。《魯詩》作"菉竹"、《韓詩》作"緑薄",皆一聲之轉,均以爲王芻、萹竹(萹蓄)二物之名。然據實覈之,王芻即藎草,俗名鴡脚莎。一年生細弱草本植物。多作飼料或藥用。萹蓄,一名扁竹(萹竹)。蓼科。一年生平卧草本植物。中醫以全草入藥。尋繹此詩題旨,以一年生細小柔弱之草本植物,豈可比喻君子之高潔美質?依情理度之,唯"緑竹"方能當之。毛、魯、韓俱失之鑿。執板拘牽,文不成義,舍簡趨繁,益滋疑竇。且《衛風》中復有《竹竿》一篇,首章首句"籊籊竹竿,以釣于淇",明言:以"長而殺"之竹竿釣于淇水。因竹之木質長竿堅勁而韌,不易折也。柔細之草若王芻、萹蓄者,豈能釣乎?況《淇奥》、《竹竿》同在《衛風》,均言及淇水,二篇之"竹"應爲一物。"緑"字僅狀物之詞,非斥名之詞也。

〔**有匪君子**〕　《魯詩》、《齊詩》"匪"作"斐",《韓詩》作

“邲”。《禮記·大學》、《爾雅·釋詁》郭注、《説文繫傳·言部》、《文選·王巾〈頭陁寺碑文〉》注、《列女傳·班婕妤》、釋玄應《一切經音義》九、《太平御覽》八百六，各引《詩》並作“斐”。毛《傳》：“匪，文章貌。”《禮記》鄭注：“斐，有文章貌也。”《釋文》：“匪，本又作斐。”又云：“《韓詩》作‘邲’，美貌也。”《説文》：“斐，分别文也。”《廣韻》：“邲，好貌。”是“斐”爲正字，作“匪”、“邲”者，皆“斐”之通假也。

〔**如切如磋**〕　《魯詩》“切”作“齺”。三家“磋”作“瑳”。《毛詩》小字本、相臺本“磋”作“瑳”。《韓詩外傳》、《禮記·大學》、《荀子·大略篇》、《説苑·建本》、《一切經音義》十一引《詩》，《文選·劉孝標〈廣絶交論〉》引《禮記》並作“瑳”。《説文》：“齺，齒差也。从齒，屑聲，讀若切。”段注：“齒齺，謂齒相磨切也。差即今磋磨字。引申之，磨物亦曰齺也。”《爾雅·釋器》：“骨謂之切，象謂之磋。”王先謙云：“《説文》無‘磋’字，‘瑳’下云：‘玉色鮮白。’治象齒令鮮白如玉，故謂之‘瑳’，明三家正字。”王説得之。是“齺”、“瑳”爲本字，“切”、“磋”爲借字。

〔**如琢如磨**〕　《韓詩》“琢”作“錯”。《齊詩》“磨”作“摩”。《釋文·毛詩音義》：“磨，本又作摩。”《釋文·禮記音義》：“摩，本亦作磨。”《太平御覽》七百六十四引《韓詩》“如磨如錯”。宋綿初云：“磨、錯當上下互易，以諧韻。韓本作‘如錯如磨’，《外傳》今本引並作‘琢’，後人順毛所改。束晳補亡詩《白華》篇‘如磨如錯’，即用《韓詩》。”《禮記·樂記》“陰陽相摩”，《釋文》云：“摩，本又作磨。”《論語》“磨而不磷”，《州輔碑》引作“摩而不磷”。《説文》“磨”字未收，“摩”下云：“研也。”《廣雅》：“磨，礪也。”《禮記·學記》鄭注：“摩，相切磋也。石堅難治，當以礪石摩切之。”《釋訓》郭注：“玉石之被琢磨，猶人自修飾。”《荀子·大略篇》云：“人之於文學也，猶玉之於琢磨也。《詩》曰:‘如切如瑳,如琢如摩。’謂學問也。”《小雅·鶴鳴》“他山之石,可以爲錯”,毛《傳》云:“錯,石也,可以琢玉。”孔《疏》云:“寶玉得石錯,琢以成器。”按:“琢”本爲動詞,“錯”本爲名詞。然“以錯琢玉”、“琢玉之錯”二者密切關聯,詞性亦可轉化。《韓詩》以“錯”代“琢”,即其例也。“摩”、“磨”,古今字。

〔**咺**〕 《魯詩》作“烜”。《齊詩》作“喧”。《韓詩》作“宣”,云:顯也。亦作“愃”。《禮記·大學》引《詩》作“喧”。《釋文·禮記音義》云:“喧,本亦作咺。”《説文·心部》:“愃,寬閑心腹貌。从心,宣聲。《詩》曰:‘赫兮愃兮。’”《爾雅·釋訓》作“烜”。《文粹》二十四引李翰文作“煊”。郝敬《讀書通》:“喧,亦作諠。”毛《傳》:“咺,威儀容止宣著也。”《玉篇》:“愃,寬心也。”《禮記·大學》鄭注:“咺,寬綽貌。”按:韓説“顯也”,毛《傳》“威儀容止宣著也”,均與《説文》“寬閑心腹貌”同訓,是“愃”爲正字,“宣”爲“愃”之消文,“咺”、“喧”、“煊”、“烜”、“諠”皆爲假借字。

〔**諼**〕 《齊詩》作“諠”。《禮記·大學》引《詩》作“終不可諠兮”,鄭注:“諠,忘也。”《爾雅·釋訓》引“終不可諼兮”,《列女傳·班婕妤》引《詩》同。《釋文·禮記音義》:“諠,《詩》作諼,或作喧。”毛《傳》:“諼,忘也。”《説文》無“諠”字,於“諼”下云:“詐也。”《爾雅·釋訓》:“萲,諼,忘也。”《説文》:“藼,令人忘憂艸也。从艸,憲聲。《詩》曰:‘安得藼艸。’蕿,或从煖。萱,或从宣。”《玉篇》:“蕿,虚袁切。令人善忘憂草。藼、萱,並同。”《玉篇·言部》則云:“諼,忘也。詐也。”又,《衛風·伯兮》“焉得諼草”,毛《傳》:“諼草,令人忘憂。”按:“諼”,本訓“詐”,不訓“忘”。《衛風·伯兮》“藼草”爲經文正字。又作“蕿”(或省作萲)、“萱”,爲“藼”之重文。凡作“諼”、“諠”而訓“忘”者,皆“藼”(蕿、萱)之假借字。因“藼”爲忘憂草,引申爲“忘”義,故《爾雅》、《玉篇》並云:“諼,忘也。”

〔琇〕　三家作“璓”。《説文》:“璓,石之次玉者。《詩》曰:‘充耳璓瑩。’”又,《廣韻》十二庚引《詩》作“秀”。《集韻》:“璓,或省作琇。”《廣韻》又省作“秀”。三家作“璓”爲正字。

〔會弁如星〕　《魯詩》“會”作“冠”。《韓詩》作“膾”。《吕氏春秋·上農》:“庶人不冠弁。”高注:“弁,鹿皮冠。《詩》云:‘冠弁如星。’”《説文》:“膾,骨擿之可會髮者。从骨,會聲。《詩》曰:‘膾弁如星。’”《隋書·禮儀志》:“弁之制,案《五經通義》:‘高五寸,前後玉飾。’《詩》曰:‘璯弁如星。’”《左傳·僖公二十八年》,《釋文》云:“會弁,本又作璯。”毛《傳》:“弁,皮弁,所以會髮。”按:“所”上脱“會”字,又將“弁”以下三字前置,遂使人不得確解。《傳》本應作“會,所以會髮。弁,皮弁”。鄭《箋》:“會謂弁之縫中,飾之以玉,皪皪而處,狀似星也。”説與毛異。《周禮·弁師》:“王之皮弁,會五采玉璂,象邸玉笄。”鄭玄注:“故書‘會’作‘膾’,鄭司農云:讀如‘馬會’之‘會’,謂以五采束髮也。《儀禮·士喪禮》曰:‘檜用組,乃笄’,檜讀與膾同,書之異耳。説曰:以組束髮,乃著笄,謂之檜。沛國人謂反紒爲檜。璂,讀如‘綦車轂’之‘綦’。玄謂‘會’讀如‘大會’之‘會’,‘會’,縫中也。‘璂’,讀如‘薄借綦’之‘綦’,‘綦’,結也。皮弁之縫中,每貫結五采玉十二以爲飾,謂之綦。《詩》云‘會弁如星’,又曰‘其弁伊綦’,是也。邸,下柢也,以象骨爲之。”賈《疏》:“邸,下柢也者,謂如弁内頂上以象骨爲柢。”按:鄭玄注《弁師》,謂“會,縫中也”,與《箋》“會謂弁之縫中”義同。“縫中”猶言“中縫”。“縫”,《廣雅》省作“夆”,云:“際會也。”凡物之合縫處曰“會”,皮弁之中縫亦曰“會”。本篇“會弁如星”句,《箋》義至明,宜從之,以“會”爲正字。

〔圭〕　山井鼎《考文》云:“古本圭作珪。”《文選·王巾〈頭陁寺碑文〉》注、《北堂書鈔》五各引《詩》作珪。《説文》:“圭,瑞玉也。从重土。珪,古文圭从玉。”是“圭”、“珪”一字。

〔猗〕　三家作“倚”。山井鼎《考文》云古本、盧文弨所見宋本、《荀子·非相篇》楊倞注、《文選·張衡〈西京賦〉》李善注、《資治通鑑》胡三省注、《禮記·曲禮》孔疏、《論語·鄉黨》皇侃疏各引《詩》並作“倚”,是矣。《毛詩》作“猗”爲借字。

〔重較〕　徐鍇《説文繫傳》引《詩》“倚重較兮”。《説文》:“較,車輢上曲鉤也。从車,爻聲。”“較”字,《説文》未收,毛《詩》作“較”,是“較”之同聲假借。三家作“較”爲正字。

考槃

考槃在澗,碩人之寬。獨寐寤言,永矢弗諼。
考槃在阿,碩人之薖。獨寐寤歌,永矢弗過。
考槃在陸,碩人之軸。獨寐寤宿,永矢弗告。

〔槃〕　三家作“盤”。《爾雅·釋詁》:“般,樂也。”毛《傳》:“槃,樂也。”《漢書·敘傳》:“賓后違意,考盤於代。”顔注:“《詩·衛風》‘考盤在澗’,考,成也。盤,樂也。”《太平御覽》六十九、《文選·左思〈吴都賦〉》劉逵注、《吕氏家塾讀詩記》各引《韓詩》作“盤”。《説文》:“昪,喜樂貌。”《小雅·小弁》,毛《傳》:“弁,樂也。”“弁”爲“昪”之渻。《詩集傳》云:“陳氏曰:考,扣也。槃,器名。蓋扣之以節歌,如鼓盆、拊缶之爲樂也。”研覈《詩》義,其説是矣。“盤”爲正字,“槃”、“般”皆爲借字。

〔薖〕　毛《傳》:“薖,寬大貌。”鄭《箋》:“薖,饑意。”《釋文》:“薖,《韓詩》作‘𠈲’。𠈲,美貌。”《廣韻》:“𠈲,美也。”按:“𠈲”字,《説文》未收。俞樾云:“‘𠈲’,當作‘和’。‘和’,古或以

‘咼’爲之。《淮南子·説山訓》:‘咼氏之璧’,高注:‘咼,古和字。’又或變爲瑀。《文選·盧諶〈古詩〉》注引《琴操》‘昭王得瑀氏之璧’,‘瑀’,古‘和’字。《詩》首章美碩人寬大,次章美碩人和平也。”俞説得其旨矣。又,張自烈《正字通·口部》:“咼,《轉注古音·歌韻》有‘咼’,《淮南子》‘咼氏璧’,即卞和之‘和’。”按:“咼”爲“和”之或體。《詩》白文或本作“咼”(和),毛、韓出作“薖”、“過”,皆爲形、聲相近之借字。毛云“寬大”、韓云“美”者,乃“咼”(和)之引申義也。

碩　人

碩人其頎,衣錦褧衣。齊侯之子,衛侯之妻,東宫之妹,邢侯之姨,譚公維私。

手如柔荑。膚如凝脂。領如蝤蠐。齒如瓠犀。螓首蛾眉。巧笑倩兮。美目盼兮。

碩人敖敖,説于農郊。四牡有驕,朱幩鑣鑣,翟茀以朝。大夫夙退,無使君勞。

河水洋洋,北流活活。施罛濊濊,鱣鮪發發,葭菼揭揭。庶姜孽孽,庶士有朅。

〔**碩人其頎**〕　毛《傳》:“頎,長貌。”鄭《箋》:“言莊姜儀表長麗俊好頎頎然。”《玉篇》引《詩》“碩人頎頎”,云:“《傳》:‘頎,長貌。’又頎頎然佳也。”又本篇三章“碩人敖敖”,鄭《箋》:“敖敖猶頎頎也。”《列女傳》引《詩》作“碩人其頎”。蔡邕《青衣賦》“碩人其頎”,即用此文。阮元《校勘記》云:“經文一字,《傳》、《箋》疊字者多。《玉篇》依《箋》疊字,非六朝時經作‘碩人頎頎’之本。”小徐本

《説文》:“頎,頭佳也。从頁,斤聲。讀又若鬢。臣鍇曰:《詩》曰:‘碩人其頎。’”按:阮氏所云《傳》、《箋》以“重言”釋經文“一言”之例甚夥,後人不可依訓釋之言妄改經文;亦不可因本篇三章有“碩人敖敖”之句,即拘守其式,以爲首章首句應作“碩人頎頎”。“××其×”之句式,在《詩》中多見,如“静女其姝”、“静女其孌”、“北風其涼”、“雨雪其霏”。“其”爲助詞,無義。若將“其頎”妄改爲“頎頎”,復將“其姝”、“其孌”妄改爲“姝姝”、“孌孌”,則不詞甚矣。且細玩詩義,《傳》云“敖敖,長貌”,原本或作“敖,長貌”,例同“頎,長貌。”三章首句似爲“碩人其敖”,與首章首句之句式相當。存疑。

〔褧〕　《魯詩》、《齊詩》作“絅”。《韓詩》作“檾”。《列女傳·齊女傅母》引《詩》“衣錦絅衣”。《禮記·玉藻》注引《詩》“衣錦䌹衣”。《中庸》引《詩》“衣錦尚絅”。《釋文》:“絅,本又作顈。《詩》作褧。”王應麟《困學紀聞》五:“衣錦尚絅,《尚書大傳》作‘尚蘏’,注云:蘏,讀爲絅。《字書》無蘏字,又苘之增文以成者。苘,去艸加糸爲顈,猶絅去糸加艸爲苘,要皆後起借用之字。以褧、檾二文爲正。”《説文·朩部》:“檾,枲屬。从林,熒省。《詩》曰:‘衣錦檾衣’。”《説文》“枲”下云:“麻也。”《説文·衣部》:“褧,檾也。《詩》曰:‘衣錦褧衣。’”《玉篇·林部》引《詩》同,云:“檾,亦作苘。”《廣韻》、《集韻》又作“蹟”,並云:與“苘”同。《類篇》:“蹟,麻屬。”《本草》:“苘實味苦。”唐本注:“一作蹟字,人取皮爲索者也。”《圖經》云:“北人種以績布及打繩索。”義與《説文》“檾,枲屬”合。是“檾”本爲衣材之名,又引申爲麻製禪衣之名。“衣錦檾衣”,謂“内衣錦外衣檾”也。毛《傳》:“嫁則錦衣加褧襜。”鄭《箋》:“褧,禪也。國君夫人衣翟而嫁,今衣錦者,在塗之所服也。尚之以禪衣,爲其文之太著。”王先謙云:“禪衣不重,以檾爲之,仍微見在内之衣,故謂之褧。褧从耿聲,亦兼會意。”《説文》“耿”下云:“杜林説:

耿，光也。从光，聖省。”《廣雅・釋詁》：“耿，明也。”《儀禮・士昏禮》“姆加景”，注：“景之制蓋如明衣，加之以爲行道禦風塵，令衣鮮明。景亦明也。”王氏又云：“是‘褧’與‘景’同，所以行道禦塵，從‘明’取義，故字从‘耿’。毛作‘褧’，明制衣之義也。”按：《說文》云：“檾，枲屬。”又，“枲”下云：“麻也。”即俗稱“苘”者。以“苘”（檾）所織之布製成禪衣謂之“檾”或“褧”，猶今之麻布斗篷、披風、風衣。“褧”與“檾”音同字通。《毛詩》作“褧”、《韓詩》作“檾”，皆正字也。其餘作“絅”、“潁”、“藾”者，均爲假借字。“裥”則因與“絅”形近致譌。

〔**譚公維私**〕　《魯詩》“譚”作“覃”。《齊詩》、《韓詩》“私”作“厶”。《白虎通・宗族篇》引《詩》“覃公惟私”。朱熹《儀禮經傳通解》引《爾雅》郭注作“覃公維私”。《說文繫傳》引《詩》“譚公惟厶”。《說文・厶部》：“厶，姦衺也。《韓非》曰：‘蒼頡作字，自營爲厶。’凡厶之屬皆从厶。息夷切。”《說文・禾部》：“私，禾也。从禾，厶聲。北道名禾主人曰私主人。息夷切。”《爾雅・釋親》：“女子謂姊妹之夫爲私。”孫炎曰：“私，無正親之言。”是“凡有恩私”者皆得稱之。《雜記》：“吾子之外私某。”按：“譚”，古文作“鄿”，省作“覃”。“私”，本爲禾名，不兼“公”、“厶”之“厶”義。“譚公維私”，指譚公乃莊姜姊妹之夫，雖非正親，然有恩私，故以“厶”稱之。其本字應作“厶”。後世經傳多將“公”、“厶”字作“私”，假借也。《齊詩》、《韓詩》作“厶”爲古文正字。

〔**蝤蠐**〕　《魯詩》“蝤”作“螬”。蔡邕《青衣賦》“領如螬蠐”，係用《魯詩》。《釋文》：“蝤，似修反，徐音曹。䗩，本亦作蠐，又作齊，同音齊。”毛《傳》：“蝤蠐，蝎蟲也。”《說文》：“䗩，䗩䗐也。”又“蝤”下云：“蝤䗩也。”又“蝎”下云：“蝤蠐也。”《爾雅》：“蟦，蠐螬。”郭注：“在糞土中。”“蝤蠐，蝎。”郭注：“在木中。”又，《唐本草》

“蠐螬”注云：“此蟲在腐柳樹中者，内外潔白；在糞土者，皮黄内黑黯。”按：此詩乃贊美“碩人”頸項白皙柔長，唯木中生長之蝎（蝤蠐）可摹似之。“蠐螬”與“蝤蠐”二蟲同類而體色略異。此篇應以“蝤蠐”爲正字。

〔瓠犀〕　《魯詩》“犀”作“棲”。毛《傳》：“瓠犀，瓠瓣。”《爾雅·釋草》：“瓠棲，瓣。”郭注引《詩》“齒如瓠棲”。按：“瓠棲”即“瓠瓜之籽”，籽在瓤中排列整齊而又潔白，因形容碩人齒牙之美。“棲”爲本字，“犀”爲借字。

〔螓首蛾眉〕　三家“螓”作“頱”，“蛾”作“娥”。《説文》：“頱，好貌。从頁，争聲。《詩》所謂頱首。”毛《傳》：“螓首，顙廣而方。”鄭《箋》：“螓，謂蜻蜻也。”《釋文》：“蜻蜻，郭、徐子盈反。沈又慈性反。方頭有文。王肅云：如蟬而小。”《爾雅·釋蟲》：“蚻，蜻蜻。”郭注：“如蟬而小。”孔《疏》引舍人曰：“小蟬也，青青者。某氏曰，鳴蚻蚻者。”孫炎曰：“《方言》云，有文者謂之螓。”孔又云：“此蟲額廣而方。”《説文》段注：“蛾眉，毛、鄭皆無説。王逸注《離騷》云：‘娥眉，好貌。’師古注《漢書》，始有‘形若蠶蛾’之説。……娥者，美好輕揚之貌。《方言》：‘娥，好也。秦、晉之間，凡好而輕者謂之娥。’”按：《詩三百》創作之世，詩人多近自然界之草木鳥獸蟲魚，故其描繪碩人之美，習用相似之自然物比擬之，若“手如柔荑”、“膚如凝脂”、“領如蝤蠐”、“齒如瓠犀”、“螓首蛾眉”，皆其例也。經文質直自然，繪形繪色，呼之欲出，恍在目前。“螓首”形容額廣而方，“蛾眉”形容双眉彎曲細長而末端略上揚。如作“娥眉”，僅以“好貌”意會之，無具體形像之感受。至《説文》、《離騷》王注、《方言》、《廣雅》對“娥”字之訓釋則另有所本，且與“蛾”並非同字。按：《毛詩》“螓首蛾眉”應爲正字。

〔倩〕　《説文》：“倩，人美字也。”《傳》：“好口輔。”《詩集傳》:"倩,口輔之美也。"《論語·八佾》引《詩》"巧笑倩兮",馬注:"倩,笑貌。"皇疏:"笑巧而貌倩倩然。"《釋文》:"倩,本亦作蒨。"《説文》:"茜,茅蒐也。""茅蒐茹藘,可以染絳。"《廣雅》:"地血茹藘,蒨也。"按:"蒨"爲"茜"之俗體,草名,與"巧笑"之動態意不相屬,蓋以字形相近致訛也。"倩"爲本字。

〔盼〕　舊岳本、監本作"盻",《釋文》亦出作"盻",蓋因形近而譌。"盼"爲正字。

〔説〕　《魯詩》作"税"。《釋文》:"説,本或作税。"《文選·司馬相如〈上林賦〉》張揖注:"《詩》曰:'税于農郊。'"《爾雅·釋詁》:"税,舍也。"《召南·甘棠》"召伯所説",《傳》:"説,舍也。"毛以"説"爲"税"之假借字。本詩"説于農郊"句,鄭《箋》:"説當作襚。《禮》、《春秋》之襚,讀皆宜同。衣服曰襚,今俗語然。此莊姜始來,更正衣服于衛近郊。"《箋》云"衣服曰襚",曾釗謂:"當作'易服曰襚',以爲莊姜易服之證,故下即言莊姜'更正衣服于衛近郊'。今誤作'衣服曰襚',則與下文'更正衣服'不相貫。"馬瑞辰云:"《箋》讀説爲襚者,襚古通作裞,段玉裁謂裞即襚之或體。裞與説、税皆从兑聲,故讀同,亦通用。"又云:"今按曾説是也。説之言解脱也,今俗皆以解衣爲脱衣。襚爲易衣,義與脱同。……説又訓舍者,亦得通爲操舍之舍。舍亦脱也。"按:鄭《箋》以爲"説當作襚",切合詩義。曾氏、馬氏述鄭之論亦得之矣。宜從鄭《箋》以"襚"爲正字,"易服曰襚"。

〔驕〕　《文選·顔延之〈赭白馬賦〉》注引《毛詩》"驕"作"蹻"。毛《傳》:"驕,壯貌。"《大雅·崧高》"四牡蹻蹻",《傳》曰:"蹻蹻,壯貌。"訓與"驕"同。蓋二字音同字通也。此處"驕"爲正字,一如《崧高》"蹻蹻"並爲正字,不可更易也。

〔鑣鑣〕　《韓詩》作"儦儦"。《玉篇·人部》:"《詩》云:'朱幘儦儦。'盛貌也。"《傳》:"鑣鑣,盛也。"《廣雅》:"鑣鑣,盛也。"《説文》"鑣"下云:"馬銜也。从金,麃聲。""儦"下云:"行貌。"《廣雅》:"儦,行也。"皆不以"盛貌"爲訓。《文選·傅毅〈舞賦〉》云:"揚鑣飛沫",《急就篇》顔注:"鑣者,銜兩旁之鐵,今之排沫是也。"王先謙云:"重言'鑣鑣'者,四牡皆有鑣,連翩齊騁,故《傳》云'盛貌',此實字虚詁之例,會意爲訓也。"按:王説是也。至《韓詩》作"儦"者,蓋二字聲義並同,可互假也。

〔**茀**〕　三家作"蔽"。《周禮·巾車》鄭注引《詩》"翟蔽以朝"。《國風序》疏引同。毛《傳》:"茀,蔽也。"《爾雅·釋器》:"輿革,前謂之鞎,後謂之笰;竹,前謂之禦,後謂之蔽。"笰與茀同。茀與蔽,對文則異,散文則通,其義一也。姑從毛,以"茀"爲本字。

〔**洋洋**〕　《魯詩》作"油油",亦作"洋洋"。劉向《九歎》王逸注引《詩》"河水油油"。所引爲《魯詩》異文。洋、油,一在陽部,一在幽部,同屬餘母。二字一聲之轉,可互通。毛《傳》:"洋洋,盛大也。"又訓衆多、寬廣諸義。此詩"洋洋"爲正字。

〔**活活**〕　《説文繫傳》引《詩》"北流涽涽"。《説文》"涽"下云:"水流聲。从水,昏聲。古活切。𣼭,涽或从聒。"按:"涽"字从"昏"爲初文。从"舌"者,後世隸省。

〔**罛**〕　《魯詩》作"罛"。《説文》:"罛,魚罟也。从网,瓜聲。《詩》曰:'施罛濊濊。'""罟"下云:"网也。从网,古聲。"《爾雅》:"魚罟謂之罛。"《淮南子·説山訓》高注引《詩》"施罛濊濊"。《吕氏春秋·上農》注引《詩》同。高用《魯詩》,明《魯詩》有作"罛"者。按:罟、罛雙聲,義通。

〔**濊濊**〕　《説文》:"濊,礙流也。从水,薉聲。《詩》云:'施罟濊濊'。呼括切。"《説文·大部》"奯"下云:"空大也。从大,歲聲。讀若《詩》'施罟濊濊。'呼括切。"小徐本作"泧泧"。"濊"字,

《説文》未收。《玉篇》云："水聲。"《廣韻》："濊，水聲。""濊，同上。"按：《説文》"罛"下引《詩》作"濊"，又作"濊"及"濊"，後二字皆俗體。"濊"爲正字。"濊濊"、"發發"俱爲象聲詞，《玉篇》、《廣韻》是矣。

〔發發〕　《釋文》："發發，補末反。盛貌。馬云：'魚著网，尾發發然。'《韓詩》作鱍鱍。"《説文·魚部》引《詩》作"鮁鮁"。《集韻》引《説文》同。《説文繫傳》引《詩》作"撥撥"。《吕氏春秋·季春紀》高注、《淮南子·説山訓》高注各引《詩》作"潑潑"，《太平御覽》九百三十六引《詩》同。《集韻·十三末》"鱍"下云："魚游貌。或省作發，亦作鮁。"又"鮁"下云："或作發，亦從魚。"按："潑潑"，省文作"發發"。即俗謂"潑剌"，魚擺尾貌並擺尾聲。"潑潑"爲本字，"鮁"、"鱍"皆通假字，"撥"爲訛文。

〔孽孽〕　《釋文》："孽孽，魚竭反。《韓詩》作钀，牛遏反，長貌。"《説文》："钀，載高貌也。"《吕氏春秋·過理篇》"宋王築爲孽臺"，高注："孽當作钀。孽與钀音同。《詩》曰'庶姜钀钀'，高長貌也。"《廣雅·釋訓》："钀钀，高也。"張衡《西京賦》："飛檐钀钀。"按：《韓詩》"钀钀"，由"載高"引申爲人之高長。故爲正字。毛作"孽孽"爲假借字。"钀"、"孽"雙聲，可通用。

〔朅〕　《釋文》："朅，欺列反，徐起謁反。武壯貌。《韓詩》作桀，云：健也。"毛《傳》："朅，武壯貌。"《説文》："朅，去也。"《廣雅·釋詁》："桀，去也。"明"朅"、"桀"可通用。又，《説文·人部》："傑，傲也。从人，桀聲。"《説文繫傳》"傑"下云："埶也，才過萬人也。从人，桀聲。"錢坫、徐灝以爲"傑"當訓"㔖"。《説文·力部》："㔖，健也。从力，敖聲。讀若豪。五牢切。"大徐本誤"㔖"作"傲"，小徐本誤"㔖"爲"勢"，復改作"埶"。段玉裁云："《説文》無勢字，蓋古用埶爲之。"以"傲"、"勢"釋"傑"，則以訛傳訛，乖離本義矣。實則“桀”、“傑”本一字,因“桀”爲夏后之名諱,故又纍增人旁作“傑”,以爲“豪傑”之專字。復引申爲“傑出”、“特立”諸義(見徐鍇《説文繫傳》、顧野王《玉篇》)。按:本詩“朅”乃“傑”之假借字。《韓詩》作“桀”,即“傑”之省文,亦爲初文。因“豪傑”字今統作“傑”,故爲本篇正字。

氓

氓之蚩蚩,抱布貿絲。匪來貿絲,來即我謀。送子涉淇,至于頓丘。匪我愆期,子無良媒。將子無怒,秋以爲期。

乘彼垝垣,以望復關。不見復關,泣涕漣漣。既見復關,載笑載言。爾卜爾筮,體無咎言。以爾車來,以我賄遷。

桑之未落,其葉沃若。于嗟鳩兮,無食桑葚。于嗟女兮,無與士耽。士之耽兮,猶可説也。女之耽兮,不可説也。

桑之落矣,其黄而隕。自我徂爾,三歲食貧。淇水湯湯,漸車帷裳。女也不爽,士貳其行。士也罔極,二三其德。

三歲爲婦,靡室勞矣。夙興夜寐,靡有朝矣。言既遂矣,至于暴矣。兄弟不知,咥其笑矣。静言思之,躬自悼矣。

及爾偕老,老使我怨。淇則有岸,隰則有泮。總角之宴,言笑晏晏。信誓旦旦,不思其反。反是不思,亦已焉哉。

〔氓〕　《唐石經》作"甿",《説文繫傳》引《詩》同。《説文》:"甿,田民也。从民,亡聲。"《周禮·地官·遂人》:"凡治野,以下劑致甿,以田里安甿,以樂昏擾甿,以土宜教甿。"孫詒讓《正義》:"此經之氓爲野民,與《説文》訓田民正合。"另,《説文》"氓"下云:"民也。从民,亡聲。"《廣韻》:"氓,民也。"《孟子·滕文公上》:"(許行)自楚之滕,踵門而告文公曰:'遠方之人聞君行仁政,願受一廛而爲氓。'"此即《説文》所云"民也"。又,《國策·秦策一》:"不憂民氓。"高誘注:"野民曰氓。"按:毛《傳》:"氓,民也。""氓"字雖有多項含義,但據全詩細繹其文,此處乃指"民",即"人",並無"野民"之意。"氓"、"甿"音同,或可互假,然此詩之"氓"則不應借"甿"爲之。

〔愆〕　《釋文》:"愆,字又作諐。"《説文》:"愆,過也。从心,衍聲。諐,籀文。"是"愆"爲正字。

〔泣涕〕　王氏《詩攷》引《楚辭章句》引《詩》"波涕漣漣"。按:"波"爲訛字。

〔體〕　《齊詩》、《韓詩》作"履"。毛《傳》:"體,兆卦之體。"《釋文》:"體,如字,卦兆之體也。《韓詩》作履。履,幸也。"《禮記·坊記》引《詩》作履。按:"體"爲本字,"履"爲假借字。

〔于嗟〕　《正義》"于"作"吁"。《韓詩外傳》引《詩》同。按:"于"、"吁",古今字。

〔葚〕　《釋文》:"葚,本又作椹。"《藝文類聚》八十八、《白帖》九十五各引《詩》作椹。曹憲注《廣雅》云:"今人以椹爲桑實,失之。"《集韻》:"葚,《説文》:'桑實也。'或从木。"取其榦可作骨,《農政全書·種植》:“桑,取其葉可飼蠶,取其椹可食,可作藥。”是其通“椹”之證。“椹”,本爲斫木之砧,又引申爲凡砧之名,作“桑椹”者,借字也。正字爲“葚”。又,《魯頌·泮水》“食我桑黮”,則借桑實之黑代稱桑實也。《説文》:“黮,桑葚之黑也。”

〔耽〕　《爾雅·釋詁》“耽”作“妉”,云:“樂也。”郭注云:“見《詩》。”邢疏引《詩》“無與士妉”。按:“耽”無“樂”義,《説文·耳部》“耽”下云:“耳大垂也。”“酖”下云:“樂酒也。”“媅”下云:“樂也。”字亦作“妉”,《爾雅》即訓“樂”。《一切經音義》:“媅,古文妉同。通作耽。”是“媅”爲正字。“湛”、“耽”皆通假字,“妉”乃俗字。

〔帷〕　《儀禮·士昏禮》疏、《既夕禮》疏、《周禮·巾車》疏,各引《詩》“漸車幃裳”。《説文·巾部》:“帷,在旁曰帷。𠥦,古文帷。”“幃,囊也。”“㡘,帷也。”《釋名》:“帷,圍也,所以自障圍也。”《南宋石經》作“漸車惟裳”。按:“帷”,古文作“𠥦”,从匚,韋聲。“幃”,从巾,韋聲。二字聲同,故可假“幃”爲“帷”。“帷”,正字。《南宋石經》作“惟”者,形近致訛也。

〔貳〕　王引之云:“貳當爲貣之訛,貣音他得反,即‘忒’之借字。《洪範》‘衍忒’,《史記·宋微子世家》作‘䛆貣’。《管子·正篇》‘如四時之不貣’,即《易》之‘四時不忒’也。《爾雅》:‘爽,差也。’‘爽,忒也。’《豫卦·彖傳》鄭注:‘忒,差也。’是爽與忒同訓爲‘差’。《爾雅》説此詩曰:‘晏晏旦旦,悔爽忒也。’正謂士之爽忒其行。據《爾雅》所釋,《詩》之作‘忒’明矣。”陳喬樅云:“據《爾雅》‘悔爽忒’之語,足證《魯詩》是作‘士忒其行’,毛訛作‘貳’,三家皆當作‘忒’也。”按:王氏、陳氏持論甚確當,是經文應以“忒”爲正字,“貣”爲“忒”之借字。毛作“貳”,訛文也。

〔**泮**〕　《傳》:"泮,陂也。"《箋》:"泮讀爲畔,畔,涯也。"陳奂云:"《傳》訓泮爲陂者,謂泮乃阪之假借字。杜子春注《腊人》,讀胖爲版,此半、反聲同之例也。《〈車鄰〉傳》:'陂者曰阪,下溼曰隰。'《説文》:'隰,阪下溼也。'阪與隰對文。隰者下溼,其邊高之處謂之阪,亦謂之陂,阪亦厓岸之異名。"《釋文》引吕忱云:"陂,阪也,所以爲隰之限域也。"按:《傳》訓"泮"爲"陂"者,是讀"泮"爲"阪"也。《箋》亦借"畔"爲"阪"也。《説文》:"畔,田界也。从田,半聲。普半切。""阪"下云:"坡者曰阪,一曰澤障,一曰山脅也。从𨸏,反聲。府遠切。""泮"下云:"諸侯鄉射之宫,西南爲水,東北爲牆。从水,从半,半亦聲。普半切。""泮"無"厓岸"、"限域"義,唯"阪"具其義,字又與"畔"音義相近,故康成讀作"畔"並訓"涯"也。明經文當以"阪"爲正字。

〔**總角之宴**〕　《周禮・夏官》疏引《詩》"總角之丱"。《釋文》:"宴,如字,本或作丱者,非。"《正義》云:"經有作丱者,因《甫田》篇'總角丱兮'而誤也。定本作宴。"鄭《箋》云:"我爲童女,未笄結髮宴然之時。"馬瑞辰云:"作'丱'者是也。丱即'丫'字之省,爲總角貌,丱與宴古音正合。《箋》'宴然'亦當爲'丱然'之訛,作宴者因下'晏晏'而誤也。《釋文》、《正義》轉以作丱爲非,失之。"馬説頗明允,《箋》曰"宴然"即"總角"之貌"丱(丫)然"也。

〔**旦旦**〕　《爾雅・釋訓》:"晏晏旦旦,悔爽忒也。"《釋文》:"旦,本或作悬。"《説文》:"怛,憯也。从心,旦聲。或从心,在旦下。《詩》曰:'信誓悬悬。'"陳喬樅云:"悬悬爲憯之意,故鄭《箋》又云'言其懇惻款誠',亦本魯説爲訓也。"胡承珙云:"《説文》:'憯,痛也。'《方言》:'怛,痛也。'或疑於此'信誓'義不合,不知傷痛者至誠迫切之意,可通爲形容誠懇之貌也。"按:以上陳氏、胡氏所言極是,《説文》引《詩》正作"悬悬",毛作"旦旦"者,省形也。

竹竿

籊籊竹竿,以釣于淇。豈不爾思,遠莫致之。
泉源在左,淇水在右。女子有行,遠兄弟父母。
淇水在右,泉源在左。巧笑之瑳,佩玉之儺。
淇水滺滺,檜楫松舟。駕言出遊,以寫我憂。

〔**遠兄弟父母**〕　《藝文類聚》二十三引荀爽《女誡》云:"《詩》曰:'泉源在左,淇水在右。女子有行,遠父母兄弟。'"(此所謂俗本。)相臺本作"遠父母兄弟",顧炎武《詩本音》同相臺本。阮元《校勘記》:"小字本、閩本、明監本皆作'遠兄弟父母',《釋文》以'遠兄'二字作音可證。"胡承珙云:"《王風·葛藟》、《魯頌·閟宫》皆'母'與'有'均,《小雅·沔水》'母'與'友'均,與此'母'、'右'爲均同。"嚴可均謂母與右協,弟、右聲之轉,則母、弟兩讀皆協。段玉裁以"遠父母兄弟"非韻。按:以胡氏之議爲允。

〔**佩**〕　《太平御覽》九十二引《詩》"佩"作"珮"。《説文》:"佩,大帶佩也。从人,从凡,从巾。佩必有巾,巾謂之飾。"按:"佩"爲正字,"珮"爲俗體。

〔**滺滺**〕　毛《傳》:"滺滺,流貌。"《説文》:"攸,行水也。从攴,从人水省。㳺,秦刻石繹山文,攸字如此。"戴侗曰:"唐本作'水行攸攸也'。"《五經文字》云:"滺,字書無此字,見《詩·風》,亦作攸。"按:《説文》"行水"(水行)即《傳》"流貌"。張參所見古本經文只作"淇水攸攸",後于攸旁加水作浟,又加心作滺,皆訛字也。"攸攸"爲正字。又,《文選·江淹〈雜詩〉》注引《詩》作"河水悠悠"。《太平御覽》六十四、吴淑《事類賦》二十四各引《詩》"淇水悠悠”。“悠”乃假借字也。(《文選》注引《詩》又誤淇爲河。)

〔楫〕　《釋文》:“楫,本又作檝。”《藝文類聚》八十八,《太平御覽》六十四、七百六十九、九百五十三、九百五十八各引《詩》“楫”作“檝”。按:“檝”字,《説文》所無,“楫”下云:“舟櫂也。从木,咠聲。子葉切。”是“楫”爲本字,“檝”爲後世纍增字。

芄　蘭

芄蘭之支,童子佩觿。雖則佩觿,能不我知。容兮遂兮,垂帶悸兮。

芄蘭之葉,童子佩韘。雖則佩韘,能不我甲。容兮遂兮,垂帶悸兮。

〔支〕　《魯詩》作“枝”。《説文》:“芄,芄蘭,莞也。从艸,丸聲。《詩》曰:‘芄蘭之枝。’”按:毛作“支”,古文。魯作“枝”,今文。

〔佩〕　《釋文》“佩”下云:“依字,从人。或玉傍,作珮者非。”按:“佩”爲正字,“珮”爲俗體。

〔觿〕　《周禮·眡祲》注:“鑴,讀如‘童子佩鑴’之‘鑴’。”賈《疏》云:“鑴是錐類。”《説文·角部》“觿”下云:“佩角,鋭端可以解結。从角,巂聲。《詩》曰:‘童子佩觿。’”《禮記·内則》“小觿”注云:“小觿,解小結也。觿如錐,以象骨爲之。”《廣雅》:“鑴,錐也。”按:《説文·金部》“鑴”下云:“甇也。从金,巂聲。”《説文·瓦部》“甇”下云:“大盆也。从瓦,尚聲。”並無“錐”義。作“鑴”者,同音假借字也。

〔悸〕　《韓詩》作“萃”。《釋文》:“悸,《韓詩》作‘萃’,垂貌。”毛《傳》:“垂其紳帶悸悸然,有節度。”鄭《箋》:“及垂紳帶三尺則悸悸然，行止有節度。"《説文》："悸，心動也。""萃，草聚貌。"《説文》"垂"下云："草木花葉垂，象形。"《説文》："繠，垂也。从惢，糸聲。"《文選・潘岳〈藉田賦〉》注引《蒼頡篇》："蘂，聚也。"《廣雅・釋詁》："桑，聚也。"《集韻》以"繠"或从"木"作"桑"。《左傳・哀公十三年》"佩玉繠兮"杜預注："繠然，服飾備也。"馬瑞辰謂："繠然即垂貌"，"糸與季、卒古音並同部，故通用"，"悸與萃皆當爲繠字之假借"。陳喬樅云："悸，蓋萃之借字。……草木花葉皆以聚故而下垂，桑故萃，又並爲垂貌。"按：馬説是也。明"繠"爲正字，毛借作"悸"，韓借作"萃"。

〔**韘**〕　《唐石經》作"鞢"。《太平御覽》六百九十二引《詩》作"韘"。《説文》："韘，射決也。所以拘弦，以象骨，韋系，著右巨指。从韋，枼聲。《詩》曰：'童子佩韘。'失涉切。弽，韘或从弓。"《儀禮・士喪禮》："設決麗于掔。"鄭注："決以韋爲之藉。"是以韋爲決内之襯墊也。決，猶後世之扳指，射箭時用以控弦，其内壁襯以皮革可防滑動。"決麗于掔"，將"決"繫結于手腕也。"掔"，"腕"之初文，後多作捥，或腕。《説文》："掔，手掔也。……从手，叜聲。烏貫切。"胡承珙曰："韘即今之扳指，而制微不同。今之扳指如環無缺，古之玦則如環而缺，其缺處當聯以韋系，所以著指。《士喪禮》注'玦以韋爲之藉'，又云'以紐擐大擘本'是也。"按："韘"爲正字。"鞢"爲"韘"之俗體，作"韘"者則纍增之訛文矣。

〔**甲**〕　《釋文》："如字，狎也。《爾雅》同。……《韓詩》作狎。"《説文》："狎，犬可習也。从犬，甲聲。胡甲切。"徐仙民云："狎，户甲切。"惠棟云："《匡謬正俗》曰：'甲雖訓狎，自有本音，不當便讀爲狎。'其説非也。漢儒訓故，音義相兼。……《尚書・多方》'甲於内亂'，鄭、王皆以'甲'爲'狎'，古文省少，以'甲'爲'狎'，遂有'狎'音，非假借也。經傳中惟徐氏釋音獨得古人之義，小顔輒斥爲非，何也？”按：毛《傳》：“甲，狎也。”是以“甲”爲“狎”，既謂“甲”爲“狎”之省，又兼明其義也。《韓詩》作“狎”者，直以本字出之，其文義自彰矣。

河　廣

誰謂河廣，一葦杭之。誰謂宋遠，跂予望之。
誰謂河廣，曾不容刀。誰謂宋遠，曾不崇朝。

〔**杭**〕　《魯詩》作“航”。《楚辭·九章》王逸注：“航，渡也。《詩》曰：‘一葦航之。’”《説文》：“航，方舟也。”“方，併船也。”“抗，扞也。从手，亢聲。杭，抗或从木。”胡承珙云：“《説文》‘航’下但引《禮》‘天子造舟，諸侯維舟，大夫方舟，士特舟’，並不引《詩》。毛《傳》但云：‘杭，渡也。’‘杭’在《説文》爲‘抗’之或字。‘抗’有‘舉而加之’之意，故《箋》云‘一葦加之則可以渡之’。以‘加’字申成《傳》義，則‘杭’之爲‘抗’明矣。《廣雅·釋詁》云：‘抗，渡也。’疑《詩》‘杭’字本亦有作‘抗’者。……《説文》‘航’字在《方部》，今流俗不解，遂與‘杭’字相亂。……次章‘曾不容刀’，《釋文》、《正義》皆引《説文》‘舠’字（今《説文》脱此字），而於‘一葦杭之’並不及《方部》之‘航’。是陸、孔皆知‘杭’非即‘航’字也。”按：胡氏之説甚諦，當從之。《毛詩》作“杭”者，乃“抗”之重文也。是經文正字應作“抗”。

〔**跂**〕　《魯詩》、《齊詩》作“企”。《楚辭·九歎》王逸注：“企，立貌。”引《詩》“企予望之”。《易林·觀之明夷》：“企立望宋。”《説文》：“跂，足多指也。”“企，舉踵也。”《通俗文》：“舉跟曰企。”毛作“跂”爲同音假借字。魯、齊作“企”用本字，宜從之。

〔刀〕《釋文》:"刀,《字書》作舠,《説文》作𦨴。並音刀。"《正義》:"《説文》作船。船,小船也。字異音同。"《太平御覽》七百七十引《詩》作舠。《初學記》引《埤蒼》:"船,吴船也。"《廣韻》:"𦨣,吴船也。"又作鯛。《廣雅》:"鯛,短也。"按:字以左形右聲爲正,故本字應作"船"。"舠"、"𦨣"、"鯛"皆爲異體,"刀"爲同音省借字。今《説文》脱"船"、"𦨴"字。

伯兮

伯兮朅兮,邦之桀兮。伯也執殳,爲王前驅。
自伯之東,首如飛蓬。豈無膏沐,誰適爲容。
其雨其雨,杲杲出日。願言思伯,甘心首疾。
焉得諼草,言樹之背。願言思伯,使我心痗。

〔朅〕《玉篇·人部》:"偈,武貌。《詩》曰:'伯兮偈兮。'"《文選·宋玉〈高唐賦〉》李注引《韓詩》同。《廣雅》、《釋文》並云:"偈,健也。"又,《釋文》"朅"下云:"武貌。"毛《傳》:"朅,武貌。"《説文》:"朅,去也。"無"武"、"健"義。是《韓詩》作"偈"用本字,《毛詩》作"朅"爲通假字。

〔桀〕《玉篇·人部》:"傑,英傑。《詩》曰:'邦之傑兮。'傑,特立也。"釋玄應《一切經音義》五引《詩》及《傳》並同。毛《傳》:"桀,特立也。"鄭《箋》:"桀,英桀,言賢也。"《正義》作"英傑"。按:《玉篇》及《一切經音義》作"傑",蓋據《韓詩》文也。《毛詩》作"桀","傑"之省文,亦初文。

〔諼〕毛《傳》:"諼草令人忘憂。"《正義》:"諼訓爲忘,非草名。"《釋文》:"諼草,本又作萱。况袁反。《説文》作藼,云:'令人忘憂也。'或作蕿 "《説文·艸部》:"藼,令人忘憂艸也。从草,憲聲。《詩》曰:'安得藼艸。'蕿,或从煖。萱,或从宣。"《爾雅·釋訓》:"萲、諼,忘也。"郭注云:"義見《伯兮》、《考盤》詩。"王氏《詩攷》引《釋文·爾雅音義》引《詩》亦作"萲"。《初學記》二十七引《詩》"安得萱草"。《白帖》十七、九十九各引《詩》"焉得萱草"。《文選·阮籍〈詠懷詩〉》注及吴淑《事類賦》二十四各引《詩》"焉得蕿草"。《文選·謝惠連〈西陵遇風獻康樂詩〉》李注引《韓詩》"焉得諠草",又引《薛君章句》云:"諠草忘憂也。"並云:"萱與諠通。"馬瑞辰云:"鄭君先通《韓詩》,故以忘憂爲説。《説文》'萱,令人忘憂之草',亦《韓詩》也。《傳》、《箋》皆作設想之詞,不謂實有此草。而任昉《述異記》曰:'萱草一名紫萱,吴中書生謂之療愁。'張華《博物志》引《神農經》:'上藥養性,謂合歡蠲忿,萱草忘憂。'則以萱草即今之萱花,以萱、諼同音取義,猶栗之爲戰栗,棗爲蚤起……又因《韓詩》忘憂之説而引申之也。"按:"諼"、"萲"、"諠"皆爲"藼"之通假字,"蕿"、"萱"爲"藼"之重文。《毛詩》、《韓詩》均出以通假字,正字應作"藼"。

〔**言樹之背**〕 程大昌《演繁露》引《詩》:"言植之北。"按:"植"與"樹"均含栽植之意,故借"植"爲之。《説文》:"北,菲也。从二人相背。凡北之屬皆从北。"《漢書·高帝紀》:"項羽追北。"注:"服虔曰:師敗曰北。韋昭曰:古背字也,背去而走也。"毛《傳》:"背,北堂也。"是以"背"爲"北"也。此詩"背"字爲今文,古文當作"北"。二字亦一聲之轉。

〔**痗**〕 范家相《三家詩拾遺》引薛君《韓詩章句》"痗"作"痗"。《爾雅》作"痗"。按:"痗",不體,且字書所無,當爲傳寫致訛。

有狐

有狐綏綏,在彼淇梁。心之憂矣,之子無裳。
有狐綏綏,在彼淇厲。心之憂矣,之子無帶。
有狐綏綏,在彼淇側。心之憂矣,之子無服。

〔綏綏〕　《齊詩》作“夊夊”。王應麟《詩攷》引《齊詩》“綏綏”作“夊夊”。《玉篇》:“夊,思隹切。行遲貌。《詩》云:‘雄狐夊夊。’今作綏。”《廣雅》:“綏,舒也。”《説文》:“夊,行遲曳夊夊也。象人兩脛有所躧也。凡夊之屬皆从夊。”又“綏”下云:“車中把也。从糸,从妥。”徐鍇曰:“《禮》:升車必正立執綏,所以安也。當从爪,从安省。《説文》無妥字。”《爾雅》:“綏,安也。”《廣雅》:“綏,舒也。”羅振玉云:“古綏字作妥。古金文與卜辭並同。”明“夊夊”爲正字,毛作“綏綏”爲假借字。

〔厲〕　毛《傳》:“厲,深可厲之旁。”《説文·林部》:“𣻍,徒行厲水也。从林,从步。時攝切。涉,篆文从水。”“厲”,《説文》作“砅”,或从水从厲作“濿”,云:“砅,履石渡水也。从水,从石。《詩》曰:‘深則砅。’力制切。”“厲水”、“履水”,義近之詞也。《箋》云“列石渡水”,猶“履石渡水”也。列、履相通,亦可互訓。胡承珙云:“(《傳》)明知此‘厲’非‘深則厲’之‘厲’,但厲必深水,其旁水淺處亦可名厲,實則此‘厲’當爲‘瀨’之借字。《史記·南越傳》‘爲戈船下厲將軍’,《漢書》作‘下瀨’。《説文》:‘瀨,水流沙上也。’《楚辭》‘石瀨兮淺淺’,是瀨爲水流沙石間,當在由深而淺之處。上章石絶水曰梁,爲水深之所;次章言厲,爲水淺之所;三章言側,則在岸矣。立言次序如此。……厲、賴同聲,故履石渡水之‘砅’

與水流沙上之'瀨'義足相成,聲亦同類,而又與涉水之'厲'轉相引申,故'深則厲'《説文》作'砅'。此水旁之厲又借深厲之字爲之,若但訓水旁,與側無别。《傳》云'深可厲之旁'者,用彼厲以見此厲故也。"皮嘉祐曰:"胡説於韓義亦合,瀨是水中有涉石之處,故水絶石亦由水渡石之谓。"按:胡氏辨證明允,宜從其説,以"厲"爲"瀨"之借字。

木　瓜

投我以木瓜,報之以瓊琚。匪報也,永以爲好也。
投我以木桃,報之以瓊瑤。匪報也,永以爲好也。
投我以木李,報之以瓊玖。匪報也,永以爲好也。

〔瓊〕　《唐石經》作"瓊"。《説文》:"瓊,赤玉也。从玉,夐聲。渠營切。璚,瓊或从矞。瓗,瓊或从巂。琁,瓊或从旋省。"按:"瓊",隸變作"瓊",又作"瓊",後世經傳多用"瓊"。

王　風

黍　離

彼黍離離,彼稷之苗。行邁靡靡,中心摇摇。知我者,謂我心憂。不知我者,謂我何求。悠悠蒼天,此何人哉。

彼黍離離,彼稷之穗。行邁靡靡,中心如醉。知我者,謂我心憂。不知我者,謂我何求。悠悠蒼天,此何人哉。

彼黍離離，彼稷之實。行邁靡靡，中心如噎。知我者，謂我心憂。不知我者，謂我何求。悠悠蒼天，此何人哉。

〔離離〕　《釋文》:"離,《説文》作穲。"王應麟《詩攷》引《説文》作"穲"。黄公紹《韻會》、郭忠恕《佩觿》並作"穲"。今本《説文》脱"穲"字,《玉篇》有之。《廣韻》作"䅻䅻",云:"黍稷行列也。"是"穲穲"異文也。"穲"字爲今文,"離"爲古文。

〔靡靡〕　《玉篇》:"𢓨,糜彼切。𢓨𢓨,猶遲遲也。今作靡。"("遲遲"係引毛《傳》)蓋《玉篇》以"靡"之初文出之。

〔摇摇〕　三家作"愮愮"。《爾雅·釋訓》:"懽懽、愮愮,憂無告也。"《説文》"懽"下引《爾雅》作"愮"字,同。《玉篇·心部》:"愮,憂也。《詩》曰:'憂心愮愮。'"《一切經音義》二引《詩》同。《釋文·爾雅音義》:"愮,本又作摇。"《方言》:"愮,憂也。"《説文》未收"愮"字,"摇"下云:"動也。"《廣雅》:"摇,亂也。"《漢書·五行志》注:"摇摇,不安之貌。"按:《毛詩》作"摇"爲本字,三家作"愮"爲假借字。

〔蒼天〕　《釋文》:"蒼,本亦作倉。"《太平御覽》七百七十引《詩》作"倉"。《荀子》"倉頡",《韓非子》、《吕氏春秋》並作"蒼頡"。《史記》"倉唐",《韓詩外傳》作"蒼唐"。《外傳》八又引《詩》"悠悠倉天"。蓋《韓詩》用本字而《毛詩》用後起字也。

〔中心〕　《後漢書·劉寬傳》、曹植《釋愁文》並作"憂心如醉"。按:劉寬、曹植均用《韓詩》;《玉篇》"愮"下所引"憂心愮愮",亦《韓詩》文。應從《毛詩》作"中心"爲是。

君子于役

君子于役，不知其期，曷至哉。雞棲于塒，日之夕矣，羊牛下來。君子于役,如之何勿思。

君子于役,不日不月,曷其有佸。雞棲于桀,日之夕矣,羊牛下括。君子于役,苟無飢渴。

〔**曷至哉**〕　山井鼎《考文》云:"日本古本作'曷其至哉'。"按:以次章"曷其有佸"句式例之,此句宜補"其"字。本篇唯此句三言,若弦歌之,則不合節律聲韻,顯有脱文。且"曷其××"句型《詩》中多次出現,如"曷其有佸"、"曷其有所"、"曷其有極"、"曷其有常"、"曷其没矣"等,已成通例。此句若補"其"字,全篇一律四言,和諧自然。

〔**塒**〕　《群經音辨》引《詩》作"時"。《釋文》出作"時",云:"時,如字,本亦作塒,音同。《爾雅》同。《玉篇》:'持理反,鑿墻以棲雞。'"《説文》:"塒,雞棲垣爲塒。从土,時聲。"《爾雅·釋宫》:"雞棲于弋爲榤,鑿垣而棲爲塒。"郭注:"今寒鄉穿墻棲雞皆見《詩》。"按:"塒"爲本字,作"時"者,"塒"之省借也。

〔**羊牛下來**〕　《文選·班彪〈北征賦〉》注引《詩》"牛羊下來",謝靈運《擬鄴中詩》注引《詩》同。按:作"牛羊下來"者,《齊詩》也。據牧民云:羊歸圈較牛爲早。《毛詩》"羊牛下來"或有所本。

〔**佸**〕　毛《傳》:"佸,會也。"《釋文》"佸"下云:"《韓詩》:'至也。'"《説文》:"佸,會也。从人,昏聲。《詩》曰:'曷其有佸'。"《廣雅·釋詁》作"括"。《説文》作"佸"爲篆文,隸變爲"佸"。毛訓"會",韓訓"至",其義相近。"佸"、"括"音義並同,古通用。本詩次章"羊牛下括",毛《傳》:"至也。"而於《小雅·車舝》"德音來括"則訓爲"會",《釋文》云:"括,本又作佸。會也。"二字通用明矣。

〔桀〕　《爾雅・釋宫》作“榤”,《廣韻》亦作“榤”。《吕氏春秋・下賢》注:“桀,特也。”“特”,猶立也。按:“桀”爲本字,“榤”爲後世纍增字。

君子陽陽

君子陽陽,左執簧,右招我由房。其樂只且。
君子陶陶,左執翿,右招我由敖。其樂只且。

〔翿〕　《説文・羽部》“翿”作“翳”,云:“翳也,所以舞也。从羽,𣪊聲。”《爾雅・釋言》“翿”,宋本作“翢”。葉林宗鈔本《釋文》並作“翢”。按:“翳”爲古文本字,“翿”爲隸變重文,“翢”爲俗體。

揚之水

揚之水,不流束薪。彼其之子,不與我戍申。懷哉懷哉,曷月予還歸哉。

揚之水,不流束楚。彼其之子,不與我戍甫。懷哉懷哉,曷月予還歸哉。

揚之水,不流束蒲。彼其之子,不與我戍許。懷哉懷哉,曷月予還歸哉。

〔揚〕　《釋文》:“揚,如字,激揚也。或作‘楊木’之字,非。”洪适《隸釋》載《漢石經》作“楊”。《藝文類聚》八、八十九引《詩》

作“楊”。《太平御覽》三百三十三引《詩序》作“楊”。按:二字古通用,此篇“揚”爲正字,作“楊”者爲假借字。

〔**彼其之子**〕　鄭《箋》:“其,或作記,或作已,讀聲相似。”《禮記·表記》引《詩·候人》云:“彼記之子,不稱其服。”《釋文》云:“記,本亦作已。”《史記》、《韓詩外傳》、《漢書》顔師古注、《文選》李善注俱引《詩》“彼己之子”。按:“其”爲正字,“記”、“已”皆同音通假字。此“其”字乃語詞。

〔**曷月予還歸哉**〕　《文選·謝朓〈晚登三山還望京邑詩〉》注引《詩》“曷月余旋歸哉”。《爾雅·釋詁》:“予、余,我也。”按:“予”、“余”如作人稱代詞“我”,音義並同,則可互訓,亦通用。“還”,《説文》云:“復也。”《爾雅·釋言》:“還、復,返也。”《廣雅·釋詁》:“還,歸也。”“旋”,《説文》云:“周旋,旌旗之指麾也。”《廣雅·釋詁》:“旋,還也。”按:“還”在寒部、匣母,“旋”在寒部、邪母,二字音近義同,可通用。經文當仍《毛詩》之舊。

中谷有蓷

中谷有蓷,暵其乾矣。有女仳離,嘅其嘆矣。嘅其嘆矣,遇人之艱難矣。

中谷有蓷,暵其脩矣。有女仳離,條其歗矣。條其歗矣,遇人之不淑矣。

中谷有蓷,暵其濕矣。有女仳離,啜其泣矣。啜其泣矣,何嗟及矣。

〔**暵**〕　毛《傳》:“暵,菸貌。陸草生於谷中,傷於水。”《説文》:“菸,鬱也。从艸,於聲。一曰殘也。”“殘,病也。”按:“暵”,三家作"灘"。《説文》"灘"下云:"水濡而乾也。……《詩》曰:'灘其乾矣。'"按:許氏既用三家之文,又從毛《傳》之義,特曲爲之説,是以扞格難通。究其實,"暵"字止《説文·日部》所云"乾也"之義耳。若引申之,即"乾貌"也。此"其"字爲狀事之詞,用如"然"。"暵其乾矣"猶"暵然乾矣"。

〔**嘅其嘆矣**〕　《文選·王粲〈贈士孫文始〉》注引《詩》"慨其歎矣"。《釋文》:"嘆,本亦作歎。"《説文》:"慨,忼慨。""嘅,嘆也。从口,既聲。《詩》曰:'嘅其嘆矣。'""歎,吟也。""吟,呻也。""嘆,吞嘆也。从口,歎省聲。一曰:太息也。"段玉裁云:"古歎與嘆義别。歎與喜樂爲類,嘆與怒哀爲類。"《廣雅·釋詁》:"嘆,傷也。"按:此篇當以"嘅"、"嘆"爲正字,作"慨"、"歎"者同音假借字也。

〔**暵其脩矣**〕　毛《傳》:"脩,且乾也。"《釋文》:"脩,本或作蓨。"《説文》:"脩,脯也。""脯,乾肉也。""脩"、"脯"爲乾肉之名,引申之凡乾者皆得曰"脩"。"暵其脩矣"猶首章"暵其乾矣"。作"蓨"者借字也,"脩"爲本字。

〔**歗**〕　《釋文》:"歗,籀文嘯字。本又作嘯。"山井鼎《考文》:"古本作嘯。"《五經文字》:"嘯,《詩》亦作歗。"《藝文類聚》十九引《詩》作"嘯"。按:"歗"、"嘯"二字爲重文。"歗",籀文。

〔**暵其濕矣**〕　《毛詩》"濕"作"溼",本爲"幽溼"字。作"濕"者以水名之"濕"代之。然又有疑者,王引之云:"暵爲狀乾之辭,可云'暵其乾',不可云'暵其濕'也。而云'暵其濕矣'者,此濕與水濕之濕異義,濕,亦且乾也。《廣雅》有㬤字,云:'曝也。'《衆經音義》引《通俗文》曰:'欲燥曰㬤。'《玉篇》:'㬤,邱立切。欲乾也。'古字假借,但以濕爲之耳。二章之脩,三章之濕,與一章之乾同意,故其狀之也,皆曰暵。暵者,乾之貌也。歲旱則草枯,雕之乾乃傷於旱,非傷於水也。詩言'中谷',不必皆有水之地,《葛覃》之詩曰:‘葛之覃兮,施于中谷’,固非蔓延於水中也。”按:王氏所釋甚諦。蓋經文本字爲“暵”,傳本以“濕”出之者,同音假借字也。

〔**啜其泣矣**〕　《韓詩外傳》二引此詩作“惙其泣矣”。《釋名》:“啜,惙也。心有所念,惙然發此聲也。”《一切經音義》四引《聲類》:“惙,短氣貌也。”又十九引《字林》:“惙,憂也。”《聲類》、《字林》訓釋少異而其旨相成,人有殷憂則氣短,是“惙”爲正字,“啜”乃音義並同之借字也。

〔**何嗟及矣**〕　鄭《箋》:“及,與也。泣者傷其君子棄己,嗟乎,將復何與爲室家乎。”胡承珙曰:“詳玩《箋》語,經文當作‘嗟何及矣’。(“何及”二字文義相連,“嗟”字自當在句首。)傳寫者誤倒之,今各本皆然,從來無人是正,《序》下《正義》云:‘“何嗟及矣”是決絶之語。’可知孔所見本已誤倒矣。《韓詩外傳》二、《説苑·建本篇》引《詩》皆作‘何嗟及矣’,然《外傳》引孔子曰:‘不慎其前,而悔其後。嗟乎,雖悔無及矣。’(《説苑》同,無“嗟乎”二字。)是正以‘何及’二字相連爲義,而所引《詩》仍作‘何嗟’,亦皆傳寫誤倒。”按:胡氏所辨是矣。經文當作“嗟何及矣”。《小爾雅》:“嗟,發聲也。”犹今之歎詞,多在句首,《詩》中習見,如“嗟我懷人”、“父曰:嗟,予子行役”、“嗟行之人”、“嗟我婦子”、“嗟爾君子”;重言“嗟嗟”,如“嗟嗟臣工”、“嗟嗟保介”、“嗟嗟烈祖”等,是本句“嗟”字當在句首之内證。

兔　爰

有兔爰爰,雉離于羅。我生之初,尚無爲。我生之後,逢此百罹。尚寐無吪。

有兔爰爰,雉離于罦。我生之初,尚無造。我生之後,逢此百憂。尚寐無覺。

有兔爰爰，雉離于罿。我生之初，尚無庸。我生之後，逢此百凶。尚寐無聰。

〔兔〕　《漢書·李廣傳》注引《詩》“有菟爰爰”。《楚辭·天問》：“厥利維何，而顧菟在腹？”王逸注：“菟，一作兔。”洪興祖《楚辭補注》：“菟，與兔同。”是《李廣傳》注借“菟”爲“兔”也。

〔罹〕　《釋文》：“罹，本又作離。”《文選·盧諶〈贈劉琨〉》注引《毛詩》“逢此百離”，云：“毛萇曰：‘離，憂也。離，一作罹。’”按：“罹”、“離”同在歌部、來母，古通用。“罹”爲正字，“離”爲假借字。

〔吪〕　《釋文》：“吪，本亦作訛。五戈反。動也。”《釋文·爾雅音義》：“訛字又作吪，亦作譌。”《説文·言部》：“譌，譌言也。从言，爲聲。”引《詩》曰：“民之譌言。”《説文·口部》：“吪，動也。从口，化聲。”引《詩》曰：“尚寐無吪。”毛《傳》：“吪，動也。”按：“吪”、“訛”、“譌”古通用。此詩“吪”字訓“動”爲正字，作“訛”者假借字。

〔罦〕　《説文·网部》：“罬，覆車也。从网，包聲。《詩》曰：‘雉離于罬。’罦，罬或从孚。”《漢書·司馬相如傳》注引《詩》“雉罹于罦”。《爾雅》作“罦”。蓋二字爲重文也。

〔聰〕　《唐石經》作“聦”。按：“聰”爲正字，“聦”爲俗體。

葛藟

緜緜葛藟，在河之滸。終遠兄弟，謂他人父。謂他人父，亦莫我顧。

緜緜葛藟，在河之涘。終遠兄弟，謂他人母。謂他人母，亦莫我有。

緜緜葛藟，在河之漘。終遠兄弟，謂他人昆。謂他人昆，亦莫我聞。

〔**滸**〕　《説文繫傳》引《詩》作"汻"。《説文》："汻，水厓也。从水，午聲。臣鉉等曰：今作'滸'，非是。"《爾雅・釋水》："滸，水厓。"《爾雅・釋丘》又云："岸上，滸。"《廣韻・姥韻》："滸，水岸。"按："滸"字，《説文》未收，蓋爲"汻"字之隸變。"汻"爲正字。

〔**在河之漘**〕　《説文》"漘"下引《詩》"寘河之漘"。《集韻》、《類篇》各引"寘諸河之漘"。《韻會》引《詩》"寘之河之漘兮"。以上諸例，皆因涉《魏風・伐檀》之文而誤改。"在河之漘"爲經典正文。

采　葛

彼采葛兮，一日不見，如三月兮。
彼采蕭兮，一日不見，如三秋兮。
彼采艾兮，一日不見，如三歲兮。

大　車

大車檻檻，毳衣如菼。豈不爾思，畏子不敢。
大車哼哼，毳衣如璊。豈不爾思，畏子不奔。
穀則異室，死則同穴。謂予不信，有如皦日。

〔檻檻〕　《五經文字》作“轞”，云：“轞音檻，大車聲，《詩·風》亦借檻爲之。”《白帖》十一引《詩》“大車轞轞”。毛《傳》：“檻檻，車行聲也。”《玉篇》：“轞，車行。”《通俗文》：“車聲曰轞。”《説文》無“轞”字，“檻”下云：“櫳也。从木，監聲。一曰圈。”王筠云：“轞轞，或出三家詩，然亦後作之專字。《説文》不收。”按：“檻”，《毛詩》古文，《説文》訓“櫳”，與“車行聲”之義不合。毛《傳》以“檻”字爲象聲詞，故曰“車行聲”，作“轞”者亦取其象聲也。象聲詞止求其聲同、聲近，不及其形、意也。“檻”、“轞”皆可爲之。

〔菼〕　《説文·糸部》：“緂，帛騅色也。从糸，剡聲。《詩》曰：‘毳衣如緂。’”《説文·艸部》“䓷”下云：“萑之初生，一曰薍，一曰騅。从艸，剡聲。菼，䓷或从炎。”段玉裁云：“帛色如䓷，故謂之騅色。……此十字當作‘从糸，䓷省’。《詩》曰：‘毳衣如䓷。’……若如今本，則色固緂矣，何云‘如緂’？”段説允已。“䓷”爲本字，“菼”爲重文，“緂”爲假借字。

〔哼哼〕　《説文·口部》“哼”下云：“口氣也。从口，𦎧聲。《詩》曰：‘大車哼哼。’他昆切。”《廣韻》引《詩》“大車啍啍”。《韓詩》作“輴”。《玉篇》：“輴，他回切，車盛貌。”（引《韓詩》文）按：《説文》、《玉篇》之訓釋均於詩義不合。此“哼”字與“檻”字並爲車行聲，“哼哼”擬其聲而已，毋須辨其意也。𠽶，篆文，“哼”爲隸省。“啍”爲訛字。

〔璊〕　《説文》：“璊，玉䞓色也。从玉，㒼聲。禾之赤苗謂之𥞩，言璊玉色如之。”“毧”下云：“以毳爲䌈，色如虋，故謂之毧。虋，禾之赤苗也。从毛，㒼聲。《詩》曰：‘毳衣如毧。’”《魯詩》、《齊詩》作“毧”；《韓詩》作“䵇”，《内傳》云：“異色之衣也。”按：魯、齊作“毧”爲正字，毛作“璊”爲通假字。“䵇”與“毧”疊韻，故通用。

〔**轂**〕　《唐石經》作“穀”,訛字。

〔**皦**〕　《釋文》:“皦,本又作皎。”《列女傳·梁寡高行》引《詩》、《文選·潘岳〈寡婦賦〉》注引《韓詩》作皎。江淹《雜體詩》注引《毛詩》亦作皎。《太平御覽》三引《詩》同。《玉篇》:“皎,通作皦。”《華嚴音義》引《聲類》皦作皎。按:皦,古文。今文作皎。

丘中有麻

丘中有麻,彼留子嗟。彼留子嗟,將其來施施。
丘中有麥,彼留子國。彼留子國,將其來食。
丘中有李,彼留之子。彼留之子,貽我佩玖。

〔**丘中有麻**〕　《白帖》六引作“丘中有黍”。按:“麻”在歌部、明母,“嗟”在歌部、精母,二字爲韻。“黍”在魚部、書母,與下“嗟”字不爲韻,傳寫致訛也。

〔**施施**〕　《顔氏家訓·書證篇》曰:“《韓詩》亦重爲‘施施’,河北《毛詩》皆云‘施施’,江南舊本悉單爲‘施’。”俞樾云:“當以江南本爲正,經文止一‘施’字,而《傳》、《箋》並以‘施施’釋之,所謂以重言釋一言也。後人不達此例,增經文作‘施施’,非其舊矣。”俞説甚確。《詩》中經文一字,而《傳》、《箋》以重文注疏之例頗多,如《邶風·擊鼓》“憂心有忡”,《傳》云:“憂心忡忡然。”《衛風·淇奥》“赫兮咺兮”,《傳》云:“有明德赫赫然。”《衛風·氓》“咥其笑矣”,《傳》云:“咥咥然笑。”諸例正與《傳》“施施難進之意”同,明此類義例,當不致以詁訓代經文矣。且本篇二、三章均爲四言,唯首章末句“將其來施施”爲五言,詞氣不暢,體格不一。由此可知經文應作“將其來施”(其將來施)也。

〔**將其來食**〕　山井鼎《考文》云:"古本作'其將來食'。"鄭《箋》:"言其將來食,庶幾親己,己得厚待之。"《正義》:"故言子國其將來,我乃得有食耳。"按:據《箋》、《疏》均作"其將",日本古本並同,是《詩》舊本固爲"其將來食"也。援此義例,首章"將其來施"亦當爲"其將來施"也。

〔**丘中有李**〕　《白帖》六引《毛詩》作"邱中有黍"。按:"李"在之部、來母,"玖"(《説文》:"讀若芑。")在之部、溪母,二字爲韻。"黍"在魚部、書母,不可韻"玖",是亦譌字也。"丘"、"邱"爲古今字,毛用本字。

〔**貽我佩玖**〕　《釋文》"貽"出作"詒"。《白帖》三十五引《詩》"詒我珮玖"。《太平御覽》九十二引《詩》作"貽我珮玖"。按:"貽"、"詒"二字通用。"佩"爲初文,"珮"爲後起之俗體。

鄭　風

緇　衣

緇衣之宜兮,敝,予又改爲兮。適子之館兮,還,予授子之粲兮。

緇衣之好兮,敝,予又改造兮。適子之館兮,還,予授子之粲兮。

緇衣之蓆兮,敝,予又改作兮。適子之館兮,還,予授子之粲兮。

〔**敝**〕　《釋文》:"敝,本又作弊。"山井鼎《考文》云:"古本作弊。"《文選·潘岳〈西征賦〉》注引《毛詩》、《北堂書鈔》五十一、《太平御覽》六百九十引《詩》並作弊。《説文·㡀部》:"㡀,敗衣也。从巾,象衣敗之形。凡㡀之屬皆从㡀。"又"敝"下云:"帗也。一曰敗衣。从攴,从㡀,㡀亦聲。"徐灝《箋》:"因其敗而攴治之也。"李孝定《甲骨文字集釋》按語:"㡀象敗巾之形……契文正从攴,从㡀。會意。"《玉篇》:"㡀,敗衣也。與敝同。"按:經文正字應作"㡀",作"弊"者假借字也。

〔粲〕 《唐石經》作"粲"。監本、毛本作"粲"。段玉裁云:"《傳》曰:'粲,餐也。'此謂粲爲餐之假借也。"嚴可均云:"粲,不體。""粲"爲俗字。"粲"爲正字。

〔蓆〕 《爾雅·釋詁》(影宋本)作"席"。郭注、邢疏各引《詩》"緇衣之席兮"。吴淑《事類賦》引《詩》同。《説文》:"蓆,廣多也。""席"下云:"籍也。《禮》:天子、諸侯席,有黼繡純飾。从巾,庶省。臣鉉等曰:'席,以待賓客之禮。賓客非一人,故从庶。'"又云:"㕑,古文席,从石省。""庶"下云:"屋下衆也。"《爾雅·釋詁》:"席,大也。"毛《傳》:"蓆,大也。"《釋文》:"蓆,《韓詩》云:儲也。"按:"蓆",《説文》訓"廣多",與毛、韓訓"大"、"儲"義近。"席",《説文》訓"籍",云"庶省",又"古文从石省","庶"有"衆"義,"石"有"大"義,均與"蓆"義近,二字古通用。"蓆"爲正字,"席"爲省借。

將仲子

將仲子兮,無踰我里,無折我樹杞。豈敢愛之,畏我父母。仲可懷也,父母之言,亦可畏也。

將仲子兮,無踰我牆,無折我樹桑。豈敢愛之,畏我諸兄。仲可懷也,諸兄之言,亦可畏也。

將仲子兮，無踰我園，無折我樹檀。豈敢愛之，畏人之多言。仲可懷也，人之多言，亦可畏也。

〔杞〕　毛本作“杞”。嚴可均云：“杞，不體。”

叔于田

叔于田，巷無居人。豈無居人，不如叔也，洵美且仁。
叔于狩，巷無飲酒。豈無飲酒，不如叔也，洵美且好。
叔適野，巷無服馬。豈無服馬，不如叔也，洵美且武。

〔洵〕　洪适《隸釋》載《漢太尉楊震碑》引《詩》作“恂美且仁”。又，《羔裘》“洵直且侯”，《韓詩外傳》二引作“恂”。《有女同車》“洵美且都”，《〈史記·司馬相如傳〉集解》、《説文繫傳》皆作“恂”。《溱洧》“洵訏且樂”，《釋文》云：“《韓詩》作恂。”《説文》：“恂，信心也。从心，旬聲。相倫切。”又，“洵”下云：“過水中也。从水，旬聲。相倫切。”按：“恂”、“洵”均在真部、心母，可通假。“恂”爲正字。毛《傳》訓“洵”爲“信”者，蓋讀“洵”爲“恂”也。《集韻·諄韻》例同。

大叔于田

叔于田，乘乘馬。執轡如組，兩驂如舞。叔在藪，火烈具舉。襢裼暴虎，獻于公所。將叔無狃，戒其傷女。

叔于田，乘乘黄。兩服上襄，兩驂鴈行。叔在藪，火烈具揚。叔善射忌，又良御忌。抑磬控忌，抑縱送忌。

叔于田，乘乘鴇。兩服齊首，兩驂如手。叔在藪，火烈具阜。叔馬慢忌，叔發罕忌。抑釋掤忌，抑鬯弓忌。

〔**叔于田**〕　首章首句，《釋文》云："叔于田，本或作'大叔于田'者誤。"《詩集傳》云："陸氏曰：'首章作大叔于田者誤。'蘇氏曰：'二詩皆曰叔于田，故加大以别之。不知者乃以段有大叔之號，而讀曰泰，又加大于首章，失之矣。'"《唐石經》、小字本、相臺本，首句作"太叔于田"。《後漢書·馬融傳》注引《詩》亦作"大叔于田"。《詩小序》："大叔于田，刺莊公也。叔多才而好勇，不義而得衆也。"阮元《校勘記》云："此詩三章，共十言叔，不應一句獨言大叔。或名篇自異，詩文則同。……首句有'大'字者，援《序》入經耳。"馬瑞辰云："篇名《大叔于田》，當如大小之大。古通以長爲大，謂此詩較前《叔于田》篇爲長，故言大以别之，猶《大雅》有《大明》，對《小雅》有《小明》而言之也。"按：元九經本及《清石經》，此詩首句均無"大"字，乃傳本正文也。

〔**舞**〕　《家語·好生》引《詩》作"兩驂如儛"。《山海經·海外西經》："大樂之野，夏后啓于此儛九代。"《齊風·猗嗟》"舞則選兮"，山井鼎《考文》云："古本作'儛'。"《小雅·賓之初筵》"屢舞僛僛"，《太平御覽》六百八十六引作"儛"。《禮記·樂記》"干戚之舞"，《史記》作"儛"。《禮記·祭義》"冕而舞《大武》"，《續漢書·輿服志》作"儛"。按："舞"爲正字，"儛"爲或體。

〔**烈**〕　《魯詩》作"列"。《文選·張衡〈東京賦〉》引《詩》作"火列具舉"，李注引《毛詩》亦同。《周禮·澤虞》賈疏引《詩》並同。毛《傳》："烈，列。"鄭《箋》："列人持火俱舉。"孔《疏》："火有行列，俱時舉之。"陳喬樅云："列，《毛詩》作烈，《傳》訓烈爲列，毛古文用假借,三家今文用本字。”陳奂云:“列,古‘迾’字,《周禮》作‘厲’。鄭司農注《山虞》、《典祀》,並訓‘厲’爲‘遮列’,即‘遮迾’也。《詩》假作‘烈’。《孟子·滕文公篇》‘益烈山澤而焚之’,言遮迾山澤而以火焚之也。”陳喬樅所云甚是。

〔**襢**〕 《釋文》云:“襢,本又作袒。”《穆天子傳》郭注、《水經》酈注、《文選·張衡〈西京賦〉》李注各引《毛詩》,左思《吴都賦》劉注、《群經音辨·衣部》、《太平御覽》四百三十二各引《詩》並作“袒”。《説文·肉部》:“膻,肉膻也。从肉,亶聲。《詩》曰:‘膻裼暴虎’。”《玉篇》同。毛《傳》云:“襢裼,肉袒也。”《禮記·喪大記》注云:“襢,袒也。”是漢代已以“襢”、“袒”爲“膻”字矣。段玉裁云:“多作襢、作袒,非正字,膻其正字。”王筠云:“魏、晉寫經者借袒爲膻,後人又加亩而作襢也。”段、王之説是也。

〔**襄**〕 《〈禮記·曲禮〉正義》、《〈史記·司馬相如傳〉索隱》引《詩》並作“兩服上驤”。《漢書·叙傳》“雲起龍襄,化爲侯王”。《三国志·蜀志·諸葛亮傳》“龍驤虎視”。《文選·嵇康〈琴賦〉》李注:“驤與襄同。”鄭《箋》:“襄,駕也。”《經義述聞》云:“上者,前也。上襄,猶言前駕,謂並駕於車前。《玉篇》:‘驤,駕也。’”是“驤”爲正字也。

〔**叔善射忌**〕 《釋文》:“注作己同,音記,辭也。下皆同。”毛《傳》:“忌,辭也。”鄭《箋》:“忌,讀如‘彼己之子’之己。”按:既爲語辭,二字同音,自可通用。

〔**抑磬控忌**〕 《文選·傅毅〈舞賦〉》注引《毛詩》“抑罄控忌”。《毛詩後箋》云:“磬即磬折之謂。禮凡言‘磬折’者,皆謂屈身如磬之折殺。凡騁馬時,人之立於車中者,身必稍屈向前,故謂之磬。”作“罄”者,同音假借字耳。

〔**鴇**〕 《釋文》云:“鴇音保……依字作駂。”《爾雅·釋畜》

疏引作“鴇”,云:“驪白雜毛,鴇。”《玉篇》:“鴇,今之烏驄也。”《廣韻》:“鴇,烏驄。”胡承珙云:“《釋畜》本作鴇。……《唐石經》及《五經文字》、《爾雅》皆作鴇。《爾雅·釋文》:‘鴇音保。《説文》云黑馬驪白雜毛。’此所引《説文》今本所無,陸氏尚及見之,故《詩音義》亦云‘依字作鴇’,蓋《毛詩》特借鴇爲鴇耳。”

〔**慢**〕　《釋文》出作“嫚”,云:“本又作慢。莫晏反,遲也。”山井鼎《考文》云:“古本作嫚。”毛《傳》:“慢,遲。”陳奐云:“《釋文》作嫚。古侮嫚作嫚,惰慢作慢,其義皆不訓遲。慢、嫚皆趧之假借字。《説文》:‘趧,行遲也。’因之凡遲皆可謂之趧。”陳説允當。

〔**罕**〕　釋玄應《一切經音義》三引《詩》“叔發罕忌”,云:“字从网,干聲。”《説文·网部》:“罕,网也。从网,干聲。”《五經文字》云:“罕,經典相承,隸省作罕。”

清　人

清人在彭,駟介旁旁。二矛重英,河上乎翺翔。
清人在消,駟介麃麃。二矛重喬,河上乎逍遥。
清人在軸,駟介陶陶。左旋右抽,中軍作好。

〔**旁旁**〕　《説文》:“騯,馬盛也。……《詩》曰:‘四牡騯騯。’”段注謂“四牡”訛爲“四介”,“盛也”當作“盛皃”。按:“騯”爲正字,“旁”爲省借。

〔**駟介麃麃**〕　山井鼎《考文》:“古本作‘駟介驃驃’。”《北堂書鈔》一百十七引《詩》“四介麃麃”。《秦風·駟驖》“駟驖孔阜”,《説文·馬部》引作“四驖”。《周禮·校人》疏引同。《秦風·小戎》“四牡孔阜”,《初學記》二十二引作“駟牡”。《説文》:“駟,一乘也。从馬,四聲。”按:《説文》云“四聲”者,亦兼會意也。《樂記》注云:“駟當爲四。”經典“駟”、“四”互通之例不勝枚舉,“四”亦爲“駟”之省文。又,《毛詩》“麃麃”,《傳》云:“武貌。”《説文》:“麃,麠屬。从鹿,票省聲。”“麠,大鹿也。”“驃”字,《説文》、《玉篇》皆無。《説文》:“鑣,馬銜也。”《字書》:“驃同鑣,馬銜也。此同音假用,亦後人滋益之俗字。”按:“麃”乃大鹿之稱。毛《傳》訓“麃麃”爲“武貌”者,蓋以“大”與“武”義近也。

〔**喬**〕　《釋文》:“喬,《韓詩》作鷮。”《説文·鳥部》:“鷮,走鳴長尾雉也。”又《隹部》:“雉,有十四種:盧諸雉、喬雉……”《爾雅·釋鳥》亦作“鷮”。按:《韓詩》作“鷮”,正字。《毛詩》作“喬”爲省借。

〔**逍遥**〕　《釋文》:“逍,本又作消。”“遥,本又作搖。”《説文》未收“逍遥”字,《漢碑》、《字林》有之(見張參《五經文字序》)。《文選·司马相如〈上林賦〉》注引司馬彪云:“消搖,逍遥也。”本《韓詩》釋義,以今字訓古字也。《禮記·檀弓》“消搖于門”,《楚辭·離騷》“消搖以相羊”,“消搖”即“逍遥”,古今字也。

〔**抽**〕　《釋文》:“抽,《説文》作搯。”《説文》:“搯,捾也。《周書》曰:‘師乃搯。’搯者,拔兵刃以習擊刺。《詩》曰:‘左旋右搯。’”三家文也。按:《説文》無“抽”字。古從由、從舀、從匋之字聲近互通。此詩“抽”(搯)與“陶”韻。

羔　裘

羔裘如濡,洵直且侯。彼其之子,舍命不渝。
羔裘豹飾,孔武有力。彼其之子,邦之司直。
羔裘晏兮,三英粲兮。彼其之子,邦之彦兮。

〔裘〕　《釋文》:"裘,字或作求。"《説文》:"裘,皮衣也。从衣,求聲。……凡裘之屬皆从裘。求,古文省衣。"《孟子》"樂正裘",《漢書古今人表》作"樂正求"。按:"求"、"裘"一字,"求"爲古文,"裘"爲後起纍增字。

〔洵〕　《韓詩外傳》二引作"恂"。《説文》:"恂,信心也。""洵,過水中也。"《爾雅·釋詁》:"詢,信也。"按:"洵"、"詢"均"恂"之假借字。"恂"爲正字。

〔彼其之子〕　山井鼎《考文》云:"古本作'彼己之子'。"《左傳·襄公二十七年》作"彼己之子"。《左傳·昭公六年》注、《新序·節士》《義勇》、《韓詩外傳》各引《詩》,《文選》陸機《吴趨行》注、《漢高祖功臣頌》注各引《毛詩》並同。胡承珙云:"此《毛詩》恐皆《韓詩》之誤。"胡説是。束晳《補亡詩》作"彼居之子"。按:"其"、"己"、"居"同聲,古通用。即胡承珙所謂"蓋古人於此等以聲爲主,聲同則字不嫌異。推之《大叔于田》之'忌',《崧高》之'近'皆然,然其字亦必各有師承,不相錯亂"。

〔舍命不渝〕　"舍",《管子》引作"澤",《管子·小問》:"語曰:澤命不渝,信也。"《史記·孝武本紀》徐廣注:"古釋字作澤。"《周禮》鄭注:"舍即釋也。"《儀禮·鄉飲酒禮》注:"古文釋作舍。"《周頌·載芟》:"其耕澤澤",《爾雅》引作"釋釋"。《説文》無"舍"字,"捨"下云:"捨,釋也。"《廣雅·釋詁四》:"捨,置也。"王念孫疏證:"捨與赦聲義亦同。"《廣韻》:"釋,舍也。"《洪武正韻》:"捨,棄也。"宋本《爾雅·釋言》疏引《詩》"赦命不渝",《文選》任昉《到大司馬記室牋》注引《詩》"寔命不渝"。按:"舍"爲"捨"之省文,"釋"、"澤"與"捨"音近通用,"赦"、"寔"與"釋"、"捨"雙聲互借。"捨"爲本字。渝,《韓詩外傳》二引作"舍命不偷"。馬瑞辰云:

"渝，古音如偷，偷即渝之假借，猶《山有樞》篇'他人是偷'，《箋》讀爲渝，皆謂雖至死而捨命亦不變耳。……《爾雅·釋言》：'渝，變也。'《釋文》引舍人本渝作緰，緰又渝之或體。又通作輸。《廣雅》："輸，更也。'"馬説是矣。"渝"爲正字。"緰"亦《三家詩》異文。

〔邦〕　《漢書·叙傳》贊引《詩》"國之司直"。《隸釋》載《漢石經》"邦"作"國"。又，《史記》引《書·堯典》《皋陶謨》《禹貢》《牧誓》《洪範》《無逸》凡"邦"字並作"國"，蓋以避劉邦諱而改字也。《説文》、《廣雅》、《國語》並云："邦，國也。"二字互訓。本詩"邦"爲正字。

〔粲〕　馬瑞辰云："粲當讀如'三女爲㛑'之㛑。《説文》：'三女爲㛑。㛑，美也。'三英之美爲粲，與三女爲㛑義同，故《箋》訓爲衆，正以三女爲㛑，猶三人成衆也。'於粲洒埽'，毛《傳》：'粲，鮮明也。'《廣雅·釋言》：'粲，鮮也。'粲皆㛑之假借。"按：馬氏所辨甚確，宜從。

〔彦〕　《爾雅·釋訓》"彦"作"喭"，"美士爲喭"。《釋文·爾雅音義》云："喭，音彦，今本作彦。"《説文·彣部》："彦，美士有文，人所言也。从彣，厂聲。"按：《説文》未收"喭"字。"彦"、"喭"音義並同，古今字也。

遵大路

遵大路兮，摻執子之袪兮。無我惡兮，不寁故也。
遵大路兮，摻執子之手兮。無我魗兮，不寁好也。

〔摻〕　《文選·宋玉〈登徒子好色賦〉》稱《詩》："遵大路兮

攬子袪”，李注引《詩》仍作“摻”。毛《傳》：“摻，擥。”“攬”，俗“擥”字。馬瑞辰云：“《説文》：‘操，把持也。’‘擥，撮持也。’二字義同。摻疑爲操字之譌，故《傳》訓爲擥。……魏晉間避武帝諱，凡從喿之字多改從參，八分喿字多寫從桼，形近易誤。《北山》詩‘或慘慘畏咎’，《釋文》：‘慘，本作懆。’《抑》詩‘我心慘慘’，張參《五經文字》作懆。餘如‘勞心慘兮’，‘憂心慘慘’，並當爲懆，是其類也。《廣雅·釋言》：‘摻，操也。’蓋以其時操多假作摻，故遂以摻爲操耳。……《説文》、《玉篇》皆無摻字，蓋因魏晉間摻操不分，淺者誤删其一。”按：應依馬説，“操”爲本字。

〔魗〕 《釋文》：“魗，本亦作㩉，又作𣪷。市由反。毛：棄也。鄭：惡也。或云鄭音爲醜。”《説文·攴部》：“𣪷，棄也。……《周書》以爲討。《詩》云：“無我𣪷兮。’市流切。”《説文》與《傳》並訓“棄”，明經文字本作“𣪷”，隸變作“𣪷”，以“魗”、“𣪷”音近通用，故假“魗”爲“𣪷”也。至“㩉”字乃俗訛耳。

女曰雞鳴

女曰雞鳴，士曰昧旦。子興視夜，明星有爛。將翱將翔，弋鳧與鴈。

弋言加之，與子宜之。宜言飲酒，與子偕老。琴瑟在御，莫不静好。

知子之來之，雜佩以贈之。知子之順之，雜佩以問之。知子之好之，雜佩以報之。

〔爛〕 宋本《釋文》出作“爤”。《説文》：“爤，孰也。从火，蘭聲。燗，或从閒。”宋本《玉篇》：“爤，熟也。”《廣韻》：“爛，明也。

本作爤。爛从省。"《漢書·禮樂志》:"靈殷殷,爛揚光,延壽命,永未央。"顔師古注:"爛,光貌。"段玉裁云:"隸作爛。"按:"爤"本爲"熟"、"腐"諸義,又用爲光明字。如《楚辭·九歌·雲中君》"爛昭昭兮未央",注云:"光貌。"《文選·班固〈西都賦〉》"登降炤爛",注云:"明也。""爤",正字。"爛",或體。

〔**佩**〕　《白帖》引《詩》作"珮"。按:"佩"爲正字。"珮"爲俗體。

有女同車

有女同車,顔如舜華。將翺將翔,佩玉瓊琚。彼美孟姜,洵美且都。

有女同行,顔如舜英。將翺將翔,佩玉將將。彼美孟姜,德音不忘。

〔**顔如舜華**〕　《説文》:"蕣,木堇,朝華暮落者。从艸,䑞聲。《詩》曰:'顔如蕣華。'舒閏切。"又,《孟子·盡心》趙注、《吕氏春秋·仲夏紀》高注、《文選·宋玉〈神女賦〉》注、《北堂書鈔》一百三十九、《太平御覽》九百九十九各引《詩》"顔如蕣華"。山井鼎《考文》云:"古本同。"陳奂曰:"《詩》作蕣,今隸變作蕣,又奪去艸頭耳。"陳説是。"蕣"(蕣)爲正字,今作"舜"者,省形也。

〔**佩**〕　《文選·江淹〈别賦〉》注引《毛詩》作"珮","佩"之俗體也。

〔**洵美且都**〕　《左傳·昭公十六年》注引《詩》"詢美且都"。《太平御覽》三百八十引《毛詩》同。《史記·司馬相如傳》裴駰《集解》、《説文繫傳》各引《詩》"恂美且都"。按:"恂"爲正字。"詢"、

"洵"與"恂"俱在真部、心母,故可通假。

〔將將〕　《楚辭·九歌·東皇太一》王逸注、《白帖》十二、《太平御覽》八百四各引《詩》"佩玉鏘鏘"。按:此類借聲託誼之字,但重其擬聲之效,故"將將"、"鏘鏘"、"瑲瑲"皆通用也。"將將",古文。"鏘鏘",後世纍增字也。

山有扶蘇

山有扶蘇,隰有荷華。不見子都,乃見狂且。
山有橋松,隰有游龍。不見子充,乃見狡童。

〔扶蘇〕　郭忠恕《佩觿》引《詩》作"山有扶蘇"。《説文》:"扶,扶疏,四布也。从木,夫聲。防無切。""榑,榑桑,神木,日所出也。从木,尃聲。防無切。"毛《傳》:"扶蘇,扶胥,小木也。"胡承珙云:"《佩觿》引'山有扶蘇',與'扶持'别,是經字本亦作'扶'。《埤雅》引毛《傳》:'扶蘇,扶胥,木也。'是所見本尚無'小'字。……《管子·地員篇》:五沃之土'宜彼羣木,桐、柞、扶、櫄,及彼白梓'。據此,則'扶'自爲木名,蓋緩言之曰'扶蘇',急言之曰'扶',扶蘇即扶木耳。"黄山云:"扶與榑通。《淮南·道應篇》'扶桑受謝',《墬形篇》作'暘谷榑桑'。《説文》扶、扶、榑皆'防無切',同音相假。……扶疏即榑桑二字之變文,明爲大木。"又《公羊》何休注:"暴桑,蒲蘇桑也。"按:胡、黄之説近是。"扶蘇"即"扶蘇"之假借字,作"榑桑"、"扶疏"、"扶胥"者,亦爲通假字也。

〔橋〕　《釋文》:"橋,本亦作喬。毛作橋,鄭作槁。"《唐石經》、小字本、相臺本、閩本、明監本、毛本均作"橋",《群經音辨》引《詩》同。按:《説文》:"喬,高而曲也。"喬松者,高大之松也。"喬"

爲本字,“橋”爲同聲通假字。又,“槁”雖可通“橋”,然於本篇不可作“槁死”字,而仍爲“橋”(喬)之借字。

〔**龍**〕　《爾雅·釋草》邢疏引《詩》“隰有游蘢”。《釋草》云:“紅,蘢古,其大者蘬。”舍人注:“紅名蘢古,其大者名蘬。”《傳》曰:“龍,紅草也。”是“龍”爲本字,“蘢”爲累增字。

蘀兮

蘀兮蘀兮,風其吹女。叔兮伯兮,倡予和女。
蘀兮蘀兮,風其漂女。叔兮伯兮,倡予要女。

〔**蘀**〕　《列女傳·魯公乘姒》引《詩》“籜兮籜兮,風其吹汝”。毛《傳》:“蘀,槁也。”又,《豳風·七月》“十月隕蘀”,毛《傳》:“蘀,落也。”《説文·艸部》:“蘀,艸木凡皮葉落陊地爲蘀。从艸,擇聲。《詩》曰:“‘十月隕蘀。’它各切。”又作㯳,《説文》:“㯳,木葉陊也。从艸,㲋聲。讀若薄。”小徐云:“此亦蘀字。”《玉篇》云:“㯳與蘀同。”按:“蘀”爲本字。“籜”爲隸變之體。

〔**倡予和女**〕　《列女傳·魯公乘姒》引《詩》:“唱予和汝。”《文選·孫楚〈爲石仲容與孫皓書〉》注引《詩》同。《文選·左思〈吴都賦〉》注、《左傳·昭公十六年》注引《詩》:“唱予和女。”《説文》:“倡,樂也。从人,昌聲。”“唱,導也。从口,昌聲。”“和,相譍也。从口,禾聲。”《字林》:“倡,優樂也。”《三蒼聲類》:“倡,俳也。”按:“唱”與“和”文義相應相成,“唱”爲正字,“倡”爲同音假借字。“女”、“汝”古今字也。

〔**漂**〕　《釋文》:“漂,本亦作飄。”《傳》:“漂,猶吹也。”《説文》:“飄,回風也。从風,𤐫聲。”“漂,浮也。从水,票聲。”按:“漂”

於義不合。“飄”爲本字,原作“飃”(篆作“䬙”),後隸省作“飄”。經文今作“漂”者,假借字也。

狡　童

彼狡童兮,不與我言兮。維子之故,使我不能餐兮。
彼狡童兮,不與我食兮。維子之故,使我不能息兮。

〔**餐**〕　《唐石經》作“飡”。毛本作餐。山井鼎《考文》云:“古本作湌。”《説文》:“餐,吞也。……湌,餐或从水。”《廣雅》:“餐,食也。”《玉篇》:“餐、湌同。”《漢書》韋注:“湌,小食也。”按:是“餐”又作“湌”也。《唐石經》作“飡”,爲“餐”之俗字。毛本作“餐”則不體矣。

褰　裳

子惠思我,褰裳涉溱。子不我思,豈無他人。狂童之狂也且。
子惠思我,褰裳涉洧。子不我思,豈無他士。狂童之狂也且。

〔**褰裳涉溱**〕　《釋文》:“褰,本或作騫。”《文選》謝混《游西池》注、李康《運命論》注各引《毛詩》“褰裳涉溱”。《説文繫傳》引《詩》“攓裳涉潧”。又,“褰裳涉洧”,《漢碑》“褰”作“搴”。《説文》:“褰,絝也。”“攐,摳衣也。从手,褰聲。”按:“騫”、“攓”、“搴”均爲“攐”之借字。“褰”乃“攐”之省。“攐”爲正字。“溱”、“潧”:《説文》:“溱,水。出桂陽臨武,入匯。从水,秦聲。側詵切。”“潧,水。出鄭國。从水，曾聲。《詩》曰：‘潧與洧，方涣涣兮。’側詵切。”《水經》曰：“潧水出鄭縣西北平地，入洧。”酈注：“潧水出鄫城西北，注洧。”“洧水出河南密縣西南馬領山。”《紀要》云：“溱水出密縣境，一名鄫水，東北流至新鄭縣界，與洧水合。”又云：“洧水出河南登封縣北陽城山，逕禹州密縣，又東流至新鄭縣，合溱水爲雙洎河。”馬瑞辰云：“字以作潧正。《詩》以溱與人爲韻，在古音真臻類，故假溱作潧，猶增增作溱溱也。”按：馬説允矣。《溱洧》篇倣此。

〔童〕　《玉篇》引《詩》“童”作“僮”。《説文》：“童，男有辠曰奴，奴曰童，女曰妾。从辛，重省聲。”“僮，未冠也。从人，童聲。”按：“僮”爲“狂童”本字，“童”爲省借。

丰

子之丰兮，俟我乎巷兮。悔予不送兮。
子之昌兮，俟我乎堂兮。悔予不將兮。
衣錦褧衣，裳錦褧裳。叔兮伯兮，駕予與行。
裳錦褧裳，衣錦褧衣。叔兮伯兮，駕予與歸。

〔丰〕　《釋文》：“丰，《方言》作妦。”《唐石經》作“丯”，《唐石經校文》云：“監本、毛本誤作丰。按：丰即丯字。古拜切。”《説文》：“丯(丯)，艸蔡也。象艸生之散亂也。凡丯之屬皆从丯。讀若介。古拜切。”又：“丰(𡴂)，艸盛丰丰也。从生，上下達也。”《方言》作“妦”，郭璞注：“妦，言妦容也。”《玉篇》：“妦，容好皃。”毛《傳》：“丰，豐滿也。”陳奂云：“‘也’當作皃。”《方言》“娧”下注曰：“娧，謂妦娧也。”《廣韻》：“丰茸，美好也。”“妦容”、“妦娧”、“妦茸”，皆謂“容好貌”，乃語之轉也。或云：“妦”爲趙、魏、燕、代間之方俗字。

《詩》文作"丰"者,爲古文借字,正字應作"𡴀"。

〔堂〕　《箋》:"堂當爲棖,棖,門梱上木近邊者。"胡承珙云:"次第分明,不必從鄭改堂爲棖,亦不得同王謂堂在寢也。"

〔褧〕　《禮記・玉藻》注引《詩》:"衣錦絅衣,裳錦絅裳。"按:"耿"、"炯"古通用,是"褧"、"絅"亦可互假也。

〔歸〕　毛本作"埽"。《説文》"歸"下云:"从止,从婦省,𠂤聲。埽,籀文省。"李孝定《甲骨文字集釋》按語:"(金文)大抵從婦,𠂤聲,與契文同……或從辵從彳,無單從止者,辵、彳、止本通用無别。"按:毛本作"埽"者,省聲也。

東門之墠

東門之墠,茹藘在阪。其室則邇,其人甚遠。
東門之栗,有踐家室。豈不爾思,子不我即。

〔墠〕　《釋文》:"東門之壇,音善,除地町町者也。依字當作墠。"《正義》:"遍檢諸本,字皆作壇,《左傳》亦作壇。其《禮記》、《尚書》言'壇'、'墠'者,皆封土者謂之壇,除地者謂之墠。壇、墠字異,而作此壇字,讀音曰墠,蓋古字得通用也。今定本作墠。"段玉裁云:"《説文》:'墠,野土也。'於野治地除草,《鄭風》'東門之壇',壇即墠字。……經典多用壇爲墠,古音略同也。"阮元云:"《唐石經》以下依定本作墠。"是"墠"爲正字,"壇"爲借字也。

〔踐〕　《藝文類聚》八十七、《白帖》九十九引《韓詩》"有竫家室"。《太平御覽》九百六十四、《事類賦》注二十七、《詩攷》各引《韓詩》"有靖家室","靖"訓"善"。按:"踐"、"竫"雙聲,"竫"、"靖"音同,均可通用。馬瑞辰云:"據《曲禮》'日而行事則必踐之',鄭注'踐讀曰善',是踐本可訓善。《藝文類聚》引《韓詩》作竫,竫亦善也。但據上'東門之栗'毛《傳》訓爲行上栗,則有踐當讀如'籩豆有踐'之踐,從毛《傳》訓爲行列貌,謂表行栗於家室之前,貌如有列整齊也。踐與翦古通用。《爾雅》:'翦,齊也。'《説文》作前,曰'齊斷也'。齊斷曰翦,籩豆及樹木行列整齊亦通曰翦。踐即翦也。"馬説審矣。

風　雨

風雨淒淒,雞鳴喈喈。既見君子,云胡不夷。
風雨瀟瀟,雞鳴膠膠。既見君子,云胡不瘳。
風雨如晦,雞鳴不已。既見君子,云胡不喜。

〔淒淒〕　嚴可均《唐石經校文》云:"毛本作凄凄,不體。"按:《説文》無"凄"字,《水部》"淒"下云:"雲雨起也。从水,妻聲。《詩》曰:'有渰淒淒。'"又,"湝"下云:"水流湝湝也。从水,皆聲。一曰:湝湝,寒也。《詩》曰:'風雨湝湝。'"《玉篇》引《詩》同。《集韻》:"湝,寒也。一曰:風雨不止也。"《廣韻》:"皆、湝,户皆切。風雨不止。"戚學標、陳瑑、王筠皆謂"湝湝"乃"淒淒"之異文。段玉裁云:"許引《詩》證寒義,所據與今本異,或是兼采三家。"从皆之字,古讀若基,此"湝湝"(淒淒)與本章"喈喈"、"夷"爲韻。

〔瀟瀟〕　明刻舊本《毛詩》作"潚潚"。《太平御覽》九百十八、吴淑《事類賦》十八各引《詩》"風雨蕭蕭。"《説文》、《玉篇》、《廣韻》皆有"潚"無"瀟"。《説文》"潚"下云:"深清也。"《方言》:"清,急也。"毛《傳》申之曰:"暴疾也。"胡承珙曰:"明刻舊本《毛詩》作潚,今本誤作瀟。"馬瑞辰云:"今按潚字入聲音肅,平聲同羞,轉音霄,其字或借作蕭蕭。《楚詞·九歎》'秋風瀏以蕭蕭',又《九懷》'秋風兮蕭蕭',蕭蕭即瀟瀟之假借。後人不知蕭有霄音,故妄增瀟字耳。"是"瀟"爲正字明矣。

〔**膠膠**〕　三家"膠"作"嘐"。《説文》:"啁,嘐也。"《玉篇》:"嘐,古包切。雞鳴也。"《廣韻·五肴》引《詩》"雞鳴嘐嘐"。是借"膠膠"爲"嘐嘐"也。"嘐"爲正字。

〔**風雨如晦**〕　《白帖》二引《詩》作"陰雨如晦"。或傳寫之誤。

子　衿

青青子衿,悠悠我心。縱我不往,子寧不嗣音。
青青子佩,悠悠我思。縱我不往,子寧不來。
挑兮達兮,在城闕兮。一日不見,如三月兮。

〔**衿**〕　《釋文》:"衿,音金。衿,領也。本亦作襟。"《漢石經》作"裣"。明豐坊《詩傳》、《詩説》亦作"裣"。毛《傳》:"青衿,青領也。"《方言》:"衿謂之交。"《説文》:"裣,交衽也。""衽,衣裣也。"(《説文》未收"衿"、"襟"二字。)《釋名》:"襟,禁也,交於前,所以禁御風寒也。"王先謙云:"《玉藻》'衽當旁',是謂裳際之衽。《玉篇》:'衽,裳際也,衣裣也。'又爲'裳際'義所奪。……《釋器》:'衣眥謂之襟。'郭注:'交領。'李巡曰:'交眥,衣領之襟。'襟,文出《爾雅》古書,見《釋文》'亦作'本,確爲此詩正字,《説文》遺之耳。領以壅領也,亦言總領衣體,爲端首也。《顏氏家訓》云:'古者斜領,下連於衿,故謂領爲衿也。'"陳奐云:"衿,古字當作裣。《漢石經》作'青青子裣'。《爾雅》:'衣眥謂之襟。'孫、郭注並云:'襟,交領也。'襟，亦衿之異體。……衽掩裳際而亦曰衿者，蓋自領及衽皆統稱爲衿。《家訓·書證篇》：'古者斜領，下連於衿，故謂領爲衿也。'與《説文》合。但斜領與方領不同。《禮記·深衣》：'曲袷如矩，以應方。'鄭注云："袷，交領也。"古者方領如今小兒衣領。案：士常服，服深衣，應用方領，故此《傳》釋衿爲領，就《深衣》曲袷之制言之，不必如斜領連及於交衽者矣。"段玉裁云："衿之字，一變爲衿，再變爲襟，字一耳，而《爾雅》之襟，毛《傳》、《方言》之衿，皆非許所謂衿也。……衿本衽之偁，因以爲正幅之偁，正幅統於領，因以爲領之偁……不妨同用一字。"按："衿"爲正字，"衿"、"襟"皆隸變之重文。

〔**嗣音**〕　《釋文》："嗣音，如字。毛：嗣，習也。鄭：續也。《韓詩》作詒。詒，寄也，曾不寄問也。"《後漢書·班彪傳》注："台讀曰嗣。"台，詒之省。鄭《箋》："嗣，續也。女曾不傳書問我以恩。責其忘己。"鄭氏用韓説。又《楚辭·九章·惜誦》王逸注："詒，遺也……詒我德音也。""遺也"下有"《詩》曰"二字而無經文。陳喬樅云："必是引《魯詩》'子寧不詒音'，而釋之曰：'詒我德音也。'今本或傳寫脱落《詩》句。"是《韓詩》、《魯詩》皆作"詒音"也。《虞書》："舜讓于德不嗣"，《史記集解》引《今文尚書》作"不台"。古怡、詒字多省作台。韋昭云："古文台爲嗣，《説文》'嗣'或省作'司'，字形似台，故嗣、台二字，文異而字通。"按："詒"、"嗣"二字古通用。《韓詩》作"詒"爲本字。《毛詩》作"嗣"爲通假字。

〔**青青子佩**〕　《太平御覽》九十二、六百九十二引《詩》並作"青青子珮"。按："佩"爲正字，"珮"爲俗體。

〔**悠悠我思**〕　《太平御覽》六百九十二引《詩》"攸攸我思"。按："悠"爲正字，"攸"爲省借。

〔**挑兮達兮**〕　董氏引《石經》"挑"作"岦"。崔靈恩《集注》

本“達”作“達”。《初學記》十八引《詩》“佻兮達兮”。《説文繫傳》引《詩》“佻兮達兮”。《太平御覽》一百九十二、四百八十九引《詩》“挑兮撻兮”。《説文·又部》:“叏,滑也。《詩》云:‘叏兮達兮。’”又《辵部》“達”下云:“行不相遇也。从辵,羍聲。《詩》曰:‘挑兮達兮。’”按:《説文·又部》“叏”下引《詩》本三家義,《辵部》“達”下所引乃《毛詩》之文。“叏”、“挑”音義相近。《舉要》云:“叏同挑。”(錢坫曰:“叏,正字。”)“挑”亦通“佻”。《方言》:“佻,疾也。”《廣韻》:“佻,獨行貌。”“挑”又通“朓”(條),《尚書大傳》:“晦而月見西方謂之朓。”鄭注:“朓,條也。”條即條達,行疾貌。“達”、“撻”古通,《商頌·殷武》:“撻彼殷武。”毛《傳》:“撻,疾也。”《釋文》引《韓詩》云:“撻,達也。”“達”,篆文作“䢌”(達),从辵,羍聲。“羍”从“大”,“大”與“泰”音義相近,故“達”與“泰”亦通。《説文·水部》:“泰,滑也。”“滑,利也。”滑利與疾行義合。毛《傳》:“往來相見貌。”孔《疏》:“明其乍往乍來,故知挑達爲往來貌。”《毛詩後箋》云:“據此則《正義》本《傳》文似無‘相見’二字。《釋文》云:‘挑達,往來見貌。’無‘相’字,當本作‘往來貌’,古‘貌’字作‘皃’,或誤爲‘見’,淺人因於‘見’下添‘貌’字耳。……其實‘往來’者,謂其避人游蕩,獨往獨來,二義自相足也。”胡氏辯説甚確。且依本詩義理推之,“叏”、“達”,古文,當爲本字。“挑”、“佻”及“撻”均爲通假字;“達”,今文,乃“達”之隸變也。

揚之水

揚之水,不流束楚。終鮮兄弟,維予與女。無信人之言,人實迋女。

揚之水,不流束薪。終鮮兄弟,維予二人。無信人之言，人實不信。

〔迋〕 毛《傳》："迋，誑也。"《釋文》訓同。《説文》："迋，往也。从辵，王聲。……于放切。""誑，欺也。从言，狂聲。居況切。"《説文》"迋"下引《左傳·昭公二十一年》"子無我迋"句，又《左傳·定公十年》"是我迋吾兄也"句，皆非"迋"本義，而取"誑"義，毛《傳》例同。是以"迋"、"誑"二字音近而假"迋"爲"誑"也。

出其東門

出其東門，有女如雲。雖則如雲，匪我思存。縞衣綦巾，聊樂我員。

出其闉闍，有女如荼。雖則如荼，匪我思且。縞衣茹藘，聊可與娱。

〔綦〕 毛《傳》："綦巾，蒼艾色，女服也。"《説文·糸部》："綥，帛蒼艾色。从糸，畀聲。《詩》'縞衣綥巾'，未嫁女所服。一曰：不借綥渠之切。綦，綥或从其。""畀"下注曰："舉也。从廾，由聲。《春秋傳》曰：'晉人或以廣墜，楚人畀之。'……杜林以爲麒麟字。渠記切。"檢《左傳》則作"楚人惎之"，《説文》引作"畀"，《左傳》作"惎"，是"綦"即"畀"之重文也。

〔員〕 《釋文》："員，音云。本亦作'云'。《韓詩》作'魂'。魂，神也。"《太平御覽》八百十九引《詩》作"云"。《文選》曹大家《東征賦》注、鮑照《舞鶴賦》注、《東武吟》注各引《韓詩》作"魂"。《正義》云："員、云古今字，助句詞也。"又《〈商頌·玄鳥〉箋》："員，古文作云。"臧鏞堂曰："魂乃云之變體，《春秋經》引《孝經》説云：

'魂,云也。'韓但讀作'神魂'之魂耳。"陳喬樅云:"毛、韓師傳各異,訓義不必强同。《孝經援神契》云'情者魂之使',此自言其妻子得用情之正,故云'聊樂我魂'。下章云'聊可與娛',娛亦樂也。人悲則神傷,樂則神安,故韓以魂爲神,其説未嘗不是也。"馬瑞辰云:"員當讀如'婚姻孔云'之'云',彼《箋》云:'云,猶友也。'友與有同。《廣雅·釋詁》'員'、'云'並曰'有也'。《詩》言不相親者云'亦莫我有',則言其相親有者宜曰'聊樂我員'矣。《正義》以'員'爲助句詞,失之。《釋文》引《韓詩》作'魂','魂'即'云'字之假借。《韓詩》訓爲神,亦非。"按:馬説允已。明"云"爲正字,《毛詩》古文作"員"也。

〔**闉闍**〕　毛《傳》:"闉,曲城也。闍,城臺也。"鄭《箋》:"闍,讀當如'彼都人士'之都,謂國外曲城之中市里也。"《正義》:"《釋宫》云:'闍謂之臺。'闍是城上之臺,謂當門臺也。闍既是城上之臺,則知闉是門外之城,即今之門外曲城是也。"《説文》:"闉,城曲重門也。《詩》曰:'出其闉闍。'""闍,闉闍也。"是"闉闍"應連言之,即謂曲城重門也。"闍",鄭《箋》改讀爲"都",非是。

〔**娛**〕　《釋文》云:"娛,本亦作虞。"山井鼎《考文》:"古本作虞。"《唐風·蟋蟀·小序》云:"以禮自虞樂也。"《正義》曰:"以禮自娛樂也。"《説文》:"娛,樂也。""虞,騶虞也。"按:王筠云:"古文借虞字,小篆始有娛。"是"虞"與"娛"音同而字異,作"虞"者,"娛"之借字也。

野有蔓草

野有蔓草,零露漙兮。有美一人,清揚婉兮。邂逅相遇,適我願兮。

野有蔓草，零露瀼瀼。有美一人，婉如清揚。邂逅相遇，與子偕臧。

〔**零露漙兮**〕　鄭《箋》："零，落也。"《説文》："零，餘雨也。从雨、令聲。郎丁切。""靁，雨零也。从雨、㗊，象零形。《詩》曰：'靁雨其濛。'郎丁切。""零，雨零也。从雨，各聲。盧各切。"《玉篇》："靁，落也。"石鼓文亦作"靁"。馬瑞辰云："據《正義》云'靈作零字，故爲落也'，是《正義》本經原假靈作靁，《箋》當云'靈，落也'，唐以後始作'零'耳。"據此，正字爲"靁"，作"靈"、"零"者皆假借字也。漙，《釋文》云："本亦作團。"毛《傳》："漙，漙然盛多也。"《説文》無"漙"字，"團"下云："圜也。从口，專聲。""圜"下云："天體也。从口，睘聲。"段玉裁云："依許則言天當作圜。言平圓，言渾圓當作圜。"《玉篇》："團，圓也。"《廣雅》："圜，圓也。"顔師古《匡謬正俗》云："古本有水旁作專者，亦有單作專者，後人輒改爲之。"胡承珙云："此'漙兮'，古只作'團'。《藝文類聚》卷八十一引，正作團。《文選》謝靈運《永初三年之郡詩》'火閔團朝露'、謝朓《京路夜發詩》'猶霑餘露團'、陸士衡《苦寒行》'飢待零露餐'、謝惠連《七月七日夜詩》'團團滿繁露'、江淹《雜體詩》'簷前露已團'李善注並引《詩》'零露團兮'，此必六朝古本作'團'，顔氏以後人改'漙'爲之，非也。"吕忱《字林》出作"𩃬"，云："露貌。"《玉篇》出作"䨵"，云："䨵䨵，露多。"按："團"有"聚集"、"集合"義，如南朝宋顔延之《應詔觀北湖田收》"陽露團精氣，陰谷曳寒煙"，唐張悦《東部酺宴》"争馳群鳥散，鬭伎百花團"皆其例。"聚集"猶"盛多"也。明"團"爲正字，"漙"爲後起字。作"專"者則爲"團"之省借，"𩃬"、"䨵"均後世滋益之俗字。

〔**清揚婉兮**〕　《説苑・尊賢》引《詩》,《文選》傳毅《舞賦》注、曹植《洛神賦》注引《毛詩》作“清陽婉兮”,《初學記》七引《韓詩外傳》引《詩》作“清陽婉兮”,王氏《詩攷》引《韓詩外傳》引《詩》“青陽宛兮”。《玉篇》:“𥈭,眉目之間美貌。《韓詩》云:‘清揚𥈭兮’。”《集韻・二十阮》引《詩》同,並云:“眉目之間美貌。”《唐石經》注同。《家語・致思》引《詩》“清揚宛兮”。按:“清揚”猶“清明”,《淮南子・覽冥訓》高注:“揚,明也。”《方言》:“好目謂之順……燕、代、朝鮮、洌水之間曰盰,或謂之揚。”《説文》“婉”下注云:“順也。”按:“順”猶“美”也,是“婉”與“清揚”義又相成,明“清揚婉”爲正字,作“青”、“陽”、“宛”者,均爲假借字,作“𥈭”者,爲後起字。

〔**邂逅相遇**〕　“逅”,《釋文》出作“遘”,云:“本亦作逅。胡豆反。邂逅,不期而會。”《五經文字》云:“覯,《詩・風》或以爲‘邂覯’字。”《説文》無“邂”、“逅”(《新附》有“逅”)。《漢碑》有“邂”無“逅”。《説文》:“覯,遇也。”《爾雅・釋詁》解同。《唐風・綢繆》“見此邂逅”,《釋文》云:“本作解覯”。《〈易・姤卦〉釋文》云:“姤,薛云:古文作遘。”《詩毛氏傳疏》云:“《傳》文‘邂逅’下奪‘相遇適我願兮’六字,‘邂逅相遇,適我願兮’,此《傳》複經句也,二句作一氣讀。‘不期而會,適其時願’,此《傳》釋經義也,八字亦作一氣讀。……隱八年《穀梁傳》云:‘不期而會曰遇。’是‘不期而會’謂之遇,非‘不期而會’謂之邂逅也。‘邂逅’有‘適願’之義,《穀梁傳》又云:‘遇者,志相得也。’志相得,即《詩》所謂‘適我願’也。《〈綢繆〉傳》云:‘邂逅,解説也。’解説猶説懌,亦是‘適我願’之意。義著於《綢繆》,於此則不爲‘邂逅’發《傳》矣。此徑轉寫者删去複句未盡,遂誤以《傳》文‘不期而會’四字專釋‘邂逅’二字,沿譌至今,直以‘邂逅’爲‘塗遇’之通稱,學者失其義久矣。‘邂逅’當依

《〈綢繆〉釋文》作'解覯'。《淮南子·俶真篇》:'孰肯解構人間之事。'高注云:'解構,猶合會也。'構與覯通。"按:經文正字應作"解遘"。作"邂覯"、"邂逅"者,皆後起字也。

〔**瀼瀼**〕　《廣雅》出作"蠰蠰",云:"露也。"按:"瀼"爲初文,"蠰"爲後起字。

〔**婉如清揚**〕　《藝文類聚》四十一引魏文帝《善哉行》"有美一人,婉如青陽"。"青"、"陽"皆假借字。

〔**偕**〕　一本作"皆"。《説文》:"皆,俱詞也。从比,从白。古諧切。""偕,彊也。从人,皆聲。《詩》曰:'偕偕士子。'一曰俱也。古諧切。"蓋二字音同義通。《唐風·無衣》"與子偕行",《漢書·趙充國辛慶忌傳》贊作"與子皆行"。《大雅·緜》"百堵皆興",山井鼎《考文》云:"古本作'百堵偕興'。"《周頌·豐年》"降福孔皆",《左傳》、《説苑》、《太平御覽》引作"降福孔偕"。

溱　洧

溱與洧,方涣涣兮。士與女,方秉蕑兮。女曰觀乎。士曰既且。且往觀乎。洧之外,洵訏且樂。維士與女,伊其相謔,贈之以勺藥。

溱與洧,瀏其清矣。士與女,殷其盈矣。女曰觀乎。士曰既且。且往觀乎。洧之外,洵訏且樂。維士與女,伊其將謔,贈之以勺藥。

〔**溱**〕　《説文·水部》"潧"下云:"水。出鄭國。从水,曾聲。《詩》曰:'潧與洧,方涣涣兮。'側詵切。""溱"下云:"水。出桂陽臨武,入匯。从水,秦聲。側詵切。"《水經注·潧水》引《詩》並作“溍與洧,方涣涣兮。”按:“溍”、“溱”,《説文》皆“側詵切”,《玉篇》皆“側銀切”,二字音同,《毛詩》假“溱”爲“溍”,“溍”爲正字。詳見《鄭風·褰裳》。

〔**涣涣**〕　《釋文》:“涣涣,春水盛也。《韓詩》作洹洹,音丸。”《説文》:“汎,浮皃。从水,凡聲。孚梵切。”未引《詩》,亦無“春水盛”之義。《説文》止於“溍”下引《詩》,仍作“涣涣”,段注本徑改爲“汍汍”,並云:“汍,音丸藥之丸。各本作涣涣,今正。此《鄭風》文也。今《毛詩》作涣涣,春水盛也。《釋文》曰:‘《韓詩》作洹洹,音丸。《説文》作汎,音父弓反。’按:‘作汎,父弓反’,音、義俱非。蓋汍汍之誤。汍汍與洹洹同。《漢志》又作灌灌,亦當讀汍汍,皆水盛沄旋之貌。引此詩者爲溍字之證。知今經傳皆非古本。《廣韻》曰:‘《詩》作“溱洧”,誤。’”按:《説文》“溍”、“溱”雖非指一水,然均“側詵切”,音同,故《毛詩》假“溱”爲“溍”,非字之訛也。段氏又謂“汍”爲“洹”之别體,胡官切。實則《玉篇》本以“汍”爲“洹”之重文矣。《釋文》,《〈史記·鄭世家〉正義》,《後漢書·袁紹傳》注,《文選·顔延之〈三月三日曲水詩序〉》注,《太平御覽》三十、五十九、一百五十九、九百八十三引《韓詩》並作“洹洹”。《漢書·地理志》引《齊詩》作“灌灌”。《漢書·息夫躬傳》注云:“萑與汍同。”段氏因謂“灌灌,亦當讀汍汍。”“汍汍”,《魯詩》文也。按:“洹洹”(汍汍)爲正字,“涣涣”(灌灌)爲通假字。

〔**士與女**〕　山井鼎《考文》謂古本作“維士與女”,下章同。《荆楚歲時記》引《韓詩》“唯士與女”。按:相臺本、明監本、汲古閣本皆無“維”、“唯”字。“士與女”句與同章首句“溱與洧”皆三字句相對成文,和諧規整,乃《詩》之常例。山井鼎所見古本“維”字、《荆楚歲時記》所引《韓詩》“唯”字,均因襲各章下文“維士與女”而誤增也。

〔蕑〕　《太平御覽》三十引《韓詩章句》作"蘭"。《後漢書·禮儀志》注、《藝文類聚》引《薛君章句》並同。《漢書·地理志》引《齊詩》作"菅",顔師古注:"菅,蘭也。"《一切經音義》卷二引《字書》云:"蕳與蕑同。蕳,蘭也。"並引《説文》:"蕳,香艸也。"卷十二又引《聲類》:"蕳,蘭也。"《山海經·中山經》郭注:"蕳,亦菅字。"《一切經音義》"菅草"注云:"經文作蕳。"《漢書·地理志》注:"菅,蘭也。"《太平寰宇記》:"菅涔山在静樂縣。……菅音姦,土人云山多菅草,或以爲名。"《荆州記》:"都梁,香蘭也。都梁縣名,有小山,下有水清泚,其中生蕑草,名爲都梁。"(王先謙云:"或借'菅'字。")又《釋文》"蕑"下云:"古顔反。蘭香也。字從艸。《韓詩》云:'蓮也。'若作竹下,是簡策之字耳。"(按:"蘭香"疑爲"香蘭"之誤倒,或爲"蘭,香艸也"之筆誤。另,"蕑"、"蕳"、"簡",从艸从竹,形雖異而字或同,隸變之故也。从竹之"簡",或即"蕑"之重文,不必爲"簡策字"也。)《正義》引陸璣《毛詩草木鳥獸蟲魚疏》云:"蕑即蘭,香艸也。其莖葉似藥草,澤蘭廣而長節,節中赤,高四五尺。"毛《傳》:"蕑,蘭也。"馬瑞辰云:"《本草綱目》謂蘭即今省頭草,今艸名省頭香是也。……至《釋文》又引《韓詩》作'蕑,蓮也。'蓋釋《澤陂》詩'有蒲與蕑',爲鄭《箋》所本,《釋文》誤移此章耳。"按:"蕑"(即"蘭")爲正字。"菅"、"蕳"爲同音假借字,且此"菅"並非茅屬之"菅"。

〔士曰既且〕　山井鼎《考文》謂古本且作徂。《釋文》:"且音徂,往也。"《爾雅》:"徂,往也。"《説文》:"退,往也。从辵,且聲。退,齊語。徂,退或从彳。遁,籀文从虘。"依日本古本及《釋文》,字應作"徂","且"乃省借字。然馬瑞辰云:"'既且'二字當爲'暨'字之譌。《小爾雅》:'暨,息也。'暨與塈通。《大雅·嘉樂》詩'民之攸塈',《傳》:'塈,息也。'《左氏》成二年、昭二十一年《傳》並引

《詩》'民之攸塈',杜注:'塈,息也。'塈、塈皆愒之假借。《説文》:'愒,息也。'塈與觀相對成文。'女曰觀乎',勸其往也;'士曰塈',勸其息也。蓋士初未去,但言欲止息,故女又言'洧之外,洵訏且樂',以勸其往觀。……塈从旦,與且形相近,又與'且往觀乎'文相連,因譌爲'既且'二字。漢《張遷碑》'既且'亦爲'塈'字之譌,與此相類。"按:研核詩中文義詞氣,揆情度理,馬説極是,勝《箋》義多矣。宜從之,"既且"當讀爲"塈"。

〔**洵訏且樂**〕　《釋文》:"洵,《韓詩》作恂。""訏,《韓詩》作盱,云:'恂盱,樂貌也。'"《易·豫卦》六三"盱豫",《釋文》:"向云:睢盱,小人喜樂之貌。"《説文》:"恂,信心也。""洵,過水中也。"二字俱"相倫切"。《漢書·地理志》引《詩》作"恂盱",蓋本《韓詩》。顔師古注:"恂,信也。盱,大也。"《吕氏春秋》高注云:"有詢訏之樂,勺藥之和。"是用《魯詩》文。《爾雅·釋詁》:"恂,信也。"又邢疏引《詩》"詢訏且樂。"按:"洵"無"信"義,《毛詩》作"洵"者,假"洵"爲"恂"也。"訏"訓"大","盱"訓"樂",亦訓"大"。陳奂云:"洵訏且樂,言洧水之外,其地信廣大且以喜樂。"其説固有本之論,然略檢《詩》中與"洵訏且樂"(恂盱且樂)義例相近、相同之句,約有下列數端:《邶風·静女》"洵美且異",《鄭風·叔于田》"洵美且仁"、"洵美且好"、"洵美且武",《鄭風·羔裘》"洵直且侯",《鄭風·有女同車》"洵美且都"等,詞法與句型略同,此亦《詩》之常語。比勘諸家義訓,當以韓説爲允,正字作"恂盱"。作"洵"、"詢"、"絢"、"訏"者皆假借字。

〔**勺藥**〕　《文選·江淹〈别賦〉》注引《詩》作"芍藥",《太平御覽》四百六十六、四百七十八、九百九十各引《詩》並同。按:"勺"爲初文,"芍"爲後世纍增字。

〔**瀏**〕　《文選·張衡〈南都賦〉》注引《韓詩内傳》作"漻",

云:"漻,清貌也。"《廣雅》:"漻,清也。"《莊子·天地》:"漻乎其清也。"《釋文》:"瀏,音留,深也。"《說文》:"瀏,流清貌。从水,劉聲。《詩》曰:'瀏其清矣。'"《說文》:"漻,清深也。"又《後漢書·馮衍傳》引《詩》"瀏"作"溜"。按:"瀏"、"漻"、"溜"音義並同,故可通用。

〔**將**謔〕　《詩集傳》:"將,當作相。聲之誤也。"馬瑞辰云:"將謔,猶相謔也。《尚書大傳》:'羲伯之樂舞將陽',將陽即相羊之假借。"按:"將"與上章"相"字爲互文,不必如朱熹所云:"當作相"也。馬說平允可從。

齊　風

雞　鳴

雞既鳴矣,朝既盈矣。匪雞則鳴,蒼蠅之聲。
東方明矣,朝既昌矣。匪東方則明,月出之光。
蟲飛薨薨,甘與子同夢。會且歸矣,無庶予子憎。

〔東方**明**矣〕　《說文·日部》"昌"下引《詩》"東方昌矣"。段注:"許并二句爲一句,當由轉寫筆誤。"

〔無庶**予**子憎〕　《正義》云:"今定本作'與子憎'。"《方言》:"予猶與。"《爾雅》郭注:"與猶予也。"《廣雅》:"遺,與也。"是"予"、"與"同音通用也。"與"又猶"遺",本詩當以"與"爲正字。

還

子之還兮,遭我乎峱之間兮。並驅從兩肩兮,揖我謂我儇兮。

子之茂兮，遭我乎峱之道兮。並驅從兩牡兮，揖我謂我好兮。

子之昌兮，遭我乎峱之陽兮。並驅從兩狼兮，揖我謂我臧兮。

〔還〕　毛《傳》："還，便捷之貌。"《漢書·地理志》："臨甾名營邱，故《齊詩》曰：'子之營兮，遭我虖嶩之間兮。'"顔注："《齊國風·營》詩之辭也。《毛詩》作'還'，《齊詩》作'營'。"《水經注·淄水》云："營邱，山名也，《詩》所謂'子之營兮'。"古人讀"營"如"環"，二字通用。《釋文》："還，《韓詩》作嫙，嫙，好貌。"又，《釋文·禮記音義》："還，本亦作旋。"《漢書集注》："還，讀曰旋。"凡十二見。是"還"、"旋"古通用也。馬瑞辰云："《釋文》：'便捷，本亦作便旋。'……《説文》：'趯，疾也。'《傳》訓便捷，以'還'爲'趯'之假借。……《釋文》引《韓詩》作'嫙'，云：'嫙，好貌。'據下章'子之茂兮'、'子之昌兮'，'茂'、'昌'皆爲好，則'還'者，'嫙'之假借，從《韓詩》訓'好'爲是。……'營'亦'嫙'之借字，猶'還'亦假作'旋'也。顔師古訓爲營丘，失之。《地理志》引《齊詩》者，謂齊《國風》之詩，非齊、魯、韓三家之齊，顔師古遂謂'《毛詩》作'還'，《齊詩》作'營'，誤矣。"馬説是也。《説文·女部》："嫙，好也。从女，旋聲。"與《韓詩》訓同。按："嫙"爲正字，"還"、"營"皆爲假借字。

〔峱〕　《傳》："峱，山名。"《釋文》："峱，山名。《説文》云：'峱，山，在齊。'崔《集注》本作嶩。"《説文》："峱，山，在齊地。从山，狃聲。《詩》曰：'遭我于峱之間兮'。奴刀切。"《漢書·地理志》引《詩》作"嶩"，顔師古注："亦作巙，音皆乃高反。"《太平御覽》

二十一引作“猱”。按:“狃”(峱)爲正字,“嶩”、“巙”、“猱”與“峱”聲近,可通假。後倣此。

〔肩〕　毛《傳》:“獸三歲曰肩。”《釋文》:“肩,本亦作豜。”《説文·豕部》:“豜,三歲豕,肩相及者。”《廣雅》:“獸一歲爲豵,二歲爲豝,三歲爲肩,四歲爲特。”“肩”,《石鼓文》、《晏子春秋》、《吕氏春秋》及字書作“豣”或“猏”。按:“肩”、“豜”疊韻,通用。“豜”爲正字。“豣”、“猏”皆後起之異體字。

〔儇〕　毛《傳》:“儇,利也。”《釋文》:“儇,《韓詩》作嬛,云:好貌。”《廣雅》:“儇,慧也。”《説文》、《方言》並曰:“儇,慧也。”《集韻》:“儇,慧利也。”《廣雅》:“嬛,好也。”《玉篇》:“嬛,好貌。嫙,同上。”王念孫云:“詩二章言‘好’,三章言‘臧’,則首章從韓作‘嬛’訓‘好’義相同。”按:王説是矣。“嬛”爲正字。“儇”與“嬛”音近,《毛詩》假“儇”爲“嬛”。

著

俟我於著乎而,充耳以素乎而,尚之以瓊華乎而。
俟我於庭乎而,充耳以青乎而,尚之以瓊瑩乎而。
俟我於堂乎而,充耳以黄乎而,尚之以瓊英乎而。

〔**俟我於著乎而**〕　《正義》作“俟我于著乎而”。《漢書·地理志》引《詩》作“竢我於著乎而”。賈昌朝《群經音辨》引《詩》“待我於著”。毛《傳》:“俟,待也。”《説文》:“俟,大也。”“竢,待也。”《爾雅·釋詁》同。《説文》:“待,竢也。”按:“俟”、“竢”均爲“矣”聲,可通假。“待”爲“寺”聲,與“矣”聲字同屬“之部”,亦可通假。詩文“竢”爲正字,餘皆通假字。又,“於”當作“于”,《太平御覽》一百八十五引《毛詩》即作“于”。《群經音辨》引《詩》脱“乎而”二字。

東方之日

東方之日兮，彼姝者子，在我室兮。在我室兮，履我即兮。

東方之月兮，彼姝者子，在我闥兮。在我闥兮，履我發兮。

〔發〕　毛《傳》：“發，行也。”《詩集傳》：“發，行去也。”《説文》：“發，䠶發也。”《玉篇》：“發，明也，進也，行也，駕車也，生也。”《廣韻》：“發，發起，又舒也，明也，舉也，闋也，揚也。”《廣雅》：“發，舉也。”馬瑞辰云：“發當爲跋之假借。《〈詩·載馳〉傳》：‘草行曰跋。’凡行亦通謂之跋。跋借作發，猶墢通作坺也。（《周語》“王耕一坺”，亦作墢。）”馬説疑是。待考。

東方未明

東方未明，顛倒衣裳。顛之倒之，自公召之。
東方未晞，顛倒裳衣。倒之顛之，自公令之。
折柳樊圃，狂夫瞿瞿。不能辰夜，不夙則莫。

〔晞〕　毛《傳》：“晞，明之始升。”馬瑞辰云：“晞者，昕之假借。《説文》：‘昕，旦明，日將出也。讀若希。’昕與晞一聲之轉，故通用。《廣雅》：‘昕，明也。’《小爾雅》：‘焮，晞也。’昕猶焮也。《傳》知晞即昕，故以爲明之始升。《正義》引‘晞，乾’爲證，失之。”

馬説是。

〔樊〕　《太平御覽》一百九十七引《詩》仍作“折柳樊圃”，然注云：“或作藩。”按：《説文·𠬜部》：“樊，騺不行也。从𠬜，从棥，棥亦聲。附袁切。”《説文·爻部》：“棥，藩也。从爻，从林。《詩》曰：‘營營青蠅，止于棥。’附袁切。”《説文·艸部》：“藩，屏也。从艸，潘聲。甫煩切。”毛《傳》：“樊，藩也。”按：本篇及《青蠅》篇之“樊”皆非詩意，唯“棥”字與本義契合，是知毛《傳》訓“樊”爲“藩”者，蓋以“樊”爲“棥”之借字也。

〔瞿瞿〕　毛《傳》：“瞿瞿，無守之貌。”《荀子·非十二子篇》“瞿瞿然”，楊倞注：“瞿瞿，瞪視之貌。”《説文·瞿部》：“瞿，鷹隼之視也。从隹，从䀠，䀠亦聲。凡瞿之屬皆从瞿。……九遇切。又音衢。”《説文·䀠部》：“䀠，左右視也。从二目，凡䀠之屬皆从䀠。讀若拘，又若‘良士瞿瞿’。九遇切。”《唐風·蟋蟀》“良士瞿瞿”，毛《傳》：“瞿瞿然顧禮義也。”《詩集傳》：“瞿瞿，却顧之貌。”按：“瞿”字本義爲“鷹隼之視”，與《東方未明》、《蟋蟀》毛《傳》之意不諧。唯“䀠”字本義合於詩旨，是知二詩毛《傳》皆讀“瞿瞿”作“䀠䀠”也。楊倞注《荀子》“瞿瞿”略同。故本篇“瞿瞿”非正字，《蟋蟀》篇倣此。

〔辰〕　山井鼎《考文》謂日本古本作“晨”。《唐石經》作“辰”，《南宋石經》、《白帖》一引《詩》同，阮元以“晨”爲非。毛《傳》：“辰，時也。”《廣雅》：“時，伺也。”另，《駟驖》、《小弁》、《車舝》、《抑》諸詩，毛《傳》並訓“辰”爲“時”。“辰”訓“時”，“時”又遞訓“伺”，《周禮·媒氏》注：“司，猶察也。”“司”即“伺”，古文。“辰夜”猶“司（伺）夜”，“司（伺）夜”猶“時夜”。本篇及《駟驖》等詩之“辰”字爲正字，作“晨”者誤。

南　山

南山崔崔，雄狐綏綏。魯道有蕩，齊子由歸。既曰歸止，曷又懷止。

葛屨五兩，冠緌雙止。魯道有蕩，齊子庸止。既曰庸止，曷又從止。

蓺麻如之何，衡從其畝。取妻如之何，必告父母。既曰告止，曷又鞠止。

析薪如之何，匪斧不克。取妻如之何，匪媒不得。既曰得之，曷又極止。

〔**綏綏**〕　《玉篇》："夊，思隹切。行遲皃。《詩》云：'雄狐夊夊。'今作綏。"《廣韻・六脂》同。此説蓋本《韓詩》。《詩攷補遺》引《詩説》："'有狐綏綏'，《齊詩》作夊夊。"《説文・夊部》："夊，行遲曳夊夊，象人兩脛有所躧也。凡夊之屬皆从夊。楚危切。"《廣雅》："綏，舒也。"按："夊"爲正字，"綏"爲通假字。《衛風・有狐》"綏綏"亦"夊夊"之借字。

〔**屨**〕　《太平御覽》六百九十八引《詩》作"葛屨五兩"。《左傳・僖公四年》疏曰："絲作之曰履，麻作之曰屝，麤者謂之屨。"朱駿聲云："漢以前複底曰舄，禪底曰屨，漢以後曰履，今曰鞵。"《説文》："屨，履也。"《方言》："履，自關而西謂之屨。"按：二字音近義同，古通用。

〔**緌**〕　《太平御覽》六百九十八引《詩》"冠綏雙止"。《説文・糸部》："緌，系冠纓也。从糸，委聲。儒隹切。""綏，車中把也。从糸，从妥。息遺切。"（徐鍇曰："禮，升車必正立執綏，所以安也。

當从爪，从安省。《説文》無妥字。”)《説文》：“纓，冠系也。”《禮記·内則》“冠緌纓”，注曰：“緌者，纓之飾也。”《正義》云：“結纓領下以固冠，結之餘者散而下垂，謂之緌。”《〈禮記·檀弓〉釋文》云：“緌，本作綏。”《禮記·明堂位》注：“綏，當爲緌。”是“緌”、“綏”古通用，“緌”又通“蕤”。此詩“緌”爲正字。

〔蓺〕　《釋文》：“蓺，魚世反。樹也。本或作藝，技藝字耳。”《白帖》八、八十二，《太平御覽》五百二十、九百九十五各引《詩》作“藝”。按：《説文》無“蓺”、“藝”字，《丮部》“埶”下云：“種也。从坴、丮。持亟種之，《書》曰：‘我埶黍稷。’魚祭切。”《集韻·祭韻》：“埶，《説文》：‘種也。’曰技能也。或作蓺、藝。”《漢書·楚元王傳》注：“埶，古蓺字。”又《司馬遷傳》注：“蓺，古藝字。”是知“埶”與“蓺”、“藝”，古今字也。“埶”爲正字，“埶”爲“埶”之省。

〔衡從〕　《釋文》：“衡，亦作横。……《韓詩》云：‘東西耕曰横。’”又“從”下云：“《韓詩》作‘由’，云：‘南北耕曰由。’”釋玄應《一切經音義》三、六引《韓詩》作“從横”。又引《韓詩傳》作“從横”。《一切經音義》二十四引《韓詩説》作“從廣”。《禮記·坊記》引《詩》作“横從其畝”。《太平御覽》五百二十、九百九十五各引《詩》同。《白帖》八引《詩》“横縱其畝”。《釋名》：“衡，横也。”《一切經音義》引《周禮》鄭注：“廣，横也。”《周易》“由豫”、“由頤”，虞翻注：“由，從也。”《禮記·曲禮》“樂不可從”，《釋文》：“從，縱也。”《一切經音義》二釋“從廣”，引《小爾雅》曰：“從，長。廣，横也。”是“從廣”猶“從横也”。按：“衡”、“從”，初文，爲正字。“横”，今文。“廣”，通假字。“由”與“從”義同，通假字。“縱”與“從”亦通用。《釋文》引《韓詩》作“横由”，《一切經音義》引《韓詩》作“從横”，又作“從廣”，蓋傳《韓詩》者並非一家而文本各異也。

〔**畝**〕　《唐石經》作“亩”。毛本作“畆”。嚴可均云:“亩,畮之隸省。畆,不體。”《説文·田部》:“晦,六尺爲步,步百爲晦。从田,每聲。莫厚切。畮,晦或从田、十、久。”按:“晦”、“畮”,並古文,今文作“畆”。

〔**取**〕　《釋文》:“取,本亦作娶。”《孟子·萬章》趙注、《白虎通·嫁娶》、《吕氏春秋·當務》高注、《北堂書鈔》八十四、《太平御覽》五百四十一、釋玄應《一切經音義》二十四各引《詩》作娶。山井鼎《考文》謂日本古本亦作娶。按:“取”,《説文》云:“捕取也。”又云:“娶,取婦也。”王筠云:“取,去聲,以取釋娶,明娶爲取之分别文也。取是古文借字,娶則後作字也。”王説允已。

〔**析薪如之何**〕　《禮記·坊記》引《詩》“伐柯如之何”。按:因此句與《豳風·伐柯》“伐柯伐柯,匪斧不克。取妻如何,匪媒不得”句相涉,故《禮記·坊記》引《詩》致訛。當從《毛詩》作“析薪如之何”。

甫田

無田甫田,維莠驕驕。無思遠人,勞心忉忉。
無田甫田,維莠桀桀。無思遠人,勞心怛怛。
婉兮孌兮,總角丱兮。未幾見兮,突而弁兮。

〔**無田甫田**〕　《正義》:“‘無田甫田’,猶《多方》云‘宅爾宅,田爾田’。今人謂佃食,古之遺語也。”《釋文》:“無田,音佃。”馬瑞辰云:“《説文》引《周書》作‘畋爾田’,云:‘畋,平田也。’田即畋之省借,平田即治田也。《信南山》詩‘維禹甸之’,《韓詩》作敶,音義並與畋同。又通作陳,陳亦治也。《廣韻》曰:‘佃,營田。’《玉篇》:'佃,作田。'又治義之引申。"馬説是。又,《法言·修身》引作"田圃田",省"無"字。按:"圃"與"甫"通。並見《車攻》"東有甫草",《文選》注引《韓詩》作"東有圃草"。

〔驕驕〕　《法言·修身》:"田圃田者莠喬喬,思遠人者心忉忉。"《爾雅》:"喬,高也。"《説文》:"喬,高而曲也。从夭,从高省。《詩》曰:'南有喬木。'巨嬌切。""驕,馬六尺爲驕。从馬,喬聲。《詩》曰:'我馬唯驕。'一曰:野馬。舉喬切。"按:"驕"字無以形容莠草,唯"喬"字能摹狀莠草之"高",是"喬"爲正字。《法言》引作"喬喬"者,《魯詩》也。

〔孌〕　《説文·女部》:"孌,慕也。从女,䜌聲。力沇切。""嫡,順也。从女,𤔔聲。《詩》曰:'婉兮嫡兮。'力沇切。孌,籀文嫡。"按:《毛詩》作"孌",古文;三家作"嫡",今文。

〔丱〕　《唐石經》、定本俱作"丱"。張參《五經文字》:"丫,工瓦反,羊角也。象形。俗呼古患反,作丱,無中丨。"又:"丱,古患反。見《詩·風》。"《周禮·丱人》疏云:"經所云丱,是總角之丱字。"《説文》:"丫,羊角也。象形。……讀若乖。"又:"羊,祥也。从丫,象頭、角、足、尾之形。"《玉篇》:"丫,羊角也。丫丫,兩角皃。"經文作"丱"者,"丫"之省也。毛《傳》:"總角,聚兩髦也。丱,幼穉也。"按:"總角"爲古代童子束髮成兩髻於頭上,左右對稱,形若羊角,故曰總角。"丱"正象其形也。《傳》訓"幼穉",不合文義。是"丱"爲正字,"丱"爲後作之俗字也。

〔未幾見兮〕　《釋文》:"見兮,一本作見之。"《正義》作"見之"。山井鼎《考文》謂日本古本同。又《〈衛風·氓〉正義》引此句仍作"見兮"。本章四句皆用"兮"字收尾,義例齊一協調,若此句獨作"之"字,則上下失調。是知作"兮"者爲正字。

〔突而弁兮〕　《正義》云:"此言'突若弁兮'。"又云:"若猶耳也。言若者皆然耳之義。”“定本云‘突而弁兮’,不作若字。”阮元云:“《箋》作‘突爾’猶‘突然’也。俗本作‘耳’誤。”蓋“爾”、“若”、“然”字異而義同,皆語詞也。應以“爾”字爲正。

盧　令

盧令令,其人美且仁。
盧重環,其人美且鬈。
盧重鋂,其人美且偲。

〔**盧令令**〕　毛《傳》:“令令,纓環聲。”《説文·犬部》引《詩》作“獜獜”,云:“獜,健也。”《吕氏家塾讀詩記》引董逌《詩故》云:“《韓詩》作‘盧泠泠’。”王應麟《詩攷》同。《廣雅·釋訓》作“鈴鈴”,云:“聲也。”《玉篇·金部》:“鏻,健皃。”《玉篇·犬部》:“獜獜,聲也。亦作鏻。”《白帖》九十八引《詩》“盧重令”。陸機《文賦》“音泠泠而盈耳”。《正義》以“鈴鈴”釋“令令”。王筠云:“令、獜聲近,泠、令聲同。𤟹、仁是韻,令、仁非韻。”陳喬樅云:“鏻與鈴同,《玉篇》‘鏻,健皃’、‘獜,聲也’之注當係互誤。《玉篇》於《詩》采三家,必於‘鏻’下注云:‘鏻,聲也。’引《詩》“盧鏻鏻”,亦作‘獜,健也。’於‘獜’下注云:‘健也。’引《詩》‘盧獜獜’,亦作‘鏻,聲也。’今本轉寫者譌脱,非顧氏之舊矣。”按:《説文》、《玉篇》、《詩故》、《詩攷》俱本三家,然於“令令”(鏻鏻、泠泠)之訓釋多與毛略同。毛作“令令”,古文也。《廣雅》作“鈴鈴”,今文也。作“獜獜”、“鏻鏻”、“泠泠”者,皆假借字也。《白帖》引作“盧重令”者,涉二、三章“盧重環”、“盧重鋂”之句式而致訛也。明“令令”(鈴鈴)爲正文。

〔**盧重環**〕　《白帖》九十八引《詩》作“盧重鐶”。“鐶”字《説文》未收。《説文·金部》“鋂”下云：“大瑣也，一環貫二者。从金，每聲。《詩》曰：‘盧重鋂。’莫桮切。”又《玉部》“環”下云：“璧也，肉好若一謂之環。从玉，睘聲。户關切。”《廣雅·釋器》：“鋂，鐶也。”毛《傳》：“重環，子母環也。”《正義》：“重環，謂環相重。子母環，謂大環貫一小環也。”《集韻·删韻》：“鐶，金環也。”《洪武正韻·删韻》：“鐶，指鐶也。”《正字通·金部》：“凡圜郭有孔可貫繫者謂之鐶。通作環。”是“鐶”（環）爲圓圈形物之泛稱也。“鐶”、“環”二字雖通用，然以三章“鋂”从金，此章亦應从金作“鐶”也。

〔**鬈**〕　毛《傳》：“鬈，好貌。”《説文》：“鬈，髮好也。”《玉篇》：“婘，好貌，或作孉。”《廣雅》“婘”、“孉”並訓“好”。按：“鬈”、“婘、“孉”通用，《説文》有“鬈”而無“婘”、“孉”。“鬈”爲古文，由“髮好”義引申爲凡好之謂。《澤陂》“碩大且卷”，“卷”即“鬈”之省也。是“鬈”爲正字。

敝　笱

敝笱在梁，其魚魴鰥。齊子歸止，其從如雲。
敝笱在梁，其魚魴鱮。齊子歸止，其從如雨。
敝笱在梁，其魚唯唯。齊子歸止，其從如水。

〔**敝**〕　《釋文》：“敝，本又作弊。”《太平御覽》八百三十四、九百四十引《詩》並作“弊”。按：《説文》：“㡀，敗衣也。从巾，象衣敗之形。凡㡀之屬皆从㡀。毗祭切。”“敝，帗也。一曰：敗衣。从攴，从㡀，㡀亦聲。毗祭切。”徐灝《箋》：“因其敗而攴治之也。”李孝定《甲骨文字集釋》案語：“㡀象敗巾之形……契文正從攴，從㡀，會意。"又《説文·犬部》"獘"下云:"頓仆也。""獘"作"斃",後又作"弊"。《老子》二十二章:"窪則盈,弊則新。"曹丕《典論·論文》:"家有弊帚,享之千金。"均有"破敗"、"破舊"之意。是"敝"、"獘"(弊)可通假也。此詩當以"敝"爲正字。

〔鰥〕　毛《傳》:"鰥,大魚。"《箋》:"鰥,魚子也。"《正義》:"'鰥,魚子',《釋魚》文。"今《爾雅》作"鯤"。《太平御覽》九百四十引《詩》"其魚魴鯤"。王引之云:"鰥即《爾雅》之鯇,陳藏器《本草拾遺》:'鯇魚似鯉,今揚州人謂之鯶子魚。'聲如混,或如袞,字又作鯤,鯤與鰥古正同音。"馬瑞辰云:"《説文》:'鰥,鰥魚也。从魚,眔聲。'李陽冰曰:'當从罤省。'罤即古昆字,故古鯤字作鱞,隸省作鰥。《説文》有鰥無鯤,正以鰥即鯤字耳。今按《内則》'卵醬',鄭注:'卵讀爲鯤。鯤,魚子。'與此《箋》'鰥,魚子'合,正鰥、鯤同字之證。魚子謂之鰥,魚之大者亦謂之鰥,大小不嫌同名。……王尚書謂鰥即鯶,其説甚確。其大與魴鱮正相類耳。"馬説允矣。

〔唯唯〕　《釋文》:"《韓詩》作遺遺,言不能制也。"毛《傳》:"唯唯,出入不制。"鄭《箋》:"唯唯,行相隨順之貌。"《玉篇》:"瀢瀢,魚行相隨。"《廣韻》:"瀢,魚盛貌。"是此詩"唯唯"乃"瀢瀢"之借字,《韓詩》作"遺遺"者,"瀢瀢"之省也。"瀢瀢"爲正字。

載驅

載驅薄薄,簟茀朱鞹。魯道有蕩,齊子發夕。
四驪濟濟,垂轡濔濔。魯道有蕩,齊子豈弟。
汶水湯湯,行人彭彭。魯道有蕩,齊子翱翔。
汶水滔滔,行人儦儦。魯道有蕩,齊子遊敖。

〔驅〕　《釋文》:"驅,本亦作駈。"明豐坊《詩傳》、《詩説》作"敺"。毛本作"馳"。《説文·馬部》"驅"下云:"馬馳也。从馬,區聲。豈俱切。敺,古文驅,从攴。"《正義》:"駈與驅音義同。"按:"驅"爲正字,"駈"爲重文。《説文》:"馳,大驅也。"毛本作"馳",因二字形義相近致訛。

〔簟茀朱鞹〕　《釋文》出作"簟第朱鞟"。《吕氏讀詩記》引《釋文》、《玉篇》引《詩》並同。按:"第"爲"茀"之隸變,"鞟"爲"鞹"之省。《説文》無"鞟"字,"鞹"下云:"去毛皮也。《論語》曰:'虎豹之鞹。'从革,郭聲。苦郭切。""鞹"爲正字。

〔濔濔〕　《釋文》出作"爾爾"(禽禽),云:"本亦作濔濔。"按:《説文·㸚部》:"㸚,二爻也。凡㸚之屬皆从㸚。力几切。""爾,麗爾,猶靡麗也。从冂,从㸚。其孔㸚,尒聲。此與爽同意。兒氏切。"陳奂云:"《釋文》:'爾爾,本亦作濔濔。'猶《新臺》'瀰瀰',今作'濔濔',皆爲後人增益偏旁耳。《説文》'爾'下云:'其孔㸚㸚',爾爾猶㸚㸚,眾之意。"其説甚確。是"爾爾"爲正字也。

〔豈弟〕　《箋》:"此'豈弟'猶言'發夕'也。豈,讀當爲'闓'。弟,《古文尚書》以'弟'爲'圛'。圛,明也。"定本、《正義》本、山井鼎《考文》謂日本古本並作"愷悌"。《爾雅·釋言》郭注引《詩》同。《説文》:"闓,開也。""開,張也。"《釋言》:"愷悌,發也。"孔《疏》引舍人曰:"闓,明。發,行也。"郭注:"《詩》云:'齊子愷悌。'"陳喬樅云:"據《箋》釋'豈弟'及孔《疏》云《釋言》'愷悌,發也',舍人、李巡、郭璞皆云'闓,明。發,行'。郭璞又引此詩云'齊子愷悌',是《釋言》文本不作'愷悌',故注皆以'闓明'訓之。今《爾雅》本作'愷悌,發也',注:'發,發行也。《詩》曰:齊子愷悌。'此乃後人所改,非景純舊本。又徑奪'闓明'之訓,僅存'發行'之義,遂與沖遠所引迥殊。且注之引《詩》,乃證明《釋言》之文,更不宜用'愷悌'字,疑《魯詩》文當爲'濟子闓圛',故鄭據以改毛,又引《古文尚書》'弟'爲'圛'者,以證《毛詩》'豈弟'即《魯詩》之'闓圛'。《釋言》文當爲'闓圛,發也',故注引《魯詩》以證之。"馬瑞辰云:"《箋》讀'豈'爲'闓',讀'弟'如'圛',訓'圛'爲'明',而云'豈弟猶發夕也',正以'豈弟'猶'開明',即'闓圛'之假借。《廣雅》:'闓,明也。'圛假作弟,與《説文》引《尚書》'曰圛',《史記·宋世家》作'曰涕'正同。愷悌與發夕,語相類。《爾雅·釋言》:'愷悌,發也。'爲鄭《箋》所本。'發'之訓明訓旦,蓋古義。"按:二説俱是。本詩"豈弟"蓋"闓圛"之假借也。

猗　嗟

猗嗟昌兮,頎而長兮,抑若揚兮。美目揚兮,巧趨蹌兮。射則臧兮。

猗嗟名兮,美目清兮,儀既成兮。終日射侯,不出正兮。展我甥兮。

猗嗟孌兮,清揚婉兮,舞則選兮。射則貫兮,四矢反兮,以禦亂兮。

〔**猗**〕　《釋文》:"猗,字或作猗。"《玉篇》:"猗、歟,歎美辭也。"《説文·犬部》:"猗,犗犬也。从犬,奇聲。於離切。""攲,持去也。从支,奇聲。去奇切。"字又作"攱",鈕樹玉《説文解字校録》:"攱,《一切經音義》卷十一引作'攱嶇,傾側不安也。'卷十六引亦同,而攱作攲。《玉篇》注'傾低不正',亦作攲。"按:"猗"、"猗"(攲、攱),字書訓釋其本義均非歎辭,然《詩》中屢作歎辭者,蓋取其象聲之用也。若《周頌·潛》之"猗與(歟)",本篇之"猗嗟”,《魏風·伐檀》三用“猗”字,皆象聲之歎辭也。“猗”、“欹”音近,故通用。

〔**猗嗟昌兮**〕　《説文繫傳》引《詩》“猗嗟揚兮”,又引《詩》“美目昌兮”。按:《説文繫傳》所引詩句,於文義不合,顯係“揚”、“昌”二字上下誤倒互訛。

〔**頎而長兮**〕　《正義》作“頎若長兮”,云:“若,猶然也。”又云:“今定本云‘頎而長兮’,而與若義並通。”按:參照下文“抑若揚兮”義例,此句似以“頎若長兮”爲正。

〔**趨**〕　《釋文》:“趨,本又作趍。”山井鼎《考文》:古本作“趍”。張參《五經文字》云:“趨,从芻。从多者訛。”朱駿聲《説文通訓定聲》云:“凡芻旁,古或作彐,誤作多。”

〔**名**〕　《玉篇·頁部》:“顯,眉目閒也。”並引《詩》“猗嗟顯兮”。《集韻·十五青》、《類篇·頁部》各引《詩》並同。胡承珙云:“名與明通。《檀弓》‘子夏喪其子而喪其明’,注云:‘明,目睛。’《冀州從事郭君碑》‘卜商號咷,喪子失名’,何超《晉書音義》云:‘名,目也。’此固不誤。又引《玉篇》云:‘《詩》:猗嗟顯兮。顯,眉目閒也。本亦作名。’此則非是。如云‘喪子失名’,豈得謂失其眉目閒乎?”馬瑞辰云:“《傳》:‘目上爲名。’按:《傳》同《爾雅》。疑《爾雅》此訓,漢儒據毛《傳》增入,非古義也。‘猗嗟名兮’與‘猗嗟昌兮’、‘猗嗟孌兮’句法相同。若以名爲目上,則昌與孌將何屬也?名、明古通用,名當讀明。明亦昌盛之義。《説文》‘昌’字注:‘一曰,日光也。’《詩》曰:‘東方昌矣’,昌即明也。《淮南子·説林訓》‘長而愈明’,高注:‘明,猶盛也。’又名古有大義,《魯語》‘取名魚’,即大魚也。《禮器》‘因名山升中於天’,鄭注:‘名,猶大也。’三章首句皆歎美其容貌之盛大。《傳》訓目上爲名,失之。”《集韻》、《類篇》所稱引皆本《玉篇》,《玉篇》又本《韓詩》。馬瑞辰又云:"名从夕,夕者冥也,故《韓詩》作顯,亦音近假借。……然以顯爲眉目閒,特説《韓詩》者誤解,非詩本恉。"馬説甚確。

〔**選**〕　《文選》傅毅《舞賦》注、陸機《日出東南隅行》注各引《韓詩》作"舞則纂兮"。薛君曰:"言其舞應雅樂也。"與毛《傳》"選,齊"義近。又《邶風·柏舟》"不可選也",《後漢書》引作"不可算也"。"算"、"選"雙聲通用,"纂"、"選"亦雙聲通用也。"選"爲本字,"纂"爲通假字。

〔**反**〕　《釋文》:"反,《韓詩》作變。"錢大昕云:"古讀反如變。"陳奂云:"反、變古皆平聲。"是"反"與"變"音近通用也。

魏　風

葛　屨

糾糾葛屨,可以履霜。摻摻女手,可以縫裳。要之襋之,好人服之。

好人提提,宛然左辟,佩其象揥。維是褊心,是以爲刺。

〔**糾**〕　鮑刻本《太平御覽》六百九十七引徐乾《古履儀》作"糺糺葛屨",六百九十八引同。又《楚辭·招隱士》"樹輪相糾兮",王逸注:"糾,一作糺。"《文選》作"糺"。《説文·丩部》:"丩,相糾繚也。""糾,繩三合也。"毛《傳》:"糾糾,猶繚繚也。"《廣韻》:"糾,俗作糺。"《集韻》:"糺爲糾之或體。"是"糾"爲正字。

〔**屨**〕　臧庸所見《太平御覽》引《詩》作"糾糾葛履"。《考文》古本亦作“屨”。《説文》、《廣雅》並云：“屨，履也。”按：“屨”、“履”疊韻，義通，可互假。“屨”在本篇爲正字。

〔**摻摻**〕　《吕氏家塾讀詩記》引董逌云：“《石經》作‘攕攕女手’。”《文選·古詩十九首》注引《韓詩》“纖纖女手”。《説文·手部》“攕”下云：“好手貌。《詩》曰：‘攕攕女手。’从手，韱聲。所咸切。”又《戈部》“𢦏”下云：“絶也。一曰：田器。从从，持戈。古文讀若咸，讀若《詩》云：‘攕攕女手。’”《玉篇·戈部》引《詩》並作“攕攕女手”。《韓詩章句》：“纖纖，女手之貌。”按：“摻”、“纖”皆“攕”之假借。“攕”在本詩中爲正字。

〔**要之襋之**〕　《白帖》十二引《詩》“要之棘之”。毛《傳》：“要，褼也。襋，領也。”《説文》：“襋，衣領也。从衣，棘聲。《詩》曰：‘要之襋之。’己力切。”《玉篇·衣部》：“襋，几力切。衣領也。衣衿也。”又《玉篇·衣部》：“褼，烏消切。褼襻也。”按：《白帖》引《詩》“要之棘之”，“棘”乃“襋”之省，猶“要”爲“褼”之省也。“襋”爲正字。

〔**好人提提**〕　毛《傳》：“提提，安諦也。”《爾雅·釋訓》：“媞媞，安也。”郭注：“好人安詳之容。邢疏引《詩》“好人媞媞”。《楚辭·東方朔〈七諫〉》“西施媞媞而不得見兮”，王逸《章句》：“媞媞，好貌也。《詩》曰：‘好人媞媞。’”《漢書·叙傳》：“姼姼公主，乃女烏孫。”顔師古注引《詩》“好人提提”。《説文》：“姼，美女也。从女，多聲。尺氏切。㛄，姼或从氏。”王應麟《詩攷補遺》引《爾雅音義》引《詩》“好人姼姼”。《白帖》十二、《説文繫傳》各引《詩》“好人禔禔”。《禮記·檀弓》：“吉事欲其折折爾。”鄭注：“折折，安舒貌。《詩》曰：‘好人提提’。”山井鼎《考文》云：“折折，古本作提提。”是“折折”與“提提”可通假也。按：“提提”、“禔禔”、“姼姼”皆假借字，《爾雅·釋訓》作“媞媞”爲正字，蓋《魯詩》也。

〔宛然左辟〕　《説文·人部》:"僻,避也。从人,辟聲。《詩》曰:'宛如左僻。'"《釋文》:"辟,音避。注同。"山井鼎《考文》:"古本宛作婉,辟作僻。"《説文》引《詩》蓋出三家。"宛如"猶"宛然","僻"即"辟"字,"宛"、"婉"互通。馬瑞辰云:"辟當讀如'便辟'之辟。《論語》'足恭',孔安國注:'足恭,便辟之貌也。'《詩·板》'無爲夸毗',《正義》:'夸毗者,便辟,其足前卻爲恭。'《論語》'師也辟',亦謂便辟,好習儀容也。《〈列子〉釋文》:'便辟,恭敬太過也。'便與旋疊韻而同義,故《左傳》以便爲旋。凡言便辟,與槃辟、旋辟義亦同。……《郊特牲》'有由辟焉',即盤辟。……盤辟亦曰旋辟。……旋辟亦曰般旋。《爾雅·釋言》:'般,旋也。'《説文》:'般,辟也。象舟之旋。'《投壺》:'主人般旋,曰辟。賓般旋,曰辟。'《大射儀》'賓辟',注:'辟,逡遁不敢當盛。'並與此詩'左辟'同義。辟之言邊,般辟爲容則偏於一邊,故曰左辟。辟音婢亦反,其義近避。……辟即避也。……古左與邪通,《王制》'執左道以亂政,殺',盧植曰:'左道,謂邪道'是也。左辟即邪辟也。此亦當指人君盤辟爲容。"按:馬説詳明。此詩應以"辟"爲正字。

〔維是褊心〕　洪适《隸釋》載《漢石經魯詩》殘碑"維"作"惟"。宋本《列女傳·魯秋潔婦》引《詩》、《文選·嵇康〈幽憤詩〉》注引《詩》同。蓋用《魯詩》、《韓詩》也。《三國志·何夔傳》注引《詩》"唯此褊心"。按:"維"、"惟"、"唯"古通用,"是"、"此"義同。

〔刺〕　洪适《隸釋》載《漢石經魯詩》殘碑"刺"作"㓨",《吕氏讀詩記》引《詩》作"利"。按:《説文》:"刺,直傷也。从刀,从朿,朿亦聲。"漢世隸變或作"㓨",从刀,从夹。作"利"者,因形近致訛也。

汾沮洳

彼汾沮洳，言采其莫。彼其之子，美無度。美無度，殊異乎公路。

彼汾一方，言采其桑。彼其之子，美如英。美如英，殊異乎公行。

彼汾一曲，言采其藚。彼其之子，美如玉。美如玉，殊異乎公族。

〔**莫**〕　《齊民要術》引《爾雅》郭注引《詩》“言采其英”，云：“一本作莫”。《白帖》五引《詩》亦作“英”。《釋文》：“莫，音暮。菜也。”《正義》引陸璣《疏》云：“莫，莖大如箸，赤節，節一葉，似柳葉……五方通謂之酸迷，河、汾之間謂之莫。”按：首章二、四、六句之“莫”在鐸部、明母，“度”在鐸部、定母，“路”在鐸部、來母，三字爲韻，若作“英”字則非韻，蓋以二字形近致訛，明此處“莫”字爲正。

〔**彼其之子**〕　本詩三章之“其”字，《韓詩外傳》俱作“己”。又《鄭風·羔裘》“彼其之子”句亦兩見，《韓詩外傳》“其”亦作“己”。《新序·節士》《義勇》及《列女傳·梁節姑姊》《楚成鄭瞀》引《詩》“彼其之子”皆作“己”，是遵《魯詩》也。胡承珙據《左傳·襄公二十七年》所引“彼己之子，邦之司直”句以證“《韓詩》亦本古文”，是《魯詩》與《韓詩》一例。毛、齊作“其”，韓、魯作“己”，固各有所本，未必韓、魯爲古文也。胡氏謂“古人於此等以聲爲主，聲同則字不嫌異”，其說是矣。

〔**藚**〕　《說文》引《詩》“藚”作“蕒”，云：“从艸，賣聲。”《太平御覽》七十一引《詩》作“葛”。按：“蕒”爲本字，“藚”爲隸省，作

"葛"者訛字也。

園有桃

園有桃,其實之殽。心之憂矣,我歌且謠。不我知者,謂我士也驕。彼人是哉,子曰何其。心之憂矣,其誰知之。其誰知之,蓋亦勿思。

園有棘,其實之食。心之憂矣,聊以行國。不我知者,謂我士也罔極。彼人是哉,子曰何其。心之憂矣,其誰知之。其誰知之,蓋亦勿思。

〔**園有桃**〕　《吕氏春秋·重己》高注引《詩》"園有樹桃",《初學記》二十四引《詩》,《太平御覽》一百九十七引《毛詩》同。後二者蓋沿用《吕氏春秋》句也。馬瑞辰疑三家詩古有作"樹桃"者,以爲"二章亦當作'樹棘',與《鶴鳴》詩'園有樹檀'文法相類"。按:依《詩》之文例,一诗二章或多章者,頗有前後句法、詞法規整劃一者,馬氏持論可謂有據。然此詩定本既作"園有桃"、"園有棘",似不必因《吕氏春秋》衍"樹"字而遽改經文也。

〔**殽**〕　《初學記》二十四、《太平御覽》一百九十七引《詩》作"肴"。《釋文》云:"殽,本又作肴。"《小雅·正月》"又有嘉殽",《讀詩記》引《釋文》作"肴",云:"本又作殽"。《小雅·頍弁》"爾殽既嘉",《文選·曹操〈短歌行〉》注引作"肴",《太平御覽》五百十四引同。《大雅·行葦》"嘉殽脾臄",《文選·吴質〈答東阿王書〉》注引作"肴"。《大雅·鳧鷖》"爾殽既馨,爾殽既嘉",《太平御覽》九百十九並作"肴"。《説文》:"肴,啖也。"徐鍇曰:"謂已修庖之可食也。"《説文》:"殽,相錯雜也。"經典以同音通借爲肴字。段玉裁曰:“肴,今經傳皆作殽,非古經之舊也。”又,《〈小雅·賓之初筵〉箋》:“凡非穀而食之曰殽。”《廣韻》:“肴,骨體也,又葅也,凡非穀而食曰肴,亦啖也。胡茅切。”“殽,溷殽雜也,和也,亂也。”按:《説文》釋“肴”爲“啖”,又“啖”下注云:“噍啖也。从口,炎聲。一曰:噉。”“噍,齧也。嚼,噍或从爵。”是以“肴”通稱食也。經傳作“殽”者皆爲“肴”之借字。

〔**我歌且謡**〕 毛《傳》:“曲合樂曰歌,徒歌曰謡。”《説文》:“䚻,徒歌。从言、肉。”《爾雅·釋樂》:“徒歌謂之謡。”《初學記》十五引《韓詩章句》:“有章曲曰歌,無章曲曰謡。”《玉篇·言部》:“謡,獨歌也。徒歌曰謡。”《廣韻》:“繇,於也,由也,喜也。《詩》云:‘我歌且繇’。”陳喬樅謂作“繇”者《齊詩》異文。馬瑞辰云:“繇與䌛通,䌛即由字,䌛、謡一聲之轉,故通用。《漢書·李尋傳》‘人民䌛俗’即謡俗,亦其證也。又《説文》:‘嗂,喜也。’音義亦與繇近。”《爾雅·釋詁》:“繇,喜也。”段玉裁云:“繇即由字,音轉讀如遥,故䚻、繇、傜皆同,䚻、謡古今字也。”按:“謡”爲正字。

〔**不我知者**〕 相臺本、閩本、明監本作“不知我者”。《唐石經》二章並作“不我知者”,《宋石經》、《清石經》同。胡承珙云:“當從《唐石經》爲正。”阮元云:“此與《黍離》不同,《黍離》上云‘知我者’,故下云‘不知我者’,此涉彼而誤倒耳。”又云:“《箋》倒經作‘不知我者’,《正義》依之,不可據以改經。”馬瑞辰云:“‘不我知’猶《論語》云‘不患莫己知’,古人自有倒語耳。今本作‘不知我’,蓋因《箋》云‘不知我所爲歌謡之意者’而誤。”按:此句應以“不我知者”爲正。

〔**其誰知之**〕 洪适《隸釋》載《漢石經魯詩》殘碑“□□□之誰知□”,馮登府云:“當作‘其誰知之誰知之’七言句。”按:此詩二章共二十四句,其中四言者凡二十句,止首章與二章三言者各一句，又首章五言一句，二章六言一句，本屬四言詩，不應羼入七言句而自亂其例。馮説非是。《漢石經魯詩》殘碑漫漶之文，前四字或爲“其誰知之”，與定本無異；後三字“誰知之”蓋以涉上句而誤衍也。

陟　岵

陟彼岵兮，瞻望父兮。父曰：嗟，予子行役，夙夜無已。上慎旃哉，猶來無止。

陟彼屺兮，瞻望母兮。母曰：嗟，予季行役，夙夜無寐。上慎旃哉，猶來無棄。

陟彼岡兮，瞻望兄兮。兄曰：嗟，予弟行役，夙夜必偕。上慎旃哉，猶來無死。

〔**陟彼岵兮，瞻望父兮**〕　《白帖》十八引《詩》，二“兮”字均作“矣”。“陟彼岡兮”，《太平御覽》引《詩》“兮”作“矣”。按：“兮”爲正字。

〔**父曰：嗟，予子行役**〕　洪适《隸釋》載《漢石經魯詩》殘碑“父□曰嗟予子”，注云：“闕一字。”陳喬樅云：“《石經》父下所闕，亦必“兮”字，疊上文“父兮”而言也。《毛詩》“父曰嗟予子”五字句，《魯詩》“父兮曰嗟予子”六字句，下“行役夙夜無已”亦六字句也。”按：依古代漢語詞法推之，“父兮曰嗟予子”甚爲不辭，“父”下“兮”字顯係衍文，且斷句亦欠妥，未若“父曰：嗟，予子行役，夙夜無已”爲允。

〔**無已**〕　洪适《隸釋》載《漢石經魯詩》殘碑“無”作“毋”。按：二字均在魚部、明母。古通用。

〔上慎旃哉〕　洪适《隸釋》載《漢石經魯詩》殘碑作"尚慎□哉"。又《儀禮·鄉射禮》"上渥焉",注:"今文上作尚。"《覲禮》"尚左",注:"古文尚作上。"按:"上"爲古文,"尚"爲今文,實一字也。

〔屺〕　《爾雅·釋山》:"多草木,岵。無草木,峐。"(《詩疏》引作屺)屺,《説文》、《玉篇》、《廣韻》並云:"山無草木。"《釋名》亦云:"山無草木曰屺。"《北堂書鈔》、《初學記》、《太平御覽》引《釋名》作"峐"。《爾雅·釋文》引《三蒼》、《字林》、《聲類》並云峐即屺字。馬瑞辰云:"蓋古音讀亥如已,故通用。峐之言荄基也,基荄初具,未有草木也。此當以《爾雅》、《説文》、《釋名》爲正。"陳奂云:"已聲、亥聲同在之咍部,《三蒼》、《字林》、《聲類》並云'峐,猶屺字,音起'。"

〔猶〕　《爾雅·釋言》郭注引《詩》"猶"作"猷"。《玉篇》:"猶,以周切。尚也,可也。又以救切。""猷,余周切。亦與猶同。"段注:"今字分猷謀字犬在右,語助字犬在左,經典絶無此例。"按:"猶"、"猷"同字異體也。

〔予弟行役,夙夜必偕〕　《初學記》十八、《白帖》十九各引《詩》作"夙夜無寐",是涉二章"無寐"句致訛也,應以"夙夜必偕"爲正。

十畝之間

十畝之間兮,桑者閑閑兮,行與子還兮。
十畝之外兮,桑者泄泄兮,行與子逝兮。

〔畝〕　《釋文》:"畝,古作畮。俗作亩。"《豳風·七月》"饁彼南畝","畝",《食貨志》引作"畮"。《周禮》、《禮記》、《漢書》多作"畮"。《説文·田部》:"畮,六尺爲步,步百爲畮。从田,每聲。莫厚切。畝,畮或从田、十、久。(徐鉉曰:"十,四方也。久聲。)"按:"畮"爲《説文》正字,"畝"爲重文,"畒"爲"畝"之隸變,"畆"爲俗體。

〔十畝之閒兮〕　《白帖》八十二引《詩》,全無"兮"字。山井鼎《考文》云:"古本無兮字。"按:應有"兮"字。

〔桑者閑閑兮〕　《釋文》出作"閒閒",云:"音閑。本亦作閑。"《説文》:"閒,隙也。从門,从月。閖,古文閒。"《廣韻》:"閒,中閒。"(即"中間","間"爲後起字。"十畝之閒兮","閒"即"間"。)《説文通訓定聲·乾部》:"閒,叚借爲嫺。"又《説文》:"閑,闌也。从門中有木。"《説文通訓定聲》:"閑,叚借爲嫺。"《説文解字注》:"閑,古多借爲清閒字。"(按:又可引申爲"悠閑"。)《説文》:"嫺,雅也。从女,閒聲。"按:"閑"假作"嫺",即有"嫺習"或"嫺雅"義。如《秦風·駟驖》:"遊于北園,四馬既閑。"《傳》:"閑,習也。"《文選·曹植〈美女篇〉》:"美女妖且閑,采桑歧路間。"李善注引《説文》:"閑,雅也。"按:應引作"嫺"。尋繹詞旨,明"閑閑"爲正字。

〔還〕　《釋文》:"還,本亦作旋。"又《〈莊子〉釋文》:"還,音旋。回也。"《漢書·晁錯傳》顔注:"還,讀曰旋。"《廣雅·釋詁》:"旋,還也。"按:"還"在寒部、匣母,"旋"在寒部、邪母,二字音近,古通用。

〔泄泄〕　《唐石經》作"洩洩"。《詩集傳》:"泄泄,猶閑閑也。"又《大雅·板》"無然泄泄",《詩集傳》:"泄泄,猶沓沓也,蓋弛緩之意。"《集韻·祭韻》:"洩,舒散也。"《篇海類編·地理類·水部》:"洩洩,舒散皃。通作泄。"按:"泄泄"、"洩洩"均屬月部、餘母,同音通用。在此有舒暢和樂義。"泄"从水,世聲,《唐石經》或因避唐太宗李世民諱而用“洩”字。

伐　檀

坎坎伐檀兮，寘之河之干兮，河水清且漣猗。不稼不穡，胡取禾三百廛兮。不狩不獵，胡瞻爾庭有縣貆兮。彼君子兮，不素餐兮。

坎坎伐輻兮，寘之河之側兮，河水清且直猗。不稼不穡，胡取禾三百億兮。不狩不獵，胡瞻爾庭有縣特兮。彼君子兮，不素食兮。

坎坎伐輪兮，寘之河之漘兮，河水清且淪猗。不稼不穡，胡取禾三百囷兮。不狩不獵，胡瞻爾庭有縣鶉兮。彼君子兮，不素飧兮。

〔**坎坎**〕　《漢石經魯詩》殘碑“坎”作“飲”。漢劉表、京房並以飲爲坎。《廣雅》：“飲飲，聲也。”重文“埳”，或作“飲”。《玉篇》：“坎，苦感切。……《詩》云：‘坎坎伐檀。’斫木聲也。或作竷。”“埳，亦與坎同。”《説文·夂部》：“竷，繇也。舞也。樂有章。从章，从夅，从夂。《詩》曰：‘竷竷舞我。’苦感切。”（此篇亦應作“竷竷伐檀”。）按：坎、飲、埳、竷，均苦感切。同音通用，在《伐檀》、《伐木》、《宛丘》中均爲象聲詞，並無他義。

〔**寘之河之干兮**〕　《禮記·中庸》鄭注：“示，讀如‘寘諸河干’之寘。寘，置也。”陳喬樅云：“《齊詩》三章並作‘諸’。《漢書·地理志》引第二章‘寘諸河之側’可證也。班據《齊詩》，鄭《記》注引與班同，是其用《齊詩》之明證。”又《孟子·萬章》“封之有庳”，《後漢書·袁紹傳》注作“封諸有庳”，亦用“諸”字代“之”字，蓋以二字雙聲互通也。

〔**河水清且漣猗**〕　《魯詩》"漣"作"瀾","猗"作"漪",又作"兮"。《爾雅·釋水》作"河水清且瀾漪"。《釋文·爾雅音義》:"瀾,李依《詩》作漣,音連。漪,本又作猗。"《釋文·毛詩音義》:"猗,本亦作漪。"《隸釋》載《漢石經魯詩》殘碑"猗"作"兮"。《文選》左思《吴都賦》注、陸厥《奉答内兄希叔》注、鮑照《擬古》注各引《詩》及《群經音辨》引《詩》"河水清且漣漪"。《説文》:"瀾,大波爲瀾。从水,闌聲。漣,瀾或从連。"《釋名》:"瀾,漣也。"按:"闌"、"連"古同讀,故"瀾"、"漣"字同。"猗"、"兮"古通用,作"漪"者同音假借字也。

〔**穡**〕　洪适《隸釋》載《漢石經魯詩》殘碑作"不稼不嗇"。《説文·㐭部》:"嗇,愛濇也。从來,从㐭。來者㐭而藏之,故田夫謂之嗇夫。㗉,古文嗇从田。"《説文·禾部》:"穡,穀可收曰穡。从禾,嗇聲。"吴大澂《説文古籀補》"師寰敦邺乃嗇事"。漢《陳球碑》"稼嗇繁阜"。《张壽碑》"稼啬滋植"。按:據引文是知"穡"字多省"禾"旁。作"啬"者乃隸變之俗體也。

〔**廛**〕　《釋文》:"廛,本亦作壥,又作㕓。"《説文》:"廛,一畝半一家之居。从广、里、八、土。直連切。"《玉篇》:"廛,亦作鄽。"《集韻》:"壥、厘並同廛。又作墭。"按:"廛"爲正字,"厘"、"墭""鄽"皆其重文也。

〔**貆**〕　《釋文》:"貆,本亦作狟。音桓。"又"貉子"注云:"户各反。依字作貈。"毛《傳》:"貆,獸名。"鄭《箋》:"貉子曰貆。"《爾雅·釋獸》:"貈子貆。"《釋文·爾雅音義》:"貈,乎各反。《字林》云:'似狐善睡,本作貉。'"《説文·豸部》:"貆,貉之類。从豸,亘聲。胡官切。""貉,北方豸種。从豸,各聲。""貈,似狐善睡獸。从豸,舟聲。"《説文·犬部》:"狟,犬行也。从犬,亘聲。《周書》

曰:'尚狟狟。'胡官切。"按:"貆"爲本字,"狟"爲同音假借字。"貈"、"貉"與"貆"雙聲,義近,故可通假。

〔餐〕　《釋文》出作"湌"。足利本作"飡",劉向《説苑》引《詩》"不素飡兮"。《説文·食部》:"餐,吞也。从食,𣦼聲。七安切。湌,餐或从水。"《鄭風·狡童》"使我不能餐兮",山井鼎《考文》云:"古本餐作湌。"《爾雅·釋言》:"粲,餐也。"《釋文·爾雅音義》:"餐,本作飧。"按:"餐"爲正字,"湌"爲重文,"湌"乃俗體。作"飡"者訛字。作"飧"者因形近"湌"而誤。《説文·食部》:"飧,餔也。从夕、食。思魂切。""餔,日加申時食也。"《玉篇》:"水和飯也。"《集韻》:"水沃飯曰飧。"按:"飧",俗作"飧",與"餐"字形、音、義有别。桂馥謂"湌本飧之或體",非也。

〔不素飧兮〕　《釋文》"飧"作"飱",云:"素飱,熟食曰飱。《字林》云:'水澆飯也。'"毛《傳》:"熟食曰飧。"鄭《箋》:"飧,讀如魚飧之飧。"按:"飧"爲正字,"飱"爲隸變。

碩　鼠

碩鼠碩鼠,無食我黍。三歲貫女,莫我肯顧。逝將去女,適彼樂土。樂土樂土,爰得我所。

碩鼠碩鼠,無食我麥。三歲貫女,莫我肯德。逝將去女,適彼樂國。樂國樂國,爰得我直。

碩鼠碩鼠,無食我苗。三歲貫女,莫我肯勞。逝將去女,適彼樂郊。樂郊樂郊,誰之永號。

〔碩鼠〕　《〈易·晉〉正義》引《鄭氏周易》引《詩》"鼫鼠鼫鼠"。《釋文·周易音義》"晉如鼫鼠"条下之"鼫"字注云:"音石。

《子夏傳》作'碩鼠'。鼫鼠,五技鼠也。《本草》:'螻蛄,一名鼫鼠。'"《九家易》亦作"碩鼠"。《藝文類聚》九十五引樊光云:"《詩》碩鼠,即《爾雅》鼫鼠也。"是"碩"、"鼫"古字通用之證。然"碩鼠(鼫鼠)"究爲何物耶。鄭《箋》云:"碩,大也。"《荀子·勸學篇》:"螣蛇无足而飛,鼫鼠五技而窮。"《説文》:"鼫,五技鼠也。"《廣雅·釋蟲》:"炙鼠,螻蛄也。"王念孫《廣雅疏證》云:"炙鼠,蘇頌《本草圖經》引作碩鼠,炙、碩聲相近也。……一作石,一作鼫。《廣韻》:'螻蛄,一名仙姑,一名石鼠。'……《本草經》云:'螻蛄,一名鼫鼠,謂此也。'《藝文類聚》引《魏風·碩鼠》篇義疏云:'碩鼠,樊光謂即《爾雅》鼫鼠也。'"《古今注》云:"螻蛄,一名鼫鼠。今目驗螻蛄實似五技,故即以鼫鼠之名名之。"《正字通》云:"鼫,害田稼。亦作碩。"《野客叢書》七:"今讀《荀子》'鼫鼠五技而窮',爲猫鼠之鼠。唐《藝文類聚》亦編入鼠門。僕考之,乃螻蛄,非鼠也。按《本草》、《廣雅》皆謂《荀》之鼫鼠爲螻蛄,一名碩鼠。"牟應震《毛詩物名考》云:"碩鼠即鼫鼠,《古今注》'螻蛄'也。方首短翅,六足,前二足如鼢鼠,故以鼠名。……春苗生時,恒穿田爲苗害,故曰'無食我苗'……其爲螻蛄無疑也。而《爾雅》以碩鼠入鼠部,陸、郭因之,誤也。"按:依先哲時賢之衆議以推原,則大抵可確認"鼫鼠"即"碩鼠",亦即"螻蛄"之别名也。"碩"、"鼫"乃同音通用之文也。

〔**無食我黍**〕　洪适《隸釋》載《漢石經魯詩》殘碑作"毋食我柔"。《周易正義》引《鄭氏周易》注引《詩》"无食我黍"。《説文·黍部》:"黍,禾屬而黏者也。以大暑而種,故謂之黍。从禾,雨省聲。……凡黍之屬皆从黍。"按:從"氽"者爲隸定字,或從"米",又從"木"作"柔",皆隸變也。又,"毋"、"无"皆與"無"同音通用。

〔**三歲貫女**〕　《隸釋》載《漢石經魯詩》殘碑作"三歲宦女",下章作"□□宦女"。《韓詩外傳》二(接輿辭楚相及伊尹去桀就湯事)兩引《詩》"逝將去女"四句,"女"作"汝"。毛《傳》:"貫,事也。"《釋文》:"貫,徐音官。"《説文》:"貫,錢貝之贯。""宦,仕也。""官,吏事君也。"《玉篇》:"官,宦也。"按:"貫"、"宦"、"官"疊韻,古通用,此借"貫"作"宦"。此"女"、"汝"一字,古"爾"、"汝"字多作"女"。

〔**逝將去女**〕　《公羊傳·昭公十五年》徐彦疏引《詩》"誓將去汝"。《韓詩外傳》、《白虎通》各引《詩》"逝將去汝"。《文選》王粲《從軍詩》注、向秀《思舊賦》注各引《毛詩》,曹植《贈白馬王彪》注、傅咸《贈何劭王濟》注、謝靈運《遊南亭》注、《太平御覽》五十五各引《詩》同。按:"逝"、"誓"同聲,古通用,此詩"逝"爲"誓"之借字。

〔**適彼樂土。樂土樂土**〕　《韓詩外傳》二(田饒適燕)引《詩》"逝将去汝,適彼樂土。適彼樂土,爰得我所"。《新序·節士》引《詩》同。劉向習《魯詩》,是知韓、魯皆從古本,後句皆重前句。後二章"適彼樂國"、"適彼樂郊",《韓詩外傳》均將"適彼樂郊"、"適彼樂國"重複一句,或古本如此。

〔**永號**〕　《釋文》出作"咏",云:"本亦作永,同,音詠。"日本古本亦作詠。足利本作詠。《漢書·藝文志》注:"詠者,永也。""咏"、"詠"、"永"同字,經傳多錯出,音同義通。

唐　風

蟋　蟀

蟋蟀在堂,歲聿其暮。今我不樂,日月其除。無已大康，職思其居。好樂無荒，良士瞿瞿。

蟋蟀在堂，歲聿其逝。今我不樂，日月其邁。無已大康，職思其外。好樂無荒，良士蹶蹶。

蟋蟀在堂，役車其休。今我不樂，日月其慆。無已大康，職思其憂。好樂無荒，良士休休。

〔**蟋蟀**〕　《漢石經魯詩》殘碑作"蟋蟀"。《釋文》："蟋蟀，《説文》蟀作蟹。"《説文·虫部》："蟹，悉蟹也。从虫，帥聲。"許氏作"悉蟹"者，蓋據《毛詩》古文也。後世傳寫者用魯改毛，故今本《毛詩》作"蟋蟀"。《説文》本作"悉蟹"，後人纍增虫旁，於新附字中以"蟋"出之，注云："蟋蟹也。从虫，悉聲。"已非《毛詩》之舊矣。"率"、"帥"古通用，《魯詩》乃以"蟋蟀"作"悉蟹"也。

〔**歲聿其暮**〕　《藝文類聚》九十七引《毛詩》"歲聿云暮"。《文選》傅毅《舞賦》注、謝混《遊西池》注各引《毛詩》同。《文選》曹攄《思友人詩》注、潘岳《寡婦賦》注各引《毛詩》，張協《詠史》注、沈約《鍾山詩》注又《直學省愁卧詩》注、陸士衡《長歌行》又《短歌行》注、江淹《雜體詩》注、任昉《王文憲集序》注、袁宏《三國名臣序贊》注各引薛君《韓詩章句》並作"歲聿其暮"。按：引作"歲聿云莫"者，蓋因涉《小雅·小明》"歲聿云莫，采蕭穫菽"句而致訛。至《毛詩》作"莫"、《韓詩》作"暮"，實乃一字。《説文》："莫，日且冥也。从日在茻中。"蓋"暮"字古文作"莫"，後人又在"莫"下纍增"日"旁耳。

〔**無已大康**〕　《列女傳·密康公母》注引《詩》"无已大康"。《後漢書·張升傳》注、《爾雅·釋詁》疏各引《詩》"無以太康"。按：古"無"與"无"，"已"與"以"，"大"與"太"均通用。此詩"無已大康"爲正字。

山有樞

山有樞,隰有榆。子有衣裳,弗曳弗婁。子有車馬,弗馳弗驅。宛其死矣,他人是愉。

山有栲,隰有杻。子有廷内,弗洒弗埽。子有鍾鼓,弗鼓弗考。宛其死矣,他人是保。

山有漆,隰有栗。子有酒食,何不日鼓瑟。且以喜樂,且以永日。宛其死矣,他人入室。

〔樞〕　《爾雅·釋木》:"藲,荎。今之刺榆。"《釋文·毛詩音義》:"山有樞,本或作蓲。烏侯反。荎也。"《釋文·爾雅音義》:"藲,烏侯反。《詩》云:'山有樞'是也。本或作蓲,同。"洪适《隸釋》載《漢石經魯詩》殘碑作"蓲"。《太平御覽》九百五十六引《爾雅》郭注同。《山海經》:"其木若蓲。"《廣韻》:"藲,木名。蓲,同。"《漢書·地理志》作"山藲",顔注音甌,均不作"樞"。《説文》未收"藲"字,《艸部》:"蓲,艸也。从艸,區聲。去鳩切。"又《木部》:"樞,户樞也。从木,區聲。昌朱切。""梗,山枌榆,有朿。"《廣雅》:"柘榆,梗榆也。"《方言》:"凡草木刺人者,自關而東或謂之梗。"《廣雅》又云:"荎,刺也。""荎"與"荎"音義並同,"荎"之爲言猶"刺"也。邢疏引陸璣《疏》云:"其針刺如柘,其葉如榆。瀹爲茹,美滑如白榆也。"陳藏器《本草拾遺》云:"江東有刺榆,無大榆。是樞即刺榆,榆即大榆。"陳奂云:"《管子·地員篇》云:'山之側,其木乃區榆。'區者,古文假借字。今《爾雅》作藲,其俗字也。……是則《詩》之樞即刺榆,《詩》之榆即大榆。"郝懿行云:"按:刺榆即今山榆，葉小於常榆，刺皆如柘刺。《齊民要術》云：‘刺榆，木甚牢肕，可以爲犢車材。’”阮元《校勘記》云：“‘山有樞’，《唐石經》、小字本、相臺本同。……考《漢石經魯詩》殘碑作蓲，《說文·艸部》‘蓲’下云：‘艸也’，不以爲‘蘲莖’字。是《毛氏詩》作‘樞’也。《爾雅》加艸於首，所以别‘户樞’字耳。《漢書·地理志》‘山樞’亦然。其實《毛詩》不作蓲，《釋文》‘或作’，本非也。亦不作蘲，故《說文·艸部》、《木部》皆無蘲字也。”按：《管子·地員篇》所云“區榆”即“樞榆”，亦即“梗榆”、“山榆”、“刺榆”也。《魯詩》作“蓲”，今本《毛詩》作“樞”，皆假借字，或《毛詩》古文爲“山有區”，亦借字。又《集韻·侯韻》烏侯切，平侯影。侯部。注云：“蘲，木名。《爾雅》：‘蘲，莖。’今刺榆也。或作樞。”是正字應作“蘲”也。讀音如“甌”，烏侯切。

〔**弗曳弗婁**〕　《魯詩》“婁”作“摟”，《爾雅·釋詁》據《魯詩》云：“摟，聚也。”《說文》：“摟，曳聚也。”段玉裁云：“當作‘曳也，聚也’。”《玉篇·手部》：“《詩》曰：‘弗曳弗摟’，摟亦曳也。”陳喬樅云：“此所引《詩》是據韓家之文。《玉篇》又云：‘本亦作婁。’今《韓詩外傳》宓子賤、巫馬期治單父，引‘子有衣裳’四句，作‘婁’，係推衍之詞，即顧氏所云‘亦作’本，蓋後人依《毛詩》改之耳。”又《韓詩外傳》二引《詩》作“屢”，一本仍作“婁”。《白帖》三引《詩》“不曳不婁”。《正月》“屢顧爾僕”，《釋文》作“婁”，云：“又作屢。”《菀柳》“式居婁驕”，《荀子·非相篇》引作“屢”。《桓》“屢豐年”，《釋文》作“婁”。《唐石經》、胡氏《詩傳纂疏》、宋本、岳本同，《班馬字類》引同。此詩《釋文》云：“婁亦曳也。馬云：‘牽也’。”《說文》：“婁，空也。从毋，从中、女，婁空之意也。”段玉裁云：“凡中空曰婁，今俗語尚如是。”《廣韻·侯韻》：“婁，空也。”又《說文新附》：“屢，數也。按今之婁字本是婁空字，此字後人所加。从尸，未详。”鈕樹玉《新附考》:“經典中多作婁。”按:“婁”字本無“曳”、“牽”、“聚”義,止“婁空”義。《説文新附》之“屢”字,乃“屢數”義,不可作“曳婁”字,是《韓詩外傳》引作“屢”者,實傳寫致訛耳。《爾雅·釋詁》依《魯詩》、《玉篇》依《韓詩》作“摟”者爲今文正字。《毛詩》古文作“婁”,乃“摟”之省借字,故毛《傳》曰“婁,亦曳也”。

〔宛〕　《釋文》:“宛,本亦作苑。”毛《傳》:“宛,死貌。”“宛”、“苑”、“菀”互通之例頗習見,如《蒹葭》“宛在水中央”,《釋文》:“宛,本亦作苑。”《十月》“有菀其特”,宋本《釋文》、《讀詩記》引《釋文》作“宛”,《白帖》八十引同。《小弁》“菀彼柳斯”,《白帖》一百引作“苑”。《桑柔》“菀彼桑柔”,《釋文》出作“苑”,《北堂書鈔》六引同。按:《说文》:“宛,屈草自覆也。从宀,夗聲。於阮切。惌,宛或从心。”“苑,所以養禽獸也。从艸,夗聲。於阮切。”“菀,茈菀,出漢中房陵。从艸,宛聲。於阮切。”三字音同而義異,然皆無“死貌”義。《说文》:“死,澌也,人所離也。从歺,从人。凡死之屬皆从死。”“澌,水索也。从水,斯聲。”《玉篇·索部》:“索,散也。”《廣韻·鐸韻》:“索,散也。”“水澌”即水離散也,以之喻人或指形散、神散、氣散也,“宛”非必謂死亡也。“宛”、“苑”古通用,《淮南子·本經訓》“百節莫苑”,高注:“苑,病也。”又《俶真訓》“形苑而神壯”,高注:“苑,枯病也。”“宛”通“菀”,“菀”又通“薀”,《集韻·隱韻》:“薀,《説文》:‘積也。’或作蕴、菀。”《小雅·都人士》“我心苑結”,《釋文》出作“菀結”。《素問·生氣通天論》:“大怒則形氣絶而血菀於上,使人薄厥。”是“菀”有“積聚”、“鬱結”義。且“宛”、“苑”、“菀”古音並讀同“鬱”,“鬱”猶“病”也,是“死貌”猶“病貌”也。“宛”、“苑”又通“葾”(蔫),《廣雅》:“蔫、菸、婑,葾也。”《玉篇》:“萎,葾也。”(“萎”即“婑”)“葾,敗也。”《説文》:“婑,病也。”是知借“宛”作“苑”,婑病之狀也。

〔愉〕　《傳》:"愉,樂也。"《箋》:"愉讀曰偷。偷,取也。"《魯詩》"愉"作"媮",見張衡《西京賦》:"鑒戒《唐詩》,他人是媮。"薛綜注:"《唐詩》,刺晉僖公不能及時以自娱樂。"《齊詩》"愉"亦作"媮",見《漢書·地理志》:"《山樞》之篇曰:'宛其死矣,他人是媮。"顔氏注:"媮,樂也。……音踰,又音偷。"《爾雅·釋詁》:"愉,樂也。"《周禮》"以俗教安則民不愉",愉音偷,注曰:"謂朝不謀夕。"《考工記》"苟有賤工",注:"苟,愉也。"《説文》:"愉,薄也。……羊朱切。""媮,巧黠也。……託侯切。""偷"字,《説文》未收。"愉"、"媮"義相近,字音當因讀而異。段玉裁《説文解字注》云:"古偷薄字皆作愉,漢末始有偷字,愉、偷古今字。"又云:"'愉,薄也',當作'薄樂也'。"又《文選·韋孟〈諷諫〉》注:"媮與愉同。"《家語》注:"愉,宜爲偷。"《集韻》:"愉,或從女。……偷,或從心。"明"愉"、"媮"、"偷"並通用也。《毛詩》古文本作"愉",鄭《箋》用今文,故云:"愉讀曰偷。偷,取也。"《後漢書·杜篤傳》注:"偷忍猶盜竊也。"陳喬樅云:"媮爲巧黠,故引申之爲偷盜也。《説文》無'偷'字,當即作媮。"《说文》:"盜,私利物也。从㳄,㳄欲皿者。"徐灝《箋》云:"㳄欲皿者,说从㳄之意,垂㳄其皿,欲私其物也。"王筠《说文句讀》:"私有所利于他人之物也。"《左傳·文公十八年》:"竊賄爲盜。"《穀梁傳·定公八年》:"非其所取而取之謂之盜。"《莊子·胠篋》:"然而田成子一旦殺齊君而盜其國,所盜豈獨其國耶?"唐陳鴻《長恨歌傳》:"天寶末,兄國忠盜丞相位,愚弄國柄。"凡非法、非禮、非分竊取他人或國家、集體財物、名位、權利之行爲皆謂之盜。鄭《箋》所謂"取","偷取"也,"巧黠而取"也。

〔栲〕　馬瑞辰云:"《正義》引陸《疏》云:'許慎正以栲讀爲糗。今人言考,失其聲耳。'……《爾雅》:'栲,山樗。'《説文》無栲字,云:'柷,山樗也。从木,尻聲。'柷即栲之異文,樗即樗字之譌。

以陸《疏》證之,《説文》梋下别有‘讀如糗’,今脱去耳。古音栲讀如糗,猶考讀如朽。……《本草圖經》云:‘椿木、樗木形幹大抵相類。椿本密而葉香可啖,樗本疏而氣臭,膳夫亦能熬去其氣。北人呼樗爲山椿。’據此,知栲爲山椿,即今俗稱臭椿樹,故音亦讀糗。”按:馬説是。

〔**杻**〕　《傳》:“杻,檍也。”《釋文》:“杻,女久反。檍也。”馬瑞辰云:“檍,《説文》作楮,云:‘楮,梓屬。大者可爲棺椁,小者可爲弓材。’即《爾雅》之‘杻,檍’。《説文》大徐本於椋、檟二篆之間别出檍篆,云‘杶也’,乃後人妄增。段玉裁從《繫傳》本删去,是也。又按《爾雅》:‘杻,檍。’《釋文》:‘檍,字又作億。《説文》云:檍,梓屬也。’據《说文》云‘楮,梓屬’,乃知陸氏所據《説文》本無檍篆,知檍即楮也。陳壽祺謂《釋文》‘字又作億’之億及引‘《説文》云檍’之檍,二字並當爲楮字之譌。”按:檢《説文》“楮”下正云:“从木,啻聲。於力切”。又《说文·言部》:“啻,快也。从言,从中。於力切。”“啻”又通“意”(億),見《司隸校尉魯峻碑》:“永傳啻齡。”顧藹吉《隸辨·職韻》:“碑蓋以啻爲意。”又《泰山都尉孔宙碑》:“永矢不刊,啻載揚聲。”黄公渚《評注》:“啻,與億同。十萬曰億。”準此,當從馬氏之説,以“楮”爲正字。《傳》:“杻,檍也。”應作“杻,楮也”。

〔**廷**〕　《太平御覽》一百八十五引《詩》“子有庭内”。《小序》云:“有朝廷不能洒埽。”似以“廷”爲“庭”也。《説文》:“廷,朝中也。从廴,壬聲。”段注:“朝中者,中於朝也。古外朝、治朝、燕朝,皆不屋,在廷,故雨霑服失容則廢。”林義光《文源》:“廷與庭古多通用……象庭隅之形,壬聲。”按:《説文》謂“廷”爲“朝中”,《玉篇》謂“廷”爲“朝廷”。《穀梁傳·襄公二十四年》:“廷道不除。”《釋文》:“廷道,朝廷之道也。”是“廷”爲古帝王處理政事及舉行外交儀典之地也，因之亦爲統治政權之代稱。又《廣雅·釋宫》："廷，官也。"王念孫《廣雅疏證》："謂官舍也。"知"廷"亦爲舊時官署之名。又《論衡·論死》："滿堂盈廷，填塞巷路。"及本篇"子有廷内，弗洒弗埽。"是又通"庭"，謂庭院、正室或門内堂前隙地也。見《説文》："庭，宫中也。从广，廷聲。"段注："宫者，室也，室之中曰庭。"此指正室也。又《玉篇·广部》："庭，堂增前也。"《廣韻·青韻》："庭，門庭。"《字彙·广部》："庭，門屏之内。"又有借"庭"爲"廷"者，如《易·夬》："揚于王庭。"孔穎達《疏》："王庭，是百官所在之處。"是以"王庭"稱"朝廷"也。足證"廷"、"庭"通用，不乏其例。

〔**洒**〕　毛《傳》："洒，灑也。"《正義》："洒謂以水濕地而埽之，故轉爲灑。"《説文·水部》："洒，滌也。从水，西聲。古文爲灑埽字。先禮切。"段注："下文云：'沬，洒面也'、'浴，洒身也'、'澡，洒手也'、'洗，洒足也'。今人假洗爲洒，非古字。"段氏又云："凡言某字古文以爲某字者，皆謂古文假借字也。"《玉篇·水部》："洒，濯也。今爲洗。"《説文·水部》"灑"下云："汛也。从水，麗聲。山豉切。"段注："凡埽者先灑。"釋玄應《一切經音義》卷二引《通俗文》："以水撿塵曰灑。"《廣韻》砂下切，又所蟹切，所寄切。支部。按："洒"本爲洗滌字，"灑"本爲灑埽字，古文以"洒"爲灑埽字者，因二字聲近而假借也。

〔**埽**〕　明監本、毛本作"掃"。《説文》："埽，棄也。从土，从帚。"《集韻·晧韻》："埽，或从手。"二字重文。

〔**鍾**〕　《詩集傳》本作"鐘"。按：二字重文。

〔**弗鼓弗考**〕　《釋文》："鼓，如字。本或作擊，非。"《〈詩序〉正義》引《詩》"弗擊弗考"。《文選·潘岳〈河陽縣作〉》注引《詩》"弗擊弗考"。吴淑《事類賦》十一、《太平御覽》五百十二各引《詩》"不擊不考"。按："不"、"弗"疊韻，同義，可互假。定本作"弗鼓弗考",《傳》:"考,擊也。"與《正義》本異。唐蘭《殷虚文字記》:"金文'鼓'字,或從攴,或從攴,殊無别。卜辭則有從攴從殳二體。蓋古文字凡像以手執物擊之者,從攴、從殳或從支,固可任意也。'壴'爲'鼓'之正字,爲名詞;鼓(按:即敱)、鼓、殺爲動詞。《説文》既以'鼓'爲名詞之鼓,遂以'鼓'專動詞。"按:此"鼓"字,應作"鼓"(敱),然各本恆作"鼓","鼓"、"鼓"不分。段氏以爲非。蓋"鼓"(敱)在《説文·攴部》,"鼓"在《説文·鼓部》,二字形異義殊。《説文》:"鼓,擊鼓也。从攴、壴。(段注:壴者鼓之省,攴者擊。)壴亦聲。讀若屬。"段注:"鉉本無此三字,非也。屬,之欲切。故讀如豖,與擊雙聲。大徐以其形似鼓,讀公户切。删此三字,其誤葢久矣。《玉篇》云'之録切,擊也。'此顧氏原文。又云公户切,此孫强所增也。《佩觿》云'敱,之録、工五二切',沿孫之謬。至《廣韻》乃姥韻有敱而燭韻無敱。至《集韻》、《類篇》乃以朱欲、殊玉二切歸之从豈聲之敱字,而不知二切皆本《説文》。敱讀如屬,敱安得有此二切也。皆由沿襲徐鉉,遂舛誤至此。至乎南宋毛晃,又云鼓舞字从攴,與鐘鼓字不同。岳珂刊《九經三傳》,凡'鼓瑟鼓琴'、'鼓鍾于宫'、'弗鼓弗考'、'鼓之舞之'皆分别作敱。《經典釋文》、《五經文字》、《九經字様》、《開成石經》皆無此例也。"《説文》(段注本):"鼓(鼓),郭也。春分之音,萬物郭皮甲而出,故曰鼓。从壴,从屮、又,屮象垂飾,又象其手擊之也。《周禮》六鼓:靁鼓八面,靈鼓六面,路鼓四面,鼖鼓、皋鼓、晉鼓皆兩面。凡鼓之屬皆从鼓。𪔜,籀文鼓,从古。"段注:"城𩫏字俗作郭,凡外障内曰郭,自内盛滿出外亦曰郭。郭、廓正俗字。鼓、郭疊韻。……各本篆文作鼓,此十四字作'从支,支象其手擊之也',今正。《弓部》'弢'下云:'从弓,从屮、又,屮垂飾,與鼓同意。則鼓从屮憭然矣。弢、鼓皆从屮以象飾,一象弓衣之飾,一象鼓虡之飾也。皆从又,一象手執之,一象手擊之也。夢英所書、郭氏《佩觿》皆作鼓,是也。凡作鼓、作皷者皆誤也。从中从又,非从岁滑之岁。後人譌删。弓衣之飾如紛綬是也,鼓虡之飾如崇牙樹羽是也。工户切,五部。”(六鼓,見《周禮·鼓人》。六面、四面、兩面,鄭與此同。)又《説文·攴部》:“豛,擊也。从攴,豕聲。竹角切。三部。”“鼓”字,《小屯·殷虚文字甲編》二二八八作“鼓”。金文作“鼓”(瘐鐘),“鼓”(克鼎)。甲骨文象以手執杖而擊鼓之形,金文沿襲之而略變。《玉篇》:“鼓,瓦爲椌,革爲面,可以擊也。”“鼓,擊也。”《篇海類編·器用類·鼓部》:“鼓,擊也,撫也,扇也,動盪之也。又‘鼓琴鼓瑟’。从攴,與鐘鼓之鼓不同。然亦作鼓。”是知鐘鼓字作“鼓”(鼓);鼓𢾊字作“鼓”(鼔)。古者二字本不同義,一爲名詞,一爲動詞。《詩》中“鼓”字用二十一次,“鼓”字用十九次。其形義大同小異,不可不察。“鼓”或作“擊”者,“鼓”(公户切,魚部,見母)、“擊”(古歷切,錫部,見母)二字雙聲,義近,故傳寫致訛耳。“考”,毛《傳》:“擊也。”《説文》:“考,老也。从老省,丂聲。苦浩切。”無“擊”義。《说文·攴部》:“攷,敂也。从攴,丂聲。苦浩切。”“敂,擊也。从攴,句聲。讀若扣。苦候切。”疑“考”爲“攷”之同音假借字也,毛《傳》是其明證。

〔**何不日鼓瑟**〕 洪适《隸釋》載《漢石經魯詩》殘碑“何”作“胡”。按:二字音近義同,可互假。

揚之水

揚之水,白石鑿鑿。素衣朱襮,從子于沃。既見君子,云何不樂。

揚之水,白石晧晧。素衣朱繡,從子于鵠。既見君子,云何其憂。

揚之水，白石粼粼。我聞有命，不敢以告人。

〔揚〕　洪适《隸釋》載《漢石經魯詩》殘碑作“楊”。《太平御覽》八百十五、八百十六引《詩》亦作“楊之水”。按：二字同音，故借“楊”爲“揚”。“揚”正字。

〔鑿鑿〕　《詩毛氏傳疏》：“《〈王、鄭風・揚之水〉傳》並云：‘揚，激揚也。’《隸釋》載《魯詩》作楊。鑿讀爲糳，《說文》：‘糲米一斛，舂爲八斗（按：今本《說文》作‘九斗’）曰糳’，‘爲米六斗大半斗曰粲’。故鮮明謂之粲，亦鮮明謂之鑿，重言之曰粲粲，亦曰鑿鑿。聲、義皆相近。”《說文・金部》：“鑿，穿木也。从金。糳省聲。在各切。”段玉裁改“穿木也”爲“所㠯穿木也”。字又通“糳”。朱駿聲《說文通訓定聲》：“鑿，叚借爲糳。”《左傳・桓公二年》：“粢食不鑿。”《釋文・春秋左氏音義》：“鑿，精米也。《字林》作‘毇’，子沃反。云：‘糲米一斛舂爲八斗。’”黄焯《彙校》：“段云：‘毇當作糳。’”杜甫《行官张望補稻畦水歸》：“秋菰成黑米，精鑿傳白粲。”仇兆鰲注：“《左傳》注：‘鑿，謂治米使白。’本作糳。”《集韻・鐸韻》：“鑿，鮮明皃。”本詩“白石鑿鑿”，重言也。按：《說文・米部》：“粲，稻重一秙，爲粟二十斗，爲米十斗曰毇；爲米六斗太半斗曰粲。从米，𣦼聲。倉案切。”“糳，糲米一斛，舂爲九斗曰糳。从毇，丵聲。則各切。”字又同“糳”或“糳”。按：“粲”、“糳”，治米使精白之義。《說文・金部》“鑿”字無“鮮明潔白”義，《集韻》有之，是借“鑿”爲“糳”也，此詩因以“鑿鑿”形容“白石”。毛《傳》：“興也。鑿鑿然鮮明也。”陳奂謂“鑿讀爲糳”，並引《說文》以證其爲“鮮明”之義，甚確。然行文直以“鑿”字出之，則略欠周嚴，因“鑿鑿”於此乃假借字也。

〔襮〕　《説文·衣部》:“襮,黼領也。从衣,暴聲。《詩》曰:‘素衣朱襮。’蒲沃切。”毛《傳》:“襮,領也。”朱熹《詩集傳》作“素衣朱襮”。《玉篇》:“暴,領連也。亦作襮。”《爾雅》:“黼領謂之襮。”按:《説文》及《毛詩》定本作“襮”爲正字,作“襮”者爲隸省,又省作“暴”。

〔晧〕　朱熹《詩集傳》本作“皓”。《毛詩》定本作“晧”。《唐石經》初刻作“皓”,後磨改作“晧”。《釋文》作“皓”。今傳各本多作“晧”。《傳》:“晧晧,潔白也。”《説文·日部》:“晧,日出皃。从日,告聲。胡老切。”段玉裁注:“晧,謂光明之皃也。天下惟潔白者最光明,故引申爲凡白之稱,又改其字从白作皓矣。”王筠《説文句讀》:“‘晧,日出皃。’皃蓋光之譌。……《釋詁》:‘晧,光也。’當爲許君所本。字俗作皓。”《玉篇》:“晧,户老切。日出也。明也。”《小爾雅·廣詁》:“皓,白也。”《類篇·白部》:“皓,白皃。”《説文·日部》有“晧”字,《白部》無“皓”字,《廣韻》亦無“皓”字。《説文·白部》:“皢,日之白也。从白,堯聲。呼鳥切。”按:“日出皃”,即謂日出之光白也。若遵王説爲“日出光”,則直狀其白矣。經文蓋以日光之白引申爲凡白之稱,故曰“白石晧晧”也。作“皓”者,後世所改之俗體耳。

〔繡〕　鄭《箋》:“繡當爲綃。”《禮記·郊特牲》“繡黼”注:“繡讀爲綃。綃,繒名也。《詩》曰:‘素衣朱綃。’”《儀禮·士昏禮》“宵衣”注:“宵,讀爲《詩》‘素衣朱綃’之綃。《魯詩》以綃爲綺屬。”《續漢書·輿服志》劉紹注引鄭注引《詩》同。《儀禮·特牲饋食禮》“宵衣”鄭注:“《詩》有‘素衣朱宵’。”陳喬樅云:“《儀禮》‘宵衣’,鄭以爲此衣染之以黑,其繒本名爲宵,《記》有‘玄宵衣’。《正義》:‘此字據形聲爲綃,从糸,肖聲。但《詩》及《禮記》皆作宵字,故鄭引《詩》及《禮記》爲證。’《士昏禮》注破‘宵’爲‘綃’,是據《魯詩》'素衣朱綃'之文。齊叚'宵'爲'綃',毛又叚'繡'爲'綃'也。"俞樾説略同。按:"綃"爲正字明矣。

〔**鵠**〕　《傳》:"鵠,曲沃邑也。"《正義》:"晉封桓叔於曲沃,非獨一邑而已。其都在曲沃,其旁更有邑,故曰'鵠,曲沃邑也'。"《易林·否之師》曰:"揚水潛鑿,使石潔白。衣素表朱,戲遊臯沃。得君所願,心志娱樂。"《豫之小過》、《震之屯》同。《易林》之文,俱本《揚之水》詩義。陳喬樅云:"《易林》用《齊詩》,則訓襮爲表,即本《齊詩》故傳也。"王念孫謂"戲遊臯沃""即《詩》'從子于沃'、'從子于鵠'也。鵠與臯古同聲,若定四年《春秋》之'臯鼬',《公羊》作'浩油';《爾雅》'臯臯琄琄',樊光本'臯臯'作'浩浩',是其證。"馬瑞辰云:"臯通作鵠,猶《周禮》'臯舞'當爲'告'。……臯者,澤也。《易林》'戲遊臯沃',《豫之大過》又作'遊戲臯澤',是知沃亦澤也。澤也、臯也、沃也,蓋析言則異,散言則通。襄二十五年《左傳》'鳩藪澤,牧隰臯,井衍沃',此析言也。《〈鶴鳴〉傳》訓'臯'爲'澤',《易林》'臯沃'一作'臯澤',此散言也。'曲沃'本取沃澤之義,故《詩》别稱'臯'、'鵠'以協韻,三家詩從本字作'臯',《毛詩》假借作'鵠'。《傳》云'鵠,曲沃邑'者,正謂'鵠'即'曲沃',非謂'曲沃'之旁别有邑名'鵠'也。《水經注》:'涑水又西南,逕左邑縣故城南,故曲沃也。晉武公自晉陽徙此,秦改爲左邑縣,《詩》所謂"從子于鵠"者也。'以鵠與曲沃爲一,正與毛《傳》合。孔《疏》謂曲沃旁更有邑名鵠,失《傳》恉矣。"馬説是。

〔**何**〕　洪适《隸釋》載《漢石經魯詩》殘碑"何"作"胡",本詩一、二章並同。按:"何"、"胡"雙聲,古通用。

〔**粼粼**〕　閩本、明監本、毛本作"粼"。《釋文》:"粼粼,清澈也。本又作磷,同。"盧文弨所見宋本《釋文》作粦‹。《説文·巜部》:"粼,水生厓石間粼粼也。从巜,粦聲。"《玉篇》:"粼,又粼粼,清澈也，水在石間也。”按：“粼”、“磷”古通用，《廣韻》：“粼，水在石間。亦作磷。”《集韻》：“粼，或从石。”《論語》“磨而不磷”，《州輔碑》作“摩而不粼”。作“粼”或“粼”者，殆以形近致訛也。

〔**我聞有命，不敢以告人**〕　《荀子·臣道篇》引《詩》“國有大命，不可以告人”，段玉裁云：“此所云即是《詩》之異文，前二章六句，此章四句，殊太短，恐漢初相傳有脱誤也。”王先謙云：“荀子傳《詩》於浮丘伯，爲《魯詩》之祖，蓋《魯詩》如此。”段氏、王氏所議甚當。

椒　聊

椒聊之實，蕃衍盈升。彼其之子，碩大無朋。椒聊且，遠條且。

椒聊之實，蕃衍盈匊。彼其之子，碩大且篤。椒聊且，遠條且。

〔**椒聊**〕　《傳》：“椒聊，椒也。”《箋》：“椒之性，芬香而少實。今一梂之實，蕃衍滿升，非其常也。”《爾雅》：“櫟，其實梂。”郭注：“有梂彙自裹。”“椒榝醜，梂。”郭注：“莍，萸子聚生成房貌。今江東亦呼莍。榝似茱萸而小，赤色。”《爾雅》又云：“朻者聊。”郭注：“未詳。”《廣雅》：“榄、榝、欓、越椒，茱萸也。”榝又名欓。《唐本草》：“欓子謂之食茱萸，以别於吴茱萸。”《正義》引李巡曰：“榝，茱萸也。椒、茱萸皆有房，故曰梂。梂，實也。”郝懿行云：“今按上云‘櫟，其實梂。’梂與莍聲義同。莍之言裘也。”《説文·木部》：“榝，似茱萸，出淮南。从木，殺聲。”《艸部》：“茮，茮莍。从艸，尗聲。子寮切。”“莍，茮榝實裹如裘者。从艸，求聲。巨鳩切。”《説文·木部》無"椒"字。《艸部》"茮"字"子寮切",即"椒聊"之"椒"本字也。阮元云:"朻即梂也,梂即'椒樧醜,菉'之菉。《爾雅》此條似專爲《唐風·椒聊》而釋,毛、鄭皆知,故《傳》云'椒聊,椒也'。'也'上必脱'菉'字。《箋》云'一梂之實',意即承《傳》而述言之。緣《傳》已專訓,不必再爲'聊,梂也'之訓矣。"阮説深得其旨矣。"菉"、"梂"同音通用,"朻者聊"即謂"朻"、"聊"以音近通用。"朻"、"菉"並同。若依阮説將《傳》"也"上補"菉"字,即爲"椒聊,椒菉也"。"聊"即"菉",實物之名。陸《疏》、《釋文》以"聊"爲語辭,失之矣。又,明豐坊《詩傳》以"茮"、《詩説》以"椒"爲篇名,俱非。

〔**蕃衍盈升**〕　釋玄應《一切經音義》十九引應劭《漢官儀》引《詩》"蕃延盈升"。《文選》何晏《景福殿賦》注引《毛詩》、曹植《求通親親表》注引《詩》"蔓延盈升"。《白帖》十八引《詩》"繁衍盈升"。"蕃"、"蔓"、"繁"及"衍"、"延"皆一聲之轉,字亦相通。"蕃衍",《毛詩》之文;"蕃延"、"蔓延"、"繁衍",出自三家也。

〔**遠條且**〕　毛《傳》:"條,長也。"山井鼎《考文》謂日本古本經文二"條"字均作"脩"。《小雅·六月》及《大雅·韓奕》毛《傳》並云:"脩,長也。"《方言》、《廣雅》並云:"脩,長也。"馬瑞辰云:"條、脩古同聲通用。《史記》周勃'封爲條侯',注曰:'條,《表》皆作蓨。'《漢書·地理志》信都國脩縣注曰:'脩音條,《括地志》作蓨。'是其證也。疑毛《傳》以條爲脩之假借,或本作脩,故訓爲長。但考二章《傳》'言聲之遠聞也',段玉裁曰:'聲當作馨,與《説文》"馨,香之遠聞也"合。'使兩章經皆作脩,則首章《傳》既以長釋之,二章《傳》不煩另釋。竊謂古本首章作脩,故《傳》訓長;二章經作條,故《傳》取芬芳條暢之義,訓爲'馨之遠聞也'。……又按悠爲行水攸攸之貌,故義又爲長。《爾雅·釋詁》:'悠,長也。'悠當作攸。

凡經傳作脩訓長者，皆攸字之假借。”馬説審矣。

〔匊〕　《釋文》：“匊，本又作掬。九六反。”《采緑》“不盈一匊”，《文選》陆機《文賦》注、《擬古诗》注並引作“掬”。山井鼎《考文》云：“古本作掬。”毛《傳》：“兩手曰匊。”《説文·勹部》：“匊，在手曰匊。从勹、米。居六切。”徐鉉曰：“今俗作掬，非是。”段玉裁云：“會意。米至散，兩手兜之而聚。……俗作掬。”又云“在手”當爲“兩手”之譌。《説文·𠬞部》：“𢍰，兩手盛也。从廾，𡿧聲。余六切。”《集韻·屋韻》：“匊，《説文》：‘在手曰匊。’或从手。”《小爾雅·廣量》：“一手之盛謂之溢，兩手謂之掬。”胡承珙《義證》：“溢與匊皆爲量名。掬，當本作匊。”《正字通·手部》：“掬，今俗謂兩手所奉爲一掬。”是“匊”爲正字，量詞，與上文之“升”相對成義，均稱椒聊盛多。

〔碩〕　閩本、明監本、毛本“碩”作“實”，手民之誤也。

綢　繆

綢繆束薪，三星在天。今夕何夕，見此良人。子兮子兮，如此良人何。

綢繆束芻，三星在隅。今夕何夕，見此邂逅。子兮子兮，如此邂逅何。

綢繆束楚，三星在户。今夕何夕，見此粲者。子兮子兮，如此粲者何。

〔子兮子兮〕　《傳》：“子兮者，嗟兹也。”《正義》：“兹，此也。嗟歎此身不得見良人。”王引之《經義述聞》云：“訓兹爲此，非《傳》意也。嗟兹即嗟嗞。《説文》：‘嗞，嗟也。’《廣韻》：‘嗞嗟，憂聲也。’《秦策》曰：‘嗟嗞乎，司空馬。’《管子・小稱篇》曰：‘嗟兹乎，聖人之言長乎哉。’《説苑・貴德篇》曰：‘嗟兹乎，我窮必矣。’楊雄《青州牧箴》曰：‘嗟兹天王，附命下土。’皆歎辭也。或作‘嗟子’。《楚策》曰：‘嗟乎子乎，楚國亡之日至矣。’《儀禮經傳通解續》引《尚書大傳》曰：‘……嗟子乎，此蓋吾先君文、武之風也夫。’是嗟子與嗟嗞同。經言‘子兮’，猶曰‘嗟子乎’、‘嗟嗞乎’也。故《傳》以‘子兮’爲‘嗟嗞’，《箋》謂‘子兮子兮’斥娶者，殆失其義。其注《尚書大傳》又曰：‘子，成王也。’案：嗟子乎，乃諸侯之辭，諸侯之於天子，豈得稱之爲子哉。斯不然矣。”按：王説甚諦。陳奂又申釋之曰：“《〈蕩〉傳》：‘咨，嗟也。’子與咨皆嗞之假借字。咨、嗞雙聲，子、嗞疊韻，彼以嗟釋咨，此以嗟、兹釋子，其義一也。”或謂“兮”字亦爲歎辭，何以承接“子”後連言之耶。按：《説文・丂部》：“兮，語所稽也。从丂、八，象氣越亏也。凡兮之屬皆从兮。胡雞切。”“丂，氣欲舒出，ㄅ上礙於一也。苦浩切。”《廣韻・齊韻》：“兮，語助。”“兮”字甲骨文作“[illegible]”、“[illegible]”，金文作“[illegible]”、“[illegible]”，段玉裁《説文解字注》：“越、亏皆揚也。八，象氣分而揚也。”“子兮子兮”猶“嗟嗞兮嗟嗞兮”，以反復感歎之辭申舒藴結於内之情志也。

〔**邂逅**〕　山井鼎《考文》謂古本作“解覯”。《釋文》：“邂，本亦作解。”“覯，本又作逅。……邂覯，解説也。《韓詩》云：‘邂覯，不固之貌。’”王氏《詩攷》引《韓詩》作“邂遘”。按：“邂逅”於《毛詩》中凡兩見：《鄭風・野有蔓草》“邂逅相遇”，毛《傳》“邂逅，不期而會”；《唐風・綢繆》“見此邂逅”，毛《傳》“邂逅，解説之貌”。是毛、韓對“邂逅”（邂覯、邂遘、解構）之訓釋共三端矣。胡承珙云：“其實‘邂逅’字只當作‘解構’，但爲會合之意。《淮南・俶真訓》‘孰肯解構人間之事’，高注：‘解構，猶會合也。’蓋凡君臣、朋友、男女之遇合，皆可言之。《傳》云‘解説之貌’，即因會合而心解意説耳。《韓》云'不固之貌',則由不期而遇,卒然會合,故云'不固'。《後漢書·閻后紀》:'安帝幸章陵,崩於葉,后與兄弟謀曰:"今晏駕道次,濟陰王在内,邂逅公卿立之,還爲大害。"'此'邂逅'亦謂倉卒遘會,與《韓詩》'不固'義近。總之,'解覯'大旨是會合,無分期與不期,皆可稱也。"胡氏所議較爲圓通。俞樾《群經平議》則云:"不固,猶言不自持也。"《説文》未收"邂逅"二字,《説文新附》有之,云:"邂,邂逅,不期而遇也。从辵,解聲。"其文作"解后"、"解覯"、"解構"、"解遘"者,皆古文也。

〔**粲**〕　《釋文》:"粲者,采旦反,三女爲粲。《字林》作妿。"《廣韻》引《詩》作娞。《唐石經》作粲。《説文·女部》:"奻,三女爲奻。奻,美也。从女,奴省聲。倉案切。"按:《説文》出作"奻",此《詩》正字。隸變作"粲"、"妿"、"娞"。

杕　杜

有杕之杜,其葉湑湑。獨行踽踽。豈無他人,不如我同父。嗟行之人,胡不比焉。人無兄弟,胡不佽焉。

有杕之杜,其葉菁菁。獨行睘睘。豈無他人,不如我同姓。嗟行之人,胡不比焉。人無兄弟,胡不佽焉。

〔**杕杜**〕　《釋文》:"杕杜,徒細反,特貌。本或作夷狄字,非也。"按:"杕"爲正字,作"狄"者,以二字形近致訛也。

〔**佽**〕　董氏引崔靈恩《集注》本"佽"作"次"。《集韻》:"佽"通作"次"。

〔**菁**〕　《釋文》:"菁,本又作青。"毛《傳》:"菁菁,葉盛也。"《説文》:"菁,韭華也。从艸,青聲。子盈切。"《廣雅》:"菁,華也。"

《説文》:“青,東方色也。木生火,从生、丹,丹青之信言象然。倉經切。”孔廣居云:“丹,青類也。故青从丹,生聲。”《類篇》:“青,青青,茂盛貌。”《爾雅》:“青謂之葱。”(指草木葉之緑色)“菁”爲正字。“青”與“菁”疊韻,義近,古通用。

〔睘睘〕　《傳》:“睘睘,無所依也。”《釋文》:“本亦作煢。又作焭。求營反。無所依也。”《説文·目部》:“睘,目驚視也。从目,袁聲。《詩》曰:‘獨行睘睘。’渠營切。”《正字通·目部》:“睘,無所依也。”《説文·走部》:“赹,獨行也。从走,匀聲。讀若煢。渠營切。”《楚辭·九思》王逸注引《詩》“獨行煢煢”。《楚辭·九歎》:“獨煢煢而南行。”张衡《思玄賦》:“何孤行之煢煢兮。”以上三人皆遵《魯詩》,故作“煢煢”也。《説文·卂部》:“煢,回疾也。从卂,營省聲。”段注:“回轉之疾也。引申爲煢獨,取裵回無所依之意。”《小爾雅》:“寡夫曰煢。”《玉篇》:“煢,單也,無兄弟也,無所依也。”《文選·陸雲〈爲顧彦先贈婦〉》引《詩》作“焭焭”。《廣韻》:“煢,獨也。同焭。或通作惸。”《廣雅》:“惸,獨也。”《方言》:“惸,獨也,楚曰惸。”《玉篇》:“惸,特也。”《小雅·正月》“哀此惸獨”,《楚辭》注引作“哀此煢獨”,二字互通。按:《説文》“赹”爲本詩經文正字,又在“睘”下引《詩》“獨行睘睘”,是以“睘”爲同音假借字也。至“煢”、“惸”、“惸”諸字,皆與“赹”一聲之轉,音同字通。作“焭”者,又爲“煢”之省也。

羔　裘

羔裘豹袪,自我人居居。豈無他人,維子之故。
羔裘豹褎,自我人究究。豈無他人,維子之好。

〔褏〕　《釋文》出作"褎"，云："徐救反。本又作褏，同。"《説文·衣部》："褏，袂也。从衣，采聲。似又切。袖，俗褏，从由。"《廣韻》："袖，亦作褎。"按："褎"，古袖字，"褏"爲重文。

鴇　羽

肅肅鴇羽，集于苞栩。王事靡盬，不能蓺稷黍，父母何怙。悠悠蒼天，曷其有所。

肅肅鴇翼，集于苞棘。王事靡盬，不能蓺黍稷，父母何食。悠悠蒼天，曷其有極。

肅肅鴇行，集于苞桑。王事靡盬，不能蓺稻粱，父母何嘗。悠悠蒼天，曷其有常。

〔鴇〕　朱熹《詩集傳》本作"鴇"，非。按：《説文·鳥部》："鴇，鳥也，肉出尺胾。从鳥，𠤏聲。博好切。鮑，鴇或从包。"《説文·匕部》："𠤏，相次也。从匕，从十。鴇从此。博抱切。"字從"匕"，非從"七"。

〔蓺〕　《鹽鐵論·執務》、《白帖》八十一各引《詩》"蓺"作"藝"。《説文·丮部》："䄶，種也。从坴、丮。持亟種之。《書》曰：'我䄶黍稷。'魚祭切。""丮，持也。"《集韻·祭韻》："䄶，《説文》：'種也。'一曰：技能也。或作蓺、藝。"按：經文正字應作"䄶"（埶）。"蓺"、"藝"皆後世累增之或體也。《詩》今本多作"藝"。

〔蒼天〕　王應麟《诗攷》引《韓詩外傳》引《詩》"悠悠倉天"。《釋文》："蒼，本亦作倉。"《禮記·月令》："駕倉龍載青旂，衣青衣，服倉玉。"《漢書·蕭望之傳》："倉頭廬兒。"並以"倉"爲"蒼"。按："倉"爲本字，"蒼"爲後起字。詳見《王風·黍離》。

無　衣

豈曰無衣七兮，不如子之衣，安且吉兮。

豈曰無衣六兮，不如子之衣，安且燠兮。

〔燠〕　《釋文》出作"奥"，云："本又作燠。於六反。煖也。"山井鼎《考文》云："古本作奥。"《爾雅》、《廣雅》均作"燠"。《禮記·内則》"問衣燠寒"，《釋文》："燠，本又作奥。同。"《書·洪範》"時燠若"，《漢書·五行志》皆作"奥"，顏師古注云："奥讀曰燠。"《公羊傳·成公元年》注引《尚書》"舒，恒奥若"，《釋文》云："奥，本又作燠。於六反，煖也。"按：上引"舒"字，《尚書》白文作"豫"。本詩"燠"字，《傳》云"暖也"。《小雅·小明》"日月方奥"，《傳》云"奥，煖也"。《史記·宋微子世家》："庶徵：曰雨，曰陽，曰奥，曰寒，曰風，曰時。"裴駰《集解》引孔安國曰："雨以潤物，陽以乾物，煖以長物，寒以成物，風以動物。"《漢書·李尋傳》："其月土濕奥，恐後有雷雹之變。"顏師古注："奥，温也。"按："奥"、"燠"互見於經傳，皆訓"煖"，是"奥"爲初文，"燠"加"火"旁爲纍增字，其例猶"然"、"燃"也。

有杕之杜

有杕之杜，生于道左。彼君子兮，噬肯適我。中心好之，曷飲食之。

有杕之杜，生于道周。彼君子兮，噬肯來遊。中心好之，曷飲食之。

〔**杕**〕　監本、毛本"杕"作"杖",傳寫致誤。

〔**噬**〕　《釋文》云:"《韓詩》作逝。逝,及也。"《爾雅·釋詁》作"遾"。《釋言》又云:"遏、遾,逮也。"郭注云:"東齊曰遏,北燕曰遾,皆相及逮。"此據《魯詩》文。郝懿行曰:"《方言》七云:'蝎噬,逮也。'蝎噬、遏遾,並字之假音。"陳喬樅云:"毛於《邶詩》'逝不古處'云:'逝,逮。'次章'逝不相好'云:'不及我以相好。'是訓逝爲逮,訓逮爲及,義皆展轉相通。此詩'噬'即'逝'之借字。"郝說、陳説得之矣。《韓詩》作"逝"爲正字,《毛詩》作"噬"、《魯詩》作"遾",皆"逝"之同音假借也。

〔**有杕之杜**〕　《太平御覽》九百五十八引詩次章作"有狄之杜",以"杕"、"狄"形音相近致訛。

〔**周**〕　《釋文》:"周,曲也。《韓詩》:'周,右也。'"《吕氏家塾讀詩記》引《釋文》"周,《韓詩》作右"。《太平御覽》一百九十五引《詩》"行彼周道"。按:吕氏所見《釋文》或轉寫有誤,今本《釋文》"周,右也",明"周"訓"右",非"周"作"右"也。若吕氏所見本確爲"周,《韓詩》作右",亦可言之成理,以古音"右"、"周"同部,可互假也。《太平御覽》引《詩》蓋襲《小雅·何草不黄》"行彼周道"句而致訛也。

葛　生

葛生蒙楚,蘞蔓于野。予美亡此,誰與獨處。
葛生蒙棘,蘞蔓于域。予美亡此,誰與獨息。
角枕粲兮,錦衾爛兮。予美亡此,誰與獨旦。
夏之日,冬之夜。百歲之後,歸于其居。
冬之夜,夏之日。百歲之後,歸于其室。

〔粲〕　《唐石經》"粲"作"粲"。《廣雅·釋詁三》:"粲,文也。"又《釋詁四》:"粲,明也。"《玉篇·米部》:"粲,鮮好皃。"此詩"粲"爲正字。"粲"爲"粲"之隸省。

〔**錦衾爛兮**〕　《宋書·謝靈運傳》載《山居賦》自注引《唐風·葛生》作"錦衾有爛"。按:此詩"角枕粲兮,錦衾爛兮"二句均韻在語辭之上,即"粲"、"爛"爲韻。若依謝氏稱引之文,"粲兮"與"有爛"音韻不諧,句式亦不齊一,非樂歌之常。

采　苓

采苓采苓,首陽之巔。人之爲言,苟亦無信。舍旃舍旃,苟亦無然。人之爲言,胡得焉。

采苦采苦,首陽之下。人之爲言,苟亦無與。舍旃舍旃,苟亦無然。人之爲言,胡得焉。

采葑采葑,首陽之東。人之爲言,苟亦無從。舍旃舍旃,苟亦無然。人之爲言,胡得焉。

〔苓〕　《詩攷補遺》云:"《爾雅》作蘦。"《説文·艸部》:"苓,卷耳也。从艸,令聲。"王筠《説文句讀》改作:"苓,苓耳,卷耳也。"並云:"《〈詩·卷耳〉傳》:'卷耳,苓耳也。'知非以'苓'一字爲名,故據增。……卷耳,即蒼耳子。"《〈唐風·采苓〉傳》云:"苓,大苦也。"《説文·艸部》:"蘦,大苦也。从艸,霝聲。"段玉裁注:"此與前'大苦,苓也'相乖剌。"徐灝《箋》:"蘦乃正字,'苦'下作苓者,通用字耳。"王筠《句讀》:"蘦篆乃後人據《爾雅》增。"《説文·艸部》:"苦,大苦,苓也。从艸,古聲。"桂馥《義證》:"苓當爲蘦,本書：'藷，大苦也'。《釋草》同。馥案：即黄藥也。"《爾雅·釋草》："藷，大苦。"郭璞注："今甘草也。"沈括《夢溪筆談》云："此（藷）乃黄藥也，其味極苦，謂之大苦，非甘草也。"是"藷"爲本篇"正"字，作"苓"者，同音假借字也。毛氏以"大苦"申其義，正謂"苓"乃"藷"之借字也。二章"采苦"與首章"采苓（藷）"同義而不作"苓"者，變文以避複耳。

〔爲〕　《正義》云："定本作'僞言'。"《白帖》九十二引同。山井鼎《考文》謂日本古本作"僞"。王肅諸本作"爲"。《釋文》："爲言，本或作僞字，非。"《尚書》："平秩南譌"，《古文尚書》、《漢書》均作"南僞"，《史記索隱》作"南爲"。《荀子·性惡篇》楊注："僞，爲也。"《爾雅》、《廣雅》並曰："僞，爲也。"段玉裁云："《説文》以'爲'訓'母猴'、以'僞'訓'作'也。"又曰："按：經傳多假'爲'爲'僞'，如《詩》'人之爲言'即'僞言'。……《左傳》'爲'讀'僞'者不一，葢字涉於作爲則曰僞。"徐鍇曰："僞者，人爲之，非天真也。故'人爲'爲'僞'是也。"段、徐二説得之矣。

〔從〕　山井鼎《考文》："古本從作縱。"《説文》："從，隨行也。……慈用切。"徐灝云："从、從古今字。""从"象二人相隨。《説文》："縱，緩也。一曰：舍也。……足用切。"以此篇文義推之，當以"從"爲正字。

秦　風

車　鄰

有車鄰鄰，有馬白顛。未見君子，寺人之令。

阪有漆，隰有栗。既見君子，並坐鼓瑟。今者不樂，逝者其耋。

阪有桑，隰有楊。既見君子，並坐鼓簧。今者不樂，逝者其亡。

〔**有車鄰鄰**〕　《釋文》："鄰，本亦作隣。又作轔。"《魯詩》作"轔"，見《楚辭·九歌·大司命》王逸注引《詩》"有車轔轔"，又《九辯》注："軒車先導，聲轔轔也。"《齊詩》亦作"轔"，見《易林·大畜之離》："延陵適魯，觀樂太史，《車轔》'白顛'，知秦興起。"又《坎之剥》、《旅之泰》亦作"轔"。《漢書·地理志》顔注："《車轔》，美秦仲大有車馬。其詩曰：'有車轔轔，有馬白顛。'"《毛詩》定本作"鄰"。《釋文》云"又作轔"者，不獨稱三家，亦有他指。如《列女傳·衛靈夫人》頌作"有車轔轔"；《文選》潘岳《藉田賦》注、王融《三月三日曲水詩序》注，《白帖》十一各引《毛詩》並同。以上四例，或所據《毛詩》版本與定本不同，或後人襲三家之文以改《毛詩》也。《毛詩》古文作"鄰"，止擬車行之聲耳，並無奥旨。"轔"爲《新附》字，後世所作，故三家用今文"轔轔"，其音義與"鄰"盡同。"一作隣"者，隸變之體也。

〔**寺**〕　《釋文》："寺，如字。又音侍。本或作侍字。"《左傳·僖公二十四年》"寺人披請見"，《釋文》："寺，本又作侍。"《左傳·昭公六年》"宋寺人柳有寵"，《左傳·昭公十年》"元公惡寺人柳"，《釋文》並云："寺，本又作侍。"《左傳·昭公二十五年》"侍人僚柤"，《釋文》："侍人，本亦作寺人。"《穀梁傳·襄公二十九年》"寺人也"，《釋文》："寺人，本又作侍人。"是知古"寺"、"侍"通用。或"寺"爲"侍"之省。"侍人"即近侍小臣也。

〔令〕　《釋文》:“令,《韓詩》作伶。云:使伶。”王先謙云:“考案經典,凡命令、教令、號令、法令等用‘令’字者,皆尊重之詞。至使令,亦間用之,蓋出自假借,當以‘伶’爲正,故韓以‘伶’易‘令’也。《説文》‘使’下云:‘伶也。从人,吏聲。’‘伶’下云:‘弄也。从人,令聲。’此其本義可以推見。……《廣雅·釋言》:‘令,伶也。’《玉篇》:‘伶,使也。’與《说文》訓解其源皆自《韓詩》發之。”王氏所釋甚諦,“伶”爲本篇正字明矣。

〔耊〕　宋本《釋文》作“耊”,今本《釋文》作“耋”。《唐石經》作“耋”。今本《説文·老部》出作“耋”,云:“年八十曰耋。从老省,从至。”按:古文作“耊”爲正字。

駟　驖

駟驖孔阜,六轡在手。公之媚子,從公于狩。
奉時辰牡,辰牡孔碩。公曰左之,舍拔則獲。
遊于北園,四馬既閑。輶車鸞鑣,載獫歇驕。

〔駟驖〕　《釋文》出作“驖”,云:“驪馬也。”《唐石經》初刻作“鐵”,磨改作“驖”。毛本作“鐵”,《左傳》服虔注:“秦襄公追録先人《車鄰》、《駟鐵》、《小戎》之篇。”《説文·馬部》:“驖,馬赤黑色。从馬,戴聲。《詩》曰:‘四驖孔阜。’他結切。”“驪,馬深黑色。”毛《傳》:“驖,驪也。”朱注:“駟驖,四馬皆黑色如鐵也。”《魯頌·駉》“有驪有黄”,毛《傳》:“純黑曰驪。”《禮記·月令》:“乘玄路,駕驖驪。”按:“驖”、“驪”字義本異,然經典亦見二字連用者,是知其對文則異,散文則通也。此詩“驖”字仍以《説文》之訓釋爲安。又《漢書·地理志》作“四載”。《詩攷》以“四載”爲《韓詩》。《説文》無"䘵"有"戜","戜"、"驖"形近音同,疑《韓詩》或借"戜"爲"驖",然誤作"䘵",則不體矣。又疑《韓詩》或借"戴"爲"驖",然二字之音義有别。《説文·大部》:"戴,大也。从大,戜聲。讀若《詩》'戴戴大猷'。直質切。"(字又作"㦵")今作"戜"者,"戴"之隸省也。是知"驖"爲正字。作"鐵"者,同音假借字。"䘵"則爲訛字矣。又《説文》引《詩》"四驖孔阜"。段玉裁云:"言馬四則但謂之四,言施乎四馬者乃謂之駟。"陳奂云:"駟當作四,四馬曰駟。若下一字爲馬名,則上一字作'四',不作'駟'。'四驖孔阜'猶云'四牡孔阜'耳。凡《碩人》、《小戎》、《四牡》、《采薇》、《杕牡》、《六月》、《車攻》、《吉日》、《節南山》、《北山》、《車舝》、《桑柔》、《嵩高》、《烝民》、《韓奕》皆曰'四牡',此詩曰'四驖',《載驅》、《六月》曰'四驪'、'四牡',《裳裳者華》曰'四駱',《采芑》曰'四騏',《車攻》曰'四黄',《大明》曰'四騵',皆謂四馬也。"是此詩作"四驖"爲正字。

〔舍〕　《群經音辨·手部》引《詩》"舍"和"捨"。《荀子·勸學篇》"鍥而舍之",楊倞注:"舍與捨同。"《説文·亼部》:"舍,市居曰舍。从亼、屮,象屋也。口象築也。始夜切。"《廣韻·馬韻》:"舍同捨。"《説文·手部》:"捨,釋也。从手,舍聲。書冶切。"朱駿聲云:"凡經傳舍字,或訓置、訓止、訓廢、訓放、訓棄、訓去、訓縱、訓投,皆'捨'之假借也。"朱説是。

〔鸞〕　《説文·車部》:"輶,輕車也。从車,酋聲。《詩》曰:'輶車鑾鑣。'"《文選》班固《東都賦》注、左思《吴都賦》注、謝瞻《王撫軍庾西陽集别時爲豫章太守庾被徵還東》注各引《詩》同。《説文·鳥部》:"鸞,亦神靈之精也。……鳴中五音,頌聲作則至。从鳥,䜌聲。洛官切。"《説文·金部》:"鑾,人君乘車,四馬鑣,八鑾鈴,象鸞鳥聲,和則敬也。从金,从鸞省。洛官切。""鑣,馬銜也。

从金,麃聲。補嬌切。"《説文·口部》:"咊,相譍也。从口,禾聲。户戈切。"按:後改作"和"。古又謂車鈴。《廣雅·釋器》:"和,鈴也。"《小雅·蓼蕭》:"和鸞雝雝,萬福攸同。"毛《傳》:"在軾曰和,在鑣曰鸞。"孔《疏》:"和亦鈴也。"朱注:"和,鸞,皆鈴也。"《左傳·桓公二年》:"鍚鸞和鈴。"杜預注:"鍚在馬額,鸞在鑣,和在衡,鈴在旂,動皆有聲也。"按:"鍚"本作"鐊"。《説文》:"鐊,馬頭飾也。从金,陽聲。……與章切。""鑾"爲正字,"鸞"爲同音假借字。

〔**歇驕**〕　《爾雅·釋畜》作"猲獢"。《釋文·爾雅音義》:"獥,《字林》作猲。"《釋文·毛詩音義》:"歇,本又作猲。驕,本又作獢。"《説文·犬部》引《詩》作"猲獢"。《漢書·地理志》注引《詩》同。《文選·張衡〈西京賦〉》注引《毛詩》作"獥獢"。按:"猲獢"爲本字。今本《詩經》作"歇驕",乃"猲獢"之假借字也。"獥"爲"猲"之别體。

小　戎

小戎俴收,五楘梁輈。游環脅驅,陰靷鋈續。文茵暢轂,駕我騏馵。言念君子,温其如玉。在其板屋,亂我心曲。

四牡孔阜,六轡在手。騏駵是中,騧驪是驂。龍盾之合,鋈以觼軜。言念君子,温其在邑。方何爲期,胡然我念之。

俴駟孔羣,厹矛鋈錞。蒙伐有苑,虎韔鏤膺。交韔二弓,竹閉緄縢。言念君子,載寢載興。厭厭良人,秩秩德音。

〔棨〕　《釋文》出作“䋼”,云:“本又作鞏。”《玉篇》:“鞏,曲輮束也亦作棨。”《説文》:“棨,車歷録束文也。”“鞏,車軸束也。”毛《傳》:“棨,歷録也。梁輈,輈上句衡也。一輈五束,束有歷録。”孔《疏》:“因以爲文章歷録然,歷録蓋文章之貌。”王先謙以《韻會》引“束文”應爲“束交”,故孔《疏》謂“文章之貌”亦非也。王夫之云:“《傳》言‘束有歷録’,則歷録自爲一物,古未聞以‘歷録’狀文章者。‘束交’者,束之互相交,如畫卦交爻作‘乂’也。《廣雅》:‘維車謂之厤鹿。’厤鹿即歷録也。許慎説‘著絲於莩車’爲‘維’。莩車者,紡車也。紡車相維之繩,上下轉相縈,是‘歷録’者紡車交縈之名,借以言車之棨也。輈之束有五,蓋輈體不可枘鑿,恐致脆折,故皆用束,其束之或金或革,未詳其制。於束之上,更以絲交縈,如紡車之左右交縈,務爲纏固,此之謂‘歷録’,何文章之有乎。”馬瑞辰以爲“棨”、“鞏”二字音義並同。朱駿聲則疑“棨”、“鞏”本一字。按:“棨”爲本字,《釋文》出作“䋼”,乃後起字也。

〔梁〕　《漢書·地理志》注引《詩》“五棨良輈”。《左傳·桓公六年》“隨季梁”,《古今人表》作“季良”。《孟子》“王良”,《荀子·正論篇》、《論衡·命義》俱作“王梁”,是二字同音通用之證也。

〔馵〕　《唐石經》“馵”作“馬”,訛字。

〔板〕　葉本《文選·左思〈三都賦序〉》李注引《詩》“在其版屋”。《説文》有“版”無“板”,《爾雅》、《廣雅》均作“版”。然經傳中多“版”、“板”錯出,蓋重文也。

〔鋈以觼軜〕　《説文·車部》:“軜,驂馬内轡繫軾前者,从車,内聲。《詩》曰:‘渓以觼軜。’奴荅切。”《大戴禮》盧注引《詩》“鋈以觖軜”。鈕樹玉云:“《説文繫傳》本作鋈,《韻會》引同。則大徐作渓,誤。”馬瑞辰云:“《説文》:‘觼,環之有舌者。或作鐍。’服虔《通俗文》曰:‘缺環曰鐍。’徐鍇曰:‘言環形象玦。’通作觖,觖亦缺也。”按:是“鋈”爲正字,“觼”、“觖”、“鐍”三字通用也。

〔厹矛〕　《説文·金部》“錞”下引《詩》“叴矛鋈錞”。《説文·口部》:“叴,高气也。从口,九聲。……巨鳩切。”《説文·内部》:“内,獸足蹂地也。象形,九聲。《尔疋》曰:‘狐、貍、貛、貉醜,其足蹞,其迹厹,凡厹之屬皆从厹。人九切。蹂,篆文从足,柔聲。”按:“内”,本作“厹”,篆文作“𠃢”,《廣韻·四十四有》作“𠔿”,《玉篇》作“𠃢”。《詩·秦風·小戎》今本“叴矛鋈錞”作“厹”,乃獸足蹂地之“厹”,《詩》“叴矛”字應從《説文》作“叴”,毛《傳》云:“三隅矛也。”《釋名》:“仇矛,頭有三叉,言可以討仇敵之矛也。”《考工記》“酋矛常有四尺”。“叴”、“仇”、“酋”音近可通假,“叴矛”可借“仇矛”、“酋矛”出之。“厹”、“叴”疊韻,形近,亦可通假。今本《詩經》作“厹”,疑即“叴”之借字。“叴”爲正字。

〔錞〕　《説文·金部》:“錞(𨭛),矛戟柲下銅鐏也。从金,𦎫聲。《詩》曰:‘叴矛鋈錞。’徒對切。”“鐏,柲下銅也。”毛《傳》:“錞,鐏也。”《廣雅》:“鐓,鐏也。”《方言》郭注:“鐏或名爲鐓。”《太平御覽》三百五十三引《詩》“厹矛鋈鐓”。《禮記·曲禮》鄭注云:“鋭底曰鐏,取其鐏地。平底曰鐓,取其鐓地。”是“錞”(𨭛)、“鐏”對文則異,散文則通也。本詩當以錞爲正字。“鐓”爲繁增字。

〔蒙伐有苑〕　《釋文》:“伐,本或作瞂。”《玉篇》引《詩》“蒙瞂有菀”,云:“本亦作伐。”《玉篇》:“瞂,盾也。”重文“戢”下云:“同瞂。”《説文》:“瞂,盾也。从盾,犮聲。扶發切。”蓋“瞂”爲本字,“伐”爲同音假借字。《左傳·昭公二十六年》“苑何忌”,《廣韻》引作“菀”。本詩“苑”字,《玉篇》引作“菀”。按:二字均“於阮切”,同音通用。

〔**虎韔鏤膺**〕　《釋文》:"韔,本亦作暢。"又《小雅·采緑》"言韔其弓",《釋文》:"韔,本亦作鬯。"《説文》:"韔,弓衣也。从韋,長聲。《詩》曰:'交韔二弓。'丑亮切。"毛《傳》:"韔,弓室也。"《廣雅》:"韔,弓藏也。"《漢書·禮樂志》注:"鬯,古暢字。"按:"韔",毛《傳》訓"弓室",藏弓之室,器名。《廣雅》謂"弓藏",弓之所藏,其義一也。又本篇"交韔二弓"、《鄭風·大叔于田》"抑鬯弓忌"、《小雅·采緑》"言韔其弓"之"韔",則非器名而稱"藏弓"之行事矣。"韔"經典正字,"暢"、"鬯",皆"韔"之借字耳。

〔**竹閉緄縢**〕　《釋文》:"閉,本一作鞑。"《唐石經》"閉"作"閟"。《周禮·冬官·弓人》鄭注引《詩》"竹鞑緄縢",云:"弓有鞑者,爲發弦時備頓傷。"《儀禮·士喪禮》《既夕禮》鄭注引《詩》"竹柲緄縢",云:"古文作柴。"又云:"柲,弓檠也。弛則縛之於弓裏,備損傷也。以竹爲之。"《釋文·周禮音義》:"縢,本又作縢。"《集韻》:"縢,或作縢。"毛《傳》:"閉,紲。緄,繩。縢,約也。"《儀禮》"閉"作"柲"。陳祥道云:"柲,以竹爲之,狀如弓然,約於弓裏,命之曰柲,以備損傷。柲以閉之,故亦謂之閉。緄以繫之,故亦謂之紲。三字文異而音義同。"《説文·木部》:"柲,欑也。""欑,積竹杖也。""檄,榜也。""榜,所以輔弓弩。"《革部》:"鞑,車束也。"《説文》未收"鞑"字。《玉篇》:"鞑,弓紲。"《集韻·薛韻》:"紲,或从曳。"《説文》:"紲,系也。从糸,世聲。"《周禮·冬官·弓人》鄭訓"紲"爲"弓鞑"。馬瑞辰云:"鄭注《考工記》:'矛戟柄,竹欑柲。'蓋戈矛柄欑竹相比輔爲之,而謂之柲。弓檠以竹爲之,用以輔弓弩,亦謂之柲,其義一也。"段玉裁云:"曰檠、曰榜、曰柲、曰閉者,竹木爲之。曰紲、曰縢者,縛之於弛弓以定其體也。"王念孫云:"閟與柲、鞑同。即《淮南》所謂'撒不正而可以正弓'者也。古文'柴',後又作'柲'、'鞑'、'鞑'。經典多用'柲'

爲正字。‘閉’爲假借字。《唐石經》作‘闋’,誤刻也。”

〔**載寢載興**〕　《文選·曹植〈應詔詩〉》“騑驂倦路,再寢再興”,李善注引《毛詩》“再寢再興”。《韓詩》“載”作“再”。今作“引《毛詩》”者,疑爲“引《韓詩》”之訛。“載”、“再”同音通用。

〔**厭厭良人**〕　《傳》:“厭厭,安靜也。”《列女傳·楚於陵妻》引《詩》“愔愔良人”。《魏都賦》注引《韓詩》云:“愔愔,和悦之貌。”推知《列女傳》引“愔愔良人”亦《韓詩》之文。《説文》:“懕,安也。”《爾雅》:“懕懕,安也。”《聲類》:“愔,和靜貌也。”《廣韻》:“愔,靖也。”《文選》注引《薛君章句》:“愔愔,和悦之貌。”《説文》未收“愔”字。“懕懕”、“愔愔”聲、義俱相近,故可互假。“懕”又省作“厭”。《毛詩》作“厭厭”,即“懕懕”之省借。

蒹　葭

蒹葭蒼蒼,白露爲霜。所謂伊人,在水一方。遡洄從之,道阻且長。遡游從之,宛在水中央。

蒹葭淒淒,白露未晞。所謂伊人,在水之湄。遡洄從之,道阻且躋。遡游從之,宛在水中坻。

蒹葭采采,白露未已。所謂伊人,在水之涘。遡洄從之,道阻且右。遡游從之,宛在水中沚。

〔**伊人**〕　鄭《箋》:“伊,當作緊。緊猶是也。”陳奂云:“伊、維一聲之轉,伊其即維其,伊何即維何,伊人即維人。此篇及《伐木》、《白駒》曰‘伊人’,《烈文》及《雝》曰‘維人’,‘維’,‘是’也,猶言是人也。”《廣韻·齊韻》:“緊,是也。”《後漢書·應奉傳》:“豈緊自謂必合道衷,心焉憒邑,聊以藉手。”蘇軾《喜雨亭記》:“一雨三日，緊誰之力。""緊"猶"是"。

〔一方〕　《傳》："一方，難至矣。"《箋》："乃在大水之一邊。"馬瑞辰云："方、旁古通用，一方即一旁也。隒、崖皆水旁之名。《廣雅》：'隒、崖，方也。'下章'在水之湄'、'在水之涘'，《傳》：'湄，水隒也。''涘，厓也。'即上'在水一方'也。《說文》央、旁同義，下云'宛在水中央'，亦謂水之旁，非以'中央'連讀也。"王念孫《廣雅疏證》："方，猶旁也。《〈秦風〉傳》：'湄，水隒也。''涘，厓也。'即經所云'水一方'也。故《蘇武詩》云'各在天一方'，《古詩》云'各在天一涯'，涯與厓通。"馬氏、王氏之說甚允。

〔遡洄從之〕〔遡游從之〕　《說文》："㴑，逆流而上曰㴑洄。㴑，向也。水欲下，違之而上也。从水，㡿聲。桑故切。遡，㴑或从朔。"《釋文》出作"遡洄"、"遡游"。《爾雅·釋水》作"泝洄"、"泝游"。郭璞注云："見《詩》。"《釋文·爾雅音義》："泝，《詩》作遡。"《文選》左思《吴都賦》、郭璞《江賦》注各引《毛詩》"泝洄從之"。按：宜從《說文》以"㴑"爲正字。"遡"，"㴑"之重文。"泝"，俗體字。

〔道阻且長〕　《爾雅·釋水》"水泉"，邢疏引《詩》"道沮且長"。《說文·水部》："沮，水。出漢中房陵，東入江。从水，且聲。子余切。"《說文·𨸏部》："阻，險也。从𨸏，且聲。側吕切。"是"沮"爲水名，"阻"爲險阻字。經文當作"阻"，邢疏借"沮"爲"阻"，以形音相近也。

〔宛〕　《釋文》："宛，本亦作苑。"按："宛"爲形况之辭。《經詞衍釋·補遺》："宛，猶若也。宛與若義相同。"此以"宛"爲正字，作"苑"者，假借字也。

〔萋萋〕　《釋文》："萋萋，本亦作凄凄。"《唐石經》、宋小字本、相臺本、《清石經》並作"凄凄"。《吕氏春秋·有始》引《詩》同。《文選·曹植〈情詩〉》注、《吕氏讀詩記》各引《詩》亦同。朱熹《詩集傳》本作"凄凄"。按:《説文》:"萋,艸盛貌。""淒,雨雲起也。"此詩應以"萋萋"形容"蒹葭",是爲正字。"淒"爲假借字。"凄",又"淒"之俗字。

〔**道阻且躋**〕　《釋文》:"躋,本又作隮。"《太平御覽》一百九十五引《詩》"路阻且躋"。《爾雅》:"路,旅途也。途即道也。"《説文》:"路,道也。""道,所行道也。"又《説文·足部》:"躋,登也。从足,齊聲。"《説文》未收"隮"字。《玉篇》:"隮,登也,升也。"《書·顧命》:"王麻冕黼裳,由賓階隮。"孫星衍疏:"隮當爲躋。《釋詁》云:'陞也。'"按:"道"、"躋"爲正字。

〔**沚**〕　毛《傳》:"小渚曰沚。"《爾雅·釋水》:"小洲曰陼,小陼曰沚。""陼"當作"渚"。郝懿行《義疏》:"《説文》用《爾雅》。《釋名》云:'沚,止也,小可以止息其上也。'然則沚小於渚,不可居處,但容止息而已。"《説文》:"沚,小渚曰沚。"《釋文·爾雅音義》:"沚,本或作洔。音同。又音市。"《韓詩》"沚"作"洔",説曰:"大渚曰洔。"見《文選·潘岳〈河陽縣作〉》李注引《韓詩》曰:"宛在水中洔。"薛君曰:"大渚曰洔。"又《穆天子傳》"飲於板洔之中",郭注:"洔,小渚也。"按:"洔"與"沚"同。《爾雅》、《説文》、毛《傳》、《穆天子傳》郭注並云"小渚曰沚",無異辭。《薛君章句》云"大渚",疑爲"小渚"之訛。

終　南

終南何有,有條有梅。君子至止,錦衣狐裘。顔如渥丹,其君也哉。

終南何有,有紀有堂。君子至止,黻衣繡裳。佩玉將將,壽考不亡。

〔**終南**〕　《傳》:"終南,周之名山中南也。"《初學記》五:"終南山亦名中南。"《淮南子·俶真訓》"終隆之山",注云:"終隆則終南山。"《初學記》又引潘岳《關中記》云:"終南山一名中南。言在天之中,居都之南也。"錢坫云:"古隆讀臨,故終南爲終隆也。"中、終音亦相近,字通。陳奂云:"《漢書·地理志》:'右扶風武功,大一山,古文以爲終南。垂山,古文以爲敦物,皆在縣東。'案:《禹貢》'終南'、'惇物',皆在雍州渭南。惇物,漢扶風武功縣之南山,而終南爲漢京兆長安縣之南山,今陕西西安府南五十里終南山也。豐在長安西,鎬在長安東,則終南爲周豐、鎬之南山。……以大一當終南,未是也。……《漢書·匈奴傳》亦云:'秦襄公伐戎至郊,始列爲諸侯。'據此,知襄公僅有岐西,尚無岐東,至豐、鎬之南山,必非秦履。"胡承珙云:"岐之東西皆有終南,不必定至岐東之地。朱子謂襄公雖未能遽有周地,然既有天子之命矣。《穀梁子》曰:'王者無外命之則成矣。'《史記》載平王曰:'戎無道,奪我岐、豐之地,秦能攻逐戎,即有其地。'故秦襄公冢中鼎銘曰:'天王遷洛,岐、豐錫公。'(見《通鑑前編》)其言正與《詩序》相應,此大夫美其君能取周地,始爲諸侯,首舉周之名山,舍終南將何所舉?必泥於襄地之未至終南。且《箋》云:'至止者,受命服於天子而來。'是則襄公救周之後,受服西歸,道經終南,大夫因以起興,未爲不可也。"按:《雍録》云:"終南山横亘關中南面,西起秦、隴,東徹藍田,凡雍、岐、鄠、鄠、長安、萬年,相去且八百里,而連綿峙據其南者,皆此一山也。"可見終南山乃關中地區雄偉綿長之高大山脈,亦足證秦襄公受服西歸時必"道經終南"也,胡承珙之説甚辨。又按:終南亦稱中南、南山、秦山,或稱秦嶺。除本篇徑以"終南"冠之而外,在《詩》中稱"南山"者凡十六次,確指"終南山"者僅四次[見《小雅·斯干》、

《小雅·節南山》(二次)、《小雅·信南山》],其他十二次,“南山”但謂“南面之山”耳。

〔**有條有梅**〕　《釋文》:“條,本亦作樤。音同。槄也。”“槄,山榎也。”山井鼎《考文》謂古本作樤。《文選》班固《西都賦》注、沈約《鍾山詩》注各引《毛詩》,《太平御覽》三十八引《詩》“有條有枚”。毛《傳》:“條,槄。梅,枏也。”《爾雅·釋木》:“槄,山榎。”孫炎云:“《詩》‘有條有梅’,條,槄也。”郭注:“今之山楸。”《爾雅·釋木》又云:“柚,條。”《説文》:“柚,條也。似橙而酢。”郭注云:“柚似橙,生江南。”陶氏定山曰:“槄从舀聲,柚从由聲,與條同部,得相轉注,故得通訓。或原隰别種,南北殊呼,同名異實,醜類繁多。”王先謙云:“攸聲、舀聲,古同部通用,柚條爲南方之木,非終南所有,故不得以條爲柚也。”《釋木》:“梅,枏。”《説文》:“梅,枏也。”“枏,梅也。”“某,酸果也。……槑,古文某,从口。”徐灝《箋》:“某,即今酸果‘梅’字。因假借爲‘誰某’而爲借義所專,遂假‘梅’爲之。”邵瑛《群經正字》:“枏,俗作楠。”段注:“《召南》之‘梅’,今之酸果也。《秦》、《陳》之‘梅’,今之楠樹也。”又《字彙·木部》:“呆(某),古‘某’字。今俗以爲癡獃字,誤。”《正字通·木部》:“呆(某),同槑(槑)省,古文某作槑(槑),某即古梅字。”按:字從甘,不從口,與“呆”别。本詩“條”爲“槄”之假借字。作“樤”者爲“條”之纍增字。“槄”爲正字。此“梅”即“枏”也。

〔**渥丹**〕　《釋文》:“丹如字。《韓詩》作沰。音撻各反。沰,赭也。”《韓詩外傳》二引作“渥赭”。《廣韻》:“沰,赭也。”黄山云:“《説文》:‘丹,巴越赤石。’‘赭,赤土色。’並赤,故義可通,《簡兮》鄭《箋》即以‘傅丹’訓‘赭’可證也。《封氏見聞記》:‘赭,或謂之柘木染。’《本草》:‘柘木染黄赤色,謂之柘黄,天子服。’柘黄即赭黄也。柘讀如‘蔗’,與‘赭’爲同音字。沰與柘皆‘石’聲,亦可通

‘赭’，是沰又即赭也。”《邶風·簡兮》“赫如渥赭”，《箋》云：“碩人容色赫然如厚傅丹。”本詩“顔如渥丹”，《箋》云：“顔色如厚漬之丹，言赤而澤也。”馬瑞辰云：“此詩《釋文》引《韓詩》作沰，云：‘沰，赭也。’沰與赭音義同，是知此詩毛本作‘渥赭’，故《韓詩》得通作沰。《箋》‘顔色如厚漬之丹’，亦以丹釋經赭字，非必經原作丹也。後人據《箋》以改經，遂誤作‘渥丹’耳。《釋文》云：‘丹，如字，《韓詩》作沰。’則陸氏所見經本已誤。”陳奐云：“渥丹，丹字疑誤，當同《簡兮》作渥赭。《釋文》引《韓詩》作沰，云：‘沰，赭也。’赭、沰聲通，若作丹，則聲不通矣。今《韓詩外傳》引《詩》‘顔如渥赭’，或後人依《毛詩》改之也。”段玉裁云：“渥沰即《邶風》之渥赭也。古者聲、石聲同在第五部。”準以上諸家所議，今本“丹”字爲“赭”或“沰”之訛字明矣。

〔**有紀有堂**〕　《釋文》：“紀，本亦作屺。”《正義》云：“《集注》本作屺，定本作紀。”屺、紀形聲相近。《初學記》五引《詩》，王氏《詩攷》引崔靈恩《集注》作屺。《白帖》五引《詩》“有杞有棠”。王引之云：“今首章言木而二章乃言山，則既與首章不合，又與全詩之例不符矣。今按：紀讀爲杞，堂讀爲棠，條、梅、杞、棠皆木名也。紀堂假借字耳。考《白帖·終南山類》引《詩》正作‘有杞有棠’。唐時齊、魯《詩》皆亡，唯《韓詩》尚存，則所引蓋《韓詩》也。”按：“杞”、“棠”爲正字。“紀”、“堂”爲假借字。作“屺”者，因形近致訛也。

〔**佩玉將將，壽考不亡**〕　相臺本“亡”作“忘”。《儀禮·士冠禮》作“壽考不忘”。《漢書·禮樂志》載《安世房中歌》同，班固用齊詩也。《魯詩》作“壽考不忘”，見《中論·藝紀》引《詩》“佩玉鏘鏘，壽考不忘”。此徐幹用《魯詩》之文也。《毛詩》作“亡”。按：《説文·乚部》：“亡，逃也。从入，从乚。”《辵部》：“逃，亡也。从辵，兆聲。”《廣雅·釋詁三》：“亡，避也。”《增韻·陽韻》：“亡，失也。”《易·旅》：“射雉一矢亡。”孔疏：“射之而復亡失其矢。”陸游《自述》：“薄酒時醒醉，殘書半在亡。”均訓“遺失”義。又通“忘”。朱駿聲云：“亡，叚借爲忘。”《邶風·緑衣》：“心之憂矣，曷維其亡。”《箋》：“亡之言忘也。”又“忘”字，《説文·心部》：“忘，不識也。从心，从亡，亡亦聲。”《增韻·陽韻》：“忘，遺也。”《大雅·假樂》：“不愆不忘，率由舊章。”《箋》：“不過誤，不遺失。”《漢書·武五子傳》：“子胥盡忠而忘其號。”顔師古注：“忘，亡也。”《文選·陸機〈歎逝賦〉》：“樂隤心其如忘，哀緣情而來宅。”李善注：“忘，失也。”是知“忘”、“亡”音近義通，《儀禮·士冠禮》“壽考不忘”，鄭注以“長有令名不忽然遽盡”訓“不忘”，正以“忘”有“失”義也。“亡”亦有“失”義，故《毛詩》作“亡”，未必爲“忘”之省借，殆用古文本字也。

黄鳥

交交黄鳥，止于棘。誰從穆公，子車奄息。維此奄息，百夫之特。臨其穴，惴惴其慄。彼蒼者天，殲我良人。如可贖兮，人百其身。

交交黄鳥，止于桑。誰從穆公，子車仲行。維此仲行，百夫之防。臨其穴，惴惴其慄。彼蒼者天，殲我良人。如可贖兮，人百其身。

交交黄鳥，止于楚。誰從穆公，子車鍼虎。維此鍼虎，百夫之禦。臨其穴，惴惴其慄。彼蒼者天，殲我良人。如可贖兮，人百其身。

〔**交交**〕　《文選·嵇康〈贈秀才入軍詩〉》:“咬咬黄鳥,顧儔弄音。”李善注引古歌:“咬咬鳴相追,咬咬弄好音。”《玉篇》、《廣韻》並曰:“咬,鳥聲。”俞樾云:《文選·鸚鵡賦》注引《韻略》:“咬咬,鳥鳴也。”按:“交交”爲本字,象聲詞。“咬咬”乃後世滋益之俗字。

〔**棘**〕　《唐石經》“棘”作“棘”,訛字。

〔**慄**〕　《孟子·公孫丑》趙岐《章句》云:“惴,懼也。《詩》云:‘惴惴其栗。’”《淮南子·説山訓》高誘注:“倕,讀曰《詩》‘惴惴其栗’之惴。”以上均用《魯詩》文。今《孟子注》閣本、監本、毛本均作“慄”,或後人順毛所改。古經典多作“栗”,《論語·八佾》:“哀公問社於宰我,宰我對曰:‘夏后氏以松,殷人以柏,周人以栗,曰使民戰栗。”《漢書·楊敞傳附楊惲傳》:“衆毁所歸,不寒而栗。”顔師古注:“栗,竦縮也。”《詩》中借諧音取譬之例多有,不煩枚舉。本詩“栗”爲初文,“慄”爲後起字。

〔**殲**〕　《唐石經》“殲”作“殱”。不體。

〔**如可贖兮**〕　洪适《隸續》載《平輿令薛君碑》、蔡邕《陳留太守胡公碑》並作“如可贖也”。二碑俱引《魯詩》。按:“兮”、“也”在此均爲語助,形音有别而義同。

晨　風

鴥彼晨風,鬱彼北林。未見君子,憂心欽欽。如何如何,忘我實多。

山有苞櫟,隰有六駁。未見君子,憂心靡樂。如何如何,忘我實多。

山有苞棣,隰有樹檖。未見君子,憂心如醉。如何如何，忘我實多。

〔鴥彼晨風〕　《釋文》："鴥，《説文》作鴪。"《唐石經》、小字本、相臺本並作"鴥"。今《説文》："鴥，鸇飛貌。从鳥，穴聲。《詩》曰：'鴥彼鷐風。'余律切。""鸇，鷐風也。从鳥，亶聲。""鷐，鷐風也。从鳥，晨聲。"《説文》本《魯詩》。《説苑》引作"晨風"。《爾雅·釋鳥》注，《北堂書鈔》十一，《文選》曹攄《感舊詩》注、左思《蜀都賦》注、干寶《晉紀論》注各引《毛詩》"鴪彼晨風"。《韓詩外傳》八引此詩作"鷸彼晨風"。王褒《四子講德論》注引《韓詩》同。按：毛《傳》："鴥，疾飛貌。晨風，鸇也。""鷸"字，《説文》云："知天將雨鳥也。"宋綿初云："鷸，《字書》作聿，疾飛貌。木華《海賦》'鷸如驚鳧之失侣'，與'鴥'字異而義同。"段玉裁云："宜從《釋文》所引《説文》作鴪。"今本《説文》作"鴥"，偏旁左右轉易，字同。《韓詩》作"鷸"，與"鴪"同聲之假借字也。《字書》作"聿"，同例。又"鷐"，齊、韓、毛皆作"晨"，省借字。《魯詩》作"鷐"爲正字。

〔鬱彼北林〕　《毛詩》、《韓詩》皆作"鬱"。《齊詩》作"温"，見《易林·小畜之革》："晨風之翰，大舉就温。"《豫之革》："晨風文翰，隨時就温。雄雌相和，不憂危殆。"陳喬樅云："温與蘊通，當爲'鬱'之叚借。《雲漢》詩：'温隆蟲蟲'，《正義》：'定本作蘊。'《釋文》：'《韓詩》作鬱。'可證也。《齊詩》異文蓋作'温彼北林'，魏曹丕詩：'願爲晨風鳥，雙飛翔北林'，即用此詩語意，與《易林》'雄雌相和'之説合，其義皆本之《齊詩》。"《魯詩》"鬱"作"宛"，見《周禮·冬官·函人》鄭注"窓讀如'菀彼北林'之菀"。王氏《詩攷》引《周禮》注同。"菀"，一作"宛"，亦"鬱"之借字。《小雅·小宛》"宛彼鳴鳩"，《國語》注、《说苑·雜言》引作菀。《説文》："宛，屈草自覆也。从宀,夗聲。於阮切。惌,宛或从心。""菀,茈菀,出漢中房陵。从艸,宛聲。於阮切。""鬱,木叢生者。"是知"宛"、"菀"與"鬱"本不可互訓,然《魯詩》則借"宛"(菀)爲之,蓋"宛"(菀)一聲之轉,古讀同"鬱",故亦借"宛"(菀)爲"鬱"、爲"藴"也。本詩"鬱"爲正字。

〔**苞櫟**〕　《魯詩》作"枹櫟",見《爾雅·釋木》:"樸,枹者。"郭注:"樸屬叢生者爲枹。《詩》所謂棫樸、枹櫟。"此用《魯詩》文。

〔**檖**〕　《釋文》:"檖,或作遂。赤羅也。"《説文》云:"椽,羅也。从木,㒸聲。《詩》曰:'隰有樹椽。'徐醉切。"《爾雅·釋木》:"檖,羅。"郭注:"檖,今楊檖也。實似梨而小,酢可食。"《玉篇·木部》:"檖,木名。椽,同上。"按:作"遂"者,"檖"之省形也。

無　衣

豈曰無衣,與子同袍。王于興師,修我戈矛,與子同仇。

豈曰無衣,與子同澤。王于興師,修我矛戟,與子偕作。

豈曰無衣,與子同裳。王于興師,修我甲兵,與子偕行。

〔**澤**〕　《傳》:"澤,潤澤也。"《箋》:"襗,褻衣,近污垢。"《釋文》:"澤,如字。……《説文》作襗,云:'袴也。'"今本《説文》未引《詩》。《周禮·天官·玉府》"掌王之燕衣服",鄭注云:"燕衣服者,巾絮、寢衣、袍襗之屬。……劉音澤。"賈疏引《毛詩》"與子同襗。"賈氏引《毛詩》作襗,疑轉鈔致訛,《毛詩》本作澤。陳喬樅云:

"班固《北征頌》'寒不施襗',班世習《齊詩》此頌正用齊'襗'字。鄭易'澤'爲'襗',亦據齊文也。……襗是褻服,故以'近污垢'言之。《説文》訓'襗'爲'袴',别爲一説。陸、孔並引以證鄭,未合。"《説文·衣部》:"襗,絝也。从衣,睪聲。徒各切。"王筠《説文句讀》:"《玉篇》:'袴也。'袴即絝之俗體。他書未有以襗爲絝者。"《廣韻·鐸韻》:"襗,褻衣也。"《説文·水部》:"澤,光潤也。从水,睪聲。丈伯切。"《釋名·釋衣服》:"汗衣,近身受汗垢之衣也。《詩》謂之澤,受汗澤也。"《篇海類編·地理類·水部》:"澤,褻衣也。"按:"澤"、"襗"同在鐸部,古音近通用。《箋》云"襗,褻衣",與《釋名》、《篇海類編》義合。《釋文》云:"澤,如字。"是知陸氏所見《毛詩》,《傳》、《箋》、文本皆作"澤",今本《箋》作"襗",或手民之誤。《三家詩》則以"襗"出之。

〔**與子偕行**〕　《漢書·趙充國傳》贊、《辛慶忌傳》贊引《詩》並作"與子皆行"。《漢書·地理志》引《詩》仍作"偕",疑後人順毛改字也。又《周頌·豐年》"降福孔皆",《左傳·襄公二年》引作"偕",《晉書·樂志》、《説苑·貴德》、《太平御覽》三十五引《詩》並同。《説文》:"偕,彊也。从人,皆聲。《詩》曰:'偕偕士子'。一曰俱也。"如本篇"與子偕行",《邶風·擊鼓》"與子偕老",均訓"俱"。"偕"、"皆"二字古通作,《墨子·明鬼》:"偕若信鬼神之能賞賢而罰暴也。"孫詒讓《閒詁》"偕與皆通。"《左傳·襄公二年》引《詩》"降福孔偕",杜預注:"偕,徧也。"是以"偕"爲"皆"也。《〈豐年〉傳》云:"皆,偕也。"是其例。

渭　陽

我送舅氏,曰至渭陽。何以贈之,路車乘黄。

我送舅氏，悠悠我思。何以贈之，瓊瑰玉佩。

〔**曰至渭陽**〕　《太平御覽》六十二引作“于渭之陽”。《渭陽·小序》:“康公時爲太子，贈送文公于渭之陽，念母之不見也。我見舅氏，如母存焉。”因涉及《小序》有“于渭之陽”之詞，疑《御覽》誤將其轉易爲經文也。

〔**路車**〕　《太平御覽》四百七十八引《詩》作“輅車”。《書》“大輅、次輅”注，《周禮》“典輅”注引皆作路。《説文·車部》:“輅，車軨前横木也。”《釋名·釋車》:“天子所乘曰路，路亦車也。謂之路者，言行於道路也。”《正字通·足部》:“路，與輅通。”《魏風·汾沮洳》:“殊異乎公路。”《傳》:“路，車也。”《公羊傳·昭公二十五年》:“設兩觀，乘大路。”何休注:“禮，天子大路，諸侯路車，大夫大車，士飾車。”按:“輅”，據《説文》本爲“車軨前横木”之名，然以其形、聲與“路”近，經傳或通用之。《論語·衛靈公》:“乘殷之輅。”何晏《集解》引馬融曰:“殷車曰大輅。”劉寶楠《正義》:“《釋文》:‘輅，本亦作路。’”《廣雅·釋器》:“輅，車也。”《玉篇·車部》:“輅，大車。”《集韻·鐸韻》:“輅，王車。”是二字通用之證，而經文仍以“路”爲正字。

〔**瓊瑰玉佩**〕　馬瑞辰云:“瓊瑰蓋璿瑰之譌。《説文》:‘瓊，赤玉也。’(段玉裁謂‘赤玉’當作‘亦玉’。)‘璿，美玉也。’二義不同。篆文瓊作瓊，璿作璿，形近致譌。《説文》‘璿’字注引《春秋傳》‘璿弁玉纓’，今《左傳》譌作‘瓊弁’，其證一也。古璿字或作琁，璿譌爲瓊，今本《説文》因誤以琁篆厠瓊字之下。據《文選·陶徵士誄》‘璿玉致美’，李善注引《説文》云:‘琁，亦璿字。’是知《説文》琁字本厠璿下，今誤厠瓊下，其證二也。琁又通璇，《山海經·大荒西經》‘西王母之山有璇瑰瑶碧’，郭注:‘璇瑰，亦玉名。’而《文選·

江賦》《洛神賦》李善注、《玉篇》、《廣韻》引《山海經》並作'璿瑰'，《大荒北經》亦言'璿瑰傜碧'，是知'璇瑰'皆'璿瑰'之異文，非瓊瑰也，其證三也。《穆天子傳》'重䍡氏之所守，曰枝斯璿瑰'，郭注：'璿瑰，玉名。'引《左傳》'贈我以璿瑰'，即成十七年《左傳》'聲伯夢或與己瓊瑰'也。是知《左傳》'瓊瑰'亦'璿瑰'之譌，其證四也。經傳'瓊弁'、'瓊瑰'字皆當爲'璿'，故知此詩'瓊瑰'亦'璿瑰'之譌。……毛公作《傳》時或已譌璿爲瓊，故以爲石而次玉。若璿，爲美玉，古未有以爲石者也。又按：《〈衛風·木瓜〉傳》：'瓊，玉之美者。'與《説文》訓璿爲美玉合，且玖爲石次玉黑色者，與瓊爲赤玉不相贯，'瓊瑶'、'瓊琚'、'瓊玖'，瓊皆當爲璿字之譌。"按：馬氏考辨精審，洵不刊之論。

權　輿

於我乎，夏屋渠渠，今也每食無餘。于嗟乎，不承權輿。

於我乎，每食四簋，今也每食不飽。于嗟乎，不承權輿。

〔**夏屋渠渠**〕　王延壽《魯靈光殿賦》云："揭蘧蘧而騰湊。"李注引崔駰《七依》曰："夏屋蘧蘧，高也。音渠。"《左傳·定公十五年》"齊侯次於渠蒢"，《公羊傳》作"蘧蒢"。《西京賦》"蘧藕"，薛綜注以"蘧"爲"芙渠"。是知"渠"、"蘧"音同字通。王延壽爲王逸之子，與其父俱習《魯詩》，抑《魯詩》作"夏屋蘧蘧"耶。

〔**于嗟乎，不承權輿**〕　《爾雅·釋詁》："權輿，始也。"郭注："《詩》曰：'胡不承權輿。'"王先謙云："毛讀'于嗟乎'句，不承'權輿'句,此引《詩》'乎'作'胡',以'胡不承權輿'爲句,蓋本舊注所引《魯詩》,故文異而句讀亦異也。"馬瑞辰云:"乎通作胡……乎與胡一聲之轉。然此詩以'于嗟乎'絶句,與下句'權輿'爲韻,猶《騶虞》詩以'于嗟乎'與'騶虞'爲韻。《三家詩》或讀'于嗟'絶句,不若《毛詩》爲善。抑或郭璞所見《毛詩》本原作'于嗟乎,胡不承權輿',下句多一胡字,詞義更婉。又按:權輿即蘿蕍之假借。據《説文》'蘉,灌渝,讀若萌',則以'灌渝'二字連讀。蘉即萌也,灌渝即蘿蕍也,亦即權輿。蘿蕍本蒹葭始生之稱,因而凡草之始生通曰權輿,因而人之始事亦曰權輿。"二氏之説俱是。

陳　風

宛　丘

子之湯兮,宛丘之上兮。洵有情兮,而無望兮。
坎其擊鼓,宛丘之下。無冬無夏,值其鷺羽。
坎其擊缶,宛丘之道。無冬無夏,值其鷺翿。

〔**子之湯兮**〕　《魯詩》"湯"作"蕩",見《楚辭·離騷》王逸《章句》:"蕩猶蕩蕩,無思慮貌也。《詩》曰:'子之蕩兮。'"陳喬樅云:"三家今文每以訓詁代正經,如《芄蘭》詩'能不我甲',毛《傳》:'甲,狎也。'《釋文》引《韓詩》作'能不我狎'。《大明》詩'俔天之妹',毛《傳》:'俔,磬也。'《正義》引《韓詩》作'磬天之妹'。是其顯證。"又,《白帖》六,《太平御覽》十八、五十三各引《詩》並作'子之蕩兮'。毛《傳》:"湯,蕩也。"惠氏曰:"古文《論語》'君子坦蕩蕩’,鄭康成注云:‘魯《論》作坦湯’。”《説文·水部》:“蕩,水。出河内蕩陰。”《集韻》:“蕩,水名。通作湯。”《漢書·地理志》“河内郡。蕩陰。”小顔音湯。是“湯”、“蕩”古通用。《説文》:“湯,熱水也。从水,昜聲。”朱駿聲《説文通訓定聲》:“湯,叚借爲盪。”(盪、蕩一字)《正字通·水部》:“湯,與蕩通。”《廣韻》:“蕩、逸、放、恣,置也。”王念孫《疏證》:“蕩、逸、放、恣並同義。”又《説文》:“愓,放也。从心,昜聲。一曰平也。”沈濤《古本考》:“《華嚴經音義上》引‘愓,放恣也’。”朱駿聲《説文通訓定聲》:“經傳皆以‘蕩’爲之。”《方言》:“婬、愓,遊也。江、沅之閒謂戲爲婬,或謂之愓。”《廣雅》:“愓,戲也。”“愓”爲本篇正字明矣。“湯”、“蕩”皆假借字也。

〔**宛丘之下**〕　《水經注·㶏水》引《詩》“菀邱之下”。《淮南子·俶真訓》高注:“苑讀南陽苑。”莊逵吉云:“南陽苑即宛縣字也。古苑與宛通。”又“宛”、“菀”、“韞”並通。《韓詩外傳》之“韞邱”即“宛丘”也。“宛”、“苑”、“菀”、“蕰”互通之例詳《唐風·山有樞》辨證。

〔**無冬無夏**〕　《漢書·地理志》引《詩》“亡冬亡夏”。按:“亡”、“無”古音同字通。《集韻·虞韻》:“無,或作亡。”段玉裁云:“亡,亦叚借爲有無之無。”

〔**值**〕　“值其鷺羽,值其鷺翿”句中兩“值”字,《太平御覽》二十六引《詩》均作“植”。毛《傳》:“值,持也。”《廣韻·志韻》:“值,持也。”《説文》(段注本):“值,持也。从人,直聲。”段注:“持,各本作措。措者,置也。非其義。今依《韻會》所據正。《韻會》雖譌‘待’,然轉刻之失耳。”《漢書·地理志》顔師古注:“值,立也。鷺鳥之羽以爲翿,立之而舞,以事神也。”按:本詩“值其鷺羽”以舞,正與《簡兮》“右手秉翟”義近。古之羽籥舞,或秉翟羽,或值鷺羽,皆以華美之鳥羽爲翳(即華蓋,猶今之道具),若謂“植其鷺羽”爲

"立之而舞",然如何立之耶,未若訓"值"爲"執持"更近詩義也。是"值"爲正字。"植"爲同音假借字。

東門之枌

東門之枌,宛丘之栩。子仲之子,婆娑其下。
穀旦于差,南方之原。不績其麻,市也婆娑。
穀旦于逝,越以鬷邁。視爾如荍,貽我握椒。

〔**穀旦于差**〕　《唐石經》"穀"作"穀"。毛本同。《釋文》:"旦,本亦作且。王七也反,苟且也。徐子餘反。""差,王音嗟,《韓詩》作嗟。"《傳》:"穀,善也。"《箋》:"旦,明。于,曰。差,擇也。"馬瑞辰云:"差,當從《韓詩》及王本作嗟。……'且'爲語中助詞,'穀且吁嗟'猶言善吁嗟也。"嚴可均云:"穀,隸省。"盧文弨云:"經本作旦字,王肅妄改爲且。"按:《傳》、《箋》及嚴氏、盧氏之説是矣。詩字應作"穀旦于差",且"穀旦"已爲"吉日良辰"之凡語矣。作"穀"者不體。

〔**市也婆娑**〕　毛《傳》:"婆娑,舞也。"《正義》引李巡曰:"婆娑,盤辟舞也。"孫炎曰:"舞者之容婆娑然。"《楚辭·九懷》王逸《章句》引《詩》"婆娑其下"。《吕氏春秋·愛類》高注引《詩》"不績其麻,市也婆娑。"此用《魯詩》文,與毛同。《釋文》:"婆,《説文》作媻。"今《説文》引《詩》"市也媻娑"。王符《潛夫論·浮侈》引《詩》"女也婆娑"。此爲轉寫之誤。《後漢書·王符傳》所引仍同今《詩》作"市"。《説文·女部》:"娑,舞也。从女,沙聲。《詩》曰:'市也媻娑。'""媻,奢也。从女,般聲。"段注:"奢者,張也。趙注《孟子》、《廣雅·釋詁》皆曰:般,大也。媻之從般,亦取大意。"徐鉉曰:"今俗作婆,非是。"《説文》無"婆"字。陳喬樅云:"段注:

‘《詩音義》：“婆，步波反。”引《説文》作媻。《爾雅音義》但云：“娑，素何反。”不爲婆字作音，蓋陸所見《爾雅》作“娑娑”。《〈魯頌〉傳》曰：“犧尊有娑飾也。”《鄭志》張逸曰：“犧讀爲沙。沙，鳳皇也。不解鳳皇何以爲沙。”答曰：“刻畫鳳皇之象於尊，其形娑娑然。”案：今經傳娑娑字皆改作婆娑，《詩》、《爾雅》即以媻娑連文，恐尚非古也。’喬樅案：張衡《思玄賦》‘修初服之娑娑兮’，漢人文筆尚多用‘娑娑’字。”段、陳之説平允，當從之。明經文本作“娑娑”也。

〔**越以鬷邁**〕　《傳》：“鬷，數；邁，行也。”《箋》：“越，於；鬷，總也。於是是以總行。欲男女合行。”《玉篇・彳部》：“䙛，子紅切。數也。《詩》曰：‘越以䙛邁。’”孔《疏》：“鬷謂麻縷，每數一升而用繩紀之，故鬷爲數。王肅云：‘鬷數，績麻之縷也。’”《説文》作“稯”，云：“布之八十縷爲稯。”是以“鬷”爲“緵”、“稯”之假借。陳奂云：“越，讀同粤，《爾雅》：‘粤，于也。’《采蘩》、《采蘋》、《擊鼓》云‘于以’，此云‘越以’，皆合二字爲發語之詞。鬷讀爲總。《〈羔羊〉傳》云：‘總，數也。’‘邁，行。’……‘數’有‘急聚’之義，數行者，言急數行會也。《序》云‘亟會’，亟，急也。急亦數也。《玉篇・彳部》：‘䙛，數也’。引《詩》‘越以䙛邁’，《三家詩》字異義同。”《説文》：“總，聚束也。”《〈周禮・掌客〉釋文》：“總本作緵。”《莊子・則陽》“是稯稯何爲者”，《釋文》：“字亦作總。”明“總”與“緵”、“稯”字同。胡承珙云：“毛意訓鬷爲數，蓋讀爲數罟之數。《〈豳風・九罭〉傳》‘緵罟’，《〈小雅・魚麗〉傳》作‘數罟’，知緵有數義。數者，促數，爲攢、湊、總、會之意，故《商頌》‘鬷假’《傳》又云：‘鬷，總。’《中庸》引作‘奏假’，奏猶湊也，會聚之義。然則此《傳》云‘鬷，數；邁，行’者，本謂男女促數會聚而行。鄭以‘數’義難明，故以‘總’訓申之，非與毛異。《玉篇》：‘䙛，數也。《詩》曰：“越以䙛邁。”’此或據《三家詩》。從彳作䙛，必非麻縷可知。”是“鬷”、“緵”、“稯”可互假,此三字又爲“總”之借字也。《箋》訓“畯邁”爲“總行”,得之矣。

〔貽我握椒〕　《太平御覽》九百五十八引《詩》作“屋”。《權輿》“夏屋渠渠”,《傳》云:“夏,大也。”《箋》云:“屋,具也。”《爾雅·釋言》:“握,具也。”夏屋即禮食大具。“屋”即“握”之省也。此詩同例,“握”爲正字。

衡　門

衡門之下,可以棲遲。泌之洋洋,可以樂飢。
豈其食魚,必河之魴。豈其取妻,必齊之姜。
豈其食魚,必河之鯉。豈其取妻,必宋之子。

〔衡門〕　《傳》:“衡門,横木爲門,言淺陋也。”《釋文》:“衡,沈云:‘此古文横字。’”顔師古云:“衡即横也,不勞借音。”《説文》:“衡,牛觸,横大木其角。从角,从大,行聲。”《集韻·庚韻》:“衡,横一木爲門也。”《釋名·釋車》:“衡,横也。”《説文》:“横,闌木也。从木,黄聲。”段注:“闌,門遮也。……凡以木闌之,皆謂之横也。”《管子·君臣上》:“下有五横以揆其官,則有司不敢離法而使矣。”于省吾《新證》:“横,應讀作衡,二字古通。”《周禮·冬官·玉人》注:“衡,古文横,叚借字也。”又《齊風·南山》“衡從其畝”,即“横縱其畝”,皆其例也。明“横”爲本詩正字。關於“衡門”訓釋,王引之則另有考辨,云:“《陳風·衡門》篇‘衡門之下’,毛《傳》曰:‘衡門,横木爲門,言淺陋也。’《墓門》篇‘墓門有棘’,《傳》曰:‘墓門,墓道之門’,此皆緣詞生訓,恐非其本旨也,門之爲象,縱而不横。若謂横木而爲門於其下,則又不得謂之横門矣。前有‘東門之枌’,

後有‘東門之池’、‘東門之楊’。竊疑‘衡門’、‘墓門’,亦是城門之名,‘墓門有棘’、‘墓門有梅’,猶言‘東門之枌’、‘東門之楊’耳。襄三十年《左傳》‘晨自墓門之瀆入’,杜注曰:‘墓門,鄭城門。’此墓門蓋亦陳之城門。若魯有鹿門(《左傳・襄二十三年》),齊亦有鹿門(昭十年),齊有揚門(襄十八年),宋亦有揚門也(昭二十一年)。《楚辭・天問》‘何繁鳥萃棘,負子肆情’,王注曰:‘言解居父聘吴,過陳之墓門,見婦人負其子,欲與淫佚,肆其情欲。婦人則引《詩》刺之曰:“墓門有棘,有鴞萃止。”故曰“繁鳥萃棘”也。’據王注曰‘過陳之墓門’,則墓門爲陳之城門可知,猶言‘秦師過周北門’耳。王注本於《列女傳》,蓋《三家詩》中有此説也。”王氏所見不襲前儒,頗能釋人困惑,録以備考。

〔**可以棲遲**〕　漢《嚴發碑》作“西遲衡門”。蔡邕《焦君贊》作“栖遲偃息”。《説文・西部》:“西,鳥在巢上。象形。日在西方而鳥棲,故因以爲東西之西。……棲,西或从木、妻。”王筠云:“棲,當作栖。《説文》‘西’或作‘棲’,恐是後改。《玉篇・西部》但有‘栖’。”是“西”爲初文,“栖”爲“西”之或體,“棲”爲後世纍增之異文。“西遲”、“栖遲”、“棲遲”無異也。又《婁壽碑》作“徲徲衡門”,《孔彪碑》亦作“餘暇徲徲”。《説文・尸部》:“屖,屖遟也。从尸,辛聲。”徐鍇《説文繫傳》:“屖遟,不進也。”段注:“《玉篇》曰:‘屖,今作栖。’然則‘屖遟’即《陳風》之‘棲遲’也。”《説文》“遲”下又云:“迡,遲或从𡰥。遟,籀文遲,從屖。”《玉篇・尸部》:“𡰥,古文夷字。”《廣韻・脂韻》:“𡰥,陽𡰥,地名,本古文夷字。”陳邦懷《一得集》:“按:《説文・人部》‘仁’下曰:‘𡰥,古文仁,或从尸。’段注曰:‘古文夷亦如此。’周金文夷字皆作𠂆,如𡰥从古文夷,非从尸也。《説文・辵部》‘遲’字‘遲或从𡰥’。迡从𡰥(夷聲)。𡰥,古有仁、夷兩讀。”“栖遲”(屖迡),漢《婁壽碑》及《孔彪碑》作“徲徲”。按:

《説文·彳部》:“彳(彳),小步也。象人脛三屬相連也。”《辵部》:“辵(辵),乍行乍止也。从彳,从止。”段玉裁改作“从彳、止”。王筠《句讀》:“許君以字形有止,遂説以乍止,非也。部中字皆行義,辵與行同意,行不能左行而右止,辵不能前行而後止,止衹是足耳。”《玉篇》:“辵,走也。”甲骨文從行即與從彳同意。“彳”,丑亦切。“辵”,丑略切。二字雙聲,均在鐸部。“行”字,《説文》云:“人之步趨也。從彳,從亍。”羅振玉《殷虚書契考釋》:“𠁩象四達之衢,人之所行也。”商承祚《殷虚文字類編》:“古從行之字,或省其右作彳,或省其左作亍,許君誤認爲二字者,蓋由字形傳寫失其初狀使然矣。”按“彳”、“辵”、“行”作字之偏旁時,古多互通。如:《正字通·彳部》:“倭、委、逶、過同。逶迤,李鉉《字辨》作倭佗。”《正字通·彳部》:“僔,古遵字。見《六書統》。”《集韻·寘韻》:“避,《説文》:‘回也’。古從彳。”即作僻。是知“徲”爲“屖”(栖、棲)之或體,“徲”爲“遲”(遲)之或體,“徲徲”即“屖遲”(栖遲)也。又《李翊碑》作“棲遅”,《隸釋》載《繁陽令楊君碑》作“徲伲”,均爲“栖遲”隸變之或體也。

〔可以樂飢〕　《韓詩外傳》二、《列女傳·楚老萊妻》各引《詩》“可以療飢”,《太平御覽》五十八引《詩》同,庾信《小園賦》亦同。《釋文》:“樂,本又作藥。”鄭《箋》:“可飲以藥飢。”《唐石經》初刻樂,後加疒作藥。山井鼎《考文》謂日本古本作“藥”。《文選》蔡邕《郭有道碑文》注、王融《永明五年策秀才文》注各引作“藥”。《説文》:“藥,治也。从疒,樂聲。力照切。療,或从尞。”藥、療古同字。鄭《箋》云“可以藥飢”,用《三家詩》,然於經文仍作“樂”,沈重謂“舊皆作樂字”。《毛詩》作“樂”爲古文,三家作“藥”、“療”爲今文。

〔取〕　《初學記》十四、《藝文類聚》四十各引《詩》作“娶妻”。“取”、“娶”,古今字也。

東門之池

東門之池,可以漚麻。彼美淑姬,可與晤歌。
東門之池,可以漚紵。彼美淑姬,可與晤語。
東門之池,可以漚菅。彼美淑姬,可與晤言。

〔**淑**〕 《釋文》:“叔姬,音淑。本亦作淑。善也。”是陸氏所見文本作“叔姬”,今各本均作“淑姬”。陳奂云:“全《詩》淑字,《關雎》、《君子偕老》、《燕燕》、《中谷有蓷》、《鼓鐘》、《桑柔》、《泮水》,《箋》並訓淑爲善,唯此篇無注解,則經本作叔字矣。《小箋》從《釋文》作叔姬,今據以訂正。叔姬與淑女不同。叔,字;姬,姓。‘彼美淑姬’,猶云‘彼美孟姜’耳。”按:全《詩》“淑”字,鄭《箋》均訓爲“善”,唯此詩《箋》云:“言叔姬賢女,君子宜與對歌,相切化也。”竊疑鄭所云“賢女”即“淑姬”之注文也。至《箋》作“叔”者,或傳寫之誤耳。豈能以“此篇無注”而妄改經文耶。

〔**可與晤歌**〕 《太平御覽》三百八十引《詩》“可以晤歌”。按:蓋因涉本詩上文“可以漚麻”而訛。

〔**紵**〕 《釋文》:“紵,字又作苧。”唐慎微《政和證類本草·草部》引陶弘景《名醫别録》:“苧根,即今績苧爾。又有山苧,亦相似,可入用也。”《本草綱目·草部·苧麻》:“時珍曰:苧麻作紵,可以績紵,故謂之紵。”《説文》:“紵,檾屬,細者爲絟,粗者爲紵。……緒,紵或从緒省。”“檾,枲屬。”“枲,麻也。”《玉篇》:“紵,麻屬,所以緝布也。”是“苧”爲正字,作“紵”者通假字也。

〔**可與晤言**〕 《韓詩外傳》引《詩》“可晤言”,奪“與”字。

《列女傳·晉文齊姜》《魯黔婁妻》各引《詩》“可與寤言”。毛《傳》：“晤，遇也。”鄭《箋》：“晤，猶對也。”《説文》：“晤，明也。从日，吾聲。《詩》曰：‘晤辟有摽。’”段玉裁云：“晤者，啓之明也。《心部》之悟，《㝱部》之寤，皆訓覺，覺亦明也。同聲之義必相近。……《邶風》文，今詩作寤。此篇云‘耿耿不寐’，云‘我心匪石’，云‘如匪澣衣’，則當作寤，訓覺，‘晤’，其叚借之字也。”《説文》（段注本）：“寤，昧覺而有言曰寤。从㝱省，吾聲。一曰：晝見而夜㝱也。”段玉裁云：“‘有言’，今鍇本作‘省信’，鉉本作‘有信’，皆誤。今依《韻會》所據鍇本。釋玄應引《蒼頡篇》‘覺而有言曰寤’，《左傳》‘季寤字子言’是其證。……古書多叚寤爲悟。”《正字通·日部》：“晤，人相見曰晤。”朱熹云：“晤，猶解也。”《廣韻·蟹韻》：“解，曉也。”《莊子·天地》：“大惑者，終身不解。”成玄英疏：“解，悟也。”聞一多云：“于省吾讀五亦爲午，其説並是。案：五、午古同字，本象交午形，後世五爲數字，午爲日干字，交午之義則以互爲之。寤爲五之孳乳字，本篇‘寤辟（擗）有摽’，寤正當讀爲互。……《東門之池》篇之‘晤歌’、‘晤語’、‘晤言’，謂以言詞互相問答，或以歌聲互相唱和，寤晤亦並讀爲互。”按：聞説獨標新義，宜從之。《傳》、《箋》之訓釋亦不鑿，《傳》云：“晤，遇也。”《爾雅·釋詁》：“遇，見也。”《爾雅·釋言》：“遇，偶也。”郭璞注：“偶爾相值遇。”是“晤”有相逢、聚首、邂逅之義也。“晤”、“寤”、“悟”古同音通用，毛作“晤”爲正字。

東門之楊

東門之楊，其葉牂牂。昏以爲期，明星煌煌。
東門之楊，其葉肺肺。昏以爲期，明星晳晳。

〔牂牂〕　《齊詩》作“將將”。《易林·革之大有》《旅之兑》：“南山之楊，其葉將將。”此用《齊詩》也。《禮記·内則》“炮取豚若將”，注：“將，當爲牂。”《玉篇》以“牂”爲“將”之古文。此“牂”、“將”聲同形近相通之例。毛《傳》：“牂牂然盛貌。”《爾雅》、《方言》並云：“將，大也。”《傳》訓“盛貌”，蓋以“大”與“盛”爲近義詞也，今多以“盛大”出之。

〔肺肺〕　毛《傳》：“肺肺，猶牂牂也。”按：“牂牂”（將將）爲“盛貌”。《説文》：“肺，金藏也。从肉，市聲。”無“盛”義。《小雅·小弁》“萑葦淠淠”，《傳》：“淠淠，衆也。”《大雅·生民》“荏菽旆旆”，《傳》：“旆旆然長也。”《説文》：“米，艸木盛米米然。……讀若輩。”《廣雅》：“芾芾，茂也。”“淠淠，茂也。”蓋“淠淠”、“旆旆”即“肺肺”，皆爲“米米”之假借也。

〔哲哲〕　《釋文·周易音義》作“明星晣晣”。《説文》：“哲，昭晣，明也。从日，折聲。《禮》曰：‘晣明行事。’旨熱切。”按：《廣雅》：“晣晣，明也。”《玉篇》：“晣，明也。”“哲”、“晣”一字。

墓　門

墓門有棘，斧以斯之。夫也不良，國人知之。知而不已，誰昔然矣。

墓門有梅，有鴞萃止。夫也不良，歌以訊之。訊予不顧，顛倒思予。

〔墓門有梅〕　毛《傳》：“梅，枏也。”《楚辭·天問》：“何繁鳥萃棘，而負子肆情。”王逸《章句》：“晉大夫解居父聘吴，過陳之墓門，見婦人負其子，欲與之淫泆，肆其情慾，婦人則引《詩》刺之曰：

‘墓門有棘，有鴞萃止。’故曰‘繁鳥萃棘’也。”《列女傳·陳辯女》古本引《詩》作“墓門有楳，有鴞萃止”。今本《列女傳》作“梅”。《楚辭章句》、《列女傳》皆本《魯詩》。馬瑞辰云：“《列女傳》引《詩》雖作‘墓門有楳，有鴞萃止’，然據下文‘大夫曰：其棘則有，其鴞安在’，則知上文引《詩》原作‘墓門有棘’，故曰‘其棘則有’。今本作楳者，特後人據《毛詩》改耳。《毛詩》作梅，亦當爲形近之譌。古梅杏之梅作某，古文作槑，與棘形相近。蓋棘譌作槑，因作某，又轉寫作楳與梅。毛公作《傳》時已誤，因隨其文訓之耳。”段玉裁亦云：“此梅故作棘，今本《列女傳》作楳，疑後人改也。”二説並是，正字當作“棘”，與首章同。

〔**歌以訊之**〕　《釋文》：“訊，本又作誶。徐息悴反，告也。《韓詩》：‘訊，諫也。’”王先謙曰：“諫，是‘諌’之誤。《校勘記》云：‘《説文》：“諌，數諫也。从言，从朿。七賜反。”“諫，促也”，从言、从“約束”之“束”，音速。毛居正以爲從“朿”，非是。……’愚案：《列女傳》、《離騷》王注作‘訊’，而《玉篇·言部》引《韓詩》曰‘歌以誶止’。誶，諌也。《廣韻·六至》云：“誶，告也。”引《詩》‘歌以誶止’，云：‘誶，告也。’洪興祖《楚詞補注》亦作‘歌以誶止’。王氏《廣雅疏證》云：‘訊字古讀若誶，故經傳二字通用，或以訊爲誶之譌，非也。’”毛《傳》：“訊，告也。”是亦讀“訊”爲“誶”也。本詩字當從《韓詩》作“誶”，作“訊”者，假借字。又“之”字，《廣韻》、《楚辭補注》、《列女傳》並作“止”，蓋用《韓詩》文。本詩次章，上言“萃止”，下言“誶止”，二“止”均爲語辭，上下相應；猶首章二、四句末均用“之”字，蓋同例也，是“止”爲正字。

〔**訊予不顧**〕　首章曰“知而不已”，次章則曰“訊予不顧”，詞法、文義似有不協，竊疑“訊予不顧”乃“訊而不顧”之訛。

防有鵲巢

防有鵲巢，邛有旨苕。誰侜予美，心焉忉忉。
中唐有甓，邛有旨鷊。誰侜予美，心焉惕惕。

〔**邛**有旨苕〕　《齊民要術》引《詩》"我有旨苕"，文不成義。按："邛"，《説文》云："邛地。在濟陰縣。从邑，工聲。"毛《傳》："邛，丘也。"字之音義皆與"我"有别。蓋因"邛"、"卬"形近，轉寫誤作"卬"，《爾雅》："卬，我也。"又訛爲"我"。

〔**美**〕　《釋文》："美，《韓詩》作娓。"《説文》："媄，色好也。""美，甘也。"是美好字本作"媄"，古又作"媺"，微與尾音近通用，故《韓詩》又借娓爲媺（媄）。本詩字當作"媄"。毛作"美"，韓作"娓"，皆假借字也。

〔**鷊**〕　《説文·艸部》："虉，綬也。从艸，鶂聲。《詩》曰：'邛有旨虉。'"《玉篇·艸部》引作"蘛"，又虉同。《類篇》引作"䕒"。《説文》："鶂，鳥也。从鳥，兒聲。……鷊，鶂或从鬲。"古從"兒"之字與從"狊"之字互通，《易》"闃其無人"，姚信本作"鬩"，是《類篇》又於"鶂"上加"艸"，另作"䕒"字，並借"䕒"爲"虉"也。此詩字當從《説文》作"虉"爲正字，餘皆假借字耳。

月　出

月出皎兮，佼人僚兮。舒窈糾兮，勞心悄兮。
月出皓兮，佼人懰兮。舒懮受兮，勞心慅兮。
月出照兮，佼人燎兮。舒夭紹兮，勞心慘兮。

〔皎〕　《釋文》出作"皦",云:"本又作皎,月光也。"《文選·謝莊〈月賦〉》注引《詩》作"皦"。又《王風·大車》"有如皦日",《韓詩》作"皎日"。《説文·白部》:"皎,月之白也。从白,交聲。《詩》曰:'月出皎兮。'古了切。"《傳》:"皎,月光也。"《箋》:"喻婦人有美色之白皙。"又《説文》:"曉,日之白也。从白,堯聲。呼鳥切。""皦,玉石之白也。从白,敫聲。古了切。"段注:"《王風》'有如皦日',《傳》曰:'皦,白也。'按:此叚皦爲曉也。"按:《釋文》、《月賦》注引《詩》作"皦"者,乃"皎"之借字也。

〔佼人僚兮〕　《釋文》:"佼人,字又作姣。古卯反。好也。""僚,本亦作嫽。"《唐石經》"佼"作"姣"。《〈史記·司馬相如傳〉索隱》郭注、《一切經音義》九、《後漢書·劉盆子傳》注各引《詩》"姣人嫽兮"。《説文繫傳·人部》《心部》、《文選·謝莊〈月賦〉》注各引《詩》"佼人憭兮"。按:《方言》:"姣,自關而東,河、濟之間,凡好謂之姣。"《説文》:"姣,好也。从女,交聲。"《説文·人部》:"佼,交也。从人,交聲。""僚,好貌。从人,尞聲。"段注:"《陳風》'佼人僚兮',《傳》曰:'僚,好貌。'此僚之本義也。自借爲'同寮'字,而本義廢矣。"《方言》:"嫽,好也。"是知"佼"無"好"義,作"佼"者,"姣"之借字也。"僚"爲正字,"嫽"亦通用。

〔皓〕　《唐石經》"皓"作"晧"。《爾雅》:"晧,光也。"《説文》:"晧,日出貌。"段注:"謂光明之貌也。天下惟絜白者最光明,故引伸爲凡白之偁,又改其字从白作皓矣。"《三蒼》:"晧,古文顥。"《説文》:"顥,白貌。"《聲類》:"顥,白首貌也。"《廣雅》:"皞皞,白也。"是"晧"爲初文,"皓"爲後作之俗體。《説文》"日出貌",言日出之光潔白貌,"月出皓兮"亦形容月光潔白也。

〔懰〕　《釋文》出作"劉",云:"本又作懰。……好貌。"《集韻》:"劉,好也。"賈昌朝《群經音辨》引《詩》作"劉"。《玉篇》:

"嬼,姣嬼也。"《廣韻》:"嬼,美好。"《埤蒼》:"嬼,妖也。"或又作"姛",即"嬼"之省。"劉"、"懰"皆爲"嬼"之假借。"嬼"爲正字。

〔**懮受**〕　《唐石經》"懮"作"憂"。《釋文》作"懮",云:"舒貌。"《説文》未收"懮"字,《夊部》"憂"下云:"和之行也。从夊,𢝊聲。《詩》曰:'布政憂憂。'於求切。"(《商頌》文,今本作優優。)段注:"《商頌》毛《傳》曰:'優優,和也。'《廣雅·釋訓》:'憂憂,行也。'行之狀多,而憂憂爲龢之行,和當作龢。憂字今多作優,以憂爲𢝊愁字。"《説文·心部》:"𢝊,愁也。从心、頁。𢝊心形於顔面,故从頁。"段注:"上文云:'愁,𢝊也。'此云:'𢝊,愁也。'二篆互訓。不知何時淺人盡易許書'𢝊'字。許於《夊部》曰:'憂,和行也。从夊,𢝊聲。'非和行則不得從夊矣。又引《詩》'布政憂憂',於此知許所據《詩》惟此作'憂',其他訓愁者皆作'𢝊'。自叚憂代𢝊,則不得不叚優代憂,而《商頌》乃作'布政優優',優者,饒也。一曰倡也。"明此詩當以"憂"爲正字。今經文作"懮",《説文》所無。《玉篇·心部》:"懮受,舒遲之貌。"《廣韻》、《集韻》、《類篇》並同,且引《詩》"舒懮受兮"。"懮"爲後起滋益字也。本篇"窈糾"、"懮受"、"夭紹",馬瑞辰則謂"同爲形容美好之詞,非舒遲之義",與毛《傳》、《玉篇》釋義相左。

〔**勞心慘兮**〕　《説文》:"慘,毒也。从心,參聲。七感切。"段注:"毒,害也。"又"懆"下云:"懆,愁不安也。从心,喿聲。《詩》曰:'念子懆懆。'七早切。"(《小雅·白華》文)段注:"當依《韻會》本作'懆懆,愁也'。懆訓愁,慘訓毒,音義皆殊,而寫者多亂之。《白華》作懆,見於許書。《月出》、《正月》、《抑》皆作懆,入韻。且毛《傳》曰:'懆懆,憂不樂也。''懆懆,猶戚戚也。'正爲許説所本。而陸氏三者皆云'七感反',其憒亂有如此者。"孔廣森曰:"宵,豪爲侵、覃之陰聲,故慘轉爲懆。"張參《五經文字》:"懆,千到反,見

《詩》。”未著篇目，而《〈小雅·白華〉釋文》云：“懆懆，愁不申也。亦作慘慘。”張參謂“見《詩》”，乃指《白華》也。又陳第、顧炎武、戴震皆謂“慘”當讀爲“懆”。《玉篇》：“懆，憂愁也，不樂也。”與《説文》“愁不安也”義合。按：本詩首章“勞心悄兮”，《傳》：“悄，憂也。”《説文》：“悄，憂也。”二章“勞心慅兮”，《説文》：“慅，動也。”《玉篇》：“慅，憂心也。愁也。”《廣雅》：“慅，愁也。”三章“勞心懆兮”（義訓見上），“懆”與“悄”、“慅”字異而音義相近也。是“懆”爲正字。

株林

胡爲乎株林，從夏南。匪適株林，從夏南。
駕我乘馬，説于株野。乘我乘駒，朝食于株。

〔**從夏南**〕　《唐石經》於“南”下加“姬”字，下句同。《傳》：“夏南，夏徵舒也。”《箋》：“從夏氏子南之母爲淫佚之行。”王符曰：“夏氏，陳公族。”《左傳·昭公二十三年》孔疏引《世本》云：“宣公生子夏，子夏生御叔，御叔生徵舒。”詩文衹言“夏南”，未舉稱其母。《唐石經》或因《箋》所云而妄增“姬”字，作“從夏南姬”，非僅不辭，且不協韻。《正義》本兩“南”下均有“兮”字，定本所無，今傳本多從定本。按：應從《正義》本於首章兩“南”字下均增補“兮”字。

〔**駒**〕　《釋文》出作“驕”。臧鏞堂云：“《釋文》：‘乘驕，音駒。沈云：“或作駒字，是後人改之。《皇皇者華》篇内同。”’據此，知此詩及《皇皇者華》並作‘驕’。其作‘駒’者，後人所改。陸氏於此詩從沈作‘驕’。於《皇皇者華》‘維駒’作‘駒’，‘本亦作驕’。以‘驕’爲亦作。《正義》並作‘駒’，誤也。《説文》：‘馬高六尺爲驕。’

引《詩》'我馬維驕',則沈説確矣。鄭《箋》與《説文》合,尤可爲本作'驕'之證。(《公羊·隱元年傳》注:'天子馬曰龍,高七尺以上。諸侯曰馬,高六尺以上。卿大夫士曰駒,高五尺以上。'與《説文》及毛《傳》畧同,當出古傳記。'駒'必'驕'之譌,徐疏引《詩》'皎皎白駒',則唐《詩》本已誤矣。)又《説文》云:'馬二歲曰駒。'則知二詩作'駒'非也。鄭云'馬六尺以下曰驕',即《南有喬木》之'五尺以上曰駒'也。然則《喬木》亦當作'驕'矣。"馬瑞辰云:"《〈漢廣〉傳》:'五尺以上曰駒。'此詩《箋》:'馬六尺以下曰驕。'以《説文》及《釋文》引沈重説證之,駒皆當作驕。驕與駒雙聲,古音蓋讀驕如駒,因假借作駒耳。《公羊》注:'駒高五尺以上',駒亦驕也。……據《淮南子·脩務篇》'馬之爲草駒之時',高注'馬五尺以下曰駒',是駒乃小馬未可駕者,猶在五尺以下。後人譌下爲上,遂與五尺以上之驕相混,而不知駒實驕之假借字也。"按:臧氏、馬氏之説是矣。"驕"爲正字。

澤陂

彼澤之陂,有蒲與荷。有美一人,傷如之何。寤寐無爲,涕泗滂沱。

彼澤之陂,有蒲與蕑。有美一人,碩大且卷。寤寐無爲,中心悁悁。

彼澤之陂,有蒲菡萏。有美一人,碩大且儼。寤寐無爲,輾轉伏枕。

〔荷〕　《正義》引《釋草》樊光注引《詩》"有蒲與茄"。《釋草》:"荷,芙渠,其莖茄。"《説文》:"茄,夫蕖莖。"《淮南子》高誘注:

"荷,水菜,夫渠也。其莖曰茄。"馬瑞辰云:"是茄爲荷莖之定名。《箋》訓荷爲莖而不曰荷當爲茄者,荷、茄古同音,荷之言茄也。茄通作荷,猶《爾雅》'陵莫大於加陵'即《春秋·成十七年》之柯陵也。……鄭君因以《毛詩》荷爲茄之假借,故直以茄釋之,而不易其字。猶'與子同澤'《箋》訓爲襗,而經仍作澤;'可以樂饑'《箋》訓藥治,而經仍作樂也。《漢書·楊雄傳》'衿芰茄之綠衣兮',師古注:'茄亦荷字也。見張揖《古今字詁》。'以茄、荷爲古今字,蓋謂古茄、荷字同音通用。彼借茄爲荷,猶此詩借荷爲茄也。"臧鏞堂云:"據經作荷,《傳》云'芙蕖',是毛作荷。鄭意以荷爲茄,樊光引作茄,是三家有作茄者,與《釋草》正合,故鄭《箋》據之以改毛義。"按:以上二説允當,是"荷"爲"茄"之借字也。

〔**傷如之何**〕　《釋詁》:"陽,予也。"郭注:"《魯詩》云:'陽如之何。'今巴、濮之人自呼爲阿陽。"此爲另解。邢疏云:"《漢書·藝文志》魯申公爲詩訓故,是爲《魯詩》,申公以陽爲予,故引之。"《玉篇·阜部》引《韓詩》曰:"有美一人,陽若之何。陽,傷也。"是"傷"、"陽"形、聲相近,義亦通,可互假。魯、韓作"陽"爲假借字,毛作"傷"爲正字。

〔**涕泗滂沱**〕　《易》鄭注:"自目曰涕,自鼻曰洟。"《説文》:"涕,泣也。""泗,受泲水,東入淮。""洟,鼻液也。"按:泗爲水名,唯"洟"乃經文原字。

〔**蕑**〕　《傳》:"蕑,蘭也。"《箋》:"蕑,當作蓮。"《釋草》:"荷,芙蕖,其實蓮。"邢疏:"《詩·陳風》云:'有蒲與蓮。'"陳喬樅云:"《御覽》九百七十五引《詩》'有蒲與蓮',與邢疏同。《溱洧》篇'方秉蕑兮',《釋文》引《韓詩》曰:'蕑,蓮也。'焦氏循據《御覽》引《韓詩》,以'秉蕑'爲'執蘭',與毛不異,謂《釋文》所引當是'有蒲與蕑'之注。陸元朗誤載於《鄭風》,然則《韓詩》於此章亦止訓

'蕑'爲'蓮'……字不作'蓮'也。鄭《箋》'茄'字既據《魯詩》改毛,則'蓮'字亦據《魯詩》可知矣。"《〈溱洧〉釋文》引《韓詩》"蕑,蓮也",正釋此《澤陂》之文,亦《箋》所本,然陸氏誤移於《鄭風·溱洧》,與《傳》義相悖,滋人疑惑。《説文》:"瀾,大波爲瀾。从水,闌聲。漣,瀾或从連。"段注:"古闌、連同音,故瀾、漣同字。後人乃別爲異字、異義、異音。""蕑"字,《説文》未收,而有"簡"字,《論語》"簡在帝心"《漢熹平石經》作"蕑",明"蕑"爲"簡"之隸變。《溱洧》毛《傳》讀"蕑"爲"蘭"。柬、簡古同音通用。蘭、蕑亦通用。瀾、漣同字,蘭、蓮亦同字也。此詩字宜從《韓詩》作"蓮"爲安。

〔**卷**〕　《傳》:"卷,好貌。"《釋文》:"卷,本又作婘。"《説文》"嬛"下云:"好也。从女,瞏聲。讀若蜀郡布名。"段注:"《上林賦》:'柔嬈嬛嬛。'郭璞曰:'皆骨體耎弱長豔貌也。'今《文選》譌作嫚嫚,《漢書》不誤,《史記》作嬛嬛,則是别本。按:今人所用娟字當即此。"《集韻》:"嬛,容媚也。"《正字通》:"嬛,娟本字。"又《説文》:"噐,讀若書卷之卷。"明"嬛"、"婘"互通,《毛詩》"卷"字,即"婘"(嬛)之省借也。正書作"嬛",篆文作"𡢾"。

〔**中心悁悁**〕　《後漢書·張衡傳》注、《文選·張衡〈思玄賦〉》"悲離居之勞心兮,情悁悁而思歸"注引《詩》"勞心悁悁"。劉向《九歎》"勞心悁悁涕滂沲兮"。均用《魯詩》。"勞心"當爲正字。

〔**菡萏**〕　《釋文》:"菡,本又作莟。又作欿。""萏,本又作欿。"《説文·艸部》:"菌,菌藺也。从艸,圅聲。胡感切。""藺,菌藺。芙蓉華。未發爲菌藺,已發爲夫容。从艸,閻聲。徒感切。"段注:"此就華析言之也。《陳風》'有蒲菌萏',《爾雅》、毛《傳》皆曰'其華菌萏',此統言之,不論其未發已發也。……許意菌之言含也,夫之言敷也。故分别之。高誘曰:'其華曰夫容,其秀曰菌萏。'與許意合。華與秀散文則同,對文則别。夫容,今本作芙蓉,俗字也。”《玉篇》:“萏同菡。”《廣韻》:“萏,華開通作菌。”《集韻》:“菌,通作歒。”菡、欿即菌、歒之隸體。萏,又作萏、作萏、作萏,亦隸變也。邵瑛《群經正字》云:“今經典作菡萏。”

〔儼〕　《釋文》:“儼,本又作曮。”《説文·人部》:“儼,昂頭也。从人,嚴聲。魚儉切。一曰好貌。”《文選·楊雄〈甘泉賦〉》注:“儼,好也。”《説文·女部》:“媕,含怒也。一曰難知也。从女,酓聲。五感切。《詩》曰:‘碩大且媕。’”段注:“《陳風·澤陂》文,今《詩》作儼。《傳》曰:‘矜莊貌。’一作曮。《太平御覽》引《韓詩》作媕。媕,重頤也。《廣雅·釋詁》曰:‘媕,美也。’蓋《三家詩》有作媕者,許偁以證字形而已,不謂詩義同含怒、難知二解也。”《韓詩外傳》以“媕”爲豐豔,《韓詩章句》以“媕”爲重頤,二義相成。又胡承珙曰:“《釋文》‘曮’當作‘嬚’。”《集韻·儼韻》:“嬚,好貌。”《玉篇》:“嬚,魚檢切。好女貌。”“媕,烏廉、五感二切。含怒也。又魚檢切。”按:此篇上言“碩大且卷”,《傳》云:“好貌。”下言“碩大且儼”,《傳》云:“矜莊貌。”《説文》云:“一曰好貌。”若遵胡説,作“嬚”,亦“好女貌”。是“儼”、“嬚”同音通用,“媕”亦音近義通,全《説文》云“含怒、難知”,非關詩義。是“儼”爲正字,“媕”爲通假字也。

〔輾轉〕　《釋文》:“輾,本又作展。《淮南子·説山訓》高注、《文選·潘岳〈懷舊賦〉》注引《詩》並作“展”。《説文》:“展,轉也。从尸,襄省聲。”《廣韻》:“輾,輾轉。”《〈關雎〉釋文》:“輾,本亦作展。吕忱从車、展。”按:三家作“展”爲初文。“輾”爲後起字。

檜 風

羔 裘

羔裘逍遥，狐裘以朝。豈不爾思，勞心忉忉。
羔裘翱翔，狐裘在堂。豈不爾思，我心憂傷。
羔裘如膏，日出有曜。豈不爾思，中心是悼。

〔**羔裘逍遥**〕　《楚辭·九章》王逸注："逍遥，遊戲也。《詩》曰：'狐裘逍遥。'"按：此詩以《羔裘》名篇，各章首句均以"羔裘"出之，上下齊同，章、句重疊，此《詩》之常例。唯此引文作"狐裘"，殊欠暢達。竊疑王氏所引乃涉下文"狐裘以朝"而致訛。

素 冠

庶見素冠兮，棘人欒欒兮，勞心慱慱兮。
庶見素衣兮，我心傷悲兮，聊與子同歸兮。
庶見素韠兮，我心藴結兮，聊與子如一兮。

〔**棘人欒欒兮**〕　《傳》："棘，急也。欒欒，瘠貌。"《讀詩記》引崔靈恩《集注》作"悈人"。《方言》："悈，老也。"郭注："老人皮瘁之形。"《正義》云："'棘，急也'，《釋言》文。彼棘作'悈'，音義同。"《釋言》疏云："悈、亟、棘、革，字雖異而音義同。"《説文》："臠，瘦也。……㿻，古文臠。"《玉篇》同。《説文》："臠，臞也。从肉，䜌聲。一曰切肉也。《詩》曰:‘棘人臠臠兮。’力沇切。”“臞,少肉也。从肉,瞿聲。其俱切。”《吕氏春秋·任地》曰:“棘者欲肥,肥者欲棘。”高誘注:“棘,羸瘠也。《詩》‘棘人之欒欒’,言羸瘠也。”惠氏《九經古義》云:“㱩,古瘠字,《義雲章》作瘠。”《説文》同。按:“棘”、“悈”雙聲,同訓,固可通用,然其義與詩旨不協。“棘”與“瘠”,一在職部、見母,一在錫部、精母,音形相近通用。“瘠”,今作“瘠”(膌),瘦也。“欒”,於此文不成義,然字與“臠”音同形近,“臠臠”爲“瘦瘠皃”,《詩》云“瘠人臠臠兮”是也。蓋“瘠”“臠”爲正字。

〔**勞心慱慱兮**〕　《傳》:“慱慱,憂勞也。”《釋文》同。山井鼎《考文》謂日本古本作“勞心團團兮”。《文選·張衡〈思玄賦〉》舊注引《毛詩》同。葉本《選注》引作“勞心摶摶”。《後漢書·張衡傳》“志團團以應懸兮”,《文選》作“摶”,而注引《詩》作“團”。明《文選》及《毛詩》古本原作“團”。《説文》未收“慱”字,《爾雅·釋訓》云:“慱,憂也。”《字彙·心部》:“慱,古作團字。”《太玄經》卷一:“月闕其慱,賤始退也。”司馬光《集注》:“范本摶作慱,賤作明。王本摶作塼,小宋本摶作塼。摶、慱、塼,皆與團同。”《説文·口部》:“團,圜也。从口,專聲。”段注:“《周禮》假專爲團,《大司徒》注曰:‘專,圜也。’”《玉篇》:“團,圓也。”《説文》:“圜,天體也。从口,睘聲。”《廣韻·删韻》:“圜,圍。”《集韻·删韻》:“圜,繞也。”《説文·手部》:“摶,圜也。从手,專聲。”《廣雅·釋詁》:“摶,著也。”王念孫《疏證》:“摶者,聚之著也。”《一切經音義》引《通俗文》:“手團曰摶。”按:“團”、“摶”均有聚集、聚合義。如南朝宋顔延之《應詔觀北湖田收》:“陽陸團精氣,陰谷曳寒煙。”《商君書·農戰》:“凡治國者,患民之散而不摶也。”“勞心慱慱兮”,蓋謂憂思糾結團團然也。“團”爲正字。

〔**我心傷悲兮,聊與子同歸兮**〕　《列女傳·齊杞梁妻》引此二句，皆無"兮"字，蓋傳寫誤脱也。

〔蘊〕《唐石經》初刻作"薀"，後磨改爲"蘊"。《説文》："薀，積也。从艸，温聲。於粉切。"按："薀"爲初文，"蘊"爲後起之俗體，今經傳多用"蘊"字。

隰有萇楚

隰有萇楚，猗儺其枝。夭之沃沃，樂子之無知。
隰有萇楚，猗儺其華。夭之沃沃，樂子之無家。
隰有萇楚，猗儺其實。夭之沃沃，樂子之無室。

〔萇楚〕《釋文·爾雅音義》："萇，本今作長。"《詩攷》引《爾雅》作"長"。《唐石經》、單疏本、雪牕本、《爾雅·釋草》同。吴淑《事類賦》注二十四引《詩》"隰有長楚"。《説文》："萇，萇楚，跳弋。一曰羊桃。从艸，長聲。直良切。"段注："陸璣、張揖皆曰：'羊桃也。'"《釋名》："長，萇也。"按："長"、"萇"古同音通用。

〔猗儺其枝〕吴淑《事類賦》引《詩》"何難其枝"。下句"猗儺其華"，《楚辭·九辯》王逸《章句》引《詩》"旖旎"，《九歎》王注引同。王引之云："《檜風·隰有萇楚篇》：'隰有萇楚，猗儺其枝'，毛《傳》曰：'萇楚，銚弋也。猗儺，柔順也。'……引之謹案：萇楚之枝，柔弱蔓生，故《傳》、《箋》並以猗儺爲柔順。但下文又云'猗儺其華'、'猗儺其實'。華與實不得言柔順，而亦云猗儺，則猗儺乃美盛之貌矣。《小雅·隰桑篇》'隰桑有阿，其葉有難'，《傳》曰：'阿然美貌，難然盛貌。'阿難與猗儺同，字又作旖旎。《楚辭·九辯》曰'竊悲夫蕙華之曾敷兮，紛旖旎乎都房'，王逸注曰：'旖旎，盛貌。《詩》云"旖旎其華"。'王引《詩》作旖旎而訓爲盛貌，與毛《傳》異義，蓋本於三家也。《七諫》曰‘橘柚萎枯兮，苦李旖旎’，《九歎》曰‘結桂樹之旖旎兮’，王注並曰：‘旖旎，盛貌。’”《説文·㫃部》（段注本）：“旖，旖施，旗貌。从㫃，奇聲。”“施，旗旖施也。从㫃，也聲。晉欒施字子旗，知施者旗也。”“旖”下段注：“旖施，疊韻字。在十七部。許於旗曰旖施，於木曰檹施，於禾曰倚移，皆讀如阿那。《檜風》‘猗儺其枝’，《傳》曰：‘猗儺，柔順也。’《楚辭·九辯》、《九歎》則皆作旖旎。《上林賦》‘旖旎從風’，張揖曰：‘旖旎猶阿那也。’《文選》作猗狔，《漢書》作椅柅。《攷工記》注則作倚移，與許書《禾部》合。知以音爲，制字曰多。《廣韻》、《集韻》曰妸娜、曰旑旎、曰裿䙝、曰檹㰀，皆其俗體耳。本謂旌旗柔順之貌，引申爲凡柔順之偁。倚移與旖施同。許以从㫃、从禾别之。”“施”下段注：“《大人賦》説旌旗曰‘又旖旎以招摇’，施字俗改爲旎，从尼聲，殊失音理。……古音在十七部。按：經傳段此爲敷㰀字。㰀之形，施之本義俱廢矣。……自叚施爲㰀，而施从之義隱矣。故明之。”按：王説精當。段説甚詳，而略失之泥。許書止謂“旖施，旗貌”，未曰“柔順貌”。段氏又“引申爲凡柔順之稱”，則更爲傅會矣。形容摹狀之詞，於彼或爲“柔順貌”，於此或爲“美盛貌”，不可一概而論。此詩正字當爲“旖施”，萇楚美盛貌也。

匪 風

匪風發兮，匪車偈兮。顧瞻周道，中心怛兮。

匪風飄兮，匪車嘌兮。顧瞻周道，中心弔兮。

誰能亨魚，溉之釜鬵。誰將西歸，懷之好音。

〔偈〕　《韓詩外傳》引《詩》“匪車揭兮”。《漢書·王吉傳》

引《詩》同。《白帖》十一引《詩》"匪車朅兮"。《説文》無偈有朅、揭。《廣雅·釋詁》:"偈,疾也。"《釋文》同。《説文》:"揭,高舉也。从手,曷聲。"《説文》:"朅,去也。从去,曷聲。"段注:"《思玄賦》舊注,劉逵《蜀都賦》注皆同。按:古人文章多云朅來,猶往來也。"《漢書·王吉傳》:"匪風發兮,匪車揭兮。"顔師古注:"揭揭,疾驅貌。"《毛詩》今本作"偈",毛《傳》:"偈偈,疾驅。"陳喬樅云:"偈,當爲朅之借字。《白帖》十一引此詩,正作'匪車朅兮'。《説文》:'朅,去也。''去'與'疾驅'義近,故韓於《伯兮》詩《傳》訓'偈'爲'疾驅貌'。"按:陳説得之矣。是"朅"爲正字,"偈"、"揭"皆假借字也。

〔怛〕　《漢書·王吉傳》引《詩》"怛"作"制",顔師古注:"制,古怛字也。"《説文》無"制"有"怛",云:"怛,憯也。……悬,或从心在旦下。"《方言》:"怛,痛也。"《廣雅》同。《玉篇》:"怛,悲也。"並丁割切。毛《傳》:"怛,傷也。"《王吉傳》所引或據《韓詩内傳》,今《韓詩外傳》二引《詩》作"匪風發兮,匪車揭兮。顧瞻周道,中心怛兮。"是作"制"者,"怛"之借字也。

〔嘌〕　《釋文》:"嘌,本又作票。"毛《傳》:"嘌嘌,無節度也。"《説文》:"嘌,疾也。从口,票聲。《詩》曰:'匪車嘌兮。'"《説文》篆作"嘌",隸變爲"嘌"。《正義》曰"由疾故無節",是爲確解。作"票"者,"嘌"之省也。

〔溉之釜鬵〕　《釋文》:"溉,本又作摡。"《廣韻·十九代》、《〈儀禮·特牲饋食禮〉釋文》引同。《説文·手部》:"摡,滌也。从手,既聲。《詩》曰:'摡之釜鬵。'"段注:"《詩》'摡之釜鬵',《傳》曰:'摡,滌也。'今本作'溉'者,非。凡《周禮》、《禮經》'摡'字本皆从手。《釋文》不誤,而俗本多譌。"《説文·水部》:"溉,水。出東海桑瀆覆甑山,東北入海。从水,既聲。一曰灌注也。"段注:"按:多借爲濯摡字。"明"摡"爲正字。毛《傳》:"溉,滌也。"蓋亦讀"溉"

爲“摡”也。

〔**誰將西歸**〕　《説苑·善説》引《詩》“孰將西歸,懷之好音”。此用《魯詩》。《大雅·桑柔》“誰能執熱”,《墨子·尚賢》引《詩》作“孰能執熱”。“誰”、“孰”古通用。又《文選·謝朓〈詶王晉安詩〉》注引《毛詩》作“誰能西歸”。按:“將”猶“得”也,“能”亦猶“得”也。二字可互訓。此詩字當從《毛詩》“誰將西歸”。

曹　風

蜉　蝣

蜉蝣之羽,衣裳楚楚。心之憂矣,於我歸處。
蜉蝣之翼,采采衣服。心之憂矣,於我歸息。
蜉蝣掘閲,麻衣如雪。心之憂矣,於我歸説。

〔**蜉蝣**〕　《傳》:“蜉蝣,渠略也。”《説文》:“蟟,蟲蟟。一曰:蜉游,朝生莫死者。”《夏小正》“浮游有殷”,是古但作“浮游”,不施“虫”旁。作“蜉蝣”者,乃後起之重文耳。

〔**楚楚**〕　《傳》:“楚楚,鮮明貌。”《説文·黹部》(段注本):“䶥,會五采鮮貌。从黹,虘聲。創舉切。《詩》曰:‘衣裳䶥䶥。’”《玉篇·黹部》“䶥”下引《詩》同。段注:“本作‘合五采鮮色’,今依《廣韻》、《韻會》訂。‘䶥’其正字,‘楚’其假借字也。蓋《三家詩》有作‘䶥䶥’者。”馬瑞辰云:“䶥从虘聲,虘从且聲,楚从疋,古讀如胥,與且同聲,故通用。”馬説是。

〔**蜉蝣掘閲**〕　山井鼎《考文》:“古本‘蝣’下有‘之’字。”

《太平御覽》六百八十九引《詩》"蜉蝣拙閲"。《説文·土部》:"堀,突也。从土,屈省聲。《詩》曰:'蜉游堀閲。'"段注:"突爲犬從穴中暫出。……篆从屈,隸省作屈。"《説文·手部》:"掘,搰也。从手,屈聲。""搰,掘也。从手,骨聲。"段注:"《吴語》:'夫諺曰:"狐埋之而狐搰之。"'韋注:'搰,發也。'"馬瑞辰云:"《廣雅》:'掘,穿也。'《説文》引《詩》作堀,云:'堀,突也。'突爲犬从穴中暫出,義與穿近。……掘字通闕,《左傳》'若闕地及泉',即掘地及泉也。……閲讀爲穴,宋玉《風賦》'空穴來風',即《莊子》'空閲來風'也。……《管子·山權數篇》'北郭有掘閲而得龜者',即穿穴而得龜也。掘通作蹷,《曾子·疾病篇》:'魚、鼈、黿、鼉以淵爲淺,而蹷穴其中。'蹷者,欮之假借。《廣雅》:'欮,穿也。'蹷穴亦穿穴也。《説苑·説叢篇》引《曾子》正作'穿穴'。則知此詩'掘閲'亦當訓穿穴矣。"按:是"堀"爲正字,"掘"爲通假字,作"拙"者,乃轉寫脱"尸"之誤。《考文》謂古本有"之"字,當爲衍文也。

候　人

彼候人兮,何戈與祋。彼其之子,三百赤芾。
維鵜在梁,不濡其翼。彼其之子,不稱其服。
維鵜在梁,不濡其咮。彼其之子,不遂其媾。
薈兮蔚兮,南山朝隮。婉兮孌兮,季女斯飢。

〔**何戈與祋**〕　山井鼎《考文》:"古本作'荷戈與祋'。"《周禮·候人》注引《詩》"荷戈與祋"。董氏引崔靈恩《集注》作"何戈與綴"。《禮記·樂記》注、《群經音辨》各引《詩》"荷戈與綴"。《説文》(段注本):"何,儋也。一曰:誰也。从人,可聲。"《廣雅》同。

段注:"何,俗作荷。猶佗之俗作駝,儋之俗作擔也。《商頌》'百禄是何'、'何天之休'、'何天之龍',《傳》曰:'何,任也。'《箋》云:'謂擔負。'……又《詩》'何戈與祋'、'何蓑何笠',《傳》皆云:'揭也。'揭者,舉也。戈、祋,手舉之。蓑、笠,身舉之,皆擔義之引申也。"按:"何"爲初文,"荷"爲後起字。此詩以"何"爲正字。"祋",《傳》云:"殳也。"《説文》:"殳,以杸殊人也。《禮》:'殳以積竹,八觚,長丈二尺,建于兵車,車旅賁以先驅。'""祋,殳也。从殳,示聲。或説城郭市里高懸羊皮,有不當入而欲入者,暫下以驚牛馬曰祋。故从示、殳。《詩》曰:'何戈與祋。'"《廣雅》:"殳,杖也。"《禮記·樂記》"行列綴兆",鄭注:"綴,表也,所以表行列也。《詩》云:'荷戈與綴。'"此據《齊詩》文也。按:"祋",丁外切,十五部。"綴",陟衛切,十五部。又據《説文》"祋"下"或説"之釋訓,與"綴"俱含表識之義,殆《齊詩》緣此而改字歟。然"表識"之物不與"戈"同類,且非宜荷負者。《周禮·冬官·廬人》:"戈柲六尺有六寸。……殳長尋有四尺。"是"戈"、"祋"(殳)皆爲相類之短兵,故云"何戈與祋"也。當從毛《傳》,"祋",正字也。作"祋"、"綴"者,俱非。

〔**彼其之子**〕 《後漢書·東平憲王傳》李注:"赤紱,大夫之服。《詩·曹風》曰:'彼己之子,三百赤紱。'"此據《韓詩》。又《左傳·僖公二十四年》及《襄公二十七年》注、《國語·楚語》及《晉語》注、《白帖》十二、吴淑《事類賦》注各引《詩》"彼已之子"。《禮記·表記》引《詩》作"彼記之子"。按:"彼"、"其"於此均爲指事之詞(人稱)"彼"亦"其"也。"彼其"爲複語,"其"爲本字,"已"、"記"均爲借字。以"已"、"記"爲語助詞者,失之甚矣。

〔**三百赤芾**〕 《後漢書·東平憲王傳》引《詩》"三百赤紱"。元刻本《荀子》楊注引《詩》"三百赤茀"。《説文》:"市,韠也。上古衣蔽前而已,市以象之。天子朱市,諸侯赤市,卿大夫葱衡。从巾,象連帶之形。凡市之屬皆从市。韍，篆文市，从韋，从犮。"知"市"爲古文，"韍"爲小篆，實一字也。"紱"，段氏云："疑當出一篆而注之。"又云："按：經傳或借黻爲韍，如《明堂位》注曰'韍或作黻'是也。或借芾爲之，如《詩·候人》《斯干》《采菽》是也。或借沛爲之，如《易》'豐其沛'，一作芾，鄭云'蔽厀'是也。芾與沛，蓋本用古文作市，而後人改之。或借茀爲之，如《〈詩〉釋文》所載及李善所引《詩》皆是也。或作紱，如今《周易乾鑿度》'朱紱、赤紱'是也。"按：詩字當以"市"爲正。

〔**咮**〕　《玉篇·口部》引作"噣"，云："亦作咮。同。"《説文》："噣，喙也，从口，蜀聲。""喙，口也。从口，彖聲。""咮，鳥口也。从口，朱聲。"段注："喙，亦作啄。鳥噣，《釋名》、《小爾雅》作鳥啄。"又曰："今人噣、咮、啄三字同音通用。許分别甚明。人口不曰咮。"按："咮"，陟救切。"噣"，陟救切。二字俱在侯部、端母，古通用。此經文以"咮"爲正字。

〔**薈兮蔚兮**〕　董氏引崔靈恩《集注》作"嬒兮蔚兮"。《説文·女部》："嬒，女黑色也，从女，會聲。《詩》曰：'嬒兮蔚兮。'"《文選·王延壽〈魯靈光殿賦〉》"蔥翠紫蔚"，李注："蔚，文貌。"又，《説文·艸部》："薈，艸多貌。从艸，會聲。《詩》曰：'薈兮蔚兮。'"《玉篇·艸部》："薈，草盛貌。《詩》曰：'薈兮蔚兮。'"毛《傳》："薈、蔚，雲興貌。"《文選·班固〈西都賦〉》注引《蒼頡篇》曰："蔚，草木盛貌也。""薈兮蔚兮"者，以草木茂盛之貌形容山雲興起之勢也。《毛詩》、《齊詩》、《韓詩》皆作"薈"，唯《魯詩》作"嬒"。"薈"爲正字。

〔**南山朝隮**〕　《太平御覽》八、二百五十九各引《詩》"隮"作"躋"。《周禮·春官·眡祲》："掌十煇之法，以觀妖祥，辨吉凶。……九曰隮。"鄭司農曰："隮者，升氣也。"後鄭注："隮，虹也。"《爾雅》：

"隮,升也。"《釋名》:"虹,見於西方曰升,朝日始升而出見也。"是"隮"亦"虹"之專名也。"朝隮"猶言"朝虹"也。毛《傳》:"隮,升雲也。"失之。當云"升也"或"升氣也"。明"隮"爲正字。

鳲鳩

鳲鳩在桑,其子七兮。淑人君子,其儀一兮。其儀一兮,心如結兮。

鳲鳩在桑,其子在梅。淑人君子,其帶伊絲。其帶伊絲,其弁伊騏。

鳲鳩在桑,其子在棘。淑人君子,其儀不忒。其儀不忒,正是四國。

鳲鳩在桑,其子在榛。淑人君子,正是國人。正是國人,胡不萬年。

〔**鳲鳩**〕　毛《傳》:"鳲鳩,秸鞠也。"《釋文》:"鳲,本亦作尸。"《荀子·勸學篇》、《山海經》、《列女傳》一、《漢書·鮑宣傳》、《後漢書·袁紹傳》、《詩傳》、《詩説》並作尸。按:"鳲鳩"即布穀鳥,本名"尸鳩",鳥部乃後人所加,遂沿用之。"尸"字古文假借也。

〔**其儀一兮**〕　董氏引崔靈恩《集注》作"其義一兮"。《禮記·緇衣》、《淮南子·詮言訓》各引《詩》"其儀一也"。《傳》:"言執義一則用心固。"《箋》:"儀,義也。善人君子,其執義當如一也。"《周禮·小宗伯》注:"故書儀或爲義。"《典命》注:"故書儀作義。"《肆師》注:"古者書儀但爲義,今時所謂義爲誼。"《國語》:"義,文之制也。"《管子》:"儀者,萬物之程式也。"胡承珙曰:"《緇衣》:'子曰:下之事上也,身不正,言不信,則義不壹,行無類也。'其末引《詩》曰:'淑人君子,其儀一也。'然則儀一謂執義如一,尤爲明證。"《説文・我部》(段注本):"義,己之威義也。从我,从羊。羛,墨翟書義从弗。"段注:"義,各本作儀,今正。古者威儀字作義,今仁義字用之。儀者,度也,今威儀字用之。誼者,人所宜也,今情誼字用之。義之本訓謂禮容各得其宜,禮容得宜則善矣。故《文王》、《我將》,毛《傳》皆曰:'義,善也。'引申之訓也。"《説文》(段注本):"一,惟初太極,道立於一,造分天地,化成萬物。凡一之屬皆从一。弌,古文一。""壹,嫥壹也。从壷、吉,吉亦聲。"段注:"嫥,各本作專,今正。嫥下云:'壹也。'與此爲轉注。"顧氏曰:"'也'字爲语助之辭,自周以前並無此字。"按:檢《詩經》白文,自《召南・江有汜》始見'也'字,用例凡九十次。"兮"字則三百二十一次。二字均爲語助,通用。此詩文當以"其義壹兮"爲是。

〔**其弁伊騏**〕 《傳》:"騏,騏文也。"《箋》:"騏當作璂,以玉爲之。"《周禮・弁師》:"王之皮弁,會五采玉璂。"注曰:"璂,讀爲'薄借綦'之綦。綦,結也。皮弁之縫中,每貫結五采玉十二以爲飾,謂之綦。"引《詩・鳲鳩》"其弁伊綦"。《太平御覽》六百九十六引《詩》"其絲伊騏"。《説文》:"璂,弁飾。往往冒玉也。从王,綦聲。瑧,璂或从基。""騏,馬青驪,文如博棊也。从馬,其聲。"馬瑞辰曰:"《繫傳》云:'綴玉於武冠,若棊子之布列也。'是則馬文如博棊者謂之騏,弁飾如博棊者謂之璂,其義正同。古人以'星羅'、'棊布'並言,《説文繫傳》言弁飾如棊,正與'會弁如星'義合。《説文》多本毛《傳》,或許君所見毛《傳》作'棊文',因有博棊之説。但鄭君箋《詩》所見毛《傳》自作'騏文',故易爲璂耳。"馬説審矣。按:毛《傳》:"騏,騏文也。"不煩改字,亦通。《傳》義蓋謂弁飾如"騏文","騏文"即"馬文如博棊者",亦即"弁飾如博棊者"也。《太平御覽》引作"絺",訛字也。

〔**其儀不忒**〕　《禮記·緇衣》引《詩》"其儀不忒",鄭注:"君臣皆有壹德不貳,則無疑惑也。"《説文》:"忒,更也。从心,弋聲。他得切。""貣,从人求物也。从貝,弋聲。他得切。"《爾雅·釋詁》:"貳,疑也。"邢昺疏:"貳者,心疑不一也。"王引之云:"貳,乃貣之誤。古忒、貣通用也。"毛《傳》:"忒,疑也。"是《緇衣》鄭注"壹德不貳"之"貳",亦爲"貣"之訛字也。按:"貳",《説文》云:"副、益也。从貝,弍聲。弍,古文二。而至切。"明"貳"與"忒"音義不同,不可互假。唯"貣"得借爲"忒"。《史記·宋微子世家》:"卜五,占之用二,衍貣。"《書·洪範》作"衍忒"。蔡沈《集傳》:"二,貞、悔也。衍,推;忒,過也。所以推人事之過差也。"《爾雅·釋言》:"爽,忒也。"邢昺疏引孫炎曰:"忒,變雜不一。"《廣雅·釋詁四》:"忒,差也。"《玉篇·心部》:"忒,疑也。"據此,"忒"爲正字無疑。又因"貣"與"忒"音同,或可通假也。

下　泉

冽彼下泉,浸彼苞稂。愾我寤歎,念彼周京。
冽彼下泉,浸彼苞蕭。愾我寤歎,念彼京周。
冽彼下泉,浸彼苞蓍。愾我寤歎,念彼京師。
芃芃黍苗,陰雨膏之。四國有王,郇伯勞之。

〔**冽**〕　今本作"洌"。相臺本、明監本、毛本作"冽"。《傳》云:"洌,寒也。"疑《傳》本作"冽"。鈕樹玉云:"洌亦有寒意。《楚辭·九思》王逸注:'北風兮潦洌',字亦作冽。"然《〈下泉〉正義》曰:"《七月》云'二之日凓冽',字從冰,是遇寒之意。"蓋《正義》原作“冽”。《大東》“有冽氿泉”,《傳》:“冽,寒意也。”《説文》:“冽,凓冽也。从仌,列聲。”“凓,凓冽,寒貌。《詩》曰:‘二之日凓冽。’”段注:“考《詩》‘冽彼下泉’,《疏》引《七月》‘二之日凓冽’,是孔本與許同。”《説文》:“洌,水清也。从水,列聲。《易》曰:‘井洌,寒泉,食。’”段注:“許書有‘洌’、‘冽’二篆,《毛詩》有‘冽’無‘洌’。‘冽彼下泉’,《傳》云:‘冽,寒也。’‘有冽氿泉’,《傳》云:‘冽,寒意。’‘二之日凓冽’,《傳》云:‘凓冽,寒氣也。’皆不从水。《東京賦》‘玄泉洌清’,薛曰:‘洌,清澄貌。’”又,《玉篇·仌部》:“冽,寒氣也。”《廣韻》、《集韻》並曰:“冽,寒也。”《説文》於“洌”下止引《易》而不引《詩》,乃因《詩》皆作“冽”而無“洌”字。凡作“洌”者,傳寫之訛也。

〔**浸彼苞稂**〕 《釋文》出作“寖”,云:“本又作浸。”《説文》今本此篆文上之楷體即作“寖”。《大東》“無浸穫薪”,《釋文》作“寖”,云:“字又作浸。”《白華》“浸彼稻田”,《釋文》云:“浸,本又作寖。”按:《説文》:“濅,水。出魏郡武安,東北入呼沱水。从水,㝐聲。㝐,籒文㨮。”段注:“案:沈浸、浸淫之字多用此。隸作浸。”實則“寖”亦爲“濅”之隸變也。毛《傳》:“苞,本也。稂,童粱,非溉草,得水而病也。”孔《疏》:“此稂是禾之秀而不實者。”《箋》:“稂當作涼。涼草,蕭蓍之屬。”《説文·艸部》:“蓈,禾粟之采,生而不成者,謂之董蓈。从草,郎聲。稂,蓈或从禾。”(采,段本改作莠。)又《説文·禾部》:“采,禾成秀也,人所以收。从爪、禾。穗,俗从禾,惠聲。”《爾雅·釋草》:“稂,童粱。”郭注:“莠類也。”陸璣疏:“禾秀爲穗而不成,崱嶷然謂童粱。”此據《説文》,義相近。邵晉涵《正義》云:“稂爲穀之有稃而無米者,南方農諺謂之扁子。”《説文句讀》:“言禾粟者,麥豆無此也。采,《〈詩〉釋文》引作莠,漢諱秀而代以莠,然秀、采一物。《廣韻》引作穗。”又《説文·禾部》:“秕,不成粟也。从禾,比聲。"《玉篇》:"秕,穀不成也。"章炳麟《新方言》:"今謂不成粟者爲秕穀,俗字作癟。"段氏則於"蓈"下注曰:"莠,各本作采。鍇音穗。童各本作董。今依《詩》、《爾雅》音義,生而不成,謂不成莠也。不成謂之童蓈,已成謂之莠。此蓈、莠二字連屬之義。云'禾粟之莠'者,惡其類禾而别之也。《小雅》曰'不稂不莠',《爾雅》、毛《傳》皆曰:'稂,童粱也。'童粱即童蓈。陸璣疏云'禾莠爲穗而不成,崱嶷然謂之童粱'。今本莠作秀,誤。"於"莠"下注曰:"莠,今之狗尾草。莖、葉、采皆似禾。"陳奐云:"童粱爲莠之不成者,二章蕭蒿,三章蓍,亦蒿屬,若《月令》藜、莠、蓬、蒿並興,相類而言也。……《説文》莠誤作采,因以童粱爲禾穗不成之名,非是。今從段氏説訂正。《傳》又云'非溉草得水而病也'者,此明經取興之義,以統釋下二章蕭、蓍而言。"馬瑞辰云:"胡承珙曰:'《釋文》:"稂,徐又音良。"《説文》:"莨,艸也。"《子虛賦》"卑溼則生藏莨",《漢書音義》曰:"莨,莨尾草也。"莨與狼同,即《爾雅》之"孟,狼尾",與陸疏云"蕭,一名牛尾蒿"者相類。鄭云"涼草,蕭蓍之屬",豈即《爾雅》之狼尾與?'今按:'涼即莨之同音假借。後漢時或通假作涼,鄭君遂據以釋《詩》耳。'"録以存疑待考。黄山曰:"段玉裁沿《〈大田〉釋文》誤字,謂《説文》'蓈'下之'采'、陸《禾秀》之'秀',皆'莠'字,稂即莠之未成者,非也。《孟子》'惡莠恐其亂苗也',是在穀之始生曰苗時已名莠,不應爲穗時尚名稂。況《魯語》'馬餼不過稂莠',韋注:'稂,童稂也。莠,似稷而無實。'既本無實,則不爲穗明矣。稂从禾,本禾屬,正文从艸,又即與莠同爲艸屬。《説文》:'莠,禾粟下生。'固宜與禾粟不成者爲類,故《爾雅》郭注云'莠類',非謂即莠。此自禾粟失水變生者,故得水反病,若莠得水則更驕驕桀桀,未聞病水也。"按:"蓈"字,許書本釋曰:"禾粟之采,生而不成者,謂之董蓈。"蓋謂"秕穀"也。陸疏本曰"禾秀爲穗而不成","秀"爲初始揚花之采(穗),"秀"猶"采"也。"未成穗"指無飽滿成熟之籽粒,亦即童蓈(童粱)也。禾粟之采無實,即類莠草者也。段氏改"采"爲"莠",復别爲"莠"與"童蓈"二義,治絲益棼,滋人疑竇。考"莠"之爲義略有二端:一爲狗尾草(狼尾草),即《說文》之"莨"也;一爲禾之結穗不成者,即童粱亦《說文》之"蓈"也。或曰"莠無實",非也。《詩》本字作"蓈","稂"爲或體。

〔**愾我寤歎**〕　《玉篇·口部》引《詩》作"嘅我寤歎"。《廣雅》:"嘅,滿也。"蓋韓說也。《楚辭·九歎》王注引《詩》,《文選》王粲《贈蔡子篤詩》注、陸機《赴洛》注各引《毛詩》"慨我寤歎"。按:《楚辭》王注係用《魯詩》,《文選》李注兩引《毛詩》並同,知《毛詩》另有文本亦作"慨"。鄭《箋》:"愾,歎息之意。"《禮記·祭義》:"出户而聽,愾然必有聞乎其歎息之聲。"《說文》:"愾,大息也,从心,从氣,氣亦聲。《詩》曰:'愾我寤嘆。'"明《詩》之本字爲"愾"。王引之曰:"凡字之从氣、从既者,往往通用。"《說文·口部》:"嘅,嘆也。从口,既聲。《詩》曰:'嘅其嘆矣。'""嘆,吞歎也。从口,歎省聲。一曰:太息也。""歎,吟也。从欠,鷬省聲。"段氏曰:"嘆、歎二字,今人通用。《毛詩》中兩體錯出。依《說文》則義異,歎近於喜,嘆近於哀,故嘆訓吞歎,吞其歎而不能發。"是經文當作"愾我寤嘆"。作"嘅"、"歎"者,同音通用也。作"忼慨"之"慨"者,假借字也。

〔**芃芃黍苗**〕　洪适《隸釋》載《漢衛彈碑》作"梵梵黍稷"。鄭珍謂"梵梵"即"芃芃"之異文。《說文》:"芃,艸盛也。从艸,凡聲。《詩》曰:'芃芃黍苗。'"段注:"《衛彈碑》'梵梵黍稷',隸變从林,而葛洪《字苑》始有梵字,潔也。凡泛切。"按:"芃芃"於三百篇中凡四見:《鄘風·載馳》"芃芃其麥",毛《傳》:"麥芃芃然方盛長。"《曹風·下泉》"芃芃黍苗",毛《傳》:"芃芃,美貌。"《小雅·黍苗》"芃芃黍苗"，毛《傳》："芃芃，長大貌。"《大雅・棫樸》"芃芃棫樸"，毛《傳》："芃芃，木盛貌。"《説文》本無"梵"字，《説文新附》有之，云："梵，出自西域釋書。未詳意義。扶泛切。"鄭珍《説文新附攷》："《漢衛彈碑》'梵梵黍稷'，即《詩》'芃芃黍苗'之異文。知漢人書'芃'或别從林。"鈕樹玉《説文新附攷》："梵，即芃之俗體。""梵"又爲"颿"之異文。《集韻・梵韻》："颿，風行木上曰颿。或作梵。"《廣韻・東韻》："梵，木得風貌。"《正字通》："梵，姓也。"陳奐云："凡聲在侵部，風字亦从凡聲，今入東，凡泛一切。蓋俗音也。"按："梵"、"芃"本非同字，漢人書"芃"偶或作"梵"者，殆隸變滋益之俗體歟。《詩》字當以"芃"爲正。

〔**郇伯**〕　《易林》："荀伯遇時，憂念周京。"《周書・王會》亦作"荀伯"。《説文》："郇，周文王子所封國。在晉地。从邑，旬聲。讀若泓。相倫切。"段注："'文'各本作'武'，誤。今依《篇》、《韻》正。……《左傳》曰'軍於郇'、曰'盟於郇'、曰'必居郇瑕氏之地'皆是也。郇國爲晉所并。在二志之河東解縣。今山西蒲州府臨晉縣東北十五里有故郇城。"毛《傳》："郇伯，郇侯也。諸侯有事，二伯述職。"鄭《箋》："郇侯，文王之子，爲州伯，有治諸侯之功。"《左傳・僖公二十四年》："畢、原、酆、郇，文之昭也。"《左傳・桓公九年》："秋，虢仲、芮伯、梁伯、荀侯、賈伯伐曲沃。"《左傳・昭公二十二年》："冬，十月丁巳，晉籍談、荀躒帥九州之戎，及焦、瑕、温、原之師，以納王于王城。"又《左傳・昭公二十六年》："七月……晉知躒、趙鞅帥師納王，使汝寬守闕塞。"《漢書・地理志》謂解縣屬河東郡。臣瓚注曰："《汲郡古文》：'晉武公滅荀，以賜大夫原氏黯，是爲荀叔。'又云：'文公城荀。'然則荀當在晉之境内，不得在扶風界也。今河東有荀城，古荀國。"應劭、《索隱》均以右扶風之栒邑縣爲古荀國，非。《左傳・僖公二年》"晉荀息"，《潛夫論・志氏姓》作"郇息”。《下泉》“郇伯”,《周書》作“荀伯”,是“郇”、“荀”固相通也。經傳雖間有稱“郇侯”、“荀叔”者,然晉荀氏舊每稱以“伯”。此詩《傳》謂“郇伯”爲二伯,必有依據。《箋》與《正義》皆以“郇伯”爲州伯,則失之矣。至郇之故地,《左傳·僖公二十四年》杜注:“今解縣西北有郇城。”《括地志》:“郇伯故城在解縣西南四里。”服虔則謂郇在解縣東。《水經注》云:“今解故城東北二十四里有故城,在猗氏故城西北鄉,俗名之爲郇城。考服虔之説,又與俗符,賢於杜單文孤證矣。”按:《地理志》臣瓚注、《水經注》所考可謂信而有徵之論。

豳　風

七　月

七月流火,九月授衣。一之日觱發,二之日栗烈。無衣無褐,何以卒歲。三之日于耜,四之日舉趾。同我婦子,饁彼南畝。田畯至喜。

七月流火,九月授衣。春日載陽,有鳴倉庚。女執懿筐,遵彼微行,爰求柔桑。春日遲遲,采蘩祁祁。女心傷悲,殆及公子同歸。

七月流火,八月萑葦。蠶月條桑,取彼斧斨,以伐遠揚,猗彼女桑。七月鳴鵙,八月載績。載玄載黄,我朱孔陽,爲公子裳。

四月秀葽,五月鳴蜩。八月其穫,十月隕蘀。一之日于貉，取彼狐貍，爲公子裘。二之日其同，載纘武功，言私其豵，獻豜于公。

五月斯螽動股，六月莎雞振羽。七月在野，八月在宇，九月在户，十月蟋蟀入我牀下。穹窒熏鼠。塞向墐户。嗟我婦子，曰爲改歲，入此室處。

六月食鬱及薁，七月亨葵及菽。八月剥棗，十月穫稻。爲此春酒，以介眉壽。七月食瓜，八月斷壺，九月叔苴，采荼薪樗。食我農夫。

九月築場圃，十月納禾稼。黍稷重穋，禾麻菽麥。嗟我農夫，我稼既同，上入執宫功。晝爾于茅，宵爾索綯。亟其乘屋，其始播百穀。

二之日鑿冰沖沖，三之日納于凌陰。四之日其蚤，獻羔祭韭。九月肅霜，十月滌場。朋酒斯饗，曰殺羔羊。躋彼公堂，稱彼兕觥，萬壽無疆。

〔**一之日觱發**〕　《説文·仌部》（段注本）："滭，滭冹，風寒也。《詩》曰：'一之日滭冹。'从仌，畢聲。卑吉切。""冹，滭冹也。从仌，犮聲。分勿切。"《釋文》："觱，《説文》作畢（乃滭字之誤）。"《説文》所引爲《齊詩》、《魯詩》之文。《玉燭寶典·仲冬》《季冬》引《韓詩章句》："韓説曰：'一之日畢發'，夏之十一月也。"《説文》"觱"下云："羌人所吹角屠觱，以驚馬也。从角，𩫖聲。𩫖，古文誖字。"毛借用"觱發"，"觱"爲"觱"之省。韓作"畢發"，亦借字。許書引作"滭冹"，是爲本字也。

〔**栗烈**〕　《傳》："栗烈，氣寒也。"《釋文》："栗烈，並如字。

……《説文》作颲颲。”今本《詩經》作“栗烈”，或從《釋文》。然則《下泉》、《大東》孔穎達《正義》兩引《七月》“二之日栗洌”，明孔氏所據文本自作“栗洌”（栗爲溧之省借），並云：“寒也”，“寒氣也”。《文選·曹植〈朔風詩〉》李注引毛《傳》：“栗洌，寒氣也。”又《古詩十九首》李注引《詩》及毛《傳》均作“洌”。是知《詩》字及《傳》初皆作“溧洌”也。今本《説文》“溧”下云：“寒也。从仌，栗聲。力質切。”“瀨”下云：“寒也。从仌，賴聲。洛帶切。”無“洌”字，疑轉寫訛作“瀨”。段玉裁本徑改作“洌”，云：“溧洌也。从仌，列聲。”注曰：“各本篆作瀨，解作賴聲，音洛帶切。今正。按：瀨字，即《廣韻》、《玉篇》皆無之，而孔沖遠《〈大東〉正義》，李善注《高唐賦》、《嘯賦》皆引《説文》、《字林》‘洌’字，是今本‘洌’譌爲‘瀨’顯然也。良辥切。十五部。”《玉篇》：“洌，寒氣也。”又曰：“溧洌，寒貌。”《廣韻》：“洌，寒也。”又曰：“溧洌，寒風。”《字林》：“洌，寒貌。”董氏《讀詩記》引崔靈恩《集注》作“二之日栗洌”。《唐石經校文》亦曰：“烈當作洌。”至《釋文》謂“《説文》作颲颲”，然《説文》“颲”、“颲”二字下皆不引《詩》文，且其字義與“溧洌”有異。要之，經傳字以“溧洌”爲正，作“栗烈”者，同音假借字也。

〔**耜**〕　《太平御覽》八百二十二、八百二十三各引《詩》“耜”作“枱”。《説文》：“梠，臿也。从木，㠯聲。一曰：徙土輂，齊人語也。詳里切。梩，或从里。”（徐鉉曰：“今俗作耜。”非。）《集韻·止韻》：“梠，田器也。”《廣韻》：“梩，徙土轝。”按：“梠”下兩訓皆與“耒耜”之“耜”有别。陳奂云：“耜與枱、鈶同。……經言‘耜’，《傳》云‘耒耜’，凡耜必兼耒言也。”《説文》（段注本）：“耒，耕曲木也。从木推丯。古者垂作耒枱，以振民也。凡耒之屬皆从耒。”（枱，同後起之耜字。）“耕，犂也。从耒、井。古者井田，故从井。”“枱，耒耑也。从木，台聲。鈶，或从金，台聲。辝，籀文从辝。”段注：“枱，今經典之枱。‘耒’下曰‘耕曲木也’,此云‘耒耑也’。與京房‘枱,耒下耓也’,‘耒,枱上句上也’相合。曲木,《考工記》所謂‘上句者二尺有二寸’也。耒耑,所謂‘庛長尺有一寸’也。許意上曰耒,下曰枱,皆謂木材。鎗於庛之金是曰耕曰鈶。鄭注《周禮》則云:耒爲木,枱爲金。故云:‘古者耜一金,兩人併發之。’又云:‘庛讀爲刺。刺,耒下前曲接耜。’又注《月令》,於《孟春》云:‘耒,耜之上曲也。’於《季冬》云:‘耜,耒之金也。’説與許異。鄭本《匠人》‘耜廣五寸’而云,許則謂《記》文枱、鈶不分,渾言之。《記》云‘耜廣五寸’者,謂鈶也,故於耦下易之云‘耕廣五寸’。”段氏又云:“枱,从木,台聲。弋之切。按:當云詳里切。今俗作耜。鉉本乃以訓臿、訓徙土輂之相,注云‘今作耜’,則大誤矣。《玉篇》同誤。後人所改也。一部。”按:段説得之矣。《太平御覽》“耜”引作“相”,非也。經文正字當作“枱”。“耜”爲後起之重文。

〔趾〕　《漢書·食貨志》引《詩》“趾”作“止”。按:“趾”字,《説文》所無。於“止”下云:“下基也。象艸木出有址,故以止爲足。凡止之屬皆从止。”徐灝《箋》:“凡从止之字,其義皆爲足趾。許以爲象艸木出有址,殆非也。考阮氏《鐘鼎款識·父丁卣》有足跡,文作止,正象足趾之形。”《廣韻》:“止,足也。”按:甲骨文“止”作“”、“”,金文作“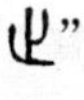”,象形。經典字多作“止”,如《儀禮·士昏禮》:“御衽於奥,媵衽良席在東,皆有枕,北止。”鄭注:“止,足也。”胡培翬《正義》:“北止,趾向北,首向陽也。”《漢書·刑法志》:“當斬左止者,笞五百。”顔注:“止,足也。”是“止”爲本字,“趾”乃後起字。

〔畝〕　《漢書·食貨志》引《詩》作“晦”。《説文》:“晦,六尺爲步,步百爲晦。从田,每聲。畞,晦或从田、十、久。”《玉篇》:“晦,《司馬法》:‘步百爲晦。’”《字彙》:“晦,古畝字。”按:《漢書》

用“晦”爲本字，今本《詩經》作“畝”爲後起字。

〔喜〕　《箋》:“喜，讀爲饎。饎，酒食也。”《説文》:“饎，酒食也。从食，喜聲。《詩》曰:‘可以饙饎。’”《集韻·志韻》:“饎，或作喜。”《爾雅·釋訓》:“饎，酒食也。”郭注:“猶今云饎饌，皆一語而兼通。”郝氏《義疏》云:“《〈爾雅〉釋文》引《字林》云‘熟食也’。《士虞禮》及《特牲饋食禮》注並云‘炊黍稷曰饎’，是饎本炊食之名，但酒食同類，故《爾雅》連言，郭云‘一語而兼通’，得其義矣。《釋文》又云:‘饎，舍人本作喜。釋云“古曰饎”。’按:舍人之意，蓋謂饎借爲喜，故以本字釋之。《〈詩·七月〉正義》引李巡曰:‘得酒食則歡喜也。’是李巡本亦作喜，因而以喜爲釋則非矣。《毛詩》亦作喜，故鄭於《七月》及《甫田》、《大田》箋並云‘喜讀爲饎，饎，酒食也。’本《爾雅》義，與舍人同。”蓋“喜”爲“饎”之省借，“饎”爲正字。

〔倉庚〕　《太平御覽》二十引《風俗通義》作“有鳴鶬鶊”。《詩·杕杜》“倉庚喈喈”，《文選·宋玉〈登徒子好色賦〉》注引作“鶬鶊”。《爾雅·釋鳥》:“倉庚，商庚。”注:“即鵹黄也。”《説文》:“離，黄，倉庚也。鳴則蠶生。从隹，离聲。”《月令》注云:“倉庚，驪黄也。”《吕氏春秋》注作“黄離”。按:又謂之“鸝黄”、“黄鸝”、“黄鶯”、“楚雀”。“離”本爲鳥名，後作之“鵹”、“鸝”字通行，“離”則轉借爲“離别”字矣。“倉庚”之爲鳥名，《夏小正》、《爾雅》、《説文》並同，後人又妄加“鳥”旁，純係蛇足。是“倉庚”爲正字。

〔遲遲〕　《藝文類聚》三引《毛詩》“春日遲遲”。《周禮·媒氏》引《詩》同。《説文》:“遲，徐行也。从辵，犀聲。《詩》曰:‘行道遲遲。’迡，遲或从尸。遟，籀文遲，从屖。”段注:“按:此(迡)字疑後人因《楊雄傳》而增也。《甘泉賦》曰:‘靈遟迡兮。’説者皆云:上音棲，下音遲。迡即遲字也。然《文選》作‘迉迡’，與《漢書》異。

《玉篇》、《汗簡》亦皆作遅。”“遲”下又注曰:“兼會意形聲也。《五經文字》曰:‘今从籀文。’謂唐人經典用遲不用遟也。”徐灝《箋》:“孔廣居曰:古文當从尼。漢《三公山碑》‘愍俗陵遅’、《李翊碑》‘棲遅不就’可證。遲訓徐行,从尼義近。古文遅从𡰥乃傳寫之譌耳。《玉篇》遅作遅。”按:甲骨文作遅();金文作遲(),與《説文》所録籀文同。《廣韻》亦謂遲同遟。《廣雅》:“遟,緩也。”此即“遟遟”之正解矣。《藝文類聚》作“遲遲”,乃“遟遟”之籀文,詩字仍以“遟遟”爲是。

〔**殆**〕　《釋文》出作“迨”。《藝文類聚》三引《毛詩》同。今本《詩經》作“殆”,毛《傳》:“殆,始。”《爾雅·釋詁》:“殆,危。”《説文》同。段注:“引申之,凡將然之詞皆曰殆,曰危,與‘𨽻天之未陰雨’音義同。又《豳風》‘殆及公子同歸’,《傳》曰‘殆,始’,此謂殆爲始之假借也。”另,《正義》云:“《釋詁》:‘胎,始也。’是‘殆’、‘迨’皆爲‘始’之借字。”又,《廣韻》:“殆,近也。”《字彙》:“殆,將也。”《經傳釋詞》:“殆者,近也,幾也,將然之詞也。”《吕氏春秋·士容》“殆乎非士也”、《小雅·節南山》“無小人殆”、《論衡·指瑞》“遠方君子殆有至者”及本篇“殆及公子同歸”皆其例也。“迨”,《爾雅·釋言》訓“及”,無“始”義,亦無“將”義,蓋“殆”之借字也。正字當作“殆”,將也。

〔**萑**〕　《唐石經》初刻“雈”,磨改“萑”。《太平御覽》一千引《詩》作“雈”。《小弁》“萑葦淠淠”,《韓詩外傳》七引作“雈”。《説文》:“萑,艸多貌。从艸,隹聲。”又“雈”下云:“薍也。从艸,萑聲。”段注云:“薍之已秀者也。……籀文作䓆。今人多作萑者,蓋其始假鵻屬之萑爲之,後又誤爲‘艸多貌’之萑。”“薍”下云:“刻也。从艸,亂聲。八月薍爲萑,葭爲葦。”段注:“《豳詩》‘八月萑葦’,《傳》云:‘薍爲萑,葭爲葦’,謂至是月而薍秀爲萑,葭秀爲葦矣。許正用毛語。”《廣韻·桓韻》:“萑,萑葦。《易》亦作萑。”嚴可均云:“雈,當作萑。”《五經文字》:“萑,从艸下萑。”明“萑”爲正字,“雈”爲訛字。

〔**蠶月條桑**〕　《玉篇·手部》:“挑,撥也。《詩》曰:‘蠶月挑桑。’枝落之采其葉。本亦作條。”陳喬樅云:“乃《韓詩》異文也。‘條桑’毛《傳》無訓,《箋》云:‘條桑,枝落之采其葉。’即用韓義申毛。”又《文選·馬融〈長笛賦〉》注引鄭《箋》作挑。《説文》:“挑,一曰摷也。”《廣雅》:“摷,取也。”“挑”又通“叏”,《説文·又部》:“叏,一曰取也。”引《鄭風·子衿》“挑兮達兮”作“叏兮達兮”。又《説文·辵部》“達”下復引《子衿》句,則作“挑兮達兮”,明兩字可通轉。“挑”有“取”、“擇取”之義,“蠶月挑桑”,蓋選取柔嫩之桑葉以飼蠶也。是“挑”當爲本字,“條”爲借字。

〔**以伐遠揚**〕　《白帖》八十三引《詩》作“以伐遠楊”。《太平御覽》七百六十四引《詩》同。按:作“楊”者,轉寫致訛也。

〔**猗彼女桑**〕　毛《傳》:“角而束之曰猗。”《吕氏讀詩記》引董逌引《齊詩》作“掎彼女桑”。或曰此爲僞撰。然亦不妨循名以究其實,未可率爾置之。又《文選·枚乘〈七發〉》注、《太平御覽》九百五十五各引《詩》“猗”作“倚”。按:《説文》:“猗,犗犬也。从犬,奇聲。”《廣韻》:“猗,長也。”又:“施也。”《玉篇》:“猗,歎辭也。”又《説文》:“掎,偏引也。从手,奇聲。”《小雅·小弁》“伐木掎矣”,《傳》曰:“伐木者掎其巔。”《文選·潘岳〈藉田賦〉》:“躡踵側肩,掎裳連襼。”李善注:“賈逵《國語》注曰:‘從後牽曰掎。’”毛《傳》訓“猗”爲“角而束之”者,是讀“猗”爲“掎”,並以“角”爲“捔”之省也。《廣雅·釋言》:“捔,掎也。”王念孫《疏證》:“捔,《説文》掎,偏引也。”《文選》、《太平御覽》“猗”作“倚”者,蓋以二字同聲且形近也。經文當以"掎"爲本字,"猗"、"倚"皆假借字也。"女桑",《傳》云:"荑桑也。"朱熹《詩集傳》:"女桑,小桑也。"《爾雅》:"女桑,桋桑。"郭注:"今俗呼桑樹小而條長者爲女桑樹。"郝氏《義疏》:"《詩》'猗彼女桑',《傳》:'女桑,荑桑也。'荑即桋之正文,謂木更生細者,故鄭《箋》云'女桑,少枝長條'是也。"《説文》:"荑,艸也。从艸,夷聲。"《玉篇》:"荑,始生茅也。"《集韻》:"荑,卉木初生葉皃。"按:段本《説文》正書作"苐",注云:"鍇本作荑,鉉本作苐。……攷《廣韻》、《玉篇》、《類篇》皆本《説文》云'苐,艸也',知《集韻》合苐、荑爲一字之誤矣。'荑'見《詩》,茅之始生也。"明袁宏道《題冷雲册》:"少頃,女風在枝頭,雨候至矣。"劉師培《左盦外集·物名溯源續補》云:"小雀謂之女鴡,猶小桑謂之女桑,城上小牆謂之女牆也。""女"者,有"少小"、"柔弱"之義,故朱氏直以"小桑"訓"女桑"也。

〔**七月鳴鵙**〕　《唐石經》作"七月鳴鶪"。《孟子·滕文公上》趙注引《詩》作"七月鳴鴂"。王氏《詩攷》引崔靈恩《集注》作"五月鳴鵙"。《春秋正義》引王肅云:"鶪以五月始鳴,今云七月,其義不通,古五字如七。"《正義》辨曰:"但不知經文實誤否耳。"《夏小正》:"五月鴂則鳴。"《月令》:"仲夏鴂始鳴。"此詩云"七月鳴鵙",殆曆法、物候之差異乎。或云"豳土晚寒亦晚温"(謂"寒來晚"、"温來晚"),且據詩文以求其是。首章"三之日于耜",《傳》曰:"三之日,夏正月也。豳土晚寒。于耜,始修耒耜也。""三之日",謂周曆(豳曆)三月之日也。三章"七月鳴鵙",此"七月"亦豳之七月也。《箋》云:"伯勞鳴,將寒之候也。五月則鳴。豳地晚寒,鳥物之候從其氣焉。"按:豳之七月,當夏曆五月也。《七月》一詩所紀事功物候,勘諸《夏小正》、《月令》,互有異同。如"七月流火",謂周曆七月黄昏火星(大火、心)偏西而下落,合于《月令》"季夏昏心中”，而於《夏小正》“五月初昏大火中”不合。蓋一爲周曆，一爲夏曆也。即陳奂所謂“火在唐虞，夏以五月昏中，六月西流，周以六月昏中，七月西流，其候逐歲漸差”也。韓説曰：“‘一之日畢發’，夏之十一月也。”毛《傳》曰：“一之日，十之餘也。一之日，周正月也。……二之日，殷正月也。”孔《疏》云：“一之日者，乃是十分之餘，謂數從一起而終於十，更有餘月，還以一、二紀之也。”俞樾云：“一之日、二之日、三之日、四之日，以周正紀數也。四月、五月、六月、七月、八月、九月、十月，以夏正紀數也。……篇名《七月》，其曰‘七月流火，九月授衣’，皆夏正也。至夏正之十一月，在周爲正月，周公在周言周，故變其文曰‘一之日’，以周正紀數，而又不與豳俗之用夏正者混而無别，正古人立言之善也。……既曰‘一之日’、‘二之日’，則夏正之正月、二月不得謂之一月、二月，故從周正數之曰‘三之日’、‘四之日’。自是爲蠶月，蠶月者，夏之三月，以周正數之則五之日也。不言‘五之日’者，以篇中有‘五月’也。不言‘三月’者，以篇中有‘三之日’也。”皮嘉祐云：“此詩言‘月’者，皆夏正。言一、二、三、四之日者，皆周正，改其名不改其實。”王引之則别有所議：“‘古五字如七’，肅之此説理亦可通，但不知經文實誤否耳。引之謹案：是詩紀月之例，或次第相因，‘七月流火’、‘八月萑葦’，‘四月秀葽’、‘五月鳴蜩’之類是也。或相距一月，‘七月流火’、‘九月授衣’，‘八月其穫’、‘十月隕蘀’之類是也。其有相距不止一月者，則於第三句始得轉韻爲之，如‘七月流火’與‘八月萑葦’韻也。而下句‘蠶月條桑’，則與‘取彼斧斨’爲韻。‘四月秀葽’與‘五月鳴蜩’韻也，而下句‘八月其穫’則與‘十月隕蘀’爲韻。蓋八月之去蠶月，五月之去八月，中間甚遠，則必轉韻以别之，此《七月》一篇之例也。若作‘五月鳴鶪’則與‘八月載績’相距兩月，文甫二句而義已參差，韻復無别，於例爲不倫矣。肅説非是。”此論允已。

又按：據日本新城新藏博士《春秋長曆研究》，於魯文公、魯宣公之世，曾有曆法之重大變革，春秋前期以含有“冬至”月份之次月爲歲首，春秋後期則以含有“冬至”之月份爲歲首。前者即所謂“建丑”，後者即所謂“建子”。依據此一發現，又推及“三正論”。“三正”，即夏曆正月謂建寅之月，殷曆正月謂建丑之月，周曆正月謂建子之月。新城新藏博士云：“關於三正論之文獻，由來頗古。然由研究春秋長曆之結果，可知其斷非春秋以前歷史上之事實。余以爲，蓋在戰國中葉以降，將所行之冬至正月曆（建子）撥遲二個月，改爲立春正月曆（建寅）時，因須示一般民衆以改曆之理由，遂倡三正論而篤宣傳耳。其後，因秦代施行十月歲首曆（建亥），更加以漢代之宣傳，遂至認三正之交替真爲上古歷史上之事實。時至今日，信者尚不乏人，此於中國上古天文曆法發展史之闡明，槼繫非淺，誠可謂憾事。”準此，可知中國古代並無“三正交替”之史實，且“周正”（建子）之實行已爲春秋中葉以後事，故合於“周正”時令物候之《七月》一詩，斷非西周之作。“鵙”，“鶪”之今字。《説文》：“鶪，伯勞也。从鳥，狊聲。䳢，鶪或从隹。”“鴂，寧鴂也。从鳥，夬聲。”《爾雅》：“鶪，伯勞也。”郭注：“似鶷鶡而大。”郝氏《義疏》云：“《夏小正》云：‘五月鴂則鳴。鴂者，百鷯也。’《月令》：‘仲夏鶪始鳴。’鄭注：‘鶪，博勞也。’……鴂與鶪、鷯與勞、博與伯，俱聲相轉。”按：經文當以“七月鳴鶪”爲正。作“鴂”、“鴃”者，假借字也。

〔**四月秀葽**〕　《穆天子傳》郭璞注引《詩》“四月秀要”。《爾雅・釋草》邢疏引《詩》“四月莠葽”。《夏小正》作“秀幽”。本詩毛《傳》：“不榮而實曰秀葽。葽，草也。”鄭《箋》：“《夏小正》：‘四月，王負秀。’葽其是乎。……物成，自秀葽始。”《説文》：“葽，艸也。从艸，要聲。《詩》曰：‘四月秀葽。’劉向説：此味苦，苦葽也。”段注：“《小正》‘四月秀幽’，幽、葽一語之轉，必是一物。似鄭不當援王萯也。劉向説此味苦,苦葽也。……其味苦,苦則應夏令也。小徐按字書云狗尾艸。夫狗尾即莠。莠,四月未秀,非莠明矣。”按:馬瑞辰持論與諸説相左。馬瑞辰云:“後世説秀葽者不一。宋曹粹中據《爾雅》‘葽繞、棘蒬’,謂葽即遠志。馮復京非之,以爲遠志開花以三月,不以四月秀。今按遠志名葽繞,不單名葽,则以爲遠志者非也。戴震據《戰國策》‘幽,莠之幼也,似禾’,謂秀葽即莠之盛。程瑶田駁之,謂莠至六月始秀。今按《廣雅》:‘葽,莠也。’莠或亦有葽之名,而非即《詩》所云‘秀葽’也。竊考《説文》:‘葽,艸也。《詩》曰:“四月秀葽。”劉向説,此味苦,苦葽也。’苦葽,蓋即《月令》所云‘苦菜秀’也。《孟夏月令》‘王瓜生’、‘苦菜秀’二者相連。幽、葽一聲之轉,據鄭《箋》引‘《夏小正》“王萯秀葽”,其是乎’,是鄭君所見《夏小正》亦‘王萯秀’、‘秀幽’二句相連,‘王萯秀’即《月令》‘王瓜生’也,‘秀幽’即《月令》‘苦菜秀’也。鄭君以《夏小正》‘秀幽’證《詩》‘秀葽’,作葽者,順經文;兼引‘王萯秀’者(後人脱秀字),乃連類及之,非以《詩》‘秀葽’爲‘王萯’也。(鄭注《月令》疑‘王萯’即‘王瓜’,斷無箋《詩》又疑王萯即葽之理。)然即此可爲‘王萯秀’、‘秀幽’相連之證。至今本《夏小正》‘王萯秀’之下、‘秀幽’之上多‘取荼’一句,金仁山本作‘取荼秀’,此當在‘秀幽’句下,乃《傳》釋‘秀幽’之文,謂於時取荼秀也。秀幽即苦葽,苦葽即苦菜,苦菜即荼,《爾雅》‘荼,苦菜’是也。《傳》以取荼釋秀幽,正‘秀幽’即‘苦菜秀’之證。後人不知,誤以《傳》‘取荼’移於經文‘秀幽’之上,遂疑其别爲一事,又妄增‘荼也者,以爲君薦蔣也’,胥失之矣。猶賴鄭《箋》引王萯、秀葽二者相連,可以證其誤耳。何楷《詩世本古義》引丘光庭云:‘《月令》孟夏苦菜秀,今驗四月秀者,野人呼爲苦葽。’正與《説文》引劉向説苦葽合,此亦‘秀葽’即‘苦菜秀’之證。而此義實自鄭《箋》開之,後人不善繹鄭

《箋》,遂致説者紛紛而不得其實耳。”[陳金生校記云:“依作者(馬瑞辰)意,則此《箋》之文字及標點當作:“《夏小正》‘四月,王萯秀,秀幽’,其是乎。”]按:“七月秀葽”不誤。

〔**五月鳴蜩**〕　《類篇》引《詩》“五月鳴蜩”,云:“蜩,一作蚺。”《説文》:“蜩,蟬也。从虫,周聲。《詩》曰:‘五月鳴蜩。’蚺,蜩或从舟。”蓋“蚺”爲“蜩”之重文也。

〔**十月隕蘀**〕　《唐石經》初刻“殞”,後磨改“隕”。《説文繫傳》引《詩》“十月殞籜”。《傳》:“隕,墜也。蘀,落也。”《説文》:“隕,從高下也。从𨸏,員聲。《易》曰:‘有隕自天。’”《爾雅》:“隕,墜也。”《玉篇》:“隕,落也,墮也。”《聲類》:“殞,没也。”《玉篇》:“殞,殁也。”《集韻》:“殞,殂也。”又通“隕”,《正字通》:“殞,别作隕。”《説文》:“蘀,艸木凡皮葉落,陊地爲蘀。从艸,擇聲。《詩》曰:‘十月隕蘀。’”《玉篇》:“籜,竹籜。”《集韻》:“籜,竹皮。”按:籜即笋殼,絶非十月脱落。唯草木葉多於十月脱落。是“隕蘀”爲正字。

〔**載纘武功**〕　葛鼒本作“載纘武公”。本篇七章“上入執宫功”,《正義》作“官公”。《小雅·六月》“以奏膚公”,《漢書·劉歆傳》作“膚功”。《六月》毛《傳》:“公,功也。”《爾雅·釋詁》:“公,事也。”《説文》:“功,以勞定國也。从力,从工,工亦聲。”《小爾雅·廣詁》:“功,事也。”按:“功”、“公”音義同,古通用。

〔**豜**〕　《傳》:“三歲曰豜。”《周禮·大司馬》鄭注兩引《詩》“豜”作“肩”。《齊風·還》“並驅從兩肩兮”,《傳》:“獸三歲曰肩。”《釋文》:“肩,本亦作豜。”《説文》:“豜,三歲豕,肩相及者。从豕,开聲。《詩》曰:‘並驅从兩豜兮。’”《後漢書·馬融傳》注引《韓詩傳》曰:“獸三歲曰肩。”《石鼓文》及字書作豣或猏,皆爲“豜”之增益字。“豜”爲正字,“肩”爲同音通假字。

〔**莎雞**〕　《釋文》:"莎,音沙,徐又素和反。沈云:舊多作莎,今作沙。音素何反。"《爾雅·釋蟲》:"螒,天雞。"郭注:"一名莎雞,又曰樗雞。"《廣志》云:"莎雞似蠶蛾而五色。"《名醫别録》云:"今所謂莎雞者,生樗木上,六月便出,飛而振羽,索索作聲。"樊光云:"小蟲,黑身赤頭。"馬瑞辰云:"今按《爾雅·釋鳥》有'翰,天雞',郭注:'赤羽。'莎雞亦赤羽,故同有翰、天雞之名,當以頭翅皆赤,俗呼紅娘子者爲是。以其生樗樹上,名爲樗雞。又有生莎草間者,故名莎雞也。"是"莎雞"爲正字,作"沙"者爲"莎"之省借。

〔**穹窒熏鼠**〕　《説文繫傳》引《詩》"穹窒𤇾鼠"。《説文·屮部》:"屮,艸木初生也。象丨出形,有枝莖也。"段注:"丨讀若囟,引而上行也。枝謂兩旁莖枝,柱謂丨也。""熏,火煙上出也。从屮,从黑,屮黑熏象。"按:"𤇾"爲古文本字。"熏"爲隸變,又滋益爲"燻"。後世"熏"、"燻"行而"𤇾"漸廢矣。

〔**塞向墐户**〕　《儀禮·士虞禮》賈疏引《詩》"塞鄉墐户"。《説文·宀部》:"向,北出牖也。从宀,从口。《詩》曰:'塞向墐户。'"陳喬樅云:"《士虞禮》'啓牖鄉',注:'鄉、牖一名。'《明堂位》'達鄉',注:'鄉,牖屬。'鄉即向之叚借。《説文》:'牖,穿壁以木爲交窗也。'窗,古文作囱。《説文》:'囱'下云:'在牆曰牖,有屋曰囱。'重文'窗',或从穴。俗又加'心'作'窻'耳。"《釋名》:"鄉,向也。"按:經文"向"爲本字,"鄉"爲假借字。"塞"字,《説文》本義爲"隔",不訓"窒"。又,《廣韻》曰:"邊塞也。"與"窒"互訓者,"㥶"也。《説文》:"㥶,窒也。""窒,㥶也。""㥶"隸變爲寋。"㥶"在《玨部》,"塞"在《土部》,形義有别。"填寋"字應用"㥶"或"寋","邊塞"字始用"塞"。段氏已辨正矣,不贅。

〔**曰爲改歲**〕　《漢書·食貨志》引《詩》"聿爲改歲",此用《齊詩》也。《毛詩·角弓》"見晛曰消",《魯詩》、《韓詩》"曰"作

"聿"。《毛詩·抑》"曰喪厥國",《韓詩》作"聿"。《毛詩·大明》"曰嬪于京",《爾雅》注作"聿"。《毛詩·文王有聲》"遹追來孝",《禮記·禮器》作"聿"。《説文》:"欥,詮詞也。从欠,从曰,曰亦聲。《詩》曰:'欥求厥寧。'"蓋"欥"爲正字,"聿"、"曰"、"遹"皆通假字。

〔**六月食鬱及薁**〕　《爾雅·釋草》邢昺疏、掌禹錫《本草》、蘇頌《本草圖經》各引《韓詩》"六月食鬱及雚"。《釋草》:"雚,山韭。"邢疏:"(韭)生山中者名雚。"陳喬樅云:"邢疏多襲舊注,以《詩》之雚即山韭,自是舍人、樊光等舊義。《爾雅》説據《魯詩》,疑《魯詩》亦作'食雚',與《韓詩》同。"《説文·艸部》:"雚,艸也。从艸,雈聲。《詩》曰:'食鬱及雚。'"用《魯詩》文。《説文繫傳》引《詩》則作"食鬱及薁"。《宋書·謝靈運傳》注引《詩》"食鬱及蒮"。賈思勰《齊民要術》引《詩·七月》"食鬱及薁"。毛《傳》:"鬱,棣屬。薁,蘡薁也。"毛氏以"鬱"爲"唐棣"之屬。又《〈小雅·常棣〉傳》云:"常棣,棣也。"《〈召南·何彼襛矣〉傳》云:"唐棣,栘也。"《説文》:"栘,棠棣也。"唐、常、棠,或聲相近,或形、聲皆相近,故可通轉。《論語·子罕》疏引《七月》陸璣《詩義疏》云:"唐棣,薁李也。一名雀李,亦曰車下李。所在山皆有之。其華或白或赤,六月中熟,大如李子,可食。"《齊民要術》引《七月》陸璣《詩義疏》云:"其樹高五六尺,實大如李,正赤色,食之甜。《廣雅》曰:'一曰雀李,又名車下李,又名郁李。亦名棣,亦名薁李。'"胡承珙云:"二《疏》正與《神農本草》'郁李,一名雀李',《太平御覽》'郁李,一名車下李,一名棣'者皆合。奥、郁字之通,鬱、奥聲之轉。總之,皆唐棣也。"《正義》曰:"'鬱,棣屬'者,是唐棣之類屬也。……薁蘡者,亦是鬱類,而小别耳。《晉宫閣銘》云:'華林園中有車下李三百一十四株,薁李一株。'車下李即鬱,薁李即薁,二者相類而同時熟,故言鬱薁也。”按：孔氏妄逞私臆，持論未當，以此喧議競起，多有異辭。胡承珙云：“《傳》：‘薁，蘡薁。’《説文》作嬰薁，字不作蘡。《玉篇》始有蘡字。但云：‘草也。’《廣韻》則云：‘蘡薁，藤也。’《廣雅》：‘燕薁，蘡舌也。’王氏《疏證》云：‘即蘡薁也。蘡、燕聲之轉。《詩正義》以薁爲樹名。今案：薁李樹不名蘡薁，蘡薁自是蒲萄之屬，蔓生結子者耳。《齊民要術》引陸璣《詩義疏》云：“櫻薁，實大如龍眼，黑色，今車鞅藤實是。”又引《疏》云：“櫐似燕薁，連蔓生。”《御覽》引《毛詩提綱》云：“藟，一名燕薁藤。”郭璞《上林賦》注云：“蒲萄似燕薁，可作酒。”是蘡薁有藤，蒲萄之屬。故謝靈運《山居賦》云“野有蔓草，獵涉蘡薁”也。’段注《説文》云：‘李、棣皆在《木部》，薁在《艸部》，毛公但云“鬱，棣屬”，未嘗云“薁，鬱屬”。’‘《晉宫閣銘》所謂“車下李”、“薁李”皆非毛、許之“蘡薁”也。’承珙案：王氏、段氏説是也。《齊民要術》引陸璣《疏》，言蘡薁甚明。《稽古編》謂陸《疏》釋鬱而不及薁，誤矣。孔《疏》以‘薁李’字偶同，遂以‘薁李’即‘薁’。説《詩》者言之，多不能瞭。……總由不知薁李係木生，蘡薁係蔓生耳。”《本草綱目·果部·蘡薁》：“時珍曰：蘡薁，野生林墅間，亦可插植。蔓、葉、花、實，與葡萄無異。其實小而圓，色不甚紫也。《詩》云‘六月食薁’，即此。”宋《開寶本草》注：“燕薁是山葡萄，亦堪作酒。”按：“鬱”、“薁”爲正字。《宋書·謝靈運傳》注引作“萸”，不體。則以傳寫而致訛奪。《宋書》注、《説文》及《繫傳》引《詩》則並省“六月”二字。《本草綱目》引《詩》亦奪“鬱及”二字。

〔**七月亨葵及菽**〕　《釋文》：“菽，本亦作叔。藿也。”《彙校》：“英倫藏本作叔。”《藝文類聚》八十二，《太平御覽》八百四十一、九百七十九各引《詩》“七月烹葵及菽”。按：《説文》無菽字，“尗”下云：“尗，豆也。”“叔，拾也。……村，叔或从寸。”《玉篇》：

"叔,同尗。豆也。"按:"亨",古文。"烹",今文。"尗",古文。"菽",今文。"茾"爲"菽"之重文。此詩字不作"叔"明矣。

〔**七月食瓜**〕　《釋文》:"瓜,字或加草。非。"《説文》:"瓜,蓏也。象形。凡瓜之屬皆从瓜。"段注:"蓏,大徐作胍。誤。"《説文》(段注本)曰:"蓏,在木曰果,在艸曰蓏。从艸、瓜。"段注:"各本作'在地曰蓏',今正。考《齊民要術》引《説文》'在木曰果,在艸曰蓏',以别於許慎注《淮南》云'在樹曰果,在地曰蓏'。然則賈氏所據未誤。後人用許《淮南》注,臣瓚《漢書》注改之,惟在艸曰蓏,故蓏字从艸。凡爲傳注者主説大義,造字書者主説字形,此所以注《淮南》、作《説文》出一手而互異也。"又云:"(从艸、胍)此合二體會意。胍者,本不勝末,微弱也。謂凡艸結實如瓜瓞下垂者,統謂之蓏。郎果切,十七部。鍇本作胍聲,誤。胍,窳聲,蓋在五部,此會意、形聲之必當辨者也。"沈濤《説文古本考》云:"《齊民要術》引作'在木曰果,在艸曰蓏'。《御覽》九百六十四同。是古本作'艸',不作'地'。"《易·説卦》"艮爲果蓏",《周禮·甸師》"共野果蓏之薦",皆指"木實曰果,艸實曰蓏",統言之也。《釋文》以"瓜字或加艸"爲非,設確有此文作"苽",實爲訛字。然"胍"加"艸"作"蓏"則是矣。據《説文解字注》附《古十七部諧聲表》,《七月》六章後五句"瓜、壺、苴、樗、夫"等句末字,均在第五部(屬陸韻平聲魚、虞、模)。"蓏"則在第十七部(屬陸韻平聲歌、戈、麻)。故本句經文應爲"七月食瓜",不作"蓏"(因"蓏"屬歌部、來母,與其餘文字不協韻)。然二字可互訓。

〔**九月叔苴**〕　山井鼎《考文》謂古本作"捄"。《説文》云:"叔,拾也。从又,尗聲。汝南名收芋爲叔。村,叔或从寸。"段氏曰:"《豳風》'九月叔苴',毛曰:'叔,拾也。'按《釋名》'仲父之弟曰叔父,叔,少也。'於其雙聲疊韻假借之。假借既久,而'叔'之本義鮮知之者，惟見於《毛詩》而已。"《集韻》："掓，《説文》：'叔，拾也。'"與"叔"同收入"屋韻"。按：《集韻》與日本古本作"掓"，爲纍增之俗體。"又"即"手"，不煩再加"手"（扌）矣。"叔"爲正字。

〔**九月築場圃**〕　《釋文》："本又作塲。"《集韻》："塲同場。"蓋重文也。

〔**黍稷重穋**〕　《釋文》："重，又作種。""穋，本又作稑。"《説文·禾部》引《詩》"黍稷種稑"。《周禮·内宰》注、《初學記》三、《白帖》八十一、《太平御覽》二十六各引《詩》"黍稷穜稑"。《吕氏春秋·任地》高注引《詩》"黍稷重稑"。毛《傳》："後熟曰重，先熟曰穋。"《説文·禾部》："種，先穜後熟也。从禾，重聲。"《毛詩》作"重"，乃"種"之省借。《釋文》："禾邊作重，是重穋之字；禾邊作童，是穜蓺之字，今人亂之已久。"《説文》："穜，埶也。从禾，童聲。""稑，疾孰也。从禾，坴聲。《詩》曰：'黍稷種稑。'穋，稑或从翏。"蓋"穋"爲"稑"之重文也。作"重穋"者爲《毛詩》字，作"種稑"者則三家之文也。"種稑"爲本字。

〔**上入執宫功**〕　《唐石經》"執"下旁添"於"字。又阮元曰："《正義》云'經當云"執於宫公"，本或"公"在"宫"上'，誤耳。"毛《傳》："入爲上，出爲下。"鄭《箋》："可以上入都邑之宅，治宫中之事矣。於是時，男之野功畢。"《小爾雅·廣詁》："功，事也。"《六書故·人九》："功，庸也，若所謂康功、田功、土功，凡力役之所施是也。功力既施，厥有成績，因謂之功。"《爾雅·釋詁》："公，事也。"馬瑞辰云："古者通謂民室爲宫，因謂民室中事爲宫事。《夏小正》'三月妾子始蠶，執養宫事'，《昏禮》'戒女詞曰，夙夜無違宫事'是也。……'于茅'、'索綯'即宫事之一也。……公、功古通用。……定本不知公與功同義，故易之耳。"按：《唐石經》旁添"於"字，誤矣。今本"上入執宫功"，不煩改字。

〔**宵爾索綯**〕　毛《傳》："綯，絞也。"鄭《箋》："夜作絞索，以待時用。"王引之云："索者，糾繩之名。綯，即繩也。索綯，猶言糾繩。于茅、索綯，文正相對。趙岐注《孟子》曰：'晝取茅草，夜索以爲綯。'是也。《廣雅・釋詁》曰：'紉、紆、紨，索也。'（此謂糾繩。）……《淮南・氾論篇》：'緂麻索縷。'高誘注曰：'索，切也。'切與紨同，謂切撚之使緊也。是索爲纠繩之名也。《廣雅・釋器》曰：'綯，繩索也。'（此謂繩索。）字或作縚。《小爾雅》曰：'縚，索也。'……是綯爲繩也。《爾雅》訓綯爲絞者，絞亦繩也。《急就篇》曰：'纍繘繩索絞紡纑。'哀二年《左傳》：'絞縊以戮。'杜注曰：'絞，所以縊人物。'……是絞亦繩也。《箋》曰：'夜作絞索。'則是以索爲繩索之索。《爾雅》訓綯爲絞，而郭注曰：'糾絞繩索。'則是以絞爲糾絞之絞，胥失之矣。"王氏辨證詳實。然馬瑞辰則云："其(《箋》)云'夜作絞索'，猶趙岐云'夜索以爲綯'也。王尚書言索綯猶言糾繩，其說甚確。若以鄭《箋》爲誤，則非。"按：王氏、馬氏二説大同而小異，或可折衷。設王氏以鄭《箋》"夜作絞索"之"作"爲"索"之義訓，"絞索"爲"綯"之義訓，則與馬説書一矣。姑録以備考。

〔**沖沖**〕　監本、毛本作"冲冲"。嚴可均云"不體"。嚴説是。

〔**三之日納于凌陰**〕　毛《傳》："凌陰，冰室也。"《釋文》："凌，《説文》作'滕'。"《説文・仌部》："𠗲，仌出也。从仌，朕聲。《詩》曰：'納于𠗲陰。'凌，𠗲或从夌。"《吕氏春秋・仲春紀》《季冬紀》高注引《詩》"三之日納于凌陰"。《藝文類聚》九引《詩》同。《周禮・凌人》賈公彦疏引《詩》"三之日納于凌室"。《玉篇》："凌，冰室也。"《廣雅》："𠗲，仌也。"《漢書・五行志》顔注："凌室，臧冰之室也。"《説文・𨸏部》："陰，闇也。水之南，山之北也。从𨸏，侌聲。"段注："闇者，閉門也。閉門即爲幽暗，故以爲高明之反。"《説文·穴部》:"窨,地室也。从穴,音聲。"段注:"今俗語以酒水等埋藏地下曰窨。"《集韻·沁韻》:"窨,地屋。"按:藏冰須防融化,惟幽暗封閉之地室爲宜,故詩字作"凌陰";又以"陰"、"窨"音近,竊疑"凌陰"或即"凌窨"之通假也,亦俗謂"冰窨"是也。經文應以"朕"(媵)爲正字。作"凌"者,重文;作"陵"者,假借字也。又因漢名"凌陰"爲"凌室",故賈公彦疏遂引《詩》作"三之日納于凌室"矣。《玉篇》"凌,冰室也"之訓釋,似欠精審。

〔四之日其蚤〕　《禮記·王制》《月令》鄭注引《詩》"四之日其早"。《吕氏春秋·仲春紀》高注引同。《儀禮·士相見禮》注云:"古文早作蚤。"《士喪禮》疏云:"蚤,古早字。"《説文》:"蝨,齧人跳蟲也。从䖵,叉聲。叉,古爪字。蚤,蝨或从虫。"段注:"按此四字,妄人所沾。不言古文,而言古某字,許無此例。且'叉',手足甲也。'爪',丮也。未嘗謂叉爲爪之古文。直由俗謂爪爲手足甲,乃謂叉爲古字,徑注之於此,不可不删去。"又云:"蚤,經傳多假爲早字。"又《廣韻·皓韻》:"蚤,古借爲早暮字。"按:"蚤",《説文》篆書作"",江陵楚簡作"",後楷書又省作"蚤"。《説文》:"早(),晨也。从日在甲上。"《説文繫傳》:"甲,十干之首,又象人頭。"段注:"甲象人頭,在其上,則早之意也。"李富孫《辨字正俗》:"㫚,今作早,隸變體。《儀禮·士相見禮》注云:'古文早作蚤。'《詩》'四之日其蚤',《孟子》'蚤起',皆同音假借字。"經文本作"早"明矣。

〔韭〕　《釋文》:"韭,或加艸。"《説文》:"韭,菜名,一種而久生者也,故謂之韭。象形,在一之上。一,地也。此與耑同意。凡韭之屬皆从韭。"是"韭"爲本字,加艸者,後作之俗字也。

〔饗〕　《白帖》十五引《詩》"饗"作"享"。"享",《説文》作"亯"。《説文》:"亯,獻也。从高省。曰象孰物形。《孝經》曰:'祭則鬼亯之。'凡亯之屬皆从亯。亯,篆文亯。"段注:"下進上之詞也。按:《周禮》用字之例,凡祭亯用亯字,凡饗燕用饗字。如《大宗伯》'吉禮'下六言'亯先王','嘉禮'下言'以饗燕之禮親四方賓客',尤其明證也。《禮經》十七篇用字之例,《聘禮》'內臣亯君',字作亯。《士虞禮》、《少牢饋食禮》'尚饗',字作饗。……《毛詩》之例,則獻於神曰亯,神食其所亯曰饗。如《楚茨》'以亯以祀',下云'神保是饗';《周頌》'我將我亯',下云'既右饗之';《魯頌》'亯祀不忒','亯以騂犧',下云'是饗是宜';《商頌》'以假以亯',下云'來假來亯';皆其明證也。……各經用字自各有例……此等葢本書固尒,非由後人改竄。"《説文》:"饗,鄉人飲酒也。从食,从鄉。鄉亦聲。"段注:"《豳風》'朋酒斯饗,曰殺羔羊',《傳》曰:'饗,鄉人飲酒也。其牲,鄉人以狗,大夫加以羔羊。'此《傳》各本譌奪,依《正義》考定如是。許君所本也,饗字之本義也。"是"饗"爲本詩正字也。

〔**稱彼兕觥**〕　《釋文》:"兕,本或作光。""觥,本亦作觵。"山井鼎《考文》謂古本作"稱彼光觥"。《隸釋》載《孔宙碑》作"稱彼光觥"。《禮記·月令》鄭注引《詩》作"稱彼兕觵"。《説文》(段注本):"舄(㣇),如野牛,青色。其皮堅厚,可制鎧。象形。𤉡頭與禽离頭同。凡𤉡之屬皆从𤉡。兕,古文从儿。"段注云:"'青色',各本作'而青'。'其皮堅厚可制鎧',各本無此七字,今補。《論語·季氏》疏、《爾雅·釋獸》疏、《詩·何草不黄》正義、《左傳·宣公二年》正義皆有此七字。皆作'青色',或作'青毛'。……今字'兕'行而'𤉡'不行。漢隸作'光'。"顧藹吉《隸辨》云:"光,即兕字。"按:"兕"(𤉡)爲正字。"光"爲隸變體。又有作"光"、"光"者,俱爲滋益之俗字也。"觥",《説文》出作"觵",云:"兕牛角可以飲者也。从角,黄聲。其狀觵觵,故謂之觵。觥,俗觵从光。"段氏曰:"觵觵,壯貌。猶儹儹也。"蓋"兕觵"(觲觵)爲正字。

〔**萬壽無疆**〕　《禮記·月令》鄭注引《詩》"受福無疆"。或用《齊詩》文。洪适《隸釋》載《漢白石神君碑》作"萬壽無畺"。鄭《箋》:"欲大壽無竟。"《廣雅》:"萬,大也。"《邶風·簡兮》"方將萬舞",韓説曰:"萬,大舞也。"《小雅·南山有臺》"萬壽無期","萬壽",大壽也。《吕氏春秋·貴當》:"此功之所以相萬也。"高誘注:"萬,倍也。"《正字通》:"物財人事加等曰倍。"是"萬"訓"大"乃常例。孔《疏》以"使得萬年之壽"詮釋"萬壽",失其本義矣。"畺","疆"之本字。《説文》(段注本):"畺,界也。从畕,三其介畫也。疆,或从土,彊聲。"段注:"介,各本作界,今正。介,畫也。畫,介也。二字義同。""畺"引申之義爲"窮盡"。《廣雅·釋詁》:"疆,窮也。"《穆天子傳》注:"無疆,無限也。"按:此詩句,毛《傳》:"疆,竟也。"《箋》曰:"大壽無竟。"義同。經文當作"萬壽無畺",或用重文"疆"。"萬壽無疆"乃古人頌禱之恒語,僅《三百篇》中即用六次:見《豳風·七月》、《小雅·天保》、《小雅·南山有臺》、《小雅·楚茨》、《小雅·信南山》、《小雅·甫田》。古青銅器銘文亦多有"用蘄萬年"、"用蘄眉壽"、"萬年無疆"等祝辭。

鴟　鴞

鴟鴞鴟鴞,既取我子,無毁我室。恩斯勤斯,鬻子之閔斯。

迨天之未陰雨,徹彼桑土,綢繆牖户。今女下民,或敢侮予。

予手拮据,予所捋荼,予所蓄租,予口卒瘏,曰予未有室家。

予羽譙譙，予尾翛翛，予室翹翹，風雨所漂摇，予維音嘵嘵。

〔**迨天之未陰雨**〕　《説文·隶部》："隸，及也。从隶，臬聲。《詩》曰：'隸天之未陰雨。'"《廣韻·海韻》："隸，同迨。"《爾雅·釋言》、毛《傳》、《方言》"迨"均訓"及"。蓋"隸"、"迨"古今字也。

〔**徹彼桑土**〕　《釋文》："土，音杜。……《韓詩》作杜，義同。《方言》云：'東齊謂根曰杜。'《字林》作敾。"董逌引《石經》作杜。"杜"从土聲，故可省借爲"土"。毛《傳》："桑土，桑根也。"按：正字當作"杜"。

〔**蓄租**〕　《釋文》："畜，本又作蓄。""租，本又作祖。如字，爲也。《韓詩》云：'積也。'"《唐石經》、小字本、相臺本均作租。《韓詩》作祖。《正義》本作祖。毛《傳》："租，爲。"《説文》："畜，田畜也。《淮南子》曰：'玄田爲畜。'蓄，《魯郊禮》，畜从田、从玆。玆，益也。"段注："田畜謂力田之蓄積也。……古文本从玆，小篆乃省其半。"《易·序卦》："比必有所畜，故受之以《小畜》。"《釋文》："畜，本亦作蓄。"又《説文·艸部》："蓄，積也。"徐灝《箋》："畜、蓄古通。"《説文·示部》："祖，始廟也。从示，且聲。"王筠《句讀》："《檀弓》：'祖者，且也。'鐘鼎文凡祖字皆作且。"按："祖"，甲骨文作"且"、"且"；金文作"且"、"且"。另，《説文·且部》："且，薦也。从几，足有二横，一，其下地也。"林義光《文源》："且即俎之古文，从二肉在俎上，肉不當在足間，則二横者俎上之横，非足間之横也。"王筠《釋例》："且，蓋古俎字。借爲語詞既久，始從半肉定之。經典分用。"按：甲骨文、金文用於祖先字之"祖"，後加"示"旁以別之。阮元云："《毛詩》作祖，《韓詩》作租，《釋文》不誤。祖讀爲苴。今本毛誤爲租，祖、租無定，其爲苴之假借益明。”或疑後人轉寫互易其字。胡承珙引何氏《古義》曰：“租通作蒩。《説文》：‘蒩，茅藉也。《禮》：“封諸侯以土，蒩以白茅。”’《周禮音義》：‘蒩，亦作租。’……承珙案：《傳》以‘爲’訓‘租’者，‘爲’疑‘薦’字之誤。”又《説文》：“苴，履中艸。”《玉篇》：“苴，履中薦也。”《漢書·郊祀志》“席用苴稭”，如淳曰：“苴，讀如租。”顔師古曰：“苴，藉也。”是“苴”猶“薦”、“藉”也。《廣雅》：“薦，席也。”王念孫《疏證》：“《釋名》云：‘薦，所以自薦藉也。’《晏子春秋·雜篇》云：‘布薦席，陳簠簋。’”按：“且”、“祖”、“租”、“苴”、“蒩”均在魚部，聲相近，形亦相近，可通假。經文當以“蒩”爲正字，訓“藉”，“藉”與“薦”義同，故《傳》遂謂“租(蒩)，薦。”以“薦”、“爲”形似，或於轉寫中致訛。詩文“予所捋荼，予所蓄租(蒩)”二句所稱事物連類相承，文義自然完足。若以“爲”訓“租”，上承“蓄”字，兩動詞連用，則難得其解矣。蓋詩字本作“蓄蒩”也。

〔**卒瘏**〕　毛《傳》：“瘏，病也。”《説文》：“瘏，病也。从疒，者聲。《詩》曰：‘我馬瘏矣。’”《爾雅·釋詁》：“瘏，病也。”《説文·衣部》：“卒，隸人給事者衣为卒。卒，衣有題識者。臧没切。”(楷體字頭作“卒”。此據清陳昌治刻本。)又段注本《説文》：“卒，隸人給事者爲卒。古以染衣題識，故从衣、一。臧没切。”段氏曰：“俗本者下有衣字。宋本及《御覽》、《韻會》、《玉篇》皆無。此謂人也，非謂衣也。……从一者，象題識也。”桂馥《義證》：“當云‘隸人給事者爲卒’。後人加‘衣’字。《一切經音義》十一(引)《説文》云：‘隸人給事者曰卒。’”朱駿聲《通訓定聲》：“本訓當爲衣名，因即命著此衣之人爲卒也。”是“卒”爲隸役之人或指其所著之衣。另，“卒”又通“崒”、“捽”，均與“予口卒瘏”無涉。在本詩中或爲“顇”之省借。按：《説文·頁部》：“顇，顦顇也。从頁，卒聲。”《説文繫傳》：“按

《楚辭》曰:‘形容顦顇’,勞苦見於面。”段注:“《左傳》引《詩》曰:‘雖有姬姜,無棄蕉萃。’杜曰:‘蕉萃,陋賤之人。’《楚辭·漁父》‘顔色憔悴’。王曰:‘奸黴黑也。’班固《答賓戲》‘朝而榮華,夕而焦瘁’。其字各不同,今人多用憔悴字。”釋慧琳《一切經音義》卷四十一引《考聲》:“顇,瘦弱也。”《爾雅·釋詁》:“顇,病也。”按:“顦顇”與“憔悴”同音通用。此詩“卒瘏”即“顇瘏”,疲病委頓也;與下句之“拮据”文義相輔相成,申抒其手、口皆勞病不堪之苦況,或較訓“卒瘏”爲“盡病”更近詩旨耶。

〔**譙譙**〕　《釋文》:“譙,本或作燋。”毛《傳》:“譙譙,殺也。”《周禮·菙氏》“菙氏掌共燋契”,注曰:“杜子春云:‘燋……或曰如薪樵之樵。’”《禮記·樂記》“其哀心感者,其聲噍以殺”,注:“噍,踧也。”噍又通燋。噍殺即燋踧,狀其聲也。《淮南子·氾論訓》高注:“燋,燋悴也。”燋悴猶燋殺也,一狀其形,一狀其聲。馬瑞辰云:“譙譙當讀如顦顇之顦。《説文》無顦字,惟‘顇’字注:‘顦顇也。’顦之本字蓋作醮。《玉篇》引《楚辭》:‘顔色醮顇。’《説文》:‘醮,面焦枯小也。’‘䨢,火所傷也,省作焦。’焦本火傷之名,而醮、顦等字從之。人面之焦枯曰醮顇,鳥羽之焦殺曰譙譙,其義一也。譙音義又同噍。”此説得之矣。

〔**翛翛**〕　《唐石經》、《南宋石經》並作“翛翛”。岳珂《九經三傳沿革例》云:“監本、蜀本、越本皆作翛翛。”《吕氏家塾讀詩記》:“孔氏載經文及毛《傳》皆作消消,云:定本消消作翛翛。”岳本引定本作修修。今《正義》作消消,云:“定本作翛翛。”《説文》無“翛”字,有“脩”、“消”字。段玉裁謂“翛”字乃“淺人改其字从羽作翛耳”。《釋名》:“脩,縮也。乾燥而縮也。”阮元云:“翛翛當作脩脩。”毛《傳》:“翛翛,敝也。”竊疑毛《傳》中之“翛”字爲轉寫時因形近致訛。毛氏所謂“敝也”,正是“脩”字正解,與《釋名》“縮也”義近。是知"脩脩"爲正字。作"修"、"消"皆假借字,作"翛"者訛字也。

〔風雨所漂搖〕　《尚書大傳》鄭注引《詩》"風雨所漂颻"。《文選·左思〈吴都賦〉》注有"颻"字。《文選·班固〈幽通賦〉》注:"颻,飄颻也。"江淹《恨賦》注:"颻與搖同。""漂搖",《玉篇》作"飄颻"。《説文》:"漂,浮也。"《字彙》:"漂,動也。""颻,飄颻,風動物。"《文選·楊雄〈長楊賦〉》注:"漂,搖盪之也。"蓋"漂"、"搖"字義相因而複合。"漂"、"飄"同音可互假。"搖"、"颻"(颻)亦可互假。此詩"漂搖"爲正字。

〔予維音嘵嘵〕　《説文》(段注本):"嘵,懼聲也。从口,堯聲。《詩》曰:'予維音之嘵嘵。'"段注:"《玉篇》、《廣韻》作'予維音之嘵嘵',本《説文》也。今本《説文》作'唯予音之嘵嘵'。"《爾雅·釋訓》作"憢憢",《釋文》:"憢,本又作嘵。"《玉海·補遺》作"憢憢"。毛《傳》:"嘵嘵,懼也。"按:《爾雅·釋詁》:"伊、維,侯也。"邢昺疏:"皆發語辭。"王引之《經傳釋詞》云:"惟,發語詞也。字或作唯,或作維。家大人曰:亦作雖。(唯、雖古字通。)"陈奂云:"《玉篇》引《詩》'予維音之嘵嘵',《説文》作'唯予音之嘵嘵','音'下皆有'之'字,與今本異。《説文》作'唯予',依《毛詩》字例,當作'維予'。維,發聲也。《詩》凡言'維予與女'、'維予二人'、'維予侯與'、'維予胥忌'、'維予小子',皆作'維予',是其證。"是古本《毛詩》作"維予音之嘵嘵",今本誤倒"維予"爲"予維",並於"音"下脱"之"字。"維"、"唯"作發語詞,古通用。"憢"與"嘵"音同而形義皆異,《説文》(段注本)云:"嘵,懼聲也。"鈕樹玉《校録》亦云:"《韻會》引作'懼聲也'。"《爾雅·釋訓》:"惴惴、憢憢,懼也。"郭璞注:"皆危懼。""維予音之嘵嘵",已直言"嘵嘵"乃"懼聲"也。

東　山

我徂東山，慆慆不歸。我來自東，零雨其濛。我東曰歸，我心西悲。制彼裳衣，勿士行枚。蜎蜎者蠋，烝在桑野。敦彼獨宿，亦在車下。

我徂東山，慆慆不歸。我來自東，零雨其濛。果臝之實，亦施于宇。伊威在室，蠨蛸在户。町畽鹿場，熠燿宵行。不可畏也，伊可懷也。

我徂東山，慆慆不歸。我來自東，零雨其濛。鸛鳴于垤，婦歎于室。洒掃穹窒，我征聿至。有敦瓜苦，烝在栗薪。自我不見，于今三年。

我徂東山，慆慆不歸。我來自東，零雨其濛。倉庚於飛，熠燿其羽。之子於歸，皇駁其馬。親結其縭，九十其儀。其新孔嘉，其舊如之何。

〔**慆慆不歸**〕　《文選》王粲《從軍詩》注、曹丕《與吴質書》注，《藝文類聚》三十二，《白帖》三十四，《太平御覽》三十二，各引《詩》"滔滔不歸"。毛《傳》："慆慆，言久也。"毛《傳》作"慆慆"，三家作"滔滔"，亦作"悠悠"。作"慆"者，"滔"之借字也。"慆"無"久"意，《説文》"慆"下云："説也。"此"説"即"悦"字。"滔"下云："水漫漫大貌。"《楚辭·七諫》"年滔滔而日遠兮"，注："滔滔，行貌。"（竊疑"行"下脱"久"字。）《淮南子·詮言訓》："自身以上至於荒芒爾遠矣，自死而天下無窮爾滔矣。"高誘注："滔，曼長也。""曼長"猶云"悠久"也。魏文帝詩："豈如《東山》詩，悠悠多憂傷。"是本

《三家詩》"滔滔"作"悠悠"也。《論語》"滔滔者天下皆是也",《史記·孔子世家》及鄭本《論語》皆作"悠悠"。"悠悠"猶"久"也。"滔"在幽部、透母;"悠"在幽部、餘母。二字古同聲通用。詩文當以"滔滔不歸"爲正,意謂"久行不歸"也。毛《傳》"慆慆,言久也",是借"慆"作"滔"明矣。

〔**零雨其濛**〕 《説文·雨部》(段注本):"霝,雨零也。从雨、㗊,象零形。《詩》曰:'霝雨其濛。'""零,雨零也。"段注:"此下雨本字。今則'落'行而'零'廢矣。""零,徐雨也。"段注:"徐各本作'餘'。今依《玉篇》、《廣韻》及《太平御覽》所引《纂要》訂,謂徐徐而下之雨。"《九經字樣》引《詩》亦作"霝雨其濛"。《楚辭·七諫》王注、《書正義》、《文選·王粲〈從軍詩〉》注、《爾雅·釋天》疏,各引《詩》"零雨其蒙"。《廣韻·青韻》:"霝,《説文》曰:'雨零也。'或作零。"《玉篇·雨部》:"霝,落也。零同霝。"又《廣韻·青韻》:"零,落也。"《鄘風·定之方中》"靈雨既零",毛《傳》:"零,落也。"《鄭風·野有蔓草》"零露漙兮",鄭《箋》:"零,落也。"按:"霝"、"零"二字,許書音同而義殊,然經傳每假"零"爲"霝",字書亦有徑訓"零"爲"落"者,後人又將"零落"複合爲成詞,乃其衍化發展也。至於"濛"字,《説文》(段注本)云:"溦雨皃。"段注:"溦,各本作微。今正。皃,各本作也。今依《玉篇》正。溦、溟、濛三字,一聲之轉。《豳風》曰:'零雨其濛。'《傳》云:'濛,雨皃。'《廣韻》:'空濛,小雨。'"又《説文》"蒙"下云:"王女也。从艸,冡聲。"錢大昕《十駕齋養新録》:"《釋草》:'蒙,王女也。'注:'蒙即唐也,女蘿别名。'案:女蘿之大者謂之王女,猶王彗、王芻,魚有王鮪,鳥有王雎也。"是"蒙"之本義爲草名,即考其引申義亦無訓"溦雨皃"之例,諸文獻凡引《詩》作"零雨其蒙"者,"蒙"即"濛"之省借也。經文當作"霝雨其濛"。

〔**制彼裳衣**〕　《太平御覽》三百五十七引《詩》"製彼裳衣"。《説文》(段注本):"製,裁也。从衣,制聲。"《集韻·祭韻》:"製,謂裁衣也。"又《説文》:"制,裁也。从刀,从未。未,物成有滋味,可裁斷。一曰止也。㓡,古文制如此。"朱駿聲《説文通訓定聲》:"按:以刀斷木,从未猶从木也。古文从彡,象斫木紋。"林義光《文源》:"未,古枚字,枝榦也。古制、折通用。"又《字彙·刀部》:"制,造也。"《孟子·梁惠王上》"可使制梃",趙注:"制,作也。"蓋"製"者裁縫衣服之專稱,"制"者百工造物之通名也。今詩文作"制",乃省借也。

〔**勿士行枚**〕　《釋文》:"勿士行,毛音衡,鄭音銜。王户剛反。""枚,莫杯反。毛云:微也。鄭注《周禮》云:枚如箸,横銜之於口,爲繣絜於項中。"("絜"爲"結"之訛)《釋文彙校》:"英倫藏本行作銜。"《太平御覽》三百五十七引《詩》"勿士銜枚"。《正義》云:"定本'勿士行枚',無'銜'字。"鄭《箋》:"亦初無行陳銜枚之事。"馬瑞辰云:"'制彼裳衣',蓋制其歸途所服之衣,非謂兵服。'勿士行枚',喜今之不事戰陳。……毛但訓枚爲微,不釋行字。《釋文》云:'勿士行,毛音衡。'是讀行如縱横之横,謂横銜於口用枚也。至鄭《箋》云:'亦初無行陳銜枚之事',正以'行陳銜枚'釋經'行枚'。……行與銜古音不相近,《釋文》云'鄭音銜',蓋陸氏誤以《箋》'銜枚'爲釋經之'行枚',而以《箋》'行陳'爲言銜枚所用,不爲釋經也。《太平御覽》引《詩》'勿士銜枚',蓋必當時有承陸氏之誤徑改經爲'銜枚'者矣。又按《傳》云'枚,微'者,胡承珙曰:'蓋訓枚爲徽也。《周官》"銜枚氏"鄭注:"銜枚,止言語囂讙也。"《爾雅·釋詁》:"徽,止也。"枚以止言,故亦可訓徽。徽、微古字通,故《傳》作微。'其説甚確。"朱駿聲云:"枚借爲徿。毛《傳》:'枚,微也。'微者,徿之誤字。行軍,將帥以下衣皆有題識,今無事,制此行閒衣也。”按：“行”，行伍，行陳（陣）。“枚”，本義爲“榦”，引申爲“銜枚”字。毛訓爲“微”，實乃“徽”之借字，蓋謂“止言語讙譁”之“枚”也。“行枚”者，行伍銜枚之事，即征戰也。阮元云：“按：舊校本殊誤，鄭《箋》‘行陣銜枚之事’，以釋經之‘行枚’，猶《傳》以‘樂道忘飢’釋經之‘忘飢’也。此何容疑惑而必云‘鄭讀行爲銜’乎？‘行’古音如杭；‘銜’从行，金聲。絶不在古人讀如、讀若、讀爲、讀曰之例。蓋必古音相近而後得有讀如、讀若、讀爲、讀曰也。此《釋文》云‘鄭音銜’者，自是陸氏之誤。”此説得之矣。

〔**蜎蜎者蠋**〕　《説文・虫部》：“蜀，葵中蠶也。从虫，上目象蜀頭形，中象其身蜎蜎。《詩》曰：‘蜎蜎者蜀。’”段注：“葵，《〈爾雅〉釋文》引作‘桑’。……似作‘桑’爲長。毛《傳》曰：‘蜎蜎，蠋貌。蠋，桑蟲也。’《傳》言蟲，許言蠶者，蜀似蠶也。《淮南子》曰：‘蠶與蜀相類而愛憎異也。’……今左旁又加虫，非也。”蓋以“蜀”字已从“虫”，無須複加“虫”也。《太平御覽》五十五引《詩》同《説文》。《玉篇》：“蜀，桑蟲也。”作“蜀”者，從三家用本字；毛用“蠋”，後起之俗字也。“蜀”之義訓，馬瑞辰别出一説，云：“毛《傳》以經言‘在桑野’，遂以爲桑蟲，非也。蜀有獨義。《爾雅・釋山》：‘獨者蜀。’郭注：‘蜀亦孤獨。’《方言》：‘蜀，一也。南楚謂之蜀。’郭注：‘蜀猶獨耳。’是也。蜎蜎又爲獨行之皃，故詩以興人之獨宿。（人之獨行曰睘睘，蟲之獨行曰蜎蜎，其義一也，故《箋》云‘蜎蜎然特行’。）”可備一説。

〔**烝在桑野**〕　《文選・江淹〈雜體詩〉》注引《詩》“烝”作“蒸”。毛《傳》：“烝，窴也。”鄭《箋》：“久處桑野，有似勞苦者。古者聲窴、填、塵同也。”“烝”與“蒸”古通。《小雅・南有嘉魚》“烝然汕汕”，《説文・水部》引作“蒸”，《太平御覽》八百三十四引同。《小雅・甫田》“烝我髦士”，《文選・江淹〈雜體詩〉》注引作“蒸”。

其例甚夥，不遑備舉。陳瑑云："唐以前經傳本多作蒸。"或云：《孟子》引"烝民"作"蒸"，後二字多通用。馬瑞辰云："烝與曾同音，爲叠韻，烝當爲曾之借字。曾，乃也。凡書言'何曾'，猶'何乃'也。烝之義亦當爲乃。……'烝在桑野'猶言'乃在桑野'也，下章'烝在栗薪'猶言'乃在栗薪'也。"此説似較《傳》、《箋》爲長。

〔**伊威在室**〕 《釋文》："伊威，並如字，或傍加虫者，後人增耳。""在室，本或作堂，誤也。"監本、毛本作"蛜威"。《爾雅·釋蟲》作"蛜威"，《釋文·爾雅音義》："蛜，本今作伊。威，今《爾雅》本旁或並加虫，並如字。"邢疏引《詩》"蛜威在室"。《説文》："蛜，蛜威，委黍；委黍，鼠婦也。从虫，伊省聲。"《説文》"威"旁不加虫，與《爾雅》同。《毛詩》作"伊威"，古文。三家作"蛜威"，今文。"蛜蝛"、"蛜威"者，後起之或體也。按：古人對"伊威"之義訓略有歧異，兹引有關文獻以辨之。《爾雅·釋蟲》："蟠，鼠負。"郭璞注："瓮器底蟲。"郝懿行疏："《説文》：'蟠，鼠婦也。'……婦、負古字通。《釋文》'負又作婦'是也。《詩疏》引陸璣疏云：'伊威，一名委黍，一名鼠婦，在壁根下甕底土中生，似白魚者，是也。'今按：……此蟲名蟠，不名負蟠。《本草》'鼠婦一名負蟠'，非也。……《本草》又有䗪蟲，一名地鱉。《别録》(《名醫别録》)：'一名土鱉，其形圓扁，大可寸餘，背上亦有横文。'但其色黑，不類鼠婦，好在鼠壤土中及屋壁下，二物形狀、大小迥别，《本草》亦分爲二。《廣雅》以䗪爲負蠜，蠜一作蟠。蓋沿《本草》'鼠婦一名負蟠'而誤。《玉篇》遂云：'䗪，鼠婦，負蠜也。'則又沿《廣雅》而誤。……《説文》'蛜'訓'螽'。《秋官·赤犮氏》注，以蛜爲貍蟲。貍與薶同。是許、鄭皆不以蛜爲鼠婦也。説者多誤，故辨而正之。"《爾雅·釋蟲》："伊威，委黍。"郭璞注："舊説，鼠婦别名。然所未詳。"郝懿行疏："《〈詩·東山〉傳》用《爾雅》疏引舍人曰'伊威名委黍'。陸璣疏與舍人同，已見上文'蟠,鼠婦',《本草》一名蛜蝛,《別録》一名蜲蝚。是舊説俱無異詞,郭云'未詳',蓋失檢矣。"牟應震《毛詩物名考》(收入《毛詩質疑》):"伊威,一名鼠婦。濕生蟲也。形似衣魚而圓,多足,長三四分,背有蹙紋,色微紫,盎甕之下在在有之。"馬瑞辰謂"長僅一二分"。此言近實。準上衆議,"伊威"、"蟠"、"委黍"、"鼠婦",一物而異名也。"䗪"(蟅)與"伊威"則爲二物也。

〔**蠨**蛸〕　《釋文》:"音蕭。《説文》作'蟰',音夙。"《釋文彙校》:"段云:蟰正,蠨譌。《一切經音義》引作'蟰蛸在户',云:上音肅,下音蕭,此古字古音也。"《説文》:"蟰,蟰蛸,長股者。从虫,肅聲。"《一切經音義》二十五、《廣韻·一屋》引同。《廣韻·三蕭》亦載"蟰"字。《爾雅·釋蟲》:"蠨蛸,長踦。"郭注:"小鼅鼄長腳者。俗呼爲喜子。"郝懿行疏:"《詩傳》用《爾雅》。……陸璣疏云:'蠨蛸,長踦,一名長腳。荆州、河内人謂之喜母,此蟲來著人衣,當有親客至,有喜也。幽州人謂之親客,亦如蜘蛛,爲網羅居之。'今按:此蟲作網,但有縱理而無横文,如絡絲之狀。陶注《本草》'蜘蛛赤斑者名絡新婦',疑此是也。但所見皆黄色,無赫斑者,其腹榦甚瘦小。"段氏曰:"蟰,古音肅,在三部。今音穌彫切,俗寫作蠨蛸,古音消,今音所交切,此古今之轉變也。"徐鉉本音穌彫切。陳奂引歙戴庚云:"惟此種鼅鼄,後兩股頗長,結網極速,偶有驚觸,便分開後兩股如排八字,以候飛蟲而擒之,此即《詩》之蠨蛸也。俗呼喜母,或稱喜子。今人又以壁上結白膜如錢大者爲喜子,以其白膜窠中抱子者當之。"陳氏按語曰:"《説文》作蟰,云:'蟰蛸,長股者。'蟰蛸後兩足於前六足較長,故《爾雅》、毛《傳》謂之長踦,長腳長股,亦皆指後兩足言也。此鼅鼄中能作網者。壁錢,亦鼅鼄類,其足長短若齊,不能作網。二者俗通呼之爲喜子,或謂喜母,而鼅鼄其大名也。……凡爲鼄蝥之不能作網者,不得渾稱也。'蟰蛸,長踦',斷非作白膜之壁錢，則其爲能作網之鼅鼄，而與壁錢爲不能作網之鼅鼄，亦同類别物矣。陸元恪謂'蠨蛸，喜母'，而以今之壁錢當之，乃與'長踦'古訓不侔，失之。"按：此説不鑿。"蛸"爲本字，"蠨"乃後起之俗體。

〔**町畽**〕　《釋文》："町，他典反，或他頂反。字又作圢，音同。""畽，本又作疃，他短反。……字又作墥。"《説文》無"畽"字，"疃"下云："禽獸所踐處也。《詩》曰：'町疃鹿場。'从田，童聲。"《廣韻·二十四緩》引《詩》同。《釋文》謂"本又作疃"者，殆據《説文》乎？毛《傳》："町疃，鹿迹也。"《蒼頡篇》："町，區也。"《説文》："町，田踐處曰町。从田，丁聲。"段注："此踐字疑淺人所增。《廣韻·青韻》注曰'田處'，《迥韻》注曰'田堰'。堰者，俗區字。'田處'者，謂人所田之處。淺人以二字古奥，乃因下文'町疃爲禽獸踐處'妄增之。"又云："獸足蹂地曰厹，其所蹂之處曰疃。本不專謂鹿，《詩》則言鹿而已。"《説文·足部》："躖，踐處也。从足，斷省聲。"段注："此與疃同義。……王逸《九思》'鹿蹊兮躖躖'，亦作斷。按：衹云踐處，别於疃字。專屬禽獸。"朱駿聲云："町疃雙聲連語，今讀疃如躖，童、斷一聲之轉。"按："疃"、"躖"音近義同，但非一字。"圢"、"畽"、"墥"均爲或體，"町疃"爲正字。

〔**熠燿**〕　宋本、葉鈔本、《説文·火部》引《詩》均作"熠熠宵行"。《文選·張華〈勵志〉》注引毛《傳》亦作"熠熠"。《説文》："熠，盛光也。从火，習聲。《詩》曰：'熠熠宵行。'"王應麟《詩攷》舉《説文》引《詩》同。《説文》："燿，照也。从火，翟聲。"段玉裁疑"熠熠"皆爲"熠燿"之誤。毛《傳》："熠燿，燐也。燐，螢火也。"陳思王《螢火論》引《韓詩章句》曰："宵行熠燿，以爲鬼火，或謂之燐。"馬瑞辰云："按：《説文》：'粦，鬼火也。'又曰'閔，火皃。讀若粦。'粦與燐同。崔豹《古今注》：'螢火一名熠燿，一名燐。'《廣雅》:'景天、螢火,燐也。'鬼火有光熒熒然,謂之燐;螢火有光熒熒然,亦可謂之燐。二者不嫌同名。《傳》正以鬼火亦名燐,恐其相混,故又申之曰:'燐,螢火也。'《正義》謂螢火不得名燐,段玉裁又謂毛《傳》螢火當謂鬼火之熒熒者,與《韓詩章句》解熠燿爲鬼火或謂之燐同義,非通論也。……'熠燿'爲螢光,與'町畽'爲鹿跡相對成文。螢火之名熠燿,蓋後人因《詩》以熠燿狀螢火,遂取以爲名耳。'宵行'與'鹿場'對文,此當從朱子《集傳》,以'宵行'爲螢火名。《本草綱目》言:'螢火有一種長如蠶,尾後有光,無翼,乃竹根所化,亦名宵行。'其説是也。'熠燿'雙聲字。《説文》'熠,盛光也',引《詩》作'熠熠宵行'。而《文選》張華詩'熠熠宵流'注引毛《傳》'熠熠,粦也',蓋《三家詩》及《毛詩》或有作熠熠者,古人有急言緩言,傳授各異。熠燿通作熠熠,猶《小雅》'平平左右',《左傳》可引作'便蕃'也。段玉裁輒疑爲誤矣。"按:馬説得之。

〔**不可畏也**〕　《詩總聞》聚珍本作"亦可畏也"。嚴可均云:"不,誤亦。"鄭《箋》:"室中久無人,故有此五物,是不足可畏,乃可爲憂思。"朱熹《詩集傳》:"章首四句,言其往來之勞,在外之久,故每章重言,見其感念之深。遂言已東征而室廬荒廢至於如此,亦可畏矣,然豈可畏而不歸哉,亦可懷思而已。"按:"不可畏也"爲反問句,猶"不可畏乎"、"豈不可畏"。此久役將歸之人於途中想然之詞。意謂:家園破敗荒涼景象豈不可畏乎,然故土情深,愈近田園廬舍,愈疑懼而增懷思也。宋之問《渡漢江》"近鄉情更怯,不敢問來人"之意象彷彿似之。詩文云"不可畏",實謂"可畏",不直陳而以反語出之,此正風人之旨。是知作"亦可畏"者,或形近致訛也。

〔**鸛**〕　《釋文》:"鸛,本又作雚。古玩反。水鳥。"《説文·雚部》(段注本):"雚,爵也。从雈,吅聲。《詩》曰:'雚鳴于垤。'工奂切。"段注:"三字句。爵,當作雀。雚,今字作鸛。鸛雀乃大鳥,各本作'小爵',誤。今依《太平御覽》正。陸璣疏云:'鸛,鸛雀也。'亦可證。陸云:'似鴻而大。'《莊子》作'觀雀'。《土部》'垤'下,鳥部'鳳'下皆作'鸛',係俗改。"《説文·土部》(段注本):"垤,螘封也。从土,至聲。《詩》曰:'雚鳴于垤。'"段注:"各本作鸛,今依雈部所引《詩》更正。"《文選·張華〈情詩〉》李注引《韓詩》作"鸛"(按:係據《薛君章句》)。《玉篇》:"雚,公換切。水鳥,今作鸛。"又云:"鸛,古亂切。鸛鳥,鵲屬。"《本草綱目》:"鸛有兩種:似鵠而巢樹者爲白鸛;黑色而曲頸者爲烏鸛。"又,《説文·鬯部》(段注本):"爵,禮器也。𠁁,象雀之形。中有鬯酒,又持之也。所目飲器象雀者,取其鳴節節足足也。𧮫,古文爵如此,象形。"段注:"各本雀作爵,今正。節節足足,雀音如是。……爵,引申爲爵秩字。假借爲雀字。爵形即雀形也。"朱氏《説文通訓定聲》:"爵,假借爲雀。"按:今本《説文》多作"雚,小爵也",獨段注本《説文》作"雚,爵也"。"爵"讀曰"雀"。陸疏:"鸛,鸛雀也,似鴻而大,長頸,赤喙,白身,赤尾翅。"王先謙氏則謂《説文》"小爵"是"水爵"之誤。按:僅一鳥名而聚訟千載莫衷一是者,似因《説文》"雚,小爵"所致。"小爵"即"小雀",故論者或云"雚,小雀"與"鸛,水鳥"當非一物;或云"鸛似鴻而大是與雚大小異形,定非一鳥";……各執一詞,不勝備舉。惟段氏注《説文》删除"小"字,作"雚,爵也",頓開茅塞而釋衆人之疑。明"雚"、"鸛"乃重文,水鳥鸛科各類之通名也。

〔**烝在栗薪**〕　《釋文》:"栗薪,毛如字,鄭音列,《韓詩》作蓼,力菊反,聚薪也。"鄭《箋》:"栗,析也。……古者聲栗、裂同也。"《玉篇·艸部》:"蓼,力鞠切。……長大貌。又音了。""蔢,同上。"《廣韻》:"蔢,同蓼。"《説文》:"蓼,辛菜。薔虞也。从艸,翏聲。"段注:"蓼,借爲蓼蕭之蓼,長大貌。"《釋文彙校》:"宋本蓼作蔢。聚,盧依《注疏》本及王氏《詩攷》改作衆。顧云:《集韻》載蓼、蓼二文,云:一曰衆薪也,或作蓼,亦可證。"王應麟《詩攷》:"烝在蓼薪,衆薪也。"按:栗、蓼一聲之轉,《韓詩》讀栗爲蓼,訓聚,一説訓衆,鄭氏又訓析,然多語焉不詳。又檢朱熹《詩集傳》則云:"栗,周土所宜木,與苦瓜皆微物也。見之而喜,則其行久而感深可知矣。"此直以栗木釋之,與詩恉似無不合。録而存疑,以期來者。"栗"字不須破讀。

〔**熠燿其羽**〕　《周禮・媒氏》賈疏、《太平御覽》九百二十三各引《詩》"熠熠其羽"。見前。

〔**皇駁**〕　《爾雅・釋畜》孫炎注引《詩》"騜駮其馬"。郭璞注引《詩》同。《正義》引舍人云:"黄白色名曰皇。"今從馬,或爲後人所加。《説文》馬部不載騜字。段氏云:"許無騜字,《字林》乃有之,《爾雅》作騜,亦是俗本。"郝懿行云:"按此言馬赤色兼有白者名駁,黄色兼有白者名騜。騜,《詩》作皇。毛《傳》:'黄白曰皇,駵白曰駁。'"《説文》:"駁,馬色不純。从馬,爻聲。""駮,獸,如馬,倨牙,食虎豹。从馬,交聲。"段注:"云'如馬',則非真馬也。"陳奂云:"《爾雅》'黄白皇,駵白駁',與'青驪駽'同一文法,皆謂全身一色之馬。黄與皇疊韻,謂黄馬而發白色者,是曰皇,非黄白二色相雜也。孔謂馬色有黄處有白處,其説自誤。"馬瑞辰云:"今按皇之言黄,《釋鳥》'皇,黄鳥'是也;而與黄微異,故《魯頌》'有驈有皇'與'有驪有黄'並舉,毛《傳》'黄白曰皇,黄騂曰黄'是也。至駵之爲駁,據《説文》:'駵,赤馬黑髦尾也。'《正義》引孫炎云:'駵,赤色也。'是駵爲赤馬。《釋木》曰:'駁,赤李。'《乾》爲大赤,又爲駁馬。《廣雅・釋畜》馬畜有朱駮,駮、駁古通用。則駁亦赤馬,未見必兼白色也。《詩正義》引《爾雅》舍人云:'駵赤色,名曰駁。黄白色,名曰皇。'蓋舍人《爾雅》本原作'駵曰駁,黄曰皇',爲得其實。曰、白二字形近易訛,故《爾雅》監本並作曰,而《石經》及宋本又均作白。毛《傳》‘黄白曰皇’不誤。至‘騂白曰駁’，或毛公所見《爾雅》已作騂白，或後人據《爾雅》誤本而改，未可知也。《正義》轉以舍人本爲非，蓋未嘗深考矣。”按：“皇”爲《毛詩》文，“騜”爲《魯詩》文。“皇”字在《東山》及《駉》詩中與“黄”音義略同，於古代文獻中多有通用之例：如《左傳·昭公二十二年》：“劉子、單子以王猛居于皇。”杜注：“河南鞏縣西南有黄亭。”漢《成陽靈臺碑》陰“守皇屋嗇夫”，即“黄屋”。是知“皇駁其馬”猶“黄駁其馬”也。當以“皇”爲本字，“騜”爲纍增字。

〔縭〕　《釋文·爾雅音義》：“縭，本或作褵。”《初學記》十四，《白帖》十七，《文選》沈約《奏彈王源》注、任昉《齊竟陵文宣王行狀》注各引《詩》“親結其褵”。《爾雅·釋器》：“衣蔽前謂之襜。婦人之褘謂之縭。縭，緌也。”郭璞注：“緌，繫也。”郝懿行《義疏》：“褘本蔽膝，齊人謂之巨巾。”《文選·張衡〈思玄賦〉》注引《韓詩》（《薛君章句》）文：“縭，帶也。”《説文》：“褘，蔽厀也。”《釋名》：“韠，蔽也，所以蔽厀前也。婦人蔽厀亦如之。”“婦人蔽厀，齊人謂之巨巾。”《方言》：“蔽厀，齊魯之郊謂之衻。”“蔽厀，魏、宋、南楚之間謂之大巾。”《説文》：“市，韠也。上古衣蔽前而已，市以象之。……从巾，象連帶之形。”“帥，佩巾也。从巾、𠂤。所律切。帨，帥或从兑，又音税。”《廣雅·釋器》：“帨，巾也。”王念孫《疏證》：“巾者，所以覆物，亦所以拭物。”《儀禮·士昏禮》：“母施衿結帨。”鄭玄注：“帨，佩巾。”本篇毛《傳》：“母戒女，施衿結帨。”按：褘、襜（衻）、韠、市、帨，皆謂縭也。縭，蔽膝也。馬瑞辰云：“佩巾名帨，蔽厀有大巾、巨巾之稱，故得同名爲帨。”“親結其縭”，即“母施衿結帨”也。沈約《奏彈王源》：“結褵以行，箕箒咸失其所。”李善注：“《詩》曰：‘親結其褵，九十其儀。’毛萇曰：‘褵，婦人之幃也。’”作“褵”者，“縭”之或體也。

破　斧

既破我斧，又缺我斨。周公東征，四國是皇。哀我人斯，亦孔之將。

既破我斧，又缺我錡。周公東征，四國是吪。哀我人斯，亦孔之嘉。

既破我斧，又缺我銶。周公東征，四國是遒。哀我人斯，亦孔之休。

〔**又缺我斨**〕　毛本作“又缺我斨”。《説文・缶部》：“缺，器破也。从缶，決省聲。”《六書故》引唐本“夬聲”。《玉篇》：“缺，破也。”《説文》：“缶，瓦器，所以盛酒漿。秦人鼓之以節謌。象形。”《小屯・殷虚文字乙編》七七五一：“”。《殷虚書契前編》八・七・一：“”。缶鼎：“”。《説文》：“”。甲骨文、金文之字形與小篆略同。饒炯《部首訂》：“下象所盛之器，上象蓋，中象畫文，以土作之，故寄音於土；而引借爲凡瓦器之大名，如偏旁所从取其義是也。”朱芳圃《殷周文字釋叢》謂甲骨文下部“凵象器形”，上部“即杵之初文，爲聲符。”按：此器用之盛酒漿、汲水、奏樂，用途不一，形制略異而大同。多爲瓦器，亦有銅器。《説文》云：“凡缶之屬皆从缶。”毛本作“缺”則不體矣，《説文》無“缶”部首。至“卸”字，“从卩止，午聲”，“缶”旁亦與“缶”部之形義迥異也。

〔**四國是皇**〕　《吕氏讀詩記》、王應麟《詩攷》各依董氏引《齊詩》“四國是匡”，《白虎通・巡狩》同。《法言・先知》：“昔在周公，征于東方，四國是王。”司馬光《集注》：“王當爲匡。”一本作“正”，非。《周禮・大司馬》疏引《詩》“四國是遑”。毛《傳》：“皇，匡也。”鄭《箋》:“正其民人而已。”《白虎通·巡狩》:“言東征述職,周公黜陟而天下皆正也。”按:是《傳》、《箋》、《白虎通》均讀爲“匡”也,與《爾雅·釋言》“皇、匡,正也”合。明《齊詩》作“匡”爲正字。

〔**錡**〕　《釋文》:“錡,字或作奇。音同,鑿屬也。《韓詩》云木屬。”毛《傳》:“鑿屬曰錡。”《説文》:“錡,鉏鋤也。从金,奇聲。江淮之間謂釜曰錡。”“鋤,鉏鋤也。从金,御聲。鋙,鋤或从吾。”段注:“《傳》曰:‘鑿屬曰錡。’此蓋所謂鉏鋤者與。”“(鉏鋤)疊韻字。《齒部》:齟齬,齒不相值也。鉏鋤,蓋亦器之能抵拒错摩者,故《廣韻》以‘不相當’釋鉏鋙。”《集韻·語韻》:“鉏鋙,相距貌。”《正字通》:“鉏鋙,不相入。”陳奂謂“錡”爲“穿木之器”,以申成《傳》義。王筠《説文釋例》則曰:“終疑錡爲鋸之古名也。”《六書故·地理一》:“錡,《詩》云:‘既破我斧,又缺我錡。’韓嬰曰木屬;毛萇曰鑿屬;侗謂木不應言缺,而鑿非所以征,蓋兵屬。”各執一詞,終不得其詳。作“奇”者,“錡”之省借也。

〔**吪**〕　《釋文》:“訛,五戈反。又作吪。化也。”毛《傳》:“吪,化也。”《爾雅·釋言》:“訛,化也。”郭注引《詩》“四國是訛”。山井鼎《考文》謂古本作“訛”。按:《説文》“訛”字無收,“吪”下云:“動也。从口,化聲。《詩》曰:‘尚寐無吪。’五禾切。”“化”下云:“教行也。”《華嚴經音義》上引《珠叢》云:“教成於上而易俗於下謂之化。”郝懿行《爾雅義疏》云:“今按:化與匕同,《説文》云:‘匕,變也。从到人。’(到,即倒。)然則化亦變易舊形之義也。訛者,吪之或體也。動作與變化義近,故《詩》‘四國是吪’,《傳》‘吪,化也’,通作訛。《〈節南山〉箋》:‘訛,化也。’又通作譌,《方言》云:‘譌,化也。’郭注:‘譌、化聲之轉也。’”是《詩》借訓“動”之“吪”爲訓“教行”之“化”也。段玉裁云:“今各本作訛,非也。訛即譌字。”《説文》:“譌,譌言也。”段注:“疑當作僞言也。”明“吪”爲正字。

〔**遒**〕　《吕氏家塾讀詩記》引董氏引崔靈恩《集注》作"四國是揫"。毛《傳》:"遒,固也。"鄭《箋》:"遒,斂也。"《説文・辵部》:"迺,迫也。从辵,酉聲。遒,迺或从酋。"段氏曰:"迺與揫義略同也。"《商頌・長發》"百禄是遒",《説文》:"揫,束也。从手,秋聲。《詩》曰:'百禄是揫。'"《廣雅》:"揫,固也。"《爾雅》:"揫,聚也。"郭注:"斂也。"又《説文・韋部》:"𩏮,收束也。从韋,樵聲,讀若酋。……揫,𩏮或从秋、手。""揫"爲"𩏮"之或體,又作"揪"。"遒"本無"收束"義,《傳》、《箋》訓"固"、"斂"者,蓋亦讀"遒"爲"揫"(𩏮)也。馬瑞辰謂"遒者,揫之假借",陳奂云"古遒、揫聲通",俱得之矣。

伐　柯

伐柯如何,匪斧不克。取妻如何,匪媒不得。
伐柯伐柯,其則不遠。我覯之子,籩豆有踐。

〔**伐柯如何**〕　《白帖》十七、八十二,《藝文類聚》四十,《太平御覽》五百四十一各引《詩》"伐柯如之何",獨出五言句,與通篇四言之例不諧,疑爲傳鈔誤增"之"字。

〔**匪斧不克**〕　山井鼎《考文》謂古本作"匪斧不剋"。《淮南子・説山訓》作"匪斧不尅"。按:《爾雅・釋詁》:"剋,勝也。"郝懿行《義疏》:"剋者,勊之俗體也。《説文》:'勊,尤劇也。'《玉篇》云:'勊,勝也。'通作剋,又作尅,皆俗作也。《御覽・刑法部十八》引《尚書大傳》云:'弱而受刑謂之剋。'《淮南・兵略篇》云:'剋國不及其民。'是皆以剋爲勝也。依正文當作克。《説文》云:'克,肩也。象屋下刻木之形。'《釋言》云:'克,能也。'能亦勝,故《書》云'剛克'、'柔克。'鄭注:'克,能也。'馬注:'克,勝也。'克與刻音義同,故《釋名》云:'克,刻也。……'按:《爾雅》宋本此作剋,下作克。《釋文》無剋字。知陸本俱作克,今宜據以訂正焉。"《字彙·寸部》:"尅,同剋。"《説文·力部》(段注本):"勊,尤劇也。从力,克聲。"段注云:"劇,大徐作極;小徐作劇。今正。勊又劇之尤者也。剋者,以力制勝之謂,故其事爲尤勞。許書勊與克義不同。克者,肩也。肩者,任也。以《春秋》所書言之,如:'辛巳雨,不克葬。戊午日下昃,乃克葬。'如:'晉人納捷菑于邾,弗克納。'此克之義也。如:'鄭伯克段于鄢',《傳》曰:'得儁曰克。'此勊之義也。勊之字譌而从刀作剋,猶劇之譌而从刀也。經典有克無剋,百家之書克、剋不分,而勊乃廢矣。""克"下又注云:"上象屋,下象刻木彔彔形,木堅而安居屋下栔刻之,能事之意也,相勝之意也。……刻克疊韻。"《説文》有"勊"、"克"而不載"剋"、"尅"。《玉篇》"勊"下注曰:"勝也。"勝猶能也。是用《三家詩》也。毛氏作"克"爲古文,《小宛》毛《傳》:"克,勝也。"《南山》毛《傳》:"克,能也。"蓋"克"猶"勊",或即"勊"之省借也。作"尅"者,"剋"之或體耳。

〔**取妻如何**〕　《釋文》:"取,本亦作娶。"山井鼎《考文》:"古本作娶。"《儀禮·士昏禮》鄭注引《詩》"取妻如之何"。《藝文類聚》四十,《白帖》十七、八十二各引《詩》"娶妻如之何"。《説文》:"取,捕取也。从又,从耳。《周禮》:'獲者取左耳。'《司馬法》曰:'載獻聝。'聝者,耳也。"段注:"稱《周禮》,又稱《司馬法》釋之,以説从耳之意。"朱駿聲云:"取,叚借爲娶。"《易·蒙》:"勿用取女,見金夫,不有躬。無攸利。"《史記·魯周公世家》:"莊公取齊女爲夫人曰哀姜。"及本詩"取妻如何"之"取",皆讀曰"娶"。《説文》:"娶,取婦也。从女,从取,取亦聲。"段玉裁注:"取彼之女,爲我之婦也。經典多叚取爲娶。"《書·益稷》:"娶于塗山。"正用本字。

甲骨文作“”,篆文作“”,字形略同。此詩文當作“娶”。至句中“之”字則同首章首句之例,爲誤增字。

〔伐柯伐柯〕　《孔叢子》引《詩》“操斧伐柯”。《文選·陸機〈文賦〉》李注引《毛詩》“執柯伐柯”。《正義》作“伐柯伐柯”。《禮記·中庸》:“子曰:‘道不遠人,人之爲道而遠人,不可以爲道。《詩》曰:“伐柯伐柯,其則不遠。”執柯以伐柯,睨而視之,猶以爲遠,故君子以人治人,改而止。’”此詩《箋》云:“伐柯者必用柯,其大小長短近取法於柯,所謂不遠求也。”《説文》:“柯,斧柄也。从木,可聲。”又,《廣雅·釋木》:“柯,莖也。”此統言草木枝莖。《本草綱目·木部》:“柯樹……珣曰:按《廣志》云,生廣南山谷,波斯家用木爲船舫者也。”“柯”爲枝莖之稱,或爲樹木之名。此詩之“伐柯伐柯”,乃重言疊字以見義,《三百篇》中多有此例,如:“采苓采苓”、“采苦采苦”、“采葑采葑”、“采菽采菽”。不必以“柯”有“斧柄”一義,遂釋爲“執柯以伐柯”,後人尤不可妄改經文作“操斧伐柯”、“執柯伐柯”也。詩句當作“伐柯伐柯”無疑。

〔覯〕　《太平御覽》八百十五引《詩》“覯”作“遘”。《説文》:“覯,遇見也。从見,冓聲。”鄭《箋》:“覯,見也。”《玉篇》同。又,《説文》:“遘,遇也。从辵,冓聲。”甲骨文“遘”作“”(《殷虚書契前編》一·四〇·五),金文作“”(保卣)。甲骨文“冓”作“”(《殷虚書契後編》上二六·六),金文作“”(叔多父盤)。《説文·冓部》:“冓,交積材也。象對交之形。凡冓之屬皆从冓。”段注:“高注《淮南》曰:‘構,架也,材木相乘架也。’按:‘結冓’當作此。今字構行而冓廢矣。《木部》曰:‘構,蓋也。’義別。”按:《説文》於“冓”之訓乃衍生之義也。甲骨文“冓”象二魚相遇之形,金文承甲骨文之字形而稍變,猶存二魚相遇之象,此實“遘遇”之本字,許書所謂“對交之形”亦緣於此。“遘”字,甲骨文、金文或从止、

从辵、从彳。“遺”、“覯”音同而形異，字義少别，古可通假，竊疑“遺”當爲本字。

九罭

九罭之魚，鱒魴。我覯之子，衮衣繡裳。

鴻飛遵渚，公歸無所，於女信處。

鴻飛遵陸，公歸不復，於女信宿。

是以有衮衣兮，無以我公歸兮，無使我心悲兮。

〔罭〕　《釋文》：“本亦作䍡。”《釋文彙校》：“宋本罭作䍡，䍡作罭。”按：《説文新附》：“罭，魚網也。从网，或聲。”“网，庖犧所結繩以漁。从冂，下象网交文。凡网之屬皆从网。今經典變隸作罒。”明“罭”字隸書、真書俱變“网”爲“罒”，《詩》字作“罭”是矣，餘皆俗體。

〔衮衣〕　《釋文》出作“衮衣”，云：“古本反。……字或作卷，音同。”《釋名·釋首飾》：“衮，卷也，畫卷龍於衣也。”毛《傳》：“衮衣，卷龍也。”朱熹《詩集傳》：“衮衣裳九章：一曰龍；二曰山；三曰華蟲，雉也；四曰火；五曰宗彝，虎蜼也；皆繢於衣。六曰藻；七曰粉米；八曰黼；九曰黻；皆繡於裳。天子之龍，一升一降。上公但有降龍。以龍首卷然，故謂之衮也。”馬瑞辰云：“《曲禮記》衮衣字皆假借作卷，蓋衮从台聲，與卷同音，故《傳》借作卷，《荀子》又借作裷。今《説文》作从公聲，形近傳寫之誤。”陳奂曰：“衮與卷古同聲。卷者，曲也，象龍曲形，曰卷龍。……《白虎通》引《傳》曰：‘天子升龍，諸侯降龍。’唯此爲異。《爾雅·釋言》云：‘衮，黻也。’此言‘衮衣繡裳’，《終南》言‘黻衣繡裳’，是‘衮衣’猶‘黻衣’矣。

〔**無使我心悲兮**〕　山井鼎《考文》:"古本悲上有西字。"《正義》曰:"此經直言'心悲',本或'心'下有'西',衍字。與《東山》相涉而誤耳。定本無'西'字。"此説是矣。《唐石經》、小字本、相臺本"心"下均無"西"字。

狼　跋

狼跋其胡,載疐其尾。公孫碩膚,赤舄几几。
狼疐其尾,載跋其胡。公孫碩膚,德音不瑕。

〔**跋**〕　《釋文》:"跋,躐也。……字或作拔。同。"毛本"跋"作"䟦"。毛《傳》:"跋,躐。"《説文·足部》:"蹎,跋也。""跋,蹎跋也。""䟣,步行獵跋也。"徐鍇《説文繫傳》:"顛,顛倒字作蹎。"段注:"蹎,經傳多叚借顛字爲之。""跋,經傳多叚借沛字爲之。《大雅》、《論語》'顛沛'皆即'蹎跋'也。毛《傳》:'顛,仆也。沛,拔也。'拔同跋,《豳風·狼跋》,亦或作拔。馬融《論語注》曰:'顛沛,僵仆也。'按:《豳風》'狼跋其胡',謂躐也。躐則仆矣。引伸爲近人題跋字,題者標其前,跋者系其後也。"《爾雅·釋言》:"跋,躐也。"宋賈昌朝《群經音辨》:"跋,履也。"《玉篇》:"躐,踐也。"按:"拔"可借作"跋"。"䟦"則爲俗體。

〔**疐**〕　毛《傳》:"疐,跲也。"《爾雅》:"疐,跲也。""疐,仆也。"《説文·足部》:"躓,跲也。从足,質聲。《詩》曰:'載躓其尾。'"又《叀部》(段注本):"疐,礙不行也。从叀,引而止之也。叀者,如叀馬之鼻。从冂,此與牽同意。《詩》曰:'載疐其尾。'"又《釋文》:"疐,本又作疌。"監本、毛本作疐。明"疐"與"躓"通,"疐"爲俗字,"疐"不體。"疌"乃訛字。

〔**几几**〕　《説文·手部》:“掔,固也。……讀若《詩》‘赤舃掔掔’。”《己部》:“𢀩,謹身有所承也。从己、丞。讀若《詩》‘赤舃己己’。”《詩攷》引《説文》同。王安石云:“几,人所凴依以爲安,故‘几几’,安也;則‘掔掔’即安固之貌。”《説文·己部》“𢀩”下段注云:“几几,各本作己己,非韻。《〈昏義〉釋文》作几几,今據以正之。”馬瑞辰云:“《廣雅》:‘几几,盛也。’詩蓋以狀盛服之貌。……己、几古同聲,掔、几古合音,皆擬其音,非釋其義也。”朱駿聲云:“几、己一聲之轉。”王先謙云:“三家‘几几’作‘掔掔’,亦作‘己己’。”按:當以“几几”爲正字。

〔**德音不瑕**〕　孔鮒《小爾雅》引《詩》“德容不瑕”。按:“容”爲訛字。“不”乃語詞。王引之云:“《玉篇》曰:‘不,詞也。’經傳所用,或作‘丕’,或作‘否’,其實一也。……《書·西伯戡黎》曰:‘我生不有命在天。’某氏《傳》曰:‘我生有壽命在天。’……不有,有也。……《康誥》曰:‘惟乃丕顯考文王。’丕顯考,顯考也。通作不顯。……《何人斯》曰:‘否難知也。’否,語詞。否難知,難知也。”蓋本詩“德音不瑕”者,“德音瑕”是也。

小　雅

小 雅

鹿鳴之什

鹿 鳴

呦呦鹿鳴，食野之苹。我有嘉賓，鼓瑟吹笙。吹笙鼓簧，承筐是將。人之好我，示我周行。

呦呦鹿鳴，食野之蒿。我有嘉賓，德音孔昭。視民不恌，君子是則是傚。我有旨酒，嘉賓式燕以敖。

呦呦鹿鳴，食野之芩。我有嘉賓，鼓瑟鼓琴。鼓瑟鼓琴，和樂且湛。我有旨酒，以燕樂嘉賓之心。

〔**呦呦**〕　《説文》："呦，鹿鳴聲也。从口，幼聲。嗷，呦或从欠。"《玉篇·口部》引《詩》"呦呦鹿鳴"，云："亦作欲欲。"《集韻》："嗷，或省作欲。"按：此象聲詞古本或作"嗷"，後作"呦"而通行。"欲"又爲"嗷"之省。

〔**苹**〕　《釋文》："苹，毛云：蓱也。鄭：藾蕭也。""蓱，本又作萍。薄丁反。"《後漢書·鍾離意傳》注引《詩》"食野之萍"。《藝文類聚》九十五引《詩》同。《説文·艸部》："苹，蓱也。無根，浮水而生者。""蓱，苹也。""苹"下段注云："《釋草》苹字兩出，一曰蓱，一曰藾蕭。鄭《箋》以水中之艸非鹿所食,易之曰:‘苹,藾蕭也。’於《月令》曰:‘蓱,萍也。’於《周禮·萍氏》引《爾雅》:‘萍,蓱。’似分别萍爲水艸,蓱爲藾蕭。鄭所據《爾雅》自作‘萍,蓱’,而《毛詩》、《夏小正》以苹爲萍,皆屬叚借。許君則苹、蓱、萍三字同物,不謂苹爲叚借。”又於“蓱”下注曰:“此與前苹字互訓,而不類厠者,以字體篆籀别之也。”《説文》未收“萍”字,於“荓”下注云:“馬帚也。”《爾雅》:“荓,馬帚。”郭注:“似著,可以爲埽篲。”郝氏《義疏》云:“《管子·地員篇》云:‘蔞下於荓。’《夏小正》:‘七月荓秀。’荓也者,馬帚也。《廣雅》云:‘馬帚,屈馬荓也。’(原作‘屈馬第’,依《説文》段注改作‘荓’。)今按:此草叢生,葉小圓,莖紫赤,疎直而瘦勁,野人以爲埽帚,極耐久,有高五六尺者,故曰馬帚,馬之言大也。郭云‘似著’,似别一物。”馬瑞辰云:“荓亦蒿之屬,蓋與‘苹,藾蕭’同物。毛《傳》當作‘苹,荓’,謂苹即《爾雅》之‘荓,馬帚’。以‘苹’爲‘荓’之假借,猶《夏小正》假‘苹’爲‘荓’,非以‘苹’爲水中之‘蓱’也。《箋》以‘苹’爲‘藾蕭’,亦申《傳》,非易《傳》也。後人因《爾雅》有‘苹,蓱’之文,因誤改毛《傳》之‘荓’爲‘蓱’耳。”曾釗《詩毛鄭異同辨》云:“此詩云‘野之苹’,不得以‘水之蓱’解之。……竊疑‘蓱’本當作‘荓’……毛蓋以‘馬帚’之‘荓’釋此經之‘苹’,後人轉寫加水耳。”按:《夏小正》之“苹”、《爾雅》與《説文》之“荓”均訓“馬帚”,亦即北方常見之埽帚菜也。鹿所食者,其嫩苗也;可以爲埽帚者,《夏小正》所謂“七月”後已“秀”而剛勁之莖也。牟應震《毛詩質疑·毛詩物名考》謂埽帚菜即“藋”。可備一説。

〔簧〕　《白帖》六十二引《詩》“吹笙鼓篁”。按:“簧”、“篁”之形義不同,作“篁”者,同聲假借字也。《毛詩傳箋通釋》(《君子陽陽》篇)於“左執簧”句下釋曰:“《傳》:‘簧,笙也。’按:簧亦樂器之一。《世本》‘女媧作笙,隨作簧’,宋均注:‘隨,女媧之臣。笙、簧二器。'《説文》'隨作笙,女媧作簧'(《古史攷》亦曰'女媧作簧'),與《世本》互易,亦以笙、簧爲二器。《説文》又曰:'箟,簧屬。'其不以簧爲笙中之簧明矣。《爾雅》'大笙謂之巢',《文選·笙賦》李注引《爾雅》作'大笙謂之簧',疑李善所見《爾雅》本自作簧。……《月令》'調竽、笙、篪、簧',以簧與笙、竽、篪並列,《鹿鳴》詩'吹笙鼓簧'與'鼓瑟吹笙'爲一類,皆以簧别爲一器。……蓋知簧爲笙之大者,通言則簧亦笙也。孔《疏》以簧爲笙管中之簧,失之。"馬説甚辨。

〔**示我周行**〕　《釋文》:"示,毛如字。鄭作寘。……置也。"毛《傳》:"周,至。行,道也。"鄭《箋》:"示,當作寘。寘,置也。周行,周之行列也。"《儀禮·鄉飲酒禮》鄭注引《鹿鳴》,云:"嘉賓既來,示我以善道。"又,《禮記·緇衣》:"子曰:'私惠不歸德,君子不自留焉。《詩》云:人之好我,示我周行。'"鄭注云:"行,道也。言示我以忠信之道。"是"善道"、"忠信之道"即毛《傳》所謂"正道"也。兩注皆與毛《傳》契合。鄭氏於《詩·鹿鳴》之箋注則與毛殊,殆以"示"、"寘"疊韻而破讀;或涉《卷耳》"寘彼周行"文句而易字。按:"示我周行"與"寘彼周行"之文義不同,不煩改易經文牽合附會也。

〔**視民不恌**〕　《釋文》:"視民,音示。"毛《傳》:"恌,愉也。"鄭《箋》:"視,古示字也。"又,《左傳·昭公十年》:"周公饗義,魯無義。《詩》曰:'德音孔昭,視民不佻。'佻之謂甚矣,而壹用之,將誰福哉。"《説文·人部》、《玉篇·人部》、《爾雅·釋言》邢疏引《詩》均作"視民不佻",與《左傳》同。《文選·張衡〈東京賦〉》"敬慎威儀,示民不偷",薛綜注引《詩》作"示民不佻"。《晉書·景帝紀》引《詩》"示人不佻"。《説文·示部》:"示,天垂象,見吉凶,所以示人也。从二。三垂,日月星也。觀乎天文,以察時變。示,神事也。

凡示之屬皆从示。𥘠,古文示。"段注:"(二)古文上。(三垂)謂川。……言天縣象箸明以示人,聖人因以神道設教。"《説文·見部》:"視,瞻也。从見,示聲。眎,古文視。眡,亦古文視。"段注:"《目部》曰:瞻,臨視也。視不必皆臨,則瞻與視小别矣,渾言不别也。引伸之義,凡我所爲使人見之亦曰視。《士昏禮》'視諸衿鞶',注曰:'視乃正字,今文作示,俗誤行之。'《曲禮》'童子常視毋誑',注曰:'視',今之示字。《小雅》'視民不恌',《箋》云:'視,古示字也。'"《正義》:"古之字,以目視物,以物示人,同作視字。後世而作字異。目視物爲示傍見,示人物作單示字。由是經傳之中,視與示字多相雜亂。此云'視民不恌',謂以先王之德音示下民,當作小示字,而作視字,是其與古今字異義殊,故鄭辨之:'視,古示字也。'言古作示字,正作此視。辨古字之異於今也。《禮記》云'幼子常視無誑',注云:'視,今之示字也。'言古'視'字之義正與今之'示'字同。言今之字異於古也。《士昏禮》曰'視諸衿鞶',注云:示之以衿鞶者,皆託戒使識之也。視乃正字,今文作示,俗誤行之。言'示之以衿鞶',亦宜作示,而古文《儀禮》作'視'字,於今文'視'作'示'字,鄭以見示字合於今世示人物之字,恐人以爲'示'是'視'非,故辨之云:'視乃正字,而今文視作示者,俗所誤行。'俗以見今世示人物爲此'示'字,因改'視'爲'示',而非古之正文,故云誤也。"《説文》"視"字下,段氏又云:"古作視,漢人作示,是爲古今字。'示'下曰'天垂象,見吉凶,所以示人也',許書當本作'視人',以疊韻爲訓,經淺人改之耳。"是"視"爲古文,"示"爲今文,古只作"視"。

"恌"、"愉"、"佻"、"偷"字,屢見經傳:如《左傳·昭公十六年》服注:"偷,薄也。"《春秋左傳正義》引李巡曰:"佻,偷薄之偷也。"《周禮·大司徒》:"六曰以俗教安,則民不愉(今本作偷)。"鄭注:"愉謂朝不謀夕。"(是從偷爲訓。)《釋文》:"愉,音偷。"《禮記·表記》:

"安肆日偷。"鄭注:"偷,苟且也。"《周語》:"而郤至佻天之功以爲己力。"韋昭注:"佻,偷也。"《吕氏春秋·勿躬》:"百官慎職,而莫敢愉綖。"高誘注:"愉,解。"王念孫《讀書雜志》云:"愉,即安肆日偷之偷,故注訓愉爲解,與懈同。"《爾雅·釋言》:"佻,偷也。"郭注:"謂苟且。"《廣韻》:"恌,輕薄。"《説文》:"佻,愉也。""愉,薄也。"段注:"此'薄也'當作'薄樂也',轉寫奪樂字,謂淺薄之樂也。引申之,凡薄皆云愉。……《鹿鳴》'視民不恌',《傳》曰:'恌,愉也。'許書《人部》作'佻,愉也'。《周禮》'以俗教安,則民不愉',鄭注:'愉,謂朝不謀夕。'此引申之義也。淺人分別之,别製偷字,从人。訓爲偷薄,訓爲苟且,訓爲偷盜,絶非古字,許書所無。然自《山有樞》鄭《箋》云:'愉,讀曰偷。偷,取也',則不可謂其字不古矣。"《玉篇》:"佻,敕聊切。《詩》云:'視民不佻。'佻,偷也。"段氏又曰:"愉,毛刻本作偷,誤。偷者,愉之俗字,偷盜字古只作愉。"按:"恌"、"偷",《説文》未收。研核諸説,當以"視民不佻"爲經文正字。《晉書·景帝紀》引此詩句"民"作"人"者,蓋避唐太宗諱而改字也。

〔**君子是則是傚**〕　《左傳·昭公七年》引《詩》作"是則是效"。《家語·正論解》、《中論·藝紀》各引《詩》同。又《小雅·角弓》"民胥傚矣",《左傳·昭公六年》引"傚"作"效"。《左傳·襄公二十五年》"尤而傚之",《禮記·檀弓》注"傚孔子也",《釋文·春秋左氏音義》及《禮記音義》皆云:"傚本作效。"《漢書·敘傳》作"是則是效",蔡邕《郭有道碑銘》引《詩》亦作"效"。另《儀禮·燕禮》注引《詩》作"是則是詨(詨)"。《儀禮·燕禮》注"可則傚也",《釋文·儀禮音義》云:"傚本作詨。"按:《説文·人部》無"傚"字。《攴部》"效"下云:"象也。从攴,交聲。"段注:"象,當作像。《人部》曰:'像,似也。'《毛詩》'君子是則是傚',又'民胥傚矣',皆效法字之或體,《左傳》引《詩》'民胥效矣'是也。"《毛詩》作"傚",三家作"效",一字異體也。按:"詨"(譈)字,《説文》所無,《玉篇·言部》云:"詨,大嗥也,呼也,唤也。"《集韻·爻韻》:"詨,吴人謂呼爲詨。""詨,詨矜,誇也。"《廣韻·肴韻》:"詨,誇語也。"考"詨"字無效法義,三家作"詨"者,蓋音近通假也。

〔**嘉賓式燕以敖**〕　《中論·藝紀》引《詩》,《文選·陸雲〈大將軍讌會被命作詩〉》注引《毛詩》"嘉賓式宴以敖"。《列女傳·魯季敬姜》引《詩》"嘉賓式讌以樂"。《説文·放部》:"敖,出游也。从出、放。"段注云:"《邶風》曰'以敖以游',敖、游同義也。从放,取放浪之意。"毛《傳》:"敖,遊也。"《爾雅》舍人注:"敖,意舒也。凡人樂則意舒。"《玉篇·出部》:"敫,遊也。今作敖。"《説文通訓定聲》:"敖,俗字作遨。"《漢書·食貨志》"邑亡敖民,地亡曠土",顔師古注:"敖,謂逸游也。"此篇"嘉賓式燕以敖"與《南有嘉魚》"嘉賓式燕以樂"句義相同,"敖"猶"游"、"樂"。《集韻》:"宴,《爾雅》:'宴,宴居,息也。'或作燕。"《字彙》:"燕,安也。"《易·中孚》:"虞吉,有它不燕。"孔穎達疏:"燕,安也。"《漢書·蔡義傳》:"願賜清閒之燕,得盡精思於前。"顔師古注:"燕,安息也。"又《字彙·火部》:"燕,喜也。"《後漢書·鄭興傳》"燕翼宣王",李賢注:"燕,樂也。"是"宴"、"燕"可互訓,皆有"安適"、"安樂"之義,故《中論》、《文選》注引《詩》作"式宴以敖"。《列女傳》引《詩》作"式讌以樂","讌"與"燕"字義有别,以"讌"爲之者,同聲假借也。復易"敖"爲"樂"者,以二字同義也。

〔**鼓瑟鼓琴**〕　山井鼎《考文》謂古本"鼓瑟鼓琴"下句作"鼓琴鼓瑟"。按:《詩》中重言疊句甚夥,如《召南·江有汜》"江有汜,之子歸,不我以。不我以,其後也悔,江有渚,之子歸,不我與。不我與,其後也處",又有"不我過,不我過"句。《鄘風·相鼠》"人而無儀,人而無儀","人而無止,人而無止","人而無禮,人而無禮"。

《王風·中谷有蓷》"嘅其嘆矣,嘅其嘆矣","條其歗矣,條其歗矣","啜其泣矣,啜其泣矣"。另有多篇同例,不遑備舉。本篇"鼓瑟鼓琴"、"鼓瑟鼓琴"之復沓疊句形式正屬此例。日本古本下句作"鼓琴鼓瑟",則句末"瑟"字與本章"芩"、"湛"、"心"非韻。明其古本文句誤倒。

〔**和樂且湛**〕　《釋文》:"湛,都南切。字又作耽。"《〈衛風·氓〉正義》引作"耽"。《小雅·常棣》"和樂且湛",《中庸》引作"耽"。《韓詩外傳》八引同。《釋文》又作耽。《韓詩》云:"耽,一作媅,樂之甚也。"《鹿鳴》毛《傳》:"湛,樂之久。"《爾雅》:"媅,樂也。"《説文》:"媅,樂也。"按:《説文》無"媅"有"耽",云:"耳大垂也。"無"樂"義。蓋"耽"、"湛"皆"媅"之假借字,"媅"爲"媅"之或體也。經文正字應作"媅",然後世"湛"、"耽"行而"媅"、"媅"廢,讀《詩》者則多不究辨矣。

四　牡

四牡騑騑,周道倭遲。豈不懷歸,王事靡盬,我心傷悲。

四牡騑騑,嘽嘽駱馬。豈不懷歸,王事靡盬,不遑啟處。

翩翩者鵻,載飛載下,集于苞栩。王事靡盬,不遑將父。

翩翩者鵻,載飛載止,集于苞杞。王事靡盬,不遑將母。

駕彼四駱,載驟駸駸。豈不懷歸,是用作歌,將母來諗。

〔**四牡**〕　《儀禮·既夕禮》賈疏引《詩》作"駟牡"。《説文》："駟，一乘也。"段注："四馬爲一乘。"《字彙補》："駟，借作四。"古代一車以四馬(兩服兩驂)駕之，因以"駟"稱駕一車之四馬或四馬所駕之車，且又通"四"，故《儀禮》賈疏以"駟"爲之。

〔**周道倭遲**〕　《釋文》："倭，本又作委。""遲，《韓詩》作倭夷。"顧廣圻所見十行本《〈毛詩·干旄〉正義》引異義"周道委遲"。《文選》江淹《别賦》注、謝莊《宋孝武宣貴妃誄》注各引《毛詩》，《藝文類聚》五十三，《白帖》三十五，《太平御覽》一百九十五、七百七十七各引《詩》"周道逶遲"。《文選·嵇康〈琴賦〉》注引《韓詩》"周道倭夷"。《文選》曹植《送應氏詩》注、顔延之《秋胡詩》注、潘岳《西征賦》注、潘岳《金谷集作詩》注、孫綽《遊天台山賦》注、陸倕《石闕銘》注各引《韓詩》"周道威夷"。又《漢書·地理志》"右扶風郁夷"，班固自注引《詩》"周道郁夷"。顔師古注引《詩》"周道倭遲"云："《小雅·四牡》之詩曰：'四牡騑騑，周道倭遲。'《韓詩》作郁夷，言使臣乘馬，行於此道。"陳喬樅云："注'韓'是'齊'之誤。韓作'威夷'，不作'郁夷'，班引《詩》以證'郁夷'，此據《齊詩》文。……顔注蓋轉寫之誤。"《淮南子·原道訓》："昔者馮夷大丙之御也。"高誘注："夷或作遲，古夷與遲通。"《匡謬正俗》云："古者遲、夷通用。……遲字音夷，亦音遲。""陵遲"通作"陵夷"，"遲"即"夷"也。以"郁夷"爲縣名者，緣其地險阻也。《説文》"逶"下曰："逶迤，衺去之貌。"薛君《韓詩章句》云："威夷，險也。"《廣雅》："㰻陕，險也。"《廣雅》："倭夷，險也。"《説文》、《廣雅》並曰："鍡鑸，不平也。"本詩毛《傳》云："倭遲，歷遠之貌。"按："倭遲"、"委遲"、"逶遲"、"倭夷"、"威夷"、"郁夷"、"逶迤"、"㰻陕"，字形不同而其音、義則並相近。蓋"倭"、"威"、"遲"、"夷"古音同部，"倭"、"郁"、

"逶"雙聲,"迤"、"夷"疊韻,俱一聲之轉,故四家詩文字雖異而其音義並相近而互通也。

〔**嘽嘽駱馬**〕 《説文·口部》:"嘽,喘息也。一曰喜也。从口,單聲。《詩》曰:'嘽嘽駱馬。'"又《疒部》:"痑,馬病也。从疒,多聲。《詩》曰:'痑痑駱馬。'"《玉篇》:"痑,吐安切。力極也。《詩》云:'痑痑駱馬。'亦爲嘽。"《廣雅》:"痑痑,疲也。"《九經字樣》作"痑",云:"今《詩》作嘽。"《史記·高祖功臣侯者年表》:"鄲一:中元年,封緤子康侯應元年。"《索隱》:"緤子紹封鄲。案:《漢志》屬沛郡,如淳引闞駰《州志》音多。"《説文·手部》:"撣,提持也。从手,單聲。讀若'行遲驒驒'。"段注:"驒驒,未見所出,蓋即《詩》之'嘽嘽駱馬'。"《漢書·叙傳》顔師古注引《詩》"驒驒駱馬"。《漢書·地理志》"沛郡鄲",孟康曰"音多"。按:詩字毛作"嘽嘽",另作"痑痑"、"驒驒"者,殆三家文也。"嘽"、"驒"與"痑"一聲之轉,古"寒部"、"歌部"相近,故"嘽"與"痑"通。"嘽",或讀爲"癉",《説文·疒部》:"癉,勞病也。"亦與《傳》"馬勞則喘息"之義合。

〔**不遑啟處**〕 《唐石經》、宋淳化本並作"不皇啟處",《左傳·襄公二十九年》引《詩》同。《爾雅·釋言》:"偟,暇也。"郭注:"《詩》曰:'不偟啟處。'"陳喬樅云:"《〈爾雅〉釋文》:'偟音皇。"不遑"音皇,或作偟,通作皇。'是陸所見《爾雅注》引《詩》有依《毛詩》作'遑'者。然郭注所引《詩》本舊注之文,《釋言》正文既作'偟'字,則注所引當以或本作'偟'爲是。'偟'者,《魯詩》之文,作'遑'者乃後人順毛改字耳。"《文選·潘岳〈秋興賦〉》注引《毛詩》"不遑甯處"。按:《説文新附》:"遑,急也。从辵,皇聲。或从彳。"《集韻·唐韻》引《説文》作"或从人。"注云:"偟,偟暇。"明"偟"爲"遑"之或體,又作"徨"。字當作"皇"。《爾雅》"偟"下,郝懿行

《義疏》云："偟者，經典通作遑，皆皇之或體也。皇與假俱訓大，又俱爲暇，其義實相足成。後人見經典皇暇之皇皆作遑，遂以遑爲正體，遑變作徨，又省作偟，反以皇爲通借，殊不知《書》云'則皇自敬德'，《表記》云'皇恤我後'，皇皆訓暇。又《左氏·襄廿五年傳》'皇恤我後'，《昭七年傳》'社稷之不皇'，《襄廿六年傳》及《哀五年傳》'不敢怠皇'，是皆遑作皇之證。……《〈詩·殷其靁〉釋文》：'遑，本或作偟。'《〈爾雅〉釋文》亦云：'遑，或作偟，通作皇。'是陸德明亦不知皇爲本字矣。暇，古讀如户，偟、暇一聲之轉。"郝氏之論是矣。"啟處"，毛《傳》："啟，跪。處，居也。"《爾雅·釋言》："啟，跪也。"郭注："小跽。"李巡云："小跪也。"郝懿行《義疏》："跪者，《説文》云：'拜也。'《釋名》云：'跪，危也。兩膝隱地，體危陧也。'《玉篇》及《文選·月賦》注，並引《聲類》云：'跪，跽也。啟者，跽之假音也。'《説文》云：'跽，長跪也。'《史記·滑稽傳》云：'帣韝鞠䠊。'《集解》：'徐廣曰："䠊與跽同，謂小跪也。"'《索隱》曰：'䠊音其紀反，與跽同音。謂小跪。'是䠊即跽也，經典借作啟。《詩·四牡》《采薇》，《傳》、《箋》並云：'啟，跪也。'《左氏·襄八年》及《廿九年》正義並引李巡曰：'啟，小跪也。'是郭所本，注'小跽'，亦當作'小跪'。《釋名》云：'起，啟也。啟，一舉體也。'按：'一舉體'即'小跪'之義。"《説文·足部》："跪，拜也。"段注："《手部》曰：'㨖，首至手也。'按：跪與拜二事，不當一之。疑當云'所以拜也'，後人不達此書'所以'字，往往删之。""跽，長跽也。"段注："長跽，各本作長跪。今正。按：係於拜曰跪，不係於拜曰跽。《范睢傳》四言'秦王跽'，而後乃云'秦王再拜'是也。長跽乃古語。長，俗作踞。人安坐而形弛，敬則小跪聳體若加長焉，故曰長跽。《方言》：'東齊、海岱、北燕之郊，跪則謂之踞跫。'……《釋名》：'跽，忌也，見所敬忌不敢自安也。'……《廣雅》：'踞跫，跪拜也。'此統言之。

許跪拜析言之。"《篇海類編·身體類·足部》:"跽,長跪也,伸兩足,兩膝著地而立身。"《廣雅·釋詁》:"踞𨇙,捧也。"王念孫《疏證》:"《衆經音義》卷二十四云:'今江南謂屈膝立爲踞跪。'《説文》:'跪,拜也。'拜與捧同。"朱駿聲《通訓定聲》云:"兩膝拄地所以拜也。不拜曰跽。"畢沅《釋名疏證》:"古人危坐乃跪也。"《正字通·足部》:"跪,屈膝也。……朱子謂古人只是跪坐,著《跪坐拜説》云:'兩膝著地,以尻著踵而稍安者爲坐;伸腰及股而勢危者爲跪;因跪而益致其恭以頭著地爲拜。'"又,毛《傳》:"居,處也。"《説文》:"蹲,踞也。""踞,蹲也。"《尸部》"居"下重出:"居,蹲也。从尸。古者居从古。踞,俗居从足。"段注本《説文》:"蹲,居也。"無"踞"字。注云:"《尸部》曰:'居,蹲也。'是爲轉注,各本作'踞也',以俗改正,又增一踞篆於蹲後,今正而删之。"徐灝《箋》:"居字借爲居處之義,因增足旁爲蹲踞字。"朱士端校定本:"俗居从足者,蓋古人製字居字最先,許君因漢時踞字已行,故亦列於《足部》,而於居下踞字云'俗从足'者,以證居爲本字也。"段注本《説文》無"踞"字,於"居"下云:"蹲也。从尸,古聲。"段注曰:"《足部》曰:'蹲,居也。'二字爲轉注。今《足部》改爲踞,又妄添'踞'篆,訓云'蹲也'。總由不究許書條理,罔知古形古義耳。……蓋俗本之紛亂如此。《説文》有'凥'有'居'。'凥,處也。从尸,得几而止。'凡今人居處字,古衹作凥處。居,蹲也。凡今人蹲踞字,古衹作居。《廣雅·釋詁二》'凥也'一條,《釋詁三》'踞也'一條,畫然分别。曹憲曰:'按:《説文》今居字乃箕居字。'近之矣。但古人有坐、有跪、有蹲、有箕居。跪與坐皆厀著於席,而跪聳其體,坐下其脽,《詩》所謂'啟處',《〈四牡〉傳》曰:'啟,跪也。處,居也。'《四牡》'不遑啟處',《采薇》、《出車》作'不遑啟居'。'居'皆當作'凥'。許'凥'下云:'處也。'正本毛《傳》引申之爲凡凥處字也。若蹲則足底著地而下其脾，聳其厀曰蹲。……若箕踞，則脾著席而伸其脚於前，是曰箕踞。……箕踞爲大不敬，三代所無。'居'篆正謂蹲也。今字用蹲居字爲凥處字，而凥字廢矣。又别製踞字爲蹲居字，而居之本義廢矣。"《説文·几部》（段注本）："凥，処也。从尸、几。尸得几而止也。"段注："各本作處，今正。凡尸得几謂之凥，尸即人也，引申之爲凡凥処之字。"《説文》："処，止也。得几而止。从几，从夂。處，処或从虍聲。"段注："夂讀若黹，从後致也，人兩脛後有致之者，至乎几而止，故字从夂、几。昌與切。五部。……今或體獨行，轉謂'処'俗字。"《説文·攴部》："啟，教也。从攴，启聲。《論語》曰：'不憤不啟。'"朱熹《詩集傳》此篇詩文作"不遑启處"。按：稽核諸家辨説，"啟"當爲"跽"之假借，"処"（處），《傳》訓爲"居"，《四牡》"啟處（処）"，《采薇》、《出車》作"啟居"，"處"猶"居"也。"凥"字，《説文》訓"処"（處），是知毛《傳》"居也"當作"凥也"，"居"爲"凥"之假借。又朱本"啓"字，爲"啟"之重文。又《文選·潘岳〈秋興賦〉》注引《詩》作"寧處"者，"寧"爲訛文。

〔**翩翩者鵻**〕　《釋文》："鵻，音隹。夫不也。本又作隹。"《〈南有嘉魚〉釋文》："鵻，音隹。本亦作隹。"《〈左傳·昭公十九年〉正義》引《詩》作隹。《説文繫傳》引《詩》同。《左傳》"祝鳩氏"，杜注："祝鳩，鵻鳩也。"《詩疏》引舍人注："鵻名夫不。"李巡曰："夫不一名隹。"毛《傳》："鵻，夫不也。"《爾雅·釋鳥》："隹其，鳺鴀。"郭注："今鵓鳩。"《方言》："鳩……梁宋之間謂之鷦鴫。"又按陸疏云："鵻其，今小鳩也。一名鵓鳩。"又云："斑鳩項有繡文斑然"，"鶉鳩灰色無繡項"。鵓即夫不之合呼，鶉鳩亦即鵓鳩。此詩"鵻"爲正字，"鵻"爲或體，"隹"則"鵻"之省借也。

〔**駕彼四駱**〕　《文選·阮籍〈詠懷詩〉》李注引《詩》"駕彼四牡"，蓋涉《采薇》、《節南山》之文致訛。

皇皇者華

皇皇者華,于彼原隰。駪駪征夫,每懷靡及。
我馬維駒,六轡如濡。載馳載驅,周爰咨諏。
我馬維騏,六轡如絲。載馳載驅,周爰咨謀。
我馬維駱,六轡沃若。載馳載驅,周爰咨度。
我馬維駰,六轡既均。載馳載驅,周爰咨詢。

〔皇皇者華〕　明豐坊《詩傳》作"煌華",《詩説》作"煌蕚"。《魯詩》"皇"作"葟"。《爾雅·釋言》:"皇,華也。"邢疏:"樊光引《詩》云:'皇皇者華。'孫炎云:'皇皇,猶煌煌。'"陳喬樅云:"'皇'字當作'葟'。據《釋草》'葟,華榮',作'葟'可見。《〈釋草〉音義》云:'葟音皇,本亦作皇。'是後人改'葟'爲'皇'。樊光引《詩》當作'葟葟者華',《魯詩》之文如此。孫炎云'葟葟'猶'煌煌',此申明其義也。《説文·𠌶部》'𩔃'下云:'華榮也。从𠌶,生聲。讀若皇。《爾雅》曰:𩔃,華也。''葟'下云:'𩔃或从艸、皇。'許引《釋言》文,尤爲明證。毛作'皇',乃古文叚借。又邵氏晉涵、臧氏鏞堂並據郭注《釋草》引此作'華,皇也'。《釋文》亦先'華'後'皇',謂今本誤倒作'皇華'。郝氏懿行又以《説文》所引《爾雅》'𩔃華'乃《釋草》之文。喬樅謂數説皆非也。《説文》'𩔃'下云'華榮',此據《釋草》爲訓。又引《爾雅》曰:'𩔃,華也。'此稱《釋言》文,判然甚明。如以此句爲引《釋草》,是與上文詞複,又奪去'榮'字,羼入'也'字,許之引經必不然矣。且詳樊光引《詩》之意,證'葟'非以證'華',故孫炎復申'葟葟'之意。郭本倒作'華皇',自係舛誤。陸據郭本爲《音義》,先'華'後'皇',皆非。宜據《説文》正之。"《説文·𩙿部》:"𩖙,華榮也。从𩙿,㞷聲。讀若皇。《爾雅》曰:'𩖙,華也。'葟,𩖙或从艸、皇。"段注曰:"㞷見《之部》,形聲包會意。各本譌生,則非聲。大徐本篆文右半譌生,非也。""𩖙,今《釋言》作皇,非。"《爾雅·釋草》"葟"下邢昺疏曰:"葟亦蕚也。"《玉篇》:"葟,胡光切。葟,榮,亦花之美也。"《說文·𠌶部》:"𠌶,艸木華也。从𠂹,亏聲。凡𠌶之屬皆从𠌶。荂,𠌶或从艸,从夸。"《蕚部》:"蕚,榮也。从艸、𠌶。凡蕚之屬皆从蕚。""𩖙"下段注曰:"此云蕚榮者,絫言之。""𠌶"下段注曰:"此與下文蕚音義皆同。"徐灝《箋》:"𠌶、蕚亦一字,而《說文》别之者,以所屬之字相從各異也。"高鴻縉《中國字例》:"按字原象形,甲骨文用爲祭名。秦人或加艸爲意符,遂有華字。及後華借用爲光華意,秦、漢人乃造荂,荂見《方言》。六朝人又另造花字。日久而華字爲借意所專,荂字少用,花字遂獨行。"按:《毛詩》作"皇",蓋即"葟"之省借。《魯詩》作"葟"爲本字,"葟葟"乃重言以極盡其義也。"𠌶"、"蕚"爲初文,"華"爲後起字,"花"爲俗字而行於後世。

〔**駪駪征夫**〕　《楚辭·招魂》"往來侁侁些",王逸注:"侁侁,往來聲也。《詩》曰:'侁侁征夫。'"舊校云:"侁,一作莘。"《玉篇·人部》、《廣韻·十九臻》各引《詩》並作"侁侁征夫"。另王應麟《詩攷》引《韓詩外傳》引《詩》"莘莘征夫"。《說文·炎部》"燊"下、《國語·晉語》、《列女傳·晉文齊姜》、《說苑·奉使》各引《詩》同。按:《周南·螽斯》"詵詵",《說文》作"㚬㚬"(《釋文·毛詩音義》:"詵詵,《說文》作'㚬'。"是陸氏所據《多部》有"㚬"字);《大雅·大明》"纘女維莘"及《孟子》、《楚辭·天問》、《文選·辯命論》注之"有莘氏",《左傳·昭公元年》作"姺";《吕氏春秋》作"侁",注云:"侁,讀曰莘。""詵"、"㚬"及"駪"、"侁"、"莘"俱"所臻切",古聲轉通用。《招魂》王注"侁侁,往來聲",《玉篇》"往來侁侁行聲",

"聲"當作"貌"。《説文》:"侁,行貌。"《招魂》王注、《玉篇》、《廣韻》皆本《魯詩》、《齊詩》爲訓,引《詩》作"侁侁征夫"。凡引作"莘莘征夫"者,乃據《韓詩》也。應從《説文》"侁"字之訓釋,"侁侁征夫",謂征夫行色匆匆之貌也。是知"侁侁"爲此篇本字,"駪駪"、"莘莘",皆爲假借字也。

〔**我馬維駒**〕　《釋文》:"駒音俱,本亦作驕。"《説文·馬部》:"馬高六尺爲驕。从馬,喬聲。《詩》曰:'我馬維驕。'"馬瑞辰云:"驕與駒雙聲,古蓋讀驕如駒,以與濡、驅、諏合韻,與《漢廣》詩以駒韻蔞,《株林》詩以駒韻株者,其本字皆當爲驕正同。後人據音以改字,遂作駒耳。"《株林》詩"乘我乘駒",《釋文》出作"乘驕",引沈重云:"或作駒字,後人改之。《皇皇者華》篇内同。"是知許氏及沈氏所據此兩詩均作"驕"也。馬氏所析甚明。

〔**周爰咨諏**〕　《釋文》:"咨,本亦作諮。"《説文繫傳》引《詩》"周爰諮諏"。《左傳·襄公四年》:"訪問于善爲咨。"《曹全碑》:"聖主諮諏。"《説文》:"謀事曰咨。"毛《傳》同。《集韻·脂韻》:"咨,或从言。"按:"咨"爲初文,"諮"爲後世纍增字。

〔**周爰咨謀**〕　《淮南子·脩務訓》引《詩》"周爰諮謨"。《説文》:"謨,議謀也。"《爾雅·釋詁》:"謨,謀也。"按:"謨"、"謀"雙聲,互訓,古聲轉通用。

常　棣

常棣之華,鄂不韡韡。凡今之人,莫如兄弟。
死喪之威,兄弟孔懷。原隰裒矣,兄弟求矣。
脊令在原,兄弟急難。每有良朋,況也永歎。
兄弟鬩于墻,外禦其務。每有良朋,烝也無戎。

喪亂既平，既安且寧。雖有兄弟，不如友生。
儐爾籩豆，飲酒之飫。兄弟既具，和樂且孺。
妻子好合，如鼓瑟琴。兄弟既翕，和樂且湛。
宜爾室家，樂爾妻帑。是究是圖，亶其然乎。

〔**常棣**〕　《漢書·杜鄴傳》作"棠棣"，顔師古注："《棠棣》、《角弓》，皆《小雅》篇名也。"吕祖謙《讀詩記》十七引《韓詩序》云："《常棣》，燕兄弟也，閔管、蔡之失道也。"王應麟《詩攷》引同。"常棣之華"，《文選》曹植《求通親親表》注、謝莊《宋孝武宣貴妃誄》注、謝瞻《於安城答靈運》注，《初學記》十七，《藝文類聚》二十一，《太平御覽》四百十六、五百十四各引《毛詩》"棠棣之華"，又《説文繫傳》、蔡邕《姜伯淮碑》引並同。《藝文類聚》八十九引《詩》作"夫移之華"。本詩毛《傳》："常棣，棣也。"又，《召南·何彼襛矣》毛《傳》："唐棣，移也。"《秦風·晨風》"山有苞棣"，毛《傳》："棣，唐棣也。"《小雅·采薇》"維常之華"，毛《傳》："常，常棣也。"《説文》："移，棠棣也。""棣，白棣也。"《釋文》："'常棣，棣也'，本或作'常棣，移'。"《説文》"移"、"棣"，段注云："唐與常音同，蓋謂其花赤者爲唐棣，花白者爲棣，一類而錯舉。"又："《〈小雅〉傳》曰：'常棣，棣也。'《〈秦風〉傳》曰：'棣，唐棣也。'常與唐同字可證矣，渾言之則白棣亦評唐棣也。"馬瑞辰云："《御覽》引《詩》'棠棣之華'，常爲棠字之假借。《釋文》云'本或作常棣，移'，是也。一證之《藝文類聚·木部》引《韓詩》序曰：'《夫移》……'又引《韓詩》曰：'夫移之華，萼不煒煒。'直以夫移代常棣，則常棣即爲夫移可知矣。一證之《秦風》'山有苞棣'，毛《傳》：'棣，唐棣也。'以唐棣釋棣，則必以常棣爲移矣。一證之《論語》'唐棣之華'，何晏《集解》云：'唐棣，移也。'據《春秋繁露·竹林篇》引《論語》作'棠棣之華',《文選·廣絶交論》李善注引亦同,則知《論語》本一作'棠棣',故何平叔訓爲移也。(孔安國《論語解》云:'唐棣,棣也。'是知孔作'唐棣',與何異,故以爲棣。)一證之《説文》:'移,棠棣也。''棣,白棣也。'《説文》多本毛《傳》,則毛《傳》原作'常棣,移'可知矣。《玉篇》亦曰:'移,棠棣也。'是又本之《説文》耳。惟《爾雅》云:'唐棣,移;常棣,棣。'蓋以唐、棠、常聲同,傳寫互譌。然《文選·甘泉賦》注引《爾雅》正作'棠棣,移',則今本作'唐棣,移',或以聲同而誤。又《何彼襛矣》詩'唐棣之華',毛《傳》:'唐棣,移也。'經、傳'唐棣'皆當爲'常棣'之譌。……段玉裁謂常與唐同字,亦非。邢叔明《爾雅疏》於'移'下引陸疏云:'奥李也。一名雀梅,一名車下李。'《藝文類聚》引《禮記義疏》云:'夫移一名薁李。'今按薁李實似櫻桃,有赤、白二種。《説文》以棣爲白棣,則夫移爲赤棣可知,皆即今郁李之類。"於《何彼襛矣》"唐棣之華"句下,陳奂《傳疏》云:"(《傳》)'唐棣,移',當作'唐棣,棣'。《晨風》'山有苞棣',《傳》:'棣,唐棣也。'是唐棣一名棣,作移者誤也。《論語·子罕篇》'唐棣之華,偏其反而',皇侃疏云:'唐棣,棣樹也。'《玉篇》云:'唐棣,棣也。'皆可訂今本毛《傳》及《爾雅·釋木》之誤。"又《小雅·常棣》篇,陳奂《傳疏》云:"《釋文》所據《傳》本'或作常棣,移'者是也。《爾雅》當作'常棣,移',正爲《傳》所本。《毛詩》'常棣之華',《藝文類聚·木部》引《三家詩》作'夫移之華',《詩攷》引《韓詩》序:'《夫移》,燕兄弟也。閔管、蔡之失道也。'據此,《毛詩》'常棣',《韓詩》作'夫移',是'常棣'爲'移'之確證。《説文》:'移,棠棣也。'棠乃常字之誤。許治《毛詩》,則毛《傳》之作'常棣,移',亦其明證矣。《詩》有唐棣、常棣二種,《爾雅·釋木》:'唐棣,棣;常棣,移。'此釋《詩》也。《晨風》'山有苞棣','棣',唐棣也。《何彼襛矣》'唐棣之華'，'唐棣'，棣也。《采薇》'維常之華'，'常'，常棣也。此篇'常棣之華'，'常棣'，移也。毛《傳》皆本《爾雅》以釋《詩》，然則唐棣得專稱棣；而常棣一名移，乃棣之屬。《〈七月〉傳》：'鬱，棣屬。'其即移歟？'唐棣'，白棣也；'常棣'，赤棣也。"由諸説參詳之，似陳説尤爲明晰可曉。詩文"常棣"作"棠"者，二字同音假借，蓋《魯詩》文也；作"夫移"者，"常棣"之别稱，乃《韓詩》文也。

〔**鄂不韡韡**〕　《説文·雩部》引《詩》"萼不韡韡"。蔡邕《彈棊賦》："萼不韡韡"。《文選》束皙《補亡詩》注、謝宣遠《於安城答靈運詩》注、謝莊《宋孝武宣貴妃誄》注各引《毛詩》，《宋書·謝靈運傳》注，《白帖》十九各引《詩》並同。《太平御覽》四百十六、五百十四各引《詩》"萼不韡韡"。《藝文類聚》八十九引《詩》"萼不煒煒"。《説文繫傳》作"萼芣韡韡"。《釋文》："不，鄭改作柎。"鄭《箋》云："承華者曰鄂。不，當作柎。柎，鄂足也。古聲不、柎同。"毛《傳》："鄂，猶鄂鄂然，言外發也。韡韡，光明也。"（此"言"字當作"華"）《釋文》："鄂，毛云：華外發鄂鄂然也。鄭云：承華曰鄂。"《正義》："以華之狀宜言鄂鄂，故重言之。言外發也，謂華聚而發於外也。……王述之曰：'不韡韡，言韡韡也。以興兄弟能内睦外禦，則强盛而有光耀，若常棣之華發也。'"又杜預《左傳》注曰："鄂鄂然，華外發，不韡韡，言韡韡，以喻兄弟和睦，則彊盛而有光輝韡韡然。"明此詩毛《傳》原作"華外發"，今本訛作"言"。《玉篇》："不，詞也。"王引之《經傳釋詞》："'不'字乃語詞。'鄂不韡韡'，猶言'夭之沃沃'耳。……案：詩詠草木之華，皆直美其華之色，無以鄂足言之者。且韡韡光明，華色則然。鄂足隱在華下，安所見其韡韡哉！鄭亦知鄂足不得言韡韡，乃爲之説云：'鄂足得華之光明，則韡韡然盛。'迂回而難通矣。"《玉篇》："萼，花萼也。"《説文通訓定聲》："鄂，字亦作萼。"《説文》："韡，盛也。从雩，韋聲。《詩》曰：

‘萼不韡韡。’”邵瑛《群經正字》:“今經典作韡。”《説文》:“煒,盛赤也。”《一切經音義》:“煒,盛明貌也。”按:字作“鄂”者,《毛詩》也;作“萼”者,《魯詩》、《韓詩》也。又“韡”,《韓詩》作“煒”。“不”,《説文繫傳》作“不”,非。《説文》:“芣,華盛。从艸,不聲。”“萼(鄂)芣”或“芣韡韡”連言,皆不詞。“萼”、“鄂”雖同音通用,然此詩字似以毛《傳》爲安,“鄂”乃正字。“韡”爲初文,“韡”、“韡”爲其隸變及正楷,“韡”則爲俗訛。作“煒”者,同聲假借字也。蓋經文本作“鄂不韡韡”。

〔**死喪之威**〕　毛《傳》:“威,畏。”《晉書·夏侯湛傳》引《詩》“死喪之戚”。《白帖》十九引《詩》“死喪之慼”。“威”,鄭《箋》云:“死喪可畏怖之事。”《白虎通·喪服》引“《檀弓》曰:‘不弔三:畏、厭、溺也。’畏者,兵死也。”又《通典》八十三引盧植云:“畏者,兵死,所殺也。”《周禮·冢人》:“凡死於兵者不入兆域。”《吕氏春秋·勸學》“無乃畏耶”,高注:“畏,猶死也。”《列女傳》引此詩并釋之曰:“言死可畏之事,唯兄弟甚相懷也。”知古人言“死”,尤謂“兵死”爲“畏”,此詩“威”字乃“畏”之假借。以“威”與“戚”字形相亂而作“戚”、“慼”者,俱爲訛字。且詩以“威”與“懷”韻,若“戚”則不韻矣。

〔**原隰裒矣**〕　毛《傳》:“裒,聚也。”《爾雅·釋詁》:“裒,聚也。”《釋文·爾雅音義》:“裒,古字作襃,本或作捊。”《説文》(段注本)“捊”下云:“引堅也。从手,孚聲。《詩》曰:‘原隰捊矣。’”“堅,土積也。”《玉篇》:“捊,步溝切。《説文》曰:‘引聚也。’《詩》曰:‘原隰捊矣。’捊,聚也。本亦作裒。”《藝文類聚》引《詩》作“襃”。《太平御覽》五百十四引《詩》作“褒”。《説文》:“褒,衣博裾。从衣,保省聲。保,古文保。”《易》“君子以裒多益寡”,《釋文》:“裒,鄭、荀、董、蜀才作捊,《唐石經》作褒。毛作裒,通假字。”又《廣雅》:"捋,取也。"馬瑞辰云:"埾與聚同義……取與聚義亦相近。字當以捋爲正,褎乃捋之同聲假借字。裒字爲《説文》所無,又褎之俗也。褎、孚古同聲。……孚,古文作𤓹,从禾,禾亦古文保,故二字通用。"斯言是矣。

〔**脊令**〕　《釋文》:"脊,亦作即,又作鶺。""令,本亦作鴒。"山井鼎《詩經考文》云:"古本作鶺鴒。"《左傳·昭公七年》引《詩》"鶺鴒在原",《釋文》:"鶺鴒本又作即令。"《三國志·魏志·武文世王公傳》評注,《文選·袁宏〈三國名臣序贊〉》注,《初學記》十七各引《毛詩》,《白帖》六、十九,《太平御覽》五十七、五百十四、九百二十五各引《詩》"鶺鴒在原"。《爾雅·釋鳥》:"鶺鴒,雝渠。"《玉篇·鳥部》:"鶺,鶺鴒,雝鶏。""鵲,同上。"《毛詩》古文作"脊令",或通"即令",古从省也。《詩》中草木鳥獸蟲魚名稱之偏旁多有音同形異者,"鶺"、"鶺"、"鵲",其義無别也。毛公作"脊令",不煩改矣。

〔**況也永歎**〕　《釋文》:"況,或作兄,非也。"《唐石經》初刻況,後磨改兄。《南宋石經》歎作嘆,小字本、相臺本同。《常棣》"況也永歎"、《出車》"僕夫況瘁",《傳》、《箋》並云:"況,茲。"《大雅·桑柔》"倉兄填兮",《傳》曰:"兄,滋也。"《大雅·召旻》"職兄斯引"、"職兄斯弘",《傳》並曰:"兄,茲也。"《説文》:"兄,長也。""茲,艸木多益也。""滋,益也。"段玉裁注:"古長不分平上,其音義一也。長短、滋長、長幼皆無二義。兄之爲長,以疊韻爲訓也。……茲與滋義同。……凡此等,《毛詩》本皆作兄,俗人乃改作從水之況,又譌作况。陸氏《音義》不能諟正畫一,正僞錯出,且於《常棣》云作兄者非。由未知茲益乃兄之本義故耳。……《矢部》'矤'下曰:'兄,詞也。'謂加益之詞,此滋長之義也。"胡承珙云:"古書凡言而況,爲更進之詞。又貺賜之貺,古字止作況,皆茲、益義之引申也。此蓋本無其字，依聲託義字，或作況，又作兄，又作皇，不得定以何者爲是也。”馬瑞辰云：“古兄音讀如荒，轉聲讀如況。……古矧兄、比兄，亦皆作兄，後乃通用寒水之況字。况，又況之俗字。”陳奐曰：“兄、況古今字。古作兄，今通作況。……《書·無逸》‘則皇自敬德’，《漢石經》殘碑作‘則兄自敬德’。王肅本作況，注云：‘況，滋，益用敬德也。’兹、滋亦古今字。”按：古文“兄”、“況”、“皇”聲轉通用。《説文》(段注本)：“歎，吟也。謂情有所悦，吟歎而歌詠。从欠，鷬省聲。”段注：“悦，當作説。謂情已下十字，各本無，今依李善注盧諶《覽古詩》所引補。蓋演《説文》語也。古歎與嘆義别，歎與喜樂爲類，嘆與怒哀爲類。”馮登府云：“古歎悦字作歎，悲嘆字作嘆。此當從嘆。”另徐鍇《説文繫傳》云：“歎，此悲歎也。《古詩》曰：‘一彈再三歎。’從口作嘆。嘆，息也。”《集韻·翰韻》：“歎，《説文》：‘吟也。’通作嘆。”《廣韻》：“歎，歎息。”《集韻·寒韻》：“歎，太息也。或从口。”《玉篇》：“歎，歎美也。”《正字通》：“歎，與嘆同。……又稱美曰(歎)。”是“歎”、“嘆”二字對文則小異，散文則無别也。

〔**兄弟鬩于牆**〕　《釋文》：“牆，本或作廧。”又《左傳·僖公二十四年》“寺人惠牆伊戾”，《釋文》：“牆，或作廧。”《玉篇》：“廧，同牆。”按：“牆”爲正字，“廧”爲隸變之體。

〔**外禦其務**〕　毛《傳》：“務，侮也。”《爾雅·釋言》：“務，侮也。”《左傳·僖公二十四年》、《國語·周語》、《太平御覽》五百十四引《詩》並作“外禦其侮”。“務”、“侮”雙聲通用。陳奐云：“《詩》作‘務’，内、外《傳》引《詩》皆作‘侮’。‘侮’爲本字，‘務’爲假借字，故《傳》以‘侮’釋‘務’也。”是《傳》及《釋言》均讀“務”爲“侮”也。

〔**儐爾籩豆**〕　《文選·左思〈魏都賦〉》張載注引《韓詩》曰：

“賓爾籩豆，飲酒之醧。”《初學記》十二引《韓詩》曰：“夫飲之禮，不脱屨而即席者謂之禮，跣而上坐者謂之宴，能者飲之，不能者已，謂之醧。”“儐”、“賓”字義互通，“賓”又爲“儐”之省。《廣雅·釋詁》：“賓，列也。”毛《傳》：“儐，陳。”《説文》：“儐，導也。”義並通。

〔**飫**〕　《韓詩》作“醧”。《説文》“餀”下引《詩》“飲酒之餀”。毛《傳》：“飫，私也。不脱屨升堂謂之飫。”鄭《箋》：“私者，圖非常之事。若議大疑於堂，則有飫禮焉。聽朝爲公。”馬瑞辰云：“飫私之飫，與立飫之飫，當是二義。《周語》：‘王公立飫則有房烝，親戚燕享則有肴烝。’又曰：‘飫以顯物，燕則合好。’此立飫之禮大於燕者也。《爾雅》：‘飫，私也。’郭注：‘燕飫之私。’《説文》作餀，云：‘餀，燕食也。’引《詩》‘飲酒之餀’。《韓詩》作醧。……《説文》：‘醧，宴私歙也。’又通作醖。《廣韻》：‘醖，能者飲，不能者止也。’此飫私之飫，與燕異名同實者也。立飫以立爲禮，飫燕則坐；立飫不脱屨而升堂，飫私則跣。飫私當以《韓詩》作醧爲正字，《毛詩》作飫者，假借字也。《角弓》詩‘如食宜饇’，《傳》：‘饇，飽也。’據《廣韻》：‘飫，飽也，厭也。’彼饇即飫之假借，此詩又假飫爲醧。以古音讀之，醧與豆、具、孺韻正協，作飫則聲入《蕭宵部》，《毛詩》蓋讀飫如醧也。”馬説是矣。

〔**孺**〕　《釋文》：“孺，本亦作𡥈。”《玉篇》：“孺，稚也，少也，乳子也。”“𡥈，同上。俗。”《爾雅·釋言》：“孺，屬也。”郭璞注：“孺謂親屬。”邢昺疏引李巡云：“孺，骨肉相親屬也。”《集韻·十虞》：“儒，或作㑇。繻，亦作𦃇。濡，或作𣲩。襦，或作𧝁。”蓋從“需”旁之字，隸變爲“𠵽”，復變爲“𡗗”，其例多有，此詩字作“𡥈”者，隸變體也。

〔**如鼓瑟琴**〕　山井鼎《詩經考文》云：“古本作‘如鼓琴瑟’。”

〔湛〕　《釋文》:"湛,又作耽。"《禮記·中庸》引《詩》"和樂且耽",《韓詩外傳》引同。《玉篇·耳部》:"耽,樂也。"《集韻·覃韻》:"媅,《説文》:'樂也。'或作湛。"《説文》:"媅,樂也。"徐灝《箋》:"《甘部》:'甚,尤安樂也',乃媅之本字。因爲過甚之義所專,故又增女旁作媅耳。"邵瑛《群經正字》:"媅,今經典作妉。《爾雅·釋詁》:'妉,樂也。'按:《説文》無妉字。《華嚴經音義》云:'《聲類》媅作妉。'《一切經音義》卷四云:'媅,古文妉同。'是《爾雅》尚屬近正也。"馬瑞辰云:"《説文》:'酖,樂酒也。''媅,樂也。'二字音義並同。《氓》詩'士之耽兮'、'女之耽兮'及《常棣》詩'和樂且湛',《賓之初筵》詩'子孫且湛',皆媅字之假借。"陳奐云:"今字媅通假作湛,酖又通假作耽。《爾雅》邢疏引《詩》作妉,妉乃酖、媅之俗字。"《鹿鳴》"鼓瑟鼓琴,和樂且湛",《釋文》:"湛,字又作耽。"是"湛"、"耽"均爲"媅"字之假借,"媅"爲正字明矣。

〔室家〕　《唐石經》、閩本、明監本、毛本、朱熹《集傳》本、王先謙《集疏》本,均作"宜爾室家"。《禮記·中庸》引《詩》同。《考文》古本、宋本、孔穎達《正義》本、陳奐《傳疏》本皆作"宜爾家室",又吴本《爾雅·釋言》注及宋本《爾雅·釋言》疏引《詩》同。按:《正義》云:"宗族同心,人無侵侮,然後宜汝之室家,保樂汝之妻子矣。"陳奐《傳疏》云:"此章'宜爾室家,樂爾妻帑'即上章'妻子好合,如鼓瑟琴'之意。"二疏均稱"室家"。且"家"在魚部、見母,"帑"在魚部、泥母,"圖"在魚部、定母,"乎"在魚部、匣母,四字同部爲韻。"家室"、"室家"之義雖無别,然"室"在質部、書母,則與下文三家不爲韻矣,是經文作"室家"者是也。

〔樂爾妻帑〕　《釋文》:"帑,依字,吐蕩反。經典通爲'妻帑'字,今讀音奴,子也。"《禮記·中庸》引《詩》"樂爾妻帑",《釋文》:"帑音奴,子孙也,本又作孥。"山井鼎《考文》:古本作"孥"。

《〈書・甘誓〉正義》、《大戴禮・曾子立事》注、《孟子・梁惠王》注、《文選・孔融〈論盛孝章書〉》注各引《詩》作“孥”，《周禮・司厲》賈疏引《詩》作“奴”。《説文》：“帑，金幣所藏也。从巾，奴聲。”段注：“此與府、庫、廥等一律。”《玉篇》：“帑，金、布所藏之府。”朱駿聲云：“帑，字亦作孥。”趙岐《孟子章句》云：“孥，妻子也。”《小爾雅》：“孥，子也。”《書・甘誓》：“予則孥戮汝。”顔師古《匡謬正俗》卷二：“孥戮，或以爲奴，或加刑戮，無有所赦耳。此非孥子之孥。”孫志祖《讀書脞録》卷一：“孥戮者，戮之以爲奴。孥、奴古通字。《周禮》鄭司農注引《尚書》曰：‘予則奴戮汝。’《漢書・王莽傳》亦作‘奴戮’。”董氏曰：“訓釋無以帑訓子者。特假爲帑者，賈公彦引作奴，奴即子。蓋唐人猶作奴字。”戚學標云：“帑从奴出，帑、孥一字之變。”陳奂《傳疏》云：“《左傳》曰：‘秦伯歸其帑’，《書》曰：‘予則帑戮汝’，皆是子也。”按：依本詩文義，正字當作“孥”。

伐　木

伐木丁丁，鳥鳴嚶嚶。出自幽谷，遷于喬木。嚶其鳴矣，求其友聲。相彼鳥矣，猶求友聲。矧伊人矣，不求友生。神之聽之，終和且平。

伐木許許，釃酒有藇。既有肥羜，以速諸父。寧適不來，微我弗顧。於粲洒埽，陳饋八簋。既有肥牡，以速諸舅。寧適不來，微我有咎。

伐木于阪，釃酒有衍。籩豆有踐，兄弟無遠。民之失德，乾餱以愆。有酒湑我，無酒酤我。坎坎鼓我，蹲蹲舞我。迨我暇矣，飲此湑矣。

〔**出自幽谷**〕　《孟子·滕文公》引《詩》“出於幽谷”,《太平御覽》五十四引《詩》同,蓋據《孟子》也。鄭《箋》云:“謂鄉時之鳥,出從深谷,今移處高木。”以“從”訓“自”,知詩字必作“自”也。

〔**遷于喬木**〕　《後漢書·楊倫傳》引《詩》作“升于喬木”。《説文·辵部》:“遷,登也。从辵,䙴聲。揺,古文遷,从手、西。”《説文·舁部》:“䙴,升高也。从舁,囟聲。𨗈,䙴或从卩。”段注:“升之言登也,此與《辵部》遷(揺)音義同。囟音信,䙴音遷,合音也。七然切,十四部。卩謂所登之階級也。”《廣韻·仙韻》:“遷,去下之高也。”《正字通·十部》:“升,登也。”按:《後漢書·楊倫傳》注引作“升”者,蓋以“升”與“遷”同義也,然則“遷”當爲正字。

〔**嚶其鳴矣**〕　《文選·張茂先〈答何劭〉》“屬耳聽鸎鳴”,李注引《詩》作“鸎其鳴矣”。梁元帝《言志賦》曰:“聞鸎鳴而求友。”梁昭明太子《錦帶書·姑洗二月》:“啼鸎出谷,争傳求友之聲。”《説文》(段注本):“鶯,鳥有文章貌。从鳥,熒省聲。《詩》曰:‘有鶯其羽。’”段注:“各本作‘鳥也’,必淺人所改,今正。”唐慧琳《一切經音義》卷四:“春鶯,《考聲》:‘鶯,鳥毛有斑文貌也。’”又《字彙·鳥部》:“鶯,黄鸝。”《禽經》:“倉鶊、黧黄,黄鳥也”,晉張華注:“今謂之黄鶯、黄鸝是也。”《集韻·耕韻》:“鶯,或作鸎。”《篇海類編·鳥獸類·鳥部》:“鸝,黄鸝,倉庚也。”是“鶯”本非鳥名,後演化爲鶯鳥字,又變爲“鸎”之一體。按:“鳥鳴嚶嚶”,“鳥”字未確稱其名;“嚶嚶”乃擬鳥鳴之聲。下文“嚶其鳴矣”正承襲上句而言,猶曰“其鳴嚶嚶”,句式少變而文義則一,“嚶”乃象聲詞,豈可妄改爲鳥名之“鸎”耶? 王先謙云:“劉向《楚詞·七諫篇》‘飛鳥共羣兮’,王注:‘言飛鳥登高木,志意喜樂則和鳴,求其羣而呼其耦。《詩》曰:“嚶其鳴矣,求其友聲。”’明魯、毛文同。一作‘鸎’者,張衡《東京賦》:‘睢鳩麗黄,關關嚶嚶。’又《歸田賦》:‘王睢鼓翼,倉庚哀鳴。交頸頡頏,關關嚶嚶。'麗黄、倉庚,皆鶯也。是《魯詩》以嚶嚶屬鶯鳴。而'嚶其鳴矣'之'嚶'一作'鶯'乃魯别本。"又云:張茂先《答何劭詩》注引《詩》、梁元帝《言志賦》、昭明太子《錦帶書》所出"鶯鳴"、"啼鶯"字,"皆承用魯家'一作'本耳"。是知"鶯鳴"字出自漢代《魯詩》别一文本,"鶯遷"字則始於六朝,由是則"嚶"、"鶯"相亂,遂失其真矣。竊謂《毛詩》"嚶其鳴矣"爲經文正字無疑。

〔**伐木許許**〕　《唐石經》初刻"滸滸",後磨去水旁。《説文·斤部》"所"下引《詩》"伐木所所",云:"伐木聲也。"《玉篇》同。《後漢書·朱穆傳》、《顏氏家訓·書證篇》、《初學記·器物部》引《詩》並作"滸滸"。《通志·氏族略》亦云"所者,伐木聲",與《説文》合。段玉裁云:"丁丁者,斧斤聲;所所,則鋸聲也。"阮元云:"《釋文》云:'許許,呼古反。'是其本皆作許,不從水。《後漢書·朱穆傳》、《顏氏家訓·書證》引作滸滸,即沈所云'呼古反'是也。讀許爲滸,遂破爲滸而引之。凡群書引《詩》文多不同者,往往類此。非毛氏《詩》别有作'滸'之本。《唐石經》初刻誤,所謂字體乖師法也。"按:"所"、"許"均在魚部,古通用。《史記·東方朔傳》"率取婦一歲所者即棄去"、《漢書·張良傳》"父去里所復還","所"並與"許"相通。凡言"何所"猶"何許",凡言"幾所"猶"幾許"也。"許"、"滸"俱屬魚部、曉母,亦通用。本詩字當以《説文》所引"所所"爲正,"許許"、"滸滸"皆假借字也。

〔**釃酒有藇**〕　《玉篇·艸部》:"藇,酒之美也。《詩》云:'釃酒有藇。'亦作䤿。"《酉部》云:"䤿,美貌。亦作藇。"《廣韻·八語》云:"䤿,酒之美也。亦作藇。"即本《玉篇》。《説文》:"釃,下酒也。一曰:醇也。"馬瑞辰云:"此詩'有藇'、'有衍',《傳》皆訓爲美貌,釃酒正當從《説文》醇酒之訓。醇與酏通。《廣雅》:'酏,美也。'《説文》無藇字,當讀如《楚茨》'我黍與與'之與。……古無藇、䤿等字,蓋通假作與字耳。”按:馬説近是。

〔**有酒湑我**〕　《釋文》:“湑,本又作醑。”本詩下文“飲此湑矣”,《文選·謝靈運〈石門新營所住四面高山迴溪石瀨脩竹茂林詩〉》注引作“醑”。《論語·鄉黨》疏引作“沽我”。《集韻》云:“醑,釃酒也。與湑同。”毛《傳》:“湑,莤之也。酤,一宿酒也。”《説文》:“湑,莤酒也。”“酤,一宿酒也。”徐鍇曰:“謂造之一夜而孰,若今鷄鳴酒也。”馬瑞辰云:“莤,古縮字。《周官》‘醴齊縮酌’,即此。湑爲莤酒,必浚之漉之,去其渣,猶《説文》訓揟爲取水沮,沮即今之渣字也。酤對湑言,湑必以暇時莤之,酤則可以猝爲之,當從《傳》訓一宿酒爲是。……酤又通作沽,沽亦麤略之義。《檀弓》:‘杜橋之母之喪,宫中無相,以爲沽也。’鄭注:‘沽,略也。’酤酒以一宿而成,是爲麤略之甚。”《説文·竹部》:“簏,竹器也,可以取粗去細。”《廣韻》云:“簏,盝也。能使麤者上存,細者盝下。”《説文》“籔”下云:“炊箅也。从竹,數聲。”段注:“本漉米具也,既浚乾則可炊矣,故名炊箅。……縮即籔之入聲也。《〈毛詩·伐木〉傳》曰:‘以筐曰釃,以籔曰湑。’籔即今之溲箕也。今誤從艸作藪。筐者,盛飯之器,較細;籔者,漉淅之器,較麤。皆可以漉酒者。”《廣雅》:“湑,盝也。”陳奂云:“《〈鳧鷖〉箋》:‘湑,酒之泲者也。’《甸師》注:‘縮酒,泲酒也。’鄭不誤。《釋文》、《正義》並以莤爲蕭茅,大誤。……此詩以湑、酤對文,猶《行葦》篇以酒、醴對文。《韓詩》謂醴爲有汁滓者。酤與醴,一酒也。然則有汁滓者謂之酤;滲去其汁滓者謂之湑。一宿,言易孰耳。徐鍇以今之鷄鳴酒當之,非也。‘有酒湑我,無酒酤我’,此倒句也。我有酒則湑之,我無酒則酤之。言有酒,用其滲去汁滓之酒,無酒,則用有汁滓者也。汁滓之酒,禮非常設,故下文但云‘飲此湑矣’,不更及酤也。《箋》:‘酤,買也。’《説文》:‘一曰:酤,買酒也。’……俱本《三家詩》義。”《儀禮·士冠禮》“旨酒既湑”,注曰:“湑,清也。通作醑。”《玉篇》:“醑,美酒也。”蓋“湑”、“醑”一字,“酟”與“沽”亦同音通用也。

〔**坎坎鼓我**〕　《釋文》:“坎坎,如字。《説文》作‘竷’,音同。”《説文·夊部》(段注本):“竷,繇也,舞也。从夊,从章,樂有章也。夅聲。《詩》曰:‘竷竷鼓我。’”段注:“鼓,各本作舞。今依《韻會》訂。《士部》引‘壿壿舞我’,則此當同詩作‘鼓’矣。今《小雅·伐木》作‘坎坎’,毛無《傳》,而《陳風》曰:‘坎坎,擊鼓聲也。’……疑‘竷竷鼓我’,容取三家,與毛異。”郝懿行《爾雅義疏》:“坎者,竷之叚音也。”馬瑞辰曰:“坎者,竷之假音。《説文》引《詩》作‘竷竷鼓我’,段玉裁《説文》本竷从夊,从章,夅聲。夅古音讀若洪。洪頤煊曰:‘《靈臺》詩“鼉鼓逢逢”,《吕氏春秋》高注、《一切經音義》卷六引《詩》“鼉鼓韸韸”,韸即竷字之省。’今按:竷古音讀若逢,與坎古音讀若空相類。《説文》又曰:‘鼜,鼓聲也。’亦與竷从夅聲者音近而義同。……《毛詩》借作‘坎坎’,無《傳》者,已見《〈陳風〉傳》也。”馬説得之矣。“坎”、“竷”止象聲詞耳,《説文》謂爲“繇也,舞也,樂有章也”,及王夫之所云“舞也,樂有章故从章,今作坎,於義無取”,皆失之鑿。至“坎坎”、“竷竷”、“逢逢”諸詞,僅擬鼓聲而别無深義也,不可拘泥。

〔**蹲蹲舞我**〕　《釋文》:“蹲蹲,七旬反。本或作壿,同。舞貌也。”《爾雅·釋訓》作“壿壿”。《玉篇·士部》“壿”下引《詩》“壿壿舞我”。《釋文·爾雅音義》:“壿,本或作蹲。”毛《傳》:“蹲蹲,舞貌。”《説文·士部》(段注本):“壿,士舞也。从士,尊聲。《詩》曰:‘壿壿舞我。’”段注:“各本無士,依《詩》、《爾雅》音義補。《周禮·大胥》‘以學士合舞’,《小胥》‘巡學士舞列’,故其字從士。也,當爲皃。”郝懿行《爾雅義疏》:“舍人云:‘壿,舞貌。’壿,今《詩》作蹲,叚借字也。”

天保

天保定爾，亦孔之固。俾爾單厚，何福不除。俾爾多益，以莫不庶。

天保定爾，俾爾戩穀。罄無不宜，受天百禄。降爾遐福，維日不足。

天保定爾，以莫不興。如山如阜，如岡如陵，如川之方至，以莫不增。

吉蠲爲饎，是用孝享。禴祠烝嘗，于公先王。君曰卜爾，萬壽無疆。

神之弔矣，詒爾多福。民之質矣，日用飲食。羣黎百姓，徧爲爾德。

如月之恆，如日之升。如南山之壽，不騫不崩。如松柏之茂，無不爾或承。

〔**俾爾單厚**〕　《潛夫論·慎微》引《詩》"俾爾亶厚"，《〈大雅·桑柔〉正義》引《爾雅·釋詁》某氏注引《詩》"俾爾亶厚"，《風俗通義》引《詩》同。又《周頌·昊天有成命》"於緝熙，單厥心"，《國語·周語》引"單"作"亶"。《説文·㐭部》："亶，多穀也。从㐭，旦聲。"段注："亶之本義爲多穀，故其字从㐭。引申之義爲厚也、信也、誠也。"《爾雅·釋詁》："亶，信也。""亶，厚也。"《説文·吅部》："單，大也。"《墨子》："厚，有所大也。""單"、"亶"訓厚、多、大，義近；"亶"、"單"亦同聲，故通用。本詩"亶"爲本字，"單"爲假借字。

〔**俾爾戩穀**〕　范家相《三家詩拾遺》引聞人滋作"俾爾翦穀",云"盡也"。《魯頌·閟宫》"實始翦商",《説文·戈部》"戩"下云:"滅也。从戈,晉聲。《詩》曰:'實始戩商。'"即引《閟宫》文也。《吕氏讀詩記》引聞人氏曰:"戩與翦同。"《説文》段注云:"滅者,盡也。盡之義兼美惡,故滅之義亦兼美惡,凡盡皆得云滅,亦皆得云戩也。《天保》曰'俾爾戩穀',朱子曰:'戩,盡也。穀,善也。'此注甚合古義。《爾雅》:'履、戩、祓、福也。'……履,本不訓福,與福連文,則可訓福矣。戩、祓本不訓福,與穀、禄連文,則亦可訓福矣。……許於戩不襲《爾雅》、毛《傳》,斯善讀《爾雅》、毛《傳》者也。"《爾雅》:"滅,盡也。"《方言》:"福禄謂之祓戩。"陳奐云:"戩,古讀如晉。《易·晉》六二:'晉如,愁如,貞吉。受兹介福于其王母。'是晉有進福之義。"按:《爾雅》:"戩,福也。"毛《傳》:"戩,福。穀,禄。"《方言》:"福禄謂之祓戩。"是"戩"字本兼福禄義,《爾雅》、毛《傳》直訓爲"福",明此詩當以"戩"爲正字,作"翦"者假借字也。

〔**吉蠲爲饎**〕　《釋文》:"蠲,舊音圭。"《儀禮·士虞禮》注引《詩》"吉圭爲饎"。董氏引《韓詩》亦作"吉圭"。《周禮·蜡氏》注:"蠲,讀如《詩》'吉圭惟饎'之圭。圭,潔也。"賈公彦疏引《毛詩》"絜蠲爲饎",《大戴禮·諸侯遷廟》盧辯注引《詩》同。《説文》(段注本):"蠲,馬蠲也。从虫,罒象形,益聲。"段注:"益聲在十六部,故蠲之古音如圭。……蠲乃圭之叚借字。《唐詩》'水摇文蠲動',亦尚讀如桂。音轉乃讀古懸切。"《儀禮·士虞禮》鄭注:"圭,潔也。"《廣雅·釋詁三》:"圭,潔也。"毛《傳》:"吉,善。蠲,絜也。"惠棟曰:"案《吕覽》曰'臨飲食必蠲絜',高誘曰:'蠲讀爲圭。'蓋《三家詩》本作'吉圭惟饎',故高讀从之。"《書·多方》"蠲烝",馬融音圭。《周禮·宫人》"除其不蠲",鄭注:"蠲,猶潔也。"《爾雅·釋言》:"蠲,明也。"郭注:"蠲,清明貌。"《祭義》注:"明,猶潔也。"《小雅·楚茨》"祀事孔明",《箋》:"明,猶備也,絜也。"陳喬樅云:"《淮南·時則訓》'湛熺必潔',高注:'湛熺必令圭潔。'《孟子》'卿以下必有圭田',趙岐注:'圭,潔也。''圭潔'之意,即本此篇《魯詩》之訓。"按:"蠲",古音讀如"圭",則可假借爲"圭",故毛《傳》謂"蠲,絜也",《宫人》鄭注云"蠲,猶潔也"。又"吉"、"絜"雙聲,絜之言潔,故《大戴禮·諸侯遷廟》盧辯注引《詩》作"絜蠲爲饎"也。此"絜蠲"與《吕氏春秋》"蠲絜"均二字並言,是"蠲"猶"絜"也。《周禮·蜡氏》注引《詩》"爲"作"惟"者,二字音義並同,"惟"乃假借字也。

〔**禴祠烝嘗**〕　《釋文》:"禴,本又作礿。"山井鼎《考文》:古本作"礿"。《禮記·王制》注引《詩》作"礿"。《北堂書鈔》八十八引《詩》同。《文選》張衡《東京賦》注、《南都賦》注各引《毛詩》,《爾雅·釋天》邢疏引《詩》並作"禴祠蒸嘗"。《白帖》六十七、《太平御覽》五百二十四各引《詩》"禴祀烝嘗"。李氏《易傳》載《易·萃卦》虞翻注引《詩》"禴祭烝嘗"。《説文·示部》:"礿,夏祭也。从示,勺聲。"《爾雅·釋天》:"春祭曰祠,夏祭曰礿,秋祭曰嘗,冬祭曰烝。"《玉篇》:"禴,同礿。"《春秋繁露·四祭》:"古者歲四祭,四祭者,因四時所生孰而祭其先祖父母也。故春曰祠,夏曰礿,秋曰嘗,冬曰烝。此言不失其時以奉祭先祖也。……祠者,以正月始食韭也。礿者,以四月食麥也。嘗者,以七月嘗黍稷也。烝者,以十月進初稻也。此天之經也,地之義也。"《祭義》云:"春上豆實,夏上尊實,秋上机實,冬上敦實。豆實,韭也,春之所始生也。尊實,軆也,夏之所受初也。机實,黍也,秋之所先成也。敦實,稻也,冬之所畢孰也。始生故曰祠,善其司也。夏約故曰礿,貴所受初也。先成故曰嘗,言甘也。畢孰故曰烝,烝言衆也。"《周禮·大宗伯》:"以祠春、禴夏、嘗秋、烝冬享先王。"按:此乃周四時之祭名也。又《禮記·王制》:"天子諸侯宗廟之祭,春曰礿,夏曰禘,秋曰嘗,冬曰烝。"鄭玄注:"此蓋夏、殷之祭名,周則改之,春曰祠,夏曰礿。""禘"爲夏、殷四時祭名之一,而周則於四時祭之外更有"禘"及"祫"。《爾雅·釋詁》"祠、蒸、嘗、禴,祭也",蓋謂凡祭之通名,《釋天》又列舉四時祭之專名,並無煩複之嫌也。又"礿"字,見《小屯·殷虚文字甲編》二五〇九作"[illegible]",《我鼎》作"[illegible]"。甲骨文徑象勺形,金文右旁亦象勺形,並兼其聲。《説文》:"勺,挹取也。象形,中有實,與包同意。凡勺之屬皆从勺。"何楷云:"禴,古作礿。《王制》、《祭統》皆言'春曰礿',或云此夏、商禮也。周禮以禴夏享先王,其享以樂爲主,故改勺从龠。龠樂之竹管三孔,以和衆聲也。《易》、《詩》、《周禮》並有礿,《石經》並改作禴。"又"烝"字,《説文》云:"火气上行也。"引申之則有"進"、"久"、"衆"諸義。"蒸,折麻中榦也。""折麻中榦"引申爲"細"、"衆"諸義。《五經文字》云:"蒸,《爾雅》以爲祭名,其經典祭、烝多去'艸',以此爲新蒸。"按:"礿"爲初文,"禴"爲後起字。此篇"烝"爲本字,"蒸"爲假借字。"祠"、"祀"形聲並相近,古亦通。"祭"、"祀"文雖異而義通。

〔**如月之恒**〕　《釋文》作"恒",云:"本亦作緪,同,古鄧反,沈古恒反。"《白帖》一引《詩》作"緪"。《正義》云:"《集注》、定本'緪'字作'恒'。"唐《華嚴三會普光明殿功德碑》"如月之亘,森菌桂以馨香"。《文選·謝惠連〈七月七日夜詠牛女〉》注引《毛詩》"如月之升"。《説文》:"恒,常也。从心,从舟,在二之閒上下,心以舟施,恒也。死,古文恒,从月。《詩》曰:'如月之恒。'"段注:"常當作長。古長久字衹作長,淺人稍稍分別,乃或借下帬之常爲之,故至《集韻》乃有'一曰久也'之訓。而《篇》、《韻》皆無之。……時之長與尺寸之長非有二義。'上下'猶'往復'也。謂往復遥遠,而心以舟運旋,歷久不變,恒之意也。……此篆轉寫譌舛。

既云从月,則左當作月,不當作夕也。……古文'恆',直是二中月耳。《小雅·天保》文,此説从月之意,非謂《毛詩》作死也。《傳》曰:'恆,弦也。'按《詩》之'恆'本亦作'緪',謂張弦也。月上弦而就盈,於是有恆久之義,故古文從月。"《説文》:"緪,大索也。一曰急也。从糸,恆聲。"段注:"《淮南子》曰:'張瑟者小弦絚,大弦緩。'高氏注曰:'絚,急也。'王逸注《九歌》曰:'絚,急張弦也。'……絚,本亦作緪,沈重古恆反。按:《手部》'揯',引急也。緪與揯音義皆同。"胡承珙云:"'如月之恆',《傳》:'恆,弦。'《箋》云:'月上弦而就盈。'《釋文》:'恆,本亦作緪,同,古鄧反,沈古恆反。'《稽古編》曰:'恆字,據《釋文》反切,似本與訓常之恆音義各别。嚴《緝》謂:恆無弦義,止有常久之義,解爲常盈而不虧。夫古無盈而不虧之月,乃以稱願其君乎?按:"恆"本作"恆"。《説文》云:"常也。从心,从舟,在二之閒。胡登切。"《天保》"恆"訓"弦",古恆切。《生民》"恆"訓"徧",古鄧切。其皆借乎?然《説文》又云古文"恆"从月作"死",因引《詩》"如月之恆",則"恆"字原以月取義,上弦未必非本訓也。'……承珙案:《正義》云'緪'字,《集注》、定本作'恆'。是《正義》同《釋文》'亦作'本也。《白帖》一引《詩》亦作'緪'。然《説文》引《詩》作'恆',則《毛詩》字本作'恆',而《傳》訓爲弦,自以'恆'爲'緪'之假借耳。……又下《傳》云'升,出也,言俱進也'。以此例之,則經謂如日之方出,月之將盈,皆喻方盛之象,恆久非其義矣。"按:《廣韻·登部》:"揯,急也。緪,大索。絚,同上。"《周禮·冬官》"恆角而短",鄭司農云:"恆,讀爲裻緪之緪。"《説文·二部》(段注本):"亘(亙),求回也。从二,从回。回,古文回,象亙回之形,上下,所求物也。"段注:"以回釋亙,以雙聲爲訓也,回者轉也。亙字經典不見。……亙回雙聲,猶回轉也。上下謂二,所求在上則轉而上,所求在下則轉而下,此説从回、从二之意。”又云:“緪,古恆切,六部。亦作絚,非从亘之絙也。”《正字通·二部》:“亙,月弦也。……《詩》:‘如月之亙。’”按:“亙”、“恆”,《殷虚書契前編》七、一一、二作“[illegible]”,《後編》上九、一〇作“[illegible]”,正象“月弦”。又依段説“古文恆直是二中月”,則“亙”即爲古文“恆”矣。由詩旨與字義考實之,“緪”乃急張弦之貌,因謂月上弦之意,故“緪”爲本字明矣。“絚”爲“緪”之省。“緪”又與“搄”通。“恆”乃“緪”之假借字,毛《傳》是以訓“弦”也。至作“如月之升”者,則涉下文“如日之升”而致訛耳。

采　薇

采薇采薇,薇亦作止。曰歸曰歸,歲亦莫止。靡室靡家,玁狁之故。不遑啓居,玁狁之故。

采薇采薇,薇亦柔止。曰歸曰歸,心亦憂止。憂心烈烈,載飢載渴。我戍未定,靡使歸聘。

采薇采薇,薇亦剛止。曰歸曰歸,歲亦陽止。王事靡盬,不遑啓處。憂心孔疚,我行不來。

彼爾維何,維常之華。彼路斯何,君子之車。戎車既駕,四牡業業。豈敢定居,一月三捷。

駕彼四牡,四牡騤騤。君子所依,小人所腓。四牡翼翼,象弭魚服。豈不日戒,玁狁孔棘。

昔我往矣,楊柳依依。今我來思,雨雪霏霏。行道遲遲,載渴載飢。我心傷悲,莫知我哀。

〔玁狁〕　《釋文》:“玁,本或作獫。”“狁,本亦作允。”《漢書·匈奴傳》引《詩》"獫允之故"。《史記·匈奴傳》:"匈奴,其先祖夏后氏之苗裔也,曰淳維。唐虞以上有山戎、獫狁、葷粥,居于北蠻。"《索隱》引應劭《風俗通》曰:"殷時曰獯粥,改曰匈奴。"又引服虔注曰:"堯時曰葷粥,周曰獫狁,秦曰匈奴。"《説文》未收"玁"字。《玉篇》云:"玁,玁狁,北狄也。"《廣韻·琰韻》:"獫,獫狁。玁,同上。"毛《傳》:"玁狁,北狄也。"鄭《箋》:"北狄,今匈奴也。"蓋殷、周之世對北方同一民族兼稱數名,名雖異而實同耳。

〔**靡使歸聘**〕　《釋文》:"靡使,如字,本又作靡所。"毛《傳》:"聘,問也。"鄭《箋》:"無所使歸問。"馬瑞辰云:"作'靡所'者是也。此承上'我戍未定'言之,言其家無所使人來問,非謂無所使人歸問。歸當讀爲僻。《方言》:'僻,使也。'《玉篇》亦云:'僻,使也。'《箋》云'無所使歸問'者,知歸爲僻之省借,以使釋歸,猶云靡所使問,與《桑柔》詩'靡所止疑'、'靡所定處'句法正同。今本因鄭《箋》有使字,又罕聞僻之訓使,遂誤易所爲使。猶賴《釋文》以存古本,《方言》有'僻,使'之訓,而知《箋》之使字,以釋經文歸字耳。"馬説是也。

〔**彼爾維何**〕　《釋文》:"彼爾,乃禮反,注同,華盛貌。《説文》作薾。"《説文·艸部》:"薾,華盛。从艸,爾聲。《詩》曰:'彼薾惟何。'"朱駿聲《通訓定聲》云:"爾,麗爾,猶靡麗也。从冂,从㸚。㸚,其孔㸚㸚,从尒聲。此與爽同意。按實即㸚字,小篆加冂,又聲也。本義爲窗㡿之交文玲瓏可觀。《詩·采薇》'彼爾維何',《傳》:'華盛貌。'即本義之轉注,《説文》引作薾,後出字也。因爾爲借義所專,㸚廢不用,故有薾之俗乎。"又云:"薾,此後製字,當爲爾之重文,字亦作苶。"段注云:"薾與爾音義同。"又云:"麗爾,古語。靡麗,漢人語。後人以其(爾)與汝雙聲,假爲爾汝字,又凡訓如此、訓此者皆當作尒,乃皆用爾,爾行而尒廢矣。"《三蒼解詁》云:

“爾，華繁也。”按：《毛詩》依古文作“爾”爲正字。“維”、“惟”古通用。

〔一月三捷〕　釋玄應《一切經音義》七引《詩》“一日三捷”。毛《傳》：“捷，勝也。”鄭《箋》：“往則庶乎一月之中三有勝功。”古人每以“三”、“九”統稱多數，此“三捷”猶云“屢有勝功”也。一月之中有此勝功已屬非易，寧期於一日而就乎？作“日”者，蓋以二字形近致誤也。

〔小人所腓〕　《傳》：“腓，辟也。”《箋》：“腓當作芘。此言戎車者，將率之所依乘，戍役之所芘倚。”《正義》曰：“《傳》文質略，王述之云：‘所以避患也。’鄭以君子所依，依戎車也；小人所腓，亦當腓戎車。安得更有避患義，故易之爲庇。”陳啓源《稽古編》曰：“腓字三見《詩》，此詩腓字及《生民》篇‘牛羊腓字之’，毛皆訓辟。《四月》篇‘百卉俱腓’，毛訓病。鄭於彼兩詩皆從毛，獨此詩破字。……夫以辟爲避患，王之述毛然耳。其實毛意未必如此，毛當謂戎車者君子所依而乘，小人所避而弗敢乘，何嘗非避戎車乎。案腓亦作萉，音肥，又房未反。”胡承珙云：“陳氏謂腓通作萉，說本顏注《漢書》（顏師古《漢書·敘傳》注：“萉，字本作腓。其音同。蕭該《音義》曰：‘“牛羊腓字之”之腓。萉，叚借。腓，避也。’韋昭注曰：‘萉，避也。音肥。’”）及《集韻》（萉通作腓）。……惟解辟字以爲辟不敢乘。則詳玩經文兩所字，正當言戎車爲君子、小人同其利賴，此時無暇及等威之義，《傳》訓腓爲辟者，辟爲隱避之意。何氏《古義》曰：‘腓即厞字。厞，《說文》、《爾雅》皆云“隱也”。……此曰“小人所腓”者，言庶士亦藉是車以自隱蔽也。’今案：何氏此解甚確。蓋兵凶戰危，兩軍相當，士卒之受患最甚，惟戎車戰則馳突，止則營衛……諸人皆倚此車以爲隱蔽。故王肅避患之解善得毛旨，鄭《箋》‘芘倚’，亦所以申《傳》‘辟’字。芘蔭與隱蔽義同，鄭雖破字，意實相成也。"陳奐云："腓，讀與辟同，其字作腓，其義爲辟，此謂假借也。《生民》'牛羊腓字之'，《傳》：'腓，辟也。'亦假腓爲辟。"按：《説文·肉部》："腓，脛腨也。从肉，非聲。"段注："謂脛骨後之肉也。"《説文·艸部》(段注本)："芘，艸也。一曰芘尗木。从艸，比聲。"段注："王氏念孫曰：'芘茮木三字，當是芘芣二字之譌。'玉裁謂：《説文》'荍'字下作'蚍虾'，不當此作芘芣。蓋木名也。"又《説文》"葩"下云："枲實也。"段注："枲，麻也。枲實，麻子也。"《説文·广部》："庇，蔭也。从广，比聲。"段注："蔭，艸侌也。引申之爲凡覆庇之偁。《釋言》曰：'庇、休，蔭也。'"《説文·厂部》："厞，隱也。从厂，非聲。"段注："隱者，蔽也。"《一切經音義》卷九引《通俗文》云："自蔽曰庇。"考"腓"、"芘"、"葩"本無"避"義，《傳》云"辟"、《箋》云"芘倚"者，蓋讀"腓"爲"厞"、假"芘"爲"庇"也。明此詩正字當作"厞"，何氏所辨甚確。

〔**魚服**〕　《周禮·司弓矢》"中秋獻矢箙"，賈疏引《詩》作"魚箙"，注曰："盛矢器也，以獸皮爲之。"《釋文·周禮音義》引《詩》作"魚服"，與今本同。按：古者此盛矢器初以竹木爲之，因從竹。或後世用獸皮或魚皮爲之。《説文·竹部》："箙，弩矢箙也。从竹，服聲。"經傳多以"服"出之，蓋"箙"之省借也。

〔**日戒**〕　《釋文》："日戒，音越，又人栗反。"《校勘記》云："《唐石經》初刻曰，後改日。"鄭《箋》："戒，警勑軍事也。……言君子、小人豈不日相警戒乎？"胡承珙云："玩《箋》意，正當作日。若作曰，不必言相矣。《漢書·匈奴傳》引《詩》'豈不日戒'，顔師古注：'豈不日日相警戒乎？'《一切經音義》六亦引《詩》'豈不日戒'，知作'日'是，作'曰'非也。"宜從胡氏之説。

〔**遲遲**〕　《唐石經》作"遟遟"。《説文》："遟，籒文遲，从屖。"《廣韻》："遟，同遲。"按：詩字當從今本作"遲遲"爲是。

出 車

我出我車,于彼牧矣。自天子所,謂我來矣。召彼僕夫,謂之載矣。王事多難,維其棘矣。

我出我車,于彼郊矣。設此旐矣,建彼旄矣。彼旟旐斯,胡不旆旆。憂心悄悄,僕夫況瘁。

王命南仲,往城于方。出車彭彭,旂旐央央。天子命我,城彼朔方。赫赫南仲,玁狁于襄。

昔我往矣,黍稷方華。今我來思,雨雪載塗。王事多難,不遑啓居。豈不懷歸,畏此簡書。

喓喓草蟲,趯趯阜螽。未見君子,憂心忡忡。既見君子,我心則降。赫赫南仲,薄伐西戎。

春日遲遲,卉木萋萋。倉庚喈喈,采蘩祁祁。執訊獲醜,薄言還歸。赫赫南仲,玁狁于夷。

〔**我出我車**〕　《荀子·大略篇》引《詩》"我出我輿"。本詩三章"出車彭彭",《史記·匈奴傳》引作"出輿"。《大雅·抑》"修爾車馬",《潛夫論·勸將》引作"輿馬"。阮元云:"《易》'舍車而徒',鄭注作'輿'。《大有》'大車以載',蜀才本作'輿'。此以'輿'爲'車'之證。《論語》'夫執輿者爲誰',《漢石經》作'車'。《孟子》'十二月輿梁成',《甫田》詩《疏》作'車'。'以其乘輿',《御覽》作'車剥'。'君子得輿',董遇作'車'。此以'車'爲'輿'之證。"《説文》:"車,輿輪之總名。……象形。"段注:"倉頡之制字,但象其一輿兩輪一軸,許君之説字,謂之輿輪之總名,言輪而軸見矣。渾言之則輿輪之總名;析言之則惟輿偁車。以人所居也,故《攷工記》曰'輿人爲車'。……古音居,在五部。今尺遮切。《釋名》曰:'古者曰車,聲如居,言行所以居人也。今曰車。車,舍也。行者所處若屋舍也。'"《說文》:"輿,車輿也。从車,舁聲。"段注:"車輿謂車之輿也。《攷工記》'輿人爲車',注曰:'車,輿也。'按:不言'爲輿'而言'爲車'者,輿爲人所居,可獨得車名也。"按:"車",古音居,尺遮切。"輿",以諸切。均在五部。"車"、"輿"一聲之轉,又可互訓,故通用。然則此詩仍以"車"爲正字。

〔**旆旆**〕　毛本作"旆旆",蓋轉寫致訛。

〔**僕夫況瘁**〕　《釋文》:"瘁,似醉反。本亦作萃。依注作悴,音同。"《小雅·四月》"盡瘁以仕"、《小雅·北山》"或盡瘁事國",《釋文》並云:"瘁,本又作萃。"《漢書·五行志》引《北山》詩"瘁"作"顇"。《小雅·雨無正》"維躬是瘁",《太平御覽》三百六十七引作"悴"。《小雅·蓼莪》"生我劳瘁",《三國志·魏志·王修傳》注引作"悴"。《大雅·瞻卬》"邦國殄瘁",《吴志·孫皓傳》注引同。《說文》:"況,寒氷也。从水,兄聲。"徐鍇《繫傳》:"愴況,寒涼貌。"王紹蘭《說文段注訂補》:"《詩·大雅·桑柔》言'不殄心憂,倉兄填兮','倉兄'當即'滄況'之省文叚借,皆取寒義,謂不絶心憂如水之寒久矣,蓋言寒心也。三家或有作'滄況'者,許說用之。"《說文》(段注本):"怳,狂之貌。从心,兄聲。"段注:"各本作'況省聲,乃不知古音者所改,今正。許往切,十部。"《廣韻》作"慌怳"。《正字通·心部》:"慌,同惝。"《集韻·蕩韻》:"惝,惝然,惘也。"《廣雅·釋詁》:"怳,狂也。"《楚辭·少司命》"臨風怳兮浩歌",王逸注:"怳,失意貌。"《楚辭·遠遊》"怊惝怳而乖懷",洪興祖《補注》:"怳,驚貌。"《說文》:"萃,艸貌。从艸,卒聲。讀若瘁。"《廣韻》:"瘁,病也。"《廣雅》:"瘁,憂也。"《字彙》:"瘁,勞也。"《說文》:"悴,憂也。从心,卒聲。讀與《易·萃卦》同。"《廣韻》:"悴,憂愁。"《方言》:"悴,傷也。"又《小雅·北山》"盡瘁",毛公訓爲"盡力勞病"。是"況"、"怳"音近字通;"瘁"、"悴"、"顇"、"萃"音同字通也。

〔**旂旐央央**〕 《釋文》:"央,本亦作英,同。於京反,又於良反。"毛《傳》:"央央,鮮明也。"《白華》"英英白雲",《韓詩》作"泱泱"。《文選·射雉賦》亦有"天泱泱以垂雲"之文。《六月》"白旆央央",《疏》引作"白旆英英",《公羊傳·宣公十二年》疏引作"帛旆英英"。《廣雅·釋詁》:"英,美也。"以"英英"(泱泱)謂雲之鮮明,又以"英英"(央央)狀旂旐之鮮明,其義一也。且"央"、"泱"、"英"俱在陽部,古同聲通用。本篇"央央"當作"英英"。

〔**玁狁于襄**〕 《釋文》:"襄,如字,除也。本或作攘,如羊反。"毛《傳》:"襄,除也。"《潛夫論·救邊》、《舊唐書·陸贄傳》並引《詩》作"玁狁于攘"。《漢書·敘傳》:"於惟帝典,戎夷猾夏;周宣攘之,亦列《風》、《雅》。"《史記·龜策傳》"西攘大宛",徐廣曰:"攘,一作襄。襄,除也。"《逸周書·謚法解》"辟地有德曰襄",辟亦除也。《爾雅·釋言》:"襄,除也。"《説文》:"襄,漢令:解衣耕謂之襄。从衣,㲋聲。"段注:"此襄字所以从衣之本義,惟見於漢令也。引申之爲除去。《爾雅·釋言》、《詩·牆有茨》《出車》傳皆曰:'襄,除也。'……凡云'攘地'、'攘夷狄',皆'襄'之叚借字也。"《説文》:"攘,推也。从手,襄聲。"段注:"推手使前也。古推讓字如此作。……凡退讓用此字,引申之使人退讓亦用此字,如'攘寇'、'攘夷狄'是也。"明經文當以"襄"爲本字。

〔**倉庚**〕 《文選·宋玉〈登徒子好色賦〉》注引《毛詩》作"鶬鶊",王讚《雜詩》注引《詩》"蒼庚"。《方言》卷八:"鸝黄,自關而東謂之鶬鶊,自關而西謂之鸝黄,或謂之黄鳥,或謂之楚雀。"《廣韻·

庚韻》:"鶊,鶬鶊,鳥名,鵹黄也。"《正字通·鳥部》:"鶊,倉庚,黄鸝也。"此一鳥而多稱之例也。

〔蘩〕《文選·左思〈魏都賦〉》注引《詩》"蘩"作"繁"。按:《爾雅·釋草》:"蘩,皤蒿。"郭注:"白蒿。"陸璣曰:"凡艾白色爲皤蒿,今白蒿。春始生,及秋香美,可生食,又可烝。"是爲菊科植物之一種。《説文》:"緐,馬髦飾也。"段注:"引申爲緐多。又俗改其字作繁,俗形行而本形廢,引申之義行而本義廢矣。"《小爾雅·廣詁》:"繁,多也。"《玉篇》:"繁,盛也。"按:尋"蘩"、"緐"(繁)字義迥異,引作"繁"者,譌字也。

〔執訊獲醜〕洪适《隸釋》載《潘乾校官碑》作"執訊獲首"。《傳》:"訊,辭也。"《箋》云:"訊,言。醜,衆也。……執其可言問、所獲之衆以歸者,當獻之也。"胡承珙曰:"陳碩甫曰:'《釋言》云:"訊,言也。"《〈正月〉傳》曰:"訊,問也。"此釋訊爲辭,辭者,謂所生得敵人而聽其辭。《小司寇》曰:"附于刑,用情訊之。"又曰:"求民情,一曰辭聽。"辭聽者,聽其辭以斃其罪。此《傳》義也。《皇矣》"執訊連連",無《傳》,義與此同。此篇"獲"字無《傳》,蓋義見於《皇矣》也。《〈皇矣〉傳》曰:"馘,獲也。不服者殺而獻其左耳曰馘。"《傳》釋馘爲獲,則此詩獲字即爲馘之假借字。生者訊之,殺者馘之。"執訊獲醜",言訊、馘者衆也。此《箋》及《〈采芑〉箋》並以獲爲得者,失之。'"馬瑞辰云:"'執訊'、'獲醜',二者相對成文。《箋》以獲醜承執字言,亦非。《隸釋》有'執訊獲首'之語,蓋本《三家詩》,以醜爲首之假借。"

杕杜

有杕之杜,有睆其實。王事靡盬,繼嗣我日。日月陽止，女心傷止，征夫遑止。

有杕之杜，其葉萋萋。王事靡盬，我心傷悲。卉木萋止，女心悲止，征夫歸止。

陟彼北山，言采其杞。王事靡盬，憂我父母。檀車幝幝，四牡痯痯，征夫不遠。

匪載匪來，憂心孔疚。期逝不至，而多爲恤。卜筮偕止，會言近止，征夫邇止。

〔**有睆其實**〕　《釋文》："皖，字從白，或從目邊。"馬瑞辰云："今本《説文》有晛無睆，云：'晛，目出貌也。'晛當爲睆字之譌。此詩《正義》有'睆然其實'，本亦譌爲'晛然其實'，是晛、睆二字易譌之證。睆爲目出貌，鳥之好貌曰'睆睆'，(《禮記·檀弓》疏引《傳》作：'睆睆，好貌。')明星之睆貌曰'睆彼'，(《〈大東〉傳》：'睆，明星貌。')木之實貌曰'有睆'，其義一也。《説文·白部》無皖字，《釋文》本'皖'乃'睆'字之譌。古文白字作𠂣(見《説文》)。與目形相似，蓋睆或譌作𥇖，因譌爲皖矣。"馬説是。

〔**女心傷止**〕　閩本、明監本"女"作"汝"。毛本初刻"汝"，後改"女"。《唐石經》、相臺本、小字本並作"女"。按："女"爲正字，"汝"爲訛字。

〔**檀車幝幝**〕　《釋文》："尺善反，又勑丹反。敝貌。《説文》云：'車敝也。从巾、單。'《韓詩》作繟，音同。"《説文》(段注本)："幝，車敝皃。皃，《釋文》引作也。从車，單聲。《詩》曰：'檀車幝幝。'"段注："敝，各譌作弊，今正。……按：古本當是'巾敝皃'，故从巾。《詩》以爲車敝字，則其引申之義也。《釋文》引《説文》'巾敝也，从巾、單'，今本《釋文》乃'巾'譌'車'。殊失陸意。"馬瑞辰云:"按:《説文》:'縿,偏緩也。'義本《韓詩》。又撣字注:'讀若行遲驒驒。'又:'繟,帶緩也。'《廣雅》:'縿縿,緩也。'又曰:'繟,緩也。'幝、繟、縿古音義同。物敝則緩,義正相通。"《玉海》引《釋文》:"《韓詩》作'檀車蹍蹍',音同幝。"范家相《三家詩拾遺》云:"《石經》作輚輚。"《後漢書·劉陶傳》李賢注引《詩》"檀車嘽嘽"。《玉篇》:"幝,車敝貌。"胡承珙云:"段説是也。幝爲巾敝之名,詩之'車敝',蓋本無其字,假幝爲之。《後漢書·劉陶傳》注引《詩》作'檀車嘽嘽',則又假嘽爲之矣。徐楚金《繫傳》謂'車敝若敗巾,故从巾',殊屬附會。"《爾雅》:"痯痯,病也。"黄山云:"《説文》:'㡀,敗衣也。从巾,象衣敗之象。'衣敗即巾敗。《説文》如'常'、'裳'、'帬'、'裠'、'幝'、'帙',從'巾'之字,皆通作從'衣'。是'巾敝貌'即從'巾'之'㡀'。段注改'幝'爲'巾敝貌',非也。《左·襄三十一年傳》'巾車脂轄',《吴都賦》'吴王乃巾玉路',陶淵明文'或巾柴車',《周禮·春官》'巾車掌公車之政令',鄭注:'巾猶衣也。'賈疏:'謂以衣飾其車。'《説文》:'巾,佩巾也。'《玉篇》:'巾,本以拭物,後人著之於頭。'明巾可拭,亦可著,飾車兼二義,故掌車者以巾名,此巾可説車之證。'幝'从'巾','單'聲。單,大也,亦盡也。巾㡀盡則車敝之貌呈,'幝幝',敝之甚也。敝、罷同音字。罷則緩,故敝亦爲緩。馬更以'帶緩'之'繟'通幝、縿之間,可謂精能矣。"《廣雅》:"縿,緩也。""繟,緩也。"是作"縿"者三家之文也,"縿"、"幝"音同字通。至"輚"字,《説文》所無,《玉篇》云:"輚,車鞙。"《集韻·寒韻》:"輚,輚轗,車名。"迥非詩義。作"嘽"者假借字也。"蹍"(𨂂)則爲訛字矣。

南　陔(無辭)

白華之什

白　華（無辭）

華　黍（無辭）

魚　麗

魚麗于罶，鱨鯊。君子有酒，旨且多。
魚麗于罶，魴鱧。君子有酒，多且旨。
魚麗于罶，鰋鯉。君子有酒，旨且有。
物其多矣，維其嘉矣。
物其旨矣，維其偕矣。
物其有矣，維其時矣。

〔**魚麗**〕　《儀禮·鄉飲酒禮》鄭注作"魚離"，《釋文》："魚麗，本或作離。"《初學記》二十二引作"離"。又《小雅·漸漸之石》"月離于畢"，《論衡·説日》、《淮南子·原道訓》注、《風俗通》並引作"麗"。《釋名》："麗，離也。"《廣雅》："離，麗也。"《〈易·萃〉傳》："離者，麗也。"《儀禮·士冠禮》注："古文儷爲離。"《禮記·月令》注："離讀如儷偶之儷。"《書大傳》"不麗于咎"，《宋世家》作"不離"。《國策》"高漸離"，《論衡》作"高漸麗"。《説文》："麗，旅行也。"段注："其字本作丽，旅行之象也，後乃加鹿耳。《周禮》'麗馬一軍,八麗一師',注曰:'麗,耦也。'《禮》之儷皮,《左傳》之伉儷,《説文》之驪駕,皆其義也。兩相附則爲麗,《易》(《彖》)曰:'離,麗也。日月麗乎天,百穀艸木麗乎土',是其義也。"《玉篇》:"離,麗也。"《漢書·揚雄傳》"諸附離之者",顔師古注:"離,著也。"《廣雅·釋詁》:"離,待也。"王念孫《疏證》曰:"待者,止也。……離讀爲麗。宣十二年《左傳》注云:'麗,著也。'著亦止也。"《大司寇》注:"麗,附也。"是"附離"即"附麗"也。"離"、"麗"同聲通用。"離"又通"罹"。《玉篇·隹部》:"離,遇也。"《字彙·隹部》:"離,遭也。與罹同。"《易·小過》:"弗遇過之,飛鳥離之。"孔穎達疏云:"過而弗遇,必遭羅網。"《史記·管蔡世家》"無離曹禍",司馬貞《索隱》云:"離即罹,被也。"是知作"離"者,"麗"之通假字耳。

〔**鱨鯊**〕　《釋文》:"鯊,字亦作魦。"宋本《釋文》作"魦"。《釋文·爾雅音義》:"鯊,本又作魦。"《初學記》二十二、《太平御覽》九百三十七各引《詩》並作"魦"。《爾雅》:"鯊,鮀。"郭注:"今吹沙小魚。"《説文》:"鮀,鮎也。从魚,它聲。"段注:"《釋魚》、毛《傳》皆曰:'鯊,鮀也。'許以魦系樂浪潘國,釋鮀爲鮎,於古説不同,蓋有所受之也。……又按:鯊見於《詩》,《爾雅》、毛《傳》皆曰:'鯊,鮀也。'許當無異説,不當訓鮀爲鮎,而以鯊爲出樂浪潘國。蓋'鮎,鰋也;鰋,鮎也'。許同《爾雅》、毛《傳》,而'鮀'下訓'沙'也。亦與古同。《毛詩》'鯊'本作'沙',故《説文》無'鯊'字。'鮀'下云'沙'也。淺人以爲怪,遂竄改錯亂如此。諸書記載雖有'魦'字,从沙省聲。此樂浪潘國之魚,非《詩》之'沙'也,故不相牽混,許書之精嚴如此。……《釋魚》開卷鯉、鱣爲一,鰋、鮎爲一,鯊、鮀爲一,許説皆同。惟鱧、鯇爲一,許説不同。舍人云:'鯊,石鮀也。'"按:"魦"爲"鯊"之變,"沙"即"鯊"之本字,"魦"則另有所指矣。

〔**物其旨矣**〕　《荀子·大略篇》:"《詩》曰:'物其指矣,唯其偕矣。'不時宜、不敬交、不驩欣,雖指,非禮也。"楊倞注:"指與旨同,美也。"此用《魯詩》文。"指"乃"旨"之假借字。

〔**維其偕矣**〕　《荀子·大略篇》作"唯其偕矣"。"維其時矣",《荀子·不苟篇》、《説苑·辨物》各引《詩》"維"作"唯"。按:"維"、"唯",語助,通用。"偕"字,王引之云:"'維其偕矣'、'飲酒孔偕',家大人曰:'《廣雅》曰:"皆,嘉也。"皆與偕古字通。'(《湯誓》'予及女皆亡',《孟子·梁惠王篇》作偕。《秦風·無衣》篇'與子偕行',《漢書·趙充國辛慶忌傳》贊作皆。)《小雅·魚麗》曰:'維其嘉矣。'又曰:'維其偕矣。'《賓之初筵》曰:'飲酒孔嘉。'又曰:'飲酒孔偕。'偕亦嘉也,語之轉耳。……《荀子》以時宜、敬交、驩欣爲偕,是偕與嘉同義。"是"偕"、"嘉"俱爲美善之意也。

由　庚(無辭)

南有嘉魚

南有嘉魚,烝然罩罩。君子有酒,嘉賓式燕以樂。
南有嘉魚,烝然汕汕。君子有酒,嘉賓式燕以衎。
南有樛木,甘瓠纍之。君子有酒,嘉賓式燕綏之。
翩翩者鵻,烝然來思。君子有酒,嘉賓式燕又思。

〔**罩罩、汕汕**〕　《説文·魚部》:"䲓,烝然䲓䲓。从魚,卓聲。"段注:"按:《詩·南有嘉魚》'烝然罩罩',《傳》曰:'罩,篧也。'《音義》:'罩,張教反。'此偁詩作'䲓䲓',不言其義。《篇》、《韻》皆不載其字。大徐云'都教切'者,非《唐韻》有此字音,乃傅合《毛詩音義》爲此音耳。《集韻》、《類篇》、《效韻》亦無此字,惟《覺韻》有此字,訓曰‘魚名’,蓋其可疑如此。”《廣雅·釋訓》作“淖淖”、“漼漼”。戴震曰:“罩罩,疊字形容之辭,不當爲捕魚器。《説文》引詩‘烝然罩罩’,蓋與掉通。魚摇掉也,故以興燕樂。”王念孫云:“罩罩、汕汕,羣游之貌,故訓爲衆。亦若伾伾爲羣行之貌而訓爲衆也。”《説文》:“掉,摇也。从手,卓聲。《春秋傳》曰:‘尾大不掉。’”段注:“掉者,摇之過也;摇者,掉之不及也。許渾言之。”《漢書·蒯通傳》:“酈生一士,伏軾掉三寸舌,下齊七十餘城。”顔師古注:“掉,摇也。”《説文》:“汕,魚游水貌。从水,山聲。《詩》曰:‘蒸然汕汕。’”又《竹部》“籗”下注曰:“罩魚者也。从竹,靃聲。篧,籗或省。”尋諸字義,若訓“罩”爲捕魚器,而又曲爲之説,“重云罩罩者非一也”,洵不辭甚矣。《説文》既訓“汕”爲“魚游水貌”,並引《詩》“蒸然汕汕”,則上文“罩罩”亦當同義。竊疑《説文》“鯙鯙”、《廣雅》“淖淖”(實爲《韓詩》文)、今本“罩罩”,率皆“掉掉”之假借字。《廣雅》“漼漼”乃“汕汕”之假借字。“烝然掉掉”、“烝然汕汕”俱形容衆魚游水掉摇之狀也。

〔**君子有酒**〕　《列女傳·魯季敬姜》引《詩》作“我有旨酒”,蓋轉寫致訛。

〔**嘉賓式燕以衎**〕　《玉篇·行部》引《詩》“燕”作“宴”。朱駿聲云:“燕,叚借爲宴,饗宴也。”“宴”下,段注曰:“宴,引伸爲宴饗,經典多叚燕爲之。”《字彙·宀部》:“宴,合飲也。”按:《玉篇》作“宴”爲《韓詩》所出本字,今作“燕”者乃通叚字。

〔**嘉賓式燕又思**〕　鄭《箋》:“又,復也。以其壹意,欲復與燕,加厚之。”馬瑞辰云:“又即今之右字。古右與侑、宥並通用。《周官·人祝》‘以享右祭祀’,注:‘右讀爲侑。’《彤弓》詩毛《傳》:‘右,勸也。’右即侑也。《説文》以侑爲姷之或體。《大司樂》‘王三宥’,注:‘宥,猶勸也。’宥亦侑之借也。此詩‘嘉賓式燕又思’,又當即侑之假,猶侑可通作右與宥耳。”斯言甚晰。

崇　丘(無辭)

南山有臺

南山有臺,北山有萊。樂只君子,邦家之基。樂只君子,萬壽無期。

南山有桑,北山有楊。樂只君子,邦家之光。樂只君子,萬壽無疆。

南山有杞,北山有李。樂只君子,民之父母。樂只君子,德音不已。

南山有栲,北山有杻。樂只君子,遐不眉壽。樂只君子,德音是茂。

南山有枸,北山有楰。樂只君子,遐不黄耇。樂只君子,保艾爾後。

〔**南山有臺**〕　《釋文》:“臺,夫須也。”明豐坊《詩傳》、《詩説》作“南山有薹”。今《爾雅》:“臺,夫須。”郝懿行《義疏》:“《正義》引舍人曰:‘臺,一名夫須。’陸璣疏云:‘舊説:夫須,莎草也,可爲蓑笠。’陸引舊説,疑即《爾雅》古注。須、莎聲相轉也。今人以莎草爲蓑,不以爲笠。”按:此詩字本作“臺”,後加“艸”頭爲“薹”。

〔**樂只君子**〕　《唐石經》本《左傳·襄公四年》引《詩》“樂旨君子”,今《左傳·襄公二十四年》、王應麟《詩攷》引《左傳·昭公十三年》各引《詩》同。《釋文·春秋左氏音義》云:“只,本亦作旨。"《周南·樛木》、《小雅·采菽》及此篇"樂只君子"句中之"只"字,用作語助,"旨"乃假借字也。後放此。

〔**南山有杞**〕　《孟子·告子》趙注引《詩》"北山有杞"。此乃譌字。

由　儀(無辭)

蓼　蕭

蓼彼蕭斯,零露湑兮。既見君子,我心寫兮。燕笑語兮,是以有譽處兮。

蓼彼蕭斯,零露瀼瀼。既見君子,爲龍爲光。其德不爽,壽考不忘。

蓼彼蕭斯,零露泥泥。既見君子,孔燕豈弟。宜兄宜弟,令德壽豈。

蓼彼蕭斯,零露濃濃。既見君子,鞗革沖沖。和鸞雝雝,萬福攸同。

〔**零露**〕　《説文》(段注本):"零,徐雨也。"未引《詩》。"霝,雨零也。从雨、吅,象形。《詩》曰:'霝雨其濛。'""零,雨零也。"段注:"霝,各本作零。今依《廣韻》正。"又云:"雨曰霝零,艸木曰零落。"《鄘風·定之方中》"靈雨既零",《傳》云:"零,落也。"《鄭風·野有蔓草》"零露漙兮",《正義》本"零"作"靈",《箋》亦云:"靈,落也。"雨零曰霝,露零亦曰零。凡《詩》稱雨露霝零者,"零"、"靈"均爲"霝"之借字。是此篇"零露"當作"霝露"。

〔**爲龍爲光**〕　毛《傳》:“龍,寵也。”鄭《箋》作“爲寵爲光”。《左傳·昭公十二年》云:“寵光之不宣。”焦氏《易林》云:“蓼蕭露瀼,君子寵光。”《周頌·酌》“我龍受之”,《箋》曰:“龍,寵也。”《商頌·長發》“何天之龍”,《箋》曰:“‘龍’,當作‘寵’。”《馬王堆漢墓帛書·老子甲本·道經》:“龍之爲下,得之若驚,失之若驚,是胃(謂)龍辱若驚。”王弼本《老子》作“寵”。又《大戴禮·衛將軍文子》引《長發》句作“何天之寵”。《史記·仲尼弟子列傳》“公孫龍”,《索隱》曰:“龍,亦作寵。”《廣雅》:“龍,寵也。”《易·師》九二《傳》“承天寵也”,王肅本作“承天龍也”,訓爲“寵”。《説文》:“龍,鱗蟲之長。能幽,能明,能細,能巨,能短,能長。春分而登天,秋分而潛淵。”“寵,尊居也。从宀,龍聲。”段氏曰:“引伸爲榮寵。”王念孫《廣雅疏證》:“龍、寵聲相近,故古人以二字通用。”本詩“龍”字當讀爲“寵”。

〔**孔燕豈弟**〕　《釋文》:“豈,本亦作愷。下同樂也。”“弟,如字,本亦作悌,音同。易也。”山井鼎《詩經考文》:“古本作‘孔燕愷悌’。”《太平御覽》五百十四引《詩》同。本章下“令德壽豈”,《左傳·昭公十二年》注引作“凱”。毛《傳》:“豈,樂。弟,易也。”《説文》:“豈,還師振旅樂也。”“愷,康也。”《爾雅·釋詁》:“愷,樂也。”《玉篇·心部》:“愷,空改切。樂也。可也。”“悌,徒計切,孝悌。又徒禮切,愷悌也。”《廣韻》:“悌,愷悌。”《説文》:“弟,韋束之次第也。从古文之象。凡弟之屬皆从弟。”段注:“引伸之爲凡次弟之弟、爲兄弟之弟、爲豈弟之弟。”又云:“按:奏豈,經傳多作愷。愷樂,《毛詩》亦作豈。是二字互相假借也。《詩》又作凱。”《説文新附》:“悌,善兄弟也。从心,弟聲。經典通用弟。”是“豈弟”同“愷悌”,引申爲和樂安順之通義。

〔**鞗革沖沖**〕　《正義》本作“鞗革忡忡”。《唐石經》、《五經文字》、小字本、閩本、明監本、毛本並作“沖沖”。《釋文》出作“沖沖”,云:“垂飾貌。”《説文》(段注本):“沖,涌䌛也。从水,中聲。讀若動。直弓切。”或云字亦作沺,或省沺作忡。段氏曰:“䌛、搖古今字。涌,上涌也。搖,旁搖也。《小雅》曰‘鞗革沖沖’,毛云:‘沖沖,垂飾貌。此涌䌛之義。’”葉德輝云:“涌搖即動搖。”至“沺”字,《説文》所無。《廣韻·東韻》:“沺,沺瀜,水平遠之貌。”《集韻·東韻》:“沺,沺瀜,水深廣貌。”按:“沺”、“忡”或“忡忡”(沺沺)均不合詩義。唯許書訓“沖”爲“涌搖”,葉氏復以“動搖”申成之,段氏亦謂毛《傳》“沖沖,垂飾貌”爲“涌䌛之義”。阮元《校勘記》云:“‘沖沖’是也。十行本《正義》中字仍作‘沖沖’,《釋文》同,皆可證。”明詩文當以“沖沖”爲正字。

〔**和鸞雝雝**〕　《唐石經》作“和鸞雍雍”。《續漢書·輿服志》劉昭注引《白虎通·車旂》引《詩》,《左傳·昭公十二年》注、《藝文類聚》七十一、《太平御覽》七百七十二各引《詩》並同。賈誼《新書·容經》引《詩》“和鸞噰噰”。《説文》:“雝,雝𪆫也。从隹,邕聲。”段注:“雝,經典多用爲雝和、辟雝。隸作雍。”按:“和”、“鸞”均言鈴,在軾者曰“和”,在衡者曰“鸞”。馬引車前行則“和鈴”、“鸞鈴”之聲“雝雝”。《爾雅·釋詁》:“關關、噰噰,音聲和也。”郭璞注:“皆鳥鳴相和。”按:“噰噰”,象聲詞耳。此詩作“雝雝”、“雍雍”者,殆“噰噰”之借字歟。《新書》引《詩》“噰噰”爲其本字。

湛　露

湛湛露斯,匪陽不晞。厭厭夜飲,不醉無歸。

湛湛露斯,在彼豐草。厭厭夜飲,在宗載考。

湛湛露斯，在彼杞棘。顯允君子，莫不令德。
其桐其椅，其實離離。豈弟君子，莫不令儀。

〔**厭厭夜飲**〕　《釋文》：“厭厭，《韓詩》作愔愔，和悦之貌。”《文選》宋玉《神女賦》注、左思《魏都賦》注、嵇康《琴賦》注各引《韓詩》“愔愔夜飲”。《爾雅·釋訓》：“懕懕，安也。”《説文》：“懕，安也。从心，厭聲。《詩》曰：‘厭厭夜飲。’”是用《魯詩》文。今本《毛詩》作“厭厭夜飲”，《傳》云：“厭厭，安也。”與《爾雅》、《説文》之義合。毛作“厭厭”者，“懕懕”之省借也。《三倉》云：“愔愔，性和也。”《聲類》云：“愔，和静貌。”王先謙云：“凡《毛詩》作‘厭’者，魯、韓字多從‘音’，如‘厭浥行露’作‘湆浥行露’，‘厭厭其苗’作‘穡穡其苗’，‘厭厭良人’作‘愔愔良人’，及此皆是。”按：“愔”、“懕”（厭）雙聲通用。《爾雅》、《説文》出作“懕”，是《魯詩》本字，《毛詩》作“厭厭”、《韓詩》作“愔愔”均爲借字。

〔**顯允君子**〕　《初學記》二引作“明允君子”，又《初學記》二十二引傳咸詩同。《説文》：“顯，頭明飾也。”《爾雅·釋詁》：“顯，光也。”邢昺疏：“顯者，光明也。”郝懿行《義疏》：“顯者，古文作㬎，从日中視絲，是有光明著見之義。”《廣雅·釋詁》：“顯，明也。”是“㬎”本爲古文“衆明”之謂，“顯”止“頭明飾”之稱，後又引申爲凡明之稱，今“顯”行而“㬎”則罕見經傳矣。“顯”爲昭明、光明之義，《初學記》乃以訓詁字代本字也。

〔**其桐其椅**〕　王先謙云《初學記》二十八引《韓詩章句》“其同其椅”。另見《左傳·成公二年》“蕭同叔子”，《史記·齊世家》作“桐”。蓋“同”爲“桐”之省借字也。既是木名，當以“桐”爲正字。

彤弓之什

彤弓

彤弓弨兮，受言藏之。我有嘉賓，中心貺之。鍾鼓既設，一朝饗之。

彤弓弨兮，受言載之。我有嘉賓，中心喜之。鍾鼓既設，一朝右之。

彤弓弨兮，受言櫜之。我有嘉賓，中心好之。鍾鼓既設，一朝醻之。

〔**一朝醻之**〕　《釋文》:“醻之，本又作酬。市由反。毛:報也。鄭:厚也，勸也。”《説文》:“醻，主人進客也。从酉，𠷎聲。酬，醻或从州。”《玉篇》:“酬，勸也。”毛《傳》:“醻，報也。”鄭《箋》:“飲酒之禮，主人獻賓，賓酢主人，主人又飲而酌賓，謂之醻。醻，猶厚也、勸也。”朱駿聲云:“醻、酬，主人進客也。从酉，𠷎聲。或从州聲。今字亦作醻。凡主人酌賓曰獻，賓還酌主人曰醋，主人又自飲以酌賓曰酬。《爾雅·釋詁》:‘酬，報也。’《詩·彤弓》‘一朝醻之’，《箋》:‘勸也。’《瓠葉》‘酌言醻之’，《傳》:‘道飲也。’《小弁》‘如或醻之’，《箋》:‘旅醻也。’”又云:“詶，叚借爲醻。《蒼頡解詁》:‘詶亦醻字。詶，報也。’”是“酬”爲“醻”之或體也。

菁菁者莪

菁菁者莪，在彼中阿。既見君子，樂且有儀。

菁菁者莪，在彼中沚。既見君子，我心則喜。

菁菁者莪，在彼中陵。既見君子，錫我百朋。

汎汎楊舟，載沉載浮。即見君子，我心則休。

〔**菁菁者莪**〕　《文選·班固〈東都賦〉》載《靈臺詩》注引《韓詩》"蓁蓁者莪"，薛君曰："蓁蓁，盛貌也。"《集韻·一先》引李舟説作"葏葏者莪"。《集韻·十四清》引作"葎葎"。《説文》(段注本)："菁，韭華也。从艸，青聲。子盈切。""蓁，艸盛貌。从艸，秦聲。側詵切。""葏，艸貌。从艸，津聲。子僊切。""葎，艸也。从艸，律聲。吕戌切。"按：《廣韻·仙韻》："葏，草茂貌。出《字林》。"《玉篇》："葎，似葛，有刺。"《本草綱目》訓釋略同。顯係草名。"菁"爲韭華，並非"茂盛貌"。然"菁"、"蓁"以聲近故可通轉，而《毛詩》則假"菁"爲"蓁"矣。《集韻》引李舟説作"葏葏"，亦爲借字。詩之正字當依《韓詩》作"蓁蓁"。

六　月

六月棲棲，戎車既飭。四牡騤騤，載是常服。玁狁孔熾，我是用急。王于出征，以匡王國。

比物四驪，閑之維則。維此六月，既成我服。我服既成，于三十里。王于出征，以佐天子。

四牡脩廣，其大有顒。薄伐玁狁，以奏膚公。有嚴有翼，共武之服。共武之服，以定王國。

玁狁匪茹，整居焦穫。侵鎬及方，至于涇陽。織文鳥章，白旆央央。元戎十乘，以先啓行。

戎車既安，如輊如軒。四牡既佶，既佶且閑。薄伐玁狁，至于大原。文武吉甫，萬邦爲憲。

吉甫燕喜，既多受祉。來歸自鎬，我行永久。飲御諸友，炰鼈膾鯉。侯誰在矣，張仲孝友。

〔**戎車既飭**〕　《唐石經》"飭"作"飾"。《文選·王褒〈四子講德論〉》注引《詩》"飭"作"飾"。《魯頌·泮水》"戎車既飭"，《太平御覽》七百七十四引作"飾"。《〈易·雜〉傳》"則飭也"，《釋文》云："整治也。鄭本王肅作飾。"《〈易·坤〉傳》"之飾"，《釋文》："飾，本或作飭。"《莊子·漁父》"飾禮"，《釋文》："飾，如字。本又作飭，音敕。"《說文》："飭，致堅也。从人，从力，食聲。讀若敕。"段注："致之於堅，是謂之飭。"《玉篇》："飭，正也。"《廣雅》："飭，牢密。"朱駿聲云："飭，又（假借）爲飾。"《說文》："飾，㕞（刷）也。从巾，从人，食聲。"《釋名》："飾，拭也。"《集韻》："《說文》：'飭，致堅也。'或作飾。"按："飭"、"飾"形、聲相近，故古多通假。毛《傳》："飭，正也。"朱熹《集傳》："飭，整也。"揆之詩義，當以"飭"爲正字。

〔**玁狁孔熾**〕　《鹽鐵論·繇役篇》引《詩》作"玁允孔熾"。《文選·潘岳〈西征賦〉》注引《毛詩》"獫狁孔熾"。按："玁狁"、"玁允"、"獫狁"，字異而音義同。

〔**我是用急**〕　《鹽鐵論·繇役篇》引《詩》"我是用戒"。《文選·謝靈運〈述征賦〉》作"我是用棘"。作"戒"與"棘"者，皆本《三家詩》。《爾雅·釋言》："悈，急也。"郝懿行云："悈者，心之急也。"《釋文·爾雅音義》："悈，本或作極，又作亟。同。紀力反。"（按：極爲愜之訛。）《說文》："愜，急性也。"蓋"戒"爲"悈"之省也。《述征賦》云："宣王用棘於玁狁。"是六朝本有"我是用棘"之異文，

"棘"亦"急"也,疑爲《三家詩》之别本也。《爾雅·釋詁》:"寁、駿、肅、亟、遄,速也。"《釋文》:"亟,字又作急,同。居力反。經典亦作棘,同。""我是用急",《唐石經》、小字本、相臺本同。阮元《校勘記》:"案:《毛鄭詩考正》云:'急字於韻不合。'段玉裁云:'《鹽鐵論》引急作戒,謝靈運《撰征賦》用作棘,皆協。今作急者,後人用其義改其字耳。'詳《詩經小學》。"當以段説爲是。

〔于三十里〕　《唐石經》"三十"作"卅"。又《小雅·無羊》"三十維物"、《周頌·噫嘻》"終三十里",《唐石經》並作"卅"。阮元云:"案:《傳》、《箋》、《正義》皆云三十。《詩經小學》云:'《唐石經》"卅維物"、"終卅里",皆同。蓋唐人仍讀爲"三十"是也。凡《唐石經》章句中廿字、卅字皆同此。'"另《論語》"三十而立"、"年四十而見惡焉",《漢石經》作"卅"、"卌"。《説文·十部》:"廿,二十并也。古文省多。"段注:"省多者,省作二十兩字爲一字也。……古文廿仍讀二十兩字。秦碑小篆則'維廿六年'、'維廿九年'、'卅有七年'皆讀一字,以合四言。廿之讀如入,卅之讀如𩏂,皆自反也。至《唐石經》二十皆作廿,三十皆作卅,則仍讀爲二十、三十矣。"

〔玁狁匪茹〕　《易林》作"獫狁匪度"。鄭《箋》:"茹,度也。……言玁狁之來侵,非其所當度爲也。"《易林》作"度"者,《齊詩》文也。《箋》云:"茹,度也。"是用《齊詩》之指以申毛也。《説文》:"茹,飤馬也。"《玉篇》:"茹,飯牛也。"《爾雅·釋言》:"茹,度也。"《廣雅·釋詁》:"茹,柔也。""柔,弱也。"馬瑞辰云:"匪茹言非柔弱,即上章'玁狁孔熾'也。故下接言'整居焦穫,侵鎬及方,至于涇陽',皆甚言其强恣。"斯言得之。

〔整居焦穫〕　《爾雅·釋地》作"焦護",邢疏引《詩》同。《釋文·爾雅音義》:"穫,又作護。"《周禮·澤虞》疏引《詩》作

"護"。按:"穫"、"護"形近而又同聲,故可通轉也。

〔**織文鳥章**〕　《周禮·司常》賈疏兩引《詩》皆作"識文鳥章"。《左傳·昭公二十一年》疏、《太平御覽》六百八十各引《詩》並同。毛《傳》:"鳥章,錯革鳥爲章也。"鄭《箋》:"織,徽織也。"《説文》(段注本):"微,微識也。㠯絳帛,箸於背。从巾,微省聲。《春秋傳》曰:'揚微者公徒也。'若今救火衣然也。"《詩經小學》云:"毛無《傳》,蓋讀與《禹貢》'厥匪織文"同。……《箋》易爲'徽識',則當作'識文'。今本皆作織文者,誤。識,微識也。識、幟古今字。許君《説文》、鄭君《周官》注皆作'微識',後人别製幟字。"胡承珙云:"'微識'者,爲旗則大,在衣則小,鄭特推廣言之,非以'織文'二句專指在衣之'微識'也。"《漢書·張湯傳》顔注曰:"織,讀曰幟。今作織,叚字。"《毛詩正義》云:"言微識者,以其在軍爲徽號之識。《史記》、《漢書》謂之旗幟,幟與織(識)字雖異,音實同也。"《説文》無"幟"字,蓋亦當作"識"。鄭《箋》訛作織,微訛徽者,皆非。明經文當以"識文鳥章"爲正字,《箋》云"徽織"者,即"微識"也。

〔**白旆央央**〕　《釋文》:"白茷,本又作'旆'。……繼旐曰茷,《左傳》'蒨茷'是也。一曰'旆'與'茷'古今字殊。""央央,音英,鮮明也。或於良反,下篇同。"《正義》本亦作"白茷"。《〈鄭風·出其東門〉正義》云:"《六月》云'白旆英英',是白貌。"《周禮·司常》賈疏引《詩》亦作"白旆英英"。《公羊傳·宣公十二年》疏引《爾雅·釋天》云:"縓廣充幅長尋曰旐。"並引孫炎注曰:"帛續旐末亦長尋,《詩》云'帛旆英英'是也。"《爾雅·釋天》:"繼旐曰旆。"郭注:"帛續旐末爲燕尾者,義見《詩》。"《釋名》:"白旆,殷旌也。以帛繼旐末也。"《正義》釋經云:"以帛爲行旆,央央然鮮明。"陳喬樅謂《六月》詩《正義》之説與前儒合。惟《〈出其東門〉正義》

及《周禮·司常》疏引此詩，皆"白旆"爲白色，此賈、孔誤解。陳氏並疑《〈六月〉正義》乃襲劉光伯《述義》語，故得不誤耳。按：《公羊傳·宣公十二年》疏引孫炎注引《詩》"帛旆英英"，蓋《魯詩》文，爲經文正字。"白茷"乃"帛旆"之叚借。此詩"央央"，當讀爲"英英"，與《小雅·出車》《采芑》"旂旐央央"同例。

〔**如輊如軒**〕　《文選·潘岳〈射雉賦〉》作"如轋如軒"。徐爰注引《毛詩》"如輊如軒"，云："輊與轋同。"《說文》："蟄，抵也。从車，埶聲。""輖，重也。从車，周聲。"段注："抵者，擠也。……車抵於是而不過，是曰蟄。……蟄與車重之摯、墊、輊、轋本各義，與輖又殊音，而《集韻》總合爲一字，誤矣。小徐引潘岳賦'如蟄如軒'，今按：潘作轋，不作蟄也。"又云："謂車重也。《小雅》'戎車即安，如輊如軒'，毛曰：'輊，摯也。'《考工記》'大車之轅摯'，鄭曰：'摯，輖也。'《士喪禮》'軒輖中'，鄭曰：'輖，墊也。'摯、墊、輊同字，輖雙聲，許書有輖、摯而已。摯者，依聲託事字也。軒言車輕，輖言車重，引申爲凡物之輕重，故《禮經》以之言矢。《周南》叚輖爲翰字，故毛《傳》曰：'輖，翰也。'而說《詩》者或以本義釋之。"徐鍇《說文繫傳·車部》："蟄，抵也。"陳衍《辯證》："當訓低而不訓抵。抵爲低字傳寫之誤。"《玉篇·車部》："蟄，前頓曰蟄，後曰軒。輊，同蟄。"《廣韻》："蟄，車前重也。輊，同蟄。"又，朱駿聲《說文通訓定聲》云："摯，叚借作蟄。"《廣雅》："蟄，低也。"胡承珙云："《淮南·人間訓》：'道者置之前而不蟄，錯之後而不軒。'《後漢·馬援傳》：'居前不能令人輊，居後不能令人軒。'皆謂平均調適，無所輕重低昂之意。凡車，輊前者必軒後，（軒，起也。前重則後輕，故後有軒勢。若後重則前輕，其前仰起亦可曰軒。《集韻》分'前頓曰輊，後頓曰軒'，非是。）然從後視之，不見有輊狀，則前必過於輊，從前視之，不見有軒狀，則後必過於重，故曰'如輊如軒'，非真有輊軒而不啻，其輊軒則一低一昂，自然調適。《箋》云……可謂善於形容者矣。”段氏、胡氏各有所本，且言之成理，宜從其明允之論。

〔**薄伐玁狁，至于大原**〕　《史記·匈奴傳》、《漢書·韋元成傳》《衛青傳》《匈奴傳》、《鹽鐵論·繇役》各引《詩》“薄伐獫狁，至于太原”。按：“玁狁”、“獫狁”、“獫允”，字形少異而音義悉同。“獫”爲“玁”之同聲叚借，“允”爲“狁”之初文。“大”爲本字，“太”爲‘大’之叚借，“泰”之古文。江沅《説文釋例》云：“古祇作‘大’，不作‘太’，亦不作‘泰’。《易》之‘大極’，《春秋》之‘大子’、‘大上’，《尚書》之‘大誓’、‘大王王季’，《史》、《漢》之‘大上皇’、‘大后’，後人皆讀爲‘太’，或徑改本書，作‘太’及‘泰’。”《説文》（段注本）：“大，天大，地大，人亦大焉。象人形。古文亣也。凡大之屬皆从大。”“泰，滑也。从𠬞、水，大聲。夳，古文泰如此。”段注曰：“此以疊韻爲訓，字從𠬞水，水在手中，下溜甚利也。與《辵部》‘達’字義近，皆他達切。《周易》‘“泰”，通也。“否”，塞也’，《左傳》‘汏輈及鼓跗著于丁寧，汏輈以貫笠轂’，皆滑之義也，滑則寬裕自如，故引申爲縱泰，如《論語》‘泰而不驕’是也。又引申爲泰侈，如《左傳》之‘汏侈’，《西京賦》之‘心奓體泰’是也。汏即泰之隸省。隸變而與淅米之汰同形，作汰者，誤字。……按：（夳）當作‘𡘌’。从仌，取滑之義也，从大聲。轉寫恐失其真矣。後世凡言大而以爲形容未盡則作太，如大宰俗作太宰，大子俗作太子，周大王俗作太王是也。謂太即《説文》夳字，夳即泰，則又用泰爲太。展轉貤繆，莫能諟正。”段説得之矣。明“大原”爲正字。

〔**吉甫燕喜**〕　《漢書·陳湯傳》引《詩》“燕”作“宴”。《文選·繁欽〈與魏文帝牋〉》注引《詩》同。按：“燕”訓安、安息、喜、樂、燕飲，“宴”訓息、樂、宴居、宴飲。《小雅·車舝》“式燕且喜”，朱熹《集傳》:"宴飲以相樂也。"《魯頌·閟宫》"魯侯燕喜",鄭《箋》:"燕,燕飲也。""燕"、"宴"形異而音義略同,皆在寒部、影母,亦可互訓,故通用。

〔炰鼈膾鯉〕 《釋文》:"炰,白交反,徐又甫交反。"《儀禮·大射》注作"缹鼈"(此依宋本,今本作炮,誤),賈疏引《詩》同。《文選·枚乘〈七發〉》注引《毛詩》"炰鱉"、左思《蜀都賦》注引《詩》"炮鼈鱠鯉"。《説文》:"炮,毛炙肉也。从火,包聲。"段注:"毛炙肉,謂肉不去毛炙之也。《〈瓠葉〉傳》曰:'毛曰炮,加火曰燔。'《〈閟宫〉傳》曰:'毛炰豚也。'《周禮·封人》'毛炰之豚',鄭注:'毛炮豚者,爓去其毛而炮之。'《内則》注曰:'炮者,以塗燒之爲名也。'《禮運》注曰:'炮,裹燒之也。'按:'裹燒之'即《内則》之'塗燒'。鄭意《詩》、《禮》言毛、炮者,毛謂燎毛,炮謂裹燒。毛公則謂連毛燒之曰炮,爲許所本。《六月》、《韓奕》皆曰'炰鼈',《箋》云:'炰,以火孰之也。'鼈無毛而亦曰炰,則毛與炮二事。鄭説爲長矣。炰與缹皆炮之或體也。《韓奕》之炰,徐仙民音甫九反。《大射篇》注:'炮鼈,或作缹,或作焦。'是知炰、缹爲古今字。《通俗文》曰:'燥煮曰缹,燥煮謂不過濡也。裹燒曰炮。'漢人燥煮多用缹字,缶聲、包聲古音同在三部。"錢桂聲《鈔案》:"炰乃烝煮之名,其異體作缹。……《六月》、《韓奕》皆言炰鼈,鼈無毛非可炮者,於烝煮宜。"馬瑞辰云:"炰者,缹字之假借。《韓奕》詩'炰鼈鮮魚',《箋》:'炰鼈,以火熟之也。'《釋文》:'炰,徐甫九反。'正爲缹字作音,是知此詩《釋文》'甫交反'亦'甫九'之譌。《〈韓奕〉正義》曰:'按《字書》:"炰,毛燒肉也。""缹,烝也。"服虔《通俗文》:"燥煮曰缹。"然則炰與缹别。而此及《六月》"炰鼈"音皆作缹,然則炰爲缹,以火熟之,謂烝煮之也。'今按《廣雅》:'焷謂之缹。'《鹽鐵論》:'古者燔黍食稗而焷豚以相饗。'《玉篇》:'缹,火熟也。'《一切經音義》卷十七引《字書》曰:‘少汁煮曰炰,火熟曰煮。’蓋炰與煮對文則異,散文則通。《箋》訓‘炰,以火熟之’,正謂烝煮之也。《説文》:‘炰,炮炙也。以微火温肉。’段玉裁曰:‘微火温肉,所謂炰。’《説文》無炰字,炰當即烰字之變體。《説文》:‘烰,烝也。’與《正義》引《字書》‘炰,烝也’正合。孚與炰古同聲通用,故烰又借作炰,猶之罦或作罦,捊或作抱,脬或作胞,《公羊傳》包來,《左傳》作浮來也。[陳金生校文曰:“此文(指《毛詩傳箋通釋》)《公羊傳》當作《公羊經》,《左傳》當作《左氏經》。”]《大射篇》注:‘炮鼈,或作炰,或作炰。’按:炰與炰古亦同聲,故通用。炰或作炰,或作炮,皆假借字。段玉裁謂炮即炰異字,又謂《説文》本有炰字而今佚之,皆非也。”馬説審矣。是正字當作“炰鼈膾鯉”。作“鱉”者,“鼈”之俗體。作“鱠”者,譌字。

〔**張仲孝友**〕　《漢書·古今人表》作“張中”,又“南仲”、“仲山甫”並作“中”。顔注:“中,讀曰仲。”《説文》:“仲,中也。从人中,中亦聲。”《書大傳》注曰:“中,仲也。”歐陽《集古録》、薛氏《鐘鼎款識》並載有張仲《簠銘》,其文曰:“用饗大正,歆王賓,饌具召飤,張仲受無疆福,諸友飨飤具飽,張仲畀壽。”毛《傳》:“張仲,賢臣也。善父母爲孝,善兄弟爲友。”鄭《箋》:“張仲,吉甫之友,其性孝友。”《易林·離之坎》云:“《六月》、《采芑》,征伐無道。張仲方叔,克勝飲酒。”又《小過之未濟》云:“《六月》、《采芑》,征伐無道。張仲季叔,孝友飲酒。”蔡邕《爲陳留縣上孝子狀》:“張仲孝友,侯在左右。周宣之興,實始于此。”《潛夫論·志姓氏》:“《詩》頌宣王,張仲孝友。”是“張仲”確爲宣王時之名臣,作“張中”者,即“張仲”也。二字古通用。

采　芑

薄言采芑，于彼新田，于此菑畝。方叔涖止，其車三千，師干之試。方叔率止，乘其四騏，四騏翼翼。路車有奭，簟茀魚服，鉤膺鞗革。

薄言采芑，于彼新田，于此中鄉。方叔涖止，其車三千，旂旐央央。方叔率止，約軝錯衡，八鸞瑲瑲。服其命服，朱芾斯皇，有瑲葱珩。

鴥彼飛隼，其飛戾天，亦集爰止。方叔涖止，其車三千，師干之試。方叔率止，鉦人伐鼓，陳師鞠旅。顯允方叔，伐鼓淵淵，振旅闐闐。

蠢爾蠻荆，大邦爲讎。方叔元老，克壯其猶。方叔率止，執訊獲醜。戎車嘽嘽，嘽嘽焞焞，如霆如雷。顯允方叔，征伐玁狁，蠻荆來威。

〔**方叔涖止**〕　《釋文》：“莅，本又作涖，音利，又音類，沈力二反，臨也。”山井鼎《考文》：“古本作莅。”《玉篇》引《詩》作“莅”。《文選·班固〈辟雍詩〉》注引《毛詩》同。《説文》無“涖”、“莅”字，“竦”下注曰：“竦，臨也。从立，隶聲。”段注：“臨者，監也。經典莅字或作莅，注家皆曰‘臨也’。《〈道德經〉釋文》云：‘古無莅字，《説文》作竦。’按莅行而竦廢矣。凡有正字而爲叚借字所敚者類此。”《説文繫傳》亦作“从立，隶聲”。《廣韻·至韻》：“莅，臨也。”《左傳·隱公四年》“陳人執之，而請涖于衛”，杜預注：“請衛人自臨討之。”《公羊傳·僖公三年》“公子友如齊莅盟”，字作“莅”，何休注曰:"莅,臨也。"《穀梁傳·僖公三年》"公子季友如齊莅盟",范甯注曰:"傳例曰:莅,位也。内之前定之盟謂之莅,外之前定之盟謂之來。"《龍龕手鑑·水部》:"涖,臨涖。與莅同。"《爾雅·釋詁下》:"涖,視也。"郭璞注:"皆謂察視也。"郝懿行《義疏》:"涖者,《説文》作埭,云:'臨也。'通作涖。"本詩《傳》曰:"涖,臨。"正與《説文》"埭"訓"臨"合,明"涖"爲"埭"之假借,"莅"又爲"涖"之俗體。

〔**乘其四騏,四騏翼翼**〕　山井鼎《考文》:古本兩"四"字並作"駟"。按:"四"與"駟"指稱車馬古多通用。參見《小雅·四牡》。

〔**路車有奭**〕　《唐石經》"奭"作"奭"。《五經文字》作"奭"。《文選·左思〈蜀都賦〉》注引毛萇《詩傳》作"赩"。此詩毛《傳》曰:"奭,赤貌。"《説文》:"奭,盛也。从大,从皕,皕亦聲。此燕召公名,讀若郝。《史篇》名醜。奭,古文奭。"段注:"《釋詁》'赫赫躍躍','赫赫',舍人本作'奭奭'。《常武》毛《傳》云:'赫赫然盛也。'按'奭'是正字,'赫'是假借字。《小雅》'路車有奭'、'韎韐有奭',毛曰:'奭,赤貌。'此當作'赫'。《赤部》云:'赫,火赤貌。''奭'是假借字。皕與大皆盛意也。""赫"下段注云:"'大赤貌',大,各本作火。今正。此謂赤,非謂火也。赤之盛,故从二赤。《邶風》'赫如渥赭',《傳》曰:'赫,赤貌。'此赫之本義也。若《〈生民〉傳》曰:'赫,顯也。'《〈出車〉傳》:'赫赫,盛貌。'……《〈淇奥〉傳》:'赫,有明德赫赫然。'以及《〈雲漢〉傳》:'赫赫,旱氣也。'《〈桑柔〉傳》:'赫,炙也。'皆引申之義也。又按《皕部》曰:'奭,盛也。'是《詩》中凡訓盛者,皆叚奭爲赫。而《采芑》、《瞻彼洛矣》二《傳》曰:'奭,赤貌。'即《〈簡兮〉傳》之'赫,赤貌',正謂奭即赫之叚借也。……二字讀音同矣。……奭,古音亦如郝。"此詩文當以"赫"爲正字,今作"奭"者,假借字也。作"奭"者,"奭"之訛文也。又作

“㬅”、“𥜥”者，則隸變之重文耳。

〔簟茀魚服〕　朱熹《集傳》本“茀”作“笰”。《唐石經》及今本並作“簟茀”。按：“笰”爲“茀”之借字。《説文・艸部》：“茀，道多艸，不可行。从艸，弗聲。”段注：“《毛詩》借作蔽刴字。”《齊風・載驅》“簟茀朱鞹’，毛《傳》：“車之蔽曰茀。”《衛風・碩人》“翟茀以朝”，孔《疏》：“茀，車蔽也。”《説文》無“笰”字。《廣雅・釋器》：“笰，箭也。”又《爾雅・釋器》：“輿革，前謂之䩬，後謂之笰。”郭璞注：“笰，以韋靶後户。”郝懿行《義疏》：“笰者，《玉篇》、《廣韻》並云‘輿後笰也’。《詩正義》引李巡曰：‘笰，車後户名也。’按：笰當作茀。《〈碩人〉傳》：‘茀，蔽也。’《〈載驅〉傳》：‘車之蔽曰茀。’是茀取茀蔽爲義。車後户者，升車自後入，故以後爲户也。”蓋“茀”、“笰”音同形近，義亦通也。“茀”爲正字。

〔約軝錯衡〕　閩本、明監本、毛本“軝”作“軧”。《唐石經》、小字本、相臺本作“軝”。阮元云：“軝字是也。《釋文》、《五經文字》可證。按：軝，《説文》从車，氏聲。凡氏聲與氐聲，古分别最嚴。”《説文》：“軝，長轂之軝也，以朱約之。从車，氏聲。《詩》曰：‘約軝錯衡。’䡇，軝或从革。”段注：“《〈小雅・斯干〉傳》曰：‘軝，長轂之軝也，朱而約之。’長轂者，《小戎》所謂暢轂也。……《考工記》此軹字，即《毛詩》之軝字，軹者同音叚借字也。……幬而朱之，軝所獨也。本是幬而朱之，毛云‘朱而約之’，許云‘以朱約之’者，既朱則似先朱其革，其意一也。《詩》曰‘約軝錯衡’，皆謂文也。錯衡，文衡也。……軹即軝，説本歙程氏瑶田《通藝録》，其説最確，於古音最合，而古無有言之者，孰謂今人不勝古人也。”《説文》：“軧，大車後也。从車，氐聲。”段注：“大車以載任器，牝負長八尺，謂較也。其後必崇，其闌與三面等，非若小車之後也，故曰軧。軧之言底也。”陳奐云：“錯衡，謂衡上束文也。”按：“軝”爲正字。“衜”爲

"衡"之隸變俗體。

〔八鸞瑲瑲〕　《釋文》:"瑲瑲,本亦作鎗。"《五經文字》:"瑲,《詩》或作鎗。"《續漢書·輿服志》劉昭注引許慎引《詩》"八鸞鎗鎗"。《説文》:"瑲,玉聲也。从玉,倉聲。《詩》曰:'鞗革有瑲。'"段注:"《小雅》'有瑲蔥珩',毛《傳》:'瑲,珩聲也。'《秦風》'佩玉將將',《玉藻》'然後玉鏘鳴',皆當作此字。……'有瑲',今《詩》作'有鶬',亦作鎗。"《説文》(段注本):"鎗,鎗鏓,鐘聲也。从金,倉聲。"段注:"鎗鏓,二字各本所無,今依全書例補之。雙聲字也。引申爲他聲,《詩·采芑》'八鸞鎗鎗',毛曰:'聲也。'《韓奕》作將將,《烈祖》作鶬鶬,皆叚借字。或作鏘鏘,乃俗字。《漢書·禮樂志》'鏗鎗',《藝文志》作'鏗鏘'。"《初學記》卷二十七引《逸論語》:"玲、瑲、琤、瑱、瑝(鍠),玉聲也。"《廣雅》:"鎗鎗,聲也。"按:"瑲"、"鎗"二字音同而形近,古通用。

〔朱芾斯皇〕　《釋文》出作"茀",云:"茀,本又作芾,或作紱,皆音弗,下篇赤茀同。"《白虎通·紼冕》:"紼者,蔽也,行以蔽前,紼蔽者小,有事因以别尊卑,彰有德也。天子朱紼,諸侯赤紼。《詩》云:'朱紼斯皇,室家君王。'又云:'赤紼金舄,會同有繹。'又云:'赤紼在股。'皆謂諸侯也。"(按:《白虎通·紼冕》所引諸"紼"字,於今本《詩》中俱作"芾"。見《曹風·候人》"三百赤芾",《小雅·采芑》《斯干》"朱芾斯皇",《小雅·車攻》"赤芾金舄",《小雅·采菽》"赤芾在股"。)《説文》:"市(巿),韠也。上古衣蔽前而已,市以象之。天子朱市,諸侯赤市,卿大夫葱衡。从巾,象連帶之形。凡市之屬皆从市。韍,篆文市,从韋,从犮。"段注:"《韋部》曰:'韠,韍也。'二字相轉注也。鄭曰:'韠之言蔽也,韍之言亦蔽也。祭服偁韍,玄端服偁韠。'""韍"下段注:"聲也,此爲篆文。則知市爲古文也。先古文後小篆,此亦二部之例。以有从市之韐,故以市爲部首，而韍次之。假令無从市之字，則以韍入韋，而以市次之。”“市”下段注引鄭注《禮》曰：“古者佃漁而食之，衣其皮。先知蔽前，後知蔽後。後王易之以布帛而獨存其蔽前者，不忘本也。”《禮記》孔疏曰：“他服稱韠，祭服稱韍，是異其名。韍、韠皆言爲蔽，取蔽鄣之義也。”朱駿聲《説文通訓定聲》：“黻，叚借爲韍（紱）。”按：《説文》有“市”無“芾”，《召南·甘棠》“蔽芾甘棠”，《傳》曰：“蔽芾，小貌。”《韓詩外傳》作“蔽茀”。《廣韻·物韻》：“芾，草木盛也。”均無“蔽膝”義。《小雅·采菽》“赤芾在股”，《箋》云：“芾，大古蔽膝之象也。冕服謂之芾，其他服謂之韠，以韋爲之。”是假“芾”爲“市”也。《説文》：“茀，道多艸，不可行。从艸，弗聲。”《釋文》“芾”出作“茀”者，亦同聲之假借字也。至《白虎通·紼冕》引《詩》諸“芾”字俱作“紼”者，皆爲假借字耳。“紼”止“亂麻”、“大索”、“印組”諸義，《白虎通》以“朱紼”出之，復以“行以蔽前”釋之，蓋讀“紼”爲“市”矣。又《釋文》云“或作紱”者，“韍”（市）之俗體也。明“朱芾”當以“市”爲正字。

〔**有瑲葱珩**〕　《唐石經》、小字本、相臺本同。毛本作“蔥珩”。《釋文》以“有創葱珩”出之，云：“創，本又作瑲，亦作鎗，同。七羊反。”“珩，音衡。”山井鼎《詩經考文》：古本作“創”。《周禮·玉府》鄭注引《詩傳》曰：“佩玉，上有葱衡，下有雙璜、衝牙、蠙珠以納其間。”賈疏謂鄭用《韓詩》，或有所據。《大戴禮·保傅》：“下車以佩玉爲度，上有雙衡，下有雙璜……”蔡邕《月令章句》云：“佩上有葱衡，下有雙璜……”皆爲《齊詩》、《魯詩》之義也。賈疏云：“衡，横也。謂葱玉爲横梁。‘下有雙璜、衝牙’者，謂組懸於衡之兩頭，兩組之末皆有半璧曰璜，故曰雙璜。”《説文》：“珩，佩上玉也，所以節行止也。”朱駿聲曰：“珩者，佩首横玉，所以繫組。”本詩毛《傳》：“瑲，珩聲也。”《説文》：“瑲，玉聲也。从玉，倉聲。《詩》曰：

'偉革有瑲。'"《集韻·陽韻》:"瑲,玉聲。一曰樂聲。或作鏘、鎗、創。"又《初學記》卷二十七引《逸論語》:"玲、瑲、琤、瑱、瑝(鍠),玉聲也。"《説文》:"鎗,鐘聲也。从金,倉聲。"段氏於"鎗"下補"鎗鏓"二字。吴大澂《古籀補》:"倉,古鎗字,不从金。許氏説:'鎗,鐘聲也。''鏓,鎗鏓也。'《宗周鐘》'倉倉悤悤',倉悤即鎗鏓之省文。"《廣雅·釋詁四》:"鍚、鎗,聲也。"王念孫《疏證》:"鎗者,《玉篇》音楚庚切,《集韻》又七羊切。《説文》:'鎗,鐘聲也。''瑲,玉聲也。'《小雅·采芑》篇'八鸞瑲瑲',《釋文》:'瑲,本亦作鎗。'《庭燎》篇作'將',《大雅·烝民》篇作'鏘'。並字異而義同。合言之則曰鍚鎗。《樂記》:'非聽其鏗鏘而已也。'《史記·樂書》作'鏗鎗',聲義並同。"是"瑲"、"鎗"、"鏘"、"創"皆爲象聲詞而同音通用也。"葱"爲本字,"蔥"爲其隸變體。"珩"爲本字,"衡"爲同音假借字。另見《國語·晉語》韋注引《詩傳》作"絎",則爲訛字矣。

〔**鴥彼飛隼,其飛戾天**〕　《後漢書·謝該傳》引《詩》"鴪彼飛隼,翰飛戾天。"《文選·孫楚〈爲石仲容與孫皓書〉》李注引《詩》"翰飛戾天"。《説文》:"鴥,鸇飛貌。从鳥,穴聲。《詩》曰:'鴥彼晨風。'"沈濤《古本考》:"《〈詩·晨風〉釋文》'鴥'引《説文》作'鴪',是古本篆體作'鴪',不與今《毛詩》同。又'鸇飛'作'疾飛',亦古本如是。凡鳥之疾飛皆爲鴪,不必晨風也。《詩傳》正訓'疾飛',乃許君所本。"按:當從《釋文》作"鴪"爲是,今本《毛詩》作"鴥",左右旁互易,實一字耳。"其飛戾天"句,《後漢書》及《文選》注引《詩》作"翰飛戾天"者,疑涉《小雅·小宛》《四月》之文而誤。

〔**鉦人伐鼓,陳師鞠旅**〕　毛《傳》:"鉦以静之,鼓以動之。鞠,告也。"鄭《箋》:"鉦也,鼓也,各有人焉。言'鉦人伐鼓',互言爾。……此將戰之日,陳列其師旅誓告之也。陳師告旅,亦互言之。"《太平御覽》三百三十八引《詩》作"陳師鞫旅"。《説文》:"鞫,蹋鞠也。从革，匊聲。鞫，鞠或从𥷚。"《説文》（段注本）："𥷚，窮治皋人也。从㚔人言，竹聲。𥷚，或省言。"段注："治，各本作理，唐人所改也，今依《篇》、《韻》正。皋，各本作罪，今依《廣韻》正。《文王世子》注曰：'讀書論法曰鞫。'……按：鞫者，俗𥷚字，譌作鞠。今言供，語之轉也。……若《〈采芑〉傳》曰：'鞫，告也。'此則謂鞫即告之叚借字。《文王世子》'告於甸人'，亦是叚告爲鞫也。……按：此字隸作鞫，經典從之，俗多改爲鞠，大誤。""㚔，所以驚人也。从大，从𢆉。"段注："各本作从羊，《五經文字》曰：'《説文》从大，从𢆉。𢆉音干。今依《漢石經》作幸。'又曰：'𡙁者，《説文》；執者，經典相承。凡報之類同是。'則張氏所據《説文》與今本迥異如是。今隸用《石經》體，且改《説文》此部皆作幸，非也。今皆正。干者，犯也。其人有大干犯而觸罪，故其義曰'所以驚人'。其形从大干。會意。"《一切經音義》卷十九："鞠，告也。"與毛《傳》同。陳喬樅云："張衡《東京賦》'陳師鞠旅'，衡習《魯詩》，是魯亦作鞠。《御覽》三百三十八引《詩》'陳師鞫旅'，字作鞫，蓋齊、韓異文。"陳奂云："鞫，讀與告同。《十月之交》'告凶'，《漢書》'告'作'鞫'，此古鞫、告聲通之證。告讀誓誥之誥，《周禮》'誓用之於軍旅'，《文選·張衡〈東京賦〉》注引《尹文子》云：'將戰，有司讀誥誓，三令五申之，既畢，然後即敵。'"王先謙云："鞫、鞠經典通作。"是"鞫"（𥷚）與"鞠"通，"鞫"、"鞠"又皆可讀作"告"也。

〔伐鼓淵淵〕　董氏引崔靈恩《集注》作"伐鼓鼝鼝"。《五經文字》作"伐鼓鼘鼘"。《商頌·那》"鞉鼓淵淵"，《説文·鼓部》引作"鼘鼘"。陳瑑云："《有駜》'鼓咽咽'，《釋文》：'本又作鼝。'"張衡《東京賦》"雷鼓鼝鼝"。《集韻·先韻》："鼘、鼝、咽、𪔛，《説文》：'鼘，鼓聲也。'引《詩》'鼗鼓鼘鼘'，或作鼝、咽、𪔛，亦書作鼝。""淵，鼓聲。《詩》："鞉鼓淵淵。'"又云："淵，古作𣶒。"（鼗、鞉、鞉、韜，異體字。）按：詩文當以“䨰䨰”爲正字，“䨰”、“𤃫”爲或體，“淵”爲借字。

〔**振旅闐闐**〕　《説文·口部》：“嗔，盛氣也。从口，真聲。《詩》曰：‘振旅嗔嗔。’”段注：“《門部》曰：‘闐，盛貌。’聲義與此同。今《毛詩》‘振旅闐闐’，許所據作‘嗔嗔’。”《玉篇·口部》：“嗔，盛聲也。”引《詩》亦作“振旅嗔嗔”，此乃韓説。並云：“本亦作闐。”《門部》“闐”下又引《詩》“振旅闐闐”。《文選·左思〈魏都賦〉》注引作“輷輷”，此《齊詩》之異文。《文選》李注引《蒼頡篇》曰：“輷輷，衆車聲也。”《廣韻·先韻》：“輷，輷輷，衆車聲。”《篇海類編·器用類·車部》：“輷，亦作軥。”按：“嗔”、“闐”、“輷”，形雖異而聲同義通也。

〔**蠢爾蠻荆**〕　阮元《校勘記》：“《唐石經》、小字本、相臺本同。段玉裁云：《漢書·韋賢傳》引‘荆蠻來威’，案：毛云‘荆州之蠻也’，然則《毛詩》固作荆蠻，傳寫倒之也。《晉語》、《後漢書·李膺傳》、《文選·王仲宣誄》皆可證。見《詩經小學》。今考《正義》云：‘宣王承厲王之亂，荆蠻内侵。’是《正義》本作荆蠻。下文皆作蠻荆，後人依經注本倒之而有未盡也。”《漢書·賈捐之傳》、《後漢書·李膺傳》《西南夷傳》、《通典·兵四》《邊防三》、《太平御覽》五十八引《漢書》、《文選》左思《吴都賦》注各引《詩》，曹植《王仲宣誄》注引《毛詩》“蠢爾荆蠻”。後魏肅宗《詔》同。本詩毛《傳》云“荆州之蠻”，顔師古注云“南荆之蠻”，孔《疏》亦有“荆蠻内侵”之語，明《毛詩》原作“荆蠻”也。段氏曰：“《晉語》：‘叔向曰：“楚爲荆蠻。”’韋注：‘荆州之蠻。’正以毛《傳》爲説。左思《賦》注引‘荆蠻’，則唐初詩不誤。”王念孫曰：“經傳皆作荆蠻，或作蠻荆者，後人依誤本《毛詩》倒之耳。”胡承珙曰：“《鄭語》：‘史伯曰：“當成周者，南有荆蠻。”《竹書紀年》：‘宣王五年秋八月，方叔帥師伐荆蠻。’此亦可爲《詩》作荆蠻之證。蓋荆州之地,《禹貢》所分,其建國非皆蠻也。若作蠻荆,則是以蠻概一州矣。"斯言允已。本篇"蠻荆"凡二見,當以"荆蠻"爲是。

〔**大邦爲讎**〕　《文選·陳琳〈爲曹洪與魏文帝書〉》注引《毛詩》作"大邦爲讐"。《説文·言部》:"讎,譍也。从言,雔聲。"段注:"《心部》曰:'應,當也。'讎者,以言對之,《詩》云'無言不讎'是也。""仇,讎也。从人,九聲。"段注:"讎猶應也。《左傳》曰:'嘉偶曰妃,怨偶曰仇。'按:仇與逑古通用。《辵部》'怨匹曰逑',即'怨偶曰仇'也。仇爲怨匹,亦爲嘉偶;如亂之爲治,苦之爲快也。"朱駿聲云:"相當相對謂之仇。兩同爲仇,兩異亦爲仇。"《説文·心部》:"應,當也。从心,雁聲。"段注:"當,田相值也。引申爲凡相對之偁。凡言語應對之字即用此。大徐《言部》增'譍'字,非也。'諾'下、'讎'下、'唉'下'譍'字皆當改正。"按:作"讐"者,疑爲隷變之體,"讎"爲正字。

〔**克壯其猶**〕　《玉篇·犬部》引《詩》"克壯其猷",蔡邕《胡公碑》同。按:《説文》:"猶,玃屬。从犬,酋聲。一曰:隴西謂犬子爲猷。"王筠《説文句讀》:"猷、猶一字。凡謀猷,《尚書》作猷,《毛詩》作猶。"《爾雅·釋詁上》:"猷,謀也。"《说文·犬部》段注:"今字分猷謀字犬在右,語助字犬在左,經典絶無此例。"《玉篇·犬部》:"猷,與猶同。"王筠又曰:"猶,《韻會》引作'猷',又引徐曰:'今作猶。'知今篆以隷改之。而説解中'犬子爲猷',則漏改者也。"

〔**戎車嘽嘽**〕　《文選·張衡〈南都賦〉》李注引《詩》作"戎車焞焞"。按:李注所引,蓋涉下句"嘽嘽焞焞"而訛。

〔**嘽嘽焞焞**〕　《釋文》:"焞,本又作哼。"《漢書·韋玄成傳》引《詩》"嘽嘽推推"。本詩毛《傳》曰:"嘽嘽,衆也。焞焞,盛也。"鄭《箋》曰:"言戎車既衆盛,其威又如雷霆。"《玉篇》:"輴,車盛貌。"陳喬樅云:"《廣韻》:'輴輴,車盛貌。''推推'即'輴輴'也。《魯詩》字與毛異,向必作'推推',其作'焞焞',亦俗人順毛所改。段氏《詩經小學》以《漢書》'推'字即'輴'之誤。疑或然也。"按:陳説是矣。

車　攻

我車既攻,我馬既同。四牡龐龐,駕言徂東。
田車既好,四牡孔阜。東有甫草,駕言行狩。
之子于苗,選徒囂囂。建旐設旄,搏獸于敖。
駕彼四牡,四牡奕奕。赤芾金舄,會同有繹。
決拾既佽,弓矢既調。射夫既同,助我舉柴。
四黄既駕,兩驂不猗。不失其馳,舍矢如破。
蕭蕭馬鳴,悠悠旆旌。徒御不驚,大庖不盈。
之子于征,有聞無聲。允矣君子,展也大成。

〔**車攻**〕　明豐坊《詩傳》、《詩説》均作"車工",下同。按:《石鼓文》有"遴車既工,遴馬既同。遴車既好,遴馬既駘"句,豐坊《詩傳》、《詩説》殆依《石鼓文》改易此篇經文歟。《説文》:"工,巧飾也。象人有規榘也,與巫同意。凡工之屬皆从工。𢒄,古文工,从彡。"段注:"飾、拭古今字。《又部》曰:'㕞,飾也。'《巾部》:'飾,㕞也。'《聿部》曰:'𦘕,聿飾也。'《彡部》曰:'彡,毛飾畫文也。'皆今之拭字也。此云'巧飾也'者,依古文作𢒄爲訓,'彡'者,飾畫文。'巧飾'者,謂如𢿱人施廣領大袖以仰涂而領袖不污是也。惟孰於規榘乃能如是,引申之凡善其事曰工。……𢒄有規榘,而彡象其善飾。‘巫’事無形，亦有規榘，而‘彡’象其兩褎，故曰同意。凡言某與某同意者，皆謂字形之意有相似者。”《説文·攴部》：“攻，擊也。从攴，工聲。”段注：“《考工記》‘攻木’、‘攻皮’、‘攻金’，注曰：‘攻猶治也。’此引申之義。”毛《傳》：“攻，堅。”《廣雅·釋詁一》：“攻，掔（堅）也。”王念孫《廣雅疏證》：“攻之言鞏固也。《小雅·車攻》篇‘我車既攻’，毛《傳》云：‘攻，堅也。’《齊語》‘辨其功苦’，韋昭注云：‘功，牢也。苦，脆也。’《月令》‘必功致爲上’，《淮南子·時則訓》作‘堅致’，‘堅’、‘功’一聲之轉，功與攻通。”《説文·革部》：“鞏，以韋束也。《易》曰：‘鞏用黄牛之革。’从革，巩聲。”段注：“《大雅》：‘藐藐昊天，無不克鞏。’毛曰：‘鞏，固也。’此引申之義也。”是“鞏”本無“固”義，王念孫《疏證》即於“掔”下增“堅”字，明“掔”猶“堅”也；復以“鞏固”訓“功”字，蓋王氏亦取其引申之義耳。王念孫《疏證》又辨之曰：“各本‘掔’下俱脱‘堅’字，《集韻》、《類篇》‘轒、蕡、侄、磑、鏅、鞕’六字注，並引《廣雅》‘掔也’；又‘掔’字注引《廣雅》‘固、確，掔也’。則宋時《廣雅》本已脱去‘堅’字。今考《玉篇》引《廣雅》‘臣，堅也’。《衆經音義》二十四引《廣雅》‘確，堅也’。又‘轒、蕡’以下十五字，諸書並訓爲‘堅’，今據以補正。”《玉篇》：“掔，口閑切，堅也。”《廣韻·山韻》：“掔，堅破聲。”《説文》（段注本）：“臤，堅也。从又，臣聲。”“堅，土剛也。从臤、土。”段注：“土字今補。引申爲凡物之剛，如云‘臤，堅也’是也。”王筠《説文句讀》：“當云‘从土、臤，臤亦聲’。”《爾雅·釋詁》：“堅，固也。”《玄應音義》卷三引《字書》：“堅，謂堅牢。”馬瑞辰云：“《爾雅》：‘攻，善也。’善讀如繕。《小爾雅》：‘攻，治也。’《三蒼》：‘繕，治也。’並與堅同義。攻又通工……《石鼓文》：‘我車既工。’”朱駿聲亦云：“攻，叚借爲工。”明作“工”者，假借字。“攻”爲本字。

〔**田車既好**〕　《後漢書·班固傳》《馬融傳》李賢注各引《詩》"我車既好"。按:"田車既好,四牡孔阜"文句於此篇凡兩見,孔《疏》皆釋曰:"田獵之車既善好,四牡之馬又甚盛大。"文義暢達。《後漢書》注引作"我車既好",或涉篇首"我車既攻"句致訛也。

〔**東有甫草**〕　《唐石經》初刻"圃",後改"甫"。《周禮·閽人》疏、《廣韻》引《詩》並作"東有圃草",《楚辭·九歎》王注引《詩》同。皆《魯詩》文。《後漢書·班固傳》注及《馬融傳》注、《文選·班固〈東都賦〉》注各引《韓詩》"東有圃草"。王氏《詩攷》、《詩地理攷》各引《韓詩》"東有囿草"。毛《傳》:"甫,大也。"鄭《箋》:"甫草者,甫田之草也。鄭有甫田。"《水經注·渠水》云:"(渠水)歷中牟縣之圃田澤,北與陽武分水,澤多麻黄草,故《述征記》曰:'踐縣境,便睹斯卉,窮則知踰界。'"薛君《韓詩章句》:"圃,博也。有博大茂草也。"《國語·周語中》:"藪有圃草,囿有林池。"韋昭注:"圃,大也。必有茂大之草以備財用也。"《説文》:"甫,男子之美偁也。从用、父,父亦聲。"段注:"以男子始冠之偁,引申爲始也,又引申爲大也。"《儀禮·士冠禮》:"曰伯某甫,仲、叔、季,唯其所當。"鄭玄注:"甫,是丈夫之美稱。孔子爲尼甫,周大夫有嘉甫,宋大夫有孔甫,是其類。"《爾雅·釋詁上》:"甫,大也。"《説文》:"圃,種菜曰圃。"胡承珙曰:"鄭之甫田正以廣大有草得名。其不破'甫'爲'圃',則是申《傳》而非易《傳》明也。"是知"甫"、"圃"古通用,"甫田"即"圃田","甫草"即"圃草"也。《東都賦》"豐圃草以毓獸",章懷注引《韓詩》作"甫草"者,疑爲後人順毛所改。又王氏《詩攷》、《地理考》引《韓詩》作"囿草"者,則因"圃"與"囿"形近而相亂耳。

〔**搏獸于敖**〕　《後漢書·安帝紀》注及《班固傳》注、《水經注·濟水》、《册府元龜》、王氏《詩攷》各引《詩》"薄狩于敖"。《文選·張衡〈東京賦〉》作“薄狩于敖”，薛綜注：“敖，鄭地，今之河南滎陽也。謂周王狩也。……《詩》曰：‘建旐設旄，薄獸于敖。’”（王先謙云：“衡所習者《魯詩》，故作‘狩’；薛所注者《毛詩》，故作‘獸’也。”）《太平御覽》三百四十引《詩》與《東京賦》薛注引《詩》同。《初學記》二十二引《詩》作“搏狩于敖”。《説文·嘼部》（段注本）：“獸，守備者也。一曰：兩足曰禽，四足曰獸。从嘼，从犬。”《曲禮》疏云：“獸者，守也。言其力多，不易可擒，先須圍守，然後乃獲，故曰‘獸’也。”蔡邕《月令章句》曰：“狩，獸也。”本詩鄭《箋》：“獸，田獵搏獸也。”惠棟《九經古義》云：“狩本古獸字。”《説文·犬部》（段注本）：“狩，火田也。从犬，守聲。《易》曰：‘明夷于南狩。’”段注：“火，各本作犬，不可通。今依《韻會》正。《釋天》曰：‘冬獵爲狩。’……又《釋天》曰：‘火田爲狩。’許不偁冬獵而稱火田者，火田必於冬。《王制》曰：‘昆蟲未蟄，不以火田。’故言火以該冬也。”臧氏曰：“古本作‘薄狩于敖’，古狩、獸通。《書序》‘往伐歸獸’，《周本紀》云‘西歸行狩’，是史公以獸爲狩矣。”段氏曰：“《箋》云‘田獵搏獸也’，若經作‘搏獸’，《箋》不已贅乎？今本作‘搏狩’乃浅人妄改。《水經注》作薄，可證。”是臧玉林、段玉裁皆謂‘獸’即‘狩’也。胡承珙云：“此經疑本作‘薄獸于敖’，猶《豳風》言‘一之日于貉’也。彼《箋》云：‘于貉，往搏貉以自爲裘也。’‘往’訓‘于’，‘搏貉’訓‘貉’，故此《箋》以‘搏獸’訓‘獸’。然則經當作‘薄獸’，《箋》當作‘獸，田獵搏獸也’。若經作‘狩’而《箋》云‘狩，田獵搏獸也’，則上文已有‘駕言行狩’，何不於次章箋之？《釋文》無‘狩’字音，而云‘搏獸，音搏’，此或爲鄭《箋》作音，非必經文作‘搏’。《正義》釋經云‘往搏取禽獸於敖地’，此則經文已誤‘薄’爲‘搏’矣。……要鄭所見《毛詩》自作‘獸’，不作‘狩’也。”馬瑞辰云：“《三家詩》蓋有作‘薄狩’者，《毛詩》作‘薄獸’，即‘薄狩’之假借。《箋》云‘田獵搏獸'者,亦以經言'薄獸'非'禽獸'之'獸',故以'田獵搏獸'釋之。'狩'又假借作'首',《石鼓文》'搏首'即'薄狩'也。"又《續漢書·郡國志》劉昭《補注》曰:"周宣王狩于敖。"亦與《詩》"薄狩(獸)于敖"義同。陳奂云:"《初學記》云:'獵亦曰狩。狩,獸也。鄭《箋》言"田獵,搏獸也"。'此經文作'薄狩'之確證。今'薄'作'搏'者,音近而誤。'狩'作'獸'者,因《箋》而誤。《釋文》'搏獸,音博,舊音傅',乃釋鄭《箋》,非釋經文也。説詳段氏《詩經小學》。'薄狩于敖','狩于敖'也。'薄'爲語詞。"按:《詩》中以"薄"爲語詞者凡九次(若加本詩"薄狩于敖"一例,則爲十次),以"薄言"爲語詞者凡十九次。此經文"搏"當作"薄"。"獸"與"狩"通用,此爲動詞。

〔**四牡奕奕**〕　《集韻·九魚》、《類篇·馬部》各引《説文》引《詩》"駟牡驀驀"。《説文》(段注本):"驀,驀驀,馬行徐而疾也。从馬,與聲。《詩》曰:'四牡驀驀。'"段注:"依《集韻》、《類篇》、王伯厚《詩攷》所引《説文》補(《詩》曰:"四牡驀驀"),今《詩》無此句。《小雅·車攻》、《大雅·韓奕》皆云'四牡奕奕',古音奕之平聲讀弋魚切,蓋即其異文也。"按:"奕"、"驀"古聲近,可通用。

〔**赤芾金舄**〕　《白虎通義·紼冕》引《詩》作"紼"。《釋文》出作"茀",云:"本又作芾。"按:"紼"與"芾"、"茀"、"韍"古音同字通。詳《采芑》。

〔**決拾既佽**〕　《周禮·繕人》鄭注、《漢書·宣帝紀》臣瓚注各引《詩》"抉拾既次"。《儀禮·士喪禮》鄭注、《〈衛風·芄蘭〉正義》各引《詩》"決拾既次"。《文選·張衡〈東京賦〉》注引《毛詩》同。《集韻·十六屑》:"夬、弽,所以闓弦者,《詩》'夬拾既次',或从弓,通作決。"《釋文》出作夬,云:"本又作決,或作抉。同。古穴反。鉤弦也。"《説文·又部》:"夬,分決也。从又,𠃋象決形。"徐鍇《繫傳》:"コ,物也。丨所以決之。"《易·夬》:"《夬》,揚于王庭。"

《彖傳》曰："《夬》，決也，剛決柔也。"《釋名》云："夬，決也，有所破壞決裂之也。"本詩毛《傳》："決，鉤弦也。拾，遂也。佽，利也。"鄭《箋》："佽，謂手指相佽比也。"《周禮·繕人》鄭司農注："抉者，所以縱弦也。……《詩》家説或謂：抉，謂引弦彄也。拾，謂韝扞也。"又《儀禮·鄉射禮》鄭注："決，猶闓也。以象骨爲之，著右大擘指，以鉤弦闓體也。"《士喪禮》鄭注："決，猶闓也。挾弓以横執弦。"朱熹《詩集傳》："決，以象骨爲之，著於右手大指，所以鉤弦開體。"朱駿聲云："（夬）本義當爲引弦彄也。"《説文》（段注本）："決，下流也。从水，夬聲。"段注："各本作行流，《衆經音義》三引皆作下流。下，讀自上下下之下。胡駕切。決水之義引申爲決斷。"《説文》："抉，挑也。从手，夬聲。"段注："抉者，有所入以出之也。""決"、"抉"均以"夬"得聲，文雖異而音同義通，經文當以"夬"爲本字。佽，毛《傳》："佽，利也。"鄭《箋》："佽，手指相佽比也。"《説文》："佽，便利也。从人，次聲。一曰遞也。"引《詩·車攻》"決拾既佽"。馬瑞辰云："《漢書·宣帝紀》'及應募佽飛射士'，臣瓚注引'許慎曰："佽，便利也。"便利矰繳以弋鳧雁，故曰佽飛。《詩》曰"決拾既佽"者也'。以《説文》、《漢書》證之，从《傳》訓利爲是。至《箋》云'手指相次比'，即《説文》'遞也'之訓，乃别一義。"是"佽"爲正字。

〔**助我舉柴**〕　《群經音辨·木部》引《詩》"助我與柴"。《説文·手部》："掌，積也。从手，此聲。《詩》曰：'助我舉掌。'一曰搣頰旁也。"《玉篇·手部》、《廣韻·十三佳》各引《詩》與《説文》同。"掌"下段注曰："《小雅·車攻》曰：'助我舉柴'，《傳》曰：'柴，積也。'《箋》云：'雖不中，必助中者舉積禽也。'柴，許所據作掌。此聲、責聲古同在十六部。以疊韻爲訓。……《西京賦》作舉胔，薛注：'死禽獸將腐之名。'"《説文》無胔有骴，《骨部》："骴，鳥獸殘骨曰骴。骴,可惡也。从骨,此聲。《明堂月令》曰:‘掩骼薶骴。’骴或从肉。”段注:“鉉本此下有‘骴或从肉’四字,鍇無。按:假令許有此四字,則當先冠以篆文。胔見《周禮》、《禮記》釋文,或字也。《玉篇》骴作㱻。豈《周禮》、《説文》古本皆如是與?《吕氏春秋》作髊,亦或字也。”“薶骴”,蔡邕《月令章句》作“埋胔”,云:“露骨曰骼,有肉曰胔。”《周禮》:“蜡氏掌除骴。”注:“《曲禮》曰:‘四足死者曰漬。’故書骴作脊。鄭司農曰:脊讀爲漬,謂死人骨也。”《公羊傳》:“大災者何?大瘠也。”《漢書·婁敬傳》“徒見羸胔老弱”,顔注曰:“胔讀曰瘠。”《史記》作“羸瘠”。《釋名》:“脊,積也。”《曲禮》曰:“四足曰漬。”注:“漬謂相瀸污而死也。”鄭注引作“大漬”。按:《毛詩》作“柴”,《魯詩》作“胔”,《齊詩》、《韓詩》作“骴”,又有作“脊”、“瘠”、“積”、“漬”者,皆爲“骴”之假借字也。至“舉”作“與”者,以傳寫致訛也。

〔**蕭蕭馬鳴**〕　《唐石經》初刻作“肅肅馬鳴”,小字本、相臺本同。或謂“古蕭、肅同音,字亦通”。臧玉琳曰:“以經本作肅,爲肅然清静意,故云不讙譁。若作蕭,爲蕭涼、蕭條,則非矣。”阮元《校勘記》云:“案:《經義雜記》以爲經本作肅,云:‘《唐石經》原刻作肅肅馬鳴,後即於肅肅上改爲蕭蕭,非也。’《石經》並非改刻,其所云‘經本作肅’者,全未有據,誤之甚者也。”按:“蕭”與“肅”古音同在心母,或可通轉。然本篇“蕭蕭馬鳴”之“蕭蕭”則非此例。《詩》中擬聲狀物之詞甚夥,其中疊字亦屢見不鮮。摹擬動物之聲者,如“雞鳴喈喈”、“鳥鳴嚶嚶”、“呦呦鹿鳴”等,不勝枚舉。“蕭蕭馬鳴”,馬鳴之聲“蕭蕭”也,乃象聲之詞,非關“蕭條”諸事。然而“蕭蕭馬鳴,悠悠旆旌”二句之下,《毛傳》曰:“言不讙譁也”,其義爲何?愚謂此乃以動寫静耳。上句以聲音寫静意,下句以動態寫静意,惟“蕭蕭馬鳴,悠悠旆旌”始能隱現其軍容之整肅,軍心之警戒，萬衆會同而寂静無聲，亦即毛公所謂“不讙譁”也。王籍“蟬噪林逾静，鳥鳴山更幽”句，顔之推謂“江南以爲文外獨絶，物無異議”，並曰：“《詩》云：‘蕭蕭馬鳴，悠悠旆旌。’毛《傳》曰：‘言不讙譁也。’吾每歎此解有情致，籍詩生於此意耳。”斯言得之。“動中有静，寂處有音”，風人之旨也。若臧氏之論則失之迂矣。“蕭蕭”，無須深究，不煩改字。

〔**悠悠旆旌**〕　朱熹《詩集傳》本作“旆旌”。《左傳·昭公十二年》孔氏《正義》引《詩》作“攸攸旆旌”。《文選·左思〈魏都賦〉》注引《毛詩》作“悠悠旆旍”。《月令》“旌旐”，《逸周書·月令》解作“旍旐”。《爾雅》注：“旄首曰旌。”《釋文》云：“旌，本又作旍。”《孟子》“大夫以旌”，《文選·劉琨〈答盧諶詩〉》注引作“旍”。《玉篇》：“旍，同旌。”《集韻·清韻》：“旌，或作旍。”《吕氏春秋》“其名曰雲旍”，畢沅注：“旌與旍同。”王引之曰：“古從生聲之字或從令聲。”按：“旆”爲訛字。“攸”爲“悠”之省借。“旍”爲“旌”之或體。

〔**徒御不驚**〕　阮元《校勘記》謂《唐石經》、小字本、相臺本同。山井鼎《考文》謂古本作“不警”。段玉裁所見《文選·陸機〈挽歌詩〉》注引《毛詩》同。陳奂《傳疏》本作“警”。毛《傳》：“不驚，驚也。”鄭《箋》同。《正義》曰：“豈不警戒乎？言以相警戒也。”是知本作“警”，“驚”爲假借字。

〔**有聞無聲**〕　《釋文》：“聞，本亦作問。”《大雅·卷阿》“令聞令望”，《釋文》注同。《荀子·堯問篇》注：“聞，或爲問也。”《大雅·文王》《江漢》“令聞不已”，漢佚名《夏承碑》作“令問不已”。朱駿聲云：“問，叚借爲聞。”是“聞”、“問”古通用也。

〔**允矣君子**〕　《禮記·緇衣》引作“允也君子”。《邶風·雄雉》“展矣君子”、《商頌·長發》“允也天子”，皆“矣”在句中之例。

《説文》云:"矣,語已詞也。"柳宗元云:"矣,決辭也。"大略言之耳。實則亦習見於句中作語助,表深歎或頓挫。"矣"、"也"一聲之轉,亦可互訓,故通用。"允矣"與"允也"無大異,然本詩仍以"矣"爲正字。

吉 日

吉日維戊,既伯既禱。田車既好,四牡孔阜。升彼大阜,從其羣醜。

吉日庚午,既差我馬。獸之所同,麀鹿麌麌。漆沮之從,天子之所。

瞻彼中原,其祁孔有。儦儦俟俟,或羣或友。悉率左右,以燕天子。

既張我弓,既挾我矢。發彼小豝,殪此大兕。以御賓客,且以酌醴。

〔**既伯既禱**〕　《爾雅·釋天》:"既伯既禱,馬祭也。"《釋文·爾雅音義》"禱"下云:"《説文》亦作禂,同。"今本《説文》:"禱,告事求福也。从示,壽聲。""禂,禱牲馬祭也。从示,周聲。《詩》曰:'既禡既禂。'"按:段注本未引《詩》,云:"鍇引《詩》曰'既禡既禂',《詩》無此語,鉉又誤入正文。"惠棟《九經古義》:"《周官·大司馬》'有司表貉',先鄭云:'貉讀爲禡。禡謂師祭也。'又《甸祝》'表貉',杜子春讀貉爲'百爾所思'之百,書亦或爲禡。後鄭《肆師》注云:'貉讀爲十百之百。'蓋貉讀爲禡,又讀爲百,百即伯也。字異而音義並同。"馬瑞辰云:"是伯即禡之假借,當云師祭。而《爾雅》云'既伯既禱,馬祭'者,案《甸祝》'禂牲禂馬',杜子春云:'禂,禱也。爲馬禱無疾,爲田禱多獲禽。《詩》曰:"既伯既禱。"《爾雅》曰:"既伯既禱,馬祭也。"'《説文》:'禂,禱牲馬祭也。'禂、禱古聲近通用,是知《爾雅》'馬祭'乃釋《詩》'既禱'之禱,非釋伯字。其兼引《詩》'既伯'者,特連類及之,猶杜子春注《周官》'禂牲禂馬'及《説文》禂字注皆兼引《詩》'既伯'爲證也。知《爾雅》'馬祭'專釋禱字,則無疑于伯之即爲禡矣。毛公惟誤以《爾雅》'馬祭'爲釋《詩》'既伯',故以伯爲馬祖;又以禱爲禱獲,不爲禱馬,不知特禡字之假借耳。又按:禡之言陌。《方言》、《廣雅》並云:'陌,益也。'《肆師》鄭注曰:'貉,師祭也。於所立表之處爲師祭,祭造軍灋者,禱氣勢之增倍也。'正取陌益之義。……《爾雅》'是類是禡,師祭也','既伯既禱,馬祭也',文法正同。"陳喬樅云:"古'禡'字借'貉'爲之音,讀如'百',可爲'伯'、'禡'音近通借之證。"錢坫云:"古讀禂如禱,禱與禂文異而義同。"以上三説皆平允可信。經文本作"禡","伯"乃假借字也。"禂"、"禱"古通用。

〔**麀鹿麌麌**〕　《釋文》:"麌麌,愚甫反。《説文》作噳,云:'麋鹿羣口相聚也。'"《説文·口部》"噳"下引《詩》"麀鹿噳噳"。《玉篇·口部》引《詩》同。本詩毛《傳》:"麌麌,衆多也。"《大雅·韓奕》"麀鹿噳噳",毛《傳》:"噳噳然衆也。"《釋文》:"噳,本亦作麌,同。"陳奐《詩毛氏傳疏》云:"麌,疑虞之誤,轉寫者涉上文麀鹿,遂誤虍頭爲鹿頭耳。虞即噳之古文假借字,如全《詩》用字之例,任又作壬,儀又作義,俾又作卑,仕又作士之比,《韓奕》作噳噳,《吉日》作虞虞,皆其理也。《説文》無麌字。""噳"下段注曰:"按:毛意麌麌即噳噳之假借也。"按:陳説極是。段説亦近理。《説文》未收"麌"字。又鄭《箋》云:"麕牝曰麌。麌復麌,言多也。"《爾雅·釋獸》:"麕,牡麌,牝麜。"郭注:"《詩》曰:'麀鹿麌麌。'鄭康成解即謂此也,但重言耳。"郝懿行《義疏》曰:"鄭《箋》當云'麕牝曰麌',今本作牡，字形之誤。因知《爾雅》古本作‘麕，牡麌，牝麜’，正與《詩》言麀鹿相合，今本麌、麜互倒，於義舛矣。當據鄭《箋》訂正。唯《玉篇》云：‘麜，牝鹿也。’《廣韻·十一模》云：‘麜，牝麕也。’《群經音辨》七引鄭義亦作：‘麀，鹿牝也。’‘麜，麕牝也。’分明不誤，並與詩合。此説本之臧氏《經義雜記》廿七，今取以正郭本《爾雅》之誤也。”王先謙云：“鄭《箋》改毛，以‘麜’爲‘麕牡’，與《爾雅》合，是據《魯詩》之訓，故郭用舊注同之。……魯義以爲獸之所同，其類非一，既有牝鹿，又多牡麕也。”按：《魯詩》、《毛詩》文同而義異，鄭《箋》據《魯詩》改毛，揆諸詩恉，毛《傳》是而鄭《箋》非，當遵毛“衆多”之義，其本字爲“噳”（古作虞）。

〔**其祁孔有**〕　毛《傳》：“祁，大也。”鄭《箋》：“祁當作麎。麎，牝麋也。”《正義》引《爾雅·釋獸》：“麋，牡麔，牝麎。”並謂“某氏曰：‘《詩》云：瞻彼中原，其麎孔有。’”《爾雅·釋獸》邢疏引《詩》亦作“麎”。王謨《漢魏遺書鈔》引《韓詩》同。《釋文》：“祁，毛巨私反，又止之反，大也。鄭改作麎，音辰。郭音脤，何止尸反。沈市尸反。”《群經音辨》云：“麎，本有辰、脤二音，又市尸切，與上之共音蓋同。豈古假祁爲麎，故鄭得有此説歟？”臧氏曰：“唐人引某氏注《爾雅》，或作樊光，樊氏漢人，其引《詩》當本之三家，故與鄭合，則改爲麎，本《三家詩》也。”段氏曰：“按：麎在漢時必讀與祁同，故後鄭得定《詩》之祁爲麎，《字林》麎讀上尸反，徐音同，沈市尸反，皆本古説也。”馬瑞辰曰：“《三家詩》或有作麎字者，故《箋》及某氏《注》本之。漢時蓋讀麎如祁……據《大司馬》鄭司農注‘獸五歲爲慎’，後鄭注‘慎讀爲麎’，此詩祁讀如麎，亦當讀如‘五歲爲慎’之慎，謂獸之大者也。麎爲牝麋，亦爲大獸之通稱，猶豕三爲豵，而獸之一歲者亦名豵也。”是《毛詩》作“祁”者乃“麎”之假借字也。

〔**儦儦俟俟**〕　《釋文》：“儦儦，本作麃，又作爊。表驕反。

趨也。《廣雅》云:'行也。'""俟俟,音士。行也。徐音矣。"《後漢書·馬融傳》"鄙騃譟讙",李賢注引《韓詩》"駓駓騃騃"。《文選·張衡〈西京賦〉》"羣獸駓騃",注引《韓詩章句》曰:"趨曰駓,行曰騃。"《説文》:"儦,行貌。""騃,馬行仡仡也。""仡(仡),勇壯也。""伾,有力也。《詩》曰:'以車伾伾。'""俟,大也。从人,矣聲。《詩》曰:'伾伾俟俟。'""騃"下段注:"《人部》曰:'仡,勇壯也。《吉日》'儦儦俟俟',《人部》作'伾伾俟俟'。《韓詩》作'駓駓騃騃',李賢注《馬融傳》引《韓詩》'駓駓騃騃,或羣或友',李善注《西京賦》引《韓詩章句》曰'趨曰駓,行曰騃'。按:毛《傳》亦曰'趨則伾伾,行則俟俟',毛用叚借字,韓乃正字也。騃騃與俟俟音義同。"《廣雅》:"伾伾,衆也。"此釋《魯頌·駉》"以車伾伾"。《釋文》云:"《字林》作駓。"按:"儦"、"麃"、"爊"皆同音通用。"儦"、"駓"二字雙聲,故亦通用。"駓"爲"駓"之或體。"伾"、"駓"音同字通。經文正字當作"儦儦騃騃"。

〔**既挾我矢**〕　《唐石經》初刻"又",後改"既"。《太平御覽》七百四十四引《詩》"又挾我矢"。按:作"又"者訛字。

〔**兕**〕　《釋文》:"兕,本又作光。"按:《説文》(段注本):"舄,如野牛,青色。其皮堅厚,可制鎧。象形。舄頭與禽、离頭同。……𠑿,古文从儿。"段注:"兕,漢隸作光。"《廣韻·旨韻》:"兕,《爾雅》曰:'兕似牛。'徐姊切。兕,古文。光,俗。"按:"兕"爲正字。

鴻　鴈

鴻鴈于飛,肅肅其羽。之子于征,劬勞于野。爰及矜人,哀此鰥寡。

鴻鴈于飛，集于中澤。之子于垣，百堵皆作。雖則劬勞，其究安宅。

鴻鴈于飛，哀鳴嗸嗸。維此哲人，謂我劬勞。維彼愚人，謂我宣驕。

〔**鴻鴈**〕　陳奐云："《説文·隹部》：'雁，雁鳥也。''琟，鳥肥大琟琟也。'或作鳿。《鳥部》：'鴻，鴻鵠也。''鴈，鵝也。'《詩·九罭》之鴻謂鴻鵠，《匏有苦葉》之鴈謂鵝，其正字作鴻作鴈。此鴻鴈乃野鳥，其正字當作鳿雁。《説文》曰'雁鳥'，即今之野鵝，鳿其大者也。"按：《说文》"琟"下段注云："謂鴈之肥大者也。……玄應曰：鳿，古文琟。《聲類》以爲鴻鵠之或字。""鴈"下段注曰："鴈與雁各字，鵝與䳒鵝各物。許意《隹部》雁爲鴻雁，《鳥部》鴈爲鵝，䳒鵝爲野鵝，單呼鵝，爲人家所畜之鵝。今字雁、鴈不分久矣。……許當云'鴈，舒雁也。舒雁，鵝也'。"又釋"雁"云："此與《鳥部》鴈别，鴈从鳥爲鵝，雁从隹爲鴻雁。《禮》'舒鴈'當作'舒雁'，謂雁之舒者，以别於真雁也。……經典鴻雁字多作鴈，毛《傳》曰：'大曰鴻，小曰鴈。'按：鴻，大也。非鳥名。雁有入道，人以爲贄，故从人。"《説文·鳥部》（段注本）："鵠，黄鵠也。"段氏曰："黄，各本作鴻，今依玄應書、李善《西都賦》注正。凡經史言鴻鵠者，皆謂黄鵠也。或單言鵠，或單言鴻。"《鳥部》："鴻，鴻，鵠也。"段注："鴻，逗，此複舉字之未删者。黄鵠一名鴻。……經傳鴻字有謂大雁者，如《曲禮》'前有車騎，則載飛鴻'，《易》'鴻漸于磐'是也。有謂黄鵠者，此詩（《九罭》）是也。單呼鵠，絫呼黄鵠、鴻鵠，黄言其色；鴻之言琟也，言其大也。故又單呼鴻雁之大者曰鴻，字當作鳿而假借也。"陸璣《毛詩草木鳥獸蟲魚疏》："鴻鵠羽毛光澤純白，似鶴而大，長頸。"《玉篇·鳥部》:"鴻,鴻鴈也。"《易·漸》:"鴻漸于干。"虞翻注:"鴻,大雁也。"《禮記·月令》:"鴻鴈來,玄鳥歸。"《楚辭·招魂》:"鵠酸臇鳧,煎鴻鶬些。"王逸注:"鴻,鴻鴈也。"按:依上諸説,"鴻",既稱"鵠"、"鴻鵠"、"黄鵠",又稱"鴻鴈"、"大雁"。"鴈"、"雁"久已不分,故此詩"鴻鴈"即"鴻雁"、"大雁"也,實一鳥也。

〔**肅肅其羽**〕　《釋文》:"肅肅,本或作翻,同。羽聲也。"本詩及《唐風·鴇羽》"肅肅",毛《傳》並云:"羽聲也。"《廣雅·釋詁三》:"翻,飛也。"王念孫《疏證》:"翻者,《釋訓》云:'翻翻,飛也。'《唐風·鴇羽》篇'肅肅鴇羽',毛《傳》云:'肅肅,鴇羽聲也。'肅與翻通。"《廣韻·屋韻》:"翻,鳥飛。""翻翻,鳥羽聲。"《玉篇·羽部》:"翻,飛貌。又飛聲。"按:"肅肅"爲象聲詞,止摹擬鳥飛時羽翼肅肅之聲,别無深意。《毛詩》作"肅肅"爲本字,"翻"爲後作字,《説文》所無。

〔**哀此鰥寡**〕　《釋文》作"矜寡",云:"本又作鰥,同。古頑反,徐又棘冰反。篇内'矜寡'同。老無妻曰矜,老無夫曰寡。"《小雅·何草不黄》"何人不矜","矜",董氏引《韓詩》作"鰥"。《詩攷》、《詩經考文》古本、《論衡》引《詩》同。《大雅·烝民》"不侮矜寡",《左傳·昭公元年》引作"鰥",《漢書·王莽傳》兩引同,《國策·秦策》注、《新序·雜事》、《後漢書·李膺傳》注引並同。《釋名·釋親屬》:"無妻曰鰥。"《書·堯典》:"有鰥在下曰虞舜。"孔《傳》:"無妻曰鰥。"孔穎達《疏》:"《王制》云:'老而無妻曰鰥。(按:《王制》原文作"老而無妻者謂之矜"。)'舜於時年未三十而謂之鰥者……鰥者無妻之名,不拘老少。"《何草不黄》孔《疏》云:"矜與鰥古今字。"《説文》:"鰥,魚也。从魚,眔聲。"段注:"鰥,多叚借爲鰥寡字。鰥寡字蓋古衹作矜,矜即憐之叚借。""矜",段注本《説文》出作"矝",云:"矝,矛柄也。从矛,令聲。"段氏曰:"各本篆作矝，解云今聲。今依《漢石經論語》、《溧水校官碑》、《魏受禪表》皆作'矝'正之。《毛詩》與天、臻、民、旬、填等字韻，讀如鄰，古音也。漢韋玄成《戒子孫詩》始韻心，晉張華《女史箴》、潘岳《哀永逝文》始入蒸韻，由是巨巾一反僅見《方言》注、《過秦論》李注、《廣韻·十七真》，而他義則皆入蒸韻，今音之大變於古也。矛柄之字改而爲穫，云古作矜。他義字亦皆作矜，从今聲，又古今字形之大變也。徐鉉曰'居陵切，又巨今切'。此不達其原委之言也。"又云："《方言》曰：'矛，其柄謂之矝。'《釋名》曰：'矛，冒也，刃下冒矝也。'……矝本謂矛柄，故字从矛，引申爲戈戟柄，故《過秦論》'棘矝'即'戟柄'，字从令聲。令聲古音在真部，故古叚矝爲憐。《〈毛詩·鴻鴈〉傳》曰：'矝，憐也。'言叚借也。《釋言》曰：'矝，苦也。'其義一也。若矝夸、矝持、矝式，《〈無羊〉傳》'矝矝以言堅彊'，《〈菀柳〉傳》'矝，危也'，皆自矛柄之義引申之。蓋矛柄最長，故諸義皆由是引申。"段氏又云："漢人多借矝爲鰥寡字。《書·堯典》《康誥》《無逸》《甫刑》、《詩·鴻鴈》皆作鰥，不叚借矝字。惟《烝民》'不侮矝寡'，則漢後所改。'何人不矝'，當从本字，非'鰥'之叚借也。"《集韻·山韻》："丈夫六十無妻曰矝，通作鰥。"朱駿聲以"矝"爲"𢜩"之假借字。《説文》(段注本)："憐，哀也。""𢜩，惪也。""惪，愁也。从心、頁。惪心形於顔面，故从頁。""𢜩"下段注："惪，各本作憂，今正。""惪"下段注："上文云'愁，惪也'，此云'惪，愁也'，二篆互訓，不知何時淺人盡易許書惪字。許於《夊部》曰：'憂，和行也。从夊，惪聲。'非和行則不得从夊矣。又引《詩》'布政憂憂'，於此知許所據《詩》惟此作憂，其他訓愁者皆作惪。自叚憂代惪，則不得不叚優代憂，而《商頌》乃作'布政優優'，優者饒也，一曰倡也。""哀"、"惪"皆病也，與《爾雅》訓"鰥"爲病、《後漢書·和帝紀》注訓"矝"爲病合。又鄭珍云："《華嚴音義》：'矝，《毛詩傳》曰："矝，憐也。"'

《説文》、《字統》‘矜’、‘怜’（俗憐字）皆从予令，若从矛令者，音巨斤反，矛柄也。今《説文·矛部》有矜，脱矜字。”此另解矣。

〔其究安宅〕　毛本“究”作“宄”。不體。

〔嗸嗸〕　《釋文》：“嗸，本又作嗷。五刀反。聲也。”《説文》（段注本）：“嗸，衆口愁也。从口，敖聲。《詩》曰：‘哀鳴嗸嗸。’段注云：“二部。按：此字《五經文字》、《玉篇》、《廣韻》、《經典釋文》皆下口上敖，本《説文》也。今《説文》作嗷，後人所妄改。《董仲舒傳》‘囂囂苦不足’，《食貨志》‘天下謷謷’，《陳湯傳》‘熬熬苦之’，皆同音叚借字也。”按：“嗷”、“嗸”之“口”，一在左，一在下，隸變使然，形異而字同。

庭　燎

夜如何其，夜未央，庭燎之光。君子至止，鸞聲將將。
夜如何其，夜未艾，庭燎晣晣。君子至止，鸞聲噦噦。
夜如何其，夜鄉晨，庭燎有煇。君子至止，言觀其旂。

〔鸞聲將將〕　《釋文》：“將將，七羊反，本或作鏘，注同。”山井鼎《考文》：古本作鏘。《藝文類聚》八十、《白帖》三十六各引《詩》，《文選·曹植〈應詔詩〉》注引《毛詩》“鑾聲鏘鏘”。《説文》（段注本）：“鸞，赤神靈之精也。赤色五采，雞形，鳴中五音，頌聲作則至。从鳥，䜌聲。周成王時氐羌獻鸞鳥。”段注：“赤，各本作亦，誤。今依《藝文類聚》、《埤雅》、《集韻》、《類篇》、《韻會》正。《後漢書》注、《廣韻》皆引孫氏《瑞應圖》曰：‘鸞，赤神之精也。’……‘鑾’下曰：鈴象鸞鳥聲和。”《金部》（段注本）：“鑾，人君乘車，四馬鑣，八鑾鈴，象鸞鳥之聲，聲龢則敬也。从金，鸞省。”段注：“‘鑣’上當有'四'字。每鑣二鑾,四馬故四鑣,四鑣故八鑾也。鑣者,馬銜也。許云人君乘車四馬者,人君兼天子、諸侯言,此破天子駕六之説也。……云四鑣八鑾者,此破鑾在衡之説也。……'八鑾'三見《詩》,字作鸞。此《釋名》鑾之義。……爲鈴系於馬銜之兩邊,聲中五音似鸞鳥,故曰鑾。……崔豹《古今注》云:'五輅衡上金雀鸞也。鸞口銜鈴,故謂之鑾。'司馬氏《輿服志》云:'乘輿鸞雀立衡。'即《韓詩》、《戴禮》'在衡曰鑾'之説,而爲之鳥形,恐非古矣。'聲'字今補,'龢'字今正。《玉藻》曰:'君子在車,則聞鸞和之聲,行則鳴佩玉,是以非僻之心無自入也。'此舉會意包形聲。"朱駿聲《説文通訓定聲·乾部》:"鑾,經傳以鸞爲之。"按:段氏曰:"八鑾三見《詩》,字作鸞。"然則"鸞"字見於《詩》者尚多:文在《小雅·采芑》、《大雅·烝民》(二次)、《大雅·韓奕》、《商頌·烈祖》。此外,"鸞"字另見於《秦風·駟驖》"輶車鸞鑣"、《小雅·蓼蕭》"和鸞雝雝"、《小雅·庭燎》"鸞聲將將"、"鸞聲噦噦"(又見《魯頌·泮水》)、《小雅·信南山》"執其鸞刀"、《小雅·采菽》"鸞聲嘒嘒",《商頌·烈祖》"八鸞鶬鶬",以"鸞"爲"鑾"者凡十二例。蓋"鑾"、"鸞"音同字通,經傳雖多以"鸞"爲之,而其正字實應作"鑾"。《説文·寸部》:"將,帥也。从寸,醬省聲。"段注:"帥當作衛,《行部》曰:'衛,將也。'二字互訓。《儀禮》、《周禮》古文衛多作率,今文多作帥。……《毛詩》'將'字故訓特多,大也、送也、行也、養也、齊也、願也、請也。此等或見《爾雅》,或不見,皆各依文爲義,亦皆就疊韻雙聲得之。"本詩毛《傳》:"將將,鸞鑣聲也。"鄭《箋》:"聞鸞聲將將然。"按:"將將"於《詩》中凡七見,多爲象聲詞,偶訓高大貌。"鏘鏘"兩見於《詩》,"瑲瑲"、"鶬鶬"各一見,俱爲象聲詞。若《小雅·采芑》"八鸞瑲瑲",毛《傳》:"瑲瑲,聲也。"《大雅·烝民》"八鸞鏘鏘",鄭《箋》:"鏘鏘,鳴聲。"《説文》有"鎗"無"鏘","鎗"下云:"鐘聲也。"

段注:“引申爲他聲。《詩·采芑》‘八鸞鎗鎗’(按:今本作瑲瑲),毛曰:‘聲也。’《韓奕》作將將,《烈祖》作鶬鶬,皆叚借字。或作鏘鏘,乃俗字。《漢書·禮樂志》‘鏗鎗’,《藝文志》作鏗鏘,《廣雅》作鉤鎗。按:古音七羊反,在十部。”是知“將將”、“鏘鏘”、“瑲瑲”、“鶬鶬”,凡作象聲詞者,俱“鎗鎗”之假借字也。又“瑲”字,《説文》(段注本)曰:“玉聲也。从王,倉聲。《詩》曰:‘攸革有瑲。’”段注:“《周頌·載見》文,攸各本作鞗,今正。……今詩作有鶬,亦作鎗。按:鸞鈴鑾飾之聲而字作瑲,玉聲而字作鏘,皆得謂之叚借。”按:《小雅·采芑》“有瑲葱珩”之“瑲”,即謂玉聲,與《載見》同例。

〔**庭燎晣晣**〕　《釋文》:“晣晣,本又作晢,明也。”《文選·張衡〈東京賦〉》作“庭燎晢晢”。《説文》“晢”,段注本作“晢”,云:“晢,昭晣,明也。从日,斲聲。《禮》曰:‘晢明行事。’”段注:“按:昭、晢皆从日,本謂日之光,引伸之爲人之明晢,《口部》曰:‘哲,知也。’斲,舊作折,今正。晢字日在下,或日在旁作晣,同耳。”《廣韻·薛韻》:“晢,光也。”又《祭韻》:“星光也。”按:《説文》訓“明”,《集韻》訓“光”,一義也。此詩“晣”字,或作“晰”者,非。

〔**鸞聲噦噦**〕　《説文·金部》引《詩》“鑾聲鉞鉞”。《集韻·十四泰》引《説文》引《詩》同。《廣雅》作“鐬鐬”。洪頤煊云:“《文苑英華·喬潭賦》‘和鸞鐬鐬’,鉞即鐬之訛。”大徐説“噦”字俗從金,殆後轉寫又從口旁,“鉞”轉音于茷反,故《長發》鉞與旆爲韻。《説文》:“鉞,車鑾聲也。从金,戉聲。《詩》曰:‘鑾聲鉞鉞。’”段注:“徐鉉等曰:今俗作鐬,以鉞作斧戉之戉,非是。呼會切。玉裁按:《詩·采菽》‘鸞聲嘒嘒’,《傳》曰:‘中節也。’《泮水》‘鸞聲噦噦’,《傳》曰:‘言其聲也。’《釋文》不言有作鐬者,鼎臣何以云今作鐬與。攷《玉篇》、《廣韻》皆有鐬字,注‘呼會切’,鈴聲也。而《泮水》‘噦噦’,呼會反。鑾聲即鈴聲,然則古本《毛詩》非無作‘噦噦’

者，故《篇》、《韻》猶存其説。鐬爲正字。《采菽》'嘒嘒'，呼惠反，殆叚借字。許訓'噦'爲氣啎，見於《内則》，《詩》不得以狀鑾聲，或叚借可也。以戉聲之字狀鸞聲，尤殊不類。鐬从歲聲，歲从戌聲，戌聲、歲聲則與鑾聲相似。《詩》言'和鑾雝雝'，宫聲也。車緩行，舒徐聲也。'八鑾鎗鎗'，'鑾聲鉞鉞'，鳴玉鑾之秋秋，商聲也。車將止，舌與鈴相摩聲也。疑古《毛詩・泮水》本作'鉞鉞'，後乃變爲鐬字。許所據作鉞，戌聲，辛律切。變爲鐬，呼會切。當鼎臣兄弟時，《説文》'鉞'篆譌'鉞'，而鼎臣兄弟乃仍以呼會切之，蓋昧其遷移原委矣。鉞字之存於今者爲鋸聲，爲鋸鉞。"陳奂云："《集韻・十四泰》鉞、鐬、噦，三字同呼外切，'《説文》："車鑾聲也。"引《詩》"鑾聲鉞鉞"。'是丁度所據《説文》引《詩》作鉞鉞也。今《詩》作噦噦（按：指《泮水》），《庭燎》同。"又云："《泮水》'噦噦'，言其聲也，'噦噦'，當作'鉞鉞'。"王先謙謂作"鉞鉞"者爲齊、韓《詩》。按：段氏、陳氏之説是，"鉞鉞"爲正字。

〔**夜鄉晨**〕　《釋文》："鄉，許亮反，字又作嚮。"山井鼎《考文》：古本作"嚮"。《通典》引《詩》同。《説文》："鄉，國離邑，民所封鄉也。"段注："封猶域也。鄉者，今之向字。漢字多作鄉，今作向。所封謂民域其中，所鄉謂歸往也。《釋名》曰：'鄉，向也。民所向也，以同音爲訓也。'"《集韻・漾韻》："鄉，面也。或作向。"按："鄉"（向），又訓"將"、"趨"，故《庭燎》"夜鄉晨"，朱熹注曰："鄉晨，近曉也。"蓋"鄉"爲古"嚮"字，今作"向"。

〔**庭燎有煇**〕　《文選・曹植〈責躬詩〉》注引《毛詩》作"庭燎有輝"。《説文》未收"輝"字，"煇"下注曰："光也。""光，明也。"按："輝"乃"煇"之俗體也。

沔　水

沔彼流水，朝宗于海。鴥彼飛隼，載飛載止。嗟我兄弟，邦人諸友。莫肯念亂，誰無父母。

沔彼流水，其流湯湯。鴥彼飛隼，載飛載揚。念彼不蹟，載起載行。心之憂矣，不可弭忘。

鴥彼飛隼，率彼中陵。民之訛言，寧莫之懲。我友敬矣，讒言其興。

〔**鴥**〕　朱熹《集傳》本作“鴪”，與《〈晨風〉釋文》所引《説文》作“鴪”合。

〔**念彼不蹟**〕　嚴粲《詩緝》引《釋文》作“迹”，云：“當作蹟。”毛《傳》：“不蹟，不循道也。”《説文》：“迹，步處也。从辵，亦聲。蹟，或从足、責。速，籒文迹，从朿。”段注：“迹，本作速，朿聲，故音在十六部。小篆改爲亦聲，則當入五部，而非本部之形聲矣。李陽冰云‘李丞相持朿作亦’，謂此字也。資昔切，古音在十六部。責亦朿聲也。”又《廣雅》：“踈，迹也。”《集韻》：“迹，或作踈。”按：“蹟”、“踈”爲“迹”之或體，“速”爲“迹”之本字。

〔**民之訛言**〕　《説文》引《詩》“民之譌言”。《宋書·五行志》引《詩》同。按：《説文》無“訛”有“譌”，云：“譌，譌言也。从言，爲聲。《詩》曰：‘民之譌言。’”段注：“疑當作‘僞言也’。……按：爲、僞、譌古同，通用。……訛者，俗字。”丁福保《詁林》：“案：《慧琳音義》七十七卷十一頁，‘譌’注引《説文》‘僞言也’。蓋古本如是。二徐本‘僞’誤作‘譌’，宜改。”段、丁二氏所言是矣。經文“譌”爲本字，今本作“訛”，後起之俗字也。

鶴　鳴

鶴鳴于九皋，聲聞于野。魚潛在淵，或在于渚。樂彼之園，爰有樹檀，其下維蘀。它山之石，可以爲錯。

鶴鳴于九皋，聲聞于天。魚在于渚，或潛在淵。樂彼之園，爰有樹檀，其下維穀。它山之石，可以攻玉。

〔**鶴鳴于九皋**〕　《左傳·昭公二十八年》疏，《史記·滑稽列傳》，《後漢書·張衡傳》注，《論衡·藝增》，《風俗通義·聲音》，《太玄經》注，《初學記》一，《藝文類聚》一，《白帖》九十四，《廣韻·六豪》，《説文繫傳·通論》，《群經音辨》，《文選》東方朔《答客難》注、謝莊《月賦》注，各引《詩》皆無"于"字。錢大昕云："《蜀志·秦宓傳》引《詩》亦無'于'字。又《説文》'鶴'下曰'鶴鳴九皋，聲聞于天'，雖不稱《詩》，亦略'于'字。以上故書引《詩》皆不見'于'字。然《荀子·儒效》引《詩》，《韓詩外傳》七、《漢書·東方朔傳》、《楚辭·離騷》注、《後漢書·楊震傳》注、《文選·張平子〈思玄賦〉》注引均有'于'字。尤以《荀子》成書於漢前，所據《詩經》古本實有'于'字。殆其時固有此兩本也。"本詩"皋"字，毛《傳》曰："澤也。言身隱而名著也。"《釋文》："九皋，音羔。澤也。《韓詩》云：九皋，九折之澤。"《論衡·藝增》亦曰："鶴鳴九折之澤。"《太玄經》卷一《上》曰："次五，鳴鶴升自深澤。"《廣雅》："皋，池也。"《玉篇》："皋，澤也。臯，同上。""臭，公老切。大白澤也。古文以爲澤字。"《説文》："皋，气皋白之進也。从夲，从白。古勞切。"段注："當作'皋气白之進也'。……'气白之進'者，謂進之見於白气滃然者也。皋與臭同音，臭訓大白。……皋有訓澤者，《〈小雅·鶴鳴〉傳》曰：'皋，澤也。'澤與皋析言則二,統言則一。如《左傳》'鳩藪澤'、'牧隰皋'並舉,析言也。《〈鶴鳴〉傳》則'皋'即'澤'。澤藪之地,極望數百,沆瀁皛溔,皆白气也,故曰皋。"《説文·大部》(段注本):"臭,大白也。从大白。古文㠯爲澤字。"段注曰:"各本白下有澤字。其誤不知始於何時。……臭以白大會意,則訓之曰'大白'也,猶下文大在一上則爲立耳。淺人妄增。《玉篇》、《廣韻》仍之,説《石鼓文》者又引爲證。古來郢書燕説,類多如此。不入《白部》者,重大也。古老切。此説古文叚借也。叚借多取同音,亦有不必同音者,如用臭爲澤,用丂爲亏,用屮爲艸之類。……皋、臭義相近,音同。"按:"皋",又有訓"澤邊地"者,朱駿聲《説文通訓定聲》云:"此字當訓澤邊地也。"《左傳·襄公二十五年》"牧隰皋",杜預注:"隰皋,水岸下濕,爲芻牧之地。"《楚辭·離騷》"步余馬於蘭皋兮",王逸注:"澤曲曰皋。"《漢書·賈山傳》"江皋河瀕",顔師古引李奇曰:"皋,水邊淤地也。""皋"與"臭"同音,"臭"借爲澤,則"皋"亦可借爲澤,或訓爲澤。《左傳》"澤門之晳",《釋文》:"澤门,本作皋门者,誤也。"亦"皋"、"澤"互通之確證。"皋"、"皐"、"臯",一字也。"皋"爲經文正字。

〔**其下維蘀**〕　王引之《經義述聞》:"《傳》曰:'蘀,落也。尚有樹檀而下有蘀。'(尚與上同)《箋》曰:'檀下有蘀,此猶朝廷之尚賢者而下小人。'引之謹案:二章'其下維穀',《傳》曰:'穀,惡木也。'則此'蘀'字亦當爲木名,非落葉之謂也。'蘀',疑當讀爲'檡'。《廣雅》:'梬棗,檡也。'《士喪禮》:'決用正,王棘,若檡棘。'鄭注:'王棘與檡棘,善理堅刃者,皆可以爲決。'《〈夏官·繕人〉釋文》:'劉音澤,又音亦,一音徒洛反。'徒洛反之音與'蘀'相近,故借'蘀'爲'檡'。蓋檀可以爲輪爲輻,檡亦可以爲決,穀亦可以爲布爲紙,皆適於用者也。首章曰'其下維檡',二章曰'其下維穀',言在下者非無可用之才,在王之用之而已。下文'他山之石,可以爲錯’,《傳》以爲舉賢用滯,其義正相承也。”斯言得之。明詩文當作“其下維檡”,今本作“蘀”者,蓋以二字形近致訛也。

〔**它山之石**〕　《唐石經》、小字本、相臺本、《考文》古本同。閩本、明監本、毛本“它”作“他”。吴淑《事類賦》七引《詩》作“佗”。《釋文》:“它,古他字。”《漢書·高帝紀》“項它”,注:“它與他同。”《古今人表》“尹公佗”,《孟子》作“他”。《史記·周本紀》“莊王佗”,《春秋世族譜》作“他”。阮元曰:“考此字與《鄘·柏舟》、《漸漸之石》經同,餘經或作‘他’,用字不畫一之例也。”按:《説文》:“它,虫也。从虫而長,象冤曲垂尾形。上古艸居患它,故相問無它乎。……蛇,它或从虫。”是“它”爲“蛇”之本字,後假借爲“其它”之“它”。段注:“相問無它,猶後人之不恙、無恙也。語言轉移,則以無别故當之,而其字或叚佗爲之,又俗作他,經典多作它,猶言彼也。許言此以説叚借之例。”徐灝《箋》曰:“古無他字,假它爲之,後增人旁作佗,而隸變爲他。”按:“它”爲本字明矣。

〔**可以爲錯**〕　《釋文》:“錯,七落反。《説文》作厝,云:‘厲石也。’《字林》同。”《五經文字》、《淮南子·説林訓》及《脩務訓》注、《一切經音義》十各引《詩》並同。《説文》(段注本):“厝,厝石也。从厂,昔聲。《詩》曰:‘他山之石,可以爲厝。’”段注:“各本作厲石,今正。《小雅·鶴鳴》曰:‘他山之石,可以爲錯。’《傳》曰:‘錯,錯石也。今本少一錯字,可以琢玉。舉賢用滯,則可以治國。’下章曰:‘他山之石,可以攻玉。’《傳》曰:‘攻,錯也。’錯,古作厝。厝石,謂石之可以攻玉者。《爾雅》:‘玉曰琢之。’玉至堅,厝石如今之金鋼鑽之類,非厲石也。假令是厲石,則當次‘厎’、‘厲’二篆之下,而不當次此矣。《金部》‘鑢’下云‘錯銅鐵也’,錯亦當作厝。謂剡磢之。……蒼各切,又七互切,五部。按:許書‘厝’與‘措’、‘錯’義皆别,而古多通用。”徐灝《箋》曰:“凡摩鑢金石謂之厝,古通作错。"《説文·金部》:"错,金涂也。从金,昔聲。"段注:"涂俗作塗,又或作荼,謂以金措其上也。或借爲措字。措者,置也。或借爲摩厝字。……蒼各切,五部。"按:當從段説,"厝"爲正字。毛《傳》:"错,石也。"段氏補正曰:"今本少一'错'字。"甚是。"錯"乃假借字。

〔**其下維穀**〕　明監本、毛本"穀"作"穀"。《説文·木部》:"穀,楮也。从木,㱿聲。"毛《傳》:"穀,惡木也。"陸璣《疏》曰:"今江南績其皮以爲布,又擣以爲紙,謂之穀皮紙。"《説文·禾部》:"穀,續也。百穀之總名也。从禾,㱿聲。"段注:"㱿者,今之殼字。穀必有稃甲,此以形聲包會意也。"按:"穀"與"穀"音同、形近而字迥異。"穀"在《木部》,"穀"在《禾部》,此作"穀"者是。

祈父之什

祈　父

祈父,予王之爪牙。胡轉予于恤,靡所止居。
祈父,予王之爪士。胡轉予于恤,靡所厎止。
祈父,亶不聰。胡轉予于恤,有母之尸饔。

〔**祈父**〕　《左傳·襄公十六年》作"圻父"。《太平御覽》二百九引同。《潛夫論》作"頎甫",洪适《隸釋》載《高陽令楊著碑》同。顧廣圻云:"頎甫即《詩》祈父也。"《説文》:"甫,男子美稱也。从用、父,父亦聲。"段注:"某甫者,若言尼甫、嘉甫、孔甫。……《士冠禮》甫作父,他經某甫之甫亦通用父,同音叚借也。"《説文》:

"父,矩也。家長率教者。从又舉杖。"段氏曰:"經傳亦借父爲甫。"《儀禮·士冠禮》:"曰伯某甫,仲、叔、季,唯有所當。"鄭注:"甫,是丈夫之美稱。孔子爲尼甫,周大夫有嘉甫,宋大夫有孔甫,是其類。"《釋名》:"父,甫也。"《廣韻·麌韻》:"父,尼父、尚父,皆男子之美稱。"《大雅·韓奕》"顯父餞之",《釋文》:"父,音甫,本亦作甫。"本詩"祈父",《釋文》:"音甫,下同。"毛《傳》:"祈父,司馬也,職掌封圻之兵甲。"鄭《箋》:"此司馬也。時人以其職號之,故曰祈父。《書》曰'若疇圻父',謂司馬。"《左傳》引《詩》作"圻父",是假"祈"爲"圻"也。經文正字當作"圻甫",餘皆假借字也。

〔**予王之爪牙**〕　《左傳·襄公十六年》注引《詩》作"爲王之爪牙"。《太平御覽》二百九引《詩》同。《玉篇》引《詩》"維王之爪牙"。按:鄭《箋》:"予,我。"此據《毛詩》爲訓也。《左傳》杜注引《詩》"予"作"爲",《玉篇》又引《詩》"予"作"維",或出《三家詩》。陳奂云:"維,爲也。"

〔**靡所厎止**〕　《唐石經》、小字本、相臺本同。閩本、明監本、毛本"厎"作"底"。《説文·厂部》:"厎,柔石也。从厂,氐聲。砥,厎或从石。"段注:"柔石,石之精細者。……厎之引伸之義爲致也、至也、平也。……按:此字从氐聲,俗从氏,誤也。古音氐聲在十六部,氐聲在十五部,不容稍誤。唐以來知此者鮮矣。《五經文字》石刻譌作厎,少一畫,不可從。……厎與底音義均别。"《説文·广部》(段注本):"底,山尻也。一曰下也。从广,氐聲。"段注:"尻,各本譌作居,今正。山當作止,字之誤也。字从广,故曰止尻。《玉篇》曰:'底,止也,下也。'《廣韻》曰:'底,下也,止也。'皆本《説文》。……按:'底'訓止,與《厂部》'厎'訓'柔石',引申之訓'致也'、'至也'迥别。俗書多亂之,《小雅》'伊于胡厎',《箋》云'厎,至也'。俗本多作'胡底'。"按:"厎"爲正字,《唐石經》不误。

〔**有母之尸饔**〕　《韓詩外傳》七引《詩》"有母之尸雍"。《説文》:"饔,孰食也。从食,雝聲。"隸變作"饔"。《周禮·天官·冢宰》"内饔"、"外饔"、"饔人",《儀禮·少牢饋食禮》"饔"皆作"雍",《有司徹》並同。是"饔"又省作"雍"也。此詩"尸饔",《韓詩》作"尸雍",同例。

白　駒

皎皎白駒,食我場苗。縶之維之,以永今朝。所謂伊人,於焉逍遥。

皎皎白駒,食我場藿。縶之維之,以永今夕。所謂伊人,於焉嘉客。

皎皎白駒,賁然來思。爾公爾侯,逸豫無期。慎爾優游,勉爾遁思。

皎皎白駒,在彼空谷。生芻一束,其人如玉。毋金玉爾音,而有遐心。

〔**以永今朝**〕　小字本、相臺本"永"作"久",山井鼎《考文》古本同。馬瑞辰云:"《正義》引《山有樞》'且以永日'爲證,是經文本作'永'字,與二章'以永今夕'同。且《〈山有樞〉正義》引此詩正作'以永今朝',則經文作'永'無疑。至《正義》'以久今朝者'云云,特以久釋永耳。小字本、相臺本遂據以改經文,失之。"按:馬説是。

〔**所謂伊人**〕　鄭《箋》:"'伊',當作'緊'。'緊',猶'是'也。"又,《邶風·雄雉》"自詒伊阻",《秦風·蒹葭》"所謂伊人",《豳風·東山》"伊可懷也",《小雅·正月》"伊誰云憎",諸"伊"字,鄭《箋》並謂“伊”當作“緊”，訓“是”。蓋“伊”、“緊”相通，亦皆“唯”之借也。但今本作“伊”者則無須易字矣。

〔**逍遥**〕　《後漢書·東平憲王傳》注引《詩》作“消摇”。按：“逍遥”爲正字，“消摇”爲同音通假字。

〔**遁**〕　《釋文》出作“遯”，云：“字又作‘遁’。”《考文》古本同。《潛夫論》引《詩》亦作“遯”。《釋文·爾雅音義》：“遯，字又作遁，又作遂。”漢《婁壽碑》“遁世無悶”，即《鄭烈碑》之“遂而不悶”。《説文》：“遯，逃也。”“遁，遷也。一曰逃也。”段注：“此别一義，以遁同遯，蓋淺人所增。”《漢書》多作“遂”，顔師古注曰：“遂，古遁字。”按：“遂”，或作“遯”。《一切經音義》卷八：“遁，又作遯、遯二形。《廣雅》：‘遁，避去也，亦隱者也。’”蓋“遁”、“遯”、“遯”（遂）三字通用也。本篇仍以“遁”爲正字。

〔**在彼空谷**〕　《文選》班固《西都賦》注、陸機《苦寒行》注各引《韓詩》“在彼穹谷”，並引薛君曰：“穹谷，深谷也。”毛《傳》：“空，大也。”《説文》：“空，竅也。”段注：“今俗語所謂孔也，天地之閒亦一孔耳。”《周禮·冬官·韗人》“穹者三之一”，鄭司農曰：“穹，讀爲‘志無空邪’之空。”《説文》：“穹，窮也。”段注：“窮者，極也。”《小雅·節南山》“不宜空我師”，毛《傳》：“空，窮也。”與《説文》“穹，窮也”訓同。古者“空”與“穹”聲近通用，依《薛君章句》“穹谷，深谷”之義，謂谷深不可窮極，猶“穹蒼”謂天高難窮極也。本詩乃假“空”爲“穹”耳。

〔**毋金玉爾音**〕　《釋文》：“毋，音無。本亦作無。”《文選》司馬相如《長門賦》注、張衡《思玄賦》注、王粲《贈士孫文始詩》注、趙至《與嵇茂齊書》注、謝莊《月賦》注、顔延之《秋胡詩》注各引《毛詩》作“無”。王引之云：“無，毋，勿也。常語。”按：“無”、“毋”同聲，故書中或通用。如《論語·學而》：“無友不如己者。”《史記·

留侯世家》:"楚人剽疾,願上無與楚人争鋒。"本詩"無金玉爾音",例同。皆禁止之詞也。後世多以"毋"、"勿"爲之。

黄　鳥

黄鳥黄鳥,無集于穀,無啄我粟。此邦之人,不我肯穀。言旋言歸,復我邦族。

黄鳥黄鳥,無集于桑,無啄我粱。此邦之人,不可與明。言旋言歸,復我諸兄。

黄鳥黄鳥,無集于栩,無啄我黍。此邦之人,不可與處。言旋言歸,復我諸父。

〔**不可與明**〕　鄭《箋》:"明,當爲盟。盟,信也。"《易·隨》:"有孚在道,以明,何咎。"聞一多《古典新義》云:明,亦當讀爲盟,以讀爲已,言已祭則無咎也。《齊侯鎛鐘》曰"中敦盟刑",盟刑即明刑也。《馬王堆漢墓帛書·十六經·五政》:"帝箸之明,明曰:'反義逆時,其刑視之(蚩)尤。'"此"明"亦讀爲"盟"。《説文》:"盟,《周禮》曰:'國有疑則盟。'……从囧,血聲。盟,篆文从朙。盟,古文从明。"李孝定《甲骨文字集釋》按語:"契文从皿,不从血。"《釋名·釋言語》:"盟,明也,告其事於神明也。"《説文》"盟"下段注曰:"各本下从血,今正。……朙,小篆文也。……鍇本云:'古文从朙。'非也。"是"盟"爲詩文正字。

我行其野

我行其野,蔽芾其樗。昏姻之故,言就爾居。爾不我畜,復我邦家。

我行其野，言采其蓫。昏姻之故，言就爾宿。爾不我畜，言歸斯復。

我行其野，言采其葍。不思舊姻，求爾新特。成不以富，亦衹以異。

〔**昏姻之故**〕　《藝文類聚》六、《白帖》九、《太平御覽》五十五又五百四十一各引《詩》"昏"作"婚"。《説文》："婚，婦家也。《禮》：娶婦以昏時，婦人陰也，故曰婚。从女，从昏，昏亦聲。"按："婚"爲正字，"昏"爲"婚"之省。

〔**言就爾居**〕　《太平御覽》五十五引《毛詩》"爾"作"尔"。《説文·㸚部》："爾，麗爾，猶靡麗也。从冂，从㸚，其孔㸚，尒聲。此與爽同意。"段注："麗爾，古語。靡麗，漢人語。以今語釋古語，故云'猶'。……後人以其與'汝'雙聲，假爲爾汝字。又凡訓如此、訓此者皆當作尒，乃皆用爾，爾行而尒廢矣。……兒氏切。周時在十五部，漢時在十六部。爽之从大，猶爾之从冂，惟爽不諧聲耳。"嚴可均《校議》："'麗爾'，當作'麗廔'，據下文'其孔㸚'知之。"《説文》："尒，詞之必然也。从入、丨、八，八象气之分散。"段注："尒之言如此也。後世多以爾字爲之。"《字彙·小部》："尔，同尒。"《玉篇·八部》："尒，亦作爾。"《集韻·紙韻》："尒，亦書作尔。"按："尒"當爲此詩文之正字，作"尔"、"尔"者皆其或體，今本《詩經》作"爾"，乃"尒"之假借字也。

〔**言采其蓫**〕　《釋文》："蓫，本又作蓄。"《神農本草》陶隱居注引《詩》"言采其蓄"。《名醫别録》："羊蹄，一名蓄。"陸璣《毛詩草本鳥獸蟲魚疏》："蓫，牛蘈，揚州人謂之羊蹄。"《文選·七啓》"霜蓄露葵"，李善注引此詩鄭注云："蓫與蓄，音義通也。"《字書》

以"蓄"爲羊蹄菜,殆本陸《疏》之説,《本草》亦同。曾釗《詩異同辨》:"《説文》無蓫。……疑蓄當爲苗之譌。《説文·草部》'苗,蓨也。从艸,由聲',《竹部》'笛,从竹,由聲'。《周禮》作'篴',則从由从逐之字,古文可相通,許君《艸部》采'苗'而不采'蓫',猶《竹部》采'笛'而不采'篴'之例耳。《釋艸》'苗,蓨',郭注未詳。《齊民要術》引《詩義疏》云:'今之羊蹄似蘆菔,莖赤,煮爲茹,滑而不美,多噉令人下痢。揚州謂之羊蹄,幽州謂之蓫,一名蓨。'據此則此之蓫即《爾雅》之苗,不可謂《釋草》無文矣。'滑而不美',故毛以爲惡菜。《箋》云'蓫,牛蘈',似誤。今本《爾雅》'蕢,牛蘈',無'蓫,牛蘈'之文。即謂鄭據《爾雅》本作'蓫,牛蘈',而孫炎云'車前一名牛蘈',孫炎爲鄭君弟子,則鄭解《爾雅》當同孫説。車前是藥而非菜,與下章采葍不類矣。毛義爲長。"(按:毛《傳》:"蓫,惡菜也。")馬瑞辰云:"《爾雅》郭本作'蕢,牛蕢',蕢、蘈一字,鄭君所見《爾雅》本自作'蓫,牛蘈'耳。蓫音近禿,蘈、禿亦一聲之轉。《説文》:'頽,禿皃。'正以聲轉爲義。《正義》不知《爾雅》之'蕢,牛蕢'即鄭《箋》之'蓫,牛蘈',遂以《釋艸》無文,誤矣。蓫、蓄古聲近。……《説文》無蓫字,云:'堇,草也。'又曰:'蓨,苗也。''苗,蓨也。'《廣雅》:'堇,羊蹏也。'《集韻》:'堇,或作苗,通作蓫。'《玉篇》以蓧、苗、蓨三字互訓。是苗即蓫之異文。《爾雅》之'蓧,蓨','苗,蓨',皆即此詩之蓫。古聲蓫、苗皆讀如胄,及蓧、蓨並同部,故通用。"以上諸説互見其義,馬氏尤撮其要。

〔**爾不我畜**〕　《南宋石經》"畜"作"蓄"。清馮登府《石經補攷·南宋石經考異》:"案:上'言采其蓫',本又作蓄。此當作畜,畜養也。"馮説是矣。

〔**言歸斯復**〕　朱熹《詩集傳》"斯"作"思。"《唐石經》、《讀詩記》引王氏《詩説》俱作"斯",與今本《毛詩》同。朱氏改"斯"

爲"思",蓋本《易林》。按:"斯"、"思",古同音,義亦通。王引之《經傳釋詞》:"斯,猶然也","猶是也","句中語助也","語助也"。如《大雅·皇矣》"王赫斯怒","赫然怒"也。《豳風·七月》"朋酒斯饗","是饗"也。又,《周南·螽斯》"螽斯羽"、《小雅·小弁》"鹿斯之奔"、《小雅·瓠葉》"有兔斯首"、《周南·關雎》"寤寐思服"、《小雅·桑扈》"旨酒思柔"、《大雅·文王有聲》"無思不服",諸"思"字皆句中語助也,其作"斯"、"思",同例也。此詩朱氏作"言歸思復",並非訛字。然今傳本既作"言歸斯復",則不煩易字矣。

〔**蓄**〕　《説文繫傳》引《詩》作"言采其蕧"。按:《説文》:"蕧,葍也。从艸,富聲。方布切。""葍,蕧也。从艸,畐聲。方六切。"《爾雅·釋艸》:"葍,蕧。"郭璞注:"大葉,白華,根如指,正白,可啖。"陸璣《毛詩草木鳥獸蟲魚疏》曰:"葍,一名蕧,幽州人謂之燕蕧。其根正白,可著熱灰中温噉之。饑荒之歲,可蒸以禦饑。"毛《傳》:"葍,惡菜也。"鄭《箋》:"葍,蕧也。亦仲春時生,可采也。"蓋"葍"、"蕧"二字互訓,亦通用也。

〔**不思舊姻**〕　班固《白虎通·嫁娶》引《詩》作"不惟舊因"。《爾雅·釋詁下》:"惟,思也。"《方言》:"惟,凡思也。"《説文》:"惟,凡思也。从心,隹聲。"王筠《句讀》:"凡者,最括而言也。……惟則思之統詞,不拘一端,故曰凡。"《説文》(段注本):"思(𢚊),容也。从心,从囟。凡思之屬皆从思。息兹切。"段注:"容,各本作'容也'。……《谷部》曰:'容者,深通川也。引'容畎澮歫川',引申之,凡深通皆曰容。思與容雙聲。……各本作'囟聲',今依《韻會》訂。"是知"惟"、"思"文異而義同,或可通假。"姻",《説文》:"壻家也。女之所因,故曰姻。从女,从因,因亦聲。"《釋名》:

"姻,因也。"《一切經音義》二云:"古文婣姻二形,今作因。"《白虎通》引《詩》作"因"者,乃"姻"之省也。

〔求**爾**新特〕　山井鼎《詩經考文》:古本"爾"作"我"。鄭《箋》:"我采葍之時,以禮來嫁女,女不思女老父之命而棄我,而求女新外昏特來之女。責之也。"鄭所云"求女",即"求爾"也。日本古本作"求我",非。

〔成不**以**富〕　《唐石經》作"誠不已富"。山井鼎《詩經考文》:古本作"誠不以富"。《論語·季氏》引《詩》作"誠不以富"。陳奐《傳疏》:"'成'即'誠'之借字……《論語》引此以證愛惡之惑,與詩義略同。"《論語》、《唐石經》作"誠"爲正字,今本《毛詩》作"成",乃其省借也。"以"、"已",古同音通用。

〔**衹**〕　《唐石經》作"祇",《五經文字》同。三家或有作"祇"者。朱熹《詩集傳》本作"祇"。《説文·示部》:"祗,敬也。从示,氐聲。""祇,地祇,提出萬物者也。从示,氏聲。"《衣部》:"衹,衹裯,短衣也。从衣,氐聲。"按:《説文》無从衣从氏之"衹"字。本詩,毛《傳》:"衹,適也。"《釋文》:"衹,音支,適也。"《小雅·何人斯》"衹攪我心",鄭《箋》:"衹,適也。"《國語·晉語五》"病未若死,衹以解志",韋昭注:"衹,適也。"《廣雅·釋言》:"衹,適也。"(王念孫《疏證》本作"衹")張參《五經文字》云:"衹,止移反,適也。作衹訛。"《漢書·竇嬰傳》"衹加慰自明,揚主之過",顔師古注曰:"衹音支,其字從衣。"陳奐曰:"《五經文字》从衣作衹,《詩》三衹字,《唐石經》皆作衹。《説文·衣部》無衹,疑唐以前本,無从衣之衹字。"段玉裁云:"凡假借必取諸同部,如《周易》'无衹悔',《釋文》云:'衹,辭也。馬同,音之是反。'此讀衹爲語辭,適也。《五經文字》、《廣韻》作衹者是也。……音讀皆在第十六部。"又云:"宋《類篇》則衹、衹皆云'適也',不晝一。《韻會》則从示之衹訓'適也'。

近日經典訓適者皆不从衣,與唐不合。”推校“衹”、“祇”於古今文獻中用例之異同,參稽衆說,可知“衹”、“祇”古音均在十六部,音同字通。《毛詩》作“衹”,《唐石經》、《五經文字》、《集韻》作“祇”,宋以後各俗本又多作“祇”,均訓“適”,形異而音義同,“只”、“僅”、“正”、“恰”之謂也。

斯干

秩秩斯干,幽幽南山。如竹苞矣,如松茂矣。兄及弟矣,式相好矣,無相猶矣。

似續妣祖,築室百堵,西南其户。爰居爰處,爰笑爰語。

約之閣閣,椓之橐橐。風雨攸除,鳥鼠攸去,君子攸芋。

如跂斯翼,如矢斯棘,如鳥斯革,如翬斯飛,君子攸躋。

殖殖其庭,有覺其楹,噲噲其正,噦噦其冥,君子攸寧。

下莞上簟,乃安斯寢,乃寢乃興,乃占我夢。吉夢維何,維熊維羆,維虺維蛇。

大人占之:維熊維羆,男子之祥。维虺維蛇,女子之祥。

乃生男子,載寢之牀,載衣之裳,載弄之璋。其泣喤喤,朱芾斯皇,室家君王。

乃生女子,載寢之地,載衣之裼,載弄之瓦。無非無儀,唯酒食是議,無父母詒罹。

〔**秩秩斯干**〕　毛《傳》:“干,澗也。”馬瑞辰云:“干與間、澗雙聲,古通用。《易》‘鴻漸于干’,荀、王注:‘干,山間澗水也。’《聘禮記》‘皮馬相間’,鄭注:‘古文間作干。’《考槃》‘在澗’,《韓詩》澗作干。皆其證也。故《傳》知干即澗之假借。”馬説是。

〔**如竹苞矣**〕　《説文繫傳》引《詩》“苞”作“包”。徐鍇云:“當作包,不从艸也。”按:《書·禹貢》“草木漸包”,孔《傳》:“包,叢生。”《釋文》:“包,必茅反,字或作苞,非叢生也。馬云:相包裹也。”黄焯《彙校》云:“段云:‘包宜作苞,苞宜作包,今本乃開寶中互易。’盧云:‘苞,正是叢生,安得云非,其妄改之迹宛然。’焯案:《釋文》於上文‘漸’字下云:草之相包裹也。‘包’下復引馬云:相包裹也。則正文當本作包,不作苞。唐寫本《古文尚書》經文作包(見《敦煌秘籍留真新編》唐寫本《古文尚書》殘卷,後簡稱唐寫本),尤可證。段、盧二説仍應存疑。”《正字通·勹部》:“包,與苞通。”《説文》(段注本):“包,妊也。象人裹妊,巳在中,象子未成形也。”段注云:“(妊也)二字各本所無,今推文意補。下文十三字乃説字形,非説義,則必當有説義之文矣。《女部》曰:‘妊,孕也。’《子部》曰:‘孕,裹子也。’引申之爲凡外裹之偁。亦作苞,皆假借字。”“勹象裹其中,巳字象未成之子也。勹亦聲。”《説文·艸部》:“苞,艸也。南陽以爲麤履。从艸,包聲。”段注:“《曲禮》‘苞屨不入公門’,注:‘苞,藨也。齊衰藨蒯之菲也。’《子虛賦》‘葴析苞荔’,張揖曰:‘苞,藨也。’玉裁按:當是藨是正字,苞是叚借。故《喪服》作‘藨蒯之菲’,《曲禮》作‘苞屨’。……近時經典凡訓包裹者皆徑改爲包字,郭忠恕之説誤之也。許君立文當云‘苞,本也。从艸,包聲’,若不謂爲叚借,則當云‘苞,藨也’,下文即云‘藨,蒯屬’,使讀者知《曲禮》之苞即《喪服》之藨。蓋艸木既難多識,文字古今屢變,雖曰至精,豈能無誤。善學古者不泥於古可也。”按:本詩作"苞"爲假借,"包"爲本字。徐鍇所云甚確。

〔**無相猶矣**〕　毛《傳》:"猶,道也。"胡承珙云:"《方言》:'由,輔也。'又,'由、迪,正也。……'是由與迪皆有'正'義。……古猶、繇、由皆通。《傳》云'猶,道也'者,猶云'由,迪'也,皆相正之義,故《正義》謂'相責以善'也。"陳奐云:"道,當讀如有道之道。《傳》言兄與弟相攸好,相有道也。無爲助詞,無意義。《〈文王〉傳》'無念,念也',《抑》、《執競》傳'無競,競也','無'皆爲發聲之助。"鄭《箋》:"猶當作瘉。瘉,病也。言時人骨肉用是相愛好,無相詬病也。"馬瑞辰云:"猶、猷古通用。《方言》:'猷,詐也。'《廣雅》:'猶,欺也。'詩蓋謂兄弟相愛以誠,無相欺詐。即《左傳》'爾無我虞,我無爾詐'也。"馬説得之。

〔**似續妣祖**〕　《傳》:"似,嗣也。"《箋》:"似讀如巳午之巳。'巳續妣祖'者,謂已成其宫廟也。"元版《注疏》本作"以",建本《爾雅·釋詁》疏引《詩》作"以"。《史記·律書》:"巳者,言陽氣之已盡也。"《漢書·律曆志》:"巳盛於巳。"《説文》:"巳,已也。四月,陽氣已出,陰氣已藏,萬物見,成文章。"《釋名》:"巳,已也。陽氣畢布已也。"胡承珙云:"此及《裳裳者華》、《卷阿》、《江漢》凡四《傳》皆云:'似,嗣也。'段氏《詩小學》謂似爲嗣之假借。然《説文》'似'訓象,《廣雅》:'子、㠯,似也。''似'之義當本於'嗣'、'續',不必以爲假借。或疑'似'爲'嗣',與'續'複。不知'嗣續'連文,猶《杕杜》之'繼嗣我日',古人自有此文例。《箋》讀爲巳午之巳者,古人於巳午之巳本訓爲已然之義,故亦讀爲已然之音。……鄭既讀似如巳,即釋爲'巳成宫廟',因音見義,語甚明晰。……孔《疏》誤會《箋》語,以巳午當南方之位,謂在巳地續立妣祖之廟,支離穿鑿,殊失鄭旨。惟《周頌·良耜》'以似以續',《傳》云:'嗣前歲,續往事。'《箋》依《傳》爲解,而於此'似'字改讀,文同義異,不如從毛爲僾。”馬瑞辰云:“古讀巳午之巳即爲已然之已。《説文》又曰:‘㠯,用也。从反巳。’巳與以同字,《漢書》以皆作㠯。《廣雅》:‘已,㠯也。’是古者㠯用之㠯亦通作已然之已。故已與似亦通用,《詩譜》云‘子思論《詩》‘於穆不已’,孟仲子曰‘於穆不似’是也。鄭讀似如巳午之巳者,正訓似爲已然之已,故申之曰‘謂成其宫廟’。”陳奂云:“似讀與嗣同,其字作似,其意爲嗣,此謂假借也。”按:以上諸議,皆持之有故,然胡氏尤得其實。

〔**約之閣閣**〕　《周禮·冬官·匠人》鄭注:“約,縮也。”引《詩》作“約之格格”,此用《韓詩》也。《爾雅·釋訓》云:“格格,舉也。”正釋此篇,《魯詩》之説也。又《呂氏家塾讀詩記》引董氏曰:“崔靈恩集注作‘約之格格’。”蓋《韓詩》、《魯詩》均作“格格”。毛《傳》:“約,束也。閣閣,猶歷歷也。”鄭《箋》:“約,謂縮板也。”胡承珙云:“《方言》:‘絡謂之格。’郭注:‘所以轉篗絡車也。’又:維車,‘謂之䡌轆車’。此皆謂絡絲之物。格與䡌轆皆著絲纏束之貌。《詩》或作閣,或作格,皆當讀如絡。絡、歷一聲之轉,《傳》云‘閣閣猶歷歷’者,《説文》:‘秝,稀疏適也。’《玉篇》云:‘稀疏,歷歷然。’歷歷,即《〈秦風·小戎〉傳》之‘歷録’,謂以繩束板,疏落適均。……故《疏》云‘繩均板直,則墻端正也’。”馬瑞辰云:“閣、格古同聲……格格即閣閣之異文。《傳》云‘閣閣猶歷歷’者,謂束板歷碌之貌。據《説文》‘輅,生革可㠯爲縷束也’,段玉裁曰:‘生革縷束曰輅,謂束之歷録也。’是閣與格皆當爲輅字之假借。輅以束物,因以輅輅狀束物歷録之貌耳。”按:胡氏、馬氏之説固亦可通,然以“閣”、“格”爲“絡”、“輅”之通假,訓曰“束板歷録之貌”,竊以其説於三百篇之文例不倫,故略檢同類義例以辨之。若“椓之橐橐”(本篇)、“椓之丁丁”(《周南·兔罝》)、“坎坎伐檀兮”(《魏風·伐檀》)、“鑿冰沖沖”(《豳風·七月》)、“伐木丁丁”(《小雅·伐木》)、“捄之陾陾”、“度之薨薨”、“築之登登”、“削屢馮馮”(《大雅·綿》)、“穫之挃挃”(《周頌·良耜》),皆以疊字擬狀勞作之聲也。儻以爲形容事物之貌,則乖其本義矣,誠難苟同。經文《毛詩》作“閣”,《魯詩》、《韓詩》作“格”乃通假字無疑,胡氏、馬氏亦斷言其字爲“一聲之轉”矣。至其字作“閣”或“格”,無須深究,但求象束板之聲耳。詩句上言“閣閣”,爲束板之聲;下言“橐橐”,乃椓木之聲,猶今世以木杵築土(俗謂打夯)聲,蟬聯而下,一脈貫通,文義完足。古之板築法,必先以繩索將木板束牢立正,然後始能逐層填土夯實,“約之閣閣,椓之橐橐”適爲真實寫照。

〔**橐**〕 《廣雅》作“欜”,曰:“聲也。”此用《魯詩》。《玉篇》引《詩》作“椓之橐橐”,顧氏用《韓詩》,是知韓與毛同。按:《説文·木部》作“欜”,云:“夜行所擊者。从木,橐聲。”段注:“從橐者,蓋虛其中則易響,今之敲梆是也。”“欜”本爲器物名,後以“欜欜”爲象聲詞,“橐橐”乃省借字。

〔**君子攸芋**〕 《魯詩》“芋”作“宇”,見楊雄《將作大匠箴》:“牆以禦風,宇以蔽日,寒暑攸除,鳥鼠攸去。”此用魯説。《周禮·大司徒》“媺宫室”,鄭注云:“媺,善也。謂約椓攻堅,風雨攸除,各有攸宇。”鄭氏注《禮》時用《韓詩》。按:《説文》:“宇,屋邊也。”《易·繫辭下》:“上棟下宇,以待風雨。”本稱屋檐,後引申爲房室之謂,《楚辭·招魂》:“高堂邃宇。”王逸注:“宇,屋也。”再引申爲“覆庇”之義,《國語·晉語四》:“今君之德宇,何不寬裕也。”韋昭注:“宇,覆也。”是“宇”爲此詩正字,“芋”乃借字。

〔**如跂斯翼**〕 《玉篇·人部》:“企,《説文》云舉踵也。《詩》云:‘如企斯翼。’”《釋文》:“跂,音企。”顧氏用《韓詩》。“跂”、“企”形異而音義並同,古通用。

〔**如矢斯棘**〕 《釋文》:“棘,居力反。毛:稜廉也。鄭云:戟也。《韓詩》作朸。朸,隅也。”《玉篇·木部》:“《韓詩》云:‘如矢斯朸。’朸,木理也。”《説文·木部》:“朸,木之理也。从木,力聲。”段注:“《毛詩》‘如矢斯棘’,《韓詩》棘作‘朸’,毛曰:‘棘,稜廉也。’韓曰:‘朸,隅也。’學者多不解。及觀《抑》詩‘維德之隅’,毛曰:‘隅,廉也。’《箋》申之云:‘如宫室之制,内有繩直,則外有廉隅。’然後知《斯干》詩謂如矢之正直而外有廉隅也。”馬瑞辰云:“棘與勒聲近而義同。《釋文》:‘……朸,隅也。’正與毛《傳》‘稜廉’同義。棘之通朸,猶馬勒通作韇,《水經注》棘門謂之力門也。……是知‘如矢斯棘’正謂室有廉隅,如矢有稜廉也。”陳喬樅云:“韓‘朸’正字,毛‘棘’借字。如矢之直,則得其理而廉隅整飭矣。毛、韓詞異而意一也。”

〔**如鳥斯革**〕　毛《傳》:“革,翼也。”《釋文》:“如字,翼也。《韓詩》作翱,云翅也。”《吕氏家塾讀詩記》、王應麟《詩攷》引《詩》作翱。《説文》:“翱,翍也。”《廣雅》:“翱、翐,翼也。”陳奂云:“革,古文翱。古文假借革爲翱也。”翍、翐、翅通用,與翼同義。《韓詩》作“翱”,今文。《毛詩》省借作“革”,古文。“翱”爲正字。

〔**如翬斯飛**〕　《説文繫傳》、《九經字樣》各引《詩》作“有翬斯飛”。鄭《箋》云:“此章四‘如’者,皆謂廉隅之正、形貌之顯也。”鈕樹玉云:“舊本《繫傳》及《韻會》並作‘如’。”是知作“有”者乃訛字。

〔**乃寢乃興**〕　山井鼎《詩經考文》:古本作“乃寐乃興”。按:“寐”,訛字。

〔**吉夢維何**〕　《説文繫傳》引《詩》“其寢維何”。按:“吉”,四家無異文,《繫傳》引誤。“寢”,甲骨文作“”(《殷虚書契菁華》三·一)、“”(《殷虚書契後編》上六·四),正爲夢寐之象。《甲骨文編》:“象人依牀而睡,寢之初文。”《説文》:“寢,寐而有覺也。”段注:“今字叚夢爲之,夢行而寢廢矣。”《説文》:“夢,不明也。”是

"㝱"爲本字,"夢"爲省借字。

〔**朱芾斯皇**〕　《白虎通·紼冕》引《詩》"朱紼斯皇",《文選·曹植〈責躬詩〉》注引《毛詩》,王融《三月三日曲水詩序》注、江淹《雜體詩》注各引《詩》"朱茀斯皇",韋孟《諷諫》詩注引《毛詩》"朱韍斯皇"。按:"芾"、"紼"、"茀"、"韍"古音同字通,並爲"市"之假借字,此詩文應以"市"爲正字。詳見《小雅·采芑》。

〔**室家君王**〕　毛本作"家室君王"。按:孔《疏》云:"於此煌煌然,由王家室之内,或爲諸侯之君,或爲天子之王,故皆佩朱芾也。"又云:"《箋》以經言'室家君王',則有諸侯與天子而同言朱芾,故云'天子純朱,諸侯黄朱'也。"《三百篇》中於"室家"字之先後次第似無定則。如《周南·桃夭》,首章"之子于歸,宜其室家",次章則作"家室"。又如《小雅·常棣》"宜爾室家",《小雅·瞻彼洛矣》"保其家室"。是知"室家"、"家室",其義一也。

〔**載衣之裼**〕　《釋文》:"裼,他計反,褓也。《韓詩》作禘,音同。"毛本作"裼"。《説文》"褿"下云:"緥也。从衣,啻聲。《詩》曰:'載衣之褿。'"又,"裼"下云:"但也。从衣,易聲。"段注:"但,各本作袒,今正。《人部》曰:'但者,裼也。'故此云:'裼者,但也。'是爲轉注。"段氏又云:"《小雅·斯干》曰:'載衣之裼。'《傳》曰:'裼,緥也。'此謂裼即褿之假借字也。易聲、啻聲古音同在十六部,故借但裼字爲褿字。《釋文》曰:'《韓詩》作禘。'《集韻》云:'或褿字。'《韓詩》用正字,《毛詩》用假借字也。緥者,小兒衣也。"王先謙《疏》引陳喬樅云:"禘,《説文》作褿,引《詩》曰'載衣之褿',許引即《韓詩》也。'禘'者'褿'之省文耳。《正義》引侯包云'示之方也',明褓制方,令女子方正事人之義。《釋文》云:'齊人謂小兒被爲禘。'《玉篇》:'褅,褓也。'又云:'襁褓,負兒衣也。'"按:段氏、陳氏之説俱得之。又,毛本作"裼"爲訛字。

〔**無父母詒罹**〕　《釋文》:"詒,本又作貽。……遺也。""罹,本又作離。……憂也。"山井鼎《詩經考文》:"古本作'無父母貽罹'。"按:《説文》:"詒,相欺詒也。一曰遺也。"段注:"《釋言》、毛《傳》皆曰:'詒,遺也。'俗多假貽爲之。"卷子本《玉篇·言部》引《字書》曰:"詒,或爲貽字,在《貝部》也。"《左傳·昭公六年》:"叔向使詒子産書。"杜預注:"詒,遺也。"《説文新附》:"貽,从貝,台聲。經典通用詒。"鄭珍《新附攷》:"經傳中多詒、貽互見,作貽皆漢後所改。古亦省作台。"《説文新附》:"罹,心憂也。从网,未詳,古多通用離。"徐灝《箋》:"罹即羅之别體,古通作離。"商承祚《殷虛文字類編》:"古羅與離爲一字。"《爾雅·釋詁下》:"罹,憂也。"又《釋言》:"罹,毒也。"郭璞注:"憂思慘毒。"郝懿行《義疏》:"毒者,《廣雅》云:'痛也,惡也,苦也。'罹者,《釋詁》云:'憂也。'憂、苦義相成。"《廣韻·支韻》:"罹,心憂。"《王風·兔爰》:"逢此百罹。"毛《傳》:"罹,憂。"是"詒"、"貽"古通,"罹"、"離"亦通也。

無　羊

誰謂爾無羊,三百維羣。誰謂爾無牛,九十其犉。爾羊來思,其角濈濈。爾牛來思,其耳濕濕。

或降于阿,或飲于池,或寢或訛。爾牧來思,何蓑何笠,或負其餱。三十維物,爾牲則具。

爾牧來思,以薪以蒸,以雌以雄。爾羊來思,矜矜兢兢,不騫不崩。麾之以肱,畢來既升。

牧人乃夢,衆維魚矣,旐維旟矣。大人占之,衆維魚矣,實維豐年。旐維旟矣,室家溱溱。

〔三百維羣〕　《白帖》九十六引《詩》"三百其羣"。按:《白帖》引誤。

〔九十其犉〕　《釋文》:"犉,本又作犉。"《説文》:"犉(犉),黄牛黑脣也。从牛,辜聲。《詩》曰:'九十其犉。'"《周禮·地官》序注引《詩》作"九十其犉"。按:《説文》蓋本作"犉",因曰"从牛,辜聲",其初文篆體即作"犉"。《集韻·僫韻》:"犉,黄牛黑脣曰犉。或作犉。"明"犉"爲本字,"犉"乃後世隸變之體,今則"犉"行而"犉"廢矣。另,"犉"之義訓,馬瑞辰云:"《爾雅》又云'牛七尺爲犉',詩義當取此,極言肥大者之多爾。下章明言'三十維物',若云黄牛黑脣者有九十,則與'三十維物'句不合。"馬説得之。

〔其角濈濈〕　《釋文》:"濈,本又作觕,亦作戢。"黄焯《彙校》云:"觕字誤。宋本、葉鈔、朱鈔皆作湒。阮所見小字本、顧之逵所見巾箱本所附並作湒。"此説是。又《藝文類聚》九十四、《太平御覽》九百二、吴淑《事類賦》二十二各引《詩》"其角戢戢"。馬瑞辰云:"《説文》:'濈,和也。''湒,雨下也。'宋本《釋文》作'其角湒湒',即濈濈之假借。《爾雅》:'戢,聚也。'《〈周南〉傳》:'戢戢,會聚也。'故《傳》以爲聚角貌。聚與和義相成,猶輯之訓聚兼訓和也。《釋文》本亦作戢者,省借字也。《説文》無觕字。《玉篇》:'䇯,牛多角,又角堅貌。或作戢。'觕與䇯皆後世增益之字,蓋因此詩而增益。《玉篇》'多角',即毛《傳》'聚角'之義,'牛'當爲'羊'之譌。"馬氏所見不鑿。陳奂云:"疑古本《毛詩》作'戢戢',後人涉下'濕濕',因誤加水旁耳。《御覽·獸十四》引《詩》正作'戢戢'。《桑扈》、《時邁》傳:'戢,聚也。'《〈鴛鴦〉傳》:'戢其左翼,言休息也。'是'戢戢'有聚息義。"按:此適與馬説相輔相成。

〔或寢或訛〕　《傳》:"訛,動也。"《釋文》:"訛,《韓詩》作譌。譌,覺也。"陳喬樅云:"《衆經音義》十二云:'訛,古文譌,蔿、吪三形同。'蓋皆以聲近通用。《書·堯典》'平秩南訛',《史記·五帝紀》作'便程南譌'。《釋詁》:'訛,動也。'《釋文》云'訛'字又作'吪',亦作'譌'。是其證也。"《玉篇》"吪"下引《詩》"或寢或吪",訓曰:"吪,動也。"《説文繫傳·口部》引《詩》亦作"吪"。按:"譌",古"訛"字,而"訛"又與"吪"通,明"吪"爲此詩正字。

〔**何蓑何笠**〕　《後漢書·蔡邕傳》注引《詩》"荷蓑荷笠"。《白帖》九十六、《太平御覽》七百六十五引《詩》並同。按:"何",甲骨文作"□"(《殷虚書契後編》二二·三),金文作"□"(《何簋》)。甲骨文象人荷戈之形,爲"何"(荷)之初文。金文沿襲其形而略變,後又加"口"。隸書、楷書又承金文演化爲"何"。《説文·人部》:"何,儋也。从人,可聲。""儋,何也。"徐鉉等注:"儋何即負何也,借爲誰何之何。今俗作擔荷。"段注:"何,俗作荷。……儋之俗作擔也。《商頌》'百禄是何'、'何天之休'、'何天之龍',《傳》曰:'何,任也。'《箋》云:'謂擔負。'……又《詩》'何戈與祋'、'何蓑何笠',《傳》皆云:'揭也。'揭者,舉也。戈、祋手舉之,蓑、笠身舉之,皆擔義之引申也。凡經典作荷者,皆後人所竄改。"又"蓑",《説文·衣部》"衰"下篆文作"□",云:"艸雨衣。秦謂之萆。从衣,象形。□,古文衰。"段注:"雨衣有不艸者,《左傳》'成子衣製杖戈',杜曰:'製,雨衣。'按:言製則非艸爲,若今油布衣。《艸部》曰:'萆,雨衣,一曰衰衣。'……衰,俗从艸作蓑。"王筠《釋例》:"古文□則純形。上象其覆,中象其領,下象編艸之垂也。"朱駿聲《通訓定聲》:"古文上象笠,中象人面,下象衰形,字亦作蓑。"《廣雅·釋器》:"萆謂之衰。"王念孫《疏證》:"《越語》云:'譬如衰笠,時雨既至,必求之。'經傳或从艸作蓑。"蓋"衰"爲經文正字。

〔**三十維物**〕　《穆天子傳》郭注引《詩》作"九十維物"。按:

《詩經》各本經傳皆作"三十維物",郭引有誤。

〔**不騫不崩**〕　《説文繫傳》引《詩》作"不騫不虧"。徐鍇所引誤。

〔**室家溱溱**〕　《潛夫論·夢列》引《詩》"室家蓁蓁"。按:毛《傳》:"溱溱,衆也。"鄭《箋》:"溱溱,子孫衆多也。"《説文·艸部》:"蓁,草盛貌。""溱溱"、"蓁蓁",音同,形近,義亦近,故通用,均謂衆盛貌。

節南山

節彼南山,維石巖巖。赫赫師尹,民具爾瞻。憂心如惔,不敢戲談。國既卒斬,何用不監。

節彼南山,有實其猗。赫赫師尹,不平謂何。天方薦瘥,喪亂弘多。民言無嘉,憯莫懲嗟。

尹氏大師,維周之氐。秉國之均,四方是维。天子是毗,俾民不迷。不弔昊天,不宜空我師。

弗躬弗親,庶民弗信。弗問弗仕,勿罔君子。式夷式已,無小人殆。瑣瑣姻亞,則無膴仕。

昊天不傭,降此鞠訩。昊天不惠,降此大戾。君子如屆,俾民心闋。君子如夷,惡怒是違。

不弔昊天,亂靡有定。式月斯生,俾民不寧。憂心如酲,誰秉國成。不自爲政,卒勞百姓。

駕彼四牡,四牡項領。我瞻四方,蹙蹙靡所騁。

方茂爾惡,相爾矛矣。既夷既懌,如相醻矣。

昊天不平,我王不寧。不懲其心,覆怨其正。

家父作誦，以究王訩。式訛爾心，以畜萬邦。

〔維石巖巖〕　《釋文》："巖巖，如字，本或作嚴，音同。"《群經音辨·吅部》引《詩》"維石嚴嚴"。毛《傳》："巖巖，積石貌。"《説文》（段注本）："巖，厓也。从山，嚴聲。"段注："各本作'岸也'，今依《太平御覽》所引正。《厂部》曰：'厓者，山邊也。'厓亦謂之巖，故厂下云'山石之厓巖'。《山部》之巖，主謂山厓。《石部》之礹，主謂積石。"《説文·石部》："礹，石山也。从石，嚴聲。"段注："諸書多假巖爲礹，如《高唐》、《上林》是也。"毛《傳》"積石貌"，可證本篇詩文正字應作"礹礹"，"巖巖"爲其借字，"嚴嚴"亦"礹礹"之省。

〔憂心如惔〕　《釋文》："燔也。《韓詩》作炎，《字書》作焱，《説文》作𤆍。……小熱也。"黄焯《彙校》云："𤆍，當作𤆍。熱，宋本同。盧本依段説改作爇。"按：黄氏所云'當作𤆍'，蓋據大徐本《説文》，亦不確。段注本《説文》出作"羙"，曰："羙，小爇也。从火，羊聲。《詩》曰：'憂心如羙。'"段氏云："《節南山》曰：'憂心如惔。'古本《毛詩》作'如羙'，故毛《傳》曰：'羙，燔也。'……許曰：'燔，爇也。'爇，加火也。是毛訓作爇，許則别之云'小爇'耳。《方言》、《廣雅》曰：'羙，明也。'此引申之别一義。羊，各本誤作干。……《干部》曰：'入一爲干，入二爲羊，羊讀若飪。'羙从羊聲，故古音在七部。郭璞、曹憲音淫，入鹽韻，則直廉切，今各書皆譌作𤆍矣。"《説文·心部》："惔，憂也。从心，炎聲。《詩》曰：'憂心如炎。'"段注："《節南山》'憂心如惔'，許所據作'憂心如炎'，引之以明會意也。……炎者，火光上也。憂心如之，故其字作惔。"段氏《詩經小學》云："蓋《毛詩》本作'如羙'，或同《韓詩》作'如炎'，不知何人始加心作惔。惔，憂也。豈憂心如憂乎。又於《説文》'惔'下妄加'《詩》曰憂心如惔'六字，而

《説文》之真没矣。此《傳》曰:‘炎,燔也。’《〈匏葉〉傳》曰:‘加火曰燔。’《説文》:‘燔,爇也。’‘炎,小爇也。’‘爇,加火也。’與《毛詩》合,而今詩譌炎改惔。《雲漢》‘如炎如焚’,《傳》:‘炎,燎也。’而今本亦譌‘惔’矣。……而今本亦譌惔矣。”胡承珙云:“《韓詩》字皆作‘炎’。《雲漢》‘如惔如焚’,《後漢·章帝紀》注引《韓詩》亦作‘如炎’。《説文》‘惔’下引《詩》當是‘憂心如炎’,蓋用《韓詩》以明‘惔’字從‘炎’之意,後人從誤本《毛詩》改作‘惔’耳。毛《傳》於《節南山》訓‘燔’,於《雲漢》訓‘燎’,當如段説,經文一作‘炎’,一作‘炎’耳。”按:段氏、胡氏並得其實矣。

〔**天方薦瘥**〕　《説文·田部》(段注本):“嵯,殘薉田也。从田,差聲。《詩》曰:‘天方薦嵯。’”“畸”字段注:“‘殘’,各本作‘殘’,今正。殘者,賊也。殘者,禽獸所食餘也。”“嵯”字段注:“‘薉’字,依《集韻》、《類篇》、《韻會》所據補。殘而且蕪之田也,是曰嵯。……許此所引,蓋或《三家詩》也。”毛《傳》:“瘥,病。”馬瑞辰云:“按《説文》:‘疵,病也。’瘥與疵雙聲,《毛詩》訓瘥爲病者,蓋以瘥爲疵之假借。至瘥之本義,則《説文》自訓爲瘉,謂病瘳也。”馬説是。正字當作“疵”。

〔**憯莫懲嗟**〕　《釋文》出作“噆”,云:“本或作憯。”毛《傳》:“憯,曾也。”《説文》:“憯,痛也。”“朁,曾也。”《毛詩》借“憯”爲“朁”,故訓“曾”。《十月之交》“胡憯莫懲”、《民勞》“憯不畏明”之“憯”,並借爲“朁”字。陳奐云:“‘曾’者,詞之舒也。朁、曾,皆從‘曰’會意。”王引之云:“‘曾’、‘朁’,皆詞也,故其字並从曰。或言曾,或言朁,語之轉耳。”又《釋文》出作“噆”,與詩義不諧,未知陸氏何據。

〔**維周之氐**〕　毛《傳》:“氐,本。”鄭《箋》:“氐,當作桎鎋之桎。……言尹氏作大師之官,爲周之桎鎋,持國政之平。”《釋文》:“桎,礙也。本有作手旁至者,誤也。鎋,字又作轄。”《潛夫論·志氏姓》:“尹吉甫相宣王,著大功績,《詩》云‘尹氏大師,維周之底’也。”此用魯說。陳喬樅云:“《魯詩》以此尹氏爲尹吉甫,論其氏族,溯其祖考,是此詩陳古刺今,傷師尹之不善其職也。《穀梁·隱二年》注:‘氐,羌之别種。’《釋文》:‘氐,本作底。’此氐、底通叚之證。”馬瑞辰云:“《爾雅·釋言》:‘柢,本也。’郭注:‘謂根本。’《韓非·解老》云:‘直根者,書之所謂柢也。’《說文》:‘柢,木根也。’‘氐,至也,本也。从氏下著一。一,地也。’《士喪禮》‘進柢’,《士虞記》‘載猶進柢’,鄭注並云:‘柢,本也。’氐星一名天根,亦取根本之義。《說文》又曰:‘楮,柱氐也。古用木,今㠯石。’按:柱氐即今之石磉,磉在柱下而柱可立,木必有根而本始建,大臣之爲國根本,亦猶是也。”胡承珙曰:“《正義》曰:‘毛讀從邸,如四圭有邸,故爲本。’黄氏元吉曰:‘氐字,毛、鄭異訓,鄭固破字,孔謂毛讀從邸,豈亦破字乎。’李氏光型曰:‘《爾雅》“氐”爲“天根”。謂角亢下繫於氐,如木之有根,故曰天根。《國語》“本見而草木節解”,本謂氐。是氐、本同義。毛義爲長。’承珙案:李說是也。《說文》:‘氐,至也。’小徐本又有‘本也’一訓,此即用毛《傳》也。《木部》‘柢,根也’,《广部》‘底,下也’,凡從‘氐’者皆有‘本’義,不必讀氐從邸。《箋》云:‘氐,當作桎鎋之桎。’《釋文》:‘桎,之實反,又丁履反,礙也。本或作手旁“至”者,誤也。’《稽古編》曰:‘案:字書“桎”字止有“之實”一切,但康成破字多取音同,則丁履反,當是古音。而字書不收,亦屬疏漏。’承珙案:丁履反,不當爲桎字之音。《校勘記》曰:‘當是抵字誤桎。’别體字抵作扺,與桎字形近是也。”按:小徐本《說文》“氐”下有“本也”二字。段注本《說文》篆作“𣎵”,云:“𣎵,木下曰本。从木,从丅。𣐂,古文。”段氏云:“此篆各本作𣎵,解云:‘從木,一在其下。’今依六書,故所引唐本正。本末皆於形得義,其形一從木丄,一從木丅,而意即在是。全書如此者多矣。‘一記其處’之說,非物形也。《大雅》以‘本奏’爲‘奔走’,假借也。……

(厽)此從木象形也。根多竅似口,故從三口。”又《説文》:“柢,木根也。从木,氐聲。”段氏云:“《韓非·解老》曰:‘樹木有曼根,有直根。直根者,書之所謂柢也。柢也者,木之所以建生也。曼根者,木之所以持生也。’按:直者曰直根,横者曰曼根。柢,或借蒂字爲之,又借氐字爲之。《〈節南山〉傳》曰:‘氐,本也。’是。”桂馥《義證》引戴侗曰:“凡木命根爲氐,旁根爲根,通曰本。”徐鍇《繫傳》:“華葉之根曰蒂,樹之根曰柢,音同也。”朱駿聲云:“氐,柢之古文。”按:“維周之氐”者,周之根本也。“氐”爲正字。

〔**秉國之均**〕　《漢書·律曆志》及《敘傳》注、《隋書·律曆志》、《文選·干寶〈晉紀總論〉》注,各引《詩》“秉國之鈞”。又《史記·周本紀》引《書》“其罪惟均”,作“惟鈞”。魏《大饗碑》“夏啓均臺之饗”,“鈞”作“均”。按:《洪武正韻·真韻》:“鈞、均,古通用。”《説文·金部》“鈞”下段注:“古多叚鈞爲均。”《一切經音義》卷十一引《考聲》云:“鈞,均也,均平無等差也。”馬瑞辰云:“《漢志》曰:‘鈞者,均也。陽施其氣,陰化其物,皆得其成就平均也。’《説文》:‘鈞,三十斤也。’《小爾雅·廣衡》云:‘斤十謂之衡,衡有半謂之秤,秤二謂之鈞,鈞四謂之石。’蓋鈞本稱物之名,後遂通以爲平均之稱。《説文》:‘均,平徧也。’平、成同義,故詩又言‘誰秉國成’。”又《正字通·金部》:“鈞,陶人模下圓轉者爲鈞。”方以智《東西均·開章》:“古均、鈞一字。”

〔**毗**〕　《釋文》:“毗,毛:厚也。鄭:輔也。王作埤。埤,厚也。”《荀子·宥坐篇》引《詩》作“庳”。《隋書·律曆志》引《詩》作“裨”。《文選·左思〈魏都賦〉》注引《毛詩》作“毘”。按:“毗”,《説文》未載,於《囟部》“妣”下曰:“妣(𦙶),妣臍,人臍也。从囟;囟,取气通也。从比聲。”段注:“各本奪此二字(妣臍),今訂補。玄應引許‘妣臍,人臍也。’按《肉部》‘膍’下曰‘妣膍也’,正以妣膍之解已見《囟部》,全書之大例如此。《急就篇》作膍,比字叚借之用。如《小雅·節南山》《采菽》,毛《傳》皆曰:'膍,厚也。'《箋》云:'比,輔也。'皆是。"《廣韻·脂韻》:"比,《説文》曰:'人齎也。'今作毗。"《集韻·脂韻》:"比,輔也,厚也。隸作毗,或書作毘。"至《急就篇》作"膍"者,見《説文·肉部》:"膍,牛百葉也。从肉,毘聲。一曰鳥膍胵。肶,膍或从比。"段注:"《廣雅》云:'百葉謂之膍胵,渾言之也。'……《釋詁》曰:'肶,厚也。'《毛詩》曰:'膍,厚也。'實一字也,皆引伸假借之義也。……《毛詩·節南山》又作毗,毗即比字。"《小雅·采菽》:"樂只君子,福禄膍之。"毛《傳》:"膍,厚也。"按:詩文本應作"比",後隸變爲"毗"、"毘",又假借"膍"(肶)、"庳"、"埤"、"裨"爲之,實皆一義相通。

〔**俾**民不迷〕　《荀子·宥坐篇》引《詩》作"卑"。《釋文》出作"卑",云:"又作俾。"《説文》:"俾,益也。从人,卑聲。一曰:俾,門侍人。"段注:"俾與埤、朇、裨音義皆同,今裨行而埤、朇、俾皆廢矣。……古或假卑爲俾。"《爾雅·釋詁下》:"俾,使也。"按:《荀子·宥坐篇》引《詩》"卑民不迷","卑"即"俾"之借字也。

〔**弗**躬**弗**親〕　《説苑·反質》引《詩》作"不躬不親"。按:"弗"、"不"義近,或可互訓,但不盡同。《説文·丿部》(段注本):"弗,矯也。从丿、乀,从韋省。"段注:"矯,各本作撟,今正。……矯者,揉箭箝也,引申爲矯拂之用。……弗之訓矯也,今人矯、弗皆作拂,而用弗爲不,其誤蓋已久矣。《公羊傳》曰:'弗者,不之深也。'固是矯義。凡經傳言'不'者其文直,言'弗'者其文曲。如《春秋》:'公孫敖如京師,不至而復。晉人納捷菑于邾,弗克納。''弗'與'不'之異也。《禮記》:'雖有嘉肴,弗食不知其旨也。雖有至道,弗學不知其善也。''弗'與'不',不可互易。"段説是。

〔庶民**弗**信〕　山井鼎《詩經考文》:古本作"庶民不信"。

按:此例與《説苑》同,均以“不”易“弗”,失之妄矣。

〔**勿罔君子**〕　《釋文》:“勿罔,毛如字,鄭音未。”黄焯《彙校》:“‘鄭音未’。‘未’,宋本同。小字本、相臺本、十行本所附皆是‘末’字。”毛《傳》:“勿罔上而行也。”鄭《箋》:“勿當作末。……不問而察之,則下民末罔其上矣。”馬瑞辰云:“按:勿、末古通用。《文王世子篇》‘末有原’,鄭注:‘末,猶勿也。’故《箋》訓勿爲末。本或作未,非也。然以‘末罔’二字連讀,義終未洽。王尚書《釋詞》以‘勿’爲語詞,‘勿罔’即‘罔’,猶之‘不顯’即‘顯’,‘不承’即‘承’,其説是也。”

〔**瑣瑣姻亞**〕　《釋文》:“瑣瑣,本或作璅,非也。”山井鼎《考文》:“古本作璅。”《文選·沈約〈奏彈王源〉》注,《白帖》二十、三十七引《毛詩》“瑣瑣姻婭”。按:毛《傳》:“瑣瑣,小貌。兩壻相謂曰亞。”《説文》:“瑣,玉聲。”段注:“謂玉之小聲也。”又,《説文》:“亞,醜也。象人局背之形。賈侍中説,以爲次第也。凡亞之屬皆从亞。”《集韻·果韻》:“瑣,或作璅。”《爾雅·釋言》:“亞,次也。”《釋名·釋親》:“兩壻相謂曰亞。言一人取姊,一人取妹,相亞次也。又並來至女氏門,姊夫在前,妹夫在後,亦相亞而相倚,共成其禮也。又曰友壻,言相親友也。”按:“瑣”,蘇果切,十七部。“璅”,子皓切,二部。《説文》謂“石之似玉者”。二字音不同部,義亦各異。《釋文》“或作‘璅’者,殆以其形略近乎。”“姻亞”字古但作“亞”,《白帖》引作“婭”,蓋後世纍增字也。

〔**昊天不傭**〕　《釋文》:“傭,勑龍反,均也。《韓詩》作庸。庸,易也。”《晉書·元帝紀》引《詩》“昊天不融”,蓋本《齊詩》、《魯詩》。毛《傳》:“傭,均。”《説文》:“傭,均直也。”《韓詩》訓“易”,即“平易”。毛《傳》謂“均”,“均平”之義也。《韓詩》作“庸”,爲“傭”之省。齊、魯作“融”,乃“傭”之同音假借字。胡承珙云:“《箋》以

'不傭'、'不惠'屬尹氏,與上'昊天'文義不貫。此當謂昊天以尹氏爲不均不順,故降此鞠訩大戾耳。與《大雅》'瞻卬昊天,則不我惠。孔填不寧,降此大厲'文意正同。多訟、乖争雖由民俗,然戾氣所致,有似天降。《箋》以爲由尹氏而降,亦非是。《釋文》引《韓詩》作庸,云:'庸,易也。''易'者,平易,與九章'昊天不平'同,亦謂昊天以尹氏爲不平也。"

〔**降此鞠訩**〕　《爾雅·釋言》邢疏引《詩》"降此鞫凶"。《晉書·元帝紀》載太興元年詔作"降此鞠凶"。毛《傳》:"鞠,盈。"鄭《箋》:"盈猶多也。"《爾雅·釋言》:"鞫、究,窮也。"郭注:"皆窮盡也。"《釋文·爾雅音義》:"鞫,又作鞠,同。"《篇海類編·鳥獸類·革部》:"鞠,窮也。"《説文》:"窮,極也。"《爾雅·釋詁下》:"鞠、溢,盈也。"郭注引《詩》"降此鞠訩"。《説文》:"詾,説也。从言,匈聲。訩,或省。説,詾或从兇。""訟,争也。从言,公聲。曰:謌訟。"《説文》:"凶,恶也。象地穿交陷其中也。凡凶之屬皆从凶。"《繫傳》:"恶不可居,象地之塹也,恶可以陷人也。"《爾雅·釋言》:"凶,咎也。"《廣韻·鍾韻》:"凶,禍也。"按:"鞠"(鞫),謂"窮盡"、"極盡"、"窮極"、"盈多"。"訩"應讀如《王風·兔爰》"逢此百凶"、《小雅·十月之交》"日月告凶"之"凶","凶咎"、"禍殃"之意也。此詩"昊天不傭,降此鞠訩(凶)。昊天不惠,降此大戾"四句文義切近,語脈貫承,"鞠凶"義猶"大戾"。是"凶"爲正字。

〔**昊天不惠**〕　洪适《隸釋》載《童子逢盛碑》作"顥天不惠"。《釋文·爾雅音義》"晧"下云:"胡老反。本亦作昊。"《説文·夰部》:"昦,春爲昦天,元气昦昦。从日、夰,夰亦聲。"邵瑛《群經正字》:"今經典作昊,从日,从天。《九經字樣》以爲隸省,其實乃俗儒不識夰字,筆法相近,變爲天也。"段注:"元气廣大則稱昊天。……昊天不獨春也。""晧,日出皃。从日,告聲。"段注:"謂光明之皃也。

天下惟絜白者最光明，故引申爲凡白之稱，又改其字从白作皓矣。”王筠《説文句讀》：“‘日出皃’，皃蓋光之譌。……《釋詁》：‘晧，光也。’當爲許君所本。字俗作皓。”《荀子·賦》：“皓（晧）天不復，憂無疆也。”楊倞注：“皓與昊同。昊天言氣。昊，大也。”又《説文》：“顥，白皃。从頁，从景。《楚詞》曰：‘天白顥顥。’南山四顥，白首人也。”段注：“景者，日光也。日光白，从景、頁，言白首也。按：上文當云‘白首皃’。……他書作‘四晧’者，通假字也。”桂馥《義證》：“‘白皃’者……李善注李陵詩引作‘白首皃也’。”又《廣韻·晧韻》：“顥，大也。”朱駿聲《通訓定聲》：“顥，叚借爲昊。”《吕氏春秋·有始》：“西方曰顥天。”高誘注：“西方八月建酉，金之中也。金色白，故曰顥天。”按：《淮南子·天文訓》作“昊天”，亦“顥”、“昊”互假之證。

〔**誰秉國成**〕　《禮記·緇衣》引《詩》“誰能秉國成”。鄭注：“傷今無此人也。成，邦之八成也。誰能秉行之，不自以所爲者正，盡勞來百姓憂念之者與？疾時大臣專功争美。”陳喬樅云：“《周官》八成，有以版圖聽人訟地者。齊家以是詩爲刺大夫緩義急利，争田成訟，故傷今之無人，莫能秉國成而治之也。”是《齊詩》有“能”字。《釋文·禮記音義》云：“《毛詩》無‘能’字。”胡承珙云：“案：《箋》云：‘觀此君臣，誰能持國之平乎？言無有也。’據此，是鄭詩見《毛詩》本有能字，與《禮記》同。《正義》既云‘君臣不能持國乎’，又云‘君臣’以並言‘不能’，疑《正義》本亦當有能字，與陸德明所據《毛詩》本異也。歐陽《本義》以詩無能字爲句，删其字，尤非是。”蓋經文當作“誰能秉國成”。

〔**不自爲政**〕　《禮記·緇衣》引《詩》“不自爲正”。《左傳·文公六年》“棄時政也”，《漢書》作“正”。《書·微子》“亂正四方”，《史記》作“政”。《説文》：“政，正也。从攴，从正，正亦聲。”

《釋名·釋言語》:"政,正也,下所取正也。"《漢書·陸賈傳》:"夫秦失其正,諸侯豪桀並起。"顔師古注:"正,亦政也。"朱駿聲《通訓定聲》:"正,假借爲政。"是"正"、"政"古通。

〔**如相醻矣**〕 《釋文》出作"酬",云:"又作醻。"山井鼎《考文》云:"古本作酬。"《説文》:"醻,主人進客也。从酉,𠷎聲。酬,醻或从州。"邵瑛《群經正字》:"今經典惟《毛詩》多作醻,餘多从或體作酬。"是"酬"爲"醻"之或體也。

〔**家父作誦**〕 《漢書古今人表》作"嘉父"。《儀禮·士冠禮》鄭注云:"周大夫有嘉甫……甫,字或作父。"蔡邕《朱公叔謚議》:"周有仲山甫、伯陽甫、嘉父,優老之稱也。"按:蓋《魯詩》作"嘉父",《齊詩》作"嘉甫"。

〔**以畜萬邦**〕 陸賈《新語·術事》引《詩》"以蓄萬邦"。是用《魯詩》。按:"畜"、"蓄"古通。

正　月

正月繁霜,我心憂傷。民之訛言,亦孔之將。念我獨兮,憂心京京。哀我小心,癙憂以痒。

父母生我,胡俾我瘉。不自我先,不自我後。好言自口,莠言自口。憂心愈愈,是以有侮。

憂心惸惸,念我無禄。民之無辜,并其臣僕。哀我人斯,于何從禄。瞻烏爰止,于誰之屋。

瞻彼中林,侯薪侯蒸。民今方殆,視天夢夢。既克有定,靡人弗勝。有皇上帝,伊誰云憎。

謂山蓋卑,爲岡爲陵。民之訛言,寧莫之懲。召彼故老,訊之占夢。具曰予聖,誰知烏之雌雄。

謂天蓋高，不敢不局。謂地蓋厚，不敢不蹐。維號斯言，有倫有脊。哀今之人，胡爲虺蜴。

瞻彼阪田，有菀其特。天之抓我，如不我克。彼求我則，如不我得。執我仇仇，亦不我力。

心之憂矣，如或結之。今茲之正，胡然厲矣。燎之方揚，寧或滅之。赫赫宗周，褒姒威之。

終其永懷，又窘陰雨。其車既載，乃棄爾輔。載輸爾載，將伯助予。

無棄爾輔，員于爾輻。屢顧爾僕，不輸爾載。終踰絶險，曾是不意。

魚在于沼，亦匪克樂。潛雖伏矣，亦孔之炤。憂心慘慘，念國之爲虐。

彼有旨酒，又有嘉殽。洽比其鄰，昏姻孔云。念我獨兮，憂心慇慇。

佌佌彼有屋，蔌蔌方有穀。民今之無禄，天夭是椓。哿矣富人，哀此惸獨。

〔**民之訛言**〕　《唐石經》作“民之僞言”。《吕氏家塾讀詩記》引《詩》“民之譌言”。按：《説文》：“譌，譌言也。从言，爲聲。《詩》曰：‘民之譌言。’”《説文解字詁林》：“案：《慧琳音義》七十七卷十一頁，‘譌’注引《説文》‘僞言也’，蓋古本如是。二徐本‘僞’誤作‘譌’，宜改。”段注：“疑當作‘僞言也’。《唐風》‘人之爲言’，定本作‘僞言’。……《小雅》‘民之訛言’，《箋》云：‘訛，僞也。’按：爲、僞、譌古通用。《尚書》‘南譌’，《周禮》注、《漢書》皆作‘南僞’。”今本《小雅·沔水》《正月》作“民之訛言”,《説文》未收“訛”字。蓋“訛”字後出。《爾雅·釋詁下》:“訛,言也。”郭注:“世以妖言爲訛。”《廣韻·戈韻》:“譌同訛。”《漢書·江充傳》“苟爲姦譌”,顔師古注:“譌,古訛字也。”是“譌”爲初文。

〔**癙憂以痒**〕　《釋文·爾雅音義》:“癙,《詩》作鼠。”《爾雅·釋詁》:“癙,病也。”舍人注云:“癙,憂癙之病也。”孫炎曰:“畏之病也。”吕大臨曰:“此與《雨無正》‘鼠思泣血’文小異而義同。”胡承珙云:“《説文》無癙字,據《釋文》則《字林》乃有之。蓋古祇借鼠爲癙,後人乃加疒旁。《淮南子·説山訓》:‘貍頭已鼠。’《山海經·中山經》:‘脱扈之山有草焉,名曰植楮,可以已癙。’郭注:‘癙,病也。’並引《淮南》之言,是癙即鼠矣。舍人以癙爲憂癙之患,是癙兼病、憂二義。毛以此癙憂連文,故從《爾雅》訓病。《正義》演經文云:‘痛憂此事,以至於身病也。’殆以‘癙’、‘痒’皆訓‘病’爲複,故易爲‘痛’,不知‘癙憂以痒’者,謂既病於憂,又以憂而愈病,文義自有次第,不嫌其複也。”王引之云:“痒既訓病,則癙不得復訓爲病。癙與憂連文,癙亦憂也。癙憂猶鼠思耳。《小雅》之鼠,即《爾雅》之寫,古字多通借,俗師失其讀久矣。”

〔**憂心愈愈**〕　毛本“心”作“憂”。顯係訛字。山井鼎《考文》:古本作“憂心瘉瘉”。《爾雅·釋訓》作“瘐瘐”,邢疏謂即“憂心愈愈”之“愈”。毛《傳》:“愈愈,憂懼也。”《爾雅·釋訓》:“瘐瘐,病也。”郭注:“皆賢人失志,懷憂病也。”郝懿行《義疏》:“瘐者,《釋文》云:‘本今作庾庾。’是庾爲正體,别作瘐。《漢書·宣帝紀》云:‘瘐死獄中。’蘇林注:‘瘐,病也。囚徒病,律名爲瘐。’顔師古注:‘瘐音庾。字或作瘉。’”胡承珙引何氏《古義》曰:“愈當作悆。《説文》云:‘忘也。嘾也。’‘嘾者,含深也。’蓋含憂之深而至於善忘也。”胡承珙案:“何説近之。《廣雅》:‘悇、憛、懷,憂也。’《楚辭·

七諫》:'心悇憛而懷冤兮。'王逸注:'悇憛,憂愁貌。'大抵此《傳》及下《傳》'惸惸,憂意也'之類,必皆經師相傳古訓。王氏、蘇氏或以'愈愈'爲'益甚',以'惸惸'爲'獨憂',皆就後世文義以改古人之訓詁,不足據矣。"《説文》:"悆,忘也。嘾也。"段注:"此義未聞,恐有譌字。嘾者,含深也。含深者,欲之甚也。《淮南·修務訓》高注云:'憛悇,貪欲也。'……按:嘾、憛,悆、悇,皆古今字。悇憛猶憛悇也。若《廣雅》云:'悇憛,懷憂也。'此則其引申之義。"《説文》:"瘉,病瘳也。从疒,俞聲。"段注:"《釋詁》及《小雅·角弓》毛《傳》皆曰:'瘉,病也。'渾言之謂瘳而尚病也。許則析言之謂雖病而瘳也。凡訓勝、訓賢之愈,皆引申於瘉。愈即瘉字也。"《集韻·噳韻》:"瘉,或作癒。"馬瑞辰云:"瘐瘐即《詩》愈愈之異文。……此詩愈愈即癒癒之省借。因上文已云'胡俾我癒',故下文假作愈字,此亦阮宫保所云'義同字變'之類。"由諸説參詳之,仍以毛義爲長。今本《毛詩》"憂心愈愈",無須破字。

〔**是以有侮**〕　山井鼎《考文》:古本作"是以有爲"。"爲",訛字。

〔**憂心惸惸**〕　《釋文》:"惸惸,本又作煢,其營反,憂意也。一云獨也。"毛《傳》亦曰:"惸惸,憂意也。"《爾雅·釋詁》:"惸惸,憂也。""惸"字,《説文》所無,於《兮部》有"㝁",云:"㝁,驚詞也。从兮,旬聲。惸,㝁或从心。"段注:"詞,各本作辭,誤。今依《篇》、《韻》正。其意驚也,其言㝁也,是爲意内言外。……《大學》:'瑟兮僩兮者,恂栗也。'注曰:'恂字或作峻,讀爲嚴峻之峻,言其容貌嚴栗也。'按:《大學》之恂,即《説文》之惸,有驚懼之意,故恂栗爲容貌嚴栗。《心部》曰:'恂,信心也。'是其本義,《大學》則假恂爲惸也。《莊子》'衆狙見之,恂然棄而走',亦是驚意。"又《廣韻·清韻》:"惸,無弟兄也。"《正字通·心部》:"惸,獨也。"又本篇末章

“哀此惸獨”，毛《傳》：“獨，單也。”孔《疏》：“哀哉！此單獨之民，窮而無告。”又《説文·卂部》：“煢，回疾也。从卂，營省聲。”段注：“回轉之疾飛也。引申爲煢獨，取裴回無所依之意。或作惸、作睘、作嬛。毛《傳》曰：‘睘睘，無所依也。’”《小爾雅·廣義》：“凡無妻無夫通謂之寡，寡夫曰煢。”《玉篇》：“煢，單也，無兄弟也，無所依也。憂思也。或作惸。”“焭，与煢同。”陳奂云：“《詩》、《爾雅》釋文皆云‘惸，本或作煢’。古旬、營通，如《〈江漢〉箋》：‘旬，當作營。’之例。”按：依《説文》，“𠬪”爲本字，“惸”爲重文，“惸”爲後起之或體。“煢”乃通假字。

〔**謂山蓋卑**〕　《釋文》：“卑，本又作庳。”按：《説文·𠂇部》：“卑，賤也。執事者。从𠂇、甲。”段注：“古者尊右而卑𠂇，故从𠂇在甲下。甲象人頭。”後引申爲凡低下之義，與“高”、“尊”相對。如：《禮記·中庸》：“登高必自卑。”《易·繫辭上》：“天尊地卑，乾坤定矣。”《説文·广部》：“庳，中伏舍。从广，卑聲。一曰屋庳。”段注：“謂高其兩旁而中低伏之舍也。……《左傳》曰：‘宫室卑庳。’引申之，凡卑皆曰庳。”《玉篇·广部》：“庳，卑下屋也。”《廣韻·纸韻》：“庳，下也。”“卑”，補移切；“庳”，便俾切。兩字均在十六部，形似，義通，故可假“庳”爲“卑”。

〔**訊之占夢**〕　《釋文》出作“訙”，云：“本又作訊，音信，問也。”黄焯《彙校》云：“訙之，宋本、葉鈔、朱鈔皆作訉。阮云：‘《六經正誤》云：作訉誤。’是也。訙即訊字之變耳。《集韻·二十二稕》‘訊’下有此字。”按：《説文》：“訊，問也。从言，卂聲。𢿍，古文訊，从卤。”段注：“《釋言》曰：‘訊，言也。’《小雅》‘訊之占夢’，毛曰‘訊，問也’。鄭《箋》執訊皆兼言問爲訓。”《集韻·稕韻》：“訊，問也。或作訙。”是“訊”爲正字，“訙”爲變體。

〔**不敢不局**〕　《釋文》：“局，本又作跼。”山井鼎《考文》：“古本作跼。"《後漢書·仲長統傳》注、《蔡邕傳》注、《李固傳》注各引《詩》,《文選》張衡《東京賦》薛綜注、陸機《謝平原内史表》注、《辯亡論》注、潘岳《西征賦》注、謝朓《京路夜發詩》注、顔延之《陶徵士誄》注各引《毛詩》並作"跼"。按:"局",《唐石經》、小字本、相臺本同。阮校:"《正義》標起止云'傳局曲',又云'箋局蹐',是其本作'局'。《考文》'古本作跼',采《釋文》。"按:《説文》有"局"無"跼",《口部》:"局,促也。从口在尺下,復局之。一曰:博,所行棋。象形。"段注:"尺所以指斥規榘事也。口在尺下,三緘其口之意。"又《玉篇·口部》:"局,曲也。"《玉篇·足部》:"跼,踡跼。"《廣韻·燭韻》:"跼,曲也。"《集韻·燭韻》:"跼,踡跼不伸也。"按:"局"爲初文,"跼"乃後世纍增字。

〔**不敢不蹐**〕　《説文·足部》引《詩》"不敢不䠞"。《走部》引《詩》"不敢不趚"。《玉篇·走部》引《詩》"不敢不趚"。《説文》:"䠞,小步也。从足,脊聲。"段注:"毛《傳》:'蹐,纍足也。'按:纍、蹐疊韻,纍足者,小步之至也。"《説文》"趚"下云:"側行也。从走,朿聲。"段注:"側行者,謹畏也。"《玉篇》:"趚,小行皃。"是"䠞",篆文。"蹐",隸變體。"趚"爲"蹐"之異體。

〔**有倫有脊**〕　毛《傳》:"倫,道。脊,理也。"《春秋繁露·深察名號》引《詩》作"有倫有迹"。馬瑞辰云:"脊,《春秋繁露》作迹。《玉篇》:'迹,跡也,理也。'是知《傳》訓脊爲理者,正以脊爲迹之假借也。倫與迹亦同義。《説文》:'倫,一曰道也。'《小爾雅》:'跡,道也。'倫又通綸。荀爽《易注》:'綸,迹也。'"馬説是。

〔**胡爲虺蜴**〕　《釋文》:"蜴,字又作蜥,螈也。"《鹽鐵論·周秦》引《詩》"胡爲虺蜥"。《説文·虫部》有"蜥"無"蜴"。於"虺"下云:"虺以注鳴。《詩》曰:'胡爲虺蜥。'从虫,兀聲。"段注:"注者,咮字之叚借。許用《考工記》文也。"《虫部》:"蜥,蜥易也。从虫，析聲。”段注：“上文‘雖’下云‘似蜥易’，下文‘蜥’下云‘蜥易’，則虺爲蜥易屬可知矣。《小雅・節南山》文，今《詩》蜥作蜴，蜴即蜥字也。今作虺蜴，其音同也。”《鹽鐵論》及《説文》引作“蜥”，蓋用《齊詩》。“蜥”爲正字。

〔**燎之方揚，寧或滅之**〕　《漢書・谷永傳》引《詩》“燎之方陽，能或滅之”。《釋名》：“陽，揚也，氣在外發揚也。”《漢書・叙傳》“炎炎燎火，亦允不陽”，即用《詩》語。“揚”、“陽”音同，互通。“寧”、“能”疊韻，亦可通用。王念孫云：“能者乃也，言燎火方熾而乃有滅之者。……能，古讀若耐，聲與乃相近，故義亦相同。……能與寧一聲之轉。”王説是矣。

〔**褒姒威之**〕　毛《傳》：“威，滅也。”《左傳・昭公元年》、《列女傳・周幽褒姒》、《吕氏春秋・疑似》高注、《漢書・外戚傳》注，各引《詩》作“滅”。《釋文》：“威，呼悦反，齊人語也。《字林》武劣反。……本或作滅。”黄焯《彙校》云：“‘本或作滅’，考證云：《左傳・昭元年》、《漢書・外戚傳》、《吕覽・疑似篇》注、《列女傳》七皆引作‘滅’。”按：《説文・火部》：“威，滅也。从火、戌。火死於戌，陽氣至戌而盡。《詩》曰：‘赫赫宗周，褒姒威之。’許劣切。”段注：“《〈詩〉釋文》引有‘聲’字。……陽氣當作昜氣。此二句説會意之恉。”又《説文・水部》：“滅，盡也。从水，威聲。亡列切。”段注：“此舉形聲包會意。”又《爾雅・釋詁下》：“滅，絶也。”《篇海類編・地理類・水部》：“滅，火熄也。”于省吾《駢續》：“契文威字从火，戉聲。自東周以後譌戉爲戌，《説文》遂有‘火死於戌’之誤解。”陳奂云：“威，古滅字。《傳》威爲滅，猶御爲禦、突爲湥，皆以今字釋古字之例。”王筠《句讀》亦云：“毛以今字釋古字。”胡承珙云：“阮氏《揅經室集》曰：‘《説文》：“滅，盡也。”盡爲器中空，从皿，㶳聲。㶳，火餘也。威與滅義相同，詩人必變滅書威者，一字分二韻，则别二字，書之義同字變之例也。……此詩作於幽王未喪之前，直曰“褒姒威之”者，豫決其必滅也。’承珙案：滅、威本非同字，似不得爲‘義同字變’之例。《釋文》云‘威，本或作滅’者，乃後人所爲耳。《左傳·昭元年》、《吕覽·疑似篇》注、《列女傳》、《漢書·外戚傳》皆引作‘滅’者，由轉寫之誤，未必當時即有作‘滅’之本。《漢書·五行志》引仍作‘威’，此其未經誤寫者耳。《釋文》：‘威，呼説反。齊人語也。’此雖不著所本，然可見古人讀‘威’字並與‘滅’異音矣。”潘岳《西征賦》云“赫赫宗周，威爲亡國”，言國之衰亡如火盡而熄也。又《漢書·五行志》兩引《詩》並作“威”，亦可證古本經文以“威”爲正字。且《説文》“威”在《火部》，“滅”在《水部》，二字形、音、義均相近而略異，並非重文。胡説得其義矣。

〔**員于爾輻**〕　毛《傳》：“員，益也。”馬瑞辰云：“曾釗曰：‘輻當作輹。《易》“輿説輻”，《釋文》作輹，是其證。复从畐省聲，輹从复，故譌作輻耳。《説文》：“輹，車下縛也。”今本作“車軸縛”者誤。蓋伏兔在輿底，本不相連，須輹縛之。伏兔爲任力之處，非一革所能勝，故須益其革輹。’今按曾説是也。《易》‘輿説輻’，《説文》引亦作輹。‘員于爾輻’謂益其輹以固輔，非謂以輔助輻也。”按：《説文》（段注本）“輹”下曰：“車軸縛也。”大徐本同。“輿説輹”下，段注云：“説，各本作脱，許書必當用説，今依《周易》正。《周易·小畜》九三、《大畜》九二文也。馬云‘車下縛也’，與許合。（輹）或作輻者，譌字。”又《易·大壯》九四“壯于大輿之輹”，《釋文·周易音義》云：“輹，本又作輻。”此“輹”似爲訛字，足見二字易相亂也。

〔**屢顧爾僕**〕　“屢”，《釋文》出作“婁”，云：“力住反。數也。又作屢。”按：原《説文》有“婁”無“屢”，《新附》有之。文曰：“屢，數也。案：今之婁字本是屢空字。此字後人所加，从尸，未詳。丘羽切。”《説文·女部》（段注本）：“婁，空也。从毋，从中、女。婁空之意也。”段注:“凡中空曰婁,今俗語尚如是。凡一實一虛,層見疊出曰婁。人曰離婁,窗牖曰麗廔,是其意也。故婁之義又爲數也,此正如窗牖、麗廔之多孔也。而轉其音爲力住切。俗乃加尸旁爲屢字。古有婁無屢也。《毛詩》‘婁豐年’,《傳》曰:‘婁,亟也。’亟者,數也。……按:从毋,猶从無也。無者,空也。从中女,謂離卦,離中虛也,皆會意也。婁空連讀。洛侯切。四部。”又洪适《隸釋》載《張公神碑》已有“屢”。《漢書》但作“婁”。《宣帝紀》注:“婁,古屢字。”蓋“婁”爲初文,“屢”爲後世纍增字。

〔**曾是不意**〕　《文中子·魏相》作“曾是不億”。此詩鄭《箋》:“女不曾以是爲意乎?以商事喻治國也。”《正義》:“汝商人何得曾不以是輔僕爲意乎?……汝何得曾不以是賢相爲意乎?”馬瑞辰云:“意與隱一聲之轉,古通用,故《左傳》季孫意如《公羊傳》作隱如。意之言隱也。《少儀》‘隱情以虞’,鄭注:‘隱,意也,思也。’《爾雅·釋言》:‘隱,占也。’郭注:‘隱度。’隱即意也。《禮運》‘非意之也’,鄭注:‘心所無慮也。’無慮猶言大略,亦揣度之詞。《公羊·僖二年傳》:‘其意也何?謂令諸大夫意度之如何也。’《説苑·權謀篇》,東郭垂對管仲曰:‘臣聞君子善謀,小人善意,臣竊意之也。’管仲曰:‘我不言伐莒,子何以意之?’意之皆謂測度之也。此詩‘曾是不意’,謂曾是不測度之也。意又讀同‘不億不信’、‘億則屢中’之億,億亦測度之也。”馬説允矣。“億”與“意”古通用。《論語》“億則屢中”,後漢《陳度碑》即作“意”。此詩文“意”爲本字。

〔**亦孔之炤**〕　《禮記·中庸》引《詩》作“亦孔之昭”。《釋文·禮記音義》:“昭,本又作炤。”《文中子·魏相》亦作“昭”。《集韻》:“炤,通作灼。”《廣雅》:“炤,明也。”《廣韻》:“炤,同照。”《説文》:“照,明也。”《唐韻正》引《中庸》引《詩》“亦孔之灼”。“炤”,《説文》闕載,“昭”下云:“日明也。从日,召聲。”段注:“引伸爲凡明之稱。”《爾雅》:“昭,光也。”是“炤”、“昭”、“灼”、“照”皆一聲之轉,故可通假。

〔**殽**〕　《釋文》出作“肴”,云:“本又作肴。”按:《說文》:“肴,啖也。从肉,爻聲。”段注:“折俎謂之肴,見《左傳》、《國語》;豆實謂之肴,見毛《傳》;凡非穀而食曰肴,見鄭《箋》。皆可啖者也。按:許當云‘啖肉也’,謂熟饋可啖之肉。今本有奪字。(肴)胡矛切。二部。今經傳皆作殽,非古經之舊也。”又《廣雅·釋器》:“肴,肉也。”《玉篇·肉部》:“肴,俎實。又啖肉。”是“肴”(肴)爲初文,“殽”爲後作之體。

〔**洽比其鄰**〕　《左傳·僖公二十二年》《襄公二十九年》、《白帖》二十各引《詩》,《太平御覽》一百五十七引《毛詩》並作“協比其鄰”。毛《傳》:“洽,合。”《說文·水部》:“洽,霑也。从水,合聲。侯夾切。”《雨部》:“霑,雨𩂣也。”“𩂣,濡也。”《亼部》(段注本):“合,亼口也。从亼、口。侯閤切。”“亼,三合也。从人、一,象三合之形。凡亼之屬皆从亼,讀若集。秦入切。”“合,亼口也”,段注云:“各本亼作合,誤。此以其形釋其義也,三口相同是爲合,十口相傳是爲古,引申爲凡會合之偁。”《劦部》(段注本):“協,同衆之和也。从劦、十。叶,古文協,从口、十。胡頰切。”段注:“各本作衆之和同,非是,今正。同衆之和,一如同力。”“劦,同力也。从三力。”段注:“同力者,龢也。龢,調也。會意。胡頰切。按:此字本音戾,力制切。十五部。淺人妄謂與協、勰、協同音,而不知三字皆以劦會意,非以形聲也。惟不以劦爲聲,故三字皆在八部;而劦聲之荔、珕則皆力制切,在十五部。”又《說文·人部》:“佮,合也。从人,合聲。古沓切。”《攴部》:“敆,合會也。从攴,从合,合亦聲。古沓切。”按:“協”與“洽”聲近而義異,“協”與“佮”聲義均相近,毛《傳》:“洽,合也。”殆借“洽”爲“佮”歟?抑將“佮”訛爲“洽”耶?

竊疑經文本作"佮",以"洽"與其形近,轉寫致訛耳。《小雅·正月》"洽其比鄰"、《大雅·板》"民之洽矣",毛俱訓"合也",乃"佮"之本義。諸書引《詩》"佮"作"協"者,以二字聲義相近故也。按:"洽"字於《詩》中凡六見,其正字皆當作"佮"。

〔**昏姻孔云**〕 《釋文》:"云,本又作員,音同。毛:旋也。鄭:友也。"胡承珙曰:"云,本古文雲。《説文》以雲象回轉之形,又有古文雲作㢠。《埤雅》引《詩》'昏姻孔云'。《傳》以雲象周旋盤薄之形,故訓云爲旋,是也。《箋》以云爲友,乃从雙聲得義,似不如《傳》訓之古。"《説文·雲部》(段注本):"雲,山川气也。从雨,云象回轉之形。凡雲之屬皆从雲。𠖆,古文省雨。㢠,亦古文雲。"段注:"天降時雨,山川出雲。……古文衹作云,小篆加雨於上,遂爲半體會意,半體象形之字矣。'云象回轉形',此釋下古文雲爲象形也。王分切,十三部。古文上無雨,非省也。二,蓋上字,象自下回轉而上也。《正月》'昏姻孔云',《傳》曰:'云,旋也。'此其引伸之義也。古多叚云爲曰,如詩云即詩曰是也。亦叚員爲云,如'景員維河',《箋》云:'員,古文作云。''昏姻孔云'本又作員。'聊樂我員',本又作云。……云、員古通用,皆叚借風雲字耳。自小篆别爲雲而二形迥判矣。"又《説文·員部》:"員,物數也。从貝,口聲。凡員之屬皆从員。鼎,籀文,从鼎。"段注:"本爲物數,引伸爲人數,俗稱官員。……數木曰枚,曰梃。數竹曰箇。數絲曰紽,曰緫。數物曰員。《小雅》'員于爾輻',毛曰:'員,益也。'此引伸之義也。又叚借爲云字。如《秦誓》'若弗員來',《鄭風》'聊樂我員',《商頌》'景員維河',《箋》云:'員,古文云。'"林義光《文源》:"口,鼎口也。鼎口,圓象。""員"爲"圓"之本字。又《廣雅·釋詁三》:"員,衆也。"按:"云"又可喻多,如賈誼《過秦論》:"天下雲集而響應,贏糧而景從。"《説文》"員"下段注曰:"王權切。古音云在十三部。口聲在十五部,合韻最近。”當以毛《傳》爲是。“孔云”者,大事周旋也。“云”爲正字。

〔**憂心慇慇**〕　《爾雅·釋訓》作“殷殷”,邢疏引《小雅·正月》“憂心慇慇”。按:《説文·心部》:“慇,痛也。从心,殷聲。”段注:“《桑柔》‘憂心慇慇’,《釋訓》:‘慇慇,憂也。’謂憂之切者也。”《集韻·諄韻》:“慇,憂也。”《説文·㐆部》(段注本):“殷,作樂之盛偁殷。从㐆,从殳。《易》曰:‘殷薦之上帝。’於身切。”段注:“古音十三部。《廣韻》‘於斤切’,是也。”王筠《説文釋例》:“似當云‘㐆亦聲’。”段注:“引伸之爲凡盛之稱,又引伸之爲大也,又引伸之爲衆也,又引伸之爲正也,中也。”是“殷”本無“痛”、“憂”之義。《釋訓》作“殷殷”,蓋同音省借也。正字爲“慇”。

〔**佌佌彼有屋**〕　《釋文》:“佌,《説文》作囟。音徙。”今《説文·人部》:“囟,小貌。从人,囟聲。《詩》曰:‘囟囟彼有屋。’”段注:“《小雅·正月》曰:‘佌佌彼有屋。’《傳》曰:‘佌佌,小也。’許所據作囟。”《玉篇·人部》、《廣韻·四紙》各引《詩》同,云:“本亦作佌。”《説文》未收“佌”,祇收“囟”。《爾雅·釋訓》:“佌佌,小也。”《集韻·紙韻》:“佌,小也。”《龍龕手鑑·人部》:“佌,小皃也。”按:“佌”,“囟”之或體也。

〔**蔌蔌方有穀**〕　《釋文》:“蔌蔌,音速。”“方穀,本或作‘方有穀’,非也。”《後漢書·蔡邕傳》作“速速方轂”,李賢注云:“《詩·小雅》:‘速速方穀,夭夭是椓。’……《韓詩》亦同。”馬瑞辰云:“《説文》又曰:‘遬,籒文速。’故蔌蔌亦作速速。……詩蓋以‘佌佌彼有屋’與‘民今之無禄’相對,以‘蔌蔌方穀’與‘夭夭是椓’相對。自或本誤增‘有’字,《正義》遂云‘方有爵禄之貴’,直以有穀與有屋爲對文矣。至蔡邕《釋誨》‘速速方轂’,轂蓋穀字轉寫之譌。”陳奐云:“方亦有也,《〈鵲巢〉傳》:‘方,有之也。’方訓爲有,不應方下更增有字,今從《釋文》訂正。”(按:《詩毛氏傳疏》删‘有’字,作“蔌蔌方穀”。)又“蔌蔌”爲正字,作“蔌蔌”者以形近致誤。“攴”(夊),普木切,三部。“小擊也”。“欠”,去劒切,八部。“張口气悟也”。按:《攴部》、《欠部》形、音、義均異,不應相淆。此句當作“蔌蔌方穀”,“有”爲衍文。又《唐石經》“穀”作“榖”,訛字。

〔**天夭是椓**〕　《蜀石經》作“夭夭是椓”。《後漢書·蔡邕傳》作“夭夭是加”。章懷注引《韓詩》“夭夭是椓”。馬瑞辰云:“今按作‘夭夭’者是也。夭夭,美盛貌。《説文》:‘夭,从大,象形。’《〈凱風〉傳》:‘夭夭,盛貌。’正與‘佌佌’爲小,‘蔌蔌’爲卑陋相反。椓通作諑。《方言》:‘諑,愬也。’《楚辭》‘謡諑謂余以善淫’,王逸注:‘諑,猶譖也。’《正義》云:‘在位又諑譖之。’是正讀椓爲諑也。《説文》:‘誣,加言也。’加之爲誣,與譖諑義亦相近。變諑言加者,以叶韻也。詩蓋以四句相對成文,言彼佌佌小人富而有屋者,雖蔌蔌卑陋,而方以穀禄授之;此民之貧而無禄者,雖夭夭盛美,而不免受譖於人也。天、夭字形相近,易譌。《毛詩》本譌作天,遂以君釋之耳。”馬説是。

〔**哀此惸獨**〕　《宋石經》本《孟子·梁惠王》作“哀此煢獨”。今《孟子》引《詩》“哀此煢獨”。《楚辭·離騷》王逸注引《詩》並同。按:“惸”,《説文》未收,《兮部》有“甹”字,又有重文“憌”,至“惸”字乃後起之或體。作“煢”者爲假借字。詳見本篇“憂心惸惸”考釋。

十月之交

十月之交,朔月辛卯。日有食之,亦孔之醜。彼月而微,此日而微。今此下民,亦孔之哀。

日月告凶,不用其行。四國無政,不用其良。彼月而食，則維其常。此日而食，于何不臧。

爗爗震電，不寧不令。百川沸騰，山冢崒崩。高岸爲谷，深谷爲陵。哀今之人，胡憯莫懲。

皇父卿士，番維司徒，家伯維宰，仲允膳夫。聚子内史，蹶維趣馬，楀維師氏，豔妻煽方處。

抑此皇父，豈曰不時。胡爲我作，不即我謀。徹我牆屋，田卒汙萊。曰予不戕，禮則然矣。

皇父孔聖，作都于向。擇三有事，亶侯多藏。不憖遺一老，俾守我王。擇有車馬，以居徂向。

黽勉從事，不敢告勞。無罪無辜，讒口囂囂。下民之孽，匪降自天。噂沓背憎，職競由人。

悠悠我里，亦孔之痗。四方有羡，我獨居憂。民莫不逸，我獨不敢休。天命不徹，我不敢傚我友自逸。

〔**朔月辛卯**〕　元本朱《傳》、毛汲古閣本並作"朔日辛卯"。《漢書·劉向傳》、《後漢書·丁鴻傳》各引《詩》"朔月辛卯"，一本作"朔日辛卯"。嚴可均云："《疏》云'朔月辛卯之日'，又云'案此朔月辛卯，則經是月字'。"顧廣譽云："朱本雖作朔日，其凡例曰'十月之交，朔日辛卯'，古本是朔月。今《集傳》本皆爲朔日，明是誤字。宜改從古本。"錢熙祚云："誤月爲日，始于元板。"范家相云："魏了翁曰：'十月之交，則十一月矣。是周人朔月也。'故曰'朔月辛卯'。"馬瑞辰云："詩言朔月，與《玉藻》言'朔月大牢'同。《正義》云：'朔月辛卯之日，以此時而日有食之。'又曰：'此朔月辛卯，自是所食之日。'是《正義》本作朔月之證。明監本以下皆作朔月，是也。毛氏汲古閣本作朔日,《漢書·劉向傳》引《詩》亦作'朔日辛卯',俱係傳寫之誤。"是知"月"爲正字。

〔**日有食之**〕　《漢書·劉向傳》引《詩》"日有蝕之"。《釋文》:"食,本作蝕。"《説文》:"蝕,敗創也。从虫、人、食,食亦聲。"段注:"毀壞之傷有蟲食之,故字从虫。"王筠云:"蝕,專字也。"《集韻·職韻》:"蝕,或省。"《釋名》:"日月虧曰蝕,稍稍侵虧,如蟲食草木之葉也。"《玉篇》:"蝕,日月蝕也。"《廣韻》"蝕"下注引《説文》云"敗創也",此"蝕"、"蝕"乃一字也。或作"食"者,省借字也。

〔**彼月而微,此日而微**〕　《後漢書·安帝紀》贊作"彼日而微"。按:若作"彼日而微,此日而微",則不詞甚矣。是"彼月"爲正字。

〔**日月告凶**〕　《漢書·劉向傳》引《詩》"日月鞠凶"。《小雅·采芑》"陳師鞠旅",《傳》:"鞠,告也。"《禮記·文王世子》"則告于甸人",注:"告,讀爲鞠。"《幽通賦》"許相理而鞠條",顔注:"鞠,告也。"《一切經音義》卷十九:"鞠,告也。"按:"鞠"、"鞫"與"告"雙聲,古通用。此詩"告"爲正字,"鞠"爲假借字。

〔**不用其良**〕　荀悦《漢紀》六引《詩》作"曷用其良"。"曷"蓋訛字。

〔**此日而食**〕　《左傳·昭公七年》引《詩》"彼日而食,于何不臧"。《説苑·政理》引《詩》"彼日而蝕,于何不臧"。按:本篇首章言"彼月而微,此日而微",二章承上文曰"彼月而食"、"此日而食",上下語脈貫通,相輔相成。"微"謂不明,正日食、月食之象也。二章"此日而食"適與首章"此日而微"相應,互足其義。作"彼日"者誤。"蝕"爲本字,"食"爲省借字。

〔**于何不臧**〕　《漢書·孝成許皇后傳》作"爰何不臧"。《唐書·曆志》引《詩》作"云何不臧"。按:《爾雅》:"爰,于也。""于,於也。"王引之《經傳釋詞》:"云,猶'如'也。""于,猶'如'也。《〈易·繫辭〉傳》曰:'《易》曰:"介于石,不終日,貞吉。"介如石焉,寧用終日,斷可識矣。'是介于石,即介如石也。……'于'與'於'古字通……亦皆可訓爲'如'。""《廣雅》曰:'如,若也。'常語。昭十二年《公羊傳》注曰:'如,猶柰也。'凡經言'如何'、'如之何'者皆是。"(按:"柰"同"奈"。《廣雅》:"奈,本亦作柰。")按:"于"、"爰"、"云"音近義通,可互假。此詩"于何不臧",猶謂"如何不臧"、"奈何不臧"也。

〔**百川沸騰**〕　《玉篇·水部》:"滕,《詩》曰:'百川沸滕。'水上涌也。"《玉篇》據《韓詩》引作"滕"。《説文·水部》(段注本):"滕,水超踊也。从水,朕聲。"段注:"踊,依《韻會》本从足。超、踊,皆跳也。跳,躍也。"《水部》(段注本):"沸,畢沸,濫泉也。从水,弗聲。"段注:"畢,一本从水作滭。《釋水》曰'濫泉正出',正出,涌出也。按:'也'當作'皃'。"《馬部》:"騰,傳也。从馬,朕聲。一曰:騰,犗馬也。"釋玄應《一切經音義》卷十二:"《説文》:'騰,傳也。'謂傳遞郵驛也。"《説文·馬部》段注:"騰,引申爲馳也,爲躍也。"按:"沸滕"爲百川之水氾濫涌流貌,與下文"崒崩"相對成文。"滕"爲正字,"騰"爲同音假借字。

〔**山冢崒崩**〕　《釋文》:"本亦作卒。"《漢書·劉向傳》引《詩》作"卒"。《後漢書·董卓傳》贊注、《博物志·山水論》各引《詩》並同。馬瑞辰云:"崒崩二字當連讀……即碎崩之假借,《廣雅》碎、崩並訓爲壞是也。碎音又同瓬,《説文》:'瓬,破也。''破,石瓬也。'蓋瓦破曰瓬,石破曰碎,亦散文則通耳。……崒與崩同義。……卒亦碎字之省借。"

〔**胡憯莫懲**〕　《釋文》:"憯,亦作慘。"《箋》:"憯,曾。"馬瑞辰云:"《説文》:'朁,曾也。'引《詩》'朁不畏明',爲本字。《爾雅》:'憯,曾也。'據《説文》'憯,痛也',是知《爾雅》作'憯'爲假借字。"王引之云:"曾,乃也;則也。《説文》曰:'曾,詞之舒也。'高注《淮南·脩務篇》曰:'曾,則也。'……何曾,何乃也;何則也。"又云:"'曾'、'朁',皆詞也,故其字並從'曰'。或言'曾',或言'朁',語之轉耳。"按:《釋文》"亦作慘"者,以"慘"與"憯"同音,可通假也。明"朁"爲經典正字。

〔**番維司徒**〕　《釋文》:"番,方袁反,徐甫言反。本或作潘,音同。《韓詩》作繁。"《漢書·古今人表》作"司徒皮"。《周禮·大司樂》"播之以八音",注曰:"播之言被也。"惠棟《九經古義》:"《十月之交》云:'蕃維司徒。'《古今人表》蕃作皮。案:魯國有蕃縣,應劭曰:'蕃音皮。'是蕃有皮音,故亦作皮也。《儀禮·既夕》云'設披',鄭注云:'今文披皆爲藩。'案:披,从手,皮聲。(見《説文》)藩與蕃同,故以披爲蕃,聲之誤也。《鄉射禮》云'君國中射則皮樹中',注云:'今文皮樹爲繁豎。'是古皮、繁同音。"是知古韻"皮"、"繁"音同,"番"與"皮"、"繁"音近,"番"、"蕃"、"潘"、"皮"、"繁"皆通用。

〔**家伯維宰**〕　宋刊本朱熹《詩集傳》作"家伯爲宰"。(見一九五八年中華書局所據文學古籍刊行社影印宋刊本排印出版之《詩集傳》)《毛詩後箋》出作"家伯冢宰"。或云某刊本朱子《集傳》亦作"家伯冢宰"。《箋》:"皇父、家伯、仲允皆字。……冢宰掌建邦之六典。"《正義》曰:"此云'家伯維宰',《周禮》有大宰,卿;小宰,中大夫;宰夫,下大夫。鄭司農《宰夫》注云:詩人曰'家伯維宰',謂此宰夫也。王肅以此宰爲小宰。鄭以爲'冢宰'者,以宰夫等經、傳之中未有單稱宰處,冢宰乃單稱宰。猶宰、猶司徒以下不稱大,故《序官》云大宰、小宰,不言冢,是冢者大處以對小,故《天官》注云:'百官總焉謂之冢,列職於王則稱大。'以小司徒、小宗伯不得單稱司徒、宗伯，要以小配之，是小宰亦不得單稱宰也。今此宰夫既是其佐，對司徒、内史等六官是列職之事，五者皆是一官之長，宰不當獨爲大宰之佐，以此知‘家伯維宰’是冢宰也。趣馬下士，膳夫上士耳，得與司徒、冢宰同列于詩者，鄭解其意：六人之中，雖官有尊卑，而此六人權寵相連，共朋黨于朝，是以疾焉。然官高者勢大，勢大者黨甚，放此大率以官高爲先，而有不次者，便文以取韻也。又解發首先言皇父，不言官名之意；皇父則爲此六子之端首，兼擅目羣職，故但目以卿士云。”胡承珙云：“朱氏《通義》謂當以先鄭爲是，若是冢宰，不當在司徒之下。承珙案：《正義》謂此詩大率以官高爲先，而有不次者，便文以取韻。考《雲漢》‘冢宰’亦在‘庶正’之下，或由取韻。若此詩，則當如《周禮》賈疏謂‘大宰’在‘司徒’下者，彼以權寵爲次，不以尊卑，故内史中大夫在膳夫上士之下，師氏中大夫在趣馬下士之下。《漢書·古今人表》亦作‘大宰家伯’，知鄭《箋》有本矣。”馬瑞辰云：“《箋》以冢宰釋宰字，與《漢表》作大宰正合。……《周官·宰夫》注，鄭司農引《詩》‘家伯維宰’，謂即宰夫，其説與《漢表》、鄭《箋》異，然即此可證經文止言宰。《正義》言‘小宰不得單稱宰，故知宰爲冢宰’，是知唐以前皆作‘家伯維宰’。今《集傳》本作‘家伯冢宰’，蓋傳寫之譌，抑後人據《箋》以改經耳。”陳奐云：“《周禮》‘宰夫，下大夫四人’，鄭司農注：‘宰夫，主諸臣萬民之復逆，故詩人重之，曰“家伯維宰”。’案：仲師以此宰爲宰夫，毛無《傳》，仲師治《毛詩》，當是《毛詩》古説。《春秋》‘宰咺’，服虔注：‘咺，天子宰夫。’此亦宰夫稱宰之證也。《古今人表》‘大宰家伯’，鄭《箋》‘宰爲冢宰’，從《魯詩》説。但冢宰是執政之官，皇父爲卿士，不當復有家伯爲大宰。似誤。”王先謙云：“‘家伯’或作‘冢伯’者，譌也。孔疏：‘宰對司徒、内史等六官，是列職之事，五者皆是一官之長，宰不當獨爲太宰之佐，以此知“家伯維宰”是冢宰也。’《易林·萃之蒙》:‘家伯爲政,病我下土。’又《漸之井》:‘家伯妄施,亂在其官。’此齊義。言‘家伯爲政’,足見宰爲太宰,非宰夫矣。”參校諸説,明經文當作“家伯維宰”。至作“爲”者,乃“惟”、“維”之假借字也。

〔**仲允膳夫**〕 《漢書·古今人表》“仲允”作“中術”,注云:“即‘中允膳夫’。”胡承珙云:“《漢書·人表》作‘膳夫中術’。案:術與遂古同音通用。《説文》:‘旞,導車所載,全羽以爲允。’是允與旞亦雙聲,故仲允又作中術。《潛夫論·本政篇》云:‘皇父、蹶、踽聚而致災異。’案:此詩以卿士、司徒、冢宰與膳夫、趣馬等彙敘一處者,欲見‘皇父’等句通宫禁,必有膳夫、趣馬一輩人爲之交關,如齊之雍巫,宋平公夫人之步馬者,皆其類也。”馬瑞辰云:“古術讀若遂。《春秋》‘秦伯使術來聘’,《公羊》、《漢書》並作遂。《學記》‘術有序’,注:‘術當爲遂,聲之誤也。’《月令》‘審端徑術’,注:‘術,《周禮》作遂。’是其證也。《説文》:‘旞,導車所載,全羽以爲允。允,進也。’是允、遂音亦相近,故允得通術,猶遂借作術也。”詩文作‘中術’者,《齊詩》也。陳喬樅云:“‘術’與‘述’同,古又通作‘允’,亦通作‘聿’。《詩·文王》‘聿修厥德’,《傳》:‘聿,述也。’《漢書·東平王宇傳》作‘述修厥德’。《詩·大雅》‘聿懷多福’,《箋》亦云:‘聿,述也。’《繁露·郊祭篇》作‘允懷多福’,皆術、允古通之證。”朱駿聲云:“中術,術字當即粇字。術从行,朮聲。非从朮聲也。”《説文·㫃部》“旞”下段注:“允、旞亦雙聲疊韻也。《詩》‘仲允膳夫’,《古今人表》作‘膳夫中術’。術與遂古同音通用。允,古音如戈盾之盾,是以漢之大子中盾,後世稱大子中允。允、盾、術、遂四字音近。……此謂允即粇之叚借。”《夲部》:“粇,進也。从夲,从中,允聲。”

〔**聚子内史**〕 《漢書·古今人表》“聚”作“掫”。按:《説文·木部》有“㯳”無“聚”,蓋“聚”爲後作之或體,“掫”爲同音假借字耳。

〔蹶維趣馬〕　《漢書·五行志》注引《詩》作“橜”,《古今人表》引同。《釋文》出作“蹷”。《説文·足部》:“蹶,僵也。从足,厥聲。一曰跳也。亦讀若橜。”徐鍇《繫傳》作“蹷”,經傳互見,音義悉同。《廣韻·月韻》:“蹶,亦作蹷。”《集韻·月韻》:“蹷,亦書作蹶。”《姓觿·月韻》:“蹶,《姓考》云:姞姓之後。《姓苑》云:周蹶父之後。”《萬姓統譜·屑韻》:“蹶,周蹶由,王餘祭之弟。”本詩鄭《箋》云:“番、聚、蹶、楀皆氏。”按:姓氏之“蹶”,當依《廣韻》居衛切。“蹶”爲本字,“蹷”爲其變體,“橜”爲同音假借字。

〔楀維師氏〕　《漢書·五行志》引《詩》作“掫”。《古今人表》作“萬”,注:“萬讀爲掫。”《集韻》引《詩》作“掫”。《潛夫論·本政》作“踽”。鄭《箋》:“番、聚、蹶、楀皆氏。”《廣韻》:“楀,楀氏。”此“楀”字,小字本、相臺本、閩本、明監本、毛本同。阮校:“案《五經文字·木部》:‘楀,氏也。見《詩·小雅》。楀字是也。從木、從扌字多相亂。’顔師古《漢書·人表》注云‘萬讀曰楀’,《集韻·九麌》亦作掫,皆與唐石經初刻同。”(《唐石經》初刻掫,後改楀。)《説文》、《玉篇》皆有“楀”無“掫”。《漢書》作“掫”,用《齊詩》,或“楀”之隸變。《潛夫論》用《魯詩》作“踽”,蓋同音通假也。

〔豔妻煽方處〕　《釋文》:“豔妻,餘贍反。美色曰豔。”“煽,音扇,熾也。《説文》作偏,云:‘熾盛也。’”“處,一本作熾。”王先謙云:“‘豔妻’,《傳》以爲即褒姒。《方言》:‘豔,美也。’魯‘豔’作‘閻’,‘偏’作‘扇’者。《漢書·谷永傳》:‘昔褒姒用國,宗周以喪。閻妻驕扇,日以不臧。’又云:‘抑褒、閻之亂外戚。’《班使伃傳》云:‘哀褒、閻之爲郵。’是褒姒、閻妻確爲二人。顔注:‘閻,嬖寵之族也。魯詩《小雅·十月之交篇》曰:“閻妻扇方處。”’顔不見《魯詩》，當是漢、魏諸家舊注引述《魯詩》之説，而顔襲用之也。齊作'剡'者，《中候擿雒戒》云：'剡者配姬以放賢，山崩水潰納小人，家伯罔主異載震。'孔《疏》以皇父、家伯、仲允蓋與后同姓剡。……案：閻、剡音隨字變，齊、魯不同，學者各據所聞爲説，其非褒姒甚明。"馬瑞辰則云："閻、剡皆豔字之同音假借，説《詩》者遂妄以爲姓耳。煽字，《説文》、《玉篇》所無，其引《詩》皆作傓，蓋古《毛詩》原作傓也。《魯詩》作扇，即傓字之省。"胡承珙云："案：小徐本《説文》引《詩》作'豔妻傓方熾'，是與《釋文》一本同。不知處與上馬、夫、徒爲韻，不得作熾。且《傳》訓煽爲熾，經必非又作方熾。可知一作本殆因《箋》'方熾'之文而誤。《箋》云：'七子皆用后嬖寵方熾之時並處位。'此以'方熾'釋經'煽'字，以'並處'釋經'方處'，其文明甚，非以'方熾'訓'方處'也。"明經文原作"豔妻傓方處"。

〔**抑**此皇父〕　《釋文》："抑，如字，辭也。徐音噫。《韓詩》云：意也。"《箋》云："抑之言噫。"胡承珙云："陸引《韓詩》者，非謂以'意'訓'抑'，言'抑'《韓詩》作'意'也。古抑、意字通，《九經古義》已詳。鄭云'抑之言噫'，即本《韓詩》，蓋以'意'爲'噫'之省耳。"陳奂云："抑讀爲噫，假借字也。古抑、懿聲近義通，'抑此皇父'與'懿厥哲婦'句意相同。"王引之云："抑，詞之轉也。……字或作意。……字又作噫，又作億，又作懿，聲意並同也。家大人曰：噫、懿、億並與抑同。"

〔**戕**〕　《釋文》："戕，在良反，殘也。王本作臧。臧，善也。孫毓《評》以鄭爲改字。"按："戕"，唐石經、小字本、相臺本同。阮校曰："惠棟云王肅改字反誚康成，是也。"胡承珙云："《箋》云：'戕，殘也。言皇父既不自知不是，反云：我不殘敗女田業，禮，下供上役，其道當然，言文過也。'……臧在東曰：'上文"于何不臧"，《箋》云："臧，善也。"此"曰予不戕"，《箋》云："戕，殘也。"臧字、戕字最有區别,如鄭改字,宜云"臧當作戕",必不遽易本經也。蓋《三家詩》本有作臧者,故肅據之以改毛氏,而與鄭爲異。陸氏謂孫毓朋於王,故反誣鄭也。'承珙案:'曰予不戕',正與上'豈曰不時''曰'字相應,惟其自以爲時,故不以徹屋妨農爲戕害,而謂下之供上,禮則宜然。通章詞意聯貫。《釋文》但言王肅作臧,而不存其説。然作'曰予不善',則'予'乃邑人自予,謂皇父反以予爲不善,不知下供上役之禮,於文勢多一轉折,不如《箋》義之順也。"馬瑞辰云:"《説文》:'臧,从臣,戕聲。'藏、臧、戕三字古通用。《易·豐》'自藏也',《釋文》云:'衆本作戕。馬、王云:殘也。鄭云:傷也。'《淮南子·説林篇》'高鳥盡而强弩藏',高注:'藏,猶殘也。'戕通作臧,猶藏通作戕也。'曰予不戕'與上'豈曰不時'義相應,惟其不自知其役使之不時,故亦不自以爲戕民。鄭君所見《毛詩》本作戕,故不曰'臧當作戕'。王肅所見本或作臧,亦戕字之假借,王肅遂以臧字本義釋之,非也。孫毓以鄭爲改字,惠氏棟又以王爲改字,並非。"

〔**慭**〕　朱熹《詩集傳》作"憖",非。

〔**黽勉從事**〕　《釋文》:"黽,本又作僶,同。"《文選·潘岳〈悼亡詩〉》注引《毛詩》,《白帖》四十一引《詩》"僶俛從事"。《漢書·劉向傳》、《後漢書·皇甫規傳》注、《傅毅傳》注引《詩》並作"密勿從事",云:"密勿,黽勉也。"錢氏曰:"密勿即黽勉,聲之轉也。古讀勿如没,《爾雅》:'蠠没,勉也。'亦密勿之異文。劉向世習《魯詩》,知《魯詩》黽勉字皆作密勿矣。"段氏曰:"僶,字書無此字,經典或借黽字爲之。""蠠没",或作"蠠没"、"蠠没",與"黽勉"字異而義同,"密勿"亦然。後世經傳多以"黽勉"出之。

〔**讒口囂囂**〕　《釋文》:"囂囂,《韓詩》作嗸嗸。"《吕氏家塾讀詩記》、《詩攷》各引《詩》"讒口嗸嗸"。《漢書·劉向傳》、《後漢書·皇甫規傳》、《文選·潘岳〈關中詩〉》注引《詩》"讒口嗸嗸"。《馮衍傳》注、《潛夫論·賢難》各引《詩》"讒口敖敖"。《説文》(段注本):"嗸,衆口愁也。从口,敖聲。《詩》曰:'哀鳴嗸嗸。'"段注:"此字,《五經文字》、《玉篇》、《廣韻》、《經典釋文》皆下口上敖,本《説文》也。今《説文》作嗷,後人所妄改。"《説文·言部》(段注本):"謷,不省人言也。"《㗊部》:"㗊,衆口也。从四口。凡㗊之屬皆从㗊。讀若戢。""囂,聲也。气出頭上。从㗊,从頁。頁,首也。"段注:"《欠部》曰:'歊歊,气上出貌。'歊與囂音同義近。聲出而气隨之,故从㗊、頁,會意。"按:"嗸"、"謷",均五牢切,二部。"囂",許嬌切,二部。三字義異。"嗸"爲正字,"謷"爲同音假借字,"嗷"爲後作之俗體,"敖"爲"嗸"之省借。"囂"、"嗸"音近,故借"囂"爲"嗸"耳。

〔**下民之孽**〕 《文選·嵇康〈幽憤詩〉》注引《毛詩》作"下民爲孽"。"爲"乃誤字。

〔**噂沓背憎**〕 《唐石經》原刻"蹲",磨改"噂"。山井鼎《考文》:古本"沓"作"喈"。毛《傳》:"噂猶噂噂,沓猶沓沓。"鄭《箋》云:"噂噂沓沓,相對談語。"《釋文》:"噂,《説文》作僔,云:聚也。""喈,本又作沓。"《五經文字》:"噂,《詩》亦作僔。"《左傳·僖公十五年》引《詩》作"僔"。《玉篇·人部》、《白帖》九十三各引《詩》同。《説文·人部》:"僔,聚也。从人,尊聲。《詩》曰:'僔沓背憎。'"《廣雅》:"僔僔,衆也。"《説文·口部》:"噂,聚語也。从口,尊聲。《詩》曰:'噂沓背憎。'"段注:"陸、張皆不云《説文》有'噂',則知淺人依《詩》增也。"胡承珙云:"據《箋》云:'相對談語。'則《毛詩》當作'噂',或三家有作'僔'者歟。'沓猶沓沓'者,《〈大雅·板〉傳》云:'泄泄,猶沓沓也。'《〈蕩〉箋》云:'其笑語沓沓,又如湯之沸,羹之方熟。'故此《箋》亦以沓爲相對談語也。"馬瑞辰云:"蓋作'噂'者《毛詩》,作'僔'者《三家詩》也。朱氏彬曰:'屈原《天問》"天何所沓",王逸注:"沓,合也。"詩言小人之情,聚則相合,背則相憎。'其義較《傳》、《箋》尤爲直捷。"王先謙云:"《説文》:'僔,聚也。'引《詩》'僔沓背憎',此三家文。……《説文》:'沓,語多沓沓也。'是'僔沓'即聚語也。聚則笑語,背則相憎,小人之情狀。""噂",《説文》未載。"噂"、"僔"音同義近,可通用。當以"僔沓"爲正字。

〔**悠悠我里,亦孔之痗**〕　《釋文》:"里,本或作瘇。"董氏引崔《集注》作"瘇"。《玉篇·疒部》引《詩》"悠悠我瘇"。《爾雅·釋詁》郭注、《廣韻·六止》各引《詩》"悠悠我悝"。《〈爾雅·釋訓〉釋文》引樊光引《詩》"攸攸我里"。《釋文》:"痗,本又作悔。"《爾雅·釋詁》:"悝,憂也。"《玉篇》:"瘇,病也。"《説文》:"悝,啁也。……一曰病也。"毛《傳》:"里,病也。"今閩本、明監本、毛本《傳》皆作"里,居也"。陳啓源《毛詩稽古編》云:"《呂記》云董氏曰:'里,顧野王作瘇。《爾雅》以瘇爲病,《集注》同之。今毛以里爲病,蓋當毛作《傳》時字爲瘇也。'《爾雅》:'瘇,病也。'邢疏引'悠悠我里'爲證,而云里、瘇音義同。總觀諸説,方知《傳》文有誤也。凡《箋》義與《傳》同者,例不重訓,毛果云'里,居',鄭不應複出矣。孔述毛云:爲此而病,指里也。亦甚困病,指孔痗也。又言:鄭'里,居',與毛異,合之《呂記》、邢疏,則毛、鄭里字訓病不訓居,明甚。源謂《傳》文當云'里,病也'。中間'居也痗'三字乃昧者妄增耳。《伯兮》'心痗',《傳》已有釋,故此詩止訓里字,俗儒恠病義非里字常訓,因增入痗字以當之。見里字無釋,則勦《箋》文'居也'以實之耳。……又《呂記》謂毛作《傳》時字當作瘇,此未必然。毛義由師授,不必望文生訓。古字多通用,當借里耳。後儒據《爾雅》改爲瘇,容有之,《釋文》所云,良是也。"胡承珙云:"案:《爾雅·釋訓》:

‘儵儵、嘒嘒，罹禍毒也。’《釋文》：‘儵，樊本作攸。’引《詩》‘攸攸我里’。《釋訓》此條雖屬《小弁》，然可見樊所據《十月之交》字本作里，《玉篇》引《詩》作痙者，乃所謂後改之本，陳氏之言可謂洞中癥結。”馬瑞辰云：“《玉篇》：‘痙，病也。’引《詩》‘悠悠我痙’。又：‘悝，憂也，悲也，疾也。’《廣韻》：‘悝，憂也。’引《詩》‘悠悠我悝’。《説文》無痙有悝，云：‘啁也。一曰病也。’是痙即悝也。古文多省借，故《毛詩》止作里而訓爲病，《三家詩》蓋有用本字者，故或作痙，或作悝。《雲漢》詩‘云如何里’，《箋》：‘里，憂也。’亦以里爲悝之假借。此《箋》訓里爲居，非詩義也。悝兼憂、病兩義，此詩‘亦孔之痗’始言病，則上句‘悠悠我里’里當訓憂，謂因憂而病也。《説文》：‘楚、潁之閒謂憂曰慈。’慈與悝、里音義亦相近。憂與思義近，朱彬曰：‘“悠悠我里”猶言悠悠我思。’是也。”王先謙引陳喬樅云：“‘攸’字即‘悠’之省，今文《爾雅》作‘儵’，與樊本異。毛意以‘里’爲‘痙’之叚字，鄭用魯義，故與毛異。”王先謙云：“是陳氏以《雅》訓‘攸攸’爲‘憂’，與毛釋‘悠悠’同。‘里’，讀如字，與鄭義同也。以‘里’爲所居之地，與下‘我獨居憂’句意不複。……《玉篇》所引是《韓詩》，與毛訓義同。”“痗”字，《説文》未收。《爾雅·釋詁下》：“痗，病也。”《説文·心部》：“悔，悔恨也。从心，每聲。”段注：“悔者，自恨之意。”又，《公羊傳·襄公二十九年》：“飲食必祝曰：‘天苟有吴國，尚速有悔於予身。’”何休注：“悔。咎。”按：要之，“痙”、“悝”音義略同，通用，今文，三家用之。“里”乃“痙”或“悝”之省借，古文，《毛詩》用之。於此訓“憂”爲是。“悠”、“攸”、“儵”（儵）同。“悔”無“病”義，殆以形音近於“痗”而訛耶？

雨無正

浩浩昊天，不駿其德。降喪饑饉，斬伐四國。旻天疾威，弗慮弗圖。舍彼有罪，既伏其辜。若此無罪，淪胥以鋪。

周宗既滅，靡所止戾。正大夫離居，莫知我勩。三事大夫，莫肯夙夜。邦君諸侯，莫肯朝夕。庶曰式臧，覆出爲惡。

如何昊天，辟言不信。如彼行邁，則靡所臻。凡百君子，各敬爾身。胡不相畏，不畏于天。

戎成不退，飢成不遂。曾我暬御，憯憯日瘁。凡百君子，莫肯用訊。聽言則答，譖言則退。

哀哉不能言，匪舌是出，維躬是瘁。哿矣能言，巧言如流，俾躬處休。

維曰于仕，孔棘且殆。云不可使，得罪于天子。亦云可使，怨及朋友。

謂爾遷于王都，曰予未有室家。鼠思泣血，無言不疾。昔爾出居，誰從作爾室。

〔**雨無正**〕　朱熹《詩集傳》："歐陽公曰：'古之人於詩多不命題，而篇名往往無義例。其或有命名者，則必述詩之意，如《巷伯》、《常武》之類是也。今《雨無正》之名，據《序》所言，與詩絶異，當闕其所疑。'元城劉氏曰：'嘗讀《韓詩》有《雨無極》篇，《序》云："《雨無極》，正大夫刺幽王也。"至其詩之文，則比《毛詩》篇首多"雨無其極，傷我稼穡"八字。'愚按：劉説似有理。"王應麟《詩攷》亦引劉氏之言。王柏《詩疑》："《雨無極》當添兩句。"按：《韓詩》有此二句，當有所本。今傳《毛詩》定本中，多有文句或字詞错簡、脱簡者,本篇首章即有脱簡之嫌。又,本詩《序》云:“《雨無正》,大夫刺幽王也。雨,自上下者也。衆多如雨,而非所以爲政也。”馬瑞辰云:“《序》‘衆多無雨’二句正釋《雨無正》名篇之義。董氏《讀詩記》引《韓詩章句》曰:‘《雨無政》,無,衆也。’政即正也,足證毛、韓同義。劉安世謂《韓詩》以《雨無極》名篇,而以《詩序》‘正’字屬下讀,以爲正大夫刺幽王,其説不足信。《詩》曰‘正大夫離居,莫知我勩’,是兼刺正大夫之詞,非正大夫刺幽王也。《集傳》引歐陽公説已駁之矣。”按:馬説“非正大夫刺幽王”,是也。但本詩之目宜從《韓詩》,當爲《雨無極》,首章之端疑脱“雨無其極,傷我稼穡”二句。朱熹曰:“劉説似有理。然第一、二章本皆十句,今遽增之,則長短不齊,非《詩》之例。”按:此一説也。然統覽《三百篇》雖集四言詩之大成,但其中亦有少數句式長短間雜、渾無定則之雜言詩。如:《式微》有二言、三言、四言、五言之不同句式;《伐檀》有四言、五言、六言、七言句式;《株林》有三言、四言、五言句式;《十月之交》有四言、五言、八言句式;《螽斯》、《麟之趾》、《摽有梅》諸篇則以三言、四言相間。長短句之例不遑備舉,僅偶檢數篇已可見確有其例。故本篇首章若增二句亦無須詫爲不倫也。另,《詩經》各篇名目,多無劃一之義例。十居八九每摘取首章、首句中之詞以爲篇目,或自首章某句中擷一詞爲之;間有自首章中取一字,於其前附加“小”、“大”等字爲題者,如:《小旻》、《小宛》、《小弁》、《大明》等。此外,亦偶見另立名目者,若歐陽公所云“其或有命名者,則必述詩之意,如《巷伯》、《常武》之類是也”。(《大東》、《韓奕》等亦屬其例。)蓋學《詩》者未可皆於詩文中苦求所以命篇之旨,如本詩首章依《韓詩》補“雨其無極,傷我稼穡”二句,題爲《雨無極》,有何不諧乎?另檢諸詩之中亦有命名不避重複者,如:《揚之水》有三篇,《谷風》、《柏舟》、《無衣》各有兩篇,名雖同而詩旨互異,是知學《詩》應實事求是,考辨篇目與詩文之干係不可拘執也。

〔**降喪饑饉**〕　山井鼎《詩經考文》:古本"饑"作"飢"。按:《説文》:"饑,穀不孰爲饑。""饉,蔬不孰爲饉。""飢,餓也。""餓,飢也。"是"饑"、"飢"判爲二義,字形亦異,不應錯亂。此處以"饑"爲正字。

〔**旻天疾威**〕　《釋文》:"旻天,本有作昊天者。非也。""旻",小字本、閩本、明監本、毛本同。《唐石經》、相臺本作"昊"。《韓詩外傳》、《周書·祭公篇》、《文選·潘岳〈楊荆州誄〉》注、《爾雅·釋天》疏各引《詩》"昊天疾威"。《漢書·敘傳》注引《詩》"旻天疾畏"。鄭《箋》:"王既不駿昊之德,今昊天又疾其政,以刑罰威恐天下而不慮不圖。"《正義》云:"上有昊天,明此亦昊天。定本皆作昊天,俗本作旻天,誤也。"岳珂《九經三傳沿革例》云:"俗本皆作旻天,今從《疏》及善本。"阮氏《校勘記》云:"此詩凡三言'昊天','浩浩昊天'、'昊天疾威'、'如何昊天'是也,不應其一作'旻',乃涉《小旻》而誤耳。《毛鄭詩考正》云:'孔説爲得是矣。'"又,"威",《漢書·敘傳》作"畏"者,同音假借也。

〔**弗慮弗圖**〕　《漢書·敘傳》注引《詩》,《文選·曹植〈責躬詩〉》注引《毛詩》"不慮不圖"。楊雄《豫州牧箴》同。按:王引之云:"不,弗也。常語。"《論語》:"吾與女,弗如也。"《正義》云:"弗者,不之深也。"是"弗"、"不"音近義同,可通用。

〔**淪胥以鋪**〕　《爾雅·釋言》:"淪,率也。"郭注:"相率使。"邢昺疏曰:"謂相牽率。……《小雅·雨無正》云:'無淪胥以鋪。'""無",江疏本同。今本《詩經》作"淪胥以鋪"。浦鏜云:"'無'爲衍字。"《漢書·楚元王交傳》應劭注引《詩》"論胥以鋪"。《漢書·敘傳》:"烏呼史遷,薰胥以刑。"晉灼曰:"齊、韓、魯《詩》作薰。薰,帥也。"《後漢書·蔡邕傳》"下獲勳胥之辜",李賢注:"《詩·小雅》曰:'若此無罪,勳胥以痡。'勳,帥也。胥,相也。痡,病也。言此無罪之人,而使有罪者相帥而病之,是其大甚。見《韓詩》。"馬瑞辰云:"今按:薰、勳、淪音近通用,淪、率音之轉。然以淪胥爲率相,究爲不詞。《說文》:'淪,一曰没也。'《廣雅》、《玉篇》並曰:'淪,没也。'《廣雅》又曰:'淪,漬也。'淪又通陯。《說文》:'陯,山阜陷也。'當從朱子《集傳》訓淪爲陷。惟胥仍訓相,以淪胥爲陷相,亦爲不詞,當以胥爲湑之省借。《玉篇》:'湑,溢也。'《小爾雅》:'溢,没也。'《說文》:'没,湛也。'淪胥猶言湛休、湛淪,謂人之全陷休于罪,如全没入于水也。鋪者,痡之假借,當從《韓詩》作痡,訓爲病,皆淪没于罪以至於病也。《小旻》詩'如彼泉流,無淪胥以敗',《抑》詩'如彼泉流,無淪胥以亡',兩無字皆爲發聲,'淪胥以敗'、'淪胥以亡',猶此詩'淪胥以痡'也。"王引之云:"家大人曰:《詩》言'淪胥以敗'、'淪胥以亡',則此篇'淪胥以鋪',鋪字當訓爲病,不當訓爲徧。《韓詩》作痡,本字也。《毛詩》作鋪,借字也。王肅訓鋪爲病,本《韓詩》也。……是痡、鋪古字通。又案:淪、薰聲相近,薰、率聲之轉,故《爾雅》、《毛詩》訓淪爲率,《韓詩》訓薰爲帥,薰亦淪也。淪胥以鋪,謂相率而入於刑,入於刑則病苦,故《韓詩》曰'薰胥以痡'、《漢書》曰'薰胥以刑',其義一也。高誘以胥靡爲刑名,非以胥爲刑名。應劭以淪胥之胥爲胥靡,於義未安。"按:以上二説各有辨見,尤以馬説爲長。

〔**周宗既滅**〕　《左傳·昭公十六年》引《詩》"宗周既滅"。《北堂書鈔》十六引《詩》同。鄭《箋》:"周宗,鎬京也。"馬瑞辰云:"周宗與宗周有别。《書序》:'武王歸自奄,在宗周告庶邦,作《多方》。'《正義》曰:'在於宗周鎬京。'《正月》詩'赫赫宗周',《箋》:'宗周,鎬京也。'又洛邑亦名宗周,《祭統》衛孔悝之鼎銘曰'即宫於宗周’,鄭注:‘周既去鎬京,猶名王城爲宗周也。’至昭九年《左傳》‘自文以來,世有衰德,而暴滅宗周’,昭二十四年《左傳》‘嫠不恤其緯,而憂宗周之隕,爲將及焉’,宗周皆指王室言之。宗周亦曰宗國,《晉語》‘宗國既卑,諸侯遠已’,‘宗國既卑’猶云王室既卑,宗國猶言宗周也。若周宗,據襄二十九年《左傳》云‘晉國不恤周宗之闕,而夏肄是屏’,杜注‘周宗,諸姬也’,《穆天子傳》云‘赤烏氏先出自周宗’,郭注‘與周同始祖’,是周宗皆謂與同姓者耳,《詩》不得言周之同姓既滅。鎬京邦畿,惟民所止,宗周滅,故言‘靡所止戾’。《詩》周宗當爲宗周傳寫誤倒。昭十六年《左傳》引《詩》正作‘宗周既滅’,是《詩》本作宗周之證。《箋》云‘周宗,鎬京也’,蓋鄭君箋《詩》時所見毛《傳》尚作宗周,故解與《正月》詩‘赫赫宗周’同。今《箋》作周宗者,後人因經誤作周宗而並改之也。《正義》言‘宗周、周宗,文雖異而義同’,誤矣。朱子《集傳》惟據誤本作周宗,遂以宗爲族姓,謂將有易姓之變,不知周宗實宗周之譌。”馬説甚確。

〔**莫知我勩**〕　《左傳·昭公十六年》引《詩》“莫知我肄”,杜注:“肄,勞也。”本詩毛《傳》:“勩,勞也。”《説文》:“勩,勞也。”“肄,習也。”《爾雅·釋詁下》:“勩,勞也。”注引《詩》“莫知我勩”。《左傳》引作“肄”,同音假借也。

〔**曾我暬御**〕　“暬”,各本原作“褻”,朱熹《詩集傳》仍作“褻”。阮校:“《唐石經》作‘暬’。案:唐石經是也。此字從‘埶’聲,《五經文字》云:‘暬與褻同,見《詩·小雅》。’《説文》云:‘暬,日狎習相慢也。’皆誤从‘執’。”本詩毛《傳》:“暬御,侍御也。”胡承珙云:“此詩自是暬御之臣所作,而《序》云:‘大夫刺幽王。’則暬御未必是小臣之稱。《楚語》‘居寢則有暬御之箴’,韋注:‘暬,近也。’《崧高》‘王命傅御’,《傳》云:‘御,治事之官也。’然則此暬御當是近臣之治事者。……毛以侍御訓暬御，則當爲左右親近之臣，故章末《傳》云：‘遭亂世，義不得去。’則其非小臣可知。後世侍中、常侍，何嘗非尊官乎？《箋》泥於暬字之解，以爲左右小臣，恐非毛旨。”按：《説文》：“暬，日狎習相慢也。从日，執聲。”段注云：“暬與褻音同義異，今則褻行而暬廢矣。各本篆作暬，執聲作執聲，《五經文字》亦誤。今正。”蓋“暬”爲正字確矣。

〔**憯憯**〕　小字本、相臺本同。《唐石經》作“慘慘”。阮元《校勘記》：“案《釋文》云：‘憯憯，千感反。’《正義》云‘憯憯然日以憂病’，是《釋文》、《正義》本皆作‘憯憯’，不知《唐石經》出何本也。”《説文》：“憯，痛也。”本詩“憯憯日瘁”，朱熹注曰：“憯憯，憂貌。”另，《大雅·民勞》“憯不畏明”，毛《傳》：“憯，曾也。”《釋文》：“慘，本亦作憯。”《左傳·昭公二十年》引《詩》作“慘不畏明”，杜預注：“慘，曾也。”“曾”爲副詞，猶乃、竟然。此别一義也。但此詩“憯憯”乃憂傷之意，非虚詞也。《唐石經》或據《左傳》誤改爲“慘慘”。蓋此篇正字當作“憯憯”，不可假“慘”爲之。

〔**聽言則答，譖言則退**〕　毛《傳》：“以言進退人也。”鄭《箋》：“答，猶距也。有可聽用之言，則共以辭距而違之。有譖毁之言，則共爲排退之。”此篇“答”字，《漢書·賈山傳》、《新序·雜事五》各引《詩》“聽言則對”。此用《魯詩》文。胡承珙云：“此《傳》以進釋答字。答，本當作對，《大雅·桑柔》‘聽言則對’與此正同。《蕩》‘流言以對’，《傳》云：‘對，遂也。’遂之義爲進。……《月令》‘遂賢良’，注云：‘遂，進也。’《易·大壯》‘不能退，不能遂’，虞注：‘遂，進也。’《爾雅》：‘對，遂也。’郭注引《詩》‘對揚王休’，對揚謂進揚，故《〈江漢〉傳》亦云‘對，遂’。”馬瑞辰云：“《説文》：‘从，相聽也。’《廣雅》：‘聽，從也。’《春秋》‘從祀先公’，《左傳》作‘順祀’。《説文》：‘睽，目不相聽也。’段玉裁曰：‘聽，猶順也。’聽有順從之義,'聽言'對'譖言'而言,正謂順從之言。《廣韻》:'譖,毀也。''毀,猶謗也。'古以諫言爲誹謗,故堯有誹謗之木,譖言即諫言也。詩承上'莫肎用訊',訊讀如誶。《韓詩》:'誶,諫也。'言凡百君子所以莫肎直諫,蓋以王好順從而惡諫譖,聞順從之言則答而進之,聞譖毀之言則退而不答。聽言言答,則進之可知;譖言言退,則不答可知。互文以見義。《傳》謂'以言進退人',義蓋如此。……《箋》以答爲距而違之,非詩義也。……《廣雅》:'對,畣也。'畣即荅字。《説文》:'荅,小尗也。'今通借爲酬荅之荅。對與荅雙聲,故對字可借作荅。古荅字又借作合,《爾雅》:'合,對也。'合即荅也。"又,《玉篇》:"荅,當也。"《五經文字》:"荅,此荅本小豆之一名,對荅之荅本作畣。經典及人間行此荅已久,故不可改變。"《廣韻》:"答,當也。亦作荅。"《正字通》:"答,對也。"《篇海類編》:"答,合也。"是"對"與"答"(荅、畣)古通用也。

〔**維躬是瘁**〕　《左傳·昭公八年》引《詩》"唯躬是瘁"。《説文繫傳》三十五引《詩》"維"作"惟"。《説文·口部》:"唯,諾也。"《糸部》:"維,車蓋維也。"《心部》:"惟,凡思也。"段注:"按:經傳多用爲發語之詞,《毛詩》皆作維,《論語》皆作唯,古文《尚書》皆作惟,今文《尚書》皆作維。古文《尚書》作惟者,《唐石經》之類可證也。今文《尚書》作維者,《漢石經》殘字可證也。俗本《匡謬正俗》乃互易之,大誤。又《魯詩》作惟,與《毛詩》作維不同,亦見《漢石經》殘字。"王引之云:"惟,發語詞也。……字或作'唯',或作'維'。家大人曰:亦作'雖'。""'唯',《説文》:'諾也。'蓋但取聲氣,故亦引申爲發語詞。作'惟'、作'維'、作'雖',皆假借。"

〔**俾躬處休**〕　《左傳·昭公八年》引《詩》"卑躳處休"。《釋文·春秋左氏音義》引《詩》出作"卑躬處休",云:"卑,必爾反,本又作俾。"《説文》:"俾,益也。从人,卑聲。"段注:"俾與埤、朇、裨音義皆同。今裨行而埤、朇、俾皆廢矣。經傳之俾皆訓使也,無異解,蓋即益義之引申。《釋詁》:'俾,從也。'《釋言》:'俾,職也。'亦皆引申之義。古或假卑爲俾。"《説文·吕部》(段注本):"躳,身也。从吕,从身。躬,俗从弓、身。"段注:"从吕者,身以吕爲柱也。侯執信圭,伸圭人形直;伯執躳圭,躳圭人形曲。鞠躳者,斂曲之貌也。……弓身者,曲之會意也。"《説文》:"吕,脊骨也。象形。……凡吕之屬皆从吕。"段注:"吕本古文,以古文爲部首者,因躳从吕也。"是"俾躳"爲正字也。

〔**維曰于仕**〕　"于",毛本作"予"。據阮校:"《唐石經》、小字本、相臺本'予'作'于',《考文》古本同。案:'予'字誤也。"毛《傳》:"于,往也。"蓋"于"爲正字無疑。

小旻之什

小　旻

旻天疾威,敷于下土。謀猶回遹,何日斯沮。謀臧不從,不臧覆用。我視謀猶,亦孔之邛。

潝潝訿訿,亦孔之哀。謀之其臧,則具是違。謀之不臧,則具是依。我視謀猶,伊于胡底。

我龜既厭,不我告猶。謀夫孔多,是用不集。發言盈庭,誰敢執其咎。如匪行邁謀,是用不得于道。

哀哉爲猶,匪先民是程,匪大猶是經。維邇言是聽,維邇言是争。如彼築室于道謀,是用不潰于成。

國雖靡止，或聖或否。民雖靡膴，或哲或謀，或肅或艾。如彼泉流，無淪胥以敗。

不敢暴虎，不敢馮河。人知其一，莫知其他。戰戰兢兢，如臨深淵，如履薄冰。

〔旻天疾威〕　《列女傳·雋不疑母》引《詩》“昊天疾威”。按：旻天，《爾雅·釋天》：“秋爲旻天。”郭璞注：“旻，猶愍也，愍萬物雕落。”朱熹《詩集傳》：“旻，幽遠之意。”是“旻”、“昊”音義各異。《列女傳》引《詩》作“昊”者，蓋以二字形近而訛也。

〔謀猶回遹〕　《釋文》：“遹，《韓詩》作鴥，義同。”董氏引崔氏《集注》作“謨猷回遹”。《文選·班固〈幽通賦〉》注引《韓詩》“謀猷迴穴”，曹大家注曰：“回，邪也。穴，僻也。”潘岳《西征賦》注引《韓詩》“謀猷回泬”，引《薛君章句》曰：“回泬，邪僻也。”《説文》：“遹，回避也。”段注：“依《韻會》作辟。《小雅》‘謀猶回遹’，毛曰：‘回，邪。遹，辟也。’按：辟、僻古今字。《大雅》兩言‘回遹’，《箋》皆云‘回邪’。《韓詩》遹作穴，或作泬，或作鴥，皆叚借字也。”胡承珙云：“《大雅·抑》《桑柔》皆有回遹，《箋》皆訓爲維邪，維、回聲之轉，邪、僻義相成耳。”馬瑞辰云：“《説文》：‘褱，衺也。’‘衺，褱也。’回即褱之假借，故《傳》訓爲邪。《大明》詩‘厥德不回’，《傳》：‘回，違也。’違亦褱之借字。韋、回同聲，故通用。……若回之本義，自爲轉耳。……古遹讀如穴，故通作鴥與泬，猶《毛詩》‘鴥彼晨風’，《韓詩》作鷸也。古邪僻字正作辟，又通作避。……回辟即回僻也。僻者，偏也。”另，《説文·犬部》：“猶，玃屬。从犬，酋聲。一曰：隴西謂犬子爲猶。”段注：“《曲禮》曰：‘使民決嫌疑，定猶豫’，《正義》云：《説文》‘猶，玃屬’；‘豫，象屬’。此二獸皆進退多疑，人多疑惑者似之,故謂之猶豫。按:古有以聲不以義者,如猶、豫雙聲,亦作猶與,亦作冘豫,皆遲疑之貌。……《春秋》經'猶三望','猶朝于廟','猶繹今',謂可已而不已者曰猶,即猶豫、夷猶之意也。《釋詁》曰:'猷,謀也。'《釋言》曰:'猷,圖也。'《〈召南〉傳》曰:'猶,若也。'《説文》:'圖者,畫也,計難也。謀者,慮難也。圖謀必酷肖其事而後有濟,故圖也、謀也、若也爲一義。《周禮》'以猶鬼神示之居',猶者,圖畫也。是則皆从遲疑、鄭重之意引申之。《魏風》毛《傳》:'猷,可也。'可之義與庶幾相近,庶幾與今語猶者相近也。《釋詁》又曰:'猷,道也。'以與由音同,'秩秩大猷',《漢書》作'大繇'可證。《釋詁》又云:'猷,已也。'謂已然之詞,亦即'猶三望'之類也。今字分猷謀字犬在右,語助字犬在左,經典絶無此例。"王筠《説文句讀》:"猷、猶一字。凡謀猷,《尚書》作猷,《毛詩》作猶。"是"猶"同"猷"也。此詩"謀猶回遹"爲正字。

〔**潝潝訿訿**〕　毛《傳》:"潝潝然患其上,訿訿然不思稱其上。""潝潝",《爾雅·釋訓》作"翕翕",《説文·言部》引《詩》並同。《荀子·修身篇》引《詩》作"噏噏"。《漢書·劉向傳》引作"歙歙"。"訿訿",《説文·言部》引《詩》作"呰呰"。《荀子·修身篇》引《詩》作"呰呰"。《毛詩正義》:"《釋訓》云:'潝潝、訿訿,莫供職也。'李巡曰:'君暗蔽,臣子莫親其職。'郭璞曰:'賢者陵替,奸黨熾盛,背公恤私,曠職事也。'皆言其大旨耳。彼不解潝潝、訿訿之文。潝潝爲小人之勢,是作威福也。訿訿者,自營之狀,是求私利也。自作威福,競營私利,是不供君職也。此《傳》亦唯《爾雅》文徑解其意,患其上者,專權争勢,與上爲患。不思稱上者,背公營私,不思欲稱上之意,亦是不供職之事。"《方言》:"翕,熾也。"《廣雅》同。《説文》:"翕,起也。"段注:"《釋詁》、毛《傳》皆云'翕,合也',許云'起也'者,但言合則不見起。言起而合在其中矣。翕从合者,鳥將起必斂翼也。"楊雄《甘泉賦》"翕赫曶霍",李善注:"翕赫,盛貌。"《爾雅》郭注"奸黨熾",正釋"翕翕"詞義,毛《傳》義本《爾雅》,與《説文》亦相近。按:此詩文當以"翕翕"爲正字,至作"潝"、"噏"、"歙"者,皆从翕聲,故以爲"翕"之借字也。《説文·言部》:"訾,不思稱意也。从言,此聲。《詩》曰:'翕翕訿訿。'"段注:"呰毀字古作呰,與訾别,後人混用。"《説文·口部》:"呰,苛也。从口,此聲。"段注:"苛,亦當作訶。玄應引作訶。凡言呰毀當用呰。《喪服四制》:'呰者,莫不知禮之所生也。'鄭云:'口毀曰呰。'玄應引如此。今《禮記》作訾。按:《少儀》注,兩云'訾,思也'。"(按:《禮記·喪服四制》原作"訾之者,是不知禮之所由生也"。)《爾雅·釋訓》郝氏疏云:"《〈召旻〉傳》云:'訿訿,窳不供事也。'《釋文》引《説文》:'窳,嬾也。'(今《説文》無)然則翕翕者小人黨與之合,訿訿者惰窳之態,此所以曠厥官也。"《〈大雅·召旻〉正義》曰:"《釋訓》又云:'翕翕訿訿,莫供職也。'是訿訿爲窳不供其職也。《説文》云:'窳,嬾也。'草木皆自竪立,唯瓜瓠之屬卧而不起,似若嬾人常卧室,故字从宀,音眠。"(阮校云:"明監本、毛本字作穴,案:皆誤也,當作宀。")按:今《説文·宀部》無"窳"字。《穴部》:"窳,污窬也。从穴,㼌聲。"段注:"污窬,蓋與污衺同,亦謂下也。以衺與窊同韻,窬與窳同韻,故分别其辭也。《史記》'舜陶河濱,器不苦窳',裴駰曰:'窳,病也。'按:器窳者,低陷之謂,亦汙窬之意也。《釋詁》曰:'窳,勞也。'郭云:'勞苦者多惰窳。'……《史記》'呰窳偷生',晋灼曰:'呰,病也。窳,惰也。'許於此部'呰'下亦云'窳也',蓋即用毛《傳》,《毛詩》訿,即呰也。此等窳皆訓惰嬾,亦皆污窬引伸之義。釋玄應屢引楊承慶《字統》説'懶者不能自起,如瓜瓠在地下不能自立,故字从㼌。又嬾人恒在室中,故从穴'。夫'穴'訓土室,不必从宀而後爲室也。而《〈召旻〉正義》曰'艸木皆自竪立,惟瓜瓠之屬獨卧而不起,似若嬾人常卧室。故字从宀,宀音眠'。此亦用《字統》説而與玄應所據有異。且陸氏《釋文》、孔氏《正義》皆引《説文》'窳,嬾也',而《説文》無此語。聞疑載疑,不敢於《宀部》妄補窳篆。……按:《字統》説,呱爲'會意';許則云'形聲'。"按:今《説文》無"呰,窳也"與"窳,嬾也"之文。又《漢書》載劉向上封事曰:"衆小在位而從邪議,歙歙相是而背君子",繼又引《詩》"歙歙訿訿"六句爲證,是讀"訿"爲呰毁之"呰"也。比勘諸説,經文正字當作"翕翕呰呰"。"訿"與"呰"同。

〔**伊于胡底**〕 "底",《唐石經》、相臺本同。小字本、閩本、明監本、毛本作"底"。按:《説文》:"厎,柔石也。从厂,氐聲。砥,厎或从石。"《玉篇》:"厎,至也。"《説文》(段注本):"底,山尻也。一曰下也。从广,氐聲。"段注:"尻,各本譌作居,今正。山當作止,字之誤也。从广,故曰止尻。《玉篇》曰:'底,止也,下也。'《廣韻》曰:'底,下也,止也。'皆本《説文》。"陳奂云:"'伊于胡厎'與'則靡所臻'文義正相同。"是"厎"爲正字。

〔**是用不集**〕 毛《傳》:"集,就也。"《韓詩外傳》六載船人盍胥對晉平公,末引《詩》曰:"謀夫孔多,是用不就。"王氏《詩攷》引《韓詩外傳》作"不就",而今本作"不集",乃後人據《毛詩》妄改。董氏引崔氏《集注》亦作"不就"。按:"集"、"就"雙聲,古通用,《尚書·顧命》"克達殷集大命",《漢石經》作"克通殷就大命"是其證。毛《傳》"集,就也"者,既訓"集"爲"就",又讀"集"如"就",以"集"爲假借字也。錢氏曰:"毛公《傳》每寓聲於義,雖不破字,未嘗不轉音訓集爲就,即轉从就音。""集"、"就"亦聲轉義通,《小爾雅·廣詁》:"集,成也。"《廣雅·釋詁三》:"集,就也。"《大雅·大明》"有命既集",《傳》:"集,就。"《尚書·武成》"大統未集",孔疏:"大業未就。"《左傳·成公二年》"可以集事",杜注:"集,成也。"是"集"、

"就"並與"成"同義。

〔**匪先民是程**〕　《冀州從事郡君碑》作"先民是呈"。蓋省"程"爲"呈"。《文選·張華〈勵志詩〉》注引《毛詩》作"先民是經","經"字蓋涉下文"匪大猶是經"而誤。以上兩引,句首均脱"匪"字。

〔**是用不潰于成**〕　《太平御覽》一百七十四引《毛詩》"是用不潰乎成"。按:"于"與"乎"乃句中、句末常語,義近互通,經傳多有其例。《御覽》蓋借"乎"爲"于"也。

〔**民雖靡膴**〕　《釋文》:"靡膴,《韓詩》作靡腜。猶無幾何。"胡承珙云:"《大雅·綿》'周原膴膴',《文選·魏都賦》注引《韓詩》,'膴'亦作'腜'。僖二十八年《左傳》'原田每每',亦與'腜'同。'毐'之義爲草盛上出,是膴、腜、每皆盛多之義。"陳奂云:"《〈綿〉傳》:'膴膴,美也。'則此詩'膴'字當亦訓爲美。靡,無也。民雖無美,猶云民之無良耳。……《正義》云:'王肅讀爲幠,幠,大也。無大有人,言少也。'王用韓義,則'靡膴'與'靡止'同也。"戴氏曰:"《韩詩》作'靡腜',以韻讀之,當從《韓詩》爲正,'腜',莫杯切,美也。'民雖靡腜'言雖無畢具美德者,固'或哲或謀,或肅或艾'矣。"錢氏曰:"古讀膴如模,《韓詩》作腜,模、腜聲相近,《説文》膴讀如謨。按:《周禮·腊人》'膴胖之事',後鄭云:'膴與大一也。'膴訓曰大,賈疏以爲《釋詁》文。今《爾雅》作'幠,大也'。是幠本或作膴,字通。"《説文》:"膴,無骨腊也。楊雄説:鳥腊也。从肉,無聲。《周禮》有膴判。讀若謨。"段注:"腊,今字也。《日部》作昔。《腊人》'掌乾肉,凡田獸之脯腊膴胖之事',脯腊皆謂乾肉,故許釋膴爲無骨腊,蓋賈侍中《周禮解詁》説。……下文云'《周禮》有膴判',易胖爲判,度許亦必釋爲腊屬,而今亡其説矣。無骨之腊,故其字从肉,無骨則肥美,故引伸爲凡美之偁,《毛詩》傳曰:

'膴膴,美也。'……按:《周禮》作胖。鄭大夫云:'胖讀爲判。'許同之。《半部》釋胖爲半體。後鄭云:'膴又詁曰大',注《有司徹》云:'膴讀如殷冔之冔。'則讀同幠。火吴反。"《説文·巾部》:"幠,覆也。从巾,無聲。"段注:"《喪大記》'幠用斂衾'。《釋詁》:'幠,大也。''幠,有也。'皆覆義之引伸也。"要之,"膴"、"幠"字通,"腜"、"膴"一聲之轉。此詩"膴"字應爲"幠"之假借。

〔**或哲或謀**〕　《齊詩》"哲"作"悊",見《漢書·叙傳》引《詩》,顔師古注引同。按:《説文·口部》:"哲,知也。从口,斱聲。悊,哲或从心。嚞,古文哲,从三吉。"段注:"古智、知通用。按:凡从折之字皆當作斤斷艸,各本篆文皆作手旁,用隸改篆也。今悉正之。……(悊)《韻會》引《説文》古以此爲哲字。按《心部》云:'悊,敬也。'疑敬是本義,以爲哲是假借。"《玉篇》:"悊,與哲同。"《康熙字典·心部》"悊"下云:"蓋大篆从心,小篆从口,今文多作哲,隸用小篆也。"此又一説。似段注爲允。

〔**艾**〕　《傳》:"艾,治也。"《説文》:"艾,冰臺也。"是爲草名。又,"嬖,治也。"古多省作"乂",故此詩又假"艾"爲之。

〔**如彼泉流**〕　《列女傳》三引作"如彼流泉",朱熹《詩集傳》亦作"流泉"。《唐石經》、宋本《九經》、岳本《毛詩集解》、《詩補傳》皆作"泉流",《抑》篇同。按:作"流泉"者,乃"泉流"之誤倒。

〔**不敢暴虎**〕　王氏《诗考》引《鹽鐵論·詔聖》引《詩》"不可暴虎"。各本皆作"不敢暴虎"。按:今本《鹽鐵論》引《詩》與今傳《毛詩》同,疑《詩考》所引有誤,或另有所據。《説文》:"㬥,晞也。从日,从出,从廾,从米。"今作"暴"者,"㬥"之隸省。《説文》"㬥"下段注云:"《考工記》'晝㬥諸日',《孟子》'一日㬥之',引申爲表㬥、㬥露之義,與《夲部》'暴'義别。凡暴疾、暴虐、暴虎皆《夲部》字也,而今隸一之,經典皆作暴,難於諟正。"按:今本《説文》有《夲部》。段注"《夲部》"應爲"《夲部》","㬥"應作"㬥"。《説文·夲部》:"㬥,疾有所趣也。从日、出、𠦍、廾之。"段注:"趣當作趨,引申爲凡疾之偁。……按此與暴二篆形義皆殊,而今隸不别。此篆主謂疾,故爲夲之屬。暴主謂日晞,故爲日之屬。"王筠《句讀》:"㬥,本是及時急事之義,自《周易》偁暴客,《周禮》有禁暴氏,遂專爲暴虐。"《廣韻·號韻》:"暴,侵暴,猝也,急也。又晞也。按:《説文》作㬥,疾有所趣也。又作暴,晞也。今通作暴。"本篇毛《傳》:"徒涉曰馮河,徒搏曰暴虎。"按:詩文當以"㬥"爲正字,然經傳多以"暴"出之。《爾雅·釋訓》:"暴虎,徒搏也。"郭璞注:"空手執也。"郝懿行《義疏》:"暴者,搏也。搏、暴古音相近,《匡謬正俗》云'暴有薄音',是也。"按:郝氏所偁"暴"字,皆應作"㬥"。"㬥"(暴)、"搏"音近義通,故郝氏讀"暴"(㬥)爲"搏"也。且今"暴"行而"㬥"廢,約定俗成已久,此篇則不煩易字矣。

〔**不敢馮河**〕　《説文繫傳》引《詩》"不敢淜河"。王氏《詩攷》引《鹽鐵論·詔聖》、《太平御覽》六十一各引《詩》作"憑"。《爾雅·釋訓》:"馮河,徒涉也。"郭注:"無舟楫。"郝氏《義疏》:"馮者,淜之叚音也。《説文》:'淜,無舟渡河也。'《玉篇》:'徒涉曰淜,今馮字。'"是"淜"爲正字,"馮"爲假借字。又,古讀"馮"爲"憑",故《鹽鐵論》及《御覽》引作"憑"也。

〔**莫知其他**〕　《荀子·臣道篇》引《詩》作"莫知其它"。《説苑》引《詩》作"莫知其佗"。《玉篇》:"它,今作佗。"《説文》段注:"它,其字或叚佗爲之,又俗作他。經典多作它,猶言彼也。"徐灝《箋》:"古無他字,叚它爲之,後增人旁作佗而隸變爲他。"是"它"、"佗"、"他"通用也。

〔**戰戰兢兢**〕　毛《傳》:"戰戰,恐也。兢兢,戒也。"《左傳·僖公二十二年》引《詩》"戰戰兢兢",《左傳·宣公十六年》引《詩》

同。《釋文·春秋左氏音義》兩引,釋曰:"本或作矜。""本亦作矜。"王氏《詩攷》引《左傳》作"戰戰矜矜"。山井鼎《詩經考文》云古本同。《大雅·雲漢》"兢兢業業",《釋文》:"兢,本又作矜。"《爾雅》:"兢兢、繩繩,戒也。"郭注:"皆戒慎。"郝氏《義疏》曰:"《説文》云:'戒,警也。从廾、戈。持戈以戒不虞。'《方言》云:"戒,備也。"《大僕》注云:'故書戒爲駭。'按:駭訓驚,驚亦警矣。'兢'者,《説文》作'兢',云:'敬也。'敬亦警,故《〈小旻〉傳》:'兢兢,恐也。'《〈雲漢〉傳》:"兢兢,恐也。"恐亦戒也。借作矜。"按:《説文·兄部》:"兢,競也。从二兄。二兄,競意。从丯聲。讀若矜。一曰:兢,敬也。"段注:"競者,彊語也。《〈小雅·無羊〉傳》曰:'矜矜兢兢,以言堅彊也。'《釋文》此義'其冰反'。……丯讀若介,此取雙聲也。二丯皆聲也。……漢時矜讀如今韻矣。此複舉兢字,各本誤作競。小徐本無此五字,《玉篇》引亦無。"是"矜"爲"兢"之異體字也。

小　宛

宛彼鳴鳩,翰飛戾天。我心憂傷,念昔先人。明發不寐,有懷二人。

人之齊聖,飲酒温克。彼昏不知,壹醉日富。各敬爾儀,天命不又。

中原有菽,庶民采之。螟蛉有子,蜾蠃負之。教誨爾子,式穀似之。

題彼脊令,載飛載鳴。我日斯邁,而月斯征。夙興夜寐,毋忝爾所生。

交交桑扈,率場啄粟。哀我填寡,宜岸宜獄。握粟出卜，自何能穀。

温温恭人，如集于木。惴惴小人，如臨于谷。戰戰兢兢，如履薄冰。

〔**小宛**〕　宋本《釋文》出作"小菀"。《大戴禮·曾子立孝》盧辯注作"小菀"。宋庠《國語補音》云："宛，《詩》作菀，字通。"《國語·晉語》載秦伯宴公子重耳，秦伯賦"鳩飛"。韋昭注："'鳩飛'，《小雅·小宛》之首章曰：'宛彼鳴鳩，翰飛戾天。……'"按：韋注已明言此詩以《小宛》爲目；又《左傳·昭公元年》："趙孟賦《小宛》之二章。"是知古本衹作《小宛》，凡作"菀"者俱爲訛字。《説文》："宛，屈草自覆也。从宀，夗聲。惌，宛或从心。""惌"字段注："'函人爲甲，眡其鑽空，欲其惌也。'鄭司農云：'惌，小孔貌。'……先鄭不云惌、宛同字，許乃一之。"本篇毛《傳》："宛，小貌。鳴鳩，鶻鵰。"馬瑞辰云："按：《爾雅》：'鴡鳩，鶻鵃。'郭注：'似山鵲而小，短尾。'《淮南子》許慎注：'屈，短也。'屈與屈通，《説文》：'屈，無尾也。'《玉篇》：'屈，短尾也。'鴡鳩蓋以短屈得名。宛、屈義同……宛蓋鴡鳩短尾之皃，短、小義近，故《傳》以宛爲小皃。……惌與宛義亦同。"此説明允。

〔**翰飛戾天**〕　《文選·班固〈西都賦〉》李注引《韓詩》"翰飛厲天"。《薛君章句》云："厲，附也。"毛《傳》："戾，至也。"《爾雅·釋詁上》："戾，至也。"《廣雅·釋詁》："厲，近也。"《吕氏春秋·尚農》注："厲，摩也。"《小雅·菀柳》"有鳥高飛，亦傅于天"，《箋》訓"傅"爲"至"。"厲"與"戾"音義相近，"傅"與"附"音同字通，"至"、"近"、"摩"與"附"字義亦切合。《毛詩》作"戾"，《韓詩》作"厲"，二字互通也。

〔**念昔先人**〕　《春秋繁露·楚莊王》引《詩》"念彼先人"。《廣雅·釋詁一》:"昔,始也。"《玉篇·日部》:"昔,往也。""昔,久也。"《説文·彳部》:"彼,往,有所加也。从彳,皮聲。"徐鍇《繫傳》:"彼者,據此而言,故曰有所加。"王筠《句讀》:"《釋名》:'往,暀也,歸往於彼也。'""昔"、"彼"義相近,古或通用。

〔**明發不寐**〕　《春秋繁露·楚莊王》引《詩》"明發不昧"。毛《傳》:"明發,發夕至明。"《正義》:"夜地而闇,至旦而明,明地開發,故謂之明發也。"汪中《經義知新記》曰:"發,醒也。賈誼《新書·先醒篇》'辟猶俱醉而獨先發也',《漢書·景十三王傳》'名長沙定王曰發',《鄒陽傳》曰'發悟於心',《晏子·諫篇上》'景公飲酒三日而後發',又曰'君夜發不可以朝',發皆醒也。"馬瑞辰云:"今按《楚詞·招魂》'娱酒不廢,沈日夜些',王逸注:'不廢或曰不發。'發亦醒也。王逸訓爲旦,非也。因考《廣雅·釋詁》:'發,明也。'又曰:'明、覺,發也。'是明、發二字同義。醉而醒爲發,夜醒不寐亦得爲發,因知此詩'明發不寐',明、發皆醒也,即謂醒而不寐也。《邶·柏舟》詩'耿耿不寐',《廣雅·釋詁》:'耿,明也。'耿耿亦醒而不寐之貌,與此詩言'明發不寐'正同。毛《傳》以明發爲發夕至旦,失其義矣。"胡承珙則云:"'明發不寐'者,猶言達旦不寐也。觀此,益知《傳》文'明發,發夕至旦'中間衍一發字。"《説文》:"寐,卧也。从㝱省,未聲。"段注:"俗所謂睡著也。《周南》毛《傳》曰:'寐,寢也。'"按:"寐"、"昧"音近,可互假,此詩文"寐"爲正字,作"昧"者乃假借字。

〔**飲酒温克**〕　《釋文》:"温克,王如字,柔也。鄭於運反,蘊藉也。""温藉,在夜反,又慈夜反。"鄭《箋》:"飲酒雖醉,猶能温藉自持以勝。"《正義》云:"蘊藉者,定本及《箋》作温字。舒瑗曰:'苞裹曰蘊。'謂蘊藉自持,含容之義。經中作温者,蓋古字通用。《内則》説子事父母云‘柔色以温之’,鄭亦以温爲藉義。”馬瑞辰云:“古藴藉字皆借作温。《内則》‘柔色以温之’,鄭注:‘温,藉也。’……《禮器》:‘故禮有擯詔,樂有相步,温之至也。’鄭注:‘皆謂温藉,重禮也。’《正義》引皇氏云:‘温謂承藉。凡玉以物緼裹承藉,君子亦有威儀擯相以自承藉。’《釋文》:‘温,紆運反。’是古藴藉字作温之證。温、尉雙聲,故温藉又作尉薦。《漢書·趙廣漢傳》:‘以和顔接士,其尉薦待遇吏,殷勤甚備。’尉薦即温藉也。温藉本承薦之義,人之飲酒必有威儀以自承藉,故曰温克。”又,《大雅·雲漢》“藴隆蟲蟲”,定本作“温隆蟲蟲”,亦爲“藴”、“温”古通之例。按:《説文》:“温,水。出犍爲涪,南入黔水。从水,昷聲。”“薀,積也。从艸,温聲。《春秋傳》曰:‘薀利生孽。’”《廣雅》:“温,煗也。”又,“温,善也。”《廣韻》:“温,和也,善也,良也,柔也。”“薀,俗作藴。”《玉篇》:“薀,藏也,積也,聚也,蓄也。”《集韻》:“温,温藉也。通作醖藉。”《篇海類編》:“温,又音醖。温藉也,又含蓄也。”朱駿聲《通訓定聲》:“温,叚借爲薀。”蓋本篇當以“薀”爲正字,俗作“藴”,作“温”者爲借字。

〔**壹醉日富**〕　《列女傳·更始韓夫人》引《詩》“一醉日富”,《文選·左思〈蜀都賦〉》引《詩》同。《説文·一部》:“一,惟初太極,道立於一。造分天地,化生萬物。凡一之屬皆从一。弌,古文一。”段注:“《漢書》曰:‘元元本本,數始於一。’一之形,於六書爲指事。凡云‘凡某之屬皆从某’者,自序所謂分别部居,不相襍廁也。”徐灝《箋》:“造字之初,先有數而後有文。一二三亖,畫如其數,是爲指事,亦爲象事也。”《説文·壹部》(段注本):“壹,嫥壹也。从壺、吉,吉亦聲。”段注:“嫥,各本作專,今正。‘嫥’下云:‘壹也。’與此爲轉注。……俗作壹。”徐鍇《繫傳》:“从壺,取其不泄也。”《左傳·莊公三十二年》:“神,聰明正直而壹者也,依人而行。"孔疏:"曲而壹者,言其一心不二意也。"《儀禮·士冠禮》注云:"古文壹皆作一。"朱駿聲《通訓定聲》:"壹,古文本皆作一。"翟灝《通俗編》:"今官府文書,凡其計數,皆取聲同而點畫多者改用之,于是壹貳叁肆之類,本皆非數,借以爲用,貴其不可改换爲姦耳。"按:古之經傳習見壹、一錯出之例,如《詩·召南·騶虞》"壹發五豝",《春秋繁露·基義》"陰陽二物,終歲各壹出","壹"即"一";《管子·權修》"使民偷壹",尹知章注:"(偷壹)偷取一時之快。"蓋"一"、"壹"古今字也。

〔**庶民采之**〕　《文選·陸機〈文賦〉》注引《毛詩》作"庶人采之","人"爲訛字。

〔**螟蛉有子**〕　《説文·虫部》引《詩》"蛉"作"蠕",云:"螟蠕,桑蟲也。从虫,需聲。"《廣韻·青韻》:"蠕,或作蛉。"邵瑛《群經正字》:"蠕,今經典作蛉。"又,《説文·虫部》:"蛉,蜻蛉也。从虫,令聲。一曰桑根。"段注:"(蜻蛉)今人作蜻蝏、蜻蜓。"按:螟蠕,俗稱螟蟲,其幼蟲或曰螟蠕,其成蟲即爲螟蛾。此蟲蛀食禾稻莖心,害蟲也。蜻蛉,俗稱蜻蜓,其幼蟲曰水蠆,成蟲名蜻蜓,六足四翼,善飛翔,食蚊蠅等,乃益蟲也。是螟蠕、蜻蛉非一物種也。詩文以"螟蠕"爲正字。

〔**蜾蠃負之**〕　《説文·虫部》引《詩》作"蠣蠃負之"。《爾雅·釋蟲》"蜾"作"果",《釋文》:"果,本作蜾,一作蝸。"邢疏引《詩》"果蠃負之"。《禮記·中庸》注、《博物志·物性》各引《詩》"蜾蠃負之"。按:《説文》:"蠣,蠣蠃,蒲盧,細要土蠭也。……《詩》曰:'螟蠕有子,蠣蠃負之。'从虫,𥣬聲。蜾,蠣或从果。""蠣蠃",又名"蠮螉",寄生蜂之一種,胡蜂科。體青黑,細腰,以泥土於壁間或樹上築巢,常銜螟蠕納於巢中,以尾刺注毒液於其體内,致昏迷狀態而不腐敗,供蠣蠃幼蟲之食料,將螟蠕食盡而蠣蠃亦長成，此所以名爲寄生蜂也。古人誤以蠮螉代螟蛉養育幼子，故稱人之養子爲“螟蛉”或“螟蛉子”。“蠮”、“蜾”重文，今本多作“蜾蠃”。“䍃”爲“咼”之古文，故《釋文》云“蜾，一作蝸”。又“蠃”、“螉”音近形似，或可借“螉”爲“蠃”也。

〔題彼脊令〕　《釋文》：“令，本亦作鴒。”山井鼎《詩經考文》：“古本作鴒。”《文選・東方朔〈答客難〉》注引《毛詩》“題彼鶺鴒”。《漢書・東方朔傳》作“譬彼鶺鴒”。《潛夫論・讚學》引《詩》“顧彼鵲鴒”。《中論・貴驗》引《詩》“相彼脊令”。毛《傳》：“題，視也。”《小爾雅・廣言》：“題，視也。”《説文》：“題，頟也。从頁，是聲。”“頟，顙也。从頁，各聲。”《爾雅・釋言》：“顁，題也。”郭璞注：“題，額也。”邢昺疏：“皆謂額也。”（按：“頟”，古文。“額”隸變體。）《説文》、《爾雅》“題”下俱無“視”義，毛《傳》、《小爾雅》蓋以“題”與“題”音形相近，故讀爲“題”，訓爲“視”也。《説文》：“題，顯也。从見，是聲。”段注：“顯當作㬎，㬎、顯古今字。㬎者，衆明也。从日中見絲，然則題之爲言亦察及微妙也。《小雅》‘題彼脊令’，《傳》曰：‘題，視也。’‘題’者，‘題’之假借字。毛云‘視’，許云‘㬎’者，此蓋轉寫奪字，當云‘㬎視’。……鄭《箋》云：‘題之爲言睇也。’則謂題同睇，非許意。睇者，小邪視也。與題音義皆不同。”另，《廣雅》、《廣韻》、《玉篇》均云：“題，視也。”明經文當以“題”爲正字。或作“顧”、“相”者，因與“視”義近，即以訓詁字代經文也。《漢書》引作“譬”，係訛字耳。“鶺鴒”、“鵲鴒”、“脊令”，“鵲”爲“鶺”之或體，“脊令”爲“鶺鴒”之省。形異而義同。《集韻・笴韻》：“鶺，鳥名。《爾雅》：‘鶺鴒，雝渠。’或作脊。”方成珪《考正》：“‘作’當从《類篇》作‘从’。”《正字通・鳥部》：“鶺，同鵲。”《爾雅・釋鳥》：“鶺鴒，雝渠。”郭注：“雀屬也。飛則鳴，行則摇。”牟應震《毛詩質疑》：“脊令，小水鳥也。一名雝渠。形似小雞，色黲黑……短尾高足，奔行如流，俗名沙石流。伏育沙灘，卵必四。見人則環飛哀鳴，其聲迫急，故《詩》取以喻急難也。”牟説是矣。

〔**毋忝爾所生**〕　《唐石經》、相臺本“毋”作“無”。王引之云：“無、毋，勿也。常語。（訓‘勿’者，本字只作‘毋’。）”按：“無”、“毋”、“勿”古通用，《漢書・貨殖傳》孟康注曰：“無，發聲助也。”

〔**哀我填寡**〕　《釋文》：“填，徒典反。盡也。《韓詩》作疹。疹，苦也。”胡承珙云：“古從‘真’、從‘㐱’之字互相假借，毛訓‘填’爲‘盡’，蓋以‘填’爲‘殄’之借字。《瞻卬》詩‘邦國殄瘁’，《傳》云：‘殄，盡也。’”馬瑞辰云：“《爾雅・釋詁》：‘殄，盡也。’《瞻卬》詩‘邦國殄瘁’，《傳》亦云：‘殄，盡也。’知此《傳》訓填爲盡者，正以填爲殄之假借。《釋文》引《韓詩》填作疹，云：‘疹，苦也。’疹即籀文胗字。《説文》：‘胗，脣瘍也。籀文作疹。’《廣雅》：‘胗，創也。’瘍、創皆病也。《説文》：‘瘨，病也。’《雲漢》詩‘胡寧瘨我以旱’，《箋》：‘瘨，病也。’《韓詩》亦作疹。是填、瘨、殄、疹，古並通用。《箋》訓填爲窮盡，與《韓詩》訓疹爲苦，義正相近。《廣雅》：‘苦，窮也。’‘窮，貧也。’盡之爲窮又爲貧，猶空之爲盡又爲貧匱也。貧與病義亦相近，《越語》‘疾疹貧病’，《説文》‘疢，貧病也’是也。毛《傳》訓填與殄爲盡，或疑不若訓病爲善。今按古盡字亦有病義。《北山》詩‘或盡瘁事國’，瘁爲病，盡亦爲病。昭七年《左傳》引作‘憔悴’，憔、悴皆病也。《哀公問》‘荒怠敖慢，固民是盡’，即固民是病也。……單獨爲寡，少財亦爲寡。《易》‘君子以裒多益寡’，多謂富，寡即貧也。《箋》訓寡爲寡財，則‘填寡’猶云貧病，正與扈之啄粟得食相反。”陳喬樅云：“古以病、苦互訓。《吕覽・權勳篇》《貴卒篇》注並云：‘苦，病也。’《廣雅・釋詁》：‘病，苦也。’‘苦，窮也。’然則《韓詩》‘疹苦’之訓，其義當爲窮苦，猶《毛詩》‘填盡’之訓，其義亦當爲窮盡。故《箋》云‘可哀哉我窮盡寡財之人，仍有獄訟之事，無可以自救'也。"準上诸議，詩文當以"殄"爲正字，毛作"填"、韓作"疹"乃通假字也。

〔宜岸宜獄〕　《唐石經》"宜"作"宜"，毛本作"宜"。《釋文》:"岸，如字，訟也。韋昭注《漢書》同。《韓詩》作犴，音同，云:'鄉亭之繫曰犴，朝廷曰獄。'"《説文》"豻"(犴)下引《毛詩》"宜犴宜獄"，《初學記》二十、《太平御覽》六百四十三引《韓詩》，《荀子·宥坐篇》楊注、《鹽鐵論·刑德》、《風俗通義》各引《詩》並同。《周禮·射人》注引《詩》"宐豻宐獄"。《説文·宀部》:"宐，所安也。从宀之下，一之上。多省聲。㝈，古文宜。𡧃，亦古文宜。"《説文·且部》(段注本):"且，所㠯薦也。从几，足有二横。一，其下地也。凡且之屬皆从且。Ω，古文㠯爲且，又㠯爲几字。"段注:"'所㠯'二字今補。薦當作荐。今不改者，存其舊以示人推究也。薦訓獸所食艸。荐訓薦席，薦席謂艸席也。艸席可爲藉謂之荐，故凡言藉當曰荐，而經傳薦荐不分，凡藉義皆多用薦，實非許意。且，古音俎，所以承藉進物者，引申之，凡有藉之詞皆曰且。凡語助云且者，必其義有二:有藉而加之也。云嫴且、苟且者，謂僅有藉而無所加，粗略之詞也。……'又以爲几字'者，古文叚借之法。几亦著於地，故几、且同字。古文字少，此字大徐本挩去，从小徐本補入。"此詩"宜岸宜獄"，毛《傳》:"岸，訟也。"鄭《箋》:"仍得曰宜。"馬瑞辰云:"二'宜'皆'且'字形近之譌。《説文》:'且，薦也。'凡物薦之則有二層，故《箋》以仍字釋之。《爾雅》:'仍飢爲荐。'《釋言》又曰:'荐，再也。'《説文》:'荐，薦席也。'《小爾雅》:'仍，再也。''薦，重也。'《説文》:'仍，因也。'荐、薦同音通用。訓且爲仍，猶《説文》訓且爲薦也。《箋》'仍得曰宜'，本蓋作'仍得曰且'；《箋》云'仍有獄訟之事'，猶云且有獄訟之事也。宜、且二字形近易譌。《假樂》詩'宜君宜王'，《釋文》本作'且君且王'，爲趙壹詩'且公且侯'所本。而

《正義》本及《釋文》所引一本皆作‘宜君宜王’，與此詩‘且’譌爲‘宜’正同。《説文》、《鹽鐵論》引《詩》皆誤作‘宜’，賴有《箋》説可證其誤。若經本作‘宜’，則《箋》不得訓爲仍。唐時經與《箋》均已譌‘且’爲‘宜’，《正義》因釋之曰‘在上謂之宜有此訟，宜有此獄’，誤矣。”是知此句二‘宜’字皆爲‘且’之譌也。作“宜”、“𡧍”者均不體。又《爾雅·釋丘》：“望厓洒而高，岸。”郭注：“厓，水邊。洒謂深也。視厓峻而水深者曰岸。”《説文》：“岸，水厓而高者。”此詩“岸”字，《傳》訓爲“訟”。胡承珙曰：“《毛詩》以‘岸’爲‘犴’之假借。《説文》：‘豻，胡地野狗。从豸，干聲。或从犬作犴。’引《詩》‘宐犴宐獄’。蓋犴獄字皆从犬者，取犬所以守之意。《鹽鐵論·刑德篇》、《周禮·射人》注引《詩》皆作犴，從韓本也。”馬瑞辰云：“此《傳》訓岸爲訟者，以岸爲犴字之假借。……獄从二犬，象所以守，犴爲野犬，亦善守，故獄又謂之犴。犴本爲獄，又訓爲訟，猶獄亦得訓訟也。”明經文當作“且犴(豻)且獄”。

〔**如集于木**〕　《韓詩外傳》引《詩》“于”作“於”。《爾雅》：“于，於也。”《廣雅》：“於，于也。”是二字同音，常通用也。

〔**如臨于谷**〕　《韓詩外傳》引《詩》“于”作“於”。《文中子·魏相》引《詩》“如臨空谷”。按：本章上言“如集于木”，下言“如臨于谷”，相對成文，以申成“温温恭人”，“惴惴小心，戰戰兢兢，如履薄冰”之義，語脈贯聯。若作“如臨空谷”，則不諧矣。

小　弁

弁彼鸒斯，歸飛提提。民莫不穀，我獨于罹。何辜于天，我罪伊何。心之憂矣，云如之何。

踧踧周道，鞫爲茂草。我心憂傷，惄焉如擣。假寐永歎，維憂用老。心之憂矣，疢如疾首。

維桑與梓，必恭敬止。靡瞻匪父，靡依匪母。不屬于毛，不罹于裏。天之生我，我辰安在。

菀彼柳斯，鳴蜩嘒嘒。有漼者淵，萑葦淠淠。譬彼舟流，不知所屆。心之憂矣，不遑假寐。

鹿斯之奔，維足伎伎。雉之朝雊，尚求其雌。譬彼壞木，疾用無枝。心之憂矣，寧莫之知。

相彼投兔，尚或先之。行有死人，尚或墐之。君子秉心，維其忍之。心之憂矣，涕既隕之。

君子信讒，如或醻之。君子不惠，不舒究之。伐木掎矣，析薪扡矣。舍彼有罪，予之佗矣。

莫高匪山，莫浚匪泉。君子無易由言，耳屬于垣。無逝我梁，無發我笱。我躬不閱，遑恤我後。

〔**小弁**〕　《漢書·杜欽傳》作“小卞”。《説文·日部》：“昪，喜樂貌。从日，弁聲。”段注：“《小雅》‘弁彼鸒斯’，《傳》曰：‘弁，樂也。’此昪之叚借也。《釋詁》、《詩序》皆云‘般，樂也。’般亦昪之叚借也。古三字同音盤，故相叚借如此，‘昪’其正字而尠用之者。”又《説文·皃部》：“覍，冕也。周曰覍，殷曰吁，夏曰收。从皃，象形。……弁，或覍字。”段注：“按：當云冕屬，轉寫奪屬字耳。‘冠’下云：‘弁冕之總名也。’云總名，則弁與冕固有分矣。……（象形）謂篆體𠔁也，蓋象皮弁之會。鄭曰：‘會，縫中也。’皮變切，十四部。按：弁，古音同盤……又假借爲昪樂字，如《〈小弁〉傳》曰：‘弁，樂也。’即《〈衛風〉傳》之盤樂也。”蓋經文正字當作“昪”。今本《毛詩》作《小弁》“弁彼鸒斯”，《傳》曰：“弁，樂也。”乃假“弁”爲“昪”也。至《漢書·杜欽傳》引作《小卞》者，又因“卞”即“弁”之變文故耳。“覍”下段注：“爲籀文，則覍()本古文也。象上覆之形。弁之譌俗爲卞，由隸書而貤謬也。……从者，敬以承之也。”

〔**歸飛提提**〕　毛《傳》：“提提，羣貌。”《正義》：“此鳥性好羣聚，故云‘提提，羣貌’。羣下或有飛，亦衍字。定本、《集注》本並無飛字。”阮校：“《釋文》‘提提’下云：‘羣飛貌’，是其本傳有‘飛’字。《考文》古本有，采《正義》、《釋文》。”馬瑞辰云：“按：《正義》引或本作‘羣飛貌’，是也。《魏都賦》‘翍翍精衛’，李善注：‘翍翍，飛貌也。’《説文》：‘翍，翼也。或作翄。’《廣韻》：‘翍翍，飛貌。’翄、翍同字，提提即翄翄之假借，承‘歸飛’言之，其爲飛貌無疑。”馬説得之。

〔**踧踧周道**〕　毛《傳》：“踧踧，平易也。”《説文》：“踧，行平易也。从足，叔聲。《詩》曰：‘踧踧周道。’”《爾雅·釋訓》：“儵儵、嘒嘒，罹禍毒也。”郭注：“悼王道穢塞，羨蟬鳴自得，傷己失所，遭讒賊。”《釋文·爾雅音義》：“儵儵，郭徒的反。顧舒育反。樊本作攸，引《詩》云：‘攸攸我思。’”（按：“思”，本作“里”。）郝氏《爾雅義疏》云：“是樊光作攸者，悠字之省。或作儵者，儵與倏形相亂，倏、悠音同，又俱从攸聲，故假借通用。然則儵儵即悠悠，毛《傳》訓爲憂，《爾雅》罹亦訓憂，其義正同。……郭蓋以儵爲踧，據《詩》‘踧踧周道，鞫爲茂草’而言，故云‘悼王道穢塞’，今以樊本作‘攸’於義爲長也。”《爾雅》邢疏曰：“儵、踧並音狄。”王筠《説文句讀》：“《字林》：‘平易也。’與毛《傳》同，無‘行’字。”又《説文》：“攸，行水也。从攴，从人，水省。汥，秦刻石嶧山文攸字如此。”徐鍇《繫傳》：“攴，入水所杖也。”段注：“作浟者俗變也。”朱駿聲《通訓定聲·孚部》：“攸，叚借爲悠。”朱珔《説文假借義證》：“《御覽》引《詩·子衿》作‘攸攸我思’，《〈爾雅〉釋文》引《詩·十月之交》作‘攸攸我里’，今二詩俱作悠悠,《心部》:'悠,憂也。'則攸當爲悠之省借也。"《説文》:"儵,青黑繒縫白色也。从黑,攸聲。"按:"縫"爲"發"之訛字。"儵"又同"鯈"。《説文》:"鯈,魚名。从魚,攸聲。"《集韻》:"田聊切,平蕭定。又夷周切。幽部。"《莊子·秋水》:"鯈魚出游從容,是魚樂也。"(一本作"儵"。)《山海經·北山經》:"(彭水)其中多儵魚。"郝懿行《箋疏》:"儵與鯈同。"馬瑞辰云:"《説文》:'跾,行平易也。'引《詩》'跾跾周道'。義本《毛詩》。《説文》又曰:'佃,行佃佃也。'音義與跾跾同。至《爾雅·釋訓》'儵儵、嘒嘒,罹禍毒也',儵儵當从樊光本作攸攸。或以儵儵爲此詩跾跾異文者,非也。"陳奐云:"《釋文》引樊光本《爾雅》攸攸,攸音條,並與跾跾古聲同。《爾雅》總括經義;《傳》乃兼通古訓,釋跾跾爲平易。《説文》'跾,行平易也',引《詩》本《傳》訓。"衆議俱持之有故,參稽郝氏、馬氏、陳氏之説,此詩"跾跾"當爲"悠悠"之假借字。《爾雅·釋詁上》:"悠,遐也。"郭注:"遐,亦遠也。"《廣韻·尤韻》:"悠,遠也。"毛《傳》"平易也",其引申義耳。

〔**鞫爲茂草**〕　"鞫",《唐石經》、小字本、相臺本、《考文》古本同。閩本、明監本、毛本均作"鞠",蔡邕《述行賦》同。阮校:"案《釋文》'鞫',通志堂亦誤'鞠',影宋本不誤。"

〔**我心憂傷**〕　《文選·陸機〈贈弟士龍詩〉》注引《詩》"憂"作"悠"。《爾雅·釋詁》:"悠、傷、憂,思也。"郭注:"皆感思也。"郝氏《義疏》云:"悠者,《方言》云:'鬱悠,思也。'郭注:'猶鬱陶也。'按:鬱悠、鬱陶俱雙聲字。"《廣韻·尤韻》:"悠,思也,憂也。"《説文·夊部》:"憂,和之行也。从夊,㥑聲。《詩》曰:'布政憂憂。'"段注:"《商頌》毛《傳》曰:'優優,和也。'《廣雅·釋訓》:'憂憂,行也。'行之狀多,而憂憂爲龢之行。和,當作龢。憂,今字作優,以憂爲㥑愁字。"徐灝《箋》:"許云'和之行'者,以字从夊也。凡言優游者，此字之本義。今專用爲惪愁字。”朱駿聲《通訓定聲》：“經傳皆以憂爲之，而惪字廢矣。”《説文·心部》（段注本）：“惪，愁也。从心、頁。惪心形於顔面，故从頁。”段注：“上文云‘愁，惪也’，此云‘惪，愁也’，二篆互訓。不知何時淺人盡易許書‘惪’字。許於《夊部》曰：‘憂，和行也。从夊，惪聲。’非和行則不得从夊矣，又引《詩》‘布政憂憂’，於此知許所據《詩》惟此作憂，其他訓愁者皆作惪。自叚憂代惪，則不得不叚優代憂，而《商頌》乃作‘布政優優’。優者，饒也。一曰倡也。”是知引《詩》作“我心悠傷”者，以“悠”、“惪”義通而叚借也。今本《詩經》作“憂”者，亦爲借字，正字當作“惪”。

〔**惄焉如擣**〕　《釋文》：“擣，丁老反，心疾也。本或作𤻲，同。《韓詩》作疛，除又反，義同。”毛《傳》：“擣，心疾也。”《稽古編》曰：“毛、韓直以爲心疾之名，則擣似特借耳。……但《説文》無𤻲字，而疛訓小腹痛，與心疾不合。《疏》姑據擣字本訓釋之，亦非無见。”胡承珙云：“《毛詩》擣字自是假借。《説文》疛雖訓腹痛，然心、腹義本可通，《玉篇》云：‘疛，心腹疾也。’引《吕氏春秋》云：‘心盡疛腫。’是疛不專訓腹疾矣。毛殆以擣爲疛借，故直訓心疾歟。”馬瑞辰云：“按：《吕氏春秋·盡數篇》‘鬱處腹，則爲張爲疛’，高誘注：‘疛，跳動也。’《説文》：‘疛，心腹病也。（一本作‘小腹痛也’。）从疒，肘省聲。讀若紂。’《廣雅》：‘疛，病也。’《玉篇》、《廣韻》並云：‘疛，心腹疾也。𤻲，同。’是疛、𤻲同字。《毛詩》作擣，乃疛及𤻲之假借。《正義》引《説文》：‘擣，手椎。一曰築也。’《釋文》以爲似物擣心，失之。”陳奂云：“擣者疛之假借字。……高誘注《吕覽·盡數篇》云：‘疛，跳動。’又注《審時篇》云：‘肘，動，病心。肘讀如疛。’案：疛訓心疾，乃跳動病心之疾。”又云：“疛、𤻲、擣，如紂、討同聲之例。”以上三氏之説均是。

〔**假寐永歎**〕　《唐石經》"歎"作"嘆"。《淮南子·説山訓》注引《詩》"寤寐咏嘆"。《後漢書·和帝紀》永元六年詔、《質帝紀》永嘉元年詔並作"寤寐永歎"，李注引《詩》同。《楚辭·九懷》王逸注："不脱冠帶而卧曰假寐。《詩》曰：'假寐永歎。'"王用《魯詩》，明魯與毛同。梁太后治《韓詩》，故永嘉元年詔"寤寐永歎"句即用《韓詩》，李注所引亦《韓詩》文。鄭《箋》："不脱冠衣而寐曰假寐。"孔《疏》："又假寐之中，長歎此事。"是知《毛詩》作"假寐永歎"，《韓詩》作"寤寐永歎"，尋繹詩義，似以"假寐"爲是。《説文》："歎，吟也。从欠，鷬省聲。歎，籒文歎，不省。"（段注本有"謂情有所悦，吟歎而歌詠"文。）段氏云："悦當作説。'謂情'已下十字各本所無，今依李善注盧諶《覽古詩》所引補，蓋演《説文》語也。古歎與嘆義别。歎與喜樂爲類；嘆與怒哀爲類。如《樂記》云'一唱而三歎'……《論語》'喟然歎曰'皆此歎字。……《詩》云'而無永嘆'、'嘅其嘆矣'、'慨我寤嘆'皆是嘆字。"馮登府説同。《説文》："嘆，吞歎也。从口，歎省聲。一曰太息也。"段注："嘆、歎二字，今人通用。《毛詩》中兩體錯出，依《説文》則義異，歎近於喜，嘆近於哀。故嘆訓吞歎。"然古之字書於此二字義訓亦有參差。《集韻·翰韻》："歎，《説文》：'吟也。'通作嘆。"《集韻·寒韻》："歎，太息也，或从口。"徐鍇《繫傳》："歎，此悲歎也。《古詩》曰：'一彈再三歎。'從口作嘆。嘆，息也。"徐氏又於"嘆"下云："欲言不能，吞恨而太息也。"又《玉篇》："歎，歎美也。"《正字通》："歎，與嘆同。稱美曰歎。"另徐灝《箋》曰："《説文》嘆从歎省聲，歎从鷬省聲，乃後人不知古音而展轉增竄。據鷬从堇聲，則亦皆堇聲無疑。"按：諸家師傳各異，或出於己見，以致訓義不同，向不乏其例。考"歎"、"嘆"二字通用已久，約定俗成，不足深校也。

〔**維憂用老**〕　《漢書·中山靖王傳》、《後漢書·質帝紀》注各引《詩》"唯憂用老"。《論衡·書虚》引《詩》"惟憂用耇"。"維",在此爲發語詞,字或作"唯"、"惟"。按:《説文》:"老,考也。七十曰老。从人、毛、匕。言須髮變白也。"商承祚《殷虚文字類編》:"(甲文)象老者倚杖之形。"《説文》:"耇,老人面凍黎若垢。从老省,句聲。"朱駿聲《通訓定聲》:"當訓老人背傴僂也。从老省,从句,會意,句亦聲。"《爾雅》:"耇,壽也。"郭注:"耇,猶耆也。皆壽考之通稱。"《説文》:"考,老也。从老省,丂聲。"按:"老"、"耇"字義相通,"老"、"考"字義互訓。"老",盧晧切,古音在三部。"耇",古厚切,古音在四部。以詩章音韻推校,其字當作"老"。

〔**疢如疾首**〕　《釋文》:"疢,又作疹,同。"《文選·曹植〈贈白馬王彪〉》注引《詩》"疹如疾首"。《説文》:"疢,熱病也。从疒,从火。"段注:"从火,故知爲熱病。《小雅》'疢如疾首',《箋》云:'疢,猶病也。'此以疢爲煩熱之偁。"《廣雅》:"疢,病也。"王念孫《疏證》:"疹與疢同。"《集韻·屑韻》:"疹,疾也。"《集韻·稕韻》:"疢,熱病。或作疹。"《玉篇·疒部》:"疹,俗疢字。"《集韻·稕韻》:"疢,或作疹。"按:"疢",丑忍切;"疹",章忍切。二字音、義相近,字通。"疹"爲"疢"之俗變。此詩正字當作"疢"。

〔**不罹于裏**〕　《唐石經》、《清石經》"罹"均作"離"。《説文長箋》作"𦋐"。"罹"、"離"古可互通。《説文新附》:"罹,心憂也。从网,未詳,古多通用離。"徐灝《箋》:"罹即羅之别體,古通作離。"商承祚《殷虚文字類編》:"古羅與離爲一字。"《集韻·戈韻》:"罹,遭也。"《爾雅·釋詁》:"罹,憂也。"又《釋言》:"罹,毒也。"郭注:"憂思慘毒。"郝氏《義疏》:"毒者,《廣雅》云:'痛也,悪也,苦也。'……憂、苦義相成。"《玉篇·隹部》:"離,遇也。"《字彙·隹部》:"離,遭也。與罹同。"按:二字固可通,然以文義校之,似又不協。"不屬于毛,不離于裏",毛《傳》云:"毛在外,陽以言父。裏在内,陰以言母。"鄭《箋》云:"此言人無不瞻仰其父取法則者,無不依恃其母以長大者,今我獨不得父皮膚之氣乎?獨不處母之胞胎乎?"又,《説文·衣部》:"裹,衣内也。从衣,里聲。"如《邶風·緑衣》"緑衣黄裹"。又,《正字通》:"裹,借凡内稱表之對也。"此以"表裹"稱事物之"外内"。又,朱駿聲《説文通訓定聲》:"裹,叚借爲理。"王引之《經義述聞》則曰:"裹,讀爲理,謂腠理也。毛在外,理在内,相對爲文。《管子·内業篇》曰:'理丞而毛泄。'《淮南·泰族篇》曰:'四枝節族,毛蒸理泄'是也。《荀子·解蔽篇》'制割大理而宇宙裹矣',楊倞注:'裹,當爲理。'是理、裹古字通。屬,箸也。離,附也。此承上'靡瞻匪父,靡依匪母'爲義,言我之親附于父母,若箸於其毛然,若附於其理然,而今何不然乎?言少恩也。毛《傳》例不破字,而曰'毛在外,陽以言父。裹在内,陰以言母',即是以裹爲理也。但不當以毛裹分屬父母耳。《箋》則是訓裹爲表裹之裹,與毛字義不相當矣。"王説是也。按:"離"通"麗"。《廣雅·釋詁二》:"離,待也。"王念孫《疏證》:"待者,止也。離讀爲麗。宣十二年《左傳》注云:'麗,著也。'著亦止也。"《玉篇·隹部》:"離,麗也。"《易·説卦》:"離,麗也。"《漢書·揚雄傳》"諸附離之者",顔師古注:"離,著也。"《玉篇》又曰:"離,兩也。"《禮·曲禮上》:"離坐離立,勿往參焉。"鄭注:"離,兩也。"《説文》(段注本):"麗,旅行也。鹿之性,見食急則必旅行。从鹿、丽。《禮》'麗皮納聘',蓋鹿皮也。丽,古文;𠘰,篆文麗字。"段注:"(旅行也)此麗之本義。其字本作丽,旅行之象也,後乃加鹿耳。《周禮》'麗馬一圉,八麗一師',注曰:'麗,耦也。'《禮》之儷皮,《左傳》之伉儷,《説文》之驪駕,皆其義也。兩相附則爲麗。《易》曰:'離,麗也。日月麗乎天,百穀艸木麗乎土。'是其義也。麗則有耦可觀,《㸚部》曰:'爾猶靡麗也。'是其義也。兩而介其間亦曰麗,《離卦》之'一陰麗二陽'是也。……(从鹿丽)各本‘麗’下有‘聲’字,今正。‘从鹿’,《五經文字》作‘从鹿省’,蓋張氏所據如是。……《士冠禮》‘主人酬賓,束帛儷皮’,儷即麗之俗。鄭注:‘儷皮,兩鹿皮也。鄭意麗爲兩,許意麗爲鹿,其意實相通。”《説文》“旅行也”,王筠《句讀》云:“旅,俗作侶。”《説文》:“旅,軍之五百人爲旅。从㫃,从从。从,俱也。”是“旅行”(侶行)即“俱行”,謂結伴同行也。《説文新附》:“侶,徒侶也。从人,吕聲。”《玉篇》:“侶,《聲類》云:伴侶也。”尋繹“不屬于毛,不離于裏”之旨,揆诸衆議,“裏”當讀爲“腠理”之“理”;而“離”則爲“麗”之通假,“附麗”、“附著”之意也。此依朱氏、王氏之説。另《説文》:“剺,剥也。劃也。从刀,𠩺聲。”“剺”與“離”、“麗”雖音近而義不通,故《長箋》作“剺”乃訛字也。

〔**菀彼柳斯**〕　《白帖》一百引《詩》“菀”作“苑”。按:“菀”,《集韻》:“菀,茂也。”《廣韻》紆物切,月部。通作“鬱”、“蔚”。“苑”,《字彙》於勿切。《正字通》:“苑,通作菀。”《國語·晉語二》:“人皆集于苑,己獨集於枯。”韋昭注:“苑,茂木貌。”此詩《箋》云:“柳木茂盛則多蟬。”“菀”、“苑”同音通用,故《白帖》得借“苑”爲之。

〔**有漼者淵**〕　《文選·左思〈魏都賦〉》注引《毛詩》“有漼者泉”。以“泉”代“淵”者,蓋避唐高祖李淵之諱也。

〔**萑葦淠淠**〕　《唐石經》初刻作“雚”,磨改爲“萑”。《韓詩外傳》引《詩》作“雚”。《説苑·雜言》引《詩》作“莞”。按:“雚”,《説文》闕載。《説文·艸部》:“萑,艸多貌。从艸,隹聲。職追切。”非草名。又“雈”下云:“薍也。从艸,萑聲。胡官切。”段注:“籒文作䒴。今人多作萑者,蓋其始叚鵻屬之萑爲之,後又誤爲艸多皃之萑。”《艸部》(段注本):“薍,𦽏也。从艸,亂聲。八月薍爲萑,葭爲葦。五患切。”段注:“各本脱‘萑葭爲’三字,今補正。按:

此正申明未秀爲蒹，既秀爲萑之恉。八月，秀之時也。言葭爲葦者，類言之也。”《五經文字》：“萑，從艸下萑。”《爾雅・釋艸》：“菼，薍。”郭注：“似葦而小，實中，江東呼爲烏蓲。”《衛風・碩人》“葭菼揭揭”，孔穎達《疏》：“陸機曰：‘薍，或謂之荻，至秋堅成則謂之萑。”菼即蒹省。《玉篇・艸部》：“萑，細葦。”《集韻・桓韻》：“萑，艸名。”《廣雅・釋草》：“藡，萑也。”王念孫《疏證》：“藡，或作荻。”是“萑”又名“藡”（荻）、“蒹”（菼）、“薍”、“蒹”、“烏蓲”等，似葦而莖實之禾本科多年生草本植物。至《説苑》引《詩》作“莞”，蓋用《魯詩》文也。按：《説文》：“莞，艸也。可以作席。从艸，完聲。胡官切。”段注：“莞之言管也，凡莖中空者曰管。莞，蓋即今席子艸，細莖，圓而中空。鄭謂之小蒲，實非蒲也。《廣雅》謂之葱蒲。”《爾雅・釋草》：“莞，苻蘺。其上蒚。”郭注：“中莖爲蒚，用之爲席。”按：“萑”之莖中實，與“細莖圓而中空”之“莞”並非一草。是知經文當以“萑”爲正字。餘皆非是。淠淠，《説文》：“淠，水。出汝南弋陽垂山，東入淮。从水，畀聲。匹備切，又匹制切。”《大雅・棫樸》“淠彼涇舟”，毛《傳》：“淠，舟行貌。”又《玉篇》：“淠，水聲也。”“淠淠”，《集韻・夳韻》：“淠，動也。”《小雅・采菽》“其旂淠淠”，毛《傳》：“淠淠，動也。”又本篇“萑葦淠淠”，毛《傳》則曰：“淠淠，衆也。”朱熹《詩集傳》同。《廣雅》云：“淠淠，茂也。”馬瑞辰云：“《説文》：‘朩，草木盛朩朩然。讀若輩。’淠淠當爲朩朩之假借。又：‘㚅，艸木㚅孛之皃。从朩，畀聲。’淠又與㚅孛義亦近。”陳奂云：“淠讀爲朩，淠淠即朩朩之假借。”馬、陳之説是矣。“朩”（𣎳），楷作“市”（見《説文》字頭），與“市”（巿）形體雷同，須依篆文以别之。“巿”，《説文》釋曰：“韠也。上古衣蔽前而已，市以象之。……从巾，象連帶之形。市之屬皆从市。分勿切。”二字不可不辨。又，《説文・冂部》：“市（𢆉），買賣所之也。市有垣，从冂。从㇇。㇇，古文及字,象物相及也。之省聲。時止切。”此“市”字,亦與“市”字迥異。

〔譬彼舟流〕　《釋文》:“譬,本亦作辟。”按:《説文》:“譬,諭也。从言,辟聲。”徐鍇《繫傳》:“譬,猶匹也,匹而喻之也。”《説文》:“辟,法也。从卩,从辛,節制其辠也;从口,用法者也。”《爾雅》:“辟,法也。”“辟,君也。”“辟,辠也。”又《集韻·寘韻》:“譬,或作譬。”朱駿聲《説文通訓定聲》:“辟,叚借爲譬。”二字或可通用。此詩本字當作“譬”。

〔鹿斯之奔〕　李氏《易傳》引虞注作“鹿之斯奔”。《白帖》九十七引《詩》同。按:“斯”,於此句中爲語助,猶“螽斯羽”、“季女斯飢”、“朱芾斯皇”、“如翬斯飛”、“松柏斯兑”之例。“之”亦爲句中語助,猶“雉之朝雊”、“予之佗矣”、“西柄之揭”之例。“斯之”連用,或作“之斯”,其爲語助並無異義,從今本《毛詩》可也。

〔維足伎伎〕　《釋文》:“伎伎,本亦作跂。”《白帖》九十七引《詩》“維足跂跂”。《玉篇》引《詩》“維足趚趚”。毛《傳》:“伎伎,舒貌。”鄭《箋》:“足伎伎然舒,留其羣也。”馬瑞辰云:“《説文》:‘蚑,徐行也。凡生之類,行皆曰蚑。’《傳》蓋以伎伎爲蚑蚑之假借,故訓爲舒。但據《釋文》,伎本又作跂。……《漢書·東方朔傳》:‘跂跂脈脈善緣壁。’《淮南子》高注:‘跂跂,行也。’又通作趚,《説文》:‘趚,一曰,行皃。’《玉篇》:‘趚趚,鹿走也。’又曰:‘行皃。’《廣雅》:‘趚趚,行也。’又通作歧,《字林》:‘歧歧,飛行皃。’是伎伎實速行之貌。《爾雅》:‘鹿,其迹速。’《説文》:‘速,疾也。’《大戴·夏小正》‘鹿人從’,《傳》云:‘鹿之養也,離羣而善之。’離與麗通,趚與之疊韻,善之即善走也。《説文》:‘麗,旅行也。鹿之性,見食急則必旅行。’皆鹿羣萃善行之證。《詩》言‘維足伎伎’,蓋言鹿善從其羣,見前有鹿則飛行以奔之,與雉求其雌取興正同。……《傳》訓爲舒貌,失之。"按:《説文》:"走,趨也。从夭、止,夭止者,屈也。"饒炯《部首訂》:"古文以止爲足。'夭'下説'屈也'。凡人舉步則足屈,走者行之疾,其足愈屈,故从夭止會意。"林義光《文源》:"(古文)象人走摇兩手形。从止,止象其足。"《釋名·釋姿容》:"徐行曰步,疾行曰趨,疾趨曰走。"是《玉篇》"(麋)鹿走貌"即謂麋鹿疾趨也。按:《説文·人部》:"伎,與也。从人,支聲。《詩》曰:'籀人伎忒。'"段注:"《舁部》曰:'與者,黨與也。'此伎之本義也。《廣韻》曰:'侣也。'不違本義。俗用爲技巧之技。"本詩"鹿斯之奔,維足伎伎",殆以"伎伎"狀麋鹿結侣爲羣而疾奔之貌,亦即《鹿部》所謂"鹿之性,見食急則必旅(侣)行"之義也。重言"伎伎"者,張揚麋鹿口蹄之衆也。

〔**雉之朝雊**〕　《〈史記·殷本紀〉正義》引《詩》"雊"作"呴"。《説文》:"雊,雄雌鳴也。……从隹,从句,句亦聲。"段注:"鄭注《月令》云:'雊,雉鳴也。'是雊不必系雄。鷮則毛公系諸雌,亦望文生訓耳。"《玉篇·口部》:"呴,亦嘘,吹之也。《老子》曰:'或呴或吹。'"呴,《集韻》火羽切,侯部。又雊下注曰:"雊,雉鳴。或作呴。"《説文》未收"呴"字,於"欨"下云:"吹也。一曰笑意。从欠,句聲。況于切。"按:"雊"止象雉鳴聲耳,以"呴"出之亦可。

〔**譬彼壞木**〕　《説文》、《玉篇》各《疒部》引《詩》"壞"俱作"瘣"。《正義》引某氏注《爾雅》引《詩》,今《〈爾雅·釋木〉釋文》引樊光引《詩》並同。《爾雅》:"瘣,木苻婁。"郭注:"謂木病尪傴癭腫,無枝條。"樊光曰:"苻婁者,尪傴内病,磈磊無枝也。"《説文》:"瘣,病也。从疒,鬼聲。《詩》曰:'譬彼瘣木。'一曰腫旁出也。胡罪切。"《中論·藝紀》:"木無枝葉,則不能豐其根幹,故謂之瘣。"按:《爾雅》引《詩》作"瘣"者,用《魯詩》文,是其本字。《説文》、《玉篇》亦俱用其本字。《毛詩》作"壞",《傳》曰:"壞,瘣也,謂傷病也。"殆毛氏亦讀"壞"爲"瘣",借字也。二字雙聲通用。又陳奐曰:"壞、瘣二字疑經傳互譌,經當作瘣,《傳》以壞詁瘣。"此説近是。

〔**尚或墐之**〕　《説文・歺部》:"殣,道中死人,人所覆也。从歺,堇聲。《詩》曰:'行有死人,尚或殣之。'""墐"作"殣"。《國語・楚語》韋昭注、《周禮・蜡氏》賈疏各引《詩》同,《九經字樣》並同。所引當爲齊、韓文。《説文》"殣"下段注:"今《小雅・小弁》作墐,《傳》曰:'殣,路冢也。'按:墐者假借字,殣者正字也。義在人所覆,故其字次於殔。"《説文・土部》:"墐,涂也。从土,堇聲。"字義與"殣"有别,段氏以"殣"爲此詩正字,極是。

〔**伐木掎矣**〕　《傳》:"伐木者掎其巔。"《説文》:"掎,偏引也。"馬瑞辰云:"字通作犄。《左傳》:'辟如捕鹿,晉人角之,諸戎犄之。'杜注:'謂犄其足也。'《釋文》:'犄,從後牽也。'又通作猗,《七月》詩'猗彼女桑',《傳》:'角而束之曰猗。'猗者,掎之借字。今伐木者懼其猝踣,其木杪多用繩以牽曳之,即伐木掎巔之遺制。"是"掎"與"犄"、"猗"古可通用也。

〔**析薪扡矣**〕　《唐石經》"扡"作"杝"。今本《釋文》作"扡",黄焯《釋文彙校》:"宋本、小字本、相臺本、十行本皆從扌作扡。葉鈔本從木作杝,與石經同。阮云:'《集韻・四紙》杝、扡並載,又十二蟹亦然。'當是本作杝,轉作扡也。"按阮校:"《唐石經》扡作杝。案惠棟云'《玉篇》在《木部》'是也。《五經文字・木部》云'杝,又音櫖,見《詩・小雅》',即謂此字也。《釋文》'杝'與《唐石經》同,或誤'扡',今正。"朱熹《詩集傳》本、王先謙《詩三家義集疏》本俱作"杝"。《説文繫傳・木部》、《玉篇・木部》各引《詩》"析薪杝矣"。馬瑞辰云:"《説文》有杝無扡,今本作扡者誤。杝之言迤也,謂隨木理之衺迤而析之也。《説文》:'逶迤,衺去皃。'又曰:'迤,衺行也。'衺行謂之迤,衺斫謂之杝,其義一也。杝即迤之借字，字通作施。《孟子》趙注：‘施者，邪施而行。’《正義》亦曰：‘扡者，施也。’……《説文》：‘槎，衺斫也。’槎與杝亦音近而義同。”馬説足以申成毛《傳》“析薪者隨其理”之義。

〔**君子無易由言**〕　鄭《箋》：“由，用也。王無輕用讒人之言，人將有屬耳於壁而聽之者。知王有所受之，知王心不正也。”胡承珙云：“《大雅·抑》‘無易由言’，《箋》云：‘由，於也。’此文與彼正同，乃又訓‘由’爲‘用’。夫既謂王又用讒言，而又戒之以屬垣，豈反代讒人者慮其言之不密邪？《韓詩外傳》云：孔子正假馬之名，而君臣之義定矣。《詩》曰：‘君子無易由言。’名正也。是《韓詩》正以此爲‘無易於言’也。此當是戒王無易於言，致爲左右窺探意旨耳。……《吕記》云：唐德宗將廢太子而立舒王，‘李泌諫之，且曰：“願陛下還宫，勿露此意。左右聞之，將樹功于舒王，太子危矣。”此正“君子無易由言，耳屬于垣”之謂也。’”馬瑞辰云：“《爾雅·釋詁》：‘繇，於也。’繇、由古通用。《抑》詩‘無易由言’，《箋》：‘由，於也。’此詩‘無易由言’正當與之同義，戒君子無易於言也。梁周興嗣《千字文》曰：‘易輶攸畏，耳屬垣牆。’義本此詩，《三家詩》當有作‘無易輶言’者，亦由之同聲假借，猶繇之借作猷也。”胡説、馬説皆允協。

巧　言

悠悠昊天，曰父母且。無罪無辜，亂如此幠。昊天已威，予慎無罪。昊天大幠，予慎無辜。

亂之初生，僭始既涵。亂之又生，君子信讒。君子如怒，亂庶遄沮。君子如祉，亂庶遄已。

君子屢盟，亂是用長。君子信盜，亂是用暴。盜言孔甘，亂是用餤。匪其止共，維王之邛。

奕奕寢廟，君子作之。秩秩大猷，聖人莫之。他人有心，予忖度之。躍躍毚兔，遇犬獲之。

荏染柔木，君子樹之。往來行言，心焉數之。蛇蛇碩言，出自口矣。巧言如簧，顔之厚矣。

彼何人斯，居河之麋。無拳無勇，職爲亂階。既微且尰，爾勇伊何。爲猶將多，爾居徒幾何。

〔**亂如此幠**〕　毛《傳》："幠，大也。"《釋文》："憮，火吴反。下同。毛：大也。鄭：傲也。"黄焯《彙校》："憮字誤。宋本作幠。下憮傲、大憮同。阮云：相臺本所附亦皆作幠。"按：阮校："案'憮'字誤也，詳《詩經小學》。《釋文》'幠'與唐石經同。"唐石經、宋監本、相臺本並作"幠"。閩本、明監本、毛本皆作"憮"。《爾雅·釋詁》："幠，大也。"郭注引《詩》"亂如此幠"。《方言》亦訓"幠"爲"大"。《説文》："幠，覆也。从巾，無聲。""覆"與"大"義正相成，《釋詁》訓"大"、"有"，俱爲覆義之引申也。至《釋言》"憮，傲(敖)也"，"傲"亦"大"義之引申。顧此詩仍以"幠"爲正字。

〔**予慎無罪**〕　《列女傳·王章妻》引《詩》作"无罪"。《説文·亾部》(段注本)："𣞤(無)，亡也。从亾，䍙聲。𠀔，奇字無也。通於元者，虚无道也。"段注："凡所失者、所未有者皆如逃亡然也。此有無字之正體，而俗作無，無乃䍙之隸變，䍙之訓豐也，與無義正相反。然則隸變之時，昧於亡爲其義，䍙爲其聲，有聲無義，殊爲乖繆。古有叚䍙爲𣞤者，要不得云本無二字，漢隸多作𣞤可證也。或叚亡爲無者，其義同，其音則雙聲也。……元，俗刻作无，今依宋本正。……《玉篇》曰：'无，虚无也。'奇字之无與篆文之𣞤義乃微别，許説其義，非僅説其形也。”徐鍇《繫傳》：“无者，虚无也。無者，對有之稱，自有而無；无謂萬物之始。”

〔**昊天大憮**〕　“大”，鄭《箋》作“泰”，《唐石經》、小字本、南宋巾箱本、相臺本、閩本、明監本、毛本、山井鼎《考文》古本並作“泰”。阮校：“案《釋文》云：‘大音泰，本或作泰。’《正義》云：‘而泰憮言甚大。’是其本作‘泰’字。《沿革例》云：蜀本、越本、興國本皆作‘泰’，余仁仲及建大字本作‘大’，此以《釋文》爲據也。今亦從《釋文》，不知兩本之各有所據。”馮登府云：“古‘大’字無作太作泰者。范蔚宗撰《後漢書》，避父諱改從太、泰，古亦作大。漢《繁陽令楊君碑》‘大夫人’始作‘泰’。洪适《隸釋》載《魏元丕碑》魏君之母作‘泰夫人’。皆後出也。”《説文》（段注本）：“大，天大，地大，人亦大焉。象人形，古文亣也。凡大之屬皆从大。徒蓋切。”段注：“按：天之文从一大，則先造大字也。……大下云，古文亣。亣下云，籀文大。此以古文、籀文互釋，明祇一字而體稍異，後來小篆偏旁或从古，或从籀，故不得不殊爲二部。”王筠《説文釋例》：“此謂天地之大，無由象之以作字，故象人之形以作大字，非謂大字即是人也。”又江沅《説文釋例》：“古祇作大，不作太。《易》之‘大極’，《春秋》之‘大子’、‘大上’，《尚書》之‘大誓’、‘大王王季’，《史》、《漢》之‘大上皇’、‘大后’，後人皆讀爲‘太’，或徑改本書，作‘太’及‘泰’。”《説文·水部》（段注本）：“泰，滑也。从𠬞、水，大聲。他蓋切。夳，古文泰如此。”段注：“此以疊韻爲訓。字从𠬞、水。水在手中，下溜甚利也。……按：隸作泰，字形、字音、字義皆與古絶異。按：當作[illegible]。从仌，取滑之意也。从大聲。轉寫恐失其真矣。後世凡言大而以爲形容未盡則作太，如大宰俗作太宰，大子俗作太子，周大王俗作太王是也。謂太即《説文》夳字，夳即泰，則又用泰爲太。展轉貤繆,莫能諟正。"是知"大幠"爲正字。

〔僭始既涵〕　《釋文》:"僭,毛側蔭反,數也。鄭又子念反,不信也。""涵,毛音含,容也。鄭音咸,同也。《韓詩》作減,減少也。""數,音朔,下同。"黄焯《彙校》:"惠云:'涵與減古字通。'"《一切經音義》五、《吕氏家塾讀詩記》各引《詩》"譖始既涵"。《説文》引《詩》"僭始既涵"。毛《傳》:"僭,數。涵,容也。"鄭《箋》:"僭,不信也。既,盡。涵,同也。王之初生亂萌,羣臣之言不信與信,盡同之不别也。"胡承珙云:"謂亂萌初起,僭端尚少也。"陳喬樅云:"《禮·月令》'水泉涵竭',《吕覽·仲冬紀》作減竭。《漢書·石奮傳》'九卿咸宣',服虔音'減損'之減,《史記·酷吏傳》作'減宣'。蓋古音讀'減'如'咸',故與'涵'通用。"王先謙云:"案:涵、咸固可通,然與'減少'義不合。蓋王初聽言,人未能必王之信,不敢多言,故始雖譖愬,既已減少。及見王信讒,則紛然並進,而亂成矣。當時情事蓋如此。"胡氏、王氏皆依《韓詩》釋義。馬瑞辰云:"按:僭,从《傳》訓數爲允。據《釋文》云'僭,毛側蔭反',《傳》蓋以僭爲譖之假借。《説文》:'譖,愬也。''讒,譖也。'愬、數義近,數當讀如《左傳》'數之以其不用僖負羈'之數,謂數其過而愬之也。焦循讀數如'事君數'之數,失之。涵,亦从《傳》訓容爲允,謂言未信而姑容之也。涵、咸古同聲通用,《韓詩》作減者,咸之假借。《章句》訓爲減少,失之。又按《一切經音義》卷五引《詩》'譖始既涵',是僭即譖之證。"《説文》:"僭,假也。从人,朁聲。"《廣雅·釋詁》:"僭,擬也。"《字彙補》:"僭,不信也。"《説文》:"訴(訴),告也。从言,庰省聲。《論語》曰:'訴子路於季孫。'遡,訴或从言、朔。愬,訴或从朔、心。"段注:"凡从庰之字隸變爲斥,俗又爲斥。"《玉篇·心部》:"愬,譖也。"《廣雅·釋詁》:"訴,謣也。"徐鍇《説文繫傳》:"譖者,愬也。《論語》'公伯寮愬子路於季孫',誣告之也。意主於害人者也。"《小雅·巷伯》:"彼譖人者,亦已大甚。"皇侃《義疏》:"譖,讒謗也。"《集韻·紙韻》:"訿,謗也。或作譭,通作毀。"《集韻·栝韻》:"譖,不信也。通作僭。"朱駿聲《説文通訓定聲·臨部》:"譖,段借爲僭。"又《説文·皀部》:"既(旣),小食也。从皀,旡聲。《論語》曰:'不使勝食既。'"段注:"引申之義爲盡也、已也。既者,終也。終則有始。"《説文》:"涵,水澤多也。从水,圅聲。《詩》曰:'僭始既涵。'"段注:"《小雅·巧言》文。《傳》曰:'涵,容也。'按:涵訓容者,就受澤多之義而引申之。"按:"涵"、"涵"古今字。陳奐云:"既爲終,'始既'即'始終'也。"諸説各有得失。又《説文》:"減,損也。从水,咸聲。古斬切。"段注:"古書多假咸爲減。""涵",胡男切,侵部(段注亦歸七部)。按:韓借"減"爲"涵",非謂"減損"也。"亂之初生,譖始既涵",殆謂譖讒之亂發端之時,"君子"盡容受之。下文"亂之又生,君子信讒"承"譖始既涵"之意而述其惡果。容受、輕信譖讒乃致亂之由也。

〔**君子屢盟**〕　《釋文》:"屢,本又作婁。力住反。數也。"《集韻·遇韻》:"屢,或作婁。"《説文·女部》"婁"下段注云:"婁之義又爲數也。此正如窗牖、麗廔之多孔也,而轉其音爲力住切。俗乃加尸旁爲屢字。古有婁無屢也。"《毛詩》古文用其本字。

〔**盜言孔甘**〕　毛本"甘"作"甘",嚴可均云:"甘,不體。"

〔**亂是用餤**〕　《釋文》:"餤,沈音談,徐音鹽。"《列女傳·楚考李后》引《詩》"亂時用餤",一本仍與今《詩》同。《禮記·表記》引《詩》"亂是用鹽"。《釋文·禮記音義》:"餤,徐本作鹽。"毛《傳》:"餤,進也。"馬瑞辰云:"《説文》無餤有啖,云:'啖,噍啖也。一曰啗。'《玉篇》、《廣韻》皆正作啗,云:'啖,同。'是啗、啖一字。餤蓋亦啖字之别體。《爾雅·釋詁》:'餤,進也。'《龍龕手鑑》引《舊注》云:'餤,甘之進也。'《荀子·王霸篇》'啖啖常欲人之有',

注:‘啖啖,并吞之貌。’是啖本甘食貪噉之貌,引伸其義爲進。詩‘亂是用餤’正承上‘盜言孔甘’言之,故以啖食爲喻耳。《釋文》:‘餤,沈音談。’啖、談雙聲,沈重蓋亦讀餤爲啖。”胡承珙云:“《爾雅》餤、羞皆訓進者,自由進食之義而引申之。《禮記·表記》:‘子曰:“君子之接如水,小人之接如醴。君子淡以成,小人甘以壞。”《小雅》曰:盜言孔甘,亂是用餤。’此於詩旨最爲切合。”以上二説並得之矣。又《表記》引《詩》作“亂是用鹽”者,蓋本《三家詩》。按:“鹽”,《説文》:“鹽,鹹也。从鹵,監聲。”《廣韻》余廉切,平鹽以。談部。“啖”,《説文》:“从口,炎聲。”《廣韻》徒敢切,上敢定。又徒濫切。談部。按:二字古雖同部而義訓各異,殆由音近而通假耶?未詳,待考。又“時”、“是”雙聲,可通用。

〔**匪其止恭**〕　《釋文》:“共,音恭。本又作恭。”《韓詩外傳》引《詩》作“止恭”。《吕氏家塾讀詩記》引董氏引《韓詩》同。《禮記·緇衣》引《詩》作“躬”。《韓詩外傳》釋云:“言不恭其職事而病其主也。”鄭《箋》亦用韓以申毛。馬瑞辰云:“止共二字平列,與《詩》言靖共、敬共、虔共,句法正同。《荀子·不苟篇》曰:‘見由則恭而止。’楊倞注:‘止,禮也。’止共謂止而恭,猶《荀子》言‘恭而止’也。”是假“共”爲“恭”也。“躬”亦同例。

〔**維王之邛**〕　《韓詩外傳》引《詩》“維”作“惟”。按:二字通用。《禮記·緇衣》引《詩》“維王之卬”。《爾雅·釋詁》:“邛,勞也。”《廣韻·鍾韻》:“邛,勞也,病也。”是“邛”爲正字,“卬”爲訛字。

〔**秩秩大猷**〕　《説文·大部》“戴”下引《詩》“戴戴大猷”。段注:“此謂秩秩然大也。《小雅·巧言》文,戴戴當作秩秩,今《毛詩》正作秩秩。呈在十一部,秩在十二部,古合音爲最近,是以戴讀如秩。”《爾雅·釋訓》:“條條、秩秩,智也。”《釋訓》又曰:“秩秩,清也。”馬瑞辰云：“古秩、程同聲通用，《堯典》‘平秩’，《史記·五帝紀》作‘便程’。《廣雅》：‘秩，程也。’是其類也。……秩秩與大猷連文，即狀其猷之大皃。”錢大昕云：“凡从失之字如跌、迭、瓞、詄皆讀古音，則秩亦讀爲戴。”此“戴”字乃“秩”之假借也。“猷”，《漢書·敘傳》作繇。《方言》卷三：“裕、猷，道也。東齊曰裕，或曰猷。”《爾雅·釋宫》：“猷，行道也。”郝氏《義疏》：“猷者，《説文》作遥，云：‘行遥徑也。’”王引之《經傳釋詞》：“《爾雅》曰：‘繇，於也。’繇、由、猷古字通。”

〔**聖人莫之**〕　毛《傳》：“莫，謀也。”《釋文》：“莫，如字。又作漠，同。一本作謨。案：《爾雅》漠、謨同訓謀。莫協韻爲勝。”馬瑞辰云：“《説文》：‘謨，議謀也。’毛《傳》謂莫即謨之省借。《漢書》注引《詩》：‘秩秩大繇，聖人謨之。’班固《幽通賦》‘謨先聖之大猷兮’，曹大家注：‘謨，謀也。’正用此詩。蓋皆本《韓詩》也。據《釋詁》‘謨，僞也’，邵晉涵讀僞爲作爲之爲，爲與行同義，則莫、謨皆當訓爲，與上言‘君子作之’同義。《廣雅》‘莫，漠也’，又以莫爲漠之借字。《爾雅·釋言》：‘漠、察，清也。’郭注：‘皆清明。’漠與謨義亦相成。”按：毛《傳》讀“莫”爲“謨”並訓“謀”，極是。

〔**予忖度之**〕　《釋文》：“忖，本又作寸。”《史記·春申君傳》引《詩》“余忖度之”。《説文》無忖字，《刀部》“刌”下云：“刌，切也。从刀，寸聲。”段注：“凡斷物必合法度，故从寸。《周禮》‘昌本切之四寸爲菹，陸續之母斷葱以寸爲度’是也。云‘寸聲’，包會意。《詩》‘他人有心，予寸度之’，俗作忖。其實作寸作忖，皆得如切物之度其長短也。”又《刀部》：“剫，判也。从刀，度聲。”馬瑞辰云：“忖度即刌剫之假借。……《漢書·元帝紀》：‘分刌節度。’忖度謂代爲判斷之，如切物之度其長短也。《玉藻》‘瓜祭上環’，鄭注：‘上環，頭忖也。’《釋文》：‘忖，本又作刌，切也。’是忖即爲刌之證。

古亦省作寸,此詩《釋文》'忖,本又省作寸',《漢書·律曆志》'寸者,忖也'是也。《爾雅》'木謂之剫',郭注引《左傳》'山有木,工則剫之',今《左傳》作度,是度即爲剫之證。"正字當作"刌剫"。"予",《説文》:"推予也。"段注:"予、與古今字。……象以手推物付之。"《爾雅·釋詁下》:"予,我也。"《衛風·河廣》"跂予望之",鄭《箋》:"予,我也。""余",《説文》:"語之舒也。"《爾雅·釋詁下》:"余,我也。"邢昺疏:"此皆我之别稱也。"又,"余,身也。"是"予"、"余"同音,均有人稱代詞"我"之一義,可通用。

〔**躍躍毚兔**〕　《史記·春申君傳》引《詩》"趯趯毚兔",注引《韓詩章句》同。《文選》張衡《西京賦》注、鮑照《擬古詩》注,《初學記》二十九各引《毛詩》亦同。《釋文》:"躍躍,他歷反。"黄焯《彙校》:"雷浚云:'他歷反一音僅見《釋文》,不見諸韻書,蓋讀躍躍爲趯趯也。'"《説文》:"趯,躍也。"《召南·草蟲》"趯趯阜螽",《傳》:"趯趯,躍也。"《廣雅》:"趯趯,跳也。"《廣韻》:"跳貌。"《篇海類編》:"跳踊也。"《後漢書·班固傳》"南趯朱垠",章懷注:"趯,躍也。"《漢書·李尋傳》注,顏師古曰:"趯與躍同。"《説文》:"躍,迅也。"《廣雅·釋詁》:"躍,跳也。"《玉篇·足部》:"躍,跳躍也。"《爾雅·釋訓》:"躍躍,迅也。"郭璞注:"盛疾之貌也。"《巧言》朱熹注:"躍躍,跳疾貌。"按:"躍",《廣韻》以灼切,入藥以。沃部。"趯",《廣韻》他歷切,入錫透。藥部。《説文》段注:"(躍)以灼切。二部。""(趯)以灼切。古音在二部。平聲。"是"躍"、"趯"古音均在二部,義亦相通。《毛詩》作"躍躍",《齊詩》、《韓詩》作"趯趯",字異而義同也。"毚兔",《傳》曰:"狡兔也。"馬瑞辰云:"按:《蒼頡解詁》曰:'毚兔,大兔也。'《説文》:'毚,狡兔也。兔之駿者。从㲋、兔。'駿亦大也。《廣雅》:'狡,健也。'義與大近。《傳》訓毚兔爲狡兔,蓋亦以爲大兔。毚从㲋、兔,《説文》:'㲋,似兔,青色而大。'故毚亦爲大兔。許君既从毛《傳》訓狡兔,又云'兔之駿者',恐人誤以狡爲狡猾也。《戰國策》曰:'東郭逡者,海内之狡兔也。'狡兔亦謂大兔。《正義》謂'大兔必狡猾',失之。"此説審矣。又《廣雅·釋詁》:"健也。"《吕氏春秋·仲夏紀》:"養壯狡。"高誘注:"壯狡,多力之士。"畢沅云:"壯狡,《禮記·月令》作'壯佼'。二字通。"蓋人之壯健者稱狡,獸之壯健者亦得稱狡,狡兔即壯大强健之兔也。

〔**遇犬獲之**〕　鄭《箋》:"遇犬,犬之馴者,謂田犬也。"《正義》:"遇非犬名,故王肅云:'……適與犬遇而見獲。'"《釋文》:"遇,如字。世讀作愚,非也。"盧文弨曰:"讀作愚蓋是鄭義,不得以爲非。"焦循曰:"如字者,毛義也。讀愚者,鄭義也。以爲非者,非鄭而是毛也。"馬瑞辰云:"遇犬蓋田犬之名。鄭以爲'犬之馴者',馴,順也,善也;馴犬猶言良犬。是鄭未嘗讀遇爲愚,故《釋文》以世讀愚爲非,非以鄭爲非也。《〈爾雅〉釋文》引《廣雅》,以殷虞爲良犬名,蓋謂殷之良犬名虞,猶晉獒、韓盧之比。犬之大者名獒,虞亦大也。虞、遇雙聲,遇當即虞之假借,故鄭知其爲犬之馴者,又以爲田犬也。又《尸子》'五尺犬爲猶',猶與遇亦雙聲。《正義》昧於古字通借,故謂遇非犬名耳。毛於遇犬無傳,讀如字者乃王肅述毛之義,未必遂於毛義有當,焦循以爲毛義,亦非也。曾釗曰:'遇與毚對。《傳》以狡訓毚,則遇即愚之假借。《老子》"將以愚之",王注:"愚謂無知守真,順自然也。"是愚本有馴順之義。《素問·精微論》曰:"請問有毚愚僕漏之問。"是毚與愚古恆對舉之證。《莊子·則陽》"匿爲物而愚不識",《釋文》:"愚,本又作遇。"愚、遇二字古通用。'"馬説及其徵引曾氏之論各有所本,亦明確可信。

〔**荏染柔木**〕　吴淑《事類賦》二十四引《詩》"荏苒柔木"。毛《傳》:"荏染,柔意也。"《説文》:"荏,桂荏,蘇。"王筠《句讀》:"'桂荏蘇'三字當作'蘇也'二字。"《廣雅》:"荏,蘇也。"王念孫

《疏證》："荏，白蘇也。"是"荏"本爲草名，《傳》謂"柔意"者，蓋讀爲"栠"也。《說文》："栠，弱貌。"段注："《小雅》、《大雅》皆言'荏染柔木'……孔曰：'荏，柔也。'按：此荏當作栠。桂荏謂蘇也。經典多假荏而栠廢矣。"《廣雅》："栠，弱也。"又《說文》："染，以繒染爲色。"本無"柔弱"意，蓋爲"冄"（冉）之借字也。《說文》："冄，毛冄冄也。象形。"段注："冄冄者，柔弱下垂之貌。"王筠《句讀》："冄，今作冉。"段注又曰："《詩》'荏染柔木'，《傳》曰：'荏染，柔意也。'染即冄之假借。凡言冄、言妍，皆謂弱。"按："荏染"乃"栠冄"之假借也。又作"苒"者，則後世纍增字矣。

〔**蛇蛇碩言**〕　《吕氏春秋·重己》注引《詩》"虵虵碩言"。毛《傳》："蛇蛇，淺意也。"胡承珙云："《傳》云'淺意'者，合下句'出自口矣'，爲形容之詞。言但出口而不從心，淺孰甚焉。'蛇蛇'，與《孟子》'訑訑'同。孫氏《音義》云：'訑訑，張吐禾切，云蓋言辭不正，欺罔於人，自夸大之貌。'此字本當作詑，《說文》：'沇州謂欺曰詑。'今《方言》作䛔，《孟子》作訑，皆一字也。凡欺謾者雖爲大言，而其器量實淺，故毛以蛇蛇爲淺意，鄭以碩言爲大言也。"《廣雅》："詑，欺也。"《集韻》："詑，欺也。或从也。"《玉篇》："訑，詭言也。"古"也"與"它"通，故《吕氏春秋》高誘注引《詩》作"虵虵碩言"。蓋"虵"爲"蛇"之或體，皆"訑"之假借也。正字當作"訑"或"詑"。

〔**居河之麋**〕　《釋文》："麋，本又作湄。音眉。水草交曰麋。"《爾雅·釋水》："水草交爲湄。"郭注："《詩》曰：'居河之湄。'"（所引係據舊注《魯詩》文。）《說文繫傳》引《詩》亦作"湄"。《文選》王粲《贈士孫文始》、傅亮《爲宋公至洛陽謁五陵表》、任昉《奏彈曹景宗》各注引《毛詩》並作"湄"。本詩毛《傳》："水草交謂之麋。"《荀子·非相篇》："伊尹之狀，面無須麋。"楊倞注："麋，與眉同。"《睡虎地秦墓竹簡》："或與入門，縛而盡拔其須麋。"《方言》:"麋,老也。"郭璞注:"麋,猶眉也。"《漢書·王莽傳》注:"麋,眉也。"金文"眉壽"多作"麋壽"。"麋"、"眉"古通,"麋"、"湄"亦通。《左傳·僖公二十八年》:"余賜女孟諸之麋。"杜預注:"水草之交曰麋。"本詩毛《傳》、《左傳》杜注,正與《説文》"水艸交爲湄"義合。經文當以"湄"爲正字。

〔**無拳無勇**〕　毛《傳》:"拳,力也。"馬瑞辰云:"拳者,捲之假借。《説文》:'捲,气埶也。'引《國語》曰'有捲勇'。捲或作攟,《〈盧令〉箋》:'鬈當爲攟。(毛本作權,係譌寫。)攟,勇壯也。'據張參《五經文字》權字注云'從手者,古拳握字',是攟亦拳字之異體。捲、攟聲同,則義亦同,猶《説文》訓弮爲弓曲,正與拳曲字音義同也。又按《説文》:'奰,大貌。从大,畾聲。或曰,拳勇字。'是捲勇字古又作奰。《説文》:'畾讀若書卷之卷。'捲从卷聲,與畾讀同,故或通用。韋昭注《國語》曰:'大勇曰拳。'亦與奰訓大貌義合。捲亦爲勇,古人不嫌語複,猶之'無罪無辜',辜亦爲罪耳。"

〔**既微且尰**〕　《傳》:"骭瘍爲微,腫足爲尰。"馬瑞辰云:"《爾雅》:'骭瘍爲微,腫足爲尰。'《傳》義所本。相臺本、毛本《傳》均作'骭瘍爲微',是也。《釋文》:'瘍,本或作傷。'蓋形近之譌。《〈爾雅〉釋文》云:'微,字書作癓。《三倉》云:足創。'字有脱誤。據《廣韻》引《三倉》云'癓,足上創',蓋謂足以上之創,與《爾雅》'骭瘍爲微'正合。邵氏晉涵謂《三倉》不辨骭之所在,誤矣。《説文》:'瘇,脛气足腫。'引《詩》'既微且瘇',又曰籀文作尰。《一切經音義》引《通俗文》曰:'腫足曰瘇。'《廣雅》:'尰,腫也。'是瘇、瘇、尰、尰並同字。今作尰者,籀文也。"又《説文》"瘇"下段注:"按云'脛氣腫'即足腫也,大徐本云'脛氣足腫',非。(尰)左从尣,烏光切。右从籀文童。《爾雅音義》云:'尰,本或作尰。並籀文瘇字也。'按:籀文本作尰,又或變爲尰耳,非有兩籀文也。"

何人斯

彼何人斯，其心孔艱。胡逝我梁，不入我門。伊誰云從，維暴之云。

二人從行，誰爲此禍。胡逝我梁，不入唁我。始者不如今，云不我可。

彼何人斯，胡逝我陳。我聞其聲，不見其身。不愧于人，不畏于天。

彼何人斯，其爲飄風。胡不自北，胡不自南。胡逝我梁，祇攪我心。

爾之安行，亦不遑舍。爾之亟行，遑脂爾車。壹者之來，云何其盱。

爾還而入，我心易也。還而不入，否難知也。壹者之來，俾我祇也。

伯氏吹壎，仲氏吹篪，及爾如貫，諒不我知。出此三物，以詛爾斯。

爲鬼爲蜮，則不可得。有靦面目，視人罔極。作此好歌，以極反側。

〔**伊誰云從**〕　《唐石經》初刻"焉從"後磨改"云從"。

〔**維暴之云**〕　"維"原作"誰"，阮校："《唐石經》、小字本、相臺本作'維'，《考文》古本同。案'誰'字誤也，《序》下正文同。"

〔**不見其身**〕　《列女傳·衛靈夫人》引《詩》"不見其人"，誤。

〔**不愧于人,不畏于天**〕　《釋文》出作“媿”,云:“或作愧。”山井鼎《考文》:古本作“媿”。《後漢書·殤帝紀》引作“不畏于天,不媿于人”,注云:“《詩·小雅》。”《説文·女部》:“媿,慙也。从女,鬼聲。愧,媿或从恥省。”吴大澂《古籀補》:“媿,姓也。後世借爲慙媿字,而媿之本義廢。”邵瑛《群經正字》:“今經典多从或體作愧。”高鴻縉《中國字例》:“媿爲女姓,愧與聭均爲慙,愧从心,聭則从恥省。凡以同鬼聲而通叚用之者,當明爲訓解,以免後人牽疑,應糾正《説文》。”《後漢書·殤帝紀》作“不畏于天,不媿于人”,誤倒。

〔**祇攪我心**〕　《唐石經》“祇”作“祗”。《文選·曹植〈七啓〉》作“秖攪予心”。陸機《歎逝賦》注引《毛詩》“祇覺予心”。《廣雅·釋言》:“祇,適也。”《説文·示部》段注:“祇,爲語辭,適也。凡此訓,唐人皆从衣从氏作衹,見《五經文字》、《唐石經》、《唐韻》、《集韻》;宋以後俗本多作祗,非古也;至各體从氏,則尤謬極矣。”《何人斯》“祇攪我心”,鄭《箋》:“祇,適也。”又《玉篇·衣部》:“衹,適也。”《説文·糸部》:“緹,帛丹黄也。……衹,緹或从氏。”王筠《説文釋例》:“緹之或體衹,《玉篇》在衣部,之移切,適也,又音岐。與緹音義皆異。案:‘適也’之義,《玉篇》屬之衹字,此唐以前説也,故《唐石經》衹適字皆从衣。《集韻》則屬之衹、秖兩字,此宋時説也。”《玉篇·禾部》:“秖,穀始熟也。”《集韻·支韻》:“衹,適也。或从禾。”是“祇”、“衹”、“秖”若作衹適字則通用也。又此句“我”、“予”字異義同。“覺”則“攪”之省借。

〔**遑脂爾車**〕　《文選·張衡〈思玄賦〉》注引《毛詩》“遑”作“載”。《玉篇》及《説文新附》並云:“遑,急也。”《玉篇》又曰:“遑,暇也。”《書·無逸》“不遑暇食”,孔疏:“遑亦暇也。重言之者,古人自有複語。”此詩“遑”爲正字。“爾之安行,亦不遑舍。爾之亟行,遑脂爾車”,《箋》云:“遑,暇。亟,疾也。”馬瑞辰云:“安行對疾行言,即緩行,猶《戰國策》‘安步以當車’即緩步也。脂音支,即支字之假借。支與榰通。《爾雅》:‘榰,柱也。’《楚詞》王逸注:‘軔,榰車木也。’《玉篇》:‘軔,礙車輪木。’《節南山》詩‘維周之氐’,《箋》云:‘氐當爲桎鎋之桎。’《釋文》:‘桎,礙也。’軔所以支車使止,‘脂爾車’即‘榰爾車’,亦以軔支而止也。詩蓋言爾之緩行且不遑舍息,爾之急行豈暇榰爾車以止之。遑正言不遑也。舊訓脂車爲膏車,失其義矣。膏車所以行,非所以止也。”馬説是。

〔**云何其盱**〕　《唐石經》“云何盱”,脱“其”字,當補正。

〔**我心易也**〕　《釋文》:“易,《韓詩》作施。”俞樾云:“易、施二字古通用。”易、施古音不同部,以義近而通用。

〔**俾我祇也**〕　閩本、監本、毛本“祇”作“祗”。《傳》:“祇,病也。”《箋》:“祇,安也。”馬瑞辰云:“《傳》以祇爲疷之假借,《箋》以祇爲禔之假借。此承‘壹者之來’言之,當以《箋》義爲允。《易·坎》六五‘祇既平’,京房《易》作禔,《説文》‘禔,安福也’,亦引《易》作‘禔既平’,是祇、禔古通用之證。”陳奂云:“祇者地祇,義不訓病,而故訓云爾者,祇讀爲疷,此假借字也。《無將大車》、《白華》,《傳》‘疷,病’,本字也;此《傳》云‘祇,病’,假祇爲疷也。”以上二説均持之有故,然以馬説爲長。

〔**伯氏吹壎**〕　《風俗通義·聲音》引《詩》“伯氏吹塤”。《文選·王粲〈贈士孫文始〉》注,《太平御覽》五百十四、五百八十各引《詩》同。《説文》:“壎,樂器也。从土,熏聲。”《爾雅·釋樂》:“大塤謂之嘂。”《釋名·釋樂器》:“塤,喧也,聲濁喧喧然也。”《漢書·律曆志》:“土曰塤。”顔師古注:“字或作壎,其音同耳。”王筠《説文句讀》:“壎,亦作塤。”本詩句,孔穎達疏曰:“土曰壎,《漢書·律曆志》文也,《周禮·小師》作塤,古今字異耳。"

〔**仲氏吹篪**〕　《風俗通義·聲音》引《詩》"仲氏吹箎"。《爾雅·釋樂》:"大篪謂之沂。"郭璞注:"篪,以竹爲之。"此诗句,毛《傳》:"竹曰篪。"是"篪"爲古代竹製管樂器之名也。《集韻·姥韻》:"箎,竹名。高百丈。"又《字彙·竹部》:"箎,同篪。"按:"篪",《廣韻》直離切,平支澄。支部。"箎",《集韻》火五切,上姥曉。古之字書初無此字。二字雖形近而音異,其本義亦不同。僅依《字彙》孤證,不宜立説。殆"箎"爲"篪"之訛字耳。

〔**爲鬼爲蜮**〕　《荀子·儒效篇》《正名篇》引《詩》作"域"。《文選·鮑照〈蕪城賦〉》注引《毛詩》作"蜮"。《説文》:"蜮,短狐也。"《左傳·莊公二十八年》:"秋,有蜮。"杜預注:"蜮,短狐也。蜮,本又有作蜮。"本詩毛《傳》亦訓短狐。"蜮"爲"蜮"之或體。作"域"者,譌字也。

〔**則不可得**〕　《藝文類聚》一百引《毛詩》"得"作"測"。二字均在職部,或可通假。

〔**有靦面目**〕　《説文·𦣻(面)部》:"靦,面見人也。从面、見,見亦聲。《詩》曰:'有靦面目。'䩄,或从旦。"段注:"旦聲也。《玉篇》曰:'《埤蒼》䩄同靦。'"《爾雅·釋言》:"靦,姡也。"王引之《經義述聞》:"家大人曰:《説文》:'靦,人面皃也。'(今本譌作面見或面見人)'姡,面靦也。'(今本面靦譌作面醜)即孫、李所云:'人面姡然也。然則靦與姡皆人面之貌。'"桂馥《説文解字義證》:"《詩正義》引作'面見人',馥謂'面皃也'。"錢坫《斠詮》:"《傳》'姡也',本《爾雅》文,舍人注:'靦,面皃也。'據之,是'面見'當作'面皃'。"《國語·越語下》:"余雖靦然而人面哉,吾猶禽獸也。"韋昭注:"靦,面目之皃也。""面皃"誤作"面見"、"面靦"誤作"面醜",俱以形近所致。又,"𦣻"初文,後隸變爲"面"。

〔**視人**〕　朱駿聲《説文通訓定聲》:“示,叚借爲視。”《莊子·徐無鬼》“中之質若視日”,《釋文》“視”作“示”,云:“示音視。司馬(彪)本作視,云:‘視日,瞻遠也。’”本詩句“視人罔極”,“視”當爲“示”之借字。

〔**以極反側**〕　《釋文》出作“㠯”,云:“音以。古以字本作㠯。”《考文》:古本作㠯。《説文·巳部》(段注本):“㠯(ㄹ),用也。从反巳。賈侍中説:己意巳實也。象形。”段注:“用者,可施行也。……己,各本作巳,今正。……己意巳實,謂人意巳堅實,見諸施行也。……云象形者,巳篆上實下虚,㠯篆上虚下實,由虚而實,指事亦象形也。”邵瑛《群經正字》:“《漢書》‘以’皆作‘㠯’。張謙中曰:‘㠯’,秦刻作‘以’。《説文》不加人字。”按:“㠯”,甲骨文:“δ”(後上二五·七)。金文:“ʒ”(小臣遯簋)。“δ⺈”(趞盂)。“δ”即“耜”之象形,亦“耜”之初文,亦《説文》“㠯”字篆文所本。“㠯”(δ)爲用具,故卜辭借爲“以”字。“δ⺈”,象人用耜之形,篆文“ʒ儿”依之而出。因此,古文之“㠯”即“以”,並訓“用”。

巷　伯

萋兮斐兮,成是貝錦。彼譖人者,亦已大甚。
哆兮侈兮,成是南箕。彼譖人者,誰適與謀。
緝緝翩翩,謀欲譖人。慎爾言也,謂爾不信。
捷捷幡幡,謀欲譖言。豈不爾受,既其女遷。
驕人好好,勞人草草。蒼天蒼天,視彼驕人,矜此勞人。
彼譖人者,誰適與謀。取彼譖人,投畀豺虎。豺虎不食,投畀有北。有北不受,投畀有昊。

楊園之道，猗于畝丘。寺人孟子，作爲此詩。凡百君子，敬而聽之。

〔**萋兮斐兮**〕　《釋文》："斐，孚匪反。本或作菲，萋、斐文相錯也。"《説文·糸部》引《詩》"緀兮斐兮"。《文選·謝靈運〈初發石首城〉》注、《太平御覽》九百四十一各引《詩》"萋兮斐兮"。《説文》（段注本）："緀，帛文皃。从糸，妻聲。"段注："帛，各本作白，今依《韻會》正。""斐，分别文也。从文，非聲。"段注："《考工記》注曰：'匪采貌也'，皆不言分别。許云'分别'者，渾言之則爲文，析言之則爲分别之文，以字从非知之也。……此舉形聲包會意也。"此詩毛《傳》："萋、斐，文章相錯也。"按：毛《傳》中之"也"字，疑爲"皃"形近之譌。詩文當以"緀"、"斐"爲正字。作"萋"、"菲"者，同音之假借也。

〔**彼譖人者**〕　《藝文類聚》八十五引《詩》"彼讒人者"。《説文》："譖，愬也。"《廣雅》："譖，諓也。"《玉篇》："譖，讒也。"《論語·顔淵》"侵潤之譖"，皇侃《義疏》："譖，讒謗也。"《説文》："讒，譖也。"按：二字可互訓，故《藝文類聚》引《韓詩》作"讒"。

〔**亦已大甚**〕　《説苑》引《詩》"亦已太甚"。《藝文類聚》八十五、《白帖》九十三、《太平御覽》八百十五各引《詩》"亦以太甚"。按：《説文》："大，天大、地大、人亦大，故大象人形。"王筠《句讀》："此謂天地之大，無由象之以作字，故象人之形以作大字。非謂大字即是人也。"《廣韻·泰韻》："大，小大也。"《説文·水部》（段注本）："泰（𣴎），滑也。从𠬞、水，大聲。他蓋切。夳，古文泰如此。"段注："按：當作夳，从仌，取滑之意也。从大聲。轉寫恐失其真矣。後世凡言大而以爲形容未盡則作太，如大宰俗作太宰，大子俗作太子，周大王俗作太王是也。謂太即《説文》夳字，夳即泰，則又用泰爲太。展轉貤繆，莫能諟正。"此"亦已大甚"之"大"即《説文·大部》之"大"(古文"亣")，本字。作"太"(泰)者後起字耳。

〔**哆兮侈兮**〕　《爾雅·釋言》"誃"下郭注:"誃，見《詩》。"謂見《小雅·巷伯》。王氏《詩攷》引董氏引崔《集注》本作"侈兮哆兮"，又引《説文》作"㸧兮哆兮"。《玉海補遺》作"哆兮誃兮"。段玉裁云:"誃當爲哆之異文。"陳奐曰:"《傳》云:'哆，大皃。''皃'疑'也'之誤。《説文》:'哆，張口也。'僖四年《穀梁傳》'於是哆然外齊侯也'，楊疏:'哆然寬大之意。'並與《傳》同。《爾雅·釋言》:'誃，離也。'郭注云:'誃，見《詩》。'此即'哆兮'之異文。《三字詩》用雅訓。哆、誃同字;大、離同義。"又古讀"侈"與"哆"同。《史記·晉世家》"魏侈"，即《趙世家》"魏哆"。《説文》"㸧"下引《詩》及崔《集注》本詩作"侈兮哆兮"，與今本"哆兮侈兮"無表義之差，不必謂何者爲正、何者誤倒也。至或作"㸧兮哆兮"者，蓋古文借"㸧"爲"侈"也。

〔**緝緝翩翩**〕　《釋文》:"緝緝，口舌聲也。《説文》作'咠'，云:㗊語也。""翩翩，音篇。往來貌。字又作扁。"黄焯《彙校》:"'㗊語也'，'㗊'，宋本同。盧本改作'聶'。阮云:盧所改是也。""翩翩，'字又作扁'。《考證》云:《白帖》九十三引作扁扁。"《説文》:"咠，聶語也。"引《詩》"咠咠幡幡"。又曰:"聶，附耳私小語也。""翩翩"(扁扁)，竊疑爲"諞"之假借。《説文》:"諞，便巧言也。从言，扁聲。《周書》曰:'戔戔(截截)善諞言。'《論語》曰:'友諞佞。'"《玉篇》:"諞，巧佞之言也。"《廣韻》:"諞，巧言。""諞佞"，今或作"便佞"。"緝緝"爲"咠咠"之借字，"幡幡"、"翩翩"(扁扁)皆爲"諞諞"之借字。正文當作"咠咠諞諞"。

〔**慎爾言也**〕　《韓詩外傳》引《詩》"也"出作"矣",非。

〔**捷捷幡幡**〕　《一切經音義》引《詩》"倢倢幡幡"。毛《傳》:"捷捷,猶緝緝也。幡幡,猶翩翩也。"馬瑞辰云:"捷通作倢,《方言》:'宋、楚之閒謂慧曰倢。'注:'言便倢也。'《廣雅》:'辯、憭、捷,慧也。'……捷捷,蓋便給之貌。又通作諜,《廣韻》:'諜,多言也。'語便倢則言易多,義本相因。捷、唼同音,故《漢書·楊雄傳》注引蘇林《音》引《詩》作'唼唼幡幡'。幡、便音近,幡幡即便便之假借,亦辯給也。"

〔**勞人草草**〕　《玉海補遺》作"勞人慅慅"。《爾雅·釋訓》:"慅慅,勞也。"邢疏引《詩》"勞人草草"。《玉篇》:"慅音草。"此詩毛《傳》:"草草,勞心也。"《廣雅·釋詁》:"慅,愁也。"又《釋訓》:"慅慅,憂也。"王念孫《疏證》:"慅,愁也。重言之則曰慅慅。"《字彙》:"慅,憂也。"毛《傳》蓋讀"草草"爲"慅慅"也。"慅"爲正字。

〔**取彼譖人**〕　《禮記·緇衣》注、《後漢書·馬援傳》載朱勃《疏》、荀悦《漢紀》各引《詩》"取彼讒人",《唐書·顏真卿傳》引《詩》同。按:"譖"、"讒"互訓。參見本詩"彼譖人者"考釋。

〔**投畀豺虎**〕　《釋文》:"豺,字或作犲。"《後漢書·楊秉傳》作"投畀有虎"。"有"爲誤字。"豺"、"犲"古今字。

〔**投畀有昊**〕　《後漢書·馬援傳》引《詩》"投畀昊天"。毛《傳》:"昊,昊天也。""有"爲語助,置名詞"昊"之前,"有昊"與"有北"同例,既足成四字句,亦叶韻。

〔**作爲此詩**〕　《釋文》:"一本云:作爲作詩。"《唐石經》、小字本、相臺本均爲"作爲此詩"。阮校:"《釋文》云'作爲此詩,一本云作爲作詩'。考《正義》本是'作爲作詩',與一本同。《正義》云'起發爲小人之更讒,而作《巷伯》之詩',順經文'作爲作詩'四字次叙而説之,極爲明晰。此二本之異在第三字,《正義》是‘作’,《釋文》是‘此’,不同耳。故《正義》本、《箋》並有‘作,起也’、‘作,爲也’二訓,以經有二‘作’字,而各釋之也。《正義》又云‘定本云作爲此詩,又定本《箋》有‘作,起也’、‘作,爲也’二訓,自與經相乖,非也’。所謂乖者,經字既是‘此’矣,不復有二‘作’,而《箋》訓有之,是其乖也。《正義》之意據《箋》有二訓,證其經止一‘作’之失耳,不謂不當有訓也。今各本皆但有‘作,起也’一訓,必是因其經與注相乖,不可通而去之,合併者不知檢照。又今《正義》與經、注相乖,而不可通,是其轉輾之失也。《考文》古本‘作,起也’下有‘爲,作也’三字,采《正義》而不得其解,乃誤倒之。”馬瑞辰云:“段玉裁云:‘爲字誤,當是”作而作詩”。’其説是也。《正義》曰‘當云“作賦詩”’,亦當云‘作而賦詩’,今本脱去‘而’字耳。定本《箋》‘作’有二訓,‘作,起也’釋經文第一‘作’字,‘作,爲也’釋經文第二‘作’字,故《箋》繼之曰‘孟子起而爲此詩’,是經本爲‘作而作詩’之證。《正義》以定本經既云‘作爲此詩’,是其本經文止一‘作’字,而《箋》乃有二‘作’字之訓,故謂其‘自與經相乖’,非謂《箋》不當有二訓也。據《正義》云‘起發爲小人之更讒,而作《巷伯》之詩’,是《正義》本舊爲‘作而作詩’,今本‘作爲此詩’乃後人誤從定本改耳。”以上二説相因相承,互足其要義,“作而作詩”及經文正字明矣。

谷　風

習習谷風,維風及雨。將恐將懼,維予與女。將安將樂,女轉棄予。

習習谷風,維風及頹。將恐將懼,寘予于懷。將安將樂，棄予如遺。

習習谷風，維山崔嵬。無草不死，無木不萎。忘我大德，思我小怨。

〔**維予與女**〕　《後漢書·陰皇后紀》引《小雅》“惟予惟女”。《谷風》鄭《箋》：“當世之時，獨我與女爾。”按：《説文·舁部》：“與，黨與也。从舁，从与。𢍚，古文與。”段注：“黨，當作攩。攩，朋羣也。”王筠《句讀》：“借黨爲攩者，依經典通用也。”朋羣又引申爲交好、親近諸義。“維”、“惟”，發語詞，通用。《後漢書》作“惟予惟女”，上一“惟”字與“維”義同。下一“惟”字則誤。

〔**女轉棄予**〕　《後漢書·陰皇后紀》引《小雅》，《文選·曹植〈求通親親表〉》注引《毛詩》並作“汝轉弃予”。按：《詩經》中單用之“女”字（另“女蘿”、“女桑”、“女子”除外）凡八十一次，指性别者三十一例，作代詞爾（汝）字者五十例。“汝”字二見，均爲汝水之名，絶非爾汝字。《廣韻·語韻》：“汝，尒也。”《正字通·水部》：“汝，水名，借爲爾汝字。”《集韻·語韻》：“女，爾也。通作汝。”檢《詩經》中“女”字爲代詞者五十例，皆不作“汝”，故此句中之“女”字當在其内，不可易也。又《説文·𠦒部》（段注本）：“棄，捐也。从𠬞，推𠦒棄也。从㐬。㐬，逆子也。弃，古文棄。”段注：“《手部》曰：‘捐，棄也。’竦手推𠦒而捐之也。……古文以竦手去屰子會意。按棄字隸變作弃，中體似世，唐人避世，故《開成石經》及凡碑板皆作弃。近人乃謂經典多用古文矣。”宜從今本《毛詩》“女轉棄予”之文。

〔**維風及頹**〕　《唐石經》作“穨”。《傳》：“頹，風之焚輪者也。風薄相扶而上，喻朋友相須而成。”《説文》：“穨，秃貌。从秃，賁聲。”《爾雅·釋天》：“焚輪謂之穨。”郭注：“暴風從上下。”《玉篇》：“颸，風貌。”馬瑞辰云：“（颸）當亦穨字之或體。《正義》引李巡曰：‘焚輪㬥風從上來降，謂之頹。頹，下也。’孫炎曰：‘迴風從上下，曰頹。’皆以穨風謂從上而下。而此詩毛《傳》‘風薄相扶而上’，似以頹爲自下而上之風，與孫、李異義。李黼平曰：‘今世郭注釋穨云“㬥風從上下”，釋猋云“㬥風從下上”，義與李、孫同。而《〈莊子·逍遥遊篇〉釋文》、《文選·曹子建〈贈徐幹詩〉》李善注引郭注釋扶搖，皆作“㬥風從上下”，與今本不同。則郭注焚輪必爲“㬥風從下上”，正可引以釋《傳》。今本郭注有誤。’今按李説是也。……又按《爾雅》‘焚輪謂之穨’，《釋文》本作棼。趙氏坦曰：‘焚當讀爲“鄭伯之車僨于濟”之僨。《左氏·襄二十四年傳》“象有齒，以焚其身”，《釋文》引服虔云：“焚讀曰僨。僨，僵也。”風之大者足以翻車，故曰焚輪。焚與棼皆假借字。’”

〔**維山崔嵬**〕　毛《傳》：“崔嵬，山巔也。”《釋文》：“崔嵬，山巔也。嵬又作嵔。”《中論·脩本》引《小雅·谷風》“惟山崔巍”。《説文》：“厜，厜㕒，山顛也。”《爾雅》：“崒者，厜㕒。”又《説文》：“崒，崒危，高也。”正字當作“厜㕒”，泛言山巔之高也，“崔嵬”、“崔巍”、“崒嵔”均其異文耳。又“惟”、“維”通用。

〔**無草不死，無木不萎**〕　《中論·脩本》：“‘何木不死，何草不萎。’言盛陽布德之月，草木猶有枯落而與時謬者，況人事之應報乎。”文中引《詩》“草”、“木”字轉寫誤倒。《禮記·檀弓》注引《詩》“無木不委”。裴學海《古書虚字集釋》：“‘無’猶‘何’也。‘無’古讀若‘模’，音轉則爲‘蟆’。今天津人謂‘何’曰‘蟆’。通書作‘麽’。‘蟆’即古書中之‘無’字也。”例如：《論語·八佾》：“君子無所争？必也射乎。”《中論·脩本》引本詩曰“何木不死，何草不萎”，“何”猶“無”也。《説文》：“萎，食牛也。”

“萩，以穀萎馬，置莝中。”段注：“下文云，以穀萎馬，則牛馬通稱萎。今字作餧，見《月令》。”又《説文·歺部》：“㱬，病也。从歺，委聲。”段注：“《艸部》曰：‘萎，一曰㱬也。’萎、㱬雙聲。《廣韻》曰：‘㱬，枯死也。萎，蔫也。’按：㱬、萎古今字。萎、蔫古今字。”此詩正字當作“㱬”。

蓼莪

蓼蓼者莪，匪莪伊蒿。哀哀父母，生我劬勞。

蓼蓼者莪，匪莪伊蔚。哀哀父母，生我勞瘁。

缾之罄矣，維罍之恥。鮮民之生，不如死之久矣。無父何怙，無母何恃。出則銜恤，入則靡至。

父兮生我，母兮鞠我。拊我畜我，長我育我，顧我復我，出入腹我。欲報之德，昊天罔極。

南山烈烈，飄風發發。民莫不穀，我獨何害。

南山律律，飄風弗弗。民莫不穀，我獨不卒。

〔**蓼蓼者莪**〕　洪适《隸釋》載《漢孔耽神祠碑》、《平都相蔣君碑》並作“蓼儀”。《司隸校尉魯峻碑》、《衛尉卿衡方碑》並作“蓼義”（“莪”隸變爲“義”）。“莪”从我聲，“義”亦我聲；“儀”从義聲，並讀如俄，故“莪”、“儀”、“義”（義）古通用。“莪”爲本字。

〔**缾之罄矣**〕　《説文·穴部》：“窒，空也。从穴，巠聲。《詩》曰：‘瓶之窒矣。’”又，《缶部》“罄”下云：“器中空也。……《詩》曰：‘缾之罄矣。’”陳瑑云：“缾之重文爲瓶，罄之重文爲磬。”《説文》“磬”，籀文作殸，古文作硜。《一切經音義》：“罄，古文窒。”

罄本同磬,磬之古文爲硜,三家引《小雅·蓼莪》又作窒。毛《傳》:“罄,盡也。”《爾雅·釋詁》訓同,與“空”之義相因。“罄”、“殸”、“硜”古同字,又與“罄”、“窒”同音通用。《毛詩》作“罄”,《三家詩》作“窒”也。

〔**維罍之恥**〕《後漢書·陳忠傳》引《詩》“維”作“惟”。通用。

〔**鮮民之生**〕《大戴禮·用兵》引《詩》“鮮民之生矣”。“矣”字誤衍。毛《傳》:“鮮,寡也。”《廣韻》:“尟,寡也。”馬瑞辰云:“《傳》以鮮爲尟之假借,故訓爲寡。孤、寡一聲之轉,寡民猶言孤子。……阮宫保曰:‘古鮮聲近斯,遂相通借。鮮民當讀爲斯民,如《論語》“斯民也”之例。’今按:讀鮮爲斯,是也。但不得與《論語》‘斯民’同訓。《爾雅·釋言》:‘斯,離也。’《方言》:‘斯,離也。齊、陳曰斯。’《説文》:‘斯,析也。’斯民當謂離析之民,猶《易》言‘旅人’也。民人離析,不得終養,故言生不如死。若但言斯民爲此民,無以見其生不如死也。”馬説是。

〔**母兮鞠我**〕《華嚴音義》、《一切經音義》各引《詩》“鞠”作“掬”。毛《傳》:“鞠,養。”《爾雅·釋言》:“鞠,生也。”《方言》:“鞠,養也。陳、楚、韓、鄭之間曰鞠。”《説文·勹部》:“匊,在手曰匊。从勹、米。”段注:“會意。米至椒(散),兩手兜之而聚。俗作掬。”《集韻·屋韻》:“匊,《説文》:‘在手曰匊。’或从手。”是“掬”(匊)有捧持義。然則玩此詩上下文義,宜從《傳》訓養爲允。“掬”乃“鞠”之同音假借也。

〔**拊我畜我,長我育我**〕《後漢書·梁竦傳》引《詩》“撫我畜我”。《文選·李密〈陳情表〉》注、《太平御覽》五百十七各引《詩》“撫我蓄我”。《藝文類聚》二十引《毛诗》“撫我育我,長我畜我”。《箋》:“畜,起也。”《釋文》:“拊,音撫。”馬瑞辰云:“《説文》:

‘拊，揗也。’又撫字注：‘一曰，揗也。’二字音義同，故通用，拊猶撫也。……《説文》：‘慉，起也。’《箋》以畜爲慉之假借，故訓爲起。《邶·谷風》：‘不我能慉。’《傳》：‘慉，興也。’興與起同義。古畜與好同聲，《孟子》：‘畜君者，好君也。’《廣雅》：‘嫱，喜也。’慉、嫱、畜並相近。又訓興與起者，《説文》：‘嬹，説也。’《廣雅》：‘嬹，喜也。’《學記》‘不興其義，不能樂學’，鄭注：‘興之言喜也，歆也。’是興有喜悦之義。興、起同義，則起亦爲喜悦也。《臯陶謨》‘股肱喜哉，元首起哉，百工熙哉’，喜、起、熙三字同義，起猶喜也。……是知《箋》訓畜爲起者，正與訓畜爲好義相成。”是“拊”爲“撫”之通假，“畜”爲“慉”之通假也。“畜”又與“蓄”古通，故《御覽》作“蓄”。至《藝文類聚》引《毛詩》則“育”、“畜”上下誤倒矣。

〔**出入腹我**〕　《藝文類聚》二十、《初學記》十七各引《毛詩》“出入復我”。顯係涉上文“顧我復我”而致訛。

〔**昊天罔極**〕　《漢書·鄭崇傳》作“皞天罔極”。《説文》：“昦，春爲昦天，元气昦昦。从日、夰，夰亦聲。”邵瑛《群經正字》：“今經典作昊，从日从天。《九經字樣》以爲隸省，其實乃俗儒不識夰字，筆法相近，變爲天也。”《小雅·巷伯》“投畀有昊”，毛《傳》：“昊，昊天也。”“昊”義爲“天”。《説文》：“皞，皓旰也。从日，臯聲。”王筠《句讀》：“皓旰雙聲，形容之詞，蓋盛明之貌。”二字義本不同，然古籍中有互通之例，如《商君書》“昊英”，《易·繫傳》疏引《世紀》作“皞英”。蓋《漢書·鄭崇傳》引《詩》亦借“皞”爲“昊”也。

〔**飄風發發**〕　《釋文》：“飄，本又作票。”按：《説文》：“飄，回風也。从風，㶾聲。”《爾雅·釋天》：“迴風爲飄。”郭璞注：“旋風也。”《説文》：“㶾，火飛也。从火，㒺與䙴同意。”段注：“當作从火，䙴省，蓋省廾爲一也。”《集韻·笑韻》：“票，勁疾貌。”是知作“票”

者訛字也。

大　東

有饛簋飧，有捄棘匕。周道如砥，其直如矢。君子所履，小人所視。睠言顧之，潸焉出涕。

小東大東，杼柚其空。糾糾葛屨，可以履霜。佻佻公子，行彼周行。既往既來，使我心疚。

有洌氿泉，無浸穫薪。契契寤歎，哀我憚人。薪是穫薪，尚可載也。哀我憚人，亦可息也。

東人之子，職勞不來。西人之子，粲粲衣服。舟人之子，熊羆是裘。私人之子，百僚是試。

或以其酒，不以其漿。鞙鞙佩璲，不以其長。維天有漢，監亦有光。跂彼織女，終日七襄。

雖則七襄，不成報章。睆彼牽牛，不以服箱。東有啓明，西有長庚。有捄天畢，載施之行。

維南有箕，不可以簸揚。維北有斗，不可以挹酒漿。維南有箕，載翕其舌。維北有斗，西柄之揭。

〔**有饛簋飧**〕　《後漢書·張衡傳》注引《詩》“饛”作“蒙”。此“蒙”字蓋“饛”之省借也。“飧”，《説文》：“餐（飧），餔也。从夕、食。”段注：“會意。俗作飱，非也。”朱熹《詩集傳》作“飱”，當訂正。

〔**有捄棘匕**〕　毛《傳》：“捄，長貌。匕所以載鼎實。棘，赤心也。”馬瑞辰云：“捄者，觓之假借。《説文》：‘觓，角皃。’引《詩》‘有觓其角’，今《詩》作捄。角之曲皃曰觓，匕之曲長皃曰觓，其義一也。匕所以載牲體，亦以取黍稷。《少牢·饋食禮》，饔人所摡者牲體之匕，廩人所摡者黍稷之匕。棘匕承上簋飧言，王觀察云當謂黍稷之匕，其説是也。《説文》：‘匕，所以比取飯。一名柶。’又曰：‘《禮》有柶。柶，匕也。’案《士冠禮》鄭注：‘柶狀如匕，以角爲之。’是以角爲之名柶，以木爲之則名匕也。又《雜記》：‘匕用桑，長三尺。’棘匕對桑匕言。古者喪用桑匕，吉用棘匕，皆取聲近爲義。桑言喪，則棘爲吉，非必如《傳》以棘之赤心爲喻也。”當從馬説，詩文正字爲“觓”。

〔**周道如砥，其直如矢**〕　《孟子·萬章》引《詩》“周道如底”。《楚辭·招魂》王注引《詩》“其平如砥”。《墨子·兼愛》作“其直若矢，其易若底”。按：《説文》：“厎，柔石也。从厂，氐聲。砥，厎或从石。”《廣雅》：“砥，礪也。”王念孫《疏證》：“砥之言緽密也。”《廣韻》：“砥，平也；直也。”是“厎”爲本字，“砥”爲重文。《孟子》引作“底”，蓋以形近而訛。《墨子》、《楚辭》所引乃誤改經文耳。

〔**睠言顧之**〕　《釋文》：“睠，本又作眷。”《荀子·宥坐篇》引《詩》“眷焉顧之”。《韓詩外傳》引《詩》“睠焉顧之”。《後漢書·劉陶傳》引《傳》“眷然顧之”。《文選》陸機《爲顧彦先贈婦詩》、謝瞻《答靈運詩》、江淹《雜體詩》、王巾《頭陀寺碑文》各注引《詩》並作“眷言顧之”。《太平御覽》四百八十引《詩》同，又三百八十七引《詩》與《荀子》同。按：《説文》：“眷，顧也。从目，𢍏聲。《詩》曰：‘乃眷西顧。’”段注：“顧者，還視也；眷者，顧之深也。顧止于側而已，眷則至于反。”《篇海類編》：“眷，顧念也。”《玉篇》：“睠，同眷。”《集韻》：“眷，或从卷。”《文選》注：“眷，猶戀也。字亦作睠。”是

"睠"、"眷"一字也。至"言"或作"焉"、"然"者，皆爲語詞，通用。

〔**潸焉出涕**〕　《釋文》："潸，《説文》作潸。"黄焯《彙校》："潸，宋本作潸，是也。盧本未改正。"今《説文·水部》引《詩》作"潸"。《唐石經》作"潸"。"潸"爲正字，"潸"爲隸變，"潸"、"潸"訛字。

〔**小東大東**〕　《太平御覽》四百八十四引《詩》"大東小東"。鄭《箋》："小亦於東，大亦於東。"惠周惕《詩説》："小東大東，言東國之遠近也。《魯頌》'遂荒大東'，《箋》：'大東，極東也。'《周官·大司徒》'以土圭之法正日景，日東則景夕多風'，鄭注：'謂大東近日也。'皆以大東爲極東。遠言大，則近言小可知矣。譚爲東國，因其國而及其鄰封，故言小東大東。"按：若以宗周爲中心，小東近，大東遠，小東即近東，大東即遠東矣。大東亦謂極東。《太平御覽》轉寫誤倒。

〔**杼柚其空**〕　《釋文》："柚，本又作軸。"《文選·陸機〈文賦〉》注，《太平御覽》四百八十四、八百二十五各引《詩》作"軸"。《説文》："杼，機持緯者。"《玉篇》："梭，織梭也。亦作梭。"《説文》本無梭、梭字（《新附》有梭），杼即謂梭也。《説文》："榺，機持繒者。"段注："榺即軸也。謂之軸者，如車軸也。"段氏《詩經小學》又云："織軸似車軸，故同名。柚是橘、柚字。因杼字从木，而改軸亦从木，非也。"陳奂云："《太玄·挩篇》：'棘木爲杼，削木爲軸。杼軸既施，民得以焕挩擬之經緯。'《法言·先知篇》：'田畝荒，杼軸空，謂之斁。'其字正作軸。東，東國。小、大東國，杼軸盡空，則是傷於財也。"是知"軸"爲本篇正字，"柚"爲假借也。

〔**糾糾葛屨**〕　毛本"屨"作"履"。按：《説文》："屨，履（屐）也。从履（屐）省，婁聲。一曰鞮也。"段注："晋蔡謨曰：'今時所謂屐（履）者，自漢以前皆名屨。'……屐本訓践，後以爲屨名，古今語異耳。許以今釋古，故云古之屨即今之屐也。"又《説文》："履（段氏改作屐），足所依也。从尸，从彳，从夂，舟象履（屐）形。一曰尸聲。䪼,古文履,从頁,从足。”段注:“古曰屨,今曰履。古曰履,今曰鞵。名之隨時不同者也。”徐灝《箋》:“履,踐也,行也。此古義也。”朱駿聲《通訓定聲》:“此字本訓踐,轉注爲所以踐之具也。”《方言》:“屨,履也。自關而西謂之屨。”《廣雅·釋器》:“屨,履也。”蓋二字古通用也。然則此詩當作“屨”。

〔**佻佻公子**〕　《釋文》:“佻,往來貌,《韓詩》作‘嬥嬥’。……本或作窕,非也。”毛《傳》:“佻佻,獨行貌。”王引之《經義述聞》:“家大人曰:佻佻,當從《韓詩》作嬥嬥。嬥嬥,直好貌也,非獨行貌,亦非往來貌。《詩》言‘糾糾葛屨,可以履霜。嬥嬥公子,行彼周行’。糾糾是葛屨之貌,非履霜之貌。則嬥嬥亦是公子之貌,非獨行往來之貌。……此句但言其直好,下三句乃傷其困乏。言此嬥嬥然直好之公子,馳驅周道,往來不息,是使我心傷病耳。《廣雅》訓嬥嬥爲好,當在齊、魯《詩》説。若《毛詩》因‘行彼周行’而訓爲獨行,《韓詩》因‘既往既來’而訓爲往來。皆緣詞生訓,非詩人本意也。”胡承珙云:“《爾雅》‘佻佻、契契,愈遐急也’,此句明爲《大東》作釋。下文‘契契寤歎’,《傳》云:‘契契,憂苦也。’《爾雅》以佻佻、契契並言,自不得謂佻佻爲好貌,《〈爾雅〉釋文》引《詩》云:‘獨行歎息也。’(《詩》下當脱“傳”字)疑陸所見毛《傳》‘獨行’下尚有‘歎息’二字。《爾雅》‘愈遐急’者,當是遠行急切之意,乃就本詩大旨爲釋。……蓋佻本音苕,《文選·魏都賦》注引《爾雅》郭注云:‘佻音葦苕。’又,佻字亦作苕,《楚辭·九歎》注引《詩》作‘苕苕公子’。《西京賦》‘狀亭亭以苕苕’,固爲高貌,亦孤迴無依之意。此佻佻亦謂其獨行無依。非必毛《傳》因‘行彼周行’而遂緣詞生訓也。”按:細繹王氏、胡氏之議,似有未安。《説文》:“佻,愉也。从人,兆聲。”段注:“按:《釋言》:‘佻,偷也。’偷者,愉之俗字。今人曰偷薄、曰偷盗,皆从人作偷。他侯切。而愉字訓爲愉悦。羊朱切。此今義、今音、今形，非古義、古音、古形也。古無从人之偷。愉訓薄，音他侯切。愉愉者和氣之薄發於色也，盜者澆薄之至也。偷盜字古只作愉也。”《爾雅·釋言》：“佻，偷也。”郭注：“謂苟且。”邢昺疏：“李巡曰：‘佻，偷薄之偷。’”《廣韻》：“佻，輕佻。”《左傳·昭公十年》引《詩》“德音孔昭，視民不佻”。杜預注：“佻，偷也。”孔穎達疏：“其視下民不偷薄苟且也。”《資治通鑑·漢靈帝中平六年》：“帝以辯輕佻無威儀，欲立協。”胡三省注：“佻，輕薄也。”是“佻”有輕薄放縱苟且之義也。朱熹《詩集傳》云：“佻，輕薄不奈勞苦之貌。”參校諸説，朱氏頗得其旨矣。“佻佻”爲正字，無須改易。

〔**行彼周行**〕　《楚辭·九歎》王逸注引《詩》“行彼周道”。“周行”、“周道”義同，亦《詩》中之常語，然“道”與上文“霜”不爲韻，而“行”與“霜”韻，故不可易字。

〔**既往既來**〕　《文選·潘岳〈秋興賦〉》李注引《毛詩》“既來既往”。馬瑞辰云：“今按古音來讀如釐，疚讀如已，來、疚二字正爲韻。”李注所引誤倒。

〔**有洌氿泉**〕　阮元《校勘記》：“《唐石經》、小字本、相臺本同，閩本同，明監本、毛本洌作冽。”《釋文》：“氿，音軌，字又作晷。”《説文》：“洌，水清也。从水，列聲。《易》曰：‘井洌，寒泉，食。’”段注：“許書有洌、冽二篆，《毛詩》有冽無洌。‘冽彼下泉’，《傳》云：‘冽，寒也。’‘有冽氿泉’，《傳》云：‘冽，寒意。’‘二之日凓冽’，《傳》云：‘凓冽，寒氣也。’皆不从水。《東京賦》‘玄泉洌清’，薛曰：‘洌，清澄皃。’……《井》九五爻辭，王云：‘絜也。’崔憬云：‘清且絜也。’皆與許合。”《説文》（段注本）：“冽，凓冽也。从仌，㓮聲。”段注：“古單用冽字者，如《詩》‘冽彼下泉’、‘有冽氿泉’。……《素問》曰：‘風寒冰冽。’”邵瑛《群經正字》：“洌，今經典往往从仌作冽，雖宋本亦不免。《六書正譌》云：‘洌，俗作冽,从仌,非。'《佩觿》並列二字,以洌爲水清,冽爲水寒。恐未諦。"《玉篇·冫部》:"冽,寒氣也。"按:《十三經注疏》本、陳奂《詩毛氏傳疏》本均作"洌",朱熹《詩集傳》本、王先謙《詩三家義集疏》本及今《詩經》傳本皆作"冽"。此诗當以"冽"爲正字。"氿泉",《傳》云:"側出曰氿泉。"《釋文》云"字又作厬"(一作"晷"),馬瑞辰曰:"氿、厬古同聲通用。《爾雅》:'氿泉穴出。穴出,仄出也。''水醮曰厬。'《説文》:'氿,水枯土也。'引《爾雅》'水醮曰氿'。'厬,仄出泉也。讀若軌。'與今本《爾雅》互易,蓋許君所據《爾雅》本異。據《〈詩〉釋文》'氿本作晷',則《毛詩》本亦有作厬泉者,後又省作晷耳。《釋名》:'側出曰氿泉。氿,軌也,流狹而長,如車軌也。'按古者車轍謂之軌,車軸兩端自轂中出者亦謂之軌,故泉之仄出者似之,當作氿泉爲正字。九之言究也,與水醮之義亦合。竊謂仄出泉及水醮,本字皆作氿,作厬者同音假借字。後人誤以二字分屬,遂致互異耳。"馬説精當。

〔**無浸穫薪**〕 《釋文》:"寖,子鴆反。清也。字又作浸。""穫,户郭反。毛:刈也。鄭:落,木名也。字則宜作木旁。"《説文》:"穫,刈穀也。从禾,蒦聲。"《廣雅》:"穫,刈也。"《玉篇》:"穫,刈禾也。"又《爾雅》:"檴,落。"郭注:"可以爲杯器素。"郝氏《義疏》:"《詩》'無浸檴薪',鄭《箋》:'檴,落,木名也。'"《廣韻》:"檴,檴落,木名。"《説文》(段注本):"樗,樗木也。吕其皮裹松脂。从木,虖聲。讀若華。或从蒦作檴。"段注:"陸云:'依鄭則字宜木旁,樗、檴,古今字也。'司馬《上林賦》字作華。師古曰:'華即今之樺,皮貼弓者。'樺者,俗字也。"段氏又於"樗"字下注云:"各本'樗'與'樗'二篆互譌,今正。《毛詩音義》、《爾雅音義》、《五經文字》可證也。"本詩"檴"爲正字,"穫"爲其借字也。"寖"字,《廣雅·釋詁》:"寖,積也。"王念孫《疏證》:"浸與寖同。"《玉篇·水部》:"寖漬。浸,同上。”蓋一字異體耳。

〔**契契寤歎**〕　《楚辭·九歎》“孰契契而委棟兮”，一本作“挈挈”，王注引《詩》“挈挈寤歎”。《釋文》：“契契，苦計反。徐苦結反。憂苦也。”毛《傳》亦訓“憂苦也”。按：徐苦結反，即讀爲提挈之挈。《説文·大部》：“契，大約也。从大，㓞聲。”段注：“經傳或叚契爲栔，如‘爰契我龜’，《傳》曰：‘契，開也。’又叚爲挈字，如‘生死契闊’，《傳》曰：‘契闊，勤苦也。’又‘契契寤嘆’，《傳》曰：‘契契，憂苦也。’皆取提挈勤苦之意也。”《説文·㓞部》：“栔，刻也。从㓞，从木。”段注：“《釋詁》：‘契、滅、殄，絶也。’《唐韻》引作栔。郭云：‘今江東呼刻斷物爲栔斷。按：古經多作契，假借字也。……刻之用於木多，故从木。”王筠《句讀》：“當云：㓞亦聲。”《廣雅》：“栔栔，憂也。”《説文·手部》：“挈，縣持也。从手，㓞聲。”段注：“縣，系也。下文云：‘提，挈也。’則提與挈皆謂縣而持之也。今俗語云挈帶，古叚借爲契、栔字。”王筠《句讀》：“説以縣者，提是物則物向下，有似倒縣，故曰縣。”朱駿聲《通訓定聲》：“契，叚借爲挈。”又《爾雅》：“佻佻，契契，愈遐急也。”郭注：“賦役不均，小國困竭。賢人憂歎，遠益急切。”按：契、栔本無“憂苦”義，以契、栔、挈聲通，故毛氏讀“契契”爲“挈挈”而訓“憂苦”也。蓋本篇正字當作“挈挈”。

〔**哀我憚人**〕　《釋文》：“憚，字亦作癉。”《爾雅·釋詁》郭注引《詩》“哀我癉人”。《白帖》二十八、《説文繫傳》、《群經音辨》各引《詩》同。按：“憚”字，《説文》云：“忌難也。从心，單聲。一曰：難也。”朱駿聲《通訓定聲》：“憚，叚借爲癉。”《説文》：“癉，勞病也。”《爾雅》：“癉，勞也。”《廣雅》：“癉，苦也。”王念孫《疏證》：“勞與苦同義。”“憚”爲“癉”之借字，故《傳》云：“勞也。”

〔**職勞不來**〕　毛《傳》：“來，勤也。”鄭《箋》：“職，主也。東人勞苦而不見謂勤。”《釋文》：“來，音賚。注同。勤也。”《爾雅》：

"勞、來,勤也。"《釋文》:"來,本又作勑。"《廣雅》:"勑,勤也。"《説文》:"勑,勞勑也。"勤勞爲勤,慰問其勤勞亦爲勤。勑,勞勑,慰問勤勞者且嘉勉賞賜之。《釋文》"來,音賚",《爾雅·釋詁》:"賚,賜也。"《集韻·咍韻》:"賚,與也。或書作賕。"《説文》訓同《釋詁》,是"賚"與"勑"義亦相因相成。本詩借"來"作"勑"。

〔**薪是穫薪**〕　《爾雅·釋木》:"檴,落。"樊光注引《小雅·大東》"薪是檴薪",與今本《毛詩》異。作"檴"者正字也。鄭《箋》云:"'薪是穫薪'者,析是穫薪也。"胡承珙云:"案:上文'無浸穫薪',毛云:'穫,艾也。'鄭云:'檴,落,木名也。'蓋字本從禾作穫,鄭依《爾雅》從木作檴。毛謂是已刈之薪,鄭謂析檴木以爲薪。《説文》'槫,或作檴'。某氏《爾雅》注、陸璣《詩疏》皆與鄭同。實則毛、鄭義並可通。至'薪是穫薪',上薪字,即《棫樸》'薪之槱之'之薪,樊光、孫炎注《爾雅》'采薪,即薪',皆引此詩。《白華》'樵彼桑薪',《正義》曰:'樵者薪之一名,但諸事皆反其名以名其事,此"樵彼桑薪"猶"薪是穫薪"也。'惟《傳》云:'載,載乎意也。'《正義》曰:'又言薪蓄,是穫刈之薪者,尚以爲可存載於意,當餁而掌之,以爲家用。'此解殊迂迴難通。段懋堂云:'意,當作車。'承珙謂《彤弓》'薄言載之',《傳》云:'載以歸也。'《箋》云:'出載之車也。'此《傳》'意'字或'車'字之誤。載車如《孟子》輿薪之謂歟。"按:此"薪是檴薪"句,上"薪"字用作動詞,即"采薪"、"析薪"之義。

〔**粲粲衣服**〕　王氏《詩攷》引《文選·禰衡〈鸚鵡賦〉》注:"《韓詩》作'采采衣服'。"本詩毛《傳》:"粲粲,鮮盛貌。"《法言》注:"粲,文采也。"按:"采"之本義,《説文》云:"采,捋取也。从木,从爪。"段注:"采、捋同訓也。《詩》又多言采采,《曹風》'采采衣服',《傳》曰:'采采,衆多也。'凡文采之義本此。俗字手采作採,五采作彩。皆非古也。”朱熹《詩集傳》：“采采，華飾也。”《玉篇》：“采，色也。”《正字通》：“采，别作彩。”《楚辭·九章·懷沙》：“衆不知余之異采”，王逸注：“采，文采也。”或謂以“采采”與“粲粲”義近，故《文選》注曰“《韓詩》作‘采采衣服’。”然則又有疑者，此“采采衣服”或即《曹風·蜉蝣》原句也。若從此説，則“采采”殆非“粲粲”之通假矣。

〔**舟人之子，熊羆是裘**〕　毛《傳》：“舟人，舟楫之人。熊羆是裘，言富也。”鄭《箋》：“舟當作周，裘當作求，聲相近故也。”《説文》：“周，密也。”“匊，帀徧也。”《玉篇》：“匊，帀徧也。或作周、淍。”《考工記》鄭注：“故書舟作周。”惠棟云：“隸法周作用，又作月；舟作凡，或作凡，字本相類。”蓋周、舟通用也。馬瑞辰云：“周人與私人相對成文。《方言》：‘私，小也。自關而西，秦、晉之郊，梁、益之閒，凡物小者謂之私。’私人即小人，則周人宜訓爲大人。周之言鵰，《廣雅》：‘鵰，大也。’周人爲大人，猶周行或謂大道，周狗即大狗也。裘，古本作求，後人始加衣作裘，以别於求乞之求。”《稽古編》曰：“舟與周，裘與求，不僅音同，形亦相似，況古衣裘字原作求，象形，其從衣，後人所加。”胡承珙曰：“或疑熊羆不可爲裘，不知《周禮·穴氏》‘掌攻蟄獸，獻其皮革’，注：‘即以爲熊羆之屬。’《禹貢》‘梁州貢熊、羆、狐、狸’，《大雅·韓奕》‘獻其貔皮，赤豹黄羆’，《莊子》‘豐狐文羆’，蓋皆爲裘之用，不必从後世無熊羆之裘爲疑。即如《玉藻》之虎裘，又豈後世所有邪？何氏《古義》云：‘《説苑》（見《正諫篇》）載晉平公使叔向聘于吴，吴人拭舟以逆之，左五百人，右五百人，有繡衣而豹裘者，有錦衣而狐裘者，此即所谓‘舟人之子，熊羆是裘’者也。”知詩句本作“周人之子，熊羆是求”，“舟”即“周”，“裘”即“求”之後世纍增字也。

〔**百僚是試**〕　《釋文》：“僚，字又作寮。”《爾雅》：“寮，官也。”郭璞注：“同官爲寮。”《釋文》：“寮，字又作僚。”《玉篇》：“僚，同官曰僚也。”“寮，官寮也。與僚同。”《書·酒誥》“百寮庶尹”作“寮”，《左傳》“隸臣僚，僚臣僕”作“僚”。明“僚”、“寮”古通用，同官字經傳多作“僚”。

〔**鞙鞙佩璲**〕　《釋文》：“鞙，字或作琄。”黄焯《彙校》：“《考證》云：《爾雅·釋訓》作琄。”《太平御覽》六百九十一引《詩》“絹絹珮璲”。按：《説文》：“鞙，大車縛軛靼。从革，肙聲。”此其本義也。然毛《傳》云：“鞙鞙，玉貌。”《後漢書·輿服志》劉昭注：“鞙鞙，佩玉貌。”《集韻·銑韻》：“琄，佩玉皃。通作鞙。”“琄”爲後起之專字，以“琄琄”象佩玉之聲。陳奂云：“《釋文》：‘鞙，又作琄。’《爾雅》作琄。《説文》無琄。案：鞙是也。鞙鞙，謂佩玉鞙鞙然，非謂玉也。《傳》‘玉皃’，當作‘佩玉皃’三字，蓋奪一‘佩’字耳。”陳説是矣。《太平御覽》引作“絹絹”，非。

〔**跂彼織女**〕　《釋文》：“跂，《説文》作歧。”《説文》：“歧，頃也。从匕，支聲。匕，頭頃也。《詩》曰：‘歧彼織女。’”段注：“頃者，頭不正也。《小雅·大東》‘跂彼織女’，《傳》曰：‘隅皃。’按：隅者，陬隅不正。而織女三星成三角，言不正也。許所據作歧。”按：“跂”，《説文》云：“足多指也。从足，支聲。”《集韻》：“企，舉踵也。或作跂。”朱駿聲《通訓定聲》：“跂，叚借爲企。”是“跂”之本義並非“隅皃”，《傳》蓋讀“跂”爲“歧”，故訓“隅皃”，正象織女三星鼎足之形，“歧”爲本字，“跂”爲假字。

〔**睆彼牽牛**〕　毛《傳》：“睆，明星貌。”南宋巾箱本作“晥”。阮元《校勘記》：“‘睆彼牽牛’，《唐石經》、相臺本同。考《〈杕杜〉釋文》云：‘字从白，或作日邊。’是小字本‘晥’當‘皖’之誤也。《廣韻》‘皖明星’即此經字。”按：“睆”，《玉篇》云：“出目貌。”《廣韻》云：“大目也。”《集韻》云：“明貌。”另，《廣韻》云：“皖，明星。”《集韻》:"皖,或从日。"與毛《傳》同。是"皖"爲正字。

〔**不以服箱**〕　《文選·張衡〈思玄賦〉》李注引《毛詩》"不可以服箱"。按:作"不可以服箱"者,《三家詩》也。此句式與本詩末章"不可以簸揚"、"不可以挹酒漿"正同。今本《毛詩》誤脱"可"字耳。

〔**東有啓明**〕　《爾雅·釋天》:"明星謂之启明。"郭注:"太白星也。晨見東方爲启明,昏見西方爲太白。"邢疏引《詩》"東有启明"。《説文繫傳》引《詩》同。《大戴禮·四代》引《詩》"東有開明"。《説文·口部》:"启,開也。从户,从口。"段注:"按:後人用啓字訓開,乃廢启不行矣。"《説文·攴部》:"啓,教也。从攴,启聲。《論語》曰:'不憤不啓。'"此詩毛《傳》云:"日旦出謂明星爲啓明,日既入謂明星爲長庚。"陳奂云:"《傳》云'日旦出',旦當作且。《正義》已誤,當從小箋本訂正。日且出而明星見於東方,是曰啓明。啓,開也,開日之明也。"陳啓源云:"明星義取於開,依字當作启。"是"启明"爲本字,今《毛詩》作"啓",借字也。二字後世已通用矣。《大戴禮記》引作"開"者,避景帝之諱故也。

〔**西有長庚**〕　《〈書·益稷〉正義》引《詩》"西有長賡"。本诗毛《傳》云:"日既入謂明星爲長庚。庚,續也。"陳奂云:"《史記索隱》引《韓詩》云:'大白晨出東方爲啓明,昏見西方爲長庚。'毛《傳》以啓明、長庚爲明星,韓《傳》以啓明、長庚爲大白,則明星亦謂大白星也。《天官書》以明星代啓明,以大白代長庚,而後之言星家遂多異説。《正義》云'庚,續',《釋詁》文。今《爾雅》作賡,《書·益稷》疏引《詩》作賡,賡爲庚之譌,庚訓續,非即賡字也。《説文》賡,古文續。庚、賡同義不同字。"陳説是。

〔**有捄天畢,載施之行**〕　毛《傳》:"捄,畢貌。畢,所以掩兔也,何嘗見其可用乎!"鄭《箋》:"祭器有畢者,所以助載鼎實,今天畢則施於行列而已。"《説文·華部》:"畢,田罔也。从田,从華,象形。或曰,田聲。”段注:“謂田獵之网也。必云田者,以其字从田也。……謂以華象畢形也。柄長而中可受。……上云从田華會意而象其形,則非形聲也。或曰田聲,田與畢古音同在十二部也。各本田誤由,鉉曰‘由音拂’,此大誤也。畢,卑吉切。畢之言蔽也。《攴部》曰:‘斁,盡也。’今盡義通作畢。”《爾雅·釋天》:“濁謂之畢。”郭注:“掩兔之畢或呼爲濁,因星形以名。”《廣雅》:“罼,率也。”《説文》:“率,捕鳥畢也。象絲罔。上下其竿柄也。”《月令》鄭注:“罔小而柄長謂之畢。”是“畢”爲田獵之長柄罔也。又,孔《疏》云:“祭器、掩兔之畢,俱象畢星爲之。必易《傳》者,孫毓云:‘祭器之畢,狀如畢星,名象所出也。畢弋之畢,又取象焉,而因施網於其上。’雖可兩通,《箋》義爲長。”胡承珙云:“此説非也。《史記·天官書》:‘畢曰罕車,爲邊兵,主弋獵。’《後漢·蘇竟傳》:‘畢爲天網,主網羅無道之君。’是天官家言皆謂畢爲田器。證一。《説文》:‘畢,田網也。’又‘率’下云:‘捕鳥畢也。’是畢之制字,亦祇有田器一義。證二。《盧令序》:‘襄公好田獵畢弋。’《鴛鴦》‘畢之羅之’,《傳》云:‘畢掩而羅之。’是《序》及《詩》言畢者皆爲田具。祭器之畢,不見於《詩》。證三。《漸漸之石》‘月離于畢’,《傳》:‘畢,噣也。’此用《爾雅》‘濁謂之畢’文。《史記·律書》:‘濁者,觸也。言萬物皆觸死也。’《索隱》引孫炎云:‘掩兔之畢,或呼爲濁。’郭注本之。是田器濁、畢兩名,皆取星象。若謂祭器取象在先,則祭器之畢更無濁名。證四。《易·繫辭》‘佃漁始于包犧’,茹毛飲血之時,未必即有祭器,自應以田獵之畢取象在先,而助載鼎實者爲後。證五。且本經下句明言‘載施之行’,《兔罝》云‘施于中逵’、‘施于中林’,若非畢罦,何得言施?證六。然則《箋》義雖可通,究當以《傳》爲正也。”此説甚辨。

〔**維北有斗**〕　《釋文》:“斗,都口反。沈音主。”黄焯《彙校》:"《考證》云:'《易·豐卦》:"日中見斗。"'《釋文》:'孟作見主。'《周官·鬯人》'大喪之大渳設斗',注:'斗所以沃尸也。'《釋文》依注音主。"按:"斗",侯部,端母。"主",侯部,章母。古音近,可通用。此詩"斗"(枓)爲正字。《正義》:"箕、斗並在南方之時,箕在南而斗在北,故言南箕北斗也。"馬瑞辰云:"《集傳》兼采南斗、北斗二説。按:《正義》以斗爲南斗,是也。《爾雅》:'析木之津,箕、斗之閒,漢津也。'郭注:'箕,龍尾。斗,南斗。'是凡箕斗連言者皆爲南斗。王觀察曰:'南斗之柄常向西而高於魁,故經言"西柄之揭"。若北斗之柄,固不常西,即指西亦不得云揭。'其説是也。《説文》:'枓,勺也。''勺,所以挹取也。'《詩》作斗者,皆枓之假字。"是經文當作"維北有枓",或借"斗"爲之。

〔**載翕其舌**〕　毛《傳》:"翕,合也。"鄭《箋》:"翕,猶引也。"《玉篇·口部》:"吸,許及切。《説文》云:'内息也。'《詩》云:'維南有箕,載吸其舌。'吸,引也。"陳奂云:"《禮記·曲禮》'以箕自鄉而扱之',注:'扱,讀曰吸,謂收糞時也。'《少儀》'執箕膺擖',注:'膺,親也。擖,舌也。持箕將去糞者,以舌自鄉。'蓋《三家詩》作吸,訓引,引舌内鄉,似箕形。"王先謙云:"《箋》説即用韓義改毛。引舌内鄉,象吸之形,兼取'箕斂'之義也。下四句與上四句雖同言箕、斗,自分兩義。"蓋以"翕"、"吸"音同,故通用。

四　月

四月維夏,六月徂暑。先祖匪人,胡寧忍予。
秋日淒淒,百卉具腓。亂離瘼矣,爰其適歸。
冬日烈烈,飄風發發。民莫不穀,我獨何害。
山有嘉卉,侯栗侯梅。廢爲殘賊,莫知其尤。

相彼泉水，載清載濁。我自構禍，曷云能穀。
滔滔江漢，南國之紀。盡瘁以仕，寧莫我有。
匪鶉匪鳶，翰飛戾天。匪鱣匪鮪，潛逃于淵。
山有蕨薇，隰有杞桋。君子作歌，維以告哀。

〔**秋日淒淒**〕　《釋文》："淒淒，本亦作棲，七西反。涼風也。"毛《傳》："淒淒，涼風也。"《邶風·緑衣》"淒其以風"，毛《傳》："淒，寒風也。"《正字通》："淒，寒涼也。"又《説文》："淒，雲雨起也。从水，妻聲。《詩》曰：'有渰淒淒。'"此其本義也。訓"寒涼"者，别義耳。另《漢書·王褒傳》，顔師古注："悽愴，寒冷也。"《文選·劉楨〈贈從弟〉》，吕延濟注："慘悽，寒貌。"《説文·西部》："西，鳥在巢上。象形。日在西方而鳥棲，故因以爲東西之西。……棲，西或从木、妻。""棲"、"栖"古同字，經傳無"寒涼"、"寒風"、"涼風"之義。至"棲棲"（栖栖）重言，《六月》毛《傳》："簡閲貌。"《廣雅》："棲，棲棲，簡閲車馬貌。"或訓"行不止也"。明"淒淒"爲本字，與"悽"通用。《釋文》謂"本亦作棲"，非是。

〔**百卉具腓**〕　《爾雅·釋詁》作"痱"，郭注："見《詩》。"邢疏引《詩》"百卉具痱"。《玉篇》引《詩》同。《文選》謝靈運《九日從宋公戲馬臺送孔令詩》李善注引《韓詩》，鮑照《苦熱行》注引《毛詩》並作"百卉俱腓"。李注云："薛君曰：'腓，變也，俱變而黄也。毛萇曰："痱，病也。"今本作腓字，非。'"陳奂云："李注當作'毛萇曰："腓，病也。"今本作痱字，非。'今腓、痱二字互誤。张衡《西京賦》注、王粲《公讌詩》注引《毛詩》'百卉具腓'，毛萇曰：'腓，病也。'是李所據《詩》本作腓，《釋文》云：'腓，房非反。病也。《韓詩》云：變也。'然則陸所見毛、韓詩字皆作腓，用假借字。《爾雅》：

"瘁,病也。"郭注云:"見《詩》。"《玉篇》:"瘁,風病也。"引《詩》云'百卉具瘁',或齊、魯詩作瘁,用本字。"陳説允當。

〔亂離瘼矣〕　《説苑・政理》引《詩》"亂離斯瘼",《文選・任昉〈爲范尚書讓吏部第一表〉》注引《薛君章句》同。又潘岳《關中詩》注引《韓詩》"亂離斯莫",薛君亦作"莫"。《毛詩》作"瘼",《傳》云:"病。"《詩》作"莫",薛君曰:"散也。"殆讀"離"爲離散之"離",讀"莫"如散漠之"漠",是"瘼"與"莫"字異且訓釋不同,然各有所本,兩説並存可也。

〔爰其適歸〕　王先謙云:"《説苑・政理篇》:'《詩》不云乎:"亂離斯瘼,爰其適歸。"此傷離散以爲亂者也。'仲長統《昌言・法誡篇》曰:'亂離斯瘼,怨氣并作。'趙壹《刺世疾邪賦》曰:'原斯瘼之攸興,實執政之匪賢。'皆用《魯詩》。然韓、魯'爰'字並無作'奚'之本,惟《家語》作'奚其適歸',僞書未敢據證。常璩《華陽國志》引'亂離瘼矣,奚其適歸',任昉《表》'亂離斯瘼,欲以安歸',似亦用作'奚'之本,但皆在晉以下,僞書大行之時矣。"王説可從。詩文作"爰"爲正字。

〔侯栗侯梅〕　《白帖》九十九引《詩》"維栗維梅"。《爾雅》曰:"伊、維,侯也。"《小雅・六月》:"侯誰在矣",《傳》曰:"侯,維也。"王引之云:"此'侯'即'唯'之借。"蓋"侯"、"惟"(維、唯)皆爲語辭,可通用也。

〔廢爲殘賊〕　毛《傳》:"廢,忕也。""忕",小字本、相臺本同。阮校:"案:《釋文》:'忕,時世反,下同。又一本作"廢,大也。"此是王肅義。'《正義》云:'定本廢訓爲大,與鄭不同',標起止云'《傳》"廢,忕",定本當是依王肅申毛也。"此句鄭《箋》云:"言在位者貪殘,爲民之害,無自知其行之過者。言忕於惡。"馬瑞辰云:"《爾雅・釋詁》:'廢,大也。'郭注引《詩》'廢爲殘賊'。《列子・楊朱篇》'廢虐之主',張湛注:'廢,大也。'《説文》:'奔,大也。'奰與奔同字,《廣雅》、《玉篇》並云:'奰,大也。'奔與廢一聲之轉,毛《傳》訓廢爲大,知廢即奔之假借也。……仍從毛《傳》、《爾雅》訓大爲允。"按:《毛詩傳箋通釋》,陳金生校文云:"(《傳》:'廢,忕也。')'忕'字,據下文'毛《傳》訓廢爲大'及'仍從毛《傳》、《爾雅》訓大爲允',疑當作'大'。"陳校是矣。

〔**南國之紀**〕　《風俗通義》引《詩》"南北之紀"。"北"爲訛字。

〔**盡瘁以仕**〕　《釋文》:"瘁,本又作萃。"山井鼎《考文》:"古本仕作士。"鄭《箋》:"瘁,病。仕,事也。"《玉篇》:"瘁,病也。"《字彙·疒部》:"瘁,勞也。"《説文》:"顇,顦顇也。"《爾雅·釋詁》:"顇,病也。"釋慧琳《一切經音義》卷四十一引《考聲》:"顇,瘦弱也。"《説文》:"萃,艸貌。从艸,卒聲。讀若瘁。"《集韻·厺韻》:"萃,艸盛貌。"朱駿聲《説文通訓定聲》:"萃,叚借爲顇。"《荀子·富國篇》楊倞注:"萃,與顇同。"又《小雅·北山》"或盡瘁事國",《左傳·昭公七年》引此"盡瘁"作"憔悴"。《正義》曰:"蓋師讀不同。"臧氏《經義雜記》曰:"據《漢書·五行志》所載《左傳》作'盡顇'。知《左傳》古文本與《毛詩》同。杜本作'憔',聲近之誤。"王氏《經義述聞》云:"《周官·小司寇》'議勤之辟',鄭注曰:'謂憔悴以事國。'……蓋《毛詩》之'盡瘁',《三家詩》有作'憔悴'者,故鄭、賈皆用之爲説。然則杜本《左傳》作'憔',非聲近之誤也。又案:憔亦盡也。鄭注《昏義》曰:'酌而無酬酢曰醮。'《正義》曰:'直盡爵而已,故稱醮也。'《爾雅》'水醮曰厬',郭注:'謂水醮盡。'醮與憔聲義相近。故李頤注《庄子·盜跖篇》读醮爲顦悴之顦,悴亦盡也。《荀子·禮論篇》'利爵之不醮也',《史記·禮書》醮作啐。啐之言卒也,卒亦盡也。盡謂之醮,亦謂之卒。盡爵謂之醮,亦謂之啐,盡力謂之憔悴,義相因也。憔悴二字平列,盡瘁二字亦平列,非謂盡其瘁也。毛《傳》曰‘盡力勞病以從國事’，則亦平列字矣。‘或燕燕居息’，‘或盡瘁事國’，燕燕，重語也；盡瘁，雙聲也。憔悴，亦雙聲也。《四月》篇‘盡瘁以仕’，義亦與此同。”明“瘁”、“悴”、“萃”、“顇”古通用也。“仕”、“士”古亦通用。《禮記·曲禮》注：“士或爲仕。”《表記》注：“仕之言事也。”《祭統》注：“士之言事也。”是其例。

〔**匪鶉匪鳶**〕　《釋文》：“鶉，徒丸反。鵰也。字或作鷻。”“鳶，以專反。鴟也。”毛《傳》：“鶉，鵰也。鵰、鳶，貪殘之鳥也。”《説文·鳥部》：“鷻，雕也。从鳥，敦聲。《詩》曰：‘匪鷻匪鳶。’”“鳶，鷙鳥也。从鳥，屰聲。”“鵰，雄也。从鳥，閒聲。”《正字通·鳥部》：“鳶，同鳶。”《爾雅·釋鳥》：“鳶烏醜，其飛也翔。”郭注：“布翅翺翔。”郝氏《義疏》：“鳶，古字本作弋……隸變作鳶，音以專反。又變作鳶。”《漢書·五行志》“有鳶焚其巢”，顔師古注：“鳶，鴟也。”《説文》“鷻”下段注：“《隹部》曰：‘雕，鷻也。’今《小雅·四月》‘匪鶉’，鶉字或作鷻。毛曰：‘鷻，雕也。’《隹部》‘隼’下曰：‘一曰鶉字。’鶉者，鷻之省。鷻鶉字與《隹部》雜字别。”“鳶”下段注云：“（《説文》）自鷻至鷐九篆皆鷙鳥，獨於鳶、鷂言之者，鳶、鷂無他名，則直謂鷙鳥而已矣。《詩》‘匪鷻匪鳶’，《正義》鳶作鶚，引孟康曰‘鶚，大雕也’。又引《説文》‘鳶，鷙鳥也’。是孔沖遠固知鳶即鶚字。陸德明乃作‘鳶’，云‘以專反’，今《毛詩》本因之，又以‘與專反’改《説文》‘鳶’字之音，誤之甚矣。‘鳶’，《夏小正》作‘弋’，‘與職切’；俗作‘鳶’，‘與專切’。”“鵰”下段注云：“‘弋’之字變爲‘鳶’，讀‘與專切’，‘鳶’行而‘弋’廢矣。鳶讀與專切者，與鵰疊韻而又雙聲，《毛詩正義》引《蒼頡解詁》‘鳶即鴟也’。然則《蒼頡》有‘鳶’字，从鳥，弋聲。許無者，謂‘鵰’爲正字，‘鳶’爲俗字也。……《大雅》‘鳶飛戾天’……‘鳶’亦當爲‘鳶’，《箋》云：‘鳶，鴟之類。’云類則别於鴟。經文字本爲鳶明矣。《正義》又引《説文》云'鳶,鷙鳥也'。此亦引《説文》'蔦,鷙鳥'而從俗寫爲鳶耳。蓋唐初已認'蔦'爲'鳶',二字不分,故《正義》不能質言。"又"隼"下段注云:"隼與鷻同音同字,是亦假借也。謂隼亦即鷻字也。"錢坫曰:"罗、蔦以屰爲聲,所從同,讀之亦同。又别爲鷍,轉从罗聲,讀亦無異。……後世因蔦字艱于書寫,趨易作鳶,遂令諸經凡蔦悉改爲鳶。《詩》"匪鷻匪鳶",《傳》:'鳶,貪殘之鳥。''鳶飛戾天'《箋》:'鳶,鴟之類,鳥之貪惡者。'……又誣妄其音,讀之爲悦宣切。蔦既改爲鳶从弋,字亦不得有悦宣之音。其謬首見于陸德明《釋文》于《詩》'一音悦宣切,一音以專切'。……而《玉篇》乃以鳶字爲正,反云蔦字同上。真所不解者矣。更有疑者,《爾雅》云:'鳶烏醜,其飛也翔。鷹隼醜,其飛也翚。'翔,回飛。翚,大飛。力大則飛大,力小則飛小,翔之勢小于翚,則鳶烏比鷹隼爲物亦减。若鳶既是蔦,則當屬鷹隼醜,不當與烏連舉爲類。疑鳶别爲一鳥,又《夏官·射鳥氏》'掌射鳥祭祀以弓矢敺烏鳶',注:'……烏鳶喜鈔盗,便汙人。'二物亦並舉。《穆天子傳》'烏鳶',郭璞注:'鳶,鵶也。'鵶,雅之俗字。郭意直以鳶爲雅。……是鳶烏之鳶必非鷙蔦之蔦,可見或别爲一字,本有悦宣之音,俗乃溷于蔦,遂一往而不能攷正。然實不識烏鳶之鳶當爲何物、應爲何字也。又'鳶',相傳以爲亦作䳒。《中庸》'鳶飛戾天',陸德明云'又作䳒'。《爾雅》'鳶烏醜'同。《漢書·梅福》云:'䳒鵲遭害則仁鳥增逝。'……又與鵲並舉。是此䳒必非鷙鳥。䳒與烏鵲連屬相稱者,大半相近之物,特難于究証,未便臆定,存此疑以俟通儒可,亦闕以志疑之術焉。"陳奂云:"鳶,當爲蔦字之誤也。《説文》無鳶字,其所據《詩》字作'蔦',云'蔦,鷙鳥也。''鷙,擊殺鳥也。'《廣雅》:'鷻、鷍,鵰也。'鷻、鷍即鷻、蔦。《正義》云:'鵰之大者又名鷍。'孟康《漢書音義》曰:'鷍,大鵰也。'《説文》:'蔦,鷙鳥也。'鷻、蔦皆殺害小鳥,故云'貪殘之鳥’。然則《正義》本作𪀓,與《説文》、《廣雅》合。《釋文》本作鳶,後人依《釋文》改《正義》,又以‘𪀓,五各反’改《説文》‘𪀓,與專反’。《説文》注云‘鳶,讀與專反’者,與鵰疊韻,而又雙聲。《説文》:‘鵰,鴟也。《夏小正》謂之弋,弋即鴟也。弋之字變爲鳶。’《廣雅疏證》云:‘當從鳥,戈聲。而書作鳶。鳶字古音在元部,古從戈聲之字,多有讀入此部者,故《説文》“閔”從戈聲而讀若縣,“戊”從戈聲而讀若環。“鳶”之從戈聲而音“與專切”,亦猶是也。’案:作弋作鳶,説俱有理,讀‘與專反’者,或出《三家詩》,而《毛詩》作𪀓,‘五各反’,當以《説文》所據爲證,《旱麓》‘鳶飛戾天’,《箋》:‘鳶,鴟之類。鳥之貪惡者也。’《説文》注云:‘鳶,亦當爲𪀓。’《正義》引《説文》‘鳶,鷙鸟’,此亦引《説文》‘𪀓,鷙鳥’而從俗寫爲鳶耳。”馬瑞辰云:“據《正義》引《蒼頡解詁》云:‘鳶,鴟也。’又引《説文》:‘鳶,鷙鳥也。’則經文原作鳶字。王尚書曰:‘鳶字見於《小雅》、《大雅》、《周官·射鳥氏》、《曲禮》、《中庸》、《爾雅·釋鳥》、《蒼頡篇》,不應《説文》不載,蓋《鳥部》有此字,而傳寫者脱之也。其𪃟字注引《詩》“匪𪃟匪𪀓”,當作“匪𪃟匪鳶”,蓋本作鳶字,因下𪀓字篆文相連,寫者遂誤爲𪀓耳。’今按王説是也。《説文》𪀓字、鳶字,蓋同訓爲‘鷙鳥也’,傳寫者誤删其一。段玉裁乃欲據《説文》誤本改經文之鳶爲𪀓,失之。”胡承珙云:“錢氏、段氏謂𪀓與鳶不得爲一字,是也。必據《説文》作𪀓,謂《詩》鳶字皆當作𪀓,則未必然。《〈旱麓〉正義》引《蒼頡解詁》謂鳶爲鴟,則以爲今之鷂鷹者,近之。《國語》‘鳶肩而牛腹’,注:‘鳶肩,肩井升(按:“升”爲“斗”之訛。)出。’《後漢書·梁冀傳》亦云‘鳶肩’。今鷂鷹實竦肩善於摩空。《曲禮》‘載鳴鳶’,即古人所謂聲作鵝鴟叫者。今鷂鷹鳴聲亦厲於他鳥。此雖與鶚不同,然同是貪惡之鳥,故《詩》以鶉、鳶並言。容可三家作𪀓,《毛詩》作鳶,不必盡同。許書無鳶者,或偶有脱遺。《正義》云‘雕大名鶚’,所以廣鶉之名,下乃引《説文》‘鳶,鷙鳥也’,以釋鳶字。不得謂《疏》引《説文》‘鳶’爲‘蔿’之誤。《〈旱麓〉疏》即引《蒼頡》以鳶即鴟,又引《説文》‘鳶,鷙鳥也’。此‘鳶’,斷不可謂‘蔿’字之誤。《〈六月〉正義》引《説文》‘隼,鷙鳥也’。亦今許書所無,是可見矣。(姚氏秋農曰:‘《説文》脱鳶字,當據《旱麓》、《四月》疏補。《四月》鳶、鮪諧,从弋聲。《左傳》、《漢書》,偏旁皆如此,或者从戈。《五經文字》云“俗作鳶,以非弋非弋耳”。至蔿聲甚遠,無緣相借。鉉説非是。’)至鳶之爲與專切,在《毛詩》鳶字本非韻,不定爲何音。王氏《廣雅疏證》以諧聲之例求之,謂當从鳥,戈聲,而書作鳶,引《説文》‘閃,从戈聲’而讀若縣,‘庌,从戈聲’而讀若環爲證。又云‘鳶字上半與武字上半同體,故隸書減之,則譌爲鳶;增之則又譌爲鳶’。引《漢書·五行志》‘鳶焚其巢’、《地理志》‘朱鳶縣’、《急就篇》‘鳶鵲鴟梟’、《皇象碑》本鳶作鳶、《張公神碑》‘鳶鵠鶪兮乳徘徊’爲證。承珙謂《潛夫論》引《旱麓》‘鳶飛戾天’,尤可爲《毛詩》不作蔿字之證。至取興之意,王、孫述毛與《箋》義皆可通耳。”(按:王氏《廣雅疏證》於列舉數例之後,辨曰:“此文之可考者也。後人以蔿爲鳶,失之。”)以上段氏、錢氏、王氏父子、胡氏、馬氏、陳氏諸説各有異同得失,然以王氏父子、胡氏、馬氏之議較爲允協。

〔**隰有杞桋**〕　《釋文》:“桋,本亦作荑。”《爾雅·釋木》疏引《詩·小雅》“隰有杞夷”。毛《傳》:“桋,赤棟也。”《説文》:“桋,赤棟也。从木,夷聲。《詩》曰:‘隰有杞桋。’”《爾雅·釋木》:“桋,赤棟;白者棟。”郭注:“赤棟,樹葉細而岐鋭,皮理錯戾,好叢生山中,中爲車輞。白棟葉員而岐,爲大木。”《廣韻·麥韻》:“棟,木名。”又《説文》:“荑,艸也。”《玉篇》:“荑,始牛茅也。”《集韻》:“荑,卉木初生葉皃。”明“桋”爲經文正字,“荑”爲借字,“夷”乃“桋”之省也。

北山之什

北　山

陟彼北山，言采其杞。偕偕士子，朝夕從事。王事靡盬，憂我父母。

溥天之下，莫非王土。率土之濱，莫非王臣。大夫不均，我從事獨賢。

四牡彭彭，王事傍傍。嘉我未老，鮮我方將。旅力方剛，經營四方。

或燕燕居息，或盡瘁事國。或息偃在牀，或不已于行。
或不知叫號，或慘慘劬勞。或棲遲偃仰，或王事鞅掌。
或湛樂飲酒，或慘慘畏咎。或出入風議，或靡事不爲。

〔**溥天之下**〕　《左傳·昭公七年》、《國策·東周策》、《孟子·萬章》、《荀子·君子篇》、《韓非子·忠孝》、《吕氏春秋·慎人》、《新書·匈奴》、《史記·司馬相如傳》、《漢書·司馬相如傳》及《王莽傳》、《白虎通·封公侯》及《喪服》、《韓詩外傳》、《文選·班固〈東都賦〉》之《明堂詩》各引《詩》"普天之下"。以上作"普"者，《三家詩》文。按：《説文》："溥，大也。从水，尃聲。"《廣韻》："溥，大也，廣也。"《玉篇》："溥，徧也，普也。"邵瑛《群經正字》："據《説文》，凡溥徧、溥博，衹當作溥，不當作普。今經典往往通用。"《漢書·王莽傳》顔注："溥，與普同。"《説文》："普，日無色也。从日，从竝。"邵瑛《群經正字》:"㫳,今經典作普。此隸省變。"《廣韻》:"普,博也,大也。"《玉篇》:"普,偏也。"是"㫳"(普)與"溥"同音,可通用,故《三家詩》得假"㫳"爲"溥"也。《毛詩》作"溥"爲正字。

〔**率土之濱**〕　《漢書·王莽傳》、《白虎通·封公侯》及《喪服》各引《詩》"率土之賓"。《説文繫傳》引《詩》"率土之頻"。毛《傳》:"率,循。濱,涯也。"《説文》未載"濱"字,《瀕部》曰:"瀕(顰),水厓,人所賓附。顰蹙不前而止。从頁,从涉。凡頻之屬皆从頻。"段注:"厓,今之涯字。附當作駙,《馬部》曰:'駙,近也。'瀕、賓以疊韻爲訓。瀕,今字作濱。《〈召旻〉傳》曰:'瀕,厓也。'《采蘋》、《北山》傳皆曰:'濱,厓也。'""瀕"、"濱"本爲古今字。"頻"、"賓"古聲近通用。又《繫傳》引作"頻"者,蓋"瀕"之省也。王引之《經義述聞》云:"《北山篇》'率土之濱,莫非王臣',家大人曰:《爾雅》曰:'率,自也。'(鄭注《雜记》曰:'自,率也。'互見後'率西水滸'下。)'自土之濱'者,舉外以包内,猶言'四海之内,莫非王臣',非專指地之四邊言之。毛《傳》訓率爲循,於詩義未協。《正義》曰:'言率土之濱,舉其四方所至之内,見其廣也。'於義爲長。"

〔**四牡彭彭,王事傍傍**〕　毛《傳》:"彭彭然不得息,傍傍然不得已。"《説文·馬部》引《詩》"四牡騯騯",訓曰:"騯,馬盛也。"《廣雅》:"彭彭、旁旁,盛也。"彭、旁雙聲,古通用。《玉篇》:"騯,百庚、步庚二切。騯騯,馬行皃。今作彭。"《大雅·烝民》《韓奕》並有"四牡彭彭"句,猶"四牡騯騯"。"騯"爲"彭"之異文。"旁旁"訓盛,"傍"義爲近,此詩"王事傍傍"當作"旁旁"。"傍傍"爲其借字也。"彭彭"、"傍傍"(旁旁)本皆"盛"義,毛《傳》以"不得息"、"不得已"釋之,此引申義也。

〔**鮮我方將**〕　毛《傳》:"將,壯也。"馬瑞辰云:"按:將與壯雙聲,《爾雅·釋詁》將、壯二字並訓'大也',故壯又通作將。《射義》'幼壯孝弟',鄭注:'壯或爲將。'《爾雅·釋言》:'奘,駔也。'孫、樊本並作:'將,且也。'是其證也。《方言》:'京、奘、將,大也。秦晉之閒,凡人之大謂之奘,或謂之壯。'《説文》:'奘,駔大也。'又曰:'駔,壯馬也。''壯,大也。'奘與壯音義同。《小爾雅·廣言》:'丕,莊也。'丕爲大,莊即壯,亦大也。將即奘字之假借,故《傳》訓將爲壯。"馬説是。

〔**旅力方剛**〕　蔡邕《黄鉞銘》作"膂力方剛"。釋玄應《一切經音義》引《方言》郭注引《詩》"旅力方强"。張慎儀云:"按:《説文》:'吕,脊骨也。膂,篆文吕。从肉,旅聲。'又强爲剛之訓詁字。《廣雅》:'剛,强也。'《説文》:'剛,彊,斷也。'彊弓,有力弓也。引申爲凡有力之稱。强者,蚚也。今强、彊不分矣。"馬瑞辰云:"《方言》:'踞、膂,力也。東齊曰踞,宋、魯曰膂,田力也。'戴氏震《疏證》曰:'膂通作旅,《詩》"旅力方剛"是也。'《廣雅》:'膂,力也。'王氏《疏證》曰:'《大雅·桑柔》云"靡有旅力",《秦誓》云"旅力既愆",《周語》云"四軍之帥,旅力方剛",義並與膂同。膂、力一聲之轉。今人猶呼力爲膂力,古之遺語也。'今按《方言》又曰:'膂,儋也。甌、吴之外鄙謂之膂。'郭注:'儋者用膂力,因名云。'是田力謂之膂,擔者用力亦謂之膂。古者行人奔走,多以負擔爲喻,《左傳》'弛于負擔'是也。《詩》下言'經營四方',則旅力正當从《方言》'儋也'之訓。《傳》訓爲衆,失之。"以上張氏、馬氏各有辨见,當从。

〔**或燕燕居息**〕　山井鼎《考文》:古本作"或燕燕以居息"。《漢書·五行志》引劉歆《説詩》"或宴宴居息"。《白帖》七十八引《詩》同。按:此篇後三章各四句,每句皆爲五字,句式齊一,不當忽出六字句,是"以"爲衍文也。又《爾雅》:"宴,宴居,息也。"《集韻》:"(宴)或作燕。"《字彙》:"燕,安也。"《説文》:"宴,安也。从宀,晏聲。"段注:"經典多假燕爲之。"明詩文本作"宴宴"也。

〔**或盡瘁事國**〕 《釋文》:"瘁,本又作萃。"《左傳·昭公七年》引《詩》"或憔悴事國"。《漢書·五行志》引劉歆《説詩》作"或盡顇事國"。《周禮·小司寇》注疏引《詩》"或憔悴以事國"。山井鼎《考文》云:古本作"或盡瘁以事國"。王引之云:"卒亦盡也。……盡力謂之憔悴,義相因也。憔悴二字平列,盡瘁二字亦平列,非謂盡其瘁也。""瘁"、"悴"、"顇"、"萃"音同字通。詩句中有"以"字者,衍文也。

〔**或不知叫號**〕 《釋文》:"叫,本又作嘂。"黄焯云:"盧本改作嘂。……小字本所附是䚯字。"《爾雅·釋樂》:"大塤謂之䚯。"孫注:"聲大如叫呼也。"《説文》:"叫,嘑也。从口,丩聲。"《㗊部》:"嘂,高聲也。一曰:大嘑也。从㗊,丩聲。《春秋公羊傳》曰:'魯昭公䚯然而哭。'"《言部》:"訆,大嘑也。从言,丩聲。""叫"下段注:"按:《㗊部》䚯,《言部》訆,皆訓大嘑,與此音同,義小異。疑'叫'字淺人所增。""嘂"下段注:"此與《口部》叫、噭聲同義異。嘑,各本譌呼,今正。此與叫、噭義略同。《小雅》'或不知䚯號'。""訆"下段注:"(訆)與《㗊部》䚯、《口部》叫音義皆同。"

〔**或慘慘劬勞**〕 《釋文》:"慘,字亦作懆。"《潛夫論·邊議》引《詩》"或慘以劬勞"。《説文》:"懆,愁不安也。从心,喿聲。《詩》曰:'念子懆懆。'"《玉篇》:"懆,憂愁也,不樂也。"《説文》:"慘,毒也。从心。參聲。"《爾雅·釋詁》:"慘,憂也。"《玉篇》:"慘,愁也。""懆"、"慘"雙聲,義亦相近,是以假"慘"爲"懆"也。《潛夫論》引《詩》"慘以"爲"慘慘"之誤。"懆"爲本字。

〔**或棲遲偃仰**〕 《釋文》出作"卬",云:"本又作仰。"《唐石經》作"或栖遲偃仰"。《説文·匕部》:"卬,望,欲有所庶及也。从匕，从卪。《詩》曰：'高山卬止。'"徐灝《箋》："卬，古仰字。"《説文·西部》："西，鳥在巢上。象形。日在西方而鳥棲，故因以爲東西之西。……棲，西或从木、妻。"《廣韻·齊韻》："栖，同棲。"

〔**或出入風議**〕 《文選·陸機〈辯亡論〉》注引《毛詩》"出入諷議"，脱"或"字。《釋文》："風，音諷。放也。"鄭《箋》："風，猶放也。"馬瑞辰云："《左氏·僖四年傳》'唯是風馬牛不相及也'，賈逵注：'風，放也。'服注同。《釋名》：'風，放也。言放散也。'《廣雅》亦曰：'風，放也。'風議即放議也，放議猶放言也，與'或靡事不爲'爲言與行相反。鄭讀風爲放，爲如字讀；《釋文》音諷，失之。"馬説是。

無將大車

無將大車，祇自塵兮。無思百憂，祇自疷兮。
無將大車，維塵冥冥。無思百憂，不出于熲。
無將大車，維塵雝兮。無思百憂，祇自重兮。

〔**無將大車**〕 毛《傳》："大車，小人之所將也。"鄭《箋》："將，猶扶進也。"馬瑞辰云："《説文》：'將，帥也。从寸，牆省聲。''牂，扶也。从手，爿聲。'《玉篇》："牂，古文將。"是訓扶者，字正作牂。《箋》知將即牂之假借，故云'猶扶進'耳。"按"牂"爲正字。

〔**祇自塵兮**〕 《唐石經》"祇"作"袛"。《説文》："緹，帛丹黄也。祇，緹或从氏。"王筠《説文釋例》："緹之或體祇。《玉篇》在《衣部》。之移切，適也，又音岐。與緹音義皆異。案：'適也'之義，《玉篇》屬之'袛'字。此唐以前説也，故《唐石經》袛、適字皆从衣。

〔**祇自疷兮**〕 《唐石經》、《詩集傳》、《詩傳通釋》"疷"皆作

"疷",《吕氏家塾讀詩記》引《詩》同。阮元《校勘記》:"《釋文》云'疷兮,都禮反',《〈白華〉釋文》云'疷,徐都禮反,又祈支反',是此依鄭讀也。考'疷'字見于《爾雅》,《説文》、《玉篇》、《廣韻》、《五經文字》皆从氏不从氐,則徐讀非也。"嚴可均云:"《説文》有疧無疷,疧从氏聲。觝、觗只是一字,即塵、疧可以協韻。"胡承珙云:"此字自當从脂、真互轉爲韻,經典中如《禮记》'祇见孺子',注:'祇,或作振。'《書》'祇敬六德'、'治民祇懼',《史記》'祇'並作'振'。'震動萬民',《漢石經》作'祇動'。皆其例證也。"馬瑞辰云:"疷,《唐石經》作疧,《廣韻》以疧爲胝之重文。《爾雅》:'疧,病也。'《説文》:'疧,病不翅也。从疒,氏聲。'皆有疧無疷,从《唐石經》作疧爲是。《釋文》讀丁禮反,失之。古音脂與真互轉,支、真亦互轉,疧當讀如疹,故與塵韻,猶《説文》'趁讀若塵'也。《三家詩》蓋有作疹者,張平子《思玄賦》'思百憂以自疹',正用此詩。疧讀爲疹,又假借作祇。《何人斯》毛《傳》:'祇,病也。'祇即疧之假借。"陳奂云:'疷,《石經》作疧,不誤。……《釋文》'都禮反',是唐初誤作疷也。"是詩文本作"疧",以字形相近而誤作"疷"耳。

〔**維塵雍兮**〕　《釋文》:"雍,字亦作壅。蔽也。"山井鼎《考文》:"古本作壅。"相臺本、《詩集傳》本、《詩毛氏傳疏》本作雝。鄭《箋》:"雍,猶蔽也。"《爾雅·釋地》:"河西曰雝州。"《書·禹貢》、《周禮·夏官·職方氏》均作"雍州"。《説文·隹部》:"雝,雝鰈也。"段注:"雝,經典多用爲雝和、辟雝。隸作雍。"甲骨文、金文均有"雝"字。雝鰈,本爲鳥名。又《廣韻·鍾韻》:"雍,和也。"《切韻·鍾韻》:"雍,睦也。"又"壅"字,《説文》未收。《廣雅·釋詁一》:"壅,隔也。"《釋詁二》:"壅,障也。"《左傳·成公九年》:"交贄往来,道路無壅。"《韓非子·難四》:"人君兼照一國,一人不能壅也。"《楚辭·哀郢》:"道壅塞而不通兮。"《楚辭·九辯》:"路壅絶而不通。”又云:“卒廱蔽此浮雲兮。”“廱蔽”猶“壅蔽”。壅蔽字古止作雝,隸作雍,故《箋》云“猶蔽也”。

小　明

明明上天,照臨下土。我征徂西,至于艽野。二月初吉,載離寒暑。心之憂矣,其毒大苦。念彼共人,涕零如雨。豈不懷歸,畏此罪罟。

昔我往矣,日月方除。曷云其還,歲聿云莫。念我獨兮,我事孔庶。心之憂矣,憚我不暇。念彼共人,睠睠懷顧。豈不懷歸,畏此譴怒。

昔我往矣,日月方奥。曷云其還,政事愈蹙。歲聿云暮,采蕭穫菽。心之憂矣,自詒伊戚。念彼共人,興言出宿。豈不懷歸,畏此反覆。

嗟爾君子,無恆安處。靖共爾位,正直是與。神之聽之,式穀以女。

嗟爾君子,無恆安息。靖共爾位,好是正直。神之聽之,介爾景福。

〔**念彼共人**〕　《鹽鐵論・執務》引《詩》“共”作“恭”。洪适《隸釋》載《楊統碑》“共”作“㳟”。《小雅・巧言》“匪其止共”,《韓詩外傳》作“匪其止恭”。《大雅・韓奕》“虔共爾位”,鄭《箋》:“古之恭字或作共。”《書・臯陶謨》“愿而恭”,《史記・夏本紀》作“愿而共”。古者“共”、“恭”通用,此詩“共人”即“恭人”明矣。至“㳟”字則爲“恭”之隸變。

〔**曷云其還**〕　山井鼎《詩經考文》:“古本還作旋。”按:《説文》:“還,復也。从辵,睘聲。”《莊子·庚桑楚》“巨魚無所還其體”,《釋文》:“還,音旋。回也。”《漢書·鼂錯傳》“不還踵”,顔師古注:“還,讀曰旋。旋踵,回旋其足也。”《説文》:“旋,周旋,旌旗之指揮也。从㫃,从疋。”徐鍇《繫傳》:“疋者,足也,故㫃疋爲旋,人足隨旌旗也。”《廣雅》:“旋,還也。”《小雅·黄鳥》“言旋言歸”,朱熹注:“旋,回。”“還”、“旋”叠韻,或互訓,故可互假。此詩“還”爲本字。

〔**歲聿云莫**〕　山井鼎《詩經考文》:“古本莫作暮。”《説文》:“莫,日且冥也。从日在茻中。”惠棟《讀説文記》:“當作茻亦聲。茻,今作莫,俗作暮。”

〔**憚我不暇**〕　《釋文》:“憚,勞也。徐又音旦。亦作癉,同。”又《小雅·大東》“哀我憚人”、《大雅·雲漢》“我心憚暑”及本篇“憚我不暇”,毛《傳》俱訓勞。按:《説文》:“憚,忌難也。从心,單聲。一曰難也。”段注:“凡畏難曰憚。”《廣雅》:“憚,難也。”《説文》:“癉,勞病也。从疒,單聲。”《爾雅·釋詁》:“癉,勞也。”《廣雅·釋詁》:“癉,苦也。”王念孫《疏證》:“勞與苦同義。”《大雅·板》“下民卒癉”,毛《傳》:“癉,病也。”是“癉”爲本詩正字,“憚”爲同音假借字。

〔**睠睠懷顧**〕　《楚辭·九歎》王注引《詩》,《文選》王粲《登樓賦》及《從軍詩》、張衡《思玄賦》、陸機《答張士然》、謝惠連《西陵遇風獻康樂》各注引《韓詩》“眷眷懷顧”。(《九歎》,王注所引蓋《魯詩》。)按:《説文》有“眷”無“睠”,“眷”下注曰:“顧也。从目,𢍏聲。《詩》曰:‘乃眷西顧。’”《玉篇》:“眷,《説文》云:‘顧也。’睠,同上。”《集韻》:“眷,或从卷。”蓋“睠”爲“眷”之或體也。

〔**日月方奥**〕　山井鼎《詩經考文》:“古本奥作燠。”按:《説文》："奥，宛也。室之西南隅。从宀，𢍜聲。"此其本義。又《火部》："燠，熱在中也。从火，奥聲。"段注："《洪範》：'庶徵曰燠曰寒。'古多叚奥爲之。《小雅》'日月方奥'，《傳》曰：'奥，煖也。'"王筠《句讀》："《釋言》：'燠，煖也。'是通語也。云'在中'者，蓋主《詩》'不如子之衣，安且燠兮'爲説，衣之燠所以煖其身也。"《集韻》："燠，熱也。"《禮記・内則》："下氣怡聲，問衣燠寒。"《釋文》："燠，本又作奥，同。於六反。暖也。"《史记・宋微子世家》："庶徵：曰雨，曰陽，曰奥，曰寒，曰風，曰時。"裴駰《集解》引孔安國曰："雨以潤物，陽以乾物，煖以長物，寒以成物，風以動物。"《汉書・李尋傳》："其月土濕奥，恐後有雷雹之變。"顔師古注："奥，温也。"是知經傳多有假"奥"爲"燠"之例，此"日月方奥"亦同，《傳》因訓"煖"也。

〔**自詒伊戚**〕　山井鼎《詩經考文》："古本作'自詒伊慼'。"《〈邶風・雄雉〉正義》引《小雅・小明》作"自詒伊慼"。《左傳・僖公二十四年》及《文公二年》、《文選・陸機〈漢高祖功臣頌〉》注各引《詩》同。又《左傳・宣公二年》作"自詒繄慼"。本詩毛《傳》："戚，憂也。"又《易・離》："出涕沱若，戚嗟若。"孔穎達疏："憂傷之深，所以出涕滂沱，憂戚而咨嗟也。"《説文・戉部》："戚，戉也。从戉，尗聲。"段注："戚小於戉。……戚，又引申訓憂。……度古衹有戚，後乃别制慽字。"《心部》："慽，憂也。从心，戚聲。"朱駿聲《通訓定聲》："今字作慼。"《廣雅・釋詁一》："慼，憂也。"又《釋詁三》："慼，悲也。"《左傳・僖公二十四年》："《詩》曰：'自詒伊慼。'，其子臧之謂矣。"杜預注："慼，憂也。"按："戚"本爲古兵器名；又具憂、悲義。後纍增爲"慽"及其或體"慼"。"伊"，字或作"繄"，猶"唯"（維），常語也。

〔**靖共爾位**〕　《吕氏春秋・有度》、《春秋繁露・祭義》各引

《詩》"静共爾位"。《爾雅·釋言》邢疏引《詩》同。《禮記·表記》、《漢書·宣元六王傳》各引《詩》"竫恭爾位"。《韓詩外傳》兩引《詩》"静恭爾位"。洪适《隸釋》載《帝堯碑》作"竫恭爾位"。《爾雅·釋詁》:"竫,謀也。"郝懿行《義疏》:"竫,通作静。"《篇海類編·聲色類·青部》:"静,通作竫。"《廣韻·静韻》:"静,謀也。"《書·堯典》"静言庸違",孔《傳》:"静,謀。"按:《漢書·王尊傳》引作"竫言庸違"。是"竫"、"静"通用之例。又《説文·立部》:"竫,亭安也。"段注:"亭者,民所安定也,故安定曰亭安。凡安静字宜作竫,静其叚借字也。"《帝堯碑》作"竫",乃用其本字也。又"共"、"恭"古通用,見"念彼共人"考釋。

〔**無恆安息**〕　《春秋繁露·祭義》引《詩》"毋常安息"。《漢書·董仲舒傳》引《詩》同。蓋因避漢文帝諱,故以"常"代"恆"也。"無"作"毋"者,二字皆爲"勿"義,通用也。

鼓　鍾

鼓鍾將將,淮水湯湯。憂心且傷。淑人君子,懷允不忘。

鼓鍾喈喈,淮水湝湝。憂心且悲。淑人君子,其德不回。

鼓鍾伐鼛,淮有三洲。憂心且妯。淑人君子,其德不猶。

鼓鍾欽欽,鼓瑟鼓琴。笙磬同音。以雅以南,以籥不僭。

〔**鍾**〕　仿岳本作"鐘"。《唐石經》及四家詩並作"鍾"。嚴可均《唐石經校文》謂仿岳本"鍾"字與全經歧出。按:《説文》:"鍾,酒器也。"《廣韻》:"鍾,量名。"《集韻》:"鍾,樂器。"《廣雅》:"鍾,鈴也。"又《説文》:"鐘,樂鐘也。……銿,鐘或从甬。"段注:"經傳多作鍾,叚借酒器字。"《玉篇》:"鐘,樂器也。"然則考稽先秦此種青銅樂器之銘文中出作"鍾"者有十六次(不完全統計),"鍾"、"鐘"通用爲樂器之名久矣。詳見《關雎》所考。

〔**鼓鍾伐鼛**〕　范氏《三家詩拾遺》引《周禮》注作"伐臯"。《荀子·正論篇》"代睪而食","代"爲"伐"之訛,"睪"借爲"臯"。"伐臯"即"伐鼛",蓋"咎"、"臯"音近,故从"咎"、从"臯"字古多通用。《爾雅·釋木》"狄臧,槔",樊光本作"狄臧,櫜"。本詩《傳》:"鼛,大鼓也。"《淮南子·主術訓》:"堯、舜、禹、湯、文、武皆坦然天下而南面焉。當此之時鼛鼓而食,奏《雍》而徹。"高注:"鼛鼓,王者之食樂也。"引《詩》"鼓鍾伐鼛"。《主術》"鼛鼓"及高注均當作"伐鼛"。"鼛鼓",不詞。陳奂云:"《玉海》一百九引《淮南》正作'伐鼛而食'。……《春官·大司樂》'王大食、三侑,皆令奏鍾鼓',即其事也。"

〔**淮有三洲**〕　山井鼎《詩經考文》謂古本洲作州。按:"州"爲初文,"洲"爲後世纍增字。參見《關雎》。

〔**憂心且妯**〕　《説文·心部》引《詩》"憂心且怞"。《一切經音義》十二引《韓詩》"憂心且陶"。《後漢書·杜篤傳》注、《文選·枚乘〈七發〉》注各引《薛君章句》亦作"陶"。馬瑞辰云:"《方言》:'蹇、妯,擾也。人不静曰妯。秦、晉曰蹇,齊、宋曰妯。'《爾雅》、《説文》並曰:'妯,動也。'動之言變動,即慟也。動當讀如《論語》'顔淵死,子哭之慟',鄭云:'變動容貌。'故《正義》以'變動容貌'釋之。《一切經音義》十二引《詩》作'憂心且陶',陶即妯之假借。妯通作陶,猶古文《書》臯陶作咎繇也。由又與舀同聲通用。

(《詩》'左旋右抽',《説文》作'右搯'。)《菀柳》詩'上帝甚蹈',《韓詩》作'上帝甚陶'。《傳》之訓妯爲動,猶《〈菀柳〉傳》之訓蹈爲動也。《箋》之訓妯爲悼,猶《〈菀柳〉箋》之讀蹈爲悼也。悼之言掉,掉亦動也。《檜》詩《傳》云'悼,動也'是已。《説文·心部》:'怞,朖也。'引《詩》'憂心且怞'。怞與妯聲義同,朖當爲恨之譌,恨亦傷悲之意。'憂心且妯'與上章'憂心且傷'、'憂心且悲'同義。"馬説得之。

〔**其德不猶**〕　鄭《箋》:"猶,當作瘉。瘉,病也。"按:《爾雅·釋詁》:"猷,已也。"郝懿行《義疏》:"猶、猷古字通。"王引之《經義述聞》:"《爾雅》:'猶(猷),已也。''其德不猶',言久而彌篤,無有已時也。《南山有臺》曰:'德音不已。'"按:鄭《箋》似未確。王説是矣。

楚　茨

楚楚者茨,言抽其棘。自昔何爲,我蓺黍稷。我黍與與,我稷翼翼。我倉既盈,我庾維億。以爲酒食,以饗以祀,以妥以侑,以介景福。

濟濟蹌蹌,絜爾牛羊,以往烝嘗。或剥或亨,或肆或將。祝祭于祊,祀事孔明。先祖是皇,神保是饗。孝孫有慶。報以介福,萬壽無疆。

執爨踖踖,爲俎孔碩,或燔或炙。君婦莫莫,爲豆孔庶。爲賓爲客,獻醻交錯。禮儀卒度,笑語卒獲。神保是格。報以介福,萬壽攸酢。

我孔熯矣,式禮莫愆。工祝致告,徂賚孝孫。苾芬孝祀,神嗜飲食。卜爾百福,如幾如式。既齊既稷,既匡既勑。永錫爾極，時萬時億。

禮儀既備，鍾鼓既戒。孝孫徂位，工祝致告。神具醉止，皇尸載起。鼓鍾送尸，神保聿歸。諸宰君婦，廢徹不遲。諸父兄弟，備言燕私。

樂具入奏，以綏後禄。爾殽既將，莫怨具慶。既醉既飽，小大稽首。神嗜飲食，使君壽考。孔惠孔時，維其盡之。子子孫孫，勿替引之。

〔**楚楚者茨**〕　《禮記·玉藻》鄭注謂"茨"當爲楚薺之"薺"。是采齊説。《楚辭·離騷》王注："薋，蒺藜也。《詩》曰：'楚楚者薋。'"是《魯詩》作"楚薋"。毛《傳》："楚楚，茨棘貌。"鄭《箋》："茨，蒺藜也。伐除蒺藜與棘。"《爾雅·釋草》："茨，蒺藜。"郭注："布地蔓生，細葉，子有三角刺。"《説文》："茨，以茅葦蓋屋。""薺，蒺藜也。《詩》曰：'牆有薺。'"《玉篇》："薋，蒺藜也。"《説文》訓"薋"爲"草多皃"。馬瑞辰云："古齊、次同聲，故通用。作薺者正字，作茨及薋皆假借字。作茨者棘，古作朿。《爾雅·釋草》：'朿，刺。'《方言》：'凡草木刺人，北燕、朝鮮之閒謂之朿。'又曰：'自關而西謂之刺，江、淮之閒謂之棘。'棘爲草名，又爲凡草刺人之通稱。'楚楚者茨，言抽其棘'，棘即茨上之棘，猶之'翹翹錯薪，言刈其楚'，楚即薪中之楚也。故《傳》云'楚楚，茨棘貌'，正以明茨、棘爲一。《箋》分茨、棘爲二，失之。"

〔**我蓺黍稷**〕　閩本、明監本、毛本"蓺"作"藝"。《説文·丮部》："丮，持也。象手有所丮據也。凡丮之屬皆从丮，讀若戟。""埶，種也。从坴、丮。持亟種之。《詩》曰：'我埶黍稷。'"段注："《齊風》毛《傳》曰：'蓺猶樹也。'樹、種義同。會意。《土部》曰：

‘坴，土塊坴坴也。丮字今補。……唐人樹埶字作蓺，六埶字作藝。説見《經典釋文》。然蓺、藝字皆不見于《説文》。周時六藝字蓋亦作埶。儒者之於禮、樂、射、御、書、數，猶農者之樹埶也。又《説文》無勢字，蓋古用埶爲之。”是“𡕒”（埶）爲初文，“蓺”、“藝”皆後起字也。

〔**我倉既盈**〕　《太平御覽》三十五引《詩》“倉”作“箱”。以二字疊韻致訛，當正。按：《説文》：“倉，穀藏也。”即後世所謂糧倉。“箱”即大車之箱。“庾”爲“水槽倉”，“一曰倉無屋者”，上句之“倉”與下句之“庾”同類對舉，文從字順。若作“箱”字則不倫矣。

〔**我庾維億**〕　《初學記》二十七引《詩》，《文選·潘岳〈藉田賦〉》注各引《毛詩》“維”作“惟”。二字通用。王引之《經義述聞》：“《楚茨》篇：‘我倉既盈，我庾維億。’毛《傳》曰：‘萬萬曰億。’《箋》曰：‘倉言盈，庾言億，亦互辭，喻多也。十萬曰億。’家大人曰：億，亦盈也。語之轉耳。字本作䔲，或作意，又作臆。《説文》曰：‘䔲，滿也。’《方言》曰：‘臆，滿也。’郭璞注曰：‘愊臆，氣滿也。《漢書·賈誼傳》：‘衆人惑惑，好惡積意意者，滿也。’言好惡積滿於中也。䔲、意、臆並與億同。《易林·乾之師》曰‘倉盈庾億’，漢《巴郡太守樊敏碑》曰‘持滿億盈’，是億即盈也。……‘我倉既盈，我庾維億’，維億猶既盈也。此‘億’字但取盈滿之義而非紀其數，與‘萬億及秭’之‘億’不同。”此説甚辨。且可旁證《太平御覽》引《詩》“倉”作“箱”之謬，以及“億”與“䔲”、“意”、“臆”同。

〔**或剥或亨**〕　《白帖》六十八、九十六，《太平御覽》五百二十四各引《詩》“或剥或亯”。《説文·亯部》：“亯，獻也。从高省。曰，象孰物形。《孝經》曰：‘祭則鬼亯之。’凡亯之屬皆从亯。𠅘，篆文亯。”段注：“下進上之詞也。按《周禮》用字之例，凡祭亯用亯字；凡饗燕用饗字。……《禮經》言饋食者，薦孰也。許兩切，十部。亯象薦孰,因以爲飪物之偁。故又讀普庚切。亯之義訓薦神,誠意可通於神,故又讀許庚切,古音則皆在十部。其形,薦神作亨,亦作享。飪物作亨,亦作烹。《易》之元亨,則皆作亨,皆今字也。……據玄應書則亯者籀文也。小篆作亯,故隸書作亨、作享,小篆之變也。”徐灝《箋》:“享即亯字,小篆作亯,因變爲享。”吴大澂《古籀補》:“古亯字象宗廟之形。”“亯”爲初文,後小篆作“亯”,又隸變爲亨、享、烹,三字古多通用,今則字義有别矣。《毛詩》作“亨”,不煩易字。

〔**祝祭于祊**〕　《説文·示部》:“鬃,門内祭,先祖所彷徨也。……《詩》曰:‘祝祭于鬃。’祊,鬃或从方。”《〈禮記·禮器〉正義》引《爾雅·釋宫》:“廟門謂之閍。”《〈禮記·郊特牲〉正義》引同。與《詩疏》引異。《釋宫》孫炎注引《詩》“祝祭于閍”。陳喬樅云:“《詩正義》、《左傳正義》引《爾雅》李、孫舊注亦作‘祊’,此順《詩經》改字也。《爾雅》經文作‘閍’,是用魯文。李、孫注亦當同。今本《爾雅》作‘閍’,謂之‘門’。郝氏懿行曰:《禮·郊特牲》‘廟門曰祊’,《正義》以爲《釋宫》文。《〈禮器〉正義》亦引《釋宫》‘廟門謂之閍’。參以李、孫二注,並以‘廟門’釋‘閍’,疑《爾雅》古本當作‘廟門謂之閍’,賴有注、疏可證。惟《左傳正義》引《爾雅》與今本同,或出後人所改耳。”陳奂云:“凡祭宗廟之禮,廟主藏於室中,于其祭也,祝以詔告之,所謂‘直祭祝于主’也。廟門之内,皆祖宗神靈所馮依焉。孝子不知神之所在,于其祭也,祝以博求之,所謂‘索祭祝于祊’也。是祊祭當在事尸前。至繹祭,主未納室,故無詔室之祭,亦必無索神之祭。鄭注《禮》以‘祊’爲‘繹’,宜於廟門外。箋《詩》又以‘門内’爲大門内,非廟門内。康成初不冶《毛詩》而箋《詩》常自用其《禮》注,孔《疏》曲護,解廟門外爲繹祭之‘祊’,廟門内爲正祭之‘枋’,則《詩》之‘祊’與《禮·郊特牲》《禮器》之‘祊’

爲二祭矣。江都焦循《宫室圖》云：'繹祭之名見於諸經者，絶不與祊混，祊皆正祭索神之名。所云爲祊於外而出於祊者，皆對室中言，非門外也。'焦説是矣。"王先謙云："蔡邕《司空臨晉侯楊公碑》'祀事孔明'，明魯、毛文同。"按：《説文》"祊"爲"鬃"之重文。"閍"又爲"祊"之或體，"彭"與"旁"通，故亦通"祊"。陳瑑云："《易·大有》'匪其彭'，《釋文》云：'子夏作旁。'旁、祊皆方之重脣字。"馬瑞辰云："《周官·大祝》'凡大禋祀、肆亨、祭祇，則執明水火而號祝'，鄭注：'肆亨，祭宗廟也。故書祇作祊。杜子春曰：'祊當爲祇。'今按從故書作'祊'爲是，'祭祊'即此詩'祝祭于祊'也。……《爾雅》邢疏謂：'《禮》言索祭，即《詩》"祝祭于祊"，與祭同日。'其説是也。……祊止有一，皆謂與正祭同日之索祭也。祊，《説文》作鬃，云：'門内祭，先祖所旁皇也。'其云'門内祭'，與毛《傳》祊爲門内正合。……'祊'，《爾雅》作'閍'，今本作'閍謂之門'。……竊謂《爾雅》古本當如《郊特牲》所引作'門謂之祊'，故李、孫以'廟門'釋之。若經原作'廟門'，則不煩以'廟門'釋之矣。《禮記正義》兩引'廟門謂之祊'，特順注文言之耳。今本'閍謂之門'，蓋誤倒。此詩《正義》引《爾雅》亦作'閍謂之門'，則其誤蓋已久矣。"按：諸説互見其義，要之，詩文以"祝祭于祊"爲是。"祊"（鬃、閍）本爲宗廟門之名，因設祭於祊，故亦爲祭名。

〔**神保是饗**〕　《初學記》十三引《詩》"神保是享"。阮校："小字本、相臺本'享'作'饗'，《考文》古本同。案：'饗'字是也。"《説文·亯部》："亯，獻也。……《孝經》曰：'祭則鬼亯之。'"段注："按《周禮》用字之例，凡祭亯用亯字，凡饗燕用饗字。……《禮經》十七篇用字之例，《聘禮》内臣亯君字作亯，《士虞禮》、《少牢饋食禮》尚饗字作饗。《小戴記》用字之例，凡祭亯、饗燕字皆作饗，無作亯者。《左傳》則皆作亯，無作饗者。《毛詩》之例，則獻於神曰亯，神食所亯曰饗。如《楚茨》‘以亯以祀’,下云‘神保是饗’。《周頌》‘我將我亯’,下云‘既右饗之’。《魯頌》‘亯祀不忒’,下云‘是饗是宜’。《商颂》‘以假以亯’,下云‘來假來饗’。皆其明證也。鬼神來食曰饗,即《禮經》‘尚饗’之例也。獻於神曰亯,即《周禮》‘祭亯’、作亯之例也。各經用字自各有例,《周禮》之饗燕,《左傳》皆作亯宴。此等葢本書固尒,非由後人改竄。”《説文·食部》:“饗,鄉人飲酒也。”朱駿聲《通訓定聲》:“饗,受食亦曰饗。”《篇海類編》:“饗,與享(亯)同。”按:此“神保是饗”句,蓋言神食所獻,故作“饗”,正合《詩》用字之常例。

〔**獻醻交錯**〕　《釋文》:“醻,又作酬。”《説文》:“**醻**,主人進客也。从酉,**𠷎**聲。酬,醻或从州。”邵瑛《群經正字》:“今經典惟《毛詩》多作醻,餘多从或體作酬。”

〔**神保是格**〕　毛《傳》:“格,來。”《爾雅》:“格,至也。”“格,來也。”馬瑞辰云:“格,古字作徦。《方言》:‘徦,至也。’又:‘徦,來也。’作格者假借字。又通作假,《方言》:‘假,至也。邠、唐、冀、兖之閒曰假。’《説文》:‘假,至也。’經傳作假者皆徦字之假借。”

〔**禮儀卒度**〕　王應麟《詩攷》引《韓詩外傳》作“禮義卒度”。今本《韓詩外傳》四三引《詩》“禮儀卒度”,與《毛詩》同,係後人妄改。《周禮·肆師》“治其禮儀”,注曰:“故書‘儀’爲‘義’,鄭司農云‘義’讀爲‘儀’。”《左傳》“邾儀父”,《漢書·鄒陽傳》作“義父”。《説文》云:“義者,己之威儀也。”朱駿聲《通訓定聲》:“經傳多以儀爲之。”又《説文》:“儀,度也。”《通訓定聲》:“儀,叚借爲義。”是二字可互假也。

〔**苾芬孝祀**〕　《文選·蘇武〈古詩〉》注、《一切經音義》十四各引《韓詩》“馥芬孝祀”。《説文》:“苾,馨香也。从艸,必聲。”段注:“(苾)见《小雅》。《韓詩》作馥。許君《香部》無馥字,从毛不从韓也。"《屮部》:"𡵨,艸初生,其香分布。从屮,分聲,分亦聲。芬,𡵨或从艸。"段注:"《衆經音義》兩引《説文》'芬,芳也'。其所據本不同。按《艸部》'芳,艸香也'。《詩》説馨香,多言苾芬……則玄應所據正是古本。"《説文新附》:"馥,香氣芬馥也。从香,复聲。"《玉篇·香部》:"馥,香盛。"《薛君章句》:"馥,香貌也。"按:"苾",《廣韻》毗必切,入質並。質部。"馥",《廣韻》房六切,入屋奉。又符逼切。沃部。二字不同部,《韓詩》假"馥"爲"苾"者,蓋以其義近故耳。

〔**神嗜飲食**〕　《吕氏家塾讀詩記》引《釋文》作"耆"。今《釋文》作"耆",云:"市志反。徐云:又巨之反。"《説文》:"嗜,嗜欲,喜之也。从口,耆聲。""耆,老也。从老省,旨聲。"王筠《句讀》:"《廣韻》作耆,老不省。"徐灝《箋》:"耆,耆从旨,即有嗜義,故古字以耆爲嗜,後乃加口旁耳。"又《莊子·齊物論》:"鴟鴉耆鼠。"《釋文》:"耆,市志反。字或作嗜。"按:"耆"、"嗜"雖同在脂部,一爲渠脂切,一爲常利切,而其本義不一,古經傳或以"耆"爲"嗜"者,省借也。徐氏《箋》似未確。詩文正字當作"嗜"。

〔**既匡既勑**〕　《釋文》出作"筐",云:"本亦作匡。"《唐石經》、小字本、相臺本作"匡"。阮校:"案《釋文》云:'筐,本亦作匡。'考此經毛無傳,但以'稷,疾。勑,固'例之,必不與鄭義同。《正義》依王述毛以説《傳》,云'既能誠正矣',是其本經字作'匡',與《釋文》亦作本同。《毛氏詩》經字自如此也,鄭《箋》本經字亦作'匡',其云'受之以筐'者,以'匡'爲'筐'之假借,不云讀爲,而於訓釋中竟改其字以顯之也。《釋文》本經字作'筐',乃依《箋》所改。當以《正義》本爲長,《正義》云'既匡既勑,二句爲異',又云'此經云既筐',皆易字之例耳。按《説文》'筐'即'匡'之或字,即知毛訓正,鄭訓器而無異字也。"按:《説文》:"匡,飲器,筥也。从匚，㞷聲。筐，匡或从竹。”段注：“匡不専於盛飯，故《詩》采卷耳以頃匡，求桑以懿匡，匡之引申叚借爲匡正。蓋正其不正爲匡。今人亦分匡、筐爲二義。”“勑”，各本作敕。《儀禮·少牢饋食禮》疏引《詩》“既匡既勅”。《説文》：“勑，勞也。”段注：“此當云勞勑也。淺人刪一字耳。俗誤用爲敕字。”《爾雅·釋詁》：“勑，勤也。”《廣雅·釋詁》：“勑，順也。”王念孫《疏證》：“卷二云：‘敕，理也。’理亦順也。勑與敕通。”《集韻·職韻》：“敕，或作勑。”《釋文·周易音義》：“勑，耻力切。此俗字也。《字林》作‘敕’。”《説文》：“敕，誡也。”《方言》卷十三：“敕，戒備也。”《釋名·釋書契》：“敕，飭也。使自警飭不敢廢慢也。”《廣雅·釋言》：“敕，謹也。”《廣韻·職韻》：“敕，固也。”《爾雅·釋詁》：“敕，勞也。”郝懿行云：“敕通作飭。”《説文·力部》：“飭，致臤也。从人，从力，食聲。讀若敕。耻力切。”段注：“臤者，堅也。致者，送詣也。致之於堅，是之謂飭。飭與敕義略相近。敕，誡也。”馬瑞辰云：“《傳》：‘勑，固也。’《箋》：‘天子使宰夫受之以筐，祝則釋嘏辭以勑之。’按：匡、勑義相近，匡當訓爲匡正。《箋》讀爲筐，非《詩》義也。……敕、飭音義相近，《傳》訓勑爲固，蓋以勑爲飭之假借。勑本勞來之勑，經傳中多借爲敕誡之敕。《爾雅》‘敕，勞也’，又借敕爲勑。古來有力音，故二字互相通借。或以爲形近之誤，則非。”陳奐云：“‘既齊既稷’、‘既匡既敕’，又承‘如式’句；‘永錫爾極’、‘時萬時億’，又承‘如期’句。稷讀爲速，《爾雅》：‘速，疾也。’謖音速，稷、謖皆從畟聲，其讀當同，故稷與敕合韻也。敕讀爲飭，《説文》：‘飭，致堅也。从人、力，食聲。讀若敕。’飭、敕不同部，許讀同者，其類相近，故其義相通也。致堅者，固之謂也。稷、飭同部，速、敕同部，敕讀爲飭，猶稷讀爲速，並於雙聲得義，齊亦疾也。《爾雅》：‘齊，疾也。’又云：‘匡，正也。’固與《正義》相近，齊、稷、匡、敕皆祭祀肅敬之意，所謂如法也、極中也、時是也。《箋》云:‘長賜女以中和之福,是萬是億。言多無數。’所謂如期也,神之期於子孫者,福數正多也。”按:以上諸家各有辨見,足相參正,馬説尤撮其要,頗得詩恉。

〔**鼓鍾送尸**〕 《詩經小學》云:“《宋書·樂志》四兩引《詩》皆曰‘鍾鼓送尸’。《正義》云‘鳴鍾鼓以送尸’。是唐初不作‘鼓鍾’,《開成石經》誤。”陳奂云:“《周禮·鍾師》:‘掌金奏。凡樂事以鍾鼓奏《九夏》。’……杜子春注:‘尸出入奏《肆夏》。’是《肆夏》亦有鍾有鼓矣。不得謂但鼓擊其鍾也。”是經文本作“鍾鼓送尸”明矣。

〔**神保聿歸**〕 《宋書·樂志》引《詩》作“遹歸”。王引之《經傳釋詞》云:“《説文》:‘欥,詮詞也。’字或作‘聿’,或作‘遹’,或作‘曰’,其實一字也。”王説是。

〔**爾殽既將**〕 山井鼎《考文》:古本“殽”作“肴”。《文選·左思〈蜀都賦〉》注引《詩》同。按:《説文》:“肴,啖也。从肉,爻聲。”段注:“許當云‘啖肉也’,謂熟饋可啖之肉。今本有奪字。”《廣雅》:“肴,肉也。”《玉篇》:“肴,俎實。又啖肉。”又《説文》:“殽,相雜錯也。从殳,肴聲。”朱駿聲《通訓定聲》:“按:‘雜錯’之訓,正字當爲‘爻’。此字从‘殳’,必有本義,許時已失傳矣。”又云:“殽,叚借爲肴。”《小雅·賓之初筵》:“籩豆有楚,殽核爲旅。”毛《傳》:“殽,豆實也。”鄭《箋》:“豆實,菹醢也。……非穀而食之曰殽。”馬瑞辰云:“‘殽核’,班固《典引》作‘肴覈’,蔡邕注:‘肴覈,食也。肉曰肴,骨曰覈。’引《詩》‘肴覈維旅’,蓋本《三家詩》。《廣雅》曰:‘肴,肉也。’‘覈,骨也。’《毛詩》作‘殽核’者叚借字。”(見《賓之初筵》篇)是知三家作“肴”爲本字。

〔**勿替引之**〕 《爾雅·釋詁》、《釋言》各疏引《詩》“勿朁引之”。《儀禮·少牢饋食禮》作“勿替引之”。鄭注:“替爲袂,袂或爲𢧵。𢧵、替聲相近。"《説文·竝部》(段注本):"普,廢也。一偏下也。从竝,白聲。暜,或从曰。朁,或从兟,从曰。"段注:"(廢也)各本奪'也'字,不可讀。今補。廢者,卻屋也。卻屋言空屋,人所不居,故普、廢同義。从兟猶从竝也。"《爾雅·釋言》:"普,廢也。普,滅也。"郭注:"亦爲滅絶。"郝懿行《義疏》:"廢者,《釋詁》云:'舍也。'舍謂廢置不用,故又訓退也、罷也、止也,已詳《釋詁》。普者,《説文》云:'廢,一偏下也。'通作替。《詩》'勿替引之'、'胡不自替',《離騷》'謇朝誶而夕替',毛《傳》及王逸注並云:'替,廢也。'"《玉篇》:"普,廢也。今作替。"按:"普"爲本字,"朁"爲其或體,"替"又爲隸變也。

信南山

信彼南山,維禹甸之。畇畇原隰,曾孫田之。我疆我理,南東其畝。

上天同雲,雨雪雰雰。益之以霢霂,既優既渥,既霑既足,生我百穀。

疆埸翼翼,黍稷彧彧。曾孫之穡,以爲酒食。畀我尸賓,壽考萬年。

中田有廬,疆埸有瓜。是剥是菹,獻之皇祖。曾孫壽考,受天之祜。

祭以清酒,從以騂牡,享于祖考。執其鸞刀,以啓其毛,取其血膋。

是烝是享,苾苾芬芬,祀事孔明。先祖是皇。報以介福,萬壽無疆。

〔**維禹甸之**〕　《周禮·稍人》“丘乘”，鄭注：“四丘爲甸，甸讀與‘維禹敶之’之‘敶’同。”賈疏云：“此據《韓詩》而言敶。敶是軍陳，故訓爲乘。”《急就章》顔注引《韓詩》亦作敶。《周禮·職方氏》注：“甸，田也。”胡承珙云：“《傳》訓‘甸’爲‘治’者，古‘甸’、‘田’、‘敶’字皆通。《周禮·小宗伯》注云：‘甸讀爲田。’《説文》：‘田，敶也。’李巡注《爾雅·釋地》：‘田，敶也。謂敶列種穀之處。’夫敶列種穀，固有‘治’義矣。……考《韓詩》字雖作‘敶’，亦當同毛爲‘治’。《爾雅》：‘神，治也。’邵二雲謂‘神’爲‘敶’之轉。又《説文》：‘敶，理也。’‘理’即爲‘治’，亦以聲近義同也。鄭注《小司徒》云：‘甸之言乘也。’‘乘’亦可訓‘治’，《豳風》‘亟其乘屋’，《箋》云‘乘，治’是也。”馬瑞辰云：“‘敶’爲古文‘陳’字，古‘田’、‘陳’同聲，故通用。‘甸’又與‘田’通。‘甸’之通作‘陳’，猶齊、陳氏之爲田氏也。……‘敶’亦古‘陳’字。‘甸’爲‘治’，則‘陳’、‘田’亦皆爲‘治’。……‘陳’、‘乘’二字雙聲，《韓詩》訓‘敶’爲‘乘’，‘乘’亦‘治’也。”《説文》“田”下段注云：“敶者，列也。田與敶古皆音陳，故以疊韻爲訓，取其敶列之整齊謂之田。”《毛詩》蓋讀“甸”爲“田”，又假“田”爲“敶”，因訓爲“治”也。

〔**畇畇原隰**〕　《釋文》：“畇，又作眴。蘇遵反。又音旬。墾辟貌。”毛《傳》：“畇畇，墾辟貌。”《周禮·均人》注：“旬，均也。讀如‘營營原隰’之營。”《釋文》：“營，音均。又舒均反。又音旬。”《爾雅·釋訓》：“畇畇，田也。”《釋文》：“畇畇，本或作眴。郭音巡。沈居賓反。謝蘇旬反。《字林》云：‘均均，田也。又羊倫反。’”郝氏《義疏》：“畇者，均之或體。”《玉篇》：“營，均也。”馬瑞辰云：“營與畇音近而義同。作營者蓋《韓詩》。……《小爾雅》、《廣雅》並曰：‘旬，治也。’畇即旬也，畇亦均也。《夏小正》正月‘農率均田’，均田即除田，除即治也。《爾雅·釋訓》‘畇畇，田也'，正取'曾孫田之'爲訓。《説文》有均無畇……均訓爲治田，通作畋。《説文》：'畋，平田也。'平田亦治田也。畇畇者，田已均治之貌，故《傳》訓爲墾辟貌。"按：是"畇"即"均"之或體，"畇"爲"畇"之借字也。

〔**雨雪雰雰**〕　毛《傳》："雰雰，雪貌。"《白帖》二兩引《詩》"雨雪紛紛"。《太平御覽》八引《詩》並同。《説文》無"雰"有"氛"，何氏《古義》曰："《説文》雰即氛字，云'祥氣也。'與雪無涉。當通作紛。"胡承珙云："案《白帖》二引《詩》固作'雨雪紛紛'，然《毛詩》字多假借，不必改雰爲紛。《楚辭·怨思》'雪雰雰而薄木兮'，王逸注：'雰雰，雪霜貌。'即用毛義也。"陳奂云："《説文·雨部》無雰字，疑古《毛詩》本作分分，後人加雨耳。"按：《説文·气部》："氛，祥气也。……雰，氛或从雨。"段注："按：此爲《小雅》'雨雪雰雰'之字。《月令》：'雰霧冥冥。'《釋名》：'氛，粉也。潤氣箸艸木，因凍則凝，色白若粉也。'皆當作此。雰與祥氣之氛各物，似不當混而一之。"又《玉篇·雨部》："雰，霧氣也。"此另義也。又《説文·糸部》："紛，馬尾韜也。"段注："《離騷》用繽紛字，皆引申叚借也。"《廣雅·釋詁》："紛，亂也。"《楚辭·招魂》"班其相紛些"，王逸注："紛，亂也。"《離騷》"紛吾既有此内美兮"，王逸注："紛，盛貌。"《集韻·真韻》："繽，盛貌。"據段注，"紛"本爲劍衣之名，後引申假借爲繽紛字。《韓詩》引作"雨雪紛紛"，亦引申叚借字也。按：《小雅·采薇》"雨雪霏霏"與此詩"雨雪雰雰"（或"紛紛"）義同，皆摹狀降雪繽紛盛多之句也。"霏霏"、"雰雰"俱形容動態，非形容静物，故毛氏曰"雪貌"於義未安，似應訓"雨雪盛貌"爲略近之。

〔**益之以霢霂**〕　《説文繫傳》引《詩》"潤之以霢霂"。徐鍇引《詩》作"潤"者，乃《韓詩》異文。經文當以《毛詩》爲正。

〔**既優既渥**〕　《説文》:“瀀,澤多也。从水,憂聲。《詩》曰:‘既瀀既渥。’”“渥,霑也。”今詩文作“優”,係“瀀”之借字也。

〔**既霑既足**〕　《周禮·鮑人》賈疏引先鄭據《詩》云“既沾既足”。《太平御覽》八百三十七引《詩》同。《説文》:“霑,雨霡也。”“霡,濡也。”“沾,沾水。”此乃水名,本無潤澤霑霡之義。是“霑”爲正字明矣。至漢《曹全碑》之“沾渥”、《白石神君碑》之“澍雨沾洽”,“沾”俱爲“霑”之借字。又《説文》:“浞,濡也。”按:“既瀀既渥,既霑既浞”皆謂潤澤,與手足字或豐足字無何關涉,今詩文作“足”者,“浞”之省借耳。

〔**疆埸翼翼**〕　毛本“埸”作“場”。《韓詩外傳》引《詩》“壃場翼翼”。《説文》(段注本):“畺,界也。从畕;三,其介畫也。疆,畺或从土,彊聲。”段注:“《七月》‘万壽無疆’,《傳》曰:‘疆,竟也。’《田部》曰:‘界,竟也。’然則畺、界義同,竟、境正俗字。……介,各本作界,今正。介,畫也。畫,介也。二字義同。今則疆行而畺廢矣。惟《周禮》有畺。”介、界古今字。《説文新附》:“埸,疆也。从土,易聲。”《玉篇》:“埸,以尺切。畔也。疆埸也。亦道之别名。”是“畺”(疆)、“埸”爲正字,“壃”爲隸變俗體,“場”爲“埸”之形訛。

〔**黍稷彧彧**〕　《玉篇》引《詩》“黍稷彧彧”。《廣韻》、《集韻》均曰:“稶稶,黍稷盛貌。”《篇海類編》:“稶,黍稷茂盛貌。”《説文》(段注本):“戫,有彣彰也。从有,𢦏聲。”段注:“‘彣彰’,各本作‘文章’,誤。今正。‘彣’下曰:‘戫也。’是其轉注也。‘戫’,古多叚‘彧’字爲之,或者𢦏之隸變。……《小雅》‘黍稷彧彧’,《傳》云:‘彧彧,茂盛皃。’即有‘彣彰’之義之引伸也。”蓋“戫”爲正字。“戫”聲可通“𢦏”,又隸變爲“彧”、“彧”。諸韻書又以“稶”出之,亦“戫”之異文也。

〔**疆場有瓜**〕　王應麟《詩攷》引《韓詩外傳》引《詩》"疆"作"壃"。今《韓詩外傳》則引《詩》作"疆場有瓜",與毛同。《周禮·載師》疏、《一切經音義》十三各引《詩》作"畺"。按"疆"、"畺"、"壃"字同。見前。

〔**是剥是菹**〕　《白帖》九十九引《詩》"菹"作"葅"。《説文》:"菹,酢菜也。从艸,沮聲。䔾,或从皿。蘫,或从缶。"徐鍇《繫傳》:"以米粒和酢以漬菜也。"王筠《句讀》:"酢,今作醋,古呼酸爲醋,酢菜猶今之酸菜,非以醋和之。《聲類》:'菹,藏菜也。'《釋名》:'菹,阻也,生釀之,使阻於寒温之閒,不得爛也。'"《玉篇》、《集韻》皆曰:"葅,同菹。"

〔**受天之祜**〕　閩本、明監本、毛本"祜"作"祐"。阮元《校勘記》:"祜,《唐石經》、小字本、相臺本、《考文》古本同。閩本、明監本、毛本誤作祐。"

〔**享于祖考**〕　《太平御覽》五百二十四引《詩》"享以祖考"。"以"爲訛字。

〔**執其鸞刀**〕　山井鼎《考文》:古本鸞作鑾。《文選·張衡〈東京賦〉》注引《毛詩》同。按:《説文》:"鑾,人君乘車,四馬鑣,八鑾鈴,象鸞鳥聲,和則敬也,从金,从鸞省。"段注:"此舉會意包形聲。爲鈴繫於馬衔之兩邊,聲中五音,似鸞鳥,故曰鑾。"崔豹《古今注·輿服》:"鸞口銜鈴,故謂之鑾鈴。"朱駿聲《通訓定聲》:"鑾,經傳以鸞爲之。"《説文》:"鸞,亦神靈之精也。赤色,五采,雞形。鳴中五音,頌聲作則至。从鳥,䜌聲。""鸞"本爲鳥名,此詩"鸞"字則爲"鑾"之假借也。

〔**取其血膋**〕　《説文·肉部》:"膫,牛腸脂也。从肉,尞聲。《詩》曰:'取其血膫。'膋,膫或从勞省聲。"是三家作"膫"爲正字,《毛詩》作"膋"爲或體也。

〔**苾苾芬芬**〕　《廣雅·釋訓》作"馥馥芬芬"。蔡邕《司空臨晉侯楊公碑》、《文選·何晏〈景福殿賦〉》並同。皆用《魯詩》。《毛詩》作"苾"爲正字,《魯詩》作"馥"乃假借字。參見《楚茨》"苾芬孝祀"。

甫田

倬彼甫田,歲取十千。我取其陳,食我農人。自古有年。今適南畝,或耘或耔,黍稷薿薿。攸介攸止,烝我髦士。

以我齊明,與我犧羊,以社以方。我田既臧,農夫之慶。琴瑟擊鼓,以御田祖。以祈甘雨,以介我稷黍,以穀我士女。

曾孫來止,以其婦子,饁彼南畝,田畯至喜。攘其左右,嘗其旨否。禾易長畝,終善且有。曾孫不怒,農夫克敏。

曾孫之稼,如茨如梁。曾孫之庾,如坻如京。乃求千斯倉,乃求萬斯箱。黍稷稻粱,農夫之慶。報以介福,萬壽無疆。

〔**倬彼甫田**〕　毛《傳》:"倬,明貌。甫田,謂天下田也。"《釋文》:"倬,陟角反。明貌。《韓詩》作箌,音同,云:箌,卓也。"宋本《釋文》引《韓詩》作菿。馬瑞辰云:"《爾雅·釋詁》:'箌,大也。'舊疏引《韓詩》作'箌彼圃田',云:'箌,卓也,亦大也。'《説文》:'倬,大也。'圃、甫古通用,甫田爲大田,則倬宜爲大貌。而《傳》訓明貌者，倬兼明、大二義。……倬從卓聲，菿從到聲，古音同部，故通用。《玉篇》引《韓詩》作'菿彼甫田'……《〈爾雅〉釋文》及邢疏並引《説文》：'菿，草大也。'《唐韻・三十七号》云：'菿，大也。'《四覺》又引《説文》：'菿，草大也。'今《説文》二徐本菿譌作蓺，又别出菿字，訓爲'草木倒也'，失之。此《傳》訓甫田爲天下田，亦是大義，不若《齊風》訓'甫，大也'爲確。"按：《説文》："倬，箸大也。从人，卓聲。《詩》曰：'倬彼雲漢。'"段注："箸大者，箸明之大也。《韓詩》'菿彼甫田'，音義同也，叚菿爲倬也。"蓋《毛詩》作"倬"爲正字。

〔**或耘或耔**〕　《釋文》："耘，本又作芸。"《考文》古本作"芸"。《漢書・食貨志》、《齊民要術》、《周禮・甸師》賈疏各引《詩》"或芸或芓"。按：《説文・耒部》："䢵，除苗閒穢也。从耒，員聲。䢵，䢵或从芸。"段注："穢，當作薉。《艸部》：'薉，蕪也。'無穢字。《小雅》毛《傳》：'耘，除草也。耔，雝本也。'……員，物數也，謂草之多也。此形聲包會意。……按：當云'或从耒艸，云聲'。今字省艸作耘。"《説文》（段注本）："秄，雝禾本。从禾，子聲。"徐鍇《繫傳》："秄之言字也，養之也。"段注："雝，俗作壅。"《玉篇・耒部》："耔，壅苗本也。"《漢書・食貨志》、《齊民要術》、《周禮・甸師》賈疏並引作"或芸或芓"，殆其所據《詩》如此耳。"耘"、"芸"皆"䢵"之省。"耔"、"芓"乃"秄"之借字。

〔**黍稷薿薿**〕　《漢書・食貨志》："后稷始甽田，以二耜爲耦，廣尺、深尺曰甽，長終畝。一畝三甽，一夫三百甽，而播種于甽中。苗生葉以上，稍耨隴草，因隤其土以附苗根。故其《詩》曰：'或芸或芓，黍稷儗儗。'言苗稍壯，每耨輒附根，比盛暑，隴盡而根深，能風與旱，故儗儗而盛也。"班固用《齊詩》作"黍稷儗儗"。《齊民要術》引《詩》同。《白帖》八十一引《詩》"黍稷嶷嶷"。按：《説文》："薿，茂也。从艸，疑聲。《詩》曰：'黍稷薿薿。'"《廣雅・釋訓》:“薿薿,茂也。”另,《説文》:“儗,僭也。一曰相疑。”“嶷,九嶷山。”按:“儗”、“嶷”均無“茂”義,惟“薿”本義爲“茂”,是經文正字作“薿”,“儗”、“嶷”皆假借也。

〔**以我齊明**〕　《釋文》:“齊,本又作齎,又作齍。”《五經文字》作“齍”。或作“粢”。本詩毛《傳》:“器實曰齊,在器曰盛。”鄭《箋》:“以絜齊豐盛。”馬瑞辰云:“《説文》:‘齍,黍稷器,所以祀者。’‘盛,黍稷在器,所以祀者也。’義與毛《傳》同。《詩》作齊者,齍之省借。明者,盛之假借。古明與盛同義。《爾雅·釋詁》:‘明,成也。’《釋名》:‘成,盛也。’明爲成,即爲盛。《玉篇》:‘晟,明也。’晟亦盛之異文。《淮南子·説林訓》‘長而愈明’,高注:‘明,猶盛也。’明通爲昌盛之盛,因借爲齊盛之盛,古字不分平去。詩若作盛,則與羊、方、臧等字古音不協,故必假明字以爲韻,明讀若芒故也。《傳》、《箋》皆以齊盛釋齊明,正以明爲盛之假借。《正義》謂‘《傳》因齊釋盛’,又謂《箋》以絜齊釋齊明,而云‘齊言明,謂絜清’,失之。”馬説是也。又《周禮·舂人》“祭祀共其齍盛之米”,《甸師》“以共齍盛”,即《詩》之“齊明”也。

〔**以御田祖**〕〔**以祈甘雨**〕　《漢書·郊祀志》引《詩》兩“以”字並作“㠯”。《説文·巳部》:“㠯,用也。从反巳。賈侍中説:已意巳實也。象形。”段注:“已意巳實,謂人意巳堅實,見諸施行也。……賈與許無二義。云象形者,巳篆上實下虚,㠯篆上虚上實,由虚而實,指事亦象形也。”邵瑛《群經正字》:“《〈詩·何人斯〉釋文》:‘㠯,古以字。’《漢書》以皆作㠯。張謙中曰:‘㠯,秦刻作以。’《説文》不加人字。”《玉篇·巳部》:“㠯,今作以。”按:甲骨文“δ”(後上一五·七),金文“ʒ”(小臣𤼈簋),皆爲耜之象形,即耜之初文,《説文》“㠯”字之篆文㠯即由甲、金文衍化而成。“㠯”爲農耕之用具,故卜辭借爲“以”字。甲骨文“ᘓ”(前五·四六·一)金文

"𠄌"(趞盂)象人用耜勞作之形,篆文"㠯"(以)即出於此,故古之經傳輒假"巳"爲"以"且訓爲"用"也。《正字通》則曰:"巳,以本字。"

〔**田畯至喜**〕　《釋文》:"畯,本又作俊。"鄭《箋》:"喜,讀爲饎。饎,酒食也。"《説文繫傳》引《詩》"田畯至饎"。《説文》:"畯,農夫也。从田,夋聲。"《爾雅》:"畯,農夫也。"郭注:"今之嗇夫是也。"王引之《經義述闻》:"畯,長也。田畯,農之長。"《豳風·七月》,毛《傳》:"田畯,田大夫也。"吴大澂《説文古籀補》:"古畯字从田、从允,與俊通。《盂鼎》:'畯正乃民。'"韓愈《進學解》:"拔去兇邪,登崇畯良。"朱熹校:"畯或作俊。"朱駿聲《通訓定聲》:"畯之爲言俊也。"是"畯"得假"俊"爲之也。"喜",鄭讀爲"饎",是已。

〔**攘其左右,嘗其旨否**〕　鄭《箋》:"攘讀當爲饟。饁、饟,饋也。"孔廣森云:"《詩》既言饁,鄭復言饟,詞旨似複。"馬瑞辰云:"上文既云'饁彼南畝',不得復讀攘爲饟。古讓字作攘,《説文》:'揖,攘也。'《曲禮》'左右攘辟',鄭注:'或者,攘,古讓字。'此詩攘即揖攘字,謂田畯將嘗其酒食,而先讓其左右從行之人,示有禮也。王肅訓攘爲除田,又謂'嘗其旨否'爲'嘗其氣旨,土地和美與否也',失之。孔羿軒言農夫各以食讓與左右鄰井,亦非。"馬説得之。

〔**禾易長畝**〕　毛《傳》:"易,治也。"鄭《箋》:"禾治而竟畝。"馬瑞辰云:"易與移一聲之轉。《説文》:'移,禾相倚移也。'倚移讀若阿那,爲禾盛之貌。亦單稱移,《表記》'衣服以移之',注:'移讀如禾氾移之移。移猶廣大也。'段玉裁曰:'禾氾移蓋謂禾蕃多。'此詩'禾易'當爲'禾移'之假借,謂禾蕃竟畝也。古假移爲侈,《考工記》'飾車欲侈',注:'故書侈爲移。'《少牢饋食禮》'移袂',皆侈也。移正字作袳,《説文》:'袳,衣張也。'袳亦侈也。又按《郊特牲》'順成之方,其蜡乃通,以移民也',鄭注:'移之言羡也。'王觀察曰:'羡者,寬衍之意。'亦與禾移爲蕃盛義相近。

《傳》、《箋》並訓易爲治，失之。”按：此説不襲。

〔**如坻如京**〕　鄭《箋》：“坻，水中之高地也。”馬瑞辰云：“《爾雅》：‘小沚曰坻。’其高無幾，不足以形禾稼之多。坻當讀阺。《説文·𨸏部》曰：‘秦謂陵阪曰阺。’《玉篇》引《埤蒼》：‘坻，坂也。’則坻、阺二字通矣。楊雄《解嘲》曰‘響若坻隤’，應劭曰：‘天水有大坂，名曰隴坻。其山堆傍箸崩落作聲，聞數百里。故曰坻隤。’字亦作氏，《説文》氏字注曰：‘巴蜀名山岸脅之𠂤旁箸欲落墒者曰氏。氏崩聲聞數百里。象形，乀聲。’其字亦假作是，《禹貢》‘西傾因桓是來’，鄭注：‘桓是，隴阪名，其道般桓旋曲而上，故曰桓是。今其下民謂隴曰是，謂曲爲桓也。’據此，則是即氏也。《左氏·昭十二年傳》‘有肉如坻’，杜注：‘坻，山名。’《正義》引‘楚子觀兵于坻箕之山’爲證。今按‘有肉如坻’與‘有肉如陵’相類，正當訓陵阪之阺。此詩‘如坻’對‘如京’言，絶高謂之京，則坻亦當訓陵阪耳。”馬氏釋之甚明。

大　田

大田多稼，既種既戒，既備乃事。以我覃耜，俶載南畝，播厥百穀。既庭且碩，曾孫是若。

既方既皁，既堅既好，不稂不莠。去其螟螣，及其蟊賊，無害我田穉。田祖有神，秉畀炎火。

有渰萋萋，興雨祁祁。雨我公田，遂及我私。彼有不穫穉，此有不斂穧，彼有遺秉，此有滯穗，伊寡婦之利。

曾孫來止，以其婦子，饁彼南畝，田畯至喜。來方禋祀，以其騂黑，與其黍稷。以享以祀，以介景福。

〔既備乃事〕　鄭《箋》:"是既備矣,至孟春土長冒橛,陳根可拔而事之。"馬瑞辰云:"備者,服之假借。《說文》:'𠬝,治也。'字通作服,《爾雅·釋言》:'服,整也。'整亦治也。凡从𠬝、从葡之字古多通用,備即服之假借。……事通作倳,事之即倳之也。《管子》:'春有以倳耕,夏有以倳耘。'《說文》無倳字,古字蓋止作事。《漢書》'事刃君之腹中',李奇注:'東方人以物插地中爲事。'師古曰:'事字本作倳,倳音側力反,《周禮·考工》注又作菑,音皆同耳。'下章《箋》讀'俶載'爲'熾菑'。《方言》:'入地曰熾,反草曰菑。'此章《箋》引農書'陳根可拔而事之',與《方言》'反草曰菑'正合。是知事與倳皆菑之假借,菑亦插耳。顏注《張安世傳》引《續漢書》'輕車菑矛戟幢麾'而釋之曰:'菑,插也。'菑、事、載古音近通用,菑之假作事,猶菑之假作載,載之通作事也。《正義》曰'於是乃耕,故云"而事之"',失《箋》恉矣。"

〔以我覃耜〕　《釋文》:"覃,以冉反。徐又以廉反。利也。"此詩毛《傳》:"覃,利也。"《爾雅·釋詁》:"剡、絜,利也。"郭注:"《詩》曰:'以我剡耜。'"邢疏:"皆耜之利也。《小雅·大田》云:'以我覃耜。'剡、覃音義同。"《淮南子·氾論訓》:"古者剡耜而耕。"《文選·張衡〈西京賦〉》亦作"剡耜"。《說文》:"剡,鋭利也。"《廣雅》:"剡,鋭也。"《說文·𣆪部》:"覃(𠧟),長味也。从𣆪,鹹省聲。《詩》曰:'實覃實吁。'𠖁,古文覃。𢁋,篆文覃省。"段注:"當作'鹹省。鹹亦聲'。以从鹹故知字本義爲味長也。"《集韻·琰韻》:"棪,利耜也。或作覃。"朱駿聲《通訓定聲》:"覃,段借爲剡。""覃"、"剡"古同音,故本詩假"覃"爲"剡"而訓"利"也。

〔俶載南畝〕　鄭《箋》:"俶讀爲熾,載讀爲菑栗之菑。時至,民以其利耜熾菑,發所受之地,趨農急也。田一歲曰菑。"錢大昕曰:“《方言》‘入地曰熾’,熾即戠也。《説文》:‘埴,黏土也。’《禹貢》‘厥土赤埴墳’,鄭本作戠,徐、王皆讀曰埴。《考工記》‘搏埴之工’,鄭注亦訓埴爲黏土。是埴、戠同物也。《弓人》‘凡昵之類不能方’,注:‘故書昵或作樴。’是埴與戠、樴文異而義同。土之黏者曰戠,以耜入地曰熾,猶治亂曰亂耳。”本詩《正義》曰:“此及《載芟》、《良耜》皆於耜之下言‘俶載南畝’,是‘俶載’者用耜於地之事,故知當爲‘熾菑’,謂耜之熾而入地以菑殺其草,故《方言》‘入地曰熾,反草曰菑’也。(按:今《方言》無此文。)”胡承珙云:“鄭云‘俶讀爲熾’者,熾與植同聲,《鄉射禮》古文膱爲胾,今文或作植。是讀俶曰熾,猶讀俶曰植也。植又爲置,《論語》‘植其杖而芸’,《漢石經》作‘置其杖’;《七録》‘穀梁名淑’,《論衡》作‘穀梁寘’。亦其例也。載本與栽通,《中庸》‘上天之載’,注云:‘載讀曰栽,謂生物也。’又‘栽者培之’,注云:‘栽讀如“文王初載”之載,栽猶植也。今人名草木之植曰栽,築牆立版亦曰栽。’此《箋》不言‘載讀爲栽’者,以栽亦植也,與俶義複,故云‘讀爲菑栗之菑’。《正義》引《弓人》‘菑栗’,謂鋸弓榦,以鋸菑而裂之,猶耕者以耜菑而發之。是菑爲菑殺其草,故又引《方言》‘反草曰菑’,《〈皇矣〉釋文》引《韓詩》亦云‘菑,反草也’。此義於田事尤合,故《箋》末復申之曰‘田一歲曰菑。’”按:《説文》(段注本):“菑,不耕田也。从艸、田,巛聲。《易》曰:‘不菑畬。’甾,菑或省艸。”段注:“不,當爲反。字之誤也。……鍇本原有聲字,惟田、巛二字倒易,又誤合爲一字。鍇欲作从艸、巛、田,無聲,非也。初耕反艸,故从艸、田,會意,以巛爲聲也。”《爾雅·釋地》:“田一歲曰菑。”郭注:“今江東呼初耕地反草爲菑。”郝懿行《義疏》:“菑者,《説文》云:‘反耕田也。’引《易》曰:‘不菑畬。’《〈詩·采芑〉正義》云:‘菑者災也。’引孫炎曰:‘菑,始災殺其草木也。《〈易·无妄〉釋文》引董遇云:‘菑,反艸也。’蓋田久蕪萊,必須利耜熾菑發其冒橛,拔彼陳根,故云反草。《詩》'俶載南畝',《箋》讀'俶載'爲'熾菑',是其義也。江南以首春墾草爲翻田,江北以初冬耕田爲厰草,皆與菑義合。""菑",又通"烖",《集韻·咍韻》:"烖,《説文》:'天火曰烖。'或从宀,从巛,亦作菑。"《大雅·生民》"無菑無害"即假"菑"爲"烖"(灾、災),熾菑字今作菑,災害字今作災(灾)。

〔**不稂不莠**〕　《釋文》:"稂,音郎,又音粱。"《説文》作蓈,云稂或字也。"《説文》(段注本):"蓈,禾粟之莠生而不成者,謂之童蓈。从艸,郎聲。稂,蓈或从禾。"段注:"莠,各本作采,鍇音穗。童,各本作董。今依《詩》、《爾雅》音義'生而不成',謂不成莠也。不成謂之童蓈,已成謂之莠。此蓈莠二字連屬之義。云禾粟之莠者,惡其類禾而别之也。《小雅》曰'不稂不莠',《爾雅》、毛《傳》皆曰:'稂,童粱也。'童粱即童蓈。陸璣《疏》云:'禾莠爲穗而不成,崱嶷然謂之童粱。'今本莠作秀,誤。……今《詩》、《爾雅》皆作此字,非禾而從禾,非孔子惡莠意。"徐灝《箋》:"穀之有稃而無米者,謂之董蓈。"參見《曹風·下泉》"浸彼苞稂"考文。

〔**去其螟螣**〕　《釋文》:"字亦作蟘。徒得反。《説文》作蟘。"(今本《説文》作蟘。)洪适《隸釋》載《唐公房碑》作"去其螟蟘。"。《説文》(段注本):"蟘,蟲食苗葉者。吏气貣則生蟘,从虫、貣,貣亦聲。《詩》曰:'去其螟蟘。'"徐鉉曰:"今俗作蟘。非是。"段注:"各本篆作蟘,今正。"《爾雅·釋蟲》:"食苗心,螟。食葉,蟘。"《説文》:"螣,神蛇也。从虫,朕聲。"《爾雅·釋魚》:"螣,螣蛇。"郭注:"龍類也。能興雲霧而遊其中。"《集韻·德韻》:"蟘,或作螣。"按:"蟘"、"螣"二物迥異,緣何此詩假"螣"爲"蟘"耶?段注曰:"螣,徒登切,六部。"又云:"蟘,徒得切,一部。叚螣字爲之。一部與六部合聲也。"

〔**及其蟊賊**〕　《釋文》:"蟊,本又作蛑。莫侯反。"毛《傳》:"食根曰蟊,食節曰賊。"《爾雅》:"食苗心,螟;食葉,蟘;食節,賊;食根,蟊。"郭注:"分别蟲啖食禾所在之名耳。皆見《詩》。"《説文》(段注本):"蟲,蟲食艸根者。从蟲,串象形。吏抵冒取民財則生。蝥,蟲或从敄。蛑,古文蟲,从虫,从牟。"郝懿行云:"按,艸,疑當作苗。"段注:"艸當作苗。……謂上體象此蟲繚繞於苗榦之形,與《蚰部》蠿蟊字从蚰、矛聲不同也。今人則盡叚蟊爲之矣。莫浮切。三部。……敄聲也。此則與《虫部》蝥蝥同字。"按:《釋文》云"又作蛑"者,爲蟲之古文。今《詩》作蟊者,叚借字也。

〔**無害我田穉**〕〔**彼有不穫穉**〕　二穉字,閩本、明監本、毛本同。小字本、相臺本、朱熹《集傳》本作穉。阮元《校勘記》:"案'穉'字是也。《釋文》云'田穉音稚,下同。'《五經文字》云:穉、穉,幼禾也,上《説文》,下《字林》亦爲长穉字,《載馳》'衆穉且狂',《唐石經》同。作'穉'者非。《谷風》等《箋》'長穉'則多用'稚',又'穉'之今字也。《正義》自爲文,長稚字亦當用之。"

〔**秉畀炎火**〕　《釋文》:"秉,《韓詩》作卜。卜,報也。"毛《傳》:"炎火,盛陽也。"鄭《箋》:"螟螣之屬,盛陽氣嬴則生之。今明君爲政,田祖之神不受此害,持之付與炎火,使自消亡。"馬瑞辰云:'蟲之害穀者,多以天旱感盛陽之氣,亦惟盛陽能滅之。後世捕蝗用火,即取《詩》'秉畀炎火'之義。……按《爾雅·釋詁》:'卜,予也。'卜畀猶云付與。胡承珙曰:'《白虎通·蓍龜》云:"卜,赴也。"《小爾雅》:"赴,疾也。"《禮记·少儀》《喪服小記》注並云:"報讀赴疾之赴。"是訓卜爲報,猶訓卜爲赴。'卜畀炎火'者,谓亟取而畀之炎火也。'今按:秉與卜雙聲,故秉可通作卜也。"

〔**有渰萋萋**〕　毛《傳》:"渰,雲興貌。萋萋,雲行貌。"《釋文》:"渰,本又作弇。……《漢書》作黤。"《吕氏春秋·務本》引

《詩》作"有晻淒淒"。《正義》曰:"定本、《集注》作'渰,陰雲貌'。"《説文》:"渰,雨雲貌。"今本《漢書·食貨志》作"有渰淒淒",《後漢書·左雄傳》、《玉篇》、《廣韻》、《北堂書鈔》十五、《太平御覽》八及十、吴淑《事類賦》二及三各引《詩》並同。《太平御覽》八百七十二引《詩》"有黤淒淒"。山井鼎《考文》古本作"有渰悽悽"。《顔氏家訓》、《唐石經》、監本、毛本並作"萋萋"。王氏《詩攷》引《韓詩外傳》引《詩·小雅》"有弇淒淒"。按:經文正字當爲"有渰淒淒"。作"弇"者,"渰"之省。"黤"、"晻"、"黤"皆"渰"之音近假借字。"萋萋"、"悽悽"皆"淒淒"之同音假借字。

〔**興雨祈祈**〕 《釋文》:"興雨,如字,本或作興雲,非也。"《唐石經》、《南宋石經》、相臺本、山井鼎《考文》古本作"興雨祁祁"。《初學記》一、《白帖》二各引《詩》同。王氏《詩攷》引《韓詩外傳》引《詩》"興雲祁祁"。《吕氏春秋·務本》、《漢書·食貨志》各引《詩》同。趙明誠《金石録》載《無極山碑》亦同。小字本、閩本、明監本、毛本均作"興雨祈祈"。阮校:"案'祈祈'誤也,《正義》中字同。……《正義》云:'經興雨或作興雲,誤也。定本作興雨。'考此經本作興雲。《顔氏家訓》始以爲當作興雨,《釋文》、《正義》、《唐石經》皆從其説也。段玉裁云:《説文》:'淒,雨雲起也。''渰,雨雲貌。'雨雲,謂欲雨之雲。凡大雨之來,黑雲起而風生,風生而雲行,所謂'有渰淒淒'也。已而風定,白雲彌天,雨隨之下,所謂'興雲祁祁,雨公及私'也。作'興雨'於物理、經訓皆失之,《詩經小學》同。又《吕氏春秋》、《食貨志》、《隸釋·無極山碑》、《韓詩外傳》皆作'興雲',見《經義雜記》。又《鹽鐵論》、《後漢書·左雄傳》作'興雨',當亦是後人以顔説改之耳。"此校文甚確。"雲"爲正字。此詩毛《傳》:"祈祈,徐也。"小字本、相臺本"祈祈"作"祁祁"。阮校:"案:《釋文》'祁祁'下云'徐也',《正義》云'祁祁,徐貌,謂徐緩而降'，段玉裁云：'《家訓》"有貌"'，《考文》一本作'祈祈，徐徐行貌也'，采《正義》而有誤。"此詩鄭《箋》："古者陰陽和，風雨時，其來祈祈然而不暴疾。"按：《説文》："祁，太原縣。"又《玉篇》："祁，多也。"《廣韻》："祁，盛也。"《海篇直音》："祁，衆也。"《召南·采蘩》"被之祁祁"、《豳風·七月》"采蘩祁祁"、《大雅·韓奕》"祁祁如雲"，均爲衆多義。此篇"興雲祁祁"則爲雲盛貌。《傳》、《箋》之訓釋未安。今本《毛詩》作"祈祈"，非。當從《韓詩》作"祁祁"爲是。

〔**此有不斂穧，彼有遺秉**〕　《禮記·坊記》、《春秋繁露·度制》各引《詩》"彼有遺秉，此有不斂穧，伊寡婦之利"。《儀禮·聘禮》鄭注引《詩》"彼有遺秉，此有不斂穧"。陳喬樅云："《禮》家用《齊詩》，董子亦用《齊詩》，疑《齊詩》之文作'彼有不穫稺，此有滯穗，彼有遺秉，此有不斂穧'也。"馬瑞辰云："稺與穗皆禾名，秉與穧皆禾束名。《坊記》引《詩》'彼有遺秉，此有不斂穧'，以秉與穧相對成文，則'此有滯穗'當與'彼有不穫稺'二句相屬，蓋《三家詩》與《毛詩》異。"又"穧"字，《正義》云："定本、《集注》穧作積。"董氏《讀詩記》引崔氏《集注》穧作筥。阮校云："以《釋文》、《正義》考之，'積'字非也，或'積'當作'穧'。以齊、資得通用而借'穧'爲'穧'也。"《正義》曰："穧者，禾之鋪而未束者。秉，刈禾之把也。"《儀禮·聘禮》曰："四秉曰筥。"注云："此秉謂刈禾盈手之秉也。筥，穧名也。若今淶、易之閒，刈稻聚把，有名爲筥者。《詩》云：'彼有遺秉。'又云：'此有不斂穧。'"《稽古編》云："董氏曰：崔靈恩《集注》'不斂筥'，亦音穧。是同一《集注》也。孔以爲穧作積，董以爲穧作筥矣。夫《集注》一書，唐尚存，宋已無之，董所見不如孔之真也。"胡承珙云："鄭注《聘禮》以筥爲穧名，不過比方其事，本非謂筥字同穧。又注《周禮·掌客》云：'筥讀爲棟梠之梠，謂一穧也。'是筥、穧同義不同音，無由借筥爲穧。

阮氏《校勘記》云:'《集注》"積"或當作"穧",以齊、資得通用,而借穧爲穧也。'此説近之。"馬瑞辰云:"穧有二義。《爾雅·釋詁》曰:'穧,穫也。"《説文》:'穧,穫刈也。一曰:撮也。'撮即聚把之稱。是穫禾謂之穧,聚禾成把亦謂之穧。此詩'不斂穧'當从《説文》'撮也'之訓。《釋文》以穧穫當之,失矣。……是穧即筥之别名。然二字不相通借。"又"彼有遺秉"下云:"《説文》:'把,握也。''秉,禾束也。从手持禾。'又曰:'兼持二禾,秉持一禾。'《急就篇》秉、把並列,顏師古注:'一束曰秉,一把曰把。'蓋秉與把對文則異,散文則通。"以上二氏辨説得其是矣。

瞻彼洛矣

瞻彼洛矣,維水泱泱。君子至止,福禄如茨。韎韐有奭,以作六師。

瞻彼洛矣,維水泱泱。君子至止,鞞琫有珌。君子萬年,保其家室。

瞻彼洛矣,維水泱泱。君子至止,福禄既同。君子萬年,保其家邦。

〔**韎韐有奭**〕　《唐石經》"奭"作"奭"。《白虎通·爵篇》引《韓詩内傳》"奭"作"赩"。《通典·禮》五十二引《韓詩内傳》同。《釋文》出作奭,注云:"赤貌。"按:《説文·皕部》:"奭,盛也。从大,从皕。皕亦聲。此燕召公名。讀若郝。《史篇》名醜。奭,古文奭。"段注:"《釋詁》'赫赫、躍躍',赫赫,舍人本作奭奭。《常武》毛《傳》云:'赫赫然盛也。'按:奭是正字,赫是假借字。《小雅》'路車有奭'、'韎韐有奭',毛曰:'奭,赤皃。'此當作赫,《赤部》云:'赫,火赤皃。'奭是假借字。……(奭)隸作䰜。"《䀠部》:"奭,目衺也。从䀠,从大。大,人也。"段注:"'大人也'三字疑非是。奭與爽、奭同意。爽之明大,奭之盛大,奭之目衺淫視者大,故皆从大會意。"《白虎通》引作"韎韐有赩",本於《魯詩》之説。朱駿聲《通訓定聲》:"奭,叚借爲赫,字亦變作赩。"是"奭"、"奭"皆假借字,"赩"爲"赫"之變體,"赫"爲此詩正字。此詩毛《傳》:"韎韐者,茅蒐染草也。一曰韎。韐,所以代韠也。"鄭《箋》:"韎韐者,茅蒐染也。茅蒐,韎韐聲也。韎韐,祭服之韠,合韋爲之。其服爵弁,服紂衣、纁裳也。"王引之《經義述聞》於《傳》、《箋》之文校曰:"(《傳》)今本韎下衍韐字。"又云:"今本韋譌作草。"又云:"今本脱入字,案'一入曰韎'絶句。《正義》以'韎韐'二字連讀,非是。"又云:"(《箋》)今本韎下衍韐字,下茅蒐韎同。今本韐上衍韎字。以上諸誤,辯見段氏若膺《儀禮漢讀考》。"王氏訂正其文,曰:"《瞻彼洛矣》篇'韎韐有奭',毛《傳》曰:'韎者,茅蒐染韋也。一入曰韎。韐,所以代韠也。'《箋》曰:'韎者,茅蒐染也。茅蒐,韎聲也。韐,祭服之韠。合韋爲之。'引之謹案:毛《傳》原文,本作'韎,染韋也',今本韎下有'者茅蒐'三字,此涉鄭《箋》'韎者茅蒐染'而誤衍也。蓋毛以染韋一入之色爲韎,而不以茅蒐爲韎,故曰:'韎,染韋也。''一入曰韎',鄭以韎爲茅蒐之合聲,則以茅蒐爲韎,而不以一入爲韎,故曰:'韎者,茅蒐染也。茅蒐,韎聲也。'若毛以茅蒐爲韎,則與'一入曰韎'之文自相違異。且毛既云'韎者,茅蒐染韋',則鄭不須更云'韎者,茅蒐染'矣。孔、陸所見,已是誤本,故不言鄭與毛異耳。《晉語》'韎韋之跗'注,韋注曰:'三君云:一染曰韎,鄭後司農説以爲韎,茅蒐染也。'云鄭以爲茅蒐染,則毛不以爲茅蒐染明矣。三君皆從毛義,故但言一染曰韎而不言茅蒐也。《説文》:'韎,茅蒐染韋也。一入曰韎'。'茅蒐'二字,亦後人依誤本毛《傳》加之也。賈景伯注成十六年《左傳》及《晉語》並云‘一染曰韎’。叔重之學,出於景伯,故云‘韎,染韋也。一入曰韎’。且賈、許皆治《毛詩》,故以一入爲韎。至康成始以茅蒐爲韎,不得於《説文》注中增入茅蒐二字。且‘茅蒐爲韎’與‘一入爲韎’,二者各爲一義,不可强同也。(鄭《駁五經異義》曰:‘韎,草名。齊、魯之閒言茅蒐聲如韎。’蓋《異義》亦從《毛詩》以一入爲韎,故鄭駁之如此。……《異義》與《説文》同出一人之手,則《説文》亦不以茅蒐爲韎明矣。)”按:《説文》:“韎,茅蒐染韋也。一入曰韎。”段注引此詩毛《傳》與王氏所訂正之毛《傳》同。又“茅蒐”,《爾雅·釋草》:“茹藘,茅蒐。”郭注:“食之蒨也。可以染絳。”《釋文》:“蒨,本或作茜。”《説文·艸部》:“茜,茅蒐也。从艸,西聲。”因茜草之根可染絳(深紅色),故亦稱絳色爲茜(蒨)。

〔**鞞琫有珌**〕　毛《傳》:“鞞,容刀鞞也。琫,上飾。珌,下飾也。天子玉琫而珧珌,諸侯璗琫而璆珌,大夫鐐琫而鏐珌,士珕琫而珕珌。”《釋文》:“鞞,字又作琕。補頂反。《説文》云:‘刀室也。’”“琫,字又作鞛。必孔反。佩刀鞘上飾。”“珌,字又作蹕。賓一反。佩刀下飾。”馬瑞辰云:“戴震《毛鄭詩考正》曰:‘《傳》内珌字凡六見,皆當作鞞。“鞞琫有珌”猶上章“韎韐有奭”。奭,赤貌;珌,文貌。刀下飾乃鞞也,字又作琕。《説文》以鞞爲刀室,殆誤會毛《傳》“鞞,容刀鞞也”之語;又曰“珌,佩刀下飾”,蓋所見《毛詩》與今本同,遂取之以解字。’段玉裁以戴説爲非,云:‘有讀爲又。有鞞有琫,又有珌也。’瑞辰按:戴震以珌爲文飾貌,其説是也。珌當讀如《韓詩》‘有邲君子’之邲。邲,美貌;猶珌爲文貌也。‘有珌’之不得爲刀飾,猶上章‘有奭’之不得爲器名也。至戴氏以《傳》内六珌字皆爲鞞字之誤,其説近是,而猶未確。今按《説文》:‘削,鞞也。’‘鞞,刀室也。’《方言》:‘劍削,自關而西謂之鞞。'《廣雅·釋器》:'鞞,刀削也。'是鞞爲刀室之證。《公劉》詩《傳》:'下曰鞞,上曰琫。'鞞字又作琕,《釋名》:'下末之飾曰琕。琕,卑也,在下之言也。'《字林》亦曰:'琕,刀佩下飾。'(舊作'上飾',任大椿云當作'下飾',是也。)是下飾之珌亦通名鞞之證。此詩《傳》曰:'珌,下飾。'《説文》亦曰:'珌,佩刀下飾。珌,古文作蹕。'是下飾本名珌。而得通作鞞與琕者,珌从必聲,鞞、琕皆从卑聲,卑、必二字雙聲,故通用。《傳》於《公劉》詩'鞞琫容刀'釋之曰'下曰鞞',其釋此詩曰'鞞,容刀鞞也',正謂鞞即'鞞琫容刀'之鞞,爲下飾之珌通借字,將以别鞞之爲刀室者也。《傳》又云'琫上飾,珌下飾',正以明鞞之即爲珌也。《傳》又云'珌下飾者',恐人疑珌之不得爲下飾,故又引'天子玉琫而珧珌'四語以證之。皆以證鞞之即爲珌,非釋詩"有珌"之珌也。段玉裁謂詩言鞞、琫而又加珌,失毛《傳》之恉矣。鞞、珌爲一。《〈公劉〉傳》'下曰鞞,上曰琫',依經文言之;此《傳》'琫上飾,珌下飾',依上下之序及下引《逸禮》先琫後珌言之。《左傳》'藻率鞞鞛',鞛即琫也。杜注:'鞞,刀削上飾。鞛,下飾。'以毛《傳》、《説文》證之,杜注上、下字蓋互譌耳。戴震知鞞之宜爲下飾,而不知鞞、珌之可通借,故以《傳》内六珌字皆當爲鞞之譌,非篤論也。又按《説文》:'琫,佩刀上飾。天子以玉,諸侯以金。'又曰:'珌,佩刀下飾。天子以玉。'是天子上下飾皆當以玉。且《正義》本'諸侯璗琫而鏐珌'(《正義》云:'定本及《集注》皆以'諸侯璆珌'字从玉,恐非也。'是《正義》本作'鏐珌'之證。)璗與鏐皆金也,諸侯既純以金,則天子不得雜用珧,珧蓋瑶字之假借。《爾雅·釋訓》'愮愮'《釋文》:'愮,本作佻。'䍃、兆古同音通用,瑶與玉異名而同物。《公劉》詩'維玉及瑶,鞞琫容刀',謂以玉、瑶爲鞞琫,蓋玉琫而瑶鞞,後遂以爲天子之飾,即此《傳》所云'天子玉琫而珧珌'也。《说文》珧字注引《禮》云'佩刀,天子玉琫而珧珌',則許君所見《逸禮》已作'天子珧珌',珧蓋瑶借字,抑或因'士珧珌'而誤也。又按《正義》云:'天子、諸侯琫珌異物,大夫、士則同。'又云:'定本及《集注》大夫鏐珌,恐非也。'是《正義》本作'大夫鐐琫而鐐珌,士珕琫而珕珌'。惟《説文》引《禮》'士珕琫而珧珌',與《正義》本異,然珧與珕皆蜃屬。以類推之,天子鞞琫皆以玉,諸侯皆以金,不獨大夫以鐐、士以蜃爲同物,即天子、諸侯亦未嘗異物也。又按天子、諸侯、大夫佩飾各異,不應士之珌飾獨與天子同,益知天子珧珌當作瑶珌耳。"按:《玉篇》:"琿,古文(珌)。"《釋文》:"鞞,字又作琕。"《集韻》:"琫,或作鞛。"《古今韻會舉要》:"鞞,或作韠。"

裳裳者華

裳裳者華,其葉湑兮。我覯之子,我心寫兮。我心寫兮,是以有譽處兮。

裳裳者華,芸其黄矣。我覯之子,維其有章矣。維其有章矣,是以有慶矣。

裳裳者華,或黄或白。我覯之子,乘其四駱。乘其四駱,六轡沃若。

左之左之,君子宜之。右之右之,君子有之。維其有之,是以似之。

〔**裳裳者華**〕　《廣雅·釋訓》:"常常,盛也。"董氏云:"古本作常常。"《廣雅》所引魯、韓《詩》,蓋作"常常"。《説文·巾部》:"常,下帬也。从巾,尚聲。裳,常或从衣。"段注:"今字裳行而常廢矣。"《玉篇·巾部》:"常,帬也。今作裳。"是"常"爲本字,"裳"爲或體也。

〔**左之左之,君子宜之。右之右之,君子有之**〕　《北史·长孫紹遠傳》作“左之右之,君子宜之。右之左之,君子有之”。此傳寫致訛。

〔**維其有之**〕　《左傳·襄公三年》引《詩》“維”作“唯”,《新序·雜事一》引《詩》同。此《三家詩》文。“維”、“唯”古通用。

桑扈之什

桑　扈

交交桑扈,有鶯其羽。君子樂胥,受天之祜。
交交桑扈,有鶯其領。君子樂胥,萬邦之屏。
之屏之翰,百辟爲憲。不戢不難,受福不那。
兕觥其觩,旨酒思柔。彼交匪敖,萬福來求。

〔**扈**〕　《釋文》:“《説文》扈作雇。”按:《説文·隹部》:“雇,九雇,農桑候鳥,扈民不婬者也。从隹,户聲。春雇鳻盾,夏雇竊玄,秋雇竊藍,冬雇竊黄,棘雇竊丹,行雇唶唶,宵雇嘖嘖,桑雇竊脂,老雇鷃也。鶚,雇或从雩。鳸,籀文雇,从鳥。”《玉篇·隹部》:“雇,亦作鳸。”《爾雅·釋鳥》即作“鳸”。又《説文·邑部》:“扈,夏后同姓所封,戰於甘者。在鄠,有扈谷、甘亭。从邑,户聲。”段注:“當作‘有户谷、户亭、甘亭’七字。”是“扈”爲國名,非鳥名。以其音同,故假“扈”爲“雇”也。“雇”爲正字。

〔**有鶯其羽**〕　《文選·潘岳〈射雉賦〉》徐爰注引《詩》“有鸎其羽”,《白帖》九十五引《詩》同。《説文》(段注本):“鶯,鳥有文章皃。从鳥，熒省聲。《詩》曰：'有鶯其羽。'"段玉裁曰："各本作'鳥也'，必淺人所改，今正。《毛詩》曰'交交桑扈，有鶯其羽'、'有鶯其領'，《傳》曰：'鶯鶯然有文章皃。''皃'，舊作'也'，非。鶯鶯猶熒熒也，皃其光彩不定，故从熒省，會意兼形聲，自淺人謂鶯即鸎字，改《説文》爲'鳥也'，而與下引《詩》不贯，於形聲、會意亦不合，不可以不辨也。"桂馥《説文解字義證》云："'鳥也'者，疑有闕誤。鶯非鳥名，《廣韻》：'鶯，鳥羽文也。'"慧琳《一切經音義》卷四："《考聲》：'鶯，鳥毛有斑文貌也。'"《射雉賦》徐爰注："鸎，文章貌也。"《集韻·耕韻》："鶯，或作鸎。"是"鸎"爲"鶯"之或體也。此詩文當以"鶯"爲正。

〔**受福不那**〕　《説文·鬼部》："魋，見鬼驚詞。从鬼，難省聲。讀若《詩》'受福不儺'。"段注："見鬼而驚駭，其詞曰魋也。魋爲奈何之合聲，凡驚詞曰那者，即魋字。……《左傳》'棄甲則那'亦是奈何之合聲。《小雅·桑扈》'受福不那'，此作不儺，疑字之誤，或是《三家詩》。"胡承珙云："此當同今本《毛詩》作不那，傳寫誤作不儺。蓋那者，奈何之合聲。《左傳》'棄甲則那'正與'見鬼驚詞'義合，故許書讀魋若那。"按："那"本作"𨚗"。《説文·邑部》："𨚗，西夷國。从邑，冄聲。安定有朝𨚗縣。"段注："冄聲本在七八部，雙聲合韻也。《小雅》、《商頌》，毛《傳》曰：'𨚗，多也。'《釋詁》曰：'𨚗，於也。'《左傳》'棄甲則𨚗'，杜云：'𨚗猶何也。'今人用𨚗字皆爲柰何之合聲。"《廣雅·釋言》："柰，𨚗也。"王念孫《疏證》："宣二年《左傳》'棄甲則𨚗'，言棄甲則柰何也。"《正字通·邑部》："𨚗，《説文》本作䎃，省作𨚗，俗作那。"此"受福不那"句，毛《傳》曰："那，多也。不多，多也。"《爾雅·釋詁》："洋、觀、裒、衆、那，多也。"此毛《傳》所據。"不"爲語詞，王引之《經傳釋詞》："《玉篇》曰：'不，詞也。'經傳所用，或作丕，或作否，其實一也。有發聲者，有承上文者。"毛氏曰"不多，多也"者，蓋以"不"爲語詞故也。此乃《詩》中常例。

〔兕觥其觩〕　《釋文》:"觩,本或作觓。"山井鼎《考文》:古本觥作觵。《説文》引《詩》"兕觵其觓"。《左傳·成公十四年》引《詩》"兕觵其觩",《周禮·小胥》注、《太平御覽》四百九十八各引《詩》同。《説文·角部》:"觵,兕牛角可以飲者也。从角,黄聲。其狀觵觵,故謂之觵。觥,俗觵从光。"邵瑛《群經正字》:"今經典惟《周禮》作觵,《毛詩》皆从俗作觥。"王國維《説觥》:"是於飲器中爲最大……觥者,光也,充也,廓也,皆大之意。"是"觥"爲俗體。《説文》有觓無觩。《説文》云:"觓,角貌。从角,丩聲。《詩》曰:'兕觵其觓。'"《集韻》:"觓,角曲貌。"朱熹《詩集傳》:"觩,角上曲貌。"《玉篇》:"觵,古横切。兕角爲罰酒爵。觥,同上。""觓,奇幽、居幽二切。角皃。觩,同上。"經文正字當作"兕觵其觓"。

〔彼交匪敖〕　《左傳·成公十四年》引《詩》"彼交匪傲",《文中子·立命》、《太平御覽》四百九十八各引《詩》同。《左傳·襄公二十七年》引《詩》"匪交匪敖"。《漢書·五行志》引《詩》"匪傲匪傲"。王引之《經義述聞》:"彼,亦匪也。交,亦敖也。襄八年《左傳》引《詩》'如匪行邁謀',杜注:'匪,彼也。'匪可訓爲彼,彼亦可訓爲匪。交之言姣也。《廣雅》曰:'姣,侮也。《字通》作佼。'……然則'彼交匪敖'者,'匪交匪敖'也。言樂胥之君子,不侮慢、不驕傲也。……成十四年《左傳》引《詩》'彼交匪傲',彼,匪也。《漢書·五行志》作'匪儌匪傲',又其一證矣。……而應劭注《漢書》'匪儌匪傲',又以爲儌訐,顏師古又以爲儌倖,皆與'匪敖'之義不倫。'旨酒思柔'之時,但慮其侮慢而已,何儌訐、儌倖之有乎?"胡承珙云:"匪、彼二字古雖通用,此詩義當作匪。《絲衣》'兕觥其觩,旨酒思柔。不吳不敖,胡考之休',與此詩四句文義相同。此'匪交匪敖'當與彼'不吳不敖'一例耳。"《三家詩》"彼"作

"匪","交"作"儌"。按:"儌",《玉篇·人部》:"儌,儌行也。"《廣韻·篠韻》:"儌,儌抄。"字或通"徼"、"僥",似與詩義不諧。《淮南子·覽冥訓》:"鳳皇之翔,至德也,雷霆不作……而燕雀佼之,以爲不能與之争於宇宙之閒。"王念孫《讀書雜志》云:"佼,讀爲姣。《廣雅》曰:'姣,侮也。'言燕雀輕侮鳳皇也。……姣侮之姣通作佼,猶姣好之姣通作佼。"《管子·七臣七主》:"好佼反而行私請。"尹知章注:"佼,謂很詐也。"是"佼"又通"狡"耳。蓋《毛詩》作"交",三家作"儌",均爲"姣"之通假也。"敖"字見《説文·放部》:"敖,出游也。"又《出部》曰:"敖,游也。"段注:"經傳多假敖爲倨傲字。"《説文·人部》:"傲,倨也。""倨,不遜也。"《三家詩》作"傲"爲本字,《毛詩》則假"敖"爲之。經文正字當作"匪姣匪傲",即王引之所謂"不侮慢、不驕傲"之意也。

〔**萬福來求**〕 王引之曰:"《桑扈》篇'萬福來求',求與逑同。逑,聚也。言萬福來聚也。……《説文》:'逑,斂聚也。'……《爾雅·釋訓》:"速速,蹙蹙,惟逑鞫也。"《釋文》:'逑,本亦作求。'是逑、求古字通。"馬瑞辰云:"逑、鳩古同義。《爾雅·釋詁》:'鳩,聚也。'《堯典》'方鳩僝功',《説文》引作'旁逑僝功',云:'逑,斂聚也。'逑音又同勼,《説文》:'勼,聚也。'……《箋》云'就而求之',失其義矣。"明此"求"字乃"逑"之假借也。

鴛　鴦

鴛鴦于飛,畢之羅之。君子萬年,福禄宜之。
鴛鴦在梁,戢其左翼。君子萬年,宜其遐福。
乘馬在廏,摧之秣之。君子萬年,福禄艾之。
乘馬在廏,秣之摧之。君子萬年,福禄綏之。

〔畢之羅之〕　《吕氏春秋·季春紀》高注："罼，掩網也。……《詩》曰：'鴛鴦于飛，罼之羅之。'"又《淮南子·時則訓》高注："畢羅，鳥罟也。《詩》曰：'鴛鴦于飛，畢之羅之。'"王先謙云："兩引文異，明所據《魯詩》有兩本，其實一字也。"按：《説文·華部》："畢，田罔也。从華，象畢形。微也。或曰：甶聲。"檢《説文·网部》無"罼"字，《魯詩》作"罼"者爲後起字也。當以"畢"爲經文正字。

〔摧之秣之〕　王氏《詩攷》引《釋文》"摧，《韓詩》作莝"。釋玄應《一切經音義》十三、十五兩引《詩》"莝之秣之"。《白帖》九十六兩引《詩》"挫之秣之"。《説文繫傳·食部》"餘"下引《詩》"芻之餘之"。毛《傳》："摧，莝也。秣，粟也。"鄭《箋》："摧，今莝字也。"《正義》："《傳》云'摧，莝'，轉古爲今，而其言不明，故辯之云'此摧乃今之莝字也'。"《説文》："莝，斬芻。""餘，食馬穀也。"胡承珙曰："細繹《傳》、《箋》，仍以《正義》爲是，摧、莝爲古今字，《毛詩》古文作摧，《韓詩》今文作莝。毛《傳》'摧，莝'者，以今字釋古字，所以明假借也。鄭恐人誤爲訓詁，故申之曰'摧，今莝字也'。《韓詩》'莝，委也'，乃以委訓莝耳。《釋文》以毛本作芻，所見不同，未必果是。"此説允已。

頍　弁

有頍者弁，實維伊何。爾酒既旨，爾殽既嘉。豈伊異人，兄弟匪他。蔦與女蘿，施于松柏。未見君子，憂心弈弈。既見君子，庶幾説懌。

有頍者弁，實維何期。爾酒既旨，爾殽既時。豈伊異人，兄弟具來。蔦與女蘿，施于松上。未見君子，憂心怲怲。既見君子，庶幾有臧。

有頍者弁，實維在首。爾酒既旨，爾殽既阜。豈伊異人，兄弟甥舅。如彼雨雪，先集維霰。死喪無日，無幾相見。樂酒今夕，君子維宴。

〔**爾殽既嘉**〕　《太平御覽》五百十四引《詩》"殽"作"肴"。《説文》："肴，啖也。从肉，爻聲。"段注："按許當云'啖肉也'，謂熟饋可啖之肉。今本有奪字。"《廣雅·釋器》："肴，肉也。"《玉篇》："肴，俎實。又啖肉。"《説文》："殽，相雜錯也。从殳，肴聲。"朱駿聲《通訓定聲》："按：'雜錯'之訓，正字當爲'爻'。此字从'殳'，必有本義，許時已失傳矣。""殽，叚借爲肴。"蓋本詩正字爲"肴"。

〔**蔦與女蘿**〕　洪适《隸釋》載《漢費鳳别碑》作"樢與女蘿"。《吕氏春秋·季秋紀·精通》高注引《淮南記》引《詩》"葛與女蘿"。《爾雅·釋木》："寓木，宛童。"郭注："寄生樹。一名蔦。"《説文》："蔦，寄生也。……樢，蔦或从木。"《廣雅·釋木》："宛童，寄生，樢也。"《吕氏春秋·季秋紀·精通》高注引《淮南記》引《詩》及《廣韻·十二曷》注引《廣雅》均以"葛"爲"蔦"（樢），蓋以"蔦"（樢）與"葛"形近致譌也。

〔**庶幾説懌**〕　《釋文》："懌，本又作繹。"《爾雅·釋詁》："懌、悦，樂也。"又："悦、懌，服也。"《説文》未載"悦"、"懌"字。《言部》："説，説釋也。从言、兑。一曰談説。"段注："説釋，即悦懌。説、悦，釋、懌皆古今字。"《説文新附·心部》："懌，説也。經典通用釋。"《説文》："釋，解也。"《字彙補·采部》："釋，悦也。"《莊子·齊物論》："我欲伐宗、膾、胥敖，南面而不釋然，其故何也。"成玄英疏:“釋然,怡悦貌也。”按:“説釋”、“説懌”、“悦懌”字作“繹”者,假“繹”爲“釋”、“懌”也。

〔**實維何期**〕 《釋文》:“期,本亦作其,音基。辭也。王如字。”山井鼎《考文》:古本作斯。按:此“期”讀爲“其”。二字古通用。王引之《經傳釋詞》:“其,問詞之助也。或作期,或作居,義並同也。《書·微子》曰:‘予顛隮,若之何其?’鄭注曰:‘其,語助也。齊、魯之閒聲如“姬”。’……《頍弁》曰:‘實維何其?’《箋》曰:‘期,辭也。’《禮記·檀弓》曰:‘何居?我未之前聞也。’鄭注曰:‘居,讀如姬姓之“姬”,齊、魯之閒語助也。’”《考文》謂古本作“斯”,蓋“斯”亦通“其”也。

〔**兄弟具來**〕 馬瑞辰云:“來當讀如《爾雅》‘勞、來,勤也’之來,字正作勑。《説文》:‘勑,勞勑也。’《廣雅》:‘勑,勤也。’凡人勤勞謂之勑,相恩勤亦謂之勑,《大東》詩‘職勞不來’是也。《箋》云‘具猶來’者,蓋以具爲俱之假借。《説文》:‘俱,偕也。’偕字注:‘一曰俱也。’又旅字注:‘从㫃,从从。从,俱也。’俱有偕从之義,謂人之類相合,正與來之訓恩勤者同義。《小爾雅》:‘交,俱也。’《詩》以‘具來’二字平列,皆謂相恩勤、相會合也。曹子建詩‘我豈狎異人,朋友與我俱’,義本此詩。《吕氏春秋》曰:‘苗,其弱也欲孤,其長也欲相與俱。’俱對孤言,謂相偶也。《三家詩》蓋有作‘俱來’者,鄭君先通《韓詩》故知具即爲具,與來同義。‘具來’並言,猶《左傳》‘耦俱無猜’,俱猶耦也。”馬説得之。

〔**先集維霰**〕 《釋文》:“霰,字亦作霓。”《爾雅·釋天》注引《詩》作“霓”。《釋文》:“霓,本或作霰,霹同。”《釋名》:“霰,星也。水雪相摶如星而散也。”《説文》:“霰,稷雪也。从雨,散聲。霓,霰或从見。”“霹,小雨財零也。从雨,鮮聲。讀若斯。”段注:“財當作才,取初始之義,今字作纔。讀如斯者,以雙聲合音也。”鈕樹玉《校録》:"《初學記》卷二引作'小雨瀸落'。"蓋"霓"爲"霰"之或體,"霹"、"霰"一聲之轉也。又毛《傳》:"霰,暴雪也。"《埤雅》:"閩俗謂之米雪,言其散粒如米,即《説文》所謂稷雪。""稷雪"、"米雪"、"如星而散",皆象其形也。至毛《傳》釋爲"暴雪",胡承珙辨之曰:"《廣雅·釋詁》:'暴,猝也。'《説文》:'猝,犬从艸暴出逐人也。'猝通作卒,《漢書·杜欽傳》注引鄭氏曰:'卒,急也。'凡猝然者謂之暴,引申之,凡初起者亦謂之暴。此《傳》以'霰'爲'暴雨'正謂將有大雪,其初猝然而下者必霰也。"段玉裁謂"暴雪當爲黍雪之譌",似無確據。以上二説姑録以備考。

〔**樂酒今夕**〕　《楚辭·大招》王逸注引《詩》"樂酒今昔"。《廣雅·釋詁》:"昔,夜也。"《莊子·天運》:"蚊虻噆膚,則通昔不寐矣。"《釋文·莊子音義》:"昔,夜也。"《列子》張湛注:"昔昔,夜夜也。"《史記·楚世家》:"其樂非特朝昔之樂也。"司馬貞《索隱》:"昔猶夕也。"蓋"夕"、"昔"古通用也。

車　舝

間關車之舝兮,思孌季女逝兮。匪飢匪渴,德音來括。雖無好友,式燕且喜。

依彼平林,有集維鷮。辰彼碩女,令德來教。式燕且譽,好爾無射。

雖無旨酒,式飲庶幾。雖無嘉殽,式食庶幾。雖無德與女,式歌且舞。

陟彼高岡,析其柞薪。析其柞薪,其葉湑兮。鮮我覯爾,我心寫兮。

高山仰止,景行行止。四牡騑騑,六轡如琴。覯爾新昏，以慰我心。

〔車舝〕　《左傳·昭公二十五年》作“車轄”。《釋文·左傳音義》：“轄，本又作舝。”《太平御覽》五百七十七、九百十七引《詩》作“車轄”。《説文·舛部》（段注本）：“舝，車軸耑鍵也。兩穿相背，从舛，䍐省聲。䍐，古文偰字。”段注：“偰，各本作偰，今依《厶部》正。偰讀如偰，故《漢書》以偰爲稷偰字。”《車部》：“轄，車聲也。从車，害聲。一曰：轄，鍵也。”段注：“鍵下曰：‘鉉也。一曰車轄。’此鍵、轄二篆爲轉注也。然則舝、轄二篆異字而同義同音。”按：許氏以“車聲”訓“轄”，殆本《三家詩》。詩文當以“舝”爲正，“舝”、“轄”古通用，故三家假“轄”爲之。又作“舝”者，則“舝”之俗體耳。

〔德音來括〕　《釋文》：“括，本又作佸。音活，會也。徐古闊反。”毛《傳》：“括，會也。”《文選》劉琨《答盧諶詩》注、陸機《辯亡論》注引薛君《韓詩章句》云：“括，約束也。”馬瑞辰云：“《韓詩》曰：‘括，約束也。’以德音來相約束，即下章‘令德來教’之意。《説文》：‘括，絜也。’又：‘栝，檃也。’均與約束義同。至毛《傳》訓括爲會者，括、會一聲之轉，括訓爲會，猶話或作譮也。會合與約束義亦相近。”陳奂云：“《〈君子于役〉傳》曰：‘佸，會也。’括與佸同義。會者當讀如《媒氏》‘令會男女’之會，會猶作合也。”按：《説文》：“括，絜也。从手，𠯑聲。”邵瑛《群經正字》：“今經典作括。”《廣雅·釋詁一》：“括，至也。”王念孫《疏證》：“括、佸、會，古聲義並同，故《廣雅》括、會俱訓爲至也。”陳喬樅《三家詩遺説考》：“佸、括、會，古聲義並同。”《説文》：“佸，會也。从人，𠯑聲。《詩》曰：‘曷其有佸。’一曰：佸佸，力皃。”邵瑛《群經正字》：“今經典作佸。《詩·君子于役》:'曷其有佸。'正字當作佸。"是"括"、"佸"、"會"古通用也。馬瑞辰、陳奂之説各有所據,然以經義求之,陳説尤爲精當。

〔**依彼平林**〕　《太平御覽》九百十七引《詩》"瞻彼中林"。蓋以涉《桑柔》"瞻彼中林"句而誤。又馬瑞辰云:"依、殷古同聲。殷,盛也。依即殷之假借,故《傳》以依爲茂木貌。"

〔**有集維鷮**〕　《文選·張衡〈西京賦〉》注引《詩》"維"作"唯"。二字古通用。

〔**辰彼碩女**〕　《列女傳·漢楊夫人》引《詩》"展彼碩女"。馬瑞辰云:"《列女傳》引《詩》作'展彼碩女',蓋本《韓詩》,抑或以展、辰形近而誤。"王先謙則以《列女傳》所引爲《魯詩》文。張慎儀則云:"辰之爲展,或由方音殊讀。"按:"辰"爲正字。

〔**雖無德與女**〕　《後漢書·孝章帝紀》引《詩》"雖亡德與汝"。按:"亡"、"無"古通用。《集韻·虞韻》:"無,或作亡。"《説文·亾部》段注:"亾,亦叚借爲有無之無。"《論語·雍也》:"有顔回者好學……不幸短命死矣。今也則亡,未聞好學者也。"邢昺疏:"亡,無也。"《漢書·賈誼傳》:"萬物變化,固亡休息。"以上諸"亡"字皆通作"無"。

〔**高山仰止**〕〔**景行行止**〕　《釋文》:"仰止,本或作仰之。"《〈禮記·表記〉釋文》:"仰止,本或作仰之。……行止,《詩》作行之。"宋本《史記·孔子世家》《三王世家》各引《詩》"高山仰之"。《吕氏家塾讀詩記》、王氏《詩攷》、《史記·孔子世家》引《詩》"景行行之"。宋本《史記·三王世家》引《詩》"景行嚮之"。毛《傳》:"景,大也。"鄭《箋》:"景,明也。諸大夫以爲賢女既進,則王亦庶幾古人有高德者則慕仰之,有明行者則而行之。"《正義》:"庶幾於古人有高顯之德如山者則慕而仰之,有遠大之行者則法而行之。"是古經傳多作"高山仰之,景行行之"。按:《説文》:"止,下基也。象艸木出有阯,故以止爲足。"徐灝《箋》:"凡从止之字,其義皆爲足趾。許以爲象艸出有阯,殆非也。考阮氏《鐘鼎款識·父丁卣》有足跡,文作止,正象足趾之形。三趾者,與手之列多略不過三同例。"見《小屯·殷虚文字甲編》二七四四"止"、《乙編》一二〇六"止"。又《古伯簋》"止"、《石鼓》"止"。甲骨文、金文不乏其例。又《説文》:"之,出也。象艸過屮。枝莖漸益大,有所之。一者,地也。"羅振玉《增訂殷虚書契考釋》:"卜辭从止,从一,人所之也。《爾雅·釋詁》:'之,往也。'當爲'之'之初誼。"又《小屯·殷虚文字乙編》三四一四"貞今日壬申其雨之日允雨",《周南·桃夭》"之子于歸",此"之"字則爲指示代詞"此"、"彼"。另《晏子》:"景公問晏子曰:'人性有賢不肖,可學乎?'晏子對曰:'《詩》云:"高山仰止,景行行止。"行之者,其人也。'"以"之者,其人也"釋二"之"字,可證《詩》文本作"之",《晏子》作"止"者,殆後世俗人依今本《毛詩》誤改也。亦可證"之"字可作人稱代詞,《關雎》"窈窕淑女,寤寐求之",例同。王襄《簠室殷契類纂》:"古止與之通。"裴學海《古書虚字集釋》:"'止'猶'之'也,指事之詞也。《詩·車舝》篇'高山仰止,景行行止',《釋文》云:'仰止,本或作仰之。'……宋本《史記·孔子世家贊》引《詩》:'高山仰止,景行行之。'《三王世家》云:'高山仰之,景行嚮之。'是'止'與'之'古通用,故'止'可訓'之'。"于省吾云:"'止'字本應作'之',金文'之'字通作'㞢','止'字作'止'故易譌也。"蓋甲骨文、金文"止"、"之"字形相似,古亦同音,故經傳多通用耳。此篇應以"高山仰之,景行行之"爲正字。

〔**以慰我心**〕　《釋文》:"慰,怨也。王申爲怨恨之意。《韓詩》作'以愠我心',愠,恚也。本或作'慰,安也',是馬融義。"毛《傳》:"慰,安也。"鄭《箋》:"以慰除我心之憂也。"馬瑞辰云:"訓怨者亦非毛《傳》之舊。《説文》:'詤,慰也。'據《玉篇》'詤,慰也,亦作婉',詤即婉之或體,婉者,順也。詤可訓慰,慰亦可訓詤,毛《傳》

蓋本作'慰,誽也',後人少識誽,因譌而爲怨,王肅遂以怨恨釋之耳。《説文》'誽,慰也',《集韻》、《類篇》及葉石君本均作尉。《説文》:'尉,从上按下也。从𡰥,又持火,所以申繒也。'是尉本火斗之稱,引伸爲自上按下之通稱。按者,抑也,止也。《廣雅》:'抑,治也。'與除義訓治同。惟毛《傳》本作'慰,誽也',取慰按之義,故《箋》以慰除其心釋之。'以慰我心'猶前章'我心寫兮',寫亦除也。此亦《傳》作誽之證。若毛訓慰爲怨爲安,《箋》皆不得訓慰爲除以申釋之。《正義》乃以'憂除則心安',强合爲一,失矣。至《韓詩》作'以愠我心',訓爲恚者,愠、誽、怨古並同聲,《韓詩》蓋讀慰爲怨,因遂以愠代慰耳。《説文》:'慰,安也。一曰,恚怒也。'怒疑亦誽字之譌,本當作:'一曰,恚也。一曰,誽也。'誽者《毛詩》,恚者兼采《韓詩》也。"馬説頗爲允當。

青　蠅

營營青蠅,止于樊。豈弟君子,無信讒言。
營營青蠅,止于棘。讒人罔極,交亂四國。
營營青蠅,止于榛。讒人罔極,構我二人。

〔**營營青蠅**〕　《説文·言部》"䛵"下引《詩》"䛵䛵青蠅",《黽部》"蠅"下、《爻部》"棥"下並引如《毛詩》。按:"䛵",《説文》釋曰:"小聲也。""䛵䛵"乃《三家詩》文,"營營"乃《毛詩》文,音同而字異,均象蠅飛之聲。毛《傳》:"營營,往來貌。"失之矣。

〔**止于樊**〕　《説文·爻部》"棥"下引《詩》"止于棥"。《史記·東方朔傳》引《詩》"止于蕃"。《漢書·戾太子傳》、《困學紀聞》各引《詩》"止于藩"。《漢書·昌邑王傳》引《詩》"至于藩"。

《文選·陸機〈塘上行〉》注引《毛詩》“止于邱藩”。《説文》:“棥,藩也。”“藩,屏也。”《廣雅》:“藩,籬也。通作樊。”《爾雅》:“樊,藩也。”徐鍇《説文繫傳》:“二木中枝交也,會意。”邵瑛《群經正字》:“棥,今經典作樊。”按:“棥”爲初文,“樊”爲後起字。“蕃”本爲草茂義,又與“藩”通用。朱駿聲《通訓定聲》云:“藩,實即棥字之異文。”此詩文當以“止于棥”爲正。

〔**豈弟君子**〕 《釋文》以“愷悌”出之,曰:“愷,開在反。悌,音弟。”山井鼎《考文》:古本作“愷悌君子”。《漢書·武五子傳》、《後漢書·寇榮傳》注、《藝文類聚》九十七各引《詩》同。按:《説文》(段注本):“豈,還師振旅樂也。一曰:欲登也。从豆,散省聲。”段玉裁注:“各本作欲也,登也,多也字,今刪正。散,各本作微,誤。今依鉉本散下注語正。”徐灝《箋》:“豈即古愷字。”《説文·豈部》(段注本):“愷,康也。从豈、心。豈亦聲。”段注:“愷、康雙聲。《釋詁》曰:‘康,也。’毛《傳》釋豈弟曰:‘豈,樂也。弟,易也。’按奏豈,經傳多作愷。愷樂,《毛詩》亦作豈。是二字互相假借也。愷不入《心部》而入此者,重以豈會意也。《詩》又作凱,俗字也。”又《説文·心部》:“愷,樂也。”徐鉉等曰:“愷,《豈部》已有,此重出。”《説文·弟部》:“弟,韋束之次第也。从古字之象。凡弟之屬皆从弟。𢎚,古文弟,从古文韋省。丿聲。”段注:“以韋束物,如輈五束、衡三束之類。束之不一,則有次弟也。引伸之爲凡次弟之弟,爲兄弟之弟,爲豈弟之弟。”《廣雅》:“弟,悌也。”《荀子·修身篇》“端慤順弟”,楊倞注:“弟與悌同。”《爾雅·釋詁》:“弟,易也。”郝懿行《義疏》:“弟者,通作悌。”《説文新附》:“悌,善兄弟也。从心,弟聲。經典通用弟。”

〔**讒人罔極**〕 《史記·滑稽列傳》、《漢書·武五子傳》及《賈誼傳》、《漢書·叙傳》各注,陸賈《新語·輔政》、《論衡·言毒》、《舊唐書·顔真卿傳》各引《詩》“讒言罔極”。按:作“讒言”

者,乃涉首章"無信讒言"之文而誤。二、三章應作"讒人罔極"。

賓之初筵

賓之初筵,左右秩秩。籩豆有楚,殽核維旅。酒既和旨,飲酒孔偕。鍾鼓既設,舉醻逸逸。大侯既抗,弓矢斯張。射夫既同,獻爾發功。發彼有的,以祈爾爵。

籥舞笙鼓,樂既和奏。烝衎烈祖,以洽百禮。百禮既至,有壬有林。錫爾純嘏,子孫其湛。其湛曰樂,各奏爾能。賓載手仇,室人入又。酌彼康爵,以奏爾時。

賓之初筵,温温其恭。其未醉止,威儀反反。曰既醉止,威儀幡幡。舍其坐遷,屢舞僊僊。其未醉止,威儀抑抑。曰既醉止,威儀怭怭。是曰既醉,不知其秩。

賓既醉止,載號載呶。亂我籩豆,屢舞僛僛。是曰既醉,不知其郵。側弁之俄,屢舞傞傞。既醉而出,並受其福。醉而不出,是謂伐德。飲酒孔嘉,維其令儀。

凡此飲酒,或醉或否。既立之監,或佐之史。彼醉不臧,不醉反恥。式勿從謂,無俾大怠。匪言勿言,匪由勿語。由醉之言,俾出童羖。三爵不識,矧敢多又。

〔**籩豆有楚**〕 毛本"籩"作"邉"。按:"邊",金文作"邊"(盂鼎),《説文》篆文作"邊"。《説文》:"邊,行垂崖也。从辵,臱聲。"隸書或作"邊"(裴岑紀功碑)。是"籩"字作"邊"、"籩"均有所據,惟作"邉"者則不體矣。

〔**殽核維旅**〕 《後漢書·李固傳》注引《詩》、《文選·左思

〈蜀都賦〉》注引《毛詩》“肴核維旅”。“殽”,《釋文》出作“肴”。“核”,《文選·班固〈典引〉》蔡邕注云:“肉曰肴,骨曰覈。”引《詩》作“肴覈”,此三家之文也。《説文》:“肴,啖也。”段注:“當作‘啖肉’,謂肉之可啖者也。”又《説文·襾部》:“覈,實也。”《骨部》:“骨,肉之覈也。从冎,有肉。”段注:“肉中骨曰覈。……按覈、核古今字,故《周禮》經文作覈,注文作核。……去肉爲冎,在肉中爲骨。”是肉之有骨者曰覈。《廣雅》亦曰:“肴,肉也。”“覈,骨也。”《説文》:“殽,相雜錯也。从殳,肴聲。”朱駿聲《通訓定聲》云:“按:‘雜錯’之訓,正字當爲‘爻’。此字从‘殳’,必有本義,許時已失傳矣。”“殽,叚借爲肴。”今本《毛詩》作“殽”,乃“肴”之叚借也。是經文正字爲“肴覈”明矣。

〔**舉醻逸逸**〕　山井鼎《考文》:古本“醻”作“酬”。《説文·酉部》:“醻,主人進客也。从酉,𠷎聲。酬,醻或从州。”邵瑛《群經正字》:“今經典惟《毛詩》多作醻,如《小弁》‘如或醻之’,《楚茨》‘獻醻交錯’,《瓠葉》‘酌言醻之’之類,餘多从或體作酬。”

〔**發彼有的**〕　《釋文》出作“勺”,云:“音的,質也。本亦作的,同。”《説文》:“旳,明也。从日,勺聲。《易》曰:‘爲旳顙。’”段注:“旳者,白之明也,故俗字作的。……《詩》‘發彼有勺’,叚勺爲旳字。”朱駿聲《通訓定聲》:“俗字作的,从白。”《集韻·錫韻》:“旳,或作的。”《釋名·釋首飾》:“以丹注面曰旳。”畢沅《疏證》:“今本作勺。”毛《傳》:“的,質也。”《廣雅》:“旳,明也。”“質、集,正也。”馬瑞辰云:“集當爲準之譌,準、質、正,古並同聲,故義亦同。……《一切經音義》:‘旳謂旳然明見,今射堋中珠子是也。’唐時所謂珠子猶今射者所謂羊眼,其圓如目中珠子,又如星然。……取其旳然明見則謂之旳。馬之戴星者曰旳,見《爾雅》郭注。女子以丹注面曰旳,見《釋名》。蓮中子曰旳,見《爾雅·釋草》。射堋中珠子如星,亦曰旳,其義一也。”馬説審矣。“旳”爲正字。

〔**以祈爾爵**〕　《禮記・射義》注引《詩》“以祈有爵”。鄭《箋》:“發矢之時,各心競云:‘我以此求爵女。’爵,射爵也。射之禮,勝者飲不勝,所以養病也。故《論語》曰:‘下而飲,其争也君子。’”《稽古編》曰:“爵女,當作女爵。文倒者,傳寫之譌耳。孔申鄭云‘以求不飲女養病之爵’,又云‘我以此求女爵,謂求不飲也’,又引《射義》辭爵語證之。使仲達爲疏時《箋》文已作‘爵女’,則不應以‘求不飲’釋之。其引《鄉射》文,又當較論其同異矣。不知二字之倒始於何時也。朱《傳》全用《箋》語,亦作‘爵女’。”胡承珙云:“陳説是也。若作‘爵女’,則是相競云‘求罰女’矣。《正義》云‘求不飲女之爵’,固即《射義》求中辭爵之意,然必增字成句,於經文語氣不合。竊意此必罰爵,而謂之祈者,言欲射中以求爾之卒爵,借此以勸飲耳。此詩人立言之妙也。”按:“女”猶“爾”,經文當作“以祈爾爵”,引《詩》作“有爵”者非。

〔**賓載手仇**〕　《釋文》:“仇,毛音求,匹也。鄭讀爲𣂼,音俱,謂挹取酒。”范氏《三家詩拾遺》引《春秋繁露》引《詩》作“𨝖”。《説文・斗部》:“𣂼,挹也。从斗,臾聲。”徐灝《箋》:“𣂼,酌也。”《廣雅・釋詁二》:“𣂼,抒也。”又《釋詁四》:“𣂼,酌也。”作“𨝖”者訛字。此詩句“賓載手仇,室人,入又”,《傳》云:“手,取也。室人,主人也。主人请射于賓,賓許諾,自取其匹而射,主人亦入于次,又射以耦賓也。”《箋》云:“仇讀曰𣂼。室人有室中之事者,謂佐食也。又,復也。賓手挹酒,室人復酌,爲加爵。”馬瑞辰云:“《傳》、《箋》異義。據下文‘以奏爾時’,時謂中者,則自從《傳》謂賓自取匹以射,其義爲允。惟大射儀司射請賓,非主人自請,又射禮耦者有司所比,亦非賓自取匹。胡承珙曰:‘《大射儀》,燕畢徹俎,説履安坐之後,“若命曰復射,司射命射唯欲”,注云:“欲者則射,不欲者則止,可否之事從人心也。”蓋前此三射皆司射請射,有司比耦,此云“命射唯欲”,則可自取其耦,不必與正射同。又天子諸侯燕禮、射禮,以膳夫、宰夫爲主人。前此正射,君與賓爲耦,此時或君不欲射,主人膳宰之屬故可請射於賓,亦入於次又射,以耦賓也。’今按胡此説可補《正義》之疏略。至《箋》讀仇爲𣄈者,𣄈音俱,與仇爲雙聲,故《箋》以仇爲𣄈字之假借。然不若《傳》从本字訓匹爲善。”上説得之矣。

〔**酌彼康爵**〕　《爾雅·釋詁》:“漮,虚也。”郭注:“《方言》云:‘漮之言空也。’謂丘墟耳。”邢疏:“《小雅·賓之初筵》云:‘酌彼康爵。’鄭《箋》云:‘康,虚也。’漮、康音義同。”郝懿行《義疏》曰:“《玉篇》云:‘虚,丘居切,大丘也。今作墟。又許魚切,空也。’是虚有二音二義,古無墟字,其空虚、丘虚並作虚,故《易》云‘升虚邑’,《釋文》:‘虚如字,空也。徐去餘反,馬云:丘也。’《詩》:‘升彼虚矣。’《爾雅·釋水》注:‘虚,山下基也。’是皆以虚爲墟也。後人虚旁加土,以别於空虚,因而經典亦多改虚爲墟。……漮者,《説文》云:‘水虚也。’虚上當脱之字。《釋文》引作‘水之空也’,空當爲虚也。通作穅,《謚法》云:‘穅,虚也。’省作康。《詩·生民》及《莊子·天運篇》釋文並云:‘穅,字亦作康。’《〈賓之初筵〉箋》:‘康,虚也。’……《釋文》引郭云:‘漮,本或作荒。荒亦丘墟之空無。’此蓋引郭《音義》之文。康、荒古通用,故《易》‘包荒’,《釋文》:‘荒,鄭讀爲康,云:虚也。’《詩》‘具贅卒荒’、‘我居圉卒荒’,《傳》、《箋》並云:‘荒,虚也。’”馬瑞辰云:《詩》‘具贅卒荒’、‘我居圉卒荒’,《傳》、《箋》並云:‘荒,虚也。’此假荒爲康也。此詩康當爲荒之假借。《説文》:‘巟,水之廣也。’《廣雅》:‘巟,大也。’巟通作荒,《釋名》:‘荒,大也。’康爵義當爲大,‘酌彼康爵’猶云‘酌彼大斗’耳。……《史記索隱》引李巡注:‘康謂大瓠也。’贾誼賦‘斡棄周鼎兮而寶康瓠’,《史記集解》曰:‘康瓠,大瓠。'義與《詩》'康爵'同。"宜從馬説。

〔**威儀反反**〕　《釋文》:"反反,如字,重慎也。《韓詩》作昄昄,音蒲板反,善貌。"《玉海》引《韓詩》作昄昄。《玉篇》:"昄,大也,善也。"陳喬樅云:"反反,即昄昄之省借。《玉篇》'昄善'之訓即本《韓詩》。"馬瑞辰云:"《爾雅·釋詁》:'昄,大也。'大與善義近。《玉篇》:'昄,大也,善也。'兼取二義。《毛詩》'反反'即'昄昄'之省借,重慎亦善貌也。"

〔**屢舞僊僊**〕　《釋文》:"屢,力具反。數也。注及下同。本作婁。"《文選·左思〈蜀都賦〉》劉淵林注引《詩》"屢舞蹮蹮"。《説文·女部》(段注本):"婁,空也。从毋,从中、女。婁空之意也。一曰婁務愚也。"段注:"婁之義又爲數也。此正如窗牖麗廔之多孔也,而轉其音爲力住切。俗乃加尸旁爲屢字。古有婁無屢也。"《漢書·嚴助傳》:"朝廷多事,婁舉賢良文學之士。"顔師古注:"婁,古屢字。"《説文》(段注本):"僊,長生僊去。从人、䙴,䙴亦聲。"段注:"䙴,升高也。長生者䙴去,故从人、䙴,會意。"又云:"按:'僊僊',舞袖飛揚之意。正引伸假借之義也。……上文'偓佺,仙人也',字作仙。蓋後人改之。《釋名》曰:'老而不死曰仙。仙,遷也,遷入山也,故其制字人旁作山也。'成國字體與許不同,用此知漢末字體不一,許擇善而從也。……《聲類》曰:'仙,今僊字。'蓋仙行而僊廢矣。"按:"蹮"字,許書未載。《説文新附》有"蹮"字,注曰:"蹁蹮,旋行。"《説文》:"蹁,足不正也。"《廣韻》:"蹁,行不正貌。"是詩本作"僊僊"(仙仙)。"蹮"乃後作字,又纍增爲"蹮"字。

〔**威儀怭怭**〕　《説文》無"怭"字。《人部》有"佖"字,釋曰:"威儀也。从人,必聲。《詩》曰:'威儀佖佖。'"段注:"此當作'威儀媟嫚也'。《小雅·賓之初筵》'威儀怭怭',《傳》曰:'怭怭,媟嫚也。'許所據作'佖佖',自奪'媟嫚'字,《韻會》、《廣韻》徑注云:'有威儀矣。'"《正字通》:"伀,無威儀也。……伀訓'威儀',與《詩》義反,此《説文》之誤。"又《玉篇·心部》:"忪,慢也。"《集韻·質韻》:"忪,慢也。"《説文》:"媟,嬻也。"段注:"今人以褻衣字爲之,褻行而媟廢矣。"《玉篇》:"媟,慢也,嬻也。"《新書·道術》:"接遇慎容謂之恭,反恭爲媟。"《方言》:"媟,狎也。"《説文》:"嫚,侮易也。"段氏改"易"爲"傷",注云:"傷,各本作易,今正。《人部》曰:侮者,傷也。傷者,輕也。"按:"伀"、"忪"音義並同,故通用。作"伀"者本《三家詩》。

〔**側弁之俄**〕　《箋》:"側,傾也。俄,傾貌。"《説文·人部》:"側,旁也。""傾,仄也。"《厂部》:"仄,側傾也。"又《人部》:"俄,行頃也。从人,我聲。《詩》曰:'仄弁之俄。'"段注:"古頃、傾通用,皆謂仄也。""側"字段注:"不正曰仄,不中曰側,二義有别,而經傳多通用。如'反側'當爲'反仄',仄者,未全反也。"此詩應以"仄"爲本字。

〔**屢舞傞傞**〕　《説苑·反質》引《詩》"履舞傞傞"。《太平御覽》六百八十六引《詩》"屢儛傞傞"。《説文·人部》引《詩》"屢舞㛗㛗"。《女部》引《詩》"婁舞姕姕",《玉篇·女部》引《詩》同。按:"屢",《説苑》引作"履",訛字。"婁"爲本字,"婁"乃後作之俗體。《集韻·虞韻》:"舞,《説文》:'樂也,用足相背。'或从人。"《字彙·人部》:"儛,與舞同。"《説文》:"傞(㛗),醉舞貌。从人,㲊聲。""㛗",隸變爲"傞"。"姕"字,《説文》曰:"婦人小物也。从女,此聲。《詩》曰:'屢舞姕姕。'"段注:"'小物',謂用物之瑣屑者。今人用些字取散細之意,即姕之俗體也。……古此聲、差聲最近,《鄘風》'玼兮玼兮'或作'傞兮傞兮'。"嚴可均《校文》:"物當作弱,形近而誤。"《龍龕手鑑·女部》:"姕,婦人好貌也。"《廣韻·支韻》:"姕,婦人貌。"《集韻·紙韻》:"姕,舞也。"按:"傞傞",謂舞容也，未必專指婦人。“姕”、“傞”古通用。

〔式勿從謂〕　鄭《箋》：“式讀曰慝。勿，猶無也。……醉者有過惡，女無就而謂之也。”《釋文》：“式勿，徐云：毛如字。又云：用也。鄭讀作‘慝’，他得反。惡也。”《正義》曰：“以上文未有醉惡之事，而云勿從謂之，故以式爲慝，訓之爲惡。毛不爲《傳》，但毛無改字之理，必不與鄭同。王肅云：‘用其醉時勿從而謂之。’《傳》意當然也。”胡承珙云：“上文明言‘彼醉不臧’，何得云‘未有醉惡之事’？式字，當從王作用。《釋文》：‘式，徐云：毛如字。又云：用也。’是王、徐述毛皆同。”又《邶風・式微》：“式微式微，胡不歸？”鄭《箋》：“式，發聲也。”孔《疏》：“不取式爲義，故云發聲也。”裴學海《古書虛字集釋》：“‘式’猶‘載’也。《禮記・仲尼燕居》‘車得其式’，注云：‘式謂載也。’按：式爲積載之‘載’，故亦爲語詞之‘載’。……一爲‘乃’字之義：《詩・蕩》篇‘式號式呼’，與《賓之初筵》篇‘載號載呶’文例同。……一爲‘則’字之義：《詩・賓之初筵》篇：‘式勿從謂，無俾大怠。’”是“式勿從謂”猶“則勿從謂”爾。

魚　藻

魚在在藻，有頒其首。王在在鎬，豈樂飲酒。
魚在在藻，有莘其尾。王在在鎬，飲酒樂豈。
魚在在藻，依于其蒲。王在在鎬，有那其居。

〔有頒其首〕　《〈書・盤庚〉正義》引《爾雅・釋詁》“賁，大也”，樊光注引《詩》“有賁其首”。《釋文》：“頒，符云反。大首貌。《説文》同。《韓詩》云：衆貌。”毛《傳》：“頒，大首貌。”《説文》：“頒，大頭也。从頁，分聲。一曰鬢也。《詩》曰：‘有頒其首。’”馬瑞辰云："《韓詩》訓頒爲衆，蓋讀頒如紛紜之紛。以義推之，二章'有莘其尾'，《韓詩》莘當讀辡。《螽斯》詩'詵詵兮'，《説文》作辡辡，衆多皃也。又《説文》：'桑，盛皃。讀若《詩》"莘莘征夫"。'亦衆盛皃。《文選·高唐賦》'縱縱莘莘'，注引'《詩》"有莘其尾"，毛萇曰："莘，衆多也。"'胡承珙曰：'此殆李善誤引韓爲毛也。'然以經義求之，有頒、有莘皆形容魚首尾皃，仍从毛《傳》爲允。《説文》：'頒，大頭也。'據此詩《釋文》云'《説文》同'，則《説文》本作'大頭皃'，今作'也'者誤也。樊光《爾雅注》引《詩》'有賁其首'（賁亦大也），頒通作賁，猶《春秋公羊經》言瀆泉，《穀梁》作賁泉，《左氏》則作蚡泉也。"此篇以"頒"爲正體，作"賁"者假借字也。

〔**豈樂飲酒**〕　《釋文》："豈，本亦作愷，同。苦在反。樂也。"山井鼎《考文》：古本作"愷"。《文選·張衡〈南都賦〉》注引《毛詩》，《説文繫傳·心部》、《初學記》二十六、《白帖》三十六各引《詩》亦作"愷"。《太平御覽》四百六十八引《毛詩》作"凱"。按："豈"、"愷"古通用，"凱"爲後起之俗體。詳見《青蠅》篇。

〔**有莘其尾**〕　毛《傳》："莘，長貌。"《釋文》："莘，所巾反，長貌。"《説文·手部》（段注本）："扟，從上挹取也。从手，卂聲。讀若莘。"段注："取字各本無，依玄應補。《通俗文》云：'從上取曰扟。'"《〈周南·螽斯〉釋文》："詵詵，所巾反，衆多也。《説文》作辡，音同。"殆陸氏所見《説文》本有"辡"字，今本《説文》闕載"莘"及"辡"。陳奐云："《傳》云'長貌'者，《莊子·徐無鬼篇》'禍之長也兹萃'，此萃有長義。《玉篇》：'鮮，魚尾長。'鮮，蓋即莘之俗。大首長尾，得性之驗也。"

〔**有那其居**〕　鄭《箋》："那，安也。"馬瑞辰云："那與難雙聲，古通用。《説文》：'儺，行有節也。'引《詩》'佩玉之儺'。行有節則安矣。毛《傳》訓那爲安者，蓋以那爲儺字之假借。儺借作那，猶《毛詩》'受福不那',《説文》引作'受福不儺'也。"陳奂云:"《桑扈》、《那》傳並云:'那,多也。''多'者,盛大之詞。"《説文》:"𨚗,西夷國。从邑,冄聲。……諾何切。"段注:"按:冄聲本在七、八部,雙聲合韻也。《小雅》、《商頌》,毛《傳》曰:'那,多也。'《釋詁》曰:'那,於也。'《左傳》'棄甲則那',杜云:'那猶何也。'今人用那字皆爲柰何之合聲。《越語》:'吴人之那不穀,亦又甚焉。'韋注:'那,於也。'此《釋詁》之證。郭失其解。又《〈魚藻〉箋》云:'那,安皃。'"按:《毛詩》"有那其居"無《傳》,馬瑞辰文内"毛《傳》"爲"鄭《箋》"之訛。

采　菽

采菽采菽,筐之筥之。君子來朝,何錫予之。雖無予之,路車乘馬。又何予之,玄衮及黼。

觱沸檻泉,言采其芹。君子來朝,言觀其旂。其旂淠淠,鸞聲嘒嘒。載驂載駟,君子所屆。

赤芾在股,邪幅在下。彼交匪紓,天子所予。樂只君子,天子命之。樂只君子,福禄申之。

維柞之枝,其葉蓬蓬。樂只君子,殿天子之邦。樂只君子,萬福攸同。平平左右,亦是率從。

汎汎楊舟,紼纚維之。樂只君子,天子葵之。樂只君子,福禄膍之。優哉游哉,亦是戾矣。

〔**菽**〕　《釋文》:"菽,本亦作叔。"明豐坊《詩説》作"叔",《詩傳》作"尗"。《左傳·昭公十七年》、《國語·晉語》各引《詩》作

"叔"。按:《説文》:"尗,豆也。象尗豆生之形也。"《集韻·屋韻》:"尗,或作菽。"朱駿聲《通訓定聲》:"古謂之尗,漢謂之豆,今字作菽。"《説文》:"叔,拾也。"《字彙》:"叔,收拾也。"《字彙補》:"叔,豆也。與菽同。"《廣雅》:"大豆,尗也。"王念孫《疏證》:"尗,本豆之大名也。……但小豆别名爲荅,而大豆仍名爲菽,故菽之稱專在大豆矣。"朱駿聲云:"菽者,衆豆之總名。"

〔**觱沸檻泉**〕　宋本《説文》"濫"下引《詩》"觱沸濫泉"。今本《説文》"濫"下引作"𩰫沸濫泉"。"沸"下引作"畢沸濫泉"。一本從水作"滭沸濫泉"。《玉篇·角部》引《詩》"觱沸濫泉"。《太平御覽》九百八十引《詩》亦作"觱沸濫泉"。《説文繫傳》、《廣韻·八未》、《群經音辨》各引《詩》"滭沸濫泉"。毛《傳》:"觱沸,泉出貌。檻泉,正出也。"《爾雅》:"濫,泉正出。正出,涌出也。"《説文》:"濫,氾也。从水,監聲。一曰濡上及下也。《詩》曰:'𩰫沸濫泉。'"又《角部》:"𩰫,羌人所吹角屠𩰫,以驚馬也。从角,𩰲聲。"段注:"按:《仌部》'滭冹',今作觱發。《水部》'畢沸',今作觱沸。皆叚借字也。"《字彙補·角部》:"𩰫,觱本字。"《説文》:"檻,櫳也。从木,監聲。一曰圈。"朱駿聲《通訓定聲》:"檻,叚借爲濫。"《玉篇》:"滭,泉水出皃。"按:《説文》一作"畢"者,"滭"之省借。經文正字當作"滭沸濫泉",作"畢"、"𩰫"(觱)、"檻"者,均假借字也。

〔**其旂淠淠**〕　《群經音辨》引《詩》"其旂伐伐"。陳奂云:"淠淠,《泮水》作茷茷。《〈出車〉傳》:'旆旆,旒垂貌。'動者,旒垂之意也。古淠、茷、旆並聲同而義通。"作"伐"者爲"茷"之省。

〔**君子所届**〕　《晏子春秋·諫上》引《詩》"君子所誡"。王念孫《讀書雜志》:"《晏子》引《詩》亦作届,今作誡者,俗音亂之也。届者,至也。'君子所届'者,君子至也。所,語詞耳。若改届爲誡而訓爲誡敕,則其不可通者有二:届字以凷爲聲,於古音屬至部,其上聲則爲旨部,其入聲則爲質部。《詩》中用屆字者,《小雅・節南山》與惠、戾、闋爲韻;《小弁》與嘒、淠、寐爲韻;《采菽》與淠、嘒、駟爲韻;《大雅・瞻卬》與疾爲韻。以上與屆爲韻之字,古音皆在至部。若誡字,則以戒爲聲,於古音屬志部,其上聲則爲止部,其入聲則爲職部。《詩》中用'戒'字者,《小雅・采薇》與翼、服、棘爲韻,《大田》與事、耜、畝爲韻,《大雅・常武》與國爲韻。……以上與戒爲韻之字,古音皆在志部,此兩部之音,今人讀之相近,而古音則絶不相通。至於老莊諸子,無不皆然。此非精於三代兩漢之音者,固不能辨也。今改'屆'爲'誡',則與淠、嘒、駟之音不協。此其不可通者一也。下文云:'夫駕八,固非制也。今又重,此其爲非制也,不滋甚乎。'是晏子之意,謂古之諸侯,所駕不過四馬,今駕八,則非制矣,况又倍之乎。故引《詩》'載驂載駟'云云以諫也。若云'載驂載駟,君子所誡',則三馬四馬亦當誡矣。三馬四馬當誡,則諸侯但可駕兩馬矣。豈其然乎。此其不可通者二也。檢王伯厚《詩考》所載異字,曾無'君子所誡'之文。蓋伯厚所見本,尚未誤作'誡'也。乃反以子書中之誤字爲是,而以經文爲非,見異思遷而不顧其安,是惑也。"王氏之説是矣。

〔**赤芾在股**〕　《白虎通・紼冕》引《詩》"芾"作"紼"。《文選・范曄〈樂遊應詔詩〉》注引《毛詩》作"茀"。按:《紼冕》篇:"紼者,蔽也。天子朱紼,諸侯赤紼。"朱駿聲《通訓定聲》:"茀,又爲紼。"《説文》(段注本):"紼,亂枲也。"段注:"枲,各本作系,不可通,今正。亂枲者,亂麻也。……可以緝之爲索。"《玉篇》:"紼,亂麻也。"《爾雅》:"紼,繂也。"郭注:"繂,索。"《説文》:"茀,道多屮,不可行。"《廣韻》:"芾,草木盛也。"《説文》:"市,韠也。上古衣蔽前而已,市以象之。天子朱市,諸侯赤市,大夫葱衡。……韍,篆文市,从韋,从犮。"按:今本《小雅・采芑》《車攻》《采菽》均作"芾"。

然古謂蔽膝字本作“市”(巿),象形。凡作“紼”、“茀”、“芾”、“韍”、“紱”者,皆爲“市”之同音假借字耳。

〔**彼交匪紓**〕 《荀子·勸學篇》:“故禮恭而後可與言道之方,辭順而後可與言道之理,色從而後可與言道之致。故未可與言而言謂之傲,可與言而不言謂之隱,不觀氣色而言謂之瞽。故君子不傲、不隱、不瞽,謹順其身。《詩》曰:‘匪交匪紓,天子所予。’此之謂也。”《韓詩外傳》四(第十六章),持論與以上《荀子·勸學篇》有略同處,引《詩》“彼交匪紓,天子所予”,云:“言必交吾志然後予。”鄭《箋》:“彼與人交接,自偪束如此,則非有解怠紓緩之心。”蓋《箋》本《韓詩》爲說也。陳奂云:“疑今本《毛詩》‘彼’乃‘匪’字之誤。……匪與非同。非,不也。交,古絞字。交、傲一義。《桑扈》‘彼交匪敖’,《左傳》引《詩》作‘匪交匪敖’。所云‘未可與言而言謂之傲’也。《傳》訓紓爲緩。緩,怠緩也。所云‘可與言而不言謂之隱’也。不交傲、不怠緩,則禮恭、辭順、色從矣。君子如此,宜爲天子所賜予。”按:“絞”有急切、偏激義,見《論語·陽貨》:“好直不好學,其蔽也絞。”邢昺疏:“絞者,絞切也。正人之曲曰直,若好直不好學,則失于譏刺太切。”又“紓”字,《說文》云:“紓,緩也。从糸,予聲。”“《方言》:“紓,緩也。”郭璞注:“謂寬緩也。”此毛《傳》所本。胡承珙云:“古人於通借之字,往往隨意用之,雖疊句連字亦或互用。《桑扈》之‘匪交匪敖’,《左傳》一引作‘匪交’,一引作‘彼交’,似非誤‘匪’爲‘彼’。當時明於其義,雖字作‘彼’,義仍作‘匪’,不相妨耳。……古人文字參差變化,不主故常。毛公用其師說,即經字作‘彼’,《傳》意亦當從‘匪’,未必同鄭說也。”王念孫云:“《詩》中匪字多有作彼字用者。”王引之云:“彼,匪也,不也。”是“匪交匪紓”爲詩文正字。

〔**樂只君子,殿天子之邦。樂只君子,萬福攸同**〕 《左傳·

襄公十一年》引《詩》"樂旨君子,殿天子之邦。樂旨君子,福禄攸同"。張慎儀云:"按:此章前後,兩言'福禄',此應从《左》引作'福禄'爲當。"

〔**平平左右**〕　《釋文》:"平平,《韓詩》作便便。"《左傳·襄公十一年》引《詩》"便蕃左右"。毛《傳》:"平平,辯治也。"《爾雅》:"便便,辯也。"馬瑞辰云:"平、便、辯三字皆一聲之轉,古通用,故《韓詩》作便便,《左傳》引作便蕃,毛《傳》訓爲辯治。《荀子·儒效篇》曰:'分不亂於上,能不窮於下,治辯之極也。'引《詩》'平平左右'。此正毛《傳》辯治之説所本。《説文》:'辯,治也。从言在辡之閒。''辡,辠人相與訟也。从二辛。'辯通作辨。"陳喬樅云:"平、便、辯皆以音近通轉。"陳奂云:"《左傳》引《詩》作'便蕃','便'與'辯'同,言辯别也。'蕃'與'緐'同,言緐亂也。辯别緐亂謂之'便蕃',治辯謂之'平平',文異而義同也。《韓詩》云'便便閑雅之貌',當亦是治辯之極之義。"

〔**亦是率從**〕　《左傳·襄公十一年》引《詩》作"亦是帥從"。鄭注《儀禮》云:"古文'帥'皆作'率'。"《説文》:"逹,先道也。从辵,率聲。"段注:"道,今之導字。逹,經典假率字爲之。《周禮》:'燕射,帥射夫以弓矢舞。'故書帥爲率。鄭司農云:'率,當爲帥。'大鄭以漢人帥領字通用帥,與周時用率不同故也。此所謂古今字。"《玉篇》:"逹,先道也,引也。今爲帥。"逹導字今皆用"率"、"帥",而"逹"字不行矣。

〔**汎汎楊舟**〕　《白帖》十一引《詩》"泛泛楊舟"。《周禮·酒正》疏引《詩》同。《説文》:"汎,浮貌。从水,凡聲。""泛,浮也。从水,乏聲。"段注:"《邶風》曰:'汎彼柏舟,亦汎其流。'上'汎'謂'汎汎',浮貌也。下'汎'當作'泛',浮也。'汎'、'泛'同音而字有區别。"徐灝《箋》:"此亦强爲分别。《廣韻》'汎'、'泛'同。"

〔**紼纚維之**〕　《爾雅·釋水》引作"紼縭維之"。《漢書·賈誼傳》注、《初學記》二十五引《詩》同。按:"纚",《説文》:"冠織也。从糸,麗聲。"《集韻》:"纚,緌也。通作縭。"毛《傳》:"纚,緌也"《説文》:"緌,繫冠纓也。"段氏改爲"繫冠纓垂者"。馬瑞辰云:"《爾雅·釋水》:'紼,繂也。'《釋文》:'紼,本或作綍。索本或作繂。'王觀察曰:'紼、繂,聲之變轉也。繂謂之紼,猶吴謂筆爲不律,而燕謂之弗也。引棺索謂之紼,亦謂之繂,維舟索謂之繂,亦謂之紼,其義一也。邵引《説文》"紼,亂系也",失之。'今按《説文》:'紼,亂系也。'段玉裁本作亂枲。亂系、亂枲皆可爲索,紼蓋以絲麻爲索。李巡謂繂爲竹索,非也。《説文》:'奔,大也。'《玉篇》作奰。紼从弗,亦有大義,故孫炎以爲大索。又按《説文》:'繂,素屬。'段玉裁謂'素屬'當爲'索屬'之譌,是也。《釋文》引《韓詩》曰:'纚,筰也。'《説文》:'筰,筊也。''筊,竹索也。'《釋名》:'引舟者曰筰。筰,作也;作,起也;起舟使動行也。'《詩》以紼纚二字平列,紼蓋以麻爲索,纚蓋以竹爲索,皆所以維舟也。《爾雅》、毛《傳》訓纚爲緌。纚、纍古同聲。《説文》:'纍,一曰,大索也。'《小爾雅》:'纍、綆,繘也。'《説文》:'綆,汲井綆也。''繘,綆也。'是綆、繘皆繩索也。纚當爲纍字之假借,訓緌者亦以緌爲索,即今繫舟之纜也。古稱維舟之索曰緌,猶之冠纓之垂飾曰緌,旌旗之旄亦曰緌也。郭璞訓緌爲繫,則與'維之'義複,失其義矣。《箋》謂以紼繫其緌,亦非。"馬説是也。按:《説文》:"縭,以絲介履也。"段注:"介者,畫也,謂以絲介畫履閒爲飾也。蓋即《周禮》之繶絇。"《爾雅》:"婦人之禕謂之縭。"《玉篇》:"縭,帶也。"《廣韻》:"縭,婦人香纓。"明"縭"並非可以"維舟"之大索也,故引作"縭"者爲訛字。

〔**天子葵之**〕　宋本《爾雅·釋言》郭注引《詩》"天子揆之"。今本《爾雅》郭注同。《爾雅》:"葵,揆也。揆,度也。"《説文》(段注本)："揆，度也。从手，癸聲。"段注："各本作'葵也'，今依《六書故》所據唐本正。"又《説文》："葵，菜也。从艸，癸聲。"朱聲《通訓定聲》："葵，叚借爲揆。"《采菽》毛《傳》、《大雅·板》鄭《箋》並曰："葵，揆也"。蓋《爾雅》郭注，《詩》毛《傳》、鄭《箋》均以正字釋借字也。

〔**福禄膍之**〕　《釋文》："頻尸反，厚也。《韓詩》作肶，注同。"陳喬樅云："《説文》：'膍，或从比，作肶。'《玉篇》：'肶，字同膍。''膍'，本訓'膍胵'，又得訓'厚'者，此與'腹'字同意，皆引申叚借之義也。《説文》：'腹，厚也。''腹'與'複'通。《月令》'水澤腹堅'，注：'腹，厚也。'《釋文》：'腹，本又作複。''膍'與'毗'通。'毗'，厚也。見《節》詩毛《傳》，是其證。"

〔**優哉游哉**〕　明監本作"優哉游哉"。《韓詩外傳》四引《詩》"優哉柔哉"。按：《玉篇》："優，優游，暇也。"《廣韻》："優游，本亦作優。"蓋"優"爲"優"之或體也。"游"，《韓詩》借作"柔"者，以二字疊韻也。

角　弓

騂騂角弓，翩其反矣。兄弟昏姻，無胥遠矣。
爾之遠矣，民胥然矣。爾之教矣，民胥傚矣。
此令兄弟，綽綽有裕。不令兄弟，交相爲瘉。
民之無良，相怨一方。受爵不讓，至于己斯亡。
老馬反爲駒，不顧其後。如食宜饇，如酌孔取。
毋教猱升木，如塗塗附。君子有徽猷，小人與屬。
雨雪瀌瀌，見晛曰消。莫肯下遺，式居婁驕。
雨雪浮浮，見晛曰流。如蠻如髦，我是用憂。

〔騂騂角弓〕　《釋文》:"騂騂,息營反。調和也。沈又許營反。《説文》作弲,音火全反。"毛《傳》:"騂騂,調和也。"馬瑞辰云:"今本《説文》:'弲,角弓也。洛陽名弩曰弲。'下不引《詩》。據陸氏云'騂,《説文》作弲',則弲字注本當作'角弓皃',今作'也'者誤也。其'洛陽名弩曰弲',自另一義,與《詩》無涉。《説文》:'觲,用角低仰便也。讀若《詩》曰:"觲觲角弓。"'今按許所引《詩》作觲,則不得言'讀若',六朝舊本蓋作'讀若《詩》曰"弲弲角弓"'。爲陸氏《釋文》所本。古辛讀若先,故騂得讀同弲。……段玉裁轉以《釋文》爲誤,失矣。"段注:"按:毛意謂角弓張弛便易,許意謂獸之舉角高下馴擾,毛説正許説之引申也。……按許所引《詩》作'觲',則不得言'讀若',鉉本所以删'讀若'也。《詩音義》云:'騂騂,《説文》作弲,火全反。'此陸氏之誤。當云'《説文》作觲'也。弲自訓角弓,不訓弓調利。"按:馬氏所辨甚明允,本字當作"觲"。

〔無胥遠矣〕　《左傳·襄公八年》杜注引《詩》"胥"作"相"。鄭《箋》:"胥,相也。"《爾雅·釋詁下》:"胥,相也。"杜氏所引蓋以訓詁字爲本字矣。經文當作"胥"。

〔民胥傚矣〕　《左傳·昭公六年》引《詩》"民胥效矣"。蔡邕《陳仲弓碑》同。《潛夫論·班禄》引《詩》"民斯效矣"。按:《説文》:"效,象也。从攴,交聲。"段注:"象當作像,《人部》曰:'像,似也。'《毛詩》'君子是則是傚',又'民胥傚矣',皆效法字之或體。《左傳》引《詩》'民胥效矣'是也。"《玉篇·攴部》:"效,法效也。"《玉篇·人部》:"傚,學傚也。""胥",相居切;"斯",息移切。二字聲近,故《潛夫論》以"斯"爲"胥"。

〔綽綽有裕〕　毛本作"綽綽有裕"。按:《説文·衣部》:"裕,衣物饒也。从衣,谷聲。"段注:"引申爲凡寬足之偁。"《廣雅·釋詁》:“裕,容也。”王念孫《疏證》:“裕爲寬容之容。”《説文·示部》無“裕”字。《改併四聲篇海》引《川篇》弋注切。《篇海類編·示部》:“裕,祭也。”明詩文作“裕”爲正字,作“裕”者,殆以二字音同形似致譌爾。

〔**民之無良**〕　《説苑·建本》引《詩》“人而無良”。《後漢書·章帝紀》注引《詩》“人之無良”。按:“人”、“民”互訓,故作“人”者亦無大謬。

〔**至于已斯亡**〕　朱熹《詩集傳》本“已”作“已”。小字本、相臺本同。閩本、明監本、毛本同。《唐石經》作“已”。阮校:“案:‘已’字是也。音紀。”王引之《經義述聞》:“竊以‘亡’即‘忘’字也。言但怨人之不讓已,而忘乎已之不讓人,正所謂‘民之無良’也……不能自知,正所謂‘至于已斯忘’也。‘忘’與‘亡’,古字通。”馬瑞辰云:“至于已受爵不讓,亦爲無良,則忘之也。……言能知於人,而不能自知也。……毛、鄭皆讀‘亡’爲危亡之亡,失之。”按:應讀“亡”爲“忘”。

〔**如食宜饇**〕　《釋文》:“宜,如字。本作儀。《韓詩》云:‘儀,我也。’”《説文繫傳》引《詩》“如食宜饫”。胡承珙云:“案:儀、宜古字本通,訓我,則非是。”馬瑞辰云:“宜、儀古通用。《韓詩》作儀,假借字,猶誼之通作義也。”胡承珙曰:“案:此饇與《常棣》‘飲酒之飫’不同,彼當作醧,《説文》:‘醧,私宴歙也。’《毛詩》作飫者,字之借,此乃飫之别體。《説文》:‘饫,燕食也。’燕食謂安燕之食,安食則飽,故《傳》云‘饇,飽也’。許書‘饫’下引《詩》‘飲酒之饫’者,段注以爲‘説假借’是也。‘宜饇’與‘孔取’對文。”《説文》“饫”下段注:“此引《常棣》六章説叚借也。《毛詩》叚饫爲醧,故《傳》曰:‘饫,燕私也。’脱屨升堂謂之饫,毛、韓義一也。故曰許引此詩説醧之叚借也。”《説文》無“饇”。《集韻·御韻》:“饫,《説文》:'燕食也。'引《詩》'飲酒之餸'。或作飫、饇。"《玉篇》:"饇,飽也。"《古今韻會舉要》:"饇,飽也。音義與《御韻》飫同。"王先謙云:"《常棣》'飲酒之飫',韓作'饇',此又以'饇'爲'飫'。《説文》'餸'下引《詩》'飲酒之餸',而《繫傳》本即引《詩》'如食宜餸','餸'乃'飫'之本字,知此'饇'亦有作'飫'者。"王説是。

〔**雨雪瀌瀌**〕　《荀子·非相篇》、《漢書·劉向傳》、《韓詩外傳》四引《詩》,並作"麃麃"。《説文》:"瀌,雨雪瀌瀌。从水,麃聲。"《集韻·宵韻》:"瀌,瀌瀌,雨雪盛貌。"《釋文》:"瀌,雪盛貌。"《説文》(段注本):"麃,麞屬。从鹿,㶾省聲。"段注:"鉉本作麠屬,鍇本作麋屬,今依《韻會》本,麃者,麞屬也。麞者,麋屬也。韋昭曰:'楚人謂麋爲麃。……《詩·鄭風》'駟介麃麃',《傳》云:'武貌。'蓋儦儦之叚借字也。"按:"麃麃"於此詩中亦爲"瀌瀌"之省借也。

〔**見晛曰消**〕　《釋文》:"見,如字。《韓詩》作曣,云:曣見,日出也。""晛,日氣也。""曰,音越。下同。《韓詩》作聿。劉向同。"王先謙云:"'見晛曰消',《荀子》作'宴然聿消',《釋文》引《韓詩》作'曣晛聿消',《劉向傳》作'䁝晛聿消',段玉裁云:'宴然即曣暥。'《廣雅·釋詁》:'曣暥,煗也。'《玉篇》、《廣韻》皆云'晛'、'曣'二形同。今本《劉向傳》引《詩》'見晛聿消',顔注:'見,無雲也。晛,日氣也。言雨雪之盛麃麃然,至於無雲,日氣始出,而雨雪皆消釋矣。'案,'見'字不得訓爲'無雲'。《説文》:'䁝,姓無雲也。''晛,日見也。'劉説同許,必原本作'䁝'。顔所見不誤,後人妄改作'見'耳。《韓詩》'曣晛,日出也',與《説文》'晛,日出也'合。《釋文》引作'曣見',誤。《詩攷》作'曣晛',是也。"王先謙又引陳喬樅云:"《文選·羽獵賦》'天清日宴',李善引許慎《淮南》注云:'宴,無雲之處也。'宴與晏同,宴、燕古文通用。晛、暥二形又同。《荀子》'宴然',又'曣晛'之叚借。劉向'曣晛',即'曣晛'之異文也。"陳奂云:"見、晛合二字成義,見謂日見,非謂雪見日也。《釋文》引《韓詩》作'曣晛',云:'日出也。'《荀子》作'宴然'。《廣雅》:'曣晛,煗也。'《史記·封禪書》'曣嘔有黄雲蓋焉',《漢書·郊祀志》作'宴温',皆合二字成義。荀書之宴、《韓詩》之曣與《毛詩》之見,皆謂日之初升,天氣清明也。《説文》無晛字,《火部》:'然,燒也。''然'有氣煗之意。毛、韓之'晛'與荀書之'然'義皆同也。《傳》但釋'晛'爲日氣,不解'見'字,疑有奪字。當云'見晛,日出氣也',則文義始備矣。"又"曰"、"聿"、"適"三字,於《詩》中常互用。

〔**莫肯下遺**〕　鄭《箋》:"遺讀曰隨。"《荀子·非相篇》引《詩》"莫肎下隧"。《文選·陸機〈歎逝賦〉》注引薛君《韓詩章句》作"隤",云:"隤猶遺也。"《廣雅》:"遺,墮也。""隤,下也。"《説文》:"隤,下隊也。""隊,從高隊也。""遺"與"隨"、"隧"、"隤"古同聲,故通用。

〔**式居婁驕**〕　《荀子·非相篇》引《詩》"式居屢驕"。《釋文》:"婁,王力住反。數也。"按:訓"空"、"數"之字古經典每作"婁"。許書有"婁"無"屢",《説文新附》載"屢"字,注曰:"數也。案:今之婁字,本是屢空字。此字後人所加,从尸,未详。"鈕樹玉《新附攷》:"經典中多作婁。"毛際盛《新附通誼》:"《史記》或作履,《漢書》多作婁,皆訓數。"蓋"婁"爲初文,"屢"爲後起字。參見《賓之初筵》。

菀柳

有菀者柳,不尚息焉。上帝甚蹈,無自暱焉。俾予靖之，後予極焉。

有菀者柳，不尚愒焉。上帝甚蹈，無自瘵焉。俾予靖之，後予邁焉。

有鳥高飛，亦傅于天。彼人之心，于何其臻。曷予靖之，居以凶矜。

〔**有菀者柳**〕　《釋文》："菀，音鬱。"《白帖》一百引《詩》"有苑者柳"。毛《傳》："菀，茂木也。"《國語·晉語二》："人皆集于苑，已獨集于枯。"韋昭注："苑，茂木貌。"《正字通》："苑，通作菀。"《集韻》："菀，茂也。《詩》：'有菀者柳。'通作鬱、蔚。"又《小雅·小弁》"菀彼柳斯"，"菀"亦讀爲"鬱"，茂木貌。

〔**上帝甚蹈**〕　毛《傳》："蹈，動。"鄭《箋》："蹈，讀曰悼。"《韓詩外傳》引《詩》作"慆"。釋玄應《一切經音義》五引《韓詩》作"陶"。《國策·楚策》引《詩》"上天甚神"。馬瑞辰云："陶，變也，變與動同義。蹈从舀聲，舀古音如由，陶讀如皋繇之繇，聲亦與由同，故通用。蹈通作陶，猶《鼓鐘》詩'憂心且妯'，《韓詩》妯作陶；又如《江漢》詩'江漢滔滔'，《風俗通義·山澤篇》引作'江漢陶陶'，《楚詞·九章》'滔滔孟夏'，《史記·屈原傳》作陶陶也。《禮記》'人喜則斯陶'，《淮南子·本經篇》云'樂斯動，動斯蹈'，蹈亦陶也。《廣雅》：'匋，匕也。'《淮南子·本經訓》言'陰陽之陶化萬物'，陶化猶變化也。蹈又通慆，《韓詩外傳》引詩下章作'上帝甚慆'，而上引孫子賦云：'以盲爲明，以聾爲聰，以是爲非，以吉爲凶。嗚呼上天，曷維其同。'則慆亦變亂是非之意。《戰國策·楚策》又引《詩》'上天甚神'，王觀察云：'神者，慆字之壞，蓋傳寫之誤。不若陶、蹈、慆古同聲，得通用，其義均與毛《傳》訓動同也。'動者，言其喜怒變動無常。下云‘俾予靖之,後予極焉’,言王始用之以爲治,後且極放誅責之,正以王之喜怒無常,證明‘上帝甚蹈’之事。《檜》詩‘中心是悼’,毛《傳》:‘悼,動也。’是悼亦得訓動,與蹈同義。又《説文》:‘掉,摇也。’‘摇,動也。’悼與掉亦音近而義同。若《箋》訓爲悼病,則失之矣。”陳奂云:“蹈即妯悼之假借,蹈與妯爲聲近。《鼓鐘》‘憂心且妯’,《傳》:‘妯,動也。’妯謂之動,蹈亦謂之動。蹈又與悼爲聲轉,《檜·羔裘》‘中心是悼’,《傳》:‘悼,動也。’悼謂之動,蹈亦謂之動,《箋》:‘蹈讀曰悼。’是也。《傳》曰:‘動者,猶亂也。’《衆經音義》卷五引《詩》‘上帝甚陶’。陶,變也。此三家義。動與變義相近。”《國策·楚策》引《詩》“蹈”作“神”者,訛字也。

〔**無自瘵焉**〕　毛《傳》:“瘵,病也。”鄭《箋》:“瘵,接也。”“瘵”,小字本、閩本、明監本、毛本同。阮校:“按:《箋》即‘際’之假借也。不言讀爲‘際’者,省文也。”鄭以上“暱”類之,讀爲交際之際,故言接也。馬瑞辰云:“瘵與際古通用,此《箋》讀瘵爲際,猶《易》‘天際翔也’,鄭讀際爲瘵也。《箋》訓瘵爲接,取與上章暱近相類,猶《三家詩》訓暱爲病,取與瘵病相類也。……蓋言《詩》者各有所受,各皆以類言之耳。”

都人士之什

都人士

彼都人士,狐裘黄黄。其容不改,出言有章。行歸于周,萬民所望。

彼都人士，臺笠緇撮。彼君子女，綢直如髮。我不見兮，我心不説。

彼都人士，充耳琇實。彼君子女，謂之尹吉。我不見兮，我心苑結。

彼都人士，垂帶而厲。彼君子女，卷髮如蠆。我不見兮，言從之邁。

匪伊垂之，帶則有餘。匪伊卷之，髮則有旟。我不見兮，云何盱矣。

〔**狐裘黄黄**〕　《〈禮記·緇衣〉釋文》："黄黄，徐本作横横。"賈誼《新書·等齊》引《詩》"狐裘黄裳"。鄭《箋》："都人之有士行者，冬則衣狐裘，黄黄然取温裕而已。"是鄭氏所見本作"黄黄"。徐本作"横横"者，"横"從"黄"聲，故二字古通用。賈誼《新書》引作"黄裳"者，手民之訛也。

〔**萬民所望**〕　賈誼《新書》引《詩》"萬民之望"。按：《左傳·襄公十四年》引《詩》"萬民所望"。《新書》作"之"爲誤字。

〔**臺笠緇撮**〕　《釋文》："臺，如字。《爾雅》作薹，草名。"今本《爾雅》作"臺"。《文選·謝朓〈在郡卧病呈沈尚書〉》注引《詩》"薹笠緇撮"。按："臺"爲初文，"薹"爲後世纍增字。

〔**我心不説**〕　《爾雅·釋詁》邢疏引《詩》作"我心不悦"。按：《説文·言部》："説，説釋也。"段注："説釋，即悦懌。説、悦、釋、懌，皆古今字。許書無悦懌二字。"《玉篇·言部》："説，懌也。"《廣韻·薛韻》："説，喜也，樂也，服也。"

〔**我心苑結**〕　鄭《箋》："苑，猶屈也，積也。""苑"，《釋文》出作"菀"，云："於勿反。屈也，積也。徐音鬱。又於阮反。"黄焯《彙校》:"勿,宋本、葉鈔及顧之逵所見巾箱本皆作粉。阮云:勿字誤。小字本、相臺本、十行本所附亦皆作粉。"山井鼎《考文》:古本作菀。《群經音辨》引《詩》同。按:"菀",原作"苑",唐石經、小字本、相臺本、閩本、明監本、毛本同。阮元《校勘記》:"案《釋文》云'菀,於粉反';《群經音辨》'菀,積也';《詩》'我心苑結'。《正義》云'我心爲之菀然盤屈,如繩索之爲結矣',又云'後更菀結',標起止云'至菀結',是其本亦作'菀',十行本《正義》中作'菀'不誤。'菀結'即《素冠》之'蘊結',以'菀'字爲是。《考文》'古本作菀',采《釋文》、《正義》。"按:"苑",通作"菀";"菀"又通作"蘊"(薀)。《集韻·隱韻》:"薀,《説文》:'積也。'或作蘊、菀。"《通訓定聲·乾部》:"苑,叚借爲鬱、爲薀(蘊)。"《正字通·艸部》:"苑,通作菀。"

〔**垂帶而厲**〕　毛《傳》:"厲,帶之垂者。"鄭《箋》:"而亦如也。而厲,如鞶厲也。鞶必垂厲以爲飾。厲字當作裂。""帶",《釋文》出作"帶",云:"本亦作帶。""厲,毛如字,帶之垂也。鄭當作裂,音列。"《禮記·内則》注引《詩》"垂帶如厲"。《淮南子·氾論訓》注引《詩》"垂帶若厲"。按:"帶"爲本字,"帶"爲隸變。胡承珙云:"《左傳》以鞶、厲、游、纓與帶、裳、幅、舄並言,則鞶與帶爲二物,厲與鞶又爲二物。此《傳》以厲爲帶之垂者,明厲是垂帶之名,不得爲垂帶之貌。惟厲是帶之垂者,故帶亦通名厲。《方言》:'厲謂之帶。'《廣雅》:'厲,帶也。'是也。厲與紳同,《玉藻》注亦云:'紳,帶之垂者也。'紳之義爲重爲束,又名厲者,當從鄭爲裂字之借。《説文》:'裂,繒餘也。'大帶以繒爲之,而垂其餘,故得裂名歟。經文'垂帶而厲'與'琫琫有珌'文法略同,言垂其帶而爲厲也。……箋《詩》又因下言'如蠆',故以上爲'如厲',然毛意謂垂其帶而爲厲,文義自順,不必改'而'爲'如'也。"馬瑞辰云:"蓋對文則厲爲垂帶之名,散言則厲亦帶也。……而、如、若,古聲近通用,厲與裂古亦同聲通用,故《箋》云'而亦如也',又謂'厲當作裂'。……《廣雅》:'䬅,餘也。'《玉篇》:'裂,帛餘也。'春秋紀子帛名裂餘。繒帛之餘爲裂,讀厲爲裂,正與下章'帶則有餘'義相承。《左氏·昭元年傳》:'叔孫召使者,裂裳帛而與之,曰:"帶其褊矣。"'正帶與裂帛相似之證,當以鄭《箋》爲允。汪氏龍駁《箋》説,謂:'而、如古通用,經誠以鞶厲比帶之垂,何必别作而字,與下異文。'不知《詩》固有錯綜其文者。'垂帶而厲'以對下文'卷髮如蠆',而亦如也。……此正詩人立言之妙,不得謂而、如不當異文也。"

采緑

終朝采緑,不盈一匊。予髮曲局,薄言歸沐。
終朝采藍,不盈一襜。五日爲期,六日不詹。
之子于狩,言韔其弓。之子于釣,言綸之繩。
其釣維何,維魴及鱮。維魴及鱮,薄言觀者。

〔**終朝采緑**〕　《魯詩》"緑"作"菉",見《楚辭·離騷》王逸注:"菉,王芻也。《詩》曰:'終朝采菉。'"《説文》:"菉,王芻。"又云:"藎,草也。"宋唐慎微《政和證類本草·草部》:"藎草,味苦平,主久咳上氣……殺皮膚小蟲。"又引蘇敬《唐本草》:"此草葉似竹而細薄,莖亦圓小。荆、襄人煮以染黄,色極鮮好,俗名緑蓐草,《爾雅》云:所謂王芻者也。"按:"菉"爲本字,"緑"爲借字。

〔**不盈一匊**〕　山井鼎《考文》:古本匊作掬。《文選·陸機〈擬古詩〉》注引《毛詩》同。按:《説文·勹部》:"匊,在手曰匊。从勹、米。"段注:"《唐風》'椒聊之實,蕃衍盈匊',《小雅》'終朝采緑,不盈一匊'，毛皆云：'兩手曰匊。'此云'在手'，恐傳寫之誤。《手部》曰：'持，握也。握，搤持也。搤，捉也。捉，搤也。把，握也。'然則在手曰捉、曰搤、曰握、曰持、曰把，不曰匊也。據《篇》、《韻》所言則許書之譌久矣。《玉篇》曰：'古文作臼。'此語尤誤。臼者，叉手也。叉者，手指相錯也。《廣韻》以兩手奉物訓臼，誤矣。《方言》曰：'匊，離也。燕之外郊朝鮮洌水之閒曰掬。'此方俗殊語，不係乎本字也。(从勹米)會意，米至楸(散)，兩手兜之而聚。居六切，三部。俗作掬。"又《禮記・曲禮上》："受珠玉者以掬。"鄭玄注："掬，手中。"《釋文・禮記音義》："兩手曰掬。"亦可證《説文》"在手曰匊"乃"兩手曰匊"之誤。

〔**六日不詹**〕　山井鼎《考文》：古本詹作瞻。按：毛《傳》："詹，至也。"《釋文》："詹，音占。至也。"《爾雅・釋詁》："詹，至也。"《方言》卷一："詹，至也。詹，楚語也。"《通訓定聲》："詹，叚借爲瞻。"《魯頌・閟宫》："泰山巖巖，魯邦所詹。"朱熹《詩集傳》："詹與瞻同。"《采緑》"六日不詹"，"詹"爲正字，作"瞻"，假借字。

〔**言韔其弓**〕　《釋文》："韔，本亦作鬯。"按："韔"爲盛弓之器。《説文・韋部》："韔，弓衣也。"《秦風・小戎》："虎韔鏤膺。"又爲動詞"藏弓于弓袋"，如此句"言韔其弓"即用其義。《廣雅・釋器》："韔，藏也。"王念孫《廣雅疏證》："藏弓謂之韔，故弓藏亦謂之韔。"又，"鬯"字，《説文》："鬯，以秬釀鬱艸，芬芳攸服，以降神也。从凵，凵，器也；中象米；匕，所以扱之。"《通訓定聲》："鬯，叚借爲韔。"《鄭風・大叔于田》："抑鬯弓忌。"孔《疏》："鬯者，盛弓之器；鬯弓，謂弢弓而納之鬯中。"朱熹《詩集傳》："鬯，弓囊也。與韔同。"是"韔"爲本字，"鬯"爲通假字。

〔**薄言觀者**〕　《釋文》："觀，古玩反。多也。注同。《韓詩》

作覩。”陳喬樅云：“《釋詁》：‘觀，多也。’郭注引《詩》‘薄言觀者’。《箋》説正本《雅》訓。‘覩’義亦得訓‘多’。《説文》‘覩’爲古文‘睹’字。覩‘从見，者聲’，者‘从白，𣅀聲’。‘𣅀’，古文‘旅’。‘旅’有‘衆’義，故都‘从邑，者聲’，義訓爲‘聚’；諸‘从言，者聲’，義訓爲‘衆’。然則‘覩’亦有‘衆’義，故與‘觀’之訓‘多’者同也。”按：《説文·見部》：“觀，諦視也。从見，雚聲。”段注：“《小雅·采綠》《傳》曰：‘觀，多也。’此亦引伸之義。物多而後可觀，故曰‘觀，多也’，猶灌木之爲藂木也。”《説文·目部》：“睹，見也。从目，者聲。覩，古文从見。”段注：“按：《篇》、《韻》皆不言‘覩’爲古文。”《説文·白部》：“者，别事詞也。从白，𣅀聲。𣅀，古文旅。”段注：“《㫃部》曰：‘𣄧，古文旅。’‘者’之偏旁乃全不類，轉寫之過也。”《説文·㫃部》：“旅，軍之五百人。从㫃，从从。从，俱也。𣄧，古文旅。”段注：“（旅）引伸爲凡衆之偁。”馬瑞辰云：“《箋》：‘觀，多也。’《正義》：‘俗本作“觀，覩”，誤也。定本、《集注》並作多。’瑞辰按：《爾雅·釋詁》：‘觀，多也。’郭注引《詩》‘薄言觀者’。物多而後可觀，故觀有多義。又觀音近灌，灌爲藂木，亦多也。俗人少聞多義，故妄改爲覩，抑或因《韓詩》觀字作覩而誤。”按：馬氏承段注又申釋之，頗爲平允。然以字形審度之，疑《韓詩》緣“觀”、“覩”形近致訛，《毛詩》作“觀”爲正字。

黍苗

芃芃黍苗，陰雨膏之。悠悠南行，召伯勞之。
我任我輦，我車我牛。我行既集，蓋云歸哉。
我徒我御，我師我旅。我行既集，蓋云歸處。
肅肅謝功，召伯營之。烈烈征師，召伯成之。

原隰既平，泉流既清。召伯有成，王心則寧。

〔**芃芃**〕　《隸釋》引韓碑作“梵梵”。按：清鈕樹玉《說文新附攷》：“梵，即芃之俗體。”又《衛彈碑》“梵梵黍稷”，鄭珍《說文新附攷》謂“即《詩》‘梵梵黍稷’之異文，知漢人書‘芃’或别从‘林’”。檢《詩》無“芃芃黍稷”之文，惟《曹風·下泉》、《小雅·黍苗》有“芃芃黍苗”句。《說文新附》：“梵，出自西域釋書，未詳意義。扶泛切。”《廣韻》：“扶泛切。又房戎切。侵部。”《說文·艸部》：“芃，艸盛也。从艸，凡聲。《詩》曰：‘芃芃黍苗。’”段注改爲“艸盛皃”，云“依《韻會》”。又云：“（芃）隸變从林，而葛洪《字苑》始有梵字，瀿也。”

〔**召伯**〕　《國語·晉語》韋注、足利古本並作“邵伯”。《說文·口部》：“召，評也。从口，刀聲。”《說文·邑部》：“邵，晉邑也。从邑，召聲。”段注：“依許則經典獨此字从邑、召，凡周召字作邵者，俗也。後儒或謂垣曲邵城爲周召分陝之所，其說不經。”《玉篇》：“召，音邵。”《集韻·笑韻》：“邵，《說文》：‘邵，晉邑也。’或省（作召）。”《廣韻·笑韻》：“邵，姓。出魏郡，周文王子邵公奭之後。”是“召”、“邵”之爲邑名或姓氏者可通用。

〔**烈烈征師**〕　《左傳·襄公二十七年》杜注引《詩》作“列列征師”。《說文》：“烈，火猛也。”《爾雅》：“烈烈，威也。”《玉篇》：“烈，威也。”此詩蓋以“烈烈”形容軍威，作“列”者，“烈”之省借也。

隰　桑

隰桑有阿，其葉有難。既見君子，其樂如何。
隰桑有阿，其葉有沃。既見君子，云何不樂。

隰桑有阿，其葉有幽。既見君子，德音孔膠。
心乎愛矣，遐不謂矣。中心藏之，何日忘之。

〔**隰桑有阿，其葉有難**〕 山井鼎《詩經考文》：古本作"隰桑有阿，其葉有儺"。《太平御覽》五十七、吴淑《事類賦》二十五各引《詩》同。毛《傳》："興也。阿然美貌，難然盛貌，有以利人也。"陳奂云："'阿'之爲言'猗'也。《〈淇奥〉傳》：'猗猗，美盛也。'古'難'、'儺'通，'難'之爲言'那'也。《釋文》'難，乃多反'，其讀同'那'。《桑扈》、《那》傳：'那，多也。'盛與多同義，'阿難'連緜字。《萇楚》曰'猗儺'，《那》曰'猗那'，聲義皆同也。"朱駿聲《通訓定聲》云："'難'爲單辭形況字，與'阿'合用則爲疊韻連語。"《萇楚》"猗儺其華"，《楚辭章句》作"旖旎其華"。"旖旎"猶"猗儺"。"阿難"、"阿儺"、"猗儺"、"猗那"、"阿那"，皆通用也。

〔**遐不謂矣**〕 《禮記·表記》引《詩》"瑕不謂矣"，鄭注："瑕之言胡也。"按："遐"、"瑕"古通，二字又通"遏"、"曷"、"胡"、"何"。《六書故》："遐又借爲胡、何。"《經傳釋詞》："遐，何也。"《大雅·下武》："於斯萬年，不遐有佐。"朱熹《詩集傳》："遐、何通。"馬瑞辰云："凡《詩》言'遐不'者，猶言'胡不'。"又《小雅·南山有臺》"遐不眉壽"、"遐不黄耇"，《大雅·棫樸》《旱麓》"遐不作人"，猶"瑕不"，亦即"胡不"、"何不"也。

〔**中心藏之**〕 "藏"，《釋文》出作"臧"，云："鄭子郎反。善也。王才郎反。"《唐石經》初刻"藏"，磨改"臧"。山井鼎《考文》：古本作"臧"。《群書治要》作"臧"。《韓詩外傳》引《詩》"忠心藏之"。古文《孝經》引《詩》同。《釋文·孝經音義》云："'中心藏之'本亦作'忠'。"按："中"、"忠"二字古通。《稽古編》曰："'中心藏之'，鄭玄、王肅皆訓'藏'爲善。（鄭説見《箋》，王説見《表記》疏。然《〈詩〉釋文》云'藏，王才郎反'。則肅不訓善，與《禮記》同意，《〈詩〉釋文》所謂王，或非肅乎。）蓋古止有臧字，後人始加草，故《漢書》藏皆作臧。……然臧字本兼藏義，亦可訓匿，觀《孝經》引此詩，注云：'愛君之念，恒藏心中。'晉孫秀舉此詩以答潘岳，亦作藏匿解。可知故《表記》皇氏疏亦訓包藏。"胡承珙云："《韓詩外傳》引《孟子》曰：'學問之道無他，求其放心而已。《詩》曰："中心藏之，何日忘之。"'又云：'道雖近，不勤不至。事雖小，不爲不成。人同材钧，而貴賤相萬者，盡性致志也。'亦引此詩二語。此雖與詩中本旨無涉，其'藏之'自作'藏蓄'之義，疑《韓詩》字本作藏，與毛異也。"阮校："案《釋文》云：'藏之，鄭子郎反。善也。王才郎反。'是《唐石經》依鄭義磨改也。《群經音辨·艸部》云：藏，善也。鄭康成讀宋時《釋文》舊本、新本不同，賈所見本字或作'藏'，故云'然考鄭訓善，自當不從艸'，而'藏'字在《説文新附》，即王義亦未必不仍爲'臧'，有'艸'者非也。《考文》古本作'臧'，采《釋文》。"鈕樹玉云："《漢書》通用'臧'，从'艸'，後人所加。漢碑有'藏'，知俗字多起於分隸。"按："忠"、"中"古通用。"臧"爲初文，"藏"乃後世纍增字。

白　華

白華菅兮，白茅束兮。之子之遠，俾我獨兮。
英英白雲，露彼菅茅。天步艱難，之子不猶。
滮池北流，浸彼稻田。嘯歌傷懷，念彼碩人。
樵彼桑薪，卬烘于煁。維彼碩人，實勞我心。
鼓鍾于宫，聲聞于外。念子懆懆，視我邁邁。

有鶖在梁，有鶴在林。維彼碩人，實勞我心。
鴛鴦在梁，戢其左翼。之子無良，二三其德。
有扁斯石，履之卑兮。之子之遠，俾我疧兮。

〔**英英白雲**〕　《釋文》："英英，如字。《韓詩》作泱泱，同。"陳喬樅云："《説文》：'泱，滃也。''滃，雲氣起也。'《文選·潘安仁〈射雉賦〉》'天泱泱以垂雲'，即用《韓詩》，徐爰注：'泱音英。'李善注引《毛詩》'英英白雲'，毛萇曰：'英英，白雲貌。''泱'與'央'古字通。《六月》篇'白旆央央'，《公羊·宣十二年》疏引孫氏説作'帛旆英英'是已。"按：本篇毛《傳》："英英，白雲貌。"朱熹《詩集傳》："英英，清明之貌。"《小雅·六月》'白旆央央'，毛《傳》："央央，鮮明貌。""英"从"央"聲，"央"、"英"、"泱"俱在陽部、影母，古可通用。《韓詩》作"泱"爲正字，《毛詩》作"英"爲通假字。"白雲"，《白帖》二引《詩》作"白露"，訛字。

〔**露彼菅茅**〕　《白帖》二引《詩》作"霑彼菅茅"。毛《傳》："露亦有雲，言天地之氣無微不著，無不覆養。"鄭《箋》："白雲下露，養彼可以爲菅之茅，使與白華之菅相亂易。猶天下妖氣生褒姒，使申后見黜。"馬瑞辰云："露，猶覆也。連言之則爲覆露。《晉語》：'是先王覆露子也。'《淮南子·時則篇》：'包裹覆露，無不囊懷。'《春秋繁露·基義篇》：'天爲君而覆露之。'《漢書·鼂錯傳》：'今陛下配天象地，覆露萬民。'《嚴助傳》：'陛下垂德惠以覆露之。'皆覆、露同義之證。此詩'露彼菅茅'猶言'覆彼菅茅'，與下章'滮彼稻田'同義。毛《傳》'露亦有雲'，言覆露之亦有雲，故下又言'天地之氣無不覆養'。《箋》云'白雲下露，養彼可以爲菅之茅'，猶云白雲下覆，養彼可以爲菅之茅，非訓露爲雨露之露也。歐陽《本義》、黄氏《日鈔》皆以露爲覆露。《正義》乃云'有雲則無露,無露乃有雲',以'露亦有雲'爲'白雲降露',失《傳》恉矣。朱子《集傳》亦云'白雲下降爲露',又承孔《疏》而誤。"馬説得之矣。至《白帖》引"露"爲"霑"者,殆以字形相近致譌耳。

〔**天步艱難**〕　毛《傳》:"步,行。"鄭《箋》:"天行此艱難之妖久矣。"《正義》:"舉足謂之步,故爲行也。……王肅云:'天行艱難,使下國化之,以倡爲不可故也。'"按:詩文引作"天行"者,蓋涉《傳》、《箋》訓詁字而誤。"步"爲正字。

〔**滮池北流**〕　毛《傳》:"滮,流貌。"鄭《箋》:"豐、鎬之閒水,北流。"《水經注》:"鄗水又北流,西北注,與滮池水合。水出鄗池西而北流,入於鄗。《毛詩》曰:'滮,流浪也。'而世傳以爲水名矣。"豐水在西,鄗水在東,滮池在鄗西,正處於豐、鎬之閒,與鄭《箋》合。《説文》:"淲,水流貌。从水,彪省聲。《詩》曰:'淲池北流。'""池",宋本作"沱",蓋以二字形似而誤。《説文》作"淲",與《毛詩》異,明爲《三家詩》文也。又胡承珙云:"此(《水經注》)以滮池爲水名,又所引毛《傳》與今詩異。然《説文》曰:'淲,水流貌。从水,彪省聲。《詩》曰:"淲沱北流。"'疑酈注'浪'字誤。左思《蜀都賦》'灑滮池而爲陸澤',《魏都賦》'詩梗概於滮池',亦皆以滮爲池水之流者耳。惟池乃水之所爲,滮雖流貌,亦或爲水名,故《括地志》、《九域志》、《寰宇記》皆以滮池爲水名。觀《箋》云'豐、鎬之閒水,北流',謂滮池在豐、鎬之閒,其水北流,非泛言他水。《正義》引:'《〈文王有聲〉箋》:'豐在豐水西,鎬在豐水東。'然則豐邑之閒惟豐水耳,而謂之池者,此池在豐水之左右,上引豐水北流,浸灌既訖,又決而入豐,亦爲北流。'"馬瑞辰云:"《水經注》引《毛詩》作'流浪也',當爲'流浪貌'之譌'。"近是。

〔**浸彼稻田**〕　《釋文》:"浸,子鴆反。字亦作濅。"《廣雅·

釋詁一》:“寖,積也。”王念孫《廣雅疏證》:“浸與寖同。”《玉篇·水部》:“寖,寖水,出武安縣東。又,寖漬。浸,同上。”《説文·水部》篆作濅,大徐本楷作寖,段注:“隸作浸。”

〔**嘯歌傷懷**〕　《釋文》出作“歗”,云:“本亦作嘯。”山井鼎《考文》:古本作歗。按:《説文·口部》:“嘯,吹聲也。从口,肅聲。歗,篆文嘯,从欠。”又《説文·欠部》:“歗,吟也。从欠,肅聲。《詩》曰:‘其歗也謌。’”徐鍇《繫傳》:“歗者,吹氣出聲也。”是二字同也。

〔**鼓鍾于宫**〕　《韓詩外傳》四引《詩》“鐘鼓于宫”,今本《韓詩外傳集釋》(許維遹校釋,中華書局)作“鼓鐘于宫”。毛《傳》:“有諸宫中,必形見於外。”鄭《箋》:“王失禮於外,而下國聞知而化之。王弗能治,如鳴鼓鍾於宫中,而欲外人不聞,亦不可止。”段玉裁云:“《箋》云‘鳴鼓鍾’,謂鼓與鍾二物也。《靈台》‘於論鼓鍾’,鄭云:‘鼓與鍾也。’此詩正同。《疏》云‘鼓擊其鍾’,誤。”胡承珙云:“段説是也。《韓詩外傳》四:‘僞詐不可長,虚空不可守,朽木不可雕,情亡不可久。《詩》曰:“鐘鼓于宫,聲聞于外。”言有中者必能見外也。’此釋《詩》正與毛同。又云‘誠惡惡,知刑之本。誠善善,知敬之本’云云。又云:‘苟有温良在中,則眉睫與之矣。疵瑕在其中,則眉睫不能匿之。’其下皆引《詩》‘鐘鼓于宫,聲聞于外’。以此推之,則《毛詩》之‘鼓鍾’亦不當爲‘鼓擊其鐘’矣。”《正義》云:“言有人鼓擊其鍾于宫内,其聲必聞于外,擊鍾而欲外之不聞,不可得也。”馬瑞辰云:“山井鼎《考異》云:‘《箋》“如鳴鼓鐘于宫中”,古本作“鐘鼓”。’是《毛詩》亦有作‘鐘鼓’者。即以今本《箋》作‘鳴鼓鍾’,亦分鼓與鍾爲二。《正義》云‘鼓擊其鍾’,失之。”然據《韓詩外傳集釋》卷四第二十九章、第三十一章三處引《詩》均作“鼓鐘于宫,聲聞于外”。許維遹校記云:“元本、張本、劉本同,下章亦同,沈本、鍾本亦同，惟下章‘鼓鐘’作‘鐘鼓’，黄本、楊本、程本作‘鐘鼓’，下章同。〇趙本作‘鐘鼓’。校云：‘鐘鼓’毛本作‘鼓鐘’，下一條仍作‘鐘鼓’，（維適案：亦作‘鼓鐘’，趙誤。）知此條必後人依今《詩》改也。《詩攷》雖不載，故當依衆家本。”黄山云：“此《箋》文有誤，孔不誤也。《釋樂》：‘徒鼓鍾謂之修。’《鼓鍾》篇‘鍾鼓’三句，《韓詩》皆作‘鼓鍾’，與‘鼓瑟’、‘鼓琴’相應。此‘鼓鍾’爲‘擊鍾’之例。鍾必擊而後有聲，否則鍾鼓雖在宫，不能聞於外也。孔《疏》‘有人鼓擊其鍾於宫内’，此自釋《傳》‘有諸宫中’之文。而下不言鄭異者，必今《箋》‘鳴鼓鍾’乃‘鳴擊鍾’之譌，孔正據之以‘擊’釋毛耳。《靈臺》‘於論鼓鍾’，‘論’本即言其節奏，已賅‘鳴擊’義。且上‘賁鼓維鏞’，‘鼓鍾’亦本並列，此非言樂，不必兼鼓。鼓以鼓衆，亦非《箋》‘欲外人不聞，亦不可止’之義。段説蓋非。”按：由于歷代諸家所見《韓詩外傳》文字之異，而對“鼓鍾”、“鍾鼓”之訓釋各執己見。然據許校《韓詩外傳》“鼓鐘于宫，聲聞于外”之文字，揆諸衆議，黄氏之言得其旨矣。亦可推知於此篇經文，韓釋《詩》“鼓鍾”與毛、鄭略同。

〔**念子懆懆**〕　《釋文》：“懆懆，亦作慘慘。”山井鼎《考文》：古本作慘慘。按：“懆懆”，《唐石經》缺，小字本、相臺本同。阮校：“案《釋文》云：‘懆懆，七感反，《説文》七倒反，云愁不申也。亦作慘慘。’《正義》云：‘慘慘然欲諫正之’，是《正義》本作慘慘也。考《釋文》於《正月》、《北山》、《抑》皆云‘慘慘，七感反’，《北山》又云‘字亦作懆’，《月出》云‘慘，七感反’，所以與此詳略互見也。《五經文字》云：‘懆，千到反，見《詩》。’乃依此《釋文》而定其字當用‘懆’也。《月出》、《正月》、《抑》三篇皆作‘懆’，乃得韻。《考文》古本作‘慘’，采《正義》、《釋文》。”按：《説文》：“懆，愁不安也。从心，喿聲。《詩》曰：‘念子懆懆。’”段注：“懆訓愁，慘訓毒，音義皆殊，而寫者多亂之。《白華》作懆，見於許書。《月出》、《正月》、《抑》皆作懆，入韻，且毛《傳》曰：'懆懆，憂不樂也。'懆懆猶戚戚也，正爲許説所本。而陸氏三者皆云'七感反'，其憒亂有如此者。"《玉篇·心部》："懆，憂愁也，不樂也。"又《釋文》引《説文》"懆，愁不申也"，與《説文》異訓，未知何據。此詩當以"懆懆"爲正字。

〔**視我邁邁**〕　毛《傳》："邁邁，不説也。"《釋文》："邁邁，如字，不悦也。《韓詩》及《説文》並作怖怖，孚吹反，又孚葛反，又匹代反。《韓詩》云：'意不説好也。'許云：'很怒也'"《説文》："怖，恨怒也。从心，市聲。《詩》曰：'視我怖怖。'"應從《釋文》引作"很怒"，即"不説好"之意。"説"音"悦"。毛《傳》以"邁邁"爲"怖怖"之假借，故云"不説也"。又王筠曰："怖，專字也。"

〔**俾我疷兮**〕　小字本、相臺本、朱熹《詩集傳》本、《十三經注疏》阮校本、陳奂《詩毛氏傳疏》本皆作"疷"。《唐石經》作"疷"。阮元云："案：疷字是也。見《無將大車》。"《説文》："疷，病也。从疒，氏聲。"《爾雅·釋詁上》："疷，病也。"《説文·疒部》無"疷"字，《肉部》"胝"下注云："腄也。从肉，氐聲。竹尼切。""腄，瘢胝也。从肉，垂聲。竹垂切。"《廣韻·脂韻》："胝，皮厚也。疷，同上。"《集韻·脂韻》："胝，《説文》：'腄也。'一曰繭也。或作疷。"是"疷"爲此詩正字，"疷"爲訛字。

緜　蠻

緜蠻黄鳥，止於丘阿。道之云遠，我勞如何。飲之食之，教之誨之。命彼後車，謂之載之。

緜蠻黄鳥，止于丘隅。豈敢憚行，畏不能趨。飲之食之，教之誨之。命彼後車，謂之載之。

緜蠻黄鳥，止于丘側。豈敢憚行，畏不能極。飲之食之，教之誨之。命彼後車，謂之載之。

〔**緜蠻黄鳥**〕　《禮記·大學》引《詩》“緡蠻黄鳥”。張慎儀云：“按：緡从昏，昏又从民，緜、民雙聲，故緜可通緡。《常武》篇‘緜緜翼翼’，《韓詩》作‘民民翼翼’；《載芟》篇‘緜緜其麃’，《韓詩》作‘民民其麃’，亦以雙聲通也。”按：此詩毛《傳》：“緜蠻，小鳥貌。”胡承珙云：“此《傳》與《〈秦風·黄鳥〉傳》‘交交，小貌’正同，而此以小鳥興微臣，其義尤切。《文選》(何晏《景福殿賦》、王融《曲水詩序》)李注並引《韓詩章句》以‘緜蠻’爲文貌。雖與毛異，然皆不以爲鳥聲。惟長樂劉氏始有‘緜蠻，鳥聲’之説，實無所本。何氏《古義》遂以‘聯緜不絶’及‘南蠻鴃舌’釋之，不知凡雙聲字不當分析爲訓。《詩》中言黄鳥者，惟《葛覃》以‘喈喈’狀其聲耳，其‘睍睆’、‘交交’、‘緜蠻’皆非聲。蓋《詩》不以雙聲疊韻象聲也。周氏柄中曰：‘古《箕山歌》“甘瓜施兮葉緜蠻”，樹葉亦稱緜蠻，則非鳥聲可知矣。’”然馬瑞辰則云：“緜、蠻二字雙聲。《説文》：‘緜，聯敚嶆也。’《廣雅》：‘緜，小也。’緜有小義，故《傳》緜蠻爲小鳥貌。《文選》注引《韓詩》薛君《章句》曰：‘緜蠻，文貌。’《爾雅·釋詁》：‘覭髳，茀離也。’緜蠻即覭髳之轉，猶言彌漫、彌靡，皆雙聲字，蓋文采緐密之貌，故《韓詩》以爲文貌，當从《韓詩》説爲允。”

〔**止於丘阿**〕　毛《傳》：“鳥止於阿，人止於仁。”閩本、明監本、毛本作“於”。《唐石經》、小字本、相臺本作“于”。阮元云：“案：‘于’字是也。下二章皆作‘于’可證。此因《傳》作‘於’而改經也。《静女》、《著》、《權輿》經皆有‘於’字者，用字不畫一之例。”《儀禮·大射》《既夕禮》鄭注並云：“今文‘于’爲‘於’。”王引之云：

“《廣雅》曰:‘於,于也。’常語也。‘於’即‘于’也。本字爲‘于’。於,猶‘在’也。此亦常語。‘於’訓‘在’者,其本字亦爲‘于’。”按:朱熹《詩集傳》本、陳奂《詩毛氏傳疏》本、《十三經注疏》本、王先謙《詩三家義集疏》本均作“止于丘阿”,與以下“止于丘隅”、“止于丘側”畫一。宜從此例。

瓠葉

幡幡瓠葉,采之亨之。君子有酒,酌言嘗之。
有兔斯首,炮之燔之。君子有酒,酌言獻之。
有兔斯首,燔之炙之。君子有酒,酌言酢之。
有兔斯首,燔之炮之。君子有酒,酌言醻之。

〔**采之亨之**〕　山井鼎《考文》:古本亨作烹。按:《説文·亯部》:“亯,獻也。从高省。曰象孰物形。《孝經》曰:‘祭則鬼亯之。’凡亯之屬皆从亯。,篆文亯。”段注:“《禮》經言饋食者薦孰也。許兩切,十部。亯象薦孰,因以爲飪物之偁,故又讀普庚切。亯之義訓薦神,誠意可通於神,故又讀許庚切。古音則皆在十部。其形,薦神作亨,亦作享。飪物作亨,亦作烹。《易》之元亨,則皆作亨,皆今字也。……據玄應書,則亯者籀文也。小篆作,故隸書作亨,小篆之變也。”《玉篇》:“亯,今作享。”《集韻·庚韻》:“烹,煮也。或作亨。”吴大澂《古籀補》:“古亯字象宗廟之形。”因宗廟爲亯獻鬼神之所,故後世亯、饗多混用。古亯字後分化爲亨、享、烹三字,古代文獻中多通用。又《廣韻·庚韻》:“亨,通也。”《易·坤》:“品物咸亨。”孔穎達疏:“品類之物,皆得亨通。”今“亨”字多爲“亨通”之專字,飪物字則作“烹”,亯獻字多作“享”。《篇海類編·食貨類·食部》:"饗,與享同。"《説文·食部》:"饗,鄉人飲酒也。从鄉,从食。鄉亦聲。"段注:"《豳風》'朋酒斯饗,曰殺羔羊',《傳》曰:'饗,鄉人飲酒也。其牲,鄉人以狗,大夫加以羔羊。'此《傳》各本譌奪,依《正義》攷定如是,許君所本也,饗字之本義也。孔沖遠曰:'鄉人飲酒而謂之饗者,鄉飲酒禮尊事重,故以饗言之。'此不知亯燕之亯正作亯。亯,獻也。《左傳》作亯爲正字,《周禮》、《禮記》作饗爲同音假借字。……《毛詩》之例,凡獻於上曰亯,凡食其獻曰饗。《左傳》用字正同。凡左氏亯燕字皆作亯,惟'用人其誰饗之',字作饗。"

〔**炮之燔之**〕　《釋文》:"炮,本作炰。白交反。毛曰炮。"《文選·班固〈西都賦〉》注引《毛詩》作"炰"。《説文》:"炮,毛炙肉也。从火,包聲。"段注:"毛炙肉,謂肉不去毛炙之也。"徐灝《箋》:"炮本連毛裹燒之名,故用'包'爲聲。引申之凡炮炙之偁。"《廣韻·肴韻》:"炮,合毛炙物也,一曰裹物燒。"《集韻·爻韻》:"炮,《説文》:'毛炙肉也。'或作炰。"玄應《一切經音義》引《字書》炮與炰同。

〔**酌言醻之**〕　《白帖》十五引《詩》"醻"作"酬"。《説文》:"醻,主人進客也。从酉,𠃬聲。酬,醻或从州。"邵瑛《群經正字》:"今經典惟《毛詩》多作醻,如《小弁》'如或醻之',《楚茨》'獻醻交錯',《瓠葉》'酌言酬之'之類,餘多从或體作酬。"

漸漸之石

漸漸之石,維其高矣。山川悠遠,維其勞矣。武人東征,不遑朝矣。

漸漸之石,維其卒矣。山川悠遠,曷其没矣。武人東征,不遑出矣。

有豕白蹢,烝涉波矣。月離于畢,俾滂沱矣。武人東征,不遑他矣。

〔**漸漸之石**〕　《釋文》:"漸漸,亦作嶃嶃。"山井鼎《考文》:古本作漸漸。明豊坊《詩説》作嶃嶃。《太平御覽》九百三引《詩》同。《説文繫傳》引《詩》"磛磛之石"。《説文》:"磛,礹,石也。从石,斬聲。""礹,石山也。"《玉篇》:"嶃,山石高峻貌。或作磛。"《集韻·豏韻》:"嶃,高峻貌。"又《銜韻》:"巉,巉巖,高也。或作嶃,亦書作嶄。"《廣雅》:"嶄嶄,高也。"按:本篇"漸"應讀爲"磛",作"嶃"(嶄)者,蓋與"磛"古通也。"漸漸"即"磛磛"、"嶃嶃"之假借。

〔**遑**〕　《九經誤字》:"皇,今本俱作遑。"山井鼎《考文》:古本皇作遑。朱熹《詩集傳》:"遑,暇也。"《爾雅·釋言》:"偟,暇也。"按:此詩"皇"字乃"遑"之假借,正字當作"遑"。

〔**月離于畢**〕　《淮南子·原道訓》注、《論衡·説日》、《吕氏春秋·孟秋紀》高注引《詩》均作"月麗于畢"。陳喬樅云:"離、麗古通。《周易》:'離王公也。'《釋文》云:'鄭作麗。'《戰國策》'高漸離',《論衡·書虚篇》亦作麗。"陳奂云:"離,讀與麗同。"按:《説文》(段注本):"麗,旅行也。鹿之性,見食急則必旅行。从鹿、丽。《禮》'麗皮納聘',蓋鹿皮也。丽,古文。𠀅,篆文麗字。"段注:"(旅行也)此麗之本義,其字本作丽,旅行之象也,後乃加鹿耳。《周禮》'麗馬一圉,八麗一師',注曰:'麗,耦也。'《禮》之'儷皮',《左傳》之'伉儷',《説文》之'驪駕'皆其義也。兩相附則爲麗,《易》曰:'離,麗也。日月麗乎天,百穀草木麗乎土。'是其義也。麗則有耦可觀,《㸚部》曰‘麗爾猶靡麗也’,是其義也。兩而介其閒亦曰麗,離卦之‘一陰麗二陽’是也。……疑‘丽’者古文,‘麗’者籀文,‘丽’者小篆也。”李孝定《甲骨文字集釋》:“‘丽聲’之丽,諸家以爲即此字之古文是也。麗既以古文爲聲,則从鹿必屬後起。竊謂丽之本義訓兩訓耦,麗字从鹿,當爲鹿之旅行之專字。”王筠《説文句讀》:“旅,俗作侶。”朱駿聲《通訓定聲》云:“古籀不與丽同字。今别爲正篆,而小篆之麗从丽,會意,丽亦聲。……凡經傳坿著之訓皆丽字。”此詩文當作“丽”,“月離于畢”者,“月附于畢”也。

〔**俾滂沱矣**〕　《論衡·説日》引《詩》“俾滂沲矣”。《明雩》引《詩》“比滂沲矣”。《風俗通義·祀典》、《史記·仲尼弟子列傳》,各引《詩》“俾滂池矣”,《史記》一本引《詩》“俾滂沱矣”。《文選》左思《蜀都賦》注、陸機《贈顧彦先詩》注,《藝文類聚》二,《初學記》二,《太平御覽》四、五、十各引《詩》“俾滂沲矣”。《白帖》一引《詩》“俾霶霈矣”。按:“俾”引作“比”者,《魯詩》也。“俾”、“比”雙聲,古可通假。“霶霈”、“滂池”皆俗字。“沲”、“沱”形近通用。正字爲“滂沱”。

苕之華

苕之華,芸其黄矣。心之憂矣,維其傷矣。
苕之華,其葉青青。知我如此,不如無生。
牂羊墳首,三星在罶。人可以食,鮮可以飽。

〔**芸其黄矣**〕　《説文繫傳》引《詩》“芸也黄矣”。毛《傳》:“苕,陵苕也。將落則黄。”王引之云:“‘芸其黄矣’言其盛,非言其衰,故次章云‘其葉青青’也。《裳裳者華》之詩曰:‘裳裳者華,其葉湑兮。'《傳》曰:'湑,盛貌。'猶此詩云'苕之華,其葉青青'也。又曰:'裳裳者華,芸其黄矣。'《傳》曰:'芸,黄盛也。'猶此詩云'苕之華,芸其黄矣'也。《爾雅》曰:'苕,陵苕。黄華,蔈;白華,茇。是苕華本有黄者,豈待將落而始黄哉。詩人之起興,往往感物之盛而歎人之衰。'有杕之杜,其葉湑湑',何其盛也;'獨行踽踽',何其衰也。'隰有萇楚,猗儺其華',何其盛也;'樂子之無家',何其衰也。然則'苕之華,芸其黄矣。心之憂矣,維其傷矣。苕之華,其葉青青。知我如此,不如無生',物自盛而人自衰,詩人所以歎也。毛公既以黄爲將落,遂并以下章爲'華落葉青青然',殆失之矣。"胡承珙云:"《傳》云'將落則黄'者,蓋讀此'芸'爲'其而隕'之'隕',故《釋文》引沈重云'芸音運'。此必《毛詩》家舊讀如是。《左傳·成二年》'隕子辱矣',《説文》引作'抎子',此'芸'、'隕'古通之證。但《裳裳者華》以'芸'爲'黄盛',此言'將落'者,謂黄至極盛則將落之候矣。"陳奐云:"芸者,抎之假借。抎,落也。《傳》云:'將落則黄'者,黄爲蔫黄,非其華黄也。"按:參稽衆議,王説頗爲允協。又《繫傳》引"其"爲"也",誤矣。

〔**其葉青青**〕　毛《傳》:"華落葉青青然。"《唐風·杕杜》"其葉菁菁",毛《傳》:"菁菁,葉盛也。"按:以《〈杕杜〉傳》例之,本篇之"青青"或爲"菁菁"之假借字。

〔**不如無生**〕　山井鼎《考文》:古本"無"作"毋"。《説文》(段注本):"無,亡也。从亡,無聲。无,奇字無也。"吴大澂《古籀補》:"古'無'字不从'亾'。"《玉篇》:"無,不有也。"朱駿聲《通訓定聲》:"無,叚借爲毋。"《説文》(段注本):"毋,止之詞也。从女、一。女有姦之者,一禁止之,令勿姦也。凡毋之屬皆从毋。"段注:"'詞',依《〈禮記〉釋文》補。'詞'者,意内而言外也。其意禁止,其言曰'毋'也。……各本但有'从女有奸之者'六字,今補十字,

‘禁止之令勿姦’,此説从一之意。毋與乍同意,‘乍’下云‘从亡一’,‘一’有所礙之也。然則‘毋’下亦當‘从女一’,‘一’有所礙之。其義可互證。”《玉篇》:“毋,莫也。今作無。”是“無”爲“毋”之假借字也。

〔**牂羊墳首**〕　山井鼎《考文》:古本作“牂羊墳首”。《易林·中孚》作“牂羊羵首”,《白帖》九十六、《太平御覽》八百三十四、吴淑《事類賦》二十二各引《詩》同。《史記·李斯傳》引《詩》“牂羊羵首”。《説文繫傳》引《詩》“牂羊羵首”。《初學記》二十九、《太平御覽》九百二各引《詩》“牂羊賁首”。按:毛《傳》:“牂羊,牝羊也。墳,大也。‘牂羊墳首’,言無是道也。”《正義》:“《畜》云:‘羊,牡羒,牝牂。’故知牂羊,牝羊也。‘墳,大’,《釋詁》文。牝,小羊也。首必稱身,小羊而責大首,必無是道理也。”孔氏蓋讀“墳”爲“羒”。胡承珙云:“《爾雅翼》據《廣雅》吴羊‘牝三歲曰牂’不得爲小,《詩疏》‘欲合“墳,大首”之義,稱爲“牝,小羊”’,非是。因謂‘墳’即‘羒’字,爲牝羊而牡首。其説本於《詩總聞》,何氏《古義》從之,並引《易林》‘墳首’作‘羵’爲證。承珙案:王氏《詩稗疏》云:‘吴羊牝牂,夏羊牝羖。吴羊,緜羊。夏羊,山羊也。吴羊頭小角短,山羊頭大角長。’此説分甚明,是則吴羊之頭本小,而禽獸之體牝更小於牡,故《傳》以牂羊無大首之道,不必改‘墳’爲‘羒’也。”馬瑞辰云:“夏羊牝牡皆有角,吴羊則牡羒有角,而牝牂無角。此詩‘墳首’,墳當讀羒羊之羒。謂牂牝之身,而欲其爲牡羒有角之首,以見必不可得,與人之不可飽。羒借作墳,猶坋爲大防,字亦借作墳也。王氏《詩總聞》、羅氏《爾雅翼》、何氏《詩古義》並謂墳即羒字,何氏引《易林》‘墳首’作‘羵’爲證。《傳》訓墳爲大者,蓋以墳爲頒之假借,然非詩義。”陳奐云:“郝懿行《爾雅義疏》云:‘羒,蓋同墳,言高大也。牂猶牂牂,言肥盛也。今吴羊高大而肥盛,《詩》

曰"牂羊墳首",墳即羒矣,言牝羊而牡首,故毛《傳》言"無是道也"。'案:郝説是也。吴羊牡者多有角;牝者無角,雖有角而不能如牡之大。'墳首'謂頭角之大,《正義》云'牂,小羊而大首',失之矣。《廣雅》'三歲曰牂',則非小羊可知。"按:以上諸家師傳各異,訓釋不同,以文義與名物推校之,似以馬氏、陳氏之説爲是。蓋作"墳"、"羵"、"羳"、"賁"者皆假借字,"牂"爲訛字,"羒"爲正字。

〔**三星在罶**〕　《釋文》:"罶,本又作霤。"山井鼎《考文》:古本作霤。《初學記》二十九、《白帖》一、《太平御覽》九百二、吴淑《事類賦》二十二各引《詩》同。按:毛《傳》:"罶,曲梁也,寡婦之笱也。""罶",《唐石經》、小字本、相臺本同。阮元《校勘記》:"案《釋文》云'本又作霤',誤字耳。《考文》古本采之,非也。"

何草不黄

何草不黄,何日不行。何人不將,經營四方。
何草不玄,何人不矜。哀我征夫,獨爲匪民。
匪兕匪虎,率彼曠野。哀我征夫,朝夕不暇。
有芃者狐,率彼幽草。有棧之車,行彼周道。

〔**何人不矜**〕　鄭《箋》:"無妻曰矜。"山井鼎《考文》:古本"何人不鰥"。王氏《詩攷》引董氏云:"《韓詩》作'何人不鰥'。"《書大傳》、《論衡》各引《詩》同。王引之云:"矜,讀爲瘝。《爾雅》:'鰥,病也。'郭注引《召誥》:'智藏瘝在。"……瘝、鰥、矜古字通。上文'何草不黄'、'何草不玄',玄、黄皆病也。則'矜'亦當訓爲病。劬勞于野,故言病也。《爾雅》曰:'劬勞,病也。'"馬瑞辰云:"矜,古通借作鰥。蓋鰥从眔聲,古讀如昆,與今雙聲,故通用。……《後漢書·和帝紀》'朕寤寐恫矜',李賢注:'矜,病也。'字别作瘝,《書》鄭注:'瘝,病也。''何人不矜',猶何人不病耳。《爾雅·釋言》又曰:'矜,苦也。'義並與病近。《箋》訓爲鰥寡,失之。"王説、馬説是矣。

大　雅

大　雅

文王之什

文　王

文王在上，於昭于天。周雖舊邦，其命維新。有周不顯，帝命不時。文王陟降，在帝左右。

亹亹文王，令聞不已。陳錫哉周，侯文王孫子。文王孫子，本支百世。凡周之士，不顯亦世。

世之不顯，厥猶翼翼。思皇多士，生此王國。王國克生，維周之楨。濟濟多士，文工以寧。

穆穆文王，於緝熙敬止。假哉天命，有商孫子。商之孫子，其麗不億。上帝既命，侯於周服。

侯服于周，天命靡常。殷士膚敏，祼將于京。厥作祼將，常服黼冔。王之藎臣，無念爾祖。

無念爾祖，聿修厥德。永言配命，自求多福。殷之未喪師，克配上帝。宜鑒于殷，駿命不易。

命之不易，無遏爾躬。宣昭義問，有虞殷自天。上天之載，無聲無臭。儀刑文王，萬邦作孚。

〔**其命維新**〕　《孟子·滕文公》、真德秀《四書集編》、趙順孫《四書纂疏》、胡炳文《四書通》諸舊本、《禮記》注疏本、王氏《詩攷》引《禮記》各引《詩》作"惟",《文選》潘岳《西征賦》注、任昉《宣德皇后令》注各引《毛詩》亦作"惟"。按:"維",小字本、相臺本同。《唐石經》初刻"惟",後改"維"。阮校:"案:初刻誤。"《爾雅·釋詁》:"伊、維,侯也。"邢疏:"皆發語辭。"鄭樵云:"維,引辭也,不絶之義也。"《正字通》:"《尚書》助辭皆用惟……《詩》助辭多用維……《左傳》助辭用唯,《魯論》助詞用惟。"《説文》:"唯,諾也。"王引之云:"蓋但取聲氣,故亦引申爲發語辭。作'惟'、作'維'、作'雖',皆假借。"是"維"、"惟"、"唯"用作發語辭時,無論用於句首、句中,皆爲助辭,可通用也。

〔**亹亹文王**〕　毛《傳》:"亹亹,勉也。"董氏引崔靈恩《集注》作"娓娓文王"。《墨子·明鬼》引《詩》"穆穆文王"。《國語》韋注:"亹亹,勉勉也。"《爾雅》:"没,勉也。"《玉篇》、玄應《一切經音義》引《周易》劉瓛注並云:"亹亹,猶微微也。""微"與"尾"通,《説文》:"尾,微也。"《釋名》亦云:"尾,微也。"故"亹亹"又作"娓娓"也。胡承珙云:"《稽古編》曰:'宋徐鉉以《説文》無亹字,欲改亹作娓,董氏從而和之。又引崔《集注》作"娓娓文王"。爲謬説也。經典字不載《説文》者多矣,可勝改乎?'……鈕匪石《説文新附考》曰:'《易》"定天下之亹亹",《釋文》音亡偉反,鄭云:"没没也。"王肅云:"勉也。"據《玉篇》"亹爲亹之俗字",知亹、亹並釁之俗字,蓋釁字一變爲亹,再變爲亹,以音近文,俗又加文也。'承珙案:鈕説是也。古釁字本有勉義,襄二十六年《左傳》'夫小人之性釁於勇',杜注:'釁,動也。'《正義》曰,賈、鄭先儒皆以釁爲動。王延壽《魯靈光殿賦》'仡奮釁以軒鬐'(今《文選》釁字作亹),是釁爲奮、動之意,奮、動皆與勉義相近,諸書釁多作亹,《〈史記·高祖紀〉索隱》引應劭云:

‘亹呼爲疊。’此形之所以又變爲亹也。《周禮·天府》《鬯人》《雞人》,注皆云:‘亹讀爲徽。’此音之所以又變爲亡偉反也,要其爲勉義則相承不變。《棫樸》‘勉勉我王’,《荀子·富國篇》引作‘亹亹我王’,知亹、勉義同,故此《傳》云:‘亹亹,勉也。’”馬瑞辰云:“《爾雅·釋詁》:‘亹亹,勉也。’《廣雅·釋訓》:‘亹亹,進也。’進亦勉也。《説文》無亹字,疊者亹之省,隸變爲亹,或作亹。亹从爨省,从西,分聲;亹从爨省,从西,文聲;分、文古音同部,故字同音亦同也。古音徽與文通,故《周官》鄭司農注曰:‘亹讀爲徽。’徽从微省聲,音近眉,故古鐘鼎文眉壽字多作亹,又作亹。楚史老,字子亹,亹即眉也。《易·繫辭》‘成天下之亹亹者’,崔靈恩讀作娓娓。《説文》媚讀若眉(陳金生校文:疑此文當作‘《説文》媚从眉聲,娓讀若媚’,方與上下文相應),則知亹之通作娓,猶眉之借作亹與亹也。亹又音門,《詩》‘鳧鷖在亹’是也。亹、勉一聲之轉,《禮器》‘君子達,亹亹焉’,鄭注:‘亹亹,猶勉勉也。’《棫樸》詩‘勉勉我王’,《荀子·富國篇》引作‘亹亹我王’,《韓詩外傳》引作‘亹亹我王’是也。勉勉又轉爲明明。《爾雅·釋詁》:‘孟,勉也。’孟、明古同聲通用,故勉謂之孟,重言之則曰明明。……《江漢》‘明明天子,令聞不已’,猶此詩‘亹亹天子,令聞不已’也。《魯頌·有駜》詩‘在公明明’,猶言‘在公勉勉’也。亹亹又轉爲没没,《易·繫辭》‘成天下之亹亹者’,鄭注:‘亹亹,没没也。’《爾雅·釋詁》:‘蠠没,勉也。’邵晉涵《正義》曰‘亹亹、蠠没,以聲轉爲義’是也。又轉爲勿勿,《大戴·曾子立事篇》‘君子終身守此勿勿’,盧辨注:‘勿勿,猶勉勉也。’又通作穆穆,《墨子·明鬼篇下》引此《詩》作‘穆穆文王,令問不已’是也。又轉爲旼旼,《大戴記》‘亹亹穆穆’,司馬相如《封禪文》‘旼旼穆穆’,旼旼即亹亹也。《説文》:‘忞,强也。’段本作‘自勉强也’。又曰:‘慔,勉也。’《論語》‘文莫吾猶人也’,劉台拱曰:‘文莫即勉强。'《廣雅·釋詁》:'文,勉也。'並同義。是則亹亹、娓娓、勉勉、明明、没没、勿勿、穆穆、旼旼,皆以聲近互轉,字當以忞忞爲正。忞又通作䀢,《説文》引《周書》'在受德忞',今《立政》作䀢。《釋詁》:'䀢,强也。'《説文》:'敃,彊也。'敃又借作昏,《盤庚》'不昏作勞',鄭注:'昏讀爲䀢。䀢,勉也。'《爾雅·釋訓》:'懋懋、慔慔,勉也。'慔慔亦没没之轉。"按:胡氏、馬氏釋之甚諦,互見其義,今悉從之。

〔**陳錫哉周**〕　《釋文》:"哉,如字。毛:載也。鄭:始也。《左傳》作載,本又作載。同。"今《左傳·宣公十五年》《昭公十五年傳》、《國語·周語》各引《詩》作"載",《史記·周本紀》引《詩》同。毛《傳》:"哉,載。"鄭《箋》:"哉,始。"戴震曰:"《春秋傳》及《國語》引此詩皆作'陳錫載周'……古字載與栽通,栽猶殖也。言文王能布大利於天下,以豐殖周。《國語》説之曰:'故能載周,以至於今。'是也。"胡承珙曰:"《傳》、《箋》皆以'哉周'爲始,承上章'其命維新'而言也。或以古字哉、栽、載並通用,此詩當訓哉爲栽。栽,植也。此則與下文'本支'義相屬。"馬瑞辰云:"哉、才以同部假借。《説文》:'才,草木之初也。从丨上贯一,將生枝葉也。一,地也。'《爾雅·釋詁》:'哉,始也。'哉即才之假借,哉、載以同聲通用。《臯陶謨》'乃賡載歌曰',《正義》引鄭注:'載,始也。'《臯陶謨》'載采采',《史記·夏本紀》作'始事事',載之爲始,猶哉之爲始也。是知《傳》訓哉爲載,《箋》訓哉爲始,義正相成。宣十五年《左傳》引此詩而釋之曰:'文王所以造周,不是過也。'此詩《序》曰:'文王受命作周也。'《廣雅·釋詁》:'作、造,始也。'是知造周、作周,皆釋詩哉周之義,《箋》謂'造始周國'是也。《國語》'故能載周,以至於今',猶云能造周以至於今,載亦始也。戴震訓爲栽殖之栽,失之。韋昭《國語注》訓載爲成,亦非。"又云:"按:陳,《説文》从𨸏,从木,申聲,古文作𨻰,亦从申。……陳錫即申錫之假借。

《漢書·韋玄成傳》載匡衡上書云:'子孫本支,陳錫亡彊。'義本《齊詩》。而言'陳錫亡彊',與《商頌·烈祖篇》'申錫無彊'正同,是知陳錫即申錫也。申,重也。重錫言錫之多。《左傳》引'《詩》曰:"陳錫哉周。"能施也。'施即錫字,不解陳字。《箋》及杜注訓陳爲敷布,失之。"馬説可從。

〔**本支百世**〕　《左傳·莊公六年》引《詩》"本枝百世"。《文選·張衡〈南都賦〉》注引《毛詩》,沈約《齊故安陸昭王碑文》注、《北堂書鈔》一、《白帖》十九及二十、釋玄應《一切經音義》二十三各引《詩》同。毛《傳》:"本,本宗也。支,支子也。"馬瑞辰云:"本如木之有本,支即枝也。"林義光《文源》:"支即枝之古文,别生條也。"《衛風·芄蘭》"芄蘭之支"即"芄蘭之枝"也。又《漢書·鼂錯傳》"屮木蒙蘢,支葉茂接",例同。此詩"本支百世"之"支子"乃"庶子"之稱,謂分支、支派,猶木之枝條也。"支"爲本字。

〔**不顯亦世**〕　《魏書·禮志》引《詩》"不顯奕世",《後漢書·袁術傳》李賢注引《詩》"不顯奕代"。按:"不"、"丕"通用,於經傳中多有其例,僅《詩經》即見二十一處。或爲助詞,無義。《玉篇》:"不,詞也。"王引之云:"經傳所用,或作丕。"楊樹達云:"按古'不'、'丕'通用。'丕'爲無義之助詞者甚多,故'不'亦有爲助詞而無義者。"顧炎武釋"不"爲"丕"。馬瑞辰云:"不、亦二字皆語詞,'不顯亦世'謂其顯及世。……《魏書·禮志》引《詩》作'不顯奕世',《後漢書·袁術傳》注引作'不顯奕代'。(按:'代'字蓋避唐諱而改。)今按汪中曰:'《執金吾武榮碑》"亦世載德",《楊震碑》"亦世繼明",《綏民校尉熊君碑》"亦世載德",李翕《西狹頌》"亦世賴福",《中常侍樊安碑》"亦世載德",樊毅《修華嶽廟碑》"亦世克昌",《先生郭輔碑》"休矣亦世",亦世即奕世也。然則《大雅》之"不顯亦世"即乃"丕顯奕世"耳。亦與奕古本通用,(《爾雅·釋詁》:'奕,大也。'《噫嘻》詩'亦服爾耕',《豐年》詩'亦有高廩',《箋》並云:'大也。'是亦即爲奕之證。)奕之言繹也。《玉篇》:"繹,長也。"奕世即長世也。或亦訓爲累世,《後漢書·楊秉傳》"臣奕世受恩",注:"奕,猶重也。"重即累也。《三家詩》蓋有作奕世者,爲《魏書》及漢碑、《後漢書》注所本,則"不顯奕世"與"不顯成康"句法相類。'然據下文'世之不顯'即承上'不顯亦世'言之,仍從《毛詩》作亦,訓爲語詞爲允。"上説是矣。

〔**維周之楨**〕　《文選·任昉〈出郡傳舍哭范僕射〉》注引《毛詩》"惟周之楨"。《爾雅·釋言》舊注引《詩》"維周之禎"。按:"維"、"惟"古通用。毛《傳》:"楨,幹也。"古衹作"貞"。嚴《緝》云:"《釋詁》:'楨、翰、儀,榦也。'舍人云:'楨,築牆所立之兩木也。''王后維翰'及'維周之翰',《傳》皆云:'榦也。'《疏》云:'榦者,築牆所立之木。'然則楨也、翰也、榦也,一物也,字當作榦,傳寫誤作幹,鄭以此爲幹事之臣,失之矣。"胡承珙云:"案:舍人注《爾雅》云:'楨,正也。築牆所立兩木也。榦,所以當牆之兩邊障土者也。'是楨與榦爲二物。《爾雅》、毛《傳》蓋以皆築牆所用之木,故渾言之曰'楨,榦也'。木所立表曰榦,因而人之立事亦曰榦,此義之引申者,故《文言》曰:'貞,固足以榦事。'《箋》正所以申《傳》,非易《傳》也。"按:《説文》:"榦,築牆耑木也。从木,倝聲。"《書·費誓》注:"題曰楨,旁曰榦。"《正義》云:"題曰楨,謂當牆兩端者。旁曰榦,謂在牆邊者也。"段玉裁云:"然則舊説皆謂楨爲兩端木,榦爲夾版兩邊木。許不尒者,舊説析言之,《爾雅》與許皆渾言之也。"按:"貞",古文"楨"字。《爾雅》舊注引《詩》作"禎"者,蓋以形近致訛也。

〔**其麗不億**〕　《説文繫傳》引《詩》"其麗不億"。王引之云:"不,語詞。不億,億也。'商之孫子,其麗不億',猶曰'子孫千億耳'。《箋》以爲'不徒億',失之。趙岐《孟子注》誤與《箋》同。"陳奂云:"麗讀爲數,此亦假借也。《方言》:'數,數也。'《説文》、《玉篇》、《廣雅》同。"

〔**侯服于周,天命靡常。殷士膚敏,祼將于京**〕　《春秋繁露·堯舜》引作"殷士膚敏,祼將于京。侯于周服,天命靡常"。蓋傳寫誤倒。

〔**祼將于京**〕　"祼",《唐石經》、小字本、相臺本、閩本同;明監本、毛本誤作"裸"。

〔**常服黼冔**〕　《釋文》:"冔,況甫反。殷冠名。《字林》作冔。又火于反。"《釋名》:"冔,亦殷冠名也。"本詩《傳》曰:"冔,殷冠也,夏后氏曰收,周曰冕。"《儀禮·士冠禮》:"周弁,殷冔,夏收。"《集韻》:"冔,匈于切。並音訏。"《玉篇》:"冔,殷冠名。"《五經文字》:"冔同冔。"

〔**無念爾祖**〕　《孝經》引《詩》作"毋念爾祖",《釋文》:"毋,音無本亦作無。"《左傳·文公二年》、《漢書·東平思王宇傳》各引《詩》"毋念爾祖"。此詩毛《傳》:"無念,念也。"王引之云:"孟康注《漢書·貨殖傳》曰:'無,發聲助也。'字或作毋。訓勿者,本字只作毋。"馬瑞辰云:"《傳》以無爲語詞,但據《爾雅·釋訓》'勿念,勿忘也'與'不徹,不道也'一例,是讀勿與有無之無同,不以無爲語詞,則當訓念爲忘。古字以相反爲義,或有訓念爲不念者,與亂之訓治相類。《〈孝經〉釋文》引鄭注:'無念,無忘也。'義本《釋訓》,與毛《傳》義異。"按:此句中之"無"字應爲語助。

〔**聿修厥德**〕　毛《傳》:"聿,述。"《漢書·東平思王宇傳》引《詩》"述修厥德",《後漢書·吕强傳》引《詩》同。陳喬樅云:"《漢書·儒林·王式傳》:'山陽張長安事式,爲博士,由是《魯詩》有張氏學。張生兄子游卿爲諫大夫,以《詩》授元帝。'是元帝習《魯詩》,此引《魯詩》異文也。"《正義》引《爾雅》:'聿,述也。"陳奂云:

"《爾雅》:'律,述也。適,述也。'古聿、律、適通用,聿同曰,故《詩》中聿字皆語詞,無實義,唯此聿爲述。《漢書·東平思王傳》及《後漢書·宦者·吕强傳》引《詩》皆作述,此聿、述聲通之證。述當讀如述所職之述,'無念爾祖,述修厥德',言爾祖能述所職,爾庶國亦當念勤修爾祖之德也。"

〔**宜鑒于殷**〕　《禮記·大學》引《詩》"儀監于殷"。《漢書·翼奉傳》引《詩》"宜監于殷"。按:以上兩引皆誤。

〔**駿命不易**〕　《禮記·大學》引《詩》作"峻命不易"。《爾雅》:"駿,大也。""駿,長也。"長、大義近。《説文》:"陖,高也。从山,陵聲。峻,陖或省。"《集韻》:"峻,大也。"《禮記·大學》:"克明峻德。"鄭注:"峻,大也。"《楚辭·離騷》:"冀枝葉之峻茂兮,願竢時乎吾將刈。"王逸注:"峻,長也。"是"駿"、"峻"可通用也。然則此詩仍以"駿"爲正字。

〔**無遏爾躬**〕　《釋文》:"遏,於葛反。或作謁,音同。"毛《傳》:"遏,止。"《韓詩》:"遏,病也。"《廣韻》:"瘍,内熱病也。"王先謙《詩三家義集疏》:"'遏,病也'者,《釋文》引《韓詩》文。黄山云:'《韓詩外傳》一:"學而不能行之,謂之病。"《説文》:"遏,微止也。从辵,曷聲。""辵,乍行乍止也。"是"遏"之訓"止",即身之不行,故謂之"病"。此韓本義。'"馬瑞辰云:"《説文》:'遏,讀若桑蟲之蝎。'《春秋》襄二十五年《左氏》本'吴子遏伐楚',《公》、《穀》經俱作謁,是遏、謁古同音通用之證。"是"遏"、"瘍"、"謁"皆可通也。《毛詩》以"遏"之本義解經,《韓詩》則以"遏"爲"瘍"之借耳。

〔**上天之載**〕　毛《傳》:"載,事。"《禮記·中庸》:"上天之載。"鄭注:"載讀曰栽。謂生物也。"《漢書·揚雄傳》作"上天之縡",顔注:"縡讀與載同。"《廣雅·釋詁》:"縡,事也。"《玉篇》:"縡,子代切。事也。載也。"陳奂云:"毛訓載爲事,實包括生物之義。"《說文》無"綼"字。《字林》"載"與"綼"音訓同。

〔**儀刑文王**〕　《潛夫論·德化》引作"儀形文王",蓋同音通假也。

〔**萬邦作孚**〕　《禮記·緇衣》、《風俗通義》引《詩》作"萬國作孚"。

〔**宣昭義問**〕　王引之云:"《大雅·文王》篇'宣昭義問',宣,明也。僖二十七年《左傳》'民未知信,未宣其用';《晉語》'武子宣法以定晉國'。韋昭、杜預注並曰:'宣,明也。'宣昭猶言明昭,《周頌·時邁》篇'明昭有周'、《臣工》篇'明昭上帝'是也。毛《傳》曰:'義,善也。'問讀爲'令聞不已'之聞。言明昭善名於天下也。昭三十二年《左傳》'宣昭令名',義與此同也。《周頌·雝》篇'宣哲維人',宣哲,猶明哲也。《大雅·烝民》篇'既明且哲'是也。《箋》訓'宣'爲'徧',雖本《爾雅》,但於詩義未協。"鄭《箋》:"宣,徧。……徧明以禮義問老成人。"馬瑞辰云:"按:宣昭猶言明昭,義問猶言令問,蓋問字通作聞。《說文》:'聞,知聲也。'引申之義爲聲問,朱子《集傳》謂'布明其善譽於天下',是也。《箋》謂'以禮義問老成',失之。"按:以上王氏、馬氏之論俱切詩義。

大　明

明明在下,赫赫在上。天難忱斯,不易維王。天位殷適,使不挾四方。

摯仲氏任,自彼殷商,來嫁于周,曰嬪于京。乃及王季,維德之行。大任有身,生此文王。

維此文王,小心翼翼。昭事上帝,聿懷多福。厥德不回,以受方國。

天監在下，有命既集。文王初載，天作之合。在洽之陽，在渭之涘。文王嘉止，大邦有子。

大邦有子，俔天之妹。文定厥祥，親迎于渭。造舟爲梁，不顯其光。

有命自天，命此文王。于周于京，纘女維莘。長子維行，篤生武王。保右命爾，燮伐大商。

殷商之旅，其會如林。矢于牧野，維予侯興。上帝臨女，無貳爾心。

牧野洋洋，檀車煌煌，駟騵彭彭。維師尚父，時維鷹揚，涼彼武王，肆伐大商。會朝清明。

〔**天難忱斯**〕　《説文·言部》、《漢書·貢禹傳》、《後漢書·胡廣傳》、《春秋繁露·天地陰陽》並作"在難諶斯"。《韓詩外傳》卷十作"天難訦斯"。毛《傳》："忱，信也。"《方言》："訦，信也。"《説文》："諶，誠諦也。从言，甚聲。""訦，燕、代、東齊謂信訦也。"按："諶"、"忱"音近義同，古通用。《説文》："忱，誠也。"蓋"忱"、"訦"音義同，亦可互假也。此詩正字當作"諶"。

〔**不易維王**〕　《韓詩外傳》、《春秋繁露·天地陰陽》、《漢書·貢禹傳》、《後漢書·胡廣傳》各引《詩》"維"作"惟"。語詞"維"、"惟"通用。

〔**天位殷適，使不挾四方**〕　王氏《詩攷》引《韓詩外傳》引《詩》"位"作"謂"。今本《韓詩外傳》引《詩》同。一本仍作"位"。按：《韓詩外傳》云："紂之爲主，戮無辜，勞民力，冤酷之令，加於百姓，憯悽之惡，施於大臣。羣下不信，百姓疾怨，故天下叛而願爲文王臣，紂自取之也。夫貴爲天子，富有天下，及周師至而令不行乎左右,悲夫！當是之时,索爲匹夫,不可得也。《詩》曰:‘天謂殷適,使不挾四方。’”陳奂云:“韓義同。疑‘謂’乃‘位’之字誤,‘俠’與‘挾’字通。”另見《漢書·季布傳》注:“俠之言挾也。”《法言》注:“俠與挾同。”

〔**曰嬪于京**〕　《爾雅·釋親》郭注引《詩》“曰”作“聿”。王引之云:“《説文》曰:‘吹,詮詞也。’字或作‘聿’,或作‘適’,或作‘曰’,其實一字也。”

〔**大任有身**〕　《潛夫論·五德志》引《詩》“大姙有身”。釋玄應《一切經音義》十九引《詩》“太任有娠”。《廣雅》:“身,傦也。”《玉篇》:“傦,妊身也。”《左傳·哀公元年》注:“娠,懷身也。”《〈禮記·月令〉釋文》:“娠音身。”毛《傳》:“身,重也。”鄭《箋》:“重謂懷孕也。”是“任”亦作“姙”(妊),“身”乃古“傦”字也。

〔**聿懷多福**〕　《春秋繁露·郊祭》引《詩》“允懷多福”。班固《明堂詩》引同。王夫之云:“聿,古文作昹。允字與昹旁之𠃌相近,作允者或傳寫之誤。”

〔**在洽之陽**〕　毛《傳》:“洽,水也。”《釋文》:“洽,户夾反,一音庚合反。水名也。案:馮翊有郃陽縣。應劭云:‘在郃水之陽。’郃音户荅反。”馬瑞辰云:“洽即郃之假借。《説文》:‘郃,在馮翊郃陽。’引《詩》‘在郃之陽’。顔師古《漢書注》引《詩》亦作郃。《三家詩》蓋有從本字作郃者。《括地志》:‘郃陽故城在同州河西縣南三里,古莘國在同州河西縣南二十里。’《元和郡縣志》:‘夏陽縣古有莘國,漢郃陽縣之地,乾元三年改爲夏陽縣,縣南有莘城,即古莘國,文王妃大姒即此國之女。’是皆莘在郃陽之證。漢郃陽縣蓋因《詩》‘在郃之陽而立名。郃古省作合,《魏世家》文侯時‘西攻秦,築雒陰、合陽’,字作合。段玉裁曰:‘蓋合者水名,《毛詩》本作“在合之陽”,故許引以説會意。秦漢間乃製郃字耳。今《詩》作洽者,後人意加水旁。許引《詩》作郃,後人所改。'今按段説是也。合水之加邑作郃,猶豐水《詩》、《書》止作豐,《左傳》及《説文》皆加邑而作酆耳。"陳奂云:"蓋水以北爲陽,洽陽,洽水之北,是商莘國在洽水北,不在洽水南。漢高帝爲劉仲築城於郃陽縣之東北,爲郃陽侯。漢初稱或不誤矣。渭亦莘國之水名,莘國雖東濱大河,亦在渭水之北,故下文云'親迎于渭'也。"以上二説均撮其要,可從。

〔**在渭之涘**〕　徐堅《初學記》六引《詩》"於渭之涘"。正字應作"在"。

〔**俔天之妹**〕　毛《傳》:"俔,磬也。"鄭《箋》:"既使問名,還則卜之。又知大姒之賢,尊之如天之有女弟。"《釋文》:"俔,牽遍反,磬也。……《説文》云:'譬,譬也。'《韓詩》作磬。磬,譬也。"《正義》:"此'俔'字,《韓詩》文作'磬',則俔、磬義同也。《説文》云:'俔,諭也。《詩》云:"俔天之妹。"'謂之譬喻,即引此詩。《箋》云'尊之如天之有女弟',與譬喻之言合,蓋如今俗語譬喻物,云'磬作'然也。"《説文》(段注本):"俔,諭也。一曰間見。从人,从見。《詩》曰:'俔天之妹。'"段注:"各本作'譬諭',今依《詩正義》訂。《言部》曰:'譬者,諭也。'則言'諭'已足矣。《大雅·大明》曰:'俔天之妹。'《傳》曰:'俔,磬也。'此以今語釋古語。俔者,古語;磬者,今語。二字雙聲,是以《毛詩》作'俔',《韓詩》作'磬'。……許不依《傳》云'磬'而云'諭'者,'磬'非正字,以六書言之,乃'俔'之假借耳。不得以假借字釋正字也。磬、罄古通用,《爾雅》:'罄,盡也。'猶言'竟是天之妹'也。……此會意包形聲。苦甸切。十四部。"盧召弓《鍾山札記》曰:"竊謂俔从人从見,則見字義長,猶所謂見若神人也。譬喻之意亦在其中,未必即以磬爲譬。《韓非子·外儲説上》云:'犬馬人所知也,旦暮罄於前;鬼神無形者,不罄於前。'古罄、磬同一字,以韓非之説證之,則俔可訓見,磬未嘗不訓見。在毛公當日，磬之義人所共曉，故即以磬解俔耳。”胡承珙云：“《傳》以‘磬’釋‘俔’，《箋》以‘如’申毛，孔《疏》解以‘磬作’，是，唐時猶有此語，其訓詁由來久矣。段注《説文》謂：‘俔者，古語。磬者，今語。二字雙聲，是以毛作俔，韓作磬。’毛以磬釋俔，是‘以今語釋古語’，此説是也。……盧氏又從‘聞見’爲義，諸説皆非是。《後漢書·胡廣傳》‘俔天必有異表’，若曰竟是、曰閒見、曰聞見，則必連‘之妹’二字方成文義，必不得以‘俔天’二字單言。惟訓‘如’，則‘如天’二字本可斷讀，《〈君子偕老〉傳》曰‘尊之如天’是也。”馬瑞辰云：“俔、磬二字雙聲，故通用。……據《説文》‘俔，譬諭也’，當以俔爲正字。《韓詩》作磬，通借字也。漢世通借作磬已久，人皆知磬之爲譬，故毛公以今釋古，《韓詩》遂从今字作磬耳。《正義》曰：‘蓋如今俗語譬喻物云“磬作”然也。’是唐時猶通以磬作爲譬。至《爾雅·釋言》‘閒，俔也’，亦釋此詩，當俔在閒上，今本誤倒耳。據《釋詁》‘顯、閒，代也’，顯、俔音相近，郝懿行曰：‘顯即俔之假音。’今按：代亦比儗之詞，猶言譬也。《説文》：‘代，更也。’古者以此易彼謂之代，以此儗彼亦謂之代，晉、宋人儗古詩皆曰代，其遺義也。又以此儗彼則猶有彼此之别，故代亦曰閒，是知《爾雅》以閒釋俔，閒代之義亦與譬通。《説文》俔字注‘一曰閒見’，即本《爾雅》‘俔，閒’之義。郝懿行曰：‘凡譬况之詞，必取非常所見，故云“罕譬而諭”。《方言》謂之代語，《説文》謂之閒見，其義一也。’”

〔**文定厥祥**〕　《白帖》七引《詩》“大定厥祥”，以字形相近，“文”誤作“大”。

〔**造舟爲梁**〕　《釋文》：“造，七報反，又七道反。毛云：天子造舟。《方言》云：‘浮梁也。’《廣雅》作艁。音同。《説文》：‘艁，古造字。’”《説文·辵部》：“造，就也。从辵，告聲。譚長説：造，上士也。艁，古文造，从舟。”段注：“按：艁者，謂並舟成梁，後引伸爲凡成就之言。”毛《傳》:“天子造舟,諸侯維舟,大夫方舟,士特舟。造舟,然後可以顯其光輝。”(“天子造舟”至“特舟”,皆出自《釋水》文。)李巡曰:“比其舟而渡曰造舟,中央左右相維持曰維舟,併兩船曰方舟,一舟曰特舟。”《正義》云:“然則造舟者,比船於水,加板於上,即今之浮橋,故杜預云‘造舟爲梁’,則河橋之謂也。……禮,天子乃得造舟。”

〔**有命自天,命此文王**〕　《文選·陸機〈贈馮文羆遷斥丘令〉》李注引《詩》“有命自天,生我文王”。李注所引有誤。

〔**纘女維莘**〕　《水經注·河水》、《太平御覽》一百三十五引《詩》“女”作“汝”。誤。按:毛《傳》:“纘,繼也。莘,大姒國也。”鄭《箋》:“使繼大任之女事於莘國。”馬瑞辰云:“《括地志》引《世本》曰:‘莘國,姒姓,夏禹之後。’《唐世系表》、《唐韻》並曰:‘夏啓封支子於莘。’是莘爲大姒國之證。‘纘女’與‘長子’相對成文,纘當爲嬪字之假借。《説文》:‘嬪,自好也。’《廣雅·釋詁》:‘嬪,好也。’《廣韻》:‘嬪,好容皃。’……女之美色爲好,美德亦爲好。嬪女謂好女,猶言淑女、碩女、静女,皆美德之稱。詩言莘國有好女,倒其文則曰‘纘女維莘’,以與‘長子維行’相屬對。《傳》、《箋》不明假借之義,遂以纘字本義釋之。但云‘繼女’則不詞,故必增成其義,謂‘使繼大任之事於莘國’,然與‘長子’即長女語不相類,非詩義也。”是“女”爲男女字,引作“汝”則謬矣。

〔**保右命爾**〕　《釋文》:“右,字亦作佑。”《太平御覽》三百三引《詩》“保佑命爾”。《大雅·假樂》“保右命之”,《中庸》作“保佑命之”。郝懿行云:“《説文·口部》:‘右,助也。’《又部》:‘右,手口相助也。’通作佑。又通祐。《易·繫辭》:‘祐者助也。’《説文》:‘祐,助也。’”江沅云:“祐,後出之字,古祗作右。又别造佑。”

〔**燮伐大商**〕　應劭《風俗通義·皇霸》引《詩》“涼彼武王,

襲伐大商”。馬瑞辰云:“燮與襲雙聲,燮伐即襲伐之假借。猶《淮南子·天文篇》‘而天地襲矣’,高注:‘襲,和也。’襲即燮字之借也。《春秋左氏傳》曰:‘有鐘鼓曰伐,無曰襲。’《公羊·僖三十三年》何休注:‘輕行疾至,不戒以入,曰襲。’《周書·文傳解》引《開望》曰:‘土廣無守可襲伐。’伐與襲對文則異,散文則通。《風俗通·皇霸篇》引下章‘肆伐大商’作‘襲伐’,竊謂襲伐本此章‘燮伐’之異文,《三家詩》蓋有用本字作襲伐者,應劭偶誤記爲下章文耳。燮伐與肆伐義相成,襲伐言其密,肆伐言其疾也。據《公羊》注以襲爲輕行疾至,則襲伐與肆伐義亦相近。《傳》、《箋》並訓燮爲和,失之。”

〔**其會如林**〕　《説文·㫃部》引《詩》“其旝如林”。鈕樹玉云:“《説文》引《詩》恐後人增。《詩》本作會,毛、鄭於會並無説,《釋文》亦不云《説文》作旝。”鈕説是。

〔**上帝臨女**〕　《周易輯解》引干寶注作“上帝臨爾”。《國語》、《春秋繁露》各引《詩》“上帝臨汝”。《説文》:“爾,麗爾,猶靡麗也。”段注:“麗爾,古語。靡麗,漢人語。……後人以其與汝雙聲,假爲爾汝字。又凡訓如此、訓此者皆當作尒,乃皆用爾,爾行而尒廢矣。”《小爾雅·廣詁》:“爾,汝也。”又《説文》:“女,婦人也。”《集韻·語韻》:“女,爾也。通作汝。”是經文本字當爲“女”。

〔**無貳爾心**〕　《漢書·貢禹傳》引《詩》作“毋貳爾心”。《周易輯解》引干寶注作“无貳爾心”。《春秋繁露·天道無貳》引《詩》“無二爾心”。按:“無”、“毋”通用。《説文》“無”下注云:“丂,奇字無也。”馬瑞辰云:“貳者貣之譌,貣者忒之借。‘無貳爾心’即‘無忒爾心’。《閟宫》詩‘無貳無虞’亦當爲無忒。”《説文》:“忒,更也。……他得切。”段注:“按:《人部》:‘代,更也。’忒與音義同。《〈尸鳩〉傳》曰:‘忒,疑也。’《〈瞻卬〉傳》曰:‘忒,差也。’皆一義之區别也。《左部》曰:‘𢀩(差)者,貣也。參差不相值也。’不相值即更改之意。”又《衛風·氓》“士貳其行”,王引之云:“貳當爲貣之譌。貣音他得切。即忒之借字也。”另,陳喬樅云:“貳與二,古通用字。”陳奐云:“貳讀爲二。”按:以上二陳之説皆未諳“貳”爲“貣”之訛,“貣”爲“忒”之借,故與詩義不協。

〔**牧野洋洋**〕　《水經注》引《詩》作“坶野洋洋”。《説文》:“坶,朝歌南七十里地。《周書》曰:‘武王與紂戰于坶野。’从土,母聲。”段注:“此《書序》文也。今《書序》紂作受,坶作牧。《詩·大明》‘矢于牧野’,《正義》引鄭《書序》注云:‘牧野,紂南郊地名。《禮記》及《詩》作坶野,古字耳。’此鄭所見《詩》、《禮記》作坶,《書序》衹作牧也。許所據《序》則作坶。蓋所傳有不同,坶作坶者,字之增改也。每亦母聲也。”

〔**檀車煌煌**〕　《韓詩外傳》引《詩》“檀車皇皇”。毛《傳》:“煌煌,明也。”《説文》:“煌,煌煇也。从火,皇聲。”徐鍇《繫傳》:“煌煌,煇也。”《玉篇》:“煌,光明也。”《説文》:“皇,大也。从自。自,始也。始皇者,三皇,大君也。”吴大澂《古籀補》:“皇,大也。日出土則光大,曰爲君象,故三皇稱皇。”朱芳圃《殷周文字釋叢》:“皇即煌之本字。”或曰:皇象王著冠冕形。又《小雅·采芑》“朱芾斯皇”,毛《傳》:“皇,猶煌煌也。”蓋《韓詩》作“皇皇”,从省,亦用本字也。

〔**駟騵彭彭**〕　《〈鄘風·干旄〉正義》引《異義》古《詩》説、《淮南子·主術訓》許慎注、《公羊傳·隱公元年》徐彦疏,各引《詩》並作“四騵彭彭”。《説文》:“駟,一乘也。从馬,四聲。”段注:“四馬爲一乘。”一乘四馬指兩服兩驂。“駟”或作“四”。《韓非子·愛臣》:‘人臣處國無私朝,居軍無私交……是故不得四從;不載奇兵。”王先慎《集解》引孫詒讓曰:“四與駟通,謂駟乘也。”

〔**涼彼武王**〕　《釋文》:"涼,本亦作諒。……《韓詩》作亮,云:相也。"山井鼎《詩經考文》:古本作諒。《文選》史岑《出師頌》注、李康《運命論》注,《太平御覽》二百六及三百三各引《詩》作諒。《漢書·王莽傳》、《風俗通義·皇霸》、《説文繫傳·通論》各引《詩》作"亮"。馬瑞辰云:"各本《説文》無亮字,段玉裁依《六書故》所據唐本補云:'亮,明也。从儿,高省。'而申釋之曰:'高明者可以佐人,故義爲佐。'《爾雅·釋詁》:'亮、相,道也。'又曰:'亮,右也。''左、右,亮也。'義並相近。《廣雅·釋言》又曰:'亮,相也。'是《韓詩》作'亮'爲正字,《釋文》引'本亦作諒'者,皆假借字。《小爾雅》:'涼,佐也。'與毛《傳》同。"陳喬樅云:"《釋詁》'亮'、'相'並訓爲'導'。'相'又訓'勴','亮'又訓'右','勴'、'右'義皆爲'助'。導引佐佑,皆所以爲贊助也。……亮與諒、涼音同通用。"又云:"據此,《魯詩》作'亮',與《韓詩》同。《漢書·王莽傳》亦作'亮彼武王',是三家同毛。"

〔**會朝清明**〕　《楚辭·天問》"會鼂争盟",一本作"會晁請盟"。《説文》:"鼂,讀若朝。"按:清儒或以爲《天問》之句即《大明》之異文。此詩毛《傳》:"會,甲也。不崇朝而天下清明。"《正義》云:"王肅云:'以甲子昧爽與紂戰,不崇朝而殺紂,天下乃大清明,無復濁亂之政。'……孫毓云:'經傳詁訓未有以會爲甲者,失毛旨而妄難説耳。定本云會甲兵則與會甲子異義。'"胡承珙案:"如王肅説以會兵甲子爲會甲,則《傳》文近於不辭。若如定本《傳》作會甲兵,則《箋》不必復訓會爲合矣。故惟惠氏《古義》云:'古多以甲爲一,如第爲甲第,觀爲甲觀,令爲甲令,夜爲甲夜。'並引《戰國策》云:'武王將素甲三千領戰,一日破紂之國,禽其身。'毛公以意説《詩》,故訓會朝爲甲朝。段氏《毛詩傳》云:'會,古外切。甲與會雙聲,凡器之蓋曰會,日之首曰甲,二者演之爲居首之偁。《貨殖傳》"蓋一州",《漢書》作"甲一州"是也。'以上二説皆善達毛意。毛既以會朝爲甲朝,又云不崇朝者,正申明甲朝猶一朝之意也。武虚谷《群經義證》云:'《楚辭·天問》篇"會鼂争盟,何踐吾期"注:"争,一作請。"考鼂、朝同字,請、清音相近,盟、明通用。是屈子引《詩》"會朝清明"爲問,蓋云以甲子日赴膠鬲請盟之期,非如毛、鄭所云也。'承珙案:王逸注《楚辭》引'膠鬲'事,今其事見《吕覽·貴因篇》,然並無請盟語,《天問》此言雖'會朝'字偶合,未必即引此詩。且若云'甲朝請盟',則詞與意皆未完,經文不當竟住矣。"馬瑞辰云:"會朝猶言會明,會明猶言遲明、黎明,皆比明之義也。《史記·高祖紀》'沛公乃夜引兵還,黎明,圍宛城三市',《漢書》作遲明;《史記·衛青傳》'遲明,行二百餘里',《漢書》作會明。是會明與遲明、黎明同義之證。……《史記·吕后紀》'犂明,孝惠還',徐廣曰:'犂,猶比也。'又作犂旦,《史記·尉佗列傳》'犂旦,城中皆降伏',犂旦即黎明也。今案:比,猶及也,至也。會即比及之義,《廣雅》:'會,至也。'會明、黎明、遲明,皆謂比明、至明,是知會朝亦謂比及於朝,即始朝也。……至《傳》訓會爲甲者,會、甲二字雙聲,甲爲十干第一,甲、一亦雙聲。……一爲數之始,一朝即始朝也,皆與比及於朝之義相通。又按《説文》:'會,合也。'會、合、甲皆一聲之轉,故《説文》嗑讀若甲,而甲亦有合義。……甲可訓會合,則會合之會亦可訓甲。會朝爲天比明、尚未大明之際,故爲合旦。……甲有合義,亦可與會朝相證明矣。"按:上説是矣。

緜

緜緜瓜瓞。民之初生,自土沮漆。古公亶父,陶復陶穴,未有家室。

古公亶父，來朝走馬。率西水滸，至于岐下。爰及姜女，聿來胥宇。

周原膴膴，堇荼如飴。爰始爰謀，爰契我龜。曰止曰時，築室于茲。

迺慰迺止，迺左迺右，迺疆迺理，迺宣迺畝，自西徂東，周爰執事。

乃召司空，乃召司徒，俾立室家。其繩則直，縮版以載，作廟翼翼。

捄之陾陾，度之薨薨，築之登登，削屢馮馮，百堵皆興，鼛鼓弗勝。

迺立皐門，皐門有伉。迺立應門，應門將將。迺立冢土，戎醜攸行。

肆不殄厥愠，亦不隕厥問。柞棫拔矣，行道兑矣。混夷駾矣，維其喙矣。

虞芮質厥成，文王蹶厥生。予曰有疏附，予曰有先後，予曰有奔奏，予曰有禦侮。

〔**自土沮漆**〕　毛《傳》："沮，水。漆，水也。"按：沮漆，《唐石經》、小字本、相臺本同。阮元校："案此《釋文》本也。《釋文》云'沮，七余反，漆音七。'毛云：'沮'、'漆'，二水名。……《六書音均表》云：從《漢書》、《水經注》作'漆'、'沮'。"胡承珙云："《傳》'沮，水。漆，水也'，當本作'沮，沮水。漆，漆水也'。亦是疊經文作訓，爲後人所妄删者。"《漢書·地理志》"右扶風杜陽"，班自注："杜水南入渭，《詩》曰：'自杜。'"顔師古注："《大雅·緜》之詩曰：'人之初生，自杜、漆、沮。'《齊詩》作'自杜'，言公劉避狄而來居杜與沮、漆之地。"（按：顔氏引《詩》"漆沮"二字誤倒。"公劉"係"太王"之誤。）王先謙云："'土'、'杜'古音同通用。《毛詩》'桑土'，《韓詩》作'桑杜'是也。"王引之云："《緜》篇'民之初生，自土沮漆'，毛《傳》曰：'自，用。土，居也。沮，水。漆，水也。'胡氏朏明《禹貢錐指》：'偏考群書，邠地有漆無沮。'引之謹案：土，當從《齊詩》讀爲杜，古字假借耳。杜，水名，在漢右扶風杜陽縣南，南入渭，今屬麟遊、武功二縣。漆水，在右扶風漆縣西，北入涇，今屬邠州。沮，當爲徂。徂，往也。'自土徂漆'，猶下文言'自西徂東'，言公劉去邰適邠，自杜水往至於漆水也。徂與沮相似，又因漆字而誤作水旁耳。邠地有漆無沮，故下章之'率西水滸'，專指漆水而言。《箋》以爲'沮漆水側'，則不知在何水之側矣。又案：此漆水在涇西，與《禹貢》、《小雅》、《周頌》之漆沮在涇東者不同。若以此爲涇東之漆沮，則與邠地無涉，以邠在涇西故也。其《禹貢》、《小雅》、《周頌》之漆沮，則在涇東渭北，《水經·沮水注》：'濁水上承雲陽縣東大黑泉，東南流與沮水合，謂之漆沮水；東逕萬年縣故城北，爲櫟陽渠；又南屈，更名石川水；又南入於渭，即是水也。是漆沮在涇東，南流入於渭。漆水在涇西，北流入於涇，不得以漆水爲漆沮也。且漆沮是一水之名，故《詩》、《書》皆以二字連稱，分言之則謬矣。《毛鄭詩考正》曰：'自土沮漆，謂居地迫小，近此沮洳漆水岸側。證以《魏詩·汾沮洳》，以爲水旁地之稱。'如其説，則經文必作'自土漆沮洳'而其義始明，不得徑省其文，顛倒其字，而曰'自土沮漆'也。且詩人舉水以明界域耳，豈謂一國之人皆居岸側乎？其説非也。《六書音均表》又謂'自土沮漆'當從《水經注》、《漢書》注作'自土漆沮'，而以沮與父爲韻，上文瓞與生自爲一韻。今案：《釋文》作音，先沮而後漆，《唐石經》亦作沮漆。《傳》曰：'沮，水。漆，水也。'又曰:'周原,沮漆之閒也。'《箋》曰:'公劉失職于豳,居沮漆之地。'又曰:'故本周之興,云于沮漆也。'又曰:'循西水厓,沮漆水側也。'《正義》之釋經,釋《傳》、《箋》亦先沮而後漆,閒有作漆沮者,傳寫顛倒耳。今本《水經·漆水注》、《漢書·地理志》注引《詩》作'自土漆沮',亦傳寫之誤。《太平御覽·地部三十》引《水經注》正作沮漆。王應麟《詩攷》、胡三省《通鑑·周紀》注引《地理志》注亦作'沮漆'。又《續漢書·郡國志》注、鈔本《北堂書鈔·地部十三》、《文選·潘岳〈爲賈謐贈陸機詩〉》注及《〈詩譜〉正義》引《詩》並作'自土沮漆',又《〈禹貢〉正義》兩引詩皆作'自土沮漆',且引《傳》云:'沮,水。漆,水也。'則經文之作'沮漆'甚明,不得以他書誤倒之字而改不誤之經文也。且漆沮在涇東,不在涇西,非公劉所居之地,不得言'自土漆沮'明矣。又此章以瓞、漆、穴、室爲韻,而'民之初生'與'古公亶父'皆不入韻。今改'沮漆'爲'漆沮',以與下文'父'字爲韻,而隔絶上文之'瓞'字,使不得與'漆'、'穴'、'室'爲韻。且'瓞'與'生'非韻,而强以爲韻,豈其然乎?其説亦非也。"按:王氏究其原委,見識圓通,辨證精詳,乃篤論也。

〔**古公亶父**〕　《釋文》:"父,音甫。本亦作甫。"《書大傳》、《論衡·初皇》、《韓詩外傳》卷七、《太平御覽》八百三十三各引《詩》並作"古公亶甫"。阮校:"以下多作'甫'字者,以'父'、'甫'爲古今字,易而説之也。"

〔**陶復陶穴**〕　《説文·穴部》引《詩》"陶寝陶穴"。《玉篇·穴部》引《詩》同,注云:"寝,扶福切。或作堎,亦作復。"按:《説文·缶部》(段注本):"匋,作瓦器也。从缶,包省聲。古者昆吾作匋。案:《史篇》讀與缶同。"《玉篇·勹部》:"匋,徒刀切。作瓦器。今作陶。"《説文》段注:"'作'字各本所無,今依《玉篇》補。《大雅》'陶復陶穴',《箋》云:'復穴皆如陶然。'《正義》引《説文》'匋,瓦器竈也'。

按:《穴部》云:‘窯,燒瓦竈也。’《瓦部》云:‘甄,匋也。’然則依《玉篇》爲長。‘作瓦器’者,㱿之燒之皆是其事。故匋之字次於㱿,今字作陶,陶行而匋廢矣。”張慎儀云:“又按《説文》:‘寝,地室也。’《正義》引作‘覆於地也’。《毛詩》古文作復。《三家詩》今文作寝。”

〔**來朝走馬**〕　《玉篇·走部》引《詩》作“來朝趣馬”。《説文》:“走,趨也。”《釋文·孟子音義》:“趨讀如趣,趣之言走也。”《説文》:“趣,疾也。”馬瑞辰云:“走馬即趣馬之假借,故《箋》以早釋來朝,而以疾釋走。《孟子》趙注釋《詩》亦曰:‘遠避狄難,去惡疾也。’《玉篇》引《詩》正作‘“來朝趣馬”,言早且疾也。’是知古本《毛詩》蓋有作趣馬者。或以走馬爲單騎之始,失之。”

〔**率西水滸**〕　《文選·干寶《晉紀總論》引《詩》“帥西水滸”。《水經注·漆水》引《詩》“率先水滸”。《説文》:“率,捕鳥畢也。象絲罔。上下其竿柄也。凡率之屬皆从率。”段注:“畢者,田网也,所以捕鳥,亦名率。按:此篆本義不行,凡衛訓將衛也;逹訓先導也。皆不用本字而用率,又或用帥。如《〈緜〉傳》云:‘率,循也。’《〈北山〉傳》云:‘率,循也。’其字皆當作逹是也。”《説文》:“帥,佩巾也。从巾、𠂤。帨,帥或从兑。”段注:“此二篆今人久不知爲一字矣。……《左傳》‘藻率鞞鞛’,服虔曰:‘藻爲畫藻,率爲刷巾,《禮》有刷巾。’許於《刀部》‘刷’下亦云:‘《禮》有刷巾。’是則刷巾即《左傳》之率。率與帥古多通用。如《周禮·樂師》故書帥爲率,《聘禮》古文帥皆作率。《韓詩》‘帥時農夫’,《毛詩》作率,皆是。佩巾本字作帥,叚借作率也。鄭曰:‘今文帨,古文作説。’是則帥、率、帨、説、㕞、刷六字古同音通用,後世分文析字,帨訓巾,帥訓率導、訓將帥,而帥之本義廢矣。率導、將帥字在許書作逹、作衛,而不作帥與率,六書惟同音叚借之用最廣。”《玉篇·率部》:“率,將領也。”《荀子·富國篇》:“將率不能則兵弱。”楊倞注:“率與帥同。"《廣韻・質韻》:"率,領也。"《周禮・天官・九嬪》:"若有賓客,則从後。大喪,帥敘哭者亦如之。"鄭注:"帥,猶道也。"《廣韻》"率",所類切,去至生。又所律切。微部。"帥",所律切,入術生。又所類切。術部。《水經注・漆水》引《詩》作"率先水滸"者,蓋"西"有"先"音。薛傳均云:"《〈史記・趙世家〉正義》'西'、'先'聲相近。《小明》詩'我征徂西'與'天'爲韻可證。"

〔**至于岐下**〕　《新序・雜事》引《詩》作"至於岐下",《文選・潘岳〈西征賦〉》注引《詩》同。按:"於"、"于"古多通用。

〔**聿來胥宇**〕　《新序・雜事》引《詩》作"聿來相宇"。毛《傳》:"胥,相。宇,居也。"《新序・雜事》蓋涉毛《傳》而易"胥"爲"相"。非。"胥"爲正字。陳奐云:"'胥,相',《釋詁》文。《公劉》同。宇,居。《桑柔》、《閟宫》同。胥宇,猶云相宅也,宅亦居也。"

〔**周原膴膴**〕　毛《傳》:"膴膴,美也。"《釋文》:"膴,音武。美也。《韓詩》同。"《文選・左思〈魏都賦〉》"腜腜坰野",張載注:"腜腜,美也。"李善注引《韓詩》"周原腜腜"。《太平御覽》四百四十八引《左傳》注引《詩》"周原莓莓"。馬瑞辰云:"《廣雅・釋訓》:'腜腜,肥也。'亦本《韓詩》,肥與美一也。腜與膴古通用,《小雅》'民雖靡膴',《釋文》引《韓詩》亦作腜。據《爾雅・釋詁》'楳,愛也',郭注'楳,韓、鄭語',《方言》作'韓、鄭曰憮',是方音讀憮與楳同,膴與腜亦猶是也。《韓詩》蓋本方音,讀膴如腜,字遂作腜,與飴、謀、龜、時、兹爲韻。《毛詩》字雖作膴,其音亦當讀如腜字,音梅。《釋文》音武,失之。腜、美以雙聲爲義。腜通作每,《説文》:'每,草盛上出也。'《左氏・僖二十八年傳》'原田每每',每每謂草之肥盛,即腜腜也。"

〔**爰契我龜**〕　《漢書・敘傳》注、《群經音辨》各引《詩》"爰挈我龜"。本詩毛《傳》:"契,開也。"鄭《箋》:"謀從,又於是契灼其龜而卜之。”馬瑞辰云:“《説文》:‘契,大約也。’《繫傳》引‘《韓子》:“宋人得契,密數其齒。”謂契以刀分之,有相入之齒縫也。’又《列子·説符》亦曰:‘宋人有游於道,得人遺契者,歸而藏之,密數其齒。’注:‘刻處似齒。’是契本以刀判契之稱,因之凡以刀刻物通謂之契。《説文》及《廣雅·釋言》並曰:‘契,刻也。’《淮南子·齊俗篇》‘越人栔臂’,高誘注:‘栔,刻臂出血。’是契與栔一也。……《周官·大卜》‘凡國大貞,卜立君,卜大封,則眂高作龜’,鄭司農曰:‘作龜,謂鑿龜令可爇也。’鑿亦刻而開之也。義與毛《傳》訓契爲開正合。蓋古者占龜之法,皆先用鑿刻開其龜,因於其開處取三兆,墨畫其上,然後灼之。《大卜》‘掌三兆之法,一曰玉兆,二曰瓦兆,三曰原兆’,鄭注:‘其象似玉、瓦、原之璺罅。’《廣雅》:‘罅、璺,裂也。’蓋謂龜之開處,其象相似也。毛《傳》訓契爲開,本謂刻開其龜。《正義》引《卜師》‘開龜’,謂出其占書,失之。《周官·菙氏》‘掌共燋契,以待卜事’,杜子春曰:‘契,謂契龜之鑿也。’引此詩‘爰契我龜’爲證。蓋鑿龜謂之契,其用以鑿龜之具亦謂之契。鄭《箋》以契爲灼,《周官》鄭注以契爲楚焞,並失之。”王先謙云:“‘齊契作挈’者,班固《幽通賦》‘旦算祀於挈龜’,顔注:‘挈,刻也。《詩·大雅·緜》之篇曰:“爰挈我龜。”言刻開之,灼而卜之。’陳喬樅云:‘《〈毛詩〉釋文》:“契,本又作挈。”顔注亦襲舊説,用《齊詩》之訓。《廣雅·釋言》:“契,刻也。”……是“契”又與“栔”通。毛訓“契”爲“開”,當亦謂刻開其龜。《正義》引《卜師》“開龜”注云:“開,謂出其占書也。”恐非。’”陳奂云:“契讀爲挈,《漢書·敘傳》注引《詩》正作挈。《玉篇·㓞部》:‘栔,開也。’”按:《説文·大部》:“契,大約也。从大,从㓞。”段注:“約取纏束之義。……《小宰》:‘聽取予以書契。’大鄭云:‘書契,符書也。’後鄭云:‘書契謂出予受入之凡要。凡簿書之冣目,獄訟之要辭,皆曰契。’引《春秋傳》'王叔氏不能舉其契'。按:今人但於買賣曰文契。經傳或假契爲栔。如'爰契我龜',《傳》曰:'契,開也。'是也。"《玉篇·大部》:"契,券也。"《説文·㓞部》:"栔,刻也。"段注:"按古經多作契,叚借字也。《大雅》'爰契我龜',毛曰:'契,開也。'《周禮》亦作契。"是此詩正字當作"栔",凡作"契"、"挈"者皆假借字耳。

〔**曰止曰時**〕　鄭《箋》:"時,是。……卜從則曰可止居於是。"《正義》:"如《箋》之言,則上曰爲辭,下曰爲於也。"王引之云:"案:經文疊用曰字,不當上下異訓,二曰字皆語辭。時,亦止也。古人自有複語耳。《爾雅》曰:'爰,曰也。曰止曰時,猶言爰居爰處。《玉篇》曰:'《爾雅》:室中謂之跱。跱,止也。(《廣雅》同。《玉篇》又曰:'峙,止不前也。')今本《爾雅》跱作時。《爾雅》又曰:'雞棲于弋爲榤,鑿垣而棲爲塒。'《〈王風·君子于役〉釋文》塒作時。棲止謂之時,居止謂之時,其義一也。《莊子·逍遥遊篇》曰:'猶時女也。'司馬彪注曰:'時女,猶處女也。處,亦止也。《爾雅》曰:'止,待也。'《廣雅》曰:'止、待,逗也。'待與時聲近而義同,待亦通作時。《廣雅》曰:'崒、離,待也。'《方言》崒作萃,待作時,皆古字假借。或以時爲待之譌,非也。"馬瑞辰云:"《爾雅·釋詁》:'時,是也。'《説文》:'是,直也。从日、正。正从一,一㠯止。'是時之本義爲是从正,本有止義,故又引申爲止。《廣雅》:'時,善也。'鄭注《粊誓》曰:'至,猶善也。'是善與至同義,至亦止也。時爲善,即爲止矣。"以上二氏之説皆明允。

〔**迺慰迺止**〕　《南宋石經》"迺"作"乃"。下同。《文選·干寶〈晉紀總論〉》連下三句並引作"乃"。《説文·乃部》:"乃,曳詞之難也。象气之出難。凡乃之屬皆从乃。"徐鉉曰:"今隸書作乃。"又《説文》:"卤,驚聲也。从乃省,西聲。籀文卤不省。或曰:卤,往也。讀若仍。"按:"乃"下段注曰:"《玉篇》'詞'作'離',非也。上當有'者'字。曳有矯拂之意,曳其言而轉之,若而、若乃皆是也,乃則其曳之難者也。"又"卤"下段注曰:"'从乃省'者,从乃而未盡其曲折也。卤者,籀文西字,以西爲聲也。鍇本作'从乃,卤省聲',非是。'驚聲'者,驚訝之聲,與乃字音義俱别,《詩》、《書》、《史》、《漢》發語多用此字作迺,而流俗多改爲乃。"《爾雅·釋詁》:"迺,乃也。"郭璞注:"迺即乃。"邢昺疏:"乃,語辭也。迺、乃音義同。"《廣韻》以"乃"爲今文,以"迺"爲古文。《正字通·辵部》:"迺、乃音義並同,故經傳雜用之。"嚴可均云:"廼,不體。"蓋"迺"爲通用之俗體,作"廼"者則少見也。陳奂云:"經作迺,《箋》作乃。《爾雅》:'迺,乃也。'凡全《詩》作乃,唯《緜》、《公劉》作迺,今篇内迺、乃錯出,不一律。"

〔**迺疆迺理**〕 明監本、毛本"疆"作"彊"。《説文·虫部》:"強,蚚也。从虫,弘聲。蠹,籀文強,从䖵,从彊。""蚚,强也"。《爾雅·釋蟲》:"強,蚚。"郭璞注:"即強醜捋。"邢昺疏:"強,蟲名也。一名蚚,好自摩捋者,蓋蠅類。"又《説文·弓部》:"彊,弓有力也。从弓,畺聲。"段注:"引申爲凡有力之稱。"又《説文·畕部》:"畺,界也。从畕;三,其界畫也。疆,畺或从彊、土。"段注:"今則疆行而畺廢矣。"按:"強"本爲蟲名,後假借爲彊弱之彊,遂爲借義所專,而"彊"字不行。"彊"本爲弓有力之稱;"疆"乃界畫之義。鄭《箋》:"乃疆理其經界。"此詩"疆"字指畫定田界,應以"疆"爲正,作"彊"者,以其形近而訛也。

〔**其繩則直**〕 《釋文》:"如字。本或作乘。案:經作繩,《傳》作乘。"按:毛《傳》云:"言不失繩直也。"鄭《箋》云:"繩者,營其廣輪方制之正也。……'乘',聲之誤,當爲'繩'也。"胡承珙云:"案:《文選·東京賦》薛綜注引此《傳》云:'不失繩直之宜也。'上言'不失',下當有'之宜'二字。《箋》云'繩者營其廣輪方制之正'，即申《傳》'宜'字，今脱去二字。《正義》亦但云《傳》'言不失繩直'，則其脱誤久矣。"按："繩"，《唐石經》，小字本、相臺本同。陳奐云："鄭據《爾雅·釋器》文，故知《傳》'乘'字爲'繩'字之誤。"《釋器》云："繩之謂之縮。"孫炎曰："繩束築版謂之縮。"郭璞曰："縮者，縛束之也。"是知經文及《傳》之正字當作"繩"。

〔**縮版以載**〕　山井鼎《詩經考文》：古本"版"作"板"。按：《説文》："片，判木也。从半木。凡片之屬皆从片。"段注："謂一分爲二之木。片、判以疊韻爲訓。判者，分也。"《説文》："判，分也。从刀，半聲。""版，片也。从片，反聲。"段注："（片也）舊作'判也'，淺人所改，今正。凡施於宫室器用者皆曰版，今字作板。古叚爲反字，《大雅》'上帝板板'，《傳》云：'板板，反也。'謂板即反之叚借也。"《玉篇·木部》："板，木片也。"《集韻·潸韻》："版，《説文》：'判也。'或从木。"《正字通·木部》："板，同版。解木爲薄片也。"蓋"版"、"板"古今字也。

〔**捄之陾陾**〕　"捄"，毛《傳》："捄，虆也。"鄭《箋》："捄，捊也。……築牆者捊聚壤土，盛之以虆。"《釋文》："捄，音俱。吕忱同。虆也。徐又音鳩。""捊，《爾雅》云：聚也。《説文》云：引取土。"按：《説文》："捄，盛土於梩中也。从手，求聲。一曰擾也。《詩》曰：'捄之陾陾。'"按：段注《説文》作"捊，引堅也"，云："堅，各本作取，今正。《〈詩〉釋文》作'堅'，今本譌爲'取土'二字，非也。堅義同聚，引堅者，引使聚也。《玉篇》正作'引聚也'。"黄焯云："北監本作'聖'，正'堅'字之誤。案：段説顧廣圻已疑其不然。鈕樹玉、徐灝皆有駁議。考孔《疏》引《説文》作'引取也'，今《説文》同。'土'字蓋'也'字之譌，'取土'二字合而爲'坖'，北監本'聖'字當又因'堅'字而譌也。惟宋本葉鈔及小字本所附皆作'引取土'，阮謂或《釋文》舊如此，當是也。"胡承珙云："捄字从手，謂以手取土。虆者,盛土之器。言捄虆者,謂捄土於虆也。《箋》以《傳》文略,故申成之。”馬瑞辰云:“捄,从徐音鳩爲是。求、鳩古音義同,求之言逑,逑、鳩皆聚也,故《説文》及《箋》並訓捊。《説文》:‘捊,引堅也。’《正義》作‘引取’,《釋文》作‘引取土’,皆傳寫之誤。”“陾陾”,《説文·自部》《手部》各引《詩》“捄之陾陾”。王氏《詩攷》引《説文》引《詩》“捄之仍仍”;《廣韻·十虞》引《詩》“捄之陾陾”;《玉篇·手部》引《詩》“捄之陑陑”。《説文·手部》“捊”下,段玉裁注:“《大雅》‘捄之陑陑’,《傳》曰:‘捄,虆也。陑陑,衆也。’《箋》云:‘捄,捊也。度,投也。築牆者捊聚壤土,盛之以虆,而投諸版中,此引聚之正義。《箋》與《傳》互相足。此捄,鄭釋爲捊,皆於其音之相近得其義也。”馬瑞辰云:“《説文》:‘捄,盛土於梩中也。’虆、梩同類。(《〈孟子〉釋文》:‘虆,土籠也。梩,土轝也。’)……‘陾陾’,《説文》、《玉篇》引作‘陑陑’,字亦作‘陾’。今《詩》作‘陾’者,蓋‘陾’字之譌。‘而’、‘乃’一聲之轉,故‘陑陑’又作‘仍仍’。《廣雅》:‘仍仍,衆也。’即‘陑陑’之異文。”陳奐云:“陾陾,當依《玉篇》引《詩》作陑陑。《廣雅》:‘仍仍、登登、馮馮,衆也。’《毛詩》‘陑陑’,《三家詩》作‘仍仍’。《集韻》‘仍’音‘而’,關中語,此‘而’、‘仍’聲轉相通,故‘陑’與‘薨’、‘登’、‘馮’、‘興’、‘勝’爲韻,如‘耳孫’即‘仍孫’之例也。《釋文》:‘如之反。《説文》云:“築牆聲也。”音而。’陸所據正作‘陑陑’。今本《説文》亦誤作‘陑陑’。”王先謙則云:“案:《説文》‘捄’下、‘陾’下引《詩》本皆作‘陾陾’,‘陾’从‘自’,‘耎’聲。耎从‘大’,‘而’聲。是从‘耎’可通从‘而’矣。段玉裁援《玉篇》改‘捄’下引《詩》爲‘陑陑’,即馬(瑞辰)所本,然‘陾’下引《詩》,段仍未改也。《玉篇》引作‘陑’,當爲《韓詩》異文。許書有‘陾’無‘陑’、‘陾’,亦無‘需’。六朝、唐人凡从‘耎’之字輒寫作‘需’,蓋‘大’之篆文爲‘而’,遂以致誤甚。且

'孺'、'儒'从'需'之字亦作'耎',則'隭'自係'陾'之俗字。惟'陑'早見,《書·湯誓》序'升自陑',固亦相承之古字,本地名借作'陾'耳。"

〔百堵皆興〕　山井鼎《詩經考文》:古本"皆"作"偕"。

〔鼛鼓弗勝〕　《説文繫傳》引《詩》"弗"作"不"。按:段玉裁云:"弗字非也。今《類篇》、《集韻》、宋刻《説文》皆作'不'。"

〔臯門有伉〕　《釋文》:"伉,本又作亢。苦浪反。高也。《韓詩》作閌,云盛貌。"《周禮·閽人》疏引《詩》作"亢"。《藝文類聚》六十三引《詩》作"閌"。《玉篇·門部》引《詩》"高門有閌"。《文選·張衡〈西京賦〉》作"高門有閌",注引《毛詩》作"伉",云:"與閌同。"左思《魏都賦》作"高門有閌",注引《毛詩》與賦同。毛《傳》:"伉,高貌。"馬瑞辰云:"按:《周禮·閽人》疏引《詩》作亢,與《釋文》所言'又作亢'同。《説文》:'阬,閬也。''閬,門高也。'張參《五經文字》:'阬,門高。'是知作亢者,阬之省借字也。閌即阬之或體,《説文》無閌字。《文選·吴都賦》'高闈有閌',《西京賦》、《魏都賦》並言'高門有閌',閌字既本《韓詩》,則作高門者亦《韓詩》也。《釋名·釋親屬》曰:'高,皐也。最在上,皐諸下也。'《爾雅》'五月爲皐',《釋文》:'皐,本作高。'是皐與高音義正同。"按:"臯"同"皐"。《説文·夲部》:"皐,气皐白之進也。"徐灝《箋》:"皐,隸變又作臯。"《正字通》:"臯,俗皐字。"陳喬樅云:"韓釋爲盛貌者。毛作'皐門',皐之言高也,故以'伉'爲'高貌'。韓作'高門',則高義已顯,故以'閌'爲'盛貌'。《魯詩》文與韓同,見張衡《西京賦》云:'高門有閌。'注引《毛詩》曰'皐門有伉',云'伉'與'閌'同。《魏都賦》及《藝文類聚》六十二引'高門有閌',作《毛詩》,誤也。"陳奂云:"《毛詩》之'伉',古本作'阬'。"朱駿聲云:"从自者,高也。"蓋"伉"爲"阬"之借,"亢"爲"阬"之省,"阬"爲經文正字。

〔**應門將將**〕　《文選·班固〈西都賦〉》注引《毛詩》"應門蔣蔣"。班用《齊詩》,因作"蔣蔣"。《文選·張衡〈七辨〉》云:"應門鏘鏘。"是《魯詩》文也。此詩毛《傳》:"將將,嚴正也。"又《説苑·權謀》"將將之臺",亦謂"將將"爲尊嚴正肅之貌。又《後漢書·張衡傳》"踰高閣之鏘鏘",李賢注:"鏘鏘,高貌也。"《廣雅·釋訓》:"鏘鏘,盛也。"按:"鏘"字,《廣韻》七羊切,陽部。竊疑"將將"爲"鏘鏘"之省借字也。

〔**亦不隕厥問**〕　《釋文》"隕"作"殞",曰:"殞,韻謹反。墜也。"《宋石經》本《孟子》、宋刻本本《孟子》、山井鼎《孟子考文》云舊趙注《孟子》本、《孟子集疏》本"隕"並作"殞"。(按:今本《孟子》及注同。)按:《説文》:"隕,從高下也。从𨸏,員聲。《易》曰:'有隕自天。'"《爾雅·釋詁》:"隕,墜也。"《玉篇·阜部》:"隕,落也,墮也。"按:"殞"字,《説文》未載,《玉篇·歺部》:"殞,殁也。"《集韻·隱韻》:"殞,殂也。"此"隕"、"殞"二字聲韻悉同,《廣韻》于敏切,上軫云。諄部。朱駿聲《説文通訓定聲》:"隕,亦作殞。"《正字通·歺部》:"殞,别作隕。"《孟子·盡心》:"'肆不殄厥愠,亦不殞厥問',文王也。"趙岐注云:"言文王不殄絶畎夷之愠怒,亦不能殞失文王之善聲問也。"(按:此注所云"畎夷",即指"文王事昆夷"之"昆夷"。畎夷、犬夷、昆夷,名異而實同。見《孟子·梁惠王》:"齊宣王問曰:'交隣國有道乎?'孟子對曰:'有。惟仁者爲能以大事小,是故湯事葛,文王事昆夷。'")趙岐注,以"殞失"釋"殞"。"殞"本無"失"義,惟"隕"有"墜"、"落"義,並可引申爲"消失"、"失去"諸義,蓋趙氏以"殞"爲"隕"之通假字也。二字同音互假之例較多,如:《荀子·賦》:"列星殞墜,旦暮晦盲。"楊倞注:"當時星辰隕墜,旦暮昏霧也。"《淮南子·泰族訓》:"(趙王)思故鄉,作爲山水之嘔,聞者莫不殞涕。"《文選·潘岳〈秋興賦〉》:"游氛朝興,槁葉夕殞。”“殞”皆通“隕”也。又《左傳·襄公三十一年》“巢隕諸樊”，楊伯峻注：“二十五年《傳》，諸樊死于攻巢。”宋文天祥《癸亥上皇帝書》：“坐受斧鉞，九隕無悔。”“隕”皆“殞”之假也。此詩之正字爲“隕”。

〔**混夷駾矣，維其喙矣**〕　《説文·口部》：“呬，東夷謂息爲呬。从口，四聲。《詩》曰：‘犬夷呬矣。”段注：“《方言》：‘呬，息也。東齊曰呬。’《釋詁》郭注亦云：‘今東齊謂息爲呬。’疑許襲《方言》，‘東夷’當作‘東齊’，字之誤也。……《大雅》：‘混夷駾矣，維其喙矣。’合二句爲一句。與《日部》引‘東方昌矣’相似。‘混’作‘犬’，‘喙’作‘呬’，蓋亦用《三家詩》。《馬部》引‘昆夷駾矣’，則《毛詩》也。毛云：‘喙，困也。’《方言》：‘餯、喙、呬，息也。’按：人之安寧與困極皆驗諸息，故《假樂》、《綿》之‘呬’，不嫌異義同偁，‘喙’與‘呬’，不嫌異字同義。”按：《説文·日部》“昌”下許氏引“《詩》曰：‘東方昌矣。’”此乃《齊風·鷄鳴》句，原作“東方明矣，朝既昌矣”，許書合爲一句。另《説文·馬部》“駾”下，許書引《詩》則曰“昆夷駾矣”。又，《孟子·梁惠王》注引《詩》“昆夷兑矣”。《文選·王延壽〈魯靈光殿賦序〉》注引《詩》“昆夷突矣”。《廣韻·二十廢》引《詩》“昆夷瘃矣”，云“本亦作喙”。王氏《詩攷》引《左傳》注引《詩》，《詩地理攷》引《書大傳》注引《詩》並作“畎夷喙矣”。毛《傳》：“駾，突。喙，困也。”《正義》曰：“《説文》云：‘駾，馬疾行貌。’引《詩》云：‘混夷駾矣。’然則馬之疾行，即有奔突之義，故云突也。喙之爲困，則未詳。”胡承珙云：“案：《稽古編》據《國語》‘郤獻子曰：“余病喙。”’韋注：‘喙，短氣貌。’《方言》：‘豫俗卂，傍也。’郭注：‘今江東呼極爲豫。’又‘瘃，極也’，注：‘江東呼極爲瘃，是喙、豫、瘃三字通用’，以證毛《傳》‘困’義，足補孔疏所未及。惟《説文·口部》：‘呬，東夷謂息爲呬。从口，四聲。《詩》曰：“犬夷呬矣。"'若依《馬部》引《詩》'混夷駾矣',則此引《詩》當作'維其呬矣'。呬、喙字異,或出三家,其曰'犬夷呬矣'者,'犬夷'即'混夷',古人引書自有此徑省之法。段注謂:合兩句爲一句,與《曰部》'東方昌矣'相似。承珙謂《左傳》注引《詩》'畎夷㾙矣'亦是合兩句爲一句也。"馬瑞辰云:"按:喙與㱾、㾙字通,《説文》無㱾、㾙二字,古蓋多借作喙。《爾雅·釋詁》:'齂、呬,息也。'《説文》:'齂,卧息也。从鼻,隶聲。讀若虺。'喙當爲齂之假借。《方言》:'㱾,㑋。'(㑋與倦同。)又曰:'㾙,極也。'郭注:'今江東呼極爲㾙,倦聲之轉也。'《晉語》'余病喙矣',韋注:'喙,短氣貌。'《廣雅》:'喙,極也。'極即困也。《方言》、《廣雅》並曰:'喙,息也。'《玉篇》:'㱾,困極也。或作㾙。''㾙,困極也。亦作喙。'《廣韻》:'㾙,困極也。'引'《詩》:"昆夷㾙矣。"本亦作喙。'《正義》不明假借之義,以《説文》喙止訓口,故不明喙之爲困耳。困與息義正相成。《方言》:'餽、喙、呬,息也。自關而西,秦晉之閒,或曰喙,或曰餽。東齊曰呬。'《説文》'東夷謂息曰呬',引《詩》'犬夷呬矣',蓋本《齊詩》及《方言》,東夷當爲東齊之譌,呬與喙古音同部,故通用。'呬'亦'維其喙矣'之異文。其連'犬夷'引之者,特約舉詩詞,猶引《詩》'東方昌矣'之類也。戴氏震以'犬夷呬矣'爲'混夷駾矣'之異文,失之。"陳奂云:"古駾、突同部,《文選·王延壽〈魯靈光殿賦〉》:'遭漢中微,盜賊奔突。'張載注:'突,唐突也。《詩》云:"昆夷突矣。"混與昆通。'《毛詩》作駾,《三家詩》或作突,此《傳》以突詁駾之證。'喙',《廣韻·二十癈》引《詩》作'㾙','㾙'與'喙'同。"

〔**予曰有疏附**〕　《楚辭·離騷》王逸注引《詩》"予聿有疏附"。《後漢書·何顒傳》注引《詩》"予曰有胥附"。《書大傳》亦作"胥附"。按:《詩》中"曰"、"聿"、"遹"作爲語詞,常互用。又"胥"、"疏"疊韻,可通假。"胥",相居切。魚部、心母。"疏",所葅切。魚部、生母。作“胥”者,“疏”之借字也。

〔**奔奏**〕　毛《傳》曰:“喻德宣譽曰奔奏。”鄭《箋》曰:“奔奏,使人歸趨之。”《正義》曰:“此臣能曉喻天下之人以王德,宣揚王之聲譽使人知,令天下皆奔走而歸趨之,故曰奔走也。”《釋文》則出作“本”,云:“音奔。本,亦作奔。注同。”“奏,如字。本又作走。音同。注同。”王引之云:“《傳》、《箋》異義,《正義》合而一之,非也。《傳》以奏爲告語之義,故曰‘喻德宣譽’,《堯典》‘敷奏以言’,《史記·五帝紀》作‘徧告以言’是也。《箋》則取趨赴之義。”馬瑞辰云:“按:王説是也。《周禮》鄭司農《注》讀皋爲奏,皋、奏俱从本會意,故奏亦通告。《説文》:‘奏,奏進也。’進言即告也。此詩上二句以‘疏附’、‘先後’作對,下二句以‘奔奏’、‘禦侮’作對,奏當从《傳》訓作告語爲允。《楚詞章句》引《詩》‘予聿有奔走’,《尚書大傳》亦作奔走,《三家詩》蓋有作奔走者,《箋》説本之,故與《傳》異。”按:《説文》:“走,趨也。”“奏,奏進也。从夲,从廾,从屮。屮,上進之義。”段注:“(奏進也)此複舉字之未删者。”《淮南子·説林訓》注:“走讀奏記之奏。”《釋名》:“走,奏也。促有所奏至也。”按:“奔”、“本”一聲之轉;“走”、“奏”亦一聲之轉。

〔**禦**〕　《釋文》出作“御”,云:“魚吕反。本又作禦。音同。”按:《楚辭·九辯》“無衣裘以御冬兮”,王逸注:“御,一作禦。”《左傳·襄公四年》“季孫不御”,杜預注:“御,止也。”孔穎達疏:“御即禦也,故訓爲止。”《集韻·語韻》:“衙,止也。或作御,通作禦。”

棫　樸

芃芃棫樸,薪之槱之。濟濟辟王,左右趣之。

濟濟辟王,左右奉璋。奉璋峨峨,髦士攸宜。

淠彼涇舟，烝徒楫之。周王于邁，六師及之。
倬彼雲漢，爲章于天。周王壽考，遐不作人。
追琢其章，金玉其相。勉勉我王，綱紀四方。

〔薪之槱之〕　《釋文》“槱”出作“栖”，云：“字亦作栖。”按：《説文》：“槱，積火燎之也。从木，从火，酉聲。《詩》曰：‘薪之槱之。’《周禮》：‘以槱燎祠司中、司命。’禉，槱或从示，柴祭天神也。”作“栖”者，乃“禉”字之訛耳。

〔左右趣之〕　《晏子春秋》、賈誼《新書》、《春秋繁露》各引《詩》“趣”作“趨”。按：《説文》：“趣，疾也。从走，取聲。”“趨，走也。从走，芻聲。”段注：“《曲禮》注：‘行而張足曰趨。’按：張足過於步武。《大雅》‘左右趣之’，毛曰：‘趣，趨也。’此謂叚借趣爲趨也。”又《篇海類編・人事類・走部》：“趣，與趨同。”《韓非子・揚權》：“腓大於股，難以趣走。”陳其猷校注引劉文典曰：“趨、趣古通用。”

〔奉璋峨峨〕　《釋文》：“峨峨，本又作俄。五哥反。盛壯也。”明監本、毛本作“峩”。《唐石經》、小字本、相臺本均作“峨”。又《公羊傳・定公八年》引《詩》“奉璋峨峨”，《釋文》：“峨，本又作娥。”阮校：“案：‘峨峨’是也。《釋文》、《説文》、《爾雅》皆可證。”作“俄”、“娥”者，以形近致訛也。“峩”爲“峨”之或體。

〔淠彼涇舟〕　《唐石經》、小字本、相臺本、毛本同。閩本、明監本“淠”誤作“渒”。《舊唐書・杜希全傳》引《詩》則誤作“譬彼輕舟”。

〔烝徒楫之〕　《春秋繁露・郊祀》引《詩》“楫”作“檝”。按：《説文》：“楫，舟櫂也。从木，咠聲。”桂馥《説文解字義證》：“或作檝。《字書》:‘檝,舟旁撥水者。短曰檝,長曰櫂。’”《廣韻》:“楫,或作檝。”

〔追琢其章〕　《周禮·追師》鄭注作“追琢其璋”。《荀子·富國篇》作“雕琢其章”。《孟子·梁惠王》趙注作“彫琢其章”。毛《傳》:“追,彫也。金曰彫,玉曰琢。”《箋》:“《周禮》追師掌追衡笄,則追亦治玉也。”馬瑞辰云:“《箋》説是也。追即彫之假借。《説文》:‘琱,治玉也。’‘彫,琢文也。’治玉以琱爲正字,今經傳通作彫與雕。《爾雅》:‘玉謂之雕。’又曰:‘玉謂之琢。’雕、琢以雙聲相轉注,字異而義同。……趙注《孟子》‘彫琢,治飾玉’,亦引《詩》‘彫琢其章’,是彫、琢皆治玉之證。追與彫雙聲,故假借通用,猶‘雕弓’《詩》作‘敦弓’,《士冠禮》注‘追猶堆也’,《説文》‘𠂤,小𠂤也’今俗通作堆也。毛公特以追琢分屬金玉,故謂‘金曰彫’耳。《周官·追師》鄭注及《玉篇》並引《詩》章作璋,《三家詩》或有作璋者,則追爲治玉益可知矣。”段玉裁云:“古治金玉突起者爲𠂤,穿穴者爲琢,𠂤之語轉爲敦,如《爾雅》之敦丘,俗作墩。又按:璋,章之假。”

〔勉勉我王〕　《韓詩外傳》五引《詩》曰:“亹亹文王,綱紀四方。”《荀子·富國篇》、《説苑·修文》、《白虎通·三綱五紀》各引《詩》同。張慎儀云:“按《文王》篇‘亹亹文王’,《傳》:‘亹亹,勉也。’《崧高》篇‘亹亹申伯’,《箋》:‘亹亹,勉也。’此詩亦應作‘亹亹’,疑寫經者疊訓詁之‘勉’字代之也。‘亹’之與‘亹’,《説文》所無,鈕樹玉云:‘《玉篇》:“亹,亹之俗字。”’蓋‘亹’字一變爲‘亹’,再變爲‘亹’,以音近‘文’,俗又加‘文’也。又按:‘我王’、‘文王’兩通,師讀不同也。”

旱　麓

瞻彼旱麓,榛楛濟濟。豈弟君子,干禄豈弟。

瑟彼玉瓚，黄流在中。豈弟君子，福禄攸降。
鳶飛戾天，魚躍于淵。豈弟君子，遐不作人。
清酒既載，騂牡既備。以享以祀，以介景福。
瑟彼柞棫，民所燎矣。豈弟君子，神所勞矣。
莫莫葛藟，施于條枚。豈弟君子，求福不回。

〔**旱麓**〕　《釋文》："麓，本亦作鹿。"宋庠本《國語·周語》引《詩》麓作鹿。臧鏞云："《漢書·揚雄傳》注，師古曰：'《大雅·旱麓》之詩，宋祁曰：麓，舊作鹿。刊誤。改作麓。'"張慎儀曰："按：鹿，古麓字。"毛《傳》："麓，山足也。"

〔**榛楛濟濟**〕　《説文繫傳》"楷"下引《詩》"榛楛濟濟"。二字聲轉，借"楷"爲"榛"。

〔**豈弟君子**〕　《釋文》："豈，本亦作愷，又作凱。苦亥反。弟亦作悌。"山井鼎《考文》："古本作愷悌君子。"《國語·周語》引《詩》"愷悌君子"。《禮記·表記》、《説苑·政理》各引《詩》"凱弟君子"。《左傳·僖公十二年》、《漢書·揚雄傳》注、《晏子春秋》、《淮南子》、《説苑》、《韓詩外傳》、《吕氏春秋》引《詩》並作"凱弟君子"。按：《説文：心部》："愷，樂也。从心，豈聲。"徐鉉等曰："《豈部》已有，此重出。"王煦《五翼》："愷，从心，豈聲。依六書宜歸《心部》，當衍《豈部》愷字。"《爾雅·釋詁上》："愷，樂也。"《説文新附》："悌，善兄弟也。从心，弟聲。經典通用弟。"《説文·豈部》："豈，還師振旅樂也。一曰欲也，登也。从豆，微省聲。""愷，康也。"段注："愷、康雙聲。《釋詁》曰：'康，安也。'毛《傳》釋豈、弟曰：'豈，樂也。弟，易也。'按：奏豈，經傳多作愷。愷樂，毛詩亦作豈。是二字互相假借也。愷不入《心部》而入此者，重以豈會意也。

《詩》又作凱,俗字也。”又,《説文》:“弟,韋束之次弟也。从古文之象。……𠂊,古文弟,从古文韋省,丿聲。”段注:“以韋束物,如輈五束、衡三束之類。束之不一,則有次弟也。引申之凡次弟之弟,爲兄弟之弟,爲豈弟之弟。”《爾雅·釋親》:“男子先生爲兄,後生爲弟。”是“豈”與“愷”、“凱”,“弟”與“悌”可通用也。

〔**瑟彼玉瓚**〕 《釋文》云:“瑟,字又作璱。”《説文·玉部》引《詩》“璱彼玉瓚”。《周禮·典瑞》鄭注引《詩》“邮彼玉瓚”,《釋文·周禮音義》云:“邮音瑟,又作邲。”《白帖》七引《詩》“瑟彼珪璋”。《説文·玉部》:“璱,玉英華相帶如瑟弦。”引《詩》“璱彼玉瓚”。馬瑞辰云:“是璱本从玉,瑟聲,兼从瑟會意,作璱者正字,作瑟者省借字也。……作邮者蓋《三家詩》。瑟、邮古音同部,故通用。”張慎儀曰:“邲、瑟亦同必聲,皆得通用。”

〔**遐不作人**〕 《潛夫論·德化》引《詩》“遐”作“胡”。王引之《經傳釋詞》云:“遐,何也。《詩·南山有臺》曰:‘樂只君子,遐不眉壽?’《隰桑》曰:‘心乎愛矣,遐不謂矣?’《棫樸》曰:‘周王壽考,遐不作人?’‘遐不’,皆謂‘何不’也。《禮記·表記》引《詩》作‘瑕不謂矣’,鄭注曰:‘瑕之言‘胡’也。《傳》、《箋》皆訓‘遐’爲‘遠’,失之。”王筠曰:“遐、胡古疊韻,今雙聲。”按:雙聲、疊韻字古多通假之例,“遐”、“瑕”古讀若“胡”,“胡”訓“何”,故“遐”、“瑕”亦訓“何”。

〔**民所燎矣**〕 《説文》:“尞,柴祭天也。从火,从昚。”段注:“《示部》祡下曰:‘燒柴尞祭天也。’是祡尞二篆爲轉注也。燒柴而祭謂之祡,亦謂之尞,亦謂之禋。《木部》曰:‘禋,祡祭天神。《周禮》槱燎字當作禋尞,凡祡尞作柴燎者皆誤字。”

〔**莫莫葛藟**〕 《釋文》:“藟,字又作虆。”山井鼎《考文》:“古本作虆。”《後漢書·蘇竟傳》注引《詩》“莫莫葛虆”。《後漢書·黄琬傳》注、《列女傳·楚平伯嬴》各引《詩》"莫莫葛纍"。"藟"爲正字。

〔**施于條枚**〕　《吕氏春秋·知分》、《新序》、《後漢書·黄琬傳》注各引《詩》"延于條枚",《韓詩外傳》引《詩》同。郝懿行云:"施、延一聲之轉。"段玉裁云:"延,古音在十六部,故《大雅》'施于條枚',《吕氏春秋》、《韓詩外傳》、《新序》皆作'延于條枚','延'音讀如'移'也。今以然切,則十四部。"

思　齊

思齊大任,文王之母。思媚周姜,京室之婦。大姒嗣徽音,則百斯男。

惠于宗公,神罔時怨,神罔時恫。刑于寡妻,至于兄弟,以御于家邦。

雝雝在宫,肅肅在廟。不顯亦臨,無射亦保。

肆戎疾不殄,烈假不瑕。不聞亦式,不諫亦入。

肆成人有德,小子有造。古之人無斁,譽髦斯士。

〔**神罔時恫**〕　《釋文》:"恫,音通。痛也。"《爾雅·釋言》郭注引《詩》"神罔時恫"。《釋文·爾雅音義》曰:"恫,字或作侗。"《説文·人部》:"侗,大貌。从人,同聲。《詩》曰:'神罔時侗。'"段注:"《大雅·思齊》文,今本作恫。《傳》曰:'恫,痛也。'按:痛者,恫之本義。許所據本作侗,偁之以見《毛詩》假侗爲恫也。"《説文·心部》:"恫,痛也。一曰呻吟也。从心,同聲。"未引《詩》。又,《大雅·桑柔》"哀恫中國",《釋文》云:"恫,本又作痌。"按:"恫"爲本字,"侗"爲假借字,"痌"字《説文》未收,見《玉篇》,"恫"之或體。

〔**古之人無斁**〕 “斁”，《唐石經》、小字本、相臺本同。阮校：“案此《箋》云：‘口無擇言，身無擇行。’……《釋文》云：‘無斁，毛音亦，猒也。鄭作擇。’考此經字自作‘斁’，《箋》以‘斁’爲‘擇’之假借，直於訓釋中竟改其字以顯之。其例與‘可以樂饑’《箋》中竟改爲‘療’；‘既匡既敕’《箋》中竟改爲‘筐’之屬同也。《釋文》所説是矣。《吕氏讀詩記》引董氏曰《韓詩》作擇，《經義雜記》云‘此竊取鄭《箋》’，是也。”按：《雲漢》“耗斁下土”，《箋》云：“斁，敗也。”《説文》：“殬，敗也。”斁、殬、擇三字古通，《箋》引《孝經》“口無擇言，身無擇行”句，即以“擇”爲“殬”之通假字。

皇 矣

皇矣上帝，臨下有赫。監觀四方，求民之莫。維此二國，其政不獲。維彼四國，爰究爰度。上帝耆之，憎其式廓。乃眷西顧，此維與宅。

作之屏之，其菑其翳。脩之平之，其灌其栵。啟之辟之，其檉其椐。攘之剔之，其檿其柘。帝遷明德，串夷載路。天立厥配，受命既固。

帝省其山，柞棫斯拔，松柏斯兑。帝作邦作對，自大伯王季。維此王季，因心則友。則友其兄，則篤其慶。載錫之光，受禄無喪，奄有四方。

維此王季，帝度其心，貊其德音。其德克明，克明克類，克長克君。王此大邦，克順克比。比于文王，其德靡悔。既受帝祉，施于孫子。

帝謂文王，無然畔援，無然歆羡，誕先登于岸。密人不恭，敢距大邦，侵阮徂共。王赫斯怒，爰整其旅，以按徂旅，以篤于周祜，以對于天下。

依其在京，侵自阮疆，陟我高岡。無矢我陵，我陵我阿。無飲我泉，我泉我池。度其鮮原，居岐之陽，在渭之將。萬邦之方，下民之王。

帝謂文王，予懷明德，不大聲以色，不長夏以革。不識不知，順帝之則。帝謂文王，詢爾仇方，同爾兄弟，以爾鉤援，與爾臨衝，以伐崇墉。

臨衝閑閑，崇墉言言。執訊連連，攸馘安安。是類是禡，是致是附。四方以無侮。臨衝茀茀，崇墉仡仡。是伐是肆，是絶是忽。四方以無拂。

〔**皇矣**〕　《釋文》云："一本無'矣'字。"《正義》云："定本'皇'下無'以'字。"

〔**臨下有赫**〕　《潛夫論·班禄》引《詩》"有"作"以"。按："有"古音在之部、匣母，"以"在之部、餘母，二字同部，可通假。

〔**監觀四方**〕　《漢書·叙傳》、《潛夫論·班禄》各引《詩》"監"作"鑒"。按："監"、"鑒"古同音通用。《新書·胎教》："明監所以照形也。""監"(鑒)，鏡。《書·酒誥》："人無於水監，當於民監。"謂當以民爲鑒，"監"指借鑒、參考。

〔**求民之莫**〕　王氏《詩攷》引《漢書·叙傳》、《説文繫傳》各引《詩》"求民之瘼"。《潛夫論·班禄》、《三國志·蜀志·馬超傳》引《詩》同。按：《説文》："瘼，病也。""嗼，啾嗼也。"《爾雅·釋詁下》："嗼、安定也。"郭注："嗼，静定。"《廣雅·釋詁一》："嗼，安也。"此詩毛《傳》："莫，定也。"蓋以"莫"爲"嗼"之省借也。作

"瘼"者乃本《三家詩》。細繹全詩文義,毛《傳》是矣。

〔**其政不獲**〕　《釋文》:"鄭作正。正,長也。""政",小字本、相臺本同。《唐石經》作"正"。阮校:"案《釋文》云:'其政如字。政,政教也,鄭作正。正,長也。'《正義》云:'其政不得于民心',是其本亦作'政'。考此《箋》云'正,長也',乃以'政'爲'正'之假借,直於訓釋中改其字以顯之,而不言讀爲也,例詳前。……《經義雜記》云:'唐石經原刻作正,依鄭本也;後改爲政,依肅本也。'今考石經但小損耳,未嘗改爲'政',又于此經之傳多所删改,皆非也。"嚴可均《唐石經校文》曰:"鄭《箋》直云'正,長',不云'政,當爲正'。則經實作正,非鄭改字。《釋文》:'政,如字。政,政教也。'《疏》云:'政雖不得民心。'陸、孔特望文補誼,非有毛公本說可得憑據。而顧氏《詩本音》竟實指云'毛《傳》作政',則誤以陸、孔之言爲《傳》矣。實則此句有《箋》無《傳》。"

〔**上帝耆之**〕　《潛夫論·班禄》引《詩》"耆"作"指"。毛《傳》:"耆,惡也。"胡承珙曰:"《傳》意蓋謂夏、殷之政不得民心,致使四國懼而各謀所居。於是上帝惡之,惡其爲惡甚大。……今詩耆疑即指之借字。'美服患人指,高明逼神惡',是指有惡義。"馬瑞辰云:"按:《廣雅》:'諸,怒也。'《玉篇》:'耆,怒訶也。'《廣韻》:'諸,訶怒也。'怒、惡義同。《傳》蓋以耆爲諸之借字,故訓爲惡。《説文》無諸字,古蓋止借作耆耳。又按耆从旨聲,旨、責二字雙聲。《廣雅》:'怒,責也。''讀,怒也。'責與怒皆惡也,以聲爲義,則耆字亦得訓惡耳。《箋》訓爲老,失之。……至《潛夫論·班禄篇》引《詩》作'上帝指之',此亦諸之同聲假借字。……《廣雅·釋言》:'指,斥也。'指斥亦怒責之義,正與耆之訓惡怒者同,足證聲同者義亦同耳。"胡氏、馬氏之論,得其實矣。

〔**憎其式廓**〕　《釋文》出作"郭",云:"郭,苦霍反,大也。又如字,本又作廓。"《群經音辨》引《詩》"憎其式郭",《潛夫論·班禄》引《詩》"憎其式恶"。《爾雅·釋詁上》:"廓,大也。"《釋名·釋宫室》:"郭,廓也,廓落在城外也。""廓"與"郭"通。《華嚴音義》引《風俗通義》"郭之爲言廓也"。"廓"與"恶"古音同在鐸部,故通作"恶"。"廓"爲本字。

〔**乃眷西顧**〕　《釋文》:"眷,本又作睠,又作劵,並音眷。同。"《漢書·郊祀志》及《谷永傳》引《詩》"迺眷西顧",《潛夫論·班禄》、《後漢書·光武紀》贊注、《文選·楊雄〈長楊賦〉》注、《北堂書鈔》四各引《毛詩》,《初學記》引《詩》"乃睠西顧"。按:《説文·目部》:"眷,顧也。从目,𢍏聲。"段注:"顧者,還視也。眷者,顧之深也。顧止于側而已,眷則至於反。"《玉篇·目部》:"睠,同眷。"《集韻·線韻》:"眷,或从卷。"清雷浚《説文外編》卷四:"《説文》無睠字。……盧氏文弨曰:《後漢書·劉陶傳》、《荀子·宥坐篇》引皆作眷。"又,《説文》:"卷,厀曲也。从卪,𢍏聲。"蓋古書引此詩作"卷"者,乃"眷"(睠)之省借也。《經傳釋詞》:"乃,字或作迺。俗作廼。《爾雅》曰:'迺,乃也。'""廼"爲"乃"之或體。

〔**其菑其翳**〕　《釋文》:"菑,本又作甾。""翳,《韓詩》作殪,云:因也,因高填下也。"《爾雅·釋木》:"木自獘,柛。立死,椔。蔽者,翳。"郭注引《詩》"其椔其翳"。《釋文·爾雅音義》作"甾"。毛《傳》:"木立死曰菑,自獘爲翳。"馬瑞辰云:"邵氏《正義》引李巡本蔽作獘,云:'獘,死也。'此詩《正義》引《爾雅》'獘者翳',正从李巡本。弊、獘、蔽三字古同聲假借通用,《爾雅·釋言》'弊,踣也',《釋文》'弊,字又作獘'是也。……《毛詩》不取《爾雅》'自弊,柛',而以自獘爲翳,獘當讀蔽,胡承珙曰:'謂其死而覆蔽于地者,正與菑立相對。李巡以蔽爲獘,訓死,失之。'《韓詩》翳作殪,殪亦仆也,《後漢·光武紀》注曰:'殪,仆也。'仆與踣通。翳、殪雙聲,翳即殪之借字，故《釋名》曰：‘殪，翳也，就隱翳也。’與《爾雅》‘蔽者，翳’同義。説《韓詩》者乃曰‘殪，因也，因高填下也’，郭注《爾雅》‘蔽者，翳’，謂‘樹蔭翳覆地者’，失其義矣。”又，菑、甾、椔同聲，因借菑、甾爲椔也。《爾雅》作“椔”者本字。

〔**其灌其栵**〕　《説文·木部》“栵”下引《詩》作“其灌其栵”。按：“栵”爲篆文，“栵”爲隸、楷體。

〔**天立厥配**〕　《釋文》：“配，本亦作妃，音同。”《爾雅·釋詁》舊注引《詩》“天立厥妃”。又，《易·豐》：“遇其配主，雖旬無咎，往有尚。”《釋文》：“鄭作妃，云：‘嘉耦曰妃。’”《説文繫傳》：“匹配字，古只作妃。”清席世昌《讀説文記》：“古妃、配字本同聲也，重讀如今之配；輕讀即如今之妃，無二音也。又按：古書多以妃作配，後代妃字既專爲后妃之妃，常人妃合字不便通用，轉借配字當之。”《集韻·隊韻》：“妃，匹也。通作配。”“妃”爲正字，“配”爲假借字。

〔**維此王季**〕　“王季”，唐石經、小字本、相臺本同。阮校：“案：《正義》引昭廿八年《左傳》而云‘此云維此王季，彼云維此文王者，經涉亂離，後人因即存之，不敢追改。今王肅注及《韓詩》亦作文王，是異讀之驗。’”段玉裁云：“《樂記》注云‘言文王之德皆能如此’，所見《詩》亦是‘維此文王’。”徐幹《中論·務本》云：“《詩》陳文王之德，曰‘惟此文王’。”其説蓋皆本《韓詩》。陳碩甫曰：“《〈公劉〉傳》曰‘文王之無悔’。……此《詩》作文王之證。”據經文考之，作“文王”爲是。

〔**貊其德音**〕　毛《傳》：“貊，静也。”《釋文》出作“貉”，云：“本又作貊。……《左傳》作莫，音同。《韓詩》同，云：莫，定也。”《正義》曰：“《左傳》、《樂記》、《韓詩》貊皆作莫。《釋詁》云：‘貊、莫，定也。’郭璞曰：‘皆静定也。’義俱爲定，聲又相近，讀非一師，故字異也。”馬瑞辰云：“按：《爾雅》今本作‘貉、嘆，定也’。據《釋文》

‘貉本又作貊,嘆本亦作莫’,是《正義》所引即《釋文》所云‘又作’本也。據《説文》:‘嘆,㖃嘆也。’《玉篇》云:‘嘆,静也。’是訓静者以嘆爲正字。《毛詩》作貊,《爾雅》作貉,皆同音假借字。《韓詩》作莫,省借字也。《文選·西征賦》注引《韓詩章句》曰:‘嗼,静也。’則《韓詩》又有作嗼者矣。又按《爾雅·釋言》:‘漠,清也。’《説文》亦曰:‘漠,清也。’《漢書·賈誼傳》注:‘漠,静也。’則漠亦與嘆音義同。”

〔**克長克君**〕　洪适《隸釋》載《漢衛尉衡方碑》作“剋長剋君”。《説文》:“克,肩也。”徐鍇《繫傳》:“肩者,任也……能此物謂之克。”《爾雅·釋詁上》:“剋,勝也。”按:“克”、“剋”(尅),音同,俱有勝任、制勝、克制、凌犯義,今多用“克”而罕用“剋”矣。

〔**王此大邦**〕　《左傳·昭公二十八年》引《詩》“王此大國”。“邦”爲正字。

〔**施于孫子**〕　《漢書·叙傳》引《詩》作“貤于孫子”。“貤”與“施”同聲。

〔**無然畔援**〕　毛《傳》:“無是畔道,無是援取。”鄭《箋》:“畔援,猶跋扈也。”馬瑞辰云:“《釋文》引《韓詩》:‘畔援,武强也。’《箋》義正本《韓詩》。畔援通作畔换,《漢書·叙傳》曰:‘項氏畔换。’師古注:‘畔换,强恣之貌,猶言跋扈也。’引《詩》‘無然畔换’。又作泮奂、叛换,《卷阿》詩‘泮奂爾游矣’,《箋》:‘泮奂,自放恣之貌。’《魏都賦》‘雲徹叛换’,張載注:‘叛换,猶恣恣也。’又作伴换,《玉篇》伴字下曰:‘《詩》“無然伴换”,伴换猶跋扈也。’爰有緩音,故通作换,畔换二字疊韻。《傳》分畔援爲二,失之。跋扈爲强武貌。《急就章》有‘潘扈’,《隸釋·成陽令唐扶碑》‘夷粤佈扈’,皆一語之轉。”

〔**敢距大邦**〕　《太平御覽》一百六十四引《詩》作“敢拒大邦”。《説文》:“歫,止也。”今字作“拒”。段注:“許無拒字,歫即拒也。此與彼相抵爲拒。相抵則止矣。"《荀子·仲尼篇》注:"距,敵也。"《玉篇·止部》:"歫,違也;戾也。"《正字通·止部》:"歫,與距通。"《班馬字類·語韻》:"距,與拒通。"《説文》:"距,雞距也。"《六書故》:"距,雞爪也。"按:"歫"爲本字,"拒"爲或體,"距"則同聲通假字也。

〔**侵阮徂共**〕　山井鼎《考文》:"古本阮作邧。"按:《姓纂》:"阮在郱、渭之間。"《太平寰宇記》:"邧在同州澄城縣。"殆"阮"即"邧"之異體字也。

〔**王赫斯怒**〕　《釋文》:"斯,鄭音賜。盡也。"《集韻》:"儩,盡也。"引《詩》"王赫斯怒"。"儩"即"賜"之俗體。又,《正義》曰:"斯,盡。《釋言》文。"馬瑞辰曰:"今《爾雅·釋言》無之,惟《方言》:'澌,盡也。'《文選·西征賦》'若循環之無賜',李善注引《方言》:'賜,盡也。'斯、賜雙聲,故通用。《正義》所引《釋言》當爲《方言》傳寫之譌。然以經文觀之,斯乃語詞,斯猶其也。'王赫斯怒',猶云'王赫其怒',與《詩》言'有扁斯石'、'則百斯男'、'有秩斯祜'句法正同,不得如鄭訓爲盡也。《正義》釋《傳》訓斯爲此,亦非。"

〔**以按徂旅**〕　《釋文》:"按,本又作遏。"《孟子·梁惠王》引《詩》"以遏徂莒"。陳奂云:"按與遏一聲之轉。……旅,《孟子》作莒;如膂,篆作吕之例。《韓(非)子·難二篇》'文王侵盂、克莒、舉豐',克莒即《詩》之徂旅也。"陳説是矣。毛《傳》:"按,止也。旅,地名也。"毛氏正以旅爲莒字之假借。按、遏雙聲,《爾雅》並訓爲止,故通用。旅、莒古同聲,亦通用。

〔**以篤于周祜**〕　《孟子·梁惠王》引《詩》"以篤周祜"。《新序·雜事》引《詩》同。盧文弨云:"宋本《毛詩》無'于'字。"

〔**予懷明德,不大聲以色,不長夏以革**〕　《墨子·天志》引《詩》"予懷而明德,毋大聲以色,毋長夏以革"。

〔**不識不知**〕　賈誼《新書·君道》、《淮南子·詮言訓》各引《詩》"弗識弗知"。

〔**同爾兄弟**〕　《後漢書·伏湛傳》引《詩》"同爾弟兄"。《太平御覽》六十七、三百三十六引《詩》同。陳奐云:"作'弟兄'與'方'爲韻,各本'兄弟'不入韻。今訂正。"

〔**與爾臨衝**〕　《釋文》:"臨,如字。《韓詩》作隆。""衝,昌容反。衝,衝車也。《説文》作轒。轒,陷陣車也。"陳奐云:"臨,臨車,攻守具之一。《釋文》引《韓詩》作隆。《淮南子·氾論篇》'隆衝以攻。'……隆、臨一聲之轉。……定八年《左傳》'主人焚衝'。杜注:'衝,戰車。'《説文》:'轒,陷陣車也。''衝'者,'轒'之假借字。'衝',《説文》作'衝'。"

〔**以伐崇墉**〕　《釋文》:"墉,音容。城也。"《後漢書·伏湛傳》引《詩》作"庸",假借字也。

〔**臨衝閑閑**〕　《説文繫傳》引《詩》"衝"作"衝"。按:二字同聲相通,皆通道之名,非陷陣車之名也,應从《説文》作"轒"。

〔**執訊連連**〕　《釋文》:"訊,音信。言也。……又作誶,並同。"《説文》:"訊,問也。从言,卂聲。""誶,讓也。从言,卒聲。"又《廣雅·釋詁二》:"誶,問也。"《玉篇》:"誶,言也。""訊"爲正字。

〔**攸馘安安**〕　《釋文》:"馘,字或作聝。……《字林》:'截耳則作耳傍,獻首則作首傍。'"

〔**是類是禡**〕　《釋文》:"類,如字。本或依《説文》作禷。"《〈爾雅〉釋文》作"是禷是禡"。《毛詩》作"類",古文。《三家詩》作"禷",今文。

〔**崇墉仡仡**〕　《説文》:"圪,牆高也。《詩》曰:'崇墉圪圪。'从土,气聲。"《玉篇·土部》引《説文》作:"圪",云:"本亦作仡。"《後漢書·張儉傳》、《文選·王延壽〈魯靈光殿賦〉》張載注各引

《詩》“崇墉屹屹”。按:《説文》作“圪”(亦作圪)爲正字。隸省作“圪”,又作“屹”。至作“仡”者則同聲假借字也。

靈　臺

經始靈臺,經之營之。庶民攻之,不日成之。經始勿亟,庶民子來。

王在靈囿,麀鹿攸伏。麀鹿濯濯,白鳥翯翯。王在靈沼,於牣魚躍。

虡業維樅,賁鼓維鏞。於論鼓鍾,於樂辟廱。

於論鼓鍾,於樂辟廱。鼉鼓逢逢,矇瞍奏公。

〔**經始勿亟**〕　鄭《箋》:“亟,急也。”《玉海補遺》作“經始勿悈”。按:《説文》:“亟,敏疾也。”《爾雅·釋詁下》:“亟,疾也。”又,《説文》(段注本):“悈,飭也。从心,戒聲。”段注:“飭,各本作飾。古書飾、飭多互譌,不可勝正。《力部》曰:‘飭,致堅也。’悈與戒義同,警也。《釋言》曰:‘悈,褊急也。’許《言部》‘諽’字下曰‘飭也’,讀若悈。蓋‘悈’,紀力反,與苟、戒、棘、亟音義皆同。”又,《玉篇》:“悈,疾也。”可知作“悈”者,通假字也。

〔**白鳥翯翯**〕　《孟子·梁惠王》引《詩》“白鳥鶴鶴”,《新書·禮》及《君道》兩引《詩》“白鳥皜皜”,《説文繫傳》引《詩》“白鳥皠皠”,《廣雅·釋訓》作“皬皬”。《説文》:“翯,鳥白肥澤貌。从羽,高聲。《詩》云:‘白鳥翯翯。’”此詩毛《傳》:“肥澤也。”按:“翯”爲正字,作“鶴”、“皜”、“皠”、“皬”者皆同聲通假字耳。

〔**於牣魚躍**〕　《説文》:“牣,牣,满也。”“仞,伸臂一尋八尺。”本詩毛《傳》:“牣,满也。”《孟子·梁惠王》引《詩》“於牣魚躍”,《音義》云:“丁本牣作仞。”《新書·禮》及《君道》兩引《詩》“於仞魚躍”。司馬相如《子虛賦》:“充仞其中者不可勝記。”《三公山碑》:“巨仞不數。”其“仞”字皆爲“牣”之借字。正字應作“牣”。

〔**虡業維樅**〕　《説文·丵部》引《詩》“巨業維樅”。《廣韻·三十三業》引《詩》同。王氏《詩攷》引《樂苑》云:“文王樂名巨業。”陳瑑云:“《説文》虡之重文爲鐻,又爲虡,譌爲虞。鐻从豦,與从巨之字同。《荀子·性惡》楊注:‘鉅與遽同,鉅又與巨同。’疑毛本作鐻,因通作鉅,又省作巨也。”《説文·虍部》:“虡,鐘鼓之柎也。飾爲猛獸。从虍、畀,象形,其下足。鐻,虡或从金豦。虡,篆文虡省。”段注:“畀,各本作異,非。今正。謂篆之中體象猛獸之狀,非異、畁二字也,‘形’字鉉本無,非是。”又云:“《五經文字》曰:‘虡,《説文》也。虡,隸省也。’然則虡爲隸字,不用小篆而改省古文,後人所增也。”馬瑞辰云:“《説文》虡或作鐻,《廣韻》引《埤蒼》:‘鐻,樂器,以夾鐘,削木爲之。’是虡古用木。《秦始皇本紀》:‘收天下兵,聚之咸陽,銷以爲鐘鐻。’則鐻之用金,蓋自秦始,故其字从金作鐻。”

〔**賁鼓維鏞**〕　《釋文》:“賁,字亦作鼖。”陳奐云:“《説文》鼖或作鞼。《詩》作賁者假借字。”按:《説文·鼓部》(段注本):“鼖,大鼓謂之鼖。鼖八尺而兩面。以鼓軍事。从鼓,卉聲。鞼,鼖或从革,賁聲。”段注:“鉉本改作賁省聲,非是。”

〔**於樂辟廱**〕　《説文繫傳》作“於樂辟雍”。又《周頌·振鷺》有“于彼西雝”句。陳奐云:“廱與雝通。”《説文》“雝”下段注:“經典多用爲雝和、辟雝,隸作雍。”此詩“廱”爲正字。

〔**鼉鼓逢逢**〕　《釋文》:“逢逢,《埤蒼》云:‘鼓聲也。’亦作韸,徐音豐。”《埤蒼》、《廣雅》並作韸韸。《吕氏春秋·季夏紀》高注引《詩》作韸韸。釋玄應《一切經音義》八引《山海經》郭注引

《詩》同。《淮南子·時則訓》高注引《詩》作"洋洋",本亦作韸韸。《太平御覽》五百八十二引《詩》作"蓬蓬"。張慎儀云:"按:逢逢、蓬蓬、韼韼、韸韸、洋洋,皆重言形況字,以音爲用。或疑洋洋係譌字,不知洋、韸亦音通也。《大明》篇洋與彭韻。《説文》:'彭,鼓聲也。'段玉裁以彭即韸也,東、陽合韻也。韼和韸之别體字,或作鼜,《説文》:'鼜,鼓聲也。'"

〔**矇瞍奏公**〕　《釋文》:"瞍,依字作叟,蘇口反。無眸子也。字亦作瞍,《説文》云:'無目也。'《字林》先么反,云:'目有眸,無珠子也。'"《吕氏春秋·達鬱》注《詩》"矇叟奏功"。《文選·楊脩〈答臨淄侯箋〉》注引《毛詩》"矇瞍奏工"。《白帖》六十一引《詩》"蒙瞍奏功"。《楚辭·九章》注、《儀禮·鄉飲酒》疏各引《詩》"矇瞍奏工"。張慎儀云:"按:蒙叟即矇瞍之省。叟之古字爲叜,故瞍字亦作瞍。又毛《傳》:'公,事也。'《小爾雅》:'功,事也。'公即功也,又通工。"

下　武

下武維周,世有哲王。三后在天,王配于京。
王配于京,世德作求。永言配命,成王之孚。
成王之孚,下土之式。永言孝思,孝思維則。
媚兹一人,應侯順德。永言孝思,昭哉嗣服。
昭兹來許,繩其祖武。於萬斯年,受天之祜。
受天之祜,四方來賀。於萬斯年,不遐有佐。

〔**下武維周**〕　明豐坊《詩傳》、《詩説》作"大武"。鄭《箋》:"下,猶後也。哲,知也。後人能繼先祖者,維有周家最大。"殆涉《箋》中之"大"字而誤爲"大武"也。

〔**世有哲王**〕　《釋文》:"哲,本又作悊,又作喆。"《爾雅》:"哲,智也。"《漢書·五行志》顔注:"悊,知也。"《郭旻碑》"既明且嚞"。《玉篇·口部》:"哲,智列切。智也。明哲也。喆,同上。嚞,古文。""哲"爲正字。

〔**應侯順德**〕　《荀子·仲尼篇》、《淮南子·繆稱訓》、《家語·弟子行》、《漢書·叙傳》注各引《詩》皆作"應侯慎德"。《正義》云:"定本作'慎德'。準約此詩上下及《易》,宜爲順字。又《集注》亦作順,疑定本誤。"又《太平御覽》一百九十九卷引《陳留風俗傳》引《詩》作"唐侯慎德"。應劭曰:"《韓詩外傳》稱周成王與弟戲,以桐葉爲圭,曰:'吾以封汝。'周公曰:'天子無戲言。'王乃應時而封,故曰應侯。"蓋"唐"爲"應"之訛也。

〔**昭茲來許**〕　《詩攷》引《漢碑》作"昭哉來許"。《續漢書·祭祀志》劉昭注引《詩》作"昭哉來御"。胡承珙云:"此篇每章首尾疊句相承,與《文王》篇相近。上章"昭哉嗣服",此即疊上'昭哉'爲詞。當從漢碑作"哉"爲是。"陳奂云:"《〈六月〉傳》:'御,進也。'古御、許聲同。……御,本字;許,假借字。"

〔**繩其祖武**〕　《續漢書·祭祀志》劉昭注引《詩》"慎其祖武"。陳奂云:"繩讀爲慎,是《三家詩》作慎也。繩、慎聲轉義通。"

文王有聲

文王有聲,遹駿有聲。遹求厥寧,遹觀厥成。文王烝哉。

文王受命,有此武功。既伐于崇,作邑于豐。文王烝哉。

築城伊淢,作豐伊匹。匪棘其欲,遹追來孝。王后烝哉。

王公伊濯，維豐之垣。四方攸同，王后維翰。王后烝哉。

豐水東注，維禹之績。四方攸同，皇王維辟。皇王烝哉。

鎬京辟廱，自西自東，自南自北，無思不服。皇王烝哉。

考卜維王，宅是鎬京。維龜正之，武王成之。武王烝哉。

豐水有芑，武王豈不仕。詒厥孫謀，以燕翼子。武王烝哉。

〔**遹駿有聲**〕〔**遹求厥寧**〕　《説文》："欥，詮詞也。从欠，从曰，曰亦聲。《詩》曰：'欥求厥寧。'"董氏引孫毓引《詩》同。《漢書·幽通賦》"欥中和爲庶幾兮"，《文選》本作聿。馬瑞辰云："蓋作欥爲正字，曰即欥之省，聿、遹皆同聲假借。戴氏震曰：'凡《詩》中言聿、言曰，皆欥之通借，爲承明上文之詞。《説文》曰"詮詞"者，承上文所發端，詮而釋之也。'今按《爾雅·釋言》：'坎、律，銓也。''坎'，當即'欥'字形近之誤，'律'即'聿'也，'銓'即'詮'也，則皆假借字耳。"

〔**文王烝哉**〕　《文選·沈約〈齊故安陸昭王碑文〉》注引《毛詩》"烝"作"蒸"。按：《爾雅》："烝，君也。"《釋文·爾雅音義》："烝，本又作蒸。"是"烝"、"蒸"古通用也。

〔**既伐于崇**〕　《詩攷》引《書·大傳》引《詩》"既伐于密"。《史記·周本紀》："明年伐犬戎，明年伐密須，明年敗耆國……明年伐邘，明年伐崇侯虎，而作豐邑。"《史記集解》："徐廣曰：'邘城在野王縣西北，音于。'"俞樾云："于，邘之假字。"《詩》作"于"者，"邘"之省，古文也。又，"崈"、"崇"一字。郝懿行云："《漢書·郊祀志》及《地理志》並作'崈高'，《集注》俱云：'崈，古崇字。'"

〔**作邑于豐**〕　《文選·潘岳〈西征賦〉》注引《詩》"作邑于酆"，《北史·李業興傳》同。《太平御覽》一百五十五引《毛詩》"遂邑于酆"，又引《帝王世紀》作"作邑於豐"。鄭《箋》："'作邑'者，徙都于豐，以應天命。"蓋《毛詩》爲"作邑于豐"，古文也。《三家詩》作"酆"，今文也。"于"、"於"通用。

〔**築城伊淢**〕　《釋文》："淢，字又作洫。《韓詩》云：'洫，深也。'"《五經文字》："洫，字又作淢。"陳奐云："張衡《西京賦》'經城洫'，《東京賦》'邪阻城洫'，薛綜注云：'洫，城池。'皆用《韓詩》也。洫，本字。淢，假借字。《説文》：'㵝，讀若溝洫之洫。'古文閾作闞，此淢、洫聲通之理。"

〔**作豐伊匹**〕　《周禮·大宗伯》賈疏引《詩》"築池伊匹"，一作"築地"，皆訛。

〔**匪棘其欲**〕　《釋文》出作"亟"，云："或作棘。""慾，音欲。本亦作欲。"

〔**遹追來孝**〕　《禮記·禮器》引《詩》"聿追來孝"。《後漢書·李固傳》、《三國志·魏志·魏明帝紀》各引《詩》同。按：遹、聿通用。

〔**豐水東注**〕　《文選·陸機〈漢高祖功臣頌〉》注引《毛詩》"豐"作"酆"。朱駿聲云："邑加邑旁，水加水旁，皆後起字也。"是"豐邑"、"豐水"之"豐"皆爲初文也。

〔**鎬京辟廱**〕　《鹽鐵論·繇役》、《説苑·脩文》各引《詩》"廱"作"雍"。按："廱"字，經典多用"雝"，二字同聲通用。作"雍"者，"廱"之隸省也。正字爲"廱"。

〔**自西自東**〕　《韓詩外傳》四:“《詩》曰:‘自東自西,自南自北,無思不服。’”首句“東”、“西”互易,卷五兩引《詩》亦然。韓、毛傳承不同,故異讀也。

〔**無思不服**〕　《漢書·孝平紀》贊作“亡思不服”。按:“亡”、“無”古通用。

〔**考卜維王**〕　《禮記·坊記》引《詩》“維”作“惟”,《文選·班固〈典引〉》注引《毛詩》同。按:“維”、“惟”、“唯”同聲,古多通用。

〔**宅是鎬京**〕　《禮記·坊記》引《詩》“度是鎬京”。《水經注·渭水》引《詩》“宅是鄗京”,《荀子·王霸篇》“武王以鄗”,《文選·班固〈西都賦〉》“遂綣酆鄗”,均用“鄗”。陳奐云:“度與宅通,宅以言作邑也。《傳》云‘武王作邑於鎬京’,正釋經文‘考卜維王,宅是鎬京’二句之義。”按:《説文》:“鎬,温器也。从金,高聲。武王所都,在長安西上林苑中,字亦如此。”《古今韻會舉要》:“鎬,地名。通作鄗。”《洪武正韻》:“鄗,又與鎬同。”蓋二字同聲互通也。

〔**維龜正之**〕　《禮記·坊記》引《詩》“維”作“惟”。按:二字古通用。

〔**武王豈不仕**〕　《晏子春秋·諫下》引《詩》“仕”作“事”。《小雅·四月》“盡瘁以仕”,鄭《箋》:“仕,事也。”《荀子·大略篇》楊注:“仕與事同。”陳奐云:“古仕、士通,士,事也。士謂之事,故仕亦謂之事。……仕讀爲事,其訓古矣。”

〔**詒厥孫謀**〕　《晏子春秋》、《韓詩外傳》、《列女傳·陳嬰母》各引《詩》“詒”作“貽”。《文選·班固〈典引〉》注引《詩》同。《説文新附》:“貽,贈遺也。从貝,台聲。經典通用詒。”鄭珍《新附攷》:“經傳中多詒、貽互見,作貽皆漢後所改。古亦省作台。”

生民之什

生　民

厥初生民，時維姜嫄。生民如何，克禋克祀，以弗無子。履帝武敏歆，攸介攸止，載震載夙，載生載育，時維后稷。

誕彌厥月，先生如達，不坼不副，無菑無害。以赫厥靈，上帝不寧，不康禋祀，居然生子。

誕寘之隘巷，牛羊腓字之。誕寘之平林，會伐平林。誕寘之寒冰，鳥覆翼之。鳥乃去矣，后稷呱矣，實覃實訏，厥聲載路。

誕實匍匐，克岐克嶷，以就口食。蓺之荏菽，荏菽旆旆，禾役穟穟，麻麥幪幪，瓜瓞唪唪。

誕后稷之穡，有相之道。茀厥豐草，種之黄茂。實方實苞，實種實褎，實發實秀，實堅實好，實穎實栗。即有邰家室。

誕降嘉穀，維秬維秠，維穈維芑。恒之秬秠，是穫是畝。恒之穈芑，是任是負。以歸肇祀。

誕我祀如何。或舂或揄，或簸或蹂。釋之叟叟，烝之浮浮。載謀載惟，取蕭祭脂，取羝以軷。載燔載烈，以興嗣歲。

卬盛于豆，于豆于登。其香始升，上帝居歆。胡臭亶時,后稷肇祀,庶無罪悔,以迄于今。

〔**厥初生民**〕　《文選・潘岳〈西征賦〉》注引《毛詩》"厥初生人"。《説文》:"人( ),天地之性最貴者也。此籒文。象臂脛之形。"按:甲骨文象人側立之形: (《殷虚書契後編上一七・七》); (《鐵雲藏龜》)。又,《説文》:"民,衆萌也。从古文之象。"郭沫若《甲骨文字研究》:"(周代彝器)作一左目形,而有刃物以刺之。""周人初以敵囚爲民時,乃盲其左目以爲奴徽。"《左傳・成公十三年》:"民受天地之中以生。"孔疏:"民者,人也。言人受此天地中和之氣以得生育。"是"民"、"人"可互訓,故《西京賦》引《詩》作"人"也。

〔**時維姜嫄**〕　《〈史記・周本紀〉集解》引《韓詩章句》曰:"姜,姓。原,字。"《大戴禮・帝繫》、《史記・周本紀》並作"姜原"。蓋《韓詩》省作"原"也。

〔**以弗無子**〕　《太平御覽》五百二十四引《詩》"以拂無子",五百二十九引《五經異義》引《詩》"以祓無子"。鄭《箋》:"'弗'之言'祓'也。……以祓除其無子之疾。"陳喬樅云:"此三家之今文,《毛詩》'弗'字乃'祓'之假借。""拂"與"弗"同聲,故又借"拂"爲之。

〔**履帝武敏歆**〕　《爾雅・釋訓》作:"履帝武敏:武,迹也。敏,拇也。"《〈爾雅〉釋文》:"敏,舍人本作畞。"王夫之曰:"敏,動。歆,感也。……介,迎也。止,宿也。帝與嫄同止,正以言其人道之感也。"郝懿行云:"敏、畞形近,畞、拇聲同,古讀音皆如弭。"胡承珙云:"《爾雅》以'敏'字絶句,觀毛《傳》以'將事齊敏也'結上句……是句讀與《爾雅》同。鄭解雖與毛異……則亦以'敏'字絶句,與毛不異。惟王逸注《離騷經》引《詩》以'歆'字絶句。《禮記・祭法》

疏載王肅難鄭義,亦引《詩》'履帝武敏歆'耳。《稽古編》曰:'鄭先訓"介"爲"左右",而繼之云"心體歆歆然",明以"歆"字屬下句。惟《儀禮·喪服》注引此詩於"歆"字絶句,《周禮》賈疏亦然。……'"蓋古有此兩讀也。

〔**攸介攸止**〕 陳奂以《爾雅·釋訓》於上句斷"履帝武敏"爲句,則此句經文當作"歆介攸止"。待考。

〔**載震載夙**〕 《太平御覽》五百二十四引《詩》"載震載肅"。毛《傳》:"夙,早。"鄭《箋》:"夙之言肅也。"《爾雅》:"肅,疾也。"《玉篇·夕部》:"夙,敬也。"馬瑞辰云:"《説文》以殊爲早敬;毛《傳》訓爲早,亦指敬言。"又云:"夙謂早敬,亦引申爲肅敬之通稱。"《説文》"殊"下徐鉉等注:"今俗書作夙。"《廣韻·屋韻》:"夙,《説文》作殊。"是"夙"、"肅"音同義通,故可互假也。

〔**先生如達**〕 《説文繫傳》引《詩》"達"作"羍"。鄭《箋》:"達,羊子也。……生如達之生,言易也。"《説文》:"羍,小羊也。……讀若達。"《初學記》引《説文》云:"達,七月生羔也。"馬瑞辰云:"《箋》蓋以達爲羍之假借,故曰'羊子',至'如達'之何以易生,則不言。惟《虞東學詩》云:'人之初生皆裂胎而出,驟失所依,故墮地即啼。惟羊連胞而下,其産獨易,故《詩》以"如達"爲比。'"其説甚是。"羍"正字。

〔**不坼不副**〕 "坼"原作"拆",《釋文》以"不坼不副"作音。《唐石經》、《南宋石經》、相臺本同。《正義》作"不拆不堛",《説文·土部》引《詩》"不㾗不䟽",《太平御覽》三百六十一引《詩》"不坼不䟽",《〈史記·楚世家〉集解》引《詩》"不坼不剖"。阮校:"案:'坼'字是也。《釋文》可證。又《説文·土部》'坼'下引此《詩》。作'拆'者,形近之譌。《正義》中十行本尚間作'坼',明監本、毛本盡改爲'拆',誤甚。"《九經字樣》云:"㾗,隸省作坼。"嚴可均云:

"拆,不體。"按:副聲通作堛。䩫,副之籀文。王念孫云:"剖本作副,《史記集解》有'簡狄胸剖生契'語,因改副爲剖耳。"

〔**無菑無害**〕　《〈史記·楚世家〉集解》引《詩》"無災無害",《白帖》十八引《毛詩》同。《北堂書鈔》一引《詩》"無灾無害"。按:《説文》:"巛,害也。从一雝川。《春秋傳》曰:'川雝爲澤,凶。'"蓋菑、害字應作巛,凡作菑、災、灾、烖者,俱爲借字也。

〔**牛羊腓字之**〕　山井鼎《考文》:"古本作羊牛。"《太平御覽》五十七引《詩》同。

〔**鳥覆翼之**〕　《初學記》七引《詩》"鳥翼覆之"。《詩》各本均作"鳥覆翼之",《初學記》殆以毛《傳》有"大鳥來,一翼覆之,一翼藉之"句而改爲"翼覆"耳。

〔**實覃實訏**〕　《釋文》:"覃,本或作譚。"《説文·㫗部》:"覃(),長味也。从㫗,鹹省聲。《詩》曰:'實覃實吁。',古文覃。,篆文覃省。"段注:"《大雅》文,《傳》曰:'覃,長也。訏,大也。'許作吁,疑轉寫誤。"按:"覃",本義爲長味,引申爲凡長之稱,毛《傳》曰"覃,長",从引申義也,聲通作譚。"覃"、"訏"爲本字。

〔**誕實匍匐**〕　《釋文》:"匍,音蒲,又音符。本亦作扶。""匐,蒲北反,又音服。本亦作服。"

〔**克岐克嶷**〕　《説文·口部》引《詩》"克岐克㠜"。《淮南子·本經訓》高注引《詩》同。《説文》:"㠜,小兒有知也。"毛《傳》:"岐,知意也。嶷,識也。"馬瑞辰云:"岐、知以疊韻爲義。……《傳》以嶷爲㠜之假借,故訓爲識。……但細繹經文,不當如《傳》所説。岐嶷承上匍匐言,匍匐謂初能伏行,岐嶷謂漸能起立也。……《方言》:'跂,登也。'《説文》:'企,舉踵也。古文作定。'《廣雅·釋詁》:'定,立也。'企、定、跂並同字,岐當即跂之假借。嶷當讀如仡立之仡。《鄉飲酒禮》'賓西階上疑立',鄭注:'疑讀爲"疑然從於趙盾"之疑。'今《公羊傳》作'仡然'。疑、仡二字雙聲,故通用。疑者,氉之假借。《説文》:'氉,未定也。'段玉裁曰:'未爲衍字。《大雅》"靡所止疑",《傳》:"疑,定也。"《士婚禮》、《鄉飲酒》並云:"疑,正立自定之貌。"《鄉射禮》注:"疑,止也。有矜莊之色。"疑皆即《説文》之氉字。'氉之言仡,謂仡然正立貌也。克岐謂能跂立,克嶷則能正立矣。"

〔**蓺之荏菽**〕　《釋文》:"荏叔,而甚反。叔或作菽,音同。毛云:'荏叔,戎菽也。'鄭云:'戎叔,大豆也。'郭璞云:'今胡豆是。'"《南宋石經》作"叔"。《周禮·冢宰》疏引《詩》"蓺之戎菽"。馬瑞辰云:"《爾雅·釋草》:'戎叔謂之荏菽。'據《爾雅·釋詁》戎、壬皆訓大,荏即壬也,是戎、荏皆大義也。又戎與荏雙聲,其字皆在來母,故戎叔、荏菽可通稱耳。郭注《爾雅》云'即胡豆',胡亦大也,義與戎、荏正同。"蓋壬、荏古通用,戎、荏聲相轉也。

〔**禾役穟穟**〕　《説文》:"穎,禾末也。"引《詩》"禾穎穟穟"。毛《傳》:"役,列也。穟穟,苗美好也。"馬瑞辰云:"役、穎二字雙聲,故通用,《三家詩》蓋有作穎者。……《小爾雅》:'禾穗謂之穎。'穎之言頃,以狀其垂穗之貌。穎必有皮,故又名役。役之義與服近。《禹貢》'三百里納秸服',《傳》:'服稾役。'言服爲稾之役也。……《説文》:'稃,稽也。'稽即穀皮。服與稃雙聲而義同,役即服,皆皮也。稾役謂之役,苗役亦謂之役,凡苗實之外皆役也。故《傳》以列釋之。列者,梨之省借。《説文》:'梨,黍穰也。'又曰:'穰,黍梨已治者。'梨之言茢,《説文》:'茢,芀也。'謂黍之去實者有似於芀茢也。《玉藻》注:'茢,菼帚也。'段玉裁曰:'芀帚,花退用穎爲之。'禾梨與黍梨、葦茢同義,皆指其實之外皮言之。梨謂周列於外,即穎也。……則列正與役義通,役之訓列,正與穰之訓梨同義。"

〔**瓜瓞唪唪**〕　《説文》兩引《詩》"瓜瓞菶菶"。董氏引崔靈恩《集注》本同。《集韻》一董引《詩》"瓜瓞𤓰𤓰"。按:《説文》:"菶,草盛。""唪,大笑也。从口,奉聲。讀若《詩》曰'瓜瓞菶菶'。"瓜瓞之盛與草盛同義,故亦曰"菶菶"。此詩作"菶菶"者,本《三家詩》。作"唪唪"者,假借字也。"𤓰"爲俗字。

〔**茀厥豐草**〕　《釋文》:"音弗,治也。《韓詩》作'拂',拂,弗也。"《爾雅·釋詁》:"弗,治也。"郭注:"見《詩》、《書》。"邢疏即引此詩,云:"弗、茀音義同。"《廣雅·釋詁》:"拂,除也,拔也。"《韓詩》不用"拂"本義,蓋借"拂"爲"弗"也。《毛詩》作"茀",《傳》曰:"茀,治也。"乃借"茀"爲"弗"也。"弗"爲正字。

〔**實方實苞**〕　毛《傳》:"方,極畝也。苞,本也。"胡承珙云:"《箋》以'方'爲'齊等','苞'爲'茂'。鄭釋'方'字雖稍異,然'極畝'據地滿,'齊等'據苗均,義足相成,且其言苗初生之意一也。《吕記》引董氏《集注》以'方'爲'房',戴氏《詩考正》因之,以此'方'當與《大田》'既方'同。不知嚴《緝》云《大田》'方皁'與'堅好'文連,是成熟時,故以'方'爲'孚甲始生';此'方'、'苞'在種褎前,是苗初生時,故以'方'爲'齊等'。明乎此,則不得以此'方'爲'房'矣。"馬瑞辰云:"按:《廣雅·釋詁》:'方,始也。'方爲苗生之始,猶才爲草木之初。方之言分也,放也,穀種得氣始分放也。苞之言包,程氏瑶田謂'穀始生,苗包而未舒'是也。《傳》言'苞,本'者,苞、本以雙聲爲義。本蕈爲苞,本根亦爲苞;木下爲本,苗之下未吐包時亦爲本也。方爲穀始吐芽,苞則漸含包矣。"以上二説是矣。

〔**即有邰家室**〕　《吕氏春秋·辨士》注、宋本《説文》、《〈史記·周本紀〉索隱》、《水經注·渭水》引《詩》皆無"即"字,《白虎通義·京師》引《詩》"即有台家室"。胡承珙云:"《傳》云'堯見天因邰而生后稷,故國后稷於邰'。《箋》云'就其成國之家室'。詳其文義,《傳》、《箋》本皆當有'即'字。《白虎通義·京師篇》:'即有台家室。'彼所據多《魯詩》,是魯亦有'即'字。"按:"台"爲"邰"之省。

〔**誕降嘉穀**〕　《説文·禾部》引《詩》"誕降嘉穀"。《初學記》一、《太平御覽》三引孫氏《瑞應圖》,各引《詩》"天降嘉種"。孔穎達《毛詩正義》、朱熹《詩集傳》作"誕降嘉種"。陳奐《詩毛氏傳疏》作"誕降嘉穀"。陳氏云:"經言'嘉穀',《傳》云'嘉種',嫌嘉穀爲禾之大名,下文秬、秠是黍,虋、芑是禾,故以嘉種釋嘉穀,渾言之以兼黍、禾也。後人乃因《傳》改經耳。"《説文·禾部》引《詩》"誕降嘉穀"可證經文之正字當作"穀"。又,"誕"爲此詩中之發語詞,曾用九次,均爲此例。孫氏《瑞應圖》引作"天",誤矣。陳奐引《孔叢子·執節》:"魏王問子順曰:'昔者上天神異后稷而爲之下嘉穀,周以遂興。'答曰:'天雖至神,自古及今,未聞下穀與人也。《詩》美后稷能大教民種嘉穀以利天下,故《詩》曰:誕降嘉穀。'"陳奐曰:"《孔叢》僞書,其所據《詩》亦作'嘉穀'。今《詩》作'嘉種'者,以誤本改之也。"按:《孔叢子》及《孔子家語》早佚。今本疑爲三國魏人王肅或其門徒依托而作,然其著述尚有參考價值。

〔**維秬維秠**〕　《説文·禾部》引《詩》作"惟秬惟秠"。《文選·班固〈典引〉》注引毛《詩》,《初學記》一、《太平御覽》三引孫氏《瑞應圖》,各引《詩》同。"維"、"惟"、"唯"、"雖",作爲發語詞,常通用。

〔**維糜維芑**〕　《釋文》:"糜,音門。赤苗也。《爾雅》作虋。"《爾雅·釋文》:"虋,亦作虋。"《韻會》引《説文》引《詩》"維虋維芑"。按:當以《説文》"虋"爲正字。"糜"爲"虋"之俗訛,"虋"爲隸變。

〔恒之秬秠〕〔恒之穈芑〕　《釋文》:"恒,古鄧反。偏也。本又作亘。"《正義》曰:"定本作恒。《集注》皆作亘。"釋玄應《一切經音義》一、十二、二十二引《詩》並作亘。《顔氏家訓·書證篇》引《詩》作亙,云:"'彌亘'字從'二間舟'……今之隸書轉'舟'爲'日'。"胡承珙云:"此當以作'亙'爲正。六朝本蓋皆作'亙'。亙,本古文'栕'字,《説文》:'栕,竟也。'與毛《傳》訓'恒'爲'偏'義合。《毛詩》一本作'恒',乃假'恒'爲'亘',與《天保》之假'恒'爲'緪'一也。"馬瑞辰云:"按:《説文》:'栕,竟也。从木,恒聲。亘,古文栕。'亘即亙字。……今按《考工記·弓人》'恒角而短',鄭注:'恒讀爲栕。栕,竟也。'又通作緪,《方言》:'緪,竟也。''竟'與'偏'義正相成。"按:"亘",古文作"亙"、"亙",隸省作"亘"。

〔以歸肇祀〕　《通志堂經解》本《釋文》作"肁",《唐石經》作"肈"。段玉裁云:"古有肈無肇。从《戈部》之肈,漢碑或从殳,俗乃从攵作肇,而淺人以竄入許書《支部》中。《玉篇》曰:'肇,俗肈字。'《五經文字·戈部》曰:'肈作肇,訛。'《廣韵》有肈無肇。今經典肈字俗訛从攵,不可不正。"盧文弨云:"肇,俗字也。凡經典肇字皆當作肈。"

〔或舂或揄〕　《釋文》:"揄,《説文》作舀。"黄焯《彙校》云:"今《説文》引《詩》誤作'或簸或舀'。陸所見本尚作'或舂或舀'。"《韻會》引《説文》引《詩》"或舂或舀"。毛《傳》:"揄,抒臼也。"鄭《箋》:"舂而抒出之。"馬瑞辰云:"《説文》:'舂,擣粟也。'《蒼頡篇》曰:'抒,取出也。'……揄者,舀之假借。《説文》:'舀,抒臼也。'引《詩》'或簸(舂)或舀'。《周官·舂人》注、《儀禮·有司徹》注引《詩》'或舂或抌',據《説文》舀或作抌、舩,是舀、抌本一字。鄭注《禮》多本《韓詩》,作抌者蓋《韓詩》也。揄、舀一聲之轉,故通用。揄古音如由,故與蹂、叟、浮等字爲韻。"

〔**或簸或蹂**〕　《南宋石經》"簸"誤作"敭"。

〔**釋之叟叟**〕　《釋文》："叟，字又作溲。濤米聲也。《爾雅》作溞。音同。郭音騷。"《唐石經》、相臺本、明監本作"釋之叟叟"。《〈爾雅〉釋文》引樊光注引《詩》"淅之溞溞"。毛《傳》："釋，淅米也。叟叟，聲也。"《説文》："釋，漬米也。"《説文》："淅，汏米也。"《孟子》趙注："淅，漬米也。"《説文》："浚，浸沃也。"《爾雅》："溞溞，淅也。"《玉篇》："溞溞，淅米聲也。"阮校："案：《六經正誤》云：'作釋誤。《説文》釋，从米从睪，漬米也'云云。今考其説非也，毛、鄭《詩》作'釋'，乃古字假借，故《釋文》不以'釋'字作音，《正義》亦不解'釋'字。"按："釋"、"淅"疊韻，"叟"、"溞"雙聲，"叟"爲"浚"之省也。

〔**烝之浮浮**〕　《説文·火部》引《詩》"烝之烰烰"。《〈爾雅·釋訓〉釋文》引樊光注引《詩》同。陳奂云："《爾雅》：'烰烰，烝也。'浮、烰同聲，炊米。字從火。《三家詩》及《爾雅》作'烰烰'者，本字。《毛詩》'浮浮'，則假借也。"陳説允矣。

〔**取羝以軷**〕　《釋文》出作牴，云："牴，都禮反。牡羊也。字亦作羝。"《五經文字》云："羝，《詩》又作牴字。《説文》："羝，牡羊也。从羊，氐聲。都兮切。""牴，觸也。从牛，氐聲。都禮切。"此詩"羝"爲正字，"牴"乃聲借也。

〔**于豆于登**〕　《唐石經》、小字本、閩本、明監本、毛本同。阮氏《校勘記》："今考'登'字，此經及《爾雅》作'登'，《儀禮》作'鐙'。《説文》有'豋'字，'登'即'鐙'、'豋'之古字也。《釋文》不以'登'字作音，《正義》中字亦皆作'登'，其明證矣。'豋'字或作'䒰'、'甄'，見《集韻》，皆不載於《説文》，毛、鄭《詩》固未嘗用此字，毛居正特臆説耳。"按：《説文》："𥁕，禮器也。从廾，持肉在豆上。讀若鐙同。"段注云："登、鐙皆假借字。劉氏台拱曰：'《詩》、

《爾雅》皆作登,《釋文》、《唐石經》、《篇》、《韻》皆無登字。《玉篇》有𢍰字。'俗製登字改經,非也。"陳奐云:"鐙與𢍰音同通假,登又鐙之省假。"

〔其香始升〕　《釋文》云:"香,一本作馨。"阮校:"《正義》本未有明文,今無可考。"《唐石經》、小字本、相臺本同作"香"。按:一作本之"馨"字,殆因鄭《箋》有"其馨香始上行"句,誤以經文"香"字爲"馨"耳。

〔后稷肇祀〕　《禮記·表記》、《白虎通》各引《詩》"肇"作"兆",《集韻》引《詩》同。《禮記·表記》引《詩》"肇"作"兆",鄭注:"兆,四郊之祭處也。"此用齊説。陳喬樅云:"上文'以歸肇祀',毛《傳》訓肇爲始,《箋》云'肇,郊之神位也',讀'肇'爲'兆',是據《齊詩》易毛。肇者,古文叚借字。《商頌》'肇域彼四海',《箋》云:'肇當作兆。'此不言者,文略耳。《周官·小宗伯》'兆五帝于四郊',注云:'兆,爲壇之營域。'《説文》作'垗',段氏注:'今《周禮》作兆,許作垗,葢故書、今書之不同也。'又《尚書大傳》'兆十有二州',古文《堯典》作肇,此古文假借之驗。"又云:"案:《〈毛詩〉釋文》不言韓氏字異,然據《禮記·表記》作'后稷兆祀'。《〈毛詩·商頌〉箋》讀'肇域'之'肇'爲'兆',知三家今文'肇'皆作'兆'。"

行　葦

敦彼行葦,牛羊勿踐履。方苞方體,維葉泥泥。戚戚兄弟,莫遠具爾。或肆之筵,或授之几。

肆筵設席,授几有緝御。或獻或酢,洗爵奠斝。醓醢以薦,或燔或炙。嘉殽脾臄,或歌或咢。

敦弓既堅，四鍭既鈞。舍矢既均，序賓以賢。敦弓既句，既挾四鍭。四鍭如樹，序賓以不侮。

曾孫維主，酒醴維醹。酌以大斗，以祈黄耇。黄耇台背，以引以翼。壽考維祺，以介景福。

〔**敦彼行葦**〕　《白帖》九十六引《詩》“瞻彼行葦”。毛《傳》、鄭《箋》俱作“敦”。毛《傳》曰：“敦，聚貌。”馬瑞辰云：“葦爲叢生之物，故《傳》以敦爲聚貌，讀如團聚之團，敦、團聲本相近。”《白帖》引作“瞻”，誤矣。

〔**維葉泥泥**〕　《釋文》：“泥泥，張揖作苨苨。”《潛夫論》今本引《詩》“維葉握握”，一本作“維葉柅柅”。《文選·左思〈蜀都賦〉》注引《詩》亦作“柅柅”。《廣雅》：“苨苨，茂也。”劉淵林云：“柅柅，盛茂貌。”《毛詩》作“泥”，即“苨”之假借。《三家詩》作“苨”，爲今文，通作“柅”，作“握”者以形近致訛。

〔**莫遠具爾**〕　“爾”，閩本、明監本、毛本同。阮校：“案：‘爾’，當作‘邇’，下文皆作‘邇’可證也。經、注作‘爾’，《正義》作‘邇’，‘爾’、‘邇’古今字，易而説之也，例見前。”

〔**肆筵設席**〕　《楚辭·招魂》王逸注引《詩》“肆筵設机”。按：王逸注文蓋涉上文“或授之几”、下文“授几有緝御”，誤以几爲席，傳寫又誤爲木名之机耳。

〔**或燔或炙**〕　《〈左傳·成公十三年〉正義》引《詩》“或膰或炙”。按：《説文·炙部》：“鐇，宗廟火孰肉。从炙，番聲。”段注：“今世經傳多作燔、作膰，惟許書作鐇。《火部》‘燔’下云‘爇也’。是《詩》作燔爲叚借字，他經作膰乃俗耳。許稱《左傳》作鐇，《〈左傳〉釋文》云：‘膰，《周禮》又作鐇。’皆古文之存焉者也。”經文正字爲鐇。

〔嘉殽脾臄〕　《釋文》:"臄,字或作醵。"《玉篇·肉部》、《集韻十八藥》各引《詩》"嘉肴脾臄"。《文選》王粲《公讌詩》注、吴質《答東阿王書》注各引《毛詩》同。按:《説文·酉部》:"醵,會歙酒也。"《玉篇》:"臄,口上阿也。"清儒言《説文》"谷"或从口,卻聲;或从肉,豦聲。口之兩旁上曰谷,下曰圅。今《詩》多用"臄",或作本乃借用同音之"醵"耳。又,《説文·肉部》:"肴,啖也。从肉,爻聲。"《殳部》:"殽,相雜錯也。从殳,肴聲。"故詩文作"肴"者正字,作"殽"者爲假借字也。

〔舍矢既均〕　劉向《列女傳·晉弓工妻》引《詩》"均"作"鈞"。按:《詩》上句"四鍭既鈞"。毛《傳》:"鍭矢參亭,已均中蓺。"陳奂云:"'鈞'者,'均'之假借字。《考工記》:'矢人爲矢,鍭矢參分,一在前,二在後。'鄭注云:'參訂之而平者,前有鐵重也。'……案:凡矢長三尺,殺一尺而翦羽六寸,刃二寸,刃即箭鏑。參亭者,謂一在前,二在後,皆已停均軒輊中也。亭,古停字。……參亭猶參均耳。"王夫之云:"參亭者,三訂之而匀也。鍭矢,一在前,二在後,參而訂之,故曰參亭。"是知上文"四鏃既鈞"之"鈞"字本爲"均"之假,《列女傳》殆誤涉上文假借字耳。

〔敦弓既句〕　《釋文》:"敦,音彫。畫弓也。"《説文》:"弴(𢏷),畫弓也。从弓,𦎫聲。都昆切。""句",《説文》作"彀",云:"彀,張弩也。从弓,㱿聲。古候切。"《文選·張衡〈東京賦〉》作"彫弓既彀"。《説文》"弴"下段注云:"弴與彫語之轉。敦弓者,弴之假借字,《詩》、《禮》又假'追'爲之。敦、弴可讀如自,不得竟讀彫也。《孟子》作'弤',亦雙聲字。"馬瑞辰云:"敦即弴之假借。又通作雕與彫,敦、雕雙聲,故通用。……敦又通作弤,敦、弤二字亦雙聲。"又云:"句、彀雙聲,故通用,句即彀之假借,不得讀如句倨之句,亦不得訓如張弓之彀。《爾雅·釋詁》:'彀,善也。'邵氏晉涵曰:'《行葦》詩上文云"敦弓既堅",堅,好也,則彀當爲善也。'今按邵説是也。……《廣雅》:'㱿,善也。'彀从㱿聲,故得訓善,猶穀从㱿聲,亦訓善也。'敦弓既句'與'敦弓既堅,同義。《爾雅》訓彀爲善,正釋詩'既句'耳。"上説得之矣。

〔**酌以大斗**〕　毛《傳》:"大斗,長三尺也。"《釋文》:"斗,字又作枓。都口反。徐又音主。"馬瑞辰云:"按:斗與枓異物。《説文》:'斗,十升也。''枓,勺也。''勺,所以挹取也。'此詩'大斗'及《小雅》'維北有斗',皆枓之省借。古音斗、枓同當口切,徐音主者,音之轉。《釋文》斗又作枓,其本字也。《漢石經》作豆,即鋀之省。《説文》:'鋀,酒器也。从金,豆象器形。或省金作豆。'亦與斗音近,故通用。《考工記》:'梓人爲飲器,勺一升。'《正義》引《漢禮器制度》'勺五升,徑六寸,長三尺',蓋專指大斗言之。長三尺與毛《傳》合,蓋指斗柄言之,《釋文》'三尺謂大斗之柄'是也。"

〔**以祈黄耇**〕　《唐石經》"祈"作"祁"。《左傳》"祁奚",《風俗通義》、《易林》並作"祈奚",二字古通。

〔**黄耇台背**〕　《爾雅·釋詁》作"鮐背",邢疏引《詩》"黄耇鮐背"。《藝文類聚》十八、《白帖》六十各引《詩》同。《爾雅·釋詁》:"鮐背、耇、老,壽也。"郭注:"鮐背,背皮如鮐魚。"毛《傳》:"台背,大老也。"鄭《箋》:"台之言鮐也。大老則背有鮐文。"陳奂:"《詩》作台,古鮐字也。《閟宫》篇亦作台背。"

既　醉

既醉以酒,既飽以德。君子萬年,介爾景福。
既醉以酒,爾殽既將。君子萬年,介爾昭明。

昭明有融，高朗令終。令終有俶，公尸嘉告。
其告維何，籩豆静嘉。朋友攸攝，攝以威儀。
威儀孔時，君子有孝子。孝子不匱，永錫爾類。
其類維何，室家之壼。君子萬年，永錫祚胤。
其胤維何，天被爾禄。君子萬年，景命有僕。
其僕維何，釐爾女士。釐爾女士，從以孫子。

〔**室家之壼**〕　“壼”，《釋文》出作“壼”，云：“壼，苦本反。毛：廣也。”《〈爾雅〉釋文》：“閫(壼)，本或作壼。苦本反。郭、吕並立屯反。”《南宋石經》作“壼”，《説文·口部》引《詩》作“𡇍”，云：“宫中道。从口，象宫垣、道、上之形。”《玉篇》作“壼”。盧文弨云：“篆文本作𡇍，壼似之而非，乃今字，蓋隸變也。”“壼”又“壼”之異文。按：本詩鄭《箋》：“壼之言梱也。其與女之族類云何乎？室家先以相梱致，已乃及於天下。”《釋文》：“壼，苦本反。毛：廣也。鄭：梱致也。”“梱，苦本反。”(“梱”字，今本多作“捆”；小字本、相臺本、考文古本作“梱”。阮校：“案：‘梱’字是也。《正義》中字、十行本皆作‘梱致’，同。又見《鴇羽》。”)馬瑞辰云：“𡇍、梱以同聲爲義。《大射儀》‘既拾，取矢梱之’，鄭注：‘梱，齊等之也。’梱，通作琨，《廣雅·釋詁》：‘琨，齊也。’《玉篇》：‘琨，齊玉也。’《廣雅》又曰：‘梱，束也。’束亦所以齊之也。‘室家之𡇍’猶言室家之齊耳。”馬説允矣。按：《廣雅》、《玉篇》“琨”作“瑻”，或體也。

〔**永錫祚胤**〕　《釋文》以“胙”出之，云：“本又作祚。”陳奂云：“祚，當依《釋文》作胙。《説文》有胙無祚。《肉部》：‘胙，祭福肉也。’因之，凡福皆曰胙。胙胤，胤胙也。‘永錫胙胤’，言長予子孫以福禄也。”

〔**薹爾女士**〕　《列女傳·啓母塗山》引《詩》"薹爾士女"。俞樾云:"女士者,士女也。孫子者,子孫也。皆倒文以協韻。猶'衣裳'恒言,而《詩》則曰'制彼裳衣'。'琴瑟'恒言,而《詩》則曰'如鼓瑟琴'也。"俞説得其旨矣。若作"士女"則韻不叶矣。

鳧　鷖

鳧鷖在涇,公尸來燕來寧。爾酒既清,爾殽既馨。公尸燕飲,福禄來成。

鳧鷖在沙,公尸來燕來宜。爾酒既多,爾殽既嘉。公尸燕飲,福禄來爲。

鳧鷖在渚,公尸來燕來處。爾酒既湑,爾殽伊脯。公尸燕飲,福禄來下。

鳧鷖在潨,公尸來燕來宗。既燕于宗,福禄攸降。公尸燕飲,福禄來崇。

鳧鷖在亹,公尸來止熏熏。旨酒欣欣,燔炙芬芬。公尸燕飲,無有後艱。

〔**爾殽既馨**〕〔**爾殽既嘉**〕　《太平御覽》九百十九引《詩》兩殽字皆作肴。按:《説文·肉部》:"肴,啖也。从肉,爻聲。"段注:"按:許當云'啖肉也',謂熟饋可啖之肉。今本有奪字。"《説文·殳部》:"殽,相雜錯也。从殳,肴聲。"按:"殽"本與"肴"異義,然用于"肴核"、"肴烝"字,則可通用,以二字同聲故也。此詩正字當作"肴"。

〔**公尸來止熏熏**〕　《説文·酉部》:"醺,醉也。从酉,熏聲。

《詩》曰:‘公尸來燕醺醺。’”俞樾云:“熏熏、欣欣,傳寫誤倒。本作‘公尸來止欣欣,旨酒熏熏’,‘熏熏’以旨酒言。猶下句‘燔炙芬芬’,‘芬芬’以燔炙言也。作‘熏’者叚字,《説文》作‘醺’者正字。觀其字从酉,可知其當在‘旨酒’下也。”按:此詩毛《傳》:“熏熏,和説也。”陳奐云:“(熏)許依字作醺,故爲醉。其實詩義不爲醉也。……《傳》云‘和説’,《祭義》所謂饗之必樂也。……《文選·東京賦》‘君臣歡樂,具醉熏熏’,薛綜注云:‘熏熏,和説貌。’薛本毛訓。”又云:“‘來止’當依《説文》作‘來燕’。”胡承珙亦云:“許所據《毛詩》本作‘來燕’,蓋上四章皆言‘來燕’,無緣此忽變文。”陳氏、胡氏之説甚辨,俞氏則失之泥。

〔**燔炙芬芬**〕　《説文繫傳》引《詩》“燔”作“鐇”。按:《説文·炙部》:“鐇,宗廟火孰肉。从炙,番聲。《春秋傳》曰:‘天子有事鐇焉,以饋同姓諸侯。’”段注:“今世經傳多作燔、作膰,惟許書作鐇。《火部》‘燔’下云‘爇也’。是《詩》作燔爲叚借字,他經作膰乃俗耳。”“鐇”爲正字。

假樂

假樂君子,顯顯令德。宜民宜人,受禄于天。保右命之,自天申之。

千禄百福,子孫千億。穆穆皇皇,宜君宜王。不愆不忘,率由舊章。

威儀抑抑,德音秩秩。無怨無惡,率由羣匹。受福無疆,四方之綱。

之綱之紀,燕及朋友。百辟卿士,媚于天子。不解于位,民之攸塈。

〔**假樂**〕　《左傳·文公四年》"公賦嘉樂",《左傳·襄公二十六年》"晉侯賦嘉樂",《孟子》趙注云"《詩·大雅·嘉樂》之篇"。毛《傳》:"假,嘉也。"《爾雅·釋詁》:"假,嘉也。"郭注:"《詩序》曰:'《假樂》,嘉成王也。"段玉裁云:"《〈維天之命〉傳》、《〈雝〉傳》同,'假'皆'嘉'之假借字也。"是"嘉"爲正字,嘉美也。

〔**顯顯令德**〕　《禮記·中庸》引《詩》"憲憲令德"。《文選·蔡邕〈郭有道碑文〉》注引《詩》"顯顯令聞"。《箋》:"顯,光也。"《爾雅·釋詁》:"顯,光也。"馬瑞辰云:"顯與憲雙聲,故假憲爲顯。《小司寇》注:'憲,表也。'《説文》:'憲,敏也。'敏疾則明,憲有表明之義,亦與顯義同。"又"聞",訛字也。

〔**保右命之**〕　《禮記·中庸》引《詩》"保佑命之"。按:《説文》:"右,助也。从又、口。"段玉裁云:"今人以左右爲𠂇又字,則又製佐佑爲左右字。"是"右"爲初文,"佑"爲後起字。

〔**千禄百福**〕　《後漢書·馬融傳》李賢注引《詩》"干禄百福"。"干禄",誤。

〔**穆穆皇皇**〕　《後漢書·班固傳》李賢注引《詩》"穆穆煌煌"。按:"皇"爲本字。

〔**宜君宜王**〕　《釋文》以"且君且王"作音,云:"一本且並作宜字。"毛《傳》:"宜君王天下也。"陳奐云:"作宜字是也。'宜民宜人',兩宜字平列,'宜君宜王',上'宜'字實,下'宜'字作語助,無實義。兩'宜'字不平列,詁訓中多有此例,初不泥於句法也。《傳》云'宜君王天下',言成王有此穆穆皇皇之令德,固宜君王天下耳。"

〔**不愆不忘**〕　《春秋繁露·郊語》引《詩》"不騫不忘",《説苑·建本》引《詩》"不僁不亡",《文選·王粲〈贈士孫文始〉》注引《詩》"不僁不忘",《後漢書·孝桓帝紀》引《詩》"不僭不忘"。馬瑞辰云:"《説文》:'愆,或从寒省作寒。'……騫及僁皆寒之假借。哀十六年《左傳》'禮失則昏,名失則愆,失志爲昏,失所爲愆',愆即《詩》之愆。《説文》:'忘,不識也。'與昏義相近。又按:愆爲過,遺失亦過,故《孟子》引《詩》'不愆不忘',而統以過字釋之。"馬説允矣。

〔**率由舊章**〕　宋本《風俗通義·愆禮》引《詩》"率"作"帥"。洪适《隸釋》載《小黄門譙敏碑》同。《漢書·郊祀志》引《詩》"由"作"繇"。按:《説文》:"繇,隨從也。"《爾雅·釋詁》:"迪、繇、訓,道也。"《吕氏春秋》注:"繇,用也。"朱駿聲云:"凡行用字,經傳皆以由爲之。《漢書》凡由字皆以繇爲之。"

〔**率由羣匹**〕　《春秋繁露·楚莊王》引《詩》"率由仇匹"。馬瑞辰云:"羣、匹二字平列而同義。……今按《説文》:'羣,輩也。'人曰'羣匹',正與獸之曰'羣醜'、曰'羣友'者同義。對言則羣爲三,匹爲二,通言則羣、匹一也。"按:此詩正文應爲"羣匹"。

〔**不解于位**〕　山井鼎《考文》:古本作"匪解"。舊本《北堂書鈔》引《詩》"匪解于位"。《文選·應貞〈晉武帝華林園集詩〉》注引《毛詩》"不懈于位"。陳奂云:"'不',當作'匪'。《烝民》、《韓奕》、《閟宫》、《殷武》皆作'匪解',匪,不也。或後人以匪訓不,遂改經之匪字爲不字矣。"郝懿行云:"懈、解古字通。"《易·序卦》:"《解》者,緩也。"《廣雅》:"懈,緩也。"又按:緩即怠也。

〔**民之攸塈**〕　《左傳·成公二年》《昭公二十二年》各引《詩》"民之攸塈"。《正義》云:"《釋詁》:'呬,息也。'某氏:'《詩》云:"民之攸呬。"'"顔真卿書《郭令公家廟碑》作"民之攸㥍"。按:毛《傳》:"塈,息也。"馬瑞辰云:"按:《方言》:'息,歸也。''民之攸塈'謂民之所息,即民之所歸。《泂酌》二章'民之攸塈',三章'民之攸歸',其義正同,非謂民得息逸也。……按:《説文》:'塈,仰涂也。’‘暨,日頗見也。’皆非休息本字。惠氏棟曰:‘《玉篇》:“屃,息也。今爲憩。”《説文》無憩字。《爾雅》“愒息”,《詩·假樂》“塈息”,並當依《玉篇》作屃。’今按:釋玄應《一切經音義》云:‘憩,《説文》作愒,《倉頡篇》作屃。’則屃字已見《倉頡篇》,不僅見《玉篇》矣。《一切經音義》又云:‘《倉頡篇》愒作憩。’則憩字亦見《倉頡篇》。屃、愒、憩三字實一字之異體,塈與暨皆屃字之假借。《説文》:‘愒,息也。’不言或作屃與憩者,偶遺之耳。《説文》又曰:‘眉,卧息也。’與憩之从自同義。……《廣雅》:‘氣,息也。’並與屃聲近而義同。《玉篇》又曰:‘㤅,息也。’按《説文》以㤅爲炁之古文,而《玉篇》以爲息者,蓋唐人以㤅與屃同音,遂假借通用耳。據顔真卿書《郭令公廟碑》‘民之攸㤅’,則《詩》塈字有作㤅者矣。凡字从自、从既者,多以音近通用。”

公　劉

篤公劉,匪居匪康,迺埸迺疆,迺積迺倉。迺裹餱糧,于橐于囊,思輯用光。弓矢斯張,干戈戚揚,爰方啓行。

篤公劉,于胥斯原,既庶既繁,既順迺宣,而無永歎。陟則在巘,復降在原。何以舟之,維玉及瑶,鞞琫容刀。

篤公劉,逝彼百泉,瞻彼溥原。迺陟南岡,乃覯于京。京師之野,于時處處,于時廬旅,于時言言,于時語語。

篤公劉,于京斯依。蹌蹌濟濟,俾筵俾几。既登乃依。乃造其曹,執豕于牢,酌之用匏。食之飲之,君之宗之。

篤公劉,既溥既長,既景迺岡,相其陰陽,觀其流泉,其軍三單。度其隰原,徹田爲糧。度其夕陽,豳居允荒。

篤公劉,于豳斯館。涉渭爲亂,取厲取鍛。止基迺理,爰衆爰有。夾其皇澗，遡其過澗。止旅迺密，芮鞫之即。

〔**迺埸迺疆**〕　“埸”，小字本、相臺本、閩本、明監本同，《唐石經》作“場”，毛本同。阮校：“案《唐石經》誤也。《釋文》云‘埸音亦’可證。注及正文中字，十行本盡作‘場’亦誤。”按：嚴可均亦云：“場圃字作場，疆埸字作埸。”是“埸”爲正字。

〔**迺積迺倉**〕　《孟子·梁惠王》引《詩》“乃積乃倉”。按：“迺”，本作“卤”。《爾雅》：“卤，乃也。”俗作迺、廼。“乃”即“迺”。後仿此。

〔**迺裹餱糧**〕　《釋文》：“餱，音侯，食也。字或作糇。”“糧，本亦作粮。”《孟子·梁惠王》引《詩》“乃裹餱糧”。《周禮·廩人》疏，《文選》干寶《晉紀總論》注、左思《招隱詩》注，《白帖》十四、三十四各引《詩》“乃裹糇糧”。《楚辭·離騷》注、《太平御覽》七百四各引《詩》“乃裹餱粻”。按：《説文·食部》：“餱，乾食也。从食，侯聲。《周書》曰：‘峙乃餱粻。’”又《玉篇》：“粮，同糧。”《爾雅》：“粻，糧也。”

〔**思輯用光**〕　《孟子·梁惠王》引《詩》“思戢用光”。《書·無逸》某氏傳引《詩》“思集用光”。《爾雅·釋詁》：“輯，和也。”郭注引《左傳》曰：“百姓輯睦。”本詩毛《傳》：“言民相與和睦，以顯於時也。”又《説文》：“濈，和也。”《孟子·梁惠王》作“戢”，蓋“濈”之省也。又《〈史記·衛世家〉索隱》：“集猶和也。”《左傳·僖公二十四年傳》注、《左傳·襄公十九年傳》注，《釋文》並云：“輯，本作集。”《漢書》載司馬相如《上林賦》注：“輯與集同。”按：詩文本字當作“輯”。

〔**而無永歎**〕　《釋文》：“歎，字或作嘆。”按：《説文·欠部》：

"歎，吟也。从欠，鷬省聲。"《説文·口部》："吟，呻也。从口，今聲。""嘆，吞歎也。从口，歎省聲。一曰太息也。"段玉裁注："嘆、歎二字今人通用。《毛詩》中兩體錯出，依《説文》則義異。歎近于喜，嘆近于哀。故嘆訓吞嘆，吞其嘆而不能發。"按：本詩"而無永歎"，毛《傳》："民無長歎，猶文王之無悔也。"永歎，毛《傳》以"長歎"釋之，長歎即太息，大聲歎息、深長歎息也。依段説，本字應爲"嘆"。

〔陟則在巘〕　"巘"，《釋文》出作"甗"，云："本又作巘。魚輦反。又音言，又音魚偃反。音彦。毛云：小山别于大山也。與《爾雅》異。"陳奂云："《説文》無巘字。疑《毛詩》本作獻，獻原即《皇矣》之鮮原也。此猶鮮羔即獻羔之例。獻或作巘，《爾雅》'鮮'或作巘。山旁皆後人所增，誤正同。《爾雅》：'小山别大山，鮮。'又：'重甗，隒。'畫然兩字。《釋名》鮮誤爲甗，解者即泥甗字作解，而以'小山别大山'與'重隒'之厓岸紐合爲一，其誤始於劉熙之《釋名》。孔仲達遂謂此與《皇矣》義别矣。'鮮原'詳《皇矣》篇，其地在岐周之東北，南近於邰，公劉从邰而出所涉之地，故'陟獻降原'，望北而行。即上章啓行之所由徑也。"陳説甚辨。

〔鞞琫容刀〕　《南宋石經》"鞞"作"鞞"。訛字。

〔既登乃依〕　《釋文》："依，毛如字，鄭於豈反。《箋》云：或扆字。"《唐石經》作"既登迺依"。按：《周禮·司几筵》："王位設黼依。"《禮記·曲禮》："天子當依而立。"《説文·户部》："扆，户牖之間謂之扆。"段注："《釋宫》：'牖户之間謂之扆。'凡室，户東牖西，户牖之中間是曰扆。《詩》、《禮》多假依爲之。"

〔乃造其曹〕　《唐石經》作"迺造其曹"。釋玄應《一切經音義》九引《詩》"乃告其曹"。馬瑞辰云："《周官》大祝'掌六祈'，'二曰造'，杜子春謂：'造，祭於祖也。'……按：造者，祰之假借，《説文》：'祰，告祭也。'蓋凡告祭通曰造也。造亦通作告……《一切經音義》卷九引《詩》'乃告其曹',告即造祭,《三家詩》或省作告耳。曹者,褿之省借。《藝文類聚》引《説文》:'祭豕先曰褿。'(今本《説文》脱去。)《廣雅》:'褿,祭也。'《玉篇》:'褿,豕祭也。'《廣韻》:'褿,祭豕先。'據下云'執豕于牢',知詩'乃造其曹'謂將用豕而先告祭於豕先,猶將差馬而先祭馬祖也。"馬氏之説審矣。

〔**于豳斯館**〕　《白虎通·京師》引《詩》"于邠斯觀"。王氏《詩攷》引同。按:《説文·邑部》:"邠,周太王國,在右扶風美陽。从邑,分聲。豳,美陽亭,即豳也。民俗以夜市,有豳山。从山,从豩。闕。"段注:"蓋古地名作邠,山名作豳,而地名因於山名,同音通用,如郊、岐之比。是以《周禮·籥師》經文作豳,注作邠。漢人於地名用邠不用豳。許氏原書當是豳、岐本在《山部》,而後人移之,併古今字爲一字,抑或許書之變例有然,未能定也。經典多作豳,惟《孟子》作邠。"朱駿聲云:"《周禮·遺人》注:'候館,樓可以觀望者也。'今寺觀字,唐始定以觀爲之,本字即館也。"館、觀古同聲通用。

〔**取厲取鍛**〕　《釋文》:"厲,本又作礪。""鍛,本又作碫。"馬瑞辰云:"礪者,厲字之俗。《説文》:'厲,旱石也。'……按:厲爲旱石,對厎爲柔石言,柔爲細石,則旱爲麤石矣。麤石謂之厲,猶粗米謂之糲也。鍛當以作碫爲正。毛《傳》:'鍛,石也。'段玉裁曰:'當作"碫,碫石也",今本奪一字。'《説文》:'碫,厲石也。'段玉裁曰:'當作"碫石"。段與厲絶然二事,《粊誓》"段乃戈矛,厲乃鋒刃",段之欲其質之堅也,厲之欲其鋒之利也。'今按段説辨段非厲,是也。……古之段物或以石,故《春秋》鄭公孫段字子石,與後世異。《説文》以碫爲碫石,義本毛《傳》。……鍛、碫、段三字同聲通用,而《説文》曰:'鍛,小冶也。''碫,碫石也。''段,椎物也。'則三字各有本義。……詩作鍛者,假借字耳。"

〔**芮鞫之即**〕　《釋文》:"芮,本又作汭。"《〈爾雅·釋丘〉釋文》:"鞫,如字。《字林》作坈,云:隈,厓外也。九六反。"《周禮·職方氏》鄭注:"汭,在亟地。"引《詩》"汭泦之即"。《〈周禮〉釋文》:"坈,《詩》作鞫。"《説文繫傳》引《詩》"汭鞫之即"。馬瑞辰云:"芮即汭之假借 。鞫通作泦、阮,又作坈。……《漢書·地理志》:'芮水出汧縣西北,東入涇。《詩》芮阮,雍州川也。'據顔師古言《韓詩》作芮阮,則知鄭注《周禮》以汭阮爲雍州川者,亦《韓詩》説,至箋《毛詩》始从《爾雅》、毛《傳》,今按《箋》説是也。汭、入以雙聲爲義,故《説文》以汭爲水相入皃。王肅亦云:'汭,入也。'出爲外則入爲内,故水厓之在内亦名汭。……至《傳》云'鞫,究也'者,李黼平曰:'《傳》蓋讀鞫爲究。古阮、泦二字俱从尻,尻與究並从九得聲,聲同者義亦同,是鞫、阮、泦、究同物,故《傳》轉爲究。……今按《爾雅·釋言》:'鞫、究,窮也。'鞫、究同義,故《傳》以究釋鞫。鞫究爲水涯,即水窮處也。《爾雅》又言'厓内爲隩,外爲鞫',孫炎曰:'内曲,裏也。外曲,表也。'今按内曲爲芮,外曲爲鞫,則《詩》之芮鞫又即《爾雅》之隩鞫。"按:《爾雅·釋丘》:"厓内爲隩,外爲隈。"宋邢昺疏:"隈當作鞫,傳寫誤也。"清桂馥《説文解字義證》:"《玉篇》:'坈,涯也。水外爲坈。''阮,古岸也。'《廣韻》'坈'與'阮'同,云:'曲岸水外曰阮。'"此詩鄭《箋》:"水之外曰鞫。"是"鞫"與"阮"、"坈"通用也。

泂　酌

泂酌彼行潦,挹彼注兹,可以餴饎。豈弟君子,民之父母。

泂酌彼行潦,挹彼注兹,可以濯罍。豈弟君子,民之攸歸。

洞酌彼行潦，挹彼注茲，可以濯溉。豈弟君子，民之攸塈。

〔**洞酌彼行潦**〕　毛本"潦"作"潦"，不體。《鹽鐵論》引《詩》"酌彼行潦"，引文奪"洞"字。

〔**可以餴饎**〕　《釋文》："餴，甫云反。餾也。又作饙。"《說文·食部》："饒，滫飯也。从食，桒聲。饙，饒或从賁。餴，饒或从奔。"朱駿聲《說文通訓定聲》："桒者，奔之誤體。"《爾雅》："饙，稔也。"《說文·食部》"饎"下引《詩》"可以饙饎"。按："饙"、"餴"，重文也。

〔**豈弟君子**〕　《禮記·孔子閒居》、宋本《說苑·政理》各引《詩》"凱弟君子"。《爾雅·釋詁》疏引《詩》"愷弟君子"。《孝經·廣至德章》、《管子·輕重》、《荀子·禮論篇》、《呂氏春秋·不屈》、賈誼《新書·君道》、《史記·孝文本紀》、《後漢書·章帝紀》各引《詩》，《文選·楊雄〈長楊賦〉》注引《毛詩》，《山左金石志》載《後魏張猛龍碑》並作"愷悌君子"。按：《說文》："豈，還師振旅樂也。一曰：欲也，登也。"《集韻·海韻》："愷，《說文》：'樂也。'或省。亦作凱。"《廣雅·釋親》："弟，悌也。"《論語·學而》："其爲人也孝弟。"邢昺疏："孝於父母，順於兄長。"《荀子·修身篇》："端慤順弟，則可謂善少者矣。"楊倞注："弟與悌同。"《爾雅·釋詁》："弟，易也。"郝懿行疏："弟者，通作悌。"按："豈弟"一語，謂兄友弟恭彼此和睦，"愷悌"、"凱弟"同。今多作"愷悌"。後倣此。

〔**民之父母**〕　《後漢書·章帝紀》引《詩》"人之父母"，誤。

卷　阿

有卷者阿，飄風自南。豈弟君子，來游來歌，以矢其音。

伴奂爾游矣，優游爾休矣。豈弟君子，俾爾彌爾性，似先公酋矣。

爾土宇昄章，亦孔之厚矣。豈弟君子，俾爾彌爾性，百神爾主矣。

爾受命長矣，茀禄爾康矣。豈弟君子，俾爾彌爾性，純嘏爾常矣。

有馮有翼，有孝有德，以引以翼。豈弟君子，四方爲則。

顒顒卬卬，如圭如璋，令聞令望。豈弟君子，四方爲綱。

鳳皇于飛，翽翽其羽，亦集爰止。藹藹王多吉士，維君子使，媚于天子。

鳳皇于飛，翽翽其羽，亦傅于天。藹藹王多吉人，維君子命，媚于庶人。

鳳皇鳴矣，于彼高岡。梧桐生矣，于彼朝陽。菶菶萋萋，雝雝喈喈。

君子之車，既庶且多。君子之馬，既閑且馳。矢詩不多，維以遂歌。

〔**來游來歌**〕　山井鼎《詩經考文》："古本游作遊。"《列女傳·趙津女娟》、《太平御覽》五十六各引《詩》作遊。按:《玉篇》:“遊,遨遊也。與游同。”《集韻》:“逕,行也,或从斿。通作游。”又,《説文·㫃部》:“游,旌旗之流也。从㫃,汓聲。逕,古文游。”段注:“流,宋刊本皆同。《集韻》、《類篇》乃作旒,俗字耳。旗之游如水之流,故得稱流也。……此字省作斿,俗作旒。”按:游,甲骨文作。商承祚《殷虚文字類編》:“从子執旗,全爲象形。从水者,後來所加,于是變象形爲形聲矣。”鈕樹玉《校録》:“(《説文》)宋本及初印本‘旒’作‘流’,《繫傳》、《韻會》作‘旌旗斿也’。”“游”,又謂在水中浮行或潜泳、河流、流動不定、虚浮不實。“游”又同“遊”,《説文》:“游。逕,古文游。”王筠《句讀》:“竊意當依《玉篇》分訓,游爲旗游,逕爲遨游,俗作遊。”“遊”,又有如下義訓:遨遊、遊覽、嬉戲、娱樂、外出求學、遊歷、交遊、遊蕩、逍遥、優遊諸義。此詩“游”(遊)字乃謂遊冶娱樂耳。

〔**似先公酋矣**〕　《唐石經》原刻“似”誤作“以”。《爾雅·釋詁》:“酋,終也。”郭注:“《詩》曰:‘嗣先公爾酋矣。’”按:毛《傳》:“似,嗣也。”郭注引《詩》作“嗣”,是以訓詁字代經文耳。郭注多一“爾”字者,或出《三家詩》也。阮校《爾雅注疏》:“按《卷阿》詩三章、四章每章末句皆用‘爾’字,惟二章‘俾爾彌爾性,嗣先公酋矣’,無‘爾’字,蓋今本脱,《正義》訓‘爾’爲‘汝’,是孔本有‘爾’字,郎本、鍾本依今《詩》删‘爾’字,非。”陳奂云:“似,讀與嗣同。酋終。《爾雅·釋詁》文注引《詩》作‘嗣先公爾酋矣’,是郭所據作‘爾酋’,與下章‘百神爾主矣’、‘純嘏爾常矣’同詞。”

〔**茀禄爾康矣**〕　《爾雅·釋詁》郭注引《詩》“祓禄康矣”。按:“弗”、“犮”古通,“茀”與“祓”亦通,以雙聲故也。此詩鄭《箋》:“茀,福。”是以“茀”爲“祓”之假借也。郭注《爾雅》引此詩句脱“爾”字。

〔**有馮有翼**〕　《釋文》:"馮,本又作凴。"毛《傳》:"有馮有翼,道可馮依以爲輔翼也。"《傳》訓"馮依",蓋以"馮"爲"倗"字之假借也。《釋文》"又作凴"者俗訛耳。

〔**顒顒卬卬**〕　《文選·班固〈史述贊〉》注引《毛詩》"顒顒昂昂"。釋玄應《一切經音義》四及十三各引《詩》"禺禺昂昂",洪适《隸釋》載《漢衛尉衡方碑》同。《韓詩外傳》引《詩》"顒顒盎盎"。毛《傳》:"顒顒,温貌。卬卬,盛貌。"按:《説文》:"顒,大頭也。"段注:"引申之,凡大皆有是偁。"《爾雅·釋訓》:"顒顒卬卬,君之德也。"《説文》:"卬,望,欲有所庶及也。从匕,从卪。"徐灝《箋》:"卬,古仰字。"《玉篇》:"卬,待也。"《廣韻》:"卬,高也。"又《穀梁傳·昭公八年》:"置旃以爲轅門。"晉范甯注:"轅門,卬車以其轅表門。"《釋文》:"卬車,五郎反。……本又作昂。"按:"昂"亦有揚起義。"卬"可引申爲昂揚、盛大義。又《説文》:"盎,盆也。从皿,央聲。"後引申爲洋溢、充溢義。至"禺"字,《説文·甶部》云:"禺,母猴屬。頭似鬼。从甶,从内。"是知"顒顒卬卬"爲本字。作"昂昂"者假借字,作"盎盎"、"禺禺"者俱爲訛字。

〔**如圭如璋**〕　《唐石經》、小字本、相臺本"圭"作"珪"。《荀子·正名篇》、《蔡中郎集·上始加元服與羣臣上壽表》、《後漢書·檀敷傳》注各引《詩》,《文選》曹丕《與鍾大理書》注、班固《史述贊》注各引《毛詩》亦作"珪"。又閩本、明監本、毛本作"圭"。阮校:"案《唐石經》是也。餘經作'圭',乃用字不畫一之例。此經及《正義》中字皆作'圭',當是後人用他經所改。"按:《説文》:"圭,瑞玉也。上圜下方。……以封諸侯。从重土。珪,古文圭从玉。"

〔**令聞令望**〕　《釋文》:"聞,本亦作問。"《荀子·正名篇》,《文選》王融《曲水詩序》注、史岑《出師頌》注,《爾雅·釋詁》疏各引《詩》作"問",舊本《北堂書鈔》五引《詩》同。按:《廣韻·問韻》:

"聞,名達。"《正字通·耳部》:"聞,聲譽曰聞。"《書·微子之命》:"舊有令聞。"孔《傳》:"久有善譽。"《正字通·耳部》:"聞,又與問通。"朱駿聲《説文通訓定聲》:"問,叚借爲聞。"漢佚名《夏承碑》:"令問不已。"按:《大雅·文王》《江漢》並作"令聞不已","令聞"(令問)即善譽、美譽也。

〔**鳳皇于飛**〕　"皇",《唐石經》、小字本、相臺本同,閩本、明監本、毛本作"凰",下同。阮校:"'凰'俗字,不當用于經典。"

〔**鳳皇鳴矣,于彼高岡。梧桐生矣,于彼朝陽。菶菶萋萋,雝雝喈喈**〕　《論衡·講瑞》引《詩》"梧桐生矣,於彼高岡。鳳皇鳴矣,於彼朝陽。菶菶萋萋,噰噰喈喈。"《初學記》引《詩》,四句與《論衡》同。王先謙云:"《説苑·辨物篇》引《詩》與毛同,《論衡》所引,或記憶之誤,偶倒其文。"張慎儀云:"《論衡》所引前四句與《毛詩》次異,或本《三家詩》。"

〔**菶菶萋萋**〕　《説文繫傳·通論》引《詩》"菶菶啛啛"。按:"啛",《集韻·隊韻》:"啛,先嘗也。通作啐。"陳奐云:"《説文》'菶,艸盛','萋,艸盛',菶與萋皆木爲艸盛,因之爲木盛。"按:"萋"與"啛"字義無關,《説文繫傳》引《詩》作"啛"者,同聲通假耳。

〔**菶菶萋萋,雝雝喈喈**〕　《易林·觀之謙》引《詩》作"雍雍喈喈,菶菶萋萋",山井鼎《考文》:古本同。按:或本《三家詩》。"雝"、"噰"、"雍"同聲通用,象聲詞耳。

民　勞

民亦勞止,汔可小康。惠此中國,以綏四方。無縱詭隨,以謹無良。式遏寇虐,憯不畏明。柔遠能邇,以定我王。

民亦勞止,汔可小休。惠此中國,以爲民逑。無縱詭隨,以謹惛怓。式遏寇虐,無俾民憂。無棄爾勞,以爲王休。

民亦勞止,汔可小息。惠此京師,以綏四國。無縱詭隨,以謹罔極。式遏寇虐,無俾作慝。敬愼威儀,以近有德。

民亦勞止,汔可小愒。惠此中國,俾民憂泄。無縱詭隨,以謹醜厲。式遏寇虐,無俾正敗。戎雖小子,而式弘大。

民亦勞止,汔可小安。惠此中國,國無有殘。無縱詭隨,以謹繾綣。式遏寇虐,無俾正反。王欲玉女,是用大諫。

〔**汔可小康**〕　《説文·水部》引《詩》"汔"作"汽",《爾雅·釋詁》引《詩》同。《漢書·元帝紀》、《後漢書·楊震傳》注、《三國志·魏志·辛毗傳》各引《詩》作"迄"。毛《傳》:"汔,危也。"鄭《箋》:"汔,幾也。"陳啓源云:"《爾雅》'幾,危也','饑,汽也'。幾、饑、危、汽,轉互相通。"郝懿行云:"饑即幾也,又訓汽者,汽,近也。《爾雅》蓋即汽之爲近,以明危之亦爲近,故復申釋其義也。饑从幾聲,饑、㲹,《玉篇》並云:'危也。'《説文》云:'饑,㲹也。'毛訓汽爲危,義猶未顯,故鄭申之,訓汽爲幾,然後知汽、幾即饑、汽,又知《爾雅》之饑,蓋幾之假借也。"按:"迄"字見《説文新附》:"迄,至也。从辵,气聲。""汔"爲"汽"之隸變,"迄"爲"迄"之省,又爲"汔"之俗。

〔**無縱詭隨,以謹無良**〕　明監本、毛本"縱"作"蹤"。《左傳·昭公二十四年》引《詩》"毋從詭隨"。《家語·正論》引《詩》"毋縱詭隨"。《潛夫論·述教》引《詩》作"毋縱詭隨,以謹是良"。按:"無"、"毋"古同聲通用。"縱"、"蹤"亦同聲通用,"縱"爲此詩正字。"是"爲訛字。

〔**憯不畏明**〕　《釋文》:"慘,本亦作憯,曾也。"阮校:"《正義》云:'慘,曾,《釋言》文。《爾雅》本或作憯,曾,音義同。'是其本亦作'慘'字。……《詩經小學》云:《説文》:'朁,曾也。從曰,兓聲。《詩》曰:"朁不畏明。"'《節南山》、《十月之交》云:《雲漢》及此'憯'字皆同音假借。是也。'考《釋文》,《十月之交》亦作'慘'。以'憯'作'慘',猶以'訊'作'誶'之誤耳。"

〔**柔遠能邇**〕　《釋文》以"揉遠能邇"作音,云:"揉遠,音柔,本亦作柔。能邇,徐云:'毛如字,鄭奴代反。'伽也。"毛《傳》:"柔,安也。"鄭《箋》:"能,猶伽也。邇,近也。安遠方之國,順伽其近者。"胡承珙云:"毛不釋'能'字,自以經文四字爲互文見義。於'遠'言'柔'不言'能',於'邇'言'能'不言'柔',實則遠邇皆能柔之耳。一説'能'讀當爲'而',《漢督郵班碑》作'渘遠而邇'。'而'、'如'古字通。……徐云'能,毛如字'者,毛時'能''如'聲近,讀'能'猶讀'如'也。"馬瑞辰云:"能與柔義相近,柔之爲安,爲善,能亦安也,善也。……能字从㠯得聲,古與而字聲近通用,《漢督郵班碑》'渘遠而邇'即'柔遠能邇'也。而、如古同聲,故《箋》訓能爲伽。伽即如也,如猶若也,若有順意,故《箋》云'順伽其近者',正與安、善義通。徐邈云:'能,鄭奴代反。'此即鄭注《禮運》、《樂記》所謂'能字古皆作耐'者也。耐去寸則爲而,故能又讀而、訓如也。王尚書《經義述聞》曰:'古者謂相善爲相能。……'今按王説是也。"按:《大雅·崧高》:"揉此萬邦,聞于四國。"鄭《箋》:"揉,順也。”《廣雅·尤韻》:“揉,順也。”又《字彙補·水部》:“渘,與柔同。”上引《漢督郵班碑》以“渘”代“柔”,另見《隸釋》載《北海相景君銘》:“寔渘實剛,乃武乃文。”洪适注:“(碑)以渘爲柔。”《隸辨·魏元丕碑》:“既膺渘德,貢躡帝宇。”顧藹吉注:“《字原》云:漢碑多以渘爲柔。”是知渘、揉俱从柔聲,故與柔通。此詩句以“柔”爲正字。

〔**以謹惛怓**〕　《釋文》云:“惛,音昏。《説文》作昏,云怓也。”“怓,女交反。惛怓,大亂也。鄭云:猶讙譊也。”按:黄焯《彙校》:“昏,宋本、葉鈔、朱鈔皆作惛,與正文同。盧本作怋。阮云:怋字是也。小字本所附正作怋字。《釋文》:‘惛,亦不憭也。’盧本《釋文》‘惛亦’四字作‘又釋惛云’。段云:《釋文》‘惛亦’四字當作‘又有惛字’四字。顧云:盧段二説皆非也。當作‘又云:惛,不憭也。’與《旱麓》‘燎’下又云:‘燎,放火也。’同例。……焯案:阮氏校記此条即爲顧説。”此詩毛《傳》:“惛怓,大亂也。”鄭《箋》:“惛怓,猶讙譁也。”馬瑞辰云:“按:惛者,怋之假借。《説文》:‘怋,怓也。’‘怓,亂也。’引《詩》‘以謹惛怓’。惛怓當爲怋怓之譌,《釋文》‘惛,《説文》作怋’,是其證也。……讙譁當从《釋文》本作讙譊。”

〔**以謹繾綣**〕　毛《傳》:“繾綣,反覆也。”《釋文》:“綣,字或作卷。”胡承珙云:“‘繾綣’字只當作‘遣卷’。《説文》:‘遣,縱也。’‘卷,厀曲也。’是‘遣’有‘申’義,‘卷’有‘曲’義。‘屈申’即‘反覆’之意,故‘遣卷’雖疊韻,亦分二義。而其義實相因,如‘詭隨’之分善惡耳。……杜注《左傳》:‘繾綣,不離散也。’……《荀子·成相篇》‘精神相反’,楊倞注:‘相反,謂反覆不離散。’然則《傳》訓‘反覆’,亦與‘不離散’義相通也。”馬瑞辰云:“《説文》無‘繾綣’字,《新附》有之。錢大昭曰:‘繾綣當作緊絭。《楚詞·九思》曰“心緊絭兮傷懷”,王逸《章句》:“緊絭,糾繚也。一作繾綣。”《説文》:“緊,纏絲急也。”“絭,纕臂繩也。”’今按:緊字糾忍切,从臤,絲省，別作絔，《玉篇》引《春秋·成公四年》'鄭伯絔卒'，有古千一切，則从臤得聲，與繾音近，故繾綣即緊紾之別體。《左氏·昭二十五年傳》'繾綣從公'，杜注：'繾綣，不離散也。'與反覆義正相成。《廣雅·釋詁》：'繾綣，摶也。'摶義與不離散義相近。"按："卷"爲"綣"之省。

板

上帝板板，下民卒癉。出話不然，爲猶不遠。靡聖管管，不實於亶。猶之未遠，是用大諫。

天之方難，無然憲憲。天之方蹶，無然泄泄。辭之輯矣，民之洽矣。辭之懌矣，民之莫矣。

我雖異事，及爾同寮。我即爾謀，聽我囂囂。我言維服，勿以爲笑。先民有言，詢于芻蕘。

天之方虐，無然謔謔。老夫灌灌，小子蹻蹻。匪我言耄，爾用憂謔。多將熇熇，不可救藥。

天之方懠，無爲夸毗。威儀卒迷，善人載尸。民之方殿屎，則莫我敢葵。喪亂蔑資，曾莫惠我師。

天之牖民，如壎如篪。如璋如圭，如取如攜。攜無曰益，牖民孔易。民之多辟，無自立辟。

价人維藩，大師維垣，大邦維屏，大宗維翰，懷德維寧，宗子維城。無俾城壞，無獨斯畏。

敬天之怒，無敢戲豫。敬天之渝，無敢馳驅。昊天曰明，及爾出王。昊天曰旦，及爾游衍。

〔**上帝板板**〕　《釋文》:"板,音版。"《禮記·緇衣》引《詩》"上帝板板",《釋文》作"版版",云:"版版,布綰反,注同。"本詩毛《傳》:"板板,反也。"鄭《箋》:"王爲政,反先王與天之道。"馬瑞辰云:"《説文》有版無板。《後漢書·董卓傳》李賢注、《文選·辨命論》李善注引《詩》皆作版版,《荀子》楊倞注亦云'《大雅·版》之詩'。《爾雅》:'版版,僻也。"《廣雅》:"版版,反也。'是知古本皆作版版。版、反以聲爲義。《韓詩外傳》以'上帝版版,下民瘁癉'爲君反道而民愁,則知《箋》云'反先王與天之道'正本《韓詩》,申《傳》反字之義,非分釋版版爲二事。"按:《説文》:"版,判也。从片,反聲。"後世或作"板"者,俗體也。此詩本字當作"版"。

〔**下民卒癉**〕　《釋文》出作"僤",云:"本又作癉。當但反。病也,沈本作癉。"《韓詩外傳》引《詩》"下民瘁癉"。《禮記·緇衣》引《詩》"下民卒癉",《〈禮記〉釋文》出作"亶",云:"本亦作癉。"郝懿行云:"卒者悴之省。"馬瑞辰云:"《説文》:'悴,㥜也。讀與瘁同。'瘁、癉皆病也。……《説文》:'癉,勞病也。''疸,黄病也。'二字音同而義别。癉蓋疸字之或體……《爾雅》:'癉,病也。'作癉者正字,亶、癉、僤皆假借字。"

〔**靡聖管管**〕　《廣韻·緩韻》:"悹悹,憂無告也。《詩傳》云:'悹悹,無所依。'又音灌。"馬瑞辰云:"管管爲悹悹之假,《説文》:'悹,憂也。'《廣雅》作悺,亦云'憂也'。字通作懽,《釋訓》:'懽懽、愮愮,憂無告也。'《玉篇》、《廣雅》悹字下云:'悹悹,憂無告也。'是悹悹即懽懽也。又通作痯,《爾雅》:'痯痯,病也。'並與毛《傳》'無所依繫'義近。"

〔**是用大諫**〕　胡承珙云:"《左氏·成八年傳》、《三國·魏志·高堂隆傳》引此'諫'皆用'簡'。《顔氏家訓·音辭篇》引《穆天子傳》音'諫'爲'間',是古本《穆天子傳》作'山川諫之',郭注音

‘間’。……案：古字‘諫’、‘間’既通，《莊子·天運篇》‘食于苟簡之田’，《釋文》引司馬本作‘間’，是‘簡’、‘間’字亦通借，故《左傳》又借‘簡’爲‘諫’耳。”

〔及爾同寮〕　《釋文》出作“僚”，閩本、明監本、毛本同。《唐石經》、小字本、相臺本作“寮”。阮校：“案《釋文》云：‘僚，字又作寮’，《正義》本是‘寮’字。閩本以下依《釋文》改耳。”

〔聽我囂囂〕　“囂囂”，《潛夫論·明忠》引《詩》作“敖敖”。毛《傳》：“囂囂，猶警警也。”鄭《箋》：“警警然不肯受。”馬瑞辰云：“囂、警二字疊韻。《十月之交》詩‘讒口囂囂’，《釋文》引《韓詩》作嗸嗸，是囂、警通用之類。據《說文》‘囂，聲也’，‘讒口囂囂’當以作囂爲正字；《韓詩》作嗸嗸，假借字也。此詩當以警警爲正字，《潛夫論》引《詩》作‘聽我敖敖’，即警之省；《毛詩》作囂囂，亦假借字。……桂氏馥云：‘《箋》“不肯受”，當爲“不省受”之譌。《廣韻》：“警，不省語也。”是其證。《說文》：“警，不肖人也。”《韻會》引《說文》作“不肖人言也”，“不肖”亦當爲“不省”。’今按桂氏説是也。”

〔勿以爲笑〕　《荀子·大略篇》引《詩》“勿用爲笑”。按：《一切經音義》七引《蒼頡篇》曰：“用，以也。”《小爾雅》：“以，用也。”蓋《荀子》引《詩》以訓詁字代本字耳。

〔詢于芻蕘〕　《韓詩外傳》引《詩》“詢于蒭蕘”，《鹽鐵論·刺議》引《詩》同。《後漢書·東方朔傳》注引《詩》“詢于蒭蕘”。按：《說文·艸部》：“芻(𦯬)，刈艸也。象包束艸之形。”按：“芻”爲本字，作“蒭”者後世纍增之俗體。

〔老夫灌灌〕　《爾雅·釋訓》作“懽懽”，《〈爾雅〉釋文》云：“灌灌，本或作懽。”《書大傳》鄭注引《詩》“老夫嚾嚾”。《說文·心部》：“懽，喜欵也。”《爾雅·釋訓》：“懽懽、愮愮，憂無告也。”郭注：

"賢者憂懼,無所訴也。"此詩毛《傳》:"灌灌,猶款款也。"鄭《箋》:"老夫諫女款款然。"《説文·欠部》:"款,意有所欲也。从欠,窾省。"毛《傳》以"灌"、"款"疊韻爲訓。"懽"、"灌"、"嚾"又以同聲相通,此詩本字當爲"懽"。

〔**小子蹻蹻**〕　《列女傳·趙將括母》引《詩》"小子矯矯",一本仍作"蹻蹻"。《書大傳》鄭注引《詩》"小子蟜蟜"。按:《説文·足部》:"蹻,舉足行高也。从足,喬聲。《詩》曰:'小子蹻蹻。'"《矢部》:"矯,揉箭箝也。从矢,喬聲。"《虫部》:"蟜,虫也。从虫,喬聲。"此句毛《傳》:"蹻蹻,驕貌。"又《魯頌·泮水》"矯矯虎臣"句,《箋》云:"矯矯,武貌。"《正義》云:"矯矯然有威武如虎之臣。"《釋文》"矯"出作"蟜",云:"蟜蟜,本又作矯,亦作蹻。居表反。武貌。"是"矯"、"蟜"、"驕"三字古皆通用也。《泮水》篇正字爲"矯",《板》篇正字則爲"蹻"。

〔**匪我言耄**〕　《唐石經》作"耄"。按:《説文》:"薹,年九十曰薹。从老,从蒿省。"《釋名》:"七十曰耄,頭髮白,耄耄然也。"《玉篇》:"薹,邁也,九十曰薹"。"耄,同上。亦作耄。"

〔**多將熇熇**〕　《爾雅·釋訓》作"謞謞",《釋文》:"謞謞,本亦作熇。"《説文繫傳》引《詩》"多將嗃嗃。"毛《傳》:"熇熇然熾盛也。"郝懿行云:"'謞'者當作'熇',《説文》云:'火熱也。'引《詩》'多將熇熇'。《爾雅》本亦作熇,故《釋文》'謞謞'下别出'熇'字。是即古本作'熇'之證。……《正義》引舍人曰:'謔謔、謞謞,皆盛烈貌。'孫炎曰:'厲王暴虐,大臣謔謔然喜,謞謞然盛,以興讒慝也。'是孫炎、舍人並與毛《傳》義合。益知《爾雅》古本與《詩》同作'熇熇'矣。"另見《説苑·辨物》、《列女傳·晉伯宗妻》引《詩》,《韓詩外傳》三兩引《詩》均作"熇熇",足證"熇"爲本字。

〔**不可救藥**〕　《説文繫傳》引《詩》"藥"作"㿢"。《家語·

正論》注："藥，療也。"《説文》："𤻲，治也。从疒，樂聲。療，或从尞。"按："藥"與"𤻲"(療)疊韻，可通假也。

〔**無爲夸毗**〕　《〈爾雅·釋訓〉釋文》："夸毗，《字書》作舿䠥。"《玉篇·身部》："舿，丘華切。舿䠊，以體柔人也。《爾雅》作夸毗。䠊，薄彌切。舿䠊。"《爾雅·釋訓》："夸毗，體柔也。"郭注："屈己卑身以柔順人也。"邢昺疏曰："《大雅·板》篇云：'無爲夸毗。'故此釋之也。毛《傳》云：'夸毗以柔人也。'李巡曰：'屈己卑身求得于人曰體柔。'然則夸毗者，便辟，其足前卻爲恭，以形體順從于人。故郭云'屈己卑身以柔順人也'。"此"夸毗"爲正字，"舿䠥"、"舿䠊"皆俗體也。

〔**民之方殿屎**〕　《釋文》："殿，《説文》作念。""屎，《説文》作吚。"《〈爾雅·釋訓〉釋文》云："殿屎，丁練反，下虛伊反。或作敜㕧，又作㽁脲。《説文》作唸吚。郭上音香惟反，又音丁念反。下許利反。"蔡邕《和熹鄧后謚議》作殿𠯗。《廣韻·霰韻》作㕦㕧。山井鼎《考文》：古本無"之"字。《五經文字》引《説文》"唸吚，呻吟也"。朱駿聲云："或曰'𠯗，从尸'，誤字。當从尹，伊省聲字。亦作咿。《字林》：'咿，内悲也。'唸吚者猶呻吟也。應以'唸吚'爲正字。其㽁脲、殿𠯗、㕦㕧、敜㕧，皆字之變也。"毛《傳》："殿屎，呻吟也。"此詩經文及《傳》並《爾雅》皆作"殿屎"者，俱爲通假字，惟《説文》引《詩》作"唸吚"，其正字也。

〔**喪亂蔑資**〕　《説苑·政理》引《詩》"相亂蔑資"。《潛夫論·叙録》作"喪亂末資"。孫志祖云："'相'當爲'喪'字之誤。或引三家異文。"毛《傳》："蔑，無。"陳奂云："'蔑'之爲'無'，猶'微'之爲'無'、'靡'之爲'無'、'莫'之爲'無'，皆取雙聲爲訓。《潛夫論·叙録》'蔑'作'末'同。"《廣雅》："懱，末也。"王念孫《疏證》云："《顧命》云'眇眇予末小子'，《漢書·韋玄成傳》云'於蔑小子’,是‘蔑’即‘末’也。‘蔑’與‘懱’通。

〔**天之牖民**〕　山井鼎《考文》:古本“牖”作“誘”。《風俗通義·聲音》、《北堂書鈔》十各引《詩》,《太平御覽》八百七引《毛詩》同。此詩毛《傳》:“牖,道也。”《正義》:“牖與誘,古字通用。”按:《説文·厶部》:“羑,相訹呼也。从厶,从羑。誘,或从言、秀。䛻,或如此。羑,古文。”段注:“呼,當作評。評,召也。《言部》曰:‘訹者,羑也。羑與訹二篆爲轉注。……《召南》曰:‘有女懷春,吉士誘之。’《傳》曰:‘誘,道也。’按:道即導字。《大雅》‘天之牖民’,《傳》曰:‘牖,道也。’是則《傳》謂牖誘同字。”《説文·羊部》(段注本):“羑,進善也。从羊,久聲。文王拘羑里,在蕩陰。”段注:“進當作道。道善,導以善也。《顧命》‘誕受羑若’,馬曰:‘羑,道也。’‘文王拘羑里’,《尚書大傳》、《史記》作牖里。……蕩,各本作湯,誤。今正。《水部》正作蕩陰。漢二志皆云‘河内郡蕩陰有羑里城,西伯所拘。音湯。”按:此詩“牖”通作“誘”,其正字當作“羑”。

〔**如壎如篪**〕　《風俗通義》引《詩》“如塤如篪”。按:《爾雅·釋樂》:“大塤謂之嘂。”郭注:“塤,燒土爲之,大如鵝子,鋭上,平底,形如稱錘,六孔。小者如雞子。”嘂,叫。又《説文》:“壎,樂器也。以土爲之,六孔。”《周禮·小師職》作“塤”。《小雅·何人斯》:“伯氏吹壎,仲氏吹篪。”《爾雅》、《周禮》、《風俗通義》作“塤”;《毛詩》、《説文》作“壎”,是知“塤”、“壎”古今字。

〔**如璋如圭**〕　山井鼎《考文》:古本作“如璋如珪”。《北堂書鈔》五引《詩》同。按:“珪”爲古文,“圭”乃今文。

〔**牖民孔易**〕　《韓詩外傳》引《詩》“牖”作“誘”、《禮記·樂記》、《史記·樂書》各引《詩》同。按:“牖”通“誘”。

〔**民之多辟,無自立辟**〕　“多辟”,《釋文》作“僻”,云:“僻,邪也。”“辟,法也。”《家語·子路初見》、《玉篇·人部》、《一切經音義》九、《文選·張衡〈東京賦〉》注各引《詩》"民之多僻"。又《文選·嵇康〈幽憤詩〉》注引《毛詩》"無自立僻"。《後漢書·張衡傳》注引《詩》"人之多僻"。《左傳·宣公九年》《昭公二十八年》引《詩》並作"民之多辟,無自立辟。"馬瑞辰云:"今按《釋文》本作'多僻',與《後漢書》、《家語》、《玉篇》、《文選》注引同。《正義》本自作'多辟',與《左傳》引同。《〈蕩〉釋文》云:'辟,匹亦反,邪也。本又作僻。'是以辟爲正字矣。至《傳》云'辟,法也',不更指其何辟,阮宫保《校勘記》謂:'猶"昔育恐育鞫",《傳》之"育,長"不指言何育。'其説是矣。"

〔**价人維藩**〕 《荀子·君道篇》、《漢書·諸侯王表》及《王莽傳》、《後漢書·光武紀》注各引《詩》"介人惟藩"。《説文》:"价,善也。从人,介聲。《詩》曰:'价人惟藩。'"《爾雅》:"介,大也。"又曰:"介,善也。"郭注《詩》作介。本詩毛《傳》:"价,善也。"是經傳引《詩》作"价人"者本《毛詩》;作"介人"者本《三家詩》也。

〔**無俾城壞**〕 《左傳·昭公六年》、《荀子·君道篇》各引《詩》"毋俾城壞"。《漢書·諸侯王表》引《詩》"毋俾成壞"。按:《説文》:"城,以盛民也。"《釋名》:"城,盛也。"《考工記》注:"盛之言成也。"《左傳·宣公二年》"盛服將朝",《釋文》云:"盛,本作成。"按:"無"、"毋"通用。"盛"與"成"通,"成"又與"城"通。

〔**敬天之怒,無敢戲豫**〕 《左傳·昭公三十二年》引《詩》"敬天之怒,不敢戲豫",《後漢書·郎顗傳》及《丁鴻傳》引《詩》同。《蔡邕傳》引《詩》"畏天之怒,不敢戲豫"。按:"無",否也,非也,不也。"不敢"即"無敢"也。"敬",敬畏也,"畏天"義同"敬天"也。

〔**及爾游衍**〕 《釋文》:"遊羡,餘戰反,溢也。一音延善反,本或作衍。"《傳》:"游,行。衍,溢也。"又《漢書·董仲舒傳》:"富者奢侈羡溢。”注：“羡，饒也，讀與衍同。”此假“羡”爲“衍”也。馬瑞辰云：“《廣雅·釋言》：‘淫，游也。’《小爾雅》：‘淫、溢，没也。’游衍之言與淫溢義近。《説文》：‘衍，水朝宗于海皃也。’引申爲盈溢之稱。訓溢者當以衍爲正字，作羡者同音假借字。《小爾雅》：‘延、衍，散也。’游衍即放散之義，溢與散義正相成。”

蕩之什

蕩

蕩蕩上帝，下民之辟。疾威上帝，其命多辟。天生烝民，其命匪諶。靡不有初，鮮克有终。

文王曰咨，咨女殷商。曾是彊禦，曾是掊克，曾是在位，曾是在服。天降慆德，女興是力。

文王曰咨，咨女殷商。而秉義類，彊禦多懟。流言以對，寇攘式内。侯作侯祝，靡屆靡究。

文王曰咨，咨女殷商。女炰烋于中國，斂怨以爲德。不明爾德，時無背無側。爾德不明，以無陪無卿。

文王曰咨，咨女殷商。天不湎爾以酒，不義從式。既愆爾止，靡明靡晦。式號式呼，俾晝作夜。

文王曰咨，咨女殷商。如蜩如螗，如沸如羹。小大近喪，人尚乎由行。内奰于中國，覃及鬼方。

文王曰咨，咨女殷商。匪上帝不時，殷不用舊。雖無老成人，尚有典刑。曾是莫德，大命以傾。

文王曰咨，咨女殷商。人亦有言，顛沛之揭。枝葉未有害，本實先撥。殷鑒不遠，在夏后之世。

〔**蕩蕩上帝**〕　《易·繫辭》："八卦相盪。"《釋文》："盪，本作蕩。"《禮記·樂記》："天地相蕩。"《釋文》："蕩，本作盪。"《爾雅·釋訓》："盪盪，僻也。"《釋文》作"蕩蕩"云："本或作盪盪。"《〈大雅·蕩〉正義》引孫炎云："蕩蕩，法度廢壞之僻。"按："蕩"、"盪"同字異文也。

〔**其命多辟**〕　《釋文》："辟，本又作僻。"《説苑·至公》引《詩》作"其命多僻"。

〔**天生烝民**〕　《韓詩外傳》引《詩》"天生烝明"。殆因唐人傳寫《韓詩外傳》避太宗名諱而以"明"代"民"耳。

〔**其命匪諶**〕　《韓詩外傳》引《詩》"其命匪訦"。《説文·心部》"忱"下引《詩》"天命匪忱"。按：《毛詩》、《韓詩》皆作"其命"，許氏所見經文當與今傳本同，疑後世傳寫者以涉上"天生烝民"句而譌爲"天命"耳。"諶"，《説文》云："誠諦也。""訦"下云："燕、代、東齊謂信訦。"二字音義並同，可通用也。

〔**鮮克有終**〕　《易·文言傳》王弼注引《詩》"尟克有終"，《釋文》："尟，今亦作鮮。"《易·乾》及《繫傳下》，《釋文》："尟，本亦作鮮。"《繫傳上》，《釋文》："鮮，鄭作尟。"《文選·西京賦》注："尠，少也。"《説文·是部》（段注本）："尟，是少也。是少，俱存也。从是、少。賈侍中説。"段注："《易·繫辭》：'故君子之道鮮矣。'鄭本作尟，云：'少也。'又'尟不及矣'，本亦作鮮。又《釋詁》：'鮮，善也。'本或作尠，尠者尟之俗。"按："尟"爲正字，"尠"其俗字。"鮮"本無"少"義，以其音與"尟"同，故假"鮮"爲"尟"耳。

〔**曾是彊禦**〕　《漢書・叙傳》引《詩》"曾是彊圉"。按:王引之云:"《蕩》篇'曾是彊禦',毛《傳》曰:'彊禦,彊梁禦善也。'……家大人曰:'禦亦彊也。''曾是彊禦,曾是掊克',彊禦與掊克相對;'不侮矜寡,不畏彊禦',彊禦與矜寡相對。皆二字平列,其義相同。《〈史記・周本紀〉集解》引《牧誓》鄭注曰:"彊禦謂彊暴也。字或作彊圉,又作强圉。"朱駿聲云:"圉,叚借爲禦。"

〔**曾是掊克**〕　《傳》:"掊克,自伐而好勝人也。"馬瑞辰云:"阮宫保《校勘記》曰:'《正義》云:"自伐解倍,好勝解克。定本倍作掊,掊即倍也。"《釋文》作掊,與定本同。'今按《正義》又云:'倍者,不自量度,謂己兼倍於人,而自矜伐。'是《正義》本作倍之證,今本作掊者誤也。《釋文》云:'掊克,蒲侯反,聚斂也。'掊與裒通,《易・謙・象》'君子以裒多益寡',《玉篇》引作掊,是其證也。《説文》有捊無裒,裒即捊字之俗。《爾雅・釋詁》:'裒,聚也。'《説文》:'捊,引堅也。'堅爲土積,其義同聚。……顔注《漢書・叙傳》以掊克爲好聚斂克害之人,似分掊、克爲二義。胡承珙曰:'此等皆見成稱目,雖非雙聲疊字,亦必二字爲一意。如上文"彊禦",合則禦亦是彊,分之則其彊足以禦善,仍一義也。'今按:胡説是也。掊克連言,知克亦爲掊,猶福履、戩穀並言,知履即爲禄,戩即爲福也。然《釋文》訓掊克爲聚斂,而云'蒲侯反',只爲掊字作音,是知聚斂二字專解掊字,非兼釋克字也。李黼平曰:'兼倍於人亦是好勝,仍是克字之義。《釋文》所載不分别衆家者,多是毛義,此經《釋文》有"聚斂也"三字,竊疑毛《傳》原本云:"掊,聚斂也。克,自伐而好勝人也。"'今按:李説是也。《釋文》所見本尚無脱誤,《正義》本掊下已脱聚斂字,因改從定本作倍耳。"上説甚諦。

〔**侯作侯祝**〕　毛《傳》:"作、祝,詛也。"《釋文》:"作,本或作詛。"《正義》:"作即古詛字。詛與祝别,故各自言侯。《傳》辨作爲詛，故言'作、祝，詛也'。"馬瑞辰云："作、詛古同聲。《説文》古文𧧻作𧧻。《釋名》：'助，乍也。'《吕覽·貴生篇》'土苴以治天下'，高誘注：'苴，音同酢。'皆作、詛通借之證。《正義》曰'作即古詛字'，謂古假作爲詛也。祝者，詶之假借。《説文》：'詶，詛也。''詛，詶也。'亦通作呪。詶借爲祝，猶《説文》翢讀若祝也。詛與祝字異而義同，故《傳》曰'作，祝詛也'，與《傳》'虚，虚邪也'爲一類。作即爲祝，猶之虚即爲邪，故以祝詛並言。《正義》謂'詛與祝别'，失之。段玉裁謂'作祝詛之事'，亦非。"

〔**女炰烋于中國**〕　《文選·左思〈魏都賦〉》劉淵林注引《詩》"咆烋于中國"，云："咆烋，猶咆哮也。"《説文繫傳》引《詩》"咆哮于中國"。《説文》："咆，嗥也。""哮，豕驚聲也。"《廣雅》："咆，鳴也。"《玉篇》："咆，咆哮也。"馬瑞辰云："炰烋二字疊韻，烋字《説文》所無。炰烋當即咆哮之假借。……又通作咆虓，《廣韻》：'咆虓，熊虎聲。'咆哮本爲怒聲，又引申爲驕貌，故《傳》以彭亨釋之。彭亨即炰烋之轉。干寶《易注》：'彭亨，驕滿貌。'《玉篇》、《廣韻》彭亨作憉悙，注云：'自强也。'"

〔**斂怨以爲德**〕　毛本"斂"作"歛"。嚴可均云："歛不體。"《説文》："斂，收也。"斂，隸省作斂。从攴不从欠。

〔**不明爾德，時無背無側。爾德不明，以無陪無卿。**〕　馬瑞辰云："《漢書·五行志》引《詩》'爾德不明，以亡陪亡卿；不明爾德，以亡背亡仄'，蓋本齊、魯《詩》，與今本《毛詩》上下互易，蓋以中二句明、卿自爲韻，末二句德、側與三、四句國、德爲隔句用韻也。《晉書·五行志》引《詩》與《漢志》同，蓋即本《漢志》也。《韓詩外傳》卷五、卷十兩引此詩，次序與《毛詩》同，則知毛、韓《詩》上下之次無異矣。《漢志》引此詩而釋之曰：'言上不明，暗昧蔽惑，則不能知善惡。'顔師古注：'言不别善惡，有逆背傾仄者，有堪爲卿大夫者，皆不知之也。'是以'以無背無側'爲不知惡人，以'以無陪無卿'爲不知善人，與經言'不明'義相貫，較毛、鄭説爲善。"

〔既愆爾止〕　《釋文》："愆，本又作僁。"《説文·心部》："愆，過也。从心，衍聲。寒，或从寒省。僁，籀文。"按："愆"、"僁"重文也。

〔式號式呼〕　《唐石經》、小字本、相臺本同。阮校："案《釋文》云：'或一本作或號或呼'。考《正義》云：'用是叫號，用是讙呼'，是《正義》本作'式'字。"按：《廣韻·五肴》引《詩》"或號或呼"。蓋以"或"與"式"形近而訛。

〔俾晝作夜〕　《釋文》出作卑，云："卑，本亦作俾。"按：盧文弨云："《毛詩》俾使字本皆作卑。"

〔如蜩如螗〕　《白帖》九十五引《詩》"螗"作"螳"。《説文》未收"螗"字，《新附》有"螳"字，云："螳蜋也。"《爾雅·釋蟲》郭注："《〈夏小正〉傳》曰：'螗蜩者蝘。'俗呼爲胡蟬，江南謂之螗蛦。"郝懿行《義疏》："《方言》云：'蟬，宋、衛之間謂之蛦。'按：今螗蜩小於馬蜩，其聲圓。"按："螳"與"螗"實非一物，以二字音同，故假借爲"螗"。"螗"正字。

〔内奰于中國〕　《淮南子·墬形訓》高注引《詩》"内奰于中國"。《文選·左思〈魏都賦〉》劉淵林注引《詩》"内奰于中國"按：《説文》："奰，壯大也。从三大、三目。二目爲䀠，三目爲奰，益大也。一曰迫也。讀若《易》虙羲氏。《詩》曰：'不醉而怒謂之奰。'"段玉裁改䀠爲㫰。徐灝《箋》曰："奰，隸省作奰。"張衡、左思賦内"贔屓"之"贔"，即"奰"之訛。

〔本實先撥〕　《列女傳·齊東郭姜》引《詩》"本實先敗"。《韓詩外傳》五引《詩》與《毛詩》同。《列女傳》用《魯詩》，"敗"爲本字，毛、韓作"撥"，同聲假借字。

〔**殷鑒不遠**〕　《韓詩外傳》、《漢書·劉向傳》《谷永傳》各引《詩》"殷監不遠"。《文選·顔延之〈赭白馬賦〉》注引《孟子》引《詩》"殷鑑不遠"。《説文》:"鑑,大盆也。……从金,監聲。"《廣韻·鑑韻》:"鑒,同鑑。"《説文》:"監,臨下也。"林義光《文源》:"監即鑑之本字,上世未製銅時,以水爲鑑。"

〔**在夏后之世**〕　《箋》:"近在夏后之世,謂湯誅桀也。"《國語·周語》引《詩》"近在夏后之世"。馬瑞辰云:"與《箋》合,似古本原有近字。《大戴記·武王踐阼篇》盧辨注曰:'周鑒不遠,近在有殷之世。'正依此詩爲句。"

抑

抑抑威儀,維德之隅。人亦有言,靡哲不愚。庶人之愚,亦職維疾。哲人之愚,亦維斯戾。

無競維人,四方其訓之。有覺德行,四國順之。訏謨定命,遠猶辰告。敬慎威儀,維民之則。

其在于今,興迷亂于政。顛覆厥德,荒湛于酒。女雖湛樂從,弗念厥紹。罔敷求先王,克共明刑。

肆皇天弗尚,如彼泉流,無淪胥以亡。夙興夜寐,洒埽庭内,維民之章。脩爾車馬,弓矢戎兵。用戒戎作,用逷蠻方。

質爾人民,謹爾侯度,用戒不虞。慎爾出話,敬爾威儀,無不柔嘉。白圭之玷,尚可磨也。斯言之玷,不可爲也。

無易由言,無曰苟矣。莫捫朕舌,言不可逝矣。無言不僭,無德不報。惠于朋友,庶民小子,子孫繩繩,萬民靡不承。

視爾友君子,輯柔爾顏,不遐有愆。相在爾室,尚不愧于屋漏。無曰不顯,莫予云覯。神之格思,不可度思,矧可射思。

辟爾爲德,俾臧俾嘉。淑慎爾止,不愆于儀。不僭不賊,鮮不爲則。投我以桃,報之以李。彼童而角,實虹小子。

荏染柔木,言緡之絲。温温恭人,維德之基。其維哲人,告之話言,顺德之行。其維愚人,覆謂我僭。民各有心。

於乎小子,未知臧否。匪手攜之,言示之事。匪面命之,言提其耳。借曰未知,亦既抱子。民之靡盈,誰夙知而莫成。

昊天孔昭,我生靡樂。視爾夢夢,我心慘慘。誨爾諄諄,聽我藐藐。匪用爲教,覆用爲虐。借曰未知,亦聿既耄。

於乎小子,告爾舊止。聽用我謀,庶無大悔。天方艱難,曰喪厥國。取譬不遠,昊天不忒。回遹其德,俾民大棘。

〔抑〕　《國語·楚語》謂衛武公年九十有五猶作《懿》,戒以自儆。韋昭注曰:"昭謂《懿》,《詩·大雅·抑》之篇也。抑讀若懿。"王夫之云:"《集傳》引《國語》以此詩爲《懿戒》。《詩傳》、《詩説》俱有《懿戒》篇而無《抑》，不但《國語》云然。命篇名以‘懿戒’，篇首‘抑抑’正當作‘懿’。”

〔**維德之隅**〕　《漢書·叙傳》《馮奉世傳》各引《詩》“惟德之隅”。按：“維”、“惟”音同字通。洪适《隸釋》載《漢酸棗令劉熊碑》作“維德之偶”。按：“隅”、“偶”均在侯部、疑母，音通可假借，因假“偶”爲“隅”。

〔**靡哲不愚**〕　“哲”，《釋文》出作“喆”，云：“喆，本又作哲。亦作悊。”《淮南子·人間訓》引《詩》“無哲不愚”。《文選·王粲〈贈士孫文始〉》注引《毛詩》“靡喆不愚”。按：《説文》：“哲，知也。从口，折聲。悊，哲或从心。嚞，古文哲，从三吉。”《玉篇》：“喆，同哲。”《爾雅·釋言》：“靡，無也。”《鄘風·柏舟》“之死矢靡它”，《傳》：“靡，無也。”《淮南子》引《詩》以訓詁字代本字。

〔**無競維人**〕　蔡邕《祖德頌》作“無競伊人”，《楊公碑》同。按：《爾雅》：“伊，維也。”《玉篇》：“惟，伊也。”“伊”在脂部、影母，“維”在微部、餘母，二字聲近，義亦互通。

〔**四方其訓之**〕　《左傳·哀公二十六年》引《詩》“四方其順之”，《唐石經》本《左傳》、岳本《左傳》引《詩》並同。按：“訓”、“順”疊韻，可假借。

〔**有覺德行**〕　《禮記·緇衣》引《詩》“有梏德行”，《群經音辨》引《詩》同。按：“覺”、“梏”二字同在覺部、見母，雙聲，可假借。

〔**訏謨定命**〕　《釋文》：“謨，沈云本亦作漠。”黄焯《彙校》云：“《考證》云：《巧言》‘聖人莫之’，《釋文》‘莫之’如字，又作漠，同。一本作謨，知古謨字多借作漠莫也。”

〔**遠猶辰告**〕　《韓詩外傳》引《詩》“猶”作“猷”。《爾雅·釋詁》：“猷，謀也。”《玉篇·犬部》：“猷，與猶同。”段玉裁云：“今字分猷謀字犬在右，語助字犬在左，經典絶無此例。”王筠《句讀》：

“猶,《韻會》引作猷,又引徐曰:‘今作猶。’知今篆以隸改之。”郝懿行云:“猶、猷,古字通。”

〔**荒湛于酒**〕　《漢書·五行志》引《詩》“荒沈于酒”。按:此句鄭《箋》:“湛樂于酒。”《漢書·霍光傳》:“與從官官奴夜飲,湛沔于酒。”顏師古注:“湛讀曰沈,又讀曰躭。沈沔,荒迷也。”又,于省吾《淮南子新證》云:“沈、湛古字通,載籍習見。”

〔**女雖湛樂從**〕　小字本、相臺本同。《唐石經》“樂”下旁添“克”字。阮校:“案添者誤。”

〔**克共明刑**〕　《玉篇》引《詩》“克拱明刑”。毛《傳》:“共,執。刑,法也。”《爾雅》:“拱,執也。”郭注:“兩手持爲拱。”《説文》:“拱,斂手也。”此詩爲古文,以“共”代“拱”也。“拱”爲本字。

〔**肆皇天弗尚**〕　王引之云:“案:《爾雅》:‘尚,右也。’言皇天不右助之也(右與祐通)。尚,古讀若常。與亡、章、兵、方爲韻,字亦通作常。《墨子·非樂篇》引湯之官刑曰:‘上帝弗常,九有以亡。’猶此言‘肆皇天弗尚,如彼泉流,無淪胥以亡’也。《箋》曰:‘皇天不高尚之。’於詩意未合。”

〔**洒埽庭内**〕　宋本《九經》、南宋巾箱本、相臺本、吕氏《讀詩記》、嚴氏《詩緝》作“洒埽廷内”,《唐石經》初刻“庭”,後改“廷”。阮校:“案《釋文》云‘廷音庭’,《唐石經》改依《釋文》也。《正義》中字皆作‘庭’,或其本作‘庭’,但未有明文,今無可考。餘經如《著》、《斯干》、《小旻》、《有瞽》等皆作‘庭’。”按:《説文》:“庭,宫中也。从广,廷聲。”段注:“宫者,室也,室之中曰庭。”朱駿聲云:“庭,今俗謂之廳,堂、寢、正室皆曰庭。”又《玉篇·广部》:“庭,堂堦前也。”《廣韻·青韻》:“庭,門庭。”《字彙·广部》:“庭,門屏之内。”又《爾雅·釋詁》:“庭,直也。”郝懿行《義疏》:“庭者,廷之叚音也。”《説文》:“廷,朝中也。从廴,壬聲。”《玉篇》:“廷,朝廷也。"林義光《文源》:"廷與庭古多通用。"《後漢書·郭太傳》注引《蒼頡篇》云:"廷,直也。"又引《風俗通》云:"廷,正也。"按:此經文"庭"爲正字。

〔**用逷蠻方**〕　鄭《箋》:"逷,當作剔。"《潛夫論·勸將》引《詩》"用逖蠻方"。馬瑞辰云:"按:《説文》:'逷,古文逖。'是逷、逖同字,故又借作狄。《魯頌》'狄彼東南',《釋文》:'狄,《韓詩》作鬄,除也。'是知《箋》云'狄,當作剔',與此《箋》'逷,當作剔',其義並本《韓詩》,訓剔爲治,治猶除也。《説文》:'鬄,鬀髮也。'鬄、剔,皆鬄字之省借。"互見《泮水》篇。

〔**質爾人民**〕　王氏《詩攷》引《韓詩外傳》引《詩》"告爾民人",《説苑·修文》引《詩》同。《鹽鐵論·世務》引《詩》"誥爾民人"。馬瑞辰云:"質與誥不相通,誥當爲喆字之譌。蓋質與折雙聲,質與喆疊韻,古並通用。……《三家詩》蓋作'喆爾民人',後以形近而譌爲誥,又省作告耳。《爾雅·釋言》:'诰、誓,謹也。'據《周官·大司寇》'喆四方',鄭注:'喆,謹也。'是知《爾雅》誥亦喆字形近之譌,與此詩喆譌爲誥者正同。……《三家詩》'喆爾民人'與下句'謹爾侯度'同義,喆亦謹也。人民,《正義》兩見,皆作民人,與《説苑》、《鹽鐵論》、《韓詩外傳》所引合。今《毛詩》作人民,蓋沿《唐石經》傳寫之譌。"按:依上説,經文當以"喆爾民人"爲正。

〔**白圭之玷**〕　《説文·刀部》:"刮,缺也。从刀,占聲。《詩》曰:'白圭之刮。'"按:"刮",本謂刀缺,引申爲玉缺,毛《傳》:"玷,缺也。"段玉裁以"刮"、"玷"爲古今字。

〔**無言不讎**〕　《漢書·王莽傳》引《詩》"亡言不讐"。《列女傳·周主忠妾》引《詩》"無言不疇"。《韓詩外傳》、《後漢書·明帝紀》《陳球傳》、《文選·張衡〈思玄賦〉》注、《太平御覽》四百七十九各引《詩》"無言不酬"。《藝文類聚》三十一引《詩》"無言不詶"。

按：毛《傳》："讎，用也。"另作"疇"、"酬"、"詶"者，皆同音假借字。"無"、"亡"同音通用。

〔**子孫繩繩**〕　《爾雅·釋訓》作"憴憴"，郭注："皆戒慎。"《〈爾雅〉釋文》："繩繩，本或作憴憴。"《韓詩外傳》引《詩》"子孫承承"。此詩鄭《箋》云："繩繩，戒也。"又《大雅·下武》"繩其祖武"毛《傳》："繩，戒也。"《後漢書·祭祀志》引作"慎其祖武"。是"繩"與"慎"音近義通。《韓詩外傳》作"承承"，蓋取戒慎繼承之義也。

〔**萬民靡不承**〕　《釋文》："靡，一本靡作是。"《箋》："天下之民不承順之乎？言承順之也。"陳奐云："《箋》不爲'靡'字作解，則鄭所據作'是'字。"王引之《經傳釋詞》云："不，語詞。不承，承也。《爾雅》云：'是，則也。''萬民是不承'，言萬民則承順之矣。"按：作"是"者是也。

〔**尚不愧于屋漏**〕　"愧"，小字本、相臺本、明監本、毛本同。《唐石經》作"媿"。《釋文》作"媿"，云："媿，俱位反。"《〈禮記·中庸〉釋文》："愧，本又作媿。"宋本《爾雅·釋言》注作媿。阮校《毛詩正義》："案媿字是也。……《正義》中字皆作'媿'，是其證。《箋》'不慚媿於屋漏有神見人之爲也'，唯毛本譌作'愧'耳。"

〔**矧可射思**〕　《説文繫傳·通論》引《詩》"矧可斁思"，朱子《四書章句》云"《詩》作斁"。按：今《詩》未見作"斁"之本。

〔**不愆于儀**〕　《禮記·緇衣》引《詩》作"不諐于儀"。按：《説文》："愆，過也。从心，衍聲。寒，或从寒省。諐，籒文。"段注："从言，侃聲。過在多言，故从言。"

〔**不僭不賊**〕　"僭"，《唐石經》、小字本、相臺本同。阮校："案《釋文》云'不譖，本亦作僭，子念反，差也。注及下"我譖"同'。《正義》云'譖毀人者，是差貳之事。故云僭，差。《箋》言不信,義亦同也'。是《正義》本亦作'譖'字。今標起止及其餘'僭'字皆合併後依經注本所改也。考'譖'、'僭'古通用字,此借'譖'爲'僭'耳,不必如《正義》所説也。"又毛本作"僣",嚴可均云:"僣,不體。"

〔**彼童而角**〕　明監本、毛本作"彼童而覺","覺"爲訛字。

〔**温温恭人**〕　《釋文》出作"共",云:"共,音恭,本亦作恭。"又《左傳·僖公二十七年》:"公卑杞,杞不共也。"《釋文》:"共,音恭,本亦作恭。"朱駿聲《通訓定聲》:"共,叚借爲恭。"

〔**告之話言**〕　《釋文》:"話言,古之善言也。《説文》作詁,云:詁,故言也。"陳奂云:"話當爲詁字之誤也。……毛以'古之善言'釋'詁',許以'故言'釋'詁'。古、故、詁三字同義。《烝民》'古訓是式',《傳》:'古,故也。'古訓即故訓,故訓猶故言也。"互見《烝民》篇。

〔**覆謂我僭**〕　鄭《箋》:"僭,不信也。"《説文》:"僭,假也。""譖,愬也。"《廣雅·釋詁》:"譖,諻也。"《玉篇》:"譖,讒也。"《集韻》:"譖,不信也。通作僭。"按:此詩"不僭不賊"、"覆謂我僭"及《大雅·桑柔》"朋友已譖"、《大雅·瞻卬》"譖始竟背",《箋》皆訓爲"不信",是皆以"僭"爲經文正字,作"譖"者則爲"僭"字之假借耳。

〔**於乎小子**〕　《楚辭注·序》:"詩人怨主刺上曰:'嗚呼小子。'"《文選·諸葛亮〈出師表〉》注引《毛詩》同。按:阮校《毛詩正義》:"《唐石經》、小字本、相臺本'呼'作'乎',閩本、明監本、毛本同。案'呼'字誤也。"

〔**我心慘慘**〕　《五經文字》作"我心懆懆"。按:"慘慘",《唐石經》、小字本、相臺本同。阮校:"案《釋文》云'慘慘,七感反'。《正義》云'《釋訓》云'慘慘,慍也',是《釋文》本、《正義》本皆作

'慘慘',與《唐石經》同也。此以韻求之,當作'懆懆',見《白華》。"

〔**誨爾諄諄**〕　《釋文》:"諄,字又作訰。"《爾雅·釋訓》作訰訰。《〈爾雅〉釋文》:"訰或作諄。"《禮記·中庸》鄭注引作"誨爾忳忳"。《尚書大傳·洪範五行傳》引《詩》"誨爾訰訰"。《説文》、《埤蒼》並云:"諄,告曉之孰也。"重言之曰"諄諄"。又《集韻·諄韻》:"諄,《説文》:'告曉之孰也。'一曰誠懇皃。或作忳。""訰"、"忳"與"諄"疊韻,故可通假。

〔**聽我藐藐**〕　《尚書大傳·洪範五行傳》引《詩》"聽我眊眊"。《淮南子·脩務訓》注引《詩》"聽我邈邈"。《廣雅·釋詁》"邈,遠也。"《釋訓》又曰:"邈邈,遠也。"《增韻·覺韻》:"邈,輕視貌。亦作藐貌。"《方言》卷十三:"藐,廣也。"《楚辭·九章·悲回風》洪興祖《補注》:"藐,音邈,遠也。"按:"藐"、"邈"音同字通。"藐"、"眊"雙聲,亦可通用。

桑　柔

菀彼桑柔,其下侯旬。捋采其劉,瘼此下民。不殄心憂,倉兄填兮。倬彼昊天,寧不我矜。

四牡騤騤,旟旐有翩。亂生不夷,靡國不泯。民靡有黎,具禍以燼。於乎有哀,國步斯頻。

國步蔑資,天不我將。靡所止疑,云徂何往。君子實維,秉心無競。誰生厲階,至今爲梗。

憂心慇慇,念我土宇。我生不辰,逢天僤怒。自西徂東,靡所定處。多我覯痻,孔棘我圉。

爲謀爲毖,亂況斯削。告爾憂恤,誨爾序爵。誰能執熱,逝不以濯。其何能淑,載胥及溺。

如彼遡風，亦孔之僾。民有肅心，荓云不逮。好是稼穡，力民代食。稼穡維寶，代食維好。

天降喪亂，滅我立王。降此蟊賊，稼穡卒痒。哀恫中國，具贅卒荒。靡有旅力，以念穹蒼。

維此惠君，民人所瞻。秉心宣猶，考慎其相。維彼不順，自獨俾臧。自有肺腸，俾民卒狂。

瞻彼中林，甡甡其鹿。朋友已譖，不胥以穀。人亦有言，進退維谷。

維此聖人，瞻言百里。維彼愚人，覆狂以喜。匪言不能，胡斯畏忌。

維此良人，弗求弗迪。維彼忍心，是顧是復。民之貪亂，寧爲荼毒。

大風有隧，有空大谷。維此良人，作爲式穀。維彼不順，征以中垢。

大風有隧，貪人敗類。聽言則對，誦言如醉。匪用其良，覆俾我悖。

嗟爾朋友，予豈不知而作。如彼飛蟲，時亦弋獲。既之陰女，反予來赫。

民之罔極，職涼善背。爲民不利，如云不克。民之回遹，職競用力。

民之未戾，職盜爲寇。涼曰不可，覆背善詈。雖曰匪予，既作爾歌。

〔菀〕　閩本、毛本改作“菀”。臧庸所見宋本《釋文》“菀”作

"苑"。阮校:"案葉鈔《釋文》、《詩·桑柔》作'苑',单疏本補刻作'菀',非。"按:《集韻·迄韻》:"菀,茂也。《詩》'有菀者柳'通作鬱、蔚。"《正字通·艸部》:"苑,通作菀。"《國語·晉語》:"人皆集于苑,己獨集于枯。"韋昭注:"苑,茂木貌。"朱駿聲《通訓定聲》:"苑,叚借爲菀。"是二字音同字通也。

〔**其下侯旬**〕 《爾雅·釋言》某氏注引《詩》"其下侯洵"。《爾雅·釋言》:"洵,均也。"邢疏曰:"李巡曰:'洵,遍之均也。'郭云:'谓調均。'《大雅·桑柔》云:'苑彼桑柔,其下侯旬。'毛《傳》云:'旬言陰均也。'然則洵、旬音義同。"郝懿行云:"《説文》:'旬,徧也。''均,平徧也。'通作洵。《詩》'洵直且侯',《傳》:'洵,均也。'"陳奐云:"《傳》以'陰均'詁旬。《祭義》注:陰,讀爲依蔭之蔭……陰均者,言依蔭普遍也。"

〔**倉兄填兮**〕 《釋文》:"倉,初亮反。喪也。注同。""兄音況。注同。滋也。本亦作況。"山井鼎《考文》:古本作況。按:毛《傳》:"倉,喪也。兄,滋也。填,久也。"馬瑞辰云:"倉兄疊韻,即滄況之省借。《説文》:'滄,寒也。''況,寒水也。''《繫傳》:'愴況,寒涼貌。'滄亦愴也。……古況字多作兄……滄況通作愴怳……又通作倉皇……倉兄蓋愴涼之意,又爲倉皇忽遽之貌……'倉兄填兮'正與'亂離瘼矣'句法相似。《傳》訓倉爲喪者,蓋讀倉爲愴。《説文》:'愴,傷也。'"

〔**旟旐有翩**〕 《釋文》以"旟旐有偏"作音,云:"本亦作翩。"按:此假"偏"爲"翩"也,"翩"爲本字。

〔**具禍以燼**〕 《釋文》出作"藎",云:"本亦作燼。"臧庸所見葛本作"具旤以燼"。山井鼎《考文》:古本作"具禍以藎"。唐《道因法師碑》作"具禍以藎"。按:《説文》:"禍,害也。""𡇒,屰惡驚詞也。"字亦作旤。《荀子·仲尼篇》注:"旤,與禍同。"《〈史記·屈原賈生列傳〉索隱》:"禍字古作骫。"《漢書·五行志》顔注:"骫,古文禍字。"燼,後起字。《小爾雅》:"燼,餘也。古衹作㶳。"《説文》:"㶳,火餘也。从火,聿聲。"通作藎艸之藎。《釋文》:"災餘曰藎。"

〔**國步斯頻**〕　《説文·目部》"矉"下引《詩》"國步斯矉"。毛《傳》:"頻,急也。"馬瑞辰云:"《説文》:'瀕,水厓,人所賓附也。顰戚不歬而止。'頻、賓古同音通用。《説文》:'矉,張目也。'引《詩》'國步斯矉',蓋本《三家詩》。頻義近顰,《説文》:'顰,涉水顰戚也。'詩言國步之難,猶頻爲水涯盡處,頻蹙不前,故《傳》訓頻爲急,急猶蹙也。"

〔**靡所止疑**〕　王氏《詩攷》引《詩説》"靡所止疑"作"凝"。毛《傳》:"疑,定也。"胡承珙曰:"《釋文》:'疑,魚陟反。'……此當以陸音爲正。此詩多用隔句韻,此章'疑'讀如'屹',與'資'、'維'、'階'平入相協。若音凝,則無韻矣。"馬瑞辰云:"疑者,𠤕字之假借。《説文》:'𠤕,未定也。'段玉裁曰'未'爲衍字,是也。蓋即本毛《傳》'疑,定也'爲訓。……《詩》言'靡所止疑'與下章'靡所定處'同義。段玉裁曰:'𠤕从矢聲,《桑柔》與資、維、階韻,則讀如尼,與《説文》訓惑之疑異字異音。'其説是也。《釋文》:'疑,魚陟反。'讀如屹立之屹,與尼音正相近。"

〔**秉心無競**〕　《五經文字》引《詩》"秉心無倞"。《韻補》引《詩》同。《説文·人部》:"倞,彊也。"《廣雅·釋詁》:"倞,强也。"王念孫《疏證》:"《爾雅》:'競,彊也。'競與倞通,倞、競、强聲並相近。"又《説文》:"競,彊語也。……从誩,二人。"段注:"彊語謂相争。从二人二言也。""秉心無競",《傳》曰:"競,彊。"此謂"競"爲"倞"之假借字,"倞"爲此詩本字。

〔**至今爲梗**〕　《後漢書·段熲傳》作"至今爲鯁",李賢注引《詩》同,云:"鯁與梗同。"蓋二字同音假借也。

〔**憂心慇慇**〕　《正義》本作“憂心殷殷”。按:《説文》:“慇,痛也。”《集韻》:“慇,憂也。亦省。”

〔**逢天僤怒**〕　《釋文》:“僤,都旦反,厚也。本亦作‘亶’,同。”毛《傳》:“僤,厚也。”《爾雅》:“亶,厚也。”《左傳》孔疏引樊光注引《詩》“逢天亶怒”。“亶怒”即厚怒、盛怒也。

〔**孔棘我圉**〕　鄭《箋》:“圉,當作禦。”按:盧文弨云:“古禦字亦當作圉。”《説文》:“圉,囹圄,所以拘罪人。”“禦,祀也。”段注:“後人用此爲禁禦字,古祇用御字。”《爾雅·釋言》:“圉,禁也。”《字彙·口部》:“圉,與禦同。止也,扞也,拒也。”朱駿聲云:“圉,叚借爲禦。”鄭氏以“圉”爲“禦”之借字,故曰:“甚急矣,我之禦寇之事。”

〔**亂況斯削**〕　監本、毛本“況”作“况”。嚴可均云:“况不體。”然《玉篇》云:“况,俗況字。”《廣韻》云:“況,匹擬也,善也,矧也。《説文》曰:‘寒水也。’亦修況,琴名。又姓。……况,俗。”宋郭忠恕《佩觿》:“兄、況、况,上,發語之端;中,寒冰也;下,形況。”《説文》段注:“況,古矧兄、比兄皆用兄字,後乃用況字。後又改作况、作兄。”是知“况”非不體也。按阮校:“此‘況’字當作‘兄’。上經云‘倉兄填兮’,《傳》:‘兄,滋也。’《箋》云:‘喪亡之道滋久長。’此無《傳》,《箋》云‘而亂滋甚’,皆承上也。‘倉兄’,《釋文》云‘本亦作伯況’,亦與下互爲詳略耳。《唐石經》作‘兄’,下作‘況’,非也。”應從阮説。

〔**誰能執熱,逝不以濯**〕　《墨子·尚賢》引《詩》“誰能執熱,鮮不以濯”。按:王引之《經傳釋詞》:“逝,發聲也。字或作‘噬’。……‘逝’皆發聲,不爲義也。”楊樹達《詞詮》:“逝語首助詞。無義。”“逝”於此句中猶“而”字。《墨子》引作“鮮”,或傳寫之誤耳。

〔**如彼遡風**〕　《唐石經》初刻作“愬”,後改作“溯”。小字本、相臺本作“溯”。《説文》:“㴑,逆流而上曰㴑洄。㴑,向也。水欲下,違之而上也。从水,㡯聲。遡,㴑或从辵朔。”(㴑,後隸變爲泝。)是“遡”即“㴑”之或體。《文選·謝莊〈月賦〉》李善注引《詩》作“如彼愬風”。“愬”爲“遡”之同音假借字,“遡”爲本字。

〔**亦孔之僾**〕　阮校:“毛本誤作‘恐’。”《説文繫傳》引《詩》“亦孔之炁”。毛《傳》:“僾,唈。”馬瑞辰云:“按:《説文》:‘旡,飲食气逆不得息曰旡。从反欠。’古文作旡,今隸从古文作旡。段玉裁曰:‘僾即旡之假借。’是也。蓋僾从愛聲,愛从炁聲,炁从旡聲,故經可假僾爲旡也。”

〔**荓云不逮**〕　《釋文》:“荓,字又作迸。……本或作拼,同使也。”毛《傳》:“荓,使也。”馬瑞辰云:“《爾雅·釋詁》:‘拼,使也。’拼通作絣,班固《典引》注‘絣,使也。’並與荓音義同。……《廣雅·釋詁》:‘云,有也。’王氏《疏證》曰:‘“荓云不逮”即“使有不逮”。’是也。”

〔**好是稼穡,力民代食**〕　《釋文》云:“家,王申毛音駕,謂耕稼也。鄭作家,謂居家也。下句‘稼穡惟寶’同。”“穡,本亦作嗇,音色。王申毛谓收穡也。……尋鄭‘家嗇’二字,本皆無‘禾’者,下‘稼穡卒痒’始从禾。”《傳》:“力民代食,代無功者食天禄也。”《正義》曰:“《夏官·司勳》云:‘治功曰力。’則‘力民’謂善人有力功加於民者也。故知‘力民代食’謂使代無功者食天禄也。……‘力民代食’,《傳》既如此,則‘好是稼穡’亦異於鄭。……王肅云:當好知稼穡之艱難,有功力於民,代無功者食天禄,是也。”胡承珙云:“‘力’之爲‘功’,通義也。《周禮·大司寇》‘上功糾力’注云:‘功,農功。力,勤力。’則此‘力民’自當謂知稼穡艱難之人。若《傳》無‘代’字,則經曰‘力民’而《傳》曰‘無功’,經曰‘代’而《傳》祇曰‘食’,語不相應。鄭謂居家吝嗇即是聚斂作力之人,義亦不顺。《毛詩》字多假借,經不妨作'家嗇',《傳》自以爲'稼穡'之借。……知《三家詩》本有作'稼穡'者。王説非無所自,用以申毛,爲得其正。"馬瑞辰云:"以經文求之,當从《箋》作'家嗇'爲是,《正義》'上云"民有肅心,荓云不逮"是退賢,則"好是家嗇"爲進惡'是也。作'稼穡'者自是王肅本。《韓詩外傳》引《詩》'稼穡維寶',或《韓詩》作稼穡耳。至'力民代食',《傳》本作'無功者食天禄也',故《箋》申之曰'令代賢者處位食禄'。王肅本誤增代字,云'代無功者食天禄也',便於文義不順矣。《曲禮》:'問大夫之富。曰:"有宰食力。"'鄭注:'食力,謂民之賦税。'蓋賦税民力所共,故此詩以斂民之賦税爲力民。"阮校:"《正義》云'《箋》不言稼當爲家,則所授之本先作家字也'。依此是毛、鄭《詩》本作'家嗇',王申毛乃爲'稼穡'耳。《正義》每取王爲傳説,故其本作'稼穡',而《唐石經》以下从之。段玉裁云'改稼穡者非也',見下,亦見《經義雜記》。"

〔**降此蟊賊**〕 《釋文》:"蟊,《説文》作蝥。"山井鼎《考文》:古本作蝥。阮校:"通志堂本、盧本'蟊'作'蝥'。盧文弨《考證》云:古本'蟊'作'蝥'是也,《説文》乃作'蟊',今《正義》作'蟊',遂妄改《説文》。案《釋文校勘記》云:其説誤甚,《説文·䖵部》'蟊'是蠿蟊字,非蟊賊字,不得云《説文》乃作'蟊'也。'蝥'字雖不見,《説文·虫部》'𧓍'字下云'蟲食草根者,從虫象其形',其字作'𢆶蠱',轉寫失其形。作'蟊'、'蝥'皆非是。"

〔**哀恫中國**〕 宋本《釋文》:"侗,本又作恫。"今中華書局版(1983年)《釋文》:"恫,痛也。本又作痌。"阮校:"'同'當作'侗'。《釋文校勘》云:通志堂本、盧本'侗'作'恫','恫'作'痌'。案所改未是,當是《釋文》本此經字作'侗',與《唐石經》以下各本不同耳。小字本所附上'恫'下'侗'乃順正文改易耳。"按:《大雅·思齊》"神罔時恫",《傳》:"恫,痛也。"本詩鄭《箋》:"恫,痛也。"是

“恫”爲正字。

〔以念穹蒼〕　葛本“蒼”作“倉”。

〔民人所瞻〕　毛本“瞻”作“瞻”。嚴可均云:“瞻,隸俗。”

〔秉心宣猶〕　《列女傳·明德馬后》引《詩》“猶”作“猷”。按:“猶”、“猷”古字通。

〔自獨俾臧〕　《吕氏春秋》注引《詩》“自獨卑臧”。《淮南子·氾論訓》引《詩》“自獨卑藏”。按“卑”、“藏”皆訛。

〔甡甡其鹿〕　《太平御覽》九百六引《詩》“碩碩其鹿”。“碩”爲誤字。

〔胡斯畏忌〕　《漢書·賈山傳》作“胡此畏忌”。按:《載芟》篇“匪今斯今”,《箋》以“斯今”爲“此今”。《方言》注:“今江東人語亦云呰爲聲如斯。”《禮記·坊記》引《書》“斯謀斯猷”,《春秋繁露》作“此謀北猷”。斯、此二字古通用也。

〔大風有隧〕　《釋文》:“隧,音遂。”《潛夫論·遏利》引《詩》“泰風有遂”。《爾雅·釋天》郭注引《詩》“泰風有隧”。《初學記》一引《詩》“大風有遂”。《太平御覽》九引《詩》“泰風有墜”。王引之《經義述聞》:“謹案:《楚辭·九歌》‘衝風起兮横波’,王逸注曰:‘衝,隧也。遇隧風,大波涌起。’據此,則古謂衝風爲隧風,隧風即遺風也。《吕氏春秋·本味篇》‘遺風之乘’,高誘注:‘行迅謂之遺風。’《文選·聖主得賢臣頌》‘追奔電,逐遺風’,李善注曰:‘遺風,風之疾者。’遺與隧古同聲而通用。隧之言迅疾也。‘有隧’,形容其迅疾也。”按:《説文》:“隊,从高隊也。从𨸏,㒸聲。”段玉裁云:“隊,墜,正俗字。古書多作隊。”《集韻》:“墜,《爾雅》:‘落也。’或作隊。”又《説文》:“遂,亡也。”朱駿聲云:“遂,叚借爲隊。”高亨云:“遂借字,隊本字。蓋隊即今之墜字也。”又《周禮·冬官·梟人》:“爲遂,六分其厚,以其一爲之深而圜之。”阮校:“盧文弨曰:

'《通考》遂作隧，與上文合。'戴震亦云：'遂，當作隧。'"是知隧與遂，隊與墜、遺與隧，遂與隊，古通用也。另《太平御覽》引《詩》"泰風有墜"，《廣韻》："泰，大也。"段玉裁云："（泰）後世凡言大而以爲形容未盡則作太。如'大宰'俗作'太宰'，'大子'俗作'太子'，'周大王'俗作'太王'，是也。謂'太'即《說文》'夳'字，'夳'即'泰'，則又用'泰'爲'太'。"是"泰風"即"大風"耳。

〔**征以中垢**〕　《韓詩外傳》引《詩》"往以中垢"。《傳》："中垢，言闇冥也。"《箋》："征，行也。……不順之人則行闇冥。"《正義》："土處中而有垢土，故以中垢言暗冥也。"王引之《經義述聞》云："謹案：中，得也。垢，當讀爲詬。詬，耻辱也。不順之人，行不順之事以得耻辱，故曰'征以中詬'。《傳》、《箋》及《正義》皆失之。"此說得其旨矣。

〔**反予來赫**〕　《釋文》："赫，本亦作嚇。"《一切經音義》一及八十九、司馬光《太元集》注各引《詩》作"嚇"，《文選·鮑照〈蕪城賦〉》注引鄭《箋》同。按：鄭《箋》、《正義》皆作"嚇"。《唐石經》、小字本、相臺本俱作"赫"。阮校："案《釋文》云'赫，本亦作嚇'。考此但當作'赫'，加口旁者依注文而改字耳。"

〔**職涼善背**〕　鄭《箋》："涼，信也。"以"涼"爲"諒"之假借，故訓爲"信"。山井鼎《考文》：古本作"諒"。毛《傳》："涼，薄也。"馬瑞辰云："按：'職涼善背'……謂涼薄者善相欺背，从《傳》訓涼爲薄是也。《說文》：'涼，薄也。'又㦶字注：'事有不善，言㦶也。'引《爾雅》'㦶，薄也'。今《爾雅》無'㦶'字，惟《小爾雅》云：'涼，薄也。'許所引當即《漢藝文志》孝經家之《小爾雅》，蓋古本自借作㦶耳。"阮校："案'涼'字是也。"

雲漢

倬彼雲漢，昭回于天。王曰於乎，何辜今之人。天降喪亂，饑饉薦臻。靡神不舉，靡愛斯牲。圭璧既卒，寧莫我聽。

旱既大甚，蘊隆蟲蟲。不殄禋祀，自郊徂宫。上下奠瘞，靡神不宗。后稷不克，上帝不臨。耗斁下土，寧丁我躬。

旱既大甚，則不可推。兢兢業業，如霆如雷。周餘黎民，靡有孑遺。昊天上帝，則不我遺。胡不相畏，先祖于摧。

旱既大甚，則不可沮。赫赫炎炎，云我無所。大命近止，靡瞻靡顧。羣公先正，則不我助。父母先祖，胡寧忍予。

旱既大甚，滌滌山川。旱魃爲虐，如惔如焚。我心憚暑，憂心如熏。羣公先正，則不我聞。昊天上帝，寧俾我遯。

旱既大甚，黽勉畏去。胡寧瘨我以旱，憯不知其故。祈年孔夙，方社不莫。昊天上帝，則不我虞。敬恭明神，宜無悔怒。

旱既大甚，散無友紀。鞫哉庶正，疚哉冢宰。趣馬師氏，膳夫左右，靡人不周，無不能止。瞻卬昊天，云如何里。

瞻卬昊天，有嘒其星。大夫君子，昭假無贏。大命近止，無棄爾成。何求爲我，以戾庶正。瞻卬昊天，曷惠其寧。

〔倬彼雲漢〕　舊本《北堂書鈔》一百五十引《韓詩》"倬"作"對"。馬瑞辰云:"對者,菿字形近之譌。《小雅》'倬彼甫田',《韓詩》作菿,正與此同。《爾雅·釋詁》:'菿,大也。'漢《司隸校尉魯峻碑》'退遁忉悼',悼即倬之通借,猶倬通作菿也。"王念孫云:"對當爲菿。菿、倬古字通。"

〔饑饉薦臻〕　《爾雅·釋言》:"荐,再也。"本詩《釋文》:"薦,重也。"《爾雅·釋天》:"仍饑爲荐。"《釋文》:"荐,李本作薦。"是"薦"、"荐"通。《藝文類聚》一百引《詩》作"荐"。《春秋繁露·郊祀》引《詩》作"洊"。《易·震·象》疏:"洊者,重也,因仍也。"《玉篇》:"荐,重也。"毛《傳》:"薦,重。"《易》"水洊至,習坎",《釋文》引京房《易》作"水臻至",臻猶洊,洊即薦也。"饑饉薦臻"猶言饑饉頻仍也。按:詩本字當作"荐"。

〔蘊隆蟲蟲〕　《正義》云:"温字定本作蘊。"《釋文》:"蘊,本又作煴。"《韓詩》作"鬱"。"蟲蟲",《爾雅》作"爞爞",《韓詩》作"烔烔",王氏《詩攷》引《後漢書·竇皇后紀》注作"烔烔"。陳奂云:"疑煴即温之誤,蘊即薀之俗。《毛詩》古字作温,謂薀之假借字。薀積之爲温積,猶《〈小宛〉箋》薀藉之爲温藉矣。……《爾雅》:'鬱,氣也。'郭注:'鬱然氣出。'薀隆之爲鬱隆,猶《素冠篇》薀結之即鬱結矣。(互見《晨風》篇)……蟲蟲,《爾雅》作爞爞,熏也。……《衆經音義》引《埤蒼》云:'烔烔然熱貌。'《廣韻》引《字林》云:'熱氣烔烔。'用《韓詩》也。……《韓詩》'鬱隆烔烔',指燔柴祭天而言,與毛説絶異。《廣雅》:'烔,爇也。'……《説文》:'烔,光也。'無'烔'字。"

〔**靡神不宗**〕　毛《傳》:"宗,尊也。"馬瑞辰云:"此承上'自郊徂宫,上下尊瘞'言之,故總之以'靡神不宗'。或據後漢順帝詔'靡神不禜',谓《三家詩》蓋有从作禜者。然《毛詩》作'宗',以與'蟲'、'宫'等字爲韻。若改作'禜',则非韻矣。"然朱駿聲云:"宗爲禜之误字。《禮記·祭法》'幽宗'、'雩宗',鄭注皆云:'當爲禜。'"待考。

〔**后稷不克**〕　鄭《箋》:"克,當作刻。刻,識也。"《正義》:"毛無破字之理,必不與鄭同,蓋以克爲能。王肅云:后稷不能福祐我邪?上帝不能臨饗我邪?當我身邪?《傳》意或然。"胡承珙云:"王肅以'克'爲'能','不克'爲'不能福祐',於經文增字成義,恐非毛旨。《吕記》引王氏曰:'在宫之神莫尊於后稷,既無以勝旱災;在郊之神莫尊於帝,又不顧我。'或又謂救災,人事也,故言'后稷不克';臨饗,神事也,故言'上帝不臨'。此皆以'克'爲'勝',雖與'能'義略同,而詞義較順。"馬瑞辰云:"克,能也。《金縢》'不能事鬼神'即不克事鬼神也。《漢書》顔師古注:'能,善也。'善事鬼神曰能,鬼神善視之亦爲能。……'后稷不克',謂后稷不善視之也。"

〔**耗斁下土**〕　《唐石經》"耗"作"秏"。小字本、相臺本、閩本、毛本作"耗"。"斁",《釋文》云:"敗也。《説文》、《字林》皆作殬。"又《玉篇·禾部》引《詩》"秏斁下土"。《春秋繁露·郊祀》引《詩》"秏射下土"。阮校:"案'秏'字是也。詳《詩經小學》。"按:《説文》:"秏,稻屬。从禾,毛聲。伊尹曰:'飯之美者,玄山之禾,南海之秏。'"段注:"《水經注》曰:'燕人謂無爲毛,故有用毛爲無者,又有用秏者。初讀莫報切,既又讀呼到切,改禾旁爲耒旁。罕知其本音、本義、本形矣。《大雅》'秏斁下十',秏者,乏無之謂。"《説文》無"耗"字。《廣韻·號韻》:"秏,減也。……俗作耗。"《玉篇·禾部》:"秏,減也,敗也。《詩》云:'秏斁下土。'"《玉篇·耒部》:

"秏,虎告切。正作秏。"《淮南子·時則訓》:"行冬令,秏。"高誘注:"秏,零落也。"又"秏斁"之"斁",《説文》作"殬",云:"殬,敗也。从歺,睪聲。《商書》曰:'彝倫攸殬。'當故切。"陈奂云:"《箋》:'斁,敗也。'……《説文》'殬'訓'敗',则'斁'即'殬'字。《繁露》作'射',古射、斁通。"

〔**靡有孑遺**〕　《唐石經》初刻子,後改孑。阮校:"初刻誤也。"按:"孑遺"乃習見之成詞,不可率爾更易其字。

〔**先祖于摧**〕　毛《傳》:"摧,至也。"鄭《箋》:"摧,當作嗺。嗺,嗟也。"馬瑞辰云:"竊謂摧與誰通。《邶風》'室人交徧摧我',《箋》:'摧者,刺譏之言。'《韓詩》作誰,云:'誰,就也。'就當爲訧字形近之譌。以下章'讁我'類之,摧亦讁耳。《廣雅·釋詁》:'摧,折也。'義亦相近。'先祖于摧'亦當讀誰,謂先祖方見讁罰也。"

〔**赫赫炎炎**〕　《釋文》:"炎,本或作惔。"山井鼎《考文》:古本作"赫赫惔惔"。毛《傳》:"炎炎,熱氣也。"《爾雅》:"炎炎,熏也。"《説文》:"惔,憂也。""炎,火光上也。"按:"炎、"惔"二字義不相屬,殆以形近而借"惔"爲"炎"也。詩文應作"炎炎"。上文"赫赫炎炎"可爲明證。

〔**滌滌山川**〕　《説文·艸部》引《詩》"蔋蔋山川"。《玉篇·艸部》引《詩》"蔋蔋山川",云:"本亦作滌。"王氏《詩攷》引《詩》"藡藡山川"。《太平御覽》三十五引《詩》"悠悠山川"。陳奂云:"蔋,疑蔋之譌。徒歷切,正讀如盪滌之滌。古攸聲、叔聲皆在尤幽部,叔之平聲同修。滌滌之爲蔋蔋,《小弁》'踧踧'即《爾雅》之'儵儵',其理一也。"陳説甚析。

〔**如惔如焚**〕　《釋文》:"惔,音談。燎也。……徐音炎。""焚,本又作焚。"《後漢書·章帝紀》作"如炎如焚",李賢注引《韓詩》"如炎如焚",《藝文類聚》一百引《詩》同。按:毛《傳》:"惔,燎之也。”是借“惔”作“炎”也。又《説文》(段注本):“焚,燒田也。从火、林。”段注:“各本篆作僰……今正。按:《玉篇》、《廣韻》有焚無僰。焚,符分切。……是許書當有‘焚’字,況經傳‘焚’字不可枚舉,而未見有‘僰’,知《火部》‘僰’即‘焚’之譌。玄應書引《説文》:‘焚,燒田也。’字从火,燒林意也。凡四見。然則唐初本有焚無僰,不獨《篇》、《韻》可證也。”

〔**我心憚暑**〕　《白帖》四引《詩》“憚”作“癉”。按:《説文》:“憚,忌難也。从心,單聲。一曰難也。”“癉,勞病也。从疒,單聲。”鄭《箋》:“憚,猶畏也。……言熱氣至極。”“畏”猶“忌難”之義。是“憚”爲本字,“癉”爲同聲假借字也。

〔**憂心如薰**〕　《釋文》出作“熏”,云:“本又作燻。”山井鼎《考文》:古本作薰。《唐石經》作熏。小字本、相臺本、閩本、明監本、毛本同。《藝文類聚》一百引《詩》作燻。按:《説文·屮部》(段注本):“熏,火煙上出也。从屮,从黑。屮黑熏象。”段注:“(屮)象煙上出。此恐學者不達會意,故發明之曰:屮而繼之以黑,此煙上出,而煙所到處成黑色之象也。”《玉篇》:“熏,火上出也。”《廣韻》:“燻,同熏。”又與“薰”通用。作“熏”者爲本字。

〔**寧俾我遯**〕　《釋文》:“遯,本亦作遂。”黄焯《彙校》:“《考證》云:《周易·遯》,鄭本作遂。”

〔**黽勉畏去**〕　《後漢書·蔡邕傳》:“邕上封事曰:‘……宣王遭旱,密勿祇畏,無以或加。’”陳喬樅曰:“據此,知《毛詩》‘黽勉畏去’,《魯詩》作‘密勿畏去’,與《十月之交》‘黽勉從事’,劉向引作‘密勿從事’文同。”馬瑞辰云:“《廣雅·釋詁》:‘畏,恶也。’‘畏去’,謂苦此旱而恶去之也。《箋》説失之。”

〔**胡寧瘨我以旱**〕　《釋文》:“瘨,《韓詩》作疹。”韓云:“疹,重也。”《釋名》:“疹,診也,有結氣可得診見也。”《玉篇》:“疹,瘾疹,皮外小起也。”同“胗”,《説文》:“胗,脣瘍也。……疹,籀文胗,从疒。”“瘨,病也。”鄭《箋》:“瘨,病也。”此乃以災害比況病痛也。《韓詩》以重纍釋旱災之苦情,與《箋》義相近。

〔**敬恭明神**〕　《釋文》出作“明祀”,云:“本或作明神。”洪适《隸釋》載《孔龢碑》、《白石神君碑》,《後漢書·章帝紀》《黄瓊傳》並作“敬恭明祀”。《文選·江淹〈雜體詩〉》之《袁太尉從駕》注、《北堂書鈔》八十八各引《毛詩》同。胡承珙引盧氏《考證》曰:“《注疏》本作‘明神’。案:《文選·陸士衡〈答張士然詩〉》注作‘敬恭明祀’,又見《隸釋·西嶽華山亭碑》。”胡承珙曰:“《箋》云:‘肅事明神如是,明神宜不恨怒於我。’則鄭所據《毛詩》自作‘明神’,當以《注疏》本爲正。臧氏玉林曰:‘下文“宜無悔怒”正承此“明神”言之。若言明祀無悔怒,似不可通。’又《文選·東京賦》:‘盛夏后之致美,爰恭敬於明神。’李注引《毛詩》‘恭敬明神’,知張平子所據《詩》亦作‘明神’。即有一本作‘明祀’,要不得據以輕改也。”胡氏引證得其實矣。

〔**鞫哉庶正**〕　鄭《箋》:“鞫,窮也。”或曰“鞫當作簕”。馬瑞辰《通釋》“鞫”作“鞠”,云:“按:鞠者,趜之假借。《説文》:‘趜,窮也。’《廣韻》:‘趜,困人也。’趜、窮以雙聲爲義。《廣雅·釋詁》:‘窮,貧也。’此詩訓鞠爲窮者,正謂貧耳。至《説文》‘簕,窮也’,‘籟,窮治辠人也’,同取雙聲而義自别。”

〔**疚哉冢宰**〕　毛《傳》:“疚,病也。”《釋文》:“疚,本或作宊,又作究,同。”馬瑞辰云:“作宊者正字,疚與究皆假借字。《説文》:‘宊,貧病也。’引《周頌》‘煢煢在宊’。今本作疚。《廣雅·釋詁》:‘宊,貧也。’……此詩因旱致病,疚亦貧病也。”

〔**靡人不周**〕　鄭《箋》:“周當作賙。”釋玄應《一切經音義》八、九各引《詩》作“賙”。陳奂云:“《箋》易周爲賙。賙字見《周禮·鄉師職》'賙萬民之囏阨',鄭司農云:'賙讀爲周急之周。'……案:周、賙古今字。故先鄭、杜皆不從賙。許君作《説文》亦不録賙。《毛詩》多古文,衹作周,爲救之假借字,不必改賙也。"

〔**瞻卬昊天**〕　《釋文》:"卬,本亦作仰。"山井鼎《考文》:古本作仰。《説文》:"卬,望,欲有所庶及也。从匕,从卪。《詩》曰:'高山卬止。'"段注:"卬與仰義别,仰訓舉,卬訓望。今則仰行而卬廢,且多改卬爲仰矣。《小雅·車舝》曰:'高山卬止。'《箋》云:'卬慕。'《過秦論》:'常以十倍之地,百萬之衆,卬關而攻秦。'俗本作叩、作仰,皆字誤、聲誤耳。……《廣雅》:'仰,恃也。'仰亦卬之誤。《〈大雅〉傳》曰:'顒顒卬卬,盛皃。'引申之義也。《釋詁》、《毛傳》皆曰:'卬,我也。'語言之叚借也。"

〔**有嘒其星**〕　《説文》:"譓,聲也。……《詩》曰:'有譓其聲。'"王氏《詩攷》以爲即"有嘒其星"之異文。王筠云:"'聲'當作'星'。'嚖'、'嘒'是一字。"胡承珙云:"三家必有借'譓'字者,故許引之當云'《詩》曰"有譓其星"。'蓋此無正字,引申、假借皆依聲以見義。許兩引《詩》並與'嘒''譓'之本義無涉。"馬瑞辰云:"今按:嘒與譓,星與聲,音俱相近,《三家詩》傳授音同而字異,遂各據其字以釋之。《説文》作'有譓其聲'者,或因上文言'譓,聲也',遂誤星作聲耳。《詩》言'有嘒其星',正天旱無雨之象。"

崧　高

崧高維嶽,駿極于天。維嶽降神,生甫及申。維申及甫,維周之翰。四國于蕃,四方于宣。

亹亹申伯,王纘之事。于邑于謝,南國是式。王命召伯,定申伯之宅。登是南邦,世執其功。

王命申伯,式是南邦。因是謝人,以作爾庸。王命召伯,徹申伯土田。王命傅御,遷其私人。

申伯之功,召伯是營。有俶其城,寢廟既成。既成藐藐,王錫申伯,四國蹻蹻,鉤膺濯濯。

王遣申伯,路車乘馬。我圖爾居,莫如南土。錫爾介圭,以作爾寶。往近王舅,南土是保。

申伯信邁,王餞于郿。申伯還南,謝于誠歸。王命召伯,徹申伯土疆,以峙其粻,式遄其行。

申伯番番,既入于謝,徒御嘽嘽。周邦咸喜,戎有良翰。不顯申伯,王之元舅,文武是憲。

申伯之德,柔惠且直。揉此萬邦,聞于四國。吉甫作誦,其詩孔碩,其風肆好,以贈申伯。

〔**崧高維嶽**〕　《釋文》:"嶽,字亦作獄。"《韓詩外傳》引《詩》"嵩高惟嶽"。《禮記·孔子閒居》注、《公羊傳·定公四年》注、《風俗通義·山澤》各引《詩》;《文選·孫綽〈遊天台山賦序〉》注引《毛詩》;《藝文類聚》七,《太平御覽》三十九、八百八十一各引《詩》同。《初學記》五引《詩》"嵩高惟岳"。《白帖》五引《詩》"嵩高維岳",又引《詩》"嵩高維嶽"。胡承珙云:"至嵩山,古本作崇山。……殷周或謂之崇山,或謂之大室。《爾雅》當本作'崇山爲中嶽',漢時始改名'嵩高',寫《爾雅》者從而易之。其實'崇'、'嵩'本一字也。"馬瑞辰云:"嵩,《爾雅》作崧。韋昭《國語注》:'嵩,古通用崇字。'始知嵩、崧皆崇字之異體。……《後漢書·靈帝紀》熹平五年改'崇高山'爲'嵩高',始誤分崇、嵩爲二字矣。""嶽"、"岳"

古今字。“嶽”爲“嶽”之俗體。今多用“岳”。

〔駿極于天〕　《禮記·孔子閒居》引《詩》“峻極于天”,《公羊傳·定公四年》注、《風俗通義·山澤》、《藝文類聚》七、《初學記》五、《白帖》五、《太平御覽》三十九各引《詩》,《文選·孫綽〈遊天台山賦序〉》注引《毛詩》同。《釋文》:“駿,音峻。大也。”《説文》:“陖,高也。从山,陖聲。峻,陖或省。”段注:“《傳》:‘駿,大也。’《中庸》、《孔子閒居》注皆曰:‘峻,高大也。’然則《大雅》之駿,用叚借字。”按:今經典形容山岳之高大皆作“峻”矣。

〔維嶽降神〕　《禮記·孔子閒居》引《詩》“惟嶽降神”。《後漢書·禰衡傳》、《水經注·江水》、《初學記》五各引《詩》,《文選》孔融《薦禰衡表》注、陸機《弔魏武帝文》注各引《毛詩》“惟岳降神”。按:“維”、“惟”通用。“嶽”、“岳”一字。

〔維周之翰〕　《禮記·孔子閒居》引《詩》“爲周之翰”,《家語·問玉》引《詩》“唯周之翰”。按:毛《傳》:“翰,幹也。”鄭《箋》:“皆以賢知入爲周之楨幹之臣。”“唯”與“維”古通用。《爾雅》:“翰,榦也。”“翰”爲“榦”之借,“幹”乃“榦”俗,此詩正字當作“榦”也。

〔四國于蕃〕　山井鼎《考文》:古本“蕃”作“藩”。按:《説文》:“蕃,艸茂也。”“藩,屏也。”朱駿聲云:“藩,實即楙字之異文。”邵瑛《群經正字》:“今經典藩屏多通作蕃。”此詩《箋》云:“四國有難,則往扞禦之,爲之蕃屏。”是鄭氏以“蕃”爲“藩”之省借也。《韓詩》作“藩”,用本字。

〔王纘之事〕　《釋文》:“纘,《韓詩》作踐。踐,任也。”《潛夫論·志氏姓》引《詩》“王薦之事”。按:“踐”、“纘”雙聲,“薦”、“纘”亦雙聲,故通用也。

〔于邑于謝〕　《潛夫論·志氏姓》引《詩》“于邑于序”,《三式》引《詩》仍與今詩同。又本詩第七章‘既入于謝’,《楚辭·七諫》王逸注引《詩》“既入于徐”。按:“序”、“徐”均與“謝”雙聲,故通用。第七章“既入于謝”,仿此。

〔**南國是式**〕　《潛夫論·三式》引《詩》“南國于是式”。按:此“于”字係涉上句“于邑于謝”而误衍。又《潛夫論·志氏姓》引作“南國爲式”,此“爲”字乃“是”之誤。

〔**以作爾庸**〕　《釋文》:“庸,本亦作墉。”按:毛《傳》:“庸,城也。”《皇矣》、《韓奕》、《良耜》諸篇,《傳》同。《説文》:“墉,城垣也。从土,庸聲。”是“庸”爲“墉”之省借也。

〔**有俶其城**〕　《釋文》:“俶,本又作俶。”按:“俶”爲正字,“俶”爲其隸變。

〔**錫爾介圭**〕　《爾雅·釋器》郭注引《詩》“錫爾介珪”。按:《説文》:“圭,瑞玉也。上圜下方。……珪,古文珪,从玉。”“玠,大也。”“圭”、“珪”同。

〔**往近王舅**〕　《正義》本作“近”,《唐石經》、小字本、相臺本同。毛《傳》:“近,己也。”鄭《箋》:“近,辭也,聲如‘彼記之子’之記。”毛居正《六經正誤》曰:“《説文》作䢍,从丌,从辵。……今作迈,音記,字訛作近。”惠棟《九經古義》曰:“《説文》云:‘迈者,古之遒人㠯木鐸記詩言。从辵,从丌,丌亦聲。讀與記同。’《玉篇》云:‘迈,今作記。’今《釋文》、《唐石經》皆作近,此傳寫之誤。”馬瑞辰云:“迈从丌聲,《説文》丌讀若箕,其即箕字之籀文也。古其、己、記、忌、迈五字同部通用……故毛訓迈爲己,鄭讀若記。……《釋文》讀若記,字當作迈,不誤,今作近者,後人誤從《正義》本改耳。……‘迈’、‘近’形近易譌。”

〔**申伯信邁**〕　《太平御覽》四百八十九引《詩》“信”誤脱人

旁作“言”。

〔申伯還南〕　山井鼎《考文》:古本“還”作“旋”。按:《説文》:“還,復也。从辵,睘聲。”《爾雅·釋言》:“還、復,返也。”《廣雅·釋詁》:“還,歸也。”“還”又讀“旋”,《莊子·庚桑楚》“巨魚無所還其體”,《釋文》:“還,音旋。回也。”(如讀曰旋,《廣韻》似宣切,平仙邪,元部。)又《説文》:“旋,周旋,旌旗之指麾也。”《廣雅·釋詁》:“旋,還也。”“還”,《廣韻》户關切,平删匣,元部。“還”、“旋”疊韻,義亦通。

〔以峙其粻〕　《釋文》:“以時,如字。本又作峙。直紀反,兩通。”《正義》:“俗本峙作時者,誤也。”馬瑞辰云:“《説文》:‘庤,儲置屋下也。’‘偫,待也。’‘儲,偫也。’二字音義同,古通用。《毛詩》‘庤乃錢鎛’,《考工記·總目》注引作‘偫乃錢鎛’,是其證也。《説文繫傳》本無庤字,疑庤即偫之或體。《周語》韋昭注:‘偫,具也。’《爾雅·釋詁》:‘峙,具也。’《説文》以峙爲峙躇字,此詩《釋文》本作時及峙,《正義》引俗本作時,皆當爲偫字之假借。《説文》無峙字,今《正義》及《釋文》本作峙者,皆峙字之流變。《玉篇》、《廣韻》又曰:‘庤,或作時。’《一切經音義》又云:‘古文峙,今作跱,同。’”

〔揉此萬邦〕　《釋文》:“揉,本亦作柔。”按:鄭《箋》:“揉,順也。”馬瑞辰云:“《大雅·民勞》篇‘柔遠能邇’,《傳》:‘柔,安也。’安與順義近,故揉亦省作柔。《説文》:‘柔,木曲直也。’‘煣,屈申木也。’凡經傳中作揉者,皆即《説文》煣字之異體。”此説甚是。

烝　民

天生烝民,有物有則。民之秉彝,好是懿德。天監有周，昭假于下，保兹天子，生仲山甫。

仲山甫之德，柔嘉維則。令儀令色，小心翼翼。古訓是式，威儀是力。天子是若，明命使賦。

王命仲山甫，式是百辟。纘戎祖考，王躬是保。出納王命，王之喉舌。賦政于外，四方爰發。

肅肅王命，仲山甫將之。邦國若否，仲山甫明之。既明且哲，以保其身。夙夜匪解，以事一人。

人亦有言，柔則茹之，剛則吐之。維仲山甫，柔亦不茹，剛亦不吐，不侮矜寡，不畏彊禦。

人亦有言，德輶如毛，民鮮克舉之。我儀圖之，維仲山甫舉之，愛莫助之。衮職有闕，維仲山甫補之。

仲山甫出祖，四牡業業，征夫捷捷，每懷靡及。四牡彭彭，八鸞鏘鏘。王命仲山甫，城彼東方。

四牡騤騤，八鸞喈喈。仲山甫徂齊，式遄其歸。吉甫作誦，穆如清風。仲山甫永懷，以慰其心。

〔**天生烝民**〕　《孟子·告子》篇引《詩》"烝"作"蒸"。《韓詩外傳》、《白虎通·姓氏》、釋玄應《一切經音義》七各引《詩》同。按：毛《傳》："烝，衆。"《説文》："烝，火气上行也。"《爾雅·釋詁》："烝，衆也。"《説文》："蒸，析麻中榦也。"《漢書·伍被傳》"氾愛蒸庶"，顔師古注："蒸亦衆也。"按："烝"、"蒸"以音同，形近而可假借也。"烝"爲此詩正字。

〔**民之秉彝**〕　宋本《正義》"彝"作"夷"，《孟子·告子》、《潛夫論·德化》各引《詩》同。本詩毛《傳》："彝，常。"《釋文》：

"彝,音夷。常也。"《説文》:"彝,宗廟常器也。"馬瑞辰云:"故引申爲彝常。《爾雅》及《釋文》作彝,正字也。《孟子》及《潛夫論》引《詩》俱作秉夷,同音假借字也。"按:《唐石經》、閩本、明監本、毛本作"彝",《正義》本作"夷",阮校:"案所改非也。"陳喬樅云:"古夷、彝二字多以音同通用。"

〔**天監有周**〕　山井鼎《考文》:古本作"天臨有周"。按:《説文》:"監,臨下也。"是古本以訓詁字代本字耳。

〔**古訓是式**〕　《説文·言部》引《詩》作"詁訓",《列女傳·宋鮑宗女》引《詩》"故訓是式"。《後漢書·桓譚傳》《鄭興傳》各注引《説文》:"詁,訓古言也。"今本《説文》:"詁,訓故言也。"《〈爾雅·釋詁〉釋文》引《字林》:"詁,故言也。"毛《傳》:"古,故。訓,道。"鄭《箋》:"故訓,先王之遺典也。"《箋》用《魯詩》之義。陳奂云:"(故)字又作'詁'。《〈抑〉傳》云:'詁言,古之善言也。'古、故、詁三字同。……《周語》:'樊穆仲説魯侯曰:"賦事行刑,必問於遺訓,而咨於故寔。"然則仲山甫能用法古訓者矣。'"王先謙云:"愚案:《〈抑〉傳》毛本作'話言',作'詁言'者係《釋文》所據《説文》之説,當出齊、韓。"

〔**出納王命**〕　《釋文》:"納,亦作内。"《書·益稷》"以出納五言",《漢書·律曆志》作"以出内五言"。《玉篇》:"纳,内也。"《豳風·七月》"十月納禾稼",鄭《箋》:"納,内也。"此指收納,收藏。《廣雅·釋詁》:"納,入也。"《書·舜典》"夙夜出納朕命",《莊子·刻意》"吐故納新",並接收、接受之義。《説文》:"納,絲溼納納也。从糸,内聲。"按:金文"納"字祇作"内"。古文字"入"、"内"、"納"音同,通用。"納"又通"軜"、"衲"、"吶"。

〔**肅肅王命**〕　《後漢書·郎顗傳》引《詩》"赫赫王命"。按:"肅肅"作"赫赫"者,《齊詩》之異文也。"肅肅"爲本字。

〔**既明且哲**〕　《禮記·中庸》引《詩》"既明且知"。《〈禮記〉釋文》:"哲,徐本作知。"《爾雅·釋言》:"哲,智也。"《方言》、《説文》並曰:"哲,知也。"馬瑞辰云:"哲與知雙聲,故通用。哲之通作知,猶《荀子》'朽木不折',《大戴禮》作'朽木不知',知即折之借字也。"

〔**夙夜匪解**〕　《釋文》:"匪作不,解,本或作懈。"《左傳》、《孝經》、《春秋》、《説苑》、《韓詩外傳》各引《詩》,《文選·張衡〈東京賦〉》注引《毛詩》並作"懈"。按:《説文》:"解,判也。"朱駿聲云:"解,叚借爲懈。"《説文》:"懈,怠也。从心,解聲。"《爾雅·釋言》:"懈,怠也。"《廣雅·釋詁》:"懈,嬾也。"按:此詩"匪解"即"匪懈"假借也。"匪"訓"不",《釋文》作"不",蓋以訓詁字代本字耳。

〔**柔亦不茹,剛亦不吐**〕　《左傳·文公十年》引《詩》"剛亦不吐,柔亦不茹",《蔡中郎集·司空房楨碑》、《漢書·薛宣傳》注引《詩》同。二句互倒,誤。

〔**不侮矜寡**〕　《左傳·昭公二年》引《詩》"矜"作"鰥"。《國策·秦策》高誘注、《新序·雜事》、《漢書·王莽傳》各引《詩》同。按:《集韻·山韻》:"矜,丈夫六十無妻曰矜。通作鰥。"《釋名·釋親屬》:"無妻曰鰥。""矜",《集韻》姑頑切,平山見。諄部。"鰥",《廣韻》古頑切,平山見。諄部。二字音同,可互假。

〔**我儀圖之**〕　《釋文》:"義,毛如字,宜也。鄭作儀,儀,匹也。"《正義》云:"'儀,匹',《釋詁》文。然則鄭讀爲儀,故以爲匹。"阮校:"考此知《釋文》、《正義》二本字皆作'義'。鄭以'義'爲'儀'之假借耳,未嘗改爲'儀'也。《唐石經》乃竟作'儀'字,誤。"此詩毛《傳》:"儀,宜也。"《説文》:"義,己之威儀也。"《周禮·大司徒》《典命》注並云:"故書儀或爲義。"馬瑞辰云:"是義與儀古通用,故《箋》讀義爲儀。然訓儀爲匹,不若《集傳》訓度爲善。"

〔**衮職有闕**〕　漢《司隸校尉碑》作"緄職有闕"。按:以"衮"、"緄"雙聲可通假。

〔**征夫捷捷**〕　《玉篇》引《詩》"征夫倢倢",云:"本亦作捷。"按:"捷"爲本字,"倢"、"揵"皆俗體。

〔**八鸞鏘鏘**〕　《釋文》出作"將",云:"本亦作鏘。"按:此"將將"、"鏘鏘"通用,象聲詞耳。

〔**仲山甫徂齊**〕　山井鼎《考文》:古本作"征齊"。按:"徂"爲正字。

〔**吉甫作誦**〕　《文選·張華〈答何劭詩〉》注引《詩》"吉父作誦"。曹植《與吴季重書》注、《太平御覽》五百八十八各引《詩》"吉甫作頌"。按:《説文》:"誦,諷也。""頌,皃也。"二字音同,古每借"頌"爲"誦",此詩"誦"爲正字。"甫"、"父"古多通用。

〔**以慰其心**〕　相臺本"其"誤爲"我"。

韓　奕

奕奕梁山,維禹甸之,有倬其道。韓侯受命,王親命之,纘戎祖考。無廢朕命,夙夜匪解。虔共爾位,朕命不易。榦不庭方,以佐戎辟。

四牡奕奕,孔脩且張。韓侯入覲,以其介圭,入覲于王。王錫韓侯,淑旂綏章。簟茀錯衡。玄衮赤舄,鉤膺鏤錫,鞹鞃淺幭,鞗革金厄。

韓侯出祖,出宿于屠。顯父餞之,清酒百壺。其殽維何,炰鼈鮮魚。其蔌維何,維筍及蒲。其贈維何,乘馬路車。籩豆有且,侯氏燕胥。

韓侯取妻，汾王之甥，蹶父之子。韓侯迎止，于蹶之里。百兩彭彭，八鸞鏘鏘，不顯其光。諸娣從之，祁祁如雲。韓侯顧之，爛其盈門。

蹶父孔武，靡國不到。爲韓姞相攸，莫如韓樂。孔樂韓土，川澤訏訏，魴鱮甫甫，麀鹿噳噳，有熊有羆，有貓有虎。慶既令居，韓姞燕譽。

溥彼韓城，燕師所完。以先祖受命，因時百蠻。王錫韓侯，其追其貊，奄受北國，因以其伯。實墉實壑，實畝實藉，獻其貔皮，赤豹黄羆。

〔**奕奕梁山**〕　王氏《詩攷》引《爾雅》疏作“弈弈”，北齊鄭述祖《天柱山銘》同。按：毛《傳》：“奕奕，大也。”《説文》：“奕，大也。从大，亦聲。《詩》曰：‘奕奕梁山。’”清邵瑛《群經正字》：“奕，大也。弈，圍棊也。今經典通作奕。”“奕”、“弈”二字音同，形近，義異，然古今文獻多已通用。此詩“奕奕”爲本字。

〔**有倬其道**〕　《釋文》：“倬，陟角反，明貌。《韓詩》作晫，音義皆同。”陳喬樅云：“《毛詩》作‘倬’，乃‘晫’之通叚。《小雅》‘倬彼甫田’，韓作‘菿’。《釋詁》：‘菿，大也。’《廣雅》：‘晫，明也。’‘菿’訓大，‘晫’訓明，各有本義。而‘倬’訓爲‘大貌’，則兼二義也。‘晫’與‘旳’音近義同。”《玉篇·人部》：“倬，明也，大也。”《説文》：“倬，箸大也。”段注：“箸大者，箸明之大也。”

〔**纘戎祖考**〕　《白帖》五十引《詩》“纂我祖考”。“纂”爲“纘”之假借。“我”與“戎”形近致訛。

〔**虔共爾位**〕　鄭《箋》：“古之‘恭’字或作‘共’。”朱駿聲《通訓定聲》：“共，叚借爲恭。”

〔**榦不庭方**〕　監本、毛本"榦"作"榦"。嚴可均云:"榦,不體。"

〔**以其介圭**〕　《爾雅·釋器》郭注引《詩》"以其玠圭"。《太平御覽》八百六引《詩》"以其介珪"。按:《爾雅·釋詁》:"介,大也。"《説文》:"玠,大圭也。"《爾雅》:"珪大尺二寸謂之玠。"《説文》:"圭,瑞玉也。……珪,古文圭从玉。"古制,天子所執之玠圭長一尺二寸,又名鎮圭;諸侯所執之桓圭,長九寸,亦可稱玠圭,但與天子之玠圭有别。渾言則同,析言則異。《詩》所稱"介圭"與《爾雅》郭注所引"玠圭"及《太平御覽》所引"介珪"音義悉同。

〔**淑旂綏章**〕　《釋文》:"綏,本亦作緌。"陳奂云:"《禮記》注:'綏當爲緌。'讀爲冠蕤之蕤。是'緌'爲正字矣。今字通作'綏','綏章'連文,與《六月》'帛茷'連文同義。"

〔**鉤膺鏤鍚**〕　明監本、毛本"鍚"作"錫"。《説文·金部》引《詩》"鉤膺鏤鐊"。按:"鐊"爲正字,"鍚"爲隸省。阮校:"毛本誤作錫。"

〔**鞹鞃淺幭**〕　《釋文》:"鞃,亦作軚……又汯。""幭,莫歷反。一音篾,覆式也。本又作簚。"按:"幭",小字本、相臺本同。《唐石經》初刻"幭",後改"幭"。阮校:"案《五經文字》、《集韻·二十三錫》皆作'幭'。此《釋文》云:'幭,本又作簚。'幭,《曲禮》'素簚',《釋文》云:'本又作幭。'二'幭'字當本作'幭',爲張參、丁度所據也。"又曰:"按正字當作'幦',假借'幭'字爲之。'幭'从巾,蔑聲,《五經文字》體譌。舊校非也。"馬瑞辰云:"《説文》:'幭,蓋幭也。'幭,《周官·巾車》作複,《曲禮》'大夫士去國素簚'作簚,《玉藻》作幦,《儀禮·即夕禮》注云'古文幦爲冪',蓋幦爲正字,幭、複、冪、簚皆假借字。"

〔**鞗革金厄**〕　《唐石經》作"厄"。《説文》:"軶,轅前也。"

毛《傳》:"厄,烏噣也。"《小爾雅》:"衡,軛也。軛上者謂之烏啄。"(胡承珙云:"'軛上'疑爲'軛下'之譌。")《釋名》:"槅,扼也,所以扼牛頸也。馬曰烏啄。又馬頸,似烏開口向下啄物時也。"馬瑞辰云:"啄與噣古通用,《傳》云烏噣,即《小爾雅》、《釋名》所云烏啄。噣,《釋文》引沈音晝,是也。"又云:"按:厄即軛字之省。……金厄謂於厄末爲金飾。"陳奂云:"軛,本字。戹,叚借字,今通作厄。"

〔**其殽維何**〕　《釋文》:"肴,本亦作殽。"《藝文類聚》五引《詩》"其肴惟何"。《文選·顔延之〈三月三日曲水詩序〉》注引《毛詩》"其肴維何"。按:《説文》:"肴,啖也。"段注:"按許當云啖肉也,謂熟饋可啖之肉。今本有奪字。"《玉篇》:"肴,俎實。又啖肉。"朱駿聲云:"殽,叚借爲肴。"此詩正字爲"肴"。又"維"、"惟"、"唯"古多通用。

〔**其蔌維何**〕　《太平御覽》八百五十九引《易》鄭注引《詩》"其餗惟何",九百七十六引《詩》"其簌伊何"。按:《説文》:"鬻,鼎實。惟葦及蒲。陳留謂鍵爲鬻。从㶉,速聲。餗,鬻或从食,束聲。"《易·鼎》九四'鼎折足,覆公餗',《釋文》引馬融曰:"餗,鍵也。"是知"蔌"、"餗"字通。"簌"當作"蔌"。又"伊"、"維"可通假。

〔**維筍及蒲**〕　《釋文》:"筍,字或作笋。"《説文》:"筍,竹胎也。从竹,旬聲。"《爾雅·釋草》:"筍,竹萌。"《集韻·準韻》:"筍,竹胎也。或作笋。"是"笋"爲"筍"之異體字,"筍"爲本字。

〔**籩豆有且**〕　毛本"籩"作"籩",《文選·傅毅〈舞賦〉》引《詩》作"邊"。王氏《詩攷》引《集韻》引《詩》同。《説文》:"籩,竹豆也。"按:今字作"籩"。作"邊"者,"籩"之省。

〔**韓侯取妻**〕　《釋文》:"取,本亦作娶。"按:《説文》:"娶,取婦也。从女,从取,取亦聲。"段注:"取彼之女,爲我之婦也。"字作"取"者,"娶"之省借耳。

〔**八鸞鏘鏘**〕　《釋文》出作“將”，云：“將，本亦作鏘。”按：“鏘”，象聲詞之本字，“將”爲其省借。

〔**諸娣從之**〕　《白虎通·嫁娶》：“天子諸侯一娶九女者何？重國廣繼嗣也。……《春秋公羊傳》曰：諸侯娶一國，則二國往媵之，以姪娣從之。……《詩》云：姪娣從之，祁祁如雲。……”蓋《魯詩》作“姪娣”。毛《傳》：“諸娣，衆妾也。”鄭《箋》：“媵者必娣姪從之。”此鄭用《魯詩》也。

〔**川澤訏訏**〕　《白帖》五、《太平御覽》三十七各引《詩》“川澤滸滸”。馬瑞辰云：“訏，音義近芋，《説文》：‘芋，大也。’通作詡，《廣雅》：‘詡詡，大也。’《太平御覽》引《詩》‘川澤滸滸’，蓋本《三家詩》。詡、滸雙聲，故通用。”

〔**魴鱮甫甫**〕　《易林·離之中孚》作“魴鱮詡詡”。按：《爾雅》：“甫，大也。”《漢書·揚雄傳》注：“詡，大也。”《説文》：“詡，大言也。”“甫”、“詡”音近，義亦互通，故《易林》假“詡”作“甫”也。

〔**麀鹿噳噳**〕　《釋文》：“噳，本亦作麌。”《玉篇》引《詩》作“噳”，云：“亦作麌。”《孔叢子》引《詩》作“虞虞”。按：“虞”爲“噳”之省，“麌”爲假借，“噳”爲本詩正字。詳參《小雅·吉日》所考。

〔**有貓有虎**〕　《釋文》：“貓，本又作猫。”山井鼎《考文》古本作猫。《太平御覽》九百十二引《詩》“有猫有虎”。按：《説文》未收“貓”字，《新附》有“貓”。毛《傳》：“貓，似虎淺毛者也。”“貓”（猫），古衹作“苗”，讀如“毛”。

〔**溥彼韓城**〕　《潛夫論·志氏姓》引《詩》“溥”作“普”。按：此經文當作“溥彼韓城”，作“普”者借字也。

〔**王錫韓侯**〕　王氏《詩攷》引《周禮·廛人》注引《詩》“錫”作“賜”。按《爾雅》：“錫，賜也。”《説文》：“錫，銀鉛之間也。”“賜，予也。”“錫”本爲金屬之名，然則古之經典每假“錫”爲“賜”，如《春秋》“錫命”,《左傳》作“賜命”,《公羊傳》曰:“錫者何,賜也。”《儀禮·燕禮》注:“古文賜作錫。”此詩正字當作“賜”。

〔**其追其貊**〕　《釋文》:“貊,《説文》作貉。”《唐石經》作“貃”。監本、毛本作“貊”。《水經注·聖水》引《詩》“其追其貉”。《周禮》注:“貉讀爲十百之百。”桓序疏:“貉之言百,因貉從百音,後遂變貉爲貊,又變爲貃。”

〔**奄受北國**〕　山井鼎《考文》:古本“奄”作“掩”。《説文》:“奄,覆也。大有餘也。又,欠也。从大,从申。申,展也。”段注:“覆乎上者,往往大乎下,故字从大。”“奄”又通“掩”,《廣韻》:“奄,藏也。”《方言》卷六:“掩,薆也。”《説文》:“掩,斂也。”徐灝《箋》:“《文選·懷舊賦》注引《埤蒼》曰:‘掩,覆也。’《淮南·天文訓》注:‘掩,蔽也。’此掩斂之本義也。”殆“奄”與“掩”音同、形近、義通也。此經文之正字爲“奄”。

〔**實墉實壑,實畝實藉**〕　“藉”,《唐石經》、小字本、《南宋石經》同。閩本、明監本、毛本作“籍”。阮校:“案《正義》云‘定是税籍’,又云‘《公羊傳》曰什一而籍’,是籍爲税之義也,是《正義》本作‘籍’字。詳《載芟序》。”按:《説文》:“耤,帝耤千畝也。古者使民如借,故謂之耤。从耒,昔聲。”後世諸書多作“藉”。

〔**獻其貔皮**〕　《釋文》:“貔,本亦作豼。”山井鼎《考文》:古本作豼。按:“貔”、“豼”重文。

江　漢

江漢浮浮,武夫滔滔。匪安匪遊,淮夷來求。既出我車,既設我旟。匪安匪舒,淮夷來鋪。

江漢湯湯,武夫洸洸。經營四方,告成于王。四方既平，王國庶定。時靡有争，王心載寧。

江漢之滸，王命召虎，式辟四方，徹我疆土。匪疚匪棘，王國來極。于疆于理，至于南海。

王命召虎，來旬來宣。文武受命，召公維翰。無曰予小子，召公是似。肇敏戎公，用錫爾祉。

釐爾圭瓚，秬鬯一卣。告于文人，錫山土田。于周受命，自召祖命。虎拜稽首，天子萬年。

虎拜稽首，對揚王休，作召公考，天子萬壽。明明天子，令聞不已，矢其文德，洽此四國。

〔**江漢浮浮，武夫滔滔**〕 王引之云："經當作'江漢滔滔，武夫浮浮'。《傳》當作'滔滔，廣大貌。浮浮，衆彊貌'。……《小雅·四月》篇'滔滔江漢'，《傳》曰：'滔滔，大水貌。'此言'江漢滔滔'，義與彼同，故曰'廣大貌也'。云'浮浮，衆彊貌'者，浮與儦聲義相近，浮浮猶儦儦也。……下文'武夫洸洸'，亦彊貌，下《傳》曰'洸洸，武貌'，是也。然則'滔滔，廣大貌'，正與'湯湯'同意。……寫經者'滔滔'、'浮浮'四字上下互譌，後人不察，又改《傳》、《箋》以從之，於是'衆彊之貌'屬之'江漢'，'廣大之貌'屬之'武夫'。不知江漢大川當言廣大，不當言衆彊；武夫尚武當言衆彊，不當言廣大也。……《風俗通義·山澤篇》引此詩曰'江漢陶陶'，陶與滔古字通。若非經文本作'江漢滔滔'，何以應劭引作'江漢陶陶'，此其明證也。"王説精當，得其實矣。

〔**匪安匪遊**〕 《後漢書·東夷傳》引《詩》"遊"作"游"。按："遊"、"游"二字可通用。

〔**武夫洸洸**〕 《爾雅·釋訓》作"洸洸"，《釋文》："洸，舍人本作僙。"《古文苑·班固〈車騎將軍竇北征頌〉》、《史記·樊噲傳贊》注各引《詩》"武夫僙僙"。《鹽鐵論·繇役》引《詩》"武夫潢潢"。《法言·孝至》引《詩》"武夫璜璜"。按:毛《傳》:"洸洸,武貌。"《爾雅·釋訓》:"洸洸、赳赳,武也。""光"、"黄"叠韻,故从光之"洸洸"可借爲从黄之"僙僙"、"潢潢"、"璜璜"也。

〔王命召虎〕　《文選·曹植〈求自試表〉》注引《詩》"王命邵虎"。《玉篇·口部》:"召,又音邵。"《集韻·笑韻》:"邵,《説文》:'晉邑也。'或省(作召)。"《廣韻·笑韻》:"邵,又姓。"又作召。

〔徹我疆土〕　《後漢書·東夷傳》李賢注引《詩》"徹我土疆"。"土疆"誤倒。

〔來旬來宣〕　毛《傳》:"旬,徧也。"鄭《箋》:"旬,當作營。"戚學標云:"營乃嵤之譌。"汪氏《異義》曰:"《傳》義亦統上二事。'來'、'旬'正謂'經營四方',故訓'旬'爲'徧',言悉經營之也。《傳》義殆不可易。且'旬'與'營',爲字不類,聲亦有異。《箋》改'旬'爲'營',蓋以意改耳。"胡承珙云:"《〈桑柔〉傳》:'旬,言陰均也。''均'與'徧'義相成。《〈鴻雁〉傳》:'宣,示也。'此'來宣',毛意亦當爲'示'。'匪疚匪棘,王國來極',正所以宣示王之德意也。汪氏申《傳》固當,而谓'旬'之與'營',《箋》以意改,考《周禮·均人》鄭注:'旬'讀爲'嵤嵤原隰'之'嵤'。《正月》詩'憂心惸惸',《釋文》:'惸,又作煢。'古文'旬'字从勹从日作'旬'。《説文·走部》:'赹,讀若煢。'是从勹从𤇾之字,形聲有相通者,未可謂鄭以意改也。"胡氏之論頗爲允協,當從。

〔肇敏戎公〕　《後漢書·宋弘傳》《周舉傳》各引《詩》"肇敏戎功"。《齊侯鎛鐘銘》作"肇敏于戎功"。("于"爲衍文。)按:《六月》"以奏膚公",《傳》:"公,功也。"《管子·禁藏》:"信之於其所餘財,功之於其所無誅。"郭沫若等集校引張佩綸云:"功,讀爲公。

《〈詩·六月〉傳》:‘公,功也。’《樊安碑》‘以功德加位’作‘以公德’,皆其證。”又《爾雅·釋詁》:“肈,始也。”《説文》:“肁,上諱。”徐鉉等注:“後漢和帝名也。”吴大澂《古籀補》:“肁、肈、肁三字並通。”《説文》段注:“古有肁無肈,从戈之肈,漢碑或从殳,俗乃从攵作肈。”

〔**秬鬯一卣**〕　《釋文》:“卣,本或作攸。”毛《傳》:“卣,器也。”《爾雅》李巡注:“卣,鬯之器也。”《説文》:“𠧪,艸木實垂𠧪𠧪然。……象形。”段注:“𠧪之隸變爲卣。……凡彝爲上尊,卣爲中尊,罍爲下尊。……按:如許説則木實垂者其本義,叚借爲中尊字也。……羊久反,又音由。……古三部與二部合音冣近。”按:“卣(𠧪)”、“攸”古音同部,故借“攸”爲“卣”也。

〔**錫山土田**〕　小字本、相臺本“錫山土田”同。《唐石經》“錫”下旁添“之”字,“山”下旁添“川”字,“土田”下旁添“附庸”字。阮校:“案《釋文》云‘錫山土田,本或作“錫之山川土田附庸”者,是因《魯頌》之文妄加也。’又《正義》云‘此經無附庸,《傳》云附庸者,以土田即是附庸。定本、《集注》、毛《傳》皆有附庸二字。’依此是《傳》亦有本無‘附庸’者,《釋文》或本當如此,故不云因《傳》加。”

〔**明明天子**〕　王引之云:“家大人曰:明、勉一聲之轉,故古多謂勉爲明。重言之則曰明明。《爾雅》曰:‘亹亹,勉也。’鄭注《禮器》曰:‘亹亹,猶勉勉也。’亹亹、勉勉、明明亦一聲之轉。《大雅·江漢》篇曰‘明明天子,令聞不已’,猶言‘亹亹文王,令聞不已’也。《魯頌·有駜》篇曰‘夙夜在公,在公明明’,言在公勉勉也。……解經者失其久矣。”

〔**令聞不已**〕　舊本《北堂書鈔》七引《詩》“聞”作“問”。按:《説文》:“聞,知聞也。”《廣韻·問韻》:“聞,名達。”《正字通·

耳部》："聞，聲譽曰聞。""聞，與問通。"朱駿聲云："問，叚借爲聞。"作"問"者，蓋借"問"爲"聞"也。"令聞"即"美譽"、"善譽"之義也。

〔矢其文德〕　《禮記·孔子閒居》引《詩》"弛其文德"，《春秋繁露·竹林》引《詩》同。《釋文》："矢施，如字。《爾雅》作弛，式氏反。"按：《爾雅》："矢，弛也。"郝懿行云："弛者，施之叚音也。矢者，上文云'陳也'，此云'弛也'。弛訓弓解，與陳義遠；《説文》云：'設，施陳也。'設與陳義近。知弛當爲施也。《詩》'矢其文德'，《傳》：'矢，施也。'以此可證。《釋文》：'矢施，如字，《爾雅》作弛，式氏反。'《正義》云：'矢，施也。謂施陳文德。'據此則知《爾雅》之弛，亦當讀如施，斯音義兩得矣。施既通弛，弛亦通矢，故'矢其文德'，《孔子閒居》作'弛其文德'。鄭注：'弛，施也。'是弛即矢字叚音。《爾雅》借弛爲施，《禮記》借弛爲矢，其例正同矣。經典弛、施二字多通用。"

〔洽此四國〕　馬瑞辰云："按：《禮記·孔子閒居》引《詩》作'協此四國'，此與《板》之篇'民之洽矣'《列女傳》及《左傳》引作協者正同，蓋皆本《三家詩》也。《毛詩》作洽，即協字之雙聲假借。《説文》：'劦，同力也。从三力。'又曰：'恊，同心之龢也。''勰，同思之龢也。''協，同衆之龢也。'義並相近而不同。"

常　武

赫赫明明，王命卿士，南仲大祖，大師皇父。整我六師，以脩我戎。既敬既戒，惠此南國。

王謂尹氏，命程伯休父。左右陳行，戒我師旅。率彼淮浦，省此徐土。不留不處，三事就緒。

赫赫業業，有嚴天子。王舒保作，匪紹匪遊，徐方繹騷。震驚徐方，如雷如霆，徐方震驚。

王奮厥武，如震如怒。進厥虎臣，闞如虓虎。鋪敦淮濆，仍執醜虜。截彼淮浦，王師之所。

王旅嘽嘽，如飛如翰，如江如漢，如山之苞，如川之流，緜緜翼翼，不測不克，濯征徐國。

王猶允塞，徐方既來。徐方既同，天子之功。四方既平，徐方來庭。徐方不回，王曰還歸。

〔**赫赫明明**〕　《釋文》："赫赫，字又作爀。"按：《説文》："赫，火赤貌。从二赤。"《玉篇·火部》："爀，火色也。"《集韻·陌韻》："赫，《説文》：'火赤貌。'或从火。"《正字通》："爀，俗赫字。"此詩以"赫赫"爲正字。

〔**南仲大祖**〕　《漢書·古今人表》"南仲"作"南中"。《白虎通》引《詩》"大"作"太"。按："中"、"仲"古今字；"大"、"太"亦爲古今字。

〔**既敬既戒**〕　《周禮·夏官·大司馬》注引《詩》"既儆既戒"，《釋文》："儆，本亦作敬。"《釋名·釋言語》："敬，警也，恒自肅警也。"此詩鄭《箋》："敬之言警也。"《説文》："敬，肅也。""警，戒也。""儆，戒也。"此詩蓋以"警"爲正字耳。

〔**省此徐土**〕　釋玄應《一切經音義》十九引《詩》"省此淮浦"。鄭《箋》："省視徐國之土地叛逆者。"按：經文"徐土"爲正字，《一切經音義》所引有誤。

〔**徐方繹騷**〕　毛《傳》："繹，陳。騷，動也。"鄭《箋》："繹，當作'驛'。"《説文繫傳》引《詩》作"徐方驛騷"。《箋》又云："徐國傳遽之驛見之，知王兵必克，馳走以相恐動。”胡承珙云：“《正義》云：徐方斥候之使陳説王之威，‘往告以恐動之’。此用《箋》義申《傳》也。然經文僅一‘繹’字，既爲傳遽，又爲陳説，無此文理。且徐國傳遽，亦未必故自馳走以相恐動也。竊謂《傳》訓‘陳’者，言陳列也。王師將至，徐方必有陳兵守隘之處，見王師而畏懼，故有擾動之意。王於是因其擾動，而震驚之以如雷如霆之威，而徐方遂不勝其震驚矣。《箋》破字爲‘驛’，《疏》述《傳》爲‘陳説’，皆可不必也。”上説甚是。

〔**如震如怒**〕　《釋文》云：“一本此兩‘如’字皆作‘而’。”《唐石經》、小字本、相臺本並作“如震如怒”。阮校：“考《箋》云‘而震雷其聲，而勃怒其色’，鄭意以爲震怒自是實事，不假外象，轉經‘如’字作‘而’以説之，《毛氏詩》‘如’、‘而’互通，鄭但于《〈都人士〉箋》云‘而亦如也’，餘多不言者，省文耳。一本乃依鄭竟改經作‘而’，似是實非。”阮校可從。

〔**進厥虎臣**〕　《文選·陸機〈辯亡論〉》注引《詩》“進厥武臣”。按：“武”、“虎”疊韻，故借“武”爲“虎”耳。

〔**闞如虓虎**〕　《風俗通義》引《詩》“闞如哮虎”。《文選·楊雄〈羽獵賦〉》注引《毛詩》“噉如虓虎”。《説文繫傳》引《詩》“譀如哮虎”。《玉篇·言部》：“譀，叫譀，怒也。”本詩毛《傳》：“虎之自怒虓然。”馬瑞辰云：“《廣雅·釋詁》：‘唬，怒也。’《玉篇》：‘唬，虎怒貌。’唬讀呼濫切，與闞聲近而義同。虓虎當爲虓唬之假借，虓、唬雙聲字，虎即唬之省耳。《説文》：‘虓，虎鳴也。一曰：師子大怒聲也。’（今本《説文》脱‘大怒聲也’四字，此从《一切經音義》引增。）又唬字注：‘一曰虎聲。’《一切經音義》引服虔《通俗文》：‘虎聲謂之哮唬。’哮即虓之假借。《風俗通》引《詩》正作‘闞如哮虎’。虓唬又作哮虖，《説文》：‘虖，哮虖也。’又作哮呼，《水經注》引《博物志》言：'魏武於馬上逢獅子，獅子哮唬奮越，左右咸驚。'又作哮嚇，《埤蒼》：'哮嚇，大怒聲也。'《玉篇》：'哮嚇，大怒也。'虖、嚇、唬並雙聲，故通用。"

〔**鋪敦淮濆**〕《説文》引《詩》"敦彼淮濆"。《後漢書·馮緄傳》《班固傳》引《詩》"敷敦淮濆"。《文選·鮑照〈蕪城賦〉》注引《毛詩》"鋪敦淮濆"，《〈汝墳〉正義》引同。鄭《箋》："敦當作屯。"《釋文》："鋪，普吴反，徐音孚，陳也。《韓詩》作敷，云：大也。""敦，王申毛如字，厚也。《韓詩》云迫。鄭作屯。"馬瑞辰云："按：《方言》、《廣雅》並云：'鋪，止也。'鋪、敦二字同義。鄭讀敦爲屯，屯者聚也，亦止也。《説文》濆字注引《詩》'敦彼淮濆'，是知鋪與敦一耳。鄭《箋》訓鋪爲陳，義本《韓詩》，正以铺爲敷之假借。……敦、屯古聲近通用，《吕覽·去私篇》高注'鷻讀曰車笔之笔'是其類也。"又《説文》引《詩》作"敦彼"者，陳瑑云："是涉上章'率彼淮浦'，下文'截彼淮浦'之文而誤。"陳奂云："《廣雅》：'墳，厓也。'濆與墳通。"

〔**仍執醜虜**〕《釋文》："仍，如字。仍，就也。本或作扔，音同。"毛《傳》："仍，就。"《説文》："仍，因也。"《廣雅》："因，就也。"《廣韻》："因，仍也。"《字林》："扔，就也。"《説文》："扔，因也。""捆，就也。"《〈老子〉釋文》："扔，因也。"《〈爾雅·釋詁〉釋文》："仍，本或作扔。"按："仍"、"扔"音義並同，互訓亦通用。

〔**王旅嘽嘽**〕《南宋石經》作"王溮嘽嘽"。《漢書·叙傳》引《詩》"王師驒驒"。毛《傳》："嘽嘽然盛也。"《説文》："單，大也。"按：凡从"單"之字每含衆盛、盛大之義。"驒"，《説文》："驒騱，野馬也。"此詩以"驒"爲"嘽"之借字也。"旅"應作"師"。"溮"爲訛字。

〔**緜緜翼翼**〕《釋文》："緜緜，如字。靚也。《韓詩》作民民,同。”馬瑞辰云:“按:《廣雅》:‘緜緜,長也。’‘翼翼,盛也。’長與盛義相近,皆狀其兵之壯盛耳。緜、緡雙聲通用,故《詩》‘緜蠻黄鳥’一作‘緡蠻’。《韓詩》緜緜作民民,亦以雙聲假借。至毛《傳》訓緜緜爲靚者,靚即静也,静即密也。(《釋詁》:‘密,静也。’)……《傳》以緜緜爲宀宀之假借,故訓爲静,猶言密也。緜、密雙聲字。”陳喬樅云:“《漢書·外戚傳》‘神眇眇兮密靚處’,以‘密’與‘靚’連言,足證‘靚’之本有‘密’義矣。”

〔**徐方既來**〕　《荀子·議兵篇》引《詩》“徐方其來”。《漢書·景武昭宣元成功臣表》引《詩》“徐方既徠”,顔師古注引《詩》同,云:“徠,古來字。”鄭《箋》:“兵未陳而徐國已来告服。”《左傳·文公七年》杜注:“來,猶歸也。”《爾雅·釋言》:“懷,來也。”此詩句意谓徐國已歸順耳。

〔**王曰還歸**〕　山井鼎《考文》:古本作“王曰旋歸”。按:《廣雅·釋詁》:“旋,還也。”《小雅·黄鳥》“言旋言歸”,朱熹《集注》:“旋,回。”“還”、“旋”疊韻並互訓,亦可通假也。

瞻　卬

瞻卬昊天,則不我惠。孔填不寧,降此大厲。邦靡有定,士民其瘵。蟊賊蟊疾,靡有夷屆。罪罟不收,靡有夷瘳。

人有土田,女反有之。人有民人,女覆奪之。此宜無罪,女反收之。彼宜有罪,女覆説之。

哲夫成城,哲婦傾城。懿厥哲婦,爲梟爲鴟。婦有長舌,維厲之階。亂匪降自天,生自婦人。匪教匪誨,時維婦寺。

鞫人忮忒，譖始竟背。豈曰不極，伊胡爲慝。如賈三倍，君子是識。婦無公事，休其蠶織。

天何以刺，何神不富。舍爾介狄，維予胥忌。不弔不祥，威儀不類。人之云亡，邦國殄瘁。

天之降罔，維其優矣。人之云亡，心之憂矣。天之降罔，維其幾矣。人之云亡，心之悲矣。

觱沸檻泉，維其深矣。心之憂矣，寧自今矣。不自我先，不自我後。藐藐昊天，無不克鞏。無忝皇祖，式救爾後。

〔**瞻卬昊天**〕　山井鼎《考文》：古本"卬"作"仰"。按《説文》："卬，望，欲有所庶及也。"徐灝《箋》："卬，古仰字。"《字彙》："卬，翹首望也。"《説文》："仰，舉也。"桂馥《義證》："仰，即卬之分别文。"是"卬"、"仰"一字也。

〔**蟊賊蟊疾**〕　《釋文》："蛑，本又作蟊。"按：《説文·蟲部》："蟲，蟲食艸根者。……蛑，古文蟊。从虫，从牟。"段注本作"蛑，古文蟲"，並注："艸，當作苗。"《爾雅·釋蟲》："食苗心，螟；食葉，蟘；食節，賊；食根，蟲。"又《説文·蟲部》："蟊，蠿蟊也。""蠿，蠿蟊，作罔蛛蟊也。"段注："此字與《蟲部》'食艸根者'絶異。"按：是知此經文作"蛑"、"蟲"者爲正字，"蟲"亦象形。凡作"蟊"者，雙聲之假借字也，後世經典"蟊"行而"蟲"罕用矣。

〔**女覆奪之**〕　馬瑞辰云："奪者，敚之假借。《説文》：'敚，强取也。''奪，手持隹失之也。'是奪爲脱正字。今經典通假奪爲敚。"

〔**女覆説之**〕　《後漢書·王符傳》引《詩》"女反脱之"，李賢注引《詩》同。《潛夫論·述赦》引《詩》亦同。按:"反"、"覆"雙聲,義亦通,故可假"反"爲"覆"耳。"説",《釋文》"一音他活反"。即"脱"之音也。毛《傳》:"説,赦也。"("赦"有"脱免"、"解脱"義。)《釋文》亦云:"説,一音他活反。"又見《易·蒙卦》初六:"利用刑人,用説桎梏。"孔疏:"利用刑戮于人,又利用説(脱)去罪人桎梏。"《左傳·僖公十五年》:"車説其輹,火焚其旗,不利行師。""説"即"脱"也。《説文》:"挩,解挩也。"段注:"今人多用'脱',古則用'挩'。是則古今字之異也。今'脱'行而'挩'廢矣。"

〔**哲夫成城**〕　《釋文》出作"喆",云:"本亦作哲。"按:《説文》:"哲,知也。从口,折聲。悊,哲或从心。嚞,古文哲,从三吉。"《爾雅·釋言》:"哲,智也。"《玉篇·口部》:"喆,同哲。""喆","嚞"之隸省也。

〔**懿厥哲婦**〕　《漢書·谷永傳》引《詩》"懿厥悊婦"。按:"悊","哲"之或體耳。

〔**婦有長舌**〕　《大戴禮·本命》注引《詩》"婦爲長舌"。"爲",訛字。

〔**維厲之階**〕　《大戴禮·本命》注引《詩》"維"作"惟",《列女·晉獻驪姬傳》引《詩》同。按:維、惟、唯古通用。

〔**亂匪降自天**〕　《漢書·谷永傳》引《詩》"匪降自天",脱"亂"字。

〔**鞫人忮忒**〕　《説文·人部》引《詩》"簐人伎忒",《吕氏讀詩記》引《詩》同。《玉篇·人部》引《詩》"鞫人伎忒",《廣韻·五寘》引《詩》同,云:"伎亦作忮。"按:《説文》:"簐,窮治罪人也。"(段注本"罪",依《廣韻》改爲"辠"。)段氏云:"此(簐)字隸作鞫,經典从之,俗多改爲鞠,大誤。"至"伎"字,《説文·人部》:"伎,與也。"段注:"《舁部》曰:'與者,黨與也。'此伎之本義也。"《廣韻·

紙韻》:"伎,侶也。"朱駿聲云:"伎,叚借爲忮。"《瞻卬》毛《傳》:"忮,害。"是以"伎"、"忮"雙聲而假"伎"爲"忮"耳。

〔**譖始竟背**〕 《釋文》:"譖,本又作僭。"按:《説文》:"譖,愬也。"徐鍇《繫傳》:"譖者,愬也。《論語》'公伯寮愬子路於季孫',誣告之也。意主於害人者也。"《廣雅·釋詁》:"譖,諻也。"《玉篇·言部》:"譖,讒也。"《論語·顔淵》皇侃《義疏》:"譖,讒謗也。"是"譖"者"讒諻"、"讒謗"也。《箋》讀"譖"爲"僭"云:"不信也。"大失《詩》旨矣。

〔**伊胡爲慝**〕 鄭《箋》:"慝,恶也。"宋本《文選·宋玉〈神女賦〉》"澹清静其愔嫕",李注引《韓詩》曰:"嫕,悦也。"或曰:"嫕"爲"慝"之異文。馬瑞辰則云:"按:'豈曰不極'承上'譖始'言之,謂其譖毁人之忮忒豈不中正乎。'伊胡爲慝'則承'竟背'言之,言伊何爲差忒也。《説文》:'忒,叓也。''忕,失常也。'慝即忒之假借,猶《鄘·柏舟》'之矢死靡慝',假慝爲忒也。上既言忒,用本字,故下借慝字,以與上忒字爲韻。此亦阮宫保所云義同字變之類。《箋》訓'爲慝'爲'爲恶',失之。"

〔**婦無公事**〕 《白帖》八引《詩》"婦無功事"。《經義述聞》云:"今案公事,即功事。'休其蠶織'即無功事也。……功、工、公字異而義同。"馬瑞辰云:"公與官同聲。《夏小正》'妾子始蠶,執養宫事',《昏禮》戒女詞曰'夙夜無違宫事',宫事皆蠶宫之事。此詩公事當即宫事之假借,宫事即蠶事也。若如毛、鄭所解,則是'婦有公事,休其蠶織'矣。上言'如賈三倍,君子是識'是不當知而知,下言'婦無公事,休其蠶織',是又當爲而不爲,皆承上'伊胡爲慝',極言其失常之事。"馬説甚圓通,可從。

〔**邦國殄瘁**〕 《漢書·王莽傳》引《詩》"瘁"作"顇"。此詩《傳》云:"殄,盡。瘁,病也。"馬瑞辰云:"按:王觀察曰:'殄、瘁皆病也。《周官·稻人》“夏以水殄草而芟夷之”,鄭注曰:“殄,病也。”《魯語》曰:“鑄名器,藏寶財,國民之殄病是待。”是殄亦病也。’今按王説是也。殄、瘁二字平列,與盡瘁、憔悴之同爲勞病正同。殄、盡以疊韻爲義,盡亦病也。成十二年《左傳》‘争尋常以盡其民’,盡其民即病其民也。”按:《漢書·王莽傳》作“顇”者,以“顦顇”字代“病瘁”字耳。經文“瘁”爲正字。

〔寧自今矣〕　《列女傳·嚴延年母》引《詩》“甯自全矣”。按:《説文》:“寧,願詞也。”“甯,所願也。”段注:“此與《丂部》‘寧’音義皆同,許意‘寧’爲願詞,‘甯’爲所願,略區别耳。”此《列女傳》引作‘甯’,可通用也。然則“全”字非韻,蓋因與“今”字形近致訛耳。

召旻

旻天疾威,天篤降喪。瘨我饑饉,民卒流亡。我居圉卒荒。

天降罪罟,蟊賊内訌,昏椓靡共。潰潰回遹,實靖夷我邦。

臯臯訿訿,曾不知其玷。兢兢業業,孔填不寧,我位孔貶。

如彼歲旱,草不潰茂。如彼棲苴。我相此邦,無不潰止。

維昔之富,不如時。維今之疚,不如兹。彼疏斯粺,胡不自替,職兄斯引。

池之竭矣,不云自頻。泉之竭矣,不云自中。溥斯害矣，職兄斯弘，不烖我躬。

昔先王受命，有如召公，日辟國百里。今也日蹙國百里。於乎哀哉，維今之人，不尚有舊。

〔**我居圉卒荒**〕　《韓詩外傳》八引《詩》“圉”作“御”，云：“四穀不升謂之荒，五穀不升谓之大侵。大侵之禮，君食不兼味，臺榭不飾，道路不除，百官補而不制，鬼神禱而不祠，此大侵之禮也。《詩》曰：‘我居御卒荒。’此之谓也。”王先謙云：“言大荒之年，所居所御，盡爲之變。與毛訓義全異。”按：毛《傳》：“圉，垂也。”鄭《箋》：“荒，虚也。國中至邊境以此故盡空虚。”《説文》：“圉，囹圄，所以拘罪人。从卒，从口。一曰：圉，垂也。”《爾雅》：“圉，垂也。”邢昺疏引孫炎曰：“圉，國之四垂也。”又徐灝曰：“圉有圍守義，引申爲邊垂之偁。”《説文》：“御，使馬也。……馭，古文御。”又《資治通鑑·漢高帝三年》“帳御”，胡三省注：“御，謂服御也。”即指服用之類物件。至“居”字，或爲語詞，如“日居月諸”之“居”，非“居所”、“止居”之義。然《韓詩》以“居”爲所居之宫室，又讀“圉”爲“御”，指服御而言。故《韓詩》之義訓與《毛詩》迥異也。

〔**皋皋訿訿**〕　《爾雅·釋訓》作“皋皋訿訿”，《〈爾雅〉釋文》云“皋皋”樊本作“浩浩”。“皋”與“浩”通，《左傳·定公四年》“皋鼬”，《公羊》作“浩油”。“皋”又通“昊”，《左傳·僖公三十二年》“夏后皋”，《竹書紀年》作“夏后昊”。又通“皡”，《荀子·解蔽篇》注：“皋讀爲皡。”馬瑞辰云：“皋當讀爲諻。《玉篇》：‘諻，相欺也。’重言之則曰諻諻。訿與呰通。《管子·形勢篇》：‘毁呰賢者謂之呰。’《列子·天瑞篇》‘呰呰然’，張諶注：‘毁呰也。’訿又通呰。《説文》：‘呰，苛也。’鄭注《喪服四制》云：‘口毁曰呰。’皋皋、訿訿皆極言小人讒毁人之狀。"

〔**草不潰茂**〕　鄭《箋》:"潰茂之潰當作彙。彙,茂貌。"毛《傳》:"潰,遂也。"胡承珙云:"此及《〈小旻〉傳》皆訓'潰'爲'遂',蓋潰者敗也,遂者成也,以'潰'爲'遂',猶以'亂'爲'治'。又'潰'、'遂'亦疊韻爲訓也。《疏》述《傳》謂草不得申遂盛茂,則'潰茂'正可連文,不必破字爲'彙'。"馬瑞辰云:"今按《〈小旻〉傳》亦曰:'潰,遂也。'潰、遂疊韻字,潰即遂之音近假借,猶遺風通作隧風也。《廣韻》:'遂,達也。'遂者草之暢達,與茂義相成。《箋》以潰爲彙,不若《傳》訓遂爲善。"

〔**如彼棲苴**〕　《五經文字》:"苴,七余反。……又音查。見《詩·大雅》。"釋玄應《一切經音義》引《詩》"如彼棲柤"。毛《傳》:"苴,水中浮草也。"馬瑞辰云:"柤即查字,音槎,亦與槎字通用。……是唐人讀苴亦如槎,故字得通作柤,柤即樝字之省。……查又爲浮木之稱。古聲同者其義亦同,水中浮木謂之查,水中浮草謂之苴,其義一也。"

〔**維今之疚,不如茲**〕　《釋文》:"疚,字或作宊。"按:《爾雅·釋詁》:"疚,病也。"《説文》:"宊,貧病也。"邵瑛《群經正字》:"宊,今經典作疚。"《廣雅·釋詁》:"宊,貧也。"王念孫《疏證》:"《大雅·召旻篇》:'維昔之富,不如時。維今之疚,不如茲。'《釋文》:'疚,字或作宊。'宊與富對言,是宊爲貧也。"

〔**職兄斯引**〕　《正義》本作"職況斯引",山井鼎《考文》:古本同。按:《説文》:"兄,長也。从儿,从口。"段注:"口之言無盡也,故以儿口爲滋長之意。"《集韻·漾韻》:"況,一曰益也。……古作兄。"此詩毛《傳》:"兄,茲也。"《墨子·非攻》"王兄自縱也",孫詒讓《閒詁》:"兄,與況同,益也。"是"兄"爲古"況"字,滋益之義也。

〔**不云自頻**〕　鄭《箋》："頻，當作濱。"《列女傳·趙飛燕娣娣》引《詩》作"濱"。本詩毛《傳》："頻，厓也。"陳奂云："瀕、濱古今字，説詳《采蘋》篇，俗省作頻。"

〔**昔先王受命，有如召公**〕　《唐石經》、小字本、相臺本同。阮校："案此《正義》本也。《序》下《正義》云：'卒章云：有如召公'，是其證也。《〈關雎〉正義》云六字者，'昔者先王受命，有如召公之臣'是也，所引不與此同。……良由撰者既非一人，六朝義疏本有各家，或復存舊，致此歧互耳。《經義雜記》欲依彼《正義》改此文，未爲當也。"按：阮校是也。

〔**有如召公**〕　《後漢書·西域傳》注引《詩》"召"作"邵"。按：《玉篇》："召，音邵。"《集韻》："邵，《説文》：'晉邑也。'或省（作召）。"召、邵同。

周　頌

周　頌

清廟之什

清　廟

於穆清廟，肅雝顯相。濟濟多士，秉文之德。對越在天，駿奔走在廟。不顯不承，無射於人斯。

〔**清廟**〕　《釋文》："廟，本又作庿。"山井鼎《考文》：古本廟作庿。按：《説文》："廟，尊先祖皃也。从广，朝聲。庿，古文。"段注："見《禮經》十七篇。凡十七篇皆作庿。注皆作廟。"

〔**於穆清廟**〕　山井鼎《考文》：古本廟作庿。《儀禮·士虞禮》鄭注、《漢書·劉向傳》各引《詩》作"庿"。

〔**肅雝顯相**〕　《唐石經》"雝"作"雍"。《漢書·劉向傳》注、《揚雄傳》注，《後漢書·班固傳》注，《文選·陸雲〈大將軍讌會被命作詩〉》注各引《詩》作"雍"。按：《説文》："雝，雝鶏也。"段注："雝，經典多用爲雝和、辟雝。隸作雍。"

〔**駿奔走在廟**〕　《禮記·大傳》鄭注引《周頌》"駿"作"逡"。按：《説文》："駿，馬之良材也。"馬良者行必速，故引申之義爲速。《爾雅》："駿，速也。"毛《傳》："駿，長也。"鄭《箋》："駿，大也。"《爾雅》以"速"釋"駿"，"駿奔走"即"速奔走"，猶言黽勉從事也，此義較《傳》、《箋》爲允當。《禮記》鄭注："逡，疾也。"《説文》："迅，疾也。""疾"亦速也。"逡"爲"迅"之借字。

〔**無射於人斯**〕　《禮記·大傳》鄭注引《詩》"射"作"斁"，《文選·左思〈魏都賦〉》注引《毛詩》同。按:《釋文》:"射，音亦。厭也。"《爾雅·釋詁》:"射，厭也。"朱駿聲《通訓定聲》:"射，叚借爲斁。"《〈爾雅〉釋文》:"射，羊石反，字又作斁，同。"此詩句"斁"爲正字。

維天之命

維天之命，於穆不已。於乎不顯，文王之德之純。假以溢我，我其收之。駿惠我文王，曾孫篤之。

〔**於穆不已**〕　《正義》引《詩譜》曰:"子思論《詩》'於穆不已'，仲子曰'於穆不似'。"劉勰《文心雕龍·練字篇》作"於穆不祀"。胡承珙云:"孟仲子曰'天命無極'，'無極'即'不已'之義。其稱《詩》'不似'者，《説文》'㠯'从反巳，'似'从人，㠯聲，故'以'、'已'、'似'三字古通。《廣雅》:'已，似也。'《〈斯干〉箋》云'似'讀如'巳午'之'巳'。皆以字同，故雖異讀而無異義。"郝懿行云:"古讀巳之與祀、似之與以，其音同，其字通，《説文》佀从㠯聲，則以、似同音。"

〔**假以溢我**〕　《説文·言部》引《詩》"誐以溢我"，《廣韻·七歌》引《説文》"誐以謐我"。按:毛《傳》:"假，嘉。溢，慎。"《爾雅·釋詁》:"假，嘉也。"《〈爾雅〉釋文》:"假，音遐。"郝懿行《義疏》:"遐，古讀如胡，音轉爲何。故《詩》'假以溢我'，《左氏·襄廿七年傳》作'何以恤我'。'何'又音轉爲'誐'，《説文》引《詩》'誐以溢我'，云:'誐，嘉善也'，是'誐'與'假'音轉義同。'假'，本讀如'古',轉爲'遐',又轉爲'何'、爲'誐',然則'誐'、'何'亦'遐','遐'亦'假','假'亦'嘉'矣。"陳奐云:"《廣韻》作'誐以謐我','誐'與'嘉'聲通,'誐'者本字,'假'、'何'皆同聲假借字。'謐'者本字,'溢'、'恤'皆同聲假借字。"

維　清

維清緝熙,文王之典。肇禋,迄用有成,維周之禎。

〔**維清緝熙,文王之典**〕　《文選·沈約〈齊故安陸昭王碑文〉》注引《毛詩》"緝熙文王之典",按:《文選》注引文脱"維清"二字。

〔**肇禋**〕　"肇",《釋文》出作"肈"。按:"肈"爲本字,"肇"爲隸變,二字通用。

〔**維周之禎**〕　"禎",小字本、相臺本同。《唐石經》初刻"楨",後改"禎"。阮校:"案《釋文》云:'祺,音其,祥也。《爾雅》同。徐云:本又作禎,音貞。與崔本同。'《正義》云:'定本、《集注》祺字作禎。'考此《傳》云'祺,祥也',《箋》云'乃周家得天下之吉祥',皆用《爾雅》'祺祥'、'祺吉'之文,《釋文》、《正義》二本皆作'祺',是也。其作'禎'字者,非也。《詩經小學》云:'恐是改易取韻,亦見《經義雜記》。'《唐石經》初刻又誤作'楨',乃涉《大雅》耳。"

烈　文

烈文辟公,錫兹祉福。惠我無疆,子孫保之。無封靡于爾邦,維王其崇之。念兹戎功,繼序其皇之。無競維人,四方其訓之。不顯維德,百辟其刑之。於乎前王不忘。

〔**無封靡于爾邦,維王其崇之**〕　《白虎通·誅伐》引《詩》"無"作"毋","維"作"惟"。按:無、毋通用,維、惟亦通用。

〔**不顯維德**〕　《禮記·中庸》引《詩》"維"作"惟",《列女傳·有虞二妃》引《詩》同。按:二字通用。

〔**於乎前王不忘**〕　《禮記·大學》引《詩》"於戲前王不忘"。按:《廣韻》"於",哀都切,平模影,魚部,注云"語辭也"。"於乎",歎辭,"於戲"、"嗚呼"音義並同。《廣韻·模韻》:"戲,古文呼字。"又《支韻》:"戲,於戲,歎辭。"唐顔師古《匡謬正俗》:"烏呼,歎辭也。或嘉其美,或傷其悲,其語備在《詩》、《書》,不可具載。但古文《尚書》悉爲'於戲'字,今文《尚書》悉爲'嗚呼'字,而《詩》皆云'於乎'字。中古以來,文籍皆爲'嗚呼'字。"《禮記·大學》引《詩》作"於戲",孔穎達疏:"於戲,猶言嗚呼矣。"

天　作

天作高山,大王荒之。彼作矣,文王康之。彼徂矣,岐有夷之行,子孫保之。

〔**彼徂矣,岐有夷之行**〕　《韓詩》作"彼徂者",見《後漢書·西南夷傳》朱輔上《疏》曰:"臣聞《詩》云:'彼徂者,岐有夷之行。'《傳》曰:'岐道雖僻,而人不遠。'"李賢注引《韓詩》薛君《傳》曰:"徂,往也。夷,易也。行,道也。"《正義》:"徂,謂新往者。"馬瑞辰云:"是知《箋》、《疏》本皆作'徂者',而以'岐'字屬下句讀,則毛、韓《詩》同也。《説苑》、《韓詩外傳》並引《詩》'岐有夷之行'。"按:

"矣"、"者"皆爲語詞,無實義。

〔**子孫保之**〕　《説苑·君道》引《詩》"子孫其保之"。按:《説苑》所引當是《韓詩》。

昊天有成命

昊天有成命,二后受之。成王不敢康,夙夜基命宥密。於緝熙,單厥心。肆其靖之。

〔**二后受之**〕　《困學紀聞》引《詩》"后"作"侯"。按:"二后"稱文王、武王。"后"、"侯"一聲之轉,故《困學紀聞》引作"侯"。字應以"后"爲是。

〔**夙夜基命宥密**〕　《釋文》:"其,音基,本亦作基,始也。"《禮記·孔子閒居》引《詩》"夙夜其命宥密",鄭注:"《詩》讀'其'爲'基',聲之誤也。基,謀也。"此《齊詩》也。《新書·禮容》引《詩》"夙夜基命宥謐"。按:毛《傳》:"基,始。密,寧也。"《説文》:"宓,安也。"毛訓密爲寧,寧猶安也。密、謐同聲,故又通作謐。《玉篇·土部》引《詩》作"基命宥密",蓋脱"夙夜"二字。

〔**於緝熙,單厥心**〕　宋庠本《國語·周語》引《詩》"緝熙,亶厥心"。按:毛《傳》:"單,厚。"馬瑞辰云:"《爾雅·釋詁》:'亶,信也。''亶,誠也。'又:'亶,厚也。'《説文》:'亶,多穀也。'亶之本義爲多穀,引申爲信厚。《毛詩》作'單'者,雙聲假借字。《説文》:'單,大也。'大與厚義亦相通。"

我　將

我將我享,維羊維牛,維天其右之。儀式刑文王之典,日靖四方。伊嘏文王,既右饗之。我其夙夜,畏天之威,于時保之。

〔**維羊維牛**〕　馬瑞辰云:"臧氏《經義雜記》謂《正義》本原作'維牛維羊',《周官·羊人》疏及《隋書·宇文愷傳》引《詩》並作'維牛維羊',又《正義》釋《序》兩云'維牛維羊',釋經及《箋》'牛羊'字凡六見。阮尚書《校勘記》以臧氏説爲是。然《箋》云'我奉養我享祭之羊牛',《正義》釋經云:'維是肥羊,維是肥牛。'均先羊而後牛。又《詩》以'將'、'享'與下'方'、'王'、'饗'爲韻,而中以'牛'與'右'韻,與《詩》中隔句用韻,其隔句自爲韻者正合,仍从《唐石經》及毛本作'維羊維牛'爲是。"馬説審矣。

〔**維天其右之**〕　《釋文》:"右,本亦作佑。"《正義》本作"佑"。山井鼎《考文》:古本作"祐"。《周禮·羊人》賈疏引《詩》作"祐"。按:《説文》:"右,手口相助也。从又,从口。""右,助也。从口,从又。"段注:"又者,手也。手不足以口助之,故曰助也。今人以左、右爲𠂇、又字,則又製佐佑爲左右字。"《説文》無"佑"字,徐鉉在"右"字下注云:"今俗别作佑。"《玉篇·人部》:"佑,助也。"《廣韻·宥韻》:"佑,佐也。"《説文》:"祐,助也。从示,右聲。"徐灝《箋》:"右、祐古今字。"朱駿聲《通訓定聲》:"據許書,則凡助爲右,神助爲祐,其實即右之變體,加示耳。"釋玄應《一切經音義》引《字林》:"祐者,助也,天之所助也。"是知"右"爲本字,"佑"、"祐"俱爲其變體耳。

〔**儀式刑文王之典**〕　《左傳·昭公六年》引《詩》"儀式刑文王之德",《漢書·刑法志》引《詩》同。按:此詩毛《傳》:"典,常。"《左傳·昭公六年》孔疏引服虔注:"言善用法文王之德,日日謀安四方也。"《漢書·刑法志》顔師古注:"言法象文王之德,以爲儀式,則四方日以安靖也。"服虔用《韓詩》、師古用《齊詩》,引《詩》皆作"文王之德",或古經原有此異文,然則姑從毛作"文王之典"可也。

〔**伊嘏文王,既右饗之**〕　山井鼎《考文》:古本作"既祐享之"。王引之云:"嘏讀《雝》篇'假哉皇考'之假。……《爾雅》曰:'嘏、假,大也。''假哉皇考'、'伊嘏文王',皆贊美之詞。'伊嘏文王'、'思文后稷'、'於皇武王',上一字皆發語詞,猶言有耳。'嘏文王,既佑饗之'言大哉文王,既佑助後王而饗其祭也。"按:王説得其義矣。又按:"右"、"祐"一字,見上文。"享"(亯),獻於上也,"饗",食所獻也。然二字每通用。《篇海類編·食貨類·食部》:"饗,與享同。"本詩,《唐石經校文》云:"《唐石經》作'饗',正字。明監本並同。"

時　邁

時邁其邦,昊天其子之。實右序有周。薄言震之,莫不震疊。懷柔百神,及河喬嶽。允王維后。明昭有周,式序在位。載戢干戈,載櫜弓矢。我求懿德,肆于時夏。允王保之。

〔**實右序有周**〕　山井鼎《考文》:古本"右"作"佑"。參見《周頌·我將》。

〔**薄言震之,莫不震疊**〕　《後漢書·李固傳》引上句作"薄言振之",李賢注引《韓詩》薛君《傳》,《文選》楊雄《甘泉賦》注、張協《七命》注各引薛君《章句》並同。按:"振",古文;"震",今文也。《玉篇·畾部》:"疊,徒協切。重也。《詩》云:'莫不振疊。'疊,懼也。《説文》作疊。"《鹽鐵論》引《詩》"莫不震慴"。按:《説文》:"慴,懼也。……讀若疊。"《爾雅》:"慴,懼也。"郭注:"慴,即慑也。"毛《傳》:"疊,懼。"《正義》:"'疊,懼',《釋詁》文。彼疊作慴,音義同。"殆"慴"、"疊"(疉)音同字通也。

〔懷柔百神〕　《釋文》:"柔,如字。本亦作濡,兩通,俱訓安也。"《正義》曰:"《集注》作濡。"《北堂書鈔》八十八引《毛詩》"懷濡百神"。《宋書·樂志·明堂歌》曰"懷濡上靈"。按:《爾雅·釋詁》:"柔,安也。"《説文解字·木部》"柔"下,段注:"柔之引申爲凡撫安之偁。"《國語·鄭語》"以生柔嘉材者也",韋昭注:"柔,潤也。"《淮南子·説山訓》:"厲利劍者,必以柔砥。"高誘注:"柔,濡。"又《廣雅·釋詁》:"濡,漬也。"《集韻·虞韻》:"濡,沾溼也。"又由"滋潤"引申爲施恩惠,如柳宗元《沛國漢原廟銘》:"區宇懷濡,黔黎輯柔。""懷濡"猶"懷柔"也。"濡"、"柔"雙聲,故可互假也。

〔及河喬嶽〕　《釋文》:"喬,音橋。高也。""嶽,本亦作獄,同。音岳。"《正義》本、《傳》、《箋》皆作岳。毛《傳》:"喬,高也。高岳,岱宗也。"《淮南子·泰族訓》引《詩》"及河嶠獄"。《史記·五帝紀》張守節《正義》引《爾雅》:"山鋭而高曰橋。"《釋名》:"山鋭而高曰喬,形似橋也。"《〈爾雅〉釋文》引《字林》變作"嶠",又通"橋"。《太平御覽》引《史記》作"喬"。按:喬、嶠、橋皆可指稱高岳,今多用喬。岳、獄、嶽一字之或體,今諸書多用岳。

〔載櫜弓矢〕　《鹽鐵論·論菑》引《詩》"載槖弓矢"。按:以"槖"、"櫜"形似,傳寫者訛作"槖"矣。當用"櫜"字。

執　競

執競武王,無競維烈。不顯成康,上帝是皇。自彼成康，奄有四方，斤斤其明。鍾鼓喤喤，磬筦將將，降福穰穰。降福簡簡，威儀反反。既醉既飽，福禄來反。

〔**執競**〕　《周禮・鍾師》注引吕叔玉作"執傹"。《〈周禮〉釋文》："傹，音競，《詩》作競。"《荀子・仲尼篇》："可吹而傹也。"楊倞注："傹者竟。"《爾雅・釋言》："競、逐，彊也。"郝懿行《箋疏》云："（競）又通作傹。《周禮・鍾師》注引吕叔玉云：'《繁遏》，《執競》也。'即執競之異文。"

〔**鍾鼓喤喤**〕　《爾雅・釋訓》作"諻諻"，《〈爾雅〉釋文》："諻諻，又作鍠。《詩》作喤。"《説文》："喤，小兒聲。""鍠，鐘聲也。"引《詩》"鐘鼓鍠鍠"。《漢書・禮樂志》、《風俗通義・聲音》、《初學記》十五各引《詩》同。荀悦《漢紀》引《詩》"鐘鼓煌煌"。郝懿行《義疏》："《正義》引舍人曰：'喤喤，鐘鼓之樂也。'按舍人'喤，當作鍠'。《毛詩》借作喤，《爾雅》别作諻，即喤之或體。《説文》吟或从音作訡，亦喤作諻之例。《釋文》'諻又作鍠'，是'鍠'爲正體。今從宋本作鍠。"按：《毛詩》作"喤"，蓋"鍠"之借字也。

〔**磬筦將將**〕　《釋文》："筦，本亦作管。""將將，《説文》作躄躄。"今本《説文・足部》引《詩》"管磬蹡蹡"。《漢書・禮樂志》、荀悦《漢紀》、《初學記》十五各引《詩》"磬管鏘鏘"。《風俗通義・聲音》引《詩》"磬管鎗鎗"。王氏《詩攷》引《荀子・富國》引《詩》"管磬瑲瑲"，今本《荀子》仍作"磬筦將將"。按：《三蒼》："鎗鎗，金聲也。"凡樂器之聲皆可以"鎗鎗"言之，至于"將將"、"躄躄"、"鏘鏘"、"瑲瑲"，皆其同音通用之象聲詞耳。又《漢書・車千秋傳》注："筦即管字。"馬瑞辰云："《説文》：'鎗，鐘聲也。'通言之則磬管之聲亦曰鎗鎗。……'磬管'古本當作'管磬'。"

〔**降福穰穰**〕　《爾雅·釋訓》作“穰穰”。《〈爾雅〉釋文》：“穰，本今作穰。”《初學記》十五引《漢書》、《潛夫論·巫列》各引《詩》“降福穰穰”。《鹽鐵論》引《詩》“降福瀼瀼”，字亦作“攘”。按：《玉篇·禾部》：“穰，黍穰也。豐也。衆多也。”此詩用“豐”、“衆多”之義。又《説文》：“穰，黍梨已治者。”“秧，禾若秧穰也。”《集韻》：“秧，栽也。一曰秧穰，禾下葉多也。”由禾葉衆多引申爲福禄之多，故毛《傳》云：“穰穰，衆也。”郝懿行《義疏》云：“《正義》引舍人曰：‘穰穰，衆多之貌也。’又云：‘某氏引此詩，明穰穰是福豐之貌也。’按：福之言富，故《祭統》云：‘福者，備也。備者，百順之名也。’是福有衆多之義，與穰義同。”此經文“穰”爲本字。

〔**威儀反反**〕　《潛夫論·巫列》引《詩》“威儀板板”。毛《傳》：“反反，難也。”鄭《箋》：“反反，順習之貌。”馬瑞辰云：“按：《賓之初筵》詩‘威儀反反’，《傳》：‘反反，言重慎也。’此《傳》訓難，即重慎之義。《正義》訓爲重難，是也。曾釗讀難爲行有節度之難，失之。《釋文》引《韓詩》作昄昄，云‘善貌’。此《箋》云‘順習之貌’，即《韓詩》所云‘善貌’也。《箋》義多本《韓詩》，《正義》合《傳》、《箋》爲一，失之。《潛夫論》引作‘威儀板板’，蓋假借字。當以《韓詩》作‘昄昄’爲正字。”

思　文

思文后稷，克配彼天。立我烝民，莫匪爾極。貽我來牟，帝命率育。無此疆爾界，陳常于時夏。

〔**立我烝民**〕　鄭《箋》：“立當作粒。”《閟宫》孔《疏》引作“粒”。《史記·周本紀》引《頌》“烝”作“蒸”。《左傳》、《國語·周語》引《詩》“立我烝民”。陳奂云：“杜預、韋昭注並謂‘后稷能有立民之道'。……《書》'烝民乃粒','粒'者,'立'之假借字,故《史記·夏本紀》作'衆民乃定'也。"按:此《箋》失矣。又,"蒸"、"烝"古通。

〔**貽我來牟**〕《釋文》:"貽,字又作詒。""牟,《字書》作麰,音同,字或作麰。"《説文》引《詩》"詒我來麰"。《白帖》八十一引《詩》同。《漢書·劉向傳》引《周頌》"飴我釐麰"。《孟子·告子》趙注引《詩》"貽我來麰"。《韓詩外傳》引《詩》"貽我嘉麰",《文選·班固〈典引〉》注引《韓詩》同。按:"貽",詒之别體。"飴",詒之假借。"來",或作"秾",《説文》云:"齊謂麥秾也。"毛《傳》:"牟,麥。"今字作麰,又變爲麰。《孟子》注:"麰,大麥也。"《集韻》:"麰、麰,《説文》'來麰,麥也',或作麰。"《説文》:"來,周所受瑞麥來麰,一來二縫,象芒朿之形。"馬瑞辰云:"一麥二夆謂之來,猶一稃二米謂之秠也。……夆之言夆芒也,芒即穗也,二夆即後世所謂雙岐也,故《説文》麥字注云:'从來,有穗者也。'又來與連、麗、兩皆一聲之轉,來之言連也,麗也,謂一麥而二夆,兩兩連出也。牟,大也。麰从牟聲,故爲大麥之稱。其有一麥二夆者則名來麰,其後又以爲麥之通稱。……牟、麥爲雙聲,來、麥爲疊韻,合牟、來則爲麥。……'來麰'《韓詩》作'嘉麰',牟、麰同音,嘉與來聲不相近。王觀察曰:'嘉當爲喜字之誤。來、釐、喜古聲相近,故《毛詩》作來,而《劉向傳》作釐牟,《韓詩》作喜牟。猶僖公之爲釐公,祝禧之爲祝釐。'其説是也。"

〔**無此疆爾界**〕《釋文》出作"介",音界。《唐石經》初刻界,後改介。《金石萃編》作界。《文選·左思〈魏都賦〉》注引《韓詩》薛君《章句》作介。按:嚴可均、馮登府並云:"作介不誤。"盧文弨云:"介,古界字。"

臣工之什

臣　工

嗟嗟臣工,敬爾在公。王釐爾成,來咨來茹。嗟嗟保介,維莫之春,亦又何求,如何新畬。於皇來牟,將受厥明。明昭上帝,迄用康年。命我衆人,庤乃錢鎛,奄觀銍艾。

〔**維莫之春**〕　《釋文》:"莫,音暮,本或作暮。"《文選》張衡《南都賦》注、王融〈三月三日曲水詩序〉》注各引《毛詩》"惟暮之春"。按:《説文》:"莫,日且冥也。从日在茻中。"惠棟《讀説文記》:"當作茻亦聲。莫,今作莫,俗作暮。"後世稱"日且冥"多作"暮",莫故切。而"莫"字則别有義項,訓"定"、"勉"、"淡漠"、"大"、"展布"、"削"、"不"……慕各切。讀音與"暮"小異。

〔**庤乃錢鎛**〕　《周禮·冬官》鄭注引《詩》"偫乃錢鎛"。按:毛《傳》:"庤,具。"馬瑞辰云:"《爾雅·釋詁》:'峙,具也。'峙者,偫之假借。……《説文》:'偫,待也。''儲,偫也。''庤,儲置屋下也。'義皆相近。《繫傳》本無庤字,疑庤亦偫之或體。"

〔**奄觀銍艾**〕　《〈尚書·禹貢〉正義》引《詩》"艾"作"刈"。《群經音辨》引《詩》作"乂"。按:《説文》:"乂,芟艸也。从丿,从乀相交。刈,乂或从刀。"《玉篇·刀部》:"刈,穫也;取也。""刈"(乂)亦爲芟草之具,俗稱鐮。又《廣雅·釋詁》:"刈,斷也。""刈,殺也。""乂"爲本字。

噫嘻

噫嘻成王，既昭假爾。率時農夫，播厥百穀。駿發爾私，終三十里。亦服爾耕，十千維耦。

〔**噫嘻**〕　《釋文》以"意嘻"出之，云："意，本又作噫，同。"戴震曰："噫嘻，猶噫歆，祝神之聲。《儀禮·既夕篇》'聲三'，注：'三有聲，存神也。舊説以爲聲，噫興也。'《士虞篇》注云：'聲者，噫歆也。'《禮記·曾子問篇》注云：'聲，噫歆，警神也。'此詩春夏祈穀於上帝之所歌，故噫嘻於神，而言成是王事，昭假在此，以爲民祈禱。"馬瑞辰云："今按戴説是也。噫、嘻疊韻，嘻、歆雙聲，噫嘻即噫歆之假借。"按：《釋文》出作"意"，蓋"噫"之省借也。

〔**率時農夫**〕　《文選·班固〈東都賦〉》之《靈臺詩》注引《韓詩》"帥時農夫"。潘岳《秋興賦》注引《毛詩》同。按：鄭《箋》："又能率是主田之吏農夫。"則《毛詩》當是"率時農夫"，《文選》注云引《毛詩》作"帥"，疑"毛"字爲"韓"之訛。又，"時"即"是"也。"率時農夫"即"率是農夫"。《爾雅·釋詁》："時，是也。"《書·堯典》："黎民於變時雍。"孔《傳》："時，是。"《秦風·駟驖》："奉時辰牡，辰牡孔碩。"鄭《箋》："時，是。"與此詩同例。

〔**駿發爾私**〕　《釋文》出作"浚"，云："本亦作駿。"《鹽鐵論·取下》引《詩》作"浚"。按：《爾雅·釋詁》："駿，速也。"此詩《箋》云："駿，疾也。""駿發"即疾發、速發也。又唐元稹《競渡》："龍門浚如瀉，淙射不可援。""浚"謂水流疾速，是"浚"可借爲"駿"也。

〔**終三十里**〕　《唐石經》"三十"兩字作"卅"，誤矣。

〔**亦服爾耕**〕　山井鼎《考文》:古本"亦"作"奕"。鄭《箋》:"亦,大。"《説文》:"奕,大也。从大,亦聲。《詩》曰:'奕奕梁山。'"《隸釋·帝堯碑》"奕孔禎純",洪适注曰:"奕爲亦。"此又"奕"、"亦"互通之例也。

振　鷺

振鷺于飛,于彼西雝。我客戾止,亦有斯容。在彼無惡,在此無斁。庶幾夙夜,以永終譽。

〔**振鷺于飛**〕　《文選·左思〈蜀都賦〉》注引《毛詩》"振"作"鷲"。按:毛《傳》、《正義》皆作"振",後人誤加"鳥"耳。

〔**于彼西雝**〕　《唐石經》"雝"作"雍"。《文選·任昉〈薦士表〉》引《詩》作"雍"。《太平御覽》三百八十九、五百二十四各引《詩》同。按:《説文》:"雝,雝鶏也。"段注:"雝,經多用爲雝和、辟雝。隸作雍。"

〔**在彼無惡,在此無斁**〕　《後漢書·曹大家〈女誡〉》引《詩》"在此無惡,在彼無射"。按:"彼"、"此"字誤倒。又《禮記·中庸》引《詩》"在此無射"。《説文》:"斁,解也。从攴,睪聲。《詩》云:'服之無斁。'斁,厭也。一曰終也。"《魯頌·泮水》:"徒御無斁。"鄭《箋》:"徒行者、御車者,皆敬其事,又無厭倦也。"《爾雅·釋詁》:"射,厭也。"朱駿聲《通訓定聲》:"射,叚借爲斁。"互見《周頌·清廟》。

〔**以永終譽**〕　《後漢書·崔駰傳》引《詩》"以永衆譽",《中庸》釋此詩曰:"君子未有不如此蚤有譽於天下者也。""有譽於天下"猶言"衆譽"。"終"、"衆"雙聲,可通用。此詩"衆"爲正字,毛借“終”作“衆”,“終譽”即“衆譽”也。

豐　年

豐年多黍多稌。亦有高廩,萬億及秭。爲酒爲醴,烝畀祖妣,以洽百禮。降福孔皆。

〔**豐年多黍多稌**〕　《文選·張衡〈東京賦〉》注引《詩》“豐年多稌”。按:《文選》注所引《詩》奪“多黍”二字。

〔**萬億及秭**〕　毛《傳》:“數萬至萬曰億,數億至億曰秭。”小字本、相臺本同。阮校:“《正義》云:‘數億至億曰秭,于今數爲然。定本、《集注》皆云:數億至萬曰秭。’《釋文》云:‘數億至萬曰秭,一本作數億至億曰秭。’考《伐檀》、《楚茨》傳‘億’字毛用今數,則此《傳》自亦是今數。當以《正義》本爲長。”阮校是也。

〔**烝畀祖妣**〕　《韓詩外傳》引《詩》“烝”作“蒸”。按:“烝”、“蒸”古通用。《文選·班固〈西都賦〉》注引《詩》“妣”作“比”。按:《説文》:“妣,殁母也。从女,比聲。𡚾,籀文,妣省。”經典或又省作“比”。正字爲“妣”。

〔**以洽百禮**〕　《釋文》出作“袷”,云:“本或作洽。”阮校:“案《〈載芟〉正義》云:‘《賓之初筵》與《豐年》皆有以洽百禮之文。’是《正義》本此作‘洽’,與彼二經同也。彼二經、《箋》皆云‘洽,合也’,此無《箋》者,從可知而省。‘袷’雖有合義而其字非此之用,當以《正義》本爲長。”

〔**降福孔皆**〕　《左傳·襄公二年》引《詩》“皆”作“偕”,《説苑·貴德》、《太平御覽》三十九引《詩》同。毛《傳》:“皆,徧也。”按:《説文》:“皆,俱詞也。”“偕,俱也。”二字均有徧義。《墨子·明鬼》孫詒讓《閒詁》云:"偕與皆通。"

有　瞽

有瞽有瞽,在周之庭。設業設虡,崇牙樹羽。應田縣鼓,鞉磬柷圉。既備乃奏,簫管備舉。喤喤厥聲,肅雝和鳴,先祖是聽。我客戾止,永觀厥成。

〔有**瞽**〕　《釋文》:"瞽,本或作鼓。"《説文》:"瞽,目但有眹也。从目,鼓聲。"《釋名》:"瞽,鼓也。瞑瞑然目平和如鼓皮也。"按:"瞽"或作"鼓"者,二字音同,借鼓爲瞽耳。

〔應**田縣**鼓〕　鄭《箋》:"田當作棟。"《爾雅·釋樂》注及《釋文》、《廣雅》、《宋書·樂志》、《埤雅》各引《詩》"應棟懸鼓"。《周禮·大師職》注引《周頌》"應朄懸鼓",《禮記·明堂位》注引《周頌》、《説文繫傳》引《詩》同。馬瑞辰云:"田从《箋》作棟,是也。《周禮》、《爾雅》注、《宋書·樂志》並引《詩》'應棟縣鼓',《三家詩》當有作棟者,故《箋》據以爲説耳。棟,《説文》作朄,云:'擊小鼓引樂聲也。从申,柬聲。'今按《周禮·大師》鄭衆注:'棟,小鼓也。小鼓爲大鼓先引,故曰棟。棟讀爲道引之引。'《説文》:'㧈,引也。'申、引字同部,則棟應从申聲。《説文》作柬聲,誤也。棟从申聲,與田字亦同部通用,棟借作田,猶陳轉作田也。故《箋》云'聲轉字誤,變而爲田'。……陳用之《禮書》曰:'《儀禮》朔鼙即棟鼓也。以其引鼓,故曰棟;以其始鼓,故曰朔。是以《儀禮》有朔無棟,《周禮》有棟無朔。'今按陳説是也。"

〔**鞉磬柷**圉〕　《釋文》:"鞉,字亦作鼗。"《爾雅·釋樂》疏引《詩》"鼗磬柷圉"。漢《孟郁修堯廟碑》作"鞉磬祝圉"。按:《説文》："鞀，鞀遼也。从革，召聲。鞉，鞀或从兆；鼗，鞀或从鼓，从兆；磬，籀文鞀，从殸、召。"《集韻》："鞀，鼓名。……亦書作鼗。"《説文》："柷，樂，木空也。所以止音爲節。从木，祝省聲。"或借"祝"爲"柷"。《説文》："敔，禁也。一曰：樂器，椌楬也，形如木虎。从攴，吾聲。"或借"圉"爲"敔"。是經文以"柷敔"爲正字也。

〔**肅雝和鳴**〕　《唐石經》、山井鼎《考文》古本"雝"作"雍"。《禮記·樂記》、《史記·樂書》、《藝文類聚》四十四各引《詩》同。《爾雅·釋言》郭注引《詩》作"噰"。按：古"雝"、"雍"、"噰"多通用。

潛

猗與漆沮，潛有多魚。有鱣有鮪，鰷鱨鰋鯉。以享以祀，以介景福。

〔**潛**〕　《傳》："潛，糝也。"《釋文》："潛，在廉反，糝也。《爾雅》作涔。郭音潛，又音岑。《韓詩》云：'涔，魚池。'""糝，素感反，舊《詩傳》及《爾雅》本並作米傍參。《小爾雅》：'魚之所息謂之橬。'橬，槮也，謂積柴水中，令魚依之止息，因而取之也，郭景純因改《爾雅》从《小爾雅》作木傍參。……《字林》作罧，音山沁反，義同。"馬瑞辰云："按：潛與涔古音同通用。《書》'沱、潛既道'，《史記》作沱涔；《春秋·隱二年》'公會戎于潛'，《公羊傳》作岑；《山海經·西山經》'大時之山，涔水出焉'，郭音潛；是其證也。故《毛詩》作潛，《韓詩》則作涔。《文選·長笛賦》李注引《韓詩》薛君《章句》曰：'涔，魚池。'與《爾雅》'槮謂之涔'合，涔即潛也。《説文》：'涔，漬也。'漬與積義近。《廣雅》：'涔，栫也。'《説文》：'栫，以柴木雝水也。'正與涔爲積柴水中合，故郭璞《江賦》曰：'栫澱爲涔。'當以《韓詩》作涔爲正字，潛與槮皆同音假借字也。……槮、椮二字各有本義，皆當爲罧字之假借。《説文》：'罧，積柴水中以聚魚也。'"

〔**猗與漆沮**〕　《初學記》十三引《詩》"與"作"歟"。按："與"爲初文，"歟"乃後起字。

〔**鰷鱨鰋鯉**〕　《白帖》六十六引《詩》"鰷鱨魦鰋"。按：《白帖》所引有誤。

雝

有來雝雝，至止肅肅。相維辟公，天子穆穆。於薦廣牡，相予肆祀。假哉皇考，綏予孝子。宣哲維人，文武維后。燕及皇天，克昌厥後。綏我眉壽，介以繁祉。既右烈考，亦右文母。

〔**有來雝雝**〕　《唐石經》作"有來雍雍"，山井鼎《考文》古本同。《漢書·劉向傳》《韋元成傳》、《後漢書·章帝紀》各注，《文選》陸雲《大將軍讌會被命作詩》注、盧諶《贈劉琨詩》注，《太平御覽》五百二十八各引《詩》亦同。按：古"雝"、"雍"每通用。互見《有瞽》。

〔**綏予孝子**〕　《吕氏家塾讀詩記》引《詩》"綏予小子"。按：臧庸云："此蓋因'閔予小子'致誤。"

〔**宣哲維人**〕　"哲"，《釋文》出作"悊"。按："悊"爲"哲"之或體。

〔**既右烈考，亦右文母**〕　山井鼎《考文》：古本兩"右"字皆作“佐”。《後漢書·皇后紀》注、《何敞傳》注各引《詩》“既有烈考，亦有文母”。馬瑞辰云：“《周禮·大祝》‘以享右祭祀’，鄭注：‘右讀爲侑。侑勸尸食而拜。’此詩右亦當讀爲侑勸之侑，《箋》讀右爲佑，非也。朱子《集傳》既引《周禮》‘享右祭祀’，又以右爲尊，似亦未確。此詩禘大祖爲文王，不得以烈考爲武王。且詩以烈考與文母對舉，文母爲大姒，則烈考爲文王無疑。朱子《集傳》謂烈考猶皇考，是也。”按：“佐”與“左”通用。

載見

載見辟王，曰求厥章。龍旂陽陽，和鈴央央，鞗革有鶬，休有烈光。率見昭考，以孝以享，以介眉壽。永言保之，思皇多祜。烈文辟公，綏以多福，俾緝熙于純嘏。

〔**載見彼王**〕　《墨子·尚同》引《詩》作“載來見彼王”。按：《墨子》所引殆爲古本，待考。

〔**和鈴央央**〕　《文選·張衡〈東京賦〉》注引《毛詩》“和鈴鉠鉠”。薛綜注：“鉠鉠，小聲。”釋玄應《一切經音義》引《詩》“和鳴央央”。按：《玉篇》、《廣韻》並曰：“鉠，鈴聲。”《傳》：“和在軾前，鈴在旂上。”《説文》：“鈴，令丁也。”“央央”以象和鈴之聲，作“鉠鉠”者乃本《三家詩》，“央”、“鉠”音義同。引《詩》作“和鳴”者，“鳴”爲訛字也。

〔**鞗革有鶬**〕　《釋文》：“鶬，本亦作鎗。”《正義》本作“鎗”。《説文·玉部》引《詩》：“肇革有瑲。”按：王筠《句讀》曰：“《説文·革部》無肇，似當作鋚。”又曰：“瑲是正字，或許氏所據《毛詩》固然，其他皆假借字。”

〔**俾緝熙于純嘏**〕　《釋文》:"卑,必爾反。本又作俾。"按:"俾"爲本詩正字,"卑"爲假借字。

有　客

有客有客,亦白其馬。有萋有且,敦琢其旅。有客宿宿,有客信信。言授之縶,以縶其馬。薄言追之,左右綏之。既有淫威,降福孔夷。

〔**敦琢其旅**〕　《正義》:"《釋器》云'玉謂之雕',又云'玉謂之琢',是雕、琢皆治玉之名。敦、雕古今字。"馬瑞辰云:"敦與彫雙聲,敦即彫字之假借,字亦作雕。據《説文》'琱,治玉也',彫及雕又皆琱字之假借。旅、吕亦雙聲,《漢志》:'吕,旅也。'又通作侣,《廣雅·釋獸》'麔不旅行',《玉篇》引《草木疏》作'麟不侣行'。'敦琢其旅'猶云'琱琢其侣'也。"

武

於皇武王,無競維烈。允文文王,克開厥後。嗣武受之,勝殷遏劉,耆定爾功。

〔**無競維烈**〕　《左傳·宣公十一年》引《詩》"維"作"惟"。按:二字古通。

〔**耆定爾功**〕　《風俗通義·皇霸》引《詩》"耆定武功"。按:此用《魯詩》文。毛《傳》:"耆,致也。"《箋》則云:"耆,老也。"鄭氏以魯義易"毛"也。馬瑞辰云:"按:《説文》:'底,柔石也。'其引伸之義爲致。耆者,底之假借,故《傳》訓爲致。《爾雅·釋言》:'底,致也。’郭注‘見《詩傳》’者,即指此詩毛《傳》也。”

閔予小子之什

閔予小子

閔予小子,遭家不造,嬛嬛在疚。於乎皇考,永世克孝。念兹皇祖,陟降庭止。維予小子,夙夜敬止。於乎皇王,繼序思不忘。

〔**閔予小子**〕　蔡邕《胡公夫人哀讚》作“愍小子”。按:《説文》:“閔,弔者在門也。从門,文聲。𢡆,古文閔。”段注:“閔,引申爲凡痛惜之辭,俗作憫。”《玉篇·門部》:“閔,傷痛爲閔。”又《説文》:“愍,痛也。从心,敃聲。”《廣雅·釋詁》:“愍,憂也。”《玉篇·心部》:“愍,悲也。”《廣韻·軫韻》:“愍,憐也。”《字彙·心部》:“愍,恤也。”“閔”、“愍”同音,義亦相近,可互假。另蔡氏《讚》引《詩》節“予”字。

〔**嬛嬛在疚**〕　毛《傳》:“疚,病也。”鄭《箋》:“嬛嬛然孤特,在憂病之中。”《釋文》:“嬛,崔本作煢。”“疚,本又作宊。”山井鼎《考文》:古本作“煢”。《説文·宀部》:“宊,貧病也。从宀,久聲。《詩》曰:‘煢煢在宊。’”段注:“《周頌》文,今《詩》作‘嬛嬛在疚’。……毛釋以病者,謂宊爲疚之假借也。”《後漢書·和帝紀》引《詩》“煢煢在疚”。李賢注:“煢或作嬛。”《左傳·哀公十六年》引《詩》“煢煢余在疚”。《周禮·太祝》鄭注引《詩》“嬛嬛余在疚”,《説文》“嬛”下引《春秋傳》曰“嬛嬛在疚”。段注:“按《宀部》引

《詩》'煢煢在宂',此引《傳》'嬛嬛在疚',正與今《詩》、《春秋》'煢'、'嬛'字互易。《魏風》又作'睘睘',《傳》曰'無所依也'。蓋依韻當用熒聲之'煢',而或用'嬛'、'睘'者,合音通用。"《玉篇》:"嬛,孤特也。"《集韻·清韻》:"嬛,獨也。……通作煢。"馬瑞辰云:"據《説文》:'煢,回疾也。从卂,營省聲。'段玉裁曰:'煢,引申爲煢獨,取裵回無所依之意。'《集韻》曰:'煢,或作傑。'《方言》:'傑,特也。楚曰傑。'《小爾雅》曰:'寡夫曰煢。'《楚詞》王逸注:'煢,孤也。'是訓孤特者,字以作煢爲正。古从營、从睘之字以音近通用。《毛詩》假嬛爲煢,猶《詩》'子之還兮',《漢書》引作營;《杕杜》詩'獨行睘睘',《釋文》'睘本又作煢';《説文》'自營爲厶',《韓非子》作'自環'也。"

〔**念兹皇祖,陟降庭止**〕　《漢書·匡衡傳》引《詩》"念我皇祖,陟降廷止"。按:此蓋本《齊詩》。《蒼頡篇》:"廷,直也。"毛《傳》:"庭,直也。""廷"、"庭"同音同義,故假"庭"爲"廷"。"兹"、"我"亦相通。

訪　落

訪予落止,率時昭考。於乎悠哉,朕未有艾。將予就之,繼猶判涣。維予小子,未堪家多難,紹庭上下,陟降厥家。休矣皇考,以保明其身。

〔**休矣皇考**〕　山井鼎《考文》:古本"休"作"烋"。按:《爾雅·釋詁》:"休,美也。"《廣韻·尤韻》:"休,美也,善也。"《玉篇·火部》:"烋,美也;福禄也;慶善也。"郝懿行《爾雅義疏》:"烋與休同。"此詩《箋》云:"美矣,我君考武王。"

敬之

敬之敬之,天維顯思,命不易哉。無曰高高在上,陟降厥士,日監在兹。維予小子,不聰敬止。日就月將,學有緝熙于光明。佛時仔肩,示我顯德行。

〔**佛時仔肩**〕　《韓詩外傳》引《詩》"弗時仔肩"。宋本《説苑·君道》引《詩》"弗時孜肩"。毛《傳》:"佛,大也。仔肩,克也。"鄭《箋》:"佛,輔也。……仔肩,任也。"馬瑞辰云:"按:《説文》:'奔,大也。从大,弗聲。'《玉篇》作奊。《廣雅》:'奊,大也。'《傳》以佛爲奔字之假借,故訓爲大。《爾雅·釋詁》:'廢,大也。'廢亦奔之同音假借。……至《箋》訓佛爲輔者,蓋以佛爲弼之假借。《説文》弼作弻,注云:'輔也。字或作弜。'《玉篇》:'弜,古弼字。'其音均與佛近,故弼可借作佛也。古弼字又通作拂,《管子·四稱篇》:'近君爲拂,遠君爲輔。'《賈子·保傅篇》:'拂者,拂天子之過者也。'《輔相篇》:'大拂之任也。'《廣雅》:'拂,輔也。'並借拂爲弼,猶此《箋》假佛爲弼也。以經文求之,从《箋》讀'弼'爲長。《韓詩》作弗,亦省借字。至'仔肩'《傳》訓克,《箋》訓任,其義相承。《爾雅·釋詁》:'肩,克也。'《説文》:'仔,克也。'二字同義。克,勝也,勝亦任也。"馬説允矣。

〔**示我顯德行**〕　《新書·禮容》引《詩》"示"作"視"。《莊子·徐無鬼》"中之質若視日",《釋文》作"示",云:"示,音示。司馬(彪)本作'視'。云:視日,瞻遠也。"朱駿聲《通訓定聲》:"示,叚借爲視。"是二字音同字通也。

小　毖

予其懲而毖後患，莫予荓蜂，自求辛螫。肇允彼桃蟲，拚飛維鳥。未堪家多難，予又集于蓼。

〔**予其懲而毖後患**〕　《釋文》以"懲而"作音，《正義》亦讀"而"絶句，山井鼎《考文》：古本同。《唐石經》"毖"下旁添"彼"字。段玉裁《詩經小學》云："《疏》於'而'字絶句，各本皆云《小毖》一章八句。"胡承珙曰："《釋文》亦以'懲而'作音，是陸、孔章句正同。《唐石經》於'毖'下旁添'彼'字，或當時別有本作'毖彼後患'，鄭覃等因據以旁注，未必祇緣《正義》有'慎彼在後'文，遂臆增經字也。"按：鄭《箋》："懲，艾也。……曰我其創艾於往時矣，畏慎後復有禍難。"據《箋》意，疑經文上句脱一"前"字，或上句之"而"乃"前"字形近致訛。

〔**莫予荓蜂**〕　《釋文》："荓，《爾雅》作甹。""蜂，本又作蠭。"今《爾雅·釋訓》作甹夆。《潛夫論·慎微》引《詩》"莫與併蠭"。鈕匪石《日記》述顧千里《潛夫論》校本作"莫與併蠭"。《北堂書鈔》三十二引《詩》"莫予荓夆"。毛《傳》："荓蜂，摩曳也。"馬瑞辰云："按：《説文》：'甹，使也。''夆，使也。'合言之則曰甹夆，雙聲字也。《爾雅·釋訓》：'甹夆，掣曳也。'及《詩》作荓蜂，皆爲甹夆之假借。《爾雅》訓掣曳而《説文》言使者，掣曳即使之也。《爾雅》'拼，使也。''拼，從也。'《大雅》'荓云不逮'，《傳》：'荓，使也。'胡承珙曰：'《頌》之荓蜂與《大雅》之荓同義。瘳曳者，謂牽引而使之也。'瘳、掣音義同，毛《傳》摩即瘳之省，《説文》：'引而縱曰瘳。'又通作摯，摯亦掣字，《玉篇》摯、掣並與瘳同是也。掣通作瘳，猶

《易·睽》九三'其牛掣',《釋文》引鄭本作犎,《説文》作㸷也。《箋》云'小人無敢我摩曳',《釋文》引孫炎曰'謂相掣曳入於惡也',是謂荓蜂爲牽引之爲不善。《正義》引孫毓云'羣臣無肯牽引扶助我',則謂荓蜂爲引而之善。今按荓蜂之義止爲摩曳,故善惡皆通。然从孫毓説謂羣臣莫予牽扶助,正與《序》言'嗣王求助'義合,則較勝《箋》義矣。"

〔**自求辛螫**〕　《釋文》:"辛螫,《韓詩》作辛赦。赦,事也。"《唐石經》初刻螫,後磨改螫。《五經文字》作螫。《説文》:"赦,置也。从攴,赤聲。赦,赦或从亦。"馬瑞辰云:"按:赦,《説文》訓置,不得訓事,赦即螫字省其半耳。訓事者,蓋以螫爲敕之同音假借。《爾雅·釋詁》:'敕,勞也。''事,勤也。'勤、勞同義,故敕可訓勞,即可訓事。《説文》:'敕,誠也。一曰,臿地曰敕。'按:臿地即'春有以傳耕'之傳,亦通作事,則辛螫猶言辛勤、辛苦耳。《毛詩》作螫者,同音假借字也。《箋》遂訓爲毒螫,失之。""赦"、"螫"爲"赦"、"螫"之或體。

〔**拚飛維鳥**〕　《文選》陸機《贈馮文羆遷斥邱令》注、劉琨《答盧諶詩》注、謝瞻《於安城答靈運詩》注各引《毛詩》"翻飛惟鳥"。按:《集韻·元韻》:"翻,《博雅》:'翻翻,飛也。'……亦作拚。"是"翻"爲正字,"拚"爲其借字也。"惟"、"維"通用。

〔**予又集于蓼**〕　《文選·傅咸〈贈何劭王濟〉》注引《毛詩》"予"作"余"。按:"予"、"余"音同字通。

載　芟

載芟載柞,其耕澤澤。千耦其耘,徂隰徂畛。侯主侯伯,侯亞侯旅,侯彊侯以。有噴其饁,思媚其婦,有依其士。

有略其耜，俶載南畝。播厥百穀，實函斯活。驛驛其達，有厭其傑。厭厭其苗，緜緜其麃。載穫濟濟，有實其積，萬億及秭。爲酒爲醴，烝畀祖妣，以洽百禮。有飶其香，邦家之光。有椒其馨，胡考之寧。匪且有且，匪今斯今，振古如兹。

〔**其耕澤澤**〕　《釋文》："澤澤，音釋釋。注同。《爾雅》作郝，音同，云：耕也。郭云：'言土解也。'"鄭《箋》："土氣烝達而和，耕之則澤澤然解散。"馬瑞辰云："按：《夏小正》正月：'農及雪澤，言雪澤之無高下也。'《管子》：'正月令農始作服于公田，農耕及雪釋。'澤、釋古通用，雪釋即此詩澤澤也。……《正義》引：'《爾雅》："釋釋，耕也。"舍人云："釋釋猶霍霍，解散之意。"'是郭本《爾雅》作郝郝，舍人本作釋釋。古音澤、釋皆讀如度，故郝、霍皆通用，即皆釋釋之假借。《小爾雅》：'釋，解也。'《箋》云'澤澤然解散'，正讀澤澤爲釋釋耳。"

〔**千耦其耘**〕　《釋文》出作"芸"，云："本又作耘。"按："芸"通"耘"。另見《論語·微子》："植其杖而芸。"《漢石經》芸作耘。阮校："耘爲本字，芸乃假借字。"與此同例。

〔**侯彊侯以**〕　《唐石經》作"矦彊矦以"。按："侯"爲正字，"矦"乃俗體。

〔**有略其耜**〕　《釋文》："略，如字。利也。《字書》作畧，同。"《〈爾雅·釋詁〉釋文》："畧，《詩》本作畧。"《唐石經》作"畧"。按：毛《傳》："略，利也。"《爾雅·釋詁》："畧，利也。"《説文》："㓷，刀劒刃也。……畧，籀文㓷。"張揖《古今字詁》："略，古作畧。"陳奂云："略讀爲畧，假借字也。……《玉篇》：'畧，今作略。'㓷、覃、畧、略，並聲同通用。"

〔俶載南畝〕　鄭《箋》:"俶載當作熾菑。"按:《爾雅·釋地》:"田一歲曰菑。"郭注:"今江東呼初耕地反草爲菑。"郝懿行云:"菑者,《説文》云:'反耕田也。'引《易》曰:'不菑畬。'《〈詩·采芑〉正義》云:'菑者,災也。'引孫炎曰:'菑,始災殺其草木也。'《〈易·无妄〉釋文》引董遇云:'菑,反草也。'蓋田久蕪萊,必須利耜熾菑發其冒橛,拔彼陳根,故云反草。《詩》'俶載南畝',《箋》讀'俶載'爲'熾菑',是其義也。……《釋文》:'菑,孫音災。'"

〔驛驛其達〕　《釋文》:"驛驛,《爾雅》作繹繹。"《文選·楊雄〈甘泉賦〉》注引《韓詩章句》作繹繹。按:《爾雅·釋訓》:"繹繹,生也。"薛云:"繹繹,盛貌。"《爾雅》郭注:"言種調。"邢昺曰:"舍人云:'穀皆生之貌。'《載芟》云:'繹驛其達。'毛《傳》云:'達,射也。'鄭《箋》云:'達,出地也。'是言其種調匀,皆出地而生也。繹與驛音義同。"蓋借"驛"爲"繹"耳。

〔緜緜其麃〕　《釋文》:"緜緜,《韓詩》作民民。"宋本《爾雅》"麃"作"穮"。《〈爾雅〉釋文》:"麃,《字書》作穮。"按:《爾雅·釋訓》:"緜緜,穮也。"《毛詩》作"麃"爲借字,"穮"爲正字。"民"與"緜"雙聲通用。

〔有飶其香〕　《釋文》:"飶,字又作苾。"《白帖》六十一、六十八各引《詩》"有飶其香"。按:《説文》:"飶,食之香也。从食,必聲。《詩》曰:'有飶其香。'""苾,馨香也。""飶"、"苾"音義並同。故《白帖》引作"苾"。

〔有椒其馨〕　毛《傳》:"椒,猶飶也。"《釋文》:"椒,沈作俶,尺叔反,云:作椒者誤也。"阮元曰:"'椒'乃'馥'之誤。"王先謙云:"《隸釋》八《冀州從事張表碑》、《隸續》十一《膠東令王君廟門斷碑》並引作'有馥其馨',是漢之經文作'馥'明矣。《晉左貴嬪納楊后贊》曰'有馥其馨',見《藝文類聚》十五。傅咸《答潘尼詩》曰'有馥其馨'，見《藝文類聚》三十一，是晉猶作'馥'矣。沈重作'俶，尺叔反'，('馥'字切音，《廣韻》、《集韻》皆以'房'爲雙聲，'尺'字疑'房'之訛。)且以作'椒'爲誤，此不知唐以前何時寫者損滅'馥'字，又損'房'爲'尺'，又誤'叔'爲'俶'，又由'叔'形與'椒'近而誤爲'椒'。陸氏《釋文》云'無故改爲俶'，而不知'俶'乃'馥'切音字之誤冒也。《傳》:'椒，猶飶也。'當作'馥，猶飶也'。此蒙上'有飶其香'而言，'飶香'與'馥香'同，若是'握椒'、'椒樧'之椒，《傳》、《箋》皆不容無解'椒'之詞，而'椒猶飶也'，爲不詞矣。此經文明是'馥'字之本證，然非漢、晉四證，則此字無由臆造，永不知其誤而又誤矣。程氏恩澤曰:《詩》'苾芬孝祀'，《文選》注、《衆經音義》並引《韓詩》作'馥芬孝祀'。'馥'字形聲不謬于六書，可補《説文》之遺。"按:王氏參校異同，循名責實，以探求經義，可謂得其是矣。

良耜

畟畟良耜，俶載南畝。播厥百穀，實函斯活。或來瞻女，載筐及筥，其饟伊黍。其笠伊糾，其鎛斯趙，以薅荼蓼。荼蓼朽止，黍稷茂止。穫之挃挃，積之栗栗。其崇如墉，其比如櫛。以開百室。百室盈止，婦子寧止。殺時犉牡，有捄其角。以似以續，續古之人。

〔**畟畟良耜**〕　《爾雅·釋訓》:"畟畟，耜也。"郭注:"言嚴利。"《〈爾雅〉釋文》:"畟，字或作稷。"《太玄經》引《詩》"稷稷良耜"。按:郝懿行云:"畟者，《説文》云:'治稼畟畟進也。'《〈詩·良耜〉傳》:'畟畟猶測測也。'《箋》云:'測測以利善之耜。'《正義》引舍人曰:'畟畟,耜入地之貌。'……按:稷从畟聲,稷有疾義,與利亦近。"馬瑞辰云:"𥞊字始見《廣韻》,當即稷稷之變體。古畟、稷、㕎三字通用,其音並讀如側。……胡承珙曰:'《爾雅》:"深,測也。"《説文》:"測,深所至也。"畟畟、測測皆狀農人深耕之貌。'今按《淮南子·原道篇》注:'度深曰測。'則以耜入地之深亦得曰測。"以上諸論各言其理,然以胡氏、馬氏之説最爲精當。

〔**其饟伊黍**〕　《禮記·郊特牲》注引《詩》"其餉伊黍"。按:《説文》:"饟,周人謂餉曰饟。从食,襄聲。""餉,饟也。"段注本作"饋",云:"各本作饟,今依《韻會》本。"《爾雅·釋詁》:"饁、饟,饋也。"釋玄應《一切經音義》引《説文》"餉,饋也",云:"與饟同。"《漢書·食貨志》、《後漢書·章帝紀》注並云"饟,古餉字"。

〔**其鎛斯趙**〕　《周禮·考工記》鄭注引《詩》"其鎛斯掤",《集韻·三十小》引《詩》同,云:"掤,或作𧼯,通作趙。"毛《傳》:"趙,刺也。"按:《説文》(段注本):"趙,趍趙也。""趍,趍趙。夊也。"段注:"夊,行遲曳夊夊也。楚危切。各本皆譌久,《玉篇》、《廣韻》不誤。'趍趙'雙聲字,與峙䠧、篙箸、蹢躅字皆爲雙聲轉語。""掤"與"𧼯",《集韻》並云:"刺也。""𧼯"又通"趙",故毛《傳》訓爲"刺",用假借義也。

〔**以薅荼蓼**〕　《釋文》引《説文》引《詩》"以茠荼蓼",今《説文》引《詩》"既茠荼蓼"。《爾雅·釋草》郭注引《詩》"以茠蒤蓼",《正義》引《爾雅》舍人注仍作"荼蓼"。按:"荼"爲正字,"蒤"爲借字。"茠"爲"薅"之或體。又陳瑑云:"'既'之義爲已,《禹貢》'沱潛既道,荆岐既旅',《夏本紀》俱作已。已又與以通,《論語》'毋吾以也',鄭本作巳,是既、以互相出入也。"蓋"以"即"巳"也,"巳"即"既"也,俱爲已然之詞耳。

〔**積之栗栗**〕　《説文·禾部》:"稽,積禾也。从禾,資聲。

《詩》曰：'穦之秩秩。'""秩，積也。从禾，失聲。《詩》曰：'穦之秩秩。'"《廣雅》："穦，積也。"段注："穦、積雙聲。"二字以雙爲義，通用。另毛《傳》："栗栗，衆多也。"《説文》："秩，積貌。""衆多"即"積貌"，字義相通。"栗"與"秩"古音同部，亦通用。

〔**殺時犉牡**〕　《釋文》出作犉，云："本亦作犉。"按："犉"，古文；"犉"，今文。

〔**有捄其角**〕　鄭《箋》："捄，角貌。"按：《説文》："觓，角貌。从角，丩聲。"《集韻》："觓，角曲貌。"《玉篇》："觩，同觓。"《小雅·桑扈》"兕觥其觩"，朱熹《集傳》："觩，角上曲貌。"胡承珙曰："捄當作觩。"又《説文》："捄，盛土於梩中也。"是"觓"、"觩"一字，"捄"則爲"觓"之假借字也，正字爲"觓"。

絲　衣

絲衣其紑，載弁俅俅。自堂徂基，自羊徂牛。鼐鼎及鼒，兕觥其觩。旨酒思柔。不吳不敖，胡考之休。

〔**絲衣其紑**〕　《説文·糸部》引《詩》"絲"作"素"。按："絲"謂蠶吐之絲，"素"乃"白緻繒"，本二物之名，所以引作"素"者，蓋以"素"、"絲"雙聲故也。"絲"爲正字。

〔**載弁俅俅**〕　《釋文》："俅，《説文》作絿。"《〈爾雅·釋言〉釋文》："俅，本亦作絿。"檢大徐本《説文》引《詩》"弁服俅俅"，小徐本《説文》引《詩》"戴弁俅俅"，《爾雅·釋言》郭注、吴淑《事類賦》十各引《詩》與小徐本《説文》同。《玉篇》引《詩》亦作"戴弁俅俅"。《通典》四十四引《詩》"會弁俅俅"。《釋文》云《説文》作"絿"者，或陸氏所見《説文》本異。按：《玉篇·頁部》云"或作頩"，乃後世增益字。《爾雅·釋言》:"俅,戴也。"郭注引《詩》"戴弁俅俅"。鄭《箋》:"載,猶戴也。"蓋假"載"爲"戴","俅俅"則謂冠服佩飾整肅貌也。"絿"則同音假借字耳。

〔**自堂徂基,自羊徂牛**〕　《韓詩外傳》三引《詩》"自羊來牛"。王先謙云:"'來'之言'至'也。"陳奐則云:"兩'徂'字當讀爲'且',爲句中語助之詞,'且'猶'而'也。'自堂徂基'言'自堂而基'也;'自羊徂牛'言'自羊而牛'也。《韓詩外傳》作'自羊來牛','來'亦語詞也。《箋》訓徂爲往,亦失之。"陳說是矣。

〔**鼐鼎及鼒**〕　《釋文》:"鼒,音兹,小鼎也。徐音災。……郭音才。"王氏《詩攷》引《史記·武帝紀》載《封禪書》引《頌》"鼐鼎及哉"。《爾雅》邢疏:"哉者,古文作才。"馬瑞辰云:"《史記音義》引《詩》'鼐鼎及哉',云'哉音資'。哉、才一聲之轉,鼒从才聲,故通作哉,猶今文《泰誓》'齊栗允哉',《書大傳》引作'允才'也。《説文》鼒俗作鎡,兹、才、資古並同聲,故或音資。"

〔**兕觥其觩**〕　《釋文》出作兇、觵、斛,云:"字又作兕。""觵,字又作觥,同。""斛,本亦作觩。"山井鼎《考文》古本作"兕觵其觩"。《周禮·小胥》注、《閭胥》疏各引《詩》同。按:《説文》:"觵,兕牛角可以飲者也。从角,黄聲。其狀觵觵,故謂之觵。觥,俗觵从光。"邵瑛《群經正字》:"今經典惟《周禮》作觵,《毛詩》皆從俗作觥。"王國維《説觥》:"是於飲器中爲最大……觥者光也,充也,廓也。皆大之意。"又《説文》(段注本):"舄,如野牛,青色。其皮堅厚,可制鎧。象形。……兕,古文从儿。"段玉裁云:"兕,漢隸作光。""兇"又爲後人所作之俗體也。

〔**不吴不敖**〕　毛《傳》:"吴,譁也。"《釋文》:"吴,舊如字。譁也。《説文》作吳。吳,大言也。何承天曰:'吴字誤,當爲吳,從口下大,故魚之大口者名吳,胡化反。'此音恐驚俗也。音話。"《正義》:"人自娱樂,必讙譁爲聲,故以娱爲譁也。定本娱作吴。"馬瑞辰云:"據此,是定本及《釋文》本作吴,《正義》本作娱。然校經者每以《釋文》本若作吴,則下不應又云'《説文》作吴',故盧文弨據《史記》引《詩》改《釋文》大書'不吴'爲'不虞',而俗本又改'《説文》作吴,吴,大言也'兩吴字爲吴,皆肊説也。惟臧庸曰:'《釋文》言《説文》作吴,對下何承天欲改作吴而云然也。'今按《釋文》引何承天曰'吴字誤,當作吴',正承上《説文》'吴,大言也'言之,當以臧説爲近,或《釋文》但引《説文》'吴,大言也',其'作吴'二字爲傳寫者誤衍耳。至《史記・武帝紀》引《詩》'不虞不驁',蓋本《三家詩》。虞、娱、吴古皆通用,吴借作虞與娱,猶虞仲一作吴仲,《鄭風》'聊可與娱',《釋文》云'娱本亦作虞'也。吴古音又讀同瓠,故'碩人俣俣'《韓詩》作'扈扈'。何承天謂吴胡化反,正讀近瓠。《説文》:'鱯,魚也。讀若瓠。'蓋魚之大口者本名鱯,與吴音近而義同。《方言》:'吴,大也。'《説文》:'吴,一曰大言也。从夨、口。'下又重出𡗿,云'古文如此',段玉裁云'从口大',是口下大者即𡗿字之變體。《漢書・郊祀志》、《後漢書・戴就傳》注引《詩》作'不吴不敖',而陸機、徐鍇以作'𡗿'爲謬,由不知'吴'即'𡗿'之變,'𡗿'即'吴'之古文也。何承天未檢查《説文》,故又以作'吴'爲誤耳。《傳》訓吴爲譁,讙譁即大言,正與《説文》義合。《正義》本作娱,而曰'人自娱樂必讙譁爲聲',其義迂曲,不若《釋文》及定本作吴爲善。"馬説辨证精詳,足解學者之惑。

酌

於鑠王師,遵養時晦。時純熙矣,是用大介。我龍受之,蹻蹻王之造。載用有嗣,實維爾公允師。

〔**酌**〕　《釋文》:"酌,字亦作汋。"《左傳·宣公十二年》、《荀子·禮論篇》並作汋。《春秋繁露·三代改制質文》作"礿",《漢書·董仲舒傳》注、《儀禮·燕禮》注、《風俗通義》並作"勺"。按:《小序》云:"《酌》,告成《大武》也。言能酌先祖之道,以養天下也。"是知"酌"爲正字,亦即"舞勺"之"勺"。作"汋"、"礿"者,皆通假字也。

桓

綏萬邦,婁豐年。天命匪解。桓桓武王,保有厥士。于以四方,克定厥家。於昭于天。皇以閒之。

〔**婁豐年**〕　閩本、明監本、毛本"婁"作"屢"。《左傳·宣公十二年》引《頌》作"屢"。按:《説文》(段注本):"婁,空也。从毋,从中、女。婁空之意也。"段注:"凡中空曰婁。凡一實一虛,層見疊出曰婁。""婁"即"屢"之初文。

〔**于以四方**〕　《漢書·匡衡傳》引《詩》"以"作"以"。按:古"以"字作"㠯",即从反"巳"。《玉篇》:"㠯,今作以。"《正字通》:"㠯,以本字。"

賚

文王既勤止,我應受之。敷時繹思,我徂維求定。時周之命,於繹思。

〔**敷時繹思**〕　《左傳·宣公十二年》引《詩》"敷"作"鋪"。按:"敷",《廣韻》芳無切,平虞敷。魚部。"鋪",《廣韻》普胡切,平模滂，又芳無切。魚部。二字並有"徧"、"布"之義。以其聲近義同，故通用也。

〔**我徂維求定**〕　《左傳·宣公十二年》引《詩》"維"作"惟"。按：二字音義並同，古通用。

般

於皇時周。陟其高山，墮山喬嶽，允猶翕河。敷天之下，裒時之對，時周之命。

〔**於皇時周**〕　王氏《詩攷》引《白虎通》引《詩》"於皇明周"，按：此《魯詩》文也。"明周"，猶《時邁》詩之"明昭有周"也。

〔**嶞山喬嶽**〕　《釋文》出作墮，云："字又作嶞。"《白虎通·封禪》引《詩》作"墮"。《太平御覽》五百三十七引《詩》作"隋"。《初學記》五引《詩》"嶞山喬岳"。按：《爾雅·釋山》："巒山，墮。"郭注："山形長狹者，荊州謂之巒。《詩》曰：'墮山喬岳。'"郝懿行曰："墮者，嶞之假借。《説文》云：'巒，山小而鋭。''嶞，山之嶞嶞者。'本《〈詩·般〉傳》'嶞山，山之嶞嶞小者'而爲説也。但《詩》言嶞不言巒，《説文》巒不名嶞，所未能詳。劉逵《蜀都賦》注：'巒，山長而狹也。一曰小而鋭也。'是巒、嶞俱兼二義。"《廣雅·釋詁》："橢，長也。"字通作隋。引《詩》作"隋"、"墮"者，皆"嶞"之借字也。

魯頌

魯 頌

駉

駉駉牡馬，在坰之野。薄言駉者，有驈有皇，有驪有黄，以車彭彭。思無疆，思馬斯臧。

駉駉牡馬，在坰之野。薄言駉者，有騅有駓，有騂有騏，以車伾伾。思無期，思馬斯才。

駉駉牡馬，在坰之野。薄言駉者，有驒有駱，有駵有雒，以車繹繹。思無斁，思馬斯作。

駉駉牡馬，在坰之野。薄言駉者，有駰有騢，有驔有魚，以車袪袪。思無邪，思馬斯徂。

〔**駉駉牡馬**〕　《釋文》："駉，《説文》作驍，又作䮀。""牡，本或作牧。"《正義》曰："定本牧馬字作牡馬。"《唐石經》初刻牡，後改牧。宋本朱熹《集傳》、山井鼎《考文》古本並作牧。《顔氏家訓》云："江南書作牝牡之牡，河北本悉爲放牧之牧。"王氏《詩攷》引曹氏《詩説》"河北本作牧"。《文選·李陵〈答蘇武書〉》注，《藝文類聚》九十三，《太平御覽》五十五、八百三十三，《吕氏讀詩記》各引《詩》亦作"牧"。另《初學記》二十九、白氏《六帖》九十六、《太平御覽》八百九十三引《詩》皆作"牡"。馬瑞辰云："牧與牡本一聲之轉,其字同出明母,故本或作牧,或作牡。據《説文》兩引《詩》皆作'牡馬',揚雄《太僕箴》'僖好牡馬,牧于坰野',《釋文》引《草木疏》云'牡,騭馬也'以釋經文牡馬,則當从《釋文》本作牡馬爲是。……至《釋文》云:'駉,《説文》作驍,又作駫,同。'按:驍與駉音不相通,駉與駫實一聲之轉,其字同出見母。《説文》:'駫,馬肥盛也。'舊蓋引《詩》'駫駫牡馬'。……《玉篇》:'駫,馬肥壯盛皃。''駉,同上。'以'駫'與'駉'爲一字之異體,不言駉與驍同。"陳奐云:"案江南多舊本,古《毛詩》本作'牡馬',不誤。牡馬謂壯大之馬,猶四馬之稱四牡,不必讀爲牝牡之牡也。駫駫是形容牡馬之狀,若作牧馬則與駫駫義隔矣。當從《釋文》爲長,《釋文》本即江南舊本也。"以上二説俱是。

〔**在坰之野**〕　《説文·馬部》引《詩》"在駉之野"。按:《説文·冂部》:"冂(𠕀),邑外謂之郊,郊外謂之野,野外謂之林,林外謂之冂。象遠界也。凡冂之屬皆从冂。冋,古文冂,从口,象國邑。坰,冋或从土。"毛《傳》:"坰,遠野也。"今《毛詩》作"坰"爲正字,至作"駉"者,蓋同音假借字耳。

〔**有驈有皇**〕　《爾雅·釋畜》:"黄白,騜。"郭注:"《詩》曰:'騜駁其馬。'"《説文·馬部》:"驈,驪馬白胯也。从馬,矞聲。《詩》曰:'有驈有騜。'"段注:"按:《毛詩》作'皇'。許無'騜'字。《字林》乃有之,此'騜'後人所改耳。《韻會》作'有皇',是也。"

〔**有騅有駓**〕　《釋文》:"駓,字又作騂。……《字林》作駓,音丕。"按:《玉篇》:"駓,普悲、步悲二切。黄白色,今之桃華。又,駓駓,馬走貌。""駍,同上。"作"騂"者隸變體也。

〔**以車伾伾**〕　《釋文》:"伾伾,《説文》同。《字林》作駓。走也。"按:《廣雅》:"駓駓,走也。"《説文》:"伾,有力也。"《集韻》:

"伾,衆也。一曰大力。"《廣雅》:"伾伾,衆也。"王念孫《疏證》:"伾伾,羣行皃也。"《魯頌》毛《傳》:"伾伾,有力也。""伾"、"駓",《廣韻》敷悲切,同。是二字音同義近,可互假也。此"以車伾伾"爲正字。

〔**有駵有雒**〕　《釋文》:"駵,音留。赤身黑鬣曰駵。《字林》云'赤馬黑髦尾也'。""雒,音洛。黑身白鬣曰雒。本或作駱,同。"《正義》曰:"黑身白鬣曰雒,則未知所出。檢定本、《集注》及徐音皆作駱字,而俗本多作駁字。"馬瑞辰云:"阮宫保《校勘記》:'白馬黑鬣曰駱,見《爾雅》。經文當是兩言駱,故《傳》於下駱訓爲黑身白鬣曰駱,白黑互易而不妨同名,此毛意。若雒字,則係後人所改。俗本作駁,尤非。'今按阮説是也。《爾雅·釋畜·馬屬》既曰'𨚍上皆白,惟馵',又曰'後右足白,驤;左足白,馵';《牛屬》既曰'黑脣,犉',而《六畜》又曰'牛七尺爲犉'。是《爾雅》固有異物而同名者。駱之有二,亦猶是也。此詩首章當有二皇,亦與末章二駱相類。淺人疑《爾雅》駱馬不應有二,妄删其一;説《詩》者又以二駱不得爲韻,遂作雒以别之,雒即駱之異體。此亦猶《谷風》詩上作雝,下即改用雝之俗字作'售'以别之;此詩首章上句作皇,下即假用'黄'也。"馬説甚是。

〔**以車繹繹**〕　《釋文》:"繹繹,崔本作驛。"《正義》本作驛。按:毛《傳》:"繹繹,善走也。"《薛君章句》:"繹,盛貌。"以詩意求之,"繹繹"爲正字,作"驛"者同音假借字耳。

〔**有駰有騢**〕　《太平御覽》八百九十三引《詩》"騢"作"霞"。按:以二字聲同,故假"霞"作"騢"也。

〔**有驔有魚**〕　《釋文》:"魚,如字。《字書》作䰻。《字林》作䲜。音並同。"《〈爾雅·釋畜〉釋文》:"魚,本作䲜。"按:毛《傳》:"豪骭曰驔,二目白曰魚。"《説文》:"䮽,馬一目白曰䮽,二目白曰魚。"《爾雅·釋畜》:"一目白,瞯。二目白,魚。"此謂目周之毛色白也。郝懿行云:"'瞯'者,《説文》作'驧'。……《釋文》引《蒼頡篇》云:'(瞯)目病也。'是瞯、驧義别,《爾雅》借瞯爲驧耳。魚者,《漢書·西域傳贊》以魚目與龍文、汗血並爲駿馬之名。蓋即此也。《釋文》'魚,本又作驌,《字林》作䮙',皆或體耳。《詩疏》引舍人曰'一目白曰瞯,兩目白爲魚'。"

〔**以車祛祛**〕　阮校:"《唐石經》作'祛祛',相臺本同。案'祛'字是也。《六經正誤》云'作祛誤,从示者祛,逐也;从衣者祛,袂也',考此但毛居正臆爲區别其實,《説文》不載'祛'字,無容見於《毛氏詩》也,惟从衣之字每見混於从示之字。今《釋文》、《正義》'祛'字从示者皆傳寫之誤,而毛居正以後人又誤从示爲正耳。"按:今本《十三經注疏》本《魯頌·駉》作"以車祛祛"。

〔**思馬斯徂**〕　明監本"馬"作"焉",誤字。

有　駜

有駜有駜,駜彼乘黄。夙夜在公,在公明明。振振鷺,鷺于下。鼓咽咽,醉言舞。于胥樂兮。

有駜有駜,駜彼乘牡。夙夜在公,在公飲酒。振振鷺,鷺于飛。鼓咽咽,醉言歸。于胥樂兮。

有駜有駜,駜彼乘駽。夙夜在公,在公載燕。自今以始,歲其有。君子有穀,詒孫子。于胥樂兮。

〔**鼓咽咽**〕　《釋文》:"咽,本又作鼝。"《文選·張衡〈東京賦〉》注引《毛詩》"鼓鼝鼝"。《北堂書鈔》八十二引《詩》"鼓淵淵"。殆"咽"、"鼝"、"淵"音近通用也。

〔**歲其有**〕　《釋文》:"歲其有,本或作歲其有矣,又作歲其有年者矣。皆衍字也。"山井鼎《考文》:古本作"歲其有矣"。《正義》引定本、《集注》,《豐年》疏引《魯頌》皆作"歲有其年"。漢《西嶽華山廟碑》亦作"歲其有年"。《唐石經》"有"下旁添"年"字。按:經文此句衹"歲其有"三字,他文所引皆衍字也。

〔**詒孫子**〕　山井鼎《考文》:古本作"以詒孫子"。《列女傳·魯敬姜》引《詩》"貽厥孫子",《唐石經》"詒"下旁添"厥"字。《釋文》云:"詒孫子,本或作詒厥孫子、詒于孫子,皆是妄加也。"按:此詩末章"歲其有"、"詒孫子","有"在之部,匣母;"子"在之部,精母,上下爲韻,全詩三章句式長短相間,且各章整齊流暢。

泮　水

思樂泮水,薄采其芹。魯侯戾止,言觀其旂。其旂茷茷,鸞聲噦噦。無小無大,從公于邁。

思樂泮水,薄采其藻。魯侯戾止,其馬蹻蹻。其馬蹻蹻,其音昭昭。載色載笑,匪怒伊教。

思樂泮水,薄采其茆。魯侯戾止,在泮飲酒。既飲旨酒,永錫難老。順彼長道,屈此羣醜。

穆穆魯侯,敬明其德。敬慎威儀,維民之則。允文允武,昭假烈祖。靡有不孝,自求伊祜。

明明魯侯,克明其德。既作泮宮,淮夷攸服。矯矯虎臣,在泮獻馘。淑問如皐陶,在泮獻囚。

濟濟多士,克廣德心。桓桓于征,狄彼東南。烝烝皇皇,不吴不揚。不告于訩,在泮獻功。

角弓其觩,束矢其搜。戎車孔博,徒御無斁。既克淮夷,孔淑不逆。式固爾猶,淮夷卒獲。

翩彼飛鴞,集于泮林。食我桑黮,懷我好音。憬彼淮夷,來獻其琛。元龜象齒,大賂南金。

〔**薄采其芹**〕　《白虎通·辟雍》引《詩》"芹"作"苻"。王氏《詩攷》引同。按:戚學標云:"苻非聲,疑有誤。"

〔**其旂茷茷**〕　《釋文》出作"伐伐",云:"言有法度,本又作茷。"《群經音辨》引《詩》"其旂伐伐"。按:毛《傳》:"茷茷,言有法度也。"陳奂云:"伐即茷之省。茷茷,讀爲'胡不旆旆'之'旆'。《采菽》'其旂淠淠',《傳》:'淠淠,動也。'淠淠亦即旆旆,云'言有法度者,動有文章也'。"

〔**匪怒伊教**〕　《列女傳·鄒孟軻母》引《詩》"匪怒匪教"。按:此句"匪"字當訓"不",同"非"。《廣雅·釋詁》:"匪,非也。"此句之"伊"字表判繼,與上"匪"字連用時,猶"卻是"之意。《列女傳》所引有誤。

〔**薄采其茆**〕　《説文》引《詩》"言采其茆"。《廣韻·四十四有》引《詩》同。《説苑·雜言》引《詩》"薄捋其茆"。《三國志·吴志·虞翻傳》注引虞翻奏云:"古大篆丣字,讀當爲柳,古柳、丣同字,而以爲昧。"裴松之云:"翻云'古大篆丣字讀當言柳,古柳、丣同字',竊謂翻言爲然,故劉、留、聊、柳同用此字,以從聲故也,與日辰卯字字同音異。"馬瑞辰云:"今按柳字从丣,爲古文酉,裴松之謂柳从卯,與辰卯同字,非也。而《小星》詩以昴與裯韻,《十月之交》詩以卯與醜韻,此詩以茆與酒、老、醜韻,《周禮》'茆菹',《釋文》'茆音卯,北人音柳',是从卯之字亦讀同柳,不煩改茆爲茆而後協也。"

按:“薄”、“言”均爲語詞,可通用,《詩》中亦時見“薄言”連用之例。“采”與“捋”義近,或可借也。

〔**屈此羣醜**〕　毛《傳》:“屈,收。醜,衆也。”鄭《箋》:“屈,治。醜,悪也。”馬瑞辰云:“《爾雅·釋詁》屈、收同訓聚,是屈即收之證。……《爾雅·釋詁》:‘淈,治也。’某氏注引《詩》‘淈此羣醜’。鄭讀屈爲淈,故訓治,其義當本齊、魯《詩》。淈者,汩之假音。《説文》:‘汩,治水也。’《周語》‘汩越九原’,汩、越皆治也。《楚詞·天問》‘不任汩鴻’,王注:‘汩,治也。’若淈之本義,《説文》訓濁。治濁爲汩,猶亂亦訓治也。”

〔**昭假烈祖**〕　《文選·史岑〈出師頌〉》注引《詩》“昭格烈祖”。陳琳《檄吴將校部曲文》注引《毛詩》“昭假列祖”。按:《方言》卷一:“假,至也。邠、唐、冀、兖之間曰假。”《廣雅·釋詁一》:“假,至也。”《爾雅·釋詁》:“格,至也。”又《釋言》:“格,來也。”“假”,《集韻》各領切,入陌見。鐸部。“格”,《廣韻》古伯切,入陌見。又古落切。鐸部。毛《傳》:“假,至也。”是知“假”、“格”音同,可互通也。

〔**靡有不孝**〕　鄭《箋》:“國人無不法傚之者。”《正義》:“魯國之民,無有不爲孝者。”王引之云:“《正義》所云非《箋》意也。據《箋》以考經文,‘孝’字蓋作‘孝’。《説文》:孝,效也。(《玉篇》:‘孝,古孝切。效也。’……蓋孝、效聲相近,故云‘孝,效也’,《説文》‘教’字以孝爲聲,其解云‘上所施下所效也’,正與孝之訓效同,可以爲證。)从子,爻聲。(與‘孝’字从老省者不同。)效與傚同。經文作‘孝’而訓爲傚,故《箋》云‘無不法傚之者’。若如今本作‘孝’,則鄭君必不如此訓釋矣。沖遠作《正義》時,孝字已譌爲孝,故不喻《箋》訓法傚之意,而據誤字以釋之曰‘魯國之民無有不爲孝者’。陸氏《釋文》不爲‘孝’字作音,蓋所見本亦誤爲‘孝’矣。

是以張參《五經文字》失收‘孝’字也。又案‘靡有不孝’,謂僖公無事不法傚其祖,非謂國人傚僖公也。當承‘昭假烈祖’爲義。”王説得其本旨矣。馬瑞辰云:“孝者,孝之隸變,與孝弟之孝異字。……孝字隸變爲孝,猶敎之隸變爲教也。”馬説亦是。

〔**矯矯虎臣**〕　《釋文》出作“蟜蟜”,云:“本又作矯,亦作蹻。居表反。武貌。”《〈爾雅·釋訓〉釋文》:“矯,本亦作蹻。”《文選·陸機〈漢高祖功臣頌〉》注引《毛詩》“矯矯武臣”。《大雅·板》“小子蹻蹻”,《書大傳》注引作“小子蟜蟜”。按:《唐石經》、小字本、相臺本均作“矯矯”。阮校:“案《釋文》云:‘蟜蟜,本又作矯’,《正義》云‘矯矯然有威武如虎之臣’,是其本作‘矯’字也。”

〔**在泮獻馘**〕　《禮記·王制》注引《詩》“在頖獻馘”。按:《集韻·換韻》:“泮,《説文》:‘諸侯鄉射之宫,西南爲水,東北爲牆。’或作頖。”《禮記·王制》:“大學在郊,天子曰辟廱,諸侯曰頖宫。”鄭注:“頖之言班也,所以班政教也。”是“泮”、“頖”一字異體也。

〔**狄彼東南**〕　《釋文》:“《韓詩》云‘鬄,鬄除也’。”鄭《箋》:“狄當作剔。剔,治也。”《文選·王粲〈從軍詩〉》注引《毛詩》“逖彼東南”。馬瑞辰云:“按:《説文》:‘逖,遠也。古文作逷。’《傳》以狄爲逖之省借,故訓遠,然云‘遠彼東南’則不辭,不若《箋》讀剔,訓治爲允。《釋文》引《韓詩》作鬄,云:‘鬄,除也。’除亦治也。鄭《箋》讀剔字雖異,其義當即本《韓詩》耳。逖、易古同音,剔借作狄,猶《春秋》易牙,《史記》作狄牙;契母簡狄,《漢書人表》作簡逷也。《説文》狄从犬,亦省聲,故與易之讀亦者同音,而惕或作悐,逖亦或作逷也。”

〔**烝烝皇皇**〕　鄭《箋》:“烝烝,猶進進也。皇皇,當作暀暀。暀暀,猶往往也。”按:《禮記·少儀》:“祭祀之美,齊齊皇皇。”鄭

注:“皇皇,讀如歸往之往。”孔疏引皇氏云:“謂心所繫往。”《説文》:“暀,光美也。”《爾雅·釋詁》:“暀暀、皇皇,美也。”《廣韻·養韻》:“暀,光也。”邵瑛《群經正字》:“此字俗别作旺。”《集韻·漾韻》:“暀,《説文》:‘光美也。’或省。”《類篇·日部》:“旺,光美也。”毛《傳》:“烝烝,厚也。皇皇,美也。”馬瑞辰云:“以《傳》訓皇皇爲美推之,烝烝亦當爲美。美與盛同義,烝烝、皇皇皆極狀多士之美盛耳。……然《釋詁》暀暀、皇皇並訓美,则《箋》訓進進、往往,亦與美盛義相通耳。”

〔**不吴不揚**〕　《釋文》以“不吴不瘍”作音,云:“吴,鄭如字,讙也。又,王音誤作‘吴’,音話,同。”“瘍,余章反。”按:毛《傳》:“揚,傷也。”鄭《箋》:“吴,譁也。……不讙譁,不大聲。”阮校:“考此經字與《緇衣》同,鄭此《箋》即彼《傳》也。《釋文》以爲‘鄭如字’者,最合《箋》意,《正義》以爲鄭讀‘不誤’者,亦自據其彼經而言耳。……《釋文》於‘不吴’下‘于訩’上以‘瘍’字作音,云‘余章反’,今考《箋》云‘不大聲’,則經自是‘揚’字,《正義》本及《唐石經》等皆不作‘瘍’字,或是《傳》‘揚,傷也’,‘傷’字《釋文》本作‘瘍’,與《正義》本不同。‘瘍’、‘傷’古通用,《〈巧言〉釋文》有其證。……案此毛、鄭不同,毛作‘瘍’訓傷,鄭讀‘瘍’爲‘揚’,訓大聲,後人從鄭改經字。”馬瑞辰云:“揚、傷古音近,《傳》蓋以揚爲瘍之假借。《釋文》爲瘍字作音,或陸氏所見毛《傳》本作瘍。傷、瘍音同,故本又作傷。”陳奂云:“案:‘不揚’,《漢碑》(按:《漢衡方碑》)作‘不陽’,‘陽’、‘揚’皆假借字。《釋文》所據《傳》作‘瘍’,王肅所據《傳》作‘傷’,‘瘍’、‘傷’義相近。不譁,言不讙譁也。不傷,言不傷害也。鄭讀‘揚’如字,則與讙譁義複矣。”

〔**束矢其搜**〕　《釋文》:“依字作捜。”《説文》:“捜,衆意也。一曰求也。从手,叜聲。《詩》曰:‘束矢其捜。’”《玉篇·手部》:

"捜,聚也。"吴玉搢引《經攷》:"《魯頌·泮水》隸變作搜。"《正字通》:"捜,今作搜。"

〔戎車孔博〕　鄭《箋》:"博當作傅。甚傅緻者,言安利也。"《石鼓文》:"徒馭孔庶,廓騎宣博。"亦讀博如傅。"博"、"傅"均在幫母,通用。

〔徒御無斁〕　阮校:"案《釋文》云'繹,本又作射,又作斁,或作懌,皆音亦,厭也',《正義》本未有明文,今無可考,餘經'射'、'斁'字多不畫一,依《釋文》本則此經又假借作'繹',其用字之例本有如此者也。"

〔翩彼飛鴞〕　《太平御覽》五十七引《詩》"鷁彼飛鴞"。按:《文選·傅毅〈舞賦〉》"鷁鷊燕居",李善注:"鷁鷊,輕貌。"《集韻》亦云"輕貌"。《説文》:"翩,疾飛也。""鷁"、"翩"同音,義亦相近,可互假也。

〔食我桑黮〕　《釋文》:"黮,《説文》、《字林》皆作葚。"《藝文類聚》八十七,《白帖》四十、八十二,《太平御覽》五十七、九百二十七、九百七十三各引《詩》並作"椹"。按:《説文》:"黮,桑葚之黑也。"朱駿聲云:"黮,叚借爲葚。"此詩毛《傳》:"黮,桑實也。"又《説文》:"葚,桑實也。"《小爾雅》:"桑之實謂之葚。"《爾雅·釋宫》:"椹謂之榩。"郭注:"斫木櫍也。"按:俗曰砧。又《集韻》:"葚,《説文》:'桑實也。'或从桑,从木。"按:正字作"葚",餘皆借字耳。

〔憬彼淮夷〕　《釋文》:"憬,《説文》作愿,音獷,云:闊也。一曰:廣大也。"馬瑞辰云:"今本《説文》愿字注不引《詩》,蓋脱去。陸氏所見本當有之。又䢅字注:'讀若《詩》"穬彼淮夷"之穬。'據《文選·齊故安陸昭王碑文》'彊民獷俗',李注引《韓詩》'獷彼淮夷',云:'獷,覺悟之貌。'《説文》蓋本《韓詩》。愿與穬皆獷字之同音假借,段玉裁謂作愿者爲《毛詩》,失之。淮夷於魯爲近,不得爲遠行貌，亦不得如《韓詩》訓覺悟，當從孟康《漢書注》訓獷爲彊，獷俗即彊俗也。《毛詩》作憬，亦假借字。獷與憬雙聲……故通用。”

〔**大賂南金**〕　殿本《後漢書·劉陶傳》注、《宦者傳序》注各引《詩》“大路南金”。李賢以“大路”爲“大輅”。按：輅爲古代車名，多指帝王所用之大車。亦作“路”。《廣雅·釋器》：“輅，車也。”《玉篇·車部》：“輅，大車。”《集韻·鐸韻》：“輅，王車。”馬瑞辰云：“大賂當爲大輅之假借。……裴駰《史記集解》引《漢書音義》曰：‘山出象輿，瑞應車。’《後漢書·輿服志》：‘夷王以下，周室衰弱，諸侯大路。或曰殷瑞山車，金根之色。’……是大輅本象山車而作，山車或亦名大輅，故得在獻琛之列。……毛、鄭訓爲賂遺，失之。”

閟　宮

閟宮有侐，實實枚枚。赫赫姜嫄，其德不回。上帝是依，無災無害。彌月不遲，是生后稷，降之百福。黍稷重穋，稙穉菽麥。奄有下國，俾民稼穡，有稷有黍，有稻有秬。奄有下土，纘禹之緒。

后稷之孫，實維大王。居岐之陽，實始翦商。至于文武，纘大王之緒。致天之屆，于牧之野。無貳無虞，上帝臨女。敦商之旅，克咸厥功。王曰叔父，建爾元子，俾侯于魯。大啓爾宇，爲周室輔。

乃命魯公，俾侯于東。錫之山川，土田附庸。周公之孫，莊公之子。龍旂承祀，六轡耳耳。春秋匪解，享祀不忒。皇皇后帝，皇祖后稷。享以騂犧，是饗是宜。降福既多,周公皇祖,亦其福女。

秋而載嘗,夏而楅衡。白牡騂剛,犧尊將將。毛炰胾羹,籩豆大房。萬舞洋洋,孝孫有慶。俾爾熾而昌,俾爾壽而臧。保彼東方,魯邦是常。不虧不崩,不震不騰。三壽作朋,如岡如陵。

公車千乘,朱英緑縢,二矛重弓。公徒三萬,貝冑朱綅。烝徒增增,戎狄是膺,荆舒是懲,則莫我敢承。俾爾昌而熾,俾爾壽而富,黄髮台背,壽胥與試。俾爾昌而大,俾爾耆而艾,萬有千歲,眉壽無有害。

泰山巖巖,魯邦所詹。奄有龜蒙,遂荒大東。至于海邦,淮夷來同。莫不率從,魯侯之功。

保有鳧繹,遂荒徐宅。至于海邦,淮夷蠻貊。及彼南夷,莫不率從。莫敢不諾,魯侯是若。

天賜公純嘏,眉壽保魯。居常與許,復周公之宇。魯侯燕喜,令妻壽母。宜大夫庶士,邦國是有。既多受祉,黄髮兒齒。

徂來之松,新甫之柏。是斷是度,是尋是尺。松桷有舄,路寢孔碩。新廟奕奕,奚斯所作。孔曼且碩,萬民是若。

〔**閟宫有侐**〕　《文選·王延壽〈魯靈光殿賦·序〉》注引《詩》"祕宫有侐",左思《魏都賦》劉淵林注、《初學記》十三、《白帖》六十七各引《詩》"閟宫有洫"。《玉篇·人部》:"侐,許域切。《詩》云:'閟宫有侐。'侐,清静也。或作閪。"按:毛《傳》:"閟,閉也。先妣姜嫄之廟在周，常閉而無事。孟仲子曰：是禖宫也。侐，清静也。"鄭《箋》："閟，神也。"《説文》："閟，閉門也。""侐，静也。"《路史》注引《風俗通》云："女媧禱祀神示而爲女禖，因置昏姻，爲行媒所始。"《説文》："祕，神也。"馬瑞辰云："閟與祕音義同。又《爾雅·釋詁》毖、神並訓慎，是毖與神同義，毖亦閟也。古有神禖之稱，故神其廟曰閟宫。《傳》、《箋》並以爲姜嫄廟，失之。"蓋"閟"、"侐"爲本字。"祕"、"闆"皆爲借字也。

〔**無災無害**〕　《釋文》："災，字又作灾，本亦作菑，音同。"按：《説文》："烖，天火曰烖。从火，𢦏聲。灾，或从宀、火；扸，古文从才；災，籀文从巛。"商承祚《福考》："甲骨文从水，从戈，从火。以其義言之，水災曰巛，兵災曰𢦏，火災曰灮。後孳乳爲烖、灾、災、扸、菑、甾、熘。結構任意，體多誤合矣。"林義光《文源》："灾，烖或从宀、火。按：象屋下火。"

〔**黍稷重穋**〕　《釋文》："重，本又作種。""穋，本又作稑。"按：《説文》："種，先穜後孰也。"段注："此謂凡穀有如此者。《〈邠風〉傳》曰：'後孰曰重。'《周禮·内宰》注：'鄭司農云：先種後孰謂之穜。'按：《毛詩》作'重'，叚借字也。《周禮》作'穜'，轉寫以今字易之也。"《豳風·七月》"黍稷重穋"。《釋文》："重，直容反，注同。先種後熟曰重。又作種。音同。《説文》云：禾邊作重，是重穋之字；禾邊作童，是種蓺之字，今人亂之已久。"又《説文》："稑，疾孰也。从禾，坴聲。……穋，或从翏。"按：徐鍇曰："穋，或从翏聲。"《豳風·七月》"黍稷重穋"，《釋文》："穋，本又作稑。"是"稑"、"穋"一字也。

〔**稙穉菽麥**〕　《説文》："稙，早穜也。从禾，直聲。《詩》曰：'稙稚尗麥。'"段注："按：稚當作穉。郭景純注《方言》曰：'穉，古稚字。'是則晉人皆作稚。故穉、稚爲古今字。寫《説文》者用今字因襲之耳。"《集韻·至韻》:"穉,亦作稚。"按:今"稚"行而"穉"則罕見於諸書矣。又《説文》:"尗,豆也。象尗豆生之形也。"朱駿聲云:"古謂之尗,漢謂之豆,今字作菽。"《集韻·屋韻》:"尗,或作菽。"《字彙補·又部》:"叔,豆也,與菽同。"

〔**俾民稼穡**〕 《釋文》:"卑,必爾反。本又作俾。"按:《説文》:"俾,益也。从人,卑聲。"段注:"古或假卑爲俾。""俾"爲正字。

〔**實始翦商**〕 《説文》:"戩,滅也。从戈,晉聲。《詩》曰:'實始戩商。'"毛《傳》:"翦,齊也。"鄭《箋》:"翦,斷也。"馬瑞辰云:"按:翦與踐古同音通用。《玉藻》:'凡有血氣之類,弗身踐也。'鄭注:'踐讀曰翦。'是翦可借作踐矣。竊謂踐亦可借作翦,此詩'翦商'當讀爲踐履之踐。周自不窋竄居戎、狄之閒,及公劉遷豳,皆近戎、狄。至大王遷岐,始内踐商家之地,故曰'實始翦商',翦商即踐商也。與《書序》'周公踐奄'文法相類,踐奄即《書》所云'周公居東'。《史記》作'殘奄',音近假借。鄭訓翦滅,亦爲未確。惟《吕氏春秋·古樂篇》云:'成王立,殷民反王命,周公踐伐之。'高注:'踐,往也。'正與踐履同訓。《豳詩譜》云:'至商之末世,大王又避戎、狄之難而入處於岐陽。'言入者,正與舊處戎、狄在外言之。'實始翦商'正承上'居岐之陽',故知其爲踐商也。"按:揆諸文義,馬説實爲允協。

〔**纘大王之緒**〕 阮校:"毛本纘誤讚。明監本以上皆不誤。"

〔**致天之屆,于牧之野**〕 《文選·潘勗〈册魏公九錫文〉》李善注引《毛詩》"致天之罰,居于牧之野"。按:任昉《宣德皇后令》李善注引《詩》仍與今本"致天之居,于牧之野"句同。馬瑞辰云:《正義》引《爾雅》'居,殛也',今本《釋言》作'居,極也'。……居之訓極,古兼二義:一爲極至之極……一爲誅極之極,此詩'致天之居'是也。……誅極所以罰也。……《文選》潘勗册文李注引《詩》'致天之罰,居于牧野',其所引'居于牧野'或有譌誤,至以罰代居,則與居訓誅極義正合。"上説甚確。

〔**王曰叔父**〕　《禮記·明堂位》注引《魯頌》'王謂叔父',《公羊傳·桓公四年》注引《詩》同。按:鄭《箋》云:"叔父,謂周公也。"《禮記》注及《公羊傳》注引《魯頌·閟宫》,殆涉《箋》文而以"謂"爲"曰"耳。

〔**土田附庸**〕　宋本、閩本、明監本、毛本並作"土地附庸",《周禮·大司徒》注引《詩》同。按:《説文》:"田,陳也,樹穀曰田。象四口。十,阡陌之制也。"《廣雅·釋地》:"田、地,土也。"《釋名·釋地》:"已耕者曰田。"《玉篇·田部》:"田,土也,地也。""地"、"田"同義通用也。

〔**白牡騂剛**〕　《公羊傳·文公十三年》作"騂犅"。《〈公羊傳〉釋文》:"犅,《詩》作剛。騂犅,赤脊也。"按:《説文》:"犅,特牛也。从牛,岡聲。""特,朴特,牛父也。"段注:"《公羊傳》曰:'魯祭周公,何以爲牲?……魯公用騂犅,羣公不毛。'何休云:'騂犅,赤脊。'按:《説文》岡訓山脊,故何謂犅爲牛脊。但《毛詩》衹作剛,許説犅同特,與何異。"朱駿聲《通訓定聲》:"剛,叚借爲犅。"《禮記·明堂位》:"周騂剛。"孔疏:"剛,牡也。"是知"剛"、"犅"音同,可假"剛"爲"犅"也。"犅"爲《閟宫》詩正字。

〔**犧尊將將**〕　《白帖》六十九、《太平御覽》八百四各引《詩》"犧樽鏘鏘"。按:《説文》(段注本):"䰙,酒器也。从酋,廾以奉之。《周禮》六䰙:犧䰙、象䰙、箸䰙、壺䰙、大䰙、山䰙,以待祭祀賓客之禮。尊,䰙或从寸。"段注:"此與寺从寸意同,有法度者也。"按:"樽"字,《説文》未載。《玉篇·木部》:"樽,酒器也。"《易·坎》:"樽酒簋貳用缶。"《左傳·襄公二十三年》:"臧孫命北面重席，新樽絜之。”是“樽”與“尊”同。又《廣雅·釋訓》：“鏘鏘，盛也。”《文中子·述史》：“子將之陝，門人從者鏘鏘焉被于路。”“鏘”，又訓高貌。《後漢書·張衡傳》：“踰高閣之鏘鏘。”李賢注：“鏘鏘，高貌也。”按：“將”、“鏘”聲韻相同，是以假“將將”爲“鏘鏘”也。

〔**俾爾熾而昌**〕《唐石經》、小字本、相臺本並作“俾”。阮校：“案盧文弨云：‘俾一作卑，見《校官碑》。’今考上《釋文》以‘卑民’作音，云‘本又作俾，下皆同’。是《釋文》本作‘卑’字也，餘經盡然，盧未細考耳。又案段玉裁云：《説文》云‘俾’，門持人也。凡經傳言‘俾’者皆取義於此。‘門持人’，今《説文》譌作‘門侍人’，莊述祖正之。‘卑’者，‘俾’之假借字。”

〔**魯邦是常**〕《唐石經》、小字本、相臺本“嘗”作“常”。閩本、明監本、毛本同。阮校：“案：嘗字誤也。”

〔**朱英緑縢**〕王氏《詩攷》引《韓詩》“縢”作“騰”。《太平御覽》七百七十二引《詩》同。按：《廣雅·釋器》：“縢，索也。”《玉篇·糸部》：“縢，繩也。”陳奂云：“緑縢，弓飾也。弓納諸韔而繩之，緑其飾也。”“騰”、“縢”音同，因假“騰”作“縢”也。

〔**貝胄朱綅**〕《説文·糸部》（段注本）：“綅，綫也。从糸，侵省聲。《詩》曰：‘貝胄朱綅。’”按：字本作“縵”，後隸省作“綅”，今“綅”行而“縵”漸廢矣。

〔**烝徒增增**〕《正義》曰：“‘增增，衆’，《釋訓》文。定本、《集注》皆作‘增’字，其義是也。俗本作‘憎’，誤也。”《釋文》：“增增，如字。”

〔**戎狄是膺，荆舒是懲**〕《史記·建元以來侯者年表》《匈奴傳》各引《詩》“戎狄是應，荆荼是徵”。按：毛《傳》：“膺，當。”鄭《箋》：“懲，艾也。”《爾雅》、《説文》並曰：“應，當也。”馬瑞辰云：

"作應者《三家詩》。《毛詩》及《孟子》引《詩》作膺,即應字之假借。據《〈孟子〉釋文》於'膺擊'下云'丁本作應',則《孟子》本亦有作應者矣。趙注《孟子》曰:'膺,擊也。'據《孟子》曰'周公方且膺之',又曰'無父無君,是周公所膺也',若訓爲當則不詞,以从趙訓擊爲善。《吕氏春秋·察微篇》'宋華元帥師應之大棘',《處方篇》'荆令唐蔑將而應之',高注並曰:'應,擊也。'《淮南·主術》'不使應敵',高注:'應,猶擊也。'是應有擊義,趙注亦讀膺爲應矣。荼、舒,懲、徵,古並同音通用。《考工記·弓人》注:'荼,古文舒字。'《易·損·象》'君子以懲忿窒欲',鄭本懲作徵,是其證也。"陳奐云:"膺、應聲同,當、擊義同。《〈沔水〉傳》:'懲,止也。'《史記》引《詩》'荆舒是徵',徵,古懲字。承與懲亦聲同,故懲謂之止,承又謂之止。《箋》云'天下無敢禦之',禦亦當也、止也。"

〔**泰山巖巖**〕 《釋文》出作"大",云:"本又作泰。"《韓詩外傳》、《説苑·雜言》引《詩》作"大山"。陳奂云:"泰,當作大。……《説文》:'岱,大山也。'巖巖,當作嚴嚴。《〈節南山〉傳》:'嚴嚴,積石貌。'大山,積石之最高大者也。"按:"大"通"太"、"泰"。清江沅《説文釋例》:"古衹作'大',不作'太'。《易》之'大極',《春秋》之'大子'、'大上',《尚書》之'大誓'、'大王王季',《史》、《漢》之'大上皇'、'大后',後人皆讀爲'太'。或徑改本書,作'太'及'泰'。"是"大山"、"太山"、"泰山"同字也。

〔**魯邦所詹**〕 山井鼎《考文》:古本作"魯邦所瞻"。《韓詩外傳》、《風俗通義》、《初學記》五各引《詩》同。《白帖》五、《太平御覽》三十九各引《詩》"魯邦是瞻"。《説苑·雜言》引《詩》"魯侯是瞻"。按:《説文》:"詹,多言也。从言,从八,从户。""瞻,臨視也。从目,詹聲。"朱駿聲《通訓定聲》:"詹,叚借爲瞻。"本詩"瞻"爲正字,"詹"爲其省借字也。作"魯侯是瞻"者,蓋涉下章"魯侯是若"

致訛耳。

〔**奄有龜蒙**〕　《説文繫傳》引《詩》作"俺"。按:《説文》:"奄,覆也,大有餘也。""俺,大也。""弇,蓋也。"徐鍇《繫傳》:"《詩》'俺有龜蒙',是大有之也。"按:"奄"、"俺"、"弇"音義並同,可通用。

〔**遂荒大東**〕　《釋文彙校》:"'《韓詩》作荒'。宋本同。盧云:'作荒字誤。'浦鏜疑作巟。"《爾雅·釋詁》郭注引《詩》"遂幠大東"。《初學記》八引《詩》"荒于大東"。按:李賡芸云:"《禮記·投壺》'毋幠毋敖',《大戴禮》作'無荒無慠'。荒與幠聲相近。篆文'無'字,从霖,亡聲,是相轉之理。"馬瑞辰云:"《説文》又曰:'巟,水廣也。'凡《毛詩》作荒,訓大、訓有者,皆巟字之假借。惟鄭訓荒爲奄,則取荒字之本義。"

〔**保有鳧繹**〕　《釋文》:"繹,字又作嶧。"毛《傳》:"鳧山也。繹山也。"《漢書·地理志》:"(魯國)騶,故邾國……嶧山在北。"《水經注·泗水》、《初學記》八各引《詩》"保有鳧嶧"。按:"繹"通作"嶧"。又《太平御覽》四十二引《詩》"奄有鳧嶧","奄有"係涉上章而誤耳。正字爲"保"。

〔**淮夷蠻貊**〕　《釋文》:"貊,字又作貃。"按:《字彙·豸部》:"貃,同貊。"《集韻·陌韻》:"貃,或从百。"是"貊"、"貃"、"貃"音義同也。

〔**居常與許**〕　毛《傳》:"常、許,魯南鄙、西鄙。"鄭《箋》:"常或作嘗。"按:"常"、"許"爲古地名,在今山東省滕州東南。《箋》"或作嘗"者,乃以音同相假耳。

〔**黄髮兒齒**〕　《釋文》:"兒,齒落更生細者也。《字書》作齯。"《集韻·齊韻》:"齯,通作兒。"《爾雅·釋詁》:"黄髮、齯齒,壽也。"郭注:"皆壽考之通稱。"《釋名·釋長幼》:"齯,大齒落盡更生細者,如小兒齒也。"《説文繫傳》引《詩》作"齯"。按:王筠云:"兒,本字。加齒,分别文也。"

〔**徂來之松**〕　"來",《唐石經》、相臺本、閩本、明監本、毛本同。小字本作"徠"。吴淑《事類賦》二十四引《詩》同。《水經注·汶水》引《詩》"岨徠之松"。按:《玉篇·彳部》:"徠,還也。"《漢書·禮樂志》:"天馬徠,從西極。"顔師古注:"徠,古往來字也。"又《玉篇·彳部》:"徠,勞也。"《集韻·代韻》:"勑,《説文》:'勞也。'或从彳从人,亦作來。"是"來"、"徠"古通用也。至"岨"字乃以形近致訛耳。

〔**新甫之柏**〕　監本、毛本"柏"作"栢"。嚴可均云:"栢,隸俗。"

〔**新廟奕奕**〕　《吕氏春秋·季春》高注、《淮南子·時則訓》高注、蔡邕《獨斷》、《儀禮·聘禮》疏、司馬彪《續漢志·祭祀》各引《詩》"寢廟奕奕"。楊雄《太常箴》作"寢廟繹繹",《周禮·隸僕》注引《詩》同。又《説文繫傳》引《詩》,《文選》班固《兩都賦·序》注、王延壽《魯靈光殿賦》注,《後漢書·曹褒傳》注各引《韓詩》仍作"新廟奕奕",同《毛詩》。馬瑞辰云:"《周禮·隸僕》注引《詩》'寢廟奕奕,相連貌也'。蓋連上'路寢孔碩'約舉其詞,猶《正義》曰'作寢廟所以爲美者',又曰'寢廟廢壞',皆以寢廟連言,非齊、魯《詩》經文或作'寢廟'也。"

商　頌

商　頌

那

猗與那與，置我鞉鼓。奏鼓簡簡，衎我烈祖。湯孫奏假，綏我思成。鞉鼓淵淵，嘒嘒管聲。既和且平，依我磬聲。於赫湯孫，穆穆厥聲。庸鼓有斁，萬舞有奕。我有嘉客，亦不夷懌。自古在昔，先民有作。温恭朝夕，執事有恪。顧予烝嘗，湯孫之將。

〔**猗與那與**〕　《後漢書·班固傳》注，《文選》漢武帝《賢良詔》、班固《東都賦》中《明堂詩》注、陸機《漢高祖功臣頌》注各引《詩》"猗歟那歟"，《太平御覽》五百八十二引《詩》同。按：此詩之"猗那"，言樂之美盛，猶"猗儺"形容草木之美盛、"旖施"形容旌旗之美盛也。

〔**置我鞉鼓**〕　鄭《箋》："置讀曰植。植鞉鼓者，爲楹，貫而樹之。"《禮記·明堂位》注引《商頌》"植我鼗鼓"，《廣雅·釋音樂》曹憲注引《詩》同。《説文》："植，户植也。……櫃，或从置。"馬瑞辰云："是櫃本植之或體，詩作置者，既櫃之省借。"又《説文》："鞀，鞀遼也。从革，召聲。鞉，鞀或从兆；鼗，鞀或从鼓，从兆；磬，籒文鞀，从殸、召。"《集韻》："鞀，鼓名。……亦書作鼗。""鼗"、"鼗"一字。

〔湯孫奏假〕　《釋文》:"假,毛古雅反。大也。鄭作格,升也。"王氏《詩攷》引《爾雅·釋詁》郭注引《詩》"湯孫奏嘏"。《説文》:"假,非真也。从人,叚聲。一曰至也。《虞書》曰:'假于上下。'"陳瑑云:"'假于上下',今作格。"郝懿行云:"假、格古音相轉。"馬瑞辰云:"假與格一聲之轉,故通用。假者,徦之假借;格者,佫之假借。《爾雅·釋詁》:'格,至也。'《釋言》:'格,來也。'《方言》:'假、佫,至也。邠、唐、冀、兖之間曰假,或曰佫。'郭注:'假音駕。佫,古格字。'據《説文》'徦,至也,从彳,叚聲',知《方言》假當作徦。《廣雅·釋詁》:'假,至也。'假亦徦之省借。假又嘏之假借,音古,故與祖爲韻。格字轉上聲亦音古,故通用。至與致義相成,凡神人來至曰假,祭者上致乎神亦曰假。《尚書》'祖考來格',《商頌》'來假來饗',此神人之來至也。《易·萃·彖傳》'"王假有廟",致孝享也',《尚書》'舜格于文祖',《史記·五帝紀》作'舜乃至于文祖',《祭統》'公假于大廟',《商頌》'以假以享'、'鬷假無言'及此詩'湯孫奏假',皆祭者致神之謂也。……假與格皆當訓至……義亦相通。"

〔鞉鼓淵淵〕　《説文》:"鼘,鼓聲也。从鼓,㴊聲。《詩》曰:'鼗鼓鼘鼘。'"《集韻·先韻》:"鼘,《説文》'鼓聲也'。……或作鼝。"《毛詩》作"淵淵"者,同音假借也。正字爲"鼘鼘"。

〔嘒嘒管聲〕　山井鼎《考文》:古本作"嘒嘒管聲"。"嘒嘒"爲正字。

〔既和且平〕　山井鼎《考文》:古本作"既和既平"。按:古本此句與《烈祖》"既戒既平"均與文義不合,句法應爲"既……且……"。

〔於赫湯孫〕　《文選·顔延之〈應詔讌曲水作詩〉》注引《毛詩》作"於穆湯孫"。按:引文有誤。

〔**庸鼓有斁**〕　《釋文》:"庸,如字,依字作鏞。大鍾也。"《文選·張衡〈東京賦〉》注引《毛詩》作鏞。按:"鏞"爲正字,"庸"爲借字。

〔**萬舞有奕**〕　《文選·張衡〈東京賦〉》注引《毛詩》"萬舞奕奕"。按:毛《傳》:"奕奕然閑也。"《文選》注引《詩》蓋以涉《傳》文而誤也。

〔**亦不夷懌**〕　《釋文》出作"繹",云:"字又作懌。"阮校:"《正義》本是'懌'字,當爲《唐石經》之所本也。按:'懌'者俗字,從'繹'爲是。"按:《大雅·板》毛《傳》:"懌,説也。"此詩"亦不夷懌",陳奂云:"亦夷懌也。'不',語助。"《説文新附》:"懌,説也。"是"夷"、"懌"同爲悦樂之意也。"懌"爲正字。

烈　祖

嗟嗟烈祖,有秩斯祜。申錫無疆,及爾斯所。既載清酤,賚我思成。亦有和羹,既戒既平。鬷假無言,時靡有争。綏我眉壽,黄耇無疆。約軝錯衡,八鸞鶬鶬。以假以享,我受命溥將。自天降康,豐年穰穰。來假來饗,降福無疆。顧予烝嘗,湯孫之將。

〔**賚我思成**〕　《釋文》:"賚,毛如字。賜也。鄭音來。"《箋》云:"賚讀如往來之來。"馬瑞辰云:"賚從《傳》訓賜爲是。思爲語詞。成猶備也,福也。'賚我思成'猶云賜我福也。"

〔**亦有和羹**〕　《説文·䰜部》引《詩》"亦有和鬻"。《説文繫傳》引《詩》"亦有盉羹"。按:《説文》:"鬻,五味盉鬻也。从䰜,从羔。《詩》曰:'亦有和鬻。'鬻,鬻或省。䰜,或从美,䰜省。羹,小篆，从羔，从美。”《説文》：“盉，調味也。”“咊，相膺也。从口，禾聲。”後作“和”，唱和之意。是知“盉羹”爲本字。

〔**既戒既平**〕　《晏子春秋·外篇》、《申鑒·雜言》各引《詩》“既戒且平”。馬瑞辰云：“然以詩承‘和羹’言，戒當訓備。《方言》：‘戒，備也。’……備與葡通。《説文》：‘葡，具也。’和羹必備五味。昭二十年《左傳》‘宰夫和之，齊之以味’，此詩所云‘戒’也；‘濟其不及，以洩其過’，此詩所云‘平’也；故下引此詩以證之。《晏子春秋》及《申鑒》並引《詩》作‘既戒且平’，與《那》詩‘既和且平’句法同。”

〔**鬷假無言**〕　《左傳·昭公二十年》引《詩》“鬷嘏無言”，《申鑒》引《詩》同。按：“假”與“嘏”可通用。

〔**黄耉無疆**〕　《唐石經》“耉”作“耇”。按：《爾雅·釋詁》：“耇，壽也。”《説文》：“耇，老人面凍黎若垢。从老省，句聲。”朱駿聲云：“當訓老人背傴僂也。从老省，从句。會意，句亦聲。”“耇”與“耉”同。

〔**約軝錯衡**〕　《唐石經》“軝”作“軧”。按：《説文》：“軝，長轂之軝也，以朱約之。从車，氏聲。《詩》曰：‘約軝錯衡。’軝，或从革。”“軧，大車後也。从車，氐聲。”此詩以“軝”爲正字。

〔**八鸞鶬鶬**〕　《釋文》：“鶬，本又作鏘。”按：“鶬鶬”、“鏘鏘”疊韻通用。

〔**來假來饗**〕　閩本、明監本、馬應龍本、汲古閣本、葛鼐本“饗”作“享”。阮校：“按經中‘饗’、‘享’二字截然有别。享者，下享上也；饗者，上饗下也。自歐陽修《本義》以來，諸家論之審矣。按有同字義别而相因者，如獻神爲享神，食其所獻亦爲享，是也。此等在訓詁中蓋未可枚舉，後儒曲爲分别，乃以‘獻之’作‘享神’，‘食所獻’作‘饗於’，《我將》、《閟宫》、《烈祖》皆用此例定其字，故

《唐石經》、宋本似是而非，今俗本概作‘享’，似非而是。此篇前‘享’字，《箋》云：‘獻也。’後‘享’字，《箋》云：‘謂獻酒使神享之也。’相承爲説。當時斷非有二形也。”阮氏辨之頗得其實矣。

玄鳥

天命玄鳥，降而生商，宅殷土芒芒。古帝命武湯，正域彼四方。方命厥后，奄有九有。商之先后，受命不殆，在武丁孫子。武丁孫子，武王靡不勝。龍旂十乘，大糦是承。邦畿千里，維民所止，肇域彼四海。四海來假，來假祁祁，景員維河。殷受命咸宜，百禄是何。

〔**宅殷土芒芒**〕 《史記·三代世表》褚少孫論引《頌》“殷社芒芒”。《魏書·崔宏傳》引《詩》“宅殷土茫茫”。《文選·陸機〈弔魏武帝文〉》注，《藝文類聚》九十二，《太平御覽》一百三十五、九百二十二各引《詩》並同。按：褚氏引《詩》脱“宅”字。馬瑞辰云：“社、土古同音通用，故大社稱冢土。《公羊傳》‘諸侯祭土’，何休注：‘土謂社也。’……《説文》：‘芒，草耑也。’無大義。據《荀子·富國》注‘芒或讀爲荒’，《史記·三代世表》帝芒，《索隱》云‘芒一作荒’，芒芒當即荒荒之叚借。《説文》：‘巟，水流廣也。’《廣雅·釋詁》：‘巟，大也。’巟通作荒，荒借作芒，故《傳》、《箋》訓爲大耳。”馬説是也。

〔**奄有九有**〕 徐幹《中論·法象》引《詩》“奄有九域”。《文選·潘勗〈册魏公九錫文〉》注引《韓詩》同。《文選·應貞〈晉武帝華林園集詩〉》注引《毛詩》“奄有九州”。按：馬瑞辰云：“九有即九域之假借，《韓詩》作九域，《文選》注引《薛君章句》曰：‘九域，九州也。'……域、有一聲之轉,故通用。《説文》:'或,邦也。从口,戈以守其一。一,地也。或从土作域。'是或、域本一字。……古或字讀同域者,與有字古讀若以者通用,因而或字讀胡國切者亦與有通。"毛《傳》:"九有,九州也。"至應貞詩注引《毛詩》作"九州"者,乃以毛《傳》之訓詁代本字,欠確。

〔**商之先后**〕 《唐石經》"商"作"商"。嚴可均云:"當作商。磨改作商,商即啻字。"按:《唐石經》殆以二字形近致誤也。

〔**受命不殆**〕 鄭《箋》:"商之先君受天命,而行之不解殆者。"是此詩"殆"字乃"怠"之假借耳。

〔**邦畿千里**〕 《〈禮記·大學〉釋文》:"畿音祈,又作幾。"《周禮·大司徒》注、《尚書大傳》注各引《詩》"邦圻千里"。《文選·張衡〈西京賦〉》作"封畿千里",注引《毛詩》同。謝瞻《於安城答靈運詩》注引《詩》"京畿千里"。按:《説文》:"邦,國也。从邑,丰聲。㞷,古文。""畿,天子千里地。以遠近言之,則言畿也。从田,幾省聲。"徐鍇《繫傳》"遠"作"逮"。段注:"逮,及也。"此詩毛《傳》:"畿,疆也。"又《説文》:"圻,垠或从斤。"《集韻·微韻》:"畿,《説文》:'天子千里地。'……或作圻。"朱駿聲云:"圻,假借爲畿。"馬瑞辰云:"邦、畿二字同義。邦者,封之假借。《小爾雅》:'封,界也。'《周禮·大司徒》注:'封,起土界也。'《大司馬》注:'封謂立封於疆爲界。'是封亦疆也,界也。《文選·西京賦》注引《詩》作'封畿千里',蓋本《三家詩》。《毛詩》作邦者,假借字也。《説文》:'封,从之、土,从寸。寸,守其制度也。籀文从丰土作𡉚。'邦字亦从丰聲,故通用。《論語》'邦域之中',《漢書·王莽傳》作'封域',《釋文》亦曰:'邦,或作封。'又'謀動干戈於邦内',《釋文》云:'鄭本作封内。'《釋名》:'邦,封也。'皆邦與封同音通用之證。封、畿同爲疆界之稱,猶肇域讀爲兆域,兆亦域也。"是經文正字爲"封畿千里”。作“邦圻”者爲通假字。謝瞻詩所引“京畿千里”不辭，有误。

〔**維民所止**〕　《禮記·大學》、《尚書大傳》注各引《詩》，《文選·張衡〈西京賦〉》注引《毛詩》“維”作“惟”。按：作爲語助，“維”、“惟”通用。

〔**肇域彼四海**〕　鄭《箋》：“肇當作兆。”馬瑞辰云：“字訓始者作肁，《説文》：‘肁，户始開也。’訓擊者作肇，李舟《切韻》：‘肇，擊也。’經傳中通借肇爲肁，又譌作肈，故《玉篇》曰：‘肈，俗肇字。’张參《五經文字》曰：‘肇，作肈譌。’是知《毛詩》今作肈者，俗譌字也。肇、兆古同音通用。《爾雅·釋言》：‘兆，域也。’《尚書大傳》‘兆十有二州’，鄭注：‘兆，域也。爲塋域以祭十二州之分星也。’古文《堯典》則作‘肇十有二州’矣。《箋》於《大雅》‘以歸肇祀’及此詩‘肇域’並讀爲兆。兆本卜兆之古文，兆畔之字正作垗，《説文》‘垗，畔也，爲四畔界祭其中’，引《周禮》‘兆五帝於四郊’是也。經典通作‘兆’，祭壇之塋域曰兆，界四海之疆域亦曰兆。《大雅》‘以歸肇祀’，《箋》云‘肇，郊之神位也’，此讀肇爲塋域之兆也。此詩‘肇域’，《箋》云‘乃後兆域正天下之經界’，此讀肇爲疆域之兆也。”馬説審矣。

〔**景員維河**〕　《釋文》：“鄭云‘河之言何也’，王以爲河水，本或作何。”毛《傳》：“景，大。員，均。”鄭《箋》：“員，古文作云。河之言何也。”陳奐云：“‘景’與‘京’通。‘京’爲大，故‘景’亦爲大。員，讀爲‘圓’。《説文》：‘圓，圜全也。讀若員。’《管子》有《地員篇》，地員即土均。《周禮·庾人》：‘正校人員選。’員選即均齊。是‘員’爲均也。《傳》釋‘景員’爲‘大均’，與《長發》‘幅隕’爲‘廣均’訓雖同，而意實異。《長發》‘廣均’承上文‘禹敷下土方’而言，此‘大均’承上文‘四海來假，來假祁祁’而言。蓋高宗都景亳，在冀州域内，三面距河，故詩人言四海之朝貢來至于河者，乃大均也。《禹貢》：'楊州錫貢，沿于江海。'《夏本紀》、《地理志》皆云：'錫貢均江海。'馬融本亦作'均'，云：'均，平也。'馬治《古文尚書》，則今、古文皆作'均'矣。《詩》、《書》義同。"

〔**百禄是何**〕　《正義》本、山井鼎《考文》古本，並作"荷"。《左傳·隱公三年》引《詩》"百禄是荷"。《釋文》出作"何"，云："本又作荷。"毛《傳》："何，任也。"《説文》："何，儋也。"徐鉉等注："儋何，即負何也。……今俗别作擔荷。"按：甲骨文"何"字象人荷戈之形。段玉裁、陳奂並云："何，俗作荷。"《毛詩》作"何"爲本字。

長　發

濬哲維商，長發其祥。洪水芒芒，禹敷下土方，外大國是疆。幅隕既長，有娀方將，帝立子生商。

玄王桓撥，受小國是達，受大國是達。率履不越，遂視既發。相土烈烈，海外有截。

帝命不違，至于湯齊。湯降不遲，聖敬日躋。昭假遲遲，上帝是祗，帝命式于九圍。

受小球大球，爲下國綴旒。何天之休，不競不絿，不剛不柔，敷政優優，百禄是遒。

受小共大共，爲下國駿厖。何天之龍，敷奏其勇，不震不動，不戁不竦，百禄是總。

武王載旆，有虔秉鉞。如火烈烈，則莫我敢曷。苞有三蘖，莫遂莫達，九有有截。韋顧既伐，昆吾夏桀。

昔在中葉，有震且業。允也天子，降于卿士，實維阿衡，實左右商王。

〔濬哲維商〕　毛《傳》："濬，深。"鄭《箋》："深知乎！"馬瑞辰云："《説文》：'容，深通川也。或作濬，古文作濬。'又曰：'叡，深明也，通也。古文作睿。'此詩濬、哲並言，濬當即睿之假借。《廣雅》叡、哲並訓智，是也。濬哲猶言宣哲、明哲。《傳》、《箋》並訓濬爲深，失之。《大戴禮》'幼而慧齊'，《史記·五帝紀》作徇齊，《索隱》引《大戴》作叡齊，《史記》舊本作濬齊，是濬、叡古通用之證。徇與濬音亦近，徇、齊皆疾速之稱，凡人鈍則遲疑，明則疾速，故徇、齊皆爲智也。""哲"，《釋文》出作"悊"，云："悊，音哲。字或作哲。"按：《説文》："哲，知也。从口，折聲。悊，哲或从心。嚞，古文哲，从三吉。"《玉篇》："喆，同哲。"是知"悊"、"嚞"、"喆"並爲"哲"之或體也。

〔洪水芒芒〕　《文選》謝靈運《初發石頭城詩》注、潘岳《楊荆州誄》注各引《毛詩》，《太平御覽》五百二十八引《詩》"洪水茫茫"。按：《説文》："芒，艸耑。从艸，亾聲。"《莊子·盗跖》："目芒然無見，色若死灰。"《莊子·齊物論》："人之生也，固若是芒乎？其我獨芒，而人亦有不芒者乎？"成玄英疏："芒，闇昧也。"按："芒"字本義爲"艸耑"，後衍生"闇昧"、"模糊"、"迷蒙"、"渺然"諸義，"芒"又孳乳爲"茫"字。《廣韻·唐韻》："茫，滄茫。"此詩文"芒芒"即"茫茫"，大水貌也。

〔幅隕既長〕　毛《傳》："幅，廣也。隕，均也。"鄭《箋》："隕，當作圓。圓，謂周也。"《正義》："幅，如布帛之幅，故爲廣也。"王引之云："依《傳》則'廣也，均也，長也'，三義並列，經當言'幅隕且長'，文義方明，何得云'幅隕既長'乎？毛義未爲得也。依《箋》則隕與圜同,《釋文》'圜音還,又音圓',音還則取還繞之義。國之疆域,無不四面還繞者,何待禹廣大之而始然乎?古人言地之廣狹,皆云方幾里,或云廣縱幾里,無以還繞言之者。音圓,則疆域之長短參差,往往而有,安必其形之皆圓乎?《箋》義亦未安也。《説文》曰:'幅,布帛廣也。'幅爲布帛之廣,非地廣之稱也。偏考書傳,無謂地廣爲幅者。若謂疆域如布帛之幅,則幅上當加'如布帛之'四字而其義始著,豈得苟簡其文而直謂之幅乎?亦不得如《正義》所云也。今考全《詩》之例,如:'我稼既同'、'決拾既佽'、'福禄既同'之類,句首皆實指其物與事,'幅隕既長',文義與之相似,句首亦當實指其所謂'既長'之事,不應空訓之爲廣、爲均、爲圜也。幅讀爲'福',隕讀爲'云',古字假借耳。'福云既長'者,承上文'長發其祥'言之,'福'亦'祥'也。言當'禹敷下土'疆理大國之時,商之福祥既已長矣,故曰'福云既長'。下文'帝立子生商'則福長之始也。'云',語助也。凡《詩》第二字用'云'字者,如'卜云其吉'、'曷云能來'、'如云不克'、'并云不逮'之類,皆爲語助。字或作'員',《玄鳥》曰'景員維河'是也。又作'隕',此詩'幅隕既長'是也。説經者不察古人假借之例,故其説迂曲而難通矣。"

〔**帝立子生商**〕　《列女傳·契母簡狄》、《吕氏春秋·音初》高注各引《詩》"立子生商"。按:二書引《詩》,句首均脱"帝"字。

〔**玄王桓撥**〕　《釋文》:"撥,《韓詩》作發。曰:發,明也。"按:盧文弨云:"古撥、發音同。"毛《傳》:"撥,治。"馬瑞辰云:"撥,《韓詩》作發,發當讀如'發强剛毅'之發。……桓、發二字平列,皆剛勇之貌。《毛詩》作撥,假借字。《韓詩》作發,爲正字,但不得如説《韓詩》者訓發爲明耳。毛、鄭訓撥爲治,亦非詩義。詩下有'遂視既發'之文,故上文毛假撥爲發,以與發爲韻,此阮宫保所云'義同字變'之類。"馬説是也。

〔率履不越〕　洪适《隸釋》載《漢周憬功勳銘》作"帥禮不越"。《韓詩外傳》引《詩》"率禮不越"。《説苑·復恩》、《漢書·宣帝紀》《蕭望之傳》、《後漢書·東平憲王傳》各引《詩》同。按:"率",《玉篇·率部》:"將領也。"《廣韻·質韻》:"率,領也。"《荀子·富國篇》:"將率不能則兵弱。"楊倞注:"率,與帥同。"是"率"、"帥"音同義通,可互假也。"履"有"實行"義,《小雅·大東》:"君子所履,小人所視。"鄭《箋》:"君子皆法效而履行之。"《説文》:"禮,履也,所以事神致福也。"《説文》:"履,足所依也。"徐灝《箋》:"履,踐也,行也。"朱駿聲《通訓定聲》:"此字本訓踐,轉注爲所以踐之具也。""履"、"禮"疊韻,同在脂部,可通借也。

〔相土烈烈〕　《文選·曹植〈上責躬應詔詩〉》注引《詩》"相士烈烈"。按:毛《傳》:"相土,契孫也。"《左傳·襄公九年》杜注:"相土,契孫,商之祖。"按:《文選》注引《詩》作"相士"者,蓋以形近而借"士"作"土"耳。

〔海外有截〕　《漢書·宣帝紀》《蕭望之傳》、《後漢書·竇憲傳》注各引《詩》"海外有戳"。王氏《詩攷》引《詩》"海水有截"。按:《説文》:"戳,斷也。从戈,雀聲。"朱駿聲《通訓定聲》:"戳,字亦作截。"《玉篇》:"戳,亦作截。"今"截"行而"戳"少見矣。《詩攷》引《詩》"水"字誤。

〔至于湯齊〕　《禮記·孔子閒居》鄭注引《詩》"至于湯躋",云:"躋,升也。"《家语·問禮》引《詩》同。按:本詩毛《傳》:"至湯與天心齊。"鄭《箋》:"帝命不違者,天之所以命契之事,世世行之,其德浸大,至於湯而當天心。"馬瑞辰云:"'帝命不違'即'不違帝命'之倒文。詩總括相土以下諸君,謂商先君之不違天命,至湯皆齊一。猶《左傳》云'自幕至于瞽叟無違命'也。……毛《傳》謂湯與天心齊,鄭注《禮記》讀爲'湯躋',並失之。"

〔**受小球大球**〕〔**受小共大共**〕　毛《傳》曰："球，玉。""共，法。"王引之云："球、共皆法也。球，讀爲捄；共，讀爲拱。《廣雅》曰：'拱、捄，法也。……《大戴記·衛將軍文子篇》引《詩》'受小共大共'。共，一本作拱。高誘注《淮南·本經篇》曰：'蛩讀《詩》受小拱之拱，則《詩》共字，古本或作拱。拱、捄二字皆从手而訓亦同。其從玉作球，假借字耳。此承上文'帝命式于九圍'言之，言受小事之法、大事之法於上帝，故能爲下國綴旒、爲下國駿厖，所謂式于九圍也。……然則小球大球、小共大共，謂所受法制有小大之差耳。《傳》解球爲玉，已與共字殊義，《箋》復謂共爲執玉，迂回而難通矣。"王説精當。

〔**爲下國綴旒**〕　《禮記·郊特牲》注引《詩》"爲下國畷郵"。《玉篇·田部》："畷，《詩》云：'爲下國畷流。'畷，表也。本亦作綴。《禮記》云'郵表畷'；畷，《説文》云'兩陌閒道也'。"按：毛《傳》："綴，表。旒，章也。"鄭《箋》："綴，猶結也。旒，旌旗之垂者也。"馬瑞辰云："綴旒二字平列，毛《傳》釋爲表章，章亦所以表也。古者樹臬以表位，曰表，《周禮·大司馬職》'虞人萊所田之野爲表'，鄭注：'表，所以識正行列也。'……旒，正字作游，从㫃，汓聲，《説文》：'游，旌旗之流也。'……'畷，兩陌閒道也。'段曰：'畷之言綴，衆涂所綴也。於此爲田畯督百姓之處，若街彈室者然，曰郵表畷。'《玉篇》畷字注引《詩》'爲下國畷流'。按：郵表畷爲督約百姓之處，亦立表以示人。《説文》：'桓，亭郵表也。'是郵亭有表之證。舞列之表曰綴，郵亭之表亦可曰畷，其義相近。然旒作郵者，自是同音假借字。"馬説甚允當。

〔**敷政優優**〕　《説文·夊部》引《詩》"布政憂憂"。《左傳·成公二年》《昭公二十年》各引《詩》"布政優優"。《春秋繁露·循天之道》、《後漢書·陳寵傳》、《家語·正論》、《説文繫傳》各引

《詩》,《文選·鍾會〈檄蜀文〉》注引《毛詩》同。按:毛《傳》:"優優,和也。"《山海經·海内經》注:"布猶敷也。"《小爾雅》:"敷,布也。"《説文》:"憂,和之行也。……《詩》曰:'布政憂憂。'"陳奐云:"古'憂愁'作'惪','優和'作'憂'。許據詩作'憂憂',本字;作'優優',假借字。"陳説是也。

〔**爲下國駿厖**〕 毛《傳》:"駿,大。厖,厚。"鄭《箋》:"駿之言俊也。"《釋文》:"駿,毛亦作俊讀。"按:《説文》:"厖,石大也。从厂,尨聲。"桂馥《義證》:"《集韻》、《類篇》引作'石大貌'。"《爾雅·釋詁》:"厖,大也。"《集韻·江韻》:"厖,厚也。"徐灝《箋》:"大有厚義,故厖亦訓厚。""庬",俗"厖"字。馬瑞辰云:"如《傳》、《箋》訓爲大厚,言'爲下國大厚',似爲不詞,且與前章'綴旒'語不相類。竊考《荀子·榮辱篇》引作駿蒙,《大戴·衛將軍文子篇》引作恂蒙。駿與恂,厖與蒙,古並聲近通用。《大學》'恂栗',鄭注'恂讀爲駿',《詩》'狐裘蒙戎',《左傳》作厖戎,是其證也。此詩當以恂蒙爲正。恂讀爲徇,《吕氏春秋·忠廉篇》高注:'徇,猶衛也。'是徇有庇衛之義。又《大雅·桑柔》'其下侯旬',《傳》:'旬,言陰均也。'《正義》引《爾雅·釋言》:'洵,均也。'李巡曰:'洵,徧之均也。'恂、洵義亦近。蒙通作幏,《説文》:'幏,蓋衣也。'《廣雅·釋詁》:'幪,覆也。'幪即幏字之俗。'爲下國恂蒙'猶云爲下國庇覆耳。《荀子·榮辱篇》'是夫羣居和一之道也',下引《詩》此句爲證,則恂蒙有羣相庇蔭之象。《法言》'震風凌雨,然後知夏屋之爲帡幪也',注:'帡幪,蓋覆也。'恂蒙猶言帡幪耳。上章言'敷政',故言爲下國之表章;此章言'奏勇',故言爲下國之覆庇,義固各有當也。至《毛詩》作'駿厖',董氏《讀詩記》引《齊詩》作'駿駹',皆假借字。説《齊詩》者遂以馬釋之,誤矣。"

〔**何天之龍**〕 《大戴禮·衛將軍文子》引《詩》"何天之寵"。

鄭《箋》:"龍當作寵。"《家語·弟子行》引《詩》"荷天子之龍"。按:《廣雅·釋言》:"龍,寵也。"王念孫《疏證》:"龍、寵聲相近,故古人以二字通用。"《小雅·蓼蕭》:"既見君子,爲龍爲光。"毛《傳》:"龍,寵也。""何",負荷、承受之意,其俗體作"荷"。互見《玄鳥》篇。《家語》引《詩》衍"子"字。

〔**敷奏其勇**〕　《釋文》出作"傅",云:"音孚,本亦作敷。"《大戴禮·衛將軍文子》引《詩》"傅奏其勇",《群經音辨》引《詩》同。阮校:"《正義》本未有明文,今無可考。《大戴禮》所引是'傅'字,此亦如《尚書》'敷納'、'敷士'、'敷淺'原多引作'傅'也。""敷"、"傅"同聲通用。

〔**不戁不悚**〕　毛《傳》:"戁,恐。悚,懼也。"馬瑞辰云:"《爾雅·釋詁》:'戁,動也。'又:'戁,懼也。'《説文》:'戁,敬也。'敬則必恐懼,故義又爲恐。《小爾雅》:'面慙曰戁。'而《説文》曰:'赧,面慙赤色。'則戁又與赧通,故《楚語》韋注曰:'赧,懼也。'《説文》:'竦,敬也。''愯,懼也。'《傳》訓悚爲懼,蓋以竦爲愯之假借。愯又通作聳與慫。昭六年《左傳》'聳之以行',《漢書·刑法志》引作雙,雙即愯也。……《方言》:'聳,悚也。'《説文》:'慫,驚也。讀若悚。'晉灼曰:'愯,古竦字。'是愯、竦、聳、慫、悚五字音義並同,故通用。"馬説得之矣。

〔**百祿是總**〕　《釋文》:"總,子孔反。本又作鬷,音宗。"按:《説文》:"總,聚束也。从糸,悤聲。""鬷,釜屬。从鬲,㚇聲。""稯,布之八十縷爲稯。从禾,㚇聲。"《字彙·糸部》:"緫,俗總字。"《莊子·則陽》:"其鄰有夫妻臣妾登極者,子路曰:'是稯稯何爲者邪?'"《釋文》:"稯稯,音揔,字亦作揔。李云:'聚貌。'"《集韻·東韻》:"鬷,緫也。"《字彙·鬲部》:"鬷,衆也。"《陳風·東門之枌》:"穀旦于逝,越以鬷邁。"《箋》:"鬷,揔也。"陳奂《傳疏》:"鬷,讀爲總。"是知"總"爲本字,"緫"爲俗體。"蝬"、"稯"並爲"總"之通假字。

〔**武王載旆**〕　毛《傳》:"旆,旗也。"《荀子·議兵篇》、《韓詩外傳》三引《詩》並作"武王載發"。(王氏《詩攷》引《外傳》如此。)《説文》引《詩》"武王載坺"。王引之云:"發,正字也。旆、坺皆借字也。'發'謂起師伐桀也。《〈豳風·七月〉箋》曰:'載之言則也。''武王載發','武王則發'也。《漢書·律曆志》述周武伐紂之事曰'癸巳,武王始發',與此發字同義。《史記·殷本紀》曰:'湯自把鉞,以伐昆吾,遂伐桀。'即本此詩'武王載發,有虔秉鉞'之文。史公言把鉞而不言載旆,則所見本不作旆可知。"陳奂曰:"《〈噫嘻〉箋》云:'發,伐也。'是'發'、'伐'同也。'伐'、'坺'、'發'其用字不同,而不爲旌旗之名則皆同,此可以訂今本經傳之誤。發,行也,以言出師也。"以上二説足相參正也。

〔**則莫我敢曷**〕　毛《傳》:"曷,害也。"《荀子·議兵篇》引《詩》"曷"作"遏",《漢書·刑法志》、《文選·陳琳〈檄吴將校部曲文〉》注、《太平御覽》三百四十一各引《詩》同。馬瑞辰云:"曷與害雙聲,故《傳》以曷爲害之假借。然《荀子·議兵篇》、《漢書·刑法志》引《詩》俱作遏。《爾雅·釋詁》曷、遏並訓止。《説文》:'遏,微止也。'曷當即遏之省借。……《傳》訓爲害,似非詩義。"

〔**苞有三蘖**〕　相臺本"蘖"作"櫱"。《淮南子·俶真訓》高注引《詩》"包有三蘖"。《漢書·叙傳》注引《詩》"包有三枿"。《廣韻·五肴》引《詩》"枹有三枿"。《國風·晨風》"山有苞櫟",《爾雅》郭注引作"山有枹櫟"。按:"枹"、"包"皆同音假借字,"苞"爲本字。又郝懿行云:"枿者,栓之别體也。《説文》作巘,或作櫱,云'伐木餘也'。……古文作不,亦作栓。按:栓,蓋从辛聲,辛即辠字之省。隸書變辛爲卉,經典因之作枿,故《方言》云:'枿,餘也。'

《〈書·盤庚〉正義》引李巡曰:'枿,槁木之餘也。'《詩》'苞有三櫱',《廣韻》引作'枹有三枿',俱枿變爲枿耳。"按:"櫱"、"蘖"古今字。

〔九有有截〕　《晉書·樂志》載《四廂樂歌》作"九域有戳",此本魯、韓《詩》。按:"有"、"域"古通。《説文》:"戳,斷也。从戈,雀聲。"《玉篇》:"戳,亦作截。"

〔韋顧既伐〕　《漢書·古今人表》作"韋鼓"。按:"顧"、"鼓"雙聲,古通用。此詩"顧"爲正字。

〔降于卿士〕　莊述祖云:"《正義》本作'予'、《石經》作'予'。朱子《集傳》云:'降,言天賜之也。'是《集傳》本亦作'予'。自坊本有作'于'者,以譌傳譌,如歐陽永叔《詩本義》亦有寫作'于'者矣。"是"于"爲訛字。

〔實維阿衡〕　《文選·楊雄〈解嘲〉》注引《詩》"寔惟阿衡"。范曄《後漢二十八將傳》注引《毛詩》"實惟阿衡",《白帖》七十引《詩》同。按:《説文》:"實,富也。""寔,止也。"《正字通》:"寔與實通。"朱駿聲云:"寔,叚借爲實。"是"實"、"寔"同聲可互假也。"實"、"寔"又通作"是","是維"猶"是为"也。"維"、"惟"古通用。

〔實左右商王〕　《文選·楊雄〈解嘲〉》注引《詩》,阮籍《爲鄭沖勸晉王牋》注、劉孝標《辯命論》注、王俭《褚淵碑文》注各引《毛詩》"左右商王",《北堂書鈔》四十九、《白帖》七十各引《詩》同。按:以上所引《詩》均脱"實"字。

殷　武

撻彼殷武,奮伐荆楚。罙入其阻,裒荆之旅。有截其所,湯孫之緒。

維女荆楚,居國南鄉。昔有成湯,自彼氐羌,莫敢不來享,莫敢不來王,曰商是常。

天命多辟,設都于禹之績。歲事來辟,勿予禍適,稼穡匪解。

天命降監,下民有嚴。不僭不濫,不敢怠遑。命于下國,封建厥福。

商邑翼翼,四方之極。赫赫厥聲,濯濯厥靈。壽考且寧,以保我後生。

陟彼景山,松柏丸丸。是斷是遷,方斲是虔。松桷有梴,旅楹有閑,寢成孔安。

〔**罙入其阻**〕　閩本、明監本、毛本“罙”誤“采”。《釋文》:“罙,面規反。毛:深也。鄭:冒也。《説文》作罙,從网米。云:冒也。”按:《説文》:“罙,周行也。从网,米聲。《詩》曰:‘罙入其阻。’𥥍,罙或从冂。”阮氏《校勘記》云:“案依字當作‘罙’,詳見《詩經小學》。”馬瑞辰云:“《毛詩》作采者,即《説文》罙字之省。罙與彌通,《廣雅·釋詁》:‘彌,深也。’……今本《説文》罙字注云‘周行也’,周即‘冒’字形近之譌,‘行’乃後人妄增耳。”陳奂云:“‘罙’即‘𥦖’之隸變。《説文·穴部》:‘𥦖,深也。’本毛。又《网部》‘罙’下引《詩》‘罙入其阻’,本三家。《箋》云:‘罙,冒也。’鄭於字同毛,而義用三家。”嚴可均云:“采不體。”《説文》“𥦖”下,段注:“𥦖、𣸧古今字,篆作𥦖、𣸧,隸變作罙、深。”

〔**維女荆楚**〕　《文選·劉楨〈贈五官中郎將〉》注引《毛詩》“女”作“汝”。按:《説文》:“女,婦人也。象形。”《集韻·語韻》:“女,爾也。通作汝。”古者爾、汝字但作“女”,後世假“汝”爲“女”,

沿用既久,遂以“汝”爲第二人稱之專名矣。

〔**莫敢不來享**〕　《易·觀卦》虞翻注引《詩》“莫敢不來賓”。馬瑞辰云:“據《周語》‘賓服者享’,則來賓即來享之異文。又按《大戴·五帝德篇》‘莫不賓服’,孔廣森《補注》:‘賓,來朝也。’則來賓與下文來王義同。”

〔**曰商是常**〕　《唐石經》“商”下旁添“王”字。阮校:“案旁添誤也。《箋》云‘曰商王是吾常君也’。‘王’字是《箋》文而非經文也。”

〔**歲事來辟**〕　山井鼎《考文》:古本“事”作“時”。按:以二字雙聲,或假“事”爲“時”也。

〔**勿予禍適**〕　毛《傳》:“適,過也。”鄭《箋》:“勿罪過與之禍適。”王引之云:“案:予,猶施也。禍,讀爲過。《廣雅》曰:‘謫過,責也。’謫與適通。‘勿予過謫’,言不施譴責也。《晏子春秋·雜篇》曰:‘古之賢君,臣有受厚賜而不顧其國族,則過之。臨事守職不勝其任,則過之。’《吕氏春秋·適威篇》曰:‘煩爲教而過不識,數爲令而非不從。’高誘注曰:‘過,責也。’……《史記·吴王濞傳》曰:‘賊臣鼂錯擅適過諸侯。’《新序·善謀篇》曰:‘令謫過卒分守成皋。’是過、適皆責也。禍與過古字通。《荀子·成相篇》曰:‘罪禍有律,莫得輕重。’即罪過字。《漢書·公孫弘傳》:‘諸常與弘有隙,雖陽與善,後竟報其過。’《史記》過作禍。”蓋王氏讀“禍適”爲“過謫”也。

〔**不敢怠遑**〕　《左傳·襄公二十六年》《哀公五年傳》各引《詩》並作“不敢怠皇”。《文選·張衡〈東京賦〉》注引《詩》“不敢迨遑”。按:《説文》:“怠,慢也。”“皇,大也。”朱駿聲云:“皇,叚借作遑。”楊樹達云:“皇,與遑同。”《玉篇·辵部》:“遑,暇也。”《爾雅·釋言》:“迨,及也。”邢昺疏:“謂相及也。”是知《毛詩》“怠遑”

爲正字。作“追”、“皇”者通假字也。

〔**商邑翼翼,四方之極**〕　毛《傳》:“商邑,京師也。”鄭《箋》:“極,中也。商邑之禮俗,翼翼然可則傚,乃四方之中正也。”王引之云:“家大人曰:此兼用《韓詩》説也。《後漢書·樊準傳》,《詩》曰‘京師翼翼,四方是則’。李賢注曰:‘《韓詩》之文也。’翼翼然盛也。是《韓詩》‘之極’作‘是則’,正取則傚之義。鄭君先治《韓詩》,故本之以作此《箋》也。《齊詩》亦作‘是則’,匡衡傳《齊詩》者,《漢紀·元帝紀》載衡《疏》曰:‘《詩》云:京邑翼翼,四方是則。’……《漢紀》之文本於《漢書·匡衡傳》,而《傳》載衡《疏》作‘商邑翼翼,四方之極’。與《漢紀》不同者,後人以《毛詩》改之也。案:《疏》曰‘道德之行,由内及外,自近者始,然後民知所法’,故引《詩》‘四方是則’以證之。則,亦法也。若作‘四方之極’,則失其指矣。顔師古注曰:‘商邑,京師也。極,中也。’則所已是改竄之本。當據《漢紀》以正之。《後漢書》‘京師翼翼’本作‘京邑翼翼’,因彼處下文‘京師’字而誤也。亦當據《漢紀》以正之。《後魏書·甄琛傳》《詩》稱‘京邑翼翼,四方是則’。後魏時《齊詩》已亡,則所引《韓詩》也。《白帖》七十六兩引《詩》皆作‘京邑翼翼,四方是則’,唐時《韓詩》尚存,則所引亦《韓詩》也。張衡《東京賦》曰‘京邑翼翼,四方所視’,本於《齊詩》也。薛綜注曰:‘京,大也。大邑,謂洛陽也。翼翼,禮儀盛貌。言常爲四方觀翼翼然,則齊、韓詩説也。李善注不引《韓詩》而引《毛詩》,失之。”依文義校之,王説允矣。

〔**以保我後生**〕　《漢書·匡衡傳》引《詩》“以”作“㠯”。按:《説文》:“㠯,用也。从反巳。賈侍中説:已意巳實也。象形。”作“㠯”者初文,“以”爲後起字耳。今多作“以”。

〔**松柏丸丸**〕　《白帖》一百引《詩》“松柏桓桓”。毛《傳》:

"丸丸,易直也。"馬瑞辰云:"《詩·大雅·皇矣》篇'松柏斯兑',《傳》:'兑,易直也。'古音兑讀如脱,脱、丸一聲之轉,故丸丸亦爲易直。《説文》:'丸,圜也。傾側而轉者。从反仄。'段玉裁曰:'易直謂滑而條直,又丸義之引申。'至《文選·長笛賦》'丸挺彫琢','丸挺'特節取《詩》詞,《注》引《韓詩章句》曰'取松與柏',乃總括下文'是斷是遷'等句而釋之,與《箋》云'取松柏易直者'同義,非訓丸丸爲取也。李善引《韓詩》,以丸爲取,誤矣。"陳奐云:"《説文》曰:'丸,圜也。'易直者,'圜'之意也。……'是斷是遷',言斷景山松柏,遷徙之以供材用。……《文選·長笛賦》李注云:'《韓詩》曰:"松柏丸丸。"薛君曰:"取松與柏。"然則丸,取也。'奂案:《章句》'取'字即下文'斷''遷'之義。《箋》云:'升景山掄材木,取松柏易直者斷而遷之。'《箋》中'取'字即本《韓詩》。而李善注遂以'取'爲'丸'訓,集《韓詩》者又謂'丸丸,取也'爲《韓詩》義,皆非。"馬、陳之説互相發明,得其本旨矣。至《白帖》引《詩》作"桓桓"者,或以"桓"、"丸"疊韻而借"桓"爲"丸"也。又《説文》:"桓,亭郵表也。"徐鍇《繫傳》:"古者十里一長亭,五里一短亭。郵,過也,所以止過客也。表雙立爲桓。"段注:"《檀弓》注曰:'四植謂之桓。'按:二植亦謂之桓。一柱上四出,亦謂之桓。"徐灝《箋》:"戴氏侗曰:'柱之植立者曰桓。'"《墨子·備城門》:"時令人行貌封,及視關入桓淺深。"孫詒讓《閒詁》:"桓蓋門兩扉旁之直木。"《漢書·尹賞傳》:"便輿出,瘞寺門桓東。"顔師古注:"如淳曰:'……陳宋之俗言桓聲如和,今猶謂之和表。'即華表也。"又《商頌·長發》"玄王桓撥",毛《傳》:"桓,大。撥,治。"準此,"桓桓",殆謂順直高大如"和表"之木歟?姑録而存疑待考。

〔**是斷是遷**〕　《白帖》八十三引《詩》"是斵是遷"。按:鄭《箋》:"取松柏易直者斷而遷之。"詩文本爲"斷"字,《白帖》引作

"斲"者，以涉下句"方斲是虔"而訛也。

〔方斲是虔〕　毛《傳》："虔，敬也。"鄭《箋》："椹謂之虔。……正斲於椹上。"馬瑞辰云："虔當讀如虔劉之虔。《方言》：'虔，殺也。'《廣雅》虔、伐、刈並訓殺，是虔猶伐也，刈也。《淮南·説林》'譬猶削足而適履，殺頭而便冠'，高注：'殺，猶削也。'是知殺人謂之虔，削伐木亦謂之虔，'方斲是虔'猶云'是斲是虔'也。'是斷是遷'是斬伐木於在山之時，'方斲是虔'是削伐木於作室之際。《傳》訓虔爲敬，固非詩義；若如《箋》訓爲椹質，必改經文爲'方斲于虔'而後明，又與'是斷是遷'句法不相類，胥失之矣。"馬説是也。按："斲"，或作"斵"，俗字也。《箋》讀"虔"爲"椹"，迂曲難通。《爾雅·釋宫》："椹謂之榩。"郭璞注："斫木櫍也。"邢昺疏："椹者，斫木所用以藉者之木名也。一曰榩。"《廣雅·釋器》："杬、櫍，椹也。"王念孫《疏證》："凡椹櫍，或用以斫木。……或用以莝芻。……或用以斬人。""椹"，《廣韻》知林切，平侵知。侵部。"榩"，《廣韻》渠焉切，平仙羣。元部。是"椹"、"榩"即俗謂木砧也，是藉於木下以便砍斫之具也；非謂砍斫之事也。鄭氏稱"正斲於椹上"，頗爲窒礙拘牽。

〔松桷有梴〕　《説文繫傳》引《詩》作"挻"。《白帖》一百引《詩》作"埏"。《傳》："梴，長貌。"馬瑞辰云："《説文》：'梴，木長貌。'引《詩》'松桷有梴'。又曰：'挻，長也。'馬融《長笛賦》'丸挻彫琢'，義本是詩，《三家詩》蓋有作挻者。段玉裁謂《釋文》本作挻，《説文》梴字爲後人增入。今按《説文》：'延，長行也。'引申爲長，《方言》：'延，長也。凡施於年者謂之延。'埏、梴皆从延聲，故義皆爲長。然挻字泛言長，梴字專言木長，二字固不嫌複也。張參《五經文字》云：'梴，木長皃。見《詩·頌》。'則唐時《毛詩》固作梴耳。……埏與挻皆梴字之假借。"是"梴"爲正字。

〔**旅楹有閑**〕　毛《傳》:“旅,陳也。”鄭《箋》:“以爲桷與衆楹。”馬瑞辰云:“旅當爲鑢字之假借。《説文》:‘鑢,厝銅鐵也。’厝銅鐵爲鑢,錯摩木亦得爲鑢,故《廣雅·釋詁》曰:‘鑢,磨也。’鑢通作廬,又作鐧,又作鋁。《考工記》‘秦無廬’,注:‘廬讀爲纑,(‘纑’,《考工記》鄭注作‘纑’。阮元《校勘記》謂當作‘籚’。)謂矛戟柄竹欑柲,或曰摩鐧之器。’賈疏云:‘或有解摩鐧之器者,但柄須摩鐧使滑,故爲此釋。’……今按鑢从慮聲,與廬音近,鑢之假借爲旅,猶驢矢作旅矢,旅太山爲臚岱也。鑢又作鐧及鋁,猶膂通作吕也。《明堂位》‘刮楹’,鄭注:‘刮,刮摩也。’正與鑢摩同義。……《尚書大傳》及《説文》説桷,與《公羊注》引《禮》説楹略同,蓋古者楹、桷皆用刮摩,與《明堂位》刮楹制合,是知旅楹即鑢楹,鑢楹即刮楹也。刮楹爲天子之廟飾,而明堂、路寢同之,故《逸周書·作雒解》言明堂之制曰旅楹,此詩新路寢亦曰旅楹,皆謂磨鑢其楹也。《傳》訓旅爲陳,《箋》訓旅爲衆,並失之。”遵馬氏説,經文當作“鑢楹有閑”也。

附　録

錯簡質疑

周　南

卷　耳

采采卷耳，不盈頃筐。嗟我懷人，寘彼周行。
陟彼崔嵬，我馬虺隤。我姑酌彼金罍，維以不永懷。
陟彼高岡，我馬玄黄。我姑酌彼兕觥，維以不永傷。
陟彼砠矣，我馬瘏矣，我僕痡矣，云何吁矣。

按：《小序》："后妃之志也。"朱熹《詩集傳》："此后妃所自作，故無贊美之詞。"方玉潤《詩經原始》："念行役而知婦情之篤也。蓋身在閨門而思在道路。……此詩當是婦人念夫行役而憫其勞苦之作。"方氏之解題，頗爲後世學人所從。然此篇人稱方面多有費解之處。首章之"我"與以下各章之"我"人稱混亂，驟難理清。方氏以爲首章乃婦人自我之稱；二、三、四章"我馬"指"夫馬"，"我姑酌彼金罍"，"乃懷人之人自我也"。"呼夫馬曰'我'，親之之詞耳"。細繹詩文前後旨趣，殊不融合。首章與二、三、四章之間文理尤爲扞格難通，以致説《詩》者各逞私臆，信口開河而終無自圓之論。衆議紛紜，滋人疑竇。設治《詩》者不自我作故，株守俗見，平心求是，研核詩文真諦,則或有所發於義理。

竊疑《詩經》文本傳世二三千年之間,難免由於各方原因造成文字上之衍、脱、譌、異等現象,特以"著於竹帛"時代更爲嚴重。詳審此篇,顯係征人自陳行役勞苦、憂傷無助、怨恨憤懣、思歸心切之情狀,"我"字均爲征人自謂之詞。若删首章,則全詩指歸軒爽,文理條暢,豁然貫通。由此可見,此詩首章極似竄入之簡。

汝　墳

遵彼汝墳,伐其條枚。未見君子,惄如調飢。
遵彼汝墳,伐其條肄。既見君子,不我遐棄。
魴魚赬尾,王室如燬。雖則如燬,父母孔邇。

按:清崔述《讀風偶識》:"且前兩章方言其夫,末章忽置其夫不言,而言文王與紂。前後語意毫不相貫,古人寧有此文法乎?"統覽全文,首、次兩章,實爲女子懷人之作,然末章文字確與前兩章格格不入,意藴分歧,令人不得其解。崔氏之疑頗有明辨之功。《詩經》文字衍、脱現象並不鮮見,此詩末章即竄入之衍文。若删其末章,則詞氣暢達、主旨分明矣。又,統觀二南文例,每篇三章者較多,此詩或另有脱簡亦未可知。且存疑待考。

召　南

行　露

厭浥行露,豈不夙夜,謂行多露。

誰謂雀無角,何以穿我屋。誰謂女無家,何以速我獄。雖速我獄,室家不足。

誰謂鼠無牙,何以穿我墉。誰謂女無家,何以速我訟。雖速我訟,亦不女從。

宋王柏《詩疑》:“《行露》首章與二章意全不貫,句法體格亦異。竊疑之。後見劉向傳《列女》,謂《召南》申人之女許嫁于酆,夫家禮不備而欲娶之。女子不可,訟之于理,遂作二章,而無前章也。乃知前章亂入無疑。”按:王氏所辨極是,當從之。若刪除首章,二、三章自然成篇,文義暢達,主旨明白可曉。

邶　風

燕　燕

燕燕于飛,差池其羽。之子于歸,遠送于野。瞻望弗及,泣涕如雨。

燕燕于飛,頡之頏之。之子于歸,遠于將之。瞻望弗及,佇立以泣。

燕燕于飛,下上其音。之子于歸,遠送于南。瞻望弗及,實勞我心。

仲氏任只,其心塞淵。終溫且惠,淑慎其身。先君之思,以勗寡人。

按:此爲遠送女子婚嫁之詩。前三章情真詞切,酣暢自然,已首尾圓合。然又於末章横生枝葉,乖離主旨,不得其説。而毛氏《小序》則曰:"衛莊姜送歸妾也。"漢、唐以降,洎乎清代諸家,多是其説。且復望文生訓,比附穿鑿,强爲説辭,徒令後人莫知所從。此盲目以史證詩之弊也。朱熹《詩集傳》但云:"莊姜事見《春秋傳》,此詩無所考,姑從《序》説。下三篇同。"此實無奈之言也。此詩如無末章,則衹爲送嫁詩,毋須俗儒饒舌矣。是末章爲亂入之簡無疑。

雄雉

雄雉于飛,泄泄其羽。我之懷矣,自詒伊阻。
雄雉于飛,下上其音。展矣君子,實勞我心。
瞻彼日月,悠悠我思。道之云遠,曷云能來。
百爾君子,不知德行。不忮不求,何用不臧。

按:《雄雉》纯爲思婦詩,前三章已将女子對伊人苦思之情傾訴盡致。然又忽出"百爾君子"以下四句,文義與思婦懷人毫無關涉,確爲羼入之文。

簡兮

簡兮簡兮,方將萬舞。日之方中,在前上處。
碩人俣俣,公庭萬舞。有力如虎,執轡如組。
左手執籥,右手秉翟。赫如渥赭,公言錫爵。
山有榛,隰有苓。云誰之思,西方美人。彼美人兮,西方之人兮。

按：此篇前三章著力摹狀"公庭萬舞"之美盛，乃頌贊舞師之作。脈絡條貫，詩意明晰。然本詩末章則與前三章體格文義殊不契合，疑爲另篇文字誤竄於此，使人難曉本旨。依常例，《詩》中凡言"山有□，隰有□"者，多爲懷人篇章之常喻。因此，末章顯係衍文。

衛　風

碩　人

碩人其頎，衣錦褧衣。齊侯之子，衛侯之妻，東宫之妹，邢侯之姨，譚公維私。

手如柔荑。膚如凝脂。領如蝤蠐。齒如瓠犀。螓首蛾眉。巧笑倩兮。美目盼兮。

碩人敖敖，説于農郊。四牡有驕，朱幩鑣鑣，翟茀以朝。大夫夙退，無使君勞。

河水洋洋，北流活活。施罛濊濊，鱣鮪發發，葭菼揭揭。庶姜孽孽，庶士有朅。

宋王柏《詩疑》："《碩人》之詩，前三章意已足，後一章體致不類。"按：《碩人》爲美化齊公主莊姜之作。全詩四章：首章概述"碩人"顯貴之身世；次章描狀其容態身段之美；三章則突顯其車馬儀仗之盛，並以"大夫夙退，無使君勞"收尾。似已斐然成章，脉絡分明。然又羼入第四章，與前三章文義不洽，實爲贅文。

唐　風

揚之水

揚之水，白石鑿鑿。素衣朱襮，從子于沃。既見君子，云何不樂。

揚之水，白石皓皓。素衣朱繡，從子于鵠。既見君子，云何其憂。

揚之水，白石粼粼。我聞有命，不敢以告人。

按：此詩一、二章每章六句，均爲四言。唯末章四句，前二句均四言；後二句一爲四言，一爲五言。一、二章詩義與句式一致，且音韻和諧。三章遽出五字句，且較前兩章少二句，詞義亦與前章不合。因疑末章三、四句爲亂入之文。若删除其三、四句，則又缺四句，似爲脱簡。經典文字，未敢造次，姑録所疑，以俟方家考實。

秦　風

車　鄰

有車鄰鄰，有馬白顛。未見君子，寺人之令。

阪有漆，隰有栗。既見君子，並坐鼓瑟。今者不樂，逝者其耋。

阪有桑，隰有楊。既見君子，並坐鼓簧。今者不樂，逝者其亡。

按：《車鄰》二、三章叙寫衆友聚首宴飲、及時行樂之事，亦透露人生易老、好景無常之感傷。然開篇首章"有車鄰鄰，有馬白顛。未見君子，寺人之令"四句突兀無端，與二、三章文義不次，鉏鋙支離。若無此首章，則通體暢達。

曹　風

下　泉

洌彼下泉，浸彼苞稂。愾我寤嘆，念彼周京。
洌彼下泉，浸彼苞蕭。愾我寤歎，念彼京周。
洌彼下泉，浸彼苞蓍。愾我寤歎，念彼京師。
芃芃黍苗，陰雨膏之。四國有王，郇伯勞之。

宋王柏《詩疑》："《下泉》四章，其末章全與上三章不類，乃與《小雅》中《黍苗》相似。疑錯簡也。"按：此篇言及郇伯，朱熹《詩集傳》曰："郇侯，文王之後，嘗爲州伯，治諸侯有功。"檢《小雅·黍苗》，則專頌召伯經營謝邑之事功，若忽增郇伯治郇邑之事，則與詩義、事理不諜。況且依地望言，古謝邑在今河南省唐河縣南，周申伯始遷於此;古郇邑則在今山西省臨猗縣境,春秋時爲晉地。兩地遥隔千里,焉能混爲一談。王氏疑《下泉》末章爲錯簡,是矣。然絶非由《小雅·黍苗》逸出而竄入《下泉》篇者。姑録《黍苗》白文於次,期來者考辨之:

芃芃黍苗,陰雨膏之。悠悠南行,召伯勞之。
我任我輦,我車我牛。我行既集,蓋云歸哉。
我徒我御,我師我旅。我行既集,蓋云歸處。
肅肅謝功,召伯營之。烈烈征師,召伯成之。
原隰既平,泉流既清。召伯有成,王心則寧。

豳　風

七月(節録第五章)

五月斯螽動股,六月莎雞振羽。七月在野,八月在宇,九月在户,十月蟋蟀入我牀下。穹窒熏鼠。塞向墐户。嗟我婦子,曰爲改歲,入此室處。

宋王柏《詩疑》:"竊恐'蟋蟀'元在'七月'之下,以詩之句法律之,當然也。不應獨此數語出奇如此。"按:王説極是。若將"蟋蟀"一詞前置於"七月"之下,則爲"七月蟋蟀在野,八月在宇,九月在户,十月入我牀下"。蟋蟀隨時令之變化而轉移棲息處所,詩文蟬聯而下,條理井然,流暢生動。且與全詩及本章句法一律,和諧嚴整。

小　雅

皇皇者華

皇皇者華，于彼原隰。駪駪征夫，每懷靡及。
我馬維駒，六轡如濡。載馳載驅，周爰咨諏。
我馬維騏，六轡如絲。載馳載驅，周爰咨謀。
我馬維駱，六轡沃若。載馳載驅，周爰咨度。
我馬維駰，六轡既均。載馳載驅，周爰咨詢。

按：此篇乃古之使臣勞於王事之詩。共五章：其二、三、四、五章均以“我馬□□”始，以“周爰□□”終。每章四句，每句四言，句式匀整而不板滯，靈動自如。但此詩首章四句，詞氣章法與下文不貫，疑爲錯簡。

出　車

我出我車，于彼牧矣。自天子所，謂我來矣。召彼僕矣，謂之載矣。王事多難，維其棘矣。

我出我車，于彼郊矣。設此旐矣，建彼旄矣。彼旟旐斯，胡不旆旆。憂心悄悄，僕夫況瘁。

王命南仲，往城于方。出車彭彭，旂旐央央。天子命我，城彼朔方。赫赫南仲，玁狁于襄。

昔我往矣，黍稷方華。今我來思，雨雪載塗。王事多難,不遑啓居。豈不懷歸,畏此簡書。

喓喓草蟲,趯趯阜螽。未見君子,憂心忡忡。既見君子,我心則降。赫赫南仲,薄伐西戎。

春日遲遲,卉木萋萋。倉庚喈喈,采蘩祁祁。執訊獲醜,薄言還歸。赫赫南仲,玁狁于夷。

按:《小雅·出車》爲周宣王遣命將帥揮師征西戎之詩。共六章。唯第五章前六句、第六章前四句義藴與上、下文不相承,殆爲亂入之句耶。設删此衍文,則五章闕前六句,六章闕前四句。此詩既有衍文,又有脱文,姑存疑待考。

沔　水

沔彼流水,朝宗于海。鴥彼飛隼,載飛載止。嗟我兄弟,邦人諸友。莫肯念亂,誰無父母。

沔彼流水,其流湯湯,鴥彼飛隼,載飛載揚。念彼不蹟,載起載行。心之憂矣,不可弭忘。

鴥彼飛隼,率彼中陵。民之訛言,寧莫之懲。我友敬矣,讒言其興。

按:援一、二章之例,竊疑第三章前部脱“沔彼流水,□□□□”八字。如有此八字,則全詩各章俱以“沔彼流水……”起興,流暢規整,層層抒發憫亂憂讒之思。

雨無正

浩浩昊天,不駿其德。降喪饑饉,斬伐四國。昊天疾威，弗慮弗圖。舍彼有罪，既伏其辜。若此無罪，淪胥以鋪。

……（以上衹録首章）

按：王柏《詩疑》："諸詩多以篇首字爲題，獨《巧言》于後章提兩字爲題。尋他類例，則知又有《桑中》當曰《采唐》，《權輿》當作《夏屋》，《雨無極》當添兩句。"朱熹《詩集傳》："歐陽公曰：'古之人於詩多不命題，而篇名往往無義例。其或有命名者，則必述詩之意，如《巷伯》、《常武》之類是也。今《雨無正》之名，據《序》所言，與詩絶異，當闕其所疑。'元城劉氏曰：'嘗讀《韓詩》有《雨無極》篇，《序》云："《雨無極》，正大夫刺幽王也。"至其詩之文，則比《毛詩》篇首多"雨無其極，傷我稼穡"八字。'（按：劉氏即劉安世）愚案：劉説似有理，然第一、二章本皆十句，今遽增之，則長短不齊。非詩之例。又此詩實正大夫離居之後，暬御之臣所作。其曰'正大夫刺幽王'者，亦非是。且其爲幽王詩，亦未有所考也。"

按：上説可從。

大　東

有饛簋飧，有捄棘匕。周道如砥，其直如矢。君子所履，小人所視。睠然顧之，潸然出涕。

小東大東，杼柚其空。糾糾葛屨，可以履霜。佻佻公子，行彼周行。既往既來，使我心疚。

……（以上録一、二章）

王柏《詩疑》："《大東》當曰《小東》。'小東'二字既在上，又以

《小雅》之例比之，亦當曰《小東》，如《小旻》、《小弁》、《小宛》、《小明》是也。……若以《小東》爲題，則‘有饛簋飧’當爲第二章矣。”按：此處錯簡，依王説須將此詩原首章、二章倒置，且題目亦應爲《小東》。兹録原詩舊題及其首章、二章，以供比勘參校。

角弓

騂騂角弓，翩其反矣。兄弟昏姻，無胥遠矣。
爾之遠矣，民胥然矣。爾之教矣，民胥傚矣。
此令兄弟，綽綽有裕。不令兄弟，交相爲瘉。
民之無良，相怨一方。受爵不讓，至于已斯亡。
老馬反爲駒，不顧其後。如食宜饇，如酌孔取。
毋教猱升木，如塗塗附。君子有徽猷，小人與屬。
雨雪瀌瀌，見晛曰消。莫肯下遺，式居婁驕。
雨雪浮浮，見晛曰流。如蠻如髦，我是用憂。

按：本篇爲諷刺骨肉相疏、兄弟相怨之詩。詳辨其文，後四章之義與前者殊不相應，乖離涣散，殆不可讀。歷代文本以訛傳訛，爲時愈久而闇昧益滋。竊疑後四章乃無端竄入者，若汰除錯簡，僅前四章足以盡顯主旨矣。

大雅

思齊

思齊大任，文王之母。思媚周姜，京室之婦。大姒嗣徽音,則百斯男。

惠于宗公,神罔時怨,神罔時恫。刑于寡妻,至于兄弟,以御于家邦。

雝雝在宫,肅肅在廟。不顯亦臨,無射亦保。

肆戎疾不殄,烈假不瑕。不聞亦式,不諫亦入。

肆成人有德,小子有造。古之人無斁,譽髦斯士。

按:《思齊》前三章爲頌美太任、太姜、太姒、文王之德;後二章則爲勸諫之詞。句式詞氣與上文似不相洽,難免蛇足之嫌,是爲錯簡。

魯　頌

閟　宫

閟宫有侐,實實枚枚。赫赫姜嫄,其德不回。上帝是依,無災無害。彌月不遲,是生后稷,降之百福。黍稷重穋,稙穉菽麥。奄有下國,俾民稼穡,有稷有黍,有稻有秬。奄有下土,纘禹之緒。

后稷之孫,實爲大王。居岐之陽,實始翦商。至于文武,纘大王之緒。致天之届,于牧之野。無貳無虞,上帝臨女。敦商之旅,克咸厥功。王曰叔父,建爾元子,俾侯于魯。大啓爾宇,爲周室輔。

乃命魯公,俾侯于東。錫之山川,土田附庸。周公之孫，莊公之子。龍旂承祀，六轡耳耳。春秋匪解，享祀不忒。皇皇后帝，皇祖后稷。享以騂犧，是饗是宜。降福既多，周公皇祖，亦其福女。

秋而載嘗，夏而楅衡。白牡騂剛，犧尊將將。毛炰胾羹，籩豆大房。萬舞洋洋，孝孫有慶。俾爾熾而昌，俾爾壽而臧。保彼東方，魯邦是常。不虧不崩，不震不騰。三壽作朋，如岡如陵。

公車千乘，朱英緑縢，二矛重弓。公徒三萬，貝冑朱綅。烝徒增增，戎狄是膺，荆舒是懲，則莫我敢承。俾爾昌而熾，俾爾壽而富，黄髮台背，壽胥與試。俾爾昌而大，俾爾耆而艾，萬有千歲，眉壽無有害。

泰山巖巖，魯邦所詹。奄有龜蒙，遂荒大東。至于海邦，淮夷來同。莫不率從，魯侯之功。

保有鳧繹，遂荒徐宅。至于海邦，淮夷蠻貊。及彼南夷，莫不率從。莫敢不諾，魯侯是若。

天錫公純嘏，眉壽保魯。居常與許，復周公之宇。魯侯燕喜，令妻壽母。宜大夫庶士，邦國是有。既多受祉，黄髮兒齒。

徂徠之松，新甫之柏。是斷是度，是尋是尺。松桷有舄，路寢孔碩。新廟奕奕，奚斯所作。孔曼且碩，萬民是若。

（按：朱熹《詩集傳》云："内第四章脱一句。"）

按：《魯頌·閟宫》爲魯大夫奚斯所作，乃頌揚魯僖公建廟、祭祀、祝禱福祐之樂歌。

此詩於長久流傳中所致錯簡現象頗爲繁雜,古今學人多有異辭。宋王柏《詩疑》云:“缺疑之義,爲其無所考證,不得已而缺之也。或幸而有所考證,亦何爲而不決之哉。夫魯之有《頌》,亦變《頌》也。惟《閟宫》一篇,獨歐陽公歷考僖公之時,初無所謂淮夷、徐方、荆楚之功,深以爲疑。其所論辨,亦詳且明。若遂以爲非僖公之詩乎?則詩中有‘周公之孫,莊公之子’兩句,終不可泯没。是以朱子于他篇皆曰無所考,獨以此篇爲僖公之詩無疑者,正以此兩句爲可信也。愚嘗即其詩而熟味之,固不敢以爲非僖公之詩也。意其間有顛倒參錯之誤,且蓋傳之者之過也。若引孟子之言爲據,則當是之時,楚方强大,桓公且不敢與之戰,而卒與之同盟,在齊猶爲可羞。況于僖公,因齊之師,從人之役,進無尺寸之功,而敢退爲荒誕之辭,侈大浮誇,以誑國人,夫子當何所取以播其醜哉。必不然矣。若夫淮夷、徐方之事,則與荆楚不同,聖人存之於《書》,載於《費誓》之篇,其爲頌伯禽之言,昭灼明驗,無可疑者。顧讀者偶未之思耳。又竊意‘土田附庸’之下,辭氣未終,血脉不貫,當以‘公車’以下九句接此爲一章。繼以‘泰山巖巖’、‘保以鳧繹’兩章於此,倫序方整。既不害其爲僖公之詩,亦不妨以爲伯禽之事。……欲以‘魯侯是若’爲前段之終,後段自‘周公之孫’起,止‘萬民是若’終。前爲四章,後爲四章。‘周公之孫’至‘福女’爲一章。自‘秋嘗’止‘有慶’,接‘天錫公’,止‘兒齒’爲一章。三‘俾爾’爲一章。‘徂徠’之下爲一章。古人作詩,章句雖重而有味,條理雖寬而實密。必不如是之斷續破碎也。觀此一詩,命詞措意,雅奥源源,必出於賢人君子之手。而周公、伯禽之事魯,氣象尚可揖也。則其斷續破碎之疵,可以知其爲傳者之誤。”

按:王氏就《閟宫》原詩“斷續破碎之疵”尋派盡源,研其要義,理清錯簡,持論精當明允,頗有啓發之效。愚采其説,將此篇章句試加梳理,謹供參考。

重訂全詩白文於下:

閟宫

閟宫有侐,實實枚枚。赫赫姜嫄,其德不回。上帝是依,無災無害。彌月不遲,是生后稷。降之百福。黍稷重穋,稙穉菽麥。奄有下國。俾民稼穡。有稷有黍,有稻有秬。奄有下土,纘禹之緒。

后稷之孫,實維大王。居岐之陽,實始翦商。至于文武,纘大王之緒,致天之居。于牧之野。無貳無虞,上帝臨女。克咸厥功。敦商之旅。

王曰叔父,建爾元子,俾侯于魯。大啓爾宇,爲周室輔。乃命魯公,俾侯于東。錫之山川,土田附庸。公車千乘,朱英緑縢,二矛重弓。公徒三萬,貝胄朱綅。烝徒增增,戎狄是膺。荆舒是懲,則莫我敢承。

泰山巖巖,魯邦所詹。奄有龜蒙,遂荒大東。至于海邦,淮夷來同。莫不率從,魯侯之功。保有鳧繹,遂荒徐宅。至于海邦,淮夷蠻貊。及彼南夷,莫不率從。莫敢不諾,魯侯是若。

周公之孫,莊公之子。龍旂承祀,六轡耳耳。春秋匪解,享祀不忒。皇皇后帝,皇祖后稷,享以騂犧。是饗是宜。降福既多,周公皇祖,亦其福女。

秋而載嘗,夏而楅衡。白牡騂剛,犧尊將將。毛炰胾羹,籩豆大房。萬舞洋洋,孝孫有慶。

天錫公純嘏,眉壽保魯。居常與許,復周公之宇。魯侯燕喜,令妻壽母。宜大夫庶士,邦國是有。既多受祉,黄髮兒齒。

俾爾熾而昌。俾爾壽而臧。保彼東方,魯邦是常。不虧不崩,不震不騰。三壽作朋,如岡如陵。俾爾昌而熾。俾爾壽而富。黄髮台背,壽胥與試。俾爾昌而大。俾爾耆而艾。萬有千歲,眉壽無有害。

徂徠之松,新甫之柏。是斷是度,是尋是尺。松桷有舄。路寢孔碩,新廟奕奕。奚斯所作,孔曼且碩,萬民是若。

二"南"考

《漢書·司馬遷傳》顔注引張晏曰:"洛陽而謂周南者:自陝以東,皆周南之地也。"《漢書·郡國志》云:"弘農郡陝縣。"(今河南省陝縣)《水經注·河水》云:"昔周、召分陝,以此城爲東西之別,東城即虢邑之上陽也。"鄭康成《詩譜》:"周、召者,《禹貢》雍州岐山之陽地名,今屬右扶風美陽縣。……文王受命,作邑于豐,乃分岐邦周、召之地爲周公旦、召公奭之采地。"王夫之《詩經稗疏》曰:"蓋周公、召公分陝而治,各以其治登其國風。則《周南》者,周公所治之南國;《召南》者,召公所治之南國也。北界河、雒,南踰楚塞,以陝州爲中線而兩分之。《史記》謂雒陽爲周南,從可知已。陝東所統之南國爲周南,則今南陽、襄、鄧、承天、德安、光、黄、汝、穎是已。陝西所統之南國爲召南,則今漢中、商、雒、興安、鄖、夔、順慶、保寧是已。其國之風,或其國人所作,或非其國人所作,而以其俗之音節被之管絃。今雖亡考,而大要可知。……據此,則二陝分治之地別爲二南。不言國者,文王未有天下,侯國非其所有,特風教遠被,以類附也。何侯國、王畿,聖教、賢化之殊乎?"王先謙釋魯說之《周南》曰:"《周南》詩篇,有《汝墳》,周南大夫之妻作。有《芣苢》,蔡人之妻作。有《漢廣》,江漢合流之地所作。《漢志》:汝南郡,莽曰汝墳(今本誤作汾)。汝陰縣,莽曰汝墳,故胡國(今穎州府阜陽縣)。上蔡,故蔡國(今汝寧府上蔡縣)。江夏郡沙羨,江漢合流之地在焉。皆周南地也。"胡征士虔曰:"案:漢南郡,今湖北荆州府荆門州及襄陽、施南、宜昌三府之境。南陽,今河南南陽府汝州之境。《周南》之詩曰《汝墳》者,其東北境至汝也。曰漢廣、江永者,其西至漢、南至江也。《召南》之詩曰江、沱者,其西北至蜀、東南至南郡也。大約周南有南郡之東,而西至南陽;召南有南郡之西,而西至巴蜀也。"馬瑞辰曰:"周、召分陜,以今陜州之陜原爲斷。……周公主陜東,召公主陜西。乃詩不繫以陜東、陜西,而繫以'南'者,'南'蓋商世諸侯之國名也。周、召二公分陜,蓋分理古二南國之地,故周、召各繫以'南'。……疆理南國,使二公分治之。其屬周公者爲周南,屬召公者爲召南。……周公、召公取風焉,以爲周南、召南。高誘注:南音,南方、南國之音。蓋以南爲古國名,故於南方下更繫以南國也。云南音者,蓋猶商人識之謂之商,齊人識之謂之齊,皆繫以國名也。云周、召取風者,蓋二公分治南國之地,因取南國之音以爲風,猶衛之兼有邶、鄘,因取邶、鄘之音以爲風也。"王禮卿《四家詩恉會歸》曰:"是鄭君以周、召之稱,原指二公之采地;復由采地轉指周、召之爵號,以攝分陜所典之境域,而南則典境内之諸南國也。"

按:以上諸家皆以周南、召南乃地域之稱,立論大同小異。然則亦有不襲前説而别有所議者:

《左傳·成公九年》:"晉侯觀於軍府,見鍾儀,問之曰:'南冠而縶者,誰也?'有司對曰:'鄭人所獻楚囚也。'……使與之琴,操南音。……(范)文子曰:'……樂操土風,不忘舊也。'"

《左傳·襄公十八年》:"晉人聞有楚師。師曠曰:'不害!吾驟歌北風,又歌南風。南風不競,多死聲,楚必無功。'"

《左傳·襄公二十九年》:"見舞象箾南籥者。"杜預注:"象箾,舞所執。"

《禮記·文王世子》曰:"胥鼓南。"鄭玄注:"南,南夷之樂也。"

王質《詩總聞》云:“南,樂歌名也。見《詩》‘以雅以南’。”

程大昌《詩論》:“蓋《南》、《雅》、《頌》,樂名也,若今樂曲之在某宫者也。《南》有‘周’、‘召’;《頌》有‘周’、‘魯’、‘商’。本其所從得,而還以繫其國土也。”程氏又云:“其在當時親見古樂者,凡舉《雅》、《頌》,率參以《南》。其後《文王世子》又有所謂‘胥鼓南’者,則《南》爲樂古矣。”

顧炎武《日知録》:“《周南》、《召南》,《南》也,非《風》也。……自《周南》至《豳》,統謂之《國風》,此先儒之誤。”

梁啓超《釋四詩名義》:“《禮記·文王世子》‘胥鼓南’,《左傳》説‘象箾南籥’,都是一種音樂的名,都是指這一種詩歌。”

梁氏又云:“《詩·鼓鐘》篇‘以雅以南’,南與雅對舉,雅既爲詩之一體,南自然也是詩之一體。”

按:所引諸例,皆以《周南》、《召南》爲樂調之名,與《風》、《雅》、《頌》同爲《詩》之一體。

然現代諸多學者自各方考證,“南”乃古代樂器之名。郭沫若《甲骨文字研究·釋南》曰:“南本鐘鎛之象形,更變而爲鈴。……如此,可知卜辭之‘八南九南’或‘一羊一南’,實即‘八鈴九鈴’或‘一羊一鈴’。《小雅》之‘以雅以南’,《文王世子》之‘胥鼓南’,實即‘以雅以鈴’,‘胥鼓鈴’也。……又《詩》之《周南》、《召南》、《大雅》、《小雅》,揆其初當亦以樂器之名孳乳爲曲調之名,猶今人言大鼓、花鼓、魚琴、簡板、梆子、灘簧之類耳。《詩序》謂南‘言化自北而南’,乃望文生訓之臆説。”郭氏又由金文中常見之“䕩鐘”、“大䕩鐘”加以考證,斷定“大䕩”即《周語》中之“大林”,亦即“大鐘”。“林”、“南”一聲之轉,以聲類求之,“南”即古之“鈴”字。

張西堂經多方考辨,申言“雅”、“南”亦爲樂調名,並云:“郭氏這個論斷,大致上是不錯的。不過這還更需要利用《詩經》來加强證明。我以爲《小雅·鼓鐘》篇說‘以雅以南,以籥不僭。’……以‘以籥’證明‘以雅以南’,雅、南當然也屬於樂器無疑。……現在我們可以恍然大悟,南是一種曲調,是由於歌唱之時,伴奏的是形狀像‘南’而現在讀如鈴的那樣的樂器而得名,‘南’是南方之樂,是一種唱的詩,其主要的得名的原因只是由於‘南’是一種樂器。”

上述論點,時賢頗有異辭。唐蘭則謂:“南字卜辭作□、□、□、□、□、□等形,郭沫若以爲‘殆鐘鎛一類樂器。’蘭按以□之爲声、壴之爲鼓例之,□衍爲□,誠可目爲樂器。然以爲鐘鎛一類則非是。郭氏以大林之鐘爲證,然南与亩固截然二字也。□字,孫詒讓氏釋㱿,王國維氏釋敵,學者多從王氏,今按當從孫氏爲是。□或爲□,變而爲□,即《說文》㱿字,猶□變爲□,□變爲□矣。㱿象以殳擊壳,其聲壳然,以聲化象意字例之,當從殳壳聲,然則□即壳字也。壳字本義,今不可詳,以意度之,當是瑴之本字,以瓦作腔殼之形,故叩之而壳然也。卜辭□字,除用爲南方義外,常用爲祭物,如:八□、五□、四□之類。郭沫若謂以鐘鎛類的樂器爲祭,然卜辭又有‘一羊一□’(《後編》上五頁)、‘卯一牛□□’等辭(《前編》七卷一頁),以牲與□並祭,謂爲樂器,未免突兀。余謂此類卜辭中之□字,實即壳字,當讀爲瑴,九壳、八壳,即九瑴、八瑴,而以瑴侑牛羊,亦於事爲順也。然則南方之字,本假壳爲之,無本字也。從壳聲之字多轉讀入厚候等韵,《左傳》‘楚人謂乳瑴’,尤其顯證。瑴南聲近,故變爲今音之南。後世見南方之南,形音俱變,遂以爲别有專字矣。”“郭氏所列四證,惟第一證以鼓㱿二字與敵字相比較者爲確實可信,然衹能證爲樂器,無以定爲鐘鎛也。其第二證引《詩·鼓鐘》云:‘鼓鐘欽欽,鼓瑟鼓琴,鐘磬同音。以雅以南,以籥不僭。’及《文王世子》‘胥鼓南。’以明南爲樂器名。此事友人羅庸氏及余皆疑之。蓋《鼓鐘》之詩，既有鐘磬琴瑟之音，則雅南安知其不爲雅詩與南詩之樂耶？《文王世子》僅言鼓南，亦安知其非所鼓之樂名耶？今姑不論此，而假定二書所言，確是樂器，亦無由定爲鐘鎛之類。且'鼓鐘欽欽'，明已有鐘，若南爲鐘鎛，則叠床架屋矣。其第三證以大林之林爲即南，則僅聲相近而無所據。第四證謂'甬嗇叀等字當讀林聲，以聲類求之，當即古之鈴字，其字亦正象鈴形。'又謂南爲'甬之形音之略變'，最爲舛誤。亩南截然二形，不容相混。甬字出'公伐郐鐘'，鐘之真僞尚不可知，其字則决非亩或南。且即使甬即南字，亦安可據後代一孤文，以爲祖禰，而反謂商代所書盡爲變體耶？按郭氏此釋，其尤要者爲第四證，而此證爲最錯誤。其第三證必有待於第四證之成立，故亦不足據。僅據前二證，則决不能定爲鐘鎛矣。余謂南本即𡴀，𡴀者瓦製之樂器也。何以言之？𡴀之動詞爲㱿，象以殳擊𡴀，而㱿之孳乳字爲瞉，猶聲之動詞爲殸，而殸之孳乳字爲磬也。磬爲石器，瞉爲瓦器，故以石缶爲形也。……漢時讀瞉如莩，莩缶聲相近，《易·离》九三：'不鼓缶而歌'，《詩·宛丘》：'坎其擊缶'，瓦缶爲樂器，其來甚久，瞉即缶耳。以器盛酒漿言之，爲缶；以樂器言之，則當以𡴀若瞉爲正字也。以字形言之，𡴀字上從丫，象其飾，下作冂形，殆象瓦器而倒置之，口在下也。其中空，故擊之硞然（《說文》𡴀，苦江切），㱿然（《說文》㱿，從上擊下也），可以爲樂也。上古陶樂甚多，如敔、土鼓、塤等皆是。銅器盛行後，匋器漸廢，循至鼓缶之俗，只存於秦地，後人遂只知所鼓者爲缶，爲盆，爲謠，而𡴀瞉之名俱湮晦矣。……𡴀字假爲方向之稱，其音變而爲'那含切'者，古從㱿得聲之字，多轉入候韵，楚人謂乳曰穀，穀有'奴豆'一切，與'南'音極近也。以形體言，則自𡴀而變爲南；以訓詁言，則作南南等形，漸專施於南方；以聲音言，又變爲'那含切'，於是，南之一字，形音義俱備，與其所出之𡉉字全異。……故必知卜辭之𡉉字用途有二：一假爲祭物，即後世之'彀'；一假爲方向，即後世之'南'；然後可無凝滯耳。𡉉所以假爲方向者，𡉉者穀也，善也，古人喜南而惡北，蓋緣日光之故也。郭沫若氏謂'鐘鎛南陳，故孳乳爲東南之南'，亦非是。鐘鎛後起，四方之名先出也。"

吴其昌云："……郭氏始終未詳稽卜辭而通覈之，故又誤以'南'爲鐘鎛之物……但殷代根本無鐘鎛。鐘鎛乃象田器之錢鎛二相合而成。《詩》云：'庤持乃錢鎛'。鎛，□形，二鎛相合，則成□形爲鐘鎛之'鎛'也。蓋經農稼生産發達至相當程度以後，始知摹仿錢鎛工作時偶然觸石鏗爾激越之美聲，而鑄爲二鎛對合之狀，故亦即以'鎛'名之也。殷代大抵尚滯在畋漁畜牧生産時期，錢鎛或寡，其不能有鐘鎛明甚。……傳世銅器近萬件，曾見有殷鐘殷鎛否耶？今鐘最早者，始見于周昭王之宗周鐘，是周初尚無鐘也。鐘鎛之發達直至東周之世始然，班班可考也。故在上列卜辭一類之'南'，斷不能訓以鐘鎛。"

張日昇云："郭沫若謂南本象鐘鎛之形，唐蘭非之，謂南本即𡉉，乃瓦製之樂器。唐説是也。甲骨文作□，從屮從□，屮象其飾……□象盛器，有蓋。……樂器本原於飲食之器，故壴亦從豆。"

綜上所引衆説，並據《詩經》文本之内證及其他古代文獻或出土文物，從文化人類學、民俗學、歷史學等多視角加以研覈思辨，姑作如下推論：

周、召、南，若均以地名視之，似亦合道理。周、召，本爲依爵號而對周公旦、召公奭之省稱，乃人物名號。再由人稱轉化爲對二公采地之稱，專指周、召分陝而治之地域。周公治下曰周，召公治下曰召。至於南字，亦可由方位詞轉化爲地域之名。周嘗稱其本土岐、豐之地爲西土，自稱西土人。此外，東方諸侯國（譚）之臣民亦稱周人爲西人而自稱東人（見《小雅・大東》）。周人又對其本土以南地域稱作南土、南國、南邦，或簡稱南。因此，南，亦可視爲地域之稱。然"南"之具體方位、範圍廣狹不易界説，不若"周"、"召"由人名轉化爲地名之明白易曉。若按先秦有關史料推斷，周公分治之地，北起終南山、汝水，南至長江北岸武漢一帶，相當於今河南省臨汝、南陽及湖北省襄樊、光化等地。召公分治之地，多在長江流域武漢以上，三峽以下地區，相當於今湖北省江陵、宜昌一帶。總之，周、召包括岐、豐、洛陽以南江、漢、汝、沱流域之廣大地域，並向東延伸至淮河流域。以上廣大地域實爲後世楚國版圖。

再者，將周南、召南釋爲樂調、詩體之名亦無不可。古代文獻一再言及南音、南風，且每將"南"與"雅"、"頌"並舉，與"樂"、"舞"關聯。已體現古代歌謡、音樂、舞蹈之密切聯繫。若認定"雅"、"頌"俱爲樂調、詩體之名，則與其並舉連稱之"南"亦當爲樂歌之一體。曰"周南"、"召南"，猶云"衛風"、"王風"，前冠地名，後標樂調，自然形成一律之名稱。《詩經》傳本，"二南"向居十五國風之首，然略加比勘，即可發現"二南"之體格與"邶風"以下十三國風不盡相同，確爲獨具特色之地方樂歌。此種樂歌創作時代或較十三國風中諸多詩歌略晚，實乃後啟之秀。"二南"來自氣候温和、自然資源富饒、生產力較高、經濟發達、文化繁榮之荆楚地帶。西周時代，其地已非周王朝直轄之諸侯邦國，不受周王朝典章制度約束，於政治、經濟、文化諸方面均能獨立自主，頗有自由發展之廣闊天地。春秋時期，楚國已發展成經濟大國，文化也更臻成熟。楚地重祭祀、喜樂舞，文學藝術蓬勃興盛，於神話、歌謡、音樂、舞蹈諸領域更顯異彩紛呈，富有地方特色與民族風格。"二南"爲荆楚文化沃土中產生之奇葩，乃《詩經》中與衆不同之優秀樂歌，亦爲楚辭先河。

至於"南"爲樂器之説,現代學者持論不一,主張"樂器説"者亦同中有異。郭沫若斷言"南"即"鈴",爲古代樂器。唐蘭則對郭氏之説厚非之,且明確論證"南"本即"青",是"瓦製之樂器",並非郭氏所云"鐘鎛"一類之"鈴"。吴其昌認爲郭氏"誤以'南'爲鐘鎛之物,但殷代根本無鐘鎛……鐘鎛之發達直至東周之世始然"。愚意以爲唐説較可信。從諸多古代文獻記載與出土古代樂器遺存驗證,確有不少樂器是上古先民使用之陶製食器、明器或狩獵工具演化而成。如我國東漢時期之豎箜篌與東晉時期之鳳首箜篌以及流傳至今而在世界許多國家習用之豎琴,即由遠古狩獵(或戰爭)工具"弓"演化而成之撥奏弦鳴樂器。古代由勞動工具或生活用具演變爲樂器之例甚夥。如"磬",或由石製之農具變化而來。二十世紀七十年代於山西省夏縣出土之大石磬,長二十釐米,經研究機構測定,爲四千年前夏代遺存。《尚書》"戛擊鳴球……擊石拊石","石"即由古代石製農具改造而成之"磬"。又如"鐘",最初形制,鐘體横截面呈合瓦狀,可印證其本爲古代農耕工具"鎛"二體相合而成。此外,直接以某種器具充作樂器者,於古代社會亦屢見不鮮。如擊缶、擊竹、擊楫、鼓盆等。相沿至今,在諸多地區,仍流行打夯歌、杵歌,即以勞動工具"夯"、"杵"搗土、搗米時節奏整齊之聲響爲伴奏音樂,"夯"、"杵"即爲樂器。據唐蘭考證,"南"爲古代陶製樂器,"擊缶"與"鼓南"實爲一事。

概言之,"南"本爲樂器之名,因在演唱詩歌時用以伴奏,後世則孳乳爲汝、漢、沱、江流域之南方樂調名稱;二"南"之詩歌,具有地方特色與獨立風格,可自成"南"之一體,然以其與《邶風》以下十三國風同爲地方樂歌,乃南國之風,亦可歸於"風"詩一類,仍遵循《詩經》傳世文本之體例。

詩經異文考辨條目及單字統計表

國　風

卷一　周南

一、關雎　　條目9條、單字9個。

1.［關關］

2.［洲］

3.［逑］

4.［荇］

5.［左右流之］

6.［左右芼之］

7.［服］

8.［輾］

9.［鍾鼓］

二、葛覃　　條目5條、單字5個。

1.［覃］

2.［維］

3.［灌］

4.［濩］

5.［斁］

三、卷耳　　條目5條、單字7個。

1.［虺隤］

2.［姑］

3.［岡］

4.［兕觥］

5.［吁］

四、樛木　　條目2條、單字2個。

1.［樛］

2.［縈］

五、螽斯　　條目2條、單字2個。

1.［詵詵］

2.［繩繩］

六、桃夭　　條目2條、單字2個。

1.［夭夭］

2.［蓁蓁］

七、兔罝　　條目2條、單字2個。

1.［兔］

2.［逵］

八、芣苢　　條目2條、單字2個。

1.［芣苢］

2.［襭］

九、漢廣　　條目2條、單字2個。

1.［息］

2.［永］

十、汝墳　　條目4條、單字5個。

1.［遵彼汝墳］

2.［惄］

3.［調飢］

4.［王室如燬］

十一、麟之趾　　條目 4 條、單字 4 個。

1.［麟之趾］

2.［于嗟麟兮］

3.［定］

4.［公姓］

卷二　召南

一、鵲巢　　條目 1 條、單字 1 個。

1.［百兩御之］

二、采蘩　　條目 4 條、單字 4 個。

1.［于以采蘩］

2.［被之僮僮］

3.［夙夜在公］

4.［薄言還歸］

三、草蟲　　條目 5 條、單字 5 個。

1.［喓喓草蟲］

2.［趯趯阜螽］

3.［憂心忡忡］

4.［亦既覯止］

5.［我心則說］

四、采蘋　　條目 5 條、單字 6 個。

1.［南澗之濱］

2. [于以采藻]

3. [維筐及筥]

4. [于以湘之]

5. [齊]

五、甘棠　　條目5條、單字5個。

1. [蔽芾甘棠]

2. [召伯所茇]

3. [召伯所憩]

4. [勿翦勿拜]

5. [説]

六、行露　　條目3條、單字5個。

1. [厭浥行露]

2. [穿]

3. [女]

七、羔羊　　條目3條、單字8個。

1. [皮、革、縫]

2. [委蛇]

3. [紽、緎、總]

八、殷其靁　　條目5條、單字3個。

1. [殷]

2. [靁]

3. [遑]

4. [莫敢遑息]

5. [莫敢遑處]

九、摽有梅　　條目4條、單字5個。

1. [摽有梅]

2.［迨其今兮］

3.［頃筐塈之］

4.［迨其謂之］

十、小星　　條目5條、單字5個。

1.［嘒］

2.［寔］

3.［昴］

4.［裯］

5.［猶］

十一、江有汜　　條目3條、單字3個。

1.［江有汜］

2.［之子歸］

3.［其嘯也歌］

十二、野有死麕　　條目7條、單字7個。

1.［麕］

2.［包］

3.［樸樕］

4.［純］

5.［脱脱］

6.［感］

7.［尨］

十三、何彼襛矣　　條目4條、單字6個。

1.［襛］

2.［唐棣之華］

3.［雝］

4.［維絲伊緡］

十四、騶虞　　條目4條、單字6個。

1.［壹發五豝］

2.［豝］

3.［于嗟乎,騶虞］

4.［豵］

卷三　邶風

一、柏舟　　條目11條、單字13個。

1.［汎彼柏舟,亦汎其流］

2.［耿耿不寐］

3.［如有隱憂］

4.［以敖以遊］

5.［鑒］

6.［棣棣］

7.［不可選也］

8.［覯閔既多］

9.［寤辟有摽］

10.［日居月諸］

11.［胡迭而微］

二、綠衣　　條目2條、單字2個。

1.［綠衣］

2.［俾無訧兮］

三、燕燕　　條目6條、單字8個。

1.［燕燕于飛］

2.［瞻望弗及］

3. [佇]
4. [實勞我心]
5. [其心塞淵]
6. [勖]

四、日月　　條目1條、單字1個。

1. [報我不述]

五、終風　　條目3條、單字4個。

1. [謔浪笑敖]
2. [惠然肯來]
3. [願言則嚏]

六、擊鼓　　條目3條、單字4個。

1. [擊鼓其鏜]
2. [死生契闊]
3. [洵]

七、凱風　　條目2條、單字3個。

1. [凱風自南]
2. [睍睆]

八、雄雉　　條目3條、單字3個。

1. [泄泄]
2. [詒]
3. [伊]

九、匏有苦葉　　條目9條、單字10個。

1. [匏有苦葉]
2. [深則厲]
3. [有瀰濟盈]
4. [軌]

5.［雝雝鳴鴈］

6.［旭日始旦］

7.［泮］

8.［卬］

9.［須］

十、谷風　　條目17條、單字20個。

1.［黽勉同心］

2.［葑］

3.［體］

4.［不遠伊邇］

5.［宴爾新昏］

6.［沚］

7.［不我屑以］

8.［毋］

9.［我躬不閱，遑恤我後］

10.［匍匐救之］

11.［不我能慉］

12.［既阻我德］

13.［賈用不售］

14.［昔育恐育鞫］

15.［我有旨蓄］

16.［亦以御冬］

17.［既詒我肄］

十一、式微　　條目1條、單字1個。

1.［胡爲乎中露］

十二、旄丘　　條目5條、單字7個。

1.［旄丘］

2.［必有以也］

3.［蒙戎］

4.［瑣兮尾兮］

5.［褎］

十三、簡兮　　條目 5 條、單字 5 個。

1.［簡］

2.［俁俁］

3.［籥］

4.［榛］

5.［苓］

十四、泉水　　條目 6 條、單字 6 個。

1.［毖彼泉水］

2.［泲］

3.［禰］

4.［舝］

5.［肥］

6.［漕］

十五、北門　　條目 4 條、單字 3 個。

1.［殷殷］

2.［已焉哉］

3.［讁］

4.［摧］

十六、北風　　條目 3 條、單字 4 個。

1.［雨雪其雱］

2.［其虛其邪］

3.［雨雪其霏］

十七、静女　　條目 7 條、單字 8 個。

1.［静女其姝］

2.［俟我於城隅］

3.［愛］

4.［踟蹰］

5.［貽］

6.［說］

7.［洵］

十八、新臺　　條目 8 條、單字 9 個。

1.［泚］

2.［瀰瀰］

3.［燕婉］

4.［洒］

5.［浼浼］

6.［殄］

7.［離］

8.［戚施］

十九、二子乘舟　　條目 2 條、單字 2 個。

1.［養養］

2.［瑕］

卷四　鄘風

一、柏舟　　條目 5 條、單字 5 個。

1.［汎］

2. [髢]

3. [髦]

4. [諒]

5. [特]

二、牆有茨　　條目5條、單字5個。

1. [茨]

2. [埽]

3. [中冓]

4. [襄]

5. [詳]

三、君子偕老　　條目12條、單字15個。

1. [委委佗佗]

2. [玼兮玼兮]

3. [翟]

4. [鬒]

5. [髢]

6. [玉之瑱也]

7. [象之揥也]

8. [揚且之晳也]

9. [胡然而天也,胡然而帝也]

10. [其之展也]

11. [紲袢]

12. [邦之媛也]

四、桑中　　條目1條、單字0個。

1. [送我乎淇之上矣]

五、鶉之奔奔　　條目5條、單字5個。

1.［鶉］

2.［奔奔］

3.［彊彊］

4.［人之無良］

5.［我以爲兄］

六、定之方中　　條目8條、單字9個。

1.［作于楚宫］

2.［作于楚室］

3.［虚］

4.［終然允臧］

5.［靈雨既零］

6.［星］

7.［説］

8.［騋牝三千］

七、蝃蝀　　條目5條、單字5個。

1.［蝃蝀］

2.［朝隮于西］

3.［崇朝］

4.［乃如之人也］

5.［昏姻］

八、相鼠　　條目4條、單字3個。

1.［無］

2.［何爲］

3.［何俟］

4.［胡不遄死］

九、干旄　　條目3條、單字3個。

1.［干旄、干旟、干旌］

2.［予］

3.［祝］

十、載馳　　條目8條、單字8個。

1.［驅］

2.［言至於漕］

3.［跋涉］

4.［視爾不臧］

5.［陟彼阿丘］

6.［言采其蝱］

7.［尤］

8.［穉］

卷五　衛風

一、淇奥　　條目12條、單字15個。

1.［奥］

2.［緑竹猗猗］

3.［有匪君子］

4.［如切如磋］

5.［如琢如磨］

6.［咺］

7.［諼］

8.［琇］

9.［會弁如星］

10.［圭］

11. [猗]
12. [重較]

二、考槃　　條目 2 條、單字 2 個。

1. [槃]
2. [薖]

三、碩人　　條目 19 條、單字 20 個。

1. [碩人其頎]
2. [褧]
3. [譚公維私]
4. [蝤蠐]
5. [瓠犀]
6. [螓首蛾眉]
7. [倩]
8. [盼]
9. [說]
10. [驕]
11. [鑣鑣]
12. [茀]
13. [洋洋]
14. [活活]
15. [罛]
16. [濊濊]
17. [發發]
18. [孽孽]
19. [朅]

四、氓　　條目 12 條、單字 12 個。

1. [氓]

2. [愆]

3. [泣涕]

4. [體]

5. [于嗟]

6. [葚]

7. [耽]

8. [帷]

9. [貳]

10. [泮]

11. [總角之宴]

12. [旦旦]

五、竹竿　　條目4條、單字3個。

1. [遠兄弟父母]

2. [佩]

3. [瀿瀿]

4. [楫]

六、芄蘭　　條目6條、單字6個。

1. [支]

2. [佩]

3. [觿]

4. [悸]

5. [韘]

6. [甲]

七、河廣　　條目3條、單字3個。

1. [杭]

2. [跂]

3. [刀]

八、伯兮　　條目5條、單字6個。

1. [朅]

2. [桀]

3. [諼]

4. [言樹之背]

5. [痗]

九、有狐　　條目2條、單字2個。

1. [綏綏]

2. [厲]

十、木瓜　　條目1條、單字1個。

1. [瓊]

卷六　王風

一、黍離　　條目5條、單字5個。

1. [離離]

2. [靡靡]

3. [摇摇]

4. [蒼天]

5. [中心]

二、君子于役　　條目5條、單字4個。

1. [曷至哉]

2. [塒]

3. [羊牛下來]

4.［佸］

5.［桀］

三、君子陽陽　　條目1條、單字1個。

1.［翿］

四、揚之水　　條目3條、單字4個。

1.［揚］

2.［彼其之子］

3.［曷月予還歸哉］

五、中谷有蓷　　條目7條、單字7個。

1.［暵］

2.［嘅其嘆矣］

3.［暵其脩矣］

4.［歗］

5.［暵其濕矣］

6.［啜其泣矣］

7.［何嗟及矣］

六、兔爰　　條目5條、單字5個。

1.［兔］

2.［罹］

3.［吪］

4.［罦］

5.［聰］

七、葛藟　　條目2條、單字2個。

1.［滸］

2.［在河之滑］

八、采葛　　條目0條、單字0個。

九、大車　　條目6條、單字6個。

1.［檻檻］

2.［菼］

3.［啍啍］

4.［璊］

5.［穀］

6.［皦］

十、丘中有麻　　條目5條、單字6個。

1.［丘中有麻］

2.［施施］

3.［將其來食］

4.［丘中有李］

5.［貽我佩玖］

卷七　鄭風

一、緇衣　　條目3條、單字3個。

1.［敝］

2.［粲］

3.［蓆］

二、將仲子　　條目1條、單字1個。

1.［杞］

三、叔于田　　條目1條、單字1個。

1.［洵］

四、大叔于田　　條目10條、單字10個。

1.［叔于田］

2. [舞]

3. [烈]

4. [禮]

5. [襄]

6. [叔善射忌]

7. [抑磬控忌]

8. [鴇]

9. [慢]

10. [罕]

五、清人　　條目5條、單字6個。

1. [旁旁]

2. [駟介麃麃]

3. [喬]

4. [逍遥]

5. [抽]

六、羔裘　　條目7條、單字8個。

1. [裘]

2. [洵]

3. [彼其之子]

4. [舍命不渝]

5. [邦]

6. [粲]

7. [彦]

七、遵大路　　條目2條、單字2個。

1. [摻]

2. [魗]

八、女曰雞鳴　　條目2條、單字2個。

1.［爛］

2.［佩］

九、有女同車　　條目4條、單字4個。

1.［顏如舜華］

2.［佩］

3.［洵美且都］

4.［將將］

十、山有扶蘇　　條目3條、單字3個。

1.［扶蘇］

2.［橋］

3.［龍］

十一、蘀兮　　條目3條、單字4個。

1.［蘀］

2.［倡予和女］

3.［漂］

十二、狡童　　條目1條、單字1個。

1.［餐］

十三、褰裳　　條目2條、單字3個。

1.［褰裳涉溱］

2.［童］

十四、丰　　條目4條、單字4個。

1.［丰］

2.［堂］

3.［褩］

4.［歸］

十五、東門之墠　　條目2條、單字2個。

1.［墠］

2.［踐］

十六、風雨　　條目4條、單字4個。

1.［淒淒］

2.［瀟瀟］

3.［膠膠］

4.［風雨如晦］

十七、子衿　　條目5條、單字6個。

1.［衿］

2.［嗣音］

3.［青青子佩］

4.［悠悠我思］

5.［挑兮達兮］

十八、揚之水　　條目1條、單字1個。

1.［迋］

十九、出其東門　　條目4條、單字5個。

1.［綦］

2.［員］

3.［闉闍］

4.［娛］

二十、野有蔓草　　條目6條、單字9個。

1.［零露漙兮］

2.［清揚婉兮］

3.［邂逅相遇］

4.［瀼瀼］

5. [婉如清揚]

6. [偕]

二十一、溱洧　　條目 9 條、單字 11 個。

1. [溱]

2. [渙渙]

3. [士與女]

4. [蕑]

5. [士曰既且]

6. [洵訏且樂]

7. [勺藥]

8. [瀏]

9. [將謔]

卷八　齊風

一、雞鳴　　條目 2 條、單字 2 個。

1. [東方明矣]

2. [無庶予子憎]

二、還　　條目 4 條、單字 4 個。

1. [還]

2. [猛]

3. [肩]

4. [儇]

三、著　　條目 1 條、單字 2 個。

1. [俟我於著乎而]

四、東方之日　　條目 1 條、單字 1 個。

1.［發］

五、東方未明　　條目 4 條、單字 4 個。

1.［晞］

2.［樊］

3.［瞿瞿］

4.［辰］

六、南山　　條目 8 條、單字 8 個。

1.［綏綏］

2.［屨］

3.［緌］

4.［蓺］

5.［衡從］

6.［畝］

7.［取］

8.［析薪如之何］

七、甫田　　條目 6 條、單字 7 個。

1.［無田甫田］

2.［驕驕］

3.［孌］

4.［丱］

5.［未幾見兮］

6.［突而弁兮］

八、盧令　　條目 3 條、單字 3 個。

1.［盧令令］

2.［盧重環］

3.［鬈］

九、敝笱　　條目3條、單字3個。

1.［敝］

2.［鰥］

3.［唯唯］

十、載驅　　條目4條、單字6個。

1.［驅］

2.［簟茀朱鞹］

3.［瀰瀰］

4.［豈弟］

十一、猗嗟　　條目7條、單字7個。

1.［猗］

2.［猗嗟昌兮］

3.［頎而長兮］

4.［趨］

5.［名］

6.［選］

7.［反］

卷九　魏風

一、葛屨　　條目8條、單字11個。

1.［糾］

2.［屨］

3.［摻摻］

4.［要之襋之］

5.［好人提提］

6. [宛然左辟]

7. [維是褊心]

8. [刺]

二、汾沮洳　　條目 3 條、單字 3 個。

1. [莫]

2. [彼其之子]

3. [藚]

三、園有桃　　條目 5 條、單字 2 個。

1. [園有桃]

2. [殽]

3. [我歌且謠]

4. [不我知者]

5. [其誰知之]

四、陟岵　　條目 7 條、單字 5 個。

1. [陟彼岵兮,瞻望父兮]

2. [父曰:嗟,予子行役]

3. [無已]

4. [上慎旃哉]

5. [屺]

6. [猶]

7. [予弟行役,夙夜必偕]

五、十畝之閒　　條目 5 條、單字 5 個。

1. [畝]

2. [十畝之閒兮]

3. [桑者閑閑兮]

4. [還]

5.［泄泄］

六、伐檀　　條目8條、單字9個。

1.［坎坎］

2.［寘之河之干兮］

3.［河水清且漣漪］

4.［穡］

5.［廛］

6.［貆］

7.［餐］

8.［不素飧兮］

七、碩鼠　　條目6條、單字6個。

1.［碩鼠］

2.［無食我黍］

3.［三歲貫女］

4.［逝將去女］

5.［適彼樂土。樂土樂土］

6.［永號］

卷十　唐風

一、蟋蟀　　條目3條、單字6個。

1.［蟋蟀］

2.［歲聿其暮］

3.［無已大康］

二、山有樞　　條目12條、單字13個。

1.［樞］

2.［弗曳弗婁］

3.［宛］

4.［愉］

5.［栲］

6.［杻］

7.［廷］

8.［洒］

9.［埽］

10.［鍾］

11.［弗鼓弗考］

12.［何不日鼓瑟］

三、揚之水　　條目9條、單字8個。

1.［揚］

2.［鑿鑿］

3.［襮］

4.［晧］

5.［繡］

6.［鵠］

7.［何］

8.［粼粼］

9.［我闻有命,不敢以告人］

四、椒聊　　條目5條、單字7個。

1.［椒聊］

2.［蕃衍盈升］

3.［遠條且］

4.［匊］

5. [碩]

五、綢繆　　條目 3 條、單字 5 個。

1. [子兮子兮]

2. [邂逅]

3. [粲]

六、杕杜　　條目 4 條、單字 4 個。

1. [杕杜]

2. [佽]

3. [菁]

4. [睘睘]

七、羔裘　　條目 1 條、單字 1 個。

1. [褎]

八、鴇羽　　條目 3 條、單字 3 個。

1. [鴇]

2. [蓺]

3. [蒼天]

九、無衣　　條目 1 條、單字 1 個。

1. [燠]

十、有杕之杜　　條目 4 條、單字 4 個。

1. [杕]

2. [噬]

3. [有杕之杜]

4. [周]

十一、葛生　　條目 2 條、單字 1 個。

1. [粲]

2. [錦衾爛兮]

十二、采苓　　條目3條、單字3個。

1.［苓］

2.［爲］

3.［從］

卷十一　秦風

一、車鄰　　條目4條、單字4個。

1.［有車鄰鄰］

2.［寺］

3.［令］

4.［耋］

二、駟驖　　條目4條、單字6個。

1.［駟驖］

2.［舍］

3.［鸞］

4.［歇驕］

三、小戎　　條目12條、單字13個。

1.［粲］

2.［梁］

3.［靷］

4.［板］

5.［鋈以觼軜］

6.［厹矛］

7.［錞］

8.［蒙伐有苑］

9. [虎韔鏤膺]

10. [竹閉緄縢]

11. [載寢載興]

12. [厭厭良人]

四、蒹葭　　條目9條、單字10個。

1. [伊人]

2. [一方]

3. [遡洄從之]

4. [遡游從之]

5. [道阻且長]

6. [宛]

7. [萋萋]

8. [道阻且躋]

9. [沚]

五、終南　　條目5條、單字6個。

1. [終南]

2. [有條有梅]

3. [渥丹]

4. [有紀有堂]

5. [佩玉將將,壽考不亡]

六、黄鳥　　條目5條、單字5個。

1. [交交]

2. [棘]

3. [惴]

4. [殲]

5. [如可贖兮]

七、晨風　　條目4條、單字5個。

1.［鴥彼晨風］

2.［鬱彼北林］

3.［苞櫟］

4.［檖］

八、無衣　　條目2條、單字2個。

1.［澤］

2.［與子偕行］

九、渭陽　　條目3條、單字3個。

1.［曰至渭陽］

2.［路車］

3.［瓊瑰玉佩］

十、權輿　　條目2條、單字4個。

1.［夏屋渠渠］

2.［于嗟乎,不承權輿］

卷十二　陳風

一、宛丘　　條目4條、單字5個。

1.［子之湯兮］

2.［宛丘之下］

3.［無冬無夏］

4.［值］

二、東門之枌　　條目4條、單字8個。

1.［穀旦于差］

2.［市也婆娑］

3. [越以鬷邁]

4. [貽我握椒]

三、衡門　　條目4條、單字5個。

1. [衡門]

2. [可以棲遲]

3. [可以樂飢]

4. [取]

四、東門之池　　條目4條、單字4個。

1. [淑]

2. [可與晤歌]

3. [紵]

4. [可與晤言]

五、東門之楊　　條目3條、單字3個。

1. [牂牂]

2. [肺肺]

3. [晢晢]

六、墓門　　條目3條、單字4個。

1. [墓門有梅]

2. [歌以訊之]

3. [訊予不顧]

七、防有鵲巢　　條目3條、單字3個。

1. [邛有旨苕]

2. [美]

3. [鷊]

八、月出　　條目6條、單字7個。

1. [皎]

2.［佼人僚兮］

3.［皓］

4.［懰］

5.［懮受］

6.［勞心慘兮］

九、株林　　條目 2 條、單字 1 個。

1.［從夏南］

2.［駒］

十、澤陂　　條目 9 條、單字 10 個。

1.［荷］

2.［傷如之何］

3.［涕泗滂沱］

4.［蕑］

5.［卷］

6.［中心悁悁］

7.［菡萏］

8.［儼］

9.［輾轉］

卷十三　檜風

一、羔裘　　條目 1 條、單字 1 個。

1.［羔裘逍遥］

二、素冠　　條目 4 條、單字 4 個。

1.［棘人欒欒兮］

2.［勞心慱慱兮］

3.［我心傷悲兮，聊與子同歸兮］

4.［蘊］

三、隰有萇楚　　條目2條、單字3個。

1.［萇楚］

2.［猗儺其枝］

四、匪風　　條目5條、單字6個。

1.［偈］

2.［怛］

3.［嘌］

4.［溉之釜鬵］

5.［誰將西歸］

卷十四　曹風

一、蜉蝣　　條目3條、單字4個。

1.［蜉蝣］

2.［楚楚］

3.［蜉蝣掘閱］

二、候人　　條目6條、單字7個。

1.［何戈與祋］

2.［彼其之子］

3.［三百赤芾］

4.［咮］

5.［薈兮蔚兮］

6.［南山朝隮］

三、鳲鳩　　條目4條、單字5個。

1. ［鳲鳩］
2. ［其儀一兮］
3. ［其弁伊騏］
4. ［其儀不忒］

四、下泉　　條目5條、單字7個。

1. ［洌］
2. ［浸彼苞稂］
3. ［愾我寤歎］
4. ［芃芃黍苗］
5. ［郇伯］

卷十五　豳風

一、七月　　條目38條、單字51個。

1. ［一之日觱發］
2. ［栗烈］
3. ［耜］
4. ［趾］
5. ［畝］
6. ［喜］
7. ［倉庚］
8. ［遲遲］
9. ［殆］
10. ［萑］
11. ［蠶月條桑］
12. ［以伐遠揚］

13. [猗彼女桑]
14. [七月鳴鵙]
15. [四月秀葽]
16. [五月鳴蜩]
17. [十月隕蘀]
18. [載纘武功]
19. [豣]
20. [莎雞]
21. [穹窒熏鼠]
22. [塞向墐户]
23. [曰爲改歲]
24. [六月食鬱及薁]
25. [七月亨葵及菽]
26. [七月食瓜]
27. [九月叔苴]
28. [九月築場圃]
29. [黍稷重穋]
30. [上入執宫功]
31. [宵爾索綯]
32. [沖沖]
33. [三之日納於凌陰]
34. [四之日其蚤]
35. [韭]
36. [饗]
37. [稱彼兕觥]
38. [萬壽無疆]

二、鴟鴞　條目 8 條、單字 12 個。

1.［迨天之未陰雨］

2.［徹彼桑土］

3.［蓄租］

4.［卒瘏］

5.［譙譙］

6.［翛翛］

7.［風雨所漂搖］

8.［予維音曉曉］

三、東山　條目 16 條、單字 23 個。

1.［慆慆不歸］

2.［零雨其濛］

3.［制彼裳衣］

4.［勿士行枚］

5.［蜎蜎者蠋］

6.［烝在桑野］

7.［伊威在室］

8.［蠨蛸］

9.［町畽］

10.［熠燿］

11.［不可畏也］

12.［鸛］

13.［烝在栗薪］

14.［熠燿其羽］

15.［皇駁］

16.［縭］

四、破斧　　條目5條、單字5個。

1.［又缺我斨］

2.［四國是皇］

3.［錡］

4.［吪］

5.［遒］

五、伐柯　　條目5條、單字5個。

1.［伐柯如何］

2.［匪斧不克］

3.［取妻如何］

4.［伐柯伐柯］

5.［覯］

六、九罭　　條目3條、單字2個。

1.［罭］

2.［袞衣］

3.［無使我心悲兮］

七、狼跋　　條目4條、單字4個。

1.［跋］

2.［疐］

3.［几几］

4.［德音不瑕］

小　雅

卷十六　鹿鳴之什

一、鹿鳴　　條目 9 條、單字 11 個。

1.［呦呦］

2.［苹］

3.［簧］

4.［示我周行］

5.［視民不恌］

6.［君子是則是傚］

7.［嘉賓式燕以敖］

8.［鼓瑟鼓琴］

9.［和樂且湛］

二、四牡　　條目 6 條、單字 9 個。

1.［四牡］

2.［周道倭遲］

3.［嘽嘽駱馬］

4.［不遑啟處］

5.［翩翩者鵻］

6.［駕彼四駱］

三、皇皇者華　　條目 5 條、單字 6 個。

1.［皇皇者華］

2.［駪駪征夫］

3. [我馬維駒]

4. [周爰咨諏]

5. [周爰咨謀]

四、常棣　　條目15條、單字15個。

1. [常棣]

2. [鄂不韡韡]

3. [死喪之威]

4. [原隰裒矣]

5. [脊令]

6. [況也永歎]

7. [兄弟鬩于牆]

8. [外禦其務]

9. [儐爾籩豆]

10. [飫]

11. [孺]

12. [如鼓瑟琴]

13. [湛]

14. [室家]

15. [樂爾妻帑]

五、伐木　　條目8條、單字8個。

1. [出自幽谷]

2. [遷于喬木]

3. [嚶其鳴矣]

4. [伐木許許]

5. [釃酒有藇]

6. [有酒湑我]

7. [坎坎鼓我]

8. [蹲蹲舞我]

六、天保　　條目5條、單字9個。

1. [俾爾單厚]

2. [俾爾戩穀]

3. [吉蠲爲饎]

4. [禴祠烝嘗]

5. [如月之恆]

七、采薇　　條目8條、單字10個。

1. [玁狁]

2. [靡使歸聘]

3. [彼爾維何]

4. [一月三捷]

5. [小人所腓]

6. [魚服]

7. [日戒]

8. [遲遲]

八、出車　　條目8條、單字10個。

1. [我出我車]

2. [旆旆]

3. [僕夫況瘁]

4. [旂旐央央]

5. [玁狁于襄]

6. [倉庚]

7. [蘩]

8. [執訊獲醜]

九、杕杜　　條目3條、單字3個。

1.［有睆其實］

2.［女心傷止］

3.［檀車幝幝］

十、南陔（無辭）　　條目0條、單字0個。

卷十七　白華之什

一、白華（無辭）　　條目0條、單字0個。

二、華黍（無辭）　　條目0條、單字0個。

三、魚麗　　條目4條、單字5個。

1.［魚麗］

2.［鱨鯊］

3.［物其旨矣］

4.［維其偕矣］

四、由庚（無辭）　　條目0條、單字0個。

五、南有嘉魚　　條目4條、單字4個。

1.［罩罩、汕汕］

2.［君子有酒］

3.［嘉賓式燕以衎］

4.［嘉賓式燕又思］

六、崇丘（無辭）　　條目0條、單字0個。

七、南山有臺　　條目3條、單字3個。

1.［南山有臺］

2.［樂只君子］

3.［南山有杞］

八、由儀（無辭）　條目 0 條、單字 0 個。

九、蓼蕭　條目 5 條、單字 6 個。

1.［零露］

2.［爲龍爲光］

3.［孔燕豈弟］

4.［鞗革沖沖］

5.［和鸞雝雝］

十、湛露　條目 3 條、單字 3 個。

1.［厭厭夜飲］

2.［顯允君子］

3.［其桐其椅］

卷十八　彤弓之什

一、彤弓　條目 1 條、單字 1 個。

1.［一朝醻之］

二、菁菁者莪　條目 1 條、單字 1 個。

1.［菁菁者莪］

三、六月　條目 13 條、單字 20 個。

1.［戎車既飭］

2.［玁狁孔熾］

3.［我是用急］

4.［于三十里］

5.［玁狁匪茹］

6.［整居焦穫］

7.［織文鳥章］

8.［白旆央央］

9.［如輊如軒］

10.［薄伐玁狁，至于大原］

11.［吉甫燕喜］

12.［炰鼈膾鯉］

13.［張仲孝友］

四、采芑　　條目17條、單字19個。

1.［方叔涖止］

2.［乘其四騏，四騏翼翼］

3.［路車有奭］

4.［簟茀魚服］

5.［約軧錯衡］

6.［八鸞瑲瑲］

7.［朱芾斯皇］

8.［有瑲葱珩］

9.［鴥彼飛隼，其飛戾天］

10.［鉦人伐鼓，陳師鞠旅］

11.［伐鼓淵淵］

12.［振旅闐闐］

13.［蠢爾蠻荆］

14.［大邦爲讎］

15.［克壯其猶］

16.［戎車嘽嘽］

17［嘽嘽焞焞］

五、車攻　　條目13條、單字17個。

1.［車攻］

2. [田車既好]

3. [東有甫草]

4. [搏獸于敖]

5. [四牡奕奕]

6. [赤芾金舄]

7. [決拾既佽]

8. [助我舉柴]

9. [蕭蕭馬鳴]

10. [悠悠旆旌]

11. [徒御不驚]

12. [有聞無聲]

13. [允矣君子]

六、吉日　　條目6條、單字7個。

1. [既伯既禱]

2. [麀鹿麌麌]

3. [其祁孔有]

4. [儦儦俟俟]

5. [既挾我矢]

6. [兕]

七、鴻鴈　　條目5條、單字5個。

1. [鴻鴈]

2. [肅肅其羽]

3. [哀此鰥寡]

4. [其究安宅]

5. [嗸嗸]

八、庭燎　　條目5條、單字6個。

1. [鸞聲將將]

2. [庭燎晰晰]

3. [鸞聲噦噦]

4. [夜鄉晨]

5. [庭燎有煇]

九、沔水　　條目3條、單字3個。

1. [鴥]

2. [念彼不蹟]

3. [民之訛言]

十、鶴鳴　　條目5條、單字5個。

1. [鶴鳴于九皋]

2. [其下維蘀]

3. [它山之石]

4. [可以爲錯]

5. [其下維穀]

卷十九　祈父之什

一、祈父　　條目4條、單字5個。

1. [祈父]

2. [予王之爪牙]

3. [靡所厎止]

4. [有母之尸饔]

二、白駒　　條目6條、單字7個。

1. [以永今朝]

2. [所謂伊人]

3.［逍遥］

4.［遁］

5.［在彼空谷］

6.［毋金玉爾音］

三、黄鳥　　條目1條、單字1個。

1.［不可與明］

四、我行其野　　條目10條、單字10個。

1.［昏姻之故］

2.［言就爾居］

3.［言采其蓫］

4.［爾不我畜］

5.［言歸斯復］

6.［葍］

7.［不思舊姻］

8.［求爾新特］

9.［成不以富］

10.［祇］

五、斯干　　條目17條、單字19個。

1.［秩秩斯干］

2.［如竹苞矣］

3.［無相猶矣］

4.［似續妣祖］

5.［約之閣閣］

6.［橐］

7.［君子攸芋］

8.［如跂斯翼］

9.［如矢斯棘］

10.［如鳥斯革］

11.［如翬斯飛］

12.［乃寢乃興］

13.［吉夢維何］

14.［朱芾斯皇］

15.［室家君王］

16.［載衣之裼］

17.［無父母詒罹］

六、無羊　　條目8條、單字9個。

1.［三百維羣］

2.［九十其犉］

3.［其角濈濈］

4.［或寢或訛］

5.［何蓑何笠］

6.［三十維物］

7.［不騫不崩］

8.［室家溱溱］

七、節南山　　條目20條、單字23個。

1.［維石巖巖］

2.［憂心如惔］

3.［天方薦瘥］

4.［憯莫懲嗟］

5［維周之氐］

6.［秉國之均］

7.［毗］

8.［俾民不迷］

9.［弗躬弗親］

10.［庶民弗信］

11.［勿罔君子］

12.［瑣瑣姻亞］

13.［昊天不傭］

14.［降此鞠訩］

15.［昊天不惠］

16.［誰秉國成］

17.［不自爲政］

18.［如相醻矣］

19.［家父作誦］

20.［以畜萬邦］

八、正月　　條目25條、單字30個。

1.［民之訛言］

2.［癙憂以痒］

3.［憂心愈愈］

4.［是以有侮］

5.［憂心惸惸］

6.［謂山蓋卑］

7.［訊之占夢］

8.［不敢不局］

9.［不敢不蹐］

10.［有倫有脊］

11.［胡爲虺蜴］

12.［燎之方揚，寧或滅之］

13.［褒姒威之］

14.［員于爾輻］

15.［屢顧爾僕］

16.［曾是不意］

17.［亦孔之炤］

18.［殽］

19.［洽比其鄰］

20.［昏姻孔云］

21.［憂心慇慇］

22.［佌佌彼有屋］

23.［蔌蔌方有穀］

24.［夭夭是椓］

25.［哀此惸獨］

九、十月之交　　條目 25 條、單字 32 個。

1.［朔月辛卯］

2.［日有食之］

3.［彼月而微，此日而微］

4.［日月告凶］

5.［不用其良］

6.［此日而食］

7.［于何不臧］

8.［百川沸騰］

9.［山冢崒崩］

10.［胡憯莫懲］

11.［番維司徒］

12.［家伯維宰］

13.［仲允膳夫］

14.［棸子內史］

15.［蹶維趣馬］

16.［楀維師氏］

17.［豔妻煽方處］

18.［抑此皇父］

19.［戕］

20.［憖］

21.［黽勉從事］

22.［讒口囂囂］

23.［下民之孽］

24.［噂沓背憎］

25.［悠悠我里，亦孔之痗］

十、雨無正　　條目 13 條、單字 14 個。

1.［雨無正］

2.［降喪饑饉］

3.［旻天疾威］

4.［弗慮弗圖］

5.［淪胥以鋪］

6.［周宗既滅］

7.［莫知我勩］

8.［曾我暬御］

9.［憯憯］

10.［聽言則答，譖言則退］

11.［維躬是瘁］

12.［俾躬處休］

13. [維曰于仕]

卷二十　小旻之什

一、小旻　　條目 15 條、單字 18 個。

1. [旻天疾威]
2. [謀猶回遹]
3. [潝潝訿訿]
4. [伊于胡底]
5. [是用不集]
6. [匪先民是程]
7. [是用不潰于成]
8. [民雖靡膴]
9. [或哲或謀]
10. [艾]
11. [如彼泉流]
12. [不敢暴虎]
13. [不敢馮河]
14. [莫知其他]
15. [戰戰兢兢]

二、小宛　　條目 15 條、單字 19 個。

1. [小宛]
2. [翰飛戾天]
3. [念昔先人]
4. [明發不寐]
5. [飲酒温克]

6.［壹醉日富］

7.［庶民采之］

8.［螟蛉有子］

9.［蜾蠃負之］

10.［題彼脊令］

11.［毋忝爾所生］

12.［哀我填寡］

13.［宜岸宜獄］

14.［如集于木］

15.［如臨于谷］

三、小弁　　條目22條、單字25個。

1.［小弁］

2.［歸飛提提］

3.［踧踧周道］

4.［鞫爲茂草］

5.［我心憂傷］

6.［怒焉如擣］

7.［假寐永歎］

8.［維憂用老］

9.［疢如疾首］

10.［不罹于裏］

11.［菀彼柳斯］

12.［有漼者淵］

13.［萑葦淠淠］

14.［譬彼舟流］

15.［鹿斯之奔］

16. [維足伎伎]

17. [雉之朝雊]

18. [譬彼壞木]

19. [尚或墐之]

20. [伐木掎矣]

21. [析薪扡矣]

22. [君子無易由言]

四、巧言　　條目19條、單字26個。

1. [亂如此幠]

2. [予慎無罪]

3. [昊天大幠]

4. [僭始既涵]

5. [君子屢盟]

6. [盜言孔甘]

7. [亂是用餤]

8. [匪其止恭]

9. [維王之邛]

10. [秩秩大猷]

11. [聖人莫之]

12. [予忖度之]

13. [躍躍毚兔]

14. [遇犬獲之]

15. [荏染柔木]

16. [蛇蛇碩言]

17. [居河之麋]

18. [無拳無勇]

19.［既微且尰］

五、何人斯　　條目 16 條、單字 16 個。

1.［伊誰云從］

2.［維暴之云］

3.［不見其身］

4.［不愧于人，不畏于天］

5.［祇攪我心］

6.［遑脂爾車］

7.［云何其盱］

8.［我心易也］

9.［俾我祇也］

10.［伯氏吹壎］

11.［仲氏吹篪］

12.［爲鬼爲蜮］

13.［則不可得］

14.［有靦面目］

15.［視人］

16.［以極反側］

六、巷伯　　條目 12 條、單字 16 個。

1.［萋兮斐兮］

2.［彼譖人者］

3.［亦已大甚］

4.［哆兮侈兮］

5.［緝緝翩翩］

6.［慎爾言也］

7.［捷捷幡幡］

8. [勞人草草]

9. [取彼譖人]

10. [投畀豺虎]

11. [投畀有昊]

12. [作爲此詩]

七、谷風　　條目5條、單字9個。

1. [維予與女]

2. [女轉棄予]

3. [維風及頹]

4. [維山崔嵬]

5. [無草不死,無木不萎]

八、蓼莪　　條目9條、單字11個。

1. [蓼蓼者莪]

2. [缾之罄矣]

3. [維罍之恥]

4. [鮮民之生]

5. [母兮鞠我]

6. [拊我畜我,長我育我]

7. [出入腹我]

8. [昊天罔極]

9. [飄風發發]

九、大東　　條目29條、單字32個。

1. [有饛簋飧]

2. [有捄棘匕]

3. [周道如砥,其直如矢]

4. [睠言顧之]

5.［潸然出涕］
6.［小東大東］
7.［杼柚其空］
8.［糾糾葛屨］
9.［佻佻公子］
10.［行彼周行］
11.［既往既來］
12.［有洌氿泉］
13.［無浸穫薪］
14.［契契寤歎］
15.［哀我憚人］
16.［職勞不來］
17.［薪是穫薪］
18.［粲粲衣服］
19.［舟人之子，熊羆是裘］
20.［百僚是試］
21.［鞙鞙佩璲］
22.［跂彼織女］
23.［睆彼牽牛］
24.［不以服箱］
25.［東有啓明］
26.［西有長庚］
27.［有捄天畢，載施之行］
28.［維有北斗］
29.［載翕其舌］

十、四月　　條目10條、單字12個。

1.［秋日淒淒］

2.［百卉具腓］

3.［亂離瘼矣］

4.［爰其適歸］

5.［侯栗侯梅］

6.［廢爲殘賊］

7.［南國之紀］

8.［盡瘁以仕］

9.［匪鶉匪鳶］

10.［隰有杞桋］

卷二十一　北山之什

一、北山　　條目 11 條、單字 13 個。

1.［溥天之下］

2.［率土之濱］

3.［四牡彭彭,王事傍傍］

4.［鮮我方將］

5.［旅力方剛］

6.［或燕燕居息］

7.［或盡瘁事國］

8.［或不知叫號］

9.［或慘慘劬勞］

10.［或棲遲偃仰］

11.［或出入風議］

二、無將大車　　條目 4 條、單字 4 個。

1.［無將大車］

2.［祇自塵兮］

3.［祇自疷兮］

4.［維塵雍兮］

三、小明　　條目9條、單字11個。

1.［念彼共人］

2.［曷云其還］

3.［歲聿云莫］

4.［憚我不暇］

5.［睠睠懷顧］

6.［日月方奥］

7.［自詒伊戚］

8.［靖共爾位］

9.［無恆安息］

四、鼓鍾　條目5條、單字5個。

1.［鍾］

2.［鼓鍾伐鼛］

3.［淮有三洲］

4.［憂心且妯］

5.［其德不猶］

五、楚茨　　條目17條、單字18個。

1.［楚楚者茨］

2.［我蓺黍稷］

3.［我倉既盈］

4.［我庾維億］

5.［或剥或亨］

6.［祝祭於祊］

7.［神保是饗］

8.［獻醻交錯］

9.［神保是格］

10.［禮儀卒度］

11.［苾芬孝祀］

12.［神嗜飲食］

13.［既匡既勑］

14.［鼓鍾送尸］

15.［神保聿歸］

16.［爾殽既將］

17.［勿替引之］

六、信南山　　條目 15 條、單字 17 個。

1.［維禹甸之］

2.［畇畇原隰］

3.［雨雪雰雰］

4.［益之以霢霂］

5.［既優既渥］

6.［既霑既足］

7.［疆埸翼翼］

8.［黍稷彧彧］

9.［疆埸有瓜］

10.［是剝是菹］

11.［受天之祜］

12.［享于祖考］

13.［執其鸞刀］

14.［取其血膋］

15.［苾苾芬芬］

七、甫田　　條目 10 條、單字 12 個。

1.［倬彼甫田］

2.［或耘或耔］

3.［黍稷薿薿］

4.［以我齊明］

5.［以御田祖］

6.［以祈甘雨］

7.［田畯至喜］

8.［攘其左右，嘗其旨否］

9.［禾易長畝］

10.［如坻如京］

八、大田　　條目 12 條、單字 16 個。

1.［既備乃事］

2.［以我覃耜］

3.［俶載南畝］

4.［不稂不莠］

5.［去其螟螣］

6.［及其蟊賊］

7.［無害我田穉］

8.［彼有不穫穉］

9.［秉畀炎火］

10.［有渰萋萋］

11.［興雨祈祈］

12.［此有不斂穧，彼有遺秉］

九、瞻彼洛矣　　條目2條、單字6個。

1.［靺韐有奭］

2.［鞞琫有珌］

十、裳裳者華　　條目3條、單字2個。

1.［裳裳者華］

3.［左之左之，君子宜之。右之右之，君子有之］

3.［維其有之］

卷二十二　桑扈之什

一、桑扈　　條目6條、單字9個。

1.［扈］

2.［有鶯其羽］

3.［受福不那］

4.［兕觥其觩］

5.［彼交匪敖］

6.［萬福來求］

二、鴛鴦　　條目2條、單字2個。

1.［畢之羅之］

2.［摧之秣之］

三、頍弁　　條目7條、單字7個。

1.［爾殽既嘉］

2.［蔦與女蘿］

3.［庶幾説懌］

4.［實維何期］

5.［兄弟具來］

6. ［先集維霰］

7. ［樂酒今夕］

四、車舝　　條目 9 條、單字 8 個。

1. ［車舝］

2. ［德音來括］

3. ［依彼平林］

4. ［有集維鷮］

5. ［辰彼碩女］

6. ［雖無德與女］

7. ［高山仰止］

8. ［景行行止］

9. ［以慰我心］

五、青蠅　　條目 4 條、單字 5 個。

1. ［營營青蠅］

2. ［止于樊］

3. ［豈弟君子］

4. ［讒人罔極］

六、賓之初筵　　條目 13 條、單字 16 個。

1. ［籩豆有楚］

2. ［殽核維旅］

3. ［舉醻逸逸］

4. ［發彼有的］

5. ［以祈爾爵］

6. ［賓載手仇］

7. ［酌彼康爵］

8. ［威儀反反］

9. [僊舞僊僊]
10. [威儀怭怭]
11. [側弁之俄]
12. [僊舞傞傞]
13. [式勿從謂]

七、魚藻　　條目4條、單字4個。

1. [有頒其首]
2. [豈樂飲酒]
3. [有莘其尾]
4. [有那其居]

八、采菽　　條目14條、單字18個。

1. [菽]
2. [觱沸檻泉]
3. [其旂淠淠]
4. [君子所屆]
5. [赤芾在股]
6. [彼交匪紓]
7. [樂只君子,殿天子之邦。樂只君子,萬福攸同]
8. [平平左右]
9. [亦是率從]
10. [汎汎楊舟]
11. [紼纚維之]
12. [天子葵之]
13. [福祿膍之]
14. [優哉游哉]

九、角弓　　條目11條、單字15個。

1. [騂騂角弓]

2. [無胥遠矣]

3. [民胥傚矣]

4. [綽綽有裕]

5. [民之無良]

6. [至于已斯亡]

7. [如食宜饇]

8. [雨雪瀌瀌]

9. [見晛曰消]

10. [莫肯下遺]

11. [式居婁驕]

十、菀柳　　條目 3 條、單字 3 個。

1. [有菀者柳]

2. [上帝甚蹈]

3. [無自瘵焉]

卷二十三　都人士之什

一、都人士　　條目 6 條、單字 8 個。

1. [狐裘黃黃]

2. [萬民所望]

3. [臺笠緇撮]

4. [我心不説]

5. [我心苑結]

6. [垂帶而厲]

二、采緑　　條目 5 條、單字 5 個。

1. [終朝采綠]

2. [不盈一匊]

3. [六日不詹]

4. [言韔其弓]

5. [薄言觀者]

三、黍苗　　條目3條、單字3個。

1. [芃芃]

2. [召伯]

3. [烈烈征師]

四、隰桑　　條目3條、單字4個。

1. [隰桑有阿,其葉有難]

2. [遐不謂矣]

3. [中心藏之]

五、白華　　條目10條、單字11個。

1. [英英白雲]

2. [露彼菅矛]

3. [天步艱難]

4. [滮池北流]

5. [浸彼稻田]

6. [嘯歌傷懷]

7. [鼓鍾於宮]

8. [念子懆懆]

9. [視我邁邁]

10. [俾我疧矣]

六、緜蠻　　條目2條、單字2個。

1. [緜蠻黃鳥]

2. [止於丘阿]

七、瓠葉　　條目3條、單字3個。

1. [采之亨之]

2. [炮之燔之]

3. [酌言醻之]

八、漸漸之石　　條目4條、單字4個。

1. [漸漸之石]

2. [遑]

3. [月離于畢]

4. [俾滂沱矣]

九、苕之華　　條目5條、單字7個。

1. [芸其黄矣]

2. [其葉青青]

3. [不如無生]

4. [牂羊墳首]

5. [三星在罶]

十、何草不黄　　條目1條、單字1個。

1. [何人不矜]

大　雅

卷二十四　文王之什

一、文王　　條目19條、單字20個。

1. [其命維新]

2.［亹亹文王］

3.［陳錫哉周］

4.［本支百世］

5.［不顯亦世］

6.［維周之楨］

7.［其麗不億］

8.［侯服于周，天命靡常。殷士膚敏，裸將于京］

9.［裸將于京］

10.［常服黼冔］

11.［無念爾祖］

12.［聿修厥德］

13.［宜鑒于殷］

14.［駿命不易］

15.［無遏爾躬］

16.［上天之載］

17.［儀刑文王］

18.［萬邦作孚］

19.［宣昭義問］

二、大明　　條目23條、單字30個。

1.［天難忱斯］

2.［不易維王］

3.［天位殷適，使不挾四方］

4.［曰嬪于京］

5.［大任有身］

6.［聿懷多福］

7.［在洽之陽］

8.［在渭之涘］

9.［俔天之妹］

10.［文定厥祥］

11.［造舟爲梁］

12.［有命自天,命此文王］

13.［纘女維莘］

14.［保右命爾］

15.［燮伐大商］

16.［其會如林］

17.［上帝臨女］

18.［無貳爾心］

19.［牧野洋洋］

20.［檀車煌煌］

21.［駟騵彭彭］

22.［涼彼武王］

23.［會朝清明］

三、緜　　條目24條、單字32個。

1.［自土沮漆］

2.［古公亶父］

3.［陶復陶穴］

4.［來朝走馬］

5.［率西水滸］

6.［至于岐下］

7.［聿來胥宇］

8.［周原膴膴］

9.［爰契我龜］

10. [曰止曰時]

11. [迺慰迺止]

12. [迺疆迺理]

13. [其繩則直]

14. [縮版以載]

15. [捄之陾陾]

16. [百堵皆興]

17. [鼛鼓弗勝]

18. [皐門有伉]

19. [應門將將]

20. [亦不隕厥問]

21. [混夷駾矣,維其喙矣]

22. [予曰有疏附]

23. [奔奏]

24. [禦]

四、棫樸　　條目7條、單字9個。

1. [薪之槱之]

2. [左右趣之]

3. [奉璋峨峨]

4. [淠彼涇舟]

5. [烝徒楫之]

6. [追琢其章]

7. [勉勉我王]

五、旱麓　　條目8條、單字9個。

1. [旱麓]

2. [榛楛濟濟]

3.［豈弟君子］

4.［瑟彼玉瓚］

5.［遐不作人］

6.［民所燎矣］

7.［莫莫葛藟］

8.［施于條枚］

六、思齊　　條目 2 條、單字 2 個。

1.［神罔時恫］

2.［古之人無斁］

七、皇矣　　條目 32 條、單字 36 個。

1.［皇矣］

2.［臨下有赫］

3.［監觀四方］

4.［求民之莫］

5.［其政不獲］

6.［上帝耆之］

7.［憎其式廓］

8.［乃眷西顧］

9.［其菑其翳］

10.［其灌其栵］

11.［天立厥配］

12.［維此王季］

13.［貊其德音］

14.［克長克君］

15.［王此大邦］

16.［施于孫子］

17. [無然畔援]

18. [敢距大邦]

19. [侵阮徂共]

20. [王赫斯怒]

21. [以按徂旅]

22. [以篤于周祜]

23. [予懷明德,不大聲以色,不長夏以革]

24. [不識不知]

25. [同爾兄弟]

26. [與爾臨衝]

27. [以伐崇墉]

28. [臨衝閑閑]

29. [執訊連連]

30. [攸馘安安]

31. [是類是禡]

32. [崇墉仡仡]

八、靈臺　　條目8條、單字10個。

1. [經始勿亟]

2. [白鳥翯翯]

3. [於牣魚躍]

4. [虡業維樅]

5. [賁鼓維墉]

6. [於樂辟廱]

7. [鼉鼓逢逢]

8. [矇瞍奏公]

九、下武　　條目5條、單字7個。

1.［下武維周］
2.［世有哲王］
3.［應侯順德］
4.［昭茲來許］
5.［繩其祖武］

十、文王有聲　　條目 18 條、單字 22 個。

1.［遹駿有聲］
2.［遹求厥寧］
3.［文王烝哉］
4.［既伐于崇］
5.［作邑于豐］
6.［築城伊淢］
7.［作豐伊匹］
8.［匪棘其欲］
9.［遹追來孝］
10.［豐水東注］
11.［鎬京辟廱］
12.［自西自東］
13.［無思不服］
14.［考卜維王］
15.［宅是鎬京］
16.［維龜正之］
17.［武王豈不仕］
18.［詒厥孫謀］

卷二十五　生民之什

一、生民　　條目 34 條、單字 40 個。

1.［厥初生民］

2.［時維姜嫄］

3.［以弗無子］

4.［履帝武敏歆］

5.［攸介攸止］

6.［載震載夙］

7.［先生如達］

8.［不坼不副］

9.［無菑無害］

10.［牛羊腓字之］

11.［鳥覆翼之］

12.［實覃實訏］

13.［誕實匍匐］

14.［克岐克嶷］

15.［蓺之荏菽］

16.［禾役穟穟］

17.［瓜瓞唪唪］

18.［茀厥豐草］

19.［實方實苞］

20.［即有邰家室］

21.［誕降嘉穀］

22.［維秬維秠］

23.［維穈維芑］

24.［恒之秬秠］

25.［恒之穈芑］

26.［以歸肇祀］

27.［或舂或揄］

28.［或簸或蹂］

29.［釋之叟叟］

30.［烝之浮浮］

31.［取羝以軷］

32.［于豆于登］

33.［其香始升］

34.［后稷肇祀］

二、行葦　　條目11條、單字13個。

1.［敦彼行葦］

2.［維葉泥泥］

3.［莫遠具爾］

4.［肆筵設席］

5.［或燔或炙］

6.［嘉殽脾臄］

7.［舍矢既均］

8.［敦弓既句］

9.［酌以大斗］

10.［以祈黃耇］

11.［黃耇台背］

三、既醉　　條目3條、單字2個。

1.［室家之壺］

2.［永錫祚胤］

3.［釐爾女士］

四、鳧鷖　　條目4條、單字4個。

1.［爾殽既馨］

2. [爾殽既嘉]

3. [公尸來止熏熏]

4. [燔炙芬芬]

五、假樂　　條目 11 條、單字 14 個。

1. [假樂]

2. [顯顯令德]

3. [保右命之]

4. [千禄百福]

5. [穆穆皇皇]

6. [宜君宜王]

7. [不愆不忘]

8. [率由舊章]

9. [率由羣匹]

10. [不解於位]

11. [民之攸塈]

六、公劉　　條目 12 條、單字 16 個。

1. [迺埸迺疆]

2. [迺積迺倉]

3. [迺裹餱糧]

4. [思輯用光]

5. [而無永歎]

6. [陟則在巘]

7. [鞞琫容刀]

8. [既登乃依]

9. [乃造其曹]

10. [于豳斯館]

11.［取厲取鍛］

12.［芮鞫之即］

七、泂酌　　條目4條、單字5個。

1.［泂酌彼行潦］

2.［可以餴饎］

3.［豈弟君子］

4.［民之父母］

八、卷阿　　條目11條、單字11個。

1.［來游來歌］

2.［似先公酋矣］

3.［茀祿爾康矣］

4.［有馮有翼］

5.［顒顒卬卬］

6.［如圭如璋］

7.［令聞令望］

8.［鳳皇于飛］

9.［鳳皇鳴矣，于彼高岡。梧桐生矣，于彼朝陽。菶菶萋萋，雝雝喈喈］

10.［菶菶萋萋］

11.［菶菶萋萋，雝雝喈喈］

九、民勞　　條目6條、單字9個。

1.［汔可小康］

2.［無縱詭隨，以謹無良］

3.［憯不畏明］

4.［柔遠能邇］

5.［以謹惛怓］

6. [以謹繾綣]

十、板　　條目 25 條、單字 30 個。

1. [上帝板板]

2. [下民卒癉]

3. [靡聖管管]

4. [是用大諫]

5. [及爾同寮]

6. [聽我囂囂]

7. [勿以爲笑]

8. [詢于芻蕘]

9. [老夫灌灌]

10. [小子蹻蹻]

11. [匪我言耄]

12. [多將熇熇]

13. [不可救藥]

14. [無爲夸毗]

15. [民之方殿屎]

16. [喪亂蔑資]

17. [天之牖民]

18. [如壎如篪]

19. [如璋如圭]

20. [牖民孔易]

21. [民之多辟,無自立辟]

22. [价人維藩]

23. [無俾城壞]

24. [敬天之怒,無敢戲豫]

25.［及爾游衍］

卷二十六　蕩之什

一、蕩　　條目19條、單字20個。

1.［蕩蕩上帝］

2.［其命多辟］

3.［天生烝民］

4.［其命匪諶］

5.［鮮克有終］

6.［曾是彊禦］

7.［曾是掊克］

8.［侯作侯祝］

9.［女炰烋于中國］

10.［斂怨以爲德］

11.［不明爾德，時無背無側；爾德不明，以無陪無卿］

12.［既愆爾止］

13.［式號式呼］

14.［俾晝作夜］

15.［如蜩如螗］

16.［内奰于中國］

17.［本實先撥］

18.［殷鑒不遠］

19.［在夏后之世］

二、抑　　條目31條、單字34個。

1.［抑］

2. [維德之隅]
3. [靡哲不愚]
4. [無競維人]
5. [四方其訓之]
6. [有覺德行]
7. [訏謨定命]
8. [遠猶辰告]
9. [荒湛于酒]
10. [女雖湛樂從]
11. [克共明刑]
12. [肆皇天弗尚]
13. [洒埽庭内]
14. [用遏蠻方]
15. [質爾人民]
16. [白圭之玷]
17. [無言不讎]
18. [子孫繩繩]
19. [萬民靡不承]
20. [尚不愧于屋漏]
21. [矧可射思]
22. [不愆于儀]
23. [不僭不賊]
24. [彼童而角]
25. [溫溫恭人]
26. [告之話言]
27. [覆謂我僭]

28. [於乎小子]

29. [我心慘慘]

30. [誨爾諄諄]

31. [聽我藐藐]

三、桑柔　　條目30條、單字36個。

1. [菀]

2. [其下侯旬]

3. [倉兄填兮]

4. [旟旐有翩]

5. [具禍以燼]

6. [國步斯頻]

7. [靡所止疑]

8. [秉心無競]

9. [至今爲梗]

10. [憂心慇慇]

11. [逢天僤怒]

12. [孔棘我圉]

13. [亂況斯削]

14. [誰能執熱,逝不以濯]

15. [如彼遡風]

16. [亦孔之僾]

17. [荓云不逮]

18. [好是稼穡,力民代食]

19. [降此蟊賊]

20. [哀恫中國]

21. [以念穹蒼]

22. [民人所瞻]

23. [秉心宣猶]

24. [自獨俾臧]

25. [甡甡其鹿]

26. [胡斯畏忌]

27. [大風有隧]

28. [征以中垢]

29. [反予來赫]

30. [職涼善背]

四、雲漢　　條目22條、單字27個。

1. [倬彼雲漢]

2. [饑饉薦臻]

3. [蘊隆蟲蟲]

4. [靡神不宗]

5. [后稷不克]

6. [耗斁下土]

7. [靡有孑遺]

8. [先祖于摧]

9. [赫赫炎炎]

10. [滌滌山川]

11. [如惔如焚]

12. [我心憚暑]

13. [憂心如薰]

14. [寧俾我遯]

15. [黽勉畏去]

16. [胡寧瘨我以旱]

17.［敬恭明神］

18.［鞫哉庶正］

19.［疚哉冢宰］

20.［靡人不周］

21.［瞻卬昊天］

22.［有嘒其星］

五、崧高　　條目 16 條、單字 17 個。

1.［崧高維嶽］

2.［駿極于天］

3.［維嶽降神］

4.［維周之翰］

5.［四國于蕃］

6.［王纘之事］

7.［于邑于謝］

8.［南國是式］

9.［以作爾庸］

10.［有俶其城］

11.［錫爾介圭］

12.［往近王舅］

13.［申伯信邁］

14.［申伯還南］

15.［以峙其粻］

16.［揉此萬邦］

六、烝民　　條目 17 條、單字 17 個。

1.［天生烝民］

2.［民之秉彝］

3.［天監有周］

4.［古訓是式］

5.［出納王命］

6.［肅肅王命］

7.［既明且哲］

8.［夙夜匪解］

9.［柔亦不茹,剛亦不吐］

10.［不侮矜寡］

11.［我儀圖之］

12.［衮職有闕］

13.［征夫捷捷］

14.［八鸞鏘鏘］

15.［仲山甫徂齊］

16.［吉甫作誦］

17.［以慰其心］

七、韓奕　　條目 27 條、單字 32 個。

1.［奕奕梁山］

2.［有倬其道］

3.［纘戎祖考］

4.［虔共爾位］

5.［榦不庭方］

6.［以其介圭］

7.［淑旂綏章］

8.［鉤膺鏤鍚］

9.［鞹鞃淺幭］

10.［鞗革金厄］

11.［其殽維何］

12.［其蔌維何］

13.［維筍及蒲］

14.［籩豆有且］

15.［韓侯取妻］

16.［八鸞鏘鏘］

17.［諸娣從之］

18.［川澤訏訏］

19.［魴鱮甫甫］

20.［麀鹿噳噳］

21.［有貓有虎］

22.［溥彼韓城］

23.［王錫韓侯］

24.［其追其貊］

25.［奄受北國］

26.［實墉實壑，實畝實藉］

27.［獻其貔皮］

八、江漢　　條目13條、單字14個。

1.［江漢浮浮，武夫滔滔］

2.［匪安匪遊］

3.［武夫洸洸］

4.［王命召虎］

5.［徹我疆土］

6.［來旬來宣］

7.［肇敏戎公］

8. [秬鬯一卣]

9. [錫山土田]

10. [明明天子]

11. [令聞不已]

12. [矢其文德]

13. [洽此四國]

九、常武　　條目 14 條、單字 18 個。

1. [赫赫明明]

2. [南仲大祖]

3. [既敬既戒]

4. [省此徐土]

5. [徐方繹騷]

6. [如震如怒]

7. [進厥虎臣]

8. [闞如虓虎]

9. [鋪敦淮濆]

10. [仍執醜虜]

11. [王旅嘽嘽]

12. [緜緜翼翼]

13. [徐方既來]

14. [王曰還歸]

十、瞻卬　　條目 15 條、單字 18 個。

1. [瞻卬昊天]

2. [蟊賊蟊疾]

3. [女覆奪之]

4. [女覆說之]

5.［哲夫成城］

6.［懿厥哲婦］

7.［婦有長舌］

8.［維厲之階］

9.［亂匪降自天］

10.［鞫人忮忒］

11.［譖始竟背］

12.［伊胡爲慝］

13.［婦無公事］

14.［邦國殄瘁］

15.［寧自今矣］

十一、召旻　　條目9條、單字9個。

1.［我居圉卒荒］

2.［皐皐訿訿］

3.［草不潰茂］

4.［如彼棲苴］

5.［維今之疚，不如兹］

6.［職兄斯引］

7.［不云自頻］

8.［昔先王受命，有如召公］

9.［有如召公］

周　頌

卷二十七　清廟之什

一、清廟　　條目 5 條、單字 5 個。

1. [清廟]
2. [於穆清廟]
3. [肅雝顯相]
4. [駿奔走在廟]
5. [無射於人斯]

二、維天之命　　條目 2 條、單字 2 個。

1. [於穆不已]
2. [假以溢我]

三、維清　　條目 3 條、單字 2 個。

1. [維清緝熙,文王之典]
2. [肇禋]
3. [維周之楨]

四、烈文　　條目 3 條、單字 4 個。

1. [無封靡於爾邦,維王其崇之]
2. [不顯維德]
3. [於乎前王不忘]

五、天作　　條目 2 條、單字 1 個。

1. [彼徂矣,岐有夷之行]
2. [子孫保之]

六、昊天有成命　　條目3條、單字4個。

1.［二後受之］

2.［夙夜基命宥密］

3.［於緝熙，單厥心］

七、我將　　條目4條、單字4個。

1.［維羊維牛］

2.［維天其右之］

3.［儀式刑文王之典］

4.［伊嘏文王，既右饗之］

八、時邁　　條目5條、單字7個。

1.［實右序有周］

2.［薄言震之，莫不震疊］

3.［懷柔百神］

4.［及河喬嶽］

5.［載櫜弓矢］

九、執競　　條目5條、單字6個。

1.［執競］

2.［鍾鼓喤喤］

3.［磬筦將將］

4.［降福穰穰］

5.［威儀反反］

十、思文　　條目3條、單字6個。

1.［立我烝民］

2.［貽我來牟］

3.［無此疆爾界］

卷二十八　臣工之什

一、臣工　　條目3條、單字3個。

1.［維莫之春］

2.［庤乃錢鎛］

3.［奄觀銍艾］

二、噫嘻　　條目5條、單字7個。

1.［噫嘻］

2.［率時農夫］

3.［駿發爾私］

4.［終三十里］

5.［亦服爾耕］

三、振鷺　　條目4條、單字4個。

1.［振鷺于飛］

2.［于彼西雝］

3.［在彼無惡,在此無斁］

4.［以永終譽］

四、豐年　　條目5條、單字4個。

1.［豐年多黍多稌］

2.［萬億及秭］

3.［烝畀祖妣］

4.［以洽百禮］

5.［降福孔皆］

五、有瞽　　條目4條、單字7個。

1.［有瞽］

2.［應田縣鼓］

3.［鞉磬柷圉］

4.［肅雝和鳴］

六、潛　　條目 3 條、單字 4 個。

1.［潛］

2.［猗與漆沮］

3.［鰷鱨鰋鯉］

七、雝　　條目 4 條、單字 4 個。

1.［有來雝雝］

2.［綏予孝子］

3.［宣哲維人］

4.［既右烈考,亦右文母］

八、載見　　條目 4 條、單字 4 個。

1.［載見彼王］

2.［和鈴央央］

3.［鞗革有鶬］

4.［俾緝熙於純嘏］

九、有客　　條目 1 條、單字 1 個。

1.［敦琢其旅］

十、武　　條目 2 條、單字 2 個。

1.［無競維烈］

2.［耆定爾功］

卷二十九　閔予小子之什

一、閔予小子　　條目 3 條、單字 4 個。

1. [閔予小子]

2. [嬛嬛在疚]

3. [念茲皇祖,陟降庭止]

二、訪落　　條目1條、單字1個。

1. [休矣皇考]

三、敬之　　條目2條、單字2個。

1. [佛時仔肩]

2. [示我顯德行]

四、小毖　　條目5條、單字6個。

1. [予其懲而毖後患]

2. [莫予荓蜂]

3. [自求辛螫]

4. [拚飛維鳥]

5. [予又集于蓼]

五、載芟　　條目9條、單字11個。

1. [其耕澤澤]

2. [千耦其耘]

3. [侯彊侯以]

4. [有略其耜]

5. [俶載南畝]

6. [驛驛其達]

7. [緜緜其麃]

8. [有飶其香]

9. [有椒其馨]

六、良耜　　條目7條、單字9個。

1. [畟畟良耜]

2.［其饟伊黍］

3.［其鎛斯趙］

4.［以薅荼蓼］

5.［積之栗栗］

6.［殺時犉牡］

7.［有捄其角］

七、絲衣　　條目 6 條、單字 8 個。

1.［絲衣其紑］

2.［載弁俅俅］

3.［自堂徂基，自羊徂牛］

4.［鼐鼎及鼒］

5.［兕觥其觩］

6.［不吳不敖］

八、酌　　條目 1 條、單字 1 個。

1.［酌］

九、桓　　條目 2 條、單字 2 個。

1.［婁豐年］

2.［于以四方］

十、賚　　條目 2 條、單字 2 個。

1.［敷時繹思］

2.［我徂維求定］

十一、般　　條目 2 條、單字 2 個。

1.［於皇時周］

2.［墮山喬嶽］

魯　頌

卷三十　駉

一、駉　　條目11條、單字13個。

1.［駉駉牡馬］

2.［在坰之野］

3.［有驈有皇］

4.［有騅有駓］

5.［以車伾伾］

6.［有驒有雒］

7.［以車繹繹］

8.［有駰有騢］

9.［有驔有魚］

10.［以車祛祛］

11.［思馬斯徂］

二、有駜　　條目3條、單字1個。

1.［鼓咽咽］

2.［歲其有］

3.［詒孫子］

三、泮水　　條目19條、單字21個。

1.［薄采其芹］

2.［其旂茷茷］

3.［匪怒伊教］

4.［薄采其茆］

5.［屈此羣醜］

6.［昭假烈祖］

7.［靡有不孝］

8.［矯矯虎臣］

9.［在泮獻馘］

10.［狄彼東南］

11.［烝烝皇皇］

12.［不吴不揚］

13.［束矢其搜］

14.［戎車孔博］

15.［徒御無斁］

16.［翩彼飛鴞］

17.［食我桑黮］

18.［憬彼淮夷］

19.［大賂南金］

四、閟宮　　條目 29 條、單字 41 個。

1.［閟宮有侐］

2.［無災無害］

3.［黍稷重穋］

4.［稙穉菽麥］

5.［俾民稼穡］

6.［實始翦商］

7.［纘大王之緒］

8.［致天之屆,于牧之野］

9.［王曰叔父］

10.［土田附庸］

11.［白牡騂剛］

12.［犧尊將將］

13.［俾爾熾而昌］

14.［魯邦是常］

15.［朱纓緑縢］

16.［貝冑朱綅］

17.［烝徒增增］

18.［戎狄是膺，荆舒是懲］

19.［泰山巖巖］

20.［魯邦所詹］

21.［奄有龜蒙］

22.［遂荒大東］

23.［保有鳧繹］

24.［淮夷蠻貊］

25.［居常與許］

26.［黄髮兒齒］

27.［徂來之松］

28.［新甫之柏］

29.［新廟奕奕］

商　頌

卷三十一　那

一、那　　條目 10 條、單字 11 個。

1. [猗與那與]

2. [置我鞉鼓]

3. [湯孫奏假]

4. [鞉鼓淵淵]

5. [嘒嘒管聲]

6. [既和且平]

7. [於赫湯孫]

8. [庸鼓有斁]

9. [萬舞有奕]

10. [亦不夷懌]

二、烈祖　　條目 8 條、單字 9 個。

1. [賚我思成]

2. [亦有和羹]

3. [既戒既平]

4. [鬷假無言]

5. [黃耇無疆]

6. [約軝錯衡]

7. [八鸞鶬鶬]

8. [來假來饗]

三、玄鳥　　條目 9 條、單字 12 個。

1. [宅殷土芒芒]

2. [奄有九有]

3. [商之先後]

4. [受命不殆]

5. [邦畿千里]

6. [維民所止]

7. ［肇域彼四海］

8. ［景員維何］

9. ［百禄是何］

四、長發　　條目 26 條、單字 34 個。

1. ［濬哲維商］

2. ［洪水芒芒］

3. ［幅隕既長］

4. ［帝立子生商］

5. ［玄王恒撥］

6. ［率履不越］

7. ［相土烈烈］

8. ［海外有截］

9. ［至於湯齊］

10. ［受小球大球］

11. ［受小共大共］

12. ［爲下國綴旒］

13. ［敷政優優］

14. ［爲下國駿厖］

15. ［何天之龍］

16. ［敷奏其勇］

17. ［不戁不悚］

18. ［百禄是緫］

19. ［武王載旆］

20. ［則莫我敢曷］

21. ［苞有三櫱］

22. ［九有有截］

23.［韋顧既伐］

24.［降予卿士］

25.［實維阿衡］

26.［實左右商王］

五、殷武　　條目 14 條、單字 17 個。

1.［罙入其阻］

2.［維女荊楚］

3.［莫敢不來享］

4.［曰商是常］

5.［歲事來辟］

6.［勿予禍適］

7.［不敢怠遑］

8.［商邑翼翼，四方之極］

9.［以保我後生］

10.［松柏丸丸］

11.［是斷是遷］

12.［方斲是虔］

13.［松桷有梴］

14.［旅楹有閑］

本統計表總計：條目 2129 條、單字 2486 個。

主要參考引用書目及作者

《爾雅注疏》　晉・郭璞注　宋・邢昺疏　《十三經注疏》本（標點本）　北京大學出版社本

《吕氏春秋》　舊題秦・吕不韋撰　漢・高誘注　《四庫全書》本

《小爾雅》　漢・孔鮒　《叢書集成初編》本

《韓詩外傳》　漢・韓嬰　《四庫全書》本

《韓詩外傳集釋》　漢・韓嬰撰　許維遹校釋　中華書局本

《説文解字》　漢・許慎　同上本

《史記》　漢・司馬遷　同上本

《漢書》　漢・班固　同上本

《春秋繁露》　漢・董仲舒　《四庫全書》本

《風俗通義》　漢・應劭　同上本

《方言》　漢・揚雄撰　晉・郭璞注　同上本

《釋名》　漢・劉熙　同上本

《廣雅》　魏・張揖　《四庫全書》本

《毛詩草木鳥獸蟲魚疏》　吴・陸璣　同上本

《山海經》　晉・郭璞　同上本

《春秋左傳注疏》　晉・杜預　同上本

《春秋釋例》　晉・杜預　同上本

《春秋經傳集解》　晉・杜預　《四部叢刊》本

《水經注》　後魏・酈道元　《四庫全書》本

《後漢書》 南朝宋·范曄 中華書局本
《史記集解》 南朝宋·裴駰 《四庫全書》本
《文選》 梁·蕭統 中華書局本
《六臣注文選》《四部叢刊》本 《四部備要》本
《玉篇》 梁·顧野王 中國書店本
《北堂書鈔》 唐·虞世南 同上本
《經典釋文》 唐·陸德明 中華書局本
《毛詩正義》 漢·毛亨傳 鄭玄箋 唐·孔穎達疏 中華書局本
《一切經音義》 唐·釋玄應 上海古籍出版社本
《匡謬正俗》 唐·顔師古 《叢書集成初編》本
《初學記》 唐·徐堅 中華書局本
《白孔六帖》 唐·白居易 宋·孔傳 《四庫全書》本
《藝文類聚》 唐·歐陽詢 上海古籍出版社本
《五經文字》 唐·張參 《叢書集成初編》本
《新加九經字樣》 唐·唐玄度 同上本
《唐開成石壁十二經》（其中《毛詩》二十卷） 民國十五年掖縣張氏皕忍堂摹刻本
《説文繫傳》 南唐·徐鍇 《四庫全書》本
《太平御覽》 宋·李昉 扈蒙 中華書局本
《詩攷》 宋·王應麟 《叢書集成初編》本
《詩地理攷》 宋·王應麟 同上本
《困學紀聞》 宋·王應麟 商務印書館本
《類篇》 宋·司馬光 上海古籍出版社本
《事類賦》 宋·吴淑 《四庫全書》本
《隸釋》、《隸續》 宋·洪适 同上本
《吕氏家塾讀詩記》 宋·吕祖謙 《叢書集成初編》本

《續吕氏家塾讀詩記》 宋・戴溪　同上本
《毛詩名物解》 宋・蔡卞 《通志堂經解》本
《群經音辨》 宋・賈昌朝 《四部叢刊續編》本
《詩疑》 宋・王柏 《叢書集成初編》本
《詩總聞》 宋・王質　同上本
《重修廣韻》 宋・陳彭年　中國書店本
《集韻》 宋・丁度　同上本
《詩集傳》 宋・朱熹　中華書局本
《毛詩古音考》 明・陳第 《四庫全書》本
《魯申培詩説》 明・豐坊 《津逮秘書》本
《端木賜詩傳》 明・豐坊　同上本
《詩經稗疏》 清・王夫之 《船山全書》 岳麓書社本
《詩廣傳》 清・王夫之　同上本
《詩經考異》 清・王夫之　同上本
《毛詩稽古編》 清・陳啓源 《四庫全書》本
《詩經考文》 日本・山井鼎　國家圖書館縮微製品
《詩經通論》 清・姚際恆　中華書局本
《説文解字義證》 清・桂馥　上海古籍出版社本
《三家詩異文疏證》 清・馮登府 《清經解》本
《毛詩校勘記》 清・阮元　中華書局影印《十三經注疏》本
《經籍籑詁》 清・阮元　中華書局本
《説文解字注》 清・段玉裁　上海古籍出版社本
《詩經小學》 清・段玉裁 《清經解續編》本
《毛詩後箋》 清・胡承珙　同上本
《説文通訓定聲》 清・朱駿聲　上海古籍出版社本
《詩毛氏傳疏》 清・陳奂　中國書店本

《廣雅疏證》　清・王念孫　中華書局本
《經義述聞》　清・王引之　江蘇古籍出版社本
《經傳釋詞》　清・王引之　岳麓書社本
《唐石經校文》　清・嚴可均　《四録堂類集》本
《爾雅義疏》　清・郝懿行　中國書店本
《群經平議》　清・俞樾　中華書局本
《古書疑義舉例》　清・俞樾　同上本
《毛詩傳箋通釋》　清・馬瑞辰　同上本
《毛鄭詩考證》　清・戴震　《清經解》本
《讀風偶識》　清・崔述　上海古籍出版社本
《四家詩異文考》　清・陳喬樅　《清經解續編》本
《石經考異》　清・杭世駿　《石經彙函》本
《詩三家義集疏》　清・王先謙　中華書局本
《釋名疏證補》　清・王先謙　上海古籍出版社本
《説文解字句讀》　清・王筠　同上本
《説文釋例》　清・王筠　世界書局本
《詩經原始》　清・方玉潤　中華書局本
《詩經異文》　清・蔣曰豫《滂喜齋學録》本
《詩經異文釋》　清・李富孫　《清經解續編》本
《詩切》　清・牟庭　齊魯書社本
《助字辨略》　清・劉淇　中華書局本
《詩經異文補釋》　清・張慎儀　《薆園叢書》本
《毛詩質疑》　清・牟應震　齊魯書社本
《漢石經考異》　《清經解》本
《魏石經考異》　同上本
《唐石經考異》　同上本

《蜀石經考異》 同上本
《北宋石經考異》 同上本
《國朝石經考異》 同上本
《方言箋疏》 清・錢繹 上海古籍出版社本
《石刻史料新編》 新文豐出版公司本
《詩義會通》 吴闓生 中華書局本
《毛詩詞例舉要》 劉師培 《劉申叔先生遺書》本
《詩經通解》 林義光 民國二十五年鉛印本
《甲骨文字詁林》 于省吾 中華書局本
《甲骨文編》 中國社會科學院考古研究所編 中華書局本
《甲骨文字研究》 郭沫若 科學出版社本
《金文編》 容庚 中華書局本
《古籀匯編》 徐文鏡 武漢古籍書店本
《説文解字詁林》 丁福保 中華書局本
《康熙字典》 清・張玉書 陳廷敬 中華書局影印本
《詞詮》 楊樹達 中華書局本
《漢語大字典》 湖北辭書出版社、四川辭書出版社本
《詩選與校箋》 聞一多 古籍出版社本
《風詩類鈔》 聞一多 同上本
《經典釋文彙校》 黄焯 中華書局本
《古史辨》(第三册) 顧頡剛等 上海古籍出版社本
《同源字典》 王力 商務印書館本
《同源字典補》 劉鈞杰 商務印書館本
《詩經韻讀》 王力 上海古籍出版社本
《澤螺居詩經新證》 于省吾 中華書局本
《古書虚字集釋》 裴學海 中華書局本

《白文十三經》(批校斷句) 黄侃 上海古籍出版社本
《詩經詞典》(修訂本) 向熹 四川人民出版社本
《詩經語言研究》 向熹 同上本
《文字形義學概論》 高亨 齊魯書社本
《詩經今注》 高亨 上海古籍出版社本
《古字通假會典》 高亨纂著 董治安整理 齊魯書社本
《吕氏春秋校釋》 陳奇猷 學林出版社本
《毛詩鄭箋平議》 黄焯 上海古籍出版社本
《詩疏平議》 黄焯 同上本
《古漢語通假字字典》 馬天祥 蕭嘉祉 陝西人民出版社本
《文選李注義疏》 高步瀛 中華書局本
《王國維遺書》 王國維 上海古籍書店本
《阜陽漢簡詩經研究》 胡平生 韓自强 上海古籍出版社本
《毛詩韻律》 丁惟汾 齊魯書社本
《兩周金文虚詞集釋》 崔永東 中華書局本
《廣雅詁林》 徐復 江蘇古籍出版社本
《説文解字今釋》 湯可敬 岳麓書社本
《春秋左傳詞典》 楊伯峻 徐提 中華書局本
《吕氏春秋詞典》 張雙棣 殷國光 陳濤 山東教育出版社本

後　記

筆者於拙稿問世之際，不禁感慨萬千。追憶1978年，一代宗師余冠英先生曾耳提面命，囑我將《詩經》傳本中之異文逐一考辨，理清白文。歷經十餘年之前期準備，我謹遵師訓，會集衆考，建類歸宗，循名責實，認真辨析，求其正解。奈何於執筆時已是風燭殘年，老眼昏花，困難重重，力不從心。重任在肩，勉爲其難，數易春秋，始成拙稿《詩經異文彙考辨證》。令人遺憾者，余先生於1995年不幸仙逝。書稿已成，首先感念恩師教誨，應以答卷謹呈先師；繼而惴惴於懷，唯恐書中多有瑕疵。敬希同道師友指瑕勘誤，明以教我。由衷感謝！

袁　梅

圖書在版編目(CIP)數據

詩經異文彙考辨證／袁梅著．—濟南：齊魯書社，2013.1（2016.10 重印）
ISBN 978-7-5333-2566-4

Ⅰ.①詩…　Ⅱ.①袁…　Ⅲ.①《詩經》—詩歌研究　Ⅳ.①I207.222

中國版本圖書館 CIP 數據核字(2012)第 260364 號

詩經異文彙考辨證
袁　梅　著

主管單位　山東出版傳媒股份有限公司
出版發行　齊魯書社
社　　址　濟南市英雄山路 189 號
郵　　編　250002
網　　址　www.qlss.com.cn
電子郵箱　qilupress@126.com
營銷中心　(0531)82098521　82098519
印　　刷　山東新華印務有限責任公司
開　　本　880mm×1230mm　1/32
印　　張　31.625
插　　頁　3
字　　數　763 千
版　　次　2013 年 1 月第 1 版
印　　次　2016 年 10 月第 2 次印刷
標準書號　ISBN 978-7-5333-2566-4
定　　價：**138.00 圓**